Bauman

Bauman: A Biography by Izabela Wagner

This edition is published by arrangement with Polity Press Ltd., Cambrige
Copyright © Izabela Wagner 2020
Korean translation Copyright © 2022 Book's Hill Publishers
Arranged through Icarias Agency, Seoul

Bauman

지그문트 바우만

| 유동하는 삶을 헤쳐나간 영혼 |

이자벨라 바그너 지음 | 김정아 옮김

 북스힐

키스 테스터를 기리며

바우만의 아버지 마우리치 바우만과 어머니 조피아 콘.

폴란드 지도에 지역별 유대인 비율을 나타낸 반유대주의 풍자화, 1938년경.

포즈난에서 바우만이 살았던 집. (사진: 아가타 슈치핀스카)

지그문트 바우만과 어머니 조피아 그리고 개, 1938년경.

폴란드청년연맹(ZMP). 첫줄 오른쪽
두 번째에서 가슴에 훈장을 달고 쪼그려
앉은 사람이 바우만이다. 1940년대 후반.

결혼 전 야니나와 지그문트, 1948년경.

야니나(안나) 바우만, 1946년경.

친구들과 함께 있는 지그문트와 야니나, 1948~1949년경.

(뒷장) 1960년 봄에 바우만이 동료들과 축하하는 모습.
교수 임용 자격 취득을 축하하는 자리로 보인다.

이스라엘 기밧 브레네르에서 아버지 마우리치, 누나 토바와 함께 있는 지그문트와 야니나, 1959년경.
(마우리치 바우만이 사망하기 얼마 전이다.)

동료들과 함께 있는 바우만, 1960년대.

1964년에 뉴욕에서 열린 학회에서
바우만이 그린 풍자화.

1968년 3~4월에 바우만이 만난 사람을
정리한 도표와 시각표, 첩보 기관 작성.

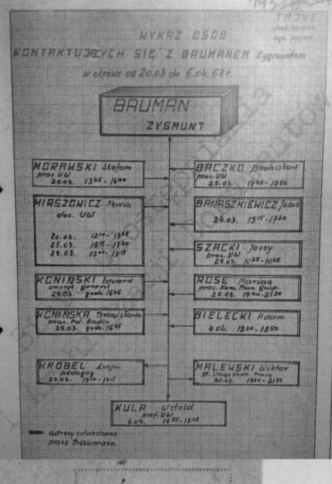

폴란드 첩보 기관이 찍은
지그문트 바우만.

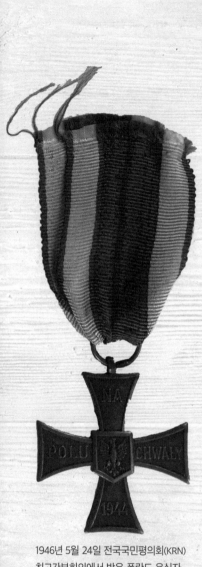

1946년 7월 8일 폴란드군에서
받은 그룬발트 훈장, 훈장 번호
044354.

1945년 5월 2일 베를린
함락으로 1946년 6월 11일
러시아군에서 받은 훈장,
훈장 번호 066894.

1946년 5월 24일 전국국민평의회(KRN)
최고간부회의에서 받은 폴란드 은십자
훈장, 훈장 번호 12896/4252.

1945년 1월 17일 '바르샤바
해방'으로 1946년 2월 14일
러시아군에서 받은 훈장,
훈장 번호 093927.

1939~1945년 바르샤바 해방
투쟁 공훈으로 1951년 2월 1일
폴란드군에서 받은 훈장,
훈장 번호 001608.

'오드라-니사-발트해' 전투에서 보인 영웅적이고 용기 있는 행동으로 1946년 6월 2일 폴란드군에서 받은 훈장, 훈장 번호 25864.

1946년 5월 9일 공안부에서 받은 '승리와 자유 훈장', 훈장 번호 3620.

1945년 5월 19일 폴란드1군에서 받은 무공 십자 훈장, 훈장 번호 5568.

1955년 7월 22일 전국국민평의회에서 받은 폴란드 인민공화국 10주년 기념 훈장, 훈장 번호 529022.

폴란드 대통령에게 받은 보국훈장.

Warszawa, dnia 13 maja 1968

Bauman Zygmunt s.Maurycego
/nazwisko i imię, imię ojca/
Zofia Cohn
/imię i nazwisko panieńskie matki/
Warszawa, ul.Nowotki 21b m.28
/miejsce zamieszkania/

DO
RADY PAŃSTWA
POLSKIEJ RZECZPOSPOLITEJ LUDOWEJ
w miejscu

P O D A N I E

Proszę o zezwolenie na zmianę obywatelstwa dla
mnie i moich dzieci ....
....
/ nazwisko i imię, imię ojca, imię i nazwisko panieńskie matki/

Prośbę powyższą składam w związku z wyjazdem na stałe
do Izraela ....

지그문트 바우민과 아이들의 시민권 변경 요청서, 1968년에 지그문트 본인이 작성.

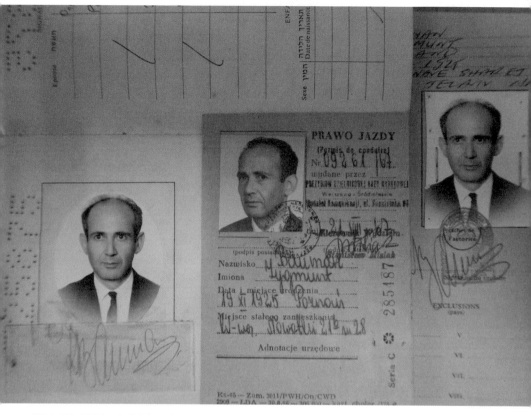

바우만의 여권, 폴란드 운전면허증, 이스라엘 운전면허증.

이스라엘에서 지낼 때 바우만, 1968년경.

(오른쪽) 리즈 자택에서 여러 언어로
출간된 책과 함께 있는 바우만,
2010년대.

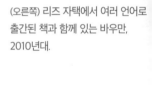

(뒷장) 커다란 강당에서 강연하는
바우만, 2016년 10월 이탈리아 피렌체.

야니나와 지그문트,
1990년대 말이나 2000년대 초쯤.

딸 리디아 바우만이 그린 바우만의 초상.

바르샤바 콜레지움 시비타스에서 강연하는 바우만, 2011~2012년경.

바르샤바 콜레지움 시비타스에서 야드비가 코랄레비치 교수, 학생들과 함께 있는 바우만, 2011~2012년경.

지그문트 바우만과 알렉산드라 야신스카-카니아, 이탈리아.

바우만의 친구 피오트르 C. 코발스키가 바우만이 세상을 떠난 후 그의 탄생 93주년을 기념해 이제는 유치원이 된 바우만의 어릴 적 집 앞에서 얼음 기념물을 조각하는 모습.

부상하는 국가의 국민은 지식이 아니라 전설을 갈망한다.
역사에 멀찍이 거리를 두기보다 자신들이 존재할 이유를,
대대손손 내려온 믿음을 인정받기를 갈구한다.
이견의 여지가 없는 설명과 자신들을 하나로 묶는 상징을 원한다.

– 사학자 예지 예들리츠키Jerzy Jedlicki

차례

고마운 이들에게 • 1
들어가며 • 9

1 '그런 와중에도' 행복했던 어린 시절 1925~1932, 포즈난　　19

2 남다른 학생 1932~1939, 포즈난　　42

3 전쟁 난민 1939~1944, 포즈난에서 모워데치노까지　　69

4 러시아의 피난민 1941~1943, 러시아 땅으로　　102

5 성전 1943~1945　　129

6 국내보안대 장교 1945~1953　　172

7 사회주의 사회를 살다 1947~1953, 바르샤바　　219

8 젊은 학자 1953~1957　　274

9 희망찬 시절 1957~1967　　329

10 공안과의 살벌한 로맨스　　364

11 1968년 409

12 거룩한 땅 1968~1971 453

13 영국 대학교 495

14 지식인의 일 527

15 세계적 사상가 578

결론 유산 630

덧붙이는 말 바우만 연구 640

주 · 651

참고문헌 · 725

고마운 이들에게

흔히들 생각하는 것과 달리, 저자가 한 명뿐인 책조차 한 사람의 손에서 나온 산물이 아니다(Becker, 1982). 이 책을 끝마치기까지도, 많은 사람이 연결 고리가 되어 협력의 긴 사슬을 이었다.

8년 동안 알고 지낸 친구이자 가장 가까운 협력자인 아서 앨런에게 깊은 감사를 전한다. 아서가 없었다면 영어권 독자들에게 이 책을 읽는 즐거움을 전하지 못했을 것이다. 아서는 『백신―의학계 최고의 구원자를 둘러싼 논쟁Vaccine: The Controversial Story of Medicine's Greatest Lifesaver』을 쓴 성공한 작가이고, 미국 정치 일간지 《폴리티코》에서 건강·과학 분야 작가 겸 편집자로 일하느라 바쁘다. 그런데도 틈틈이 짬을 내, 열정 넘치는 역사가의 눈으로 바우만의 일대기를 살폈다. 우리는 처음 우정을 나눈 뒤로 지금껏, 서로 전문 지식과 역량을 한층 끌어올리는 도움을 주고받았다. 처음 인연을 맺은 계기는 2011년에 아서가 『웨이글 박사의 멋진 연구소The Fantastic Laboratory of Dr. Weigl』(2014)를 쓸 때 내가 폴란드어 문서를 조사할 연구 조수 겸 폴란드 역사를 알려줄 자문가를 맡으면서다. 나는 아서의 저술을 돕는 과정에서 2차 세계대전, 전후 문서, 폴란드 국가기억원, 폴란드의 여러 기록물 보관소에 대해 많이 배웠다. 바로 이때 배운 지식이 이 책을 쓸 때 매우 요긴했다.

내게 영어는 학교에서 프랑스어를 배운 뒤 독학한 언어다. 아서는 그런 내가 어원이 같은 프랑스어에서 잘못 갖다 쓴 단어를 잡아내고, 영어에서 저지른 실수를 바로잡고, 글을 매끄럽게 가다듬었을뿐더러, 내 의도가 무엇이었는지를 되물어 더 정확하고 명쾌하고 꼼꼼히 따진 글을 쓰게 독려했다. 내 글에 담긴 농담, 문체, 감정 표현을 완벽하게 이해해, '문화 번역'에서 가장 큰 난제인 표현 방식을 유지하게끔 도왔다. 그뿐이 아니다. 내가 글로 옮기고 싶으나 아직 마땅한 표현을 찾지 못했던 대목에 딱 맞는 표현까지 찾아줬다!

아서는 편집뿐 아니라 역사 검증에도 도움을 줬다. 아서가 언급하고 묻고 조언하고 책의 구성(이를테면 장 분리, 제목 수정)을 제안한 덕분에 이야기가 더 명확하면서도 체계적으로 구성되었다. 이 원고를 수정하느라 아서가 쏟은 모든 시간과 열정 어린 조언에 깊은 고마움을 전한다. (아서는 2015년에 럿거스대학교 출판사에서 나온 내 전작『탁월성 만들기*Producing Excellence*』도 편집했다.) 아서의 책 한 권과 내 책 두 권을 함께 작업하는 동안, 우리는 신뢰와 열정을 주고받았다. 협업 과정에서 열정을 주고받는 일이야 드물지 않지만, 신뢰를 주고받는 일은 매우 드물다. 우리가 나눈 우정과 협력 덕분에 내 글쓰기가 덜 외롭고 더 즐거운 활동이 되었다.

나를 믿고 시간을 내어 교육자, 동료, 친구, 지인으로 바우만과 함께했던 경험을 회고해준 많은 이에게도 고마움을 전한다. 가장 먼저 언급할 사람은 알렉산드라 야신스카-카니아다. 야신스카-카니아 덕분에 지그문트 바우만과 나눈 두 차례 인터뷰가 성사되었고, 야신스카-카니아가 미리 준비해준 덕분에 인터뷰에서 새로운 자료를 무척 많이 얻었다. 또 지그문트 바우만이 세상을 떠난 뒤에도 인터뷰와 대담으로 도움을 줬을뿐더러 바우만의 세 딸에게도 다리를 놓아줬다.

바우만의 세 딸 안나 스파르드, 리디아 바우만, 이레나 바우만에게도 깊은 고마움을 전한다. 이들은 내 연구에 크나큰 격려와 신뢰를 보였고 흥미진진한 이야기를 들려줬다. 시간을 내주고 모든 물음에 답해줬을뿐더러, 지그문트 바우만이 쓴 두 비공개 원고를 마음껏 활용하게 허락했다. 2017년 12월에 얻은 이 특별한 글들이 그전에 내가 세운 가정을 뒷받침했고, 바우만과 인터뷰할 때 얻은 그림의 공백을 메꿨다. 이들은 내가 폴란드 국가기억원의 첩보 기관 서류철에서 찾아낸 지그문트 바우만의 사진과 야니나 바우만의 시를 책에 싣는 것도 허락했다. 특히 리디아 바우만은 1968년에 이스라엘로 이주할 때 쓴 일기를 이용하게 허락했고, 자신이 그린 아버지의 초상을 책에 싣는 데도 동의했다. 이 밖에도 여러 이야기를 글에 싣도록 허락해준 다른 가족에게도 고마움을 전한다.

책을 쓰며 인터뷰한 세계 각국의 서른아홉 명에게도 크나큰 고마움을 전한다. 나는 바르샤바에서(시기순으로) 카롤 모젤레프스키, 바르바라 샤츠키, 예지 샤츠키, 안제이 베르블란, 유제프 헨, 알렉산드라 야신스카-카니아, 미하우 코마르, 스타니스와프 오비레크, 마리안 투르스키, 아담 미흐니크, 예지 비아트르, 토마시 키틀린스키와 그의 부모, 아담 오스톨스키를, 포즈난에서 로만 쿠비츠키와 피오트르 C. 코발스키를, 제네바에서 브로니스와프 바치코를, 뉴욕에서 이레나 그루진스카-그로스, 크리스티나 피셔, 얀 토마시 그로스를, 이스라엘에서 이마누엘 마르크스, 샬바 와일, 유리 램을, 영국에서 그리젤다 폴록, 앤터니 브라이언트, 재닛 울프, 키스 테스터, 존 톰슨, 앨런 워드, 모니카 코스테라를 만났다. 이름을 드러내지 않기를 바란 세 명에게도 고마움을 전한다. 전화와 서신으로 의견을 주고받은 아담 흐미엘레프스키, 레셰크 크비아트코프스키, 요안나 토카르스카-바키르, 브워데크 골트코른, 알렉산데르 페르스키, 엘주비에타 코세프스카, 바르바라 토룬치크, 피터 베일하츠도 고마운 사람들이다.

특히, 1968년 3월 시위로 이어진 바르샤바대학교의 반체제 활동을 서신으로 자세히 설명해준 브워지미에시 홀슈틴스키에게 고마움을 전한

다. 감사하게도 홀슈틴스키는 자신의 시를 책에 신도록 허락해줬다. 홀
슈틴스키의 재능 덕분에, 학문 세계의 언어로는 미처 채우지 못한 내 이
야기가 시의 아름다움을 빌려 완성되었다. 홀슈틴스키와 야니나 바우만
의 시를 폴란드어에서 영어로 번역한 바르바라 네트렙코-헤르베르트와
안토니 스워님스키의 시를 번역한 우카시 고스에게도 고마움을 전한다.

이 책은 여러 예술가의 재능에도 빚졌다. 사진작가 아가타 슈치핀스
카, 미켈레 모나스타, 우카시 치날레프스키, 피오트르 C. 코발스키, 또 의
견을 제시하고 반유대주의 소장품을 신게 허락한 예술사학자 다리우시
콘스탄티노프에게 고마움을 전한다.

국가기억원, 바르샤바대학교, 폴란드학술원, 중앙 현대기록물 보관소
에서 자료를 찾을 때 도와준 베아타 코발치크와 마리우시 핀키엘슈테인
에게도 감사를 전한다. 야로스와프 킬리아스가 폴란드사회학협회 기록
물 검토를, 반다 라츠람페가 밀라누베크에 있는 폴란드연합노동자당 기
록물 보관소를 샅샅이 뒤지는 일을 도왔다. 포즈난시 기록물 보관소 조
사를 진심으로 도운 작가 안나 크위스에게도 고마움을 전하고 싶다. 예
전 공안 기관 기록물을 연구하게 도와준 국가기억원 소속 파트리크 플레
스코트도 고마운 사람이다. 연구 마지막 단계에서 폴란드학술원의 다리
우시 브제진스키가 바우만연구소의 동료 마크 데이비스와 토니 캠벨을
소개해줬다. 나는 이들의 초대로 리즈대학교에서 강연할 수 있었고, 그
곳에서 만난 그리젤다 폴록 덕분에 리즈대학교 기록물 보관소와 야니나
& 지그문트 바우만 특별 소장품 보관소(바우만 기록물 보관소)의 문서를
조사할 수 있었다. 많은 문서가 아직 분류 전인데도 선뜻 도움을 베푼 잭
파머, 티머시 프록터, 캐롤라인 볼턴이 없었다면 나는 조사를 제대로 마
무리하지 못했을 것이다. 잭은 리즈대학교와 영국의 사회학 환경을 자세
히 알려주고, 여러 논문과 책을 이용할 수 있게 도왔다. 마리우시 핀키엘

슈테인, 안제이 노비크, 피에트로 잉갈리나, 카타지나 크비아트코프스카-모스칼레비치도 폴란드어, 영어, 프랑스어 자료를 찾는 데 엄청난 도움을 줬다.

베아타 흐미엘에게는 여러모로 빚졌다. 무엇보다, 이 책에서 언급한 언론 기사와 폴란드어 서적을 대부분 베아타 덕분에 빠르고 효율적으로 수집할 수 있었다. 베아타는 지난 5년 동안 온라인에서 찾아낸 지그문트 바우만 관련 자료를 모두 내게 보내줬다. (내가 사는 곳은 인터넷 접속이 원활하지 않다.) 내 연구에 엄청난 지지와 열의를 보였을 뿐만 아니라 인터뷰, 서신, 대담 같은 여러 문도 열어줬다. 책을 쓰는 과정에서도 뛰어난 길잡이이자 조언자였다. 다른 사람들도 영감을 주는 대화와 대담으로 든든한 지원군이 되었다. 친구 알리차 바도프스카-부이치크와 리샤르트 부이치크, 필요할 때 현명한 조언을 건넨 클레어 버나드와 폴 그라드볼에게도 빚을 졌다. 귀중한 정보와 사람을 소개해준 루키나 제베르트에게도 따뜻한 감사를 전한다.

책 출간에서 무엇보다 중요한 단계는 원고와 관련한 의견을 얻는 것이다. 초안을 읽고 의견과 격려를 보내준 모든 사람에게 깊은 고마움을 전한다. 처음으로 원고를 읽은 마리우시 핀키엘슈테인은 지나치게 긴 구절이나 헷갈리는 설명 같은 실수를 주저 없이 알렸다. 강단 학계의 지루함에 일가견이 있는 핀키엘슈테인은 특히 이야기의 리듬과 속도를 주의 깊게 지적했다. 원고에 의견과 질문을 보내준 장-미셸 샤풀리, 스타니스와프 오비레크, 미하우 코마르, 베아타 코발치크, 안나 로신스카, 베아타 흐미엘, 마치에이 그둘라, 아담 오스톨스키, 나탈리아 알렉시운, 브워데크 골트코른, 안제이 노바크, 아가타 차르나츠카, 모니카 코스테라에게도 고마움을 전한다.

전체 원고를 아주 꼼꼼히 읽어준 얀 토마시 그로스, 아그니에슈카 비에르홀스카, 알렉산데르 페르스키에게 특히 감사를 전한다. 우리는 2019년 여름에 다누타 코발스키와 헨리크 코발스키까지 함께 모인 자리에서 활기찬 토론을 나눴다. 폴란드의 역사, 공산주의 참여, 1968년에 일어난 일뿐 아니라 우리 자신의 이주 경험까지, 한참 동안 깊은 이야기를 나눴다. 이때 나눈 이야기가 책을 마무리할 완벽한 기틀이 되었다.

책을 더 간결하고 정확하게 만들 적절한 질문과 조언을 보낸 검토자들에게도 고마움을 전한다. 폴리티 출판사의 존 톰슨은 내 작업 환경을 깊이 이해해 끈기 있게 도왔고, 늘 나를 격려하고 지지하고 자극했다. 마음을 짓누르는 압박을 느끼지 않으면서도 내 작업이 중요하고 기대를 받고 있다는 사실을 아는 것은 기쁨이었다. 끈기와 매서운 눈으로 남은 오류를 찾아낸 교열 담당자 리 뮐러에게도 고마움을 전한다. 아울러 이 책이 나오기까지 도움을 보탠 폴리티의 모든 관계자에게 고마움을 전한다.

2013년 11월부터 책을 마무리하기까지 오랫동안 자료를 수집하고 여러 차례 여행하는 과정에서 체력과 마음이 바닥나기도 했다. 그때마다 가족이 이해와 지원을 아끼지 않았다. 다행히 우리는 저마다 자기 일에 열정을 쏟는다. 내 아이들 필립 사프레와 안나 사프레-보로프스키, 그리고 아이들의 식구들이 무척 중요한 시기에 자리를 비운 나를 인내와 너그러움으로 이해했다. 내가 이 책에 워낙 깊이 몰두했던지라, 지난 6년 동안 우리 집에서는 바우만의 삶이 자주 토론 주제가 되었다. 남편 필립 사프레가 내 작업에 보여준 끝없는 인내와 믿기지 않는 지지, 깊은 이해에 큰 고마움을 전한다. 모든 논의에서 한없는 조력자이자 동반자였던 남편은 내가 어떤 가설과 질문도 거리낌 없이 제기하게 도왔다. 직업은 다르지만, 필립은 충실하고 열렬하게 내 열정을 공유했고, 내가 의구심과 피로로 어려움에 빠졌을 때 그 기간이 길어지지 않게 도왔다. 필립의 격려와 지지, 유익한 토론이 없었다면 이 책을 절대 끝마치지 못했을 것이다.

세계 여러 곳에서 인터뷰를 진행해야 하는 책을 쓰려면 기금을 지원받아야 한다. 1968년 이후 미국에 정착한 폴란드 학자들에게 초점을 맞춘 내 연구를 지원한 코시치우슈코 재단에 고마움을 전하고 싶다. 이 연구 기금 덕분에 2016년 봄학기를 뉴욕시 사회연구 뉴스쿨에서 보내며, 바우만을 아는 사람들을 포함해 폴란드계 이주민들을 여러 차례 인터뷰했다. 나를 리즈로 초청한 그리젤다 폴록, 잭 파머, 바우만연구소에도 고마움을 전한다. 이 초대 덕분에 자료 수집을 마무리할 수 있었다. 모자란 여행 경비를 바르샤바대학교의 연구 기금으로 어느 정도 충당했지만, 대부분은 부모님을 포함한 가족이 대줬다. 가족의 격려가 없었다면 이 책을 마무리하지 못했을 것이다.

마지막으로 깊은 감사를 전할 사람은 키스 테스터다. 테스터는 책의 후반부를 준비하고 쓸 때 엄청난 도움을 줬다. 최고의 피드백과 흥미롭고 영감을 일으키는 의견을 보내 주었지만, 짧지만 강렬했던 지적 관계는 테스터의 죽음으로 갑작스레 막을 내렸다. 이 책을 키스 테스터에게 바친다.

들어가며

2013년 6월 22일, 브로츠와프

폴란드 브로츠와프. 섬 열두 개를 끼고 굽이굽이 흐르는 오데르강에 자리잡은 이 그림 같은 도시는 2차 세계대전 동안 그야말로 완전히 쑥대밭이 되었다가 이제 옛 영광을 완전히 회복했다. 그곳 브로츠와프대학교의 600석짜리 강당이 자리를 메운 학생과 교수들, 계단에 앉거나 벽을 따라 선 젊은이들, 강의를 취재하는 텔레비전 카메라들로 발 디딜 틈 없이 빽빽하다. 오늘 강단에 오를 명사는 전 세계에 이름을 떨치는 지식인, 지그문트 바우만이다. 이 호리호리한 여든여덟 살의 명사는 강단에서 주최자와 브로츠와프 시장 라파우 두트키에비치 사이에 앉아 있다. 강단 근처에는 대학교가 고용한 경호원 두 명이 서 있다. 강당에 팽팽한 긴장이 흐른다. 두 달 전 이곳에서 강연하려던 독일의 프랑스계 좌파 정치인 다니엘 콘-벤디트Daniel Cohn-Bendit가 살해 협박으로 일정을 취소하는 일이 벌어졌었다. 주최 측은 외국인을 혐오하는 민족주의 집단이 오늘도 행사를 방해하지나 않을까 걱정이 크다.

바우만은 뛰어난 연설가다. 또 폭넓은 독자가 읽을 만한 문체로 글을 쓰는 작가로, 50권 넘는 저서 가운데 예닐곱 권이 베스트셀러에 올라 있다. 바우만의 세계관은 사회운동에 활발히 참여하는 젊은이들에게 영감을 준다. 그래서 지식인 가운데 보기 드물게도 유명 인사가 되었다. 이탈리아에서 브라질로, 그리스에서 포르투갈로 강연 여행을 떠날 때마다 수천 명의 눈과 귀가 바우만에게 쏠린다. 물론 여기 폴란드에도 바우만에게 열광하는 사람들이 있다. 오늘 강연 주제는 신·구 좌파의 이상, 그리고 오늘날 자본주의 환경에서 좌파운동이 마주한 난제들이다.[1]

강연에 앞서, 두트키에비치 시장이 몇 마디 하려 마이크를 잡는다. 그때 군중 속에 섞여 있던 무리와 마지막에 들어와 강당 뒤편으로 숨어든 무리 100명 남짓이 시장의 목소리를 집어삼킨다. 욕설을 퍼붓고 삿대질과 주먹질을 해대며, 강단에 있는 사람들을 위협한다. 행사를 주관한 아담 흐미엘레프스키Adam Chmielewski 교수는 이날 일을 고스란히 기록으로 남겼다. "두트키에비치, 도대체 이 인간을 왜 초대한 거야?" "공산주의 물러가라! 공산주의자를 뉘른베르크 재판소로!" "공산주의자를 목매달자!" 시위자 몇몇은 "팔을 들어 나치 경례를 했다."[2] 바우만의 얼굴에 걱정과 긴장이 묻어나지만, 공포에 질린 표정은 아니다. 깜짝 놀란 청중들은 눈앞에서 벌어진 일이 믿기지 않아 입을 다물지 못한다.

시위대는 "NSZ, 민족방위군!"이라는 구호도 외친다. 이들이 말하는 민족방위군이란 2차 세계대전과 전후에 나치는 물론이고 폴란드 좌파와도 싸운 과격한 민족주의 지하 무장 세력이다.[3] 전쟁이 끝난 직후 정보부대인 국내보안대(KBW)에서 폴란드군 장교로 복무하던 젊은 시절, 바우만이 한때 민족방위군의 잔병들을 뒤쫓는 임무를 맡았었다. 그 일이 벌써 60년도 더 지난 옛이야기인데, 이 우파 급진주의자들은 마치 어제 일어난 일처럼 행동한다. 이들은 민족방위군의 상징, 급진 민족주의, 타민족을 혐오하는 반유대주의를 되살렸다. 시위대 중에는 폴란드민족부흥당Narodowe Odrodzenie Polski(NOP)의 약자가 찍힌 티셔츠를 입은 사람도 있다.[4] 폴란드민족부흥당은 민족급진진영(ONR)과 함께 시위를 조직했다.[5] 두 단체 모두 1·2차 세계대전 사이에 활동한 반유대주의 단체와 파시즘

단체가 깃발에 새겼던 팔란가falanga라는 상징을 사용하고(Cała, 2012), 1930년대에 폴란드 대학가에서 반유대주의 폭동을 조직한 단체들이 썼던 현수막을 든다.

몇 분 뒤 청중의 박수 속에 경찰이 도착한다. 과격 단체는 다시 돌아오겠다고 으름장을 놓으며 강당을 떠난다. 사람들은 몸을 푹 수그리고 홀로 앉아 있는 바우만을 가만히 둔다. 이제 바우만이 강연에 나서겠지만, 아무도 내용을 기억하지 못할 것이다. 사람들의 머릿속에는 소란을 일으킨 폭력배들만 남을 것이다. 파시즘에 젊은이들을 유혹할 힘이 여전히 남아 있다는 사실을, 지그문트 바우만 같은 사람이 자신을 폴란드인으로 규정할 권리를 부인하는 폴란드인이 있다는 사실을 보여줬기 때문이다.

그 뒤로 세상을 떠날 때까지, 바우만은 공개 석상에서 이 사건을 언급하기를 꺼렸다. 하지만 시위대가 사용한 구호와 상징은 바우만이 어린 시절 포즈난에서부터 익숙하게 보고 들은 것이었다. 그 시절 바우만은 반유대주의 폭력에 시달렸고, 민족 차별법 탓에 학교에서 다른 유대인 학생들과 함께 '게토 의자'에 앉아야 했다. (Tomaszewski, 2016, 206~219) 아마 바우만은 자신의 인생이 완전히 원점으로 돌아왔다고, 옛 세력들이 다시 돌아왔다고 느꼈을 것이다. 자신이 꿈꿨던 20세기의 유토피아가, 전쟁이 종식되고 인종이나 민족 사이의 충돌이 사라지고 평등한 세상을 이룰 가능성이 모두 사라진 듯 보였을 것이다. 세상은 오랜 유령을, '타인'을 혐오하는 외국인 혐오자들을 다시 맞닥뜨렸다.

그런데 바우만은 왜 그런 혐오의 목표물이 되었을까? 왜 이 젊은이들은 바우만을 감옥에 보내고 싶어 했을까? 바우만이 도대체 무슨 일을 했기에 일부 폴란드 사회의 책임을 떠넘기는 희생양이 되었을까? 어떻게 같은 사람이 한쪽에서는 수백만 명에게 칭송과 존경을 받고 다른 쪽에서는 혐오를 받을 수 있을까?

지그문트 바우만은 도대체 어떤 사람이었을까?

2017년에 세상을 떠난 바우만은 사회학자이자 철학자, 대중지식인이었다. 1960년대에 젊은 폴란드 학자로 국제 학회에 연구를 발표하면서부터 다른 사회학자들에게 이름을 알렸고, 1989년에 펴낸 『현대성과 홀로코스트』(새물결, 2013)로 학계에 더 이름을 떨쳤다. 여러 상을 받은 이 책은 쇼아*를 이해하는 데 크게 이바지했을뿐더러, 근대성을 날카롭게 비평했다고 인정받았다. 바우만은 2차 세계대전 때 최전방에서 글을 모르는 폴란드 병사들에게 사회주의를 전파하며 의사소통을 배우는 과정에서 학자이자 작가로 굳게 단련되었다. 그리고 이 경험을 바탕으로, 포스트모더니즘 이론을 발전시키는 핵심 인물이 되었다. 바우만의 절충주의와 인본주의 접근법에 깊은 인상을 받은 동료들은 독일의 저명한 사회학자이자 철학자 게오르크 지멜Georg Simmel[6]의 이름을 따 바우만을 '현대의 지멜'이라 불렀다.

1990년에 은퇴한 뒤로, 바우만은 학문적 글쓰기라는 테두리에서 벗어나 더 많은 젊은 독자를 겨냥했다. 일흔다섯 살의 노학자가 흔히 걷는 길이 아니었는데도, 변신은 눈부신 성공을 거뒀다. 2000년에 펴낸 획기적인 책 『액체근대』(강, 2009)**가 하룻밤 사이에 날개 돋친 듯 팔렸고, 세계 곳곳의 독자들이 유대계 폴란드인이자 은퇴한 영국 교수 바우만의 생각을 두 팔 벌려 받아들였다. 뒤이어 나온 책들은 바우만의 통찰력을 더욱 널리 알렸다. 현대 서구 사회를 분석한 내용이 수백만 독자의 공감을 산 덕분에, 바우만은 21세기에 널리 읽히는 책을 여러 권 쓴 영향력 있는

---

* Shoah. 원래는 재앙을 뜻하는 히브리어로, 홀로코스트를 가리킨다.
** 『액체 현대』(필로소픽, 2022)으로 다시 출간되었다.

지식인으로 손꼽혔다. 바우만은 자신이 바라본 세상을 사람들에게 말하듯 전달했다. 언론인, 작가, 활동가, 예술가뿐 아니라 학자와 대중지식인까지 바우만을 인용했다. 본인은 한 번도 미래를 예측한다고 주장한 적이 없지만, 사람들은 세상의 영원한 변동과 그 속도를 정확히 잡아내는 바우만을 신탁의 전달자로 여겼다. 바우만은 세상이 자신에게 비관주의를 불어넣었다고 말하곤 했다. 하지만 인류의 놀라운 창의성은 희망 섞인 목소리를 따로 마련해 두었다. 전쟁과 피난, 차별과 박해를 겪었기 때문에 전쟁과 독재로 이어지는 과정에 특히 주의를 기울였던 어느 나이 지긋한 지식인의 목소리를.

바우만은 자신이 살아온 삶에 진중하게 말을 아꼈다. 이 책을 쓰려고 인터뷰했을 때, 바우만은 자기 세대에서는 그 같은 삶이 흔해 연구 활동에 딱히 영향을 받지 않았다고 말했다. 하지만 바우만의 삶을 자세히 알게 된 뒤로, 나는 오히려 반대라는 확신을 얻었다. 바우만의 연구는 바우만 자신의 경험에, 특히 어릴 때부터 시작해 마흔 줄까지 잇달아 벌어진 재앙 같은 사건들에 깊이 뿌리를 박고 있다. 바우만은 딸들과 손주들에게 보낸 비공개 원고에서 이런 삶의 단편들을 드러냈다. 그리고 그 과정에서 자신이 받은 영향을 인정했다.

바우만은 더 나은 세상을 만들고자 애썼다. 어른이 된 뒤로 마주한 삶의 여러 국면에서, 바우만은 한 번도 팔짱 낀 관찰자로 머물지 않았다. 그러기는커녕 자신의 이상을 좇아 움직였다. 오늘날 우리가 사는 세상의 토대를 형성한 여러 재앙을 목격했고 또 휘말렸다. 어린 시절에 폴란드에서 반유대주의를 경험했고, 나치를 피해 폴란드를 탈출했고, 소련에서 난민으로 살았다. 굶주림에 시달렸고, 군인으로 전쟁을 겪었고, 폴란드에서 친소련 정권을 완성할 때는 공산주의 정당의 선전원으로 일했다. 스탈린주의의 몰락을 목격했고, 전후 폴란드에서 권위주의와 불완전한 민주주의가 서로 힘을 겨루는 모습을 지켜보았다. 바우만은 평생 두 번 난민이 되었다. 한 번은 1939~1944년, 다른 한 번은 1968년이었다. 유랑하는 삶은 바우만의 선택이 아니었다. 오히려 그런 삶이 바우만을 덮쳤다. 생애 대부분 동안, 바우만은 훌륭한 폴란드인이 되고자 갖은 애를 다 썼다. 하지만 폴란드는 바우만을 폴란드인으로 받아들이지 않았다. 반유대주의를 추종하는 규정, 법률, 박해가 바우만이 주장한 폴란드인 정체성을 반박했다. 외부에서 그런 정체성을 규정하는 사람들이 바우만이 자각한 정체성을 받아들이지 않았다.

정체성 자각(나는 누구인가?)과 '주된 지위master status'(남이 나를 어떻게 인지하는가?)는 이 책을 가로지르는 두 축이다.

여기서 나는 1945년에 '주된 지위'라는 개념을 제시한 시카고대학교의 뛰어난 사회학자 에버렛 휴스Everett Hughes와 생각을 같이한다. 휴스는 타인이 규정하는 개인의 사회적 정체성을 '주된 지위'를 이용해 정의한다.[7] 어떤 사회적 역할에 필요하다고 기대하는 특성이 없는 누군가가 그 역할을 맡으려 할 때 그 지위는 부정된다. 이런 상황은 차별받는 집단에 속한 사람이 높은 자리를 차지하거나 차지하려고 할 때 흔히 벌어진다.

바우만은 이미 어린 학생일 때 그런 일을 겪었다. 탁월한 성적을 보였는데도, 유대계인 탓에 1등으로 인정받지 못했다. 1등 자리는 비유대계 폴란드 학생의 몫이었다. 이 사례가 보여주는 주된 지위가 바우만의 사회적 역할을 중대하게 규정하고 제한했다. 폴란드에서 산 대부분 동안, 바우만이 생각한 정체성(폴란드인)과 주변에서 강요한 주된 지위(유대인)가 계속 갈등을 빚었다. 폴란드에서는 그런 경험이 흔한 일이었다. 바우만에게는 여러 역할이 있었다. 학생, 군인, 장교, 학자, 교수, 아버지, 외부에서 온 이주자, 외부로 나간 이주자. 하지만 압도적으로 큰 영향을 미친 지위는 유대인이라는 출신에서 비롯했다. 따라서 바우만은 유대인이라는 지위를 자각할 수밖에 없었고, 남과 상호작용하는 데 강한 영향을 받았다.

바우만은 한 사회가 부족을 구분하는 행동이 어떻게 구성원을 '우리'와 '남'으로 가르는지를, 바우만의 말을 빌리자면 "누구 피가 더 붉은지를 놓고 벌어지는 충돌"을 몸소 겪었다. 인류가 겪는 여러 문제가 이런 충돌에서 비롯한다고 봐, 이 사안을 꾸준히 글로 다뤘다. 확신하건대 바우만의 삶은 부족주의라는 굴레에서 완전히 벗어난 적이 한 번도 없었을 것이다.

인생 전반기에 바우만은 개인에게서 주체성과 자율권을 앗아가는 극단 세력의 힘에 휘둘렸다. 아마 이런 자극이 바우만의 신념을 형성했을 것이다. 삶에는 위험한 상황이 있기 마련이라는 생각을, 개인이 자신의 삶을 제어할 힘은 극히 제한되어 있다는 생각을, 주어진 상황에 따라 개인의 성격을 조정할 수 있다는 생각을, 그 상황은 역사와 정치가 결정한다는 생각을 굳혔을 것이다. 사람이란 자신의 통제를 벗어난 강력한 세상에 얽매인 존재라는 이 생각은 20세기 후반에 유행한, 자기 운명은 자기가 만든다는 관념과 사뭇 다르다. 신자유주의 세상은 "원하면 가질 수 있다."라고 주장했지만, 바우만은 그 반대를 말했다. 소비로 주체성을 확인할 수 있다고 믿도록 시민들을 이끄는 관념이, 개인의 힘이라는 환상이 사회 곳곳에 스며든 현상을 설명했다.

서구 사회의 독자를 겨냥한 여러 책에서, 바우만은 자본주의가 구매와 소비로 행복을 이룰 수 있다고 약속하지만, 그러기는커녕 문명이 만들어낸 모든 것을 위태롭게 한다고 지적했다. 바우만의 용어를 빌리자면, 자본주의는 사회관계, 사랑, 규칙, 도덕성, 가치관을 '유동'시켰다. 끊임없이 발전하고 진전한다는 인식 때문에 한때는 견고했던 '근대' 사회의 절차와 규정이 이제는 새로운 것, 가장 나은 해결책, 혁신을 위한 혁신을 선호하는 특징을 보이며 유동했다. '유동'한다는 느낌, 일시성과 부족한 안정성이 우리 시대의 특징이었다. 견고하고 단단하고 명확하다고 여겼던 예전의 생활 방식이 무언가 새로우나 아직 확실하게 자리잡지 못한 채 진척 중인 작업에 자리를 내주고 있었다. 우리 시대는 이전의 체계, 규칙, 가치관이 더는 쓸모없어지는 바람에, 선진 사회의 모든 구성원이 유연하게 대응해야 하는 중간 시기였다. 불안정한 상태는 우리 사회가 변동한 결과였다.

'유동하는 세상Liquid World'에서는 모든 것이 너무나 빠르게 바뀌어, 삶이 잠정적이라는 느낌이 든다. '유동하는 시대Liquid Times'는 불확실성이 특징이다. 이전 세대에서는 많은 사람이 평생 같은 일터에서 같은 일을 하고, 흔히 한 배우자와 평생 같은 집에서 가족과 함께 살았다. 하지만 액체처럼 유동하는 세상에서는 사람들이 활발히 변동하는 환경에 적응해 일터와 직업을 바꿔야 했다. 유동하는 세상의 불안정성은 지리적 이동을 높인다. 활발히 변동하는 유동성은 사회관계를 바꾸고, 따라서 사회관계를 망가뜨린다. 사회적 유대가 무너져 사람들이 깊은 외로움에 빠진다. 그러니 최신 유행 상품을 사면 행복해질 것이라는 끈질긴 믿음은 강렬한 환상이었다. 이것이 바우만이 말한 서구 사회의 해체다.

바우만은 환상, 신념, 소속, 현실 참여를 잘 알았다. 인생 전반기에는 한때 사회주의 전파자로 활동해 새로운 사회를 세우고자 참여하는 과정에서 여러 교훈을 얻었고, 인생 후반기에는 냉혹한 몰입과 신념이 얼마나 위험한지를 사람들에게 알렸다. 바우만의 변모는 동료들과 사뭇 달랐다. 한때 바우만과 같은 길을 갔던 사람들은 자신이 초창기에 신봉했던 공산주의 체제를 비난하고, 자본주의로 무턱대고 뛰어들었다. 하지만 바우만은 사회 정의를 꿈꿨던 이상과 가치관을 지키면서도, 고귀한 목적을 표면에 내걸고 새로 생성 중인 체제를 날카롭게 분석했다.[8]

바우만의 삶을 광범위하게 다룬 첫 전기인 이 책은 바우만의 연구 활동을 바우만의 삶에 비춰 살펴본다. 바라건대, 바우만의 독자들에게 이 책이 바우만의 방대한 학식과 사상뿐 아니라 그만의 인생 경험에서 우러난 교훈을 더 깊이 통찰하는 계기가 되어, 그런 교훈이 담긴 바우만의 책을 다시 읽는 계기가 되었으면 좋겠다.

1

'그런 와중에도' 행복했던 어린 시절

1925~1932, 포즈난

중대한 시기에 의미심장한 곳에서

지그문트 바우만은 1925년 11월 19일, 폴란드 포즈난에서 태어났다. 당시 가장 인기 있던 지역 신문《쿠레르 포즈난스키*Kurjer Poznański*》는 그날 아침판에 로마에서 갓 들어온 '무솔리니에게 경의를 표한 열렬한 박수'라는 기사를 실었다. "국회 개원식에서 멋진 연설을 펼친 수상. 오늘 열린 하원 개원식은 내빈들이 무솔리니에게 환호로 경의를 표하는 가운데 벅찬 흥분과 열광의 도가니 속에 시작했다."(《쿠레르 포즈난스키》, R.20, 1925. 11. 19., 저녁판)

이날 이 신문의 저녁판에는 민족민주당Narodowa Demokracja(ND)을 이끈 유명한 민족주의 정치인 로만 드모프스키Roman Dmowski[1]의 연재 기고문 「재건된 폴란드에서 포모제와 포즈난 지역 사회」[2] 7회가 실렸다. 첫 기고문을 실은 11월 12일은 123년 동안 러시아, 프로이센, 오스트리아-헝가리 제국에 분할 통치를 당했던 폴란드가 1918년 11월 11일 한 국가로 독립한 지 7주년을 맞은 다음 날이었다. 글에서 드모프스키는 대중의 민족의식을 고취하는 것이 중요하다고 강조했다. 폴란드 앞에 유대인에 맞서 하나로 똘똘 뭉쳐야 하는 크나큰 중대사가 놓여 있고, 이 과제를 포즈난이 앞장서 이끌어야 한다고 호소했다. (《쿠레르 포즈난스키》, R.20, 1925. 11. 19., 저녁판) 지그문트 바우만은 바로 이런 시기에 태어났다.

'소수 민족'이라는 용어도 없던 이 시기는 유대인에게 결코 호시절이 아니었다. 유대인이 폴란드 땅에 뿌리내리고 산 지 어느덧 1,000년이 넘었지만, 폴란드인 대다수가 유대인을 폴란드 사회의 정식 구성원은커녕 '외부인', '남'으로 여겼다. 폴란드의 유대인이 처한 상황은 프랑스나 독일의 유대인이 처한 상황과 달랐다. 프랑스와 독일의 유대인들은 18세기 후반부터 현지 사회에 아주 깊숙이 녹아들었다. 그러나 폴란드에서는 유대인이 종교가 다른 사람이라는 뜻에 그치지 않았다. 폴란드 사회는 유대인을 문화와 민족성을 포함한 여러 범주에서 뚜렷이 다른 사람들로 그렸고, 이런 묘사는 가톨릭계 폴란드인과 수백 년 동안 같은 땅에서 함께 살았을지언정 유대인은 생판 다른 부족이라고 주장하는 논거가 되었다.

1980년대에 딸들에게 쓴 비공개 원고 「폴란드인, 유대인, 그리고 나—지금의 나를 만든 모든 것들에 관한 연구*The Poles, The Jews, and I: An Investigation into Whatever Made Me What I Am*」에서, 바우만은 폴란드에서 살아간 유대들이 어떤 상황에 있었는지를 이런 역사를 배경으로 설명했다.

나는 역사를 비켜 갈 수 없다. 역사는 '폴란드인이 된다는 것'이 지난 수백 년 동안 결정과 선택과 행동을 수반하는 사안이었다고 선언했다. 폴란드인이라는 신분은 손에 넣고자 싸우고, 방어하고, 의식적으로 단련하고, 바짝 경계하여 지켜야만 하는 것이었다. '폴란드인이 된다는 것'은 이미 확고하게 굳어진 국경을 지킨다는 뜻이 아니라 지금껏 존재하지 않던 경계선을 그린다는, 현실을 드러낸다기보다 현실을 **만든다**는 뜻이었다. 폴란드인이라는 신분에는 '당분간'이라는 불확실성이 줄기차게 이어졌다. 그것은 상황이 더 안정된 다른 나라 사람들은 거의 알지 못하는, 불안정하기 짝이 없는 임시 자격이었다.

그런 와중이었으니, 적들에게 에워싸여 끊임없이 위협받는 국가가 구성원의 충성심을 집요하게 시험하고 또 시험하리라는 것을 예상하지 않을 수 없었다. 밀려오는 적에게 짓밟혀 무력해지고 무장 해제될지 모른다는, 거의 편집증에 가까운 공포를 느끼리라는 것을. 자격이 그다지 검증되지 않은 모든 신규 구성원을 의심에 찬 꺼림칙한 눈초리로 쳐다보리라는 것을. 적에게 포위되었다고 여기고, 누구보다 '내부의 적'을 두려워하리라는 것을.

또 그런 와중이었으니, 오래전 머나먼 조상이 결정한 일이라 확고부동한 현실로 굳어졌다면 모를까, 폴란드인이 되겠다는 결정이 확실한 승리는커녕 승리를 전혀 장담하지 못하는 싸움에 뛰어드는 결정이라는 것을 감내해야 했다. 지난 수백 년 동안, 편한 삶에 목말라 자신을 폴란드인으로 규정한 사람은 없었다. 자신을 폴란드인으로 규정한 사람이 안락과 안전을 선택했다고 비난받는 일도 좀체 드물었다. 이들 대다수는 도의를 높이 사는 극찬과 진심 어린 환영을 받아 마땅했다.

그런데 똑같은 상황이 반대 방향으로 흘러 서로 어긋나다 못해 결국 충돌하는 결과를 낳다니, 그야말로 어처구니가 없다. 글쎄, 상황을 탓할밖에. (바우만의 비공개 원고, 1986~1987, 21~22)

자신을 폴란드인으로 규정하는 것은 개인의 선택이지만, 주류 사회의 승인을 받아야 했다. 유대인이 '동화'를, 폴란드 문화와 유대 문화가 융합된 정체성을 말한다는 것은 개인이 자신의 정체성을 인식하는 문제이기도 했지만, 폴란드 사회 전체가 관여할 수밖에 없는 문제였다. 여기에서 바우만이 언급한 '상황'이란 나치즘이 출현하기 전 독일과 프랑스의 유대인이 그곳 사회에 동화할 수 있던 상황과 달랐다. 오늘날에도 흔히 쓰는 20세기의 말마따나, 유대계 프랑스인이나 유대계 미국인은 될 수 있어도 유대계 폴란드인 같은 존재는 없었다. 그러니 폴란드의 유대인은 둘 중 하나를 선택해야 했다. 유대인이거나 폴란드인이거나.[3]

바우만은 폴란드인의 정체성이라는 이 독특한 사례를 '장기 지속 longue durée'[4] 관점에서 설명했다. "자신의 의지와 결정을 바탕으로 자신의 정체성을 규정하는 집단이 타인에게는 그럴 권리를 부정하는 성향을 보이는 현상은 사회심리학이 풀어야 할 수수께끼다. 어쩌면 이들은 자기 결정권의 정당성을 의심하고 깎아내림으로써 자신들의 허약한 존재 기반을 숨기고 잊어버리고 싶은지도 모른다. 바로 이런 현상이 1차 세계대전과 2차 세계대전 사이에 폴란드에서 나타났다."(바우만의 비공개 원고, 1986~1987, 21~22)

역사가 파베우 브리크친스키는『준비된 폭력─1·2차 세계대전 사이 폴란드에서 불거진 살인, 반유대주의, 민주주의Gotowi na przemoc』에서 반유대주의에 근거한 민족주의가 일부 폴란드 역사가가 기꺼이 인정하는 것보다 훨씬 크게 문화와 정치에서 주요 동력으로 작동했다고 주장한다. (Brykczyński, 2017, n.33) "반유대주의에서 비롯한 민족주의는 분명 패권을 장악한 힘은 아니었다. 이런 민족주의는 유제프 피우수트스키Józef Piłsudski[5]를 중심으로 모인 열렬한 사회주의자와 급진·자유·중도 보수 진영이 만들고, 피우수트스키처럼 유능하고 카리스마 넘치는 정치 지도자들이 이끈 강력한 경쟁 상대를 맞닥뜨렸다." (Brykczyński, 2017, 28~29) 브리크친스키는 드모프스키 지지자와 피우수트스키 지지자 사이에 충돌이 벌어진 근본 이유가 베네딕트 앤더슨Benedict Anderson[6]의 말을 달리 표현한

'상상 속 공동체'를 건설하는 방식이 달라서였다고 주장한다. (Brykczyński, 2017, 36~37) 피우수트스키가 생각한 폴란드 사회는 종교나 민족과 상관 없이 모든 폴란드 시민을 아울렀지만, 드모프스키가 생각한 폴란드인이 란 가톨릭 신자만의 몫이었다. 따라서 드모프스키와 피우수트스키 지지 자 사이에 충돌이 불거진 핵심 원인은 반유대주의였다.

1·2차 세계대전 사이에 폴란드에서 어깨를 맞대고 살아간 두 공동체 의 관계는 분할 통치 시절에 어느 세력에 지배받았느냐에 따라 지역마다 극명하게 달랐다. 분할 통치 시절에는 주택 및 직업 접근성을 제한하는 규정이 차르와 카이저에 따라 달랐고, 이에 따라 유대인 인구의 비율도 달라졌다. 1921년 기준으로 비엘코폴스카주의 주도 포즈난의 인구가 169,422명이었는데, 그 가운데 유대인은 1.2%인 2,088명뿐이었다.[7] 당 시 폴란드의 대도시치고는 보기 드문 인구 구조였다. 폴란드가 1918년에 독립해 새로 태어난 뒤로 대도시 인구 약 3분의 1이 유대인이었다. (1921 년 자료에 따르면 바르샤바는 33.13%, 우치는 34.6%, 크라쿠프는 25%가 유대인 이었다.) 드모프스키가 포즈난에 그토록 열정을 쏟은 까닭도 보나 마나 유대인 비율이 가장 낮고 "폴란드 민족에 충성을 다했기" 때문이다.[8] 이 무렵 폴란드어에는 유대인 창궐, 유대인화를 뜻하는 zażydzenie라는 단어 가 있었다.[9] 1927년에 출간된 『바르샤바어 사전』은 이 단어를 "유대인에 오염된 상태 … 어떤 지역이 유대인으로 가득 찬, 유대인이 득시글거리 는"으로 정의한다. 사전 제작자들은 용례에서 1924년에 노벨문학상을 탄 브와디스와프 레이몬트Władysław Reymont의 소설 『꿈꾸는 사람Marzyciel』을 언급한다. 책에서 주인공은 이렇게 말한다. "나는 유대인이 창궐하는 이 구린내 나는 나라를 잊고 그곳에서 죽겠다." 신문과 잡지가 걸핏하면 포 즈난이 폴란드에서 '유대인이 적게 창궐하는' 도시 중 하나라는 글을 실 었다.

《쿠레르 포즈난스키》에 실은 연재 기고문 중 하나에서, 드모프스키는 "문명화 과정"에서 일어난 포즈난의 발전을 언급했다. "폴란드에서 가장 오래되고 서구에 가까운 비엘코폴스카주는 다른 어느 지역보다 더 문명화되었었다. 독일인이 훨씬 많고 유대인이 적었던 시절에는 말이다." (《쿠레르 포즈난스키》, R.20, 1925. 11. 13., 저녁판) 여기에서도 유대인 인구의 증가가 곧 문명화 과정의 성쇠로 연결된다. 드모프스키가 내세운 '경제 발전'이라는 명목은 교묘하게 발전시킨 광범위한 반유대주의를 숨기는 뛰어난 위장술이었다.

1925년에 들어서자 포즈난에서 반유대주의가 후끈 달아올랐다. 그런데 겨우 10년 전과만 비교해도 포즈난의 유대인 인구가 꽤 줄어든 상태였다. 독립 전인 19세기 후반부터 1918년까지는 포즈난의 경제, 정치에서 유대인이 중요한 역할을 했다. 그 무렵 프로이센 치하 폴란드에서는 유대인을 독일인과 거의 동등하게 여겼고, 포즈난의 유대인 사회도 프로이센의 여느 유대인 사회와 그리 다르지 않았다. 독일계 프로이센인, 폴란드계 프로이센인, 유대계 프로이센인, 이렇게 세 민족 집단이 상용 언어가 독일어인 도시에서 함께 어울려 살았다. 집에서는 폴란드어를 쓰는 사람이 많았지만, 철혈 재상 비스마르크Otto von Bismarck가 강하게 밀어붙인 독일화 정책에 따라 공공장소에서는 폴란드어가 차별받았다. 당연하게도 민족민주당은 이 시기를 역겹게 여겼다.

1853년, 귀화한 유대인들이 사상 처음으로 시 의원에 뽑혔다. 폴란드인 의원보다 수가 많았던 그들은 그러잖아도 원만치 않던 폴란드인들과의 관계를 더 악화시켰다. 독립을 되찾고자 애쓰는 폴란드인에게는 프로이센에 충성하고 굴종하는 독일화한 유대인들이 때에 따라 독일인보다 더 원수 같은 무리였다. 포즈난에 거주한 유대인들은 1차 세계대전 뒤 이런

적의를 누구보다 뼈저리게 경험했다. (폴란드 유대역사박물관 공식 사이트에서 인용.)[10]

1차 세계대전이 끝나갈 무렵, 포즈난 주변 지역의 지배권을 놓고 독일과 폴란드가 대립했다. 그 정점에 있던 사건이 1918~1919년 비엘코폴스카 봉기다. 독일화에 크게 물든 포즈난 유대인들은 이 무력 충돌에서 독일에 새로 들어선 바이마르공화국을 지지했다. 새로 독립한 폴란드가 얼마 못 가 무너지리라고 믿었기 때문이다. 폴란드가 비엘코폴스카를 확실하게 장악하자, 유대인 대다수가 포즈난을 떠나 독일 통치 지역으로 이주했다. 그때껏 포즈난에서 독일을 지지하고 폴란드를 '배신'했던 유대인이 바로 이들이다. 비슷한 시기에, 1917년 10월 혁명으로 러시아에 소비에트연방이 들어서자 러시아 치하 폴란드 지역에서 대개 부르주아 계급으로 살던 '동부 유대인'이 포즈난으로 이주했다. 이들은 새로 독립한 폴란드를 지지했다. 하지만 1차 세계대전 뒤 민족주의가 힘을 과시하며 퍼뜨린 반유대주의가 날로 기승을 부린 터라, 포즈난의 가톨릭계 폴란드 주민들은 여러 유대인 집단을 따로 구분하지 않았다. 이들에게는 독일 관습을 따르는 유대인이냐 제정 러시아의 유대인 격리 지역 관습을 따르는 유대인이냐가 중요하지 않았다. 가톨릭계 폴란드인이 보기에 이들은 그저 다 같은 유대인일 뿐이었다.

1922년까지도 포즈난의 유대교 총회와 평의회에서 독일어를 여전히 공식 언어로 사용했지만, 1931년 들어서는 포즈난의 유대인 가운데 독일어를 말하고 자신을 독일인으로 생각하는 사람은 15%에 불과했다. (Witkowski, 2012) 그만큼 줄어든 인구를 동부에서 이주한 유대인이 '대체'했다.[11]

가족

지그문트 바우만의 부모도 1920년대에 새로 포즈난으로 이주한 사람들이었다. 포즈난의 주민등록부를 살펴보면, 지그문트의 아버지 마우리치 바우만Maurycy Bauman은 1923년 7월 1일에 프루사 거리 1번지로 이주했다.[12] 이 문서에 따르면 마우리치는 1890년 2월 20일, 포즈난에서 동쪽으로 50km 떨어진 스우프차라는 고장에서 태어났다. 1870년 무렵 이 고장에 정착한 유대인들은 1900년에 스우프차 인구의 20%를, 마우리치가 포즈난으로 떠난 1920년대에는 25%를 차지했다.[13] 어머니 조피아Zofia는 1894년 2월 10일, 브워츠와베크에서 가까운 리핀에서 태어났다. 리핀은 1620년부터 유대인 사회가 대규모로 들어선 곳이었다. 조피아의 결혼 전 이름은 문서마다 다르다. 주소 등록부에는 조피아 콘Zofia Kon으로 적혀 있지만, 대부분 2차 세계대전 뒤 작성된 다른 문서들에는 조피아 초흔, 지바 초흔Zofia(Zywa) Cohn으로도 적혀 있다. 포즈난시의 주민등록부에 세 번째로 기록된 사람은 지그문트의 누나 타우바Tauba로, 1919년 1월 28일에 스우프차에서 태어났다고 적혀 있다. 물론 둘째 아이이자 막내인 지그문트도 이 문서에 이름이 올라 있다.

그런데 이 문서에 적힌 인물 정보가 나중에 작성된 공문서의 정보와 조금씩 다르다. 지그문트 바우만 본인도 폴란드의 비밀 정치경찰인 공안청이 1950년에 작성한 13쪽짜리 '특별 조서' 같은 문서들에 가족의 정보와 이력을 조금씩 다르게 설명한다. 2차 세계대전을 겪은 사람들에게서 흔히 보듯, 문서마다 생년월일과 철자가 다르다.[14] 많은 사람이 전쟁, 추방, 탈출을 헤치고 살아남고자 태어난 곳과 날짜, 성과 이름을 바꿨다. 바우만 집안도 독일어로 건축업자를 뜻하는 Baumann에서 '폴란드인처럼 보이는' Bauman으로 성을 바꿨다. 십중팔구 1918년에 폴란드가 국가로 독립한 뒤 바꿨을 것이다.

하지만 때로는 저마다 폴란드어, 독일어, 러시아어, 이디시어*, 히브리어 같은 다양한 언어로 교육받은 사람들이 뜻하지 않게 공문서에 변화를 일으키는 바람에 이름이 바뀌기도 했다.[15] 언어에 따라 사용하는 문자가 키릴 문자, 히브리 문자, 라틴 문자로 갈렸을 뿐더러, 폴란드어에는 라틴 문자를 쓰는 다른 언어에는 없는 양음** 부호를 쓰는 문자가 많다. 예컨대 바우만의 어머니 조피아가 결혼 전에 쓴 성으로 이디시어나 히브리어에서 비롯한 콘은 문자에 따라 Kon, Kohn, Kahn, Con, Cehn, Cohn으로 바꿔 쓸 수 있었다. 몇몇 가계도에 따르면 이렇게 표기한 성은 모두 유대 전통에서 고귀하게 여기는 이름인 코헨Cohen의 변형이다. 히브리어로 성직자라는 뜻인 코헨은 본래 성서 시대에 예루살렘의 여호와 성전을 지켰던 제사장 무리를 가리킨다.

일부러 성을 바꿀 때도 있었지만, 대개는 등록 담당자가 다른 언어나 문자를 사용하거나 다른 문화권 출신이라 바뀔 때가 많았다. 2차 세계대전 기간과 전후에 공문서 작성을 맡았던 폴란드 관리나 소련 병사(이들은 키릴 문자로 교육받았다)가 히브리어 이름을 기록할 때 이런 일이 일어났다. 아마 등록 담당자가 특정 집단의 정체성을 강조하려 했거나, 또는 특정 집단으로 인식될 필요가 있는 당사자가 그에 걸맞은 정체성을 내세우고자 이름을 바꿨거나 둘 중 하나일 것이다. 이를테면 바우만의 누나는 유대인 사회에 등록된 기록에 따르면 타우바로 태어났지만, 폴란드 관습에 맞춰 타우바의 폴란드식 이름인 테오필라Teofila가 되었고, 팔레스타인으로 이주한 뒤에는 히브리어 이름인 토바Tova를 썼다. 전후 문서들을 살

---

* 유럽 중부와 동부 유대인이 쓰던 언어.
** 다른 곳보다 더 강하게 발음하는 음절로, 폴란드어에서는 주로 입천장소리를 나타낸다.

펴보면 타우바의 출생지도 바뀐다. 포즈난 주민등록부에 따르면 스우프
차에서 태어났지만, 전후 문서들에서는 외가 식구들이 살았던 브워츠와
베크로 바뀌었다. 두 고장은 110km나 떨어진 다른 지역이다.

　타우바가 태어난 1919년 1월의 브워츠와베크는 평온과는 거리가 멀
었다. 포즈난과 달리 브워츠와베크의 유대인 사회가 폴란드군과 새로운
독립 정부를 지지했는데도, 공산주의 당원과 반공산주의자가 서로 갈등
하는 과정에서 유대인 지구를 겨냥한 포그롬*이 잇달아 일어났다. 1차 세
계대전이 끝난 뒤 여러 달 동안, 유대인이 사는 크고 작은 도시에서 병사
와 민간인이 합세해 빈번하게 포그롬을 일으켰다. (Jastrząb, 2015) 1919년
1월에 브워츠와베크에서 포그롬이 일어난 원인은 부유한 소수 민족을
겨냥한 혐오 말고는 설명할 길이 없다. 당시 유대인은 브워츠와베크의
사업체 60%를 소유했고, 대부분 수십 년 동안 지역 사회에 매끄럽게 동
화했다. 유명한 유대인 지주와 저명인사 가운데 성이 콘인 사람이 많았
다. 조피아의 집안도 건설 업체를 소유해 부르주아 계급에 속했다.

　2차 세계대전과 전후에 작성된 문서에서 가장 흔하게 수정된 내용은
아마 출생 연도일 것이다. 이를테면 지그문트의 어머니 조피아는 전쟁
전 문서에 따르면 1894년생이지만, 전후 문서에 따르면 1896년생이다.
많은 사람이 전쟁과 전후 행정 제도의 혼란을 틈타 나이를 낮췄다. 나이
낮추기는 정년제를 운용하고 쥐꼬리만큼 시늉만 내는 연금이 나오는 통
제 국가에서 더 오래 일할 훌륭한 전략이었다.

　마우리치의 직업 변화는 지그문트네 가족이 살아간 20세기에 사회
압력이 어떻게 바뀌었는지, 사람들이 생각한 '사회 자본'이나 '사회 계층'

---

* 제정 러시아 시절 유대인을 겨냥해 약탈과 학살을 일삼은 폭동을 가리켰던 말로, 특정 민족
　과 종교 특히 유대인을 겨냥한 폭동을 뜻한다.

의 구성 요소가 어떻게 바뀌었는지를 뚜렷하게 보여준다. 문서에 따르면, 지그문트가 태어났을 때 마우리치 바우만은 직물 가게sklep bławatny를 소유했거나 적어도 공동으로 소유했지만, 2차 세계대전이 일어나기 전 직업은 방문 판매원kupiec으로 기록되었다. 가게가 파산하고, 대공황이 닥치고, 폴란드 사회가 유대인 가게에 불매운동을 벌인(포즈난에서는 불매운동이 특히 일사불란하게 진행되었다) 뒤인 1930년대에는 스와빈스키 & 토치카와라는 회사에서 회계사나 장부 담당자buchhalter로 일했다. 전후 몇몇 정부 조서에서, 바우만은 아버지의 전쟁 전 직업을 두 가지로 답했다. 하나는 상인이나 가게 주인이었고, 하나는 회계사였다. 예컨대 1950년 1월 3일에 작성한 「이력 설명서」에는 이렇게 적었다. "파산한 뒤로 1939년까지, 아버지는 포즈난에서 장부 담당자로 일하면서 간간이 외판원으로도 일하셨습니다. 처음 일한 회사는 토치카와였고, 그다음에는 스코브론스치라는 기업이었습니다."[16]

이렇게 정보를 변경한 목적은 바우만이 자신의 출신 배경에서 '자본가' 혈통을 지우려 했기 때문이다. 2차 세계대전 뒤 폴란드에서는 사업체를 소유했거나 상품을 팔았던, 그래서 부르주아나 자본가였던 사람을 아버지로 뒀다는 배경이 특히 군대, 공산주의 정당, 다른 주요 기관에서 승진하는 데 커다란 걸림돌이었다. 아버지가 자본가였던 쪽보다 외판원이나 회계 직원이었던 쪽이 앞날에 훨씬 유리했다. 바우만이 전후 폴란드에서 속한 계층을 고려하면, 이 문제는 바우만의 일생에서 '민감한' 사안이었다. 1940년대 후반에는 바우만이 근무한 기관에 유대인이 적잖아, 유대인이라는 출신은 그다지 문제가 되지 않았다. 하지만 바우만 집안이 속했던 사회 계층이나 직업군 즉 부르주아 출신이라는 배경은 훨씬 심각한 문제였다.

마우리치 바우만은 교양 있는 집안 출신이었다. 지그문트는 비공개 원고에 이렇게 적었다.

할아버지는 어느 마을에서 상점을 운영하셨다. 듣기로는 집안의 다른 여러 일족에서 박식한 랍비와 유명한 차디크*가 나왔다고 한다. 할아버지는 그런 혈통에서 나온 작은 조각이었다. 사업을 시작한 곳은 자구루프라는 작은 마을이었고, 나중에 스우프차의 중심지로 옮겼다. 내가 알기로 할아버지는 유대교 학교인 헤데르** 말고는 교육을 전혀 받지 않으셨다.[17] (바우만의 비공개 원고, 1986~1987, 3)

자구루프는 스우프차에서 가까운 작은 마을이다. 19세기 후반 인구가 3,000명이 채 안 되던 곳인데, 그 가운데 5분의 1이 유대인이었다. 지그문트의 할아버지는 마우리치가 태어나기 전에 스우프차로 이주했다. 마우리치 말고도 다른 아들 둘이 상점을 운영했고, 한 아들은 기술자였다. 이 세 아들은 모두 이민을 떠났다. 맏아들[18]은 1차 세계대전 전에 독일 카를스루에로 옮겼다가 나중에 팔레스타인으로 떠났다. 둘째인 시몬은 1905년에 미국으로 떠났고, 지그문트가 1950년에 작성한 「이력서 별첨 설명서」에 따르면 아칸소주 리틀록에서 "공장을 소유했을 것으로 보인다."[19] 셋째 아들인 베니아민은 1923년에 곧장 팔레스타인으로 이주해 텔아비브에 정착했다. 딸 조피아는 직업이 판매원이나 대리상이었을 것으로 보이는, 성이 이즈비츠카인 남성과 결혼해 1908년에 스위스 루체른으로 이주했다. 당시 이 지역 사람들에게는 이런 이주 양상이 드물지 않게 나타났다. 서유럽과 미국의 산업화에 이끌린 많은 젊은이가 더 나은

---

* 유대교에서 의롭다고 인정한 사람에게 주는 칭호.
** Cheder. 유대교와 히브리어를 가르치는 초등 교육 과정.

삶을 약속하는 땅을 찾아 불안하고 가난한 땅을 떠났다. 게다가 브와디스와프 그랍스키Władysław Grabski 수상이 이끌던 정부가 유대인이 많은 소작농, 기술공, 상점 주인에게 세금을 높게 매기자, 1924~1925년에 폴란드의 유대인이 팔레스타인으로 대규모로 이주하는 '그랍스키 알리야Grabski's Aliyah'가 일어났다. (알리야란 여러 나라를 떠돌던 유대인 디아스포라가 팔레스타인으로, 따라서 이스라엘로 돌아가는 이주를 가리킨다.) 2차 세계대전이 일어난 1939년에 바우만 일가 중 스우프차에 남아 있던 사람이 있었는지는 명확하지 않다.

지그문트의 비공개 원고에는 바우만 가문의 교육 전략이 살짝 엿보인다. 이 전략은 20세기 초반에 동유럽에서 일어난 사회 변화를 나타냈다.

> 할아버지는 마지못해 막내아들에게는 세속적 교육을 지원하기로 동의하셨다. 아버지는 막내가 아니었으므로 다른 형제와 마찬가지로 마을의 멜라메드melamed[20]가 유일한 선생님이었다. 하지만 할아버지 옆에서 상점 일을 도왔던 맏아들을 빼고는 다른 모든 아들이 할아버지에게 반항해 하나씩 집을 떠났다. … 아버지는 스우프차를 떠나지는 않았지만 다른 형식으로 반항했다. 완벽한 독일어, 꽤 괜찮은 러시아어, 그런대로 들어줄 만한 폴란드어, 그리고 약간의 영어와 프랑스어를 익힌 뒤, 책에 푹 빠져 지냈다. (바우만의 비공개 원고, 1986~1987, 4~5)

마우리치는 '독학자'였고, 애서가였고, 몽상가였다. 달리 말해 점원이나 상인으로 알맞지 않았다. 마우리치의 아버지가, 또 사회가 마우리치에게 바랐던 직업은 20세기 초반에 그 지역의 생활을 지배하던 규범에 부합하는 것이었다. 중간 규모 도시에 사는 유대인은 마땅히 상업에 종사해야 했다. 게다가 그 시절에는 아들이 아버지의 직업을 따르는 것이 규범이었다. 이것이 직업을 선택하는 가장 흔한 방법이었다. 하지만 말이 좋아 선택이지, 실제로는 선택이 아니었다.

꽤 괜찮은 상인 집안 출신이었으니, 보나 마나 사람들이 아버지도 뛰어난 상인이 되리라고 생각했을 것이다. 사업 밑천은 어머니의 지참금이었다. 나머지는 아버지에게 달려 있었다. 아마 누구도 아버지가 어떤 사람인지 눈여겨보지 않았을 것이다. 그래서 아버지가 정신 활동은 풍요로우나 현실 감각은 형편없이 떨어지는 사람이라는 사실을 눈치채지 못했지 않나 싶다. 아버지는 학자가 되기를 꿈꿨다. 하지만 사람들은 아버지가 상점 주인이 되기를 바랐다. 그들은 아버지의 총명함을 뛰어난 사업 감각으로 착각했다. (바우만의 비공개 원고, 1986~1987, 7)

비공개 원고에서 바우만은 마우리치와 조피아를 '안 맞는' 짝, 더 나아가 '잘못 짝지어진' 부부로 묘사했다. 집안 배경, 종교, 생활 방식이 모두 달랐기 때문이다. 마우리치는 허례허식 없이 독서와 학문에 집중하는 조용한 삶을 바랐다. 하지만 조피아는 활기찬 문화가 넘쳐흐르는 지방 도시에서 부르주아 집안의 딸로 자란 사람이었다.

외할아버지는 '진보의 선구자'였다. 당시 외할아버지와 같은 사람들은 자신들의 기술과 행동이 진보한다고 확신했고, 동화로 얻은 폴란드인다움이 진보성을 띤다고 믿어 그런 확신을 몇 배로 강화했다. 어머니는 이모네 분과 외아들이던 외삼촌이 그랬듯 완전히 폴란드식 교육을 받으셨다. 어머니의 이디시어는 브워츠와베크의 거리에서 들려오는 왁자지껄한 이야기로 배운 것이 다라, 우리가 못 알아듣기를 바라는 은밀한 이야기를 아버지와 나눌 만한 수준에 그쳤다. 게다가 어머니는 슈테틀*의 전통보다는 폴란드 상류 계층의 생활양식에 가까운, 품위와 예의가 흐르는 분위기에서 낭만적인 영화, 지적인 대화, 음악을 접하며 자랐다. (바우만의 비공개 원고, 1986~1987, 6)

하지만 이 진보적인 집안을 이끈 외할아버지는 폭군이나 마찬가지였다. (바우만은 외할아버지를 "성경에 나온 사람처럼 완전히 가부장적"인 인물로 정의했다.) 일반 학교에서 배운 어떤 자유사상도 딸들을 모두 중매로 결혼시키는 것을 막지 못했다. "이모들은 적당히 성공해 꽤 잘사는 사업가와 결혼했다. 어머니도 마찬가지였다. 적어도 그렇다고 생각했다. … 잘못 짝지어진 부부는 결혼 뒤 포즈난으로 옮겼다. … 백 년 넘게 줄곧 프로이센에 지배받았던 포즈난이 마침내 폴란드의 통치를 받기 시작한 지 얼마 지나지 않아서였다." (바우만의 비공개 원고, 1986~1987, 7)

주민등록부에 따르면 1921년에 포즈난에 온 마우리치는 처음에는 마슈탈라르스카 거리에서 셰페르 가족과 한집에 살았고, 몇 달 뒤에는 부코프스카 거리에서 프로반스키 가족과 한집에 살았다. 두 곳 모두 세 들어 살았던 것으로 보인다. 마슈탈라르스카는 유대인 지구에 속했고, 부코프스카는 가톨릭계 폴란드인 주거지인 예지체 지구에 속했다. 부부가 1923년에 아파트를 얻는 프루스 거리 17번지도 예지체 지구였다. 이곳을 주거지로 선택했다는 것으로 알 수 있듯이, 조피아는 동화 과정을 굳게 믿었다.

어머니가 평생 보여준 현실 부정은 포즈난이 고난에 시달린 수백 년 역사에서 줄곧 유대인을 품지 않으려 했던 주택가에 아파트를 얻은 사실에서

---

* Shtetl. 동유럽에서 유대인이 모여 살던 마을로, 대개 가난하고 외진 곳이었다.

도 드러났다. 그곳은 조용하고 깨끗하고 밝고 자부심이 넘치는 꽤 괜찮은 구역이었다. 거리마다 폴란드 문화를 빛낸 민족 지도자나 지역 명사의 이름이 붙었고, 전문가, 공무원, 군인, 신사와 숙녀, 저명한 남편을 먼저 보낸 몇몇 여성이 지난 영광에 자부심을 느끼며 살았다. (바우만의 비공개 원고, 1986~1987, 8)

그 아파트는 틀림없이 마우리치의 뜻에 어긋나는 선택이었다. 구시가지의 유대인 지구에 머물기를 바랐을 마우리치에게는 고통의 원천이었다. 하지만 마우리치에게 큰 걱정거리는 가장으로서 역할을 다할 능력이 모자란다는 것이었다. 가장 큰 원인은 장사에 관심이 없어서였다. "상가 지역에 자리잡은 직물 가게는 아버지에게 지옥이자 감옥이었다. … 아버지는 대공황이 시작하기도 전에 파산을 선언하셨다." (바우만의 비공개 원고, 1986~1987, 9)

마우리치 바우만은 완전한 몰락에서 벗어나고자 파리로 갔다. 새로 대출받은 자금, 계약, 사업 제안을 발판으로 그곳에서 새 사업을 찾아 나섰다. 포즈난의 주민등록부에 따르면 마우리치가 집을 비운 시기는 1931년 9월 22일부터 10월 14일까지다.

지그문트는 그때 일을 이렇게 기록했다.

아버지가 집을 비우신 몇 주 동안, 우리는 양배추 수프로 끼니를 때웠다. 관리인의 부인이 친절하게도 자기네 식량에서 절인 양배추 한 통을 빌려준 덕분이다. 얼마 뒤 전보가 한 통 날아왔다. 그때껏 늘 활기찼던 어머니가 흐느껴 우셨다. 그 전보를 읽어보지는 않았지만, 내용은 기억한다. 물정 모르고 운 없는 호구였던 아버지는 속으로 웬 떡이냐 쾌재를 부르며 가게를 빌려주는 척했던 약삭빠른 파리 사내들에게 돈을 탈탈 털렸고, 어머니에게 그래도 자신이 돌아오기를 바라느냐고 물었다. 아버지가 돌아오신 날이 지금도 어제처럼 생생하다. 문을 두드리는 소리가 크게 들렸고, … 수염이 부스스하게 자란 아버지가 수초와 진흙을 잔뜩 뒤집어쓴 채 서 계셨다. 젖은 외투에서는 더러운 물이 뚝뚝 흘러내렸다. (바우만의 비공개 원고, 1986~1987, 9)

파리에서 돌아온 마우리치가 부유한 유대인 상인들의 사무실을 돌아다니며 일자리를 구걸하다, 바르타강을 가로지르는 아름다운 다리로 걸어가 뛰어내린 것이다. "지나가던 보이스카우트들이 얼음 같은 강물에 뛰어들어 아버지를 건져냈다. 아버지의 바람에 어긋난 일이었다." (바우만의 비공개 원고, 1986~1987, 9)

아버지의 파산은 어린 지그문트의 기억에 깊이 자리잡았다. 폴란드 일간지 《가제타 비보르차 *Gazeta Wyborcza*》의 언론인 토마시 크바시니에프스키 Tomasz Kwaśniewski[21] 와 나눈 인터뷰에서, 바우만은 아버지가 투신자살하려 한 이유가 모든 것을 잃어서였다고 말했다. "아파트에서 가구들이 없어지던 일을 기억합니다. 집달관이 우리 집을 숱하게 찾아왔어요. 그런데 아버지가 자살하려 했다는 말이 포즈난 곳곳에 퍼지자, 누군가가 딱한 마음에 아버지를 장부 담당자로 고용했습니다. 월급은 얼마 안 됐고 차별과 굴욕에 시달렸지만, 아버지가 그럭저럭 우리를 먹여 살릴 수 있었어요." 지그문트는 아버지가 자살하려 한 일을 자식들에게 한 번도 설명하지 않았다고 말했지만, 이런 속내를 털어놓았다.

그때 일을 재구성하면 이렇지 않을까 싶군요. 그때는 '가장'이라는 옛날식 개념이 있었습니다. 아버지는 아내와 두 아이가 딸린 가장이었어요. 처자식을 먹이고 입히고 가르쳐야 했어요. 그럴 능력이 없는 가장은 아무것도 아닌 존재, 살 가치가 없는 몹쓸 인간이었습니다. 그때는 처자식을 굶주림과 굴욕에서 구하지 못하는 가장이 멸시받아 마땅한 시절이었으니까요. (《가제타 비보르차》, 2007. 2. 10.)

이 일은 식구들에게 깊은 상처를 남겼다. 언론이 '자살 시도한 유대인, 폴란드 보이스카우트가 구해' 같은 제목의 기사를 실었다. (바우만의 비공개 원고, 1986~1987, 9~10) 바우만은 아버지가 파산한 원인이 포즈난에서 일어난 유대인 상점 불매운동보다는 마우리치의 무능력이라고 굳게 믿었다. 하지만 불매운동이 대공황 시기에 정점을 찍기는 했어도, 시작은 일찍이 1920년부터였다. 지그문트 바우만이 태어난 1925년 11월 19일에 《쿠레르 포즈난스키》가 '폴란드산업방어협회 창립 회의'를 전하는 기사를 실었다.[22] 이때 이미 유대인 상점과 회사의 물건을 사지 말자는 생각이 팽배해,[23] 드모프스키가 이끄는 반유대주의 우파 민족민주당의 주요 관심사가 되었다.

불매운동이 벌어지는 와중에도 전략을 잘 세워 위기를 모면한 유대인 사업가가 더러 있었다. 이스라엘 사진작가 피라 메와메존-살란스카의 아버지도 그중 하나였다. "우리는 점원을 네 명 고용했다. 아버지는 유대인이 상점 주인이라는 사실이 드러나지 않도록 폴란드 사람만 점원으로 고르셨다." (Nizioɫek & Kosakowska, 2016, 67) 메와메존-살란스카의 아버지는 재빨리 불매운동을 피할 재산과 요령이 있었다. 하지만 마우리치는 그렇지 못했다. 두 집안 모두 중산층에 속했지만, 마우리치가 보유한 얼마 안 되는 자산은 이런 상황에서 '중산층'의 생활 방식을 유지하기에 충분하지 않았다. 그렇다고 슈테틀이라 불렀던 유대인촌이나 도시에서 대를 이어 가난하게 살며 공장이나 작은 상점에서 볼품없는 수공예로 먹고사는 전형적인 '가난한 유대인'도 아니었다. 지그문트의 가족은 부르주아 유대인과 노동자 유대인 사이에 애매하게 끼어 있었다.

> 나는 가난했다. 그러니까 내 말은, 부모님이 가난했다. 그렇다고 우리가
> 가난하게 산 것은 아니다. 몇 구역 떨어진 곳의 비참한 빈곤과 더러움에
> 견주면 말이다. 그곳에서는 조잡한 공방이 길 잃은 손님이 찾아오기를 덧
> 없이 기다렸고, 실직한 노동자와 시골에서 올라온 이주자의 아이들이 진
> 창이 된 비포장 길을 맨발로 돌아다녔다. 배가 고팠던 기억은 없다. 잊지
> 못할 '양배추 주간'에도 우리는 굶주리지 않았다. 그래도 우리 가족의 살
> 림살이는 어머니가 어떻게든 적자를 내지 않으려고 안간힘을 쓰는 생존
> 투쟁의 연속이었다. 다달이 중순을 지나면 언제나 돈에 쪼들렸다. … 책,
> 신발, 양말이란 당연히 생일 선물로나 받는 것이라 여겼다. 인형은 가져
> 본 기억이 없다. (바우만의 비공개 원고, 1986~1987, 14~15)

그렇게 형편이 넉넉지 않았는데도, 중산층에서 자란 마우리치와 조피
아는 자신들이 보고 배운 중산층 문화를 아이들도 경험하기를 바랐다.
이를테면 아이들은 반드시 음악 교육을 받아야 한다고 굳게 믿었다.
2015년 인터뷰에서 내가 이 주제를 물었더니, 지그문트는 조피아가 아들
인 자신이 피아노를 배우기를 바랐다고 답했다.[24] "우리는 작은 아파트에
서 살았습니다. 어머니는 제가 피아노를 연주하기를 바라셨어요. 특이한
일이었습니다. 피아노 연주는 대개 딸아이를 가르칠 때 빠지지 않는 것
이었거든요. … 위로 누이가 한 명 있었는데, 누이한테는 아무것도 강요
하지 않으면서, 나한테는 피아노를 연주하라고 하셨습니다. 왜 그러셨는
지는 모르겠군요."

이 지역의 중산층 유대인 가정에서 태어난 남자아이들은 대개 바이
올린을 연주했다. (Wagner, 2015, 15~19) 하지만 조피아 바우만은 시류를

그대로 따르지 않았다. 지그문트가 크바시니에프스키에게 이야기한 대로였다. "어머니는 계획과 야망, 활기가 넘쳤습니다. 교육을 받았기에 책이라면 가리지 않고 읽었고, 흥미로운 삶을 살 준비가 되어 있는 분이셨어요. 하지만 운명의 저주로, 구멍 난 양말을 꿰매는 주부가 되어야 했지요."(《가제타 비보르차》, 2010. 11. 21.)

조피아가 자란 브워츠와베크 지역의 유대인 사회는 오래전부터 종교에서 폭넓게 벗어나 있었다. 1859년에 유대계 아이들을 위한 첫 일반 학교가 문을 연 곳답게, 세속화와 폴란드화를 매우 중요하게 여겼다. 조피아는 관습에 얽매이지 않는 무신론자이자 교육받은 여성이었다. 그래도 주변에서는 그녀를 주로 유대인, 그러니까 '동화한' 유대인으로 받아들였다. 그런데 '동화한 유대인'이란 무슨 뜻이었을까?

그 시기에 포즈난에서 '동화한 유대인'이 무슨 뜻이었는지는 마와메존-살란스카의 회고가 훌륭하게 묘사한다.

우리는 독실한 유대교 신자가 아니라서, 기독교도와 그리 다르지 않게 생활했다. 코셔*를 따르지 않아 돼지고기로 만든 소시지와 햄을 먹었고, 사바스**에 맞춰 다 함께 저녁을 먹지도 않았다. 유대교 회당 옆에 살면서도 회당에 가지 않았다. 포즈난의 거의 모든 유대인 상점이 그렇듯, 우리도 토요일에 가게 문을 열었다. 아버지는 새해 첫날이나 속죄일 같은 큰 명절에만, 그런 날에 일하는 것은 부끄러운 짓이라는 이유로 가게 문을 닫았다. … 유월절***에 무교병을 사기는 했지만, 발효시켜 구운 빵도 먹었다.

---

* Kosher. 정결한 음식과 관련한 규제로, 돼지고기는 코셔에 해당하지 않아 금지한다.
** Sabbath. 금요일 일몰부터 토요일 일몰까지 이어지는 유대교 안식일로, 금요일 저녁, 토요일 점심과 늦은 오후에 가족이 함께 식사하는 관습이 있다.
*** 출애굽 즉 이집트에서 탈출한 것을 기념하는 날로, 조상들의 고난을 기리고자 효모가 들어가

독실한 유대교 신자들은 생각도 못 할 일이었다. 우리는 오순절*이나 퓨림절**도 기념하지 않았다. (Niziołek & Kosakowska, 2014, 73)

마우리치는 조피아보다도 훨씬 더 종교와 거리가 멀었던 듯하다. 2015년 인터뷰에서 지그문트는 내게 이렇게 말했다. "아버지는 유대교 신자로 활동했지만, 신을 믿지는 않았습니다. 속죄일에는 금식하고 그날 하루를 회당에서 보냈지만, 습관이었을 뿐이었어요."

이런 유대계 폴란드 집안에서는 대체로 조부모가 종교 전통을 전달했다. 지그문트의 할아버지도 예외는 아니었다.

내가 기억하는 할아버지는 키가 크고, 담배로 노랗게 물들지만 않았다면 하얬을 턱수염을 길게 기른 분이었다. 종교 문제를 말할 때는 폴란드어는 물론이고 다른 어떤 언어도 아닌 이디시어로만 이야기하셨다. 따라서 의사소통에 한계가 있었다. 내게 성경 내용을 가르쳐야 한다고 고집하셨는데, 나는 그럴 생각이 손톱만큼도 없었다. 할아버지의 폴란드어 실력은 가게 계산대에서 거의 평생을 보낸 사람에게 필요한 몇 마디에 그쳤고, 나는 히브리어를 읽지도 이해하지도 못했다. 따라서 할아버지께 종교적 가르침을 받은 뒤로도 한참 동안, 성경은 내게 도무지 모를 수수께끼였다. (바우만의 비공개 원고, 1986~1987, 4)

지그문트의 할아버지는 19세기에 폴란드의 작은 고장에서 살던 유대인에게 흔했던 가치관을 대표한다. 마우리치가 속한 다음 세대의 가치관

지 않은 딱딱한 빵 무교병을 먹는다.

* 유대인의 추수감사절.
** Purim. 고대 페르시아에 살던 유대인이 몰살을 피했던 일을 기념하는 축일.

은 이와 사뭇 달랐다. 다음 세대에서는 시온주의의 이상이 자라고 있었다.[25] 인터뷰에서 바우만은 내게 "아버지는 시온주의의 이상을 믿는 분이었습니다. 내가 아는 시온주의에 따르면 아버지는 시온주의자였어요. 내가 태어나기 전에는 어땠는지 모르지만, 아마 그때도 시온주의자였을 겁니다."라고 말했다. 2차 세계대전 전까지 시온주의는 거의 실현하기 어려운 꿈에 가까웠다. 바우만은 당시 유대인 사이에서 떠돌던 농담을 하나말했다. "시온주의자가 뭔 줄 알아? 다른 유대인을 이용해 또 다른 유대인을 팔레스타인으로 보내는 유대인이지."

딸들에게 보낸 비공개 원고에는 이렇게 적었다.

아버지가 평생 진심으로 꿈꾼 세계의 핵심인 시온주의는 내가 보기에 저항의 한 방식이었다. 아버지에게 시온주의는 '진정한' 저항이었다. 시온은 슈테틀의 어둠과 더러움이, 탐욕과 차가움이, 돈 한 푼에 벌벌 떨거나 뼈 빠지게 일만 하는 사람들이 끼어들 여지가 없는 중요한 무엇이었다. 시온은 형제애이자, 온누리에 깃든 선량함이었다. … 하지만 마침내 이스라엘에 정착했을 때,[26] 아버지는 당신이 찾던 시온을 발견하지 못했다. 아버지가 맛본 최악의 실패였다. (바우만의 비공개 원고, 1986~1987, 4~5)

마우리치는 알리야를 택하려 했지만, 조피아가 거부했다. 지그문트에 따르면 조피아는 폴란드를 떠난다는 생각을 반기지 않았다. 하지만 지그문트의 아내인 야니나 바우만Janina Bauman(결혼 전 성은 레빈손Lewinson이다)은 영어로 펴낸 자서전에서 다른 이야기를 들려준다.

시어머니가 불쑥 나를 찾아왔다. … 무슨 일인지 몹시 궁금했던 나는 가족의 슬픈 이야기에 귀를 기울였다. 시어머니가 기억하기로 시아버지는 아주 오래전부터 팔레스타인으로 이주하기를 꿈꿨다고 한다. 1930년대 후반에는 두 분이 팔레스타인에 정착하는 것을 심각하게 고려했다. 첫째인 토바도 팔레스타인으로 가기를 바랐다. 콘라트[지그문트][27]는 너무 어려 의견을 묻기 어려웠다. 시어머니는 비록 망설이기는 했으나 한 번도 이주에 반대하지 않았다. 그런데 폴란드를 떠나려던 참에 2차 세계대전이 터졌다. (J. Bauman, 1988, 50)

2차 세계대전이 일어나기 전, 지그문트는 학교에 다니고 있었다. 학교에서는 집에서와 사뭇 다른 상황이 펼쳐졌다. "나는 어린 시절 내내 부모님의 따뜻한 사랑 안에서 뛰놀았다. 그 사랑이 차가운 외부 세계에서 나를 보호했다. 그 시절을 떠올려보면, 차가움을 느낄 이유가 사방에 널려 있었다." (바우만의 비공개 원고, 1986~1987, 10)

2

남다른 학생

1932~1939, 포즈난

당신의 조국에서, 사람들은 고개 숙이네
누구든 가장 강력한 자에게.
패배자는 학살당하네
그들에게는 침과 멸시를.
… 당신의 조국에서, 신은 무릎 꿇지 않네
독실한 이방인에게.
내 조국은 온 세상을 품네
십자가의 품 안에.
… 당신을 저녁 안개가 돕는다지만
별 없는 밤이 돕는다지만
어째서 나를 몰아내는가?
당신이 알지도 못하는 조국에서.

– 안토니 스워님스키Antoni Słonimski, 「두 조국*Dwie ojczyzny*」(1938)

유일한 유대인 학생

지그문트네 가족은 집에서 폴란드어를 썼고 생활양식도 포즈난의 여느 주민과 그리 다를 바 없었다. 그러나 가톨릭 신자는 아니었는데, 포즈난에서는 가톨릭 신자이냐 아니냐가 무엇보다 중요했다. 비공개 원고에서 바우만은 이렇게 설명했다.

> 폴란드 기준에서 포즈난은 정말 특이한 도시였다. 유대인이 없다시피 한 곳인데도 어찌 된 일인지 반유대주의 정서가 가장 크게 들끓었다. … 포즈난은 민족민주당의 수뇌부이자 요새가 되었다. 민족민주당은 유대인 없는 삶을 주문처럼 외치며, 다른 지역 사람들의 정신과 영혼을 사로잡으려 애썼다. 그들이 내세운 이론의 청사진은 궤변투성이였지만, 현실에 적용할 기회가 거의 없었기에 어마어마하게 유리했다. (바우만의 비공개 원고, 1986~1987, 11~12)

동화 과정 전문가인 안나 란다우-차이카에 따르면, 폴란드 사람이 되려면 가톨릭 신자가 되어야 했다. 적어도 기독교 신자는 되어야 했다. (Landau-Czajka, 2006) 만약 지그문트네 가족이 가톨릭으로 개종했다면 어떠했을까? 개종은 언제나 미심쩍은 눈초리를 받았다. 게다가 국수주의자들은 개종한 유대인을 받아들이지 않았다. 간단히 말해 "동화에서 핵심은 신앙도, 폴란드의 문화와 언어, 풍습, 가족 전통에 통달하는 것도 아니었다. 동화는 오로지 폴란드 사람의 호의에 달려 있었다." (Landau-Czajka, 2006, 65)

가족은 가톨릭계 폴란드인 거주 지역에 살기를 바란 조피아의 뜻에 따라 예지체 지구로 이사했고, 지그문트를 폴란드 초등학교에 보냈다.

스워바츠키 거리에 있는 건물 하나짜리 학교에서 지그문트는 유일한 유대인이었다. 2000년에 바우만이 다시 찾았을 때도 학교는 여전히 그 자리에 있었다. 2015년 인터뷰에서 바우만은 내게 말했다. "아무것도 바뀌지 않았더군요. 학교 안뜰까지 들어가 봤는데, 안뜰이 코딱지만 하게 작아 보였습니다. 어렸을 때는 무서울 정도로 커 보였는데요." 바우만에게 학교 안뜰은 어릴 적 일이 강렬하게 떠오르는 곳이었다. 그렇다고 그때 일을 딱히 푸념하거나 넋두리하지는 않았다. 크바시니에프스키와 나눈 인터뷰에서도 이렇게 말했다. "거기서 차별을 받았지요. 운동은 하나도 하지 않았습니다. 운동장에 발을 들일 엄두가 나지 않았거든요. 그랬다가는 공을 차기는커녕 아이들이 공 대신 나를 찼을 겁니다. 꼭 내가 뚱뚱해서만은 아니었습니다. 유대인인 게 문제였지요. … 아이들은 나를 때리고 차고 위협해 거리로 내쫓았습니다." 그런데 예지체에서 자신이 유일한 유대인 학생이라는 사실은 어떻게 알았을까? "만약 다른 유대인 학생이 있었다면, 불량배들이 그 학생을 내게 알려줬을 테니까요."(《가제타 비보르차》, 2010. 11. 21.)

지그문트는 십 대 불량배들에게 친밀한 괴롭힘을 당했다.

불량배들은 사냥할 특권을 놓고 서로 경쟁하는 듯했다. 남과 공유하기에는 내가 너무나 희귀한 먹잇감이었다. 어느 때든, 주도권을 잡은 패거리가 1인 2역을 맡았다. 나를 사냥하는 사냥꾼, 그리고 상대 불량배들의 밀렵에서 나를 지키는 보호자. … 우리는 서로 상황을 즐기듯 반응했다. 훤히 예상되는 익숙한 의식을 미리 맛본 반응을. 그 의식 속에서는 모든 배우가 자신의 역할을 훤히 꿰고, 모든 것이 계획대로 흘러간다. 그리고 마지막으로 세상이 질서정연하고 대체로 안전한 곳이라는 것을 확인하면 연극이 끝난다. (바우만의 비공개 원고, 1986~1987, 12)

일곱 살 때부터 열세 살 때까지, 어린 지그문트는 이 희한한 '먹잇감-친구' 역할을 맡았다. 패거리를 이룬 소년들은 지그문트의 존재를 발판 삼아 '유대인 박해 의식'을 수행했다. 소년들에게는 그런 행동이 '애국하는 폴란드인'이 될 기회였다. 민족주의에서 비롯한 이 정체성, '애국하는 폴란드인'에서 중요한 요소가 반유대주의였으므로, 소년들은 자신들이 '폴란드인의 정체성을 수호'하는 데 헌신한다고 증명하고자 유대인인 지그문트를 사냥했다. 성인 사회의 편견이 그대로 드러나는 행동이었다. 앞서 언급한《쿠레르 포즈난스키》를 포함해 1·2차 세계대전 사이에 지역 언론 대다수가 '유대인 문제'를 주요 주제로 다뤘고, 폴란드의 여러 지역에서 일어난 온갖 차별, 대학가 폭동, 포그롬을 주로 반유대주의 관점에서 분석했다. 이런 태도는 드모프스키가 이끈 민족민주당의 견해를 반영했다. (1장을 참고하라.) 도시에서 영역 다툼을 벌이던 젊은 불량배들은 툭하면 유대인 '사냥'을 벌였다.[1] 이런 사냥 행위가 아마 나중에 포그롬에 가담하는 훈련이 되었을 것이다.

가족들에 따르면, 어릴 때 겪은 학대로 생긴 깊은 상처가 바우만의 평생에 걸쳐 곧잘 되살아났다고 한다. 팔십 대 후반 무렵 바우만이 공공장소에서 균형을 잃고 넘어졌을 때 일이다. 주위 사람들이 바우만을 부축해 일으켜 세우려는 순간, 어릴 때 포즈난의 길거리에서 몸에 밴 반사 작용이 불쑥 튀어나왔다. 바우만은 도와주려는 사람들을 밀쳐냈다. 먹잇감이 될지 모른다는 두려움이 안전하지 못하다는 불안을 극도로 불러일으켜, 학대가 남긴 깊은 상처가 배로 강해졌다.

바우만은 비공개 원고에 이렇게 적었다.

내게 학대를 일삼던 무리와 마주쳤던 가장 충격적인 만남이 그 뒤로 내 어린 시절에 강하게 영향을 미쳐, 안전이라는 허울 좋은 장막을 영원히 찢어 없었다. 장을 본 어머니가 하교 시간에 나를 데리러 오셨을 때였다. 당시 사냥 특권을 지녔던 두 불량배(하는 일 없이 노는 십 대 소년들이었다)가 평소처럼 자리를 지키고 있었다. 우리 넷이 함께 집으로 출발했다. 그날은 두 불량배가 몇 걸음 뒤에서 따라왔지만, 그것 말고는 어머니가 옆에 계시는데도 평소와 조금도 다를 바 없이 행동했다. 늘 그랬듯 당시 그런 불량배들이 버릇처럼 하던 몸짓을 보이더니, 아니나 다를까 귀에 익은 소리를 잇달아 냈다. 나는 어머니를 쳐다봤다. 어머니가 나를 당신 곁으로 바싹 잡아당겼다. 하지만 목을 잔뜩 움츠린 채 길바닥만 뚫어지게 쳐다볼 뿐, 뒤따라오는 두 불량배와 어떻게든 눈을 마주치지 않으려 애쓰셨다. 불현듯 그런 생각이 들었다. 어머니가, 못 하는 일이 없고 모르는 것이 없는 우리 어머니가 나를 보호하지 못한다니, 어찌해야 할지 모른다니! 어머니가 창피해 하시다니, 두려워하다니! 그 뒤로 오랫동안, 나는 두려움 속에 살았다. (바우만의 비공개 원고, 1986~1987, 13)

집조차 완전히 안전한 곳이 아니었다. 비공개 원고에 따르면, 하루는 조피아가 사람을 불러 아파트 출입문에 보조 보안 장치를 달았다고 한다. "그날부터 나는 강박에 시달렸다. 잠들기 전에 현관문을 열고 조용히 밖으로 나가, 계단에 숨어 기다리는 강도가 없다는 것을 확인한 뒤에야 잠자리에 들 수 있었다. 하지만 두려움을 달래려는 이런 노력도 악몽을 쫓아내지는 못했다." (바우만의 비공개 원고, 1986~1987, 14)

많은 책들이 전쟁 뒤 홀로코스트 생존자들이 겪은 심리적 상처, 불안, 강박을 이야기한다. 하지만 지그문트 바우만은 2차 세계대전이 일어나기 한참 전부터 이미 반유대주의 행동에 깊은 상처를 입었다. 그것도 평화가 흐르고 그런대로 번영하던 시기에 꽤 민주적이라고 여기던 나라에서.[2]

가족과 집은 끊임없는 차별을 벗어날 숨구멍이었다. 집은 단출하지만 따뜻한 곳이었다. 마우리치와 조피아가 지그문트를 사랑으로 감쌌다. 지그문트의 아내 야니나는 마우리치 바우만을 "수다를 떨지도, 신세를 한탄하지도, 자신을 위해 무엇을 바라지도 않는" 신중한 사람으로 묘사했다. (J. Bauman, 1988, 130) 조피아는 마우리치와 사뭇 달랐다. 1947년에 지그문트네 가족과 야니나네 가족이 처음 만났을 때를 야니나는 이렇게 기억했다.

> 문에서 우리를 맞는 활기 넘치는 사람을 보는 순간, 환희와 경외심이 몰려왔다. 오십 대 초반으로 아주 통통했던 시어머니는 발목까지 내려오는 까만 드레스에 굵직한 호박 목걸이를 두르고 있었다. 눈부시게 아름다운 하얀 얼굴이 길게 늘어진 호박 목걸이와 대비되어 한결 돋보였다. 살짝 흰 머리카락이 엿보였고, 피부는 잡티 없이 매끈했다. 그리고 현명한 초록색 눈동자가 나를 신중하게 살폈다. 시어머니가 말하고 움직일 때마다 젊은 이의 활력이 묻어났다. (J. Bauman, 1988, 47)

누가 봐도, 조피아 바우만은 가족을 이끄는 원동력이었다. 그런 조피아에게 유일한 행복이 지그문트였다. 바우만이 딸들에게 보낸 원고에도 그런 상황이 뚜렷이 드러난다. "어머니께 나는 하루 대부분을 함께 보내는 유일한 동료였다. 그리고 아마 삶이 앞으로도 더 흥미롭고 즐거울 수 있다는 유일한 약속이었을 것이다." (바우만의 비공개 원고, 1986~1987, 16) 조피아는 어머니의 본보기 같은 사람이었다. 잘 교육받았고, 마음이 열려 있고, 호기심과 활력이 넘쳤다. 게다가 음식 솜씨도 뛰어났다.

부엌의 화덕에서 언제나 불꽃이 활활 타올랐습니다. 어머니는 거기서 요리를 하셨고, 나는 식탁에 앉아 숙제를 했어요. 요리를 하나씩 마치실 때마다 어머니가 내게 다가와 말씀하곤 했습니다. 이것 좀 맛볼래, 우리 귀염둥이? '귀염둥이'는 그때마다 맛을 봤고 뚱뚱해졌지요. … 어릴 때 나는 뚱뚱했습니다. 그래서 힘들었어요. 쉽게 눈에 띄었고, 놀림감이 되었으니까요. 당시에는 비만이 오늘날처럼 흔치 않았거든요. (토마시 크바시니에프스키와 나눈 인터뷰, 《가제타 비보르차》, 2010. 11. 21.)

어린 지그문트는 반유대주의의 낙인뿐 아니라 뚱뚱한 몸집 때문에도 차별에 시달렸다. 하지만 차별의 수준은 달랐다. 유대인으로 낙인찍히는 것은 뚱뚱하다는 이유로 받는 차별에 비할 바가 아니었다.

내게 유대인다움이란 대부분 가족과 관련했다. 내가 알고 마주치는 유대인이라고는 가족뿐이었으니까. 따라서 유대인다움은 내게 이론이 아닌 현실 속 문제였다. 그래도 이 문제를 더 실감하게 한 것은 가족 바깥의 세상이었다. 길거리에서 마주치는 사내아이들이 나한테 뚱뚱하다고 말한 적은 별로 없다. 하지만 나를 가리켜 유대인스럽다고 떠들지 않은 아이는 손에 꼽을 정도였다. (바우만의 비공개 원고, 1986~1987, 11)

그런 상황에서도 지그문트의 초등학교 생활은 가톨릭 도시에서 가톨릭 학교에 다니는 유대인치고는 예외에 속했다. "내 초등학교 생활은 안전했고 희한하게도 즐거웠다. 동기생들에게 나는 권리뿐 아니라 의무까지 지우는 '우리 유대인'이자 '우리 뚱땡이'였다. … 제물이 된다는 느낌은커녕 특별대우까지 받았다." (바우만의 비공개 원고, 1986~1987, 18)

지그문트가 초등학교에서 제물이 된다고 느끼지 않았다면, 그것은 교사들이 지그문트를 좋아했고 지그문트가 학업에서 보인 뛰어난 성취를 응원했기 때문일 것이다. 이미 저학년일 때도 지그문트는 학습 능력이 떨어지는 학생들을 가르쳤다. 하지만 방과 후 활동에서는 유대인이라는 이유로 배제되었다. 그런 활동들을 주최하는 곳이 성당이었기 때문이다. 어린 지그문트는 박해받는 외로운 아이가 흔히 택하는 도피처를 찾았다. 바로 책이었다. "책은 오랫동안 내 유일한 친구였다. 나는 몇 구역 떨어진 도서관에서 책을 빌렸다. '대중독서협회'라는 비영리 단체가 책을 살 형편이 안 되는 사람들이 책을 빌릴 수 있게 도왔다." (바우만의 비공개 원고, 1986~1987, 15)

치열한 독서 활동은 바우만의 일생과 함께했다. 2015~2016년경 동료 사회학자 키스 테스터Keith Tester에게 보낸 편지에 따르면 처음에는 '소년 문고'를 읽었다.

제임스 페니모어 쿠퍼James Fenimore Cooper, 잭 런던Jack London, 제인 그레이 Zane Grey, 카를 마이Karl May, 쥘 베른Jules Verne, 로버트 루이스 스티븐슨Robert Louis Stevenson, 알렉상드르 뒤마Alexandre Dumas가 쓴 책을 모조리 읽었다네. 폴란드 작가 중에는 코르넬 마쿠신스키Kornel Makuszyński가 있었고. 그다음에는 폴란드의 고전, 산문, 시를 거의 빠짐없이 읽었지. 이를테면 아담 미츠키에비치Adam Mickiewicz, 볼레스와프 프루스Bolesław Prus, 헨리크 시엔키에비치Henryk Sienkiewicz, 스테판 제롬스키Stefan Żeromski, 엘리자 오제슈코바Eliza Orzeszkowa, 율리우시 스워바츠키Juliusz Słowacki 같은 작가들의 작품 말일세. 아동 문학과는 포즈난에서 탈출하기 두세 해 전에 작별했어. 그 뒤로는 누구보다 빅토르 위고Victor Hugo, 찰스 디킨스Charles Dickens, 레프 톨스토이Lev Tolstoy가 새로운 양식이 되었지.

지그문트는 상황이 허락할 때마다 치열하게 책을 읽었다. 달리 방법이 없어 그랬는지도 모른다. 마우리치가 몸소 보여준 대로, 지그문트도 쓰라리게 마음을 할퀴는 삶의 탈출구로 책을 선택했다. 책을 사랑하는 습성은 마우리치와 조피아가 물려준 소중한 유산이었다. 비록 잘못 짝지어진 부부였으나, 문학을 사랑하는 마음은 두 사람이 서로 다르지 않았다. 지그문트는 부모님이 몇 시간이고 책에 푹 빠져 있는 모습을 지켜보며 자랐다. 부부는 책을 사랑하는 모습을 통해 지그문트에게 책의 가치를 가르쳤다.

책은 꿈을 불어넣는다. 모든 아이가 그렇듯, 지그문트도 자신의 미래를 꿈꿨다. 토마시 크바시니에프스키와 나눈 인터뷰에서는 이런 말도 했다.

바우만 아주 야심 찬 계획을 세웠지요. 우주학자나 우주 비행사가 되고 싶었거든요

크바시니에프스키 날고 싶으셨나요?

바우만 우주가 어떻게 생겨났고 어디에서 왔는지를 탐구하고 이해하고 싶었지요. (《가제타 비보르차》, 2010. 11. 21.)

지그문트는 '찍힌 사람'으로 사는 힘겨운 현실에서 벗어나기를 꿈꿨다. 학교에서는 유대인이란 낙인 탓에 뛰어난 능력과 성적을 제대로 인정받지 못했다. 어린 시절을 함께 보낸 사람이라고는 곁을 맴돈 불량배들이 거의 전부였다. 유대인이라는 이유로 외로움을 겪어야 했다. 형제자매와 터울이 많이 지거나 외둥이인 아이가 흔히 그렇듯, 지그문트도 개를 키우고 싶어 했다. 마우리치와 조피아는 아들의 안전을 염려해 부탁을 거절했다. 개를 키우면 지그문트에게 가장 좋은 친구가 되겠지만, 개와 매일 산책한다면 설사 집 근처일지라도 더 자주 반유대주의자들의

공격에 노출될 터였기 때문이다.[3]

지그문트는 여느 유대인과는 사뭇 다른 환경 속에 살았다. 포즈난의 유대인 아이들은 대부분 도심에 있는 비엘카 거리 근처에서 살았다. 거주 지역 분리는 폴란드 도시 대다수에서 흔한 일이었다. 이전에 유대인의 거주 지역을 제한했던 법도 영향을 미쳤고, 독실한 유대인들이 사바스를 지낼 유대교 회당과 종교학교, 가게, 다른 유대인 시설에 걸어서 갈 만한 곳에 터전을 잡곤 했던 전통도 영향을 미쳤다. 포즈난의 유대인 지구 아이들은 유대교 교육기관인 헤데르와 예시바*에 다녔다. 유대계 세속 학교는 없었다. 이와 달리 우치나 바르샤바 같은 여러 도시에는 유대계 사회주의 정당인 BUND(분트)[4]가 만들어 운영한 TSYSHO(이디시학교중앙기구)[5]에 속하는 세속 학교가 있었다. TSYSHO 산하 학교들은 폴란드에 사는 300만 유대인의 모국어인 이디시어와 거기서 파생한 문화를 떠받치는 버팀목이었다. 1924년에 바르샤바에서 태어난 과학자 브워지미에시 셰르Włodzimierz Szer[6]에 따르면 "학교에서 수학, 문학, 역사, 생명과학 등 여러 과목을 이디시어로 가르쳤다. 물론 폴란드어 수업도 날마다 있었다."(Szer, 2013, 20~21)

이런 학교에 다니는 유대인 아이들은 자연히 위험, 차별, 굴욕이 없는 분위기에서 공부했다. 바우만보다 한 살 아래인 마리안 투르스키Marian Turski[7]가 바로 그런 예다. 투르스키가 다닌 독실한 유대계 중학교는 우치에서 최고로 손꼽혀 뛰어난 학생들이 몰렸다. 투르스키에 따르면 우치와 바르샤바에도 분명히 반유대주의가 있었지만, 학교에서는 그런 문제를 겪지 않았다. 유대계 폴란드 학생 대다수는 자신과 마찬가지로 유대인인

---

* Yeshivah. 구약성서의 첫 다섯 편인 모세오경과 탈무드, 유대교 율법인 할라카(Halakah)를 가르치는 유대교의 고등교육기관이다.

다른 학생, 이웃, 교사들에 둘러싸여 살고 공부했다.[8]

이와 달리 지그문트는 차별 대우를 자신이 처한 현실로, 한 유대인의 삶을 좌우하는 더 높은 법칙으로 받아들였다. 교사들은 지그문트에게 학업이 뒤처지는 학생들을 지도하라고 요청할 정도로 지그문트의 역량을 인정했다. 그나마 이 확실한 인정이 힘겨운 현실에서 기운을 낼 긍정적 요소였다. 암울한 곳이기는 해도 지그문트는 학교를 좋아했다. 하지만 1938년 6월에 초등학교를 졸업한 뒤로는 상황이 바뀐다. 그해 여름, 지그문트의 가족은 중요한 변화를 겪는다. 지그문트가 김나지움 입학시험을 치렀고, 누나 토시아(토바의 애칭)가 팔레스타인으로 이주했다.

테오필라–토시아–토바, 그리고 그 세대의 운명

바우만은 자신이 태어났을 때를 이렇게 적었다.

> 내가 태어났을 때 아버지와 어머니 모두 기뻐 어쩔 줄을 모르는 듯 보였다. 하지만 일곱 살이 다 된 누이는 낙담한 듯 보였다. 누이는 사내아이에다 동생인, 게다가 십중팔구 막내일 녀석과 조마조마하게 경쟁해야 한다는 현실을 곧장 눈치챘다. 그때껏 오롯이 자기한테만 쏠리던 관심이 둘로 나뉠 앞날이 못마땅했다. 나중에 보니, 하필이면 누이가 예감했던 최악의 상황이 현실로 나타났다. 어머니와 아버지의 관심은 나뉘지 않았다. 둘째에게로 완전히 방향을 틀었다. (바우만의 비공개 원고, 1986~1987, 10)

이런 상황은 첫 아이를 중심으로 돌아가던 가정에 둘째가 태어날 때 흔히 나타난다. 많은 문화권에서 첫째가 딸일 때 둘째가 아들로 태어나면 딸이 어려운 처지에 빠진다. 토시아도 마찬가지였다. "어머니는 누이에게 많은 희망을 품지 않았다. 누이가 여자였기 때문이다. 당시 여자아이가 기대할 수 있는 미래라고는 결혼을 잘하는 것뿐이었다." (바우만의 비공개 원고, 1986~1987, 12~13)

가족들이 한결같이 토시아라고 부른 테오필라는 1918년에 원예 학교를 졸업했다. 직업학교였던 그곳은 ORT[9](유대인산업·농업능력개발기구의 러시아어 머리글자), 헤할루츠Hechaluc,[10] 고르도니아Gordonia[11] 같은 시온주의 공동체 단체들이 키부츠에서 살아갈 대비를 하려는 유대계 젊은이들을 돕고자 만든 교육 시설이었다. 하지만 그 무렵 폴란드를 떠나기가 날로 어려워졌다. 알리야 지원자는 넘치는데, 팔레스타인 비자 발급량이 제한되어 있었다. 미국, 캐나다, 프랑스에 이민하려 해도 재산이나 해외 친척의 든든한 지원이 없으면 어렵기는 마찬가지였다. 게다가 1935년에 나치 독일이 뉘른베르크법[12]을 공포한 뒤로 썰물 빠지듯 독일을 탈출한 유대인이 주로 이들 국가로 이민하는 바람에, 다른 유대인들의 이민 길이 가로막혔다.

테오필라이자 토바이자 토시아였던 지그문트의 누나는 그해 열아홉 살이었다. 그 세대의 유대계 젊은이들이 폴란드에서 경제 활동에 참여할 기회를 찾기는 어려웠다. 테오필라가 원예 교육을 마치기 1년 전인 1937년 5월, 폴란드원예사협회가 두 가지 결의안을 채택했다. 하나는 공인 폴란드 원예사는 '아리아인'이어야 한다는 요건이었고,[13] 다른 하나는 폴란드 원예사는 유대인과 거래를 끊어야 한다는 요건이었다. 어쨌든, 원예사협회에 등록된 유대인은 한 명도 없었다. (Kłodź, 2015, 803~804) 누가 봐도 테오필라 바우만이 원예사로 일자리를 얻기를 바라는 것은 무리였다. 대학교에 다니기를 바랐더라도, 폴란드 대학교에는 테오필라가 발 디딜 자리가 없었다. 여성이라서가 아니라, 유대인이기 때문이었다. 포즈난의 어떤 고등학교도 유대인 학생에게 대학교 입학에 필요한 졸업장을 내주려 하지 않았다. 설사 그런 졸업장을 받더라도 포즈난대학교에는 들어가지 못했다. 포즈난대학교는 누메루스 눌루스numerus nullus 규정[14]을 엄격하게 적용해, 유대인 학생은 단 한 명도 받아들이지 않았다.

대학 세계라고 하면 흔히들 자유와 인권 투쟁의 장을 떠올리지만, 1920년대에야 문을 연 폴란드 대학들은 억압의 장이었다. 극우 파시즘에서 비롯한 반유대주의 단체들이 학생 단체와 교수진의 요직을 장악했다.[15] 고등교육부, 의회, 대학, 다양한 정치 집단 내부에서 대학 내 유대인 정원 제한을 빌미로 중요한 정치 투쟁이 벌어졌다. 1920년대 후반부터 민족 차별 규정이 꾸준히 시행된 가운데, 드모프스키의 민족민주당에 강하게 맞서던 인기 지도자 피우수트스키가 1935년에 사망하자 상황이 몹시 긴박하게 돌아갔다.[16] 피우수트스키의 사망으로, 민족민주당과 산하단체인 '폴란드인만의 대학청년단Związek Akademicki Młodzież Wszechpolska'이 득세할 길을 얻었다. 이들은 폴란드의 고등교육기관을 반유대주의로 짙게 물들였다. 이 무렵에는 폴란드 대학이 독일 대학과 긴밀히 협력해, 나치의 선봉에 섰던 한스 프랑크Hans Frank나 요제프 괴벨스Joseph Goebbels 같은 '유명 인사'를 자주 초청했고, 두 사람 모두 바르샤바대학교에서 강연했다. 개인과 단체를 가릴 것 없이 파시즘과 반유대주의 정서를 드러냈고, 그런 적의는 우크라이나인 같은 다른 소수 민족으로도 대상을 넓혔다. (Hnatiuk, 2016) 학생들은 반유대주의라는 명분을 충실히 따른다는 표식으로 초록 리본을 달았다. 초록리본연맹Liga Zielonej Wstążki이라는 단체가 조직한 이 행동은 리본 착용자가 유대인이 아니라는 증거이자 '게토 의자'를 지지한다는 뜻이었다. 게토 의자는 강의실에서 유대인에게 배정된 분리 공간으로, 유대인 학생은 강의실 왼쪽 구석에 따로 앉아야 했다.[17]

그 사이 대학 교무처는 유대인의 학생증에 게토 의자에 앉아야 한다는 별도 도장을 찍었고, 동아리들은 유대인을 배척했다. (Aleksiun, 2014,

126) 총장들은 분리주의 규정을 도입했고, 교수 대다수가 그런 규정을 시행하는 데 반대하지 않았다. 하지만 특히 1930년대 후반에 비유대인 학생과 교수들이 이런 민족 차별 규정에 항의해 몇 차례 개별 행동과 집단 행동에 나섰다. 게토 의자에 반대하는 항의서에 몇몇 교수가 서명했고 (Markiewicz, 2004, 109~110),[18] 르부프대학교 총장 스타니스와프 쿨친스키Stanisław Kulczyński와 여러 교수[19]가 유대계 학생 분리 정책이 시행되는 동안 항의의 뜻으로 강의실에서 앉지 않고 서 있거나 강의를 거부했다. 더러는 비유대계 학생들도 유대계 학생과 '친유대인' 교수를 보호하고자 애썼다.[20] 하지만 유대계 학생들도, 그들을 보호하려 애쓴 비유대계 교수와 학생들도 다수 학생의 표적이 되어 두들겨 맞거나 여러 압박을 받았다. 폭동이 일어나는 바람에 총장이 질서를 되찾고자 어쩔 수 없이 학교를 폐쇄해야 하는 대학들도 있었지만(Aleksiun, 2014), 대개는 질서를 유지하는 대가로 민족 차별 규정을 시행했다. 이에 따라 유대인 입학 정원에 일반 인구의 유대인 비중을 반영했으므로, 유대인은 인기 학과에 입학하기가 어려웠다. 특히 의대생들은 운 좋게 입학하더라도 수업을 따라가기 어려웠다. 해부 생리학 과정에서 규정에 따라 '민족 분리, 종교 분리'를 시행해, 유대인은 기독교 신자의 시신을 해부할 수 없었기 때문이다. (Maramorosch, 2015) 당연하게도 많은 유대계 폴란드인이 다른 나라로 유학을 떠났다. 나치가 유럽 곳곳을 점령하기 전까지, 이들은 주로 프랑스, 벨기에, 오스트리아로 향했다.

포즈난은 1931년 11월과 1933년 3월에 학생 시위가 몇 차례 일어난 뒤로, 포즈난대학교에 아예 유대인 입학 금지 조치를 도입해 대학 공간에서 유대인을 말끔히 '청소'했다. 포즈난에서 일어난 이런 골치 아픈 사건들이 교육계 전체에 강한 영향을 미쳤다. 중·고등학교에 해당하는 김나지움도 아리아인에게 유리한 규정을 시행했다. 바우만은 당시 반유대주의 분위기를 이렇게 회고했다.

2차 세계대전이 일어나기 직전 몇 년 동안, 반유대주의가 갈수록 독기를 내뿜으며 구석구석 스며들었다. … 신문 기사에는 유대인을 겨냥한 폭력이 증가한다, 대학교에서 유대인 학생이 맞았다, 시골과 지방 소도시에서 소규모 포그롬이 늘고 있다, 자칭 파시스트 용사들이 유대인 마을을 가로질러 행진했는데 경찰들이 딱히 개입할 생각 없이 심드렁하게 지켜만 봤다 같은 글이 실렸다. (바우만의 비공개 원고, 1986~1987, 13~14)

테오필라 바우만이 팔레스타인에 이민했을 때 상황이 바로 이랬다. 친척들에 따르면 테오필라는 공부를 계속 이어갈 생각이 없었다. 조피아는 당시 관습대로(조피아의 자매들은 모두 중매로 결혼했다) 테오필라의 신랑감을 찾아 나섰다.[21] 돈을 모을 만한 형편이 아니라서, 결혼 지참금은 한 푼도 없었다. 처음에 찾은 신랑감은 아이가 둘 딸린 나이 많은 홀아비로, 폴란드 남부에 땅이 있을 만큼 부유했다. 그런데 독일에 사는 유대인이라 독일어와 이디시어에는 유창했지만, 폴란드어 실력이 형편없었다. 토시아는 신랑감이 영 마음에 들지 않았다. 조피아도 같은 생각이라 다시 신랑감 찾기에 나섰고, 이번에는 다행히 끝이 좋았다. 토시아에게 진정한 사랑이 찾아왔다.

1938년 여름, 포즈난에서 국립박람회가 열렸다. 오늘날 포즈난 국제박람회가 열리는 곳인 박람회장 가까이 살던 지그문트네 가족이 팔레스타인에서 출장 온 한 젊은이에게 방을 빌려줬다. 토시아와 이 젊은이가 한눈에 사랑에 빠졌고, 거의 바로 팔레스타인으로 떠나 결혼식을 올렸다.

바우만은 비공개 원고에서 이 이야기를 자세히 설명했는데, 전후 몇몇 공식 문서에는 조금 다른 이야기가 등장한다. 1949년에 폴란드연합노동자당에 가입하고자 제출한 지원서의 별첨 이력서에서 바우만은 이렇게 말한다.

> 미즈라히[22] 유대인인 팔레스타인 시민 바질레이 예디디아가 우연히 포즈난을 방문한 것을 기회로, 부모님은 누이를 팔레스타인으로 떠나보냈습니다. 그곳에서 예디디아와 결혼한 누이는 현재 기밧 브레네르 키부츠에 있는 과일 통조림 연구실에서 일합니다. 첫 남편과는 이혼했고, 지금은 트랙터 기사인 가브리엘리와 재혼했습니다. 누이는 아버지가 꿈꾼 유대 국가에 강한 향수를 느끼는 과정에서 시온주의에 열광하는 맹목적 애국주의자가 되었습니다.[23]

1년 뒤인 1950년에 군대에서 작성한 특별 조서에는 이렇게 보탠다. "누이는 시온주의자였고 아마 마파이Mapai당에 입당했을 것입니다."[24] 마파이는 1930년대 후반에 폴란드에서 팔레스타인으로 건너간 유대인에게 인기가 많았던 정당으로, 사회주의와 평화를 지향했다.

그사이 지그문트는 포즈난에 남아 김나지움 입학시험을 준비했다. "누이가 정신없이 사랑에 빠져 결혼을 약속하고 갑작스레 팔레스타인으로 떠난 것도 혼란스러운 와중에, 입학시험 결과가 어찌 나올지도 시름을 보탰다. 무덥고 더디게만 흐르는 중요한 여름이었다." (바우만의 비공개 원고, 1986~1987, 19)

김나지움의 게토 의자

1930년대에 폴란드의 공립초등학교는 소수 민족 아이들을 받아들였다. 하지만 중등학교는 대학교를 본받아 선별 규정을 적용했다. 2차 세계대전 전까지 폴란드에서 중등교육의 목적은 중산층을 전문직이나 사업가로 길러내는 것이었다. 그중에서도 김나지움은 엄선한 학생들을 가르치는 엘리트 교육기관이었다. 그러나 국립 김나지움에 다닌 유대계 학생들은 유대인 정원 제한으로 여러 제약을 받았을뿐더러, 교사와 동급생들이 대놓고 드러내는 배척과 반유대주의를 겪었다. (Aleksiun, 2014, 111, n.3)

포즈난에서 유대인 학생을 받아들이는 중등학교는 딱 두 곳이었다. (바우만은 비공개 원고에서 한 곳뿐이었다고 말한다.) 그런 학교에 들어가려면 매우 엄격한 시험을 통과해야 했다.

> 김나지움의 비싼 학비를 대기에는 부모님의 형편이 몹시 빠듯했다. … 하지만 내가 교육만 받을 수 있다면 어떤 희생도 마다하지 않으실 것이 확실했다. 그러므로 문제는 입학시험을 통과하는 것이었다. … 국립 베르거 김나지움은 유대인 정원 제한을 규정해 유대인 학생을 뽑는 유일한 중등학교였다. 이 규정은 유대인 학생의 수가 해당 지역 인구에서 유대인이 차지하는 비중을 초과하지 않도록 제한했다. 포즈난의 인구 구성에 따르면 이 비율은 채 1%가 되지 않았다. 초등학교를 우수한 성적으로 졸업했지만, 내가 김나지움에 합격할 확률은 사실 희박했다. … 먼저 폴란드 문학과 수학 필기시험을 봤다. 두 과목에서 높은 점수를 받는 지원자들은 합격이었다. 나머지 인원은 치열한 구술시험을 거쳐 선발했다. 필기시험을 모두 치른 한 주 뒤, 구술시험을 치를 차례가 왔다. (바우만의 비공개 원고, 1986~1987, 19~20)

피 말리는 긴장에 시달린 지그문트는 구술시험에서 심문하듯 질문을 던지는 시험관에게 제대로 답하지 못했다. 불합격이 거의 확실해 보였다. 그런데 그때, 교장이 불쑥 지그문트의 필기시험 성적이 우수해 이미 합격했다고 알렸다. 그 순간 느낀 감정은 50년이 지난 뒤까지도 생생하게 남았다. "교장의 합격 통보, 날벼락 같은 소식에 실망한 시험관의 떨떠름한 표정, 터질 듯이 고동치는 내 심장 소리, 밖에서 반은 넋이 나간 채 기다리던 어머니의 눈물. 가슴 졸이던 그 모든 상황이 짜릿한 행복으로 바뀌었다. 어린 시절 가운데 가장 행복한 순간이었다. 어마어마하게 희박한 확률을 뚫고 오로지 내 노력으로 이룬 첫 성취였다." (바우만의 비공개 원고, 1986~1987, 19~20)

그러므로 지그문트 바우만은 '바늘구멍'을 통과해, 포즈난의 국립 김나지움에 입학한 보기 드문 유대인 학생이 되었다. 베르거 김나지움의 문서[25]에 따르면 1938~1939학년 동급생 마흔아홉 명 가운데 다섯 명 즉 10%가 유대인으로, 1·2차 세계대전 사이의 용어를 빌리자면 '폴란드인 대비 유대인'의 평균 비율이었다. 그런데 유대인 학생 다섯 명 가운데 세 명이 첫해 학년말 시험에 낙제하는 바람에 유급해, 이듬해 지그문트의 동급생은 다른 유대인 학생 한 명뿐이었다.

1930년대에 베르거 김나지움은 포즈난뿐 아니라 비엘코폴스카주 전역에서 가장 우수한 남학교였다. 설립자 고틸프 베르거가 작성한 설립 문서에 따르면, 원래 이 학교는 민족과 종교에 상관없이 학생을 받아들이는 곳이었다. 아들이 이런 엘리트 교육기관의 학생이 되었으니, 마우리치와 조피아가 얼마나 행복에 겨웠을지 상상이 되고도 남는다. 지그문트도 행복했다. 하지만 머잖아, 베르거에 들어갔다고 학생들 사이에서 자신의 처지가 바뀌지는 않았다는 현실을 깨닫는다.

몇 주 뒤 심판의 날이 닥쳤다. 그날 나는 명예로운 폴란드 지식인 계층으로 들어가는 확실한 입장권인 베르거 김나지움 모자를 여봐란듯이 자랑스레 쓰고 1학년 교실 문 앞에 도착했다. 그런데 교실로 들어갈 새도 없이,

쏟아지는 발길질과 주먹질이 나를 덮쳤다. 사방에서 밀치고 잡아끄는 통에 다리에 힘이 풀렸다. 그사이 나도 모르게 내 몸이 저 멀리 교실 뒤 왼쪽 구석으로 움직이고 있었다. 정확히는 그쪽으로 떠밀려갔다. 마침내 누군가가 나를 마지막 줄에 놓인 의자에 떠밀었다. "여기가 네 자리야, 이 유대인 놈아! 다른 데 얼씬만 했단 봐."

정신을 차리기까지 몇 분이 걸렸다. 교실이 계속 시끌벅적해 정신을 차리기가 더 어려웠다. 제정신이 돌아오고서야 내가 지정받은 게토에 나뿐 아니라 다른 학생도 있다는 사실이 눈에 들어왔다. … 네 아이가 수치심에 눈물이 그렁그렁한 채 서로 눈길을 마주치지 않으려, 자신의 굴욕을 목격한 눈을 피하려 애쓰고 있었다. … 나는 이제 한 집단에 속했다. 따로 분류되고 낙인이 찍히고 즉결 처리되는 부류에. (바우만의 비공개 원고, 1986~1987, 20~21)

이제 지그문트에게도 같은 처지인 사람이 생겼다. 지그문트와 마찬가지로 헛된 희망을 품었던 어린 몽상가들이. 첫날 이들을 맞이한 환영식과 그 뒤로 이어진 일들의 목적은 이 몽상가들의 콧대를 꺾고 기를 죽이고 망신을 주는 것이었다.

내가 느끼기에 교사 중 단 한 명도 우리를 강제로 게토에 가두는 데 반대하지 않았다. 어떤 교사들은 게토 학생들을 별종 취급해, 자신이 게토에 찬성한다는 티를 일부러 드러냈다. … 지리 교사는 유대인이 보유한 지식은 틀림없이 정직하지 않게 얻은 것이라고 대놓고 깎아내리고, 비유대인 학생과 지식 수준이 비슷한 유대인 학생에게 어떻게든 더 낮은 점수를 줬다. … 그나마 일부 교사들은 게토를 둘러싼 보이지 않는 벽을 신중하게 부인했다. 한두 명은, 특히 역사 교사는 그렇게 둘로 나뉜 교실에서 가르친다는 것을 부끄럽게 여기는 눈치였다. 교사들이 보인 저마다 다른 태도는 학생들에서도 얼추 비슷하게 나타났다. 하지만 교사든 비유대인 동급생이든 누구도 '어쩔 수 없는 현실'을 단호히 거부하려 하지는 않았다. 분리는 변함없이 굳건하게 이어졌다. 분리를 바라는 사람들은 계속 거침없이 행동하는데, 분리를 내켜 하지 않는 사람들은 지켜만 봤기 때문이다.
(바우만의 비공개 원고, 1986~1987, 24~25)

변함없이 굳건하게 이어진 분리는 성적에도 반영되었다. 이 정예 교육기관은 다음 학년으로 진급하기가 만만치 않은 곳이었다. 지그문트의 동급생 마흔아홉 명 중 여덟 명이 1학년을 마치지 못하고 그만뒀다. (한 명은 건강이 나빴고, 나머지 일곱 명은 경제 사정이 나빴다.) 이듬해에는 다섯 명이 자퇴했다. 학생들의 평균 성적은 최고 5등급 중 3등급이었다. 4등급 즉 '우수' 등급을 받은 학생은 여섯 명, 5등급은 딱 한 명뿐이었다. 지그문트 바우만은 그 가운데 2등이었다. 하지만 지그문트는 교사들이 자신을 차별했다고 생각했다. 한 교사는 지그문트에게 가장 높은 점수를 줘야 마땅하지만 그럴 수 없다고 설명했다. "잘 알다시피 네 출신 때문에 불가능한 일이야. 너는 반에서 1등이 될 수 없어. 그 자리는 폴란드 아이를 위한 거니까." (2015년 11월 1일 인터뷰)

1등을 다퉜던 학생의 성적과 지그문트의 성적을 과목별로 하나하나 비교해보면, 그 말이 맞는다는 것이 드러난다. 학년 1등인 카지미에시 스크시프차크는 5점 만점에 평균 4.4점을 받았고, 지그문트는 4.0을 받았다. 학년말에 카지미에시는 체육, 그림, 공예를 제외한 모든 과목에서 지그문트를 앞섰다. 지그문트는 가톨릭에 집중하는 종교 과목에서 최고점을 받지 못했고, 지리와 그림에서는 4.0을 받았다. 실제로 지리 교사가 유대인 학생은 '정직하지 않게' 지식을 얻는다고 믿은 것이 틀림없었다. 이 교사는 지그문트의 학업 성취가 미심쩍다는 듯이 평가했다. 그런데 지그문트가 '태도' 과목에서 받은 점수가 이런 비난이 그릇되었다고 증명한다. '태도' 점수는 5점 만점이었다. 폴란드어, 역사, 라틴어, 생물, 수학에서도 만점을 받았다. 열네 살 때부터 공부한 영어에서는 두 학기 동안 최고점을 받았고, 여기에 힘입어 몇 년 뒤에는 폴란드어, 러시아어에 이어 영어에도 유창해진다. 공예와 체육에서는 3점을 받아, 몸을 쓰는 일에 영 젬병이라는 것을 확실히 보여줬다. 모든 정황으로 보건대, 아무리 실력이 뛰어나도 유대인은 절대 1등이 될 수 없다는 현실을 누구나 훤히 알았던 것 같다.

바우만이 냉소적으로 "어쩔 수 없는 당연한 현실"이라고 언급한 이 끝없는 차별이 일어난 원인은 폴란드 교육계가 유대인 사회를 부정적으로 그린 탓도 있었다. "공립학교의 저학년용 교과서는 소수 민족을 아예 묘사하지 않았다. 고학년용 교과서는 유대인을 확연히 부정적으로 그렸다. … 유대인은 완전한 이방인이었다. 이 교재들은 유대인을 공통된 조국의 평범한 시민이나 정식 구성원으로 포함하지 않았다." (Kijek, 2010, 176)

김나지움에서 지그문트의 처지는 초등학교 시절에 견줘 한편으로는 나아지고 한편으로는 나빠졌다. 학교 안 환경이 훨씬 더 난폭해졌다는 측면에서는 처지가 나빠졌다. 하지만 몇 명뿐일지라도 정체성을 공유할 다른 십 대가, 낙인찍기와 고립과 차별 대우를 함께 나눌 작은 '이방인' 집단이 생겼다는 측면에서는 처지가 나아졌다. "비로소 한 집단, 한 부류의 일원이 되어, 그들도 나도 맞설 수 없는 '운명이 정한' 방식에 따라 곤경을 함께한 경험은 내 삶을 그야말로 송두리째 바꿔놓았다. 나는 이제 외로운 존재, 내 앞가림은 내 힘으로 해야 하고 기댈 사람이라고는 나밖에 없는 사람이기를 그쳤다." (바우만의 비공개 원고, 1986~1987, 25)

열세 살에 치열하기 짝이 없는 시험을 거쳐 엘리트 학교에 들어간 뒤로, 지그문트는 자신을 인간 이하로 느끼는 법을 배워야 했다. 피해자와 가해자 모두 이 가혹한 과정에서 교훈을 얻었다. 피해자는 공격에 대비했고, 지배 집단에 속한 청소년들은 게토 의자에 앉는 학생들을 인간 이하로 여기는 생각을 익혔다. 이런 '당연하고' '노골적인' 관행이 곳곳에 깔려 있었다. 유대인이 삶에서 한 발짝을 뗄 때마다 민족 차별주의가 줄기차게 따라붙었다. 태어날 때부터 시작해 초·중·고등학교, 대학교, 회사와 단체 같은 직장 생활에까지 곳곳에 차별이 퍼져 있었다. 그러니 2차 세계대전 시절 독일 점령기에 유대인이 이웃의 적의나 심드렁한 냉담에 시달린 것도 놀라운 일이 아니다. 이미 2차 세계대전이 일어나기 몇 년 전부터 시작된, 유대인을 인간 이하로 인식하는 과정이 2차 세계대전 때 홀로코스트를 더 부추겼다. 제도가 뒷받침하는 민족 차별이 날마다 차근차근 퍼져,[26] 하루가 멀다 하고 숨 막히는 규제가 새로 나왔다.

폴란드 곳곳에 퍼진 이 지독한 병은 폴란드 사회만 물들이지 않았다. 유럽의 여러 나라가 파시즘과 민족주의에 깊이 사로잡혔다. 독일, 이탈리아, 스페인, 폴란드, 루마니아, 헝가리가 저마다 '순수' 단일 민족으로 구성된 위대한 조국을 꿈꿨다. 그리고 이 어리석은 꿈이 2차 세계대전을 낳았다. 포즈난에서 이 잔혹한 처우에 맞서 저항하는 행동은 드물고도 약했다. 1938년 가을부터, 특히 독일에서 수정의 밤Kristallnacht[27]이 일어난 뒤로는 박해가 더 심해졌다. 수많은 유대계 독일인이 독일을 탈출하는 동안, 독일 정부가 독일에 거주하던 유대계 폴란드인 수천 명을 독일-폴란드 국경선 너머로 추방했다. 이들 대다수는 감옥이나 다름없던 즈봉시네크 난민 수용소에 머물렀다. 1938년 10월부터 몇 달 동안, 폴란드 정부는 이들이 유대인의 특성을 보이므로 진정한 폴란드 시민이 아니니 받아들이지 않겠다고 길을 가로막았다.[28] 반유대주의 언론은 폴란드의 크고 작은 도시에 반유대주의 정서가 퍼졌다는 소식을 앵무새처럼 되풀이했다. 즈봉시네크 난민 수용소와 관련한 기사도 꾸준히 실었다. 언론에서 묘사하는 그곳은 독일에 살던 폴란드계 유대인 난민이 높은 실업률과 세금에 등 떠밀려 무시무시할 만큼 대규모로 몰려드는 시작점이었다. 즈봉시네크에서 가장 가까운 폴란드 도시인 포즈난이 비가톨릭계 폴란드인에게 특히 냉랭하게 반응했다. 베르거 김나지움도 주변 분위기를 그대로 드러내, 반유대주의에서 비롯한 민족 차별 행위를 대놓고 서슴없이 내보였다. 박해하는 학생도, 박해받는 학생도 이런 행위들을 일상으로 받아들였다.

지그문트 바우만은 갖은 고생 끝에 일찌감치 삶의 교훈을 배웠다. '동급생과 교사가 민족 차별주의자일 수 있다, 그들이 나를 차별할 수 있다.' 바르샤바의 세속적 유대인 학교에 다녔던 브워지미에서 셰르와 우치의 종교학교에 다녔던 마리안 투르스키는 어린 나이에 이런 감정을 겪지 않았다. 많은 유대계 폴란드 청년도 마찬가지였다. 하지만 지그문트 바우만은 자신이 소수 민족 출신이라는 현실을 사실상 태어날 때부터 느꼈다. 그래도 포즈난에서 보낸 마지막 몇 달 동안은 적어도 자신의 준거 집단을 만나, 학교에서 함께 '인간 이하' 취급을 맛본 친구들과 비슷한 경험을 공유할 수 있었다. 이들과 함께, 민족 차별이 사라진 미래를 꿈꿀 수 있었다.

하쇼메르 하짜이르

히브리어로 '젊은 파수꾼'을 뜻하는 하쇼메르 하짜이르Hashomer Hatzair는 대규모 운동이 되겠다는 목표를 세우지 않았는데도 1·2차 세계대전 사이에 매우 큰 영향력을 발휘한 시온주의 단체였다. 회원인 쇼메르는 시온주의 계획을 실행하고자 활동할 의무를 졌다. 달리 말해 유대 민족 기금을 홍보하고, 히브리어에 능숙해지고, 마침내 알리야를 실천해 팔레스타인의 집단농장 키부츠에서 일해야 했다. 하쇼메르 하짜이르는 구성원 사이에 두터운 우정과 형제애와 가족 같은 유대 관계를 형성해, 유대 민족의 선봉대를 기른다고 생각했다. (Aleksiun, 2002, 33)

지그문트에게 가족을 대신할 사람이 필요하지는 않았다. 하지만 우정을 나눌 사람을 찾고 있었고, 십 대들, 특히 학교에서 따돌림당하는 십 대들이 그렇듯 또래 집단이 필요했던 것은 분명하다. 그래서 지그문트는 시온주의 청소년 단체에 가입했다. 이 단체는 어느 버려진 유대교 회당[29]의 큰 홀에서 한 주에 두 번 모임을 열었다.

모임 장소는 오래된 유대인 지구에 남은 몇 안 되는 거리에서 조용히 늙어가는 어느 건물의 조잡한 방이었다. 그 방에 들어서니 나이가 나와 엇비슷한 남자아이와 여자아이가 몇 명 보였다. 하쇼메르 하짜이르의 포즈난 지부를 설립한 이들이었다. 그다음은 왁자지껄 소란스러운 과정이 이어졌다. 이제 나는, 내칠 수 없다는 이유만으로 나를 받아들인 한 집단에 속했다. 그곳에 모인 아이들은 '별종'이 아니었다. … 나도 더는 별종이 아니었다. 우리는 이야기하고, 말다툼을 벌이고, 춤추고, 싸웠다. 나와는 거리가 먼 평범한 사람들만 누릴 수 있다고 생각했던 행동을 우리도 누렸다. 칠이 벗겨진 그 방에서, 나는 바깥에서는 될 수 없는 사람이 되었다. 자유라는 나무에 열린 금단의 열매를 맛봤다. 그리고 삶이 이전과 달라질 수 있다는 생각이, 그 변화가 한 주 중 두 번의 오후에만 그치지 않을 수 있다는 생각이 확고해졌다.

　불현듯, 절대 흔들 수 없는 고정불변으로 보이던 세상이 달라 보였다. 이전과 달리, '받아들이든가 그만두든가' 둘 중 하나를 선택해야 하는 것으로 보이지 않았다. 더는 받아들이지 않겠다는 마음이 들었다. 그렇다고 그만둘 마음도 없었다. (바우만의 비공개 원고, 1986~1987, 25)

지그문트는 하쇼메르 하짜이르 덕분에 힘을 얻었고, 자존감을 회복했고, 삶의 원동력과 꿈을 얻었다. 미래를 바라보는 지그문트의 태도에, 지그문트를 둘러싼 삶에 하쇼메르 하짜이르가 스며들었다. '이제부터 민족 차별은 '당연'하지 않은 행동, 바꾸고 고치고 없애야 할 대상이 되어야 한다. 그런 변화를, 젊고 역동적인 단체의 회원들이 이끌어야 한다.' 자신을 짓눌렀던 지독한 차별의 짐을 하쇼메르 하짜이르 모임 덕분에 벗어났다고 느낀 다른 쇼메르들도 지그문트가 느낀 감정을 함께 나눴다. 유대교 단체에 소속되는 것은 색다른 경험이었다. 지그문트에게 유대식 성년식 바르 미츠바bar mitzvah[30]는 그저 그런 의식 같아 별다른 감흥이 없었지만, 하쇼메르 하짜이르에서는 소속감을 느꼈다.

성공한 사업가의 딸이자 지그문트가 속한 하쇼메르 하짜이르 포즈난 지부의 쇼메르였던 어느 여성은 이렇게 회상했다.

우리는 회의하고 발표하고, 브워츠와베크와 바르샤바와 칼리시에서 강연이나 대화를 위해 쉴 새 없이 우리를 찾는 쇼메르 친구들을 맞이했다.

회원은 약 백 명이었고, 모두 어렸다. 우리는 다 함께 호라춤*을 췄다. 팔짱을 끼고 노래를 부르면서, 발을 쿵쿵 구르며 빙빙 돌았다. … 그리고 여기에서 팔레스타인의 유대인이 처한 상황을 들었다! 우리 유대인의 역사와 문화를 알리는 강연들이 열렸다. 이미 키부츠에 간 사람들에게서 편지가 왔다. … 하쇼메르 하짜이르는 내 안에서 유대인이라는 자부심을 일

---

* 이스라엘의 전통 원무.

깨웠다! … 그때도 좋아하는 유대인 친구들과 이따금 만나기는 했지만, 내게는 폴란드인 친구가 더 많았다. 하지만 쇼메르 사이에서 나는 나 자신을 있는 그대로 유대인으로 인식했다. 나와 같은 사람들 사이에 있다는 느낌, 나도 그들 중 하나라는 느낌이 들었다. 내게도 어딘가 속하는 곳이 생겼다. (Niziołek & Kosakowska, 2016, 36)

바우만은 비공개 원고에 "내가 기존 세상을 대신해 세우고 싶었던 세상은 <u>하쇼메르 하짜이르</u> 지부를 본뜬 것이었다."라고 적었다.

되돌아보면, 오랫동안 상상한 공정한 세상의 밑바닥에 자리잡은 것은 우리가 꿈꾸었던 삶이라기보다 우리가 실천했던 삶이었다. 그런데도 그때부터 오늘에 이르기까지 나는 그런 삶을 꿈꾸고, 뒤쫓았다. 그런 삶을 찾을 수 있다고 나를 잘못 이끌었다.

이 매혹적인 세상의 이름은 시온이었다. 하지만 나는 그 이름이 특정 지명을 가리켰다고 생각하지 않는다. 내 생각에 시온은 비니아리숲에 있었다. 그곳에서 나는 내 생애 처음으로 새로운 친구들이라는 든든한 동반자들과 함께 오월제의 기쁨을 나눴다. 시온은 괴롭히는 사람이 없는 진기한 세상이었다. 어떤 신분이냐가 아니라 어떻게 행동하느냐로 호불호가 갈리는 세상이었다. 시온에서는 스스로 마다하지 않는 한, 누구나 평등했다. 유대인도 비유대인도, 부자도 빈자도, 유산자와 무산자도 없었다. 누구에게나 존중받을 권리가 있었다. (바우만의 비공개 원고, 1986~1987, 25~26)

하쇼메르 하짜이르는 쇼메르들이 앞으로 살아갈 삶을 준비하는 과정이자, 삶에 고통받지 않고 적극적으로 삶을 만들어나갈 수련장이었다. 그곳에서 쇼메르들은 영원히 간직할 교훈을 얻었다. 적어도 지그문트는 그랬다. 지그문트에게 하쇼메르 하짜이르는 오래도록 이어질 탈바꿈이 일어나는 전환점[31]이었다. 사회주의를 지향하며 세상을 더 나은 곳으로 바꾸겠다는 열정이 싹트는 시기였다. 하쇼메르 하짜이르 시절은 지그문트가 신체 변화를 겪은 시기와도 맞아떨어졌다. 이제 지그문트는 호리호리한 젊은이가 되었다. 이 체형도 평생토록 이어졌다. 하지만 행복은 오래가지 못했다. 1939년 9월, 끝내 2차 세계대전이 포문을 열었다.

"겨우 반년 남짓 짧게 하쇼메르 하짜이르를 경험하는 동안, 나는 세상을 바꾸겠다는 확고한 결심을 세웠다. 사회주의자가 되겠다는 결심도. 그리고 호리호리해졌다. 정말이지 운명 같은 이 여섯 달 동안 군살이 쏙 빠졌다. 그리고 머잖아 집을 잃었다. 그것도 영원히. 내 조국도 잃었다. 난생처음 겪는 일이었다." (바우만의 비공개 원고, 1986~1987, 26)

3

전쟁 난민

1939~1944, 포즈난에서 모워데치노까지

우리 팔레스타인은 사막에 있었다네

우리는 주께 기도하고

호통쳤지

우리는 주께 선택받은 민족

아니었네

유일하게 선택받은 민족이었지

당신들에게는 당신들만의 신이 있었네

당신들에게도 당신들에게도 당신들에게도

그런데도 당신들은 우리 신을 좋아했지

주님도 당신들을 끔찍이 좋아했네

주님을 높은 곳에 올린 뒤

당신들은

그분의 이름으로

우리를 박해하네

— 브워지미에시 홀슈틴스키Włodzimierz Holsztyński, 「팔레스타인Pal」, 2008. 6. 3.

2차 세계대전 발발

1939년 9월 1일 금요일 아침 6시 30분, 국영 폴란드 라디오.

여기는 바르샤바. 모든 폴란드 라디오 방송국에 알립니다. 오늘 아침 5시 30분, 독일군이 불가침 조약을 깨고 폴란드 국경선을 침범했습니다. 도시 몇 곳도 폭격했습니다. 잠시 폴란드공화국 대통령님[이그나치 모시치츠키 Ignacy Mościcki]의 특별 담화를 듣겠습니다. "그러므로 이제 우리는 전쟁 중입니다! 오늘부로 다른 모든 문제와 쟁점은 뒤로 미루겠습니다. 모든 공공 생활과 개인 생활을 비상 궤도로 전환합니다. 우리는 전시로 들어섰습니다. 국가의 모든 노력을 한 방향으로 모아야 합니다. 우리는 모두 병사입니다. 오로지 한 가지만 생각해야 합니다. 승리할 때까지 싸우리라."

이때 지그문트네 가족은 여름휴가를 맞아 갓 태어난 딸아이와 뱃속의 둘째를 품고 팔레스타인에서 찾아온 토샤 부부와 즐거운 한때를 보내고 있었다. 그리고 모든 폴란드 가정이 그랬듯, 그날 아침에 이 날벼락 같은 소식을 몇 번이고 들었을 것이다. 다른 모든 폴란드인과 마찬가지로, 바르샤바와 베를린 사이에 감도는 긴장을 전하는 뉴스에 귀를 바짝 세웠을 것이다. 아침 8시 30분에는 독일군 비행기가 포즈난에 접근하고 있다고 알리는 공습경보를 들었을 것이다.

하루 전인 8월 30일에 내려진 국가 총동원령으로 폴란드 전역이 떠들썩하게 움직였다. 퇴역 군인들이 예전에 복무했던 연대로 복귀하겠다고 나섰다. 이와 달리 안전하게 '전시'를 보낼 곳을 찾아, 도시에서 시골로 도망치는 가정도 있었다. 여름휴가를 떠났던 사람들은 집에 남은 가족과 만나고자 어떻게든 집으로 돌아가려고 안간힘을 썼다. 사방에서 사람들이 기차역으로 물밀듯 몰려들었고, 자동차와 트럭과 마차가 길을 꽉 메웠다. 전쟁이 코앞에 닥쳤다는 것은 8월 말 들어 폴란드인 대다수가 적어도 어렴풋이는 알아채고 대비에 나섰지만, 어리석게도 너무 자신만만했다. 이들은 전쟁이 오래가지 않으리라고 생각했다. 며칠 안에 폴란드가 독일군을 물리쳐 몰아내겠지. 어쩌면 몇 주가 걸릴지도 모르지만, 틀림없이 몇 달이 걸리지는 않을 거야. 최악을 예상한 시나리오마저 크리스마스 무렵에는 평화가 찾아오리라고 봤다. 도대체 이들은 왜 그토록 상황을 크게 낙관했을까? 강력한 동맹국인 영국과 프랑스를 믿었기 때문이다. 두 나라는 히틀러가 감히 폴란드 국경을 침범한다면 폴란드를 구하러 오겠다고 약속했었다. 폴란드 사람들은 독일군이 폴란드군의 격렬한 저항뿐 아니라 서쪽에서 영국군과 프랑스군이 퍼붓는 엄청난 공격을 맞닥뜨릴 것이라고 믿어 의심치 않았다. 이 믿음이 널리, 아주 굳게 퍼져 있었다. 9월 1일에 폭격이 시작되고서야 민간인들이 대규모로 동쪽으로 탈출하기 시작한 까닭도 그래서였다. 폴란드인들은 독일군의 공격성에 다들 하나같이 깜짝 놀랐다. 독일군이 보인 전투 능력, 승승장구하며 거침없이 밀어닥치는 속도, 전장에서 과시하는 군사력, 그리고 비무장 민간인에게 퍼부은 잔인한 공격에 입을 다물지 못했다.

포즈난은 전쟁이 벌어진 첫날부터 거센 폭격을 받았다. 정오 들어 메서슈미트 Bf-109 전투기 중대의 엄호를 받는 하인켈 헤-111 폭격기 31대가 공항, 중앙 기차역, 예지체 지구의 병영, 바르타강 다리들을 폭격했다. 오후에는 2차 공습이, 저물녘에는 3차 공습이 벌어졌다. 지그문트네 집은 휘몰아치는 폭격의 한가운데 있었다. 집에서 겨우 두 구역 떨어진 군복 공장과 철도역에 폭탄이 100발 남짓 떨어졌다.

다음날인 9월 2일, 육군 원수이자 총사령관 에드바르트 리즈-시미그위Edward Rydz-Śmigly가 폭격이 멈춘 틈에 동부로 퇴각하라고 명령했다. 그날과 이튿날에 걸쳐 군인, 정부 관리, 민간인이 갖가지 교통수단을 이용해 바르샤바를 떠났다. 9월 3일, 드디어 영국과 프랑스가 히틀러에 전쟁을 선포했다. 많은 폴란드인이 희망을 품었다. 그러나 독일의 '전격전' 앞에서 폴란드 전역이 속절없이 무너졌다. 9월 3일을 마지막으로 폴란드에서 기차의 정기 운행이 끊겼다. 9월 4일에는 바르타강 다리가 대부분 파괴되어 철도 수송이 숫제 불가능해졌다.

침략이 일어난 처음 몇 날 동안 지그문트네 가족이 겪은 일은 다른 수많은 폴란드 가정이 겪은 것과 다르지 않았다. 마우리치 바우만은 집에 머물렀다. 벌써 마흔아홉 살이라 국가 총동원과는 관련이 없었다. 게다가 유대계 폴란드인은 직업 군인과 장교(대개 군의관이었다)만 동원되었다. 폴란드 당국은 유대인을 폴란드 국민으로 여기지 않아, 군대 소집에 합류하라고 요구하지 않았다.[1] 전쟁이 터지기 전까지만 해도, 지그문트는 9월 4일 월요일부터 시작될 2학년을 준비하고 있었다. 지그문트네 가족은 그 전날인 9월 3일에 포즈난을 탈출했다.

바우만은 탈출을 이렇게 설명했다.

우리가 포즈난을 떠난 때는 … 9월 2일 밤이었다.[2] 칠흑처럼 깜깜한 밤을 틈타 쥐도 새도 모르게 역으로 갔다. 적군의 비행기가 잇달아 접근하자 출입구에 몸을 숨겼다. 짐은 손에 들 수 있는 만큼만 챙겼다. 누이는 팔레스타인에서 가져온 소지품 몇 가지를 포기했다. 그 대신 딸을 챙겼다. (바우만의 비공개 원고, 1986~1987, 26)

2015년 인터뷰에서 바우만은 내게 이렇게 말했다. "여행 짐은 꾸리지 않았습니다. 도망치는 참이었으니까요! 집에서 기차역까지가 멀지는 않았습니다. 하지만 무엇을 가져갈 수 있었겠습니까?" 마우리치는 건강이 나쁜 데다 다리까지 심하게 다쳐 걸음이 힘들었다. "짐은 모두 어머니와 내가(그때 제법 사내 티가 나기 시작했어요) 들어야 했습니다."

당장 필요한 것만 챙겨서, 포즈난을 떠나는 마지막 열차를 탔습니다. … 아버지는 아주 엄격하게 자란 분이라 처음에는 기차에 타지 않겠다고 버티셨습니다. 기차표를 살 수가 없었거든요. 매표소가 모두 문을 닫아 표를 살 곳이 없었어요. 아버지는 그 사실을 받아들이지 못했습니다. … 기찻삯도 치르지 않고 기차에 올라탄다니, 양심이 허락하지 않았던 겁니다. 그래서 결국은 마지막 열차를 타야 했습니다. … 기차로는 이노브로츨라프까지밖에 못 갔어요. 거기서부터 벌써 철로가 파괴되었더군요. 독일군 폭격기가 기차역과 기차를 시도 때도 없이 겨냥했습니다. 삽시간에 기찻길이 끊겼어요. 그 피난길에 우리 가족도 하마터면 목숨을 잃을 뻔했고요. … 이노브로츨라프에서 아버지가 기찻삯을 치를 사람을 찾아내고서야 기차역을 떠날 수 있었거든요. 그러니 피난길이 아주 극적이었지요.

바우만은 비공개 원고에서 "우리가 탄 기차를 폭격기들이 내내 뒤쫓았다."라고 적었다.

우리는 몇 번이나 멈춰 서 뿔뿔이 흩어진 채 선로 아래로 몸을 숨겼다. 끝내는 포즈난에서 160킬로미터 떨어진 이노브로츨라프에서 기차가 영영 멈춰 섰다. 동쪽으로 가는 철길이 완전히 파괴되어 철도망이 더는 작동하지 않았다. 이노브로츨라프 역사도 폐허가 되어 있었다. 저항이라고는 눈

씻고 찾아봐도 없자, 한껏 기세가 오른 독일군 비행기가 낮게 내려와, 오도 가도 못하는 기차에 기관총을 난사했다. 독일군 비행사들이 자기네 비행 솜씨를 뽐낼 기회를 즐기는 것이 분명했다. 땅에서 겨우 몇 미터 떨어진 곳까지 내려와 날다가 하늘로 솟구쳐 제멋대로 원과 고리 모양을 그리더니 다시 기차를 향해 돌진했다. 이들은 몇 번이고 저공비행을 반복했다. 심술궂게 웃는 비행사의 얼굴이 보일 정도였다. (바우만의 비공개 원고, 1986~1987, 26~27)

인터뷰에서 바우만은 "악몽이 따로 없었습니다."라고 내게 말했다. "길에서 옆을 지나던 독일군 무리가 우리를 도랑으로 밀치곤 했습니다. 그런 일이 한두 번이 아니었어요. 아직 아우슈비츠 수용소도 트레블린카 수용소도 없었지만,[3] … 분위기가 이미 꽤 불쾌했습니다."

마지막 말에서 바우만은 입을 앙다물었다. 부자연스럽게 들리는 "분위기가 이미 꽤 불쾌했습니다."[4]라는 표현은 바우만이 겨우 열네 살 때 2차 세계대전이라는 충격적 사건을 겪으며 느낀 힘겹고 고통스러운 감정을 극복하는 방식이었다. 바우만은 수많은 사람이 탈출하는 믿기지 않는 광경을 재구성해야 했다. 아이와 노인, 여성과 남성(폴란드 남성 대다수는 여전히 군에서 독일군의 침공을 멈추고자 애쓰고 있었다), 장애인과 환자, 이미 다친 사람이 피난길에 뒤엉켰다. 사방에서 떨어지는 폭탄, 죽어가는 사람들의 비명과 울부짖음이 뒤엉켜 고막을 뚫을 듯 시끄러웠다. 많은 사람이 반쯤 넋을 잃었다.

독일 공군기가 몇 차례 폭격을 퍼부은 탓에 수천 명이 다치고 죽었다.[5] 무방비로 겁에 질린 시민들이 도랑이나 숲으로 도망쳐 숨었다. 이들이 은신처에서 나오면 메서슈미트 전투기가 떼로 몰려와 지상에 바짝 붙어 날며, 달아나는 사람들에게 기관총을 갈겼다. 지그문트가 얼굴을 목격한 비행사들이 바로 이들이다. 1939년 9월, 폴란드의 도로 곳곳에서 이런 일이 벌어졌다. 독일 공군 조종사들의 살상 행위는 등골이 오싹해지는 두려움과 공포를 불러일으켰다. 무자비하고도 강력한 사냥꾼의 먹잇감이 되는 것은 결코 잊을 수 없는 경험이었다. 이 탈출 행렬에 오른 모든 사람에게 시간은 더디기만 했다. 일 초 일 초가 마지막 순간일 수 있었다. 다른 모든 피난민과 마찬가지로, 십 대 소년이던 지그문트도 하루가 멀다고 죽음을 목격했다. 바우만은 내게 "무수한 사람이 이런 일을 겪었습니다."라고 말했다. 인터뷰에서 바우만은 이 말을 여러 번 강조했다. "내가 처한 상황이 흔치 않은 일이 아니었습니다."

지그문트네 가족은 농부들이 쓰던 말수레를 타고 이노브로츠라브에서부터 65km 떨어진 브워츠와베크까지 이동했다.

이모들은 우리가 도착할 것을 예상했던 듯하다. 하지만 우리가 운 좋게 탈출했다는 소식에 이모들이 기뻐하던 모습은 떠오르지 않는다. 우리는 동쪽으로 더 멀리 피난한 어느 가족이 비워 둔 아파트에서 우리 힘으로 상황을 헤쳐 나가야 했다. 우리 운명이 우리에게 달려 있었다는 뜻은 아니다. 전투에 져 쫓기는 패잔병들이 말을 달리거나, 마차를 타거나, 걸어서 동부로 밀려왔다. 머잖아 길거리에서 장병들이 사라지고, 뒤이어 으스스하고 섬뜩한 고요가 찾아왔다. 그리고 독일군이 도착했다. 오토바이와 트럭과 탱크를 몰고서. (바우만의 비공개 원고, 1986~1987, 27)

전쟁이 시작된 지 며칠 지나지 않아 곧장 급격한 변화가 나타났다. 거침없이 빠르게 진격한 독일군이 무지막지한 힘과 공포를 앞세워 점령지에 새로운 규칙을 도입했다. 유대인에게 특히 엄격한 규칙이었다. 가톨릭계 폴란드인은 옷에 낙인을 상징하는 십자가나 다른 표식을 달 의무가 없었다. 하지만 유대계 폴란드인은 그런 표식을 달아야 했다. 브워츠와 베크는 처음으로 '노란 별' 부착 의무가 시행된 도시 중 한 곳이었다.

> 며칠 뒤, 어머니가 내 노란색 잠옷을 여러 조각으로 잘라 우리 가족의 외투 뒤쪽에 노란 별을 바느질해 붙였다. 노란 별은 당시 새로운 지배자가 공표한 유대인 식별 표식이었다. 평범한 사람들이 이전과 마찬가지로 인도를 걷는 것과 달리, 이제 이 표식을 단 우리는 인도보다 십여 센티미터쯤 낮은 도로 위를 걸었다. (바우만의 비공개 원고, 1986~1987, 27)

구역이 정해진 '게토 의자', 학생증과 학적부에 찍힌 '유대인' 도장, 선택할 여지가 거의 없는 학업 경로. 지그문트는 이런 보이지 않는 차별을 여러 해 동안 겪었다. 그리고 이제는 유대인을 공식적으로 더 쉽게 박해하기에 제격인 차별의 표식을 받을 차례였다. 독일 당국이 브워츠와베크에서 유대인에게 강제한 잔혹한 처우는 신체 피해부터 심리적 수모까지 다양했다.[6] 지그문트가 이런 수모를 뼈저리게 느낀 것은 아버지 마우리치가 어느 독일 병사에게 공개적으로 모욕당했을 때다.

독일 침략군의 잔혹 행위 중 하나가 걸핏하면 정통파 유대인의 수염을 싹둑 잘라버리는 것이었다. 하지만 꼭 정통파 유대인만 가학 행위의 희생양으로 뽑히지는 않았다. 2015년 인터뷰에서 바우만은 자신의 아버지가 겪었던 굴욕을 담담하게 심리적 거리를 유지하며 설명했다.

> 아버지를 전지전능한 신으로 여기던 아이가 굴욕당하는 아버지의 모습을 생각지도 못하게 마주하면 모든 세계관이 무너진다는 이야기를 셀 수 없이 많이들 합니다. 독일군이 아버지에게 맨손으로 거리의 오물을 치우라고 명령했을 때, 내게도 그런 일이 일어났습니다. 그들은 아버지에게 …

삽 한 자루도 주지 않았어요. … 그 모습을 보았을 때 브워츠와베크를 떠나야겠다고 다짐했습니다. 그러고 보면 다행이었지요. … 완전히 다른 일이 벌어질 수도 있었으니까요.

마지막 문장이 의미심장하다. 1939년 9월에 브워츠와베크의 유대인 사회에 머문 사람은 거의 모두 홀로코스트로 죽음을 맞았다.

누나 토시아와 토시아의 남편, 그리고 갓난아이도 운 좋게 브워츠와베크를 떠났다. 토시아네 가족은 다행히 영국 여권을 갖고 있던 덕분에 무사히 폴란드를 벗어날 수 있었다. 그런데 하필이면 이들이 폴란드를 벗어나고자 브워츠와베크 역에서 베를린행 열차에 올라탔을 때 마우리치가 쓰라린 굴욕을 겪었다. 인터뷰에서 바우만이 이 대목을 그토록 간략히 설명한 데는 이런 이유도 있었을 것이다. 바우만은 살면서 겪은 어떤 극적 사건보다도 이 기억을 견디기가 정말로 힘겨운 듯 보였다. 마지막 문장을 말할 때는 쓰디쓴 농담을 억누르는 듯 입꼬리가 냉소적으로 올라갔다. 그리고 파이프 담배를 준비하는 몸짓으로 그 표정을 감췄다. 2차 세계대전을 경험한 폴란드인이라면 누구나 그런 일을 겪었다는 뜻에서, 바우만은 이 쓰라린 기억을 별것 아니라는 몸짓과 말로 밀어내려 했다. 하지만 당연하게도, 폴란드인이라고 모두 이와 같은 온갖 특이한 고난을 겪지는 않았다.

바우만은 딸들에게 쓴 비공개 원고에 "그래서 등에 노란 별을 단 유대인 세 명이 노란 별을 달지 않은 유대인 세 명을 브워츠와베크 역에서 배웅했다."라고 적었다.

노란 별을 단 유대인들은 기차가 떠나는 모습을 제대로 보지 못했다. 딸아이를 안은 누이와 그 옆에 앉은 매형 바로 앞으로 독일 장교들이 탈 마차가 보였다. 주위에서 병사들이 고개를 숙여 인사하고 거수경례를 했다. 그때 한 독일 순찰병이 손가락으로 아버지를 가리켰다. 어이 거기 유대인, 여기 와서 이 더러운 승차장 좀 깨끗이 치워! 아버지는 눈물이 그렁그렁 맺힌 채, 딸을 태우고 떠나가는 기차를 등지고 물에 젖은 종이와 병사들이 먹다 남긴, 곰팡이가 슨 음식을 맨손으로 치웠다. 뒤에서는 순찰병이 아버지를 개머리판으로 쿡쿡 찌르며 계속 다그쳤다. 바로 이 광경이 누이가 길을 떠나 이제 유일하게 남은 집으로 돌아가는 동안 기억한 아버지의 모습이다. (바우만의 비공개 원고, 1986~1987, 28)

가족은 이제 두 갈래로 나뉘었다. 토시아는 남편과 함께 딸아이를 데리고 폴란드를 떠나 팔레스타인의 집으로 돌아갔다. 지그문트와 마우리치, 조피아는 브워츠와베크의 친척 집으로 돌아갔다. 길게 머물지는 않았다. 비공개 원고에 바우만은 "엄청난 충격을 안고 집으로 돌아간 것을 기억한다. 하지만 더는 그곳에 머물지 않겠다는 절박한 마음도 함께였다."라고 적었다. 마우리치는 자기가 태어난 스우프차 같은 작은 유대인 고장에서 전쟁이 끝나기를 기다리려고 했다. 하지만 지그문트는 이 생각에 격렬하게 반대했다. 2015년 인터뷰에서 바우만은 "나치가 브워츠와베크에 머문 며칠 동안 상황이 워낙 끔찍해,[7] 부모님에게 그곳에 머물지 않겠다고 크게 성을 냈습니다."라고 말했다. 비공개 원고에도 같은 내용이 담겨 있다.

내 안의 모든 감정이 울컥 일어나 아버지의 생각에 맞섰다. 아이의 본능이었을까? 불길함을 예감해서였을까? 하쇼메르 하짜이르 모임에 참석한 밤들이 쌓여 불쑥 치솟은 반항이었을까? 아니면 세상이 더 나은 곳으로 바뀔 수 있고, 그렇게 되도록 힘을 모아야 한다는 새로운 신념 때문이었을까? 내가 무슨 생각을 했는지는 기억나지 않는다. 그때 느낀 감정만이 떠오를 뿐이다. 격렬한 감정이었다. 사실은 너무나 격렬해, 향수에 젖은 아버지의 결심을 마침내 꺾었다. 그리고 그 덕분에 부모님은 전쟁통에 살아남으셨고, 나는 히틀러가 죽은 지 40년이 더 지난 지금 이 글을 쓰고 있다. (바우만의 비공개 원고, 1986~1987, 28~29)

마지막 문장은 나치의 박해에서 살아남은 생존자들의 여러 설명을 떠올리게 한다. 은총을, 지난날의 은총을 전하는 이야기 말이다. 이들에게 불행을 안긴 사람은 수십 년 전에 죽었지만, 죽음 직전까지 내몰렸던 생존자들은 뭔지 모를 기적에 힘입어 수십 년이 지난 지금도 이 세상에 살아 있다. 그런 사실 때문에 생존자들은 결국은 정의가 승리한다는, 견디기 힘든 상황이 행복으로 막을 내린다는 이야기를 믿는다. 하지만 브워츠와베크에서 지그문트네 가족이 상황을 호전할 방법을 궁리할 때, '좋은' 전략 따위는 없었다. 앞으로 무슨 일이 벌어질지, 누구도 알 길이 없었다.

지그문트네 가족은 다시 피난길에 오를 채비에 나섰다. 조피아의 자매들이 빌려준 돈으로 농부 출신인 마부, 늙은 말 두 마리(건강하고 튼튼한 말은 모두 폴란드군이 징발하고 없었다), 마차를 빌렸다. 10월 중순 무렵 모든 준비를 마친 가족은 동부 국경을 향해 길을 떠났다.

피난길은 처음 계획대로 풀리지 않았다. 하지만 나치가 브워츠와베크를 점령했으니 따질 것도 없이 서둘러 떠나야 했다. 처음에는 짐마차를 이용했지만, 죽음이 코앞이던 말들이 피난 도중 므와바 근처에서 죽었다. 므와바도 이미 독일군이 점령한 터라, 이들은 걸어서 이동했다. 바우만은 "어릴 적에 꽤나 걸었습니다."라고 말했다.

지그문트네 가족뿐 아니라 많은 사람이 독일군의 눈을 피할 셈으로 인적이 드문 외진 길을 따라 농가에서 농가로 천천히 걸어서 이동했다. 제 앞가림은 제가 해야 하는 상황이었다. 적십자나 다른 구호 단체의 손길이 닿지 않아 약품이나 옷가지, 식료품 같은 구호품을 얻을 길이 없었다. 집집이 알아서 은신처와 먹거리를 마련했다. 2015년 인터뷰에서 바우만은 이렇게 말했다.

농부들한테서 식량을 샀습니다. 어머니가 그 일을 맡았어요. 그때는 아직 식량 배급표가 없었습니다. 식량 배급표는 나중에 전쟁이 끝난 뒤에 도입되었으니까요. 농부들이 우리한테 먹거리를 팔곤 했는데, 돈보다 물물 교환을 더 좋아하더군요. 우리한테는 사실 더 좋은 일이었습니다. 길을 갈수록 들고 가야 할 물건이 줄어들었으니까요!

소련에 점령된 폴란드 지역이 가까워지자, 지그문트네 가족은 눈에 띄지 않게 국경선을 넘을 기회를 엿봤다. 이때는 소련이 9월 17일에 폴란드 동부 지역을 침공한 지 몇 주가 지난 뒤였다. 이 침공 탓에, 방어 체계를 재정비하려던 폴란드군의 계획이 물거품이 되었다. 독일과 소련이 몰로토프-리벤트로프Molotov-Ribbentrop 조약 즉 독일–소련 불가침 조약을 맺은 상황에서 소련이 폴란드 동부 지역을 합병하자, 소련과 독일의 국경선 또는 분계선에 새로운 지정학적 상황이 생겨났다. 폴란드 정부는 항복 문서에 절대 서명하지 않았지만, 몇몇 도시의 시장들이 서명했고 9월 25일에는 바르샤바까지 항복했다. 폴란드 지도자 대다수가 런던으로 달아난 터라, 소련과 독일은 꼭두각시 정부를 세울 것도 없이 영토를 확장해 유럽 지도에서 폴란드를 지우면 그만이었다.

소련과 맞닿은 새 국경선에 가장 가까이 가고자, 지그문트네 가족은 브워츠와베크에서부터 보이치에호비체까지 약 300km를 가로질렀다.

2주에 걸친 여정이었다.

10월 말, 마침내 보이치에호비체에 도착했다. 국경에서 삼사백 미터 떨어진 작은 마을이었다. 새 국경선은 독일 쪽인 오스트로웽카와 러시아 쪽인 웜자 사이에 있었다. 우리는 운 좋게도 농가에서 방을 하나 빌렸다. 마을의 집이며 건물마다 우리처럼 국경을 넘으려는 피난민이 가득했다. (바우만의 비공개 원고, 1986~1987, 29)

혼란과 불확실성이 넘치고 붉은군대와 폴란드군 사이에 몇 차례 교전이 벌어지는 가운데 날씨까지 쌀쌀해져, 새 국경선을 몰래 넘기가 더 어려워졌다.

지그문트네 가족이 소련 영토로 넘어가는 여정은 처음에 피난길에 올랐을 때만큼이나 극적이었다. 2015년 인터뷰에서 바우만이 이 이야기를 들려줬다.

우리가 국경선에 도착한 무렵에는 러시아 쪽에서 툭하면 입경을 허용하지 않았습니다. 그전까지는 누구든 받아들였었는데요. … 아버지는 독학이기는 해도 교양을 많이 쌓은 분이셨고, 독일어에 아주 유창하셨습니다.[8] 당시 보이치에호비체 주둔군은 독일 국방군* 수비대였어요. 아버지가 아주 교양 있는 어느 독일군 대위를 만나 몇 차례 정말로 친밀하게 대화를 나누셨습니다.[9] 그 대위가 우리를 돕지 못해 마음이 편치 않다더군요. 너무 많은 사람이 국경을 넘겠다고 보이치에호비체로 몰려들자 러시아에서 난민을 받아들이지 않았으니까요. 그래도 자기가 "강 건너편 쪽 지휘관"

---

* 나치 독일 치하에서 1935~1945년에 존재한 군대. 베어마흐트(Wehrmacht)라고도 부른다.

을 만나 해법을 찾아보겠다고 약속했습니다. 정확히는 이렇게 말했지요. "어쩌면 합의를 봐 러시아에서 당신들을 받아줄지도 모릅니다." 무척 흥미로운 경험이었습니다. 우리 세 식구는 강을 사이에 두고 독일 쪽에 앉아, '우리' 대위가 아주 고급스럽게 꾸민 차를 몰고 정확히 다리 중앙에 가 멈추는 모습을 지켜봤습니다. 다리는 부교가 아니라 진짜 다리였을 겁니다. 대위가 다른 쪽으로 건너가 크라스노아르메예츠[소련 붉은군대의 병사]들을 만났습니다. 소총을 끈에 매달아 걸친 병사들은 당연하게도 걸어서 왔고요. 다리 중간에서 대위와 병사들이 만났습니다. 물론 서로 무슨 말을 나눴는지는 모릅니다. 하지만 돌아온 대위가 아버지에게 "안타깝게도 피난민을 받지 말라는 명령을 받았다는군요. 어쩔 수가 없네요."라고 말하더군요.[10]

월경 시도는 무산되었지만, 지그문트는 태어나 처음 보는 붉은군대 병사들의 모습에 깊은 인상을 받았다. "그들은 느긋하게 우리 쪽으로 걸어왔다. 더 가까이 다가올수록 몸에 맞지 않는 제복, 곧 떨어질 것 같은 단추, 거무튀튀하고 해진 군화가 눈에 들어왔다. 내 눈에는 천사가 따로 없었다. 시온의 전령 같았다." (바우만의 비공개 원고, 1986~1987, 30) 병사들이 얼마나 천사처럼 보였든, 그들은 지그문트네 가족을 소련 영토로 들여보내려 하지 않았다. 기운 빠지는 소식이었다. 그래도 조피아는 낙담하지 않았다.

아버지와 달리 어머니는 아주 거침없는 분이셨습니다. "아니, 이 결정을 순순히 받아들이지는 못하겠어. 오스트로웽카에 있는 독일 사령관한테 갈 거야!"라고 말씀하셨지요. 그럴 만도 한 것이, 어머니가 그곳의 농촌 아낙네처럼 보였거든요. 어머니는 작은 마을의 시골 아낙네처럼 옷을 입고서, 오스트로웽카로 장을 보러 가는 진짜 시골 아낙네들과 함께 길을 떠났습니다.

어머니가 독일 사령관을 만나 월경을 요청하고자(사실은 말도 안 되게 순진한, 그야말로 바보 같은 시도였어요) 오스트로웽카로 떠난 바로 그날, 그 국방군 대위가 아버지를 찾아왔습니다. "선생님, 제가 결정한 일은 아닙니다만, 우리 부대가 철수하고(국방군이 국경 통제 임무에서 벗어났던 거지요) 오늘부터 국경 수비대로 대체된다는 사실을 알리러 왔습니다. 그러니 선생님한테는 상황이 아주 나빠질 겁니다."[11]

아버지와 나는 그곳에 있었으나 어머니는 오스트로웽카로 떠난 뒤였습니다. 어머니가 언제 돌아오실지 모르니 오도 가도 못하는 속 터지는 상황이었지요. … 나중에 알고 보니, 어머니가 정확히 오스트로웽카에 들어선 바로 그때, 그곳과 주변 지역에서 국경을 넘고자 기다리던 피난민을 국경 수비대가 한 명도 남김없이 모아 오스트루프 마조비에츠카로 끌고 갔더군요. 폴란드에서 처음으로 대량 학살이 일어난 곳으로요.

조피아가 목숨을 건진 것은 기적이었다. 하지만 어찌 보면 그리 큰 기적은 아니었다.

어머니의 외모가 아무리 봐도 유대인보다 슬라브인에 가까웠거든요. 더구나 그때는 허름한 옷차림에다 머리에 이불보만 한 숄까지 걸쳐 시골 아낙네가 따로 없었습니다. 어머니는 유대인 신분을 드러내는 유일한 흔적인 노란 별을 떼고, 보이치에호비체에 도착한 첫날부터 친구가 된 주인아주머니를 설득해 말을 얻어 타고 오스트로웽카로 향했습니다. 그곳에서 설득력을 발휘해 독일군 지역 사령관의 협조를 얻어낼 생각이셨던 거지요.

독일군이 전형적인 유대인 외모로 유대인을 색출했으니 외모는 붙잡히느냐 도망치느냐를 판가름하는 요소였을 것이다. 운 좋게도 조피아 바우만의 외모가 독일군의 머릿속에 박힌 유대인 여성의 검은 머리, 길고 가는 눈매, 짙은 눈동자와 맞아떨어지지 않았다. 그러기는커녕 '아리아인'에 가까웠다. 게다가 한 주에 한 번 열리는 시장에서 물물 교환을 하고자 오스트로웽카를 찾은 시골 아낙네들과 섞여 있었다.

그런데 만약 그때 지그문트네 가족이 보이치에호비체에 함께 있었다면, 모두 죽음을 맞았을 것이다. 일어날 것 같지 않은 우연이 겹치고 겹쳐 세 사람이 모두 목숨을 건졌다. 여기에는 마우리치와 지그문트의 완고함도 한몫했다. 국방군 대위가 경고했던 대로 국경 수비대가 독일 국경 쪽을 담당했다.

얼마 지나지 않아 국경 수비대의 명령이 마을에 크게 울려 퍼졌다. "Alle Juden raus!(유대인은 모두 밖으로 나와라!)" 집에서, 헛간에서, 마구간에서 남자와 여자, 아이들이 모습을 드러냈다. 낯선 제복을 입은 병사들이 사람들을 밀치고 발로 차, 촌장이 사는 건물 쪽으로 몰아넣었다. 아버지와 내가 그곳에 도착했을 때, 국경 수비대 장교가 우리를 러시아로 넘어가기를 바라는 유대인이 모두 모이는 오스트루프 마조비에츠카로 수송하겠다고 발표하고 있었다. … 아버지와 나는 오스트루프로 갈 수 없었다. 어머니가 돌아오시지 않는 한 어디도 갈 수 없었다. 어머니가 돌아오기를 기다려야 했다. 아버지와 그러자고 상의하지는 않았지만, 아버지도 같은 생각이라는 것을 알았다. 말없이 서로 눈빛을 읽은 우리는 슬그머니 가장 가까운 건물 뒤로 숨었다가, 국경선 양쪽으로 뻗은 숲으로 내달렸다. 머잖아, 발치에 소총을 내려놓고 홀로 통나무에 앉아 새를 바라보며 흥얼거리는 러시아 국경 수비대원이 한 명 보였다. 아버지는 숨을 헐떡이며 말했다. "여기서 아내를 기다리려고 합니다. 아내가 올 때까지는 꿈쩍도 하지 않을 겁니다." 내 평생 가장 긴 하루였다. (바우만의 비공개 원고, 1986~1987, 31)

오스트로웽카에서 남쪽으로 30km 떨어진 오스트루프 마조비에츠카에서 유대인을 학살한 병사들은 이미 그전에 민간인을 광범위하게 괴롭힌 전적이 있었다. 아무리 그래도, 11월 11일에는 유대인을 무려 600명이나 죽였다. (Bartniczak, 1972, 63) 현지 유대인은 물론, 지그문트네 가족처럼 국경을 넘을 기회를 엿보던 피난민까지 모두 아우른 대량 학살이었다.

지그문트와 마우리치는 늪지 지역이라 "수초가 둥둥 떠다니는" 작은 강에 이르러 국경선과 갈라졌다. 지그문트는 풀밭에 앉아 어머니가 돌아오기를 기다려야겠다고 생각했다. 처음에는 두 사람뿐이었다.

그런데 잠시 뒤 투실투실하니 건장한 남성이 나타났습니다. 소련의 집단 농장인 콜호스에서 일하는 농민병이더군요. 소총을 밧줄에 매 걸친 그 사람이 뭔지 모를 말을 웅얼거렸습니다. 아버지가 러시아어를 몇 마디 하셨는데, … 독일어에는 유창해도 러시아어는 그 정도 수준이 아니었어요. 나는 러시아어를 한마디도 못했고요. 그러니 의사소통이 어려웠지만, 그 농민병이 원체 성격이 좋았습니다. 자기 마을에 가면 따뜻한 침대와 조금이나마 음식이 있으니 우리를 데려가야 한다더군요.[12] 나는 그 생각에 절대 반대였지만, 농민병이 소총을 걸치고 있는지라 그냥 따라나섰습니다.

겨우 오후 두 시였지만, 한 해 중 그맘때는 날이 이미 어둑해질 시간이었다. 두 사람은 농민병의 집으로 따라가 바깥에 앉아 있었다. 농민병이 머물 곳을 찾도록 지휘관 사무실에 데려다주겠다고 했다.

우리는 그 사람을 따라 칠흑 같은 어둠 속을 걸었습니다. 나, 아버지, 농민병 … 셋뿐이었어요. 그런데 … 그곳 지리는 알지 못했지만, 아무래도 우리를 다시 독일 쪽으로 데려가고 있다는 느낌이 불현듯 들었습니다. 앞뒤 잴 것도 없이 당장 결단을 내렸지요. 땅바닥에 드러누워 마구 울어 젖혔어요. 그것이 러시아식일 것 같았거든요. 지금도 그때 내가 했던 말을 기억합니다. "Maja mat' tut, Maja mat' tut![우리 어머니가 여기 있어요, 우리 어머니가 여기 있다고요!]"[13] 땅바닥에 드러누운 나는 한 발짝도 움직이지 않겠다고 버텼습니다. 사람 좋은 그 병사가 우리를 어찌 다뤄야 할지 몰라 당황하더군요. 우리를 등에 떠메고 갈 수도 없는 노릇이었으니까요. 게다가 신호탄을 쏴도 아무 기척이 없었고요. 그래서 우리 셋은 들판 한가운데서 돌무더기에 함께 앉았습니다. 거기서 가만히 있었어요. … 그런데 난데없이 소련군 장교 한 명이 게거품을 문 말을 타고 나타나더군요. 농민병과 몇 마디 주고받더니, 우리를 겁주려고 말의 옆구리를 찼어요. 나는 비명을 질렀습니다. 아버지는 벌벌 떠셨고요. 하지만 그 장교도 그래 봤자 소용이 없다는 것을 깨달았습니다.

비록 겁에 질렸지만, 지그문트와 마우리치는 못이 박힌 듯 꿈쩍도 하지 않았다. 두 사람은 독일 쪽으로 한 발짝도 달리지 않았다. 소련군 장교가 농민병에게 뭐라고 하더니 "말머리를 돌려 빠르게 질주해 어둠 속으로" 사라졌다. 농민병은 손으로 두 사람을 내쫓는 시늉을 했다. 자기가 잠시 등을 돌리고 있다가 다시 돌아서겠다는 뜻이었다. "그사이에 자취를 감춰야 했습니다. 그러면 그만이었지요. 달이 뜨지 않아 칠흑같이 깜깜한 밤이었으니, 모습을 감추기는 식은 죽 먹기였습니다. 몇 발짝만 걸어도 우리는 거기 없는 사람이었어요. 그리고 밤새 웜자 쪽으로 걸었습니다."

소련 땅을 가로질러—모워데치노(1939. 11.~1941. 6.)

소련군 점령지에 속하는 웜자는 새 국경을 지나 나오는 첫 도시였다. 폴란드의 자그마한 고장이던 이곳은 1939년 9월 느닷없이 첫 '자유' 도시가 되었다. 적어도 독일의 점령에서는 자유로웠다. 웜자 동쪽에서는 민족이 딱히 문제가 되지 않았다. 소련에서 지그문트네 가족은 그저 "제3제국*에 편입된 지역에서 온 피난민"일 뿐이었다.[14]

2015년 인터뷰에서 바우만은 이렇게 말했다. "도시가 이미 피난민으로 바글거려 밤을 보낼 곳을 찾지 못했습니다. 아버지가 예닐곱 곳에 부탁한 끝에야 돈을 받고 하룻밤을 재워 줄 여성이 한 명 있다는 정보를 얻었습니다. 그곳에 갔다가 누구를 봤게요?" 조피아였다! "기적으로 가득 찬 하루를 마무리 짓는 최고의 기적이었습니다." 드디어 가족이 다시 함께 모였다. 위태롭기 짝이 없던 시절에 일어난 정말 흔치 않은 운명이었다. 다시 모인 가족은 웜자를 벗어나기로 했다. "웜자는 팔을 뻗으면 다른 사람을 칠만큼 사람들로 북적였습니다. 주민보다 피난민이 세 배나 많았거든요."

비공개 원고에서 바우만은 이렇게 설명했다. "우리는 기차에 올라, 러시아가 점령한 폴란드 지역에서 가장 큰 도시인 비아위스토크로 떠났다. 하지만 도착해보니 비아위스토크도 사정이 그리 다르지 않았다. 머물 곳 없는 인파, 하늘을 찌를 듯 치솟은 집세, 연락이 끊긴 가족을 찾고 앞으로 살아남을 길을 궁리하는 뿌리 뽑힌 사람들. 브워츠와베크에서 가져온 돈이 다 떨어진 뒤라, 아버지는 몇 푼이라도 벌어보겠다고 안간힘을 다 쓰셨다." 하지만 이때도 마우리치가 돈을 벌지 못했으므로, 조피아가 상황

---

* 나치 독일이 자신들을 신성 로마 제국, 독일 제국을 잇는 후계자로 일컬은 표현이다.

에 대처해 결단을 내렸다.

> 어디로든 가야 했다. 온갖 것들을 사고파는 피난민들에게서 멀리 떨어진 곳으로. 하지만 어디로 가야 할까? 이때 내 지리학 사랑이 유용하게 쓰였다. 모워데치노가 우리에게 딱 맞는 곳으로 보였다. 그림 같은 풍경이 펼쳐질 전원 지대에 자리잡은 작은 고장이었으나 시골 마을은 아니었고, 독일 국경선에서 아주 멀찍이 떨어져 다른 피난민의 발길이 닿기 어려웠다. 우리는 남은 돈을 탈탈 털어 모워데치노행 기차표를 샀다. (바우만의 비공개 원고, 1986~1987, 33)

1939년 말에 벨로루시의 작은 도시가 흔히 그랬듯, 모워데치노도 비에젠치(독일이 점령한 폴란드 지역에서 넘어온 피난민을 뭉뚱그려 부른 말로, 피난민을 뜻하는 러시아어 베젠치에서 유래했다)로 북적였다.[15] 모워데치노로 가는 기차는 북적이지 않았다. 그러기는커녕 다른 피난민이 한 명도 없었다. 동부 지역에 친구나 연줄이 없는 피난민들은 의지가지없는 동쪽으로 달아나는 계획에 그리 끌리지 않았다.[16] 지그문트네 가족도 그런 인맥이 없기는 마찬가지였지만, 어찌어찌하여 새로운 임시 거처에서 괜찮은 상황을 맞이했다. 인터뷰에서 바우만은 "운이 좋았습니다. 아버지가 일자리를 얻었고, 어머니도 일자리를 얻었으니까요. 나는 학교에 다녔고요."라고 회고했다. 1951년에 '소령' 바우만은 이력서를 첨부해 서명한 문서에 이렇게 적었다. "우리는 모워데치노에 정착했습니다. 아버지는 서부지구 군수무역[소련군에 군수품을 대던 국영기업]에서 장부 담당자로, 어머니는 장교 식당에서 조리사로 일하셨습니다."[17] 비공개 원고에는 이렇게 적었다.

그곳 풍경은 더도 덜도 아닌 주둔군 도시, 딱 그것이었다. 드넓게 울타리를 친 평평한 지형에 사방으로 점점이 들어선 막사가 공간을 대부분 차지했다. … 우리가 도착했을 때는 세를 놓은 방이 많아, 바로 어느 농가에서 방 한 칸을 얻었다. 일자리도 많았다. … 도착한 다음 날, 아버지가 당신이 영순위로 찾던 일자리를 제안받으셨다. 아버지는 현지 주둔군에 군수품을 대는 대형 도매상에서 회계사가(아버지만한 사람이 또 누가 있겠는가?) 되셨다. (바우만의 비공개 원고, 1986~1987, 34)

마우리치가 그 도시에 느낀 첫인상은 경악과 실망이었다. "하나같이 다들 도둑질을 한다! 선반에 진열하기도 전에 사라진 상품을 장부에 기재하라고 하질 않나, 멀쩡하기 짝이 없는 물건을 오류로 표시해 [물품 목록에서] 지우라고 하질 않나. 어떻게 한 국가가 도둑질 천지일 수 있을까?"(바우만의 비공개 원고, 1986~1987, 34)

빗발치듯 포탄이 떨어지는 와중에도 어떻게든 기찻삯을 치르기를 바랐던 마우리치는 '창의적 회계' 기법이란 것을 도무지 배울 줄 몰랐다. "아버지는 '절도 민주주의'라는 발상에 익숙해지지도, 그 관행과 손잡지도 못하셨다. … 계속 괴로워하셨지만, 늘 그랬듯 버릇대로 조용히 괴로움을 삭이셨다."(바우만의 비공개 원고, 1986~1987, 33~34)

지그문트네 가족은 1917년 혁명 뒤 시행된 새 체제의 특이함을 소련에 정착한 초창기부터 깨달을 수밖에 없었다. 러시아 혁명은 러시아인의 행동을 모든 차원에서 바꾸어 놓았다. 도둑질이 널리 퍼진 관행이었고, '절도 민주주의'는 지그문트네 가족이 어서 배워야 할 새로운 원칙이었다. 그렇다고 마우리치가 남들처럼 행동하기 시작했다는 뜻은 아니다. 바우만은 아버지가 새 체제에 접근한 방식을 이렇게 설명했다. "아버지는 다시 장부 담당자가 되었다. 하지만 이제 당신이 기록하는 장부는 사실주의나 사회주의 같은 것의 기록물이 아니라 공상 소설이었다."(바우만의 비공개 원고, 1986~1987, 34)

마우리치는 쉽게 바뀌지 않았다. 하지만 조피아는 모워데치노에서 '진정한 혁명'을 맛봤다. 조피아는 간단한 평가 뒤 주둔군 식당에 조리사로 채용되었다. "마법사처럼 무엇이든 뚝딱 해내는 어머니의 재능이 절도 민주주의에 딱 들어맞았다. … 어머니의 재주에 칭찬과 찬사와 환호가 이어졌다. 어머니는 행복해하셨다. 당신에게 찾아온 새로운 삶, 나른한 도시, 아끼는 개를 보듯 어머니를 바라보는 장교들이 있는 군대, 이런 병사들을 유지하는 나라를 사랑하셨다."(바우만의 비공개 원고, 1986~1987, 34~35)

조피아의 재능은 전쟁 기간에 몇 차례나 가족의 목숨을 구하고 삶의 수준을 높였다. 조피아에게는 전쟁이나 재난이 닥쳤을 때 필요한 재능이 있었다. 조피아는 손에 쥔 것 하나 없을 때도 상황을 헤쳐 나가는 법을 알았다. 전문 조리사는 아니었어도 활기가 넘쳤다. "어머니에게는 이런 원칙이 있었습니다. 맛있는 음식을 만드는 조건은 둘 중 하나다. 아주 좋은 양념을 쓰거나 온종일 부엌에 머물거나. 우리는 질 좋은 식료품을 살 형편이 되지 않았습니다. 그런데도 어머니는 별것 아닌 재료로 진짜 맛있는 별미를 만드는 법을 아셨지요. 정말 대단하셨어요!"(2015년 11월 1일 인터뷰)

폴란드어로 그런 요리를 'zupa na gwoździu(못 수프)'라 일컫는다. 전쟁 때는 별것 아닌 재료로 맛있는 수프를 만들 줄 아는 것이 생존 전략이었다. "이 재능은 귀중했습니다. 어머니는 주둔군 식당에 정규 조리사로 고용되었고, 얼마 지나지 않아 요리사로 승진했습니다. 아버지에게는 한시름 놓이는 소식이었지요. 당시 남성의 의무였던, 가족을 보살필 만큼 벌어야 한다는 부담감에서 벗어날 수 있었으니까요."(2015년 11월 1일 인터뷰) 실제로 소련에서는 결혼한 여성들이 활발히 직업에 종사했다. 게다가 전시에는, 특히 그 뒤로 이어진 곤궁한 시절에는 그런 음식 솜씨가 초라하지 않은 삶으로 가는 천국의 열쇠였다. 지그문트네 가족이 보여주듯, 때로는 동아줄이 되기도 했다.

> 소련 정부는 소련이 점령한 폴란드 지역의 거주자는 누구나 소련 시민이라고 선포했다. 하지만 우리는 러시아가 자기네 관할권이라고 선포하지 않은 지역에서 왔으므로, 여권에 국경선 100km 이내로 접근하는 것을 금지한다는 구절이 특별히 추가되었다.[18] 모워데치노는 당시 독립국이던 리투아니아에서 겨우 60km 남짓 떨어진 곳이었다. 그러니 우리가 추방당할 위험이 있었다. … 그 치명적인 구절은 끝내 우리 여권에서 삭제되지 않았지만, 추방 명령도 내려지지 않았다. (바우만의 비공개 원고, 1986~1987, 35~36)

조피아의 음식 솜씨는 수많은 폴란드인을 불행과 죽음으로 몰아넣은 위협에서 가족을 지켰다. 소련 당국은 1940년에도, 심지어 1941년 6월 22일에 나치가 침공한 뒤에도 지그문트네 가족을 시베리아로 추방하지 않았다. 당시 나치 점령을 피해 소련 점령지로 탈출한 수많은 피난민이, 또 이오시프 스탈린Iosif Stalin이 그 지역을 점령하기 전부터 그곳에서 살았던 이들이 시베리아로 추방되었다.[19] 스탈린은 무수한 명분을 들어 그런 추방을 정당화했다. 이 모든 조치는 스탈린이 소련에 적의를 드러낸다고 판단한 민족이나 집단을 다른 장소에 분리해 관리하려 한 정책에서 나왔다. 거대한 영토, 혹독한 기후, 끝 간 데 없이 멀리 떨어진 지역들. 게다가 숲과 외진 산업 기지에는 할 일이 많았다. 사람들을 고분고분 복종하게 하려고 굳이 감옥에 보낼 까닭이 없었다. 이런 의미에서 지그문트네 가족은 운이 좋았다. 그리고 부모님의 직장 덕분에, 지그문트는 모워데치노에서 학교에 다닐 수 있었다. 이곳에서는 유대인 정원 제한이나 '게토 의자'를 견디지 않아도 되었다.

여느 학생과 다를 바 없는

2차 세계대전이 터진 뒤 첫 학기를 시작할 때, 현재 벨라루스에 해당하는 지역의 학생들은 과거와 사뭇 다른 상황을 겪었다. 모워데치노는 전쟁 전까지 폴란드의 소도시였지만, 여러 민족과 언어가 섞여 있었다.[20] 전쟁 초기 몇 년 동안은 교장의 영향력이 그야말로 막강했다. 이미 학기가 진행 중인데도, 이들은 한 해 내내 쉴 새 없이 학교를 찾아오는 이주 아동들을 받아들였다. 학부모 중에는 아이의 신분증부터 여권, 졸업증, 학업 이력을 뒷받침할 다른 증거까지, 서류를 제대로 갖추지 못한 사람이 수두룩했다. 따라서 그 시절에는 융통성을 중요하게 여겨, 밥 먹듯 학칙을 어겼다. 2015년 인터뷰에서 바우만은 자신의 편입 과정을 이렇게 회고했다. "어떤 교육을 받았느냐고 묻더군요. 그때 내 평생 처음으로 거짓말을 했습니다. 김나지움 2학년을 마쳤다고 말했거든요. 사실은 1학년만 마쳤는데요! 그런데도 학교에서 나를 3학년에 넣었고, 나도 잘 해냈습니다."

그런데 1950년에 폴란드군에 제출한 이력서에는 조금 다른 이야기를 적었다. "저는 러시아에서 6학년부터 8학년까지 중등교육을 받았습니다 (7학년은 방학 때 수강해 시험을 통과했습니다)."[21] 폴란드에서 1950년은 인생에 도덕적 흠집이 티끌만큼도 없어야 했던 시절이라, "그때 내 평생 처음으로 거짓말을 했습니다."라는 말을 도저히 적을 수 없었을 것이다. 물론 지그문트처럼 학년을 건너뛰는 일이 당시 실제로 흔했다.

독일군이 지배한 폴란드 지역에서도 아이들이 다시 학교로 돌아갔지만, 늦가을 들어 초등학교와 직업 훈련소를 제외한 모든 학교가 폐쇄되었다. 독일이 폴란드인을 '열등한 인간'으로 여겨, 독일 아이들이 누리는 교육과 문화를 누리거나 요구할 자격이 없다고 봤기 때문이다.

소련 점령지의 폴란드 아이들은 그런 제약을 받지 않았지만, 새로 들어선 정권이 모든 교과 과정, 대학, 직장에 꾸준히 공산주의 이념을 불어넣었다. 게다가 겨우 몇 주 사이에, 폴란드에 지배받던 모워데치노가 잠시 벨라루스 영토 말라제치나로 해방을 맞았다가 끝내는 소련에 편입되어 몰로데치노가 되는 복잡하기 짝이 없는 영유권 이전을 거쳤다. 중등 교육 과정에서 이런 일이 벌어지는 상황을 한 학생의 눈으로 살펴보면 흥미진진하다.

40년도 더 지난 뒤, 바우만은 그 경험을 이렇게 회상했다.

"내 자격을 아무도 의심하지 않는 것 같았다. 새로운 동기들에게 나는 누구보다도 가장 폴란드인다웠다. 1·2차 세계대전 사이에 폴란드 제2공화국의 변방이었던 이곳은 흔히 말하는 폴란드다움에 계속 의문을 제기했다. 모워데치노의 토착어는 러시아어, 폴란드어, 이디시어, 그리고 일부 지식인이 문어체 벨라루스어로 격상하기를 꿈꿨던, 농부들의 체계화되지 않은 사투리가 희한하게 뒤섞여 있었다. 같은 반에 폴란드인, 러시아인, 유대인, 벨라루스인이 섞여 있었지만, 문제가 되지 않아 보였다. 누가 어떤 부류에 속하느냐를 어떤 사람은 우연의 문제로 보았고, 또 어떤 사람은 자기 결정과 선택의 문제로 보았다. 주변에 나만큼 정제된 순수한 폴란드어를 구사하는 사람이 없었다. 폴란드 문학과 역사를 나처럼 쉽게 배우는 사람도 없었다. 이런 상황에서 과격한 벨라루스 민족주의자이자 폴란드인 차별주의자인 교감의 눈에 내가 너무 소름 끼치게 폴란드인다워 보였던 탓에 의심과 혐오를 샀다. 학교에 편입한 지 며칠 지나지 않아 교감이 나를 교감실로 부른 뒤 단호히 말했다. 폴란드 침략군의 통치는 끝났으니,

너나 너희 부족은 알아서 조심하는 게 좋을 것이다. 그리고 이곳은 벨라루스 학교라 폴란드어를 쓰는 사람이 발 디딜 곳이 아니니, 크리스마스 전에 벨라루스어를 배우든가 아니면 학교생활은 꿈도 꾸지 마라. 충격이 컸지만, 그래도 나는 수업 시간에 계속 폴란드어로 답했다. 러시아어 기초를 익히는 것만으로도 이미 버거웠다. '독학'용 러시아어 교재가 전혀 없어 사전을 들고서《프라우다*pravda*》* 기사를 꼼꼼히 읽는 가장 고달픈 방법으로 러시아어를 익혀야 했기 때문이다. 교감이 바랐던 효과는 아니었지만, 교감과 대면한 일은 어쨌든 효과가 있었다. 그 사람 때문에 벨라루스어가 폴란드어의 적으로 보여 끔찍하게 싫어졌다. 그 뒤로 한 번도 벨라루스어를 배우려 애쓰지 않았다. 그리고 기회가 닿자마자, 러시아어로 가르치는 신설 김나지움으로 옮겼다. (바우만의 비공개 원고, 1986~1987, 35)

이 긴 발췌문은 지그문트 바우만이 어린 시절 폴란드인으로 겪은 복잡한 과도기를 요약해 보여준다. 어린 지그문트는 폴란드 교육 제도의 민족주의와 반유대주의에서 비롯한 배제에 오랫동안 시달렸다. 그런데 소련에 지배받는 벨라루스 학교에서는 벨라루스인 교감이 지그문트를 폴란드 지배 세력의 대리인으로 의심할 만큼, 특권층인 폴란드 학생으로 봤다. 얽히고설킨 세상 속에 어른들이 만든 덧없는 교육 제도 안에서 한 유대인 아이가 이렇게 혼돈의 시기에 발을 들였다. 이런 경험은 미래의 사회학자이자 철학자에게 가치를 따질 수 없는 귀한 교훈이 되었다. 민족주의 교육을 온몸으로 느낀 완벽한 사례 연구이자, 이상적인 현장 조사이자, 참여 관찰이었다. 복잡하게 얽힌 제도, 권력 집단, 협상 기술, 사

---

* 러시아 공산당 중앙위원회의 기관지로 모스크바에서 발행되는 일간신문. 프라우다는 러시아어로 '진실'을 의미한다.

회적 상호 작용의 역동성을 이해하기에 이보다 더 좋은 상황이 어디 있을까? 이 경험들은 나중에 바우만이 진행할 연구에서 탄탄한 밑바탕이 되었다.

어린 지그문트 개인에게 모워데치노는 일이 술술 풀리던 곳이었다. "나는 모워데치노 시절을 아주 좋게 기억합니다. 십 대[22]였고, 거기서 아주 편안했거든요." 남학생뿐인 학교에 다니던 열네 살 소년이 느닷없이 남녀 공학인 학교에 들어갔으니, 틀림없이 믿기 어려울 만큼 멋진 충격이었을 것이다.[23] "여학생들이 있더군요. 첫사랑은 … 그건 아주 흥미로운 이야기지요. 포즈난에 비하면 학교의 많은 부분을 맛봤습니다. 포즈난에서처럼 팔레스타인에 보내버리겠다고 위협하는 사람이 아무도 없었어요." 모워데치노의 학교 친구 누구도 지그문트에게 반유대주의를 행사하지 않았다. "그런 친구는 한 명도 없었습니다! 거기에는 온갖 민족이 다 있었어요. 러시아인, 벨라루스인, 폴란드인, 리투아니아인, 유대인이 다 함께요. 미워시가 그 상황을 아주 잘 묘사했어요. … 완전히 뒤섞인 환경 말입니다."(2015년 11월 1일 인터뷰)

체스와프 미워시Czesław Miłosz는 리투아니아에서 나고 자라 나중에 노벨 문학상을 받은 폴란드 작가로, 회고록인 『20년에 걸친 탐험Wyprawa w dwudziestolecie』에서 여러 민족, 언어, 종교, 전통이 뒤섞여 있던 환경을 묘사했다. 지그문트 바우만에게 그런 환경은 풍성한 문화와 어마어마한 변화를 마주할 기회였다. 모워데치노에서 지그문트는 처음으로 여느 학생과 다를 바 없는 학생이 되었다. 처음으로, 유대인이라는 이유만으로 성적이 바뀌는 일이 없어져, 1941년 6월에 8학년을 졸업할 때는 우수한 성적을 축하하는 서신을 받았다. 폴란드인 동급생들에게 지그문트는 귀중한 문화 공급원이었다. 유대인의 특성을 보여서가 아니라, "진짜 폴란드" 출신이었기 때문이다. 박해받는 소수 집단의 일원이었다가 한순간에 폴란드 문화 전문가로 인정받는 경험은 보나 마나 즐거웠을 것이다. 바우만이 자신을 '진짜' 폴란드 출신이라고 말한 까닭은 1·2차 세계대전 사이 포즈난이 가톨릭계 폴란드인 인구가 압도적으로 많은 지역이었고, 이와 달리 벨라루스처럼 이름만 폴란드에 속했던 다른 지역은 더 많은 문화가 뒤섞여 있었기 때문이다. 지그문트는 폴란드 문학과 시를 줄줄 꿰었다. 엘리트 학교에서 손에 꼽게 뛰어난 학생으로 익혔던 모든 내용이 모워데치노의 폴란드 친구들에게 교육 자원이 되었다. 모워데치노의 교사들도 뛰어났다. 바우만은 모워데치노의 경험을 이렇게 표현했다. "Chapeau bas![경의를 표합니다!], 거기서 정말 많이 배웠습니다!"

지그문트는 소련이 학교 내 종교 문제에 어떻게 접근하는지도 배웠다. 지그문트가 다닌 김나지움은 "여러 교파와 민족이 뒤죽박죽 섞여 있어, 학교가 종교 문제를 감당하기가 조금은 어려운" 곳이었다. 한 번은 학생들이 준비하는 연극에 한 소녀가 성스러운 그림 앞에서 무릎을 꿇고 기도하는 장면이 있었다. 그 모습을 본 교장이 끼어들었다. "'그 그림은 사용하면 안 돼.' 가엾게도 소녀는 아무것도 없는 빈 벽에 대고 기도해야 했습니다! 종교와 관련해서는 이렇듯 어려움이 약간 있었어요. 하지만 민족은 거의 문제가 되지 않았습니다."

지그문트네 가족에게 이때는 활력이 넘치는 행복한 시절이었다.

모워데치노에서 보낸 열여덟 달은 내게 더할 나위 없는 행복이 끊임없이 이어지던 기억으로 남았다. 어머니와 아버지가 모두 일해서서, 처음으로 우리 가족이 정말 잘살았다. 적어도 어린 시절 내 기준으로는. 나는 친구들에 둘러싸여 지냈고, 대체로 인기도 좋았다. 게다가 누가 봐도 갈수록 잘생겨졌다. 여자아이들이 내 앞에서 어찌할 줄을 몰랐다. 더러는 대놓고 적극적으로 다가오는 여학생도 있었다. 무섭기도 했지만, 기분이 좋았다.

자유로웠고, 내가 누군가에게 필요한 사람이라는 느낌이 들었다. 모위데 치노에서 나는 내 시온을 찾았다. 그리고 그곳에서 하쇼메르 하짜이르에 해당하는 단체, 콤소몰Komsomol에 가입했다. (바우만의 비공개 원고, 1986~1987, 36)

1951년에 작성한 이력서에 따르면, 지그문트 바우만은 1940년에 WLKZM에 가입했다.[24] 비록 이제는 역사 속으로 사라졌지만, 영향력이 막강했던 전설 같은 단체 WLKZM은 전 연방 레닌공산주의자 청년동맹의 폴란드어 약자다. 흔히 '콤소몰'로 알려진 이 단체는 공산당 가입으로 가는 대기실이었다. 그러니 바우만의 인생에 중대한 순간이었다. 1955년에 작성한 이력서에, 바우만은 마침내 민족 차별에서 벗어난 자신이 콤소몰의 "학교 담당 대표로 뽑혔다."라고 적었다.[25] 그 선거는 바우만이 그 뒤로도 쭉 보여줄 카리스마를 내뿜기 시작했다는 상징이었다. 친구들은 지그문트가 소수 민족 출신이고 아직 러시아어에 유창하지 못한데도 학교 대표로 뽑았다. 지그문트는 자원해서 콤소몰에 가입했다. 당시에는 콤소몰 가입이 의무가 아니었으니, 이는 중요한 차별점이었다. 콤소몰에서 빠르게 중책으로 뛰어올랐다는 사실은 얼마 전까지 폴란드에 속했던 지역에 새로 들어선 체제에 지그문트가 얼마나 열광했는지를 보여준다.

그때껏 겪었던 일들과 나이를 고려하면, 지그문트가 공산주의 사상에 끌린 것도 놀랍지 않다. 지그문트는 새 체제가 사회주의 단체인 하쇼메르 하짜이르와 어느 정도 연장선에 있다고 봤다. 하지만 콤소몰은 공산주의를, 하쇼메르 하짜이르는 사회주의를 추종했을 뿐만 아니라 여러모로 다른 특성을 보였다. 하쇼메르 하짜이르는 한 주에 두 번씩 몰래 비밀 회동을 열었다. 하지만 콤소몰은 제도권이 반기는 공식 환영문이자 권력으로 가는 길이었다. 공산당의 '딸'이었고, 젊은 대표들이 안착할 수 있는 곳이었다. 강력한 차별과 인종 박해를 지지하는 질서를 경험한 사람이 여러 민족 집단의 평등과 희망을 약속한 새 체제를 선택하고 지지하는 것이 이상한 일이었을까? 유대인 정원 제한은 물론 입학 금지까지 폐지한 이념을 지지하는 것이 그릇된 일이었을까?

1920년에 르부프(현재 우크라이나 리비우)에서 태어난 폴란드계 미국인 유전학자 바츠와프 시발스키Wacław Szybalski에 따르면, 1939년 9월에 르부프산업기술대학교 화학과에 들어갔더니 민족 차별 정책 탓에 화학과에 유대인 학생이 한 손에 꼽을 정도였다고 한다.[26] 그런데 붉은군대가 르부프를 장악한 뒤로, 소련 당국이 르부프대학교와 더불어 르부프산업기술대학교에 새로운 입학 제도를 도입했다. 오로지 응시자의 학문 수준만으로 학생을 선발하는 새 제도가 시행되자, 화학과의 유대인 학생 비중이 90%까지 치솟았다. 적어도 이 시기에는 민족 평등을 외친 공산주의의 구호가 실현되었다. 이 구호는 유대인을 포함한 여러 소수 민족에게 매우 끌리는, 설득력 있는 메시지였다. 많은 사람이 공산주의에 매료되었다. 하지만 2차 세계대전 전에 공산주의자들에게 좋지 못한 일을 겪었던 사람은 예외였다. 공산주의를 미심쩍게 바라보는 사람도 많았다. 공산주의에 적대적인 정당에 가까운 사람들이 특히 그랬다. 유대인 사회의 여러 정치 계파 중에서도 BUND는 특히 날 선 의심을 거두지 않았고, 이에 따라 소련은 BUND 활동가들을 적으로 봤다.

이 무렵 많은 젊은이가 정치에 활발히 참여했다. 유대인 사회는 정치 활동이 특히 활발했고, 김나지움은 여러 정당이 치열하게 당원 모집을 겨루는 각축장이었다. (Kijek, 2010) 지그문트도 그렇게 정치에 발 담근 젊은 참여자 중 하나였다. 가족 중에서는 지그문트가 개척자였다. 마우리치는 어떤 정치 활동에도 참여하지 않았고, 아들과 정치 사안을 많이 논의한 것 같지도 않다. 이와 달리 조피아는 전쟁 뒤 폴란드노동자당*에 입당해, 폴란드에 새로 들어선 정치 체제를 지지했다. 어쩌면 어린 지그문트가 정치를 잘 몰랐기 때문에 모워데치노의 학교에서 활발하게 실현된 공산주의에 그토록 강렬하게 사로잡혔는지도 모른다. 새로 들어선 권력은 사회적으로 더 정의로운 제도를 시행했다. 무엇보다도 민족을 차별하지 않았다.[27] *

다시 찾아온 전쟁

1941년 초여름, 한적한 모워데치노 생활이 느닷없이 막을 내렸다.

> 1941년 6월 22일 아침, 친구들과 함께 강둑의 모래사장에 누워 일광욕을 즐기며, 여름 방학 동안 붙잡고 씨름하고 싶은 주제를 몇 가지 생각하고 있었다. 그때 갑자기 어머니가 달려오셨다. 당장 집으로 와! 전쟁이 터졌다! … 내게 그 전쟁의 얼굴을 처음 보여준 것은 주인아주머니네 조카의 눈동자였다. 예전 국경선의 소련 지역에서 태어나 집단농장에서 자란 그 사내는 소련이 모워데치노를 침공한 뒤 건너와 주인아주머니네 집에 자리를 잡았다. … 6월 22일, 그 사내의 눈에 기쁨과 희망이 가득했다. 그리고 혐오도. 사내가 우리를 보며 말했다. "독일은 정직한 사람은 해치지 않을 거야. 하지만 자기네가 좋아하지 않는 사람은 해치겠지. 유대인은 특히. 그럴 만도 하니까." 사내의 두 눈이 아버지의 얼굴을 오랫동안 뚫어지라 처다봤다. 등줄기가 서늘해졌다. 까맣게 잊어버리고 있던 현실이 돌아와 제자리를 주장하고 있었다. (바우만의 비공개 원고, 1986~1987, 36~37)

---

* Polska Partia Robotnicza(PPR). 1942년에 폴란드공산당을 바탕으로 설립되었다.

"잊어버리고 있던 현실"이란 전쟁 전 사회를 구성했던 반유대주의였다. 지그문트네 가족은 6월 23일 부랴부랴 모워데치노를 떠났다. 집주인 조카의 표정과 표현이 그저 말뿐이 아니었다는 것은 그 와중에 일어난 작은 사건으로 확인했다.

우리가 살던 집은 역에서 꽤 떨어져 있었다. 주인아주머니네 조카에게 역까지 태워 달라고 부탁했으나 거절당했다. 하는 수 없이 가방 세 개에 집어넣을 수 있는 만큼만 짐을 챙겨 또다시 피난길에 올랐다. 가다 보니 놓고 온 물건이 있어 되돌아갔는데, 그 사람이 우리 방에서 물건을 뒤지고 있었다. 방문을 막아선 채 내게 악담을 퍼붓는 통에, 나는 달음박질로 부모님에게 돌아갔다. (바우만의 비공개 원고, 1986~1987, 37)

그런 지역에서는 집주인이나 집주인의 조카가 보인 태도가 흔히 나타났다. 많은 주민이 달아나는 소련군에 기뻐했고, 독일군을 반겼다. 독일이 질서와 경제 번영을 가져오리라고 믿었기 때문이다. 폴란드 동부에도 반유대주의가 널리 퍼졌다. (포즈난을 뒤이어 이제는 르부프가 민족민주당의 중심지가 되자, 르부프에서도 포그롬이 자주 일어났다.) 반유대주의자들은 유대인이 달아나 유대인의 물건과 사업을 빼앗을 수 있기를 손꼽아 기다렸다. 그 와중에 탈출하지 못한 유대인들은 참담한 운명을 맞았다. 앞서 제3제국 병사들이 장악했던 지역에서 그랬듯이, 1939년 9월부터 소련이 점령했다가 철수한 지역 대부분에서 유대인이 사냥감이 되었다. 이런 마을과 도시에서 소련군이 철수한 뒤로, 유대인이 소련의 점령을 지지했다고 주장하는 주민들이 유대인 사회에 혐오를 쏟아냈다. 독일의 침공은 그런 유대인에게 복수할 기회였다. 많은 사람이 소련의 점령을 유대인 탓으로 돌렸고, 어떤 이들은 숨어 있는 유대인을 잡으려는 독일군을 팔 걷어붙이고 돕거나 직접 죽이기까지 했다. (Gross, 2001; Engelking & Grabowski, 2018) 개인과 집단이 스스로 행동에 나서, 평범한 사람들의 혐오를 하나로 모았다.[28] 수십 년 동안 평화롭게 공존했던 사람들 사이에도 '친밀한 폭력'(Aleksiun, 2017)이 일어났다. 역사가들은 참혹한 여러 개별 살인이나 집단 살인[29]이 일어난 기점을 독일의 '바르바로사 작전'[30]으로 본다. 동부 지역 토박이인 모워데치노의 유대인 사회는 나치의 점령이 처음 있는 일이라 앞으로 무슨 일이 일어날지 갈피를 잡지 못했다. 하지만 지그문트네 가족은 전쟁 초기 몇 주 동안 브워츠와베크에서 잊지 못할 충격적인 일을 겪었으므로 당장 모워데치노를 떠나야 하느냐를 생각하고 말고 할 까닭이 없었다.

다음 날 어머니가 일터에서 일찍 돌아오시더니 ⋯ 군무원 가족들이 모워데치노를 떠나기로 했고, 소련군이 어머니에게 특별 열차에 자리를 마련해줬다고 알렸다. 지체할 시간이 없었다. ⋯ 포즈난에서 탄 기차와 달리, 이 기차는 빈 좌석이 있었다. 장교 가족들 말고는, 현지 주민 가운데 떠나기로 마음먹은 사람이 거의 없었다. 소련이 그곳 사람들의 마음을 그리 사지 못한 것이 분명했다. (바우만의 비공개 원고, 1986~1987, 37)

독일과 소련은 6월 22일에 전쟁에 돌입했다. 그리고 25일에 벌써 모워데치노가 나치의 손에 떨어졌다.

지그문트네 가족은 6월 23일에 탈출 기차에 올랐다. 이들은 또다시 달아날 수밖에 없었다. 이번에는 되도록 동쪽으로 멀리 가기로 했다.

4

러시아의 피난민

1941~1943, 러시아 땅으로

길고도 기나긴 여정이었다. 우리는 독일군 포탄에 이미 쑥대밭이 된 서쪽 국경 지역에서 출발해, 국경선에서 멀리 떨어져 있으나 이미 전쟁 상태인 러시아 내륙 깊숙이 들어갔다. 전쟁이 터진 지 몇 주 지나지 않았으나 민간인 복장인 남자는 찾아보기 어려웠고, 초췌하고 지친 얼굴에 제복을 걸친 남성들, 느닷없이 홀로 생계를 짊어지느라 당혹스러워하는 여성들에서 전쟁이 이미 얼굴을 드러내고 있었다. 제복 차림인 남성을 가득 태운 기차들이 서쪽으로 달려갔다. 우리가 탄 열차는 가다 서기를 반복하며 엉금엉금 동쪽으로 기어갔다. 수비대 가족들이 하나둘 고향에 도착해 자리를 비웠다. 갈수록 수가 줄어 몇 칸 안 남은 객차에는 결국 고향을 등진 사람들만 남았다. 우리처럼 오갈 데 하나 없는 사람들이. (바우만의 비공개 원고, 1986~1987, 37)

지그문트네 가족은 또다시 기차에 올랐다. 이번 목적지는 극동이었다. 유대계 폴란드인 가족에게는 흔치 않게도, 소련 비밀경찰 NKVD(엔카베데)[1]의 감시가 붙지 않아 거의 '자유로운' 여행이었다. 가족은 또다시 마지막 열차에 올랐고, 또다시 폭격에 시달렸다. 2015년 인터뷰에서 바우만이 말했듯 "그 시절에는 흔한 일"이었다. 사실 오랜 기차 여행은 나치가 일으킨 전쟁과 테러를 피해 달아난 수많은 사람의 운명이었다. 모워데치노를 떠난 '마지막 열차'는 군사 호송 열차도, 일반 여객 열차도 아니었다. 화물칸에 몸을 실은 피난민은 중심을 잃고 뒹굴기 일쑤였고, 병사들이 군수 물자를 옮길 때마다 공간을 마련하느라 벽 쪽으로 바싹 붙어야 했다. "여정이 얼마나 오래 걸릴지는 누구도 몰랐습니다. 한 달을 이동한 끝에야 러시아 깊숙한 내륙에 도착했어요. 그래도 한 달 동안 이동했으니, 운이 좋았죠. 그 덕분에 독일군의 발길이 닿지 않은 곳에 이르렀으니까요. 그러니 끝은 아주 좋았어요!" 내게 이 말을 마친 뒤, 바우만은 미소 띤 얼굴로 다시 파이프를 물었다.

영화, 역사서, 회고록, 소설에서 유대인을 화물 객차에 실어 강제로 게토나 집단 수용소, 죽음의 수용소로 옮기는 장면은 나치 독일이 인간성을 얼마나 파괴했는지를 보여주는 완벽한 예다. 하지만 상황이 덜 심각한 동유럽과 소련에서도 피난민을 포함한 많은 사람이 흔히들 화물칸에 몸을 실은 채 몇 날, 몇 주, 몇 달을 보냈다. 수송 과정은 혼란스러웠다. 포탄이 쏟아지고, 기차가 제멋대로 출발했다가 서고, 식량과 물은 구경하기 힘들고, 위생 시설이라고는 눈 씻고 찾아봐도 없었다. 최종 목적지도 도무지 알 수 없었다. 그런 상황에서도 어떻게든 삶을 꾸려나가야 했다. 이따금 기차역 주변의 마을 사람들이 빵, 간단한 식사, 뜨거운 물을 팔았다. 그 덕분에 많은 사람이 목숨을 건졌을 것이다. 춥고, 배고프고, 목마르고, 잠을 설치고, 기본 사생활조차 없는 생활에 몸과 마음이 지쳐갔다. 그래도 가족과 함께인 사람들은 다행이라고 여겼다. 언젠가는, 어쩌면 며칠 또는 몇 주 안에 평범한 삶을 되찾고 전쟁에서 살아남을 것을 알았기 때문이다. '시베리아 유형'[2]을 선고받은 사람을 뺀다면, 폴란드와 유럽 여러 지역에서 온 피난민들은 소련 당국이 마침내는 자신들에게 이제 멈춰 정착하라고 명령할 것을 알았다. 그렇게 한동안은 어딘가에 머물 것이다. 그런데 그 정착은 영원할까? 아무도 모를 노릇이었다.

집단농장

모스크바와 우랄 중간쯤인 어딘가에 도착했을 때 드디어 내리라는 지시가 떨어졌다. 누군가가 그곳 콜호스(집단농장)에 일손이 심각하게 모자라니 지그문트네 가족을 정착시키라고 결정했다. 지그문트네 가족은 크라스니예 바키라는 마을의 집단농장에 잠시 머물다 고리키주(현재 니즈니노브고로드주)의 샤후니야 특구로 옮겼다. 샤후니야는 주민이 5,000~7,000명인 고장으로, 모스크바에서 고리키를 거쳐 아르한겔스크주까지 달리는 기차가 철로를 바꾸는 중요한 기착지였다.

2015년 인터뷰에서 바우만이 "그들이 우리를 어떤 키부츠에 소개했습니다."라고 말했다가 실수를 깨닫고서 웃음을 지었다. "아니, 키부츠 말고 콜호스요. 그들이 우리를 그곳에 떨궈 뒀어요. 아버지는 이미 러시아식 회계를 배운 뒤라 일자리를 찾기로 하셨습니다. 그때는 일자리를 찾기가 꽤 쉬웠어요. 남자 대다수가 하루아침에 사라진 뒤였으니까요. … 다들 징집되었거든요. 징집된 남성들을 대신할 사람이 필요했던 겁니다. 게다가 아버지는 나이가 너무 많아 징집되지 않았고요." 바우만은 우다르니크[3]라는 그 집단농장을 비공개 원고에서 자세히 소개한다.

철도마차에 올라 북쪽으로 한참 들어가니 마을 하나 나왔다. 콜호스에서 앞으로 우리가 할 노동의 대가로 미리 밀가루와 감자, 기름을 조금 줬다.

다음 날 아침, 어머니와 나는 다른 여성들, 아이들과 함께 길게 줄지어 들판으로 나갔다. 구두를 신은 사람은 우리 둘뿐이었다. 다른 사람들은 질긴 나무 섬유로 만든 낯선 모카신을 신고 걸었다. 십 킬로미터 남짓 걸으니 그날 가을걷이할 땅이 나왔다. 영글다 못해 이미 낟알이 땅에 떨어지기 시작한 호밀이 드넓은 들판을 뒤덮고 있었다. 몇몇 여성이 자루가 어른 키만 한 낫을 들고 호밀을 베었다. 한 여성이 트랙터를 몰았는데, 고막을 찢을 듯한 굉음을 내며 몇 미터 움직인 트랙터가 덜컹 멈춰서더니 사방으로 매캐한 연기를 내뿜었다. 그러니 이제, 벌써 썩기 시작한 넓디넓은 호밀밭에서 간절히 필요한 빵을 구할 도구는 낫뿐이었다. 여성 관리자가 나이치고 키가 큰 나한테 낫을 한 자루 줬지만, 귀중한 연장만 낭비하는 꼴이라는 것을 빠르게 알아채고, 나를 벤 호밀을 긁어모아 단으로 묶는 무리에 배정했다. 우리는 입을 꾹 다물고 조용하고도 엄숙하게 일했다. 들리는 소리라고는 피에 목말라 쉴 새 없이 웽웽 날아다니는 모깃소리뿐이었다. 맨살이 드러난 내 몸 곳곳에 들러붙던 모기들이 지금도 기억난다. 어떻게든 모기를 떼 내려 몸을 흔들어도, 살갗 깊숙이 침을 꽂은 모기들이 꿈쩍도 하지 않고 정신없이 피를 빨았다. 모기들을 떼 낼 방법은 없었다. 간신히 몇 마리를 없애자마자 피에 굶주린 새 녀석들이 나타났다. 보아하니 모기 떼가 꾸준히 병력을 늘리고 있었다. 어머니와 나 말고는 아무도 모기를 신경 쓰지 않는 듯했다. 그곳에서는 고장 난 트랙터나 썩어가는 호밀처럼, 모기가 일상인 것이 분명했다. 누가 봐도 사람의 능력을 넘어서는 일거리도 일상이었다. 먼동이 들 때부터 저물녘까지 일하고도, 저녁거리는 삶은 감자 몇 알, 밀가루와 소금을 살짝 뿌린 뜨거운 물이 전부였다.

나는 며칠 못 가 앓아눕는 바람에 집에 머물러야 했다. 몸이 퉁퉁 붓고 곳곳이 물집과 부스럼, 고름투성이였다. 모기에 물리고 일하다 다친 수많은 상처가 균에 감염되었다. 너무 아파 움직이지도 앉지도 눕지도 못했다. 어머니는 나보다는 강인하셨다. 나보다 하루 더 들판에 나가셨으니까. (바우만의 비공개 원고, 1986~1987, 38~39)

날씨, 곤충, 육체노동의 협공에 탈진한 모자는 끝내 앓아누웠다. 하지만 그런 노동 환경에 익숙한 현지인들은 아무런 영향을 받지 않는 듯 보였다. 이로써 지그문트네 가족은 가혹한 생존 환경에 발을 디뎠다. 소련 내륙 생활의 특징이던 끝없는 식량 부족은 그러잖아도 힘겨운 생활을 더 힘들게 했다.

전쟁을 겪은 사람들이 흔히 하는 이야기가 가족마다 살아남는 데 필요한 최소한의 물품을 얻고자 날마다 발버둥쳤고 극심한 식량 부족에 시달렸다는 것이다. 이때 지그문트는 한창 자랄 십 대였다. 풍요로운 환경에서 자라는 십 대 소년은 수북한 음식을 게 눈 감추듯 먹어 치우고도 양을 두세 배는 늘려야 포만감을 느낀다. 전쟁 중인 소련에서는 식량을 구경하기 어려웠고, 많은 상품이 통제되었다. 식량은 배급제로 받았고, 암시장에서 식량을 구하기란 비쌀뿐더러 위험하기까지 해 거의 불가능했다. 지그문트네 가족은 부족한 식량을 구할 연줄도 돈도 없었다. 끝없는 영양 부족이 이들을 괴롭혔다.

나는 배고팠다. 그 뒤로 군대 생활을 시작하기까지 2년 반 동안 내내 배고팠다. 어쩌다 가끔이 아니라 하루 내내, 한 주 내내 배가 고팠다. 머릿속으로 전쟁이 끝나 커다란 빵집이 24시간 문을 여는 상상을 했다. (바우만의 비공개 원고, 1986~1987, 39)

오랫동안 배고픔에 시달렸던 사람이라면 누구든 그 느낌을 영원히 잊지 못한다. 21세기 선진국에서는 찾아보기 어려운 그런 배고픔은 박탈감을 불러일으켜, 몸뿐 아니라 마음마저 삶이 위기에 몰렸다고 느끼게 한다. 어린아이나 십 대들의 건강한 성장을 위협하는 이런 문턱 경험liminal experience은 모든 것을 영원히 바꿔놓는다. 워낙 강렬해 잊히지 않고 몸과 마음에 깊이 새겨져, 특별한 감각을 생성하고 삶을 인지하는 방식을 바꾼다. 바우만이 느낀 박탈감은 혼자만 겪은 불운이 아니었다. 운명이 거대한 파도처럼 사회 전체를 휩쓸었으므로, 수많은 사람이 그런 박탈감을 느꼈고, 특별 배급을 받은 군인들을 빼면 모든 소련 사람이 그런 강렬한 감정을 함께 나눴다. "온 나라가 배고팠다. … 누구나 배고팠기에 덜 고통스러웠다. 하지만 그래도 배는 고팠다. 그리고 그 고통은 배고픔이 끝난 뒤에도 오랫동안 남았다."(바우만의 비공개 원고, 1986~1987, 39~40)

한 달 뒤 마우리치가 프로드콤비나트라는 곳에서 회계사 자리를 얻었어도 살림살이는 나아지지 않았다. 그런데 조피아가 몇 주 뒤 얻은 일자리 덕분에 다행히도 식량을 얻을 새로운 길이 열렸다. 조피아가 지역 식품 협동조합의 제1구내식당에 조리사로 채용된 덕분이었다.[4] 배고픔을 완전히 해결하지는 못했지만, 소련과 독일이 전쟁에 들어간 처음 몇 주보다는 형편이 나아졌다. "어머니는 전쟁 중인 광활한 국가의 티끌만한 지역에서 생존을 책임지는 역할을 맡으셨다. 그리고 아버지는 그 뒤로 여러 해 동안 어머니의 남편으로, 어머니의 커다란 그림자에 숨어 보이지 않는 사람으로 지내셨다. 내 생각에 아버지는 안도하고 행복해하셨다."(바우만의 비공개 원고, 1986~1987, 40)

지그문트네 가족의 난민 생활은 20세기 가족생활에서 흔했던, 남성의 노동을 기반으로 굴러가고 아버지가 주도하는 모습이 아니었다. 사실은 1917년 10월 혁명 뒤로 소련 전역에서 여성의 역할이 크게 바뀌었다. 게다가 전쟁 기간에 징집된 남성을 대신해 여성들이 공장, 집단농장, 사무실에서 일했다. 그리고 이런 역할 분담이 마우리치와 조피아의 성격에 맞아떨어졌다. 달리 말해 두 사람이 사회 상황에 적응했다기보다 새 환경이 이들의 성격과 잘 맞았다. 마우리치는 신중했고, 조피아는 기운이 펄펄 넘치게 활기찼다. 조피아의 생활 태도와 모험심 강한 성격 덕분에 가족의 일상이 한결 수월해졌다.

지그문트는 1927년에 세워진 제14고등학교에서 1941~1942년을 보냈다. 동급생들이 자란 배경은 지그문트와 완전히 달랐다. 그들은 소비에트 방식으로 만들어진 새로운 교재, 달리 말해 새로운 세대에게 공산주의 국가에서 살아갈 준비를 시키고자 마련한 특별한 세뇌 도구에 맞춰 교육받은 학생들이었다. 강력한 군주제 국가였던 러시아는 1917년에 공산주의 체제로 완전히 방향을 틀었다. 대영제국이나 독일 제국 같은 곳보다 산업화가 뒤처졌던 나라에서 새로운 규율과 권력 분배가 시행되었다. 소련의 교재는 정치색이 짙어, 새 체제와 지도자들을 찬미하는 데 몰두했다. 새로운 공산주의 체제에서 스탈린은 차르와 같은 존재였다. 소련의 미술과 문화는 새로운 사회를 형성하고 '새로운 소련인'을 기르는 데 이바지해야 했다. 기존 예술 작품은 공산주의의 적인 부르주아 문화를 표현했다고 여겨, 그런 작품에 조금이라도 눈길을 돌렸다가는 따가운 눈총을 받았다.

전쟁은 러시아의 교육기관에도 중대한 변화를 일으켰다. 1941년 6월 독일의 침공 이후로 징집 대상인 건강한 남성이 모두 최전방으로 나간 터라, 빈 교사 자리를 전직 교수들이 채웠다. 은퇴한 교수나, 새 정권에 반대해 강제 노동 수용소인 굴라크GULAG[5] 또는 감옥에 갇혔다가 갓 풀려난 교수들이었다. (바우만의 비공개 원고, 1986~1987, 40) 대부분 예전 체제에서 교육받은 이들은 고전을 매우 중요하게 여겼다. 따라서 지그문트가 샤후니야의 학교에 전파한 고전 작가와 고전 시인의 가치를 높이 샀다.

1942년 6월 7일에 키릴 문자로 발급된 증명서에 따르면, Бауман Си гизмунд Моисеевич(바우만 시기즈문트 모이세예비치)*는 제14고등학교 의 모든 교육 과정을 отлично(최우수) 등급으로 마쳤다.[6] 언어와 문자를 새로 배워야 하고 격동의 시기인 만큼 교재가 대부분 바뀌는 어려움이 있었는데도, 지그문트는 민족 차별에서 벗어난 분위기에 힘입어 매우 뛰어난 성적을 거뒀고, 금테가 둘린 졸업장을 받았다.[7] 성적은 전 과목 최우수였다. 러시아어, 문학, 산술, 대수학, 기하학, 삼각법, 자연 과학, 역사, 소련 헌법, 지리, 물리, 화학, 천문학, 외국어(독일어), 그림, 체육까지 모두.

학업을 평가하는 기준은 지역마다 다른 법이다.[8] (Lamont, 2010) 샤후니야 교사들은 정치적으로 올바른 견해를 드러낸 카리스마 넘치는 학생에게 좋은 성적을 줬을 것이다. 하지만 그런 상황을 모두 배제하더라도, 지그문트는 분명히 학습 능력과 분석 역량이 뛰어난 학생이었다. 또 자신의 견해를 매우 능숙하게 표현해 청중을 설득한 끝에, 아주 어린 나이에 지도자이자 길잡이가 되었다. 1942년 6월에 교장 아사포노프가 작성한 최종 평가서가 이를 잘 드러낸다.

바우만 시기즈문트 모이세예비치 동무는 제14 J.D. 고등학교를 … 탁월한 성적으로 졸업했다. 이 동무는 지적 역량이 뛰어나고, 사교성이 좋은 활동가다. 학생 위원회 위원장, 콤소몰 위원회 위원장, 학교 신문 편집자를 맡았다. 규율을 잘 따르나 정치적으로 온건하다. … 학교생활에서 진취성, 정확성, 책임감을 드러냈고, 의지가 굳고 완고하다. 좋은 동무다. 교사와 학생들 사이에 눈에 띄게 통솔력을 인정받고 존경받는다.[9]

---

* 러시아는 성-이름-부칭(아버지 이름 + -evich/-ovich/-evna/-ovna)순으로 이름을 적는다.

이 견해는 바우만의 정치 경력에 중요한 역할을 했다. 하지만 주의 사항으로 볼 표현이 두 가지 있었다. 첫째, 1942년이라는 시점에서 아사포노프 교장이 "정치적으로 온건"하다고 평가한 것은 '공산주의자로 모자란 구석이 있다' 즉 스탈린주의에 헌신하지는 않는다는 뜻이었을 것이다. 둘째로 부정적인 표현은 어떤 위계 조직도 반기지 않을 성격인 완고함이다. 이런 완고함은 위계를 위협할 위험한 독립심이나 반항심을 지녔다는, 달리 말해 감독하거나 길들이기 어려운 사람이라는 뜻일 수 있었다. 그래도 정치 활동에서는 장차 정치 지도자가 될 사람들이 흔히 보이는 태도와 역량이 엿보였다. 1950년대에 작성한 한 이력서[10]에서, 바우만은 샤후니야에서 겪은 일들을 긍정적으로 설명한다. "저는 1942년에 샤후니야 고등학교(학생회 회장으로도 뽑혔습니다) 10학년을 'otliczno(최우수)' 등급과 격려 편지를 받고 졸업했습니다."[11]

그런데 뛰어난 성적으로 많은 기회의 문이 열리기는 했지만, 모든 문이 열리지는 않았다.

나는 금메달을 받고 학교를 마쳤다. 그 덕분에 마음만 먹으면 어떤 대학의 어떤 과든 들어갈 권리를 얻었다. 그때 열여섯 살이라, 졸업생 중 내가 가장 어렸다. 졸업식 날, 다른 졸업생들과 함께 지방 병무 사무소로 가 육군사관학교 지원서를 냈다. 함께 간 다른 지원자들이 얼마 지나지 않아 모두 합격 통보를 받는 가운데, 나만 부름을 받지 못했다. 내가 너무 어려서 그랬을지도 모른다. 하지만 육군사관학교가 믿지 못할 외국인을 받아들일 마음이 없어서였을 가능성이 더 크다. (바우만의 비공개 원고, 1986~1987, 41)

공식 문서에는 바우만이 합격하지 못한 까닭이 외국인이나 유대인이라는 신분 때문이었는지 확인할 단서가 하나도 없다. 기록물 보관소에 저장된 전후 문서는 여러 대목에서 자료가 빠져 있거나 지금도 기밀인 것도 있고, 아예 틀린 정보도 더러 있어서 바우만의 이야기를 하나하나 재구성하기 어렵다.

바우만의 군대 서류 가운데 1949년 12월 27일에 파슈키에비치 중위라는 사람이 작성한 문서는 바우만이 "샤후니야 철도고등학교"에서 교육받았다고 기록해,[12] 실업학교에 다녔다는 뜻을 내비친다. 하지만 다른 문서들에서는 바우만이 실업학교에 다녔다는 흔적이 없다. 그래도 고등학교를 졸업한 뒤 대학에 들어가기 전까지 여름 동안, 지그문트는 샤후니야 철도 정비창에 용접 수습공으로 자원해 일했다. 정비창은 그 지역의 기관차가 계속 달리도록 유지하고 보수하는 임무를 맡은 커다란 공장이었다. 차량이 낡아 손봐야 할 곳이 많았으므로, 만만찮은 어려운 임무였다. 이곳에서 지그문트는 고된 육체노동과 장인의 경험 같은 공장 생활의 기초를 익혔고, 동료 노동자들과 우정을 쌓았다.

지그문트가 수습공으로 일하던 시기에 소련의 그런 시설 대다수에서는 노동자가 뚜렷이 두 부류로 갈렸다. 아주 노련하나 나이 들거나 몸이 아픈 숙련공, 그리고 너무 어리거나 아파 징집되지 않은 초보.

최전방(그나마 다행히도 명확한 최전선이 있었다)의 상황이 날로 악화하였다. 독일군이 볼가강을 건너기로 작정한 듯했다. 거의 모든 전선에서 붉은 군대가 병사와 무기를 잃고 퇴각했다. 어느 나라도 독일군의 무력 앞에 적수가 되지 못했다. 러시아 홀로 유럽의 산업화 추축국에 맞서 싸웠다. 우리 정비창에서는 몇 안 되는 나이 든 사람과 열정은 넘치나 서투른 내 또래나 더 어린 청소년들이 폭격에 무너졌거나 군대에 시급한 물자를 대고자 급하게 용도가 바뀐 다른 특수 공장 수십 곳의 일감을 떠맡았다. 나이 든 장인들은 불평도 없이 진지하고 집요한 열정으로 기적을 이뤘다. 중요한 부품이나 재료가 없으면 대체물을 생각해냈다. 우리가 일한 건물들은 수리가 절실한 곳이었다. 환풍기가 작동을 멈춘 지 오래라, 건물 안에 해로운 연기와 독성 가스가 가득했다. 하지만 누구도 개의치 않는 듯했다. 그런 물질이 폐에 어떤 영향을 미치는지 뼈저리게 잘 아는 나이 든 장인들이 특히 그랬다. 내가 가장 크게 느낀 감정은 경외심과 존경심이었다. 인간의 결속과 헌신을 보여주는 광경이 나를 압도했다. 누구 하나 투덜대는 사람이 없었고, 나도 투덜대지 않았다. 우리 모두 배고프고 지쳐 있었다. 누구나 말할 때마다 쉿소리가 났고 가래가 끓었다. 혹사한 눈은 충혈됐으며 가려웠다. 손은 데고 다친 상처투성이였다. 그래도 우리가 하는 모든 일이 의미 있었다. 도무지 다시 움직이지 않을 것 같던 열차가 우리 노력으로 마침내 되살아났을 때는 기쁨과 행복을 느꼈다. 석 달 뒤, 나는 아름다운 유토피아를 마음에 품고 정비창을 떠났다. … 가혹한 환경이 모두 인간성을 파괴하지는 않는다. 그중에는 인간애를 드러내는 환경도 있다.

(바우만의 비공개 원고, 1986~1987, 41~42)

이 경험으로 지그문트는 불타는 열의를 보이는 젊은이들에게 자신의 지식을 끈기 있게 열정적으로 전달한 나이 지긋한 노동자들에게 깊은 존경을 느꼈다. 노동 조건은 열악했지만, 임무를 수행해 얻는 만족은 대단히 컸다. 전선 곳곳에서 붉은군대가 수세에 몰리던 때였으니만큼, 승리하려면 기사회생한 기차가 절실했다. 이 모든 상황이 결합해, 공장과 노동자의 세상이라는 소박한 유토피아가, 남을 이겨야 하는 압박도 치열한 무한 경쟁도 없이 일하는 세상이라는 이미지가 만들어졌다. 중년 남성들이 징집되었고 곳곳이 전쟁터라, 노동력이 엄청나게 모자랐다. 그리고 노동자들이 그 틈을 메꿨다. 지그문트는 그런 환경에 놓인 노동자들의 관계에서 인간의 밑바탕에 있는 무엇을 보았다. 이 경험은 현장 연구와 다를 바 없었다. 콤소몰에서 학습한 공산주의 이론의 토대를 완성하는 실습이자, 바우만의 삶에 영향을 미친 인생 수업이었다.

다시 이방인으로―대학 생활

1942년 여름이 끝났을 때, 지그문트는 철도 정비창을 떠나 그 지방의 주요 도시인 고리키의 고리키대학교에 들어갔다. 지그문트가 고리키로 가는 기차에 오르기 직전, 놀랍게도 마우리치가 지그문트의 호주머니에 편지를 찔러 넣었다. 편지는 그런 상황에서 부모가 자녀에게 흔히 쓰는 내용이었다. 집을 떠나는 아들에게 아버지가 보내는 중요하고 묵직한 가르침. 바우만은 그때 느낀 복잡한 속내를 비공개 원고에 드러냈다.

사랑이 담긴 편지였다. 나는 이제 부모님을 떠나 나만의 다른 삶을 시작하려던 참이었다. 아버지는 오랫동안 내게 어떤 감정을 느꼈는지, 당신 삶에서 내가 어떤 존재였는지, 내가 어떤 사람이 되기를 꿈꾸셨는지를 서둘러 적으셨다.

아버지다운 조언도 있었다. 아버지가 당신 아들과 나누고 싶으셨던 삶의 지혜가. 그것은 당신이 내게 물려줄 수 있는 유일한 자산이자 유일한 선물이었다. "기억하거라. 우리 민족만이, 오로지 우리 민족만이 너를, 네 성취를 제대로 평가할 수 있다. 기억하거라. 너는 유대인이다. 너는 유대 민족에 속한다."

우리 민족? 누가 우리 민족이란 말인가? 왜 그들이 우리 민족이란 말인가? 그저 내가 유대 민족에 속해서? 내가 꼭 유대 민족에 속해야 할까? 나는 정말로 유대 민족에 속하기를 바랄까? 설사 내가 어딘가에 속하기를 바란들, 그것이 왜 민족이어야 할까? 나는 관여한 적도 없는, 남들이 선택한 신분이어야 할까? 그리고 왜 굳이 선택해야 할까? 선택이란 거부, 분열, 적의를, 정확히 말하면 나를 괴롭히고 내가 몹시 혐오했던 것을 뜻한다. 나는 그 점에서 유대인이 다른 '민족'들과 다른지 확신할 수 없었다. … 어찌 보면 모든 고통은 누구 피가 더 붉은지 비교해야 하는 데서 비롯한다. 악마는 비교 자체에 도사리고 있을 것이다. 그러니 진짜 중요한 쟁점은 한 번만이라도 다 함께 비교를 멈추는 것이다. 내가 보기에 악마는 선택하려는 충동 속에, 선택되는 저주 속에 웅크리고 있다. 어딘가에 속하기를 바라는 순간, 동족으로 받아들이고 싶지 않은 타인을 밖으로 밀어낼 수밖에 없다. 소속은 분열과 이중 잣대를 뜻할 수밖에 없다. 잣대가 둘로 나뉘면 도덕이 끝장난다. 우리와 그들 사이에 선을 긋는 순간, 선과 악 사이의 선을 지우는 셈이다. (바우만의 비공개 원고, 1986~1987, 42~44)

이 회고록을 쓴 때가 44년 뒤니, 바우만이 꼭 고리키로 가는 길에 생각한 내용은 아닐 것이다. 그래도 바우만이 반드시 '우리 민족'에 속해야 한다는 아버지의 조언에 등을 돌리고 다른 인생철학에 따라 살기로 선택한 시점은 실제로 이때다.

무엇보다도, 나는 그때 정말 많은 것을 모르고 많은 것을 이해하지 못했다. 그때는 도덕이 부족주의라는 무거운 짐을 제압하리라고 믿었던 것 같다. 어마어마한 역경과 싸우다 보면 도덕에서 비롯한 의지가 힘의 유일한 원천이자 중요하게 여겨야 할 근거인 윤리적 순수성을 잃을 수도 있다는 것을 깨닫지 못했던 듯하다. 그런 일이 벌어지면, 무자비한 의지와 무자비한 부족이 다를 바가 없어진다. … 나는 이 모든 현실을 계속 배워야 했다. 그것도 힘겹고 달갑지 않은 방식으로. (바우만의 비공개 원고, 1986~1987, 42~44)

기억 과정을 연구하는 과학자들 덕분에, 우리는 이제 인간이 기억하고 싶은 정보를 선택하고 나머지는 버린다는 것을 안다. 우리는 자료를 모조리 저장하는 컴퓨터가 아니다. 정보를 선택하는 활동에서 감정이 중요한 역할을 하고, 기억은 정보를 선택하는 과정에서 생성된다. 이 이야기에서 바우만이 가장 자세히 기억한 것은 아버지의 편지를 읽었을 때 일었던 감정이다. 하지만 위에서 언급한 편지는 바우만이 정체성을 형성하는 과정을, 자신을 한편으로는 유대인으로 한편으로는 폴란드인으로 식별하는 두 견해가 끊임없이 빚어낸 긴장을 분석할 귀중한 토대가 된다. 바우만의 자아 식별은 유대인과 폴란드인의 공존을 끊임없이 받아들이는 과정이자 평생 맞서 싸운 '불가능한 도전'이었다. 지그문트는 아버지의 뜻에 동의하기는커녕 일부러 거역했다. 이런 거역은 반항하는 청소년이 부모에게 흔히 보이는 저항일 수도 있고, 청소년의 자립을 돕는 주체성이 깨어나는 예일 수도 있다.

물론 이 저항은 아버지에 맞선 반항만은 아니었다. 지그문트는 경계가 분명한 정치와 역사의 맥락 안에서도 특유의 견해를 취했다. 지그문트가 마주한 어려운 도전은 주변 상황에서 비롯했다. 지그문트에게는 폴란드인인 동시에 유대인인 것이 아무 문제가 되지 않았지만, 주변 사람들에게는 그렇지 않았다. 그래도 지그문트는 결심했다. 기차 안에서 불현듯 떠오른 결심은 아니었다. 의심할 것도 없이, 지그문트의 관점은 그때껏 겪은 일들 즉 폴란드 사회에서 거부당하고, 하쇼메르 하짜이르에 소속되고, 망명 중에 학교와 콤소몰 활동에 받아들여진 경험을 자양분 삼아 오랜 시간에 걸쳐 형성된 결과물이었다. 이 무렵 지그문트는 전쟁 전 상황으로 되돌아간다는 것은 곧 이류 시민의 신분으로 되돌아간다는 뜻이라고 믿은 적잖은 유대계 폴란드 젊은이 중 하나였다. 마우리치의 신중한 조언에 지그문트는 더 나은 미래를 믿는 마음으로 반응했다. 지그문트는 아버지의 조언을 거부했다.

이 거부는 바우만의 삶에서 몇 차례 중요한 전환점 가운데 하나였다. 이 전환점은 부모의 품을 떠나 성인기로 들어서는 시점, 청소년기에서 어른으로 가는 통로에서 나타났다. 샤후니야에서부터 고리키까지 320km 남짓을 달리는 기차 안에서 아버지의 편지를 곱씹는 동안, 지그문트는 청소년에서 어른으로 탈바꿈하는 젊은이가 되었다.

1942년 가을, 지그문트는 고리키대학교 물리학과에 입학했다. 하지만 그곳에서 보낸 시간은 짧았다. 러시아 시민이었다면 몇 년을 머물렀겠지만, 외국인의 거주지를 제한한 악명 높은 '11절'은 고리키 같은 러시아 도시에 외국인이 정착하는 것을 금지했다. 가을 학기가 두 달째로 들어섰을 때 당국이 자기네 실수를 알아차렸다. 지그문트는 당장 고리키를 떠나, 서신으로 학업을 이어가야 했다.

고리키에서 보낸 두 달은 그리 흥겨운 일상이 아니었다.

러시아 북부 지역에는 겨울이 빨리 찾아온다. 10월 중순이 되자 고리키가 꽁꽁 얼어붙었다. 연료는 없고, 중앙난방은 겨우 수도관이 얼어 터지지 않을 정도에 그쳤다. 낮은 물론이고 잠자리에 들 때마저 외투를 걸쳐야 했다. 절대 벗지 않은 두툼한 통장갑으로 어렵사리 책장을 넘기던 일이 기억난다. … 내가 배정받은 방은 원래 4인용이었는데, 나까지 모두 스무 명이 함께 썼다. 학생 강당은 대부분 군 병원으로 바뀌었다. 우리는 빽빽한 인원에 개의치 않았다. 사람이 많은 덕분에 방 안 온도가 1~2도는 올라갔기 때문이다. 방의 중심은 전기 주전자였다. 전기가 나가지만 않으면(날마다 적어도 여덟 시간은 전기가 끊겼다) 언제나 주전자에 물을 끓였다. 보고서를 쓰거나 방정식을 풀 때는 뜨거운 물을 담은 컵이나 주전자를 감싸 곱은 손을 풀었다. (바우만의 비공개 원고, 1986~1987, 44~45)

생활 여건은 혹독했지만, 고리키대학교는 매우 엄격한 선발 과정을 통과한 극소수 엘리트만 들어갈 수 있는 곳이었다. 이곳에 합격만 하면 대학 교육 과정에 돈이 한 푼도 들지 않았다. 10월 혁명으로 확립된 체제에서는 이런 혹독한 환경에서 학생들이 얻는 즐거움이 모두 무료였다. 그런데 무료로 누릴 것이 그리 많지 않았다. 전력 제한 탓에 하루에도 몇 시간씩 전기가 끊겼다. 날씨도 매서웠다. 현지에 오래 산 사람들은 그런 날씨에 익숙했지만, 바우만에게는 러시아 내륙에서 겨우 두 번째 맞는 겨울이었다.[13] 혹독한 것은 생활환경만이 아니었다. 사회 환경도 만만치 않게 혹독했다.

> 나는 또다시 가장 어린 학생이 되었다. 다른 학생들은 전쟁터에서 다치는 바람에 더는 복무하지 못하고 전역한 참전 용사이거나, 신체 기준 미달로 입대할 수 없는 사람이었다. 신체 기준에 부합하는 건강한 학생은 나뿐이었다. 언젠가는 나도 전쟁에서 담당할 몫이 있으리라는 희망이 없었다면 죄책감을 느꼈을 환경이었다. 하지만 내 위치를 고민할 시간은 없었다. 꽁꽁 언 채 공부한 지 두 달 뒤, 기숙사 관리자가 나를 사무실로 불러, 내게는 고리키처럼 중요한 대도시에서 살 권리가 없으니 당장 샤후니야로 돌아가야 한다고 알렸다. (바우만의 비공개 원고, 1986~1987, 45)

11절을 지키지 않는 사람은 당장 고리키보다 더 추운 지역으로 추방될 위험에 놓였다. 지그문트는 기차를 타고, 그사이 바뀐 부모님의 거주지로 갔다. 부모님이 새로 옮긴 곳은 바흐탄으로, 샤후니야에서 북쪽으로 25km쯤 더 올라가 숲과 늪지가 우거진 곳에 자리잡은 작은 정착촌이었다. 이 숲속 마을에서는 모든 것을 나무로 만들었다. 집도, 길도, 심지어 인도도. 조피아는 이곳에서 벌목꾼 수백 명의 식사를 감독하는 자리를 맡았다.

지그문트는 숲에서 일하며 대학 과정을 공부하는 새로운 생활을 맞이했다. 2015년 인터뷰에서 바우만은 그때를 이렇게 회상했다. "물리를 사랑하는 마음이 아주 빠르게 식었습니다. 시험을 치를 때만 학교로 돌아가 열흘, 길어야 보름을 머물곤 했어요. 수업에는 두 번 다시 참석하지 못했고요. 다시 수업에 참석할 가능성은 전혀 없었습니다. … 교재가 있으니 교과 내용을 혼자 익힌 다음 학교에 돌아가 시험을 치러야 했습니다. 그때는 구술시험을 쳤거든요." 그런데 1955년에 재직 중이던 바르샤바대학교에 제출한 이력서[14]에는 고리키대학교를 떠난 이유를 11절이 아닌 건강 문제였다고 적었다. 십중팔구 소련 체제의 경직되고 불공정한 측면을 비난한다는 인상을 주지 않고자 진짜 이유를 숨겼을 것이다. 그렇다고 이 공식 진술서가 모두 거짓은 아니었다. 전시 체제의 열악한 영양 공급에 시달린 탓에 실제로 괴혈병에 걸렸다.

기록물 보관소의 자료들은 바우만이 서신으로 대학 교육을 받던 시기에 어떻게 활동했는지를 저마다 다르게 서술한다. 폴란드 국가기억원 Instytut Pamięci Narodowej(IPN)에 보관된 서류에서 찾은 군대 서류에 따르면, 바우만은 1943년 여름부터 1944년 1월까지 "바흐탄중학교에서 교사로 일했다."[15] 1947년 3월 27일에 작성한 긴 이력서도 교사직을 언급한다. "저는 레스프롯토르크[국영 목재회사]에서 일하기 시작했습니다. … 몇 달 뒤 바흐탄중학교에서 교사 자리를 맡아 6~8학년생들에게 수학을 가르쳤습니다."[16] 그런데 바우만과 나눈 인터뷰에서 들은 바로는 정규 교사가 아닌 지역 도서관 사서였다. 1949년에 폴란드연합노동자당 입당 지원서에 첨부한 이력서에는 "교사가 될 목적으로" 바흐탄에서 사서로 일했다고 적혀 있다.[17]

비공개 원고에서 바우만은 한가한 시간에 정신없이 몰두한 또 다른 중요한 활동을 깊이 있게 설명했다.

현지 도서관에 들어선 순간, 바흐탄이 얼마나 외진 곳인지 깨달았다. 놀랍기 짝이 없게도, 1920년대 초반부터 이어진 소련 문학의 연대기가 조금도 훼손되지 않은 원본 그대로 있었다. 그전에 가봤던 모든 공공 도서관은 잇단 숙청과 화형식으로 자료가 모두 훼손되고 가위질당했었는데, 이 도서관은 그런 물결을 확실히 비켜 갔다. 다른 지역과 소통할 길이라고는 목재 화물열차뿐인 산골 주민의 머릿속을 그런 자료가 오염할 위험을 아무도 신경 쓰지 않은 듯했다. 바흐탄에서 보낸 몇 달은 비길 데 없이 큰 기쁨과 흥분이 쉴 새 없이 이어지던 시기로 기억 속에 남았다. 내 인생에서 어떤 시기도 그만큼 많은 책을 닥치는 대로 읽은 적이 없다. 나는 결핍과 큰 희망의 시대에 신문 용지에 인쇄된, 그래서 이제 누렇게 바래고 쉽게 바스러지는 러시아 고전의 원본을 게걸스레 읽었다. 1920년대와 1930년 초반에 나온 소련 문학을 탐욕스럽게 읽어 재꼈다. 오랫동안 잊혀졌으나 여전히 자유롭게 이견과 토론을 주고받을 만한 러시아의 철학 논쟁과 역사 논쟁을 걸신들린 듯 읽었다. 공공장소에서 이름을 입 밖에만 내어도 말한 사람의 존재를 사라지게 할 무시무시한 힘이 있는 작가들, 이미 이 세상에 존재하지 않는 작가들을 읽었다. (바우만의 비공개 원고, 1986~1987, 45~46)

스탈린주의가 활개치던 시절 소련은 모든 지식 자원을 끊임없이 '청소'했다. 표현의 자유란 존재하지 않았고, 다뤄야 할 주제를 당국이 정했다. 하지만 바흐탄의 작은 도서관은 외딴곳에 있는 덕분에 '정화'의 물결을 피했고, 그 덕분에 지그문트가 운 좋게도 그런 금서들을 아무 제약 없이 읽을 수 있었다. 전쟁과 소련의 통제 속에서도, 젊은 바우만은 이런 작품들에 힘입어 다양하고 방대한 지식을 축적할 수 있었을 것이다. 다양한 책을 치열하게 읽는 활동은 자율 교육에서 매우 중요한 요소이자, 비판적으로 사고할 역량을 키우는 토대다. 그 시절 소련에서는 그런 독서가 거의 불가능한 희귀 활동이었다.

"밤은 책을 위한 시간이었다. 나는 완전히 이해할 새도 없이 온갖 책을 닥치는 대로 족족 읽었다. 읽은 내용을 곰삭일 시간이 필요하기는 했다. 그런데 책의 내용이 내 안에서 절로 곰삭았다. 느리지만 거침없이, 전에는 바로 눈앞에 있는데도 보지 못하던 것들이 보이기 시작했다." (바우만의 비공개 원고, 1986~1987, 46)

아마 독서의 힘이 지그문트의 눈을 틔워 새로운 세상을 보게 하고, 스탈린주의의 강력한 선전에 휩쓸리지 않고 균형을 잡게 했을 것이다. 그 책들 덕분에, 남다르게 생각하고 현실의 미묘한 부분을 놓치지 않을 수 있었을 것이다. 전쟁 전 경험, 난민 생활, 바흐탄에서 읽은 책에 힘입어, 지그문트는 틀림없이 바흐탄 주민 대다수와 다르게 상황을 인식했을 것이다. 바흐탄 주민은 당시 소련에서 매우 중요한 직업이던 벌목꾼들이었다. 목재는 소련의 주요 자원이었을뿐더러 군수 산업의 필수품이었다. 많은 마을이 오로지 이런 목재를 공급할 목적으로만 존재했다. 그래서 외지고 작은 공동체이기 일쑤였고, 때로는 살을 에는 추운 겨울이 길게 이어지는 지역에 있기도 했다. 벌목 작업은 위험하고 힘겨웠다. 당시 마우리치는 국영 산림회사의 회계사였고, 조피아는 레스프롯토르크의 공동 식당을 관리했다. 지그문트도 어찌어찌하여 마우리치와 같은 회사에서 조직 관리자 자리를 얻었다. 고등학교 졸업장이 있었으니, 동유럽 용어를 빌리자면 '지식 노동자'로 일할 자격이 있었고, 그 덕분에 육체노동보다 덜 힘든 일자리를 얻었다.[18] "그해 겨울은 혹독했다. 몇 달 동안 온도가 영하 30도를 넘기는 날이 하루도 없었다. 나는 낮 동안 사무실에서 일하거나, 긴 숲길을 따라 벌목장으로 걸어가 몇 그루를 벌목했는지, 통나무 양은 얼마인지를 정리했다." (바우만의 비공개 원고, 1986~1987, 46)

1960년대에 바르샤바대학교 철학부 사회학연구소에서 가르칠 때, 바우만은 가끔 산림 산업을 예로 들어 학생들을 놀라게 했다. 벌목꾼, 벌목꾼이 쓰는 연장, 수종이 다른 갖가지 나무를 술술 말했기 때문이다. 학생들은 그런 지식이 독서가 아니라 실제 경험에서 나온 줄을 몰랐다.[19] 이 경험은 바우만이 산림업을 떠난 지 한참 뒤, 사회 발전과 어려운 환경에서 일하는 사람들의 삶을 글로 쓰는 데도 꾸준히 영향을 미쳤다.

바흐탄에서 보낸 마지막 몇 달 동안, 지그문트는 낮에는 산림 사무소에서 일하고, 밤에는 책에 파묻혔다. 최선을 다해 전방과 정치권의 최신 소식을 얻었다. 전쟁 기간에는 신문, 특히 공산당 기관지《프라우다》와 라디오가 주요 정보원이었다. 비공개 원고에 따르면, 지그문트는 라디오 덕분에 폴란드 공산주의자 단체의 소식을 알았다.

라디오에서(집마다 있는 유선 확성기가 지역 도서관에 있는 유일한 라디오 수신기에 연결되어 있었다) 폴란드애국자연맹Związek Patriotów Polskich(ZPP)이라는 단체가 모스크바에서 결성되었고, 이들이 첫 행보로《자유 폴란드Wolna Polska》라는 신문과《새지평Nowe Widnokręgi》이라는 잡지를 발간한다는 소식을 들었다. 곧장 폴란드애국자연맹 가입 지원서와 두 간행물의 구독 신청서를 보냈다. 머잖아 창간호가 도착했다. 그때 받았던 충격이 지금도 생생하다. 짜릿한 아찔함. 폭발하듯 격렬한 흥분을 자아내는 환상. 두 간행물을 처음부터 끝까지 읽고 또 읽었다. 두 간행물의 제목이 내 마음속에서 결합해 하나가 되었다. 폴란드를 자유롭게, 지평을 새롭게. 자유 폴란드는 내게 새 지평이 되었다. 나는 조국이 장차 어떤 위상을 갖춰야 할지를 숨

죽여 읽었다. 전에도 알기는 했지만 겉핥기에 그쳤던 내용을 읽었다. 공동체의 갈등, 가난과 불공평에서 비롯한 혐오, 희망 없는 삶, 서로 의심하고 시기하는 과정에서 끝없이 커지는 음울, 부족한 자유와 민주적 권리 같은 진짜 문제에 대처하기는커녕 서로 물어뜯기 바쁜 국가. 전에는 생각지도 못했던 내용도 읽었다. 미래의 폴란드, 고통받는 아이들을 보살피는 다정한 어머니, 자유와 정의가 넘치는 나라. 더없이 약하고 힘없는 사람에게까지 누구에게나 열려 있는 멋진 나라에 대해 읽었다. 배고픔과 불행과 실업이 없는 나라. 한 사람의 성공이 다른 사람의 실패를 뜻하지 않는 나라. 새로운 폴란드, 그러면서도 처음으로 국가의 본분을 다하는 폴란드. 평등하고 자신에 찬 사회에서 폴란드 문화, 폴란드 문자, 폴란드 언어가 마침내 꽃을 피워 전에는 상상도 하지 못한 경지에 이를 것이다. 새 지평을 연 자유 폴란드가 자유로운 세상의 자부심이 될 것이다.

내게는 내 몫의 유리 온실이 있었다. (바우만의 비공개 원고, 1986~1987, 46~47)

무슨 뜻인지 와 닿지 않을 마지막 표현은 폴란드 작가 스테판 제롬스키가 1924년에 펴낸 베스트셀러 『이른 봄Przedwiośnie』에 나오는 말이다. 책의 주인공 체자리 바리카는 러시아에서 태어난 폴란드 귀족으로, 책을 읽고 아버지의 이야기를 들으며 애국심을 키운다. '유리 온실'은 그 과정에서 꿈꾼 유토피아 즉 이상 속 국가를 상징한다. 하지만 처음으로 폴란드 땅을 밟은 체자리가 아버지에게 들은 이야기와 현실의 엄청난 차이를 보았을 때, 유리 온실이 산산이 부서진다. 제롬스키의 책에서 유토피아는 혁명, 또는 꾸준한 노력과 사회 변화를 거쳐야 건설할 수 있는 곳이다. 사실, 그런 변화는 공산주의나 사회주의를 뜻했다.

바우만은 "내게는 내 몫의 유리 온실이 있었다."라고 적었다. 달리 말해 유토피아를 꿈꾸는 신봉자들의 꿈을 믿었고, 평화롭고 정의로운 폴란드라는 이상을 고수했다. 이 '짜릿한 아찔함'은 민감한 사람에게 매우 큰 효과를 발휘했다. 하기야 머리가 지끈거리게 추운 한겨울의 러시아 숲에서 먹을 것도 별로 없이 달달 떨며 한없이 이어지는 전쟁을 견디는 유대인 난민보다 더 민감할 사람이 어디 있겠는가?《새지평》과《자유 폴란드》가 전한 폴란드애국자연맹의 신념은 해방된 폴란드라는 매혹적인 환상을, 행복하게도 전쟁 전 불평등과 끔찍한 전쟁이 막을 내리는 멋진 약속을 제시했다.《새지평》에서 새어 나온 황홀한 화음이 지그문트의 마음 깊이 울려 퍼졌다. 내가 보기에는 전혀 놀랍지 않은 일이었다. 이 꿈이 젊은 바우만을 사로잡지 못했다면 오히려 믿기지 않았을 것이다. 지그문트보다 나이와 경험이 더 많이 쌓인 사람들도 그 꿈에 끌렸다. 아름답고, 강렬하고, 더할 나위 없이 매혹적인 꿈이었으니까.

《새지평》은 격주로 발간된 사회·문학 잡지로,[20] 폴란드 출신 공산주의자이자 작가인 반다 바실레프스카Wanda Wasilewska[21]가 편집을 맡았다. (바실레프스카는 폴란드애국자연맹도 이끌었다.) 정치인이자 언론인 스테판 엔드리호프스키Stefan Jędrychowski에 따르면,《새지평》은 1943년 3월 1일에 처음 출간된《자유 폴란드》와 더불어 폴란드애국자연맹의 목소리를 대변했다.[22] 폴란드애국자연맹과 두 발간물은 당연히 스탈린을 지지했고, 스탈린이 런던의 폴란드 망명정부와 크게 충돌한 뒤로는 폴란드애국자연맹이 폴란드를 대표해 소련 정부와 붉은군대를 상대했다.[23]

1943년 2월 중순, 폴란드 공산주의자 반다 바실레프스카, 힐라리 민츠, 빅토르 그로시가 스탈린을 만나 "망명 중인 폴란드 좌파의 향후 활동과 관련한 문제를 논의했다."[24] 이 모임의 결론 하나가 간행물을 펴내 "공산주의자와 좌파 폴란드 활동가들이 소련에 거주하는 폴란드인들에게 이념과 정치 선전에서 영향력을 높이는 것"[25]이었다. (Nussbaum, 1991,

184) 1943년 5월 5일 발행된《새지평》9호는 폴란드 망명정부와 소련의 외교 관계가 4월 25일로 단절된다는 소식을 실었다. 바우만이 바흐탄에서 읽은《새지평》이 아마 이 9호일 것이다.[26] 여기에 바실레프스카의 연설이 실렸다. 이 연설의 발췌문은 바우만이 '짜릿한 아찔함' 속에서 어떻게 사고를 형성했는지를 보여준다.

> [폴란드 수상 브와디스와프] 시코르스키Władysław Sikorski의 망명정부는 폴란드 민족을 대표하지 않습니다. … 우리는 머잖아 폴란드군의 깃발 아래 무기를 들고 붉은군대와 어깨를 나란히 맞댄 폴란드군이 폴란드를 사랑하는 우리 마음을, 폴란드에 대한 우리 권리를 증명하며 행군할 날이 오리라 믿습니다. … 여러분이 폴란드를, 폴란드 민족을 대표한다는 것을 기억하십시오. 폴란드를 대표하는 여러분은 우리 폴란드 민족의 위대함과 용맹함을 보여야 합니다. 이 위대하고 중요한 순간에 우리가 나서야 합니다.[27]

1943년 여름과 가을 동안 지그문트는 폴란드의 과거와 현재, 미래의 문제를 부지런히 읽었다. 두 간행물에 실린 기사들 즉 전쟁 전 정부의 정책과 정치 체제 비판, 카틴 학살[28]을 둘러싼 망명정부와 소련의 갈등, 소련에서 폴란드동부군으로 활약하던 안데르스 군단(5장에서 다루겠다)이 중립국인 중동으로 이동한다는 소식(소련 언론은 영국군에 합류할 예정인 안데르스 군단의 이동을 배신으로 묘사했다), 전쟁과 관련한 여러 사안을 읽었다. 폴란드에서 일어나는 유대인 말살 테러도 빼놓지 않았다. 폴란드의 미래를 다룬 기사 이를테면 커즌선Curzon Line[29]을 둘러싼 국경협상, 소련의 영향으로 좌파 가치관에 근거해 생성된 정치 체제를 다룬 기사도 읽었다.

《자유 폴란드》와《새지평》은 붉은군대와 함께 싸울 준비를 하는 폴란드 부대의 소식도 하루가 멀다고 실었다. 1943년 5월 8일, 폴란드 공산주의자들과 스탈린은 폴란드인민군의 출발이 되는 폴란드 사단을 조직하는 공식 협정을 맺었다. 양쪽의 공식 발표에 따르면, "소련 정부는 소련 영토에 타데우시 코시치우슈코*의 이름을 딴 폴란드군 사단을 신설하자는 폴란드애국자연맹의 요구를 받아들이기로 했다. 이 사단은 붉은군대와 함께 독일 침략군에 맞서 싸울 것이다. 폴란드군 사단은 이미 편성에 들어갔다." (Nussbaum, 1991, 185)

지그문트 베를린크Zygmunt Berling 장군이 이끈 폴란드 제1 타데우시 코시치우슈코 보병사단은 영국군에 합류한 안데르스 군단을 대체하는 병력이 되었다. 안데르스 군단은 아시아와 중동을 거쳐 연합군에 합류해 북아프리카와 유럽 남부에서 작전을 수행했다. 《자유 폴란드》와 《새지평》은 바실레프스카가 신설된 폴란드 사단의 사기를 높이고자 병사들을 격려한 연설을 지면에 실었다.

친애하고 사랑하는 장병 여러분! 우리는 이제 전선으로 가려 합니다. 며칠 뒤, 우리 전체의 꿈이 이끄는 곳으로 행군하려 합니다. 우리는 폴란드로 가려 합니다. 우리가 가는 길은 곧장 폴란드로 통합니다. … 장병들이여! … 나는 믿습니다. 제1사단은 자유로운 폴란드 땅에 들어설 것입니다. 우리 동포들에게 "무기를 들라!"라는 구호를 처음으로 전달할 것입니다. 나는 벌써 이 외침이 들립니다. 그곳, 고국에서 여러분을 반길 동포들이 행복과 기쁨에 겨워 흘릴 눈물이 보입니다. 여러분은 계모가 아닌 어머니 폴란드를, 새로운 폴란드를 건설할 것입니다. 사람을 존중하는 폴란드를,

---

* Tadeusz Kościuszko. 1794년에 폴란드군 사령관으로 러시아와 프로이센 제국에 맞서 코시치우슈코 봉기를 이끌었다.

우리가 꿈꾸고 기꺼이 목숨을 바칠 폴란드를 말입니다. 오늘 여기에는 여러분에게 작별을 고할 가족과 친척들이 함께하지 못했습니다. 그러므로 여러분이 사랑해 마지않는 이가 여러분에게 바랄 모든 것을 내게 받으십시오. 승리하고자 떠나는 폴란드 병사에게 폴란드가 전하는 사랑의 말을 내게서 들으십시오.[30]

당연하게도 이 연설이 이제 곧 열여덟 살이 되는 지그문트의 마음을 파고들었다. 연설의 논조는 반파시즘과 민족주의만 드러낼 뿐 스탈린주의의 위선은 찾아보기 어렵다. 역사가 클레멘스 누스바움Klemens Nussbaum이 평가한 대로. "《자유 폴란드》는 자기네가 지닌 공산주의의 특성을 저버릴 언급은 단 한마디도 하지 않았다. 그래서 나타난 특색이 애국주의 논조였다. 이들은 정치 견해와 상관없이 화합하고 단결하자고 촉구했다." (Nussbaum, 1991, 184) 이 시기의 소련 언론 대다수에서도 공산주의 용어를 중요하게 여기지 않는 흐름을 볼 수 있다. 바우만처럼 소련에 피난했던 브워지미에시 셰르에 따르면 그 배경은 1941년 6월부터 시작된 독일-소련 전쟁이었다.

독일군이 진격하자, 당이 초기에 선전하던 전쟁의 본질이 바뀌는 것이 훤히 보였다. 이제 전쟁은 소련 권력, 공산주의, 볼셰비키를 지키는 것이 아니었다. 그런 용어는 거의 들리지 않았다. 그 대신 무시무시한 위험이 러시아를, 어머니 조국을 위협한다는 말이 들렸다. 그리고 그 말이 사실이었다. 라디오에서 계속 울려 나오는 장엄한 노래가 국가의 성전[31]을 이야기했다. (Szer, 2013, 126)

1942년 8월 21일에 시작된 스탈린그라드(현재 볼고그라드) 전투가 신병을 거의 모두 전투에 투입해 다섯 달하고도 보름 가까이 싸운 뒤에야 끝이 났다. 1943년 2월 2일, 마침내 소련이 승리해 독일군 포로 수만 명을 사로잡았다. 소련 전역에서 전투의 승리뿐 아니라 마음의 승리를 축하했다. 독일군과 맞서 처음으로 크게 이긴 전투였기 때문이다. 셰르는 "온 러시아가 안도의 한숨을 내쉬었다."라고 회고했다.

히틀러는 국가적 추도를 선포했다. 스탈린은 스탈린답지 않게 아주 영리한 명령을 내렸다. 전쟁 포로를 크렘린 궁전의 담장 가까이 있는 붉은 광장에서 행진시키라고 명령했다. 포로로 잡힌 독일군 원수와 장군들이 부하들과 함께 행진하며, 행렬을 맞이하는 스탈린의 발아래 소속 연대와 여단, 사단의 깃발을 던졌다. 모든 신문이 이 믿기지 않는 군사 행진의 사진을 실었다. (Szer, 2013, 128)

집에서 대학 과정을 공부하는 학생이자, 작은 산촌에서 벌목량을 확인하는 조사원이자, 《새지평》과 《자유 폴란드》의 열렬한 독자였던 지그문트 바우만도 틀림없이 이 승리를 축하했을 것이다. 50년 뒤 셰르가 회고한 바에 따르면, 이 승리는 평범한 사람들의 삶에도 엄청난 변화를 일으켰다.

스탈린그라드 전투에서 승리한 뒤로, 날마다 전선 소식을 전하는 모든 신문 기사가 "스탈린을 위해, 조국을 위해!"로 끝을 맺었다. 내게는 이 말이 '차르를 위해, 러시아를 위해'처럼 들렸다. "두려움에 떠는 곳에 신이 계신다."라는 말마따나, 갑자기 여러 곳에서 교회가 문을 열었다. 바라누프의 지역당 위원회가 오랫동안 화학비료와 여러 자재를 보관한 용도로 쓰던 치코프카의 한 작은 동방 정교회 회당에서 비료를 꺼내고 건물을 청소하라는 명령을 내렸다. … 그리고 사람들이 신을 찬양하도록 교회 물품을 들였다. 그런 물건들을 도대체 어디서 가져왔는지는 지금도 모르겠다. … 사람들은 무신론 박물관에서 가져왔다는 농담을 던졌다. 어쩌면 정말로 그랬을지도 모른다. (Szer, 2013, 127)

1943년 소련에서는 사람들이 이전보다 더 많은 자유를 누렸다. 정권이 독일을 누르고 승리하고자 모든 노력을 전선에, 그것도 서부 강대국과 손잡은 전선에 쏟아부었기 때문이다. 18세 이상 남성은 누구나 붉은 군대의 부름을 받았다. 유럽에서는 열여덟 살이라는 문턱이 대체로 어른이 된다는 상징이다. 하지만 전시에는 열여덟 살 생일이 수많은 가족에게 큰 슬픔을 안기는 축하 행사였다. 지그문트는 1943년 11월 19일에 열여덟 살 생일을 맞았다. 그리고 소련 시민이 아니었는데도 당장 입대해야 했다. 이 의무를 이행하지 않는다는 것은 곧 탈영을 뜻했다. '위대한 애국전쟁(대조국전쟁)'* 기간에는 탈영을 사형으로 처벌했다. 바우만은 입대를 마다할 생각이 눈곱만큼도 없었다. 벌써 몇 달 전부터 병사가 되고자 안달했으므로, 열여덟 살 생일이 닥쳤을 때는 입대할 만반의 준비가 되어 있었다. 그런데 지그문트가 처음에 배정받은 곳은 코시치우슈코 사단이 아니라 모스크바 경찰청이었다.

---

* 소련이 1941년 6월 22일~1945년 5월 9일에 주로 나치 독일에 맞서 싸운 전투를 부르던 용어.

5

성전

1943~1945

용기란 두려움이 없는 것이 아니다. 용기란 두려움을 극복하는 것이다. 영웅은 두려움을 느끼면서도, 두려움에 지배받기 전에 두려움을 억누른다. 그래서 영웅이 된다.

− 율리안 주로비치Julian Żurowicz[1] [지그문트 바우만](1953a, 29)

입대

1943년 11월 19일,《프라우다》가 1면에 이런 이야기를 실었다.

벨라루스 전선군이 치열한 전투 끝에 교통의 주요 교점이자 독일군 방어 시설의 중요한 거점으로 드네프르강 중간 줄기의 오른쪽[2] 강둑에 있는 레치차라는 도시를 해방했다. 제1 우크라이나 전선군은 적군의 저항을 격파하고, 코로스텐에서 독일군 방어 시설의 주요 거점인 중요한 철도 교차점의 통제권을 되찾았다. 소련 인민은 붉은군대의 용감무쌍한 병사들을 찬미하노라!

《프라우다》는 모든 지면을 전쟁에 할애했다. 다른 소식은 아예 싣지 않았다. 민간 생활은 한 줄도 다루지 않았다. 지그문트 바우만은 이런 상황에서 열여덟 살을 맞았다.

열여덟 번째 생일을 몇 주 앞둔 어느 날, 지그문트는 소집 명령을 받았다. "소집 명령서를 본 뒤로 꿈과 흥분이 와장창 깨졌다. 몹시 기막히고 실망스럽게도, 나는 모스크바 경찰로 동원되었다." (바우만의 비공개 원고, 1986~1987, 47) 보나 마나 지그문트는 신설된 '코시치우슈코' 사단에 배정되기를 바랐을 것이다. 하지만 부질없는 바람이었다. 당시 군사 위원회는 정신없이 빠르게 일을 처리하느라, 신체검사는 물론이고 서류도 제대로 훑어보지 않은 채 입대 후보자들에게 코만디롭카командировка라는 소집 명령서 즉 신병에게 지정된 목적지에 최대한 일찍 도착하라고 지시하는 서신을 보냈다. 그것으로 끝이었다.

비공개 원고에 생일을 몇 주 앞두고 소집 명령을 받았다고 적혀 있지만, 시기는 명확하지 않다. 한 기록물에 따르면 지그문트가 1944년 1월에 샤후니야 군사 위원회의 결정으로 제7교통관리부에 동원되었지만,[3] 다른 서류에 따르면 1943년 12월에 군 생활을 시작했다.[4] 또 비공개 원고에는 몇 주 동안 군사 훈련을 받았다고 적었지만, 2015년 인터뷰에서는 내게 훈련이란 것이 아예 없었다고 말했다. "제7교통관리부에서 우리에게 준 건 옷가지가 다였습니다. 그것도 헌 제복이었지만요. 그러고는 우리를 길거리에 배치한 것으로 끝이었어요. 손 흔드는 법을 배우는 거야 일도 아니잖습니까?" 하지만 실제로는 1943년 11~12월에 일반 군사 훈련을 어느 정도 받았을 것이다. 물론 몸이 아파 모스크바로 이동하는 일정이 늦어졌을 수도 있다.

지그문트가 왜 모스크바 경찰에 배치되었는지는 어떤 공식 서류에도 설명이 없다. 이 배치를 호의로, 달리 말해 소련 고등학교를 우수한 성적으로 마치고 대학교 2학년에 재학 중인, 장차 지식 계층이 될 과정을 밟고 있는 적극적인 콤소몰 회원을 보호하려는 노력으로 볼 수도 있다. 지그문트처럼 교육 수준이 높은 입대 후보자들은 대개 곧장 전선으로 투입되지 않고 부사관 과정을 밟아 먼저 사관학교에서 몇 주를 보냈다. 물론이들도 몇 주 동안 준비를 마친 뒤에는 전선으로 투입되었다. 하지만 유대계 폴란드인 젊은이가 전선이 아니라 모스크바의 교통을 통제하는 인력으로 투입된 데는 그만한 이유가 있었다. 역사가 클레멘스 누스바움에 따르면 군사 위원회가 코시치우슈코 제1사단에 배치할 유대인 신병을 모집할 때 지역 위원회마다 기준이 제멋대로였다. 어떤 위원회는 유대인을 모두 1사단으로 보냈고, 어떤 위원회는 폴란드 중부 출신이냐 동부 출신이냐를 따져 중부 출신만 1사단에 동원했다. "하지만 유대인 소집을 아예 거부하는 위원회가 숱했다." (Nussbaum, 1991, 190)

아니면 반란 음모를 끔찍하게 두려워한 나머지 누구도 믿지 못하는 편집증에 시달린 스탈린과 관련이 있었을 수도 있다. 인터뷰에서 바우만은 내게 이런 이야기를 들려줬다. "어느 때부턴가 모스크바 경찰청을 물갈이해야겠다고 마음먹은 스탈린이 라트비아인, 리투아니아인, 폴란드인 같은 외국인을 모집해야겠다는 생각을 떠올렸습니다 이런 외국인은 모스크바 사람들을 좋아하지 않으니 함께 음모를 꾸미지도 않으리라고 생각해서요. 나야 모스크바 사람들을 무척 좋아했으니 완전히 틀린 가정이었지만, 기본 전제는 그랬습니다." 지그문트는 "차를 구경하기도 힘든 거리"에서 석 달 동안 "교통을 통제"했다. 도로를 지나가는 차라고는 "매우 중요한 인물들"을 태운 차량뿐이었다. "우리가 할 일은 중앙선에 서 있는 것이었습니다. 지나가는 차는 쳐다보지도 말아야 했어요! 그래서 그런 차가 지나갈 때는 고개를 돌렸지요."

경찰 복무는 목숨을 구할 기회였지만, 지그문트에게는 달갑지 않은 일이었다. 그 시절 소련에 살았던 젊은이 대다수와 마찬가지로, 지그문트도 전쟁에 직접 뛰어들고 싶었다. 바우만은 비공개 원고에 "새 임무가 지긋지긋하게 싫었다."라고 적었다. 그리고 몇 주 뒤, 붉은군대 산하 폴란드인민군에 지원서를 냈다.

허가가 떨어졌다. 다 함께 모인 전역 축하식에서, 나는 낡고 오래된 온갖 잡동사니로 치장된 과거 모스크바 경찰 제복을 걸치고, 캐비어 30그램을 받았다. (원래는 소시지를 450그램 받아야 했지만, 소시지는 "한동안 구할 수 없는" 상황이었다.) 그리고 800km나 떨어진 우크라이나 수미로 떠났다. 신설된 폴란드군이 그곳에 집결하고 있었다. (바우만의 비공개 원고, 1986~1987, 48)

파슈키에비치 중위라는 사람이 1949년 12월 27일에 작성한 군사 서류가 지그문트의 자원입대를 뒷받침한다. "[지그문트는] 경찰청에 요청해 전역한 뒤 소련의 폴란드인민군 제1군에 합류했다. 수미에 있던 폴란드인민군 사관학교에 들어가 1944년 6월 16일에 훈련을 마쳤다."[5] 기필코 전역해 폴란드군에 들어가고자, 지그문트는 친소련 기관인 폴란드애국자연맹이 경찰 초소에서 겨우 300~400m 떨어진 볼쇼이카멘리 다리에 있다는 이점을 활용했다. 어느 날 폴란드애국자연맹을 찾아갔고, 폴란드인민군 정치 장교 마리안 나슈코프스키의 도움으로 모스크바 경찰에서 전역해 폴란드인민군 제4보병사단에 들어갔다.[6]

'붉은군대'로 간 까닭

바우만을 비판하는 폴란드 반공산주의자들은 더러 바우만이 전쟁 기간에 안데르스 군단이 아니라 붉은군대 소속인 폴란드인민군에 들어갔다고 공격한다. 하지만 이는 그야말로 터무니없는 비난이다. 무엇보다도, 안데르스 군단에 합류하기에는 바우만이 너무 어렸을 뿐만 아니라, 안데르스 군단은 특별한 사정이 있다면 모를까 유대인을 받지 않았다.

브와디스와프 안데르스Władysław Anders 장군이 이끈 안데르스 군단은 폴란드 망명정부의 수상 브와디스와프 시코르스키와 주영 소련 대사 이반 마이스키Ivan Maisky가 맺은 시코르스키-마이스키 협정*을 바탕으로 1941년 8월에 소련 영토에서 창설되었다. 이 협정 덕분에, 소련에 거주하는 폴란드 국민이 새로 창설된 부대에 합류해 영국군의 지휘 아래 싸울 수 있었다. 당시 러시아에 거주하는 폴란드인은 두 부류로 나뉘었다. 강제로 이주당하거나 감옥에 갇히거나 강제 노동 수용소인 굴라크에 수용된 사람들, 그리고 한쪽은 외국인이 대도시나 국경선 100km 이내에 거주하는 것을 금지하는 11절 말고는 딱히 다른 규제를 받지 않은 채 살아가던 사람들. 1941년 협정은 폴란드군의 병력을 3만 명으로 제한했지만, 나중에 안데르스 군단이 소련을 떠날 때는 신병 7만 7,000명과 민간인 4만 3,000명, 모두 12만 명이 함께 떠났다.[7]

그렇다면 바우만은 왜 안데르스 군단에 합류하지 않았을까? 바우만은 1943년 11월에야 열여덟 살이 되었는데, 소련 당국이 이미 1942년 4월부터 안데르스 군단에 입대를 금지한 터라 시기가 너무 늦었다. 나이

---

* 독일과 소련의 모든 협정을 무효로 돌리고 소련 수용소에 갇힌 폴란드 전쟁 포로를 풀어주기로 한 협정이다.

를 속일 수도 있었겠지만,[8] 설사 바우만이 안데르스 군단에 합류하기를 바랐더라도 바우만이라는 성 때문에 십중팔구 실격이었을 것이다. 폴란드인이라면 누구나 바우만이 유대인의 성이라는 것을 알았다. 게다가 부대원 선발을 맡았던 군사 위원회(폴란드인 장교로 구성되었다) 대다수가 유대인을 받아들이려 하지 않았다. 소련이 점령해 '보호하는' 폴란드 동부 지역의 유대인 난민들을 스탈린이 소련 시민으로 받아들였으므로, 이들은 폴란드 법에 따라 더는 폴란드 시민이 아니라서 폴란드군에 편입할 수 없다고 말하는 군사위원들도 있었다.[9]

역사가 이스라엘 구트만Israel Gutman[10]에 따르면 꼭 그렇지만은 않았으나 "전쟁 말기에는 실제로 그런 일이 벌어졌다. 소련은 유대인을 포함한 일부 소수 민족의 모병을 금지했다. 소련이 이 규정을 엄격하게 강제하지는 않았으나 다양하게 해석할 여지가 있었으므로, 폴란드군에는 유대인에게 문을 닫을 빌미가 되었다."[11] 구트만에게 모병 이야기를 들려준 사람은 이렇게 말했다. "신체검사에서 유대인 대다수가 부적격인 'D' 등급을 받아 입대에서 제외되었습니다. … 폴란드군은 유대인이 없는 부대를 유지했습니다. 독일 사람들 말을 빌리자면 '유대인을 청소'한 거지요. 그 뒤로 폴란드군은 유대인을 받아들이지 않았습니다. 오로지 폴란드인만 받아들였어요."[12] 사회학자이자 역사학자 얀 토마시 그로스Jan Tomasz Gross는 소련을 떠난 안데르스 군단과 폴란드 시민 13만 명 가운데 약 6%인 8,000명이 유대인이었다고 추정하는데, 이 무렵 소련으로 이주한 폴란드 시민 가운데 30%가 유대인이었다. (Gross, 1998에서 Redlich, 1971을 재인용)

게다가 바우만이 콤소몰에 가입한 이력이 더 붉은 흠집이 되었을 것이다. 영국군과 안데르스 군단은 대체로 반좌파였고, 안데르스 군단의 병사들은 소련이 폴란드 동부를 무력으로 합병하던 1939년 9월에 유대인이 붉은군대를 지지했다고 숱하게 비난했다. 실제로는 유대인이 소련의 점령을 대체로 지지하지 않았지만, 설령 지지했더라도 그럴 만한 이유가 있었다. 소련 공산당 정권은 유대인을 괴롭히던 민족 차별을 폐지하겠다고 약속했다. 그러니 공산주의를 신봉하는 유대인 젊은이가 나치에 맞서 싸우려 할 때 진지하게 고려할 만한 길은 소련 당국의 통제를 받는 신설 폴란드군에 입대하는 것뿐이었다.[13]

폴란드인민군 제4보병사단

바우만은 붉은군대에 통제받던 폴란드인민군 시절을 그리 많이 기록하지 않았다. 아마 그 시절에 그다지 자기 의지대로 행동한다고 느끼지 못했기 때문일 것이다. 수만 명의 다른 장병과 마찬가지로 바우만도 전쟁 기계의 톱니 하나에 지나지 않았다. 어떤 명령이나 결정, 사건에도 영향을 미치지 못했다. 1943년 4월에 폴란드공산당 지도부와 엔카베데NKVD 장군 유리 주코프가 만난 뒤로 폴란드인민군이 탄생했고, 지그문트 베를린크 대령이 폴란드의 민족 영웅 타데우시 코시치우슈코의 이름을 딴 사단의 사령관으로 임명되었다. 또 합의에 따라 코시치우슈코 사단은 폴란드의 전통 제복과 특징, 군가와 국가 상징을 그대로 유지했다. (Nussbaum, 1991, 184~185) 코시치우슈코 사단은 마침내 폴란드인민군 제1군이 되었고, 이어 규모를 확장해 여러 사단을 신설했다. "1944년 3월, 폴란드군은 보병 3개 사단과 탱크 부대, 포병대, 보충 부대를 아울렀고, 병력은 총 4만 명이었다." (Nussbaum, 1991, 186) 바우만이 소속된 폴란드인민군 제6경포병연대를 거느린 제4보병사단은 나치가 요새화한 '포모제 장벽'을 따라 전투를 치른 뒤로 '포모제' 사단이라고도 불렸고, 전쟁 막바지에는 코시치우슈코 봉기의 영웅인 얀 킬린스키Jan Kiliński의 이름을 따 얀 킬린스키 사단으로 이름을 바꿨다.

코시치우슈코 사단의 병사였다가 나중에 이스라엘의 역사가가 되는 누스바움은 부대의 복잡한 민족성과 정체성을 이렇게 설명했다.

그 시절 소련에 머물던 폴란드 시민 69~75만 명 가운데 40~50%가 유대인이었다. 약 7만 명이 안데르스 장군의 군단에 부름을 받았으므로, 군에 복무할 폴란드 젊은이의 보충역 수가 심하게 줄었다. 폴란드 지식인 대다수가 이 군단과 함께 소련을 떠났다. 소련에 거주하던 [가톨릭계] 폴란드인은 거의 하나같이 강제로 이주당한 사람들이라 소련 당국과 정책에 강한 반감을 보였다. … 유대인 사회의 구성원도 대부분 소련에 억압받았지만, 대다수가 독일을 피해 제 발로 소련으로 건너온 사람들이었다. 그러니 유대계 난민들은 강제로 소련으로 소개된 사람들만큼 소련을 혐오하지 않았다. (Nussbaum, 1991, 187)

바우만은 당시 상황을 이렇게 묘사했다.

신설된 폴란드군은 세상에 이런 곳이 또 있을까 싶게 희한했다. 얼마 전 붉은군대가 전쟁 전 폴란드 영토였던 지역 몇 곳을 탈환했다. 자기편에 선 폴란드 동맹군을 하루라도 빨리 창설하고 싶어 안달이 난 스탈린은 조금은 터무니없는 조처를 내렸다. 자신이 몇 년 전에 소련 시민으로 전환한 그곳 농부들에게 징집 명령을 내린 뒤 폴란드군을 창설했다. 따라서 전에 사관학교였던 곳이 정체성이 모호한 신병들로 북적였다. 부드러운 우크라이나식 말투로 우크라이나어 단어가 뒤범벅된 폴란드어 비슷한 말을 하는 이 신병들은 자신이 어디에 속하는지를 자신도 확신하지 못했다. 나같은 '진짜 폴란드인'이 구색 맞추기로 겨우 몇 명 섞여 있는 이 무리에,

포로수용소에서 풀려나 시베리아나 중앙아시아 구석구석으로 흩어졌던 예전 폴란드군의 부사관들이 겨우겨우 합류했다. 하지만 고위층은 러시아어밖에 모르는 사람들뿐이었다. 폴란드군 장교들은 카틴 학살 때 떼죽음을 당했다. 운 좋게도 그런 운명을 벗어난 장교들은 스탈린과 폴란드 망명정부의 짧고 불안한 밀월 관계가 끝난 뒤 안데르스 군단과 함께 러시아를 떠났다. (바우만의 비공개 원고, 1986~1987, 49)

바우만과 마찬가지로 제4보병사단 소속이었던 군사 역사가 예지 나팔스키Jerzy Nafalski도 이 부대의 역사를 다룬 책에서 '특이한' 부대였다고 비슷하게 평가했다.[14] 나팔스키에 따르면 장병들의 평균 나이는 34살이었다. 모집 제한 나이가 42살이었는데도, 50살을 넘긴 장병이 거의 다섯에 한 명꼴이었다. 반대로 아주 어린 소년병도 많아서 "'평균' 나이를 어느 정도 낮췄다." (Nafalski, 1978, 25~26) 지그문트 바우만도 그런 어린 장병 중 한 명으로 제4보병사단에 입대했다. 바우만은 문서까지 위조해(그 시절에는 아주 흔한 일이었다), 출생 연도를 1925년에서 1924년으로 당겼다. 1950년 1월 3일에 군에 제출한 수기 이력서의 부속 문서[15]에서 설명한 대로, 출생 연도를 위조하지 않으면 너무 어리다는 이유로 사관학교에 입대하지 못할까 걱정했기 때문이다.

훈련소는 우크라이나 수도 키예프에서 320km쯤 떨어진 작은 도시 수미에 마련되었다. (Nafalski, 1978, 7) 바우만은 1944년 4월에 수미에 도착했다. 나팔스키는 이렇게 회고했다. "우리가 병영 입구에서 군사 대열로 행진해 들어서자, 군악대가 우리를 맞았다. 폴란드 행진곡이 들려오자, 다들 잊지 못할 감정에 휩싸였다. 눈물이 뺨을 타고 흘러내렸다. 장엄하고 아름다운 무엇이 울컥 솟구쳤다." (Nafalski, 1978, 10) 이런 신병들은 소련 땅을 가로질러 먼 거리를 오랫동안 고되게 떠돈 끝에 수미에 이르렀다. 그중에는 혹독한 궁핍과 수감 생활, 강제 노역에 시달렸던 사람이 숱했다. 많은 증인이 말한 대로, 유대계 폴란드인에게는 입대해야 할 또 다른 동기가 있었다. 그곳에서는 유대계 폴란드인을 그저 폴란드인으로, 기독교계 전우와 다름없는 폴란드인으로 받아들였다. 누스바움은 당시 분위기를 이렇게 설명했다.

> 유대인들은 군에 입대해 군인 지위를 얻는 자체를 혜택으로 봤다. 입대한 유대인은 사회적 지위가 바뀌었다. 그때까지 유대인은 광활한 소련 땅에 흩어져 배고픔과 불행에 시달리는 해체된 집단, 미심쩍고 이질적인 요소였다. 하지만 군에 입대하면 그런 생활과 결별할 수 있었다. 한 공동체에 발을 들일 수 있었다. 물론 엄격한 군 생활을 견뎌야 했지만, 사람답게 살 수 있었고 공존이라는 인간적 원칙을 적용받았다. (Nussbaum, 1991, 204)

해방감을, 고국에 발을 들인 듯한 감정을 느낀 이들도 있었다. 바우만도 비슷한 감정을 느꼈다.

> 혁명 전 수미의 사관학교였던 곳에 도착했을 때, 나는 맨발에다 거의 쓰러지기 직전이었다. 전역할 때 받은 경찰 제복은 그 옛날의 영광을 뒤로 하고 너덜너덜하게 해졌다. 정문에서 내가 처음 들은 것은 폴란드 말이었다. 정문에서 내가 처음 본 것은 보초의 모자와 문을 장식한 흰 독수리, 곧 폴란드의 국장이었다. 마침내 내 유랑이 끝났다는 느낌이 들었다. 그 순간 나는 조국에 있었다. (바우만의 비공개 원고, 1986~1987, 48~49)

입소자 막사는 날마다 물밀듯 밀려드는 지원자로 북적였다. 나팔스키에 따르면 "수미의 모병소에 날마다 약 500명이 도착했다. 병영이 꽤 널찍했는데도, 신설된 제4보병사단의 병사들을 모두 수용하기에는 넉넉하지 않았다. 결국 근처 마을들을 개별 부대의 훈련소로 지정했다."(Nafalski, 1978, 18) 어느 전직 군인에 따르면, 수미가 전쟁으로 심한 피해를 본 탓에 수미에서 1km 떨어진 곳에 병영을 세웠다고 한다. (Czapigo & Białas, 2015, 158) 훈련은 대부분 수미와 또 다른 우크라이나 고장인 지토미르에서 진행했다. 제4보병사단은 1944년 5월부터 6월 사이에 신병 73,544명을 모집해 부대 135개를 창설했다. (Czapigo & Białas, 2015, 164) 지그문트 바우만도 그런 신병 중 한 명이었다.

사관학교

바우만은 사관학교에서 5월 중순부터 3~4주쯤[16] 훈련받은 뒤 부사관이 되었다. 아무리 전쟁 중이라지만, 바우만의 설명대로 놀라운 초고속 진급이었다. 그런데 2015년 인터뷰에서 밝혔듯이 그럴 만한 사정이 있었다.

"학사 학위가 아니라 진심 어린 갈망이 사관을 만든다"[17]라는 말이 있었습니다. 하지만 전시에는 학사 학위가 큰 의미가 있었어요. 신병 가운데 학사 학위 소지자가 드물기 짝이 없었으니까요. 군이 나를 사관학교에 받아들인 것도 그래서였습니다. … 채 스무 명이 안 되게 수가 적었던 우리는 제정 러시아 시절 사관학교에 속했던 병영에서 살았습니다. … 우리 중 졸업장이 있는 사람은 손에 꼽게 적었고, 폴란드어를 할 줄 아는 사람도 몇 명 되지 않았습니다. 사관 대다수가 폴란드어에 서툴렀고 러시아어를 썼지요.

적합한 사관 후보자가 부족한 상황은 수미 사관학교만의 일이 아니었다. 러시아 오카강 근처의 셸치에 있던, 훨씬 크고 더 오래된 폴란드군 사관학교도 사정은 마찬가지였다. 셰르에 따르면 "사관학교에서 '포프 pop' 즉 '폴란드인을 관리할 의무를 지는'[18] 사람은 거의 모두 러시아 장교였다. 이들 대다수는 폴란드 제2공화국(1918~1939) 시절에 소련에 합병된 우크라이나나 벨라루스 그리고 러시아 지역에 살던 폴란드 혈통이었다. 우크라이나 '리비우' 억양이 섞인 폴란드어를 아주 유창하게 말하는 사람도 있었지만, 말도 안 되는 엉터리 폴란드어를 쓰는 사람도 있었다." (Szer, 2013, 129) 폴란드어를 유창하게 말하는 지휘부가 부족한 탓에 갈등이 빚어졌다. 병사들이 폴란드어는 영 시원찮고 주로 러시아어로 말하는 장교들을 때로 외부 세력으로 봤기 때문이다. (이와 관련한 몇몇 증언은 Czapigo & Białas, 2015를 참고하라.)

바우만도 비공개 원고에서 이 문제를 언급했다.

신설된 폴란드 부대를 지휘하고자, 붉은군대가 자기네 장교를 빌려줬다. 몇몇은 폴란드인의 후손이라 여전히 폴란드인처럼 들리는 이름을 썼다. 많은 폴란드인이 시베리아 유배형이 끝난 뒤, 또는 러시아 혁명 투쟁에 가담한 뒤 러시아에 정착했다. 하지만 '빌려온' 장교 대다수는 폴란드인과 얽히고 싶은 마음이 조금도 없었다. 폴란드 혈통이든 아니든, 폴란드어를 조금이라도 말하는 장교나, 이제는 제복 모양 말고는 모든 면에서 붉은군대와 다른 군에서 복무한다는 사실을 기꺼이 인정하려는 장교가 거의 한 명도 없었다. (바우만의 비공개 원고, 1986~1987, 49)

물론 카틴 학살과 안데르스 군단의 이탈로 폴란드인 장교를 구하기가 매우 어렵기는 했다. 클레멘스 누스바움이 언급한 대로 "겨우 200명 남짓한 폴란드 공산주의자, 그리고 대다수가 유대인인 비슷한 규모의 예비역 장교만으로는 군대의 모든 참모 자리를 채울 수 없었다. 아무리 전쟁이 한참 속도를 내는 시기라지만, 참모를 새로 양성하려면 시간이 걸렸을뿐더러 폴란드인의 사고방식 때문에 믿음직한 장교 후보를 선택하기가 더욱 어려웠다."[19] (Nussbaum, 1991, 188) 신설된 폴란드군에는 고위직을 맡길 폴란드 출신의 믿음직한 사관 후보가 부족했다. 하지만 바우만은 여러 자질(폴란드어와 러시아어 실력, 교양과 교육 수준, 공산주의 정치집단 참여, 깨끗한 과거)이 있는, 완벽한 사관 후보였다. 게다가 콤소몰 지도부로 활동한 이력이 정치적으로 믿을 만하다고 증명했으니, '정치 장교'가 되기에 바우만의 배경이 더할 나위 없이 좋았다. (바우만은 하쇼메르 하짜이르에서 활동한 흔적은 감쪽같이 숨겼다.)

바우만은 당시 폴란드인민군의 상황을 이렇게 설명했다.

폴란드애국자연맹 설립자, 나이 든 폴란드 공산주의자와 사회주의자, 스페인 내전에 참전했던 사람들이 이제 장군 제복과 대령 제복을 입고서, 놀랍도록 다양한 사람들을 폴란드군으로 양성하는 난해하기 짝이 없는 임무를 맡았다. 폴란드군은 러시아 땅에서 그야말로 소련 일색인 장교들의 지휘를 받으며, 러시아 전선에서 붉은군대와 함께 싸울 예정이었다. 그런데 폴란드군에서 폴란드인의 정체성을 찾아보기가 어려웠으므로, 장군과 대령들이 폴란드 정신을 군에 불어넣을 사람을 눈에 불을 켜고 찾았다. 이들은 누구든 폴란드 문화를 잘 알고 어느 정도 고등교육을 받은 사람에게 이 임무를 맡겼다. 나는 물리학과 1학년을 마쳤고 2학년 과정을 한창 수학했던 데다 알찬 폴란드 교육을 받은 적이 있었으므로, 입대하자마자 거의 바로 장군과 대령들의 눈에 띄었다. (바우만의 비공개 원고, 1986~1987, 49~50)

누스바움에 따르면, 폴란드애국자연맹이 정치 지도부를 맡아 구축한 폴란드인민군의 모든 관련자가 군에 '폴란드다움'을 불어넣기를 한마음으로 기원했다. 폴란드군을 볼셰비키가 만들었다고 보는 신병들의 불신을 해소해 폴란드애국자연맹으로 끌어들여야 했기 때문이다.

창군 관계자들은 병사들이 부대에서 폴란드다운 분위기를 피부에 와닿게 접하고 느끼게 하고자 신경 썼다. … 가톨릭의 모든 축일은 물론이고, 전쟁 전 국경일과 군대 기념일도 축하했다. 병사들에게 영향을 미칠 만한 수단을 모두 동원했고, 무엇보다도 애국심과 고국을 향한 그리움을 자극했다. 폴란드에 사회주의 성향의 정치 변화가 생길지 모른다는 생각을 불러일으킬 만한 것들은 철저히 감췄다. 오히려 반대로 병사들에게 폴란드에 소련과 비슷한 체제가 들어설 일은 없다는 확신을 주려 애썼다. 만인을 위한 정의롭고 민주적인 독립된 폴란드를 이야기했다. 독일에 맞선 싸움에서 모든 국민이 결속하고 단합해야 한다고 공언했다. (Nussbaum, 1991, 188)

이 중요한 위장술을 정치 장교들이 전개할 예정이었다. 바우만이 그런 정치 장교 중 한 명으로 뽑혔다.

폴란드인민군의 정치 장교

어쩌다 보니 나도 모르게 희한한 집단에, 나이와 삶의 궤적, 종파, 정파, 지향하는 이념이 그야말로 가지각색인 집단에 속해 있었다. 이런 구성원들을 하나로 묶을 유일한 끈은 폴란드인의 정체성을 향한 확고한 충성과 완벽한 폴란드어 구사력이었다. 이 집단을 선발한 장군과 대령 대다수와 달리, 훈련생 누구도 딱히 내세울 만한 군사 훈련을 받은 적이 없었다. 하지만 우리는 3주에 걸쳐 폴란드군의 사관으로 훈련받은 뒤 '정무 부지휘관' 으로 복무할 예정이었다. 우리는 러시아에 충성하는 사령관에 대비한 폴란드의 해결책이었다. (바우만의 비공개 원고, 1986~1987, 50)

이때 정치 장교 교육을 감독한 사람이 1970년대에 국방부 차관에 오르는 유제프 우르바노비치Józef Urbanowicz 소령이었다. 우르바노비치는 젊은 사관생도들과 매우 가깝게 지내 인기가 많았다. 훈련은 1944년 5월 3주에 시작했고(Nafalski, 1978, 25), 바우만은 수미에서 훈련받은 1기 훈련생이었다. 볼레스와프 단코라는 전직 군인에 따르면 훈련 과정은 이러했다.

교관들은 크롬 부츠(습기와 곰팡이를 견디도록 크롬염으로 무두질한 가죽 부츠), 푸른색 갈리페 바지*, 재킷, 어깨띠가 달린 벨트, 잡낭, 권총, 모자로 구성된 장교복 차림이었다. 처음에는 어깨띠에 계급장이 없었지만, 나중에는 대부분 준위 계급장을 붙였다. 전쟁 전 폴란드군에 그런 계급이 있기는 했지만, 사관급은 아니었다. 하지만 제4보병사단에서는 그런 군인을 붉은 군대의 소위와 동급인 1급 장교로 대했다. (Czapigo & Białas, 2015, 58~59)

바우만은 자신의 군복 상태가 형편없다고 하소연한 끝에 새로 맡은 중요한 역할에 걸맞은 새 제복을 받았다. (Czapigo & Białas, 2015, 58) 몇 안 되는 정치 장교 중 한 명으로, 어느 작은 부대의 부지휘관으로 임관할 예정이던 바우만은 임무에 대비해 3주짜리 훈련을 받았다. "훈련 과정은 폴란드 역사와 문학 강의가 거의 전부였다. 내게는 대단히 즐거운 시간

---

* 소련군이 입던 군복 바지로 허벅지쪽 통이 넓다.

이었다. 가장 즐겁지 않은 교육은 '군사' 훈련이었다. 군사 훈련은 전쟁 전 병장이던 어느 교관이 혼자 담당했는데, 교관은 그 많은 군사 기술의 비법 가운데 달랑 행진 훈련만 기억했다." 바우만은 병장이 "쓸데없이 지식만 많은 쓰레기들"을 고쳐놓겠다고 애썼지만, 군기를 잡지 못했다고 덧붙였다. (바우만의 비공개 원고, 1986~1987, 50)

바우만의 임무는 병사들 앞에서 강연하는 것이었다. 정치 장교였던 다른 사람들의 글에 따르면 강연 주제가 한정되어 있었다. 주요 주제는 1939년 9월 패전, 앞으로 건설할 민주 폴란드, 런던 망명정부였다.[20] 병사들은 대체로 질문을 던지지 않았다. 질문을 던졌다가는 못 믿을 사람이라는 비난을 받을 위험이 있었을뿐더러, 설사 그렇지 않더라도 정말 궁금한 질문들에 답을 얻기가 어려웠다. 병사 대다수가 이런 러시아 속담을 받아들였다. тише едешь дальше будешь(조용히 가야 더 멀리 간다). "설령 솔직하게 토론하더라도, 정말 몇 안 되는 친한 동료끼리만 이야기를 나눴다." (Czapigo & Białas, 2015, 59) 또 다른 병사는 강연을 듣던 마음가짐을 말했다. 강연자 중에는 나중에 정치가이자 작가가 되는 문화·교육 담당 부중대장 예지 푸트라멘트Jerzy Putrament 중위도 있었다.

푸트라멘트는 국제 사회의 상황을 논하고, 전선 특히 동부 전선에서 벌어지는 일들을 강조해 언급했고, 체제나 영토는 특정하지 않은 채 앞으로 폴란드에 닥칠 위험을 설명했다. 우리가 사회 정의를 실현하는 민주 폴란드를 이룩해야 한다고 말했다. 사회주의, 마르크스-레닌주의, 집권 정당은 한마디도 꺼내지 않았다. 우리가 조국을 위해 소련군의 동맹군으로 싸워야 한다고 주장했다. 그런데 몰로토프-리벤트로프 조약이나 붉은군대가 [1939년 9월 17일에] 폴란드 제2공화국의 동부 영토를 침공한 주제는 쏙 빼놓으면서도, 피우수트스키[21] 원수의 활동과 지난날 폴란드 자본주의자

들의 행태는 거칠게 비난했다. (Czapigo & Białas, 2015, 58)

빌뉴스*의 스테프헨바트호리대학교**를 졸업한 좌파 문학도였던 푸트라멘트는 전쟁 전 자신이 겪었던 일화를 양념 삼아 생생하고 흥미로운 강연을 펼쳤다. 당시 병사였던 로만 마르흐비츠기라는 사람은 "푸트라멘트의 지식과 박식함이 인상 깊었다. 빌뉴스 억양으로 거칠고 날카롭게 내뱉는 말들이 마음에 들었다. 알려진 바와 달리, 툭하면 논쟁을 일으키는 그의 태도 덕분에 우리는 오히려 확신을 얻었다."라고 증언했다. (Czapigo & Białas, 2015, 68~69)

아마 푸트라멘트는 그 시절을 묘사하는 글들에 등장하는 교육 장교의 본보기였을 것이다. 정치 장교의 목표는 폴란드가 독일 점령군에서 해방되었을 때 새로 들어설 정권을 받아들일 마음을, 더 나아가 적극적으로 지지할 마음을 병사들에게 불어넣는 것이었다. 푸트라멘트는 폴란드군의 '영혼'이자 '두뇌'였다. 그리고 장차 폴란드에 들어설 정치 체제의 근간이 되었다.

이런 교화는 부드럽게 진행해야 했다. 어마어마한 사회 변화와 경제 변화가 일어나리라는 전망으로 사람들을 놀래서는 안 되었다. 제1 타데우시 코시치우슈코 사단이 창설된 셸치의 사관학교에서, 푸트라멘트는 미래의 민주 폴란드를, 사회 정의를 이야기했다.[22] "사회주의와 공산주의 같은 단어는 한마디도 입에 올리지 않았다." (Szer, 2013, 130) 폴란드인민군의 나이, 사회 계층, 민족이 다양했으므로, 병사마다 반응이 달랐다. 누스바움이 언급한 대로, 전쟁 전 민족 차별에 시달렸던 유대계 병사들은

---

* 현재 리투아니아의 수도로, 1·2차 세계대전 사이 폴란드에 지배받았다.
** 현재 빌뉴스대학교.

지도부의 목적을 더 쉽게 받아들였다. "폴란드애국자연맹의 주장이 스며든 민주 폴란드라는 신기루가 유대인들에게 더 빨리, 더 강하게 효과를 냈다."(Nussbaum, 1991, 199)

하지만 나이 든 가톨릭 신도, 노동자와 소작농 출신인 병사들에서는 정치 장교의 강연이 그리 효과를 발휘하지 못했다. 정치 장교로 복무했던 어떤 사람의 말대로, "정치 작업을 진행하기가 어려운 시기였다. … 나는 이동 중인 기차에서 농지 개혁을 이야기했다. … 하지만 병사들은 쉰 줄에 들어선 완전히 수동적인 노약자들로, 전쟁 전 부사관이나 독일 국방군으로 복무하다 폴란드 동부 지역에 정착한 실롱스크와 우치 출신 주민[23]이었다. 현실을 과장하고자, … 나는 노동자의 가련한 삶, 지식인의 험난한 앞날에 몇 가지 사실을 보탰다. … 달리 말해 현실을 부풀렸다!"(Czapigo & Białas, 2015, 177~178)

지치고 병든 50대 병사들에게 번지레한 제복까지 걸친 갓 스무 살짜리 정치 장교가 믿음이 갔을 리 없다. 고국에 돌아가고 싶은 마음은 굴뚝같았지만, 한참 전쟁 중인 이들에게 정치 체제 변화는 목표가 아니었을 것이다.

바우만은 세심하면서도 번지르르한 말이 필요한 무대에 올라야 했다. 전투 중간에 군대가 이동할 때나 막사에서 쉴 때 강연과 토론을 진행했다. 병원에서도 자주 강연했지만, 갓 해방된 크고 작은 도시와 시골에서도 강연했다. 간단히 말해 어디에서든 정치 강연을 진행했다. 정치 장교들은 트럭이나 화물 열차 뒤쪽에서, 때로는 연단에 때로는 가구 위에 올라, 전쟁 소식과 향후 정치에 목마른 사람들에게 반은 미리 준비하고 반은 즉석에서 대응하는 강연을 펼쳤다. 이들은 사회 계급의 분열이 사라진 미래를 제시했다. 병사들은 대부분 소작농이나 노동자 출신이었지만, 정치 장교는 대부분 소련군 사령관의 신임을 산 유대계 폴란드인이었다.

"유대계 장병, 특히 폴란드 중부와 서부 출신 피난민 중에 지식인을 대표하는 사람이 더 많았다. 게다가 유대인은 독일과 타협하지 않는 태도를 보여 크나큰 신뢰를 얻었다. 장교단에 유대인이 그토록 많았던 결정적 원인은 바로 이 때문으로 봐야 한다." (Nussbaum, 1991, 199)

누스바움은 제4보병사단 소속 부대의 정치 장교 1,360명 중 3분의 1 이상이, 정확히는 34%가 유대계 폴란드인이었다고 증명했다. (Nussbaum, 1991, 196~197) 정치 장교들은 선전 활동 말고도 소련계 장교와 일반 병사들을 이어주는 역할도 맡아, 병사들이 러시아 냄새가 풀풀 나는 장교단에 느끼는 이질감을 상쇄하려 애썼다. (Nussbaum, 1991, 190) 이들이 의사소통의 통로가 된 덕분에, 이 각양각색인 집단이 시간이 지날수록 단결한 군으로 탈바꿈했다. 게다가 정치 장교들은 자신들의 강연 내용을, 차별과 불공정이 사라질 미래의 폴란드를 굳게 믿었다. 하지만 일반 병사 대다수가 반유대주의를 드러내고 공산주의 이념과 소련의 정치 체제를 미심쩍게 바라보는 엄청난 난관이 있었다. 모든 사람을 단결시킨 가치는 딱 하나, 폴란드뿐이었다.

유대식 이름을 감춰야 할 때

어떤 군에서든 사기는 중요한 요소다. 폴란드인민군의 편제가 희한한 만큼, 다양한 배경의 장병들을 결속해 하나로 묶으려면 폴란드다운 특성이 필요했다. 폴란드다움은 매일 이어지는 교육 활동뿐만 아니라 모병을 위한 특별 행사에서도 중요한 역할을 했다. 폴란드군은 음악회와 극장 설명회에서 애국심을 북돋는 노래와 춤을 선보여, 조국 해방 투쟁에 나설 용기와 신념과 기운을 불어넣었다. 때로는 예술을 이용한 표현이 전투보다 더 강렬한 감정을 불러일으켜 장병들의 뇌리에 박혔다. 바우만도 비공개 원고에서 비슷한 경험을 밝혔다.

가장 또렷한 기억으로 남은 날은 군대 극장을 방문했을 때다. 가장 생생하게 떠오르는 것은 노래 한 곡이다. 옛 사관학교의 커다란 무도회장에 장병 수백 명이 빽빽이 들어차 있었다. 아마 태어나 처음으로 무대 공연을 보는 사람이 대다수였을 것이다. 검은 머리의 가냘픈 소녀가 무대에 올라 아이처럼 가늘지만 보드랍고 매끄러운 목소리로 노래하기 시작했다. 바르샤바를 찬미하는 노래였다. 바르샤바 거리의 아름다움, 그 거리를 다시 걷는 즐거움, 어느 도시보다 사랑스러운 바르샤바의 공기를 들이마시는 기쁨을. 나는 그때껏 바르샤바에 가본 적도, 바르샤바 거리가 어떤지 들어본 적도 없었다. 내가 자란 포즈난에서는 바르샤바를 그리 높게 치지 않았다. 깔끔하고 청결하고 문명화된 서구 도시인 포즈난과 달리 더럽고 무질서한 동방 도시라고 깔봤다. 그런데도 눈물이 흘렀다. 어떻게든 참아보려 안간힘을 썼지만, 흐르는 눈물을 멈추지 못했다. 무엇보다도, 그때 나는 아직은 확연하지 않은 남자다움을 증명해야 하는 애매한 시기에 있었다. 단언컨대, 사람은 미래에 향수를 느낄 수 있다. 나는 어쨌든 그랬다. (바우만의 비공개 원고, 1986~1987, 50~51)

이 감정은 새로운 민족주의 정서에서 비롯한 강렬한 꿈이었다. 2차 세계대전 전까지만 해도 폴란드다움이란 가톨릭계 폴란드인만의 몫이었다. 그런데 여기 러시아 한복판에서, 유대인의 피가 흐르는 폴란드인들이 폴란드다움을 주장하고 있었다. 폴란드인민군 장병들을 위해 공연을 준비한 극장감독 레온 파스테르나크도, 배우 대다수도 유대인이었다. 다큐멘터리 제작자들과 《새 지평》, 《자유 폴란드》, 《자유 전사》를 발행하는 언론인처럼 여러 기관에서 폴란드인민군의 폴란드다움을 기르는 임무를 맡은 사람 대다수도 마찬가지였다. 게다가 군의 정치 지도부도 주로 유대인이었다. (폴란드애국자연맹의 주요 구성원 일곱 명 가운데 유대계가 아닌 사람은 공산주의 언론인 반다 바실레프스카뿐이었다.)[24]

공산주의 관련 기관은 가톨릭계 폴란드인 병사들 사이에 반유대주의가 널리 퍼져 있다는 것을 알았으므로, 유대계 폴란드인의 기여를 심혈을 기울여 감췄다. 신문 기사의 작성자는 가명, 특히 폴란드식 이름을 사용했다. 이를테면《자유 폴란드》와《새지평》에서 활동한 언론인 힐라리 민츠, 빅토르 그로시, 알프레드 람페, 호프만, 스테판 비에르브워프스키, 율리안 스트리이코프스키, 로만 유리시가 "독자들에게 유대인 혈통을 감추고 많은 폴란드인이《자유 폴란드》에서 일한다는 인상을 주고자" 모두 필명을 썼다. (Nussbaum, 1991, 184) 하지만 유대계 장교들에게는 가명만으로 충분하지 않았다. 누스바움에 따르면 이들은 유대인 혈통을 드러내지 않고 폴란드 민족처럼 보이도록 성과 이름을 바꾸라는 지시를 받았다. 그런 규칙을 따른 사람도 있었고 거부한 사람도 있었다. "더러는 당국이 내세운 주장에 못 이겨, 더러는 군에서 탄탄대로를 걸을 기회로 여겨 이름을 바꿨다. … [그런데] 이름을 바꾼 사람들의 병적에 당국이 알아보기 쉽도록 치욕스럽게도 'Z'[25]자를 표시했다." (Nussbaum, 1991, 195)

이러한 개명 정책은 소련이 유대인에 대처한 방식을 본뜬 것이다. 사회학자 겸 역사학자 얀 토마시 그로스는 반유대주의에 두 가지 방식이 있었다고 본다. 하나는 2차 세계대전 전후에 폴란드에서 실행한 고전 방식이고, 하나는 소련에서 시행한 문화화enculturation였다.

고전적 반유대주의 방식에서 용인된 게토는 유대인이 국가의 주요 민족
사회와 접촉할 때 가장 자주 나타났다. … 소련에서는 거꾸로였다. 공산주
의자들은 외딴 섬처럼 스스로 동떨어져 살아가는 유대인 사회를 용납하

지 않았다. 유대인이 소련 국민으로 머물며 국민의 모든 권리를 누릴 수는 있어도, 자체 문화와 자치권을 유지하는 것은 허용되지 않았다. 그러므로 유대인은 풀리지 않는 난제를 마주했다. 어떻게 해야 유대인이면서도 한 국가의 국민일 수 있을까? 고전 방식에서는 유대인을 실제 국민으로 받아들이지 않았다. 소련 방식에서는 유대인에게서 유대인다움을 제거했다. 하지만 이 방식에서는 전에는 유대인이 얻기 어려웠던 일자리, 동료, 학교, 직업에 접근할 길이 열렸다. (Gross, 2010, 607)

그로스에 따르면 소련 행정부 초기에는 "유대인 특히 유대인 사회라는 폐쇄된 세상이 자신을 짓누른다고 여긴 젊은 유대인들이 사회에 진출할 기회를 얻어 이른바 자존감을 회복했다. 이들에게는 절대 잊지 못할 멋진 경험이었다." 소련화가 유대 사회에 대대로 내려온 사회 통제를 무너뜨렸으므로, 소련 체제는 젊은 유대인이 전통이라는 굴레에서 벗어날 기회였다. "달리 말해 젊은 유대인들이 새로운 체제에 협력한 까닭은 유대인과 소련 사이에 어느 정도 공통된 관계나 이익이 있다고 확신해서가 아니라 유대인다움에서 벗어나 해방될 가망이 있었기 때문이다."(Gross, 2010, 607)

바우만도 이름을 바꾸라고 요청받았다.

음악회가 끝난 지 하루인가 이틀 뒤, 참모부의 장교 하나가 나를 불러들였다. 거기서 대위 제복을 입은 한 여군을 만났다. 그 대위는 내 과거, 현재 생각, 향후 계획을 물었다. 오랫동안 느긋하게 즐거운 대화가 오갔다. 이제 대화가 끝났겠거니 생각해 일어서려는데, 대위가 한마디를 던졌다. 나는 의자에 그대로 얼어붙었다. 잘못 알아들었나 싶어 다시 물었다. 하지만 들은 그대로였다. 대위는 내게 이름을 바꾸라고 요구했다. 알다시피 자네 이름이 100% 폴란드인처럼 들리지는 않잖나. 물론 끔찍한 이름은 아니지. 훨씬 외국인처럼 들리는 더 어이없고 형편없는 이름도 있으니까. 하지만 … 우리는 폴란드군이야, 그렇지? 자네도 자신을 폴란드인으로 여긴다고 말했고. 그러니 근사한 폴란드식 이름으로 바꾸는 게 어떤가? 내가 뭐라고 답했는지는 정말 기억이 나지 않는다. 너무 정신이 없고 혼란스러워 말을 다듬지도, 기억하지도 못했다. 어쨌든 제안을 딱 잘라 거부했다. 나는 내 이름이 부끄럽지 않았다. 계급장이나 이름이 나를 폴란드인답게 한다고 느끼지 않았다. 내 폴란드인다움은 내 안에 확실하게 자리잡고 있었다. 증명서는 굳이 필요 없었다. (바우만의 비공개 원고, 1986~1987, 51)

바우만은 자신이 폴란드인답다고, 폴란드인의 정체성을 지녔다고 확신했다. 전쟁 전이나 안데르스 군단에서 흔했던 차별 없이, 폴란드 군인으로서 자신의 권리를 온전히 누리며 가톨릭계 폴란드인과 대등하게 살았다. 바우만에게 군대는 정치와도, 신분 변화와도, 군인으로 출세하는 것과도 관련이 없었다. 바우만은 그저 한 군인으로서 조국에 자유를 안기고 싶었을 뿐이다.

군대 생활

한 문서에 따르면 바우만은 1944년 4월 16일에 소대장으로 임명받았고, 8월 26일에 준위로 진급했다.[26] 그런데 1949년 12월 27일에 파슈키에비치 중위가 서명한 서류에 따르면, 바우만은 1944년 6월 16일에 군사 훈련을 마친 뒤 제4보병사단 제6경포병연대로 배치받았다. 세부 내용이 조금씩 다른 것은 바우만과 관련한 기록에서 흔히 나타나는 자질구레한 오류와 누락 때문이다. 2015년 인터뷰에서 바우만은 내게 1944년 봄부터

1945년 5월 해방 때까지 자신의 인생이 "제4사단의 역사와 완전히 하나"였다고 회고했다. 훈련소를 퇴소한 뒤에는 전선으로 이동했다.

다른 부대는 대개 도보로 이동했지만, 우리는 아주 편안하게 화물 열차를 타고 우크라이나 동부의 하르키우에서 서부의 올리카까지 이동했습니다. 코벨에서 가까운 숲에 막사를 세웠다가 전선으로 갔지요. 그 무렵 바르샤바 봉기가 일어났습니다. … 우리는 바르샤바를 남북으로 관통하는 비스와강 동쪽의 사스카켕파에서 정지했습니다. … [긴 침묵] … 거기서 3사단이 급습에 실패한 뒤 거의 몰살되는 참상을 지켜봤어요. 그리고 1월까지 그대로 있었습니다. … 마침내 1월에 진짜 전쟁이 시작되었지요. 우리 연대는 처음에 최전방에서 조금 떨어져 있었지만, 그 뒤로 코워브제크 전투에 참전했습니다. 포모제 장벽에서부터는 상황이 완전히 달라졌습니다. 우리가 최전방에서도 맨 앞에 나섰습니다.

제6경포병연대는 수미에서 가까운 시로밧카라는 마을을 중심으로 조직되었고, 에드바르트 쿰피츠키 소령의 지휘를 받았다. (Nafalski, 1978, 19~20) 바우만은 현재 우크라이나 서부 볼린주에 속하는 도시, 코벨 근처의 올리카에서 연대에 합류했다. 바우만이 부대원 대다수보다 한참 어렸으므로, 전투에서뿐 아니라 권위를 세우는 데도 전문 군사 지식이 매우 중요했다. 바우만은 간단한 포병 교육 과정을 마쳤다. 그리고 교육 마지막 날 브리핑에 불려갔다가, 모든 권한을 위임받는 부중대장으로 임명하지만 장교직은 아니라는 말을 들었다.

장교로 임관하려면 실기 시험을 통과해야 했다. 우리 중 일부는 당황해 어찌할 바를 몰랐다. 예상치 못한 상황이었기 때문이다. 한 훈련생이 누구나 묻고 싶었을 질문을 던졌다. 장교 계급장도 없이 어떻게 지휘에 필요한 권위를 얻을 수 있습니까? 브리핑을 맡은 대령은 스페인 내전에 참전한 노련한 군인이자 오랜 공산주의자이자 매우 뛰어난 지식인이었다. 그는 이렇게 답했다. "계급장이 없다고 권위를 얻지 못한다면 계급장이 있어도 쓸모가 없을 걸세." … 되돌아보면 이 마지막 무뚝뚝한 가르침이 포병 교육 과정에서 받은 어떤 강의와 훈련보다 더 중요했다. 어쩌면 다른 교육까지 모두 통틀어서도. (바우만의 비공개 원고, 1986~1987, 51~52)

바우만은 이 가르침을 새겨들었다. 바우만과 함께 복무한 사람들의 인터뷰와 다양한 군대 서류에 따르면, 바우만에게서 두드러진 자질 중 하나가 '타고난 권위'였다. 내가 바우만에게 "포병이 된" 경험이 어떠했느냐고 물었더니, 웃음을 머금고 이렇게 답했다.

내가 포병이었다고 말한다면 실없는 소리일 겁니다. 나는 제5포병대[27]의 부지휘관이었어요. … 포병대 소속이면 누구나 포병일까요? 이 분야를 좀 아셔야겠군요. 나는 풋내기였습니다. … 다행히 대단한 포대장 밑에서 복무했습니다. 이름이 란게였어요. 폴란드계 시베리아인[시베리아 유형을 받았던 사람]의 후손으로, 자신을 폴란드 사람으로 여겼지요. 아주 인자하고 능력 있고 똑똑한 분이었고요. 그래서 우리 포대가 언제나 최고 병력을 유지했습니다. … 장비는 76밀리 포가 네 문, 곡사포가 한 문 있었습니다. … 지금은 쓰지 않는 멋진 구식 대포지요. … 미국에서 공급받은 스투더베이커도 있었고요. … 전쟁 원조 같은 거였죠. 스투더베이커는 미국제 트럭[28]이었습니다.

자신이 그 어린 나위에 고위직에 오른 까닭이 군사 지식이나 군사 능력 때문이 아니라는 사실을 알았으므로, 바우만은 영웅 놀이를 피했다. 자신은 "포를 다루는" 법을 아는 뛰어나고 노련한 상사를 둔 부지휘관일 뿐이라고 생각했다.

다음 내용은 바우만이 그때 자신이 처한 특이한 상황을 분석하고, 자신의 신분 즉 '주된 지위'[29]를 살펴본다는 측면에서 눈여겨볼 만하다. 그때 바우만의 부하들은 바우만을 어떻게 인식했을까?

장교 계급장도 없는 열여덟 살짜리 준위인 내가 병사 쉰 명을 지휘하는 임무를 맡았다. 병사 대다수는 나보다 나이가 두 배는 많았다. 자신이 러시아어도 우크라이나어도 '현지어'도 아닌 폴란드어를 말할 줄 안다는 인상을 병사들 마음에 남기려 애쓰는 유일한 지휘관. 하지만 이름만 부하지 실제로는 나보다 뛰어난, 정말로 경험 많고 노련한 소대장들에게 기껏해야 거들먹거리는 모멸이나 비웃는 무시만 당하고 마는 사람. 그들은, 병사들은 나를 어떻게 봤을까? 짐작하건대 외부인으로 여겼을 것이다. 그런데 유대인인 외부인이었을까, 폴란드인인 외부인이었을까? 아니면 폴란드인, 러시아인, 독일인 중 무엇으로 위장했든 경험상 털끝만큼도 기대를 품어서는 안 되는, 아주 진절머리 나는 권력자인 외부인이었을까? 나는 병사들의 마음을 그때도 몰랐고 앞으로도 절대 모를 것이다. 내가 아는 것은 계급장이 있든 없든, 내가 폴란드군 장교고 폴란드의 이익을 위해 싸운다는 것이었다. 내가 배치된 포병대에서 나는 폴란드였다. (바우만의 비공개 원고, 1986~1987, 52)

폴란드군 장교인 바우만은 부하들과 일상 임무도 함께했다. 6월 17일에 올리카로 이동한 제4보병사단은 독일군의 급습을 방어할 참호를 파고서 1944년 7월 말까지 그곳에 머물렀다. 셰르에 따르면, 군인들은 한 곳에 며칠씩 머물며 삽, 톱, 도끼를 이용해 방공호를 짓고 엄폐물을 세웠다.

낮에 장교들이 군사 훈련을 진행했으므로 병사들은 지루할 틈도 없이 밤마다 곯아떨어졌다. … 틈이 나는 대로 미국제 훈제 통조림통으로 아궁이와 굴뚝을 만들었다. 네모난 통조림통을 1m 남짓 연결하면 굴뚝이 되었다. 훈제 돼지고기나 스튜를 담은 그런 통조림통은 미국이 제4보병사단을 돕는다는 것을 실감할 유일한 흔적이었다. 무기와 탄약은 모두 소련제였다. (Szer, 2013, 134)

특히 제4보병사단이 최전방 전투에 직접 참여하지 않은 처음 몇 달 동안은 병사들이 요리하고 식사를 즐길 시간이 더 많았다. 한동안은 통조림 고기가 멋진 먹거리였다.

통조림은 영양가 높고 기름기 도는 맛있는 음식이었다. 주로 뻑뻑한 빵과 커피가 나오는 식단에서 가장 군침 도는 먹거리였다. 소대는 날마다 빵 몇 덩이를 받아 상황이 될 때마다 나눠 먹었다. 이때는 병사들이 의식을 치르 듯 다닥다닥 모여 앉고, 항상 그렇지는 않아도 한 소년병이 병사들을 마주 보고 앉곤 했다. 이 소년병은 [사투리로 가수를 뜻하는] 자시페에바이워였다.[30] 소년병 뒤로 우두머리 한 사람이 빵을 똑같은 크기로 자른 다음 갓 자른 빵을 누구에게나 보이도록 머리 위로 들어 보이면, 병사들이 '준비 완료!'를 외쳤다. 그러면 모든 병사가 제 몫을 받을 때까지, 자시페에바이 워가 딱히 정해진 순서 없이 한 명씩 병사들의 이름을 노래했다. 우리 소 대에서는 중요한 물품을 완전히 공정하게 나눴다. 속임수를 쓰거나 "사람이 사람을 착취"하는 일은 있을 수도 없었다. 다른 사단에서도 규칙은 똑 같았다. (Szer, 2013, 135)

일과를 빡빡하게 유지하는 것, 즉 개인 시간이 많이 남지 않도록 일과를 마련하는 것은 병력을 통제하는 한 방법이었다. 로만 마르흐비츠키라는 병사는 그때를 이렇게 회상했다.

일과에 포함된 자유 시간은 저녁 뒤 잠깐뿐이었다. 하지만 실제로는 그때마저도 군사 규칙과 교범을 공부했고, 가끔은 청소도 해야 했다. 세상이 어떻게 돌아가는지, 큰 정치판에서 무슨 일이 벌어지는지 알고자 궁둥이를 붙이고 신문 스크랩을 읽을 시간이라고는 거의 없었다. 두 쪽짜리 《자유 전사》는 처음부터 끝까지 읽을 수 있었지만, 폴란드애국자연맹이 발간한 《자유 폴란드》는 어려움이 있었다. 내용이 많아 다 읽으려면 시간이 너무 오래 걸렸기 때문이다. (Czapigo & Białas, 2015, 68)

따라서 정보를 얻을 곳이 매우 한정되어 있었다. 이용할 만한 매체라고는 공산주의 신문뿐이었다.

바우만은 이때 군대 사단 같은 조직에 속하면 개인 시간을 제어할 여지가 얼마나 적은지를 깨달았다. 인터뷰에서 바우만은 내게 이렇게 말했다. "아주 빠르게 결론을 내렸습니다. 진정한 특권이란 더 늦게 잠드는 것이 아니라 장군이 일어나기 30분에서 1시간 전에 일어나도 되도록 부사관에게 허락받는 것이구나. 그러면 아무도 없이 한가하게 샤워할 수 있으니까요. 그때 깨달았습니다. 일찍 일어나는 것이 늦게 자는 것보다 더 큰 특권이다." 일찍 일어난다는 것은 조직에 속하는 낮 동안 도둑맞은 '개인' 시간을 얻는다는 뜻이었다. 바우만은 남은 평생 이 습관을 유지해, 주로 이른 시간에 글을 쓰고 책을 읽었다.

군인들에게는 편지를 쓰는 것도 또 다른 개인 생활이었다. 물론 엄격하게 검열받았지만, 바우만을 포함한 장병들은 친구나 가족에게 상황을 알릴 길을 찾아냈다. 바우만은 마우리치와 조피아에게 진격과 패배를 자주 알렸다. 이를테면 "우리는 벌써 폴란드에 왔습니다."라고 쓰는 대신 "삼촌은 벌써 폴란드에 왔습니다."라고 썼다. 그러면 어렵지 않게 검열관의 잉크 칠을 통과했다. 하지만 "삼촌"이 다시 입성한 "폴란드"는 전쟁 전과 같은 나라가 아닐 운명이었다.

새로운 국경, 새로운 정치 질서

2차 세계대전의 유명한 영웅 얀 카르스키Jan Karski는 용감하게도 집단 수용소와 절멸 수용소에 잠입했다 탈출해, 유럽의 유대인이 처형되는 현실을 알렸다. 또 런던의 폴란드 망명정부에서도 활동했다. 1997년에 역사가 안제이 프리슈케Andrzej Friszke와 나눈 인터뷰에서 카르스키는 이렇게 말했다.

[1943년에 처칠, 루스벨트, 스탈린이 만난] 테헤란 회담 뒤, 나는 폴란드가 영토를 양보해야 하리라는 현실을 깨달았습니다. 문제는 어떤 식으로 영토를 양보해야 망명정부의 정치 상황이 복잡해지지 않느냐였지요. 폴란드의 독립은 어떻게든 유지되리라고 믿었습니다. 그리고 폴란드가 소련과 협력해야 하리라는 것도 믿어 의심치 않았습니다. … 그때도 그랬고, 지금도, 앞으로도 폴란드의 운명이 폴란드인의 손에만 달려 있지 않다는 현실을 깨달아야 합니다. 폴란드의 운명이 강대국의 규칙과 국제 정치의 여러 요인에도 좌우되니까요. … 일찌감치 1943년에, 영국과 미국은 폴란드에 알리지 않은 채 엘베강 동쪽의 군사 작전은 소련 정부가 맡고, 미국과 영국, 프랑스는 서쪽을 맡는다는 비밀 협정을 맺었습니다.[31]

강대국들이 유럽 영토의 지배권을 이렇게 나눈 결과, 폴란드는 소련의 통제 아래 놓였다. 붉은군대가 폴란드 영토를 차근차근 독일 점령군에서 해방한 데 힘입어, 스탈린은 소련의 국경선을 서쪽으로 옮기고 싶던 바람을 이뤘다. 1943년 7월 21일, 소련군이 헤움과 루블린에 입성했고, 뒤이어 폴란드군 주력 부대가 도착했다. 병력은 6개 보병사단, 5개 포병여단, 1개 기갑군단과 1개 기갑여단, 1개 대공포병사단, 1개 박격포연대, 15개 공병대대와 여러 보충 부대였다. (Nussbaum, 1991, 186) 7월 말, 제4사단이 새로 그어진 국경 안쪽에 자리잡은 중요한 도시 루블린에 재집결하라는 명령을 받았다. 7월 29일 이른 아침, 제4사단 소속 부대가 이동에 나섰다. 이들은 루츠크, 코벨, 볼린스카를 거쳐 도로후스크 근처에서 부크강을 건넌 다음, 루블린 외곽인 헤움에 들어섰다. 제4보병사단은 제1 코시치우슈 코보병사단보다 딱 2주 늦은 1944년 8월 7일에 헤움에 입성했다. 당국은 제4사단이 부크강을 건넌 것이 매우 상징적인 순간이라고 선언했다.

나팔스키는 1978년에 펴낸 책에서 제4사단이 폴란드 동쪽 국경을 건넜을 때 느낀 깊은 감정을 묘사했다. 그런데 이때 가리킨 것은 예전 국경이 아닌 헤움 근처의 새 국경이었다. 이와 달리 작전에 참여한 군인 대다수는 앞서 해방한, 하지만 장차 우크라이나나 벨라루스 땅이 될 크고 작은 도시들을 폴란드 영토로 보았다. 그러니 군인들이 헤움에 들어섰을 때 감격한 것은 의심할 바 없으나, 정말로 "폴란드에 들어섰다"라고 느낀 때가 언제인지는 의문이 남는다. 폴란드 사람들은 예전 커즌선[32]을 소련과 폴란드의 새로운 국경선으로 삼은, 또 다른 몰로토프-리벤트로프 조약이라 할 테헤란 회담을 미심쩍게 여겼다. 그러니 아마 저마다 느낌이 달랐을 것이다.

하지만 나팔스키가 책을 펴낸 1978년 폴란드에서 이런 모호함과 긴장을 묘사했다가는 책이 출간을 승인받지 못했다. 따라서 나팔스키는 1944년 상황을 당국의 견해대로 묘사했다.

부크강으로 이어지는 길에 들어서는 순간, 기쁘면서도 엄숙한 분위기가 감돌았다. 말로 표현하기 어려운 무언가가 있었다. 병사들의 눈이 기쁨과 감격으로 빛났고, 몇몇 장병의 얼굴에 눈물이 흘러내렸다. 누구도 그 눈물을 부끄럽게 여기지 않았다. 장병들은 서로 꼭 껴안고 입을 맞추며, 행복하게 고국에 돌아온 자신들을, 완전한 해방을 위해 싸울 앞날을 축복했다. 이어서 볼레스와프 키에니에비치 장군이 장병들에게 열띤 연설을 펼쳤고, 병사들은 당연한 듯 폴란드 땅에 충성하겠노라, 적에 맞서 폴란드를 지키겠노라 맹세했다. (Nafalski, 1978, 32)

바우만은 이렇게 회고했다.

군사 열차가 이미 완전히 수복된 우크라이나 서쪽 끝으로 우리를 수송했다. 우리는 전쟁 전에는 폴란드 땅이었으나 이제는 소련령 우크라이나에 합병된 코벨에서 멀지 않은 올리카의 숲에 내렸다. 그 숲에서 며칠 동안 머물며, 전투에 합류할 마지막 점검을 마쳤다. 마지막 날 밤늦게 포대장, 제1소대장과 함께 막사에 앉았다. … 우리에게는 다음날 수행해야 할 임무가 있었다. 부크강을 건너, 누구나 인정하는 폴란드 영토로 들어가는 것. 저마다 이유는 달랐겠지만, 우리 셋 다 흥분되는 마음에 어쩔 줄을 몰랐다. 포대장이 내게 물었다. 내일이면 우리는 폴란드에 있을 거네. 어떤 생각이 드나? 러시아 생활이 마음에 들었나? 자네도 나처럼 콤소몰 회원이니, 전쟁이 끝나면 보나 마나 러시아로 돌아가고 싶겠지. …
　나는 "아닙니다. 저는 폴란드 사람입니다. 그러니 제 나라로 돌아가려

합니다."라고 답했다.

포대장이 "폴란드도 소련령 러시아와 다를 바 없겠지. 무슨 차이가 있 겠어?"라고 다그쳤다. (바우만의 비공개 원고, 1986~1987, 51)

바우만이 속한 제6경포병연대는 헤움에 남아 수비대 역할을 맡다가 (Nafalski, 1978, 32), 나중에 헤움을 떠나 루블린으로 이동했다. 2016년에 동료 키스 테스터에게 보낸 편지에 바우만은 이렇게 적었다. "우리 포병 대가 루블린에 처음 들어섰을 때 내가 처음 본 광경은 마이다네크였다 네. … 나치가 폴란드 점령지에 세운 끔찍하기 짝이 없는 절멸 수용소 중 한 곳이지. 수용소 주변에 그때까지도 시체가 무더기로 쌓여 있더군. 재 활용에 들어갔으나 미처 끝내지 못한 시체들이었네." 바우만에게는 매우 중요한 순간이었다. 집단 수용소의 잔학 행위를 목격한 경험은 수십 년 뒤 『현대성과 홀로코스트』라는 강렬한 메시지로 이어진다.

소련군이 헤움과 루블린에 입성한 1944년 7월, 두 도시는 폴란드 정 치에 중요한 곳이 되었다. 승리한 소련군은 7월 22일 헤움에서 폴란드를 대표하는 새 정권 폴란드국가해방위원회Polski Komitet Wyzwolenia Narodowego (PKWN)의 수립을 선포하고 새로운 정치 방향을 공표한 성명서를 발표 했다.[33] 성명서는 폴란드노동자당이 런던 망명정부에 맞서 1943년에 수 립한 정부 조직 전국국민평의회*가 폴란드애국자연맹과 모스크바에서 협의한 결과물이었다. 달리 말해, 스탈린의 작품이었다. 성명서에 서명한 사람은 폴란드국가해방위원회 위원장 에드바르트 오숩카-모라프스키 Edward Osóbka-Morawski, 부위원장 반다 바실레프스카와 안제이 비토스Andrzej

---

* Krajowa Rada Narodowa(KRN). 1945년 5월에 스탈린에게 폴란드를 대표하는 대화 상대로 인정받았다.

Witos였다. 성명서는 정권이 전국국민평의회에 있다고 밝히고, 런던 망명 정부의 정통성을 부정했다. 1935년에 마지막으로 개정된 헌법은 무효이고, 폴란드의 법은 1921년에 제정된 이전 헌법을 바탕으로 삼는다고 선언했다. 동부 영토를 조금 잃는 대신 서부 영토를 얻어 국토의 모습이 새롭게 바뀐다고 언급했고, 농지를 개혁해 소작농이 자신의 농지를 일굴 수 있게 하겠다고 약속했다. 교육, 의료, 주택을 무상으로 제공하고, 소규모 개인 사업과 협동조합을 국가가 지원하겠다고도 약속했다. 루블린은 폴란드의 새로운 정치 질서를 상징하는 임시 중앙 정부가 들어선 임시 수도가 되었다. 임시 정부는 전쟁이 끝나면 자유선거를 시행해, 새 국제 정치 질서에 걸맞은 방향으로 폴란드를 탈바꿈시키겠다고 약속했다.

이런 변화에 맞서 처음부터 거센 저항이 밀려왔다. 런던의 망명정부[34]와 망명정부의 지하 조직인 폴란드국내군Armia Krajowa(AK)이 소련의 힘을 등에 업은 새 정권과 맞붙었다. 폴란드국내군의 현지 부대는 차근차근 세를 불리는 임시 정부를 침입자이자 적으로 보았다. 해방된 지역의 지하 무장 단체가 새 정권을 인정하지 않고 군사력을 유지한 채 망명정부의 귀환을 위해 싸웠으므로, 때에 따라 상황이 내전으로 기울기도 했다. 새 정권은 오랫동안 안전하게 지위를 유지하기를, 그리고 전쟁 뒤 선거로 적법성을 얻기를 바랐다. 그러므로 사람들이 사회주의 개혁을 널리 지지하도록 교육 활동을 펼치고자, 폴란드인민군 장병들을 교화하는 임무를 맡았던 사람들을 동원했다. 바로 바우만 같은 정치 장교들 말이다.

모든 사람에게 새 이념을

누스바움에 따르면 소련이 폴란드인민군 창설을 승인한 공식 사유는 "독일에 맞선 전쟁에 폴란드인이 참여하게 하려는" 것이었다.

하지만 폴란드군 창설과 관련한 사안뿐 아니라 폴란드군의 추후 활동이 보여주듯이, 파시즘에 맞선 싸움은 폴란드군의 주요 관심사나 목적이 아니라, 확고한 '정치' 목적을 실현하려는 수단이었다. 소련은 폴란드에 공산주의 정부를 세우는 작전을 정치·군사 측면에서 보호하고자 폴란드군을 창설하고 무기와 장비를 제공했다. (Nussbaum, 1991, 183)

정치 장교들은 어디서든 온갖 사람들과 만나 정치 토론과 강연을 벌였다. 청중은 두 부류로 나뉘었다. 한쪽은 자신이 어떤 폴란드를 위해 싸우는지 알아야 하는 병사들이었고, 다른 한쪽은 해방된 민간인이었다. 정치 장교였던 다니엘 루드니츠키라는 사람은 그런 강연을 어떻게 마련했는지를 이렇게 설명했다. "나는 도시[브워츨라베크]에 도착하자마자 멋진 대형 극장에서 모임을 마련했다. 우리 군의 기원, 특성, 전투 행로나 전선 현황은 거의 말하지 않았다. 루블린과는 전혀 다른 지역색 덕분에 포모제에서는 사람들이 모든 말을 곧이곧대로 받아들였다."(Czapigo & Białas, 2015, 272) 이 증언에 따르면 독일에서 되찾은 중부 지역과 서부 지역에서는 동부에서보다 선전 활동이 훨씬 쉬웠다. 선전 활동의 주요 목적은 민간인들이 자본주의에서 멀어져 "공산주의로 진행 중인" 새로운 정치 체제에 투표하도록 부추기는 것이었다. 새로 해방된 폴란드 땅에는 정보가 한없이 부족하고 불안이 널리 퍼져 있던 터라, 이런 대중 강연이 매우 중요했다. 정치 장교였다가 나중에 인기 작가가 되는 유제프 헨Józef Hen은 나와 나눈 인터뷰에서, 1945년 1월 말에 크라쿠프에 입성하기까지 거쳤던 작은 고장들과 크라쿠프에서 사람들이 보인 정보에 대한 목마름, 자신에게 보인 지지를 이렇게 회고했다. "나는 어디에서든 강연했습니다. … 사람들이 우리 트럭을 에워쌌어요. 아주 천천히 트럭 주변으로 다가와 이렇게 말하더군요. '중위님, 제발 무슨 말이라도 해주세요. 뭐라도 좀 알려주세요.' 부대의 선전 극장에서 공연을 하나 마치자, 관람석에 있던 한 남자가 이렇게 외치더군요. '중위님! 정말 멋지십니다!'"

선전 장교들은 대체로 자신들이 해방된 폴란드에 퍼뜨린 더 나은 미래를 굳게 믿었다고 주장한다. 그중 한 명인 얀 프로로크라는 사람은 이렇게 적었다.

당시 우리는 망명자, 죄수, 산림 노동자, 콜호스에서 막노동을 하던 일꾼이었다가 하루아침에 사회로 복귀한 무지렁이 초보 장교들로, 한군데서 소식을 건네받았다. 군 당국의 의도를 제대로 가늠하고 이해하기에는 우리의(그리고 내) 정치 성향이 너무 좁고 순진했다. 우리에게는 군 당국의 조처가 올바르고 당연해 보였다. 독립된 자유 폴란드를 만든다는 가장 중요한 목표를 위해서라면 무엇이라도 희생해야 마땅해 보였다. … 사관생도나 갓 계급장을 단 중위에게서 이런 말을 들었다. "우리는 가장 빠른 경로로 폴란드에 가려 한다." "우리 군은 지금도 앞으로도 정치에 관여하지 않을 것이다." "우리는 독립된 자유 폴란드를 세울 것이다." … "땅을 소작농에게" … 나는 모든 말을 곧이곧대로 믿었다. 그런 사람이 나만은 아니었다. … 그들은 처음에 주장한 미사여구에서 벗어난 일들을 상황상 어쩔 수 없다고 둘러댔다. 어쨌든 전시였으므로 전술이 가장 중요한 때라, 전방과 후방에 전술적으로 용의주도하게 적용한 조처였다. (Czapigo & Białas, 2015, 161)

전략적으로 순응했든 열렬하게 동참했든, 정치 장교들은 자신들이 수행하는 교화 작업을 믿었다. 바우만은 열렬하게 동참하는 쪽이었다. 그렇다고 바우만이 완전히 스탈린식 정권을 수립하기를 바랐다는 뜻은 아니지만, 많은 폴란드 좌파가 그랬듯 폴란드식 연성 사회주의를 건설하자는 계획을 지지했다. 하지만 1944년 여름에 가장 중요한 목표는 되도록 어서 빨리 독일군을 몰아내고 파시즘을 물리쳐 폴란드 전 국토를 해방하는 것이었다.

바르샤바를 코앞에 두고

제4보병사단은 바르샤바를 거의 쑥대밭으로 만든 1944년 8~10월 바르샤바 봉기[35]가 일어나기 겨우 몇 달 전에 만들어졌다. 폴란드인민군과 소련군이 바르샤바 동부 지구에서 독일군과 싸울 때, 베를린크 장군은 전투 경험이 부족한 제4보병사단을 예비 병력으로 남겨뒀다. 따라서 4사단의 진군은 비스와강 동쪽 강둑에서 멈췄다. 이들은 강 건너편에서 폴란드국내군과 민간인 20만 명이 독일군에 짓밟히는 참상을 그저 지켜만 봤다.

얀 카르스키에 따르면, 처칠, 영국 외무장관 앤서니 이든Anthony Eden, 미국 국무부 장관 코델 헐Cordell Hull이 폴란드 내 저항 세력에게 모스크바의 동의 없이는 바르샤바에서 어떤 군사 작전도 벌이지 말라고 경고했다.

저항 세력은 자기네가 더 현명하고 러시아를 더 잘 안다고 믿었다. 그래서 경고에 귀 기울이지 않았다. 비극은 처칠과 루스벨트가 정세를 명확하게 설명했어야 했는데 그러지 않았다는 것이다. 우리는 소련과 밀약을 맺었다, 폴란드는 앞으로 소련의 영향권에 놓일 것이다, 따라서 우리는 당신들을 돕지 않을 것이다, 우리의 우호 관계가 깊지 않아서가 아니라, 러시아와 맺은 약속 때문이다. … 이 협정에 따라 스탈린은 아프리카, 이탈리아, 프랑스에서 연합군이 어떤 활동을 하든 관여하지 않기로 했다. 하지만 폴란드에서 일어나는 군사 작전은 모두 모스크바가 맡기로 했다. 달리 말해 스탈린의 동의 없이는 폴란드에서 연합군이 아무것도 할 수 없었다. … 이와 같은 정세 때문에 [바르샤바 봉기는] 폴란드 역사에서 가장 끔찍한 비극이 되었다. (Friszke & Karski, 1997, 16)

키르스키의 말은 사실이다. 폴란드국내군이 민간인(보이스카우트 부대까지 참여했다)의 지원을 받아 이끈 임시 부대는 원격 조종으로 움직이는 초소형 자폭 전차 골리아트Goliath, 화염 방사기, 자주포 같은 새로운 무기 기술을 사용하는 어마어마한 독일군에 맞서 목숨을 내걸고 시가전을 벌였다. 스탈린의 결정에 따라 비스와강에서 정지한 폴란드인민군은 바르샤바 주민이 학살되는 광경을 그저 지켜만 봤다. 그나마 정찰대와 폴란드인민군 일부가 즉각 행동에 나서 생존자를 구하고자 강을 건넜을 뿐, 모든 사단이 꼼짝도 하지 않았다.

이 참상을 다룬 많은 책에서 저자들은 스탈린의 대기 전술이 새 정권에 반대할 성싶은 도시인들을 몰살하려는 전략 중 하나였다고 설명했다. 카르스키에 따르면 런던 망명정부와 지지자들은 붉은군대의 지원을 받는 임시 정부보다 한발 앞서 바르샤바를 해방해 권력을 잡을 셈이었다. 이들의 의도가 실패로 끝나고 바르샤바 내 폴란드국내군이 붕괴했으므로, 스탈린은 폴란드에서 자기 뜻을 이룰 때 반대에 덜 부딪혔다.

제4보병사단 일부가 1944년 9월 12일에 비스와강 동쪽 강둑에 있는 프라가[36] 지구로 출발해 그달 말에 도착했다. 하지만 바우만의 부대는 9월 28일이 지나서야 바르샤바로 진군했다. (Nafalski, 1978, 45) 나팔스키는 수도의 관문 앞에 멈춰선 병사의 관점에서 당시 상황을 묘사했다.

[비스와강 동쪽에 있는] 프라가 지구는 침략군을 몰아낸 덕분에 엄청난 행복과 활기를 되찾았지만, 비스와강 서쪽에 있는 도심은 불길에 휩싸여 있

었다. 무자비한 독일군이 히틀러의 잔혹함을 행동에 옮겨, 히틀러가 또다시 야만스러운 승리를 거머쥐었다. 예술품을 불태우고, 유서 깊은 건축물을 포함해 폴란드의 지난날과 문화를 드러내는 모든 것을 파괴하고, 수많은 사람을 죽였다. 장병들 사이에 나치와 싸워 그들이 저지른 범죄에 복수하고 싶은 의지가 그때처럼 강했던 적은 없었을 것이다. 병사들은 무기를 꽉 붙잡고, 비스와강을 건너라는 명령을 목이 빠져라 기다렸다. (Nafalski, 1978, 45)

병사들은 하염없이 기다리기만 하는 군의 태도를 몹시 견디기 어려워했다. 폴란드군의 수장인 베를린크 장군은 '비극 장군'이라는 별명을 얻는다. 그런데 사실은 9월 30일에 스탈린이 베를린크를 파면했다. 스탈린이 베를린크를 파면한 이유는 지금도 논쟁거리인데, 어떤 역사가들은 베를린크의 해명을 지지해, 베를린크가 바르샤바 봉기군을 돕지 말라는 스탈린의 명령을 고분고분 따르지 않아 파면되었다고 본다.

봉기는 10월 4일에 실패로 막을 내렸고, 그 뒤로는 나치 병력이 바르샤바 거리를 하나하나 잇달아 파괴했다. 바우만을 포함한 폴란드인민군은 9월 말부터 이듬해인 1945년 1월까지 석 달이 넘는 기간에 폴란드의 수도가 서서히 비참하게 무너지는 모습을 무력감과 억울함 속에 지켜봤다. 그동안 장병들이 몇 차례 스스로 비스와강을 건넜고, 몇몇 군인이 러시아군 감독관에게 혹독한 처벌을 받았다. 러시아군은 이런 사례를 탈영으로 봐 그에 걸맞은 처벌 곧 사형을 선고했다.[37] 강을 건넌 사람들은 봉기군을 도우려는 행동이 거의 자살 행위라는 것을 알고서도 행동에 나섰다. 하지만 군인 대다수는 바우만처럼 그저 기다렸다.

드디어 1월 12일, 소련군과 폴란드인민군이 공격에 나서, 무려 여섯 달을 기다린 비스와강을 건넜다. 닷새 동안 싸운 끝에 바르샤바를 해방한 군인들은 평생 본 적 없는 처참한 파괴의 현장을 마주했다. 바르샤바는 그야말로 잿더미가 되었고, 시민들은 수용소에 감금되어 있었다. 일부 시민은 시골로 도망친 상태였다. 결코 기분 좋은 승리는 아니었다.

코워브제크 전투

제4보병사단은 1945년 1월 16일 밤 비스와강을 건너 구라칼바리아 지구로 이동한 뒤 예지오르나를 거쳐 이미 해방된 바르샤바로 향했다. 독일군을 뒤쫓은 제4사단 소속 병력은 소련 제47군을 따라 바르샤바를 지나 프루슈쿠프로 이동했다가 1월 28일에 비드고슈치에 이르렀다. 하지만 중장비가 늦게 도착했고 기름이 모자란 탓에 병력 배치에 어려움을 겪었다. (Nafalski, 1978, 107~109)

이들은 나치군이 방어용으로 구축한 포모제 장벽이라는 전략적 방어선에서 독일군과 마주했다. 독일군 병력을 무찌르는 데는 보병과 포병이 중요한 역할을 했다. 양쪽 모두 많은 병사가 죽고 다쳤다. 바우만을 포함한 정치 장교들이 강연에 나설 시간은 없었다. 군사 행동에 나서고 달아나는 독일군을 쫓기에도 바빴다. 폴란드인민군 소속 사단들은 소련군과 함께 최전방에서 싸웠다. 그 가운데 코워브제크 전투는 폴란드 영토에서 폴란드인민군만으로 치른 첫 전투였다. 전투는 3월 6일 소련군 원수 게오르기 주코프Georgy Zhukov의 명령으로 시작해 3월 18일에 끝났다.

당시 참전한 유제프 두빈스키라는 사람에 따르면, "소규모 접전으로 중단된 행군이 3월 9일까지 이어졌다. 그날 아침, 우리는 코워브제크에 접근했다. 아직 겨울이 끝나지 않아, 들판과 도로를 걸으면 무릎 위까지 눈에 파묻혔다. 밤이면 서리가 살짝 내렸다가 낮이 되면 녹았다. … 거의 언제나, 우리는 밤을 틈타 최전방에서 움직였다. 낮에는 쉬고 밤에는 코워브제크로 행군했다."(Czapigo & Białas, 2015, 263) 제4사단 소속 병사였던 군사 역사가 나팔스키는 코워브제크가 "독일군이 만든 모든 무기가 모인 무기고"였다고 회고했다. 코워브제크 주둔군의 병력은 약 6,000명이었지만, 도시를 사수하려고 발버둥치던 밤에는 1만에서 1만 2,000명 사이로 늘었다. 3월 초에 소련군과 전투를 치른 뒤 달아난 독일 국방군 병사 5만 명 중 일부가 합류했기 때문이다. "히틀러는 코워브제크를 사수하는 데 관심이 커, '마지막 한 명까지' 코워브제크를 사수하라고 명령했다. 나이가 몇 살이든, 무기를 다룰 줄 아는 병사나 민간인은 수비군 지휘관의 명령을 받아야 했다." 친위대 수장이던 하인리히 힘러Heinrich Himmler가 공포를 조장해 독일군과 민간인을 단속하고자 친위대를 대규모로 파견했다. (Nafalski, 1978, 213~214)

어마어마하게 많은 붉은군대가 코워브제크를 포위했지만, 독일군의 저항을 무너뜨리고자 직접 전투에 나선 병력은 폴란드인민군뿐이었다. 독일군의 병력이 증강되었다는 정보를 받지 못했던 폴란드 제1군은 막강한 수비에 깜짝 놀랐다. 제3보병사단과 제6보병사단이 진군할 길을 마련하고자, 제11연대와 제9곡사포연대, 그리고 바우만이 소속된 제6경포병연대의 1개 분대가 합류했다. (Nafalski, 1978, 219) 바우만은 처음부터 거의 끝까지 전투에 참여했다. 바우만이 국방부 산하 출판사에서 1953년에 율리안 주로비차라는 필명으로 쓴 소설 『코워브제크로! *Na Kołobrzeg!*』에서 이때 경험을 어느 정도 엿볼 수 있다.

최전방의 전우 가운데 이 감정을 느껴보지 않은 이가 어디 있겠는가? 사방에서 불길이 치솟고, 굉음이 들리고, 목숨을 위협하는 총알이 날아온다. 이것이 전투다. 적이 코앞에 있다. 순식간에 그 적과 목숨을 건 결투를 치를 것이다. 당신은 안다. 적을 죽여야만 앞으로 나아갈 수 있다는 것을. 그리고 당신이 그 길을 가리라는 것을. 당신의 조국이, 당신이 수호하고 사랑하는 조국이 그 길을 가리켰으니. 하지만 가슴에 바윗돌이 얹힌 듯 목이 메어 온다. 심장이 터질 듯 방망이질 친다. 원인은 모른다. 흥분 때문일까? 기대 때문일까? … 어느 쪽이든, 그 감정이 전투를 방해한다. 그래서 참호를 제대로 팠는지, 탄약은 습기 없이 멀쩡한지 확인한다. 가늠자를 확인하고 조정한다. 적을 떠올리고 어떻게 섬멸할지 생각한다. 그러자 집중을 방해하던 감정이 사라진다. (Żurowicz[Bauman], 1953a, 27)

코워브제크 전투는 동부 전선에서 손꼽게 치열한 시가전이자, 폴란드 인민군 역사에서 손꼽게 사상자가 많이 나온 전투였다. 상사로 참전했던 즈비그니에프 모사코프스키라는 사람은 "치열한 보병 작전 중에 그때껏 벌인 어떤 전투에서보다 포사격이 자주 벌어졌다."라고 회고했다. "보병 부대의 작전을 지원하느라 보병 부대를 따라 이동했기 때문에 포열이 끊임없이 바뀌었다. 끊임없이 적의 대포와 박격포 공격에 시달렸다. 식사는커녕 잠시 숨을 돌릴 틈도 없었다." (Nafalski, 1978, 237) 셀 수 없이 많은 사상자가 나왔고, 부상병을 안전한 곳으로 옮기는 일조차 몹시 위험했다. 나팔스키에 따르면 "우리 의료부대가 폴란드군뿐 아니라 독일군 부상병까지 치료했는데도, 친위대가 이끄는 독일군은 국제 군사법과 인도주의 따위는 안중에도 없었다. 적군의 저격병이 부상병, 위생병, 위생 마차를 겨냥해 총알을 날렸다." (Nafalski, 1978, 233)

전투가 끝나기 전날인 3월 17일, 바우만이 오른쪽 어깨뼈에 총알을 맞았다. 보름에 걸친 전투로 군인 1,266명이 목숨을 잃었고 3,138명이 다쳤다. (Czapigo & Białas, 2015, 239) 바우만이 소속된 제4보병사단은 병력 5분의 1을 잃었다. 1945년 3월 20일에 등록된 병력 5,780명 가운데 장교 21명과 부사관 70명을 포함한 257명이 코워브제크에서 전사했다. 이 밖에도 62명이 실종되었고, 장교 60명과 부사관 185명을 포함해 716명이 다쳤다. (Nafalski, 1978, 269)

바우만은 코워브제크에서 군사 활동이 끝난 많은 군인 중 한 명이었다. 총알 때문에 오른쪽 손을 움직일 수 없었다. 그래도 운이 좋은 부상병에 속했다. 스타르가르트슈제친스키(현재 스타르가르트)에서 가까운 군 병원에 무사히 이송되었기 때문이다. 바우만은 소련군이 운영한 폴란드군 전용 병원에서 마취제도 없이 수술받았다. 2015년 인터뷰에서 바우만은 내게 "매우 고통스러운 수술"이었다고 털어놓았다.

> 의료진이 어깨에서 총알을 빼냈습니다. 의사가 팔걸이 붕대도 주지 않더군요. 깁스는 아예 금지였고요. 그리고 나더러 어깨를 움직여야 한다고 말하더군요. 어깨를 움직일 때마다 엄청난 고통이 몰려왔습니다. 그런데 그뿐이 아니었어요. 의사가 팔을 움직이라고 명령하더군요. … 스타르가르트의 병원 근처에 호수가 하나 있었는데, 의사가 나더러 보트에 올라 노를 저으라고 했습니다. 막 총알을 빼낸 몸으로요.

소련 군의관은 자신이 무슨 일을 하는지 분명히 알았다. "그 의사 덕분에 팔이 아무 일도 없었다는 듯 멀쩡하게 제 기능을 되찾았습니다. 고통스러운 처방이었지만, 그 덕분에 나았어요. 나는 아무런 부작용도 없이 빠르게 치유되었습니다. 아주 어렸을 때니까요. 개처럼 회복이 빠른 풋풋한 젊은이였지요." 5주 동안 몸을 추스른 바우만은 부대를 따라잡아 합류하겠다는 열망에 차 병원을 떠났다.[38] 하지만 쉽지 않은 길이었다. "우리 부대가 어디에 있는지 말해줄 사람이 아무도 없어서 부대를 찾아가기가 어려웠습니다." 바우만은 묻고 또 묻고 끝없이 걷다가 어느 군인들의 차를 얻어 탔다. 그리고 마침내 스타르가르트에서 200km 떨어진 베를린의 쾨페니크 지구에서 소속 부대를 발견했다.

바우만이 베를린에 도착한 때는 아마 5월 7일일 것이다. 사단 일부는 베를린에 입성했지만, 대다수는 아직 주변 지역에 머물고 있었다.[39] 인터뷰에서 바우만은 "베를린이 불길에 휩싸였습니다."라고 회고했다. "사방에서 총알이 날아다녔어요. 하지만 히틀러의 총통실을 점령하는 임무에는 참여하지 않았습니다." 바우만이 속한 제4보병사단은 전쟁이 끝나는 것을 멀리서 지켜봤다. 나팔스키에 따르면 "5월 8일 저녁 9시쯤 사단 병력이 지정된 장소로 행군할 때, 어두운 하늘이 갑자기 형형색색의 폭죽과 조명탄으로 밝아졌다. 가까이 있던 소련군이 전쟁이 끝났고 독일 국방군 지휘부가 항복했다는 기쁜 소식을 알렸다." (Nafalski, 1978, 391)

하지만 전우들을 발견한 즐거움, 독일의 심장부인 베를린에서 나치라는 공포가 막을 내리는 것을 축하하는 즐거움은 당시 지휘관을 잃은 슬픔으로 꽤 사그라들었다. 2015년 인터뷰에서 바우만은 전쟁이 끝난 바로 그날 쿰피츠키 대령이 사망했다고 애틋하게 회고했다. 쿰피츠키가 지프에 혼자 타고 있을 때 폴란드인민군이나 소련군의 비행기가 잘못 발사했을 폭탄이 차 위로 떨어졌다.

그렇게 전쟁이 막을 내렸다.

6

국내보안대 장교

1945~1953

노동자에게 소유권을 주소서,

그들이 도시와 마을에서 행하는 노동의 열매를.

주여, 은행가들을 몰아내시고,

돈이 돈을 벌지 않게 하소서.

허영에 물든 자들에게는 겸손함을 갖추게 하시고,

겸손한 이들에게는 불같은 자부심을 내리소서.

주님의 눈부신 하늘 아래

"이제 더는 그리스인도 유대인도 없다"는 것을 가르치소서.

거드름 피우는 자와 오만한 자의 머리에서

어리석은 왕관을 쳐 내소서.

으르렁대는 지배자의 책상에

죽은 자의 두개골을 놓으소서.

오만한 자가 주의 영광을 내세워 무기를 잡을 때

번개를 내리치소서.

주님이 지신 고통의 십자가를

불의한 칼이 빌미 삼지 못 하게 하소서.

패배 속에서 자란 고귀한 마음,

그 마음의 선의가 이뤄지게 하소서.

저희에게 다시 폴란드의 들판에서 나는 빵을 주시고,

폴란드의 소나무로 만든 관을 주소서.

하지만 무엇보다도 저희 말을 돌려주소서.

약삭빠른 모략꾼이 간교하게 바꿔놓은

저희 언어의 진귀함과 진실함을 돌려주소서.

법이 언제나 법을 뜻하게,

정의가 오로지 정의를 뜻하게 하소서.

　　　　– 율리안 투빔Julian Tuwim, 「폴란드의 봄을 위한 기도Modlitwa-Kwiaty Polskie」
　　　　　　　　　　　　　　　　　　　　　　1/2/8편에서 발췌

전쟁은 정말 끝났을까?

전쟁은 제3제국의 항복과 함께 공식적으로 막을 내렸다. 이제 군인들이 민간인복으로 갈아입고 전쟁 전 생활로 돌아갈 때였다. 바우만이 소속된 폴란드인민군 제4보병사단은 1945년 5월 말까지 독일 동부 소련군 점령지구에 머물렀다. 그러던 5월 24일, 새 정권이 국내보안대Korpus Bezpieczeństwa Wewnętrznego(KBW)를 창설해, 1945년 5~6월에 맹렬하게 신규 인력을 선발하고 채용했다. 6월 초에는 포병 부대를 제외한 4사단 소속 참모 전원을 이곳으로 전출했다.

국내보안대는 친소련 임시 정부에 반대하는 모든 세력과 싸워 새 정권을 확고히 구축할 목적으로 설립되었다. 시급한 임무는 한 해 뒤 치러질 선거에 앞서 새 정권의 정책을 지지하는지 물을 국민 투표를 차질 없이 준비해 시행하는 것이었다. 새 정부에 저항하는 반대 세력이 있으면 소련의 비밀경찰 NKVD(엔카베데)와 협력해야 했다. 국유지, 도로, 철로, 그리고 독일군이 버리고 간 기계가 있는 공장들을 보호하라는 명령도 받았다. 국유재산이나 "국가에 이익이 되는" 자산은 무엇이든 보호 대상이었다. 제4보병사단은 장비도 열악하고 훈련도 부족한 폴란드인민군에서 그나마 정예 부대에 속했으므로, 이 부대가 국내보안대로 탈바꿈한 것은 의미심장한 변화였다. 제4사단을 지휘한 볼레스와프 키에니에비치 장군은 병력 손실을 최소화하기로 명성이 자자했다. 차분하고 강인한 지휘관으로 평가받았으니, 국내 보안이라는 민감한 임무를 맡길 적임자였다. 바우만은 포병대 소속이라, 원래는 국내보안대에 합류할 대상이 아니었다. 하지만 정치 장교라는 신분이 국내보안대 인사 담당자에게 매우 매력 있는 경력으로 비쳤다.

바우만의 군대 서류에 국내보안대에 기용된 '고용 과정'이 들어 있다. "1945년 5월에 전쟁이 끝난 뒤, 폴란드군 정치·교육 위원회의 아나톨 페이긴Anatol Fejgin[1] 중령이 제6경포병연대에 도착해 저를 포함한 정치 장교 2명을 당시 신설 부대인 국내보안대로 선발했습니다. 저는 바르샤바에서 가까운 브위히로 갔고, 그곳에서 국내보안대 대대장 보좌관으로 발령받았습니다."[2] 국내보안대 지휘관들이 보기에 바우만은 완벽에 가까운 후보였다.[3] 전선에서 용감무쌍한 경험을 쌓았고, 코워브제크에서 보인 용기와 부상으로 무공 십자 훈장과 여러 포상을 받은 젊은 장교였다. 게다가 젊디젊고 "이력에 티끌 하나 없는" 정치적으로 믿을 만한 선택지였다. 금상첨화로, 소련에서 교육받았으며 콤소몰 회원이었다. 완벽에 가까운 이 그림에 작은 흠이 하나 있다면 출신이었다. 지그문트 바우만의 아버지 마우리치 바우만에게 바람직하지 않은 요소가 두 가지 있었다. 마우리치는 부르주아였고 시온주의자였다. 지그문트 바우만은 전후 이력서에서 이 정보를 일부러 속인다. 이를테면 전쟁 전 마우리치의 직업을 설명할 때 1930년 전에 가게를 소유했다는 사실은 생략하고, 파산 뒤 장부 담당자였던 시절만 기록했다. 같은 맥락에서, 이력서에 자신의 계층을 소련에서 들어온 새 용어를 섞어 '인텔리겐치아'나 '노동자 출신 인텔리겐치아'로 기록했다. 지그문트는 이런 식으로 '부르주아' 출신인 흔적을 모조리 가렸다. 마우리치가 시온주의에 동조한 사실도 서류 대다수에서 빼놓았다. 하지만 이 '사소한 허물'이 알려졌더라도, 바우만이 국내보안대에서 처음 몇 달 동안 승승장구하는 데는 그리 걸림돌이 되지 않았을 것이다.

국내보안대

1945년 중반, 폴란드는 두 대립 집단의 권력 다툼으로 분열되었다. 한쪽은 런던 망명정부가 폴란드국내군을 포함한 여러 지하 단체들을 아울러 수립한 폴란드지하국가Polskie Państwo Podziemne[4]였고, 다른 한쪽은 폴란드노동자당이 1943년 12월 31일에 만든 전국국민평의회가 폴란드애국자연맹과 손잡고 1944년 7월 20일에 설립한 폴란드국가해방위원회(PKWN)였다. 열성 지지자 규모에서는 폴란드 국가해방위원회가 폴란드지하국가에 밀렸다. 서구 세계의 압박에 밀려 전국국민평의회가 설립한 국가통합임시정부Tymczasowy Rząd Jedności Narodowej(TRJN)[5]가 대립하는 두 진영의 지도자들을 결합한 듯 보였지만(망명정부 인사인 스타니스와프 미코와이치크Stanisław Mikołajczyk가 런던에서 폴란드로 건너와, 국가통합임시정부의 부수상이 되었다), 대적하기 어려운 이오시프 스탈린의 강력한 영향 아래 있었다.

붉은군대가 2차 세계대전에서 뚜렷한 전공을 세운 덕분에, 국제 사회에서 스탈린의 입지가 탄탄했다. 게다가 얄타 협정에 힘입어, 붉은군대가 해방한 동유럽 지역을 소련의 세력권으로 두는 정책을 서구 세계에 묵인받았다. 이에 따라 폴란드는 동유럽에서 '반드시 공산국가가 되어야 하는' 곳, 강성한 소련 제국에 필요한 '우방국'이 되었다. 민중의 지지는커녕 노골적 반대를 마주한 상황에서 이 목적을 달성하려면, 여러 첩보 기관이 연결된 대규모 첩보망이 필요했다. 그리고 이런 첩보망의 도움으로 공산주의 정당이 권력을 손에 넣었다. 스탈린이 생각한 폴란드의 미래를 바탕으로, 소련의 군사 조직을 본뜬 첩보 부대들이 복잡하게 얽힌 정부 기관들 안에 창설되고 정부 정책에 포함되었다. 스탈린이 폴란드에 계속 영향력을 행사하고자 선택한 전략은 다른 동유럽 국가에 적용한 전략과 그리 다르지 않았다. 초국가 기관 즉 효율적인 막강한 첩보 기관을 이용해 해당 국가에 소련의 정책을 시행하는 것이었다.

국내보안대가 국가의 압제 기구에 속하기는 했어도, 피비린내 나게 잔혹한 조직과는 거리가 멀었다. 공안부Ministerstwo Bezpieczeństwa Publicznego(MBP)의 악명 높은 군사정보공안10부, 그리고 흔히 베스피에카 Bezpieka라고 부른 공안청Urzędy Bezpieczeństwa Publicznego(UBP)에 견주면 활동 규모가 작았다.[6] (Chęciński, 1982, 62) 바우만이 합류한 1945년 5월에는 국내보안대가 해방된 지역의 평화를 지키는 군사 임무만 맡았던 듯하다. 국내보안대에 합류하기로 한 바우만은 여느 신입과 마찬가지로 바르샤바 외곽, 브워히에 있는 정치·교육 본부로 갔다. 전선 생활을 끝낸 바우만의 삶이 익숙한 것보다 알려지지 않은 요소가 더 많은 새로운 단계로 확고하게 발을 들이고 있었다.

유대계 가정에서 태어난 폴란드인 바우만은 나이 스물에 폴란드군 장교가 되었다. 전쟁 전 폴란드군에서는 반유대주의 때문에 불가능했을,

보기 드문 승진이었다. 그러니 바우만은 틀림없이 자신이 '진짜' 폴란드인으로 인정받았다고 느꼈을 것이다. 폴란드군 장교는 바우만이 그야말로 애지중지한 폴란드인다움의 정수였다. 이제 지그문트 바우만은 다른 사람과 다를 바 없는 진정한 폴란드 시민이었다.

전쟁이 끝나고 몇 주 뒤, 바우만은 비드고슈치로 가 국내보안대 신규 대원의 훈련을 도왔다. 자신들을 엘리트 부대로 여긴 국내보안대 병력의 정치 교육을 바우만이 맡아 진행했다. 아마 바우만은 근사한 교실에서 사회주의 혁명이 궁금해 눈을 반짝이는 젊은이들을 앞에 놓고 마르크스-레닌주의를 가르치기를 바랐을 것이다. 하지만 전쟁이 끝난 직후라 부대 상황이 워낙 열악한 탓에 간단한 목표조차 달성하기 어려웠다. 4월 중순까지 국내보안대가 모집한 인력이 거의 2만 명이었는데, 형편없는 음식과 잠자리, 빈약한 정치·교육 업무, 지하 세력의 저항 탓에 보름이 채 지나기도 전에 병력이 썰물처럼 빠져나갔다. 아예 부대원 전체가 떠난 부대도 여럿이었다. 어떤 사람은 지하 저항 세력에 합류했고, 어떤 사람은 집으로 돌아갔고, 어떤 사람은 이곳저곳을 어슬렁거렸다. 그래도 나머지는 머잖아 병영으로 복귀했다. 국내보안대뿐 아니라 다른 부대의 상황도 다르지 않아, 크라쿠프에 주둔하던 제6경포병연대 지휘관은 1945년 5월 10일 보고서에 "식량 공급이 정말 열악하다. 병사들이 굶주림에 시달리다 못해 대규모로 탈영하고 있다. 빵과 기름진 음식을 구하러 집에 갔다가 다시 부대로 복귀한다."라고 적었다. (Jaworski, 1984, 38) 장교들도 형편이 그리 넉넉하지 않았다. 다른 국내보안대 장교 대다수와 마찬가지로 바우만도 변변찮은 보수를 받았다. 정치 장교였던 브워지미에시 셰르도 "군이 내게 준 것이라고는 하늘을 가릴 지붕과 배고픔만 가실 음식뿐이었다."라고 적었다.

나는 이른바 관리 명령에 따라 어느 가족에게 방 하나를 빌렸고, … 넌더리나는 구내식당 밥이나 도시락으로 끼니를 때웠다. 열흘마다 한 번씩 나온 보급품은 살보다 기름과 뼈가 더 많은 돼지고기 2킬로그램, 생선 통조림, 건빵, 담배나 궐련 200개비, 궐련을 말 종이가 전부였다. 돈도 조금 받았지만, 터무니없이 적었다. (Szer, 2013, 188)

이쯤 되면 바우만이 자신의 위치에 회의를 느끼지 않았을까 하는 생각이 들겠지만, 한 가지 생각이 계속 국내보안대에서 일하도록 바우만을 잡아끌었다. 벌써 그때부터 바우만은 광범위하게 '내부의 적'을 의심하고 끊임없이 투쟁하는 공포 정치에 기댄 소련의 스탈린주의와 더 이상적인 폴란드 공산주의 사이에서 고민했다. 그래도 사회주의를 건설하고 싶은 바람이 굳건했다. 정확한 시기는 모르겠으나 1990년대에 작성한 비공개 원고에서 바우만은 이렇게 회고했다.

되도록 빨리 대학으로 돌아가고 싶었으므로, 군대에 머무를 생각이 없었다. 하지만 어느 쪽이든 '사회주의 건설'에 이바지하는 길이었고, 사회주의 건설은 내게 아주 중요한 계획이었다. 내가 받은 임무는 군 복무가 늘어난다는 뜻이자, 민간인 생활로 돌아가 내가 좋아하는 일을 추구할 때를 더 기다려야 한다는 신호였다. (바우만의 비공개 원고, 199?, 10)

바우만은 국내보안대 복무가 소련에 있는 부모님을 데려올 가장 좋은 길이라고 보았다. 바우만은 운이 좋았다. 유대계 폴란드인 가운데 부모가 홀로코스트에서 살아남은 사람은 매우 드물었다. 마우리치와 조피아는 소련에서 꽤 안전하고 건강하게 지냈다. 전쟁이 끝난 뒤 유대계 폴란드인 대다수의 큰 목표가 가족과 재회하는 것이었지만, 소련 체제를 잘 아는 사람들은 그럴 가망이 없다는 것을 잘 알았다. 이런 상황이었으니, 바우만이 국내보안대 복무를 거부할 수 있었다고 보기는 어렵다. 1945년 6월 폴란드에서는 실천하기 어려운 일이었다.

바우만이 국내보안대에 합류한 데는 정체성을 다지고 싶은 마음도 어느 정도 작용했을 것이다. 다른 젊은 군인들이 그랬듯, 바우만도 국내보안대 복무를 거부할 수 없는 제안이라고 느꼈다. '조국에 내가 필요하다. 유대인 출신인데도, 소련의 지원으로 창설된 이 부대에 내가 필요하다. 폴란드군 제복을 입으면 누구도 내게 폴란드를 떠나라거나 이등 시민용 의자에 앉으라고 명령하지 못한다. 군이라는 든든한 가족이 내가 폴란드를 조국이라 부를 권리를 뒷받침한다.' 자신의 신분과 새로운 상황에 힘을 얻은 바우만은 포즈난의 고향 집을 찾았다.

그리 정답지 않은 고향

바우만이 전쟁 전 살던 집을 방문한 기록은 생각지도 못한 곳에서 나왔다. 국가기억원 기록물 중 1951년에 마우리치 바우만을 조사한 장문의 '극비' 국내 첩보 보고서가 그것이다. 조사요원은 이렇게 적었다.

> 프루사 거리 17/5에 사는 새로운 임차인 프시보르스키가 공안청에 알린 바에 따르면, "1945년 해방 뒤, 앞서 언급한 사람[7]의 아들 지그문트가 포즈난에 찾아와, 앞서 언급한 주소에서 자기 부모가 [1939년에] 탈출할 때 놓고 간 살림살이를 가져갔다. 지그문트 바우만은 폴란드군 대위 복장이었고, 군용차를 이용했다. 바우만 가족의 활동과 관련해 이 집 임차인이 아는 바는 이뿐이었다."[8]

국가기억원의 서류철에는 대부분 소문과 밀고를 바탕으로 작성한 이런 보고서가 가득하다. 맞는 정보도 있고 틀린 정보도 있지만, 대부분 부정확해 하나같이 가치가 의심스럽다.[9] 그래도 프루사 거리에서 살림살이를 되찾아간 사람이 지그문트 바우만이라는 것은 의심할 바가 없다. 아직 대위는 아니었으니(대위로 승진한 날은 1946년 12월 20일이다), 보고서를 보낸 사람이 견장을 잘못 읽었을 것이다. 바우만이 국내보안대 장교라는 사실은 티가 나지 않았을 것이다. 당시 국내보안대 장교는 제복에 특별한 표식을 달지 않았고, 나중에야 군모 테두리에 특별한 띠를 둘렀다.[10] 언뜻 생각하면 어느 장교가 가족의 살림살이를 되찾고자 옛집에 들르는 일이 그리 특이해 보이지 않는다. 하지만 실제로는 매우 보기 드문 일이었다.

첫째, 옛집을 찾을 수 있는 자체로 운이 좋았다. 바르샤바나 다른 여러 도시에 견줘, 포즈난은 옛 모습을 꽤 많이 유지했다. 프루사 거리를 포함해, 바우만이 다녔던 초등학교와 어릴 적 보았던 건물들이 있는 예지체 지구의 다른 곳도 전과 다를 바가 없었다. 둘째, 유대계 폴란드인 대다수가 집과 재산은 말할 것도 없고 사소한 소유물을 되찾으려 해도 큰 어려움에 부닥쳤다. 거의 불가능할뿐더러 몹시 위험한 일이었다.[11] 이 상황에서, 장교였던 바우만의 신분이 보호막 구실을 했다.

바우만은 운전기사와 함께 포즈난을 찾았고 아마 다른 사람들에게 도움을 받아 살림살이를 옮겼을 것이다. 만약 홀로 포즈난을 찾았다면 설사 군복 차림이었어도 상황이 그리 쉽게 풀리지 않았을 것이다. 재산을 되찾으려 했던 많은 유대계 폴란드인이 목숨을 대가로 치렀다. 반유대주의 범죄자는 물론이고 새로운 소유자도 유대인을 숱하게 죽였다.[12] 전쟁이 막바지에 이르자 해방된 지역에서 범죄 행위가 급증했다. 폴란드 전역에 널리 퍼진 반유대주의 환경에서 유대인을 겨냥한 공격과 살인이 수없이 벌어졌다. (Cała, 2014; Tokarska-Bakir, 2018) 바우만은 가족의 재산을 되찾으려는 노력이 위험하다는 사실을 틀림없이 잘 알았다. 제복을 입고 훤한 대낮에 다른 사람과 함께 옛집을 찾은 까닭도 그래서였을 것이다.

내전이냐, 봉기냐

오늘날까지도 역사가들이 성격을 정의하지 못한 위태로움, 불안, 두려움, 폭력이 당시 평범한 폴란드인의 삶을 덮쳤다. 그래서 이때를 가리켜 내전(폴란드 인민공화국[13] 시절 학자들과 몇몇 신진 학자), "내전의 요소가 있는 시기"(Kersten, 1991), "대공포"(Zaremba, 2012)[14]의 시기라 부른다. 성격을 정의할 수 없는 혁명의 시기, 심지어 두 혁명이 동시에 일어난 시기라고 주장하는 학자(Łepkowski, 1983)[15]도 있다. 오늘날 우파 역사가들은 이때를 '반공산주의 봉기'의 시대로 묘사한다. 어쨌든, 가장 흥미로운 접근법은 당시 사람들이 상황을 어떻게 인식했는지 알아보는 것이다. 그런 점에서 인류학자 요안나 토카르스카-바키르Joanna Tokarska-Bakir의 접근법은 시대와 동떨어져 이론에 사로잡힌 학자의 관점에서 벗어나는 데 도움이 된다. 폴란드의 반유대주의를 연구한 전문가이자 1946년에 키엘체에서 일어난 포그롬을 인상 깊게 분석한 책(Tokarska-Bakir, 2018)을 펴낸 토카르스카-바키르는 1945년에 키엘체에서 지하 무장 세력을 이끈 헨리크 파벨레츠Henryk Pawelec의 말로 그 시기의 본질을 설명한다. "소련군이 왔는데도 이전과 다를 바 없는 분위기가 감돌았다. 나는 키엘체의 거리, 길게 늘어선 줄, 사무실에서 계속 친구들을 마주쳤다. 다들 머잖아 또 다른 전쟁이 터질 것이라고 말했다. 하지만 또 다른 전쟁은 터지지 않았다. [이전 전쟁이 끝나지 않았다는 것이 명확해졌다.]" (Tokarska-Bakir, 2018, 207)[16]

전후 폴란드의 공산주의와 민족주의, 반유대주의를 다룬 저자 미하엘 헹친스키Michael Chęciński에 따르면, 소련에 지배받은 다른 동유럽 국가와 달리 "폴란드에서는 새 정권에 맞선 무장 저항이 일어나 거의 내전으로 치달았다. 하지만 양쪽의 사상자가 얼마였는지는 아직도 믿을 만한 자료가 없다."(Chęciński, 1982, 64) 헹친스키는 새 정권을 지지한 쪽은 사망자가 8,000명에 그쳤지만(이 가운데 최대 20%가 애꿎게 목숨을 잃은 유대인이었다), 정권에 반대한 쪽에서는 무려 8~20만 명이 목숨을 잃었다고 주장한다. 지하 무장 세력은 새 정권의 대표자뿐 아니라 유대계 폴란드인도 겨냥했다.[17] (Cała, 2014, 17; Tokarska-Bakir, 2018, 128~133) 바우만은 새 정권의 대표자이자 유대계 폴란드인이라 갑절로 위험했다. 이런 상황도 바우만이 국내보안대에 합류해, 민족 차별을 끝내고 정의로운 사회를 불러오리라고 생각한 정치 체제를 건설하는 데 참여한 이유를 뒷받침한다.

너울

폴란드에서는 20세기 초부터 유대인의 존재를 '유대인 문제'로 묘사했고, '유대인 문제'에는 나치처럼 묵시록과 같은 '해법'을 써야 한다고들 생각했다. "'히틀러한테 기념비를 세워 줘야 해.'라는 말이 심심찮게 돌았다. (Cała, 2014, 19) 독일에 점령된 6년 동안 전쟁 전 폴란드에 살던 유대인의 90%가 목숨을 잃었다. 여러 연구가 이 과정에 폴란드 사회가 적극적으로든 수동적으로든 참여했다고 증명한다.[18] 유대인을 달갑지 않게 여기는 태도는 독일이 항복한 뒤에도 바뀌지 않았다. "어떤 민족이든 상관없이, 폴란드 사회는 강제 수용소에서 돌아온 사람들에게 철저하게 무관심했다"(Skibińska, 2014, 48)

"철저한 무관심"과 턱없이 모자란 지지도 위험했지만(지지는커녕 드문 예외 말고는 공감도 얻지 못했다),[19] 생존자와 귀환자[20]를 대놓고 적대하거나 공격하는 행위도 위험하기는 마찬가지였다. 전쟁 전 이웃이던 유대인의 귀환을 벅찬 기쁨으로 맞이한 사람은 손에 꼽았다. "돌아온 유대인들이 원래 살던 곳에 도착하자마자 이들을 맞이한 것은 믿기지 않는다는 떨떠름한 얼굴이었다. '그러니까, ○○○(유대인은 폴란드인 이웃과 주로 성이 아닌 이름으로 교류했으므로, 이름을 불렀다), 아직 살아 있네?'" (Gross, 2006, 36) 전후 행정 문서들은 돌아온 생존자를 거의 언급하지 않는다. 작은 지역 사회에서는 옛집이나 재산을 되찾는 '문제'를 개인 문제로 다룰 뿐, 경찰이 법에 따라 개입하는 일은 없었다. (Gross, 2006; Gross & Grudzińska-Gross, 2012; Cała, 2014; Sznajderman, 2016; Krzyżanowski, 2020; Tokarska-Bakir, 2018) 새 주인들은 대체로 전쟁 전 재산을 돌려주지 않고자 유대인 소유주를 협박해 뜻을 이뤘다. (Gross, 2006, 39~47) 이렇게 박탈한 재산을 가리켜 pożydowskie mienie, 탈유대인 재산이라 불렀고, 이 말을 지금도 쓴다.[21] 2차 세계대전 뒤 날로 늘어난 부르주아는 '사라진' 유대인이 남긴 적잖은 재산과 물건으로 이득을 누렸다. (Tokarska-Bakir, 2018, 286~287) 전쟁 전 재산을 되찾으려는 사람들이 살해되기도 했다. 더러는 재산을 돌려달라고 요구하다 목숨을 잃었지만, 그저 유대인이라는 이유로 목숨을 잃은 사람도 있었다. 많은 폴란드인이 재산을 돌려달라는 유대인을 쫓아내는 전략을 썼고, 이에 따라 많은 유대인이 이민으로 내몰렸다. 폴란드 지식인들은 조용히 효과를 발휘하는 비유대계 시민의 반유대주의를 가리켜 '너울'[22]이라 불렀다.

독일이 항복하자마자 수많은 유대인이 폴란드를 탈출했다. 역사가 알리나 차와는 2차 세계대전 때 폴란드에서 살아남은 유대인을 약 5만 명, 소련으로 탈출했던 유대계 폴란드인 100만 명 가운데 돌아온 사람을 약 20만 명으로 추산하고,[23] 이 25만 명 가운데 1947년까지 약 12만 명이 폴란드를 떠났다고 본다. (Cała, 2014, 17) 몇 차례에 걸쳐 이민이 매우 가파르게 늘어난 시기가 있었다. 이스라엘이 아직 존재하지 않았을 때라 완전한 법적 이민은 아니었지만, 임시 정부가 유대인의 이민을 묵인하고 조용히 지원했다. 많은 유대인이 알리야를 실행에 옮겨 팔레스타인으로 갔지만, 더러는 다른 나라에 정착하기도 했다. "일부러든 아니든, 폴란드 땅에서 일어난 민족 청소는 나치가 시행한 국외 추방으로 시작해 1968년에 폴란드가 유대인을 추방하는 것으로 막을 내렸다." (Cała, 2014, 17) 폴란드에는 얼마 안 되는 유대인만 남았다. 소련으로 피했던 가족이 돌아오기를 기다리는 사람들, 그리고 적의를 무릅쓰고 새로운 사회를 구축하려는, 바우만의 말을 빌리자면 "사회 질서가 규제하는 공통 공간에서 두 공동체가 둘로 나뉘지" 않고 공존할 수 있다고 꿈꾼 사람들이었다. (Sznajderman, 2016, 114)

바우만은 '너울'과 유대인의 대규모 이민을 걱정스럽게 바라봤다. 바우만은 자신을 폴란드인으로 여겼겠지만, 주변 사람들은 그를 유대인으로 여겼다. 그러니 이런 상황을 고려해 판단해야 했다. 국내보안대는 바우만에게 안전을 보장했다. 가족을 대신했고 정부 기관의 힘을 부여했다. 그 속에서 바우만은 종교 집단이나 민족으로 갈리지 않는 사회를 밑받침하는 새로운 체제를 구축해 나라를 바꾸겠다고 생각했다.

지그문트 바우만 동지

바우만은 1945년 6월에 비드고슈치에 본거지를 둔 제5독립방호대대의 참모부장이 되었고,[24] 7월 11일에는 소위로 승진했다. 1945년 가을, 국내보안대에는 장교 552명, 부사관 1,551명, 사병 21,290명이 복무했다. (Depo, 2012, 125, n.3) 바우만은 폴란드노동자당 중앙위원회의 지시에 따라 신병을 교육하는 정치 장교였다. (Depo, 2012, 129, n.25) 주요 업무는 새로 들어온 국내보안대 장병들에게 마르크스-레닌주의 교리를 소개하고, 정치 교육을 진행하고, 정치적 전향을 이끄는 것이었다.

바우만은 폴란드노동자당이 국내보안대에 알게 모르게 당 조직을 만들기 한 해 전인 1946년 초에 당에 가입했다. 마우리치가 부르주아 출신에 시온주의에 동조한 사실은 아무런 걸림돌이 되지 않았다. 바우만이 입당 지원서와 여러 조서에서 이 사실을 언급하지 않았기 때문이다. 그러기는커녕 '출신 계층'에 '판매원 아들'이라고 적었다.[25] 그런대로 괜찮은 설명이었다. 이력서의 다른 내용, 이를테면 소련에서 교육받고 십 대 시절부터 콤소몰에 가입한 사실이 입당 자격을 강력하게 뒷받침했다. 게다가 1945년에 소련을 지지한 당이 폴란드노동자당이라, 바우만이 정치 활동을 추구할 다른 선택지가 없었다. 폴란드노동자당은 종전을 코앞에 두고 사회주의 정당인 폴란드사회당, 폴란드인민당과 정권을 다퉜다.[26]

2013년 6월 28일에 《가제타 비보르차》의 토마시 크바시니에프스키와 나눈 인터뷰에서 바우만은 이렇게 말했다.

국내보안대에 들어간 이유는 내가 충실한 당원이었기 때문입니다. 당이 나를 그곳으로 보냈으니 국내보안대에 들어간 거지요. 달리 선택할 길이 있다는 생각은 들지 않았습니다. 그것은 선택이 아니었어요. 지금껏 한 번도 내 선택은 없었습니다. 내 말은, 모스크바 경찰에 있을 때 폴란드애국자연맹에 찾아가 폴란드인민군 제1군으로 옮기게 주선해달라고 부탁했던 일만이 내 선택이었어요. 그 뒤로 당이 제4사단을 바탕으로 국내보안대를 만들었습니다. 제4사단이 곧 국내보안대가 되었지요. 전쟁이 끝났을 때만 해도 나는 제대해 대학으로 돌아가기를 꿈꿨습니다. 하지만 제대는 현실이 되지 않았고, 군을 떠나게 해달라고 부탁할 마음도 들지 않더군요.

게다가 사회주의를 실현하고 싶었어요. 국내보안대는 내가 사회주의를 실현하는 한 방식이었습니다.

그러므로 바우만이 1946년 1월 22일에 공식 입당을 요청한 일은 조금도 놀랍지 않다. 짧은 입당 지원서에서 바우만은 이런 말로 승인을 구한다. "저는 폴란드 노동자를 대표하는 당에서 민중민주주의를 구현하는 투쟁에 나서고 싶습니다. 그러므로 폴란드노동자당의 당규를 존중하고 당의 계획을 수행할 것을 굳게 맹세합니다."[27]

바우만이 폴란드노동자당에 입당한 시기는 약간 혼선이 있다. 폴란드노동자당 기록물에 따르면 "1946년 1월"에 입당한 것이 맞다.[28] 그런데 폴란드인민군 첩보 문서는 바우만이 1945년부터 노동자당 당원이었다고 기록하므로, 어쩌면 공식으로 입당을 요청하기 전에 비공식으로 '등록'했을지도 모른다. 입당 절차에 필요한 추천서는 카지미에시 파리나 소령과 얀 샤호치코 대령에게 받았다. 바우만의 당적 서류철에 남아 있는 추천서에 따르면, 파리나 소령은 제4보병사단에서 정치·교육부 고위직에 있던 1944년에 바우만을 만났다. 전쟁이 끝날 무렵 파리나는 자동화 사단의 참모부장이었다. 그는 추천서에 이렇게 적었다.

바우만 동지는 … 노동자의 대의에 자신의 젊음을 모두 바쳤습니다. 정치에 밝고,[29] 전장에서 용감하게 싸웠습니다. 병사들에게 민중민주주의 정신을 가르쳤고, 파시스트들과 싸울 때 몸소 최전방에서 싸우는 모범을 보여 휘하 병사들에게 사기를 불어넣었습니다. 이제 바우만 동지는 군인들에게 민중민주주의 정신을 가르치고, 반동분자들을 혐오합니다. 나는 바우만 동지를 폴란드노동자당에 추천합니다.[30]

이 무렵 바우만의 상사였던 샤호치코 대령은 추천서에 바우만을 "뛰어난 정치·교육 장교다. 정치를 보는 시야도 넓다. 하급자와 상급자 모두 바우만 동지를 진심으로 존경한다."라고 적었다.[31]

여기서 파리나와 샤호치코라는 이름이 '유대인'으로 보이지 않는다는 것을 눈여겨볼 만하다. 만약 바우만이 다른 선택지가 있는데도 두 사람에게 추천서를 부탁했다면, 일부러 '유대인 인맥'보다는 '폴란드인' 후원자를 거쳐 자신을 소개하려 한 것일지도 모른다. 브와디스와프 고무우카[*] (종전 뒤로 1948년까지, 또 1956년부터 1970년까지 폴란드의 지도자였다) 정부에서 고위 관료를 지낸 역사가 안제이 베르블란Andrzej Werblan[32]에 따르면 폴란드 공산주의자들은 2차 세계대전 전에도 '유대인' 정당으로 비치는 문제로 골머리를 앓았다. 한 인터뷰에서 베르블란은 이렇게 전했다. "전쟁 전 폴란드공산당에서 '유대인 동지'라는 말을 만들었습니다. 공산당 지도부가 사람들을 '폴란드인 동지'와 '유대인 동지'로 나누었어요. 지도부는 편견에 사로잡힌 사람들이 아니었습니다. 도리어 국제주의자였습니다! 하지만 언제나 양쪽의 숫자를 헤아렸습니다. 자기네 때문이 아니라 주변 사람들 때문에요. 그들은 Żydokomuna[유대공산주의]라는 말을 듣지 않을까 끊임없이 걱정했습니다."

일찍이 1935~1936년에 소련의 공산당중앙위원회와 바르샤바의 공산주의자들이 주고받은 서신을 보면, 어느 러시아 관료가 폴란드공산당 바르샤바 위원회가 유대인으로만 구성되었다고 불평한다. 답장을 보낸

---

[*] Władysław Gomułka. 고무우카는 전쟁 전 공산주의 활동을 펼치다 수감 생활을 반복했다. 나치에 맞서 지하 무장 투쟁을 벌였고, 1942년에 폴란드노동자당 중앙위원, 1943년에 서기장이 되었다. 여러 좌파 세력과 연합해 전국국민평의회(KRN)을 창설한 뒤, 1945년 1월에 국가통합임시정부의 부수상이 되고, 12월에 폴란드노동자당 1서기장에 오른다. 정적인 볼레스와프 비에루트(7장 참조)가 소련에 기운 것과 달리, 당의 외연을 넓히고 폴란드의 독자 노선을 추구했다.

사람은 위원 열일곱 명 가운데 유대인은 다섯 명뿐이라고 맞선다. 비슷한 논쟁이 우치 위원회에서도 벌어졌다. 베르블란이 '지도부의 민족 구성과 관련한 규정'이라는 제목이 붙은 소련 문서에서 이름을 확인해보았다고 한다.

[소련 공산당이] 유대인과 관련한 당의 지침을 확고히 하고자 마련한 기준은 뉘른베르크법보다도 엄격했습니다. 위원회 위원 가운데 적어도 절반은 유대인다운 특성이 전혀 없었어요. 위원들은 물론이고 부모들도 완전히 폴란드인으로 동화했고요. ··· 그런데도 폴란드공산당은 이들을 유대인으로 분류했습니다. 게다가 [당내 유대인 비중 산출과 관련한] 이 서신들을 지지한 사람들 본인도 같은 범주, 그러니까 유대인에 뿌리를 둔 폴란드인이었어요.[33]

이 발언으로 보건대, 틀림없이 공산주의 지도자들은 폴란드인들이 지도부가 유대인 출신이라는 이유로 공산주의에 등을 돌리지 않을까 몹시 걱정했다. 이 사실은 공산주의자들의 전략과 경로에 거센 영향을 미쳤다. 바우만이 정치적 대부로 '순수' 폴란드인을 선택한 까닭도 그래서였을 것이다.

세미온 동지―첩보 활동

2007년에 《가디언》의 아이다 에더마리엄과 나눈 인터뷰[34]에서, 바우만은 자신이 폴란드 첩보 기관에 협력해 3년 동안 활동한 사실을 인정했다. "선량한 시민이라면 누구나 방첩 활동에 참여해야 했습니다. 비밀유지 서약서에 서명했으니, 계속 비밀을 지켰고요." 1990년대에 작성한 비공개 원고에는 이렇게 적었다.

나는 군사 첩보에 협력하라는 제안이 풋내기에게 걸맞다고 생각했다. 그런 일이라고는 소설에서 본 것이 다였다. 당시 나는 군의 방첩 활동을 돕는 것이 애국자의 마땅한 의무라고 믿었다. … 지금껏 내가 유일하게 입에 담지 않은 인생사가 있다면 바로 이 활동일 것이다. 방첩 활동 문서에 서명할 때 비밀유지 서약서에도 서명했기 때문이다. 이 의무를 깨는 것은 금기였다. 그래서 비밀을 지켰다. (바우만의 비공개 원고, 199?, 10)

국가기억원 기록물 보관소에 '세미온semion'이라는 제목이 붙은 군대 서류철이 있다. 번호가 ZA-21808인 이 서류철에는 '기밀'이라는 도장이 찍혀 있고, 2008년 4월 4일에 민간에 공개되었다고 표기되어 있다. 손으로 쓴 '세미온' 뒤로 정보원을 뜻하는 'inf.'가 찍혀 있다. '세미온'은 바우만이 군사 첩보 기관에서 사용한 가명이었다. 그런데 폴란드에서는 그런 이름을 쓰지 않는다. 이 가명 뒤에 숨은 비밀을 보려면 민족이라는 렌즈를 이용해야 한다. 세몬이라고 읽는 Семён은 유대계 러시아인이 쓰는 이름으로, 솔로몬을 뜻한다.[35] 다윗의 아들이자 유대왕국의 왕이었던 솔로몬은 현자 중의 현자이자, 가장 박식한 랍비이자, 성서 속 지혜의 원천이다. 솔로몬은 구약에서뿐 아니라 코란에서도 중요한 인물이다. 이슬람교도에게는 솔로몬을 뜻하는 술레이만이 예언자이자 왕이다. 오각 별(소련의 상징인 붉은별도 오각 별이다) 모양인 솔로몬의 인장은 마법을 상징했다. 그런데 왜 이 가명을 썼을까? 바우만이 이 이름을 골랐을까? 학생 때 별명이었을까? 사람들이 틀림없이 바우만을 똑똑한 유대인으로 생각했을 테니, 소련 학교에서나 어쩌면 일찌감치 폴란드에서 초등학교나 김나지움에 다닐 때부터 친구들이 지그문트를 솔로몬이라는 별명으로 불렀을 수도 있지 않을까? 아니면 하쇼메르 하짜이르에서 썼던 이름일지도 모른다. 쇼메르, 특히 하루라도 빨리 팔레스타인으로 이주하기를 바랐던 쇼메르들은 이따금 히브리어 이름을 썼다.[36] 그도 아니면 시온주의자였던 아버지 마우리치가 어린 지그문트를 솔로몬이라 즐겨 불렀을지도 모른다. '지그문트'는 독일계 이름으로, 승리와 보호를 뜻한다. 폴란드에서는 집이나 학교에서 아주 흔히 별명을 썼으니, 바우만의 가명을 지휘부가 골랐는지 바우만이 골랐는지는 분명하지 않다.

국가기억원 기록물 보관소의 세미온 서류철은 '세미온'의 경력을 일부만 알려줄 뿐이다.[37] 현재 접근할 수 있는 문서들로 1945년부터 1948년까지 상황을 파악하는 것은 퍼즐 맞추기와 같다. 사라진 조각, 사실이 숨어 있는 복잡한 미로, 살펴봐야 할 빈틈이 존재한다. 시작은 첩보 기관에서 바우만의 공식 지위가 무엇이었느냐는 물음이다. 세미온 서류철에서 약자로 적힌 'Inf.'는 정보원을 뜻하는 폴란드어 Informator의 약자다. 정보원은 첩보 기관이 모집한 비밀 협력자 세 부류 가운데 하나였다. 지위가 더 높은 두 부류는 첩보 요원과 상근 요원이었다. 정보원과 관련한 언급은 일찍이 1945년부터 문서에 등장하지만, 세 용어를 정확히 정의한 내용은 1953년에야 공식 문서에 등장한다. 그런 문서에 따르면 정보원의 역할은 다음과 같다.

공안 기관의 비밀 협력자로, 본인이나 주변 사람이 공안 기관에 감시받는 환경에서 일하는 자다. 비밀 협력자는 적대 행위자를 폭로한다. 혐의자 감시, 중요 인물 보호 같은 특수 임무를 맡기고자 모집한 비밀 협력자도 정보원이다. … 첩보 요원과 달리, 첩보 주도 기관과 첩보망, 공동 모의, 단체에 직접 접근하지 못하고, 반체제 혐의자들이 있는 환경에서 일한다. 정보원은 적대 행위의 징후를 꼼꼼히 주시하고, 적대 행위자를 폭로하고, 첩보 기관이 적대 단체나 조직에 접근하도록 돕는다.

문서에 따르면 정보원의 주요 임무는 특정 인물이나 단체의 활동을 주시하다가 비밀경찰에 알려 "적대 행위자를 밝히고", "간첩 활동, 파괴 행위, 국가 전복"을 막는 것이었다. 정보원은 "협력자 부류에서 가장 낮은 계층이었다."[38] 이런 첩보망을 주로 공안청이 운영했다고 설명하는 쪽도 있지만,[39] 다른 첩보 기관에도 비슷한 체계가 있었다.

군사 조직인 국내보안대에 있던 바우만이 정보원으로 모집된 것은 당연한 일이었다. 그런 부대에 있던 사람은 누구나 이런 제안을 받았고, 제안을 거절하기란 거의 불가능했다.

국내보안대에 복무하던 바우만은 1945년 11월 3일 비드고슈치에서 군사 첩보 기관에 등록했다. 정보원으로서 바우만의 활동을 처음 언급한 문서에는 바우만이 '상근' 요원으로 기재되어 있다. 국가기억원 웹사이트에 따르면 상근 요원이란 다음과 같다.

정치 성향이 검증된 비밀 협력자로, 본인에게 배정된 여러 정보원을 첩보 기관의 명령에 따라 관리한다. 수행해야 할 역할 때문에 매우 믿을 만한 사람이어야 한다. 따라서 공안청/공안실[40]의 가장 믿음직한 협력자, 특히 전직 공안청/공안실 직원들을 상근 요원으로 골랐다. … 상근 요원은 공안청/공안실 정보원에게 상부에서 내려온 명령을 전달하고, 보수를 지급하고, 정보를 보고받았다.[41]

달리 말해 바우만은 다른 정보원들을 밑에 뒀고, 첩보망에서 단순한 '빨대'보다 더 높은 역할을 맡았다.

군 보안정보부의 포모제 지역 책임자에게 보낸 또 다른 수기 문서는 바우만을 상근 요원으로 고용하려 한다고 보고한다. "상근 요원 활동을 논의하는 동안, 바우만은 협력하고 싶다는 바람을 드러냈다. 바우만은 정치적으로 매우 성숙하고 겸손할뿐더러 병사와 동료 사이에 인기가 많다. 바우만과 상황에 따라 사무실이나 다른 장소에서 논의를 진행할 예정이다." 이 문서는 채용을 마무리할 승인을 요청한다. 문서 한가운데 누군가가 지워지지 않는 보라색 복사 연필로 санкционирую라고 적어 놓았다. '승인한다'라는 뜻을 문서에 나타낼 때 주로 쓰던 용어다.[42] 정확한 효과를 내고자 문서 한가운데 특수 색연필을 이용해 러시아어로 적은 이 단순한 용어에는 큰 의미가 있다. 필적학자라면 이 글씨가 나이 든 사람의 글씨라는 것을 알아챌 것이다. 폴란드 첩보 기관의 문서를 러시아어를 쓰는 상급자가 승인했으니, 러시아가 폴란드에서 막강한 힘을 휘둘렀다는 뜻이다.

그렇다면 바우만은 자신의 첩보 업무를 얼마나 잘 수행했을까? 상급자들이 바우만의 업무와 '태도'를 기술한 문서에서 어느 정도 정보를 얻을 수 있다. 1946년 4월 29일에 작성된 문서에는 이렇게 적혀 있다. "업무에 뛰어난 협력자로, 끊임없이 노력한다. 책임감이 투철하고, 정치 관련 소재를 많이 가져온다. 정치에 밝다."

한 해 뒤 1947년 5월 8일에 작성된 문서는 바우만이 비드고슈치에서 가까운 슈치트노에서 수행한 업무를 기술할 때 바우만을 정보원으로 설명한다.

국내보안대 훈련연대에서 교관이자 정보원으로 활동하는 세미온에게 자료를 얻으려면 자주 압박해야 했다. 우리가 지시한 임무는 수행했다. 우리에게 준 자료에 정치색이 있기는 했지만, 가치 있는 자료는 자신의 위치 때문에 하나도 주지 않았다. 장교로서 업무에 진지하고, 사생활은 흠잡을 데가 없다.

이 문서에 바우만의 보증인이었던 파리나 소령으로 보이는 정보 장교가 짧게 이렇게 적어 놓았다. "바우만의 성격에 나도 동의한다."[43]

바우만이 첩보 업무에 발 들인 지 정확히 2년 뒤인 1947년 11월 4일에 작성된 문서에는 또 다른 요소가 등장한다. 이제 세미온은 상근 요원이 아니라 다시 정보원으로 분류된다. "세미온은 잘 훈련된 정보원이다. 세미온이 건넨 자료는 가치 있고, 소속된 정치·교육기관의 업무를 상세히 분석해 제공한다. **유대인 출신이므로 조사는 맡길 수 없다.** 회의 시간을 잘 지키고 위장 규칙을 준수한다. 사생활은 흠잡을 데 없다."[44]

이 표현에 따르면 바우만이 강등되었다고 봐야겠지만, 다른 문서들은 근무지 이동만 언급할 뿐 강등되었다는 증거를 제시하지 않는다. 바우만은 비드고슈치에서 슈치트노로, 슈치트노에서 바르샤바로 전근했다. 국내보안대의 부서 이동이나 개인 사정 때문이었을 것이다. 1947년 5월 27일에 작성된 문서는 바우만을 정보원이 아닌 상근 요원으로 묘사한다.

정보원과 상근 요원은 명령받는 사람과 명령하는 사람이라는 중대한 차이가 있어 보인다. 혹시 이 상황에서는 '상근' 요원에 다른 뜻이 있지 않았을까? 바우만은 쌍둥이처럼 닮은 두 기관, 민간인을 사찰하는 공안청과 군을 사찰하는 방첩 기관에서 이중 첩보 활동을 했다. 그런데 바우만과 같은 위치에 있는 정치 장교라면 누구나 상급자에게 모든 정보를 넘기라는 요구를 받았을 것이다. 바우만의 업무를 평가한 견해는 다양하지만, 상부에서는 바우만의 염탐 활동이 신통치 않아 실망했던 듯하다. 그래서 염탐꾼으로든 염탐꾼 대장으로든 바우만을 점차 신뢰하지 않은 것으로 보인다. 압박을 받은 바우만은 최신 정보도 진짜 비밀도 아닌 하품 나는 자료를 제공했다. 2년 동안 작성된 여러 문서를 보면, 국내보안대 고위급이 바우만의 염탐 실력을 갈수록 낮게 평가한다.[45] 게다가 이 시기의 폴란드 역사를 고려하면, 이렇게 긍정적 의견이 서서히 줄어든 데서 대중이 '유대인 출신'인 사람들을 어떻게 바라봤는지도 읽을 수 있다. 1947년 11월에 만들어진 서류철은 그런 시선을 서슴없이 드러낸다. "세미온의 첩보원 역할은 끝날 것이다. … 달리 말할 것 없이 … 세미온이 유대인이기 때문이다." '기밀'이라고 표시된 마지막 문서에는 이렇게 적혀 있다. "가명이 세미온인 바우만 지그문트 대위의 위임장은 위원회의 결정에 따라 1948년 8월 6일에 바우만이 보는 앞에서 파기되었다." 이 문서에는 국내보안대 정보위원회 제1부 차장이 서명했다.[46]

파기된 '위임장'이 정확히 무슨 내용이었는지는 알기 어렵다. 폴란드 노동자당 활동가들은 대부분 자동으로 정보원이 되었고, 공식 절차 없이 협력을 요청받곤 했다. 그렇다면 바우만의 정치적 헌신과 군에서 맡은 역할로 볼 때, 왜 1945년에 공식으로 비밀 협력자로 등록했을까? 종전 뒤 닥친 혼돈과 신설된 첩보 기관들의 특성 때문이었을까? 아니면 바우만이 조사 업무를 맡지 못하게 가로막았던 '유대인 출신'과 관련 있을까? 짐작해보건대 첩보 기관이 유대인을 믿지 못해 바우만이 그런 활동에 참여하지 못하게 제한하지 않았을까 싶다. 바우만이 가치 있는 자료를 제공하지 않았다는 평가는 첩보원으로서 바우만의 공헌도가 낮았다고 알려주는 중요한 정보다.

그렇다면 바우만이 공안에 협력하지 않겠다고 거부할 수는 없었을까? 작가 미하우 코마르Michał Komar는 인터뷰에서 내게 이렇게 말했다. (미하우 코마르의 아버지 바츠와프 코마르는 1949년까지 공안부에서 일하다가 1952년에 고무우카와 연루된 혐의로 체포되어 고문당했고, 1956년 이후 복권해 국내보안대를 이끌었다.) "코시치우슈코 사단의 모든 군인은 첩보 기관과 협력하라는 확실한 압력을 받았습니다. 두말할 것도 없어요. 게다가 바우만은 국내보안대 장교였으니, 누구에게서 무엇을 보고 들었는지를 정기적으로 보고하라는 '요청'을 틀림없이 받았을 겁니다. 그건 이 세상 군대라면 다 아는 흔한 관례였어요."[47] 바우만이 과거에 콤소몰 회원이었고 모스크바 경찰에 복무했다는 사실이 얄궂게도 소련 첩보 기관에는 '군침' 도는 배경이었다. '싫다'라고 말했다가는 강제 노동 수용소인 굴라크로 추방되거나 투옥되었을 것이다. 작가 피오트르 리핀스키가 쓴 『군이 매질을 가르칠 필요가 없었다─후메르와 공안청 수사관들의 재판』이라는 책에서 공안부 고위 관료였던 아담 후메르는 이렇게 설명했다. "[엔카베데 요원을 모집할] 필요가 없었습니다. … 당원과 콤소몰 회원은 아예 모집하지 않았어요. 무조건 충성을 바치는 사람들이라 당연히 협력할 테니까요."(Lipiński, 2016, 33) 논리는 분명했다. 공산주의 단체의 회원은 모두 공산 체제에 속했으므로, 저항 세력과 '내부의 적'에 맞서 싸우고자 공산 체제의 광범위한 첩보망에 협력했다.

2007년에 《가디언》의 언론인 아이다 에더마리엄이 바우만에게 물었다. "방첩 활동이 공산주의 노선에 맞서 싸우는 사람들을 밀고한다는 뜻이었나요?" 바우만은 대답했다. "그런 말을 듣고 싶겠지만, [그런 일을] 한 기억이 없습니다. 그럴 만한 일이 없었어요. 나는 사무실에 앉아 문서를 작성했으니까요. 흥미로운 정보를 수집할 만한 업무가 아니었습니다." 에더마리엄이 끈덕지게 묻는다. "뜻하지 않은 결과를 낳았을지도 모를 일을 한 번도 하지 않으셨나요?" "그 물음에는 답하기 어렵습니다. 전혀 없었다고는 생각하지 않아요. 하지만 나는 광범위한 영역의 한 부분이었습니다. 물론 사람이 하는 일에는 모두 결과가 따르지요."[48] 폴란드에 친소련 정권이 들어선 뒤로 오랫동안 정부, 사무실, 공장 등에서 '민감한' 자리를 맡은 사람은 누구나 크고 작은 압력과 함께, 첩보 기관에 협력하라는 요청을 받았다. 비밀 협력자로 얼마나 잘 활동하느냐에 출세가 좌우되었다. 소련에서 통치 방식을 수입한 다른 동유럽 국가도 마찬가지였다. 1950년대와 1960년대에 공산주의 정권의 핵심에 있었던 안제이 베르블란은 "누구나 남을 감시하는 유사 국가*의 고도로 발달한 효율적 체계가 국가 체계보다 더 오래 살아남을 것이다."라고 말했다. 정권은 바뀔지 몰라도, 공안의 첩보망은 남는다.

바우만도 예외 없이 이런 체계의 일원이었다. 자신의 위치에 걸맞은 이력이 있는, 국가 권력 기구의 구성원이었다. 이런 상황에서 솔로몬이 '솔로몬의 재판'을 하려면 어떻게 해야 할까? 영향력 있는 고위층에게 협력하되, 정말로 가치 있는 자료는 상급자에게 주지 않는 것이다. 바우만은 실제로 이렇게 행동한 듯하다. 중요한 물음은 바우만이 기밀문서에서 정보원으로 분류되었느냐 상근 요원으로 분류되었느냐가 아니다. 그가 자신의 자리를 어떻게 이용했느냐, 군사 첩보 고위층에게 어떤 정보를 건넸느냐다. 고위층은 바우만이 보고한 자료에 깊은 인상을 받지 못했고, 바우만의 기밀 보고서에서 흥미로운 내용을 하나도 찾지 못했다. 고위층의 평가 의견은 이들이 그리 놀라지 않았다는 뜻을 내비친다. 그리고 바우만의 시원찮은 업무 성과를 '유대인 출신'인 탓으로 돌렸다.

국내보안대 ─ '내부의 적'을 찾아

국내보안대(KBW)는 일반 경찰인 시민경찰국Milicja Obywatelska(MO),[49] 비밀 경찰인 공안청 같은 다른 첩보 기관, 그리고 군부대와도 협력했다. 임무는 전후 폴란드의 안정이었다. 1946년에 콘라트 시비에클리크Konrad Świetlik 준장이 국내보안대 기관지《경계 중》에 이렇게 적었다. "폴란드의 민주

---

* Parallel state. 구조와 관리 측면에서 국가와 비슷하지만, 공식적인 국가 조직이 아닌 기관.

주의를 가장 걱정하는 수호자, 가장 사랑받고 전우들을 가장 잘 이해하는 수호자는 첩보 기관의 장병이고, 또 그래야 한다. 첩보 기관의 장병은 가장 위험한 적에게서 민주주의를 방어한다. 바로 내부의 적에게서."[50]

여기서 말하는 '내부의 적'이란 누구였을까? 누구든 공산주의 혁명이 부른 변화에 맞서는 사람은 모두 내부의 적이었다. 그 시절부터 공산주의 정권이 끝날 때까지, '혁명의 진전'을 위협하는 사람을 묘사할 때 자주 '내부의 적'이라는 용어를 썼다. 당국은 이 용어를 때로는 희생양을 찾는 용도로 때로는 다른 문제를 덮을 연막으로 전략적으로 사용했다. 내부의 적은 어디에든 있을 수 있으니, 외부의 적보다 더 위험했다. 내부의 적은 평범한 사람이었다. 나나 당신과 다름없는 사람! 새로 도입한 변화를 유지하려면, 정권은 이런 걸림돌을 제거해야 했다. 이런 작업이 1945~1947년에 같은 폴란드 국민끼리 싸우고 죽이는 비극으로 나타났다.

런던 망명정부 지지자와 지하 무장 단체들은 얄타와 포츠담에서 세계 지도자들이 망명정부의 뒤통수를 쳤다는 것을 안 뒤에도 싸움을 포기하지 않았다. 역사가 크리스티나 케르스텐은 『1943~1948년 폴란드의 공산주의 지배 확립The Establishment of Communist Rule in Poland, 1943~1948』에서 "당국에 반감을 품은 사람들이 새 질서에 동참한 사람들의 헛된 꿈을 본능적으로 거부했다."라고 적었다.

그들은 그런 헛된 꿈이 폴란드의 모든 것, 폴란드가 간직한 가장 귀중한 가치를 위협한다고 봤다. 그런 헛꿈 탓에 폴란드가 소련과 같은 곳이 될 것이라고 우려했다. 이들의 저항은 다른 무엇도 아닌 애국심에서 비롯한 의무였다. 어떤 애국심은 참이고 어떤 애국심은 거짓이라고 말할 수 있을까? … 서로 맞서 공격한 젊은이들이 숱하게들 서로 나란히 묻혔는데, 한쪽만 '선량한 폴란드인'이라고 말할 수 있을까? 좌파 정신이라는 이름으로 권력을 다진 사람들이 내세운 이념적 동기가 지금껏 우파라는 꼬리표가 붙었던 이념에 영향받아 좌파와 싸운 사람들의 동기보다 나았다고 말할 수 있을까? 아니면 반대로 우파의 동기가 좌파의 동기보다 나았다고 말할 수 있을까? 내가 보기에, 전쟁이 곧 질서가 된 당시 폴란드 상황의 본질은 모든 근거가 상대적이 되었다는 사실에 있다. 그렇다고 사람들을 고문한 공안청이나, 비무장 유대인과 이른바 '빨갱이'(이 무렵 이미 빨갱이라는 말이 나돌았다)를 살해한 민족방위군(NSZ)이 옳았다는 뜻이 아니다. 1940년대 중반 폴란드에서 "인민의 힘을 키우는 투쟁"이나 "위험한 빨갱이에 맞선 투쟁"에서 허용할 수 있는 수단은 어디까지였을까? (Kersten, 1991, xxvii~xxviii)

이 물음들은 오늘날까지 어떤 이론, 도덕, 역사로도 답을 찾기 어렵다. 하지만 그 충돌에 참여했던 사람들의 관점에서 보면, 이야기가 케르스텐의 글이 내비치는 만큼 대칭을 이루지 않는다. 적어도 바우만 같은 사람들이 보기에는 "전쟁이 곧 질서가 된 당시"가 케르스텐이 제시한 것처럼 명확하지 않았다. 내가 '들어가며'에서 언급한 휴스의 '주된 지위'라는 개념을 이용하면, 전쟁 막바지에 바우만의 처지를 바탕으로 바우만의 관점에서 그때를 재구성할 수 있다. 소수 민족에게는 신정부 반대자들이 유대인을 살해하는 행위가 싸움에 뛰어드는 중요한 동기가 되었다. 여느 유대계 폴란드인과 마찬가지로, 바우만도 전쟁 전 폴란드로 돌아가기를 바랐을 리 없다. 그야말로 어림도 없는 일이었다. 게다가 새 정권이 약속한 동등한 대우와 사회 정의는 바우만이 전후에 갓 해방된 지역의 통제권을 되찾는 활동에 참여할 만큼 마음을 끌었다. 소수 민족은 물론이고 왼쪽에 기운 사람은 누구나 그렇게 생각했다. 전투 경험이 있는 폴란드 인민군 군인들이 보기에는, 국내보안대 합류가 오늘날 흔히 생각하듯 소련과 스탈린에게 굽실대는 굴종이 아니라 새로운 폴란드를 건설하는 데 필요한 단계였다.

오랫동안 소련의 붉은군대와 협력했지만, 폴란드인민군은 몇 가지 독립된 형식을 유지했다. 가장 두드러진 차이는 군종 신부였다.[51] 군종 신부들은 부대에서 정기적으로 종교의식을 거행하고 기독교 축일에 미사를 올렸다. 국내보안대도 처음 몇 년 동안은 가톨릭교회 신부들이 공식 군종 신부로 편성되어 미사를 올렸다.

자주 잊히는 또 다른 요소는 정치의 다양성이다. 2차 세계대전이 끝날 무렵 폴란드에는 여러 정당이 있었다. 앞서 언급했듯이 전쟁 전 정치인으로 망명정부의 주요 지도자였던 스타니스와프 미코와이치크가 폴란드인민당의 지도자이자 부수상으로 폴란드에 돌아왔다. 하지만 부정 선거로 얼룩진 대통령 선거에서 패배한 뒤 1947년에 영국을 거쳐 미국으로 달아났다.

게다가 좌파 정당들도 스탈린을 서로 다르게 바라봤다. 스탈린이 폴란드의 공산주의 지도자들을 가둬 죽였기 때문이다. 좌파에서는 목소리가 다양할수록 '폴란드식 사회주의'를 실현하는 데 도움이 된다는 시각이 우세했다. 바우만도 같은 생각이었다.

[1944년에] 부크강을 건너기 전날 밤, 전우 두 명에게 속마음을 털어놓았습니다. 대대장 란게와 소대장 보르모토프였죠. 나는 어리석기 짝이 없게도, 우리가 소련과 다른 사회주의를 건설하리라고 말했습니다. 두 사람이 "어떻게?"라고 묻더군요. 미숙하고 순진했던 나는 이렇게 답했습니다. "여기서는 하나같이 스탈린, 스탈린을 외치는 소리뿐이잖습니까. 무엇을 할지를 [우리가 알아서] 결정해야지요." 《가제타 비보르차》, 2013. 6. 28.)[52]

가장 먼저 할 일은 독일이 항복한 뒤로 몇 달 동안 가난과 혼돈, 무력 충돌과 불안으로 위태로운 평화를 지키는 것이었다. 국가기억원 역사가들에 따르면, 폴란드 동부와 중부 지방에서 거의 2만 명에 이르는 '독립 지지'[53] 전투원들이 유격대 수십 개를 조직해 무장 활동을 벌였다. 이들의 활동을 '반공산주의 봉기'라 불러도 좋을 것이다. 그 바람에 "동부 지역에서 현지 공산 당국과 병력이 '깡그리 사라졌다.'"[54]

지하 무장 세력이 국가를 위협하자, 국가통합임시정부가 1945년 12월에 국내보안대를 포함한 첩보 기관들을 재편했다. 바우만은 선임 교관이 되었다가, 국내보안대가 재편 뒤 새로 만든 국내보안군Wojska Bezpieczeństwa Wewnętrznego(WBW)의 포모제 지역 정치·교육부 참모부장이 되었다. 1946년 2월에는 중위로 승진했고, 그해 7월까지 그 자리를 맡았다.[55] 《가제타 비보르차》와 나눈 인터뷰에서 바우만은 자신의 군 생활을 이렇게 설명했다.

내게 당국은 군이 아니었습니다. 내게 당국은 오로지 한 사람, 내 상사 지스와프 비브로프스키 대령뿐이었습니다. 그분은 나를 가르쳤을뿐더러, 자기 손으로 탄생을 도운 세상을 매우 비판적으로 바라봤습니다. 하지만 온갖 허물이 있더라도, 그 세상이 내세운 평등, 자유, 박애를 달성하려면 그 세상이 필요하다고 확신했습니다. 나는 비브로프스키 대령께 감동했습니다. 나이도 나보다 훨씬 많고 뛰어난 교육을 받은 분이셨지요. … 본인이 무슨 말을 하는지 잘 아셨습니다. 정치에 밝고 박식했고요. 생각하는 법을 아는 분이셨습니다. 국내보안대에 그분 같은 사람은 별로 없었어요. (《가제타 비보르차》, 2013. 6. 28.)[56]

이 무렵 활동이 정점에 이른 지하 무장 세력에 맞선 전투에 바우만이 속한 국내보안대 부대가 참여했다. 1946년 2~3월에 바우만은 바르샤바 동북쪽 오스트로웽카 주변에서 벌어진 전투에 작전 부대장으로 참전했다. 1948년 10월 25일에 작성한 개인 조서[57]에서 바우만은 이 전투를 "'망치' 소탕 작전"이라 불렀다.[58] '망치'는 폴란드 정부에서는 '날강도 떼'로, 반공산주의자들은 영웅 또는 '저주받은 군인 Żołnierze Wyklęci'[59]으로 부른 현지 저항 세력의 지도자였다.

'망치'는 1919년 7월 11일에 바르샤바 동북쪽으로 70km쯤 떨어진 드우고시오드워에서 아버지 미코와이와 어머니 로잘리아의 아들로 태어나 2003년 9월에 사망한 즈비그니에프 쿨레샤 Zbigniew Kulesza의 가명이었다. 쿨레샤는 폴란드에서 흔한 이름인 올레시니츠키 또는 그라비차라고도 불렸다. 첩보 기관들이 쿨레샤와 관련해 작성한 풍부한 기록[60]은 바우만이 체포하려 했던 이 '영웅'[61]의 지하 무장 활동과 폴란드가 나치에서 해방된 뒤로 여러 해 동안 벌어진 사건들을 흥미롭게 보여준다.

1982년 9월 9일에 올슈틴의 시민경찰국 'C' 부서가 작성한 문서에 따르면, 쿨레샤는 고등학교를 마쳤고 직업은 '목재업 기술자'였다. 바우만보다 여섯 살 더 많았으니, 만약 '망치'가 2차 세계대전 때 폴란드를 벗어나 러시아로 갔더라면 바흐탄의 목재 공장에서 바우만과 함께 일했을지도 모른다. 하지만 쿨레샤는 나치에 점령된 폴란드에 머물렀고, 1946년에는 바우만과 방어벽을 사이에 두고 맞섰다. 시민경찰국 문서에 따르면, 쿨레샤는 독일 점령기에 폴란드국내군 및 국내군 산하 군사 조직에서 활발히 활동했다. 1941년에는 연합군의 폴란드군 사령관이던 브와디스와프 시코르스키 장군이 지휘하는 군사보안대에 합류했다.

전쟁이 막바지에 이르렀을 때, 쿨레샤는 민족방위군 소속으로 눈부신 지하 무장 활동을 펼쳤다. 1945년 초에는 폴란드 중부에서 다양한 반공 단체들을 통합해 재편하는 일을 이끌었다. 오스트로웽카 지구의 지휘관으로 일할 때는 민족주의 상급자들에게 높이 평가받아, 마조프셰 지역의 다른 세 지구까지 담당하라는 명령을 받았다. (Krajewski & Łabuszewski, 2008, 34) 시민경찰국 문서에 따르면 "폭행과 살인에 가담했고" 1947년 사면령 기간에는 부하들에게 정체를 밝히지 말라고 명령했다. 1947년 4월에 담당 지구 지휘권을 부관인 코즈워프스키 유제프, 일명 '숲'에게 넘겼다. 이어 1947년 4월 22일에 폴란드 서남부의 첩보 장교에게 자신의 신분과 지하 활동에서 맡았던 역할을 밝혔고, 1947년 11월 30일에 체포되었다. 1949년 5월에 종신형을 선고받았지만,[62] 폴란드의 정치 상황이 바뀐 1956년 12월에 사면으로 풀려났다. 1974년에는 올슈틴 근처의 작은 민간 공장에서 일했다.

1989년에 폴란드가 민주화한 뒤로, 당연하게도 전후 지하운동에 참여한 인물들을 바라보는 인식이 바뀌었다. 쿨레샤 같은 '반동분자'들이 명예를 회복해 영웅이 되었다. 쿨레샤는 무장 활동을 한 공로로 훈장도 받았다. 하지만 첩보 기관의 기록을 믿는다면, 쿨레샤가 정말로 영웅다운 공적을 세웠느냐는 의심이 남는다. 쿨레샤의 행적을 상세히 기술한 것으로 손꼽히는 기록은 쿨레샤와 가까이 협력했던 체스와프 카니아의 증언이다. '나웽치', '비톨트'라고도 불렸던 카니아는 1944년에 '망치'의 조직에 합류했고, 1945년 6월부터 직속 부하로 활동했다. 카니아의 증언은 매우 정교하다. 지하 무장 단체에서 쿨레샤가 주도한 군법 재판 기록을 편집하고 조직의 활동을 기록하는 업무를 맡았기 때문일 것이다. 카니아가 1948년 6월에 군사 행동 중 체포된 뒤 증언한 내용[63]이 맞는다는 것은 국가기억원의 '망치' 서류철에 있는 여러 문서가 뒷받침한다. 카니아의 증언에 따르면 쿨레샤는 1945년 10월 5일에 슈치트노 지역 로조기에 있던 전초 부대에서 무기를 탈취하는 등 공산 당국을 공격하는 지하 활동을 벌였다. (Krajewski & Łabuszewski, 2008, 29) 그런데 여기에 그치지 않고 민간인도 살해했다.

역사가 예지 키요프스키는 국가기억원 역사가들이 이따금 지하 무장 대원들의 활동을 분칠하려 한다며, 테러 전술을 사용해 민간인에게 연대 책임을 물은 문제를 예로 들었다. 키요프스키는 국가기억원 역사가 크시 슈토프 카츠프샤크가 저서에서 "전국군사연합은 16지구[64]에서 잘못을 저지른 사람들에게 절대 연대 책임을 묻지 않고 특정 범죄를 저지른 죄로만 처벌했다."라고 적었지만, 이 주장이 같은 책 앞부분에서 언급한 바츠와프 추드니와 유제파 추드니 부부, 그리고 두 딸 크리스티나와 스타니스와바에게 총을 쏜 사건과 어긋난다고 지적한다. 카츠프샤크는 지하 무장 대원들이 "어린 두 아이의 목숨을 살렸다."라고 적었지만, 키요프스키는 이런 주장이 "가족 몰살과 가족 연대책임을 희한하게 해석"했다고 꼬집고, 민간인 살해 사례를 추가로 제시했다. (Kijowski, 2010, 190)

냉철하게 읽어야겠지만, 카니아의 진술에 따르면 1945년 여름에 쿨레샤는 자신의 통제 지역에서 젊은이들을 모집해 지하 조직망을 확대하라고 명령했다. 또 지하 조직이 권력을 잡도록 도울 강력한 전투 부대를 양성하고자, 전투원들에게 무기와 제복, 갖가지 군사 장비를 수집하라고 명령했다. 카니아는 수사관에게 이런 이야기도 털어놓았다.

같은 목적으로, 내 지역에서 첩보 활동을 수행하라는 명령도 받았습니다. 당시 정권에 협력하는 사람들을 찾아내 제거하라는 요구도 받았고요. 이 요구는 당시 지구 사령부 참모장인 우지차 대위가 서명해 보낸 명령에도 부합했습니다. 이 명령에 따라 저는 평등을 지향하는 사람들에게 어떤 처벌도 내릴 수 있는 권한을 얻었습니다. 사형까지도요. 제2대대 부사령관이던 저는 '망치'가 내린 명령을 수행했습니다. 또 정보망에서 얻은 보고서를 바탕으로, 오스트로웽카 지구의 주거지인 미시니에츠 출신 사람들

몇 명에게 채찍질을 명령했습니다. 그 사람들이 좌파이고 첩보 당국에 협력한다는 혐의가 있었기 때문입니다.[65]

채찍질은 '숲 사람들'이 내린 가벼운 처벌 중 하나였다. 같은 문서에 따르면 '망치'와 동료들은 사형도 선고했다. 지하 정보망은 은밀하게 뒷조사를 진행해, 공안청과 시민경찰국에서 일하거나 협력하는 사람들의 명단을 만들었다. 그리고 이들을 재판대에 세운 뒤 특공대원을 시켜 처형했다. 카니아에 따르면 쿨레샤는 공산주의자가 아닌 강도나 평범한 범죄자들에게도 사형을 선고했다.[66] 지하 조직들은 하루가 멀다고 사형을 선고했다. 붉은군대 군인들과 마찬가지로, 많은 폴란드 시민도 자신의 정치 견해 때문에 유죄를 선고받았다. '망치' 서류철의 한 문서[67]에는 이렇게 적혀 있다.

1946년 11월, 전국군사연합의 [특수부대] 사령관 로만 가프친스키(일명 지에르진스키[68])의 지휘를 받은 한 무리가 오스트로웽카 지구 미시니에츠 근처의 즈두네크라는 마을에 트럭 두 대를 몰고 나타났다. … 미시니에츠에 머물던 소련군 병사에게서 빼앗은 트럭이었다. 이들은 트럭을 전국군사연합 참모용으로 내놓았다. 소련군 운전병 두 명은 '망치'의 명령에 따라 즈두네크 근처 어느 숲에서 총살해 파묻었다. 소련군을 살해한 이들의 이름은 밝혀지지 않았다.

카니아를 심문한 보고서에 따르면 '망치' 일당은 공산주의자와 공산 정권 지지자뿐 아니라 누구든 의심스러운 사람이라면 때에 따라 시칠리아 마피아 뺨치는 협박 기술까지 이용해 공격했다. 카니아는 이렇게도 증언했다. "1946년 8월에 '망치'의 명령에 따라, 오스트로웽카 출신인 공안청 장교의 어머니에게 경고를 보냈습니다. 여성의 이름은 올셰프스카 브로니스와바였고, 위세에서 가까운 리프니키에 살았습니다. 저는 올셰프스카에게 아들 헨리크가 우리 대원들을 그만 뒤쫓게 하라고 으름장을 놨습니다. 그렇게 하지 않으면 올셰프스카와 아들을 모두 죽이겠다고요."[69]

세계 곳곳에서 충돌 중인 여러 지하 무장 세력이 흔히 쓰는 압박 전술이지만, 이들이 당당히 선포한 폴란드 군인 정신과는 거리가 멀었다. 제네바 협정은 무력 충돌에 직접 참여하지 않은 사람이나 가족을 협박하고 살해하는 행위를 금지한다. 하지만 폴란드에서 일어난 충돌에서는 수많은 민간인이 피해를 봤다. 양쪽 모두 충돌에 직접 가담하지 않은 사람과 민간인을 죽이기는 했지만, 일부 지하 무장 단체가 특정 민족을 겨냥해 살해한 사실은 양쪽이 똑같이 잔혹했다는 생각을 깨트린다.

첩보 기관들이 비아위스토크 지역에서 집계한 통계에 따르면, 전국군사연합이 전후 충돌 시기에 저지른 살인은 50건에 이른다. 시기별로는 1945년 7건, 1946년 24건, 1947년 14건, 1948년 5건이다. 살해된 사람은 부대장 1명을 포함한 군인과 공안이 9명, 폴란드공산당 당원 1명, 폴란드 노동자당 당원 4명(지방 서기 2명 포함), 폴란드 인민군 장병 4명, 소련 시민 1명, 사무직원 2명, 그리고 "기타 29명"이다.[70] 가장 눈길을 끄는 범주는 마지막 '기타'다. 여러 유대인 위원회가 제시한 문서와 최근 진행된 역사 연구 덕분에, 전후 몇 년 동안 폴란드 땅에서 발생한 민간인 희생자 가운데 유대인이 가장 많은 수를 차지한다는 사실이 드러났다. 역사가 안제이 주비코프스키는 그런데도 첩보 기관의 보고서에 종교나 민족이 살해 원인으로 작용했다는 말이 한마디도 나오지 않는다고 지적한다. (Żbikowski, 2014, 85) 이런 문서들은 홀로코스트 생존자에게 저지른 범죄와 잔학 행위가 반유대주의 성격을 띤다는 사실을 가볍게 무시했다. 카니아가 자백한 다음 사건은 쿨레샤 무리가 1946년에 '신원 불명인 희생자'에게 이런 범죄를 저질렀을 가능성을 보여준다.

소보르키 지역의 숲속 은신처에서 쿨레샤와 카니아, 그리고 또 다른 반군 지도자가 오스트로웽카 출신 상인을 심문했다. 카니아의 진술에 따르면 "심문 중에 이 상인이 오스트로웽카 공안청에 협력했다고 인정했다. 이 발언을 바탕으로 '망치'와 '폭풍'이 사형을 선고했고, '숲'의 부하들이 상인을 처형했다." 증언에 따르면 카니아는 정확히 누가 살인을 저질렀는지, 또 본인이 사형 선고에 가담했는지를 떠올리지 못했다. "우리는 상인이 갖고 있던 상품 몇 가지를 챙겼습니다. 재봉실 약 서른 타래, 남자용 빗 서너 개, 거울 열 개, 여성용 빗 열 개."[71] 문서는 그 상인이 정부군에 협력했다고 자백하기까지 어떤 과정을 거쳤는지, 자신이 어떤 협력 행위를 했다고 자백했는지 알려주지 않는다. 사실, 어떤 경우에도 그런 자백은 타당성이 떨어진다. 새 정권과 지하 세력 모두 자백을 얻고자 걸핏하면 고문을 저질렀다. 지하 무장 대원들이 왜 겨우 실 몇 타래와 거울, 빗밖에 없는 이름 없는 행상을 체포했는지 쉽게 이해하기 어렵지만, 아마 유대인이었기 때문일 것이다. 1939년 전까지 오스트로웽카의 주민이 주로 유대인이었고, 행상은 유대인의 주요 직업이었다.[72] 지하 무장 대원들은 그 상인이 유대인이니 새로 들어선 공산 정권에 협력했으리라고 지레짐작해 체포했을 것이다. 이런 추정은 오늘날까지도 폴란드에서 흔히 보는 고정 관념인 '유대공산주의'에 딱 맞아떨어졌다. 안제이 주비코프스키는 유대공산주의를 이렇게 설명했다.

유대공산주의는 정치 활동에서 이용하는 상투적 표현일 뿐 아니라, 유대인은 거의 모두 공산주의를 옹호한다는 뜻을 내비치는 케케묵은 문구이기도 하다. 이 문구는 늦어도 1930년대 중반부터 폴란드인의 언어와 사고에 널리 퍼졌다. 그리고 특정 사회 계층에게 '일상의 반유대주의'뿐 아니라 독일이 유대계 폴란드인을 거의 300만 명이나 학살하는데도 팔짱 끼고 구경만 하는 것을 정당화하는 도덕적 핑곗거리가 되었다. 만 명 넘는 사람이 이 말에 자극받아 살인에 가담했다. (Żbikowski, 2014, 67)

그렇다면 '망치'와 그의 무리는 '기타'에 속하는 사람을 얼마나 많이 처형했을까? 반유대주의는 폴란드 지하 무장 세력의 문화였다.[73] "지하 무장 세력은 규정에 따라 유대인을 유격대에 받아들이지 않았다. 그러기는커녕 국내군(AK)이나 민족방위군(NSZ)의 일부 부대가 숲이나 농장에 숨은 유대인을 살해하기까지 했다." (Skibińska, 2014, 53)[74] 독일 점령기에 나타난 이런 방식은 전쟁이 끝난 뒤에도 바뀌지 않았다. "알려진 바로는, 민족방위군 같은 급진 민족주의 지하 무장 단체들이 나치 점령기에 몸을 숨긴 유대인을 적대했다. 이 기간에 반유대주의에 자극받은 민족방위군이 수많은 유대인을 살해했다." (Żbikowski, 2014, 63)

안제이 주비코프스키에 따르면, 기차와 버스를 공격한 무장 게릴라들의 손에 유대인이 단체로 목숨을 잃은 사건이 몇 차례 있었고, 정치적으로 미심쩍다는 이유로 살해된 유대인도 여럿이었다. 지하 무장 단체 자유독립군(WiN)의 비아위스토크 본부가 1945년 10월에 작성한 한 보고서는 "유대인은 모두 공안청과 엔카베데에 협력하는 첩보원이거나 정보원이거나 짝패다. 공안청 관리직은 거의 모두 유대인 차지다."[75]라고 언급한다. (Żbikowski, 2014, 83) 오늘날까지도 정치 토론과 공개 담론에서 자주 사용되는 이 그릇된 단정을 요안나 토카르스카-바키르가 완벽하게 해체해 분석했다. 토카르스카-바키르는 『저주받은 사람들―키엘체 포그롬의 사회적 초상 *Pod Klątwą. Społeczny Portret Pogromu Kieleckiego*』(2018)에서 유대인이 공산 정권 지도부를 장악했다는 확신이 사람들 사이에 얼마나 폭넓고 강하게 퍼졌는지를 보여준다. 그런 확신이 눈을 가려, 피해자를 표적으로 삼은 이유가 민족인지 정치인지 구분하기 어려웠다. 쿨레샤가 사형을 선고한 이름 모를 행상처럼, 많은 사람이 폴란드 사회의 뿌리 깊은 고정 관념에 희생되어 목숨을 잃었다.

어쨌든 전후 시기에, '적진'에 속한다는 혐의로 수많은 사람이 목숨을 잃었다. 1945~1946년에 오스트로웽카 지역에서 "전국군사연합 부대가 공안청 직원과 정보원, 요원 수십 명을 제거했다."(Krajewski & Łabuszewski, 2008, 39) 새 정권은 이런 공격에 대응해야 했고, 국내보안대는 그런 무력 대응 수단 중 하나였다. 쿨레샤의 활동이 정점에 이르렀던 1946년 2월, 바우만이 부대와 함께 비드고슈치를 떠나 작전 단장으로 오스트로웽카에 도착했다. 국내보안대의 치안 활동을 파악할 공개 자료가 없으므로, 바우만과 부대원들이 숲에서 하루하루 어떻게 활동했는지 알 길은 없다. 우리가 아는 사실은 이들이 '망치'를 체포하려 애썼으나 실패했다는 것뿐이다. 쿨레샤는 1년도 더 지난 1947년 4월에야 당국에 자수한다.

바우만은 1990년대에 쓴 비공개 원고에 이때 일을 적었다.

무장 세력이 비아위스토크 주변으로 흩어졌다. 일부는 지하 무장 단체 출신이었지만, 대다수는 평범한 범죄단 출신이었다. … 이들은 군 초소를 공격했다. 열차를 멈춰 세워 승객들을 끌어낸 뒤 돈을 빼앗았고, 현장에서 승객을 살해하는 일도 숱했다. 우리 원정 부대의 임무는 이 무장 세력을 체포하는 것이었다. 이 목적을 수행하고자, 장병들에게 공격에 가담한 자들이 사는 곳으로 짐작되는 주소록을 돌렸다. … 러시아에서 보낸 '테러리스트 추적 전문가'가 우리를 지휘했다. 하지만 막상 임무에 들어가니, 폴란드에서는 그의 경험과 기술이 그다지 쓸모없었다.

현지에서 접수된 고발을 바탕으로 작성된 주소를 찾아가도, '반군'이 나타나는 일은 매우 드물었다.

> 이 '전문가'가 원정 보고서에 뭐라고 적었는지 모르겠지만(내가 기억하는 것이라고는 서리가 내리는 혹독한 추위, 그리고 비아위스토크 극장에서 영화 〈금지곡Zakazane piosenki〉[76]을 개봉일에 본 대단한 경험이 거의 다다), 상부는 나를 더는 '작전'에 투입하지 않았다. 나는 신경이 무디고 양심의 가책을 덜 느끼는 사람이 필요한, '책임이 막중한' 임무에서 배제되었다. … 그런데 그 '전문가'에게 나란 사람의 역할이 제4사단에서 내가 다른 정치·교육 장교들과 함께 맡았던 역할과 판박이였다. (바우만의 비공개 원고, 199?, 12)

이번에도 바우만은 러시아 지휘관들의 바람막이 구실을 했다.

바우만이 소련 '전문가'를 수행하는 역할을 했다는 정보는 폴란드 당국이 더 힘겨운 싸움을 마주했다는 사실을 알려준다. '독립' 국가여야 마땅한 폴란드가 소련에 통제받고 있었다. 하지만 바우만은 현장에서 실제로 무슨 일이 벌어졌는지까지는 세세히 밝히지 않았다. 여전히 군사 기밀을 지킬 의무가 있다고 생각해서였을까? 그런데 소설이기는 하지만, 현장 임무에 나선 이 두 달이 살을 에는 추위와 멋진 영화가 전부는 아니었다고 내비치는 글이 있다. 바로 바우만이 '율리안 주로비치'라는 필명으로 쓴 소설이다.

율리안 주로비치

제목은 『크셰추히에 다시 찾아온 평화W Krzeczuchach znów spokój』다. 크셰추히는 폴란드 느낌이 물씬 나는 나는 상상 속 마을이다. 이 책은 1953년에 국방부에서 발간한 '장병의 서재—인기 문학작품선' 중 한 권으로 출판되었다. 사회주의적 사실주의[77]의 관행을 따른 교육 선전물이라, 군사 행동을 선량한 군인이 사회에 평화를 부르고자 애국심으로 수행하는 봉사로 묘사했다. 1989년 이후 문학에서와 달리, 이런 문학에서 군인들은 국가를 억압하는 요소가 아니라 평범한 사람들의 안전을 확보하는 일꾼이었다.[78] 이 영웅들은 그들이 보호하는 사람들(이를테면 크셰추히의 농민)과 그리 다르지 않아, 출신 배경과 문화를 공유한다. 책에서 자세히 묘사한 사건들은 바우만이 군사 작전에서 경험한 일을 글감으로 삼았다는 생각을 강하게 불러일으킨다.

첫 문장에서부터 국내보안대의 작은 부대에서 불거진 충돌이 생생하게 드러난다. 농민의 아들인 한 병사가 자신의 헌신에 의문을 제기한다. 때마침 추수철이라, 병사는 가족에게 돌아가 아버지를 돕고 싶어 한다. 게다가 식구들에게 온 편지에서, 반군 무리가 새 정부에 땅을 받은 고향 농민들을 괴롭힌다는 소식까지 들었다. (농지 개혁으로 1939년 이전 소유지가 해체되었다. 당국은 몰수한 토지를 집단농장으로 바꾸거나 가난한 소작농에게 나눠줬다.)[79] 이 병사는 가족이 땅을 지키고 일하려면 자신의 도움이 필요한데, 자기는 여기서 마냥 기다리며 "아무것도 하지 않는다."라고 불평한다. 소설에서 국내보안대 대원들이 주고받는 이야기는 바우만이 부대장으로 마주했을 진짜 문제를 보여준다. 바우만의 부하들은 집으로 돌아가고 싶은데도 계속 복무해야 했다. "땅의 부름"을 느꼈고, 가족을 그리워했다. 정치 장교인 바우만은 이들을 설득해 국내보안대에 머물며 새로운 폴란드에 봉사하게 해야 했다.

주로비치 곧 바우만의 글은 정치 선전가의 메시지를 담으면서도 매끄러워, 독자들이 탐정 소설이나 모험 소설의 서사를 닮은 이야기에 쉽게 빠져들었다. 몇몇 힘있는 집안은 부유하게 살고 나머지 모든 집안은 가난과 굶주림에 시달리는 한 마을에서, 병사 한 무리가 반동분자인 '날강도 떼'의 우두머리를 쫓는다. 인간관계를 묘사한 대목을 보면 작가가 사회의 불평등, 특히 여성의 어려움을 세심히 헤아린 것을 알 수 있다. 바우만은 가난한 소작농 집안의 젊은 여성들이 나이 많은 부유한 이웃과 결혼하라고 압박받는 비극을 그린다. "브로나[80]는 물건을 사듯 어린 아내를 샀다. 이미 두 아내를 저세상으로 보냈고 자신도 무덤에 한 발을 디뎠을 만큼 나이 든 브로나가 한창 피어나 마을 젊은이들이 꽁무니를 쫓아다니는 어린 아가씨 크리스티나를 얻겠다고 게걸스러운 탐욕을 부렸다." (Żurowicz, 1953b, 20) 크리스티나는 홀아비에다 키워야 할 자식도 많은 아버지의 빚을 갚고자 브로나에게 팔린다. 브로나는 호밀 2,000킬로그램에 크리스티나를 산다. (Żurowicz, 1953b, 21) 또 힘센 늙은 농부 한 명은 어릴 때 입양해 하녀로 부리는 젊은 여성에게 성폭력을 휘두른다. 그런데 이렇게 학대받는 힘없는 사람들이 정의의 순간에 중요한 역할을 맡는다.

책의 주제는 여성이 도시로 이주해 농부의 아내라는 전통적 역할에서 벗어나면 자신을 해방할 수 있다는 것이다. 도시에서는 공장에서 일하거나 공부할 수 있다. 게다가 여성이 동반자를 고를 수도 있다. 소설은 공장 노동과 교육이 삶을 바꿀 강력한 요인이라고 말한다. 가난한 사람들도 농지 개혁에 동참해 새 정권이 나눠주는 땅을 받으면 생활 여건을 개선할 수 있다고. 마을의 예전 지배층인 부농들은 개혁과 변화에 한사코 맞선다. 이를테면 브로나의 아들은 숲속의 반군이 된다. 마을에는 새 정권을 지지하는 바람직한 인물들도 있다. 코시치우슈코 사단 출신인 예비역 소위 드보로프스키[81]가 종전 뒤 집으로 돌아와 폴란드노동자당의 지역 활동가가 된다. 드보로프스키는 농지 개혁의 시행을 감독하고 열심히 마을의 정치 변화를 이끈다. 새 체제에 열렬히 환호하는 드보로프스키의 아버지는 마을에서 손에 꼽게 가난한 소작농이라 토지를 분배받는다. 브로나와 상점 주인들은 기존 질서를 유지하고자 드보로프스키를 죽이기로 작정하고, 지하 무장 세력을 이용해 드보로프스키를 처단할 계획을 세운다. 하지만 새로운 인물들이 등장해 범행을 막는다. 국내보안대 장병들이 반군이 농가에 숨겨 둔 무기를 찾아낼 임무를 맡고 도착한 것이다.

그 사이 브로나는 자신의 계획을 실행에 옮긴다. 이제 드보로프스키는 꼼짝없이 죽을 운명으로 보인다. … 새로운 힘은 약하고, 가난한 사람들은 마을의 기존 인맥과 권력관계에 휘둘린 탓에 주체성이라고는 없어 보인다. 남편에게 거의 정신을 잃을 만큼 두들겨 맞고 학대받던 여성들만 빼면 말이다. 여기서 반전이 일어난다. 드디어 이들이 행동에 나선다. 한 여성이 국내보안대 병사에게 지하 무장 세력이 드보로프스키와 가족을 죽이고자 마을에 들어섰다고 알린다. 과감하게 행동에 나선 국내보안대가 반군 두 명에게 고문받던 드보로프스키를 구출한다. 하지만 드보로프스키의 아버지까지 구하기에는 한발 늦고 만다. 그는 협박에 굴복하지 않다가 도끼에 목이 잘렸다.

바우만의 이야기는 하루가 멀다고 고문, 연대 처벌, 잔혹한 살인이 벌어지던 전후 시기를 생생하게 묘사한다. 소설은 할리우드 영화와 비슷한 행복한 결말을 맞는다. 국내보안대가 지하 무장 세력이 무기를 숨겨둔 곳을 찾아내고, 무장 세력을 체포해 감옥에 가둔다. 하지만 고문은 하지 않는다. 브로나는 달아나지만 … 늪에 빠져 죽고 만다. 책은 이렇게 끝난다. "브로나는 늪에서 살았다. 숨을 껄떡이며." (Żurowicz, 1953b, 89) 첫 장에서 자신의 역할을 의심하고 가족과 시골 생활을 그리워했던 병사는 국내보안대 군인으로 인민에게 봉사하는 가치를 깨닫는다. 이제 불의는 사라졌고, 싸움은 끝났고, 범죄자들은 처벌받았다. 모든 상황이 순탄하게 막을 내린다. 한 가지만 빼면. 외국 첩보 기관에 줄을 대 미국 달러[82]를 받고 정보를 넘기는 한 첩자가 협력자들에게 도시로 옮겨 폴란드를 소련의 점령에서 해방할 공격을 준비하라고 말한다.

이 마지막 반전은 쿨레샤의 일생에서 영감을 받았을지도 모른다. 쿨레샤는 국내보안대의 감금을 피해 돌노실롱스키에주의 광산 도시인 바우브지흐에 몸을 숨겼고, 그곳에서 지하 활동을 계속 이어간다는 의심을 받았다. 소설다운 이 역할 전치는 소설이 반영하는 현실과 관련한 또 다른 물음을 떠올리게 한다. 그렇다면 소설 속 국내보안대 군인 가운데 누가 바우만을 대표할까?

스우츠키가 바우만일까?

작가는 소설 속 인물에 현실의 인물을 숨길 수 있다. 작가 자신까지도. 자신이 살아온 환경에서 겪은 여러 감정을 다른 자아를 이용해 드러내, 상처를 치유하거나[83] 강요받은 비밀을 밝힌다. 많은 군인과 마찬가지로, 바우만도 국내보안대에서 자신이 참가한 작전의 상세한 내용을 입에 담지 않았다.[84] 그래도 소설 속에 자신의 경험을 어느 정도 몰래 심어 놓았다. 그 가운데에서도 국내보안대 부대장으로 등장하는 스우츠키 소위가 바우만을 조금은 대신한다고 볼 실마리가 있다. 실제로 바우만이 그랬듯, 스우츠키도 일찍 일어난다. 한 대목에서 스우츠키가 "지휘관은 부하보다 늦게 잠들고 일찍 일어날 권리가 있다."라는 농담을 던진다. (Żurowicz, 1953b, 94) 부하들을 휘어잡는 카리스마와 권위도 상관들이 언급한 바우만의 모습을 나타낸다. 스우츠키는 낭만적 영웅이라기보다 군 복무에 몹시 지친 사람이었다. "스우츠키는 몹시 지쳤다. 그래서 꿈을 몰아내고 눈을 감은 채 연거푸 담배를 피웠다." (Żurowicz, 1953b, 94)

소설 속 여러 인물과 달리 입체적으로 그려지는 스우츠키는 주인공답지 않게도, 임무를 이끈 자신의 역할을 뽐내지 않는다. "스우츠키는 자신에게 감사가 쏟아지는 상황에 당황했다. 그래서 [자신이 아니라] 모든 장병이 감사받아 마땅하다고 주문했다."(Żurowicz, 1953b, 97) 이것이 국내보안대 지도부가 이상으로 여긴 공산주의자의 모습이었다. 카리스마 넘치면서도 협력하는 사람. 소설에서 그린 영웅은 한 개인이라기보다 국내보안대였다. 소설은 그 시대 특유의 사회주의적 사실주의를 반영한 '장병 교육용 소설'에 딱 맞아떨어진다. 하지만 의미심장하게 빠진 요소도 있다. 바로 유대인이다. 장병과 마을 주민은 물론 누구의 머릿속에도 유대인이 존재하지 않는다. 이것은 폴란드노동자당과 그 후신인 폴란드 연합노동자당의 선전 공작소가 내놓은 전후 문학에서만 나타나는 또 다른 특징이다. 나치의 점령과 그에 따른 비극을 묘사하는 구절에서조차 유대인을 한마디도 언급하지 않는다. 뚜렷하게 작가를 대변하는 인물로 보이는 선전원의 이름 스우츠키도 바우만과는 거리가 멀어 보이는, 매우 폴란드인다운 이름이다.

모든 것을 바로잡은 장교

쿨레샤가 여러 달 동안 여전히 자유롭게 활동했지만, 체포 작전은 별 소득 없이 막을 내렸다. 그 무렵 중위로 승진한 바우만은 비드고슈치로 돌아가 예전 업무인 교관을 맡는다. 1946년 5월에는 은십자 훈장을 받았다. 모든 군이 그렇듯, 그런 훈장은 전후 폴란드에서 승진하고 경력을 쌓는 데 중요했다. 하지만 바우만이 크게 승진한 것은 아니었다. 상부에서 바우만을 유능한 전투원으로 봤다면, 군에서 승진하기에 가장 좋은 길인 전장으로 돌려보냈을 것이다. 바우만은 군사 첩보 기관에 교관으로 복귀했을 뿐이었다. 바우만의 야전 경험이 짧게 끝났다는 사실에서 군이 그의 전투 실력을 어떻게 평가했는지 짐작할 수 있다. 전투는 바우만의 강점이 아니었다. 바우만의 자질은 젊은 장병들을 가르치고 정치적으로 단련시키는 데 있었다. 그리고 그해 6월, 상부는 바우만을 다시 전근시켰다.

1947년 3월 27일에 수기로 작성한 공식 이력서에 바우만은 "1946년 7월에 슈치트노에 있는 군사정보학교의 정치 교관 자리로 전근했습니다."라고 적었다. 1946년 7월 10일에 작성된 문서는 상관들이 바우만을 어떻게 봤는지를 보여준다. 문서는 바우만이 받은 다양한 훈장(폴란드 은십자 훈장, 오드라-니사-발트해 훈장, 승리와 자유 훈장, 바르샤바와 베를린 해방 및 독일전 승리로 러시아에서 받은 훈장, 그룬발트 훈장)을 언급하며,[85] 바우만의 성과와 성품을 극찬한다.

[국내보안대 부대인] 국내보안군에서 정치·교육 선임 전문가로 복무할 때, 바우만 지그문트는 유능하고 숙련되고 기강이 바로 선 장교의 모습을 보였다. 지식을 높이고자 애썼고, 부하들을 크게 배려했다. 매우 뛰어난 강사이자 조직책이었다. 정직하고 건전한 진취성으로 우리 부대의 정치 교육 분야를 향상하는 데 크게 이바지했다. 바우만 중위는 많은 정보를 알고 사상이 확실하며, 폴란드 인민공화국을 지키는 현역 군인으로 굳게 자리를 지킨다. 도덕성도 무척 뛰어나다. 국내보안군의 정치·교육 부문 부지휘관이나 대대장이 되기에 적합한 후보다.[86]

문서에는 바우만이 폴란드노동자당에 입당할 때 보증인이었던, 슈치트노 지역 국내보안군 학교의 부지휘관 파리나 대령의 서명이 적혀 있다.

이 시기에 슈치트노를 방문한 어느 위원회가 작성한 보고서는 1946

년 중반에 슈치트노에서 국내보안대와 국내보안군의 고위층, 그리고 바우만에게 얼마나 심각한 문제가 닥쳤는지를 알려준다. "연대의 경제 사정이 열악하다. 군수 물자 쪽이 혼돈과 무질서에 뒤덮여 있다." 감자조차 구하기 어려워 장병들이 영양결핍에 시달렸다. 올슈틴 근처의 방앗간에서 조달한 밀가루는 빵을 만들었다 하면 "진흙 덩어리 같은 모양이 되고 걸핏하면 배탈이 났다. 요리용 화로가 부족해, 어떤 중대는 음식이 아닌 식자재를 받아 직접 조리해야 했다." 보고서는 이런 내용도 언급한다.

병영 내무반도 사정이 나빠, 침대와 탁자, 의자 같은 집기가 거의 없다시피 했다. 창문 절반이 깨져 있다. 물이 부족한 탓에 변기와 개수대는 사용하지 못한다. 슈치트노의 급수 시설은 하루에 겨우 두 시간만 물을 공급한다. … 전기 설비가 파괴되었고, 전구는 아예 없다.

기반 시설이 형편없는 탓에, 장병들은 여러 날 동안 씻지도 못하고 옷도 갈아입지 못했다. 몸에는 이가 득실거렸고, 병원은 옴 천지였다. 병사 대다수가 바닥에서 잤고, 의약품은 없었다. 문서는 사비츠키 대령이라는 사람이 차량에 장교들이 탈 자리를 만들겠다고 "소중한 DDT 살충제 50 킬로그램"을 내버렸다고 비난한다.[87]

이 문서로 보건대, 슈치트노에 상주한 군의 복무 조건이 끔찍했다는 것은 틀림이 없다. 문서의 다른 부분은 바우만이 슈치트노에 도착한 뒤 보인 행보를 보고한다.

정치 업무에 관한 한, 공산주의 이념과 규율을 가르치는 바우만 중위가 도착한 뒤에야 일이 시작되었다. 바우만 중위가 도착하기 전까지 쿠이슈치크 중위는 그야말로 아무것도 하지 않았다. 결단력이라고는 눈곱만큼도 보이지 않고, 브리핑이나 강의도 전혀 하지 않았다. 이와 달리 바우만 중위는 도착한 날 바로 정치·교육 장교들에게 브리핑을 요청한 뒤 강의 개요를 작성하라고 명령했고, 다음날부터 정상적으로 정치 업무를 이어갔다. 얼마 뒤 바우만 중위가 임시로 정치 부서를 꾸리고 강연을 마련했다.[88]

바우만은 슈치트노에 두 학기 동안 머물렀다. 보고서는 바우만의 활동으로 병영의 군기와 조직력이 높아졌고, 지역민과 관계를 개선했다고 말한다. 요안나 토카르스카-바키르에 따르면 국내보안대의 여러 기지가 지역민과 갈등을 겪었다. 1946년에 작성된 한 국내보안대 문서에 따르면 "회동, 모임, '대자보' 등 '여러 선동 방법'을 썼는데도, 주민들과 관계가 껄끄러웠다." 문서 작성자는 무료 음악회와 무도회를 열어 관계를 개선하기를 바랐다. 또 국내보안대 정치·교육 위원회의 민키에비치라는 중위가 쓴 다른 보고서는 비아위스토크에서 지하 세력과 접촉한 혐의로 체포된 주민 300명을 언급한다. 이 가운데 200명가량이 풀려났지만, 몰골이 말이 아니었다. 국내보안대 장교들은 사람을 두들겨 패는 재주가 확실히 뛰어났고, 그래서 주민들이 군을 두려워하기 시작했다. 민키에비치는 "차 엔진 소리가 들리는 순간, 사람들이 죄다 숲으로 달아난다."라고 적었다.[89] 게다가 국내보안대 장병들이 해안 지역에서 독일 여성들을 강간하고 유대인 가족을 살해한다는 혐의도 제기되었다. (Tokarska-Bakir, 2018, 387)

간단히 말해, 주민들은 국내보안대를 반기지 않았고, 정부 기관을 두려워했다. 바우만은 상황을 개선하고자 애썼다. 교육 교관이었으니, 지역 주민을 먹잇감처럼 괴롭히기보다 보호하자고 병사들을 설득하고 가르쳤을 것이다. 국내보안대의 일부 장병과 달리, 바우만이 민간인에게 그릇된 행동을 저질렀다는 증거는 하나도 없다.

쉽게 말해, 현재까지 나온 문서에는 지그문트 바우만이 공산주의 범죄자였다고 내비치는 내용이 전혀 없다. 바우만은 공산주의 운동가였다. 국내보안대에 복무하는 동안 공산주의 이념을 지지했고, 공산주의 이념가로서 젊은 신병들을 가르쳤다. 바우만과 같은 경험을 한 젊은 유대계 폴란드인 지식층에는 그런 이력을 보이는 사람이 아주 흔하다. 바우만은 다른 많은 지식인과 다를 바 없는 정치 장교였다.

1946년 12월 20일에 바우만은 대위로 진급했다.[90] 장병들을 정치적으로 교육하고 북돋운 공로가 컸을 것이다. 하지만 슈치트노와 사관학교는 눈부신 경력을 쌓기에 알맞은 장소가 결코 아니었다. 게다가 젊은 장교를 자극할 즐거운 문화생활이 있는 곳도 아니었다. 바우만은 1947년 5월에 교관 임무를 마치고, 경력을 쌓을 전망이 매우 밝은 바르샤바로 전근했다. 1947년 6월, 바우만은 국내보안대 정치·교육 위원회 선전부의 참모부장이 되었다. 바우만의 인생에 새로운 장이 펼쳐졌다. 수도로 옮겼고, 지식이 중요한 자리를 맡았다. 그리고 종전 뒤 처음으로 비로소 '평범한' 생활을 시작했다. 가족을 꾸리고 고등교육을 받을 수 있는 생활을. 폐허에서 돋아난 새로운 삶. 이것이 바르샤바라는 도시의, 그리고 바우만의 운명이었다.

7

사회주의 사회를 살다

1947~1953, 바르샤바

모든 사람의 행동에는 두 측면이 있다. 하나는 가치관의 세계로, … 상황과 타인을 접촉해 얻은 경험을 분류하고 정의하도록, 다양한 목표 중 실현할 수 있는 목표를 고르도록, 어떤 수단은 거부하고 어떤 수단은 택하도록 돕는다. 또 다른 측면은 외부 환경으로, 근본적으로 어떤 압력 체계, 벗어날 수 없는 것, 선택과 행동에 한계를 긋는 일련의 불가피한 일들이다. 어떤 상황의 객관적 모습이란 어떤 이념적 계획, 목표, 가치관은 받아들이면 내면에서 엄청난 고통만 일으키는 헛된 꿈으로 드러나지만, 가치가 떨어지는 다른 계획, 목표, 가치관은 생명공학의 원리, 삶의 기술, 가능한 일을 실현하는 기술로 존재를 드러낸다는 뜻이다. 가능한 일을 실현하는 기술은 고귀하지는 않을지라도 더 확실한 목표를 이룬다.

- 지그문트 바우만, '… 사회주의 사회를 사는 사람'(1967, 3~4)[1]

1940년대 후반의 바르샤바

"전쟁 전 폴란드는 가뜩이나 뒤처지는 나라였습니다. 그리고 나치 점령으로 더 뒤처지는 나라가 되었지요." 2007년에 《가디언》의 아이다 에더마리엄과 나눈 인터뷰에서 바우만이 한 말이다.

> 가난한 나라에서는 궁핍, 굴욕, 치욕 같은 일을 겪기 마련입니다. 해결해야 할 모든 복잡한 사회 문제와 문화 문제를요. 당시 폴란드의 정치 지형을 보면 공산주의 정당이 가장 나은 해결책을 약속했습니다. 공산주의 정당이 제시한 정강 정책이 폴란드가 마주한 문제에 가장 적합했습니다. 나는 공산주의에 철저히 헌신했습니다. 내게 공산주의 사상은 계몽주의의 연장이었을 뿐입니다.[2]

1947년 여름, 바르샤바는 재건으로 활기가 넘쳤다. 1945년 겨울에 스탈린과 전국국민평의회(KRN) 의장 볼레스와프 비에루트*가 바르샤바를 폴란드의 수도로 유지하기로 한 뒤로, 수도재건국Biuro Odbudowy Stolicy이 폐허가 된 바르샤바 여러 지역, 그중에서도 특히 나치가 90% 남짓 파괴한 구시가지를 복원하는 데 집중했다.[3] 2013년에 《가제타 비보르차》와 나눈 인터뷰에서 바우만은 이렇게 회고했다. "일요일 산책길에서 가장 즐겨 하던 일은 구시가지가 어떻게 재건되는지 지켜보는 것이었습니다. 폴

---

* Bolesław Bierut. 폴란드공산당 출신으로, 공산주의 투쟁을 벌이다 1939년에 소련으로 건너갔다가 1943년에 폴란드로 돌아와 폴란드노동자당에 합류한다. 폴란드노동자당이 전국국민평의회를 설립했을 때 의장 자리에 오르고, 해방 뒤 1947~1952년에 대통령을, 1948~1956년에 폴란드연합노동자당 서기장을 지낸다. 붉은군대의 폴란드 주둔을 지지할 정도로 엄격한 스탈린주의자였다.

란드가 돌무더기에서 다시 우뚝 일어서는 모습을 지켜보자니 감격스럽더군요. … 1945년에 전선에서 돌아왔을 때 바르샤바는 돌무더기였습니다. [재건은] 벽돌을 이리저리 옮기는 일이었지요. 그러다 불쑥 이런 것들[새 건물들]이 하늘로 우뚝 솟더군요. 놀랍고도 무척 가슴 벅찬 경험이었습니다."[4]

바우만이 설명한 변화는 도시 계획 전문가가 이룬 기적이 아니었다. 되도록 빨리 도시를 되살리고 전쟁의 흔적을 지우고자 진행한 대규모 재건 사업을 돕겠다고, 폴란드 각지에서 사람들이 달려왔다. 어마어마하게 많은 봉사자가 바르샤바를 되살리는 데 손을 보탰고, 이어서 나라 전체가 그런 재건 과정을 거쳤다. 《가제타 비보르차》와 나눈 인터뷰에서 바우만은 말했다. "바르샤바 동-서 호이단 도로가 어떻게 건설되고 개통되었는지를 기억합니다. 어찌나 기쁘던지, 춤이 절로 나더군요. 그리고 현재 '엠피크'[유명 서점 체인]가 있는 자리에 건물이 들어섰습니다. 거기 있잖습니까, 예로졸림스키에 거리와 노비시비아트 거리가 만나는 모퉁이에 있는 서점요. 거기에 커다란 글이 적혔습니다. '이 건물을 열나흘 만에 지었습니다!'"[5] 바르샤바가 무척 빠르게 재건되자, 바르샤바대학교처럼 해방 뒤 다른 도시들(주로 우치였다)에서 운영되던 기관들이 잇달아 복귀했다. 소속 학과가 하나씩 바르샤바에서 문을 열자, 바르샤바대학교 교수들도 차근차근 도시로 돌아왔다.

바우만은 무려 100만 명에 이르는 폴란드인이 소련을 떠난 귀환 과정[6]이 절정에 이른 1946년 6월 무렵, 소련에서 돌아오는 부모를 만나고자 바르샤바에 들렀다. 바우만이 2년 반 동안 헤어졌던 부모를 다시 만난 기록은 어떤 문서에도 없지만, 가족이 얼마나 기뻐했을지가 눈에 훤하다. 전쟁과 홀로코스트를 뚫고 다시 만났으니, 지그문트네 가족은 운이 좋았다. 하지만 더는 대가족이 아니었다. 마우리치의 형제자매는 전쟁이 터지기 몇 해 전에 이미 이민했고, 1남 5녀였던 조피아의 형제자매는 오빠와 세 자매가 살해되어 자매 둘만 목숨을 건졌다. 두 자매는 대가족인 콘집안에서 끝까지 살아남은 상속자라 재산을 꽤 많이 물려받았지만, 유산 때문에 둘 사이에 갈등이 생겼던 것으로 보인다.

바우만은 1949년 9월 24일에 폴란드연합노동자당Polska Zjednoczona Partia Robotnicza(PZPR)에 입당하고자 작성한 이력서에 이렇게 적었다.

> 1946년 봄에 부모님이 폴란드로 돌아오셨습니다. 어머니의 형제자매 중 유일하게 살아남은 레오카디아 시만스카 이모가 브워츠와베크에 살았고, 제재소 한 곳과 공동 주택 여러 채를 소유했습니다. 레오카디아 이모는 살해된 이모들의 유산인 브워츠와베크 소재 주택 한 채의 지분 절반과 시에미아노비체 소재 주택 한 채의 지분 4분의 1을 받으라고 어머니를 설득했습니다. 어머니는 1948년에 두 집의 지분을 모두 팔고, 이모와 의절했습니다. 브워츠와베크의 집을 팔아 받은 7만 5,000즈워티*는 공동 당사에 기부하셨습니다.

폴란드연합노동자당 공동 당사는 좌파 정당인 폴란드노동자당과 폴란드사회당의 통합을 상징하는 건물이었다.[7] 두 당은 통합 과정에서 당원들을 오랫동안 선별한 끝에, '미심쩍은' 당원 11만 명을 쫓아냈다. 최종 통합은 이 '청소'를 마무리한 1948년 12월에 이뤄졌는데, 권력 대부분을 브와디스와프 고무우카가 이끄는 폴란드노동자당이 쥐었다. 공동 당사 건립에 내는 기부금은 공산주의 이념을 매우 충실히 따른다는 상징이었다. 따라서 유산을 기부하면 정치 활동에 한 점 의심도 남지 않았다. 전쟁

---

* 폴란드의 화폐 단위. 2021년 기준으로 1즈워티는 약 300원이다.

뒤라 사람들에게 재산이라고는 없고, 설사 있더라도 집과 가구, 여러 물건을 다시 짓고 만들거나 사는 데 모조리 써야 했던 시기니, 조피아 바우만의 기부는 꽤 크고 의미 있었다. 또 다른 문서에서 바우만은 레오카디아를 '부르주아'로 묘사했다. 이 시기에 부르주아는 무거운 혐의였다. 이로써 자매는 정치 지형의 반대편에 섰다. 게다가 이들이 전쟁을 겪은 상황이 달랐다. 레오카디아는 나치 점령기에 시만스카라는 가명으로 살았고, 조피아는 남편, 아들과 함께 소련으로 피난했다. 가족의 유산을 파는 것이 아무래도 민감한 문제였겠지만, 그렇게 얻은 돈을 공동 당사에 기부한 사실을 레오카디아가 알았다면 보나 마나 배신으로 느꼈을 것이다. 조피아에게 기부는 정치에 깊이 참여한다는 뜻이었다. 바우만은 아버지가 시온주의자인 배경을 상쇄할 셈이었는지, 여러 이력서에서 이 대목을 강조했다. 전후 폴란드에서 직장에 다니던 사람이라면 누구나 그랬듯, 바우만도 표준 조서에 부모의 정치 성향을 설명해야 했다. 작성 연도와 목적에 따라 10~12쪽 남짓인 조서에는 자신이 살아온 삶뿐 아니라 가까운 피붙이라면 해외에 사는 사람까지 포함해 정보를 자세히 기록해야 했다. 주로 국가 기관이던 고용주는 채용한 폴란드 시민의 정보를 샅샅이 알려 들었다.

1949년에 작성한 조서에 바우만은 이렇게 적었다. "부모님은 바르샤바에서 저와 함께 삽니다. 아버지는 협동조합에서 장부 담당자로, 어머니는 WSS[국영 소규모 음식점 체인] 식당에서 감독관으로 일합니다. 어머니는 1947년 9월부터 폴란드노동자당 당원이셨고, 통합 뒤에는 폴란드연합노동자당 당원입니다." 바르샤바는 주거 시설이 희귀하고 거주 요건이 몹시 까다로웠지만, 마우리치와 조피아는 아들과 한집에 산 덕분에 바르샤바에 머물 수 있었다. 정부가 방이 여럿인 아파트에서 빈번하게 방을 징발했으므로, 온 식구가 방 한 칸에서 사는 일이 심심찮게 많았다.

그래도 바우만은 바르샤바의 국내보안대 위원회에 복무하는 장교라, 공무원 아파트를 받았다. 마우리치와 조피아의 직업이 사회 권력과 거리가 멀었으니, 두 사람의 능력으로는 방을 얻지 못했을 것이다. 이들은 산도미에르스카 거리 14번지 19층에서 살았다. 여기서 가까운 라코비에츠카 거리에는 초병들이 입구를 지키는 군사 건물과 정부 건물들이 들어서 있었다.[8]

지그문트의 아내 야니나 바우만은 1988년에 쓴 자서전 『소속을 꿈꾸다—전후 폴란드에서 보낸 세월 *A Dream of Belonging: My Years in Postwar Poland*』[9]에 이렇게 적었다. "아파트에는 자그마한 방이 두 개, 그리고 부엌과 화장실이 하나씩 있었다. 햇살이 가득한 집은 먼지 하나 없이 깔끔했고, 19세기 러시아 명화의 복제품과 화분으로 장식되어 있었다. 우리 가족이 살던 지저분한 방과 천양지차라, 나와는 거리가 먼 호화로운 세상에 발을 디딘 기분이었다." (J. Bauman, 1988, 47~48) 아파트가 있는 모코투프 행정구는 녹음이 우거진 바르샤바 중심지였으니, 지그문트 바우만은 틀림없이 특권을 누렸다. 바우만은 국내보안대의 '정치 교육' 임무에 깊이 참여하고 정치적 충성을 보인 대가로 살기 좋은 집과 풍족한 월급을 누렸다.

특별한 직장, 평범한 생활

1947년까지도 폴란드가 안정을 되찾지 못했으므로, 바우만이 일한 국내보안대 정치·교육 위원회가 활발히 활동했다. 1945년 포츠담 협정에서 스탈린, 처칠, 트루먼이 요구한 전후 첫 국회의원 선거가 1947년 1월 19일에 열렸다. 선거의 목적은 폴란드를 민주주의에 근거해 운영할 토대를 다지고, 사회를 대표하는 사람들이 권력 구조에 적절하게 참여해 국가를 안정시키는 것이었다. 한 해 전인 1946년 국민 투표에서, 볼레스와프 비에루트가 이끈 폴란드노동자당은 예상과 달리 불리한 결과가 나오자, 권력을 계속 유지하려고 결과를 조작했다.[10] 의회 선거도 비슷한 상황에서 열렸다. 투표 조작으로 폴란드노동자당이 승리를 다졌지만, 당 지도부는 상황이 여전히 불안정하다고 봤다. 당이 보기에, 새 정권을 바라보는 국민의 시선을 개선할 핵심은 교화와 선전이었다. 바우만은 체제에 보탬이 될 적극적이고 창의적인 인물이었다. 바우만이 맡은 매우 중요한 임무 하나가 공산주의 교화를 목표로 정치적 글을 쓰는 것이었다. 바우만은 그런 글을 숱하게 썼다. 정치적 글을 쓰려면 레닌의 저술 같은 '고전'을 달달 꿰고, 마르크스주의 문학에 등장하는 배경과 역사를 잘 알아야 했다. 바우만은 많은 시간을 기울여 온갖 강연문을 준비했다. 어떤 글은 바우만이 직접 발표했고, 어떤 글은 다른 사람이 발표했다. 먼 훗날《가디언》과 나눈 인터뷰에서 바우만은 이 업무가 그리 중요하지 않은 지루한 일이었다고 설명했다. "내 업무는 사실 매우 따분했습니다." 인터뷰를 진행한 언론인 에더 마리엄은 "바우만이 장병용 정치 책자를 썼다."라고 보탰다.[11]

바우만은 '사회주의자/공산주의자[12] 의식 확장'을 촉진할 정치 교육과 훈련을 준비하는 임무도 맡았다. 국내보안대 기록물의 한 문서는 정치 장교를 양성할 훈련을 조직하는 담당자로서 바우만의 일과를 일부 보여준다. 바우만이 서명한 이 '연대 내 정치 선전가 양성 계획' 문건은 십중팔구 바우만이 작성했을 것이다. 그 무렵 바우만이 정치·교육 위원회를 이끈 비브로프스키(6장에서 다뤘듯이, 바우만은 비브로프스키를 가리켜 자신의 지휘관이자 국내보안대에서 신임받는 사람이라고 말했다)의 지휘 아래 국내보안대 교육 부서를 조직하는 임무를 맡았기 때문이다. 1950년 2월 16일에 작성한 계획서의 세부 일정은 분명 지루하지만, 정치 선전가들이 익혀야 했던 주제를 살펴볼 수 있다.[13] 첫날 일과는 아침 8시 30분에 언론 기사를 훑어보는 것으로 시작해, 코포로프스키 대위가 15분 동안 조회를 진행한 뒤 '모범이 되는 소련군의 정치 선전가'라는 제목으로 한 시간 동안 강연했다. 10시부터 11시까지는 트샤스카 대위가 '정치 선전가의 임무'를 강연했고, 그 뒤로 세 시간 동안 '경험 교류'가 포함된 실습 시간이 이어졌다. 한 시간 동안 점심을 먹은 뒤에는 '경계를 위한 싸움'이라는 한 시간짜리 강연이 이어졌다. 오후 4시에는 쿨치크 중위가 '경계를 위한 싸움과 군사 기밀 유지에서 선전원의 임무'를 강연했다. 저녁까지 남은 시간은 '교육용 게임과 실습수업'이었다. 저녁 식사는 7시였고, 그다음에는 영화를 봤다.

이튿날 과정도 빡빡하기는 마찬가지라, 아침 7시 45분에 언론 기사를 살펴본 뒤 한 시간 동안 무기 사용 시범이 있었다. 그다음에는 트샤스카 대위가 '선전원 업무의 바탕이 될 모범 보이기'를 한 시간 동안 강연했고, 이어서 바우만이 세 시간 동안 '선전원 업무에서 언론'을 강연했다. 점심 식사 뒤에는 칼리시에비치 중위가 한 시간 동안 '독서법'을 시범 설명한 뒤, 이어서 트샤스카 대위가 '대자보 발간에서 선전원의 역할'을 강연했다. 일과는 4시부터 5시까지 바우만이 '장병들의 정치 교육과 군사 훈련, 그리고 고도의 군기 확립에서 선전원의 역할'을 강연하는 것으로 끝이 났다. 밤에는 연극 공연(제목은 적혀 있지 않다)이 포함되었다. 마지막 날에도 15분에 걸친 언론 기사 검토로 시작해, 생산 협동조합과 관련한 두 시간짜리 강의가 이어졌다. 그다음에는 차바이 소위가 장병 열 명에게 군가를 가르쳤고, 나머지 교육생은 쿨치크 중위와 함께 사격 훈련을 했다. 점심 식사 이후 바우만이 내부 투쟁에서 선전원의 역할을 강의했다. 내부 투쟁이란 아마 당시 모든 정치 모임과 군사 모임에서 뜨거운 주제였던 '내부의 적'과 치러야 할 정치 충돌을 가리켰을 것이다. 마지막 강의는 폴란드의 경제 개발 계획인 '6개년 계획'과 이 계획의 목표를 달성할 방안을 다뤘다. 교육은 오후 6시를 끝으로 막을 내렸다. 이 교육 계획서에는 '국내보안대 2분과장 대위 바우만'이라는 서명이 적혀 있다.

당시 군사 조직에서 흔했던 이 교육 과정이 바우만의 업무를 잘 보여준다. 바우만은 이념을 생각하고, 쓰고, 말하고, 조직하고, 관리하고, 또 남들과 토론했다. 이런 모습은 기회주의자나 순응주의자의 전략적 대응이 아니었다. 뒷날 여러 인터뷰에서 강조한 대로, 바우만은 '대의'를 믿었다.

더 나은 미래를 믿으며

2013년에 《가제타 비보르차》의 크바시니에프스키와 나눈 인터뷰에서 바우만은 이렇게 말했다.

[젊었을 때] 나는 사회관계를 생각할 수밖에 없었습니다. … 바르타강에 뛰어드는 아버지들을, 급우를 발로 차고 목 조르는 아이들을요. 군에 들어간 뒤로는 이 문제를 진지하게 이야기하기 시작했습니다. 스스로 그렇게한 건 아니었습니다. … 전쟁 전부터 그 문제에 발 담근 더 현명하고 경험 많은 사람들이 요청해서였지요. 공산주의 때문만도 아니었습니다. 폴란드인민군 제1군은 어찌 보면 공산주의가 아니라 국가주의를 바탕으로 세워졌으니까요. 그래서 나는 왼쪽과 오른쪽에 모두 귀 기울였습니다. 그들 덕분에 폴란드의 정치 지형과 사회 지형을 깨달았지요. 학교에서는 그런 문제를 가르치지 않았으니 좌익이니, 우익이니, 민족주의니, 맹목적 애국주의니, 사나차Sanacja[14]니, 민족민주당[15]이 있는 줄을 전혀 몰랐습니다. 전쟁 전 폴란드에 드러나지 않은 실업자가 무려 800만 명이나 있었다는 사실도요. … 그러니까, 당신이 다시 열여덟 살이 되었다고 생각해 봅시다.

물론 보나 마나 여자아이들 생각도 하겠지만, 한가한 시간에 무슨 생각을 할까요? 그래요. 세상이 어떤 곳일까, 어떻게 해야 세상을 바꿀 수 있을까를 생각하겠지요. 그래서 나는 이 모든 이야기에 귀 기울인 뒤 어릴 적 경험과 연결했습니다. 그리고 그 시절 많은 젊은이가 그랬듯, 폴란드가 선택할 수 있는 모든 정치 체제를 비교했을 때 공산주의자들의 제안이 가장 낫다는 결론에 이르렀습니다. 그러니 그때 내가 어떻게 느꼈을지, 한번 생각해 보세요. 공산주의자들은 소작농에게 땅을 주겠다고 말했습니다. 나는 소작농들이 땅이 없어 고통받는다는 사실을 알고 있었고요. '공장을 노동자들에게, 멋지군, 아버지가 허리를 굽혀 절하는 일은 없겠어. 모든 사람이 평등할 거야. 교육은 무상일 테고. 대단해!' 내게는 교육이 중요한 문제였습니다.[16] 차별과 모욕에 반대하는 구호도 많았어요. 특히 그런 구호가 내 삶에 무척 중요한 개념이 되어 지금까지 이어졌습니다.[17]

차별을 멈추자. 모욕을 멈추자. 이것이 공산주의가 전후에 내건 약속이었다. 전후 체제에는 이런 약속을 실현할 수 있다는 환상을 깨뜨리지 않을 요소가 있었다. 야니나 바우만은 자신과 지그문트의 삶을 바탕으로 쓴 『소속을 꿈꾸다』에서 바우만이 "신념을 굽히지 않았다."라고 적었다.

견고하고 뚜렷한 논리적 사고를 하는 사람이었는데도, 콘라트는 공산주의에서는 공정하기 그지없는 사회주의 체제가 언어, 인종, 종교와 상관없이 인간의 완전한 평등을 보장할 테니, 반유대주의나 다른 어떤 민족 혐오도 들어설 틈이 없을 것이라고 설명했다. 알맞은 때에 알맞은 곳에 태어난 덕분에 고귀하기 그지없는 대의를 위해 싸울 수 있으니 정말 운이 좋다고 목소리를 높였다. "지금 바로 여기 우리 눈앞에서 역사에 남을 가장 위대한 변화가 일어나고 있어. 팔짱 끼고 가만히 구경만 한다면 두 번 다시 없을 기회를 놓치고 말 거야. 뒤돌아 달아나는 행위야말로 배신이야." 나는 넋을 잃고 콘라트의 말에 귀를 기울였다. 정직한 공산주의자의 목소리가 귀에 들어왔다. 콘라트의 주장은 흠잡을 데가 없는 것 같았다. 콘라트는 자신의 말을 진심으로 믿었다. (J. Bauman, 1988, 49)

많은 폴란드 젊은이, 특히 전쟁 전에 차별에 시달린 집단 출신인 젊은 이들이 그런 변화를 믿었다. 요안나 토카르스카-바키르는 "폴란드식 공산주의가 평등한 권리를 내세워 유대인을 꾀면서도 애초에 명확한 태도를 보이지 않았다."라고 꼬집었다.

공산주의 정권은 혁명이 무르익을수록 계급 투쟁의 결과로 반유대주의가 안정되어 줄어든다고 봤다. 유대인을 포함해 반유대주의를 더 빨리 뿌리 뽑아야 한다고 생각한 사람들을 '부적절한' 민족주의인 시온주의로 몰기 일쑤였다. 시온주의자로 몰린 이들은 달리 길이 없어 정말로 시온주의자가 되었다. 그런데 공산주의 정권은 '적절한' 민족주의, 그러니까 정당한 공산주의에 협력할 만한 민족주의에는 경의를 드러냈다. 스탈린의 오른팔이라고도 불렸던 정치국 위원 야쿠프 베르만Jakub Berman이 1947년 10월 10일에 폴란드노동자당 중앙위원회에서 이를 명확히 밝혔다. "폴란드 사회, 여러 사회층, 노동자 계층, 소작농, 일부 지식인층에 깊이 뿌리 내린 민족 정당을 창당할 수 있다는 것은 우리 공산주의자들이 이룬 위대한 업적입니다. 우리가 반드시 지켜야 할 가장 소중한 보물입니다. [2차 세계대전 전 국제주의라는 이상을 선전한] 폴란드공산당의 허울 좋은 덫에 또다시 발을 들인다면 끔찍하기 짝이 없는 재앙이 될 것입니다." (Tokarska-Bakir, 2018, 210)

전후 몇 년 동안 공산주의자들이 내놓은 약속을 오늘날 되돌아보면 마치 이상향 건설 계획처럼 보여, 새로운 체제 건설에 흠뻑 빠진 이들의 관점을 받아들이기가 쉽지 않다. 크바시니에프스키가 인터뷰에서 바우만에게 물었다. "이상주의자들은 이상향을 건설할 때 모든 것을 상상합니다. 거리, 집, 하루 일정 같은 세세한 것까지요. 특별히 신경 썼던 세부 사항을 기억하시나요?" 바우만이 답했다. "그때 나는 내가 하는 일을 이상향 건설로 이해하지 않았습니다. 현실로 생각했지요."[18]

바우만에게 현실이란 당에 속하는 것, 당에서 활동하는 것이었다. 1945년부터 폴란드노동자당 활동가였던 바우만은 1948년 12월 12일에 당원번호 0660454로 폴란드연합노동자당 입당을 승인받았고, 1719부대 위원회에서 서류를 발급받았다.[19] 12월 28일에는 검증 절차를 밟았다. 1948년 1월 15일에 작성한 보고서에 위원회는 이렇게 적었다.

> 얀 푹스 소령, 브와디스와프 민키에비치 소령, 카지미에시 시타레크 소령으로 구성된 심사단은 다음과 같이 평가했다. [바우만은] 슈치트노에서 당무를 이끌어, 12명이던 부대 규모를 60명으로 늘렸고, 그 가운데 30명을 직접 모집했다. 그런데 신병들의 정치 성향에 충분히 주의를 기울이지 않아, [1947년 후반에] 당에서 출당된 인원들이 있었다. 바우만은 부지런하고 헌신하는 사람이다. 뛰어난 강연자이고, 무엇에도 중독되지 않았다. 도덕적으로도 흠잡을 데가 없다. 바우만의 활동은 당에 도움이 된다.

이 문서는 바우만의 당 경력과 직무 경력을 하나로 묶어, 공산주의 국가의 소수 특권층인 노멘클라투라로 가는 궤도에 태웠다. 노멘클라투라는 "사상을 믿을 수 있는 자, 자격 요건이 충분한 자, 사회·정치·문화 측면에서 국익을 위해 행동하는 자만이 관리직을 맡게 보장하는 기본 도구

중 하나였다."(Hardy, 2009, 30에서 Smolar, 1983, 43을 재인용)

　이런 상호 의존은 전후 폴란드군, 특히 바우만 같은 정치 장교들에서 나타나는 특징이었다. 바우만의 눈부신 진급은 바우만이 열의에 차 선전 활동과 정치 교육에 전념했다고 암시한다. 바우만은 1947년 7월에 국내 보안대 정치훈련부 정치·교육과 위원회의 교관 자리를 새로 맡는다. 몇 달 지나지 않아 첫 부서의 지휘관이 되고, 열 달 뒤인 10월 20일에는 정치·교육 위원회의 두 부서를 이끈다. 1949년 7월 10일에도 또 승진해, 선전·선동부의 수장이 되고, 1952년 5월에 소령으로 승진한 뒤에는 정치 위원회 2부의 수장이 된다.[20]

정치과학원 학생—1947~1950

바우만은 국내보안대 활동에 열중하는 한편, 1947년부터 바르샤바의 정치과학원Akademia Nauk Politycznych(ANP)에서 다시 공부를 시작했다. 1939년에 사립학교로 문을 연 정치과학원은 1945년까지 제구실을 못 하다가 1946년 11월에 국영화되었다. 학부는 네 개로 행정학부, 외교학부, 언론학부, 그리고 바우만이 입학한 사회과학부였다. 사회과학부에서 가르친 분야는 사회학, 정치경제, 사회 학설, 통계학과 인구학, 근대사, 사회경제사, 사회 정책, 사회 입법이었다. 정치과학원 총장으로 세계적으로 유명한 통계학자이자 인구학자였던 에드바르트 슈투름 데 슈트렘Edward Szturm de Sztrem은 제정 러시아와 프랑스에서 교육받았고 젊은 시절부터 사회주의 운동가였다. 서유럽에 쉽게 정착할 수 있었지만, 사회주의 국가를 건설한다는 생각에 고무되어 해방된 조국에 돌아왔다. 1947년 6월 3일, 슈투름은 소련 학자들이 '부르주아' 학문이라고 의심하던 사회학 강좌를 신설해달라고 요청하며, 교육부에 다음과 같은 근거를 댔다.

사회 이론 및 사회 연구로서 사회학은 다양한 사회 문제를 연구하는 데 필요한 기초 분야를 구성한다. 이 분야를 강의하고 연구해야 하는 까닭은 사회학이 기초 학문이기 때문이다. 학생들이 사회 연구에서 나타나는 까다롭기 짝이 없는 문제를 다루려면 사회학의 방법론을 익혀야 한다. 사회 과학부에 사회학이 없다면 우리 연구에 중대한 공백이 생길 것이다.[21]

슈투름이 이토록 집요하게 요청한 덕분에, 바우만이 정치과학원에서 사회학을 배울 수 있었다. 대부분 필수 과목인 개설 과정은 다양한 분야를 다뤘고, 교수진에는 폴란드 지식층과 정계에서 이름을 떨치는 인사들이 포진했다.[22] 교과 과정에 따르면, 바우만은 1학년 때 아담 샤프Adam Schaff(1913~2006) 교수에게 '철학의 주요 문제', 마르크스 이론의 토대인 '변증법적 유물론'과 '역사적 유물론'을 배웠다. 학계에서 바우만의 첫 스승이 되는 샤프는 파리와 모스크바에서 교육받은 정통파 마르크스주의자 철학자로, 폴란드에서 명성이 자자했고 폴란드연합노동자당의 공식 이념 연구자였다. 또 다른 주요 인물은 유명한 법학자이자 국제법 전문가인 만프레트 라흐스Manfred Lachs 교수로, 이후 1966년에 헤이그 국제사법재판소 재판관으로 뽑혀 1993년까지 일했고, 1973~1976년에는 국제사법재판소 소장을 지냈다.[23] 바우만은 라흐스에게 '법 백과사전'이라는 과목을 들었고, 비스쿱스키라는 교수에게 '국가와 법 이해', '폴란드법'을 배웠다. 이 밖에도 지리학자 마리아 키에우체프스카 교수에게 '일반 경제 지리학'을, 역사학자 율리우시 바르다흐 교수에게 '자본주의 이전의 경제 형태'와 '19~20세기 역사'를 배웠다. 열렬한 스탈린주의 신봉자라 폴란드 사학자들에게 매우 두려운 존재였던 노동운동 역사가 잔나 코르마노바에게는 '사회주의 운동과 정책의 역사'를 배웠다.

살펴봤듯이 정치과학원의 주요 연구 주제는 폴란드의 새로운 정치 방향과 하나로 묶여 있었다. 하지만 통계학, 논리, '지식 노동 기법' 같은 연구 방법론 강의처럼 정치에 그리 민감하지 않은 과목도 있었다. 학생들은 재학하는 3년 동안 러시아어, 프랑스어, 영어, 독일어를 포함한 외국어 강의도 들어야 했다.[24] 2학년 때는 주로 경제학에 집중해 국가 재정, 역사, 사회 정책, '자본주의 경제', '경제법'을 들어, 새로운 경제 체제 특히 사회주의식 중앙집중 계획 경제에 대비했다. 3학년이 되면 조직 관리, 행정, 기타 학문 활동 중에서 전문 분야를 선택해야 했다. (기타 학문 활동이 자연과학, 운동, 음악, 예술이었는지는 언급되지 않았다.) 바우만은 조직 관리를 선택해 통계, '민중민주주의와 사회주의의 경제', '노동자 조직 구성과 기법', 그리고 사회 편익 전문가로 노동법을 가르친 에우게니우시 모들린스키 교수의 '사회학' 강좌도 들었다.

1940년대 후반만 해도 사회학이 학문으로 널리 정착하지 못한 때라, 바르샤바에서조차 사회학 교수를 찾기 어려웠다. 인맥이 넓은 슈투름 데 슈트렘 학장마저 사정이 다르지 않았다. 그래도 정치과학원의 교수진은 매우 엄선한 인물들이었다. 몇몇은 이미 세계에 이름을 알린 명사였고, 몇몇은 머잖아 이름을 알린다. 또 유명한 전문가, 현역 정치인, 당 지도부 인사들도 있었다. 이들은 대부분 해외에서 공부하고 일한 적이 있어 폴란드 밖의 노동 문화에 익숙했다. 어떤 학생들은 조용히 퍼진 이런 암묵적 지식에 자극받아, 전문 분야에 통달하고 싶다는 깊은 갈망과 국제적 수준의 경력을 쌓고 싶다는 욕구를 느꼈다.

1985년에 라흐스가 쓴 대로, 정치과학원에는 세계화 분위기가 넘실거렸다.

거의 40년 전 … 바벨스카 거리[정치과학원]에서 강의하기 시작했다. … 앞으로 어떤 어려움이 닥칠지는 몰랐다. 모든 세대가 격변하는 역사의 목격자였고 당사자였지만, 많은 사람이 갈피를 잡지 못할 때가 숱했다. … 1945년에는 우리 앞에 놓인 문제를 쉽게 해결할 수 있을 것 같았다. 현실은 그렇지 않았다. 한때 어둠 속으로 밀려나 위대한 세계의 주변부에 지나지 않았던 폴란드가 마침내 유럽에서 제자리를 찾기 시작했다. 학생이든, 언론인이든, 시인이든 … 폴란드처럼 국제 문제에 관심이 컸던 나라는 찾아보기 어렵다. 폴란드 국민이 국제 문제에 이렇게 매달린 까닭은 … 역사로 볼 때 우리 폴란드인의 삶이 국제무대에서 일어나는 사건에 여느 나라보다 영향을 많이 받기 때문이다. (Sobiecka & Ślęzak, 2015에서 Lachs, 1985를 재인용.)[25]

대학 교육을 받기 시작한 뒤로, 바우만은 국제 사회의 광범위한 맥락을 읽어 한 국가나 대륙의 경계를 넘어서는 역사 흐름과 사회 변화를 분석할 줄 아는 능력을 얻었다. 그리고 이 교육 덕분에, 사회 변화에 관심이 깊어졌다.

정치과학원의 교수진은 모두 사회주의자와 공산주의자라, 다원성이 그나마 어느 정도 유지되던 여느 대학보다 좌파 정당에 더 기울어져 있었다. 정치과학원이 미래의 사회주의 엘리트 곧 미래의 정치 지도자, 외교관, 언론인, 고위 행정관을 양성하는 곳이었기 때문이다. 슈투름 총장을 포함한 교수 일부는 서유럽에서 누릴 수 있던 안락한 생활을 마다하고, 폴란드를 재건하고자 조국으로 돌아오는 길을 택했다. 차별 없는 새로운 사회를 만든다는, 오늘날 관점으로 보면 이상에 가까운 발상에 고무되었기 때문이다. 이들은 자신의 손으로 역사를 만든다고 생각했다.

일흔 살을 축하하는 자리에서 라흐스가 이렇게 말했다. "지나고 보니 지난 40년 동안 나는 역사에 길이 남을 가장 위대한 사건들 옆에 있었습니다.

역사는 내 인생을 비켜 가지 않았습니다. 그러기는커녕 역사가 내 삶을 풍요롭게 했습니다. 폴란드 인민공화국 덕분에 가능한 일이었습니다. 내가 군중 속에서 두드러진 것도, 나라 안팎에서 두드러진 것도 모두 폴란드 인민공화국 덕분입니다." (Sobiecka & Ślężak, 2015에서 Lachs, 1985을 재인용.)[26]

이토록 정치에 열렬하게 참여하는 방식이 틀림없이 젊은이들을 사로잡았을 것이다. 바우만을 포함한 학생들에게 교수진은 교육자였을 뿐 아니라 도덕과 정치에서 뒤따라야 할 권위자였다. 정치과학원은 교수진의 면면뿐 아니라 학생 구성에서도 여느 대학과 달랐다. 야니나 바우만에 따르면 "강의와 세미나가 모두 오후 늦게야 시작했다. 낮에는 학생 대다수가 직장에서 일해야 했기 때문이다. 세 학부*에 학생 수천 명이 등록했고, 대다수가 전쟁으로 허비한 시간을 만회하려 애썼다. 많은 학생이 여전히 군에 복무했으므로 군복을 입었다. 어마어마하게 큰 강의실과 널찍한 세미나실이 언제나 가득 찼다." (J. Bauman, 1988, 37)

처음에 바우만은 바르샤바대학교에 들어가, 군에 입대하기 전 고리키에서 전공한 물리학과 수학을 계속 공부할 생각이었다. 하지만 바르샤바대학교에 소련 쪽 서류를 제시했더니, 교무처가 입학시험을 다시 치러야 한다고 잘라 말했다. 게다가 바쁜 장교에게는 물리학과 수학보다 사회학을 공부하는 쪽이 더 감당하기 쉬웠다. 물리학과 수학 같은 학문 분야는 오롯이 학문에만 집중해야 해, 국내보안대의 고된 직무와 병행하기 어려웠다. 바우만이 선택할 수 있는 과정은 야간 과정과 주말 과정뿐이었다. 야니나가 언급한 대로, 바우만은 실제로 일에 바빠 강의에 충실하지 못했다. "시간이 조금 지난 뒤에야 콘라트를 다시 만났다. 콘라트는 강의를

---

* 야니나 바우만이 착각한 것으로 보인다. 정치과학원의 학부는 네 곳이었다.

꽤 자주 빠지는 듯했다. 강의를 모두 듣기에는 너무 바빴을 것이다."(J. Bauman, 1988, 40) (2000년에 손수 번역해 출간한 폴란드어판*에는 "군대 업무로 바빴을 것이다."라고 더 정확하게 표현한다.)[27]

일과 학업을 병행하기 어려웠는데도, 바우만은 뛰어난 학생으로 이름을 알렸다. 야니나는 이렇게 회고했다. "세미나가 시작되었다. 지도교수가 책상을 부산하게 뒤적이더니 종이 몇 장을 찾아 주목할 만한 새 소설을 주제로 흥미로운 이야기를 꺼냈다. 그런 다음 참석자들에게 책을 논평해보라고 요청했다." 토론 대상은 카지미에시 브란디스Kazimierz Brandys가쓴 『삼손Samson』이었다. "얼마 지나지 않아 콘라트가 손을 들었다. 그리고 자리에서 일어난 뒤 강단 쪽으로 걸어 나가 참석자들을 마주 보고 이야기를 시작했다. 나는 넋을 잃은 듯 콘라트의 이야기에 빠져들었다. 콘라트의 논평은 신중하면서도 독창적이고 재치가 톡톡 튀어 귀를 사로잡았다. 학생들은 콘라트의 이야기에 몰두했고, 이따금 웃음을 터트렸다. 지도교수는 누가 봐도 흡족한 표정으로 고개를 끄덕였다."(J. Bauman, 1988, 39)

바우만은 장차 아내가 될 야니나뿐 아니라 다른 이들에게도 깊은 인상을 남겼다. 뛰어난 언변은 바우만이 정치 선전가, 교사, 장교, 대학교수, 대중지식인으로 살아가는 평생, 큰 자산이 되었다. 이 탁월한 재능은 학생 시절부터 돋보였다. 전쟁과 군대를 경험한 스물두 살의 바우만은 여느 학생과 관점이 달랐다. 전쟁은 젊은 세대 대다수가 자신이 선택한 분야를 공부하지 못하게 가로막았다.[28] 바우만처럼 폴란드의 미래에 열변을 토할 만큼, 차별의 역사를 뒤로하고 사회 정의를 구현한다는 비전을

---

* 폴란드어판은 2000년에 유대역사연구소에서 출간되었다가, 2011년에 다시 오피치나출판사에서 출간되었다.

보여줄 만큼 잘 훈련된 사람이 많지 않았다. 브란디스의 책『삼손』은 2차 세계대전 전 폴란드에서 박해받던 어느 유대인이 나치에 맞서 싸우다 죽는 이야기니, 보나 마나 바우만이 달달 꿸 주제였다. 지그문트 바우만은 카리스마 넘치는 젊은이였다. 그러니 당연하게도, 장차 폴란드를 이끌 엘리트를 양성하는 이 기관에서 평생을 함께할 사랑을 만난다.

야니나 레빈손

야니나 레빈손Janina Lewinson은 바우만이 태어난 지 아홉 달 뒤인 1926년 8월 18일에 바르샤바에서 태어났다. 레빈손 집안은 바우만 집안과 사뭇 달랐다. 레빈손은 1·2차 세계대전 사이에 유명한 의사를 여럿 배출한 가문이었다.[29] 시몬 레빈손과 알리나 프리슈만의 맏아이로 태어난 야니나는 "행복한 가정에서 자랐다."

> 아버지는 신장과 방광을 치료하는 외과 의사셨다. 외할아버지 알렉산데르 프리슈만도 내가 태어나기 전부터 바르샤바에서 명성이 자자한 의사셨다. 할아버지 막스 레빈손은 바르샤바 부촌에서 악기점을 운영하셨지만, 파산하고 말았다. 내가 기억하는 할아버지는 한가하게 시간을 보내는 겸손한 노인이었고, 나를 아끼셨다. 어린 나이였지만, 나는 막스 할아버지와 비에라 할머니는 가난해 아버지에게 의지하는데, 그라니치나 거리에 사는 알렉산데르 할아버지와 에바[30] 할머니는 부유하다는 사실을 알았다. 외할아버지가 유능한 의사이기도 했지만, 에바 할머니네 가문이 잘살았기 때문이다. 에바 할머니네 집안은 상류층 중에서도 상류층이었다. 외증조부는 오랫동안 유대인협회 회장과 바르샤바시 고문을 지내셨다. 어머니 쪽과 아버지 모두 형제자매와 조카가 많았다. 대다수가 의사였고, 이

밖에도 변호사나 기술자 같은 직업에 종사했다. 내가 태어나기 전에 돌아 가신 외증조부만 빼면, 대가족인 우리 집안에서 이디시어를 말할 줄 알거 나, 턱수염을 기르거나, 유대인 모자를 쓰거나, 유대인 전통 복장을 하는 사람은 한 명도 없었다. 신앙생활을 하는 사람도 없었다. 우리는 모두 폴 란드 땅에서 태어나 폴란드 전통을 따라 자랐고, 폴란드의 역사와 문학에 깊이 물든 폴란드인이었다. 하지만 우리는 유대인이기도 했다. 살아가는 1분 1초마다 우리는 우리가 유대인이라는 사실을 자각했다. (J. Bauman, 1986, 1~2)[31]

어린 야니나는 부족함을 모르고 자랐다. "시엔나 거리[5번지의 호화로 운 건물]에 있던 넓디넓은 우리 집에는 아버지의 개인 병원도 딸려 있었 다. 나는 아버지, 어머니, [여동생] 조피아, 하녀, 조리사와 함께 살았다. 집 에 늘 유모나 여자 가정교사가 있었고, 나중에는 프랑스어 선생님도 있 었다." (J. Bauman, 1986, 2) 야니나의 어머니 알리나는 네 가지 언어를 말 할 줄 알았고, 2차 세계대전 동안에 여러 차례 죽을 고비를 맞았을 때는 완벽한 독일어 실력 덕분에 목숨을 건졌다. 야니나는 폴란드 엘리트의 언어인 프랑스어를 어릴 때부터 배웠고, 처음에는 개인 교사와 여자 가 정교사를 두고 집에서 교육받다가 학교에 들어갔다.

1937년 9월 11일, 드디어 학교에 들어갔다. 사립 초등학교의 마지막 학년 인 6학년이었다. '우리 학교'라 불린 그대로, 유대인 교장이 운영했고, 교 사도 모두 유대인이었다. 학생들도 마찬가지였다. 하지만 유대 학교라 부 르기는 어려웠다. 유대 역사 수업만 빼면, 모든 과정이 철저히 폴란드식이 라 기독교 축일까지 지켰다. (J. Bauman, 1986, 6)

학교는 부유한 유대인 학생들이 다니는 곳이라 교육 수준이 높았을 뿐더러, 학교 밖에 널리 퍼진 반유대주의 박해에서 학생과 학부모를 지켜주는 귀중한 보호막 노릇을 했다. 야니나는 지그문트가 초등학교에서 겪은 차별과 학대에 시달리지 않았다. 부모가 부유한 데다 훌륭한 유대인 세속 학교가 있는 바르샤바에 산다는 이점을 누렸다. (1938년 기준으로 바르샤바 전체 거주자의 29.1%인 368,394명이 유대인이었다.)[32] 하지만 이런 보호막도 끝내 무너졌다.

태어날 때부터 내 장래는 아버지와 외할아버지의 뒤를 이어 의사가 되는 것이었다. … 하지만 가족의 단꿈을 가로막는 큰 장애물이 있었다. 바르샤바대학교 의학부는 누구에게나 들어가기 힘든 곳이었다. 하지만 유대인 학생에게는 입학이 거의 불가능한 곳이었다. … 유대인 학생이 그곳에 들어가는 유일한 방법은 국립 김나지움에서 우수한 성적을 받는 것뿐이었다. 하지만 여기에도 똑같은 장애물이 숨어 있었다. 국립 김나지움은 유대인 학생 수를 엄격하게 제한했다. 그런 곳에 입학하려면 내로라하게 똑똑해 입학 자격시험을 최상위 성적으로 통과해야 했다. 나를 의사로 키우겠다는 꿈에 사로잡힌 아버지는 내게 이 기회를 주기로 하셨다. 그래서 1938년 6월, 나는 시험에 떨어져 내 앞에 놓인 시련에서 벗어나기를 바라는 마음으로 내 인생에서 가장 어려웠던 국가 주관 시험을 치렀다. 그런데 참으로 희한하게도 가장 뛰어난 성적으로 합격해 바르샤바의 어느 국립 여자 김나지움에 입학을 허락받았다. … 그리고 9월이 왔다. … 나는 입학 전부터 이미 두렵고 끔찍하게 싫던 새 학교에 들어갔다. 상황은 예상보다 훨씬 더 나빴다. 유대인 학생은 딱 한 명, 나뿐이었다. 내 반에서뿐 아니라, 김나지움을 통틀어. (J. Bauman, 1986, 8)

지그문트와 야니나는 같은 해인 1938년에 뛰어난 성적으로 입학시험을 통과해, 엘리트 교육기관인 공립 김나지움에 입학했다. 야니나는 바르샤바의 호프마노바 김나지움에, 지그문트는 포즈난의 베르거 김나지움에 들어갔다. 지그문트는 야니나보다 운이 좋았다. 야니나는 혼자였지만, 지그문트는 반에서 유일한 유대인이 아닌 덕분에 친구가 있었다. 하지만 둘 다 성적에서는 비슷한 상황을 겪었다. 가톨릭계 폴란드인이 아니라는 이유만으로, 교사들은 두 사람이 마땅히 받아야 할 성적보다 낮게 점수를 매겼다. 야니나는 동급생 가운데 폴란드 문학에 가장 뛰어났는데도 5점 중 4점을 받았다.

나는 그때도 지금도 내가 유대계라는 사실 말고는 그런 희한한 일이 일어난 이유를 설명하지 못하겠다. 지금 생각해 보면, 순수한 폴란드인 피가 흐르는 아이 마흔세 명보다 유대계 아이 한 명이 폴란드어와 폴란드 문학에 더 통달할 수 있다는 사실을 인정하자니 교사들의 민족주의 감정에 거슬렸을 듯하다. … 살면서 처음으로, 내가 특히 존경한 사람에게 완전히 부당한 피해를 봤다는 느낌이 들었다. (J. Bauman, 1986, 10)

원칙대로라면 어린 학생들에게 모범을 보여야 할 교사들이 학교 바깥에서 행해지는 사회 불평등과 민족 차별을 그대로 되풀이했다.[33] 동급생들도 반유대주의 행동을 보였다. 때로는 이것이 어른에게 당하는 부당함보다 더 고통스러웠다. 여학교에서는 남학교에서와 다른 공격이 벌어졌다. 야니나는 지그문트처럼 주먹질이나 발길질은 받지 않았다. 하지만 다른 방식의 적대에 시달렸다. 여학생들은 왕따, 비웃음, 언어폭력 같은 학대 수단을 이용했다. 호프마노바 김나지움에서는 유대인 학생을 찾아보기 어려웠으니 게토 의자는 없었겠지만, 야니나를 외부인으로 따돌렸다. 야니나가 고립되어 차별에 시달린 데는 계층 차이도 한몫했다.

이제 와 보니, 동급생이 나를 멀리한 까닭이 내가 유대인이어서만은 아니었다. 나는 부유한 전문가 집안 출신이었다. 하지만 동급생 마흔세 명 대다수는 노동자나 공인 집안 아이들이었고, 몇몇은 몹시 가난했다. 학비가 적은 국립 김나지움은 나 같은 학생이 아니라 동급생들 같은 학생을 위한 곳이었다. 그러니 나는 그 학교에서 이중으로 외부인이었다. 나는 나를 그곳에 보낸 부모님에게 지금도 마음속으로 조금은 분노를 느낀다. (J. Bauman, 1986, 11)

마우리치와 조피아가 그랬듯, 레빈손 부부도 민족 차별법을 무릅쓰고라도 자기네 아이가 되도록 최고의 공립 폴란드 교육을 받아야 한다고 판단했다. 두 가족의 전략은 비슷했지만, 사회 계층은 달랐다. 야니나는 바르샤바 중심지에 있는 시엔나 거리와 그라니치나 거리의 부촌에서 하녀를 부리며 살았고, 여름에는 부르주아 주거지인 교외의 콘스탄친에 마련한 가족 별장에서 휴가를 보냈다. 이와 달리 바우만 가족은 포즈난에서 방 세 칸짜리 소박한 아파트를 빌려 살았다.

공통된 경험도 있었다. 무엇보다, 어린 나이에 파산과 그에 따른 영향을 목격했다. 그래도 파산은 지그문트네 가족에게 더 뼈아픈 사건이었다. 마우리치는 파산 탓에 자살을 시도했고 일자리를 잃었지만, 재정난에 빠진 야니나의 할아버지는 아들에게 생계를 지원받았다. 다음으로, 지그문트와 야니나 모두 따뜻하고 행복한 집을 벗어나 학교에서 외부인으로서 반유대주의를 겪어야 했다. 그러나 2차 세계대전 기간에는 유대계 폴란드인 앞에 놓인 다른 길을 밟아, 서로 사뭇 다른 일을 경험한다. 지그문트네 가족은 소련으로 대피했지만, 야니나네 가족은 홀로코스트라는 끔찍하기 짝이 없는 공포를 겪고 살아남았다. 지그문트가 여러 인터뷰에서 인정했듯이, 야니나네 가족이 겪은 일은 지그문트의 주요 저서인 『현대성과 홀로코스트』에 중요한 영감이 되었다. 야니나가 지그문트에게 전쟁 경험을 직접 털어놓은 적은 없었다. 야니나는 첫 자서전에서 이 이야기를 꺼냈다. 홀로코스트로 죽을 운명에 놓인 한 가족이 바르샤바에서 하루하루를 버티며 살아남은 정말 보기 드문 이야기를.

야니나네 가족은 전쟁 첫날부터 헤어졌다. 야니나의 아버지 시몬은 의사이자 예비역 장교로 폴란드군에 징집되어 동부 국경으로 보내졌다. 가족을 동반해도 좋다는 허락을 받았지만, 야니나의 외할머니가 위독해 어머니 알리나가 동행하지 않기로 했다. 1939년 9월 17일, 몰로토프-리벤트로프 조약에 따라 붉은군대가 폴란드 동부 영토를 합병했다. 야니나의 아버지와 삼촌, 그리고 다른 폴란드 장교 수천 명이 억류되었고, 나중에 카틴 학살[34]에서 목숨을 잃었다. 시몬의 사망 사실을 몇 년 동안 알지 못한 가족은 시몬이 소련 땅 어딘가에 살아있으리라는 희망을 놓지 않았다.

야니나와 어머니 알리나, 그리고 여동생 조피아는 잇단 행운 덕분에 가까스로 바르샤바 점령 기간을 견디고 목숨을 건졌다. 외할아버지네 집에 머물던 이들은 1939년 바르샤바 폭격 때 집이 폭삭 무너졌는데도 살아남았다. 그라니치나 거리에 있던 아파트는 외할아버지네 운전사에게 넘어갔다. 오랫동안 외할아버지네 집에서 일한 그 사람이 민족독일인 Volksdeutsche[35] 신분이라 고용주의 거주지를 차지할 권리가 있었다. 1940년 가을, 생사를 오가는 외할머니와 함께 길거리로 나앉은 가족은 게토로 옮겨 2년을 머물렀다.[36] 야니나와 조피아는 처음 몇 달 동안 지하 학교에 다녔다. 가족들은 알리나의 유모였다가 레빈손 집안 사람이 된 '마리아 아주머니' 마리아 부와트가 집안 물건을 팔아준 덕분에 살아남았다.[37] 마리아는 기독교 신자라 레빈손 가족과 한 지붕 아래 살 수 없었는데, 오히려 그렇게 게토 바깥에 산 덕분에 알리나를 도울 기회를 얻었다. 마리아는 레빈손 가족이 살아남는 데 없어서는 안 될 수호천사였다. 레빈손 가족은 마리아 덕분에 여러 차례 목숨을 건졌다. 집안의 보석, 도자기, 그림을 모두 판 뒤에는 마리아가 자기 재산까지 팔아 생필품을 공급했다. 삼촌들도 생사가 오간 게토 청산 작전 와중에 알리나와 야나, 조피아가 아리아인 구역에 은신처를 마련하는 데 중요한 역할을 했다.[38]

가족이 많든 적든 바르샤바 게토에서 온 가족이 살아남는 일은 드물었다. 그나마 운이 좋은 부모는 아이들을 가톨릭 집안에 맡겼다.[39] 하지만 알리나와 두 딸은 잠시 헤어졌을 뿐 전쟁통에도 함께 머물렀다. 게다가 떨어져 지낸 이유도 주로 야나의 건강이 나빠서였다. 게토에서 결핵에 걸린 야나는 전쟁 중에(그리고 그 뒤로도) 몇 차례나 고열로 의식을 잃어 심각한 위기를 맞았다. 꽤 안전한 은신처에서 지냈지만, 그래도 몇 차례 장소를 바꿔야 했다. 폴란드 냄새가 물씬 나는 루보비츠카[40]라는 이름으로 감쪽같은 가짜 신분증을 만들어 소지했어도, 은신처 이동은 위험하기 짝이 없는 일이었다.

아리아 구역에서 살아남은 많은 사람과 달리, 안타깝게도 알리나와 두 딸의 외모는 "지중해 출신의 특징이 두드러졌다." 은신처를 떠날 때면 "유대인다운 외모"를 끊임없이 가려야 했다. 검은 곱슬머리, 짙은 눈동자, 꽤 큰 코가 모두 빼도 박도 못할 유대인의 특징이었다. 알리나는 과부들이 쓰는 검은 모자를 썼고, 조피아는 다친 것처럼 머리에 붕대를 둘렀다. 그런데 야나는 지나친 관심을 끌지 않으려면 적어도 한 사람은 평범해야 하지 않겠느냐는 생각에 아무런 변장도 하지 않았다. 유리한 '외모'는 아니었지만, 이들은 기적처럼 수많은 상황을 뚫고 어찌어찌 살아남았다.

1944년 8월 1일, 런던 망명정부의 지시를 받은 저항군(폴란드국내군)이 붉은군대가 도착하기 전에 독일 점령군에게서 바르샤바를 해방하고자 바르샤바 봉기를 일으켰다. 바우만이 비스와강 건너편에서 전투에 합류하라는 스탈린의 명령을 기약 없이 기다릴 때, 장차 아내가 될 야니나는 어머니, 여동생과 함께 지하 은신처로 개조한 동굴에 숨어 있었다. 물도, 음식도, 빛도, 신선한 공기도 없는, 따라서 결핵 환자에게는 끔찍하기 짝이 없는 환경에서 며칠 밤낮을 버텼다. 야니나가 고열로 숨 가쁜 위기를 겪었지만, 알리나의 용감한 노력 덕분에 다행히 목숨을 건졌다.

1939년부터 전쟁이 끝날 때까지, 야니나네 가족은 죽을 고비를 수도 없이 넘겼다. 총알, 폭탄, 결핵, 장티푸스, 발진티푸스, 이따금 유대인을 배신한 가톨릭계 폴란드인[41]이나 게슈타포의 손에 살해될 위험까지. 적어도 한 번은 협박을 받았지만, 나치가 붙잡으러 오기 전에 협박범에게 돈을 쥐여 주고 달아났다. 그래도 목숨을 걸고 이들을 도운 비유대계 폴란드인의 지원 덕분에 목숨을 건졌다. 바르샤바 봉기가 실패해 저항군이 항복한 뒤, 야니나네 가족은 프루슈쿠프로 끌려가 마지막으로 독일군의 선발을 거쳤다. (나치는 이 선발 과정을 거쳐 15만 명 넘는 사람을 집단 수용소나 강제노동수용소로 보냈다.) 야니나네 가족은 독일 수용소로 가도록 분류되었지만, 알리나의 발 빠른 기지 덕분에 독일행을 피했다. 시골로 보내진 이들은 폴란드 남부 도시 크라쿠프 근처의 작은 마을 지엘론키에서 멈춰, 1944년 10월부터 1945년 4월까지 친절한 농부들과 함께 지냈다. 결핵과 영양결핍에 몇 차례 더 시달린 야니나는 전쟁이 끝난 뒤 어머니, 여동생과 함께 바르샤바로 돌아왔다.

이들이 살아남은 것은 기적이었다.[42] 하지만 복구가 더딘 황폐한 도시에서 살아가는지라, 상황이 매우 열악했다. 가족은 시몬이 돌아오기를 기다렸지만, 들리는 소식이라고는 이미 죽었다는 암시뿐이라 서서히 희망을 잃었다. 이미 해방을 맞이하기 1년 전, 야니나는 독일 신문에서 카틴 학살의 희생자로 추정된 시몬의 이름을 봤다. 모든 국제 협약을 위반하고 전쟁 포로 수만 명을 학살한 이 비극을 둘러싸고, 수십 년 동안 정치적 거짓말이 오갔다. 누가 학살을 명령했을까? 히틀러일까, 스탈린일까? 야니나네 가족은 의문을 품지 않았다. 자신들의 목숨을 살려줬고 유대인을 풀어준 붉은군대가 아버지를, 남편을 죽인 무자비한 살인자일 리 없었다. 학살을 소련군 탓으로 돌리는 것은 독일의 선전 활동이고, 실제로는 나치가 폴란드 장교들을 죽였다고 믿었다. 공산주의자들은 2차 세계대전이 끝난 뒤에도 그렇게 믿었다. 전후 문서에서 장인과 관련한 물음에 답할 때, 지그문트 바우만은 "나치에 살해", "홀로코스트로 사망"이라고 적곤 했다. 전후 폴란드 당국의 공식 발표에 어울리는 답변이었다. 하지만 시몬 레빈손은 1940년 봄에 소련군이 살해한 폴란드군 장교 2만 5,000명 중 한 명이었다. 시몬도, 함께 살해된 동생 유제프도 폴란드의 전쟁 영웅이었다.

가망 없어 보이는 남편의 귀향을 기다리는 동안, 알리나 레빈손은 번역가로 일했다. 바르샤바 중심지에 있는 포즈난스카 거리 38번지에 작은 방도 하나 얻었다. 하지만 세 사람이 살기에는 너무 비좁은 데다, 얼마 안 되는 번역료로 세 사람이 먹고살기가 불가능했다. 최악인 시기에도 몇 년이나 똘똘 뭉쳐 살았는데, 정작 이제는 가족이 흩어져야 했다. 그래서 열다섯 살이 된 조피아가 바르샤바 동남쪽 교외인 시루드보루프의 어느 유대계 보육원에 들어갔다. 조피아는 생활 환경이 썩 괜찮은 보육원에서 꽤 좋은 김나지움에 다녔다. 야니나는 고등학교 과정을 마치고자 야간학교인 비스피안스키고등학교에 들어가, 대학 입학 시험인 마투라matura를 준비했다. 그리고 홀로코스트 생존자 대다수가 그랬듯, 유대인의 정체성을 키웠다. 1944년 12월 일기에, 야니나는 이렇게 적었다.

나는 유대인에 속한다. 내가 유대인으로 태어났거나, 유대인의 신앙을 따르기 때문이 아니다. 나는 한 번도 유대인의 신앙을 따른 적이 없다. 내가 유대인에 속하는 까닭은 유대인으로서 시련을 겪었기 때문이다. 나를 유대인으로 만든 것은 시련이다. 나는 살해된 사람들에, 지금도 죽음에서 벗어나고자 발버둥치는 사람들에 속한다. 만약 이들 중 전쟁에서 살아남는 사람이 있다면, 또 내가 살아남는다면, 나는 그들과 함께하겠다. 이 고난을 함께 겪은 경험이 우리를 하나로 묶을 것이다. 우리는 우리만의 집을, 우리만의 장소를, 모든 집 없는 유대인이 머물 곳을 지을 것이다. 우리가 평화와 존엄 속에 살 수 있는, 다른 민족에게 존중받고 우리도 그들의 권리를 존중하는 그런 곳을. 그곳이 내가 믿는 곳이고, 내가 속하는 곳이다. (J. Bauman, 1986, 181~182)

1946년 봄, 당연하게도 야니나는 젊은 유대인의 이주 준비를 돕고자 설립된 시온주의 정당 이후드Ihud의 산하 단체에 가입했다. 야니나는 팔레스타인에서 새로운 삶을 시작한다는 생각에 푹 빠져, 대학 입학시험에 합격하기도 전에 되도록 빨리 폴란드를 떠나기로 했다. 어머니 알리나도, 동생 조피아도 이 소식에 놀라지 않았다. 십 대인 조피아도 시온주의 비밀 단체에 가입해 베리하berihah[43](탈출)를 준비했다. 유대인 생존자 대다수가 폴란드를 떠나기로 마음먹었고, 많은 사람이 이민하기도 전부터 키부츠에 합류하는 길을 택했다. 야니나가 준비한 이주 과정은 히브리어 집중 교육과 직업 훈련으로 구성되었다. 이주자들은 고된 육체노동에 미리 대비해야 했다. 그런데 출발을 코앞에 두고, 야니나가 몇 주 동안 앓아누웠다. 회복했을 때는 마침 대학 입학시험 직전이었고, 야니나는 시험에 합격했다. 하지만 축하할 시간은 없었다. 야니나의 건강 상태가 심각해 바르샤바 근처의 유대계 요양원에서 몇 달을 보내야 했다.

야니나가 요양원에 머물던 1946년 7월 4일, 키엘체 주민들이 일부 현지 경찰, 폴란드인민군, 국내보안대 부대의 지원을 받아 유대인 단체의 건물을 공격했다. 이곳에는 대부분 홀로코스트 생존자인 유대인 약 100명이 머물고 있었다. 집단 수용소나 죽음의 수용소에서 풀려난 사람이 많았고, 소련에서 돌아온 사람도 있었다. 이들은 주로 이민을 준비하며 그곳에 잠시 머무는 중이었다. 유대인 혐오에 눈이 먼 잔인한 폭도들이 건물을 습격해, 남녀노소를 가리지 않고 임신부와 아이들까지 폭행하고 죽였다.[44] 키엘체 포그롬으로 약 40명이 목숨을 잃었고, 또 40명 넘는 사람이 다쳤다. 다른 고장에서도 비슷한 반유대주의 사태가 벌어졌지만, 어느 곳도 키엘체처럼 극심하지 않았다. 포그롬이 벌어지고 폴란드인들이 포그롬 가담자를 지지하는 상황에서, 집권당은 반유대주의가 폴란드에 여전히 널리 퍼져 있다는 현실을 보았다. 포그롬과 폴란드인들의 반응은 유대인 생존자들을 충격으로 몰아넣어(Cała, 2014, 23), 어찌할지 결정하지 못했던 사람들이 폴란드를 떠날 마음을 먹게 했다. 역사가들은 키엘체 포그롬의 여파로 1946년 7월부터 9월 사이에 유대인 약 9만 5,000명이 폴란드를 떠났다고 추정한다.[45] 하루 평균 약 1,000명이 폴란드를 떠난 셈이다.

야니나가 점차 몸을 추스르던 유대계 요양원에서도 누구나 이주를 이야기했다. 대학 입학 자격시험 합격증을 손에 쥔 야니나도 미래를 계획하기 시작했지만, 건강 탓에 선택할 수 있는 폭이 좁았다. 의사가 대도시를 벗어나라고 조언했으므로, 야니나는 조피아가 살던 유대계 보육원에서 제안한 보육교사 자리를 받아들여, 1946년 11월부터 1947년 4월까지 일했다. 그곳에서 야니나는 일뿐 아니라 정치도 배웠다. 상사들이 박쥐처럼 얍삽하게 새 정부를 지지했기 때문이다. 게다가 야니나는 1947년 1월 의회 선거 뒤로 수많은 조작을 두 눈으로 목격했다. 상사들의 겉과

속이 다른 정치 활동, 부패해 보이는 새 정권을 따르라는 압박, 시온주의를 둘러싼 직원들의 갈등에 지쳐, 야니나는 일을 그만뒀다. 봄에 다시 바르샤바로 돌아가 폴란드 유대인중앙위원회에서 타자수 자리를 얻었지만, 일이 그다지 마음에 차지 않았다. 그래서 언론학을 공부하기로 마음먹고 정치과학원에 입학했다. 또 젊은 유대인이 팔레스타인에서 살 수 있도록 준비시키는 유대계 운동단체 고르도니아에 가입했다. 이후드 관련 단체와 달리, 사회주의를 지향하는 고르도니아는 회원들에게 새 국가에 전문가와 숙련자가 필요하니 이주 전에 학업을 마치라고 당부했다. 야니나는 팔레스타인으로 떠나려는 계획을 졸업 뒤로 미뤘다.

야니나 바우만 부인

1948년 봄, 정치과학원 언론학부 1학년생 야니나 레빈손은 학교 벤치에서 장차 남편이 될 사람을 만났다. 두 사람 다 정말 불꽃이 튀듯 첫눈에 사랑에 빠졌다. 자서전에서 야니나는 지그문트를 만난 순간을 이렇게 떠올린다. "폴란드군 대위 계급장을 단 훤칠하고 잘생긴 장교가 눈에 들어왔다. … 그런 눈은 처음이었다. 삶의 기쁨이 넘실대는, 잘 영근 포도 같은 눈부신 눈동자." (J. Bauman, 1988, 39)[66] 그런데 61년 동안 이어진 아름다운 동행의 첫 데이트는 야니나의 건강에 또다시 문제가 생겨 미뤄졌다. 그래도 두 사람은 첫 데이트 뒤 겨우 9일 만에 결혼을 결심했다.

하루라도 빨리 결혼하고 싶어 몸이 달았지만, 우리는 다섯 달을 기다린 뒤에야 결혼할 수 있었다. 콘라트가 군 당국에 결혼을 승인해달라고 요청했다. 당국은 내가 장교 아내로 적합한지 증명할 서류를 몇 가지 제출하라고 명령했다. 그들은 내 사회적 배경과 정치 신념을 샅샅이 파악하려 들었다.

나는 내가 건강하다고, 달리 말해 성병에 걸린 적이 없다고 증명해야 했다. 당국은 내가 "도덕적으로 흠잡을 데 없다."라고, 그러니까 도둑이나 창녀가 아니라고 적힌 지방의회의 증명서를 요구했다. 건강 증명서는 쉽게 확보했다. 내 결핵에는 아무도 관심이 없어서,[47] 의사인 예지 외삼촌이 내가 성병 바이러스 보균자가 아니니 건강하다고 확인할 검사를 하지 않아도 되었다. 또 오랫동안 공산주의자로 활동해 고위층에서 크게 존경받은 레오 아저씨가 가까운 친구인 고위 관료 두 명에게 증명서를 받아줬다. 두 관료 모두 내가 부유층 출신이기는 해도 폴란드 인민공화국에 충실한 시민이고 더할 나위 없이 믿을 만하다고 단언했다. 다행히 두 증명서 모두 내가 정치에 참여한 이력은 언급하지 않았다. 사실, 레오 아저씨는 내게 정치적 견해가 있으리라는 생각을 아예 하지 않았다. (J. Bauman, 1988, 179)

그런데 이 증명서들에 야니나의 정치 성향이 언급되지 않았더라도, 지그문트는 상관들에게 그 사실을 알려야 할 의무가 있었다. 1950년에 작성한 조서에서 바우만은 "제 아내는 1947년에 시온주의 환경에 있던지라 '고르도니아'라는 조직을 지지했지만, 회원은 아니었습니다. 이제 아내는 사실 그리 대단치 않았던 시온주의의 영향에서 벗어난 것으로 보입니다."[48]라고 적었다. 그래도 야니나가 이전에 이후드에 참여한 이력이나 이주 계획 등 권력자들이 알면 결혼 계획을 망칠 만한 정보는 언급하지 않았다. 야니나의 친척으로 2차 세계대전 전부터 공산주의자였던 공안부 중앙의료원 원장 레온 프워츠키에르Leon Płockier[49]가 친구들에게 야니나의 '도덕성 평가'를 요청했고, 공산주의자로 스페인 내전에 참전했던 고위 보안 관료 헨리크 토룬치크Henryk Toruńczyk[50]와 레온 루빈슈테인Leon Rubinsztejn[51]이 야니나에게 선량한 시민의 자격이 있다는 증명서를 써줬다.[52]

토룬치크가 야니나 레빈손을 "만난 적이 있다."라고 적었지만, 거짓일 것이다. 야니나는 자서전에서 "레오 아저씨의 친구들"을 몰랐다고 적었다. 그런데 이런 고위 보안 관료 두 명의 서명도 결혼을 확정하기에는 모자랐다. 결혼 희망자가 '도덕적으로 훌륭하다'라고 보증하는 증명서를 지방의회에서 발급받아야 했다. 전쟁 전에도 폴란드군 장교의 부인들은 그런 절차를 밟아야 했다. 차이가 있다면 전쟁 전에는 이런 정보 수집 과정이 격식에 얽매이지 않고 더 신중했지만,[53] 이제는 소련의 전형적 관료주의를 따랐다는 것이었다. 두 경우 모두 공식 목표는 같아, 해당 여성이 장교의 배우자가 될 자격이 있느냐를 판단하는 것이었다. 또 당시 상황에서는 적의 첩보 기관에 협력하지 않을지를 판단하는 것도 목표였다. 적과 협력하는 아내가 장교인 남편을 이용해 군사 기밀에 접근한다면, '국가 안보'를 위험에 빠뜨릴 터이기 때문이다. 이론상으로는, 야니나 레빈손이 시온주의에 동조한 이력이 첩보 기관에 어느 정도 약점이 되었지만, 실제로는 야니나와 지그문트의 약점이 되었다.

소속을 꿈꾸다

지그문트와 야니나에게는 꿈이 있었다. 하지만 같은 꿈은 아니었다. 첫 데이트 뒤로, 시온주의에 동조하느냐가 두 사람 사이에 중요한 문제가 되었다. 폴란드 내 유대인 대다수가 야니나와 같은 태도를 보였다. "나를 원치 않는 나라에서 내가 어떻게 일원이 될 수 있단 말인가?" (J. Bauman, 2011, 39) 이것이야말로 유대인이 마주한 핵심 문제였다. 유대인은 '통합'될 수도, '동화'할 수도 있었다. 하지만 과연 폴란드인들이 유대인과 함께 살아가기를 바랐을까?

바우만은 폴란드의 미래를 낙관했다. 바우만이 꿈꾼 소속은 다른 모습이었다. 바우만은 폴란드를 떠나는 이민을 강하게 반대한 BUND 회원들, 유대계 공산주의자와 뜻을 같이했다. (Aleksiun, 2002, 254) 야니나는 자서전『소속을 꿈꾸다』에서 이렇게 털어놓았다.

> 콘라트는 한 번도 팔레스타인에서 살 생각을 한 적이 없었을뿐더러, 내가 연루되는 것조차 몹시 못마땅하게 여겼다. 자신의 강한 공산주의 신념으로는 다른 모든 민족주의와 마찬가지로 시온주의도 받아들일 수 없다고 주장했다. "민족주의가 어떤 참상으로 이어질 위험이 있는지 너무나 잘 알지 않느냐, 게다가 유대인이 선택받은 민족이라거나 유대인의 민족주의가 다른 민족의 민족주의보다 더 정당하거나 덜 위험하다고 믿을 까닭이 전혀 없다. … 유대인은 한 나라의 국민이 아니다. 유대인은 세계 곳곳에서 갖가지 언어를 사용하는, 자신이 태어나 자란 나라의 유기적 일원인 사람이다." (J. Bauman, 1988, 49)

바우만은 자신이 유대인 단체에 가입한 적이 있다는 이야기를 한 번도 하지 않았지만, 엄격히 말하면 실제로는 그렇지 않았다. 폴란드어판『소속을 꿈꾸다』를 보면, 지그문트네 가족이 바르샤바 유대인협회에 등록되어 있었다. (J. Bauman, 2011, 34) 이 사소한 세부 사항은 첫 데이트가 어긋난 이야기에 딸려 등장한다. 너무 아파 지그문트와 극장에 가기 어렵자, 야니나가 지그문트에게 쪽지를 전해달라고 알리나에게 부탁했다. 하지만 바우만의 주소는커녕 이름도 모르는 상황이었다. (그래서 "대위님"이라고 불렀다!) 다행히 알리나가 유대인협회 명부의 바르샤바 거주자 목록에서 바우만의 이름과 주소를 찾아냈다. 모든 유대인 사회와 뚜렷이 거리를 둔 지그문트가 어떻게 그 목록에 이름을 올렸을까? 아마 지그문트가 가족을 등록했거나, 아니면 아버지 마우리치나 어머니 조피아가 그렇게 했을 것이다. 명단은 홀로코스트 생존자의 정확한 위치나 비명횡사한 사람의 운명을 알 수 있는 핵심 자료였다. 지그문트네 가족도 그런 이유로 이름을 명단에 올렸을지도 모른다. 아니면 바르샤바의 유대인 사회를 친근하게 느꼈을지도 모른다.

이유가 무엇이었든, 지그문트가 유대 국가와 이민 계획을 마뜩잖게 여겼으므로 야니나는 고르도니아와 인연을 끊었다. 어떤 차별도 없는 새로운 폴란드를 건설하는 것이 지그문트의 꿈이었고, 야니나는 이 꿈에 자신을 맞췄다. 두 사람은 새로운 폴란드를 건설하는 데 함께 이바지하려 했다. 이제 야니나의 계획에서 이민은 사라졌다. 두 사람은 학업과 결혼에 집중했다.

스탈린주의가 드리운 먹구름[54]

젊은 연인은 1학년 기말고사에서 우수한 성적을 거뒀다. 야니나에 따르면 지그문트는 열네 과목에서 모두 최고 학점을 받았고, 야니나는 '매우우수'와 '우수' 등급을 받았다. 둘은 야니나의 스물두 번째 생일인 1948년 8월 18일을 결혼 날짜로 잡았다. 여름 방학 동안 야니나는 조피아를 자주 만나 "요리와 살림"을 배웠다. 음식을 준비하는 동안에는 가족사, 특히 지그문트의 어린 시절 이야기에 귀를 기울였다. 이런 만남은 시부모와 소통하는 좋은 출발이었다. 게다가 결혼 이후 작은 아파트에서 시부모와 같이 살았으므로, 소통이 특히 중요했다. 야니나와 지그문트가 사용한 방이 마우리치와 조피아의 침실에서 나와 화장실로 가는 통로에 있어, 마음껏 사랑을 드러내기에 한계가 있었다. 하지만 전쟁이 끝난 지 겨우 3년째인 바르샤바에서는 그런 주거 환경이 흔했다. 바르샤바 사람들은 그런 비좁은 임시 숙소라도 구하면 다행이라고 여겼다. (이런 주택 부족이 그 뒤로도 수십 년 동안 이어졌다.)

두 사람은 폴란드 서남부 산악 지역의 관광 도시 슈클라르스카 포렝바에서 신혼을 즐길 셈으로, 국내보안대가 소유한 별장에 방을 하나 예약했다. 그런데 역사가 두 사람의 단꿈을 가로막았다. 1948년 5월, 스탈린이 유고슬라비아의 티토 원수를 배신자로 낙인찍었다. 여름에는 소련에 '충실'하지 않다는 이유로 체코슬로바키아 지도부에 비난을 퍼부었다. 이 와중에 이스라엘이 건국되어 국가로 공인받자, 스탈린의 유대인 혐오가 다시 불붙었다. 스탈린은 소련 내 모든 유대인과 공산주의자 유대인이 새로 들어선 유대 국가를 지지한다고 의심했다. 이에 따라 소련이 "세계시민주의와 서구의 영향"에 맞선 활동에 나섰고, 이 모든 긴장이 위성국가에도 영향을 미쳤다. 폴란드에서는 폴란드노동자당 중앙위원회 총회에서 갈등이 불거져, 브와디스와프 고무우카가 "우익 민족주의에 치우쳤다."라고 비판받았다. 대규모 숙청 작업이 벌어졌고, 정국이 불안정해졌다. 국내보안대 장교이자 당원인 지그문트에게 근무 명령이 떨어졌다. 휴가는 당연히 취소되었다. 야니나는 혼자 기차를 타고 신혼 여행지로 갔다. 여행 기간 중간쯤 지그문트가 도착했지만, 또다시 부대로 복귀하라는 명령을 받았다. 야니나는 지그문트가 복귀해야 하는 이유를 듣지 못했다. 아마 지그문트가 비밀 유지를 요구받았기 때문일 것이다. 그 시절 정치 장교들은 업무와 관련한 이야기를 식구들과 그리 나누지 않았다.[55]

정치는 두 사람의 결혼 생활 초반에 어두운 구름을 드리웠다. 무엇보다도 신혼여행이 거의 엉망진창이 되었다. 얼마 지나지 않아 볼레스와프 비에루트가 고무우카를 밀어내고 폴란드노동자당 중앙위원회 제1서기가 되었고, 1948년 12월에는 앞에서 자세히 설명했듯이 폴란드노동자당이 훨씬 약체인 폴란드사회당과 합당해 폴란드연합노동자당을 창당했다. 이 무렵에는 폴란드식 공산주의가 소련식 체제를 활용하리라는 것이 명백해졌다. 변화는 한 단계씩 일어났다. 국내보안대가 중요한 국가 첩보 기관이었으므로, 바우만도 이 과정에 참여하느라 바빴다. 앞서 언급했듯이 정치 교육 지휘관으로서 바우만의 활동을 상부에서 높이 평가한 덕분에, 바우만은 빠르게 진급했다. 야니나에 따르면 바우만은 아주 늦게까지 일했다. (폴란드에서는 근무시간이 대체로 오후 3~4시쯤 끝난다.) 게다가 정치과학원에서 공부했고, 당에서도 활발히 활동했다.

야니나는 우두커니 집에 앉아 바쁜 남편을 기다리는 삶을 살지 않기로 했다. 그리고 국영 폴란드영화공사에서 일자리를 얻었다. 첫 시작은 기획부 비서였다. 급여 등급은 최저인 13급보다는 높은 11급이었지만, 쥐꼬리만 한 월급이었다. 그런데 일을 시작한 지 사흘 만에 급여 등급 9급인 하급 기획관으로 승진했다. (J. Bauman, 1988, 63) 영화를 열렬히 사랑한 야니나는 새 영화를 한 편도 놓치지 않았다. 게다가 글솜씨가 뛰어났으므로, 영화공사는 야니나에게 딱 맞는 직장이었다.

업무는 서구 영화를 선별한 뒤 폴란드영화공사가 사들일 만한 영화를 보고서로 작성하는 것이었다. 그래서 이탈리아의 신사실주의 영화, 프랑스의 코미디와 드라마, 영국의 영상 제작물까지 많으면 하루에 네 편까지 영화를 봤다. "영화 경력 초반에 나는 무척 행복했다. 유일한 아쉬움이라면 영화에 나보다 훨씬 더 열광하는 콘라트가 달콤한 어둠이 깔린 영사실에서 내 옆에 앉아 함께 기쁨을 나누지 못한다는 것뿐이었다." (J. Bauman, 1988, 65) 폴란드에서 스탈린주의가 절정으로 치닫던 시기에도, 야니나는 날마다 서구의 신작 영화를 검열 없이 접했다. 철의 장막은 야니나의 눈을 가리지 못했다. 야니나는 특혜를 누렸다. 야니나가 이렇게 서구 영화를 접할 수 있었다는 것은 상관들이 야니나의 업무와 '도덕적 태도'를 신뢰했다는 증거다. 남편이 국내보안대 정치 장교이고, 친척 아저씨인 레온이 공안부 거물들의 건강을 관리한다는 배경도 도움이 되었을 것이다. 이런 인맥이 이전에 영화 일을 한 적도, 공산주의에 발 담근 적도 없는 이력을 만회했다. 그런데 아쉽게도, 월급은 더 많으나 만족도는 떨어지는 홍보 관리자로 자리를 옮겨야 했다. 1950년대 초반에는 출산 휴가를 마친 뒤 또다시 업무를 바꿔, 프랑스와 러시아의 최신 영화 기사를 번역하는 일을 맡았다. 남들보다 일찍 퇴근해도 된다는 허락을 받은 덕분에, 야니나는 일과 정치과학원 수업을 능력껏 병행해 야간 강의를 들었다. 모르긴 몰라도, 남편 지그문트만큼이나 야니나도 바삐 살았을 것이다.

지금 돌이켜보면 그렇게 정신없이 바쁜 와중에도 어떻게 콘라트와 내가 여전히 함께 여가를 즐길 시간을 마련했는지 모르겠다. 우리는 친구가 많았다. 주로 콘라트의 동료 장교와 아내들로, 언제나 기꺼이 함께 외출하거나 파티를 열었다. 우리는 춤을 사랑했다. 하루가 멀다고 새 극장이 문을 여는 바르샤바에서 새 연극이 나올 때마다 서둘러 보러 갔다. 음악회도 사랑해 마지않았다. 콘라트는 축구라면 사족을 못 쓰는 사람이라,[56] 국가 대항전은 거의 놓치지 않고 봤다. 하지만 우리가 무엇보다 사랑한 것은 영화였다. 낮에 영화 서너 편을 본 뒤에도, 저녁 내내 영화관에 앉아 있으면 더할 나위 없이 행복했다. ⋯ 그런데 우리가 일하고 공부하고 춤출 때, 스탈린의 강철 손이 우리 목을 조이고 있었다. 그것도 우리의 고된 노동과 젊은 열정에 힘입어. (J. Bauman, 1988, 67)

젊은 열정과 소속되고 싶다는 욕구에 이끌린 야니나는 공산주의 단체 폴란드청년연맹(ZMP)의 학술 분과에 가입했다. 활동가로서 야니나가 맡은 임무는 직업과 관련했다. 야니나는 폴란드청년연맹 기관지에 실을 신작 영화, 특히 소련 영화를 검토했다. 이 활동을 계기로, 야니나는 영화의 예술적 의미를 미뤄두고 어떤 정치 메시지를 담았는지에 주목해 영화를 검토하기 시작했다. 이런 인식 전환은 갈수록 곳곳을 파고든 스탈린 정권에 적응한 결과였다.

그사이 지그문트의 어머니 조피아가 바르샤바식품협동조합에서 관리자 자리를 맡았다. 가족은 부엌 귀퉁이 간이침대에서 자며 집안일을 도울 가정부를 고용했다. 조피아의 일자리는 가족에게 특히 소중했다. 여느 폴란드인과 달리 식품 가게 앞에 길게 줄을 서지 않고도 질 좋은 음식을 먹을 수 있었기 때문이다. 질 좋은 음식은 야니나가 결핵에서 회복한 원천이었다. 야니나의 허약한 몸은 늘 걱정거리라, 임신했다고 알렸을 때는 특히 의사 친척들이 시름을 놓지 못했다. 흥미롭게도 이 주제와 관련한 내용은 폴란드어판이 아니라 영어판에 더 자세히 실려 있다. 책에서 야니나는 전후 폴란드에서 가족계획 정책이 부족했던 상황을 속속들이 밝히지만, 지그문트가 행복에 겨워했다는 사실도 공개한다. 이를테면 바르샤바필하모닉의 일요음악회를 듣고 돌아오는 길에 지그문트가 거리에서 춤을 췄다는(폴란드에서는 큰 일탈이었다) 달콤한 일화를 함께 실었다. (J. Bauman, 1988, 54)

1949년 11월 16일, 바르샤바 국군병원에서 맏딸 안나가 태어났다. 안나의 탄생 덕분에, 부부는 당시 폴란드 사회를 휘감은 광경에서 적어도 잠깐은 눈을 돌렸을 것이다. 폴란드 전역이 스탈린의 일흔 번째 생일을 축하하느라 법석이었다.

스탈린을 사랑해 마지않은 폴란드

작가 미하우 코마르는 『폭발이 머지않았다Zaraz wybuchnie』(2015)에서 소련 독재자의 생일을 떠들썩하게 축하하는 행사 이야기로 폴란드의 스탈린 숭배를 제대로 묘사한다. "이오시프 스탈린이 1879년 12월 21일에 태어났으므로, 1949년 12월 21일이 일흔 번째 생일이었다. 여러 공산주의 정당과 노동자당이 그랬듯, 폴란드연합노동자당 중앙위원회도 국제공산당을 내세워 '이오시프 스탈린 70세 생일 축하위원회'를 꾸렸다." 이 축하연의 범위와 효과, 사람들의 열광, 스탈린에게 바친 선물은 "주최 측의 상상을 뛰어넘었다." 행사의 성공에 화들짝 놀란 축하위원회는 '스탈린 대원수께 바치는 폴란드 사회의 선물 전시회'를 열기로 했다. 정부와 장관부터, 금속공학자, 광부, 농부, 산골 주민, 학생, 변호사, 의사까지, 북쪽 쿠르피에 지역부터 남쪽 실롱스크 지역까지, 전국 곳곳에서 다양한 사람이 아낌없이 선물을 보냈다. "상자가 200개, 마차가 11대, 그 밖에도 더 있었다. … 양만 놀라운 것이 아니라, 인간의 영혼이 사랑을 표현하겠다고 얼마나 다양하게 불완전하고 어처구니없는 일을 시도할 수 있는지도 놀라웠다."(Komar, 2015, 22) 믿기 어려울 만큼 희한하고 질 낮은 물건도 있었고, 더러는 먹을 수 있는 선물도 있었다. 일간지《지체에 바르샤비》에 따르면, 예컨대 국영화된 유명한 초콜릿 회사 베델Wedel이 "공장의 최고 장인이 만든 지름 1미터, 높이 25센티미터짜리" 초콜릿 케이크를 선물했다.

얼린 빨간 장미로 장식한 케이크 위에는 여성 노동자 모양의 초콜릿이 올라가 있다. … 이 여성이 손에 든 작은 케이크에는 "바르샤바의 베델 공장 직원들이 드리는 선물"이, 그 아래에는 "영명하신 이오시프 스탈린 동지께"가 적혀 있다. 케이크를 만든 사람은 "머리를 아주 많이 굴려 만들었으니, 반년이 지나도 오늘만큼 맛이 좋을 것입니다."라고 장담했다. (Komar, 2015, 23)

놀라우면서도 정치적 의미가 깊은 선물도 있었다. 폴란드연합노동자당 기관지《트리부나 루두》에 따르면 파란 지구본 선물은 "붉은 전구 24개로 두 세계의 경계를 그었다. 한쪽은 민주주의와 평화가 감도는 사회주의 세계, 다른 한쪽은 실업과 전쟁의 광기를 내뿜는 자본주의 노예의 세계였다." 폴란드 대학교 총장들과 비당원인 과학자들이 쓴 카드도 있었다. "제게는 과학자가 걸어야 하는 길이 뚜렷이 보입니다. 그것은 스탈린 동지의 영명함이 빛을 밝히는 길, 사회주의로 가는 길입니다." "정치와 상관없는 접근법과 객관주의를 외치고 인민과 진보에 근본적으로 적대적인 현재의 부르주아 과학 대신, 새로운 과학이 떠오릅니다." 높이 2m짜리 털모자도 있었다. "눈에 띄지 않기가 어려운 모자인데도, 신문들은 한마디도 싣지 않았다." (Komar, 2015, 24) 이 거대한 털모자는 하임 포겔만[57]이라는 사람이 레그니차에 공동 설립한 협동회사에서 만든 것이었다. BUND 회원인 그는 스탈린을 딱히 좋아하지는 않았다. 그런데 시기 어린 노동자들에게 일터에서 남는 자투리 천을 따로 챙긴다는 비방을 받은 터라, 스탈린을 위해 세상에서 제일 큰 털모자를 만들어 평판을 만회하기로 마음먹었다. "모자는 비길 데 없이 유별나게 크고 입이 다물어지지 않게 거대해, 인간이 아니라 거인에게나 어울릴 만했다." (Komar, 2015, 26)

이 선물 공세는 순응주의, 기회주의, 공포에서 비롯하기도 했지만, 힘든 상황에서 상상 속으로 도피하려는 욕망, 그리고 아마 익살에서도 비롯했을 것이다. 스탈린에게 바친 물건 전체가 풍긴 우스꽝스러운 효과는 카프카의 소설처럼 부조리했던 그 시대의 감정을 반영한다. 스탈린을 지지한다고 표명하면 하임 포겔만처럼 누군가는 목숨을 건질 수 있었다. 때로는 현실이 부조리로 이름 높은 카프카의 소설마저 넘어섰다.[58]

하지만 공산 정권은 웃음거리가 아니었다. 사람들이 밥 먹듯 고발당했다. 언제나 의심이 감돌아 모든 사람을 두려워하는 분위기가 생겨났다. 당국은 의심 가는 사람이나 정적을 수사도 없이 감옥에 집어넣었다. 고무우카가 바로 그런 경우로, 1951년에 체포된 뒤로 재판도 없이 3년을 갇혀 지냈다. 잘못이 없는 평범한 시민도 수백 명이 체포되어 고발되고 고문당했다. (Lipiński, 2016) 독재 체제가 국민을 계속 통제하려면 희생양이 필요하다. 정치를 바꾸려는 노력이 헛되다고 믿어야, 많은 사람이 신념 없이 독재 정부를 따른다. 바우만과 같은 시대를 산 역사가이자 정치인 안제이 베르블란은 시민들의 그런 방어 전략 또는 기회주의 전략을 '현실 정치realpolitik' 논리로 설명했다. 달리 말해, 주어진 정치 지형에서 본인이 할 수 있는 일을 했다는 뜻이다. 어떤 사람들은 체제를 믿고 순진하게 체제에 봉사했다. 하지만 그렇게까지 순진하지는 않았을지도 모른다. 아우슈비츠 생존자로 언론인이자 전후에 공산주의자가 된 마리안 투르스키가 인터뷰에서 내게 들려준 말을 들어보자.

우리는 툭하면 다른 사람들에게 거만한 마음을 품었습니다. 스스로 선교사라 여겼으니까요. 선교사들은 '나는 진실을 전하는 사람이다'라고 생각합니다. 그렇지 않은 사람에게 우월감을 느끼고요. 다른 진실 전파자와는 패거리 같은 관계를 유지합니다. … 겉보기만 그랬을지 모르지만, 그 시절 내가 받은 인상을 요약하자면 이랬어요. … '우리는 소수이고, 개인이다. 하지만 우리는 진실을 안다. 우리는 진실을 전파한다. 우리는 진실을 전하는 사람이고, [믿지 않는 대다수를] 논리를 내세워 전향시키려 한다. 나를 [주변인인 공산주의자로] 드러내는 것은 위험하지 않다. 소수 민족인 탓에 이미 [반유대주의에] 노출되어 있기 때문이다. 나는 진실을 깨닫는 것이 그들의 이익에 일치한다고, 그들이 진실에 무지하다고, 그러니 신념을 품어야 한다고 그들을 설득하려 한다. 나는 그들을 위해, 그들의 행복을 위해

행동한다.'

　한편으로 … 나는 오만함과 출세 제일주의를 보았습니다. … 처음에
만 명에서 5만 명 사이이던 당원이 눈 깜짝할 새 300만 명으로 불었으니
까요. 당이 쓰레기가 되었다는 증거였어요. 우리는 당시 가장 영향력이 큰
망할 인간들[지도부에 있던 사람들]이 인민을 위협하는 방법을 알아채고
먼저 타락했다는 사실을 눈치채지 못했습니다. 그 인간들이 자기가 성공
할 길을 닦고 있었지만, 우리는 나중에서야 그 사실을 알았습니다. 그래도
처음에는 복음을 전하는 영혼이 있었다고 말하고 싶군요. … 우리는 19세
기가 낳은 산물이었습니다. 우리의 이런 태도는 민족주의, 소작농과의 관
련성, 개인 생활을 희생하는 마음이 약간씩 합쳐진 결과였어요. … [같은
조직에 있는] 다른 사람들이 경력을 쌓고 더 좋은 차와 멋진 아파트를 손에
넣을 때, 우리는 자신을 희생해 선교를 펼쳐야 했습니다. 하지만 시간이
흐르자 우리도 상황에 적응해 크든 작든 타락했습니다.[59]

　타락은 다양한 모습으로 나타났다. 그 가운데 하나가 동료, 친구, 심지
어 가족을 신고하는 것이었다. 부모는 혹시나 아이가 학교에서 부모에
대해 말하라는 부추김에 넘어가 실언하는 바람에 자신이 처벌받지 않을
까 두려워했다. 남을 비난하고 고발하라고 가르치고 부추기는 행태가 널
리 퍼졌다. (Nesterowicz, 2017) 야니나는 『소속을 꿈꾸다』에서 상사가 어
떻게 '선전원 일지'를 이용해 자신에게 동료들을 신고하라고 설득했는지
를 묘사했다. 선전원 일지는 일종의 정치 일지로, 야니나에게는 '보고자
기록지'로 제시되었으나 실제로는 남을 고발하는 방법일 뿐이었다. 자신
을 작가로 여겼고, 또 '대의'에 참여한다고 증명해 입당할 기회를 노리던
야니나는 선전원 일지를 쓰라는 꼬임에 넘어갔고, 실제로 일지를 썼다.
그리고 야니나의 '보고'로, 가장 가까웠던 동료 야츠크부엘리네가 폴란드

공산청년단체 회원 자격은 물론이고 일자리까지 잃었다. (J. Bauman, 1988, 74~77; 2011, 58~63) 이 사건에 지그문트가 보인 반응을 보면, 누가 봐도 그릇되고 폭력적인 체제를 사람들이 어떤 방식으로 지지하는지를 파악할 수 있다.

나는 견디기 어려운 죄책감과 부끄러움을 떠안아야 했다. 의지할 수 있는 사람이라고는 콘라트뿐이었다. 이야기를 들은 콘라트는 큰 충격과 깊은 혼란에 빠졌다. 야츠크부엘리네에게도 충격을 받았지만, 분명 내게도 충격을 받았다. 콘라트는 [야니나에게 신고서를 쓰라고 요청한] 바르스키에게 동료와 관련한 이야기를 한 것이 유감스러운 실수였다고 말했다. 바르스키는 분명 믿을 만한 사람이 아니었다. 콘라트는 안타깝게도 … 당원 중에 신뢰하지 못할 사람이, 출세에 눈먼 야심가와 이념이 성숙하지 못한 당원이 여전히 넘쳐난다고 설명했다. 하지만 잠시 이런 약점을 보일지언정, 당의 이름으로 심각한 실수를 종종 저지를지언정, 당은 사회 정의를 이룰 가장 강력한 주체자이니 무조건 신뢰해야 한다고 말했다. 큰일에는 무릇 사소한 희생이 따르기 마련이라고, 혁명을 완수하려면 애꿎은 사람을 뜻하지 않게 다치게 할 수밖에 없다고. 소련 혁명도 많은 희생자를 낳았고 많은 실수를 저질렀다. 유혈 혁명과는 거리가 먼 폴란드의 혁명에서도 사상자가 발생하곤 했다. … 마음 아픈 일이지만, 더 나은 세상을 이루고자 싸우려 한다면 그런 일을 견뎌야 했다. (J. Bauman, 1988, 77)

폴란드어판에서는 지그문트의 흥미로운 발언이 또 하나 실려 있다. "이런 일은 잠시 거쳐 가는 단계에서 겪는 아픔이다." (J. Bauman, 2011, 62)
　전후 많은 공산주의자가 흔히 이런 접근법을 취했다. 인터뷰에서 투르스키는 내게 스페인 혁명이 제5열[60] 때문에 내전에서 패배했다는 터무니없는 믿음에 영향을 받았다고 말했다.

공산 [독재] 정권을 지지했던 사람들과 거기에 맞섰던 사람들의 차이가
바로 이것이었습니다. 공산 정권을 지지한 사람들은 무고한 아홉 명을 감
옥에 보내더라도 범죄자나 반역자, 죄인 한 명을 잡는 쪽이 더 낫다고 믿
었습니다. 반대자들은(2차 세계대전 초반에는 나도 이쪽에 속했습니다) 무고
한 아홉 명을 감옥에 보내느니 죄지은 한 사람을 풀어주는 쪽이 더 낫다
고 믿었고요.

소련이 히틀러의 나치군을 무찌른 뒤 1943년에 우치 게토를 돌아봤
을 때, 투르스키의 멘토가 이렇게 말했다고 한다.

"모스크바가 왜 항복하지 않았는지 이제 알겠지? 모스크바에는 제5열이
없어서였어. 숙청이 있어서였어. 그래서 마드리드 같은 운명을 피했던 거
야." … 사람들은 묻습니다. 그때 사람들이 어쩌다 공산주의를 믿었느냐
고. 글쎄요, … 그건 내가 페루와 멕시코에서 사람들에게 개종을 강요한
선교사들을 비난하는 것과 같아요. 내가 바로 그 선교사들이 한 일을 똑같
이 했으니까요.

지그문트와 야니나도 투르스키를 포함한 여느 이상주의자와 다르지
않았다. 선교사들처럼 그들도 무지한 사람들에게 '진실과 행복'을 선사할
수 있다고 믿었다. 그래도 끝내는 정치 격변 때문에, '진실'을 확신하는
마음이 약해지고 의심이 자라났다. 하지만 그것은 나중 일이었다.

폭풍 전야의 고요

1950년 여름은 한국 전쟁으로 정치적 긴장이 감돌았지만, 이때부터 지그문트네 가족에게 기분 좋은 변화가 몇 가지 일어났다. 이들은 같은 건물의 방 세 칸짜리 큰 집으로 이사했다. 맏딸 안나가 태어나기도 한데다, 지그문트가 진급해서였을 것이다. 지그문트와 야니나는 더는 부모님과 화장실 사이에 있는 방에서 살지 않아도 되었다. 스물다섯 살이던 지그문트는 폴란드군에서 손에 꼽게 젊은 소령 가운데 한 명이 되었다. 경제 사정이 더 나아졌으므로, 지그문트와 야니나는 안나를 돌볼 유모를 고용하기로 했다. 바치코프스카라는 여성이 집안 살림과 육아를 맡았다. 그 덕분에 두 사람은 일과 당 활동에 전념할 수 있었다. 지그문트는 '매우 우수'와 '우수' 등급을 받고 학사 과정을 마쳤다. 야니나는 안나를 낳느라 시간이 더 걸려, 이듬해에 졸업했다.

지그문트는 학업을 이어가기로 마음먹고, 장차 당을 이끌 엘리트를 훈련하던 폴란드연합노동자당 중앙당 학교Centralna Szkoła Partyjna PZPR에 2년 동안 다녔다. 야니나는 정치 활동에 참여해 1951년에 당원이 되었다. 야니나에게는 영화공사 업무, 그리고 시골을 돌아다니며 돈을 모금하고 정치 교화를 펼치는 열렬한 정치 활동이 만족의 원천이었다. 특히 1950년 9월에 선전 활동에서 매우 중요한 역할을 하는 다큐멘터리 영상제작소로 승진한 뒤로는 자신이 '새로운 폴란드'를 건설하는 데 활발히 참여하고 있다고 느꼈다. 다큐멘터리 영상제작소는 극장에서 영화를 상영하기 전에 틀던 짧은 뉴스 영화를 주마다 1~2편씩 제작했다. 텔레비전이 나오기 전이라 영화가 큰 인기를 누렸으므로, 뉴스 영화는 사람들에게 어마어마한 영향을 미쳤다. 야니나는 프랑스와 러시아의 신문 기사를 번역하는 일을 맡았다. 이 일을 사랑했지만, 그래도 조감독 자리에 오르기를 바랐다.

폴란드의 경제 상황이 몹시 어려워져 가게에 물건과 식품이 떨어지곤 했어도, 1951년 여름까지 두 사람은 잘 지냈다. 그런데 여름이 끝날 무렵 짧은 번역문 하나 때문에 야니나가 일자리는 물론 당원 자격까지 잃을 뻔한 사건이 일어났다. 친구를 도와 영화 뉴스에 나온 스탈린의 연설을 번역하는 과정에서, 야니나와 함께 일하던 타자수가 스탈린이 동독 국가 주석 빌헬름 피크Wilhelm Pieck에게 한 말을 이렇게 옮겼다. "지난 1년 동안 밟아온 **부끄러운** 길이 크게 성공하기를 바라오."[61] '영광스러운'을 뜻하는 폴란드어 chwalebny를 썼어야 하는데, '부끄러운'을 뜻하는 haniebny를 쓴 것이다. 글로 보면 사뭇 달라 보이지만, 두 단어를 빨리 말하면 헷갈리기 쉽다. 지친 데다 마감에 쫓긴 두 사람은 번역문을 검토하지 못했다. 번역문을 상급 편집자에게 보냈는데, 하필이면 여기서도 실수가 걸러지지 않았다. 보나 마나 마감에 쫓겨서였을 것이다. 마침내 뉴스 영화가 극장에 걸린 뒤에야 어느 러시아 제작자가 문장이 터무니없이 번역된 것을 알아차렸다. 야니나와 타자수는 정치적 사보타주로 고발되었다. 폴란드영화공사의 사장 스타니스와프 알브레흐트가 곧장 공안청에 호출되었고, 공안청 요원과 논의한 뒤 1951년 9월 27일에 야니나의 직속상관 리타 라트키에비치에게 공문을 보냈다.

영화 〈민주 독일〉의 대화 부문에서 저지른 잘못과 관련하여, 나는 다큐멘터리 영화제작소 편집자인 시민 야니나 바우만을 당장 해고하고 폴란드 영화공사 인사부에서 처분 받게 할 것을 명령한다. … 이 문서를 받는 대로 24시간 안에 조처 결과를 내게 보고하기 바란다.[62]

야니나는 운이 좋았다. 강등은 되었지만, 상황으로 볼 때 보기 드물게 너그러운 처벌이었다. 보나 마나 알브레흐트에게 전화로 무슨 일이 벌어졌는지 연락받았을 라트키에비치가 번역문이 단순한 오타일 뿐 정치적 배신을 뜻하지는 않는다고 설득했을 것이다. 리타 라트키에비치는 영향력이 매우 컸다. 남편인 스타니스와프 라트키에비치가 다름 아닌 공안부 장관이었기 때문이다. 야니나에게 아주 다행이게도, 겨우 몇 년 동안 야니나의 상관이었던 라트키에비치가 야니나를 좋아하고 신뢰했다. 야니나와 함께 일한 타자수는 그렇게 운이 좋지 않아 해고되었다. 그 뉴스 영상을 전반적으로 책임졌던 직원들도 마찬가지였다.

야니나는 처벌을 뜻하는 교육 영화 업무에 배치되었다. 스탈린주의 시절에는 이처럼 해롭지 않아 보이는 실수로도 사보타주 혐의를 받아 감옥에 가기도 했다. 야니나의 기록에서 이 사건의 흔적은 야니나의 상부가 첩보 기관에 보낸 쪽지뿐이다. 몇 달 동안 재미없는 업무를 맡은 끝에, 야니나는 퇴직한 동료를 대신해 대본 편집자가 되었다.

폴란드 영화를 새롭게 발전시켜야 할 임무를 맡은 사람들은 사회주의적 사실주의의 계율을 따르고자, 마음까지는 아니라도 머리를 쥐어짰다. 이념의 사다리 가장 밑바닥인 대본소에서 일하던 나도 그런 사람이 되었다. 1952년만 해도 나는 우리 편집자들이 정도의 차이만 있을 뿐 검열관 노릇을 한다는 사실을 깨닫지 못했다. 우리는 큰 선의와 깊은 확신으로 맡은 바를 다했다. 전문 검열관이 영화를 예술 작품으로 인정하지 않고 신문 사설처럼 여겨 마음대로 가위질하는 결정에 자주 강한 불만을 드러내면서도, 우리 역시 어느 정도는 같은 역할을 했다. (J. Bauman, 1988, 101~102)

작가와 감독들도 검열과 숨바꼭질할 수밖에 없었다. 때로는, 20년 뒤에야 제작된 안제이 바이다Andrzej Wajda 감독의 유명한 영화 〈대리석 인간 Człowiek z marmuru〉처럼 제작이 완전히 거부된 작품도 있었다.[63] 상황이 가장 좋을 때는 작가와 검열관이 타협한 끝에, 예술성이 높으면서도 정치적으로 올바른 영화가 나왔다. 20세기 후반에 무척 인기가 많았던 소설가이자 영화 각본가 유제프 헨Józef Hen은 야니나가 친절하고 능숙했을뿐더러 작가들을 돕고 지원했다고 회고했다.[64] 실수가 있었지만, 야니나는 탄탄하게 경력을 다졌다. 하지만 지그문트는 일에서 문제를 겪기 시작했다.

1952년 봄, 겉보기에는 지그문트가 계속 진급하고 있었지만, 유대인이라는 배경이 군 경력의 발목을 잡기 시작했다. 5월 1일, 지그문트가 국내보안대 정치위원회의 수장이 되었다. 하지만 6주 전인 3월 22일에 직속상관 비브로프스키 대령과 국내보안대 사령관 무시 대령이 다음과 같은 평가서에 서명했다.

정치적 태도

사회주의 사상에 완전히 헌신함. 정치 지식이 매우 폭넓고 이론에도 해박하다. 프티 부르주아 출신인데도 이념에 전혀 동요가 없고, 정치 사안에서는 설사 자기 문제와 가족 문제라도 날카롭고 단호하게 대처한다.

업무 능력

임무 수행에서 남다르게 뛰어난 능력을 보인다. 상관의 명령을 남달리 주도적으로 기획하고 실행하는, 매우 총명하고 완벽한 조직책이다. 일 처리가 빠르고 정확하고 빈틈없다. 식견이 넓고, 관찰력이 뛰어나고, 분석과 추론에 능하다. 하지만 이따금 결론을 끌어낼 때 자신을 과시하는데, 보나 마나 출신을 의식한 자기방어다. 군 복무에 열정이 넘쳐 규율을 잘 따르고 엄격하다.

도덕성과 가치관

정직은 곧 바우만의 인생이다. 자신의 의견을 굳게 고수하지만, 비판을 기꺼이 받아들인다. … 성격은 부드러운 편이다.

결론

이념과 식견에서 남다르게 뛰어난 자질을 지녔지만, 유대인 출신이고 함께 사는 아버지가 팔레스타인으로 가려는 갈망을 드러내므로 국내보안대에서 장래에 제한이 있다. 유대인 출신에다 교육 수준이 높고 진급까지 빠른 탓에, 연로한 당원을 포함한 일부 장교들이 마뜩잖게 여긴다. 그러므로 길게 볼 때 학계로 들어서게 해야 할 것이다.

정치위원회 지휘관 Z. 비브로프스키 대령,
국내보안대 사령관 W. 무시 대령

문서 상단 오른쪽 귀퉁이에 누군가가 연필로 이렇게 적어 놓았다. "IKKN 후보, 서류철 내 문서, 공안부 2년제 학교 ZW 후보"[65]

연필로 쓴 문구는 바우만을 위해 선택한 실리적 해결책이었을 것이다. 학술간부교육원Instytut Kształcenia Kadr Naukowych(IKKN)은 당 엘리트들이 박사 학위를 받는 교육기관 즉 마르크스주의 학술 간부를 새로 양성하는 요람이었다. ZW는 공안부 산하 교육기관으로, 바우만이 학생들을 가르칠 수 있는 곳이었다. 바우만의 능력과 자질을 극찬하는 의견과 어처구니 없이 완전히 어긋나는 결론은 민족이라는 틀로 들여다봐야만 이해가된다. 여기서 우리는 1952년에 소련권에서 일어난 여러 사건이 '슬란스키 재판'에 영향 받던 상황을 기억해야 한다. 체코슬로바키아의 공산당 관료 13명이 반역 혐의로 재판받은 이 사건에서 루돌프 슬란스키Rudolf Slánský를 포함한 11명이 유대인이었다. 그러니 나이 든 당원들은 바우만이 유대인 출신이라는 이유로 바우만을 불신했을뿐더러 승승장구하는 모습을 시기했을 것이다.

또다시 반유대주의가 바우만의 인생을 좌지우지하고 있었다. 폴란드군 소령이고 카리스마 넘치는 지휘관이자 교관이었지만, 바우만은 폴란드군 장교이기에 앞서 유대인으로 먼저 인식되었다. 군 지휘계통의 상층부에 속했지만, '주된 지위' 즉 주변 사람들이 인식하는 바우만은 그저 '유대인'일 뿐이었다. 당이 민족 차별을 없애고 자유를 전파하겠다고 외쳤지만, 바우만이 더 진급할 문은 이미 닫혀 있었다.[66]

폴란드군에서 바우만의 경력은 끝이 났지만, 그렇다고 당장 그만둬야 한다는 뜻은 아니었다. 폴란드 인민공화국은 사람을 그리 간단히 해고하지 않았다. 누구나, 특히 고위직은 월급을 받고 몸을 뉠 곳이 있어야 한다는 합의가 있었다. 1952년 봄, 바우만을 '매끄럽게', '학계'로 보낸다는 결정이 내려졌다.

군과 대학 사이에서

한 세계에서 다른 세계로 옮겨가는 과정은 두 세계에 모두 발을 걸친 당이 주도했다. 위에서 언급한 문서가 정한 지침에 따라, 바우만은 학술간부교육원에 지원했다. 이 기관은 바우만이 이미 정치과학원에서 수업을 들은 아담 샤프가 설립한 곳으로, 1950년에 개원했다. '교습' 방식은 케임브리지대학교와 옥스퍼드대학교의 구조를 본뜬 소련의 붉은교수양성원을 기반으로 삼았다. (Czarny, 2015, 28) 1952년 4월 15일, 바우만은 소련권의 박사 과정에 해당하는 아스피란투라aspirantura에 입학 원서를 보냈다. "저는 오랫동안 학문 연구를 갈망했습니다. 하지만 군에 복무하느라 학문에 전념하고 싶은 열망을 한 번도 실현하지 못했습니다. 저는 현재

IKKN에 입학하고 싶은 제 관심을 호의로 지켜보는 군 지휘부에서 제대를 허락하겠다는 확약을 받았습니다."[67]

알다시피 군은 실제로 바우만의 입학 계획을 지지했다. 1950년에 정치과학원을 마친 바우만은 대학교는 아니나 마르크스-레닌주의 이론을 집중적으로 가르치는 폴란드연합노동자당 중앙당 학교에서 학업을 이어 갔다. 바우만이 이 학교에 다녔다는 흔적이라고는 1950년에 작성된 한 서류철에 적힌 비브로프스키 대령의 열띤 문장 하나뿐이다.[68] 학술간부교육원은 당 관료의 다음 행보로 좋은 선택이었다. 그런데 엘리트 학교를 만들고 싶어 했던 아담 샤프가 입학 절차를 아주 까다롭게 적용했다. 게다가 대학교에서 학업에만 매진한 우등생, 저서를 출간한 경력이 있거나 명문대 졸업장이 있는 학생들이 몰려, 입학 경쟁이 치열했을뿐더러, 학술간부교육원은 석사 과정이 아닌 박사 과정 교육기관이었다. 바우만은 전쟁이 끝난 뒤로 공부에만 전념한 적이 없었다. 정치과학원과 폴란드연합노동자당 중앙당 학교는 엄밀히 말해 대학교가 아니라 노멘클라투라, 즉 당 간부를 양성하는 기관이었다. 이 사실은 바우만이 구두시험에서 그리 깊은 인상을 남기지 못한 뒤, 틀림없이 교수였을 사람이 작성한 문서에서도 드러난다.

바우만 동지와 나눈 대화로 보건대, 이 동지는 폴란드와 국제 노동자운동의 역사에 통달했다. 변증법적 유물론과 역사적 유물론에도 기본 지식이 있다. 전공으로는 국가 이론과 법을 선택했지만, 기초 교육이 약하다. 정치과학원 졸업은 어떤 법 분야에도 상세한 지식이 있다고 보장하지 못한다. 그래도 나는 국가 이론과 법을 전공할 후보로 바우만 동지에게 관심을 기울여야 한다고 생각한다.

[판독하기 어려운 서명] 1952년 5월 20일.[69]

바우만의 서류철에는 합격 여부를 알 수 있는 흔적이 없다. 어쨌든 바우만은 학술간부교육원에 입학하지 않고 바르샤바대학교에 입학해 학업과 일을 병행했다. 이 상황에는 여러 요소가 작용했을 것이다. 학술간부교육원에 다니면서 일을 병행하기가 어려웠을지 모른다. 학술간부교육원 강의는 평일 내내 아침부터 저녁까지 한 건물에서 진행되었고, 점심도 구내식당에서 먹었다. 학생들에게 두둑한 급여를 줬지만, 오로지 학업에만 집중해야 했다. 바우만은 5월에 진급한 터라, 새로운 직무를 맡으면서 온종일 수업에 참여하기가 어려웠을 것이다.

게다가 아내 야니나에 따르면, 지그문트는 존경받는 어느 대령이 유대계 출신이라는 이유로 강등되어 먼 곳으로 파견되자, 군대에 갈수록 환멸을 느꼈다고 한다. (J. Bauman, 1988, 104) 바우만의 직속상관 비브로프스키 대령이 1952년 6월에 국내보안대를 떠났고, 1953년부터 2년 동안 중립국 감독위원회 폴란드팀 소속으로 북한 판문점에 머물렀다.[70] 바우만이 학술간부교육원에 다니지 못한 까닭이 바우만을 보호할 상관들이 없어서였지는 않을까? 공부할 방법이라고는 바르샤바대학교 야간 과정뿐이지 않았을까?

공안부가 바우만을 바르샤바대학교로 보냈다는 첫 증거는 고등교육부 대학과 과장이 1952년 10월 10일에 바르샤바대학교 철학·사회과학부 학장에게 속달 우편으로 보낸 편지다. 여기에서 고등교육부는 바우만을 철학 석사 과정에 받아들이기로 했다고 언급한다.[71] 하루 전 바우만은 철학·사회과학부 학장에게 조금은 적의가 담긴 편지를 받았다. 학장은 학기가 시작한 지 한 주가 지났는데, "학업을 포기했다면 학부에 당장 알려도 될지" 묻고서 "그렇지 않으면 당장 학교에 나오기를 요구한다."라고 밝혔다.[72] 1952년 10월 18일에 학생 선서에 서명했으니,[73] 바우만은 틀림없이 학장의 요구에 따랐다.

그 뒤로 몇 달 동안, 바우만은 낮에는 국내보안대에서 일하고 저녁에는 학교에서 공부했다. 하지만 주경야독은 오래가지 못했다. 1952년 12월 소련 모스크바에서 '의사들의 음모'가 터지자(Rapoport, 1991) 소련과 동맹국들이 반유대주의에 휩싸였다. 주로 유대인인 의사 집단을 겨냥한 날조된 혐의가 동유럽 전역에서 유대인 숙청을 부추겼다. 폴란드와 국내보안대도 그 물결을 비켜 가지 못해, 바우만도 목표물이 되었다. 야니나는 그때를 이렇게 적었다.

1953년 1월 어느 날, 콘라트와 나는 병영에서 열린 화려한 장교 무도회에서 아주 신나는 밤을 보냈다. … 그리고 24시간 뒤, … 새 상관에게 불려간 콘라트가 그 자리에서 파면되었다. 끔찍한 충격이었다. 그야말로 마른하늘에 날벼락이었다. 이 느닷없는 파면의 사유는 콘라트의 아버지가 서구와 다소 의심스러운 접촉을 유지했다는 것이었다. 그들은 시아버지가 이스라엘 대사관을 꾸준히 방문했다고 말했다. 고통에 빠진 콘라트는 곧장 시아버지를 찾아갔다. 연로한 시아버지는 부인하지 않았다. 이민을 조언받고자 실제로 이스라엘 대사관을 두 번 방문했었다고 털어놓았다. 미칠 듯한 절망에 빠진 나머지 … 콘라트는 아버지가 자기 등 뒤에서 몰래 음모를 꾸몄다고 비난했다. (J. Bauman, 1988, 105)

여기서 기억할 대목이 있다. 바우만의 집이 군사 지역 한가운데 있었으므로, 첩자가 있으면 당국에 위협이 될 수 있었다. 적어도 당국은 그렇게 봤다.

가족은 난데없이 끔찍한 상황에 빠졌다. 바우만은 일자리를 잃고 부모와 사이가 틀어졌다. 바우만이 마우리치를 몰아세운 며칠 뒤, 마우리치와 조피아가 말 한마디 없이 집을 나갔다. 두 사람은 조피아가 관리하던 구시가지의 바질리셰크라는 식당 건너에 있는 아파트로 옮겼다. 바우만은 한 주 동안 집에서 독서와 공부에 파묻혔다. 모든 군복을 어두운색으로 염색한 뒤 견장과 훈장을 뜯어내, 군복을 민간인복으로 바꿨다. 옷과 옷감이 귀한 시절이라, 그때는 이런 일이 드물지 않았다. 파면은 다른 영향도 미쳤다. 해가 잘 드는 방 세 칸짜리 아파트는 어느 젊은 장교네 가족들 차지가 되었다. 군은 지그문트와 야니나에게 병영 부속 건물에 딸린, 욕실도 없는 작고 어두운 아파트로 옮기라고 명령했다. 상황은 분명했다. 바우만은 체제에서 내쫓겼다. 이제 바우만은 100% 확실한 폴란드인이 아니었다. 여전히 당원이었지만, 아버지 때문에 일어난 사건이 당적마저 위협할 수 있었다. 그래서인지 1953년 1월 30일, 바우만은 틀림없이 고통스러웠을 결정을 내리고 나중에 당적부에 첨부될 서약서를 작성했다.

- 언제나 부르주아의 첩보망 역할을 하는 시온주의가 미국의 첩자와 파괴 공작원 무리로 탈바꿈했습니다.
- 저는 시온주의에 동조하는 아버지 마우리치 바우만의 생각을 바꿔보려 오랫동안 애썼지만, 결실을 거두지 못했습니다.
- 제 아버지가 시온주의에 동조한다 해도, 폴란드를 사랑하는 마음은 시온주의를 지향하는 기회주의적 태도와 융화할 수 없습니다.

이와 같은 이유로 저는 아버지와 모든 인연을 끊겠다고 당에 굳게 맹세합니다.

바우만, 1953년 1월 30일[74]

1953년 3월 16일, 바우만은 군에서 해임되었다. 인생의 한 길이 끊겼고, 미래는 온통 불확실했다. 석사 과정을 갓 시작한 뒤였고, 살림은 궁핍했다. 1953년 3월을 마지막으로 군의 급여가 끊겼고, 야니나의 월급으로는 기초 생필품만 겨우 살 정도였다. 하지만 달리 보면, 바우만은 이제 자유를 얻었다. 바우만은 교회에서 쫓겨난 선교사, 자신이 건설을 도운 체제에서 내쳐진 사람이었다.

8

젊은 학자

1953~1957

학생 바우만은 국내보안대 제복에 무릎까지 오는 군화를 신고 총까지 차고서 학교에 오곤 했다. 한번은 강의 중에 권총집에서 빠진 권총이 코타르빈스키 교수 앞에 떨어졌다. 코타르빈스키 교수는 이렇게 대응했다. "여기서는 그런 물건을 쓸 일이 없네. 이것 좀 저리 치우게."

– 바르샤바대학교 철학·사회과학부에 떠도는 일화[1]

바르샤바대학교 철학·사회과학부[2]

1953년 1월, 바르샤바대학교 철학부*에는 활기가 넘쳤다. 1952년에 인문학부에서 철학·사회과학부로 분리되었다가 이름을 바꾼 철학부는 전쟁

---

* 바르샤바대학교 철학부(철학·사회과학부)는 철학연구소와 사회학연구소로 구성되었고, 연구소 산하에 관련 학과가 소속되었다.

이 끝난 뒤로 정치와 매우 밀접한 분야가 되었다. 새 체제가 활동의 틀을 잡으려면 관련 지식의 기틀을 다지고 이를 실행할 사람이 필요했기 때문이다.[3] 서서히 발을 넓힌 마르크스주의가 사회과학을 수행할 가장 강력한 '학문 분야'가, 정확히 말하면, 유일하게 용납되는 이론이 되었다. 마르크스주의를 지지하는 신진 엘리트들이 심하게 위상이 떨어진 전쟁 전 기득권과 맞붙은 결과, 바르샤바대학교는 다른 기관들보다 훨씬 급격하게 마르크스주의로 방향을 틀었다.

사회학은 그 안에 담긴 정치적 잠재력 때문에 이런 변화에 특히 많이 노출되었다. 폴란드에서는 사회과학으로서 사회학이 동유럽 어느 나라보다 빠르게 제도권에 발을 들였다. 바르샤바대학교 법·정치학부가 1919년에 폴란드에서 처음으로 사회학 강좌를 만들고 레온 페트라지츠키Leon Petrażycki[4]를 교수로 선임했고, 1921년에 또 다른 사회학 강좌를 만들고 루드비크 크시비츠키Ludwik Krzywicki[5]를 교수로 선임했다. 인문학부에서는 스테판 차르노프스키Stefan Czarnowski[6]가 1930년부터 문화사를, 얀 스타니스와프 비스트론Jan Stanisław Bystroń[7]이 1934년부터 사회학을 가르쳤다. 새 학문을 향한 관심은 바르샤바에만 머물지 않았다. 1921년에는 시카고에서 돌아온 플로리안 즈나니에츠키Florian Znaniecki[8]가 포즈난 아담미츠키 에비치대학교에 사회학과를 신설했고, 1930년에는 비스트론이 크라쿠프 야기엘론대학교에 사회학과를 신설했다. 폴란드에서 사회학을 개척한 교수들이 모두 외국에서 사회학을 공부했으므로, 다양한 지적, 방법론적 접근법을 대표하는 여러 배경도 함께 들여왔다. 폴란드 학계는 이런 다양성을 토대로 프랑스와 독일, 오스트리아, 미국을 대표하는 다양한 학파를 재생산하고 뒤섞었다. 폴란드 사회학은 중심을 바라보고 복제하는 주변부가 아니었다. 앞서 언급한 모든 학자가 자신만의 접근법과 독창적 개념을 개발했다. 하지만 1889년에 캔자스대학교에서 사회·역사

학과가 신설된 미국에 견주면,[9] 폴란드에서는 사회학이 느지막이 제도권에 발을 붙였다. 2차 세계대전 전까지 바르샤바대학교에서 사회과학이나 사회학 전공으로 철학 박사 학위를 받은 학생은 손에 꼽았다. 전쟁 기간에 바르샤바에서 비밀 강좌가 몇 번 열리기는 했지만, 사회학을 공식 학문으로 또는 꾸준히 가르치는 곳은 없었다.[10]

1947년에 스타니스와프 오소프스키Stanisław Ossowski,[11] 마리아 오소프스카Maria Ossowska,[12] 니나 아소로도브라이-쿨라Nina Assorodobraj-Kula,[13] 얀 스타니스와프 비스트론, 스테판 노바코프스키Stefan Nowakowski가 바르샤바대학교와 우치대학교에 사회학과를 신설했다.[14] "그 무렵 사회학의 전망이 매우 밝았다. 사회학 강좌를 찾는 수요가 무척 컸다." (Kraśko, 1996, 126) 그런데 새 정권이 사회학을 별도 학과로 존재해서는 안 될 '부르주아' 학문으로 여긴 탓에, 사회학이 신설된 인문학부 과정의 일부로 남았다가 나중에 철학·사회과학부로 갈라져 나왔다. 1940년대 후반의 교수진은 학문과 정치에서 다양한 관점을 아울렀다. 한쪽에는 마리아 오소프스카와 스타니스와프 오소프스키 부부가 이끄는 이른바 르부프-바르샤바 철학파[15] 신봉자들이, 또 한쪽에는 니나 아소로도브라이-쿨라가 이끄는 마르크스주의 신봉자들이 있었다. 여느 대학 환경에서 그렇듯이 공존은 짧게 끝났고, 학생들은 자신의 학파를 고수했다. 그런데 이들의 역학 관계가 당과 정부의 정치 흐름에 좌우되었다.

1951년, 사회주의 참여자로 알려진 오소프스키 부부가 부르주아 학문의 대표자로 낙인찍혀 강의를 금지당했다. 그런 운명을 맞은 사람은 사회학 교수만이 아니었다. 우치대학교에서 바르샤바대학교로 옮겼던 타데우시 코타르빈스키Tadeusz Kotarbiński,[16] 그리고 브와디스와프 타타르키에비치Władysław Tatarkiewicz[17]도 같은 시련을 겪었다. 많은 교수가 월급만 받을 뿐 강단에 서지 못했다. (공식적으로는 연구직에 파견되었다.) 타타르키에비치가 강의를 금지당한 까닭은 이른바 '8인 성명서'가 발표되었기 때문이다. 성명서에 서명한 학생들은 헨리크 야로시, 아르놀트 스우츠키, 안나 실라트포프스카, 이레나 리프친스카, 노르베르트 크라스노시엘스키, 언론인이자 사회학자가 되는 헨리크 홀란트Henryk Holland, 그리고 열렬한 공산주의자였다가 수정주의자가 되는 레셰크 코와코프스키Leszek Kołakowski와 브로니스와프 바치코Bronisław Baczko였다. 타타르키에비치가 주관한 세미나에서 코와코프스키가 대표로 읽은 성명서는 타타르키에비치가 마르크스주의에 몰두하지 않고 '명백한 부르주아' 학문을 특별대우한다고 비난했다. 여러 사건 중에서도 이 사건이야말로 공산주의 건설에 정치적으로 참여한 학생들의 힘을 보여줬다. 이들에게는 학문에서 일가를 이룬 저명한 교수를 해고할 힘이 있었다. 세미나 중 일어난 충돌은 폴란드에서 전쟁 이전과 이후의 체제, 과거와 현재의 지식 접근법이 흔히 충돌하는 모습을 그대로 나타냈다. 교육부의 정책에 따라, 당을 지지하지 않는 교수들이 서서히 밀려나고 마르크스주의 학자와 활동가들이 고위직에 올랐다. 1950년대 초반에 이르자, 바르샤바대학교에 정치와 학문의 다양성이 들어설 자리가 사라졌다. 강의를 금지당한 교수들은 강단에 서는 대신 새로운 연구 기관인 폴란드학술원Polska Akademia Nauk(PAN)에 고용되었다.

폴란드학술원은 1951년 10월 30일에 당의 핵심 연구 기관으로 신설되었고, 당 지도부에 엄격하게 통제받았다. 바르샤바대학교 교수 출신으로 폴란드학술원에 합류한 사람 중에는 이곳에서 연구만 하는 사람도 있고, 연구와 함께 계속 강의를 병행하는 사람도 있었다.[18] 폴란드학술원은 특권을 누렸으므로, 여기에 합류한 이들은 사회적 지위가 올라갔고, 많지는 않으나 소득도 늘었다.

바르샤바대학교의 지형도는 완전히 정치에 좌우되었다. 대학 지도부가 정치적 경로에 따라 선택되었고, 당에 절대복종해야 했다. 1951년 들어, 고등교육기관의 틀과 승진 체계가 소련의 교육 체제를 고스란히 베낀 개혁에 따라 바뀌었다. 박사 과정 학생은 '학문 희망자'가 되었고, '박사' 학위가 이전의 '교수 임용 자격'을 대체했다. 고등교육부 장관의 역할이 강화되어, 지도부의 직무를 배분했을뿐더러 행정처와 교수진까지 선정했다. (Rutkowski, 2016, 421~422) 그전까지 바르샤바대학교와 교내 학과가 쥐던 자율권은 심하게 제한되었다.

바르샤바대학교 철학부는 특히 심한 변화를 겪었다. 1952년에 당국은 앞서 없앤 사회학 강좌를 철학사·사회사상사(니나 아소로도브라이-쿨라), 역사적 유물론(율리안 호흐펠트) 강좌로 대체했다. 철학연구소는 바우만이 정치과학원에서 강의를 들었던 아담 샤프(7장을 참고하라)가 맡았다. 바우만이 석사 학위를 시작했을 때도 변화가 진행 중이었다. 달리 말해, '전쟁 전' 교수들이 힘을 잃어가고 있었다.[19]

스탈린주의 체제의 석사 과정

바우만과 동기생들은 대부분 마르크스주의 학자들의 강의, 이를테면 체스와프 노빈스키의 변증법적 유물론, 율리안 호흐펠트Julian Hochfeld의 역사적 유물론, 아담 샤프의 마르크스주의 역사의 방법론, 니나 아소로도브라이-쿨라의 철학사를 들었다. 바우만은 타데우시 토마셰프스키의 심리학, 브워지미에시 미하이워프의 자연 과학, 생물학도 들었다. 러시아어(이미 더할 나위 없이 유창해 한 학기만 들었다)와 영어도 공부했다.[20] 바우만이 수업을 들은 교수 가운데 마르크스주의자가 아닌 사람은 르부프-바르샤바 철학과 회원인 타데우시 코타르빈스키뿐이었다. 1956년에는 스타니스와프 오소프스키와 마리아 오소프스카도 다시 강의를 맡지만, 이때는 바우만이 이미 학업을 마친 뒤 전임 강사로 일할 때라 이들의 강의를 듣지 않았다. 바우만은 나중에 호흐펠트와 오소프스키를 자신의 스승으로 설명했다. (Tester, 2001) 호흐펠트는 전형적인 스승과 제자 관계로 직접 얽혀 있었지만, 오소프스키와는 독서, 강의, 토론을 통해 간접으로 인연을 맺었다. 사실 동기생들은 오소프스키가 스승이라는 바우만의 주장을 반박했다.

이를테면 바르샤바대학교 예지 샤츠키Jerzy Szacki 교수는 2016년에 나눈 인터뷰에서 내게 바우만의 주장이 "터무니없는 완벽한 허구인데도 같은 주장을 거듭하니, 그렇게 기억하는 것이 틀림없겠지요. 진실을 왜곡했다기보다 선택적으로 기억한 겁니다."라고 말했다. 그런데 샤츠키의 아내 바르바라 샤츠카Barbara Szacka 교수에 따르면 바우만의 주장이 전혀 근거가 없지는 않았다. 바우만이 오소프스키와 같은 철학부에 속했으므로, 오소프스키의 강의를 듣고 강한 영향을 받았다. 바우만이 오소프스키와 인연을 강조한 것이 왜 사람들을 화나게 했는지는 샤츠키의 말에서 쉽게 이해할 수 있다. "오소프스키의 제자가 된다는 것은 폐쇄적인 특별한 집단, 특별한 관계에 속한다는 뜻이었습니다. 우리는 속하지 못한 … 세미나 집단에요."

오소프스키의 사회학 세미나에 참여해 논문을 지도받는 학생들, 전통적 의미에서 오소프스키의 제자들은 다른 학생들과 거리를 두는 엘리트 집단이었다. 어떤 스승에게 제자로 인정받는다는 것은 전통이 있는 한 학파에 속하는 상징 권력, 그러니까 지적 유산을 완전히 물려받는다는 뜻이자, 유명한 조상과 같은 진정한 본거지를 얻는다는 뜻이다. 이런 특권을 얻는 스승-제자 관계는 학문 세계에서 경력을 쌓을 때 매우 중요한 요소다. 든든한 관계망을 선택하고 키우는 데 중요한 역할을 해, 지식을 창조하기에 알맞은 환경을 만들고 그 지식을 전달할 기틀을 제공한다.[21] 또 다양한 생각을 놓고 갑론을박을 벌이고 새로운 생각을 담금질하는,

그래서 스승과 교류하는 동안 높은 학업을 성취할 수 있는 안전한 터전이다. "우리는 속하지 못한 … 세미나 집단"이라는 말은 바우만과 샤츠키가 엘리트 집단에 속하지 않았다는 뜻이다.[22] 바우만의 경우, 적어도 이때는 그랬다.[23]

바우만이 동기생보다 나이가 많았으므로, 바우만에게는 이때가 만만치 않은 시기였다. 1952~1953학년에 철학 석사 과정을 시작했을 때, 얼마 지나지 않아 바우만과 친구가 되는 사회학자 예지 비아트르Jerzy Wiatr[24]를 포함한 다른 학생들은 학부에서 사회과학을 갓 마친 뒤였다. 2017년 4월 3일에 바르샤바대학교 철학·사회학부 사회학연구소에서 진행한 인터뷰에서 비아트르는 내게 이렇게 말했다.

바우만이 강의를 듣기 시작했을 때는 현역 군인이라 군복 차림이었습니다. 그해에 동기생이 백 명가량이었으니, 그런 큰 집단에서 흔히 그렇듯 우리도 처음에는 서먹서먹한 사이였어요. 학생들은 여러 집단으로 나뉘었습니다. [저명한 사회학자] 브워지미에시 베소워프스키Włodzimierz Wesołowski가 바우만과 같은 집단이었고, 나는 다른 집단에 있었어요. 하지만 … 머잖아 바우만과 내가 아주 친해졌지요. 웃기게 들리겠지만, 어찌 보면 스탈린이 죽은 덕분이었습니다.

1953년 봄, 바우만과 비아트르는 스탈린의 마지막 업적에 바치는 대규모 학술회의에 쓸 기조연설문을 작성하라는 요청을 받았다. 첫 공동작업인 이 연설문이 주간지 《포 프로스투Po Prostu》[25]에 부록으로 실렸다. 바우만은 연설문 낭독을 비아트르에게 맡겼다. "바우만과 나는 조금은 형과 아우 같은 사이였습니다. 우리 때는 여섯 살 차이가 엄청나게 컸거든요. 우리가 만났을 때 지그문트는 직장이 있는 완전한 성인이었는데,

나는 새파란 애송이였지요. 하지만 머잖아 아주 친해졌습니다."[26]

이 인터뷰에서 비아트르는 중요한 대목을 몇 가지 말했다. 첫째는 바우만이 바르샤바대학교에서 처음 몇 달 사이에 신분이 바뀌었다는 것이다. 군대에서 인정사정없이 쫓겨나서인지, 바우만은 장교에서 학생으로 빠르게 탈바꿈했다. 둘째로 학생 바우만의 독특한 위치였다. 나이, 인생 경험, 직위, 당 활동 수준 때문에 바우만은 학생 대다수에게 주변인이었다. 바우만과 비아트르에게 연설문을 써 스탈린을 기리는 추모식에서 대중에게 발표하라고 제안한 사람은 아마 철학부에서 철학연구소를 이끌던 아담 샤프였을 것이다. 석사 과정 1학년 학생에게는 특별 대우였겠지만, 샤프는 바우만이 스탈린주의에 참여했다는 것을 정치과학원과 국내 보안대에서 들어 알고 있었다.[27] 그래서 바우만이 정치적 기대를 저버리지 않으리라고 확신할 수 있었다. 선전문 작성은 누가 뭐래도 바우만의 특기였다. 게다가 어린 비아트르에게 글을 읽게 해, 스탈린에게 경의를 표하는 폴란드 젊은이의 '진짜' 목소리를 더했다. (비아트르는 바르샤바의 지식인 집안 출신이다.)

비아트르가 언급한 내용에서 중요한 또 다른 요소는 비아트르가 두 사람의 우정에서 민족을 인지하는 방식이다.

솔직히 말하죠. 한 가지는 중요한 맥락일지도 모릅니다. 나한테 유대인 피가 한 방울도 흐르지 않는다는 거요. 학교에 들어왔을 때 지그문트한테 동료는 주로 군 출신이자 유대인 출신이었습니다. 아마 그들뿐이었을 겁니다. 어찌 보면 나는 유대인이 아니면서도 처음으로 바우만과 아주 친해진 사람이었어요. 단언하건대, 이런 생각은 이제야 떠오른 겁니다. 그때 우리는 아주 특별한 세대였으니까요. 전쟁이 끝난 직후 좌파 지식인들은 어떤 의미에서는 민족의 다양성을 보지 못했어요.

비아트르가 바우만의 첫 비유대인 친구였다는 말은 사실이다. 하지만 좌파 지식인들이 민족의 다양성을 보지 못했는지는 그리 확실하지 않다. 인터뷰에서 비아트르는 폴란드에서 반유대주의가 수그러들지 않았다는 논지에 이의를 제기했다. 하지만 첫 아내가 나치 점령기에 유대인인 것을 숨기고자 이름을 바꾼 사실을 결혼 직전에야 알았던 일을 떠올렸다. 비아트르는 "당시 사람들은 어떤 민족이냐를 조금도 중요하게 여기지 않았습니다."라고 말했다. 하지만 그랬다면 왜 그의 아내가, 또 다른 많은 유대인이 폴란드가 해방된 뒤에도 원래 성을 되찾지 않았을까?[28] 비아트르가 맞는다면, 전후 대학은 누구나 자신의 혈통을 마음껏 강조하는 국제 사회의 축소판이었을 것이다. 어쩌면 비아트르가 말한 "보지 못했다."에 다른 뜻이 있었을지도 모른다. 사람들이 민족성을 보고 싶어 하지 않았고, 폴란드 사회의 해묵은 문제인 폴란드인과 유대인의 관계에서 벗어나고 싶어 했다는 뜻이었을지도. 이 문제는 전쟁 전에도, 전쟁 기간에도, 전쟁 후에도 존재했다. 하지만 전쟁이 끝난 뒤 유대인은 "눈에 띄지 않는" 존재가 되었다.

유대인을 보지 못하는 것과 유대인이 눈에 띄지 않는 것은 바우만이 자신을 드러낸 방식과 일치한다. 바우만은 자신이 유대인 출신인 것을 매우 조심스러워했다. 비아트르는 이렇게 설명했다. "지그문트는 유대인다운 특성을 한 번도 보이지 않았습니다. 유대인인 것을 감췄다는 뜻이 아닙니다. 이름을 바꾸지 않았으니까요. 유대인이라고 거드름을 피운 적이 없다는 뜻입니다." 이를테면 1956년에 수에즈 위기[29]가 터졌을 때, "지그문트는 이스라엘에 동조한다는 기미조차 보이지 않았습니다. 그 무렵에는 반유대주의 분위기가 없었는데도요." 묵시적 동의 때문이었는지 무언의 합의 때문이었는지는 몰라도, 누구도 유대인의 특성이나 반유대주의를 말하지 않았다. 그것은 눈에 띄지 않는 논란이었다. 바우만은 아버지가 이스라엘 대사관을 방문했다는 이유로 군대에서 쫓겨나 일자리를 잃었다. 그러니 유대인 신분이 '논란'이 될 수 있다는 것을 알았다. 그것도 위험한 논란이. 유대인이라 믿을 만하지 않다는 억측 때문에 군에서 밀려났는데도, 어찌 된 일인지 사람들은 유대인이라는 출신이 바우만에게는 논란이 되지 않겠거니 여겼다.

군에서 크게 뒤통수를 맞고 소득과 집이 줄어들고 부모와 갈라서는 바람에 사회생활에서도 개인 생활에서도 어려움을 겪었지만, 바우만은 첫 학년을 잘 마쳤다. 수강 과목, 담당 교수, 성적을 기록한 학적부에 따르면, 1·2학기 기말고사에서 생물, 논리, 변증법적 유물론, 역사적 유물론, 심리학, 철학사는 최고 등급을, 폴란드 철학사와 마르크스주의 철학사는 두 번째로 높은 등급을 받았다. 마지막 두 과목은 석사 지도교수이자 당시 폴란드에서 가장 저명한 마르크스주의 이념가인 샤프에게 수강한 것이다. 1945년에 모스크바대학교에서 철학 박사 학위를 받고 1946년에 폴란드로 돌아온 샤프는 열렬한 스탈린주의자였다. 학술간부교육원(7장을 참고하라)을 설립했고, 1953년에는 바르샤바대학교 철학부에서 철학연구소를 이끌었다. 학계에 미치는 영향력과 열렬한 정치 참여가 결합해, 샤프는 유력 인사가 되었다. 주변에는 투철한 공산주의자가 넘쳤고, 그중 한 명이 뛰어난 조교 레셰크 코와코프스키였다.

레셰크 코와코프스키—어린 나이, 높은 지위

코와코프스키는 바우만보다 세 살 어렸지만, 학계에서 위상이 더 높아 전후 대학 사회에서 더 눈에 띄었다. 폴란드 공산주의의 '무서운 신예'였던 코와코프스키는 나중에 폴란드에서 손꼽히는 지식인이 된다. 코와코프스키와 바우만은 1953년 무렵 바르샤바대학교에서 처음 만난 듯하다.

나중에는 수정론자가 되지만, 당시에는 두 사람 모두 스탈린 지지자였다.

　1950년대와 1960년대에 두 사람이 바르샤바대학교에서 자주 마주치고 가까운 친구로 지냈지만, 학교에 들어간 경로는 달랐다. 바우만은 '뒷문' 즉 군이 바우만을 학계로 내보내는 과정에서 고등교육부가 학교에 명령해 입학했지만, 코와코프스키는 정문으로 들어갔다. 코와코프스키가 학계에서 걸어간 길은 폴란드 지식인의 자식들이 흔히 걷던 경로였다.[30] 코와코프스키는 대학 입학 자격을 얻자마자 곧장 대학에 진학했다. 전쟁이 끝나자마자 우치대학교에 들어간 뒤에는 엄청난 열정과 활력으로 학업과 정치 활동에 모두 참여했다. 1946년에 폴란드노동자당에 입당한 뒤(Merda, 2017, 138), 당의 대학 지부이자 급진 단체인 ZWM-Życie 즉 청년투쟁연맹-생명에서 활발히 활동했다. 또 촉망받는 학생으로 이름을 날렸다. 철학자 마리안 프셰웽츠키는 한 언론 인터뷰에서 "오소프스카의 첫 수업에서 코와코프스키를 만났습니다. 코와코프스키는 겨우 열여덟 살이라 우리 중 가장 어렸는데도, 바로 두드러졌어요."라고 회고했다.[31] 코와코프스키는 1946년에 우치대학교에서 현대 사회 이론을 가르치던 샤프를 만났고, 샤프의 세미나에 자주 참석했다. 게다가 두 사람은 폴란드노동자당 우치 지부를 쥐락펴락한 '지식인 간부'로 함께 정치 활동을 펼쳤다. (Merda, 2017, 138) 이 무렵 코와코프스키는 피에르 부르디외Pierre Bourdieu가 엘리트 지식인의 아비투스habitus라고 부른 "유려한 언변, 문학 지식, 여러 외국어 구사 능력"[32]을 이미 드러냈다. "피오트르코프스카 거리 48번지에 있는 담배 연기 자욱한 청년투쟁연맹-생명 회관에서, 저명한 마르크스주의 이념가이자《쿠지니차Kuźnica》[33] 편집장 스테판 주키에프스키의 토론회에서, 또 밤새 철학과 술이 오간 오소프스키와 코타르빈스키의 아파트에서 토론이 열렸다."[34] 프셰웽츠키는 "매우 날카로운 토론이 오갔습니다. 하지만 마르크스주의자들이 분명 더 눈에 띄기는 했어도 토론을 결코 좌지우지하지는 않았습니다."라고 말했다. 문학가 빅토르 보로실스키에 따르면 코와코프스키는 "재치와 풍자가 넘치고 문학에 정통한" 뛰어난 연설가이자 공산주의에 심취한 청년이었다. "여느 청년투쟁연맹-생명 회원과 마찬가지로, 코와코프스키도 허리춤에 권총을 차고 다녔습니다."[35]

　종전 직후 수도 바르샤바가 여전히 잿더미일 때, 바르샤바대학교가 우치에서 다시 문을 열었었다. 폴란드 대부분이 그랬듯 우치도 평화와는 거리가 멀었고, 공산주의자들에게는 특히 위험한 환경이었다. 청년투쟁연맹-생명 같은 정치 단체의 회원들은 스스로 몸을 지켜야 했다. 정치 활동과 학업을 병행한 코와코프스키는 독서, 글쓰기, 철학 토론, 정치 토론에 시간을 쏟았고, 학문에서 눈부신 성과를 쌓아 빠르게 이름을 알렸다. 그리고 1949년에 샤프를 따라 바르샤바대학교로 옮겨[36] 변증법적·역사적 유물론 교수직의 보조 조교 자리를 맡았다. 1949년에는 타데우시 코타르빈스키의 아내 야니나 코타르빈스카Janina Kotarbińska에게 지도받아 관례주의conventionalism를 주제로 석사 논문을 썼다. (Merda, 2017, 139) 이듬해에는 샤프를 도와 '예니체리 학교'[37]라고도 부른 학술간부교육원 설립에 힘을 보탰다. 타데우시 크론스키Tadeusz Kroński[38]의 지도로 박사 학위 논문을 준비했지만, 샤프에 따르면 크론스키의 지도 방식에 불만을 드러낸 뒤 샤프 밑으로 옮겼다. (Merda, 2017, 139) 코와코프스키는 학술간부교육원과 바르샤바대학교 철학부에서 샤프의 조교를 맡았다. 샤프처럼 바쁜 교수의 조교 자리는 석사 학생들의 논문을 지도하고 조언하고, 더 나아가 가르치는 일까지 포함했다. 바우만이 석사 논문을 준비할 때 샤프의 세미나에 참석했으므로, 이 시기에 십중팔구 코와코프스키를 만났을 것이다. 학계 경력에서는 바우만이 코와코프스키보다 뒤였다. 빠르게 거리를 좁히기는 했지만, 폴란드에 있을 때 바우만이 학자로서 코와코프스키에 맞먹는 위치에 이른 적은 없었다. 바우만은 '평범한 교수'였을 뿐이다. 어쨌든, 국내보안대에서 쫓겨난 뒤 바우만은 완전히 학문에 몰두했다. 그것 말고는 달리 선택할 길이 없었다.

빠르게 도약하는 학자

사회주의 폴란드에서는 건강한 성인이라면 누구나 일자리를 얻어야 한다는 것이 원칙이다. 따라서 1953년 3월 27일에 바우만이 군에서 공식으로 제대했을 때,[39] 상황이 빠르게 정리되었다. 고등교육부는 바우만을 바르샤바대학교에 떠넘겼다. 폴란드인이 흔히 '서류 가방을 가져온다'라고 표현하는 절차였다. 바우만이 변증법적·역사적 유물론 과목의 조교 자리를 요청한 서류[40]에 누군가가 손글씨로 상황을 명확히 밝힌 문서가 첨부되어 있다. "시민 바우만의 후보 자격은 자격 심사위원회에서 이미 승인되었다. 철학연구소의 결정에 따라, 바우만을 법학부 야간 과정에 상근직으로 배정해야 한다." 서명이 없는 또 다른 수기 주석에는 이렇게 적혀 있다. "[철학]연구소 소장은 이 요구를 강하게 지지했다. … [바우만은] 마레크 프리츠하트Marek Fritzhand[41] 교수에게 지도받을 것이다."

군은 퇴역 군인을 보살폈다. 국내보안대처럼 민감한 부대의 장교 출신에게는 각별히 신경을 쓴 터라, 고등교육부와 합의해 바우만이 자리잡을 곳을 마련했다. 이미 1948년부터 고등교육부는 대학에서 폴란드연합노동자당 당원의 수를 늘리고 있었다. (Rutkowski, 2016, 404) 그러므로 바우만은 대학 내 정치 관련 단체에서 당의 존재를 강화하기에 알맞은 후보였다. 또 마침 한 해 전, 소련의 영향으로 도입한 새로운 개혁 법안(샤프가 핵심 제안자였다)에 따라 모든 학과와 학문 과정에서 마르크스-레닌주의 이론을 강의해야 했지만, 그런 과정을 맡을 자격을 갖춘 강사가 부족했다.[42] 바우만은 전직 국내보안대 교관이니 그런 일을 맡기에 완벽한 후보였다. 마르크스-레닌주의 강사이자 활발히 활동하는 당원이라는 이력 덕에 학계에 자리잡기에 유리했다. 바우만의 화려한 이력에 더해, 샤프가 바우만을 지지했다. 만약 샤프가 지지하지 않았더라면 바우만은 절대로 고용되지 못했을 것이다. 바우만이 합류한 부서의 책임자는 호프펠트였지만, 총괄 책임자는 샤프였다. 막강한 지위에 있는 샤프에게는 바우만처럼 '미심쩍은' 사람에게마저 필요한 자리를 마련해줄 힘이 있었다.

바우만은 2학기가 시작되는 참인 1953년 2월 15일에 채용되었다.[43] 바우만은 국내보안대 고위직에서 '물러난' 사람이었다. 그런 명시 덕분에, 샤프가 바우만이 '기피 인물'이 아니니 채용해도 괜찮다고 확신할 수 있었다. 채용을 고대하며 쓴 이력서에, 바우만은 "저는 처벌받지 않았습니다. 제대할 때 제 업무와 정치적 태도에 문제가 있다는 설명은 듣지 못했습니다."라고 적었다.[44] 샤프는 바우만이 쫓겨난 이유를 짐작할 수 있었다. 샤프도 유대인이라, 당과 첩보 기관의 반유대주의 분위기가 결코 남일이 아니었다.[45] 그나마 1953년은 민족 차별이 아직 바르샤바대학교에 손을 미치지 못할 때였다.

바우만은 학계에 발을 들인 초기에 무척 빠르게 성장해 군 복무로 놓친 시간을 만회했다. 석사 학위를 받기 여섯 달 전인 1954년 1월, 바우만은 호흐펠트가 이끄는 역사적 유물론 학과의 전임 강사로 승진했다.[46] (얼마 전인 12월 29일에 열린 코와코프스키의 박사 논문 공개 구술 심사[47]에 철학부의 이목이 쏠렸으니, 바우만도 참석했을 것이다.) 여섯 달 뒤인 1954년 6월 25일, 바우만의 석사 논문 「바덴 학파의 방법론적·역사적 접근법과 폴란드 역사학에 미친 영향」[48]이 심사를 통과했다. 심사위원은 아담 샤프, 율리안 호흐펠트, 얀 레고비치Jan Legowicz[49]였고, 질문은 두 가지였다. 첫째 질문은 바덴 학파가 왜 이상주의자라고 평가받느냐였다. 둘째 질문은 특정한 학문적 사실과 과정을 연구하는 개별론idiographism 비판의 실제 의미와 관련했다. 바우만의 답변은 최고 등급 즉 5점 만점에 5점을 받았다.[50] 학위 심사 뒤 샤프와 호흐펠트도 몇몇 문서에서 바우만의 성과를 높이 평가한다. "석사 학위 논문이 예상 수준을 훌쩍 뛰어넘게 탁월하다. 바우만은 자신이 학문 연구에 적합한 사람이라는 것을 증명했다."[51] 이렇게 격찬받기까지, 바우만은 대학이라는 새로운 환경에 뛰어들 때 품은 열정으로 연구에 온 힘을 다 쏟았다. 바우만이 평생 바꾸지 않은 것이라고는 애당심뿐이었다.

학업을 이어가는 동안, 바우만은 바르샤바대학 당 위원회의 서기 자리에 올라, 당원 모집 절차를 이끌고 신규 당원 후보를 조사하는 임무를 맡았다.[52] 힘이 있는 자리였던지라, 바우만은 주변 사람들의 두려움을 샀다. 바르바라 샤츠카는 지그문트가 "거칠기 짝이 없는 당원"이었다고 회고했다. 샤츠카의 학과장이던 니나 아소로도브라이-쿨라가 샤츠카에게 입당을 권유했다. "내가 보기엔 입당이 불가능했어요. … 입당하지 않게 바우만이 '나를 구했다'라고 볼 수 있죠. 바우만이 어떤 지원자를 조사하는 모습을 봤거든요." 영어과에 다니는 어느 입당 지원자를 인정사정없이 몰아붙이는 모습이었다.

"아버지가 무슨 일을 했습니까? 왜 그 일을 했지요?" … 옆에서 듣고 있는데, 그런 절차를 어떻게 버틸지 상상이 되지 않더군요. 아버지의 견해를 비난하고 아버지를 버려야 한다고? 아버지는 카틴에서 돌아가셨어요. 피우수트스키 밑에서 장교로 일했고, 전쟁 전 사고방식을 지닌 분이셨지요. 나는 그 사실을 한 번도 감춘 적이 없어요. 하지만 눈 앞에 펼쳐진 고문을 겪을 엄두가 나지 않더군요. … 지그문트는 정말로 지독했어요. … 그러다가 바뀌었지요.[53]

당 업무에서는 스탈린주의자였을지 몰라도, 바우만은 직업과 개인 생활에 닥친 급격한 변화에 큰 영향을 받았다. 야니나는 이렇게 적었다. "바우만은 일에 파묻혀 밤낮으로 연구에 몰두했다. 완전히 다른 사람이 되었다. 밝게 빛나던 열정 넘치는 젊은이는 이제 피로에 찌든 사내가 되었다. 아버지에게 느낀 원망은 부모님의 운명을 걱정하는 깊은 슬픔과 쓰라린 염려로 바뀌었다." (J. Bauman, 1988, 106) 바우만은 서서히 부모와 화해했다. 1954년에 석사 논문을 마친 뒤에는 더 쉽게 마우리치와 조피아에게 다가갈 수 있었다.

> 그 무렵 콘라트는 아주 딴사람이 되었다. 군을 떠난 뒤로 상황을 더 명확히 보는 듯했다. 충실한 사회주의자(콘라트는 지금도 뼛속까지 사회주의자다)이기는 마찬가지였지만, 자신이 속한 세상이 모두 옳지는 않다는 현실을 보기 시작했다. 말과 행동의 모순을 갈수록 더 많이 깨달았다. … 더는 당의 노선을 덮어놓고 찬양하지 않았다. (J. Bauman, 1988, 115)

의심이 바우만의 신념에 금을 내기 시작했다. 역사적 유물론, 그리고 그 분야를 이끄는 율리안 호흐펠트의 정직한 지식 추구가 의심을 더 부채질했다. 바우만이 거듭 강조했듯이, 호흐펠트는 바우만이 1950년대에 대학 세계에서 지식과 친분을 쌓는 데 중요한 역할을 했다. 죽음을 맞을 때까지, 호흐펠트는 제자 바우만을 끝까지 보호한 스승이자 친구였다. 1964년에 바우만은 자신의 이론적 관점이 호흐펠트에게 영향 받았다고 언급한다. "오늘날 내 견해는 호흐펠트의 기발한 생각과 비판, 폭넓은 식견, 창의력을 끌어내는 끝없는 목마름에 크게 빚졌다." (Satterwhite, 1992, 197, n.10에서 Bauman, 1964b, 1을 재인용) 두 사람은 흔한 교수와 학생 사이에 그치지 않았다. 호흐펠트는 바우만이 품은 비판적이고 독자적인 사고가 허술하게 발전하지 않도록 보호할 유익한 환경을 만들었다. (이와 달리 샤프는 잠시 바우만의 지식 발전을 감독하는 역할만 했을 뿐 친구가 되지는 않았다. 달리 말해 한 번도 진정한 스승과 제자 사이가 되지 않았다.) 제자들에게 헌신한 호흐펠트는 생각이 열린 지식인이라, 가혹한 스탈린주의 시절에도 믿을 만한 작은 무리 안에서는 공산 정권을 향한 의심과 비판을 거침없이 드러냈다. 그 시절 공산 정권의 수뇌부였던 안제이 베르블란은 "바우만을 눈여겨보았습니다. 호흐펠트파에 속한 사람이라면 누구에게나 무척 호기심을 느꼈거든요."라고 말했다.

율리안 호흐펠트 — 덫에 걸린 사람

바르샤바대학교에서 자신의 '파'를 만들기 전까지 호흐펠트는 흥미진진한 삶을 살았다. (Chałubiński, 2017) 호흐펠트는 1911년에 오스트리아-헝가리 제국에 속했던 제슈프에서 유대계 폴란드인 집안에 태어났다. 아버지는 변호사이자 부시장이었다. 호흐펠트는 크라쿠프의 야기엘론대학교에서 법과 행정을 공부하던 열여덟 살 때부터 벌써 정치에 참여했다. 처음에는 폴란드공산당의 대학가 청년 단체인 독립사회주의청년연맹-생명이었고, 그다음은 폴란드사회당이었다. 사회주의 청년 잡지인《불꽃 Płomienie》의 공동 편집자였고, 대학을 졸업한 뒤에는 1년 동안 파리정치대학에 다녔다. (Friedman, 1966) 그곳에서 인민전선의 성공을 목격한 뒤로, 사회주의자와 공산주의자가 협력해야 한다는 생각을 굳혔다. (Gdula, 2017, 201) 폴란드로 돌아온 뒤에는 좌파 독자를 겨냥해 우파 반유대주의 정부(2장을 참고하라)를 비판하는《대중신문 Dziennik popularny》의 편집자가 되었다. 1937년에는 야기엘론대학교에서 정치경제·통계학으로 박사 학위를 받았지만(Friedman, 1966), 유대인 출신이라 학계에 진출할 길이 막히자 바르샤바에서 협동 주택 건설을 추진하는 운동에 합류했다. 2차 세계대전 때는 초반에 자원입대했다가 붙잡혀 독일군 군사 감옥에서 두 달을 보낸 뒤 우크라이나 서부로 탈출했다. 1941년에 히틀러가 소련을 공격했을 때는 동부로 달아나 안데르스 군단에 합류했고, 여섯 달 동안 타지키스탄 두샨베에서 런던 망명정부를 대리했다. 1943년에 망명정부가 소련과 공식 단교했을 때는 몇 주 동안 감금되기도 했다. 그 뒤로 안데르스 군단과 함께 소련을 떠나 중동을 거쳐 1944년 9월에 런던에 도착했다. (Chałubiński, 2017, 31)

호호펠트는 망명정부에서도 사회주의자였고, 영국의 사회주의자 무리와 잘 어우러졌다. 영국에 정착해 안락하게 살 수 있었는데도(Wiatr, 2017b, 15), 1945년 8월에 폴란드로 돌아와 전국국민평의회 의원으로 2회 연속 지명되었고 하원의원도 지냈다. 또 폴란드사회당의 중앙집행위원회 위원을 역임했고, 사회주의적 사실주의를 강력히 지지했다. (여기에서는 예술 사조보다 정치 사조를 가리킨다.) 비아트르에 따르면, 호호펠트는 사회주의 학생과 만날 때도 "폴란드가 '전쟁에 졌다'[54]라고 거침없이 말했다." 호호펠트는 소련과 소련 감옥을 몸소 겪었던지라 스탈린주의 체제에 아무런 환상이 없었다. 그런데도 더 안락한 생활을 마다하고 고국으로 돌아왔다.

호호펠트는 위험천만한 길을 선택했다. 그것이 자기가 폴란드에 진 의무라고 여겼기 때문이다. 소련에 지배받는 폴란드일지라도, 자신이 중요한 이론가로 손꼽히는 '사회주의로 가는 폴란드의 길'을 실현할 수 있다고 확신하지 않았나 싶다. 폴란드만의 길을 실현한다는 것은 소련과 달리 민주주의와 인본주의를 아우른 변형된 사회주의 체제를 만든다는 뜻이었다. (Wiatr, 2017a, 15)

호흐펠트에 이어 몇 년 뒤《불꽃》편집자를 맡은 얀 스트셸레츠키Jan Strzelecki도 1946년에 발표한 선언서에서 인본주의 중심의 변형을 이야기했다. 스트셸레츠키는 인본주의적 사회주의가 계층 결정뿐 아니라 사회 과정의 개별 측면을 고려한다고 주장했다. 그러나 샤프는 이를 수정주의자의 주장으로 해석해 스트셸레츠키를 공격했다. (수정주의는 곧 정통 마르크스주의에 도전한다는 뜻이다.) 호흐펠트는 스트셸레츠키를 변호했지만, 스탈린주의 지지자들은 이 생각을 받아들이지 않았다. (Grochowska, 2014, 178~182)

마르크스주의와 관련한 또 다른 중요한 논의는 1947~1948년에《현대 사상Myśl Wspóczesna》의 지면에서 오소프스키와 샤프가 다른 견해를 제시하며 벌어졌다.[55] 사회주의자인 오소프스키는 비공산주의자를 대표해 서구와 같은 눈으로 마르크스를 평가했다. 이와 달리 샤프는 정통 공산주의자의 견해를 지지했다. 이 논쟁은 원래 호흐펠트 때문에 벌어졌다.

> 호흐펠트가 보기에 마르크스주의는 세상의 본질을 물질로 받아들이고 현상과 인과 관계의 상호 의존성을 탐구하는 현대 학문의 기본 구조에 속했다. 마르크스주의자들은 실증 연구를 바탕으로 생산력의 변혁과 사회 과정의 물질적 측면을 살피는 데 집중했다. [이 접근법은] 더 '이상주의적' 특성이 있는 다른 관점의 연구 결과를 비판적으로 보완한다. (Gdula, 2017, 202)

마르크스주의를 이렇게 정의했으므로, 마르크스주의가 아닌 다른 접근법과 대화할 공간이 만들어졌다. 호흐펠트는 사회학자이자 철학자인 카지미에시 켈레스-크라우스Kazimierz Kelles-Krauz가 독단적 마르크스주의 신념의 반대 지점에서 창안한 '열린 마르크스주의Open Marxism'[56]를 실천하고 널리 알렸다.[57] 호흐펠트의 전기를 쓴 사회학자 미로스와프 하우빈스키에 따르면 "호흐펠트는 마르크스주의를 다양한 보편성을 지닌 여러 이론을 포함하는 정신의 창작물로 이해했다." 바로 그런 특성이 있으므로, 변화하는 세상을 분석한 결과와 마르크스주의 이외의 사회 이론에 마르크스주의가 열려 있어야 한다고 믿었다.[58] 이런 생각은 민주주의와 다원주의에 근거한 문화를 선호할 수밖에 없다. 그런데 "독재 체제에서 흔히 일어나는 이념 통합은 거의 예외 없이 민주주의와 다원주의를 거부한다." (Chałubiński, 2017, 35)

샤프나 다른 스탈린주의 학자들은 호흐펠트의 견해를 받아들일 수 없었다. 공산주의자들의 강경한 태도는 폴란드노동자당과 폴란드사회당을 통합하려는 계획을 미심쩍게 여기는 사회주의자들의 의심을 부채질했다. 호흐펠트는 다원주의가 민주주의를 강화한다고 주장하며, 폴란드사회당과 폴란드노동자당의 합당에 반대했다. 공산주의자들이 주도권을 쥐는 데는 동의했지만, "다원주의를 중요하게 여겼다."(Modzelewski & Werblan, 2017, 42) 바우만의 스승 호흐펠트는 유래를 찾기 어려운 사회학자였다. 법률가이자 활발한 정치인이었으므로, 나라 안팎을 배경으로 국가, 통치, 정당의 학문적 이론 체계를 연결할 내부 지식이 있었다. 전쟁이 끝난 직후 몇 년 동안, 호흐펠트는 소련에 기댄 상태에서는 폴란드의 정치 체제가 민주주의를 실현하지는 못하겠지만, 권위주의적이기는 해도 관대하리라고 믿었다. (Modzelewski & Werblan, 2017, 42) 하지만 '제3의 길'을 대표하는 이 중요한 접근법은 흔히 스탈린주의자 대 런던 망명정부 지지자들의 흑백 대결 구도로 그려지는 정치 환경에서 자주 무시되었다. 호흐펠트의 태도는 바우만의 연구에, 또 바우만이 선전 활동과 검열이 곳곳을 파고든 시기에 정직한 학자로서 어떻게 살아남을지 고민하는 데 영향을 미쳤다. 호흐펠트는 폭풍우가 몰아치는 환경을 신중하게 헤쳐 나가는 법을 가르쳤다. 바우만에 따르면 "호흐펠트는 합리적인 일이라면

하찮은 것일지라도 기꺼이 타협했다."(Grochowska, 2014, 329)

내키지는 않았지만, 호흐펠트는 결국 현실 정치에 이끌려 폴란드연합
노동자당에 입당했다. 하지만 그전에 샤프와 주고받은 논쟁 탓에, 새로
결합한 당에서 정치적 위상이 무너져 학계로 밀려났다. 그리고 몇 년 뒤
바우만도 같은 일을 겪는다. 1948년 9월 초, 호흐펠트는 '스탈린의 오른
팔'이라 불린 유명한 공산주의 지도자 야쿠프 베르만과 이야기를 나눈
뒤 학계로 방향을 틀었다. (Chałubiński, 2017, 32) 비아트르에 따르면, 호
흐펠트는 스탈린주의가 갈수록 기승을 부리더라도 정치 활동을 이어가
야 한다고 확신해 샤프가 이끈 급진파에 합류했다. 1949년 11월에 열린
폴란드연합노동자당 중앙위원회 총회에 "굴욕스러운 자아 비판서를 제
출했고, 적어도 간접적으로는 브와디스와프 고무우카계를 비난하는 데
동참했다." 부편집장을 맡던《철학 사상Myśl Filozoficzna》에 발표한 논문에서
는 유제프 하와신스키Józef Chałasiński와 스타니스와프 오소프스키를 "부당
하고도 혹독하게" 공격했다. 이제 와 이 행동을 평가하겠다면, 그 무렵 호
흐펠트가 신체 협박을 포함해 얼마나 많은 압력을 받았는지를 고려해야
한다. (Wiatr, 2017a, 16) 호흐펠트의 전기에서 미로스와프 하우빈스키는
코와코프스키가 르부프-바르샤바 철학파를 비난한 일이나(코와코프스키
와 바치코가 교수인 타타르키에비치를 비난했던 8인 성명서), 하와신스키가
스승이었던 플로리안 즈나니에츠키와 대립했던 일과 호흐펠트의 신념을
비교했다. (Chałubiński, 2017, 33~34) 그 시절 지식층에서는 부모나 다름
없는 스승을 공격하고, 다시 제자들에게 공격받는 일이 비일비재했다.
하와신스키도 1947년 11월에 변절해 스탈린을 찬양하기 시작했다. 그리
고 승진해, 쫓겨난 코타르빈스키 대신 우치대학교 총장 자리에 올랐고,
1949년 스탈린의 70세 생일 축하연에서는 스탈린 가까이 앉기까지 했
다. (Grochowska, 2014, 194)

스탈린주의 시절 지식층의 분위기가 바로 이랬다. 사람들은 일자리와 경력, 더 나아가 목숨까지 잃을지 모른다는 두려움 속에 살았다. 호흐펠트는 공산주의화의 다음 단계로, 1951년 제1차 폴란드학술회의에서 "학문을 발전시킬 서로 다른 두 노선으로 사회학과 마르크스주의가 있지만, 진보적인 길은 마르크스주의뿐이다."라고 선언했다. (Gdula, 2017, 202에서 Kraśko, 1966, 136을 재인용)

작가 체스와프 미워시는 실화를 다룬 『사로잡힌 마음 *Zniewolony umysł*』 (1953)에서 "새 교단"에 넘어간 다양한 지식인의 유형을 보여준다. 이들은 공산주의에 더 나은 미래가 있다는 신념을 핑계 삼아, 공산 체제의 바람직하지 않은 모든 면에 눈감았다. 절대 진리를 손에 쥐고서, 공산 체제의 불합리와 범죄에 눈감았다. 마리안 투르스키는 이런 지식인들을 선교사에 빗댔다. (7장 마지막 부분을 참고하라.) 사회학자 마리아 히르쇼비치 Maria Hirszowicz는 스탈린주의에 사로잡힌 지식인을 조명한 책에서 스탈린주의 체제를 지지한 부류를 크게 둘로 묘사한다. 한쪽은 미워시의 『사로잡힌 마음』에서처럼 진심으로 스탈린주의를 믿은 사람들이고, 한쪽은 조직원들이었다. 충실한 신봉자들은 공산주의의 이상에 끌려 공산주의를 옹호했다. 조직원들은 기관에 충실했다. (Hirszowicz, 2001, 26~27) 그런데 호흐펠트는 둘 중 어느 쪽으로도 분류하기 어렵다. 험악하기 짝이 없는 환경에서 자신의 사회주의 가치관을 유지하려 한 매버릭 maverick[59] 즉 독자파라, 얀 스트셸레츠키처럼 어디에도 속하지 않은 채 체제 주변부에 머문 사람들이나 얀 유제프 립스키 Jan Józef Lipski[60]처럼 끝까지 정권에 맞선 사람과도 달랐다. 호흐펠트는 당 관료와 교수라는 두 역할 속에서 상황에 전략적으로 대응했다. 당 관료로서는 마르크스주의를 열렬히 지지하는 모습을 보였다. 그 덕분에 학계에 남아, 더 미심쩍은 중요한 일을 수행할 수 있었다.

샤프와 당은 호흐펠트가 공개적으로 스탈린주의를 지지한 태도에 보답했다. 1951년에 호흐펠트는 바르샤바대학교에서 변증법적 마르크스주의를 가르치는 교수가 되었다. 또 한 해 뒤에는 비마르크스주의 교수를 금지한 탓에 주인을 잃고 사라진 사회학 강좌를 대신할 전담 강좌를 맡았다. 그러는 동안 호흐펠트는 장차 독자적 사상가가 될, 독재 체제에서 성장하면서도 그 체재를 비판하고 바꾸고자 노력할 차세대 학생들로 학계에 자신만의 팀을 꾸리고 있었다. 이 과정이 호흐펠트가 이해한 사회주의적 인본주의의 원칙과 일치해, 새로운 마르크스주의 학파가 만들어졌다. 이 카리스마 넘치는 교육자 주변에는 여러 조교와 학생이 있었다. 지그문트 바우만도 그 가운데 한 명이었다.

호흐펠트파

호흐펠트의 첫 조교는 얀 스트셸레츠키로, 1952년 말에 해고되는 바람에 아주 짧게 일했을 뿐이지만, 팀에 꽤 큰 영향을 미쳤다. 비아트르에 따르면 스트셸레츠키는 "형식적으로는 아무 힘이 없었지만, 실력에서는 신 다음이었다."(Grochowska, 2014, 325) 기회를 노리고서든 두려움에 질려서든 많은 사람이 공산주의 독재를 추종한 시절에, 스트셸레츠키는 자신의 가치관을 꿋꿋이 지켰다. 그런 태도는 남은 팀원들에게 도덕적 나침반이자, 그가 옹호한 사회주의적 인본주의의 살아 있는 상징이 되었다.

바우만보다 여섯 살 많은 스트셸레츠키는 1937년에 바르샤바대학교 법학부에 입학했다. 이와 함께 정치 활동도 시작해, 주로 사회민주주의 잡지에 반파시즘을 주장하는 글을 실었다. 2차 세계대전 때는 장차 폴란드사회당의 지도부가 될 사람들과 가까워졌고, 1942년부터는 피오트르 리핀스키와 함께《불꽃》의 공동 편집자를 맡았다. 또 지하 좌파 단체에서도 활동해, 유대계 사회당인 BUND의 활동가들을 지원했고 유대인이 게토를 탈출하도록 도왔다.[61] 그뿐 아니라 지하 대학에서 교육을 이어가 코타르빈스키, 오소프스키 부부, 철학자 보그단 수호돌스키Bogdan Suchodolski 밑에서 공부했다. 바르샤바 봉기가 일어났을 때는 시가전에 참여하다 다쳤고, 간신히 달아나 폴란드 남부에서 숨어 지냈다. 전쟁이 끝난 뒤에는 1945년에 우치에서 다시 문을 연 바르샤바대학교에 재입학해 사회학을 공부했다. 1946년에는 반공산주의 단체 '자유와 독립'에 가입했다는 혐의로 몇 주 동안 감옥신세를 졌고, 풀려난 뒤에도 당국에 의심 어린 눈초리를 받았다. 학교에서는 스승인 스타니스와프 오소프스키의 조교가 되었고, 이듬해에 오소프스키를 따라 바르샤바로 옮겼다. 1949년에는 사회학자 카를 만하임Karl Mannheim의 연구를 바탕으로 지식사회학 석사 학위를 받았다. 1951년에 오소프스키가 교수직을 잃자, 스트셸레츠키도 조교 자리를 잃었다. 이때 호흐펠트가 장학금인 척 사비로 스트셸레츠키를 지원한 덕분에 스트셸레츠키의 가족이 그나마 생계를 꾸릴 수 있었다. (Grochowska, 2014, 197) 호흐펠트와 스트셸레츠키는 스트셸레츠키가 젊은 학생으로서 폴란드사회당 최고회의에 합류한 1946년부터 가까운 정치적 동지가 되었다. 그 시절 사회당 당원 대다수와 마찬가지로, 호흐펠트와 스트셸레츠키도 스탈린주의와 공산주의에 거리를 뒀다. 스트셸레츠키는 호흐펠트의 지원에 힘입어 사회주의적 인본주의라는 사상을 알렸다.[62] 샤프는 두 사람이 "수정주의자 태도"를 보인다고 언론에 대고 거칠게 비난했다.

호흐펠트와 스트셸레츠키 모두 공산주의자에게 단호하게 맞서는 것이 쓸모없다고 여겼다. 폴란드의 상황이 어려운 까닭은 역사, 지리, 사회 현실과도 관련한다고 보았기 때문이다. (Grochowska, 2014, 178~180) 하지만 현실주의의 원칙에 따라 폴란드노동자당에 더 가까이 다가간 호흐펠트와 달리, 스트셸레츠키는 인본주의 신념에 끝까지 충실했다. (Grochowska, 2014, 471~485) 처음에 두 사람이 조성한 환경 덕분에, 호흐펠트파는 공인된 주제와 틀에서 벗어난 학습, 연구, 토론을 진행할 수 있었다. 학생인데도 조교 자리를 얻은 바우만과 비아트르를 포함해, 호흐펠트파는 이런 특혜를 누리는 환경에 도움받았다. 이런 보호막은 샤프에게 석사 학위를 지도받는 학생까지 아울렀다. 샤프는 정통 마르크스주의자이자 바르샤바대학교에서 스탈린주의 확산을 이끄는 사람이라 사회주의적 인본주의에 강력히 반대했으니, 기이한 상황이었다. 정통을 중시하는 샤프의 보수적 세미나와 달리, 호흐펠트의 세미나는 상대적으로 자유로운 공간이었다. 하지만 호흐펠트의 변증법적·역사적 유물론 학과에서 공부한다고 해서 모두 그 세미나에 참석하지는 못했다. 호흐펠트의 세미나에 등록해 지도 받은 사람은 비아트르와 베소워프스키뿐이었다. 바르샤바대학교 학생인 바우만, 학술간부교육원 학생이던 알렉산드라 야신스카Aleksandra Jasińska, 그리고 나중에 야신스카와 결혼하는 알빈 카니아는 공식적으로는 샤프에게 지도받았고, 샤프의 세미나에 참석했다. 호흐펠트파에서 또 다른 중요한 인물은 마리아 히르쇼비치였다. 서로 다른 교육기관을 졸업한 이들은 호흐펠트파의 활발한 회원이 되었다.

호흐펠트파의 석사 과정 학생은 모두 1954년에 학위를 마쳤다. 이들은 두 갈래로 나뉘었다. 바우만과 야신스카는 고전사회학을 계속 연구했지만, 비아트르와 베소워프스키는 전통적 사회 방법론을 사용해 '노동자가 기억'하는 1·2차 세계대전 사이를 연구했다. 이 집단에서 철저하게 마르크스주의 접근법을 따라 논문을 쓴 사람은 알빈 카니아뿐이었다.[63]

논문의 주제는 다양했지만, 호흐펠트파는 "공통된 연구 과제, 공통된 가치 체계, 비슷한 정치 참여 활동을 함께 나눴다. 그리고 학문 연구의 길잡이일 뿐 아니라 대단한 권위자이자 친구인 스승을 무척 끈끈하게" 공유했다. (Wiatr, 2017a, 17) 호흐펠트의 지휘에 따라 스승과 제자의 유대와 신뢰가 깔린 관계를 쌓은 덕분에, 이들은 '금지된' 사회학 문헌을 주고받을 수 있었다. 노동자의 기억을 조사할 때 호흐펠트의 학생들은 정성 연구 방법론, 그리고 전쟁 전 폴란드의 특색인 개인 일기를 활용한 전기 연구를 진행했다. 전쟁 전 학문이라면 무조건 부패한 것으로 여겨 반기지 않던 시절이라. 이런 연구 방식은 보기 드물었다. 호흐펠트파에게는 또 다른 '부르주아' 요소가 있었다. 이들은 연구 협력자 즉 바르샤바 제란 지역의 자동차 공장 노동자와 직접 만났다. 그 덕분에 호흐펠트파는 "노동 계층의 의식" 변화를 현장에서 조사할 수 있었다(Grochowska, 2014, 325)

예지 비아트르는 이렇게 회고했다.

학문을 하기 힘든 시대였지만, 그 어려운 시절에도 호흐펠트 교수는 정통파가 제시하는 모형과는 거리가 아주 먼 가르침을 펼칠 줄 알았다. 프란츠 보르케나우Franz Borkenau[64]의 책을 바탕으로 진행한 강연에서는 교수님이 보르케나우의 책을 내게 빌려주셨다. 엘베강 동쪽의 대학교 세미나에서 저명한 서구 사회학자의 저술을 이념에서 비롯한 분노 없이 사실에 근거해 토론한 곳은 호흐펠트 교수의 세미나뿐이었을 것이다. (Wiatr, 2017a, 16) (Grochowska, 2014, 32도 참고하라.)

호흐펠트는 "재갈이 물린 상태에서도 짖는" 기술을 보이고 가르쳤다.[65] "호흐펠트가 쓰는 학술 언어는 이데올로기 용어에서 크게 벗어났는데도, 논문에 정치 공격과 스탈린주의-레닌주의의 정설이 가득했다." (Grochowska, 2014, 328) 호흐펠트의 제자들은 지식 추구를 자극하는 회원들과 함께 적대적 환경을 헤쳐나가는 법을 배웠다. 회원들은 바르샤바대학교에서 흔치 않게 자유로운 공간에서 서로 초안을 주고받아 읽고 공동

으로 논문을 썼다.[66]

2013년 인터뷰에서 바우만은 내게 "독특한 경험이었습니다. 평생 다시 없는 경험이었어요. … 한 팀으로 함께 토론하고, 모든 연구가 팀 전체의 관심사인 경험은요. 거기서는 누구도 외롭지 않았고, 누구도 고립되어 연구하지 않았습니다. 그 뒤로 지금껏 어디에서도 그런 경험을 해 본 적이 없습니다."라고 회고했다. 사실, 이처럼 지식을 숨김없이 공유하는 연구 조직은 사회과학이나 인문학보다 생명과학 연구 집단에서 더 자주 나타난다. 호흐펠트파에 조성된 흔치 않은 환경이 치열한 연구를 자극했을뿐더러, 그 시절 일상에 퍼진 두려움[67]을 누그러뜨리는 데도 도움이 되었을 것이다. 그때 그곳의 기준에서 보면, 호흐펠트파의 활동은 그야말로 놀랍기 짝이 없다. 서구 출판물을 읽었고, 마르크스주의와 상관없는 이론을 토론했고, 마르크스주의에서 벗어난 '옛날식' 연구 방법론을 썼다. 학생들은 1956년 10월에 '해빙'이 찾아오기도 훨씬 전에, 상상하기도 어려운 최악의 정권 치하에서 꽤 뛰어난 사회학 연구를 수행했다.[68]

1953년 말에 스트셸레츠키가 바르샤바대학교에서 두 번째로 해고되었을 때, 바우만이 그 자리를 이어받아 호흐펠트에 이은 이인자가 되었다. 이유는 바우만의 나이와 사회적 지위 때문이었다. 바우만은 마리아 히르쇼비치를 빼면 다른 학생들보다 나이가 조금 많았고, 가장인데다 전직 장교였다. 호흐펠트파에서 어른에 속한 만큼, 바우만에게는 그에 걸맞은 의무가 있었다. 1953년 7월, 바우만은 샤프가 인문학과 사회과학 학생들을 위해 마련한 여름 학교의 조직 '책임자'를 맡아, 발트해의 그단스크 바로 옆에 있는 휴양 도시 소포트에 한 달 동안 머물렀다. 목적은 여름 분위기가 물씬 나는 환경에서 학생들에게 이념과 고전 철학을 가르치는 것이었다. (매력 있는 휴양지에 그런 여름 학교를 마련하는 것이 바르샤바대학교의 전통이었다.) 바르바라 샤츠카는 2016년에 나와 나눈 인터뷰에서 여름 학교가 "쓸모없는 교화"가 아니었다고 회고했다. "강의 수준이 높았어요. … 고리타분하지 않았거든요. 물론 이념 교육이기는 했어요. 변증법적 철학과 역사적 유물론이 주를 이뤘으니까요." 바우만도 그곳에서 "조직 관리자"로 함께했다고 한다. 바우만은 호흐펠트와 어울렸는데도 전혀 외부인 취급을 받지 않았을뿐더러, 대학 내 당 조직의 "냉혹한 세력"과도 곧잘 어울렸다. 1953년 여름에 바우만이 거만하고 냉혹해 보였을지는 몰라도, 여름 학교는 주로 재미를 찾는 독신 학생들을 위한 것이었다. 바우만은 아내 야니나와 딸 안나한테서 멀리 떨어져 있는 데다 돈에 쪼들리는 상황이었다. (그래서 여름 학교 관리자 자리를 받아들였던 듯하다.)

호흐펠트는 학과의 돈 관리와 조직 관리도 어느 정도 바우만에게 맡겼다. 비아트르에 따르면 하루는 호흐펠트가 바우만이 돈을 관리하는 방식에 불만을 드러냈다고 한다. "'이런 태도는 날레프키 거리[2차 세계대전 전 바르샤바에 있던 유대인 상가로, '구두쇠 점주들'로 유명했다]의 가게에서 질리게 겪었네.' 지그문트가 당황하더군요! 호흐펠트가 지그문트를 보고 말했어요. '지그문트, 그래서 나를 반유대주의자라고 생각하나?' 우리 모두 웃음을 터트렸지요. 우리는 그런 사이였습니다. 반유대주의에 예방주사를 워낙 많이 맞았던 터라 호흐펠트가 날레프키 거리의 가게로 뼈 있는 농담을 던질 수 있었어요."

이 이야기는 몇 가지 중요한 대목을 보여준다. 모욕으로 들릴 농담이나 유대인을 향한 고정관념도 호흐펠트의 입에서 나오면 그렇게 들리지 않았다. 그러기는커녕 호흐펠트가 조직의 긴장을 풀고자 사용한 유대계 폴란드인 방식의 신랄한 자기 풍자로 비쳤다. 웃음을 터트린 다른 회원들의 반응은 그 시절 바르샤바대학교에서는 보기 드물게 이들이 느긋한 분위기와 위계를 따지지 않는 관계를 유지했다는 표시일 것이다. 폴란드에서 스승과 제자 사이는 봉건적 관계가 대부분이었다. 그런데도 호흐펠트파에서 이렇게 동등한 관계가 형성된 까닭은 호흐펠트의 학생들이 자기가 흥미롭고 어쩌면 위험할지 모를 연구를 수행한다고 확신했기 때문일 것이다. 비아트르에 따르면 호흐펠트는 스탈린주의가 절정에 이르렀을 때도 강요된 사유 방식을 완전히 뒤집어 생각했다. 사회민주주의를 비판하는 사람들을 주제로 세미나를 열었지만, 끝장을 보겠다는 방식의 비판은 아니었다. 제자들에게는 서구 서적을 '수정주의' 작가들이 쓴 원문 그대로 읽으라고도 권했다. 1952~1953학년에는 소련은 물론이고 폴란드 어디에서도 이런 말을 입 밖에 내는 것은 생각조차 못할 일이었다. (Grochowska, 2014, 335) 제자와 연구 협력자들에게 '수정주의' 서적을 읽으라고 요구함으로써, 호흐펠트는 수정주의 운동의 터를 닦았다. 야니나 바우만도 이런 변화를 언급했다. "대학 친구, 동료와 날마다 논쟁한 덕분에 콘라트의 생각이 명확해졌다. 머잖아 콘라트의 첫 비평[69]이 나왔다. 이제 콘라트는 당의 노선을 무턱대고 찬양하는 사람이 아니었다." (J. Bauman, 1988, 115)

샤프의 지도로 석사 학위를 마친 바우만은 공식으로 호흐펠트 아래로 옮겨 영국 노동당의 사회주의 개념을 주제로 박사 연구에 돌입했다. 호흐펠트의 관심사에 가까운 주제이자, 정통 마르크스주의와는 거리가 먼 주제였다. 호흐펠트의 학과는 꽤 자유로운 공간이었다.[70] 바우만의 학계 경력은 순조롭게 닻을 올렸다. 비아트르에 따르면 "주교는 호흐펠트였지만, 호흐펠트가 언제나 바빴으므로 문하생인 바우만이야말로 진정한 상사였다." (Grochowska, 2014, 335) 바우만에게는 여러 임무를 동시에 수행할 능력과 활기가 있었다.

젊은 학자의 삶

사회주의 폴란드에서 강사가 받는 월급은 국내보안대 소령의 연금을 대체하지 못했다. 학자는 소득이 낮은 '국가직 노동자'였다.[71] 바르샤바는 물가가 비싸고 주택이 부족한 도시라, 강단 학자들은 최저 생활 임금을 맞추느라 몇 가지 겸업을 해야 했다. 바우만도 1953년 1월부터 폴란드를 떠나기까지 대체로 여러 곳을 겸직했다.

바르샤바대학교 기록물 보관소의 문서들에 따르면, 총장은 '시민 바우만 지그문트'를 1953년 2월 15일부터 1955년 2월 15일까지 급여 등급 7등급인 '조교 학술 노동자' 자리에 고용하라고 지명했다.[72] 다른 문서에 따르면 바우만의 주당 근무 조건은 강의 18시간, 연구 계획 수립 및 준비 6시간, 강의 준비 및 연구 12시간, 총 36시간이었다.[73] 두 달에 걸친 심사 끝에 채용이 확정되어, 마침내 바우만은 정규직으로 채용되었다.[74] 같은 서류철에는 딸 안나의 가족 수당과 더불어 바우만의 급료를 논하는 서신도 들어 있다. 1953년 봄에 작성된 또 다른 문서는 바우만에게 다른 직업이 없다고 언급한다. 하지만 1953년 11월에 바우만은 철학부가 편집하는 잡지《철학 사상》의 편집자가 되었다. 그 덕분에 바르샤바대학교에서 서열과 등급이 올라가는 보상을 얻었지만, 두 일자리로 얻는 월급은 많지 않았다.

가족에게는 힘겨운 시절이었다. 야니나는 그 시절을 이렇게 적었다. "저녁에 먹을 것이 아무것도 없던 날들이 떠오른다. 때로는 돈이 없어서, 때로는 상점에 늘어선 줄이 너무 길어서, 때로는 식품을 아예 팔지 않아서였다. … 콘라트가 어떻게든 보탬이 되려고 갖은 애를 썼지만, 연구에 몰두했던 데다 되도록 빨리 학위를 마치기로 마음을 정한 상태였다." (J. Bauman, 1988, 111) "콘라트는 남는 시간을 대부분 연구에 바쳤다. 밤에 소파와 옷장 사이에 식탁을 놓고서 석사 학위 논문을 빠르게 써내려갔다."(J. Bauman, 2011, 92) 좁디좁은 집은 건강에도 해로웠다. 안나가 자주 병치레를 하는 바람에 야니나가 집에서 안나를 돌봐야 했다. 지그문트와 야니나에게는 아이를 돌볼 사람을 구할 만한 돈이 없었다. 폴란드어판 『소속을 꿈꾸다』에서 야니나는 살림살이에 보탬이 되고자 바우만이 했던 부업들을 설명한다. "라디오 단편 소설 공모전에 응모해 2등을 차지했다. 그다음에는 단편 범죄 소설도 '생산'했다. 내게는 썩 마음에 드는 이야기였는데, 안타깝게도 출판사를 찾지 못했다."(J. Bauman, 2011, 92) 내가 이 원고를 찾아봤지만, 발견하지 못했다. 그 대신 1953년에 국방부 산하 출판사에서 율리안 주로비치라는 필명으로 펴낸 군사 소설이 두 권 있었다. (6장을 참고하라.) 하지만 야니나는 폴란드어판 자서전에서 두 소설을 입에 담지 않았다. 21세기 초반 폴란드에서는 그런 사회주의적 사실주의 작품을 조롱하고 범죄로까지 여겼기 때문일 것이다. 아니면 지그문트가 그 소설들을 더는 자랑스럽게 여기지 않았기 때문은 아닐까?

1953년 3월 9일, 마침내 스탈린이 사망했다. 미래가 바뀔지 모른다는 희망이 조금씩 솟아났다. 일상에 스며든 공포가 사회에서 서서히 그리고 어렴풋이 약해지기 시작했다. 바우만의 가정도 '평범한 삶'을 꾸릴 필요가 있었다. 1954년 6월, 바우만은 석사 학위 심사를 통과했고, 7월 14일에는 철학부에서 연구자들의 진로를 결정하는 기구였던 자격심사위원회에 승진 후보자로 이름을 올렸다.[75] 1954년 10월, 바우만은 폴란드학술원(PAN)의 변증법적·역사적 유물론 분과에서 겸업할 수 있는 상근직 주임 연구원 자리를 얻었다.[76] 이 일자리도 가계에 큰 도움이 되었다. 1954년 12월 21일, 자격심사위원회는 바우만에게 1955년 1월 1일 자로 연구 강사 직함을 부여하기로 했다. 그 덕분에 바르샤바대학교에서 받는 월급이 920즈워티에서 1,300즈워티로 올랐다. 1955년에 바우만은 폴란드인 평균보다

30% 더 많은 월급을 받았다. 게다가 여섯 달 뒤에는 바르샤바대학교와 폴란드학술원 말고도 다른 곳에서 매우 흥미로운 제안을 받았다. 폴란드 노동자당 중앙당 학교 이사회가 폴란드연합노동자당 지도부의 승인을 받아, 바우만을 변증법적·역사적 유물론과의 전담 강사로 지명했다.[77] 이로써 바우만의 월급은 모두 합쳐 약 3,000즈워티에 이르렀을 것이다.

이렇게 일자리가 쌓인 사실로 보아, 호호펠트가 바우만을 매우 강력하게 보호하고 승진시켜 번듯한 직위와 쏠쏠한 수입을 얻도록 도왔다고 추론할 수 있다. 야니나의 말대로 "모든 상황이 순조로웠다." (J. Bauman, 1988, 116) 1955년은 바우만네 가족에게 만족스러운 해였다. 마침내 모코투프 지구의 군대 관사를 떠날 수 있었다. 그해 9월, 이들은 바르샤바 북부 비엘라니 지구에 있는 아파트로 옮겼다. 바르샤바대학교가 소유하거나 관리한 이 아파트를 얻는 데는 십중팔구 호호펠트의 도움이 있었을 것이다. 알레야 제드노체니아 거리 1/222번지의 새 단지에 들어선 아파트는 벌써 전후 날림 공사의 징후를 보였다. 1층에 자리잡은 방 두 칸짜리 아파트는 북향으로 창이 나 있고 창이 없는 자그마한 부엌이 딸려 있었다. 집은 춥고 어두웠다. 폴란드는 긴 가을과 겨울이 닥치면 날이 짧아 해가 잘 드는 것이 매우 중요한 나라니, 달갑잖은 조건이었다. 게다가 도심에서 멀어, 지그문트와 야니나가 툭하면 고장 나는 대중교통으로 통근하는 데 시간이 오래 걸렸다. 하지만 몇 년 만에 처음으로, 출입문을 지키는 경비병과 높은 담장이 없는 '민간' 주택을 얻었다.

야니나가 임신 중이었으니, 비엘라니로 이사하는 과정은 아파트를 관리한 바르샤바대학교 행정처가 진행했을 것이다. 행정처에서 아파트를 배정받기란 무척 어려웠다. 어쩌면 지그문트와 야니나의 자녀 수가 이사에 중대한 역할을 했을지 모른다. 이 무렵 야니나가 쌍둥이를 임신한 터라, 집안 상황이 꽤 많이 바뀔 참이었다. 아이가 셋인 집은 보기 드물었다. 좁은 집에서 살고 여성이 전문직에서 일하던 시절이라, 지식인 부부는 대부분 아이를 하나만 낳았다. 홑벌이만으로는 생계를 꾸리기 어려워, 이 무렵 폴란드에서는 대가족이 더는 흔한 모습이 아니었다. 아이가 셋이고 부모가 모두 일하는 가정은 생활 물품을 마련하는 데 엄청난 문제를 겪었다. 그래도 지그문트와 야니나는 상황을 기꺼이 받아들였다.

1955년 말은 지그문트에게 매우 치열한 시기였다. 이제 서른 살[78]이 된 지그문트는 박사 학위 논문을 준비하는 와중에, 생필품 구하기가 거의 하늘의 별 따기인 도시에서 아이를 셋이나 키웠다. 이 시기에는 여성 대다수가 물건을 사려고 한 주에 몇 시간씩 길게 줄을 섰다. 지그문트는 이 짐을 함께 나눴다. 달리 말해 '전통적 가장'이 아니었다. 남편이 집안일과 육아에 동참하는 문화가 생겨나기 50년도 전에, 지그문트는 대대로 여성의 영역이던 일을 함께했다. 그전부터도 안나를 많이 돌봤으므로, 집안일이 완전히 새로운 활동은 아니었다. 하지만 쌍둥이가 태어나고 야니나가 몸져눕기까지 했으므로, 여성의 의무였던 일을 한동안 모두 도맡아야 했다. 지그문트는 청소, 요리, 학업, 강사 업무를 어떻게든 해냈다.

이 어려운 시기에, 평상시에는 드러나지 않던 지그문트의 성품이 드러났다. 비상 상황에서도, 바우만은 책임감과 강인한 체력 덕분에 수면 부족, 정신없는 생활, 불규칙하고 부실한 식사를 이겨낼 수 있었다. 쌍둥이가 태어난 뒤로는 또 다른 중요한 성격도 드러났다. 쌍둥이 이레나와 리디아는 1955년 12월 16일에 나이 지긋한 산부인과 의사가 운영하는, 명성이 자자하고 호화로운 개인 병원에서 태어났다. 지그문트와 야니나는 그런 곳의 치료비를 감당할 돈이 없었지만, 원장이 야니나의 외할아버지와 오랜 친구라 돈을 내지 않아도 되었다. 쌍둥이는 건강하게 태어났지만, 야니나가 산후 후유증으로 상태가 몹시 나쁜 데다 이전에 앓은 결핵이 증상을 악화시켰다. (J. Bauman, 1988) 의사들은 항생제로 야니나를 치료하려고 했다. 당시로는 값비싼 신약인 항생제를 얻으려면 특별 허가가 있어야 해, 지그문트가 보건부에서 몇 시간 동안 줄을 선 끝에 허가증을 받았다. 그런 다음에는 약국 앞에서 또 몇 시간을 보낸 뒤 그야말로 거금을 주고서야 약을 얻을 수 있었다. 약값 때문에 돈이 바닥났는데도, 야니나의 병세는 항생제에 아무런 효과를 보이지 않은 채 서서히 악화했다. 야니나가 병원에 입원한 지 6주 뒤, 지그문트는 야니나와 쌍둥이를 집으로 데려가기로 했다. 야니나는 "우리 가족의 모든 생활을 콘라트가 도맡았다. 이미 생계를 책임지고 요리하고 아이를 돌보고 청소하고 빨래까지 했는데, 이제는 내 의사 노릇까지 했다."라고 적었다. (J. Bauman, 1988, 122) 지그문트는 지역 의사에게 처방받은 내용을 "전직 군인의 엄격함"을 발휘해 고스란히 지켰다. (J. Bauman, 1988, 122) 야니나는 서서히 회복했지만, 그사이 여러 달 동안 지그문트가 가족의 삶을 거의 혼자 책임졌다.

쌍둥이에게 우유를 먹이느라 콘라트가 밤잠을 설쳤다. 양손에 젖병을 든 채 아이들 침대 위로 몸을 숙이고, 두 아이가 젖을 다 빨 때까지 끈기 있게 기다렸다. 그러고도 기저귀를 가느라 자다가 일어나는 일이 숱했다. 나도 잠은 깼지만, 움직일 수가 없어 침대에 머물렀다. 갓난쟁이 쌍둥이를 돌보는 것은 고된 일이었다. … 겨울 날씨는 사나웠고 해는 금방 저물었다. 춥고 어두운 아침에 … 콘라트가 욕조에 몸을 숙이고 기저귀 수십 장을 빨곤 했다. 손발이 시리게 춥고 좁은 집에서는 기저귀를 말릴 길이 없어 안뜰에 널어야 했다. … 그런 다음에는 … 안나를 유아원에 데려다주고 또 여덟 시간 뒤에 데려와야 했다. 그사이 학교에서 강의하고, 학생들을 지도하고, 박사 논문을 준비하고, 정치 모임에 나가 토론했다. 장을 보느라 끝도 없는 줄을 서는 것도 콘라트 몫이었다. (J. Bauman, 1988, 123)

도대체 이 모든 일을 바우만이 어떻게 해냈는지 상상이 되지 않는다. 바우만은 정규 강사였고 박사 과정 논문을 쓰는 학생이었다. 이런 본분 말고도, 과열되어 동요하는 바르샤바대학교의 환경에도 대응해야 했다. 그 무렵 폴란드 사회가 서서히 겨울잠에서 깨어나고 있었다.[79] 하지만 겨울이 끝난 뒤 어마어마한 변화가 닥칠 것은 아무도 내다보지 못했다.

해빙[80]

흔히들 1956년 2월에 니키타 흐루쇼프Nikita Khrushchev가 20차 소련 공산당 전당대회에서 연설하고 그해 6월에 포즈난 폭동이 일어난 뒤로 해빙이 시작했다고 여기지만, 폴란드에서는 그보다 훨씬 전부터 스탈린을 격하하는 징후가 나타났다. 당시 벌어진 정치 역동을 온몸으로 겪은 역사가 안제이 베르블란은 해빙이 당내 갈등에서 비롯했다고 믿는다. 두 갈등 세력은 이들의 모임 장소인 푸와프스카 거리와 나톨린 지구를 본떠 '푸와프스카파'와 '나톨린파'라 불렸다. 나톨린파는 스탈린주의를 추종하는 비에루트의 견해를 지지했고, 소련 지도부에 충성을 바쳤다. 이와 달리 푸와프스카파는 소련에서 더 독립하기를 꿈꿨고, 당이 개인 생활과 직업 생활에 덜 관여하기를 바랐다. 이들은 주로 스탈린주의와 소련식 정치에 의심을 품은 나이 든 공산주의자였다. 더러는 스페인 내전에서 싸운 사람도 있어서, 스탈린주의 말고도 여러 공산주의가 있다는 것을 알았다. 그리고 스탈린주의에 덮어 놓고 열광하지 않았던지라, '시비아트워의 폭로'에 놀라지 않았다.

1953년 말, 공안부의 유제프 시비아트워Józef Światło 중령이 서베를린을 거쳐 미국으로 망명했다. 그리고 이듬해 가을, 경찰의 공포 정치부터 정치범 고문, 상류층의 '부르주아 생활방식', 소련의 영향력, 거미줄처럼 퍼진 밀고자들까지 공산 체제의 숨겨진 이면을 폭로했다. 시비아트워는 탈출하기 전까지 악명 높은 군사정보공안10부 참모부장이었고, 본인도 정치범 고문 감독관으로 악명이 높았다. 시비아트워의 폭로가 1954년 9월에 자유유럽방송Radio Free Europe을 타고 폴란드에 방송되었다. 이 라디오 방송을 듣는 것이 금지였는데도, 바르샤바 상층부 누구나 시비아트워의 주장을 방송으로 듣고 이야기를 나눴다. 서구의 선전 활동으로 치부해 무시하는 사람도 있었지만, 당 소식통에서 정보를 얻은 호흐펠트파는 무시하기 어려운 이 소식을 의논했다. 방송 뒤 일어난 사건들은 권력 구조에 금이 가고 있다는 증거였다. (Kemp-Welch, 1996, 181) 1954년 12월에 공안부가 해체되었고, 지도부 몇 명은 감옥에 갇혀 재판을 받았다. (국내 보안대 시절 바우만의 상관이던 페이긴 대령도 그중 한 명이었다.) 이로써 공안부가 국가를 내세워 저지른 범죄 행위가 드러났다. 1954년 12월 13일에는 1948년까지 폴란드의 실권자였다가 권좌에서 쫓겨난 뒤 감옥에 갇혔던 브와디스와프 고무우카가 풀려났다. 이 조처를 두고 폴란드 전역에서 공개 논의가 오갔지만, '통치의 고삐가 늦춰지는' 시기가 바로 찾아오지는 않았다. 비에루트가 여전히 스탈린이라는 전설에 충실했기 때문이다. 하지만 1956년 2월, 흐루쇼프의 연설로 그 전설에 완전한 사망 선고가 내려졌다. 흐루쇼프의 연설은 반혁명 또는 '제국주의'의 특성을 개혁론자 탓으로 돌려 발뺌할 길을 막은 전환점이었다.

장담하건대 1956년은 바우만에게 잠을 설치는 해였다. 고되기 짝이 없는 육아 때문만은 아니었다.[81] 시리게 추운 2월 어느 밤, 흐루쇼프가 겉으로는 비밀에 부친 네 시간짜리 연설에서 스탈린이 저지른 숙청, 굴라크, 고문, 테러 행위를 범죄라 비난했다. 마르크스, 엥겔스, 그리고 누구보다도 레닌의 명문장으로 자신의 주장을 뒷받침해, 스탈린이 원래는 독재와 전체주의의 특성이 없는 공산 체제를 어떻게 왜곡했는지를 보였다.

간단히 말해 흐루쇼프는 공산주의가 여전히 최선의 정책이지만, 스탈린이 권력을 남용하여 비난받아 마땅한 개인숭배를 만들고 키웠다고 주장했다. 드디어 판도라의 상자가 활짝 열렸다.

대회장에 대의원 1,436명이 참석했지만, 연설 내용을 유출하지 못하게 막는 조처가 내렸다. (소련에서는 1989년에야 연설문이 공개되었다!) 소련은 연설문 번역본을 '극비' 암호를 이용해 외교 전문으로 소련권 국가에 보냈다. 흐루쇼프는 스탈린을 열렬히 지지하는 사람들이 새 정책에 보일 반응을 걱정했다.[82] 연설문과 거기에 담긴 스탈린 격하 조처[83]가 드러나자, 수십 년 동안 이어진 스탈린주의를 거의 하룻밤 새 산산조각 낼 만한 지진이 일어났기 때문이다. 그래도 연설을 들었거나 번역문을 본 사람은 누구나 스탈린 격하 조처와 흐루쇼프의 연설을 이야기했다. 토막소식을 들었거나 입소문으로 주요 골자를 들은 사람들도 마찬가지였다. 사람들은 흐루쇼프의 연설을 놓고 격렬한 토론을 주고받았다.

비에루트는 연설이 끝난 뒤에도 모스크바에 남았다. 건강이 나빠서였는지, 아니면 여전히 스탈린에게 충성해서였는지는 역사가들 사이에 의견이 갈린다. (Kemp-Welch, 1996) 시비아트워의 폭로로 강경 정책에 이미 금이 간 상황에서 확실하지 않은 설익은 소식까지 새어 나오자, 폴란드 내 동요가 날이 갈수록 커졌다. 걱정이 커진 비에루트는 전화로 폴란드와 연락을 주고받았다. 그 와중에 1956년 3월 3~4일 열린 당 중앙위원회의 비공식 총회에서 국회의원이자 당 중앙위원회 서기인 예지 모라프스키가 흐루쇼프의 연설을 보고한 뒤로 상황이 더 악화했다. "외국 사절단 환영회에서 모라프스키는 '개인숭배'와 싸우는 일이 조금도 끝나지 않았을뿐더러 학문과 교육, 예술과 문학을 포함한 사회생활에 남은 자취를 모두 뿌리 뽑을 때까지 이어지리라는 흐루쇼프의 성명을 언급했다." 그리고 "뒤이어 샤프 교수가 이념적 대응을 보고했다." (Kemp-Welch, 1996, 183)

샤프는 사태가 통제 불능에 빠지지 않도록, 폴란드연합노동자당 중앙당 학교(바우만이 변증법적·역사적 유물론과의 전담 강사로 있던 곳이다)를 포함한 여러 학술 기관에서 토론을 마련했다. 호흐펠트파도 이 열띤 토론에 참여했다. 학문과 교육의 자유, 스탈린식 개인숭배 폐지는 멋진 약속이었다. 당과 바르샤바의 지식 계층에서 치열한 논쟁이 벌어졌다.

그런데 흐루쇼프의 유명한 연설이 나온 지 16일 뒤인 3월 12일, 비에루트가 모스크바에서 '급사'한다.[84] 살해되었다는 증거가 전혀 드러나지 않았는데도, 이 죽음을 독살이나 자살로 돌리는 소문과 험한 이야기가 나돌았다. "국가의 지도자가 관에 누워 돌아온 모습은 많은 폴란드인에게 충격이었다."(Kemp-Welch, 1996, 185) 비에루트는 3월 16일에 바르샤바에 묻혔고, 흐루쇼프가 장례식에서 직접 상주 역할을 맡았다. 비에루트는 폴란드에서 인기 많은 정치인이 아니었지만, 스탈린의 지원을 업고 8년 동안 나라를 지배했다. 한 이야기에 따르면, "사람들이 엄숙하고 슬픈 표정을 지었지만, 공안의 보고로는 반국가 활동과 '난동'이 여러 건 일어났다."(Kemp-Welch, 1996, 187) 호흐펠트파는 복잡한 감정을 느꼈다. 비에루트가 스탈린주의의 가장 가혹한 얼굴을 대표했지만, 좋은 친구인 알렉산드라 야신스카-카니아[85]의 아버지이기도 했기 때문이다.*

연설 뒤 빠르게 유출된 '기밀 보고서'를 폴란드인들이 어떻게 손에 넣었는지를 두고 지금도 다양한 이야기가 오간다. 이런 다양한 설명을 바탕으로 그 시대 특유의 사회 과정을 파악할 수 있다. 역사가 안트호니 켐프-벨흐에 따르면, 비에루트가 20차 전당대회에서 흐루쇼프 보고서의 원본 복사본을 받은 뒤 귀국하는 대표단에 건네 바르샤바로 보냈다. 비에루트의 복사본은 중앙위원회 상층부의 핵심 인사들만 읽을 수 있었다.

---

* 성이 다른 까닭은 부모가 모스크바 망명 시절에 가명으로 출생 신고를 해서다.

그러니 틀림없이 샤프도 문서에 접근했을 것이다. 바우만이 문서를 바로 손에 넣지는 못했을 것이다. 러시아어가 유창했으니, 만약 바우만이 한 해 전 요령껏 샤프에게 당에 충성한다는 확신을 줬더라면 바로 원본을 얻었을지도 모른다. 하지만 바우만은 그런 신뢰를 얻지 못했고, 정권의 핵심부에 있지도 않았다.

바우만은 아마 아주 빠르게 퍼진 폴란드어 번역본을 읽었을 것이다. 번역본은 '당내 전용'으로 표시해 한정판 3,000부를 찍을 계획이었으나 곧장 1만 5,000부를 인쇄했고, 이 인쇄본이 폴란드 전역으로 퍼졌다가 다시 세계 곳곳으로 퍼졌다. 바르샤바시 당서기 스테판 스타셰프스키가 《르 몽드》, 《헤럴드트리뷴》, 《뉴욕타임스》 특파원들에게 복사본을 건넸다. 수요가 치솟는 희귀 물품이 그렇듯, 연설문은 암시장에서 500즈워티라는 고가에 팔렸다.[86] 500즈워티는 바우만이 대학에서 받는 월급의 40%였다. 하지만 바르샤바대학교의 다른 고급 당원들이 그랬듯, 바우만도 연설문을 공짜로 손에 넣었다. 꽤 많은 복사본을 배포한 목적은 문서가 가짜고 반혁명 음모의 일부라고 주장하는 당원이 많아지자, 문서를 둘러싼 싸움에 당을 끌어들이는 것이었다. (Kemp-Welch, 1996)

베르블란은 비에루트의 장례식에 참석하고자 바르샤바에 온 흐루쇼프가 연설문을 가져왔고, 그 연설문이 폴란드어로 빠르게 번역되어 퍼졌을 것이라고 말했다.[87] 연설문의 제목은 「개인숭배와 그 영향」이었다. 바우만이 연설문을 손에 넣은 시기는 3월 초였을 것이다. 그런데 인터뷰에서 내가 이 이야기를 꺼냈을 때 흥미롭게도 바우만이 "연설문을 들었을 때 …"라고 말했으니, 어쩌면 금지된 자유유럽방송으로 연설문을 들었을지도 모르겠다. 아니면 말이 헛나왔을 수도 있고. 어느 쪽이든, 연설문의 내용은 바우만에게 크나큰 충격이었다.

2013년에 《가제타 비보르차》의 토마시 크바시니에프스키와 나눈 인터뷰에서 바우만은 이렇게 말했다.

바우만 내게 진정한 돌파구는 1956년에 흐루쇼프의 연설문을 들었을 때입니다. 직감이 발동해 지난 일을 철저히 살펴봤습니다. 내가 새로운 폴란드인을 구상하는 데 한몫하지는 않았는지, 사람 잡는 잔인한 체제를 세우는 데 참여하지는 않았는지 하나하나 살피고 분석하기 시작했지요. … 내가 장막 뒤에서 일어난 일의 실체를 알고 나니 실망이 밀려오더군요. 그런 일들이 장막으로 감춰져 있었다고는 말하기 어렵습니다. 그냥 장막을 덮어둔 거지요. 무슨 일이 벌어지고 있는지 많은 사람이 알았으니까요.

크바시니에프스키 살인이 벌어지고 있다는 것을요?

바우만 사람 잡는 잔인한 체제라는 것을요. 혁명 과정에서 수십만, 수백만 명이 목숨을 잃었으니까요.

크바시니에프스키 어떤 일을 아셨습니까?

바우만 모스크바 재판*은 알았지만, 우크라이나에서 이 전염병[88]을 일부러 준비했다는 것은 몰랐습니다. 모스크바 재판의 피고들이 정말로 죄를 저질렀다고 믿지는 않았습니다. 특히 루마니아, 체코슬로바키아, 헝가리에서 비슷한 과정이 벌어졌을 때는 더욱요. 완전히 말도 안 되는 일이었으니까요. 고무우카를 '유리집'[감옥을 가리키는 은어다]에 집어넣은 일도 미심쩍었고요. 정말 이상하고도 스스로 믿기지 않는 사실은 … 폴란드에서 공안이 무슨 일을 했는지 거의 몰랐다는 겁니다. 하지만 군에서는 그런 짓을 저지를 수 없었어요. 그런 일을 논의하면 안 된다는 금지령도 없었어요. 아무도 할 말이 없었으니까요. 생각할 수도 없는 일이었어요. 어쩌면 우리가 그런 환경에 속하지 않았는지도 모르겠습니다. … 주변 사람 누구

---

* 스탈린 시절인 1936~1938년에 반대파 처단을 목적으로 벌인 여러 숙청 재판.

도 가족 중에 실종자가 없어, 두려움에 떨지 않았으니까요.

여기서 국내보안대가 공안부의 산하 기관이기는 했어도, 자율권이 있어 완전히 통제받지는 않았다는 사실에 유념해야 한다. 공안부에서 무슨 일이 벌어졌는지는 시비아트워가 탈출한 뒤에야 드러났고, 이에 따라 1954년에 군사정보공안10부, 이어서 공안부가 해체되었다. 그때는 바우만이 제대한 지 1년이 지난 시점이었다. 새 체제를 믿은 많은 폴란드인이 그랬듯, 바우만도 비밀 연설의 내용을 받아들이기 어려웠다. 크바시니에프스키에게도 그런 심정을 털어놓았다. "흐루쇼프의 연설 내용을 알고서도, 크렘린에 살인자들이 있다는 사실을 알고서도, 설마하니 폴란드에서 그런 일을 벌였을 줄은 몰랐습니다. … 당원이라—그때까지도 충실한 당원이었습니다—살인이 벌어졌었다는 것을 인정할 수 있었습니다. 그것만으로도 엄청난 일이었지요. 만약 그 이야기가 미국의소리[89]에서 나왔다면, 아마 관심을 두지 않았을 겁니다. 솔직히 말하자면요."[90]

어떤 사람들에게는 흐루쇼프의 연설이 완전히 새로운 사실은 아니었다. 비아트르는 "내게는 무서운 짐을 벗는 일이었습니다."라고 회고했다. 독일 점령기에 폴란드에 머문 비아트르는 지하신문에서 카틴 학살 기사를 읽었다. 전쟁 전 공산당 활동가였던 장인한테서 스탈린이 폴란드공산당 지도부를 살육했다는 이야기도 들은 터였다. 2017년에 나눈 인터뷰에서 비아트르는 내게 이렇게 말했다. "흐루쇼프가 이야기하기 전에도 내가 이미 알던 내용이었습니다. 규모가 얼마나 컸는지는 몰랐을지라도요. 희생자가 수백만 명에 이를 수 있다는 사실을 알고 나니, 그건 놀랍더군요. 내가 안 것은 빙산의 일각이었고, 수면 아래 무엇이 있는지는 몰랐으니까요. 하지만 … 아무것도 몰랐던 지그문트한테는 모두 새로운 일이라, 신념에 큰 타격을 받았어요. 지그문트에게는 공산주의 이념이 … 새로운 신념이었으니까요." 두 사람의 배경이 다른 것을 고려하면 "완전히 이해할 만한 일"이었다. "이 문제로 오랫동안 이야기를 나눴지만, 우리 둘 사이에 커다란 차이가 있었습니다. 나는 희열을 느꼈고, 지그문트는 낙담했어요. 그러니까, 무너지지는 않았을지 몰라도 몹시 괴로워했어요. … 하지만 빨리 털고 일어났습니다."

이 인터뷰는 흐루쇼프의 연설에 '신봉자'와 '정치적 현실주의자'가 보인 서로 다른 반응을 보여준다. 어느 쪽에 속했든 적극적 당원들은 흐루쇼프의 연설 뒤에도 당원으로 남았다. 크바시니에프스키와 나눈 인터뷰에서 바우만은 이렇게 말했다.

내 첫 반응은 이랬습니다. 이런 망할, 악당들이 관리직을 차지하고 있었어. 이 악당들을 제거하고 다른 사람으로 교체해야 해. 사람들이 흔히 보이는 반응이었지요. 10월 들어 고무우카가 집회에서 연설하자, 무언가 새로운 상황이 시작된다는 흥분이 전국에 감돌았습니다. 고무우카가 양국 관계를 이야기하고자 모스크바로 갈 때 기찻길마다 사람들이 길게 늘어섰고요. 다른 사람들이 그랬듯, 나도 두 나라 정상이 실수와 왜곡을 끝장내리라고 굳게 믿었습니다. 살인자들이 제거되고, 정직한 보통 사람들이 들어와 모든 상황이 괜찮아지리라고요. 그런데 고무우카가 실수와 왜곡을 멈출 생각이 없다고 믿을 수밖에 없는 방식으로 행동하기 시작했습니다. … 그래서 내가 당을 떠나는 과정이 늦어졌어요. … 당에 머물며 어느 정도 영향을 미칠 수 있기를 바랐거든요. 그런데 당 바깥에서 보니 불가능한 일이라는 것을 알겠더군요. 그 당은 [외부의] 목소리에 귀를 막으니까요.

1955년 말부터 정치 상황을 비판하는 목소리가 격렬해진 당 고위층, 대학교, 지식층 안에서 정치와 지식을 논하는 논쟁이 치열하게 오갔다.

1955년 말, 젊은 지식인들이 역사가 크리스티나 케르스텐의 말을 빌리자면 자유사상의 본거지였던 '굽은모퉁이 클럽'*을 만들었다.[91] 철학자, 역사가, 사회학자, 예술가들이 참여했고, 1956년에는 여론을 연구하는 분과를 열기로 한다. '굽은모퉁이'가 정권을 비판하는 토론 클럽이다 보니, 사회학을 공부하는 학생이 많이 참여했다. 이들은 '수정주의자'들을 자주 초청해 최신 연구를 들었다. (자세한 내용은 다음 장에서 다루겠다.)

이들의 급진적 목소리를 실은 곳은 '학생과 젊은 지식인의 잡지'라는 부제가 붙은 《포 프로스투》였다. 브로니스와프 바치코, 바우만의 학과 교수인 마레크 프리트스한트, 레셰크 코와코프스키 같은 다른 '수정주의자'들이 그랬듯, 바우만도 이 잡지에 글을 실었다. (Rutkowski, 2016, 426) 1956년 초, 바르샤바대학교 전체가 '5개년 계획', 특히 고등교육 부문의 계획을 논의했다. 1956년 4월 22일, 《포 프로스투》가 「국회의원과 학자들에게 보내는 편지」를 발표해 연구 프로그램의 근본적 변화, 공식 학과목 완화, 필수 과목인 마르크스-레닌주의 교육의 개선을 요구했다. 이틀 뒤 율리안 호흐펠트 교수가 국회의원 자격으로 폴란드의 고등교육을 비판하는 글을 발표했다. 사흘 뒤, 개각 과정에서 신임 고등교육부 장관이 지명되었다. 정부는 총장과 학장 직선제와 더불어, 교육의 질과 학자들의 근무 조건을 개선할 개혁 방안을 몇 가지 발표했다.

박사 학위에 얽힌 긴 이야기

이렇게 온갖 동요가 이는 와중에도, 바우만은 박사 과정을 순조롭게 마쳤다. 폴란드에서 박사 과정의 마지막 단계는 심사 개시, 몇 차례 시험,

---

* 모임을 열던 장소의 거리 이름에서 따온 것이다.

논문 공개 심사로 구성되는 긴 여정이었다. 다음에는 고등교육부가 지정한 특별 위원회가 후보자에게 학위를 줄지 말지를 결정했다.[92] 1955년 3월 15일, 바우만은 철학부 평의회에 서한을 보내 학위 심사에 들어갔다. 동봉한 문서에서 호흐펠트는 제자의 학위 논문이 1956년 중반에 심사 준비를 마칠 예정이고, 바우만의 "사회 활동, 강의와 연구 업무가 학과에 워낙 많이 알려져 여기서 더 언급할 것이 없다."라고 적었다.[93]

1955년 11월, 바우만은 영어와 러시아어에서 가장 높은 등급으로 외국어 증명서를 받았다. 한 달 뒤, 쌍둥이가 태어나기 하루 전에는 필수 항목인 변증법적·역사적 유물론 시험을 통과했다. 심사단장은 얀 레고비치 교수였고, 심사위원으로는 마레크 프리트스한트와 율리안 호흐펠트가 포함되었다. 바우만은 정교한 질문 두 가지를 논해야 했다. 첫 질문은 엥겔스의 발언 "과학이 더 무자비하게 발달할수록, 노동자의 관심 및 열망과 조화를 이룬다."[94]와 관련했다. 둘째 질문은 "사회주의 구축과 사회주의로 가는 길과 관련해 레닌주의와 기회주의 사이에 벌어진 근본 논란을 고려할 때, 현재 폴란드 인민공화국이 경제, 정치, 문화 건설에서 겪는 어려움"[95]이었다. 바우만은 첫 질문에서 만점을, 둘째 질문에서는 그보다 조금 낮은 점수를 받았다. 바우만이 내놓은 정치적 해석이 심사단의 기대에 미치지 못해서였을 것이다. 다음 단계는 5월 8일 치러진 철학사 시험으로, 시험관은 타데우시 크론스키와 레셰크 코와코프스키였다. 바우만은 중세 시대가 철학을 어떻게 수용했는지와 19세기 후반의 실증주의 사회학을 질문 받았다. 성적은 최고 등급인 '최우수'였다.

마지막 시험은 박사 논문 공개 심사로, 논문 제목은 「영국 노동당의 정치 강령*Doktryna polityczna brytyjskiej Partii Pracy*」[96]이었다. 500쪽에 이르는 논문은 "영국 노동자운동 내부에 기회주의가 나타난 원인을 사회학적으로 분석하고, 영국의 사회주의를 철학적으로 해부하고, 영국 노동당의 정치 관점을 논했다."[97]

5월 16일에 열린 논문 심사의 검토자는 아담 샤프와 역사학자 카롤 랍테르였다. 랍테르는 바우만의 연구를 매우 좋게 평가했다. 손으로 작성한 네 쪽 반 분량의 보고서에서, 바우만의 논문이 같은 주제를 다룬 소련의 유명한 저자 드보르킨의 연구보다 훨씬 낫다고 평가했다.

또 다른 검토자인 샤프는 여섯 쪽 분량의 의견서에서 바우만의 논문을 철학 논문으로 봐야 하는지 의문을 제기했다. 하지만 독창성, 숙달된 문헌 지식, 독자적 사고, 연구 추진력 관점에서 바우만의 연구가 질이 뛰어나다고 강조했다. 논문 공개 심사는 6월 20일 정오에 포토츠키 궁전에 있는 철학부 강의실에서 열렸다.

심사위원회는 바우만에게 박사 학위를 수여할 것을 11-0 만장일치로 채택했다. 채택 보고서에는 코타르빈스키, 아소로도브라이-쿨라, 노바코프스키, 레고비치, 샤프, 프리트스한트, 호흐펠트, 코와코프스키 등이 서명했다.[98]

지그문트와 야니나는 논문 통과를 축하하는 파티를 준비했다. 하지만 그 무렵은 축하 파티를 열 만한 사회 분위기가 아니었다. 바우만이 심사를 마친 지 6일 뒤인 6월 28일, 종전 뒤 처음으로 폴란드 땅에서 봉기가 일어났다. 유명한 철도회사 체기엘스키의 포즈난 지역 노동자들이 거리로 몰려나왔고, 많은 포즈난 시민이 합세했다. 당국이 시위를 억누르고자 경찰과 군부대를 동원했고, 그 바람에 50명 넘게 목숨을 잃었다. 포즈난 봉기는 충격을 불러일으켰다. 수정주의자인 푸와프스카파와 강경주의자인 나톨린파가 새 지도부의 주도권을 놓고 힘겨루기를 하는 동안, 전국이 불안에 휩싸였다. 양쪽 모두 인기 있는 고무우카를 끌어들이려 애썼다. 고무우카와 그를 따르는 작은 무리가 환심을 사려한 쪽은 푸와프스카파였다. 나이 많은 공산주의자 집단인 푸와프스카파가 모스크바와 가깝지 않고, 개인의 자유는 늘리고 공안의 통제는 줄이는 데 찬성하며, 복수 정당에는 반대했기 때문이다. 1956년의 폴란드는 다당제를 고려할 처지가 아니었다.

그사이 박사 학위 취득 과정의 마지막 단계인 고등교육부의 승인이 몇 달이나 질질 늘어졌다. 7월 14일에 바우만의 학과에서 학위 취득과 관련한 모든 문서를 담은 서류철을 발송했다 하지만 바르샤바대학교 위원회는 이듬해인 1957년 6월 24일에야 학위를 승인했다.[99] 거기에는 외부 평가자인 역사가 브로니스와프 크라우제의 심사가 지연된 것도 한몫했다. 위원회가 7월까지 검토서를 요청했지만, 크라우제가 석 달을 지연했고, 다시 11월 5일로 연장했다가[100] 마침내 11월 21일에야 다섯 쪽 반짜리 검토서에 서명했다. 평가는 대체로 긍정적이었다. 그리고 프리트스한트의 최종 서명[101]으로 전체 의견서가 승인되었다. 폴란드 학계에서 걸핏하면 검토가 지연되곤 했지만, 당시 고등교육부가 약속대로 개혁을 수행하느라 버거웠던 상황도 한몫했을 것이다. 바우만이 어찌할 수 있는 일은 그리 없었다. 하지만 박사 자격이 없어 월급에 큰 타격을 받았으니, 세 아이의 아버지에게는 가벼운 일이 아니었다. 박사 학위를 밟는 학생 바우만에게는 그해가 시험의 연속이었다. 당원 바우만에게는 충격과 각성이 이어진 해였다. 또 시민 바우만에게는 투쟁과 희망이 오가는 기나긴 해였다.

1956년 10월은 대학들이 학기를 시작하는 뜨거운 달이었다. 혁명과 변화의 분위기가 느껴졌다. 야니나에 따르면 바우만은 "집에서 시간을 많이 보내지 않았다. 날이 갈수록 치열해지는 정치 투쟁에 열렬히 참여했다."(J. Bauman, 1988, 126) 10월 16일, 당은 회의를 열어 폴란드계 소련 시민인 국방부 차관 콘스탄틴 로코숍스키Konstantin Rokossovsky 원수를 모스크바의 허락 없이 해임했다. 사흘 뒤, 흐루쇼프가 소련의 통제력을 회복하고자 바르샤바로 날아오지만, 이런 노력이 헛되게도 10월 21일에 고무우카가 당 대표로 선출되었다. 소련군 2개 사단이 탱크를 앞세워 바르샤바로 진격했고, 국내보안대를 포함한 폴란드군이 소련에 '맞서' 결사 항전을 치를 진지를 구축하도록 호출되었다. 10월 24일, 스탈린이 폴란드 인민에게 선사한 거대한 '선물'인 문화과학궁전 근처의 연병장에서 고무우카가 유명한 항전 연설을 했다. 야니나는 그때를 이렇게 회고했다. "나는 수십만 인파에 휩쓸린 채 군중의 열광을 함께 느꼈다. 바르샤바 인구 절반이 8년 동안 박해와 수감에 시달리다 돌아오는 지도자를 환호로 맞이하고자 발 벗고 나온 듯했다. 이번만큼은 폴란드가 하나로 똘똘 뭉친 듯했다. 공산주의자이든, 비공산주의자이든, 반공산주의자이든. 노동자든, 농부든, 지식인이든 모두 똑같이." (J. Bauman, 1988, 127)

폴란드인이 고무우카의 지도부를 지지하고 소련에 반대하는 뜻도 강력했지만, 무력을 동원해 개입하겠다는 소련의 위협도 뚜렷했다. 바우만을 포함한 수정주의 활동가들은 혹시 모를 급습을 피하고자 집이 아닌 곳에서 잠을 잤다.[102] 결국은 폴란드가 소련과 군사 동맹을 유지하기로 동의하는 대가로, 흐루쇼프가 고무우카의 선출을 받아들이고 붉은군대를 철수시켰다.[103] 소련의 무력 개입이 엄청난 전투로 이어진 헝가리와 달리, 폴란드는 아무런 손상을 받지 않았다. 1956년 10월 말, 폴란드의 미래는 밝아 보였다. 학계도 마찬가지였다. 새로 선출된 총장들과 학장들이 12월 1일에 임기를 시작했다. 선출된 열한 명 가운데 당원은 세 명뿐이었다. (Rutkowski, 2016, 437)

힘들기는 했어도, 바우만의 가족에게는 행복한 한 해였다. 일요일이면 마우리치, 조피아, 알리나가 젊은 부부의 생계에 도움이 될 만한 것들을 두 손 가득 들고 자녀의 집을 찾았다. 그해 중순 무렵에는 지그문트의 누이인 토바가 17년 만에 처음으로 폴란드 방문을 승인받았다. 정권이

'외국인' 방문자를 대하는 태도에 나타난 해빙 조처 중 하나였다. 토바는 그해 여름에 3주 동안 바르샤바에 머물렀다. 이 가족 상봉 덕분에, 온 가족이 불안정한 정치 상황, 일상의 어려움, 계속된 물자 부족, 질 떨어지는 식품, 주거난 같은 시름을 한쪽으로 밀어놓을 수 있었다.

하지만 가족이 함께하는 행복한 순간은 12월로 끝이 났다. 지그문트의 어머니 조피아가 오랜 병환 끝에 세상을 떠났다. 조피아의 장례식 뒤, 마우리치는 곧장 이스라엘 대사관으로 가 이민 비자를 신청했다. 그리고 1957년 2월에 폴란드를 떠난 뒤, 이스라엘에서 손꼽히게 큰 기밧 브레네르 키부츠에 사는 딸 토바에게로 가, 오랫동안 꿈꾼 시온주의를 마침내 실현했다. 마우리치의 이주는 전후 2차 이주 물결인 이른바 '고무우카 알리야'의 시작이었다. 고무우카 알리야로 1955년부터 1960년까지 유대인 약 5만 1,000명이 폴란드를 떠났다.[104] 이런 일이 일어난 요인은 다양하다. 국가의 통제가 전반적으로 느슨해진 가운데 국경이 어느 정도 열렸고, 스탈린주의를 비판하던 목소리가 더러는 빠르게 반유대주의 표현으로 바뀌었다. 스탈린주의 지도자 가운데 소수지만 유대인 출신이 있었다는 사실도 유대인과 공산주의를 연결 짓는 오랜 고정관념인 유대공산주의를 부추겼다. (Cała, 2012, 482)

같은 해, 야니나의 여동생 부부도 딸아이를 데리고 이스라엘로 떠났다. 지그문트와 야니나는 가족과 끈끈한 유대를 유지했지만, 자신들을 폴란드인이라고 여겼고 폴란드에서 자신들이 할 일이 있다고 믿었다. 그리고 성공했다. 명성이 높은 경력을 쌓은 학자들은 흔히 "알맞은 때 알맞은 곳에 있는 기회를 얻었다."라고 말한다. 지그문트가 박사 학위를 딴 시기는 호흐펠트파[105]뿐 아니라 폴란드의 사회학계 전체가 뜨겁게 달아오르던 때였다.

바르샤바대학교에 닥친 사회학의 부흥

1956년 이후 고무우카의 결정[106]으로 학문에 비교적 자유로운 사상이 허용되었다. 폴란드 사회학[107]에 도움이 되는 결정이었다. 출간이 금지되었던 《사회학 논평Przegląd Socjologiczny》이 재출간되었고, 『문화와 사회 — 서론Kultura i społeczeństwo. Preliminaria』, 호흐펠트가 펴낸 《사회정치 연구Studia Socjologiczno-Polityczne》 같은 여러 잡지가 새로 발간되었다. 게다가 폴란드학술원이 사회학 연구 기관인 철학·사회학연구소와 사회학·문화사 분과를 신설했다. 바르샤바대학교는 강의를 금지당했던 교수들을 다시 채용해 새로운 자리를 맡겼다. 1957년에는 철학부에 사회학 교수직 다섯 자리가 새로 마련되었다. 복직한 스타니스와프 오소프스키가 사회학을, 스테판 노바코프스키가 사회지학을, 마리아 오소프스카가 역사와 도덕을, 니나 아소로도브라이-쿨라가 사회인구학을 맡았다. 율리안 호흐펠트는 변증법적·역사적 유물론 담당 교수에서 정치 관계 사회학 담당 교수로 자리를 옮겼다.[108] 당연하게도, 마르크스주의 이론과 직접 관련한 자리는 하나도 없었다.

2013년 인터뷰에서 바우만은 내게 이렇게 말했다.

바르샤바대학교는 1950년대 후반부터 1960년대에 걸쳐 어마어마하게 탈바꿈했습니다. 우리 대학교는 사회학의 모든 동향을 빠짐없이 배울 수 있는 유일한 곳이었어요. 강의에서 사회학의 전체 흐름을 소개했기 때문에, 가여운 학생들이 공산권에도 서구에도 속하지 않는 내부 모순에 빠진 사회학계에 노출되었습니다. 정확히 말하자면 우리는 모든 것을 완전히 포용했습니다. … 옳은 이론으로 본 것도 있고 틀린 이론으로 본 것도 있었습니다만, 모든 이론을 알아야 한다는 것이 규칙이었어요. … 바르샤바에 있는 우리가 파리 사람들보다도 먼저 파리의 동향을 알았습니다. 파리 사람들은 파벌이 갈렸거든요. 스테판 주키에프스키 교수는 파리의 모든 것을 위대하게 여겼습니다. 프랑스에서 책이 나올 때마다, 내용을 전달하려고 바르샤바에서 발표회를 열 정도로요.

세계를 향한 개방성은 바르샤바대학교의 중요한 학문 환경이었다. 바르샤바대학교는 사회학뿐 아니라 다른 학문에서도 프랑스는 물론이고 미국, 독일, 그리고 당연하게도 소련 학파에 열려 있었다. 책이 드문드문 들어왔고 거의 손에 넣을 수 없을 때도 있었지만, 학생과 학자들이 책을 읽을 수 없으면 논평이라도 찾아 읽었다. 바우만은 호흐펠트의 학과 소속이고, 박사이자 폴란드학술원 연구자이고, 당 중앙위원회 사회과학고등교육원*에서 사회연구 분과를 책임졌으므로, 출판물에 접근할 특권을 누렸다. 폴란드노동자당 중앙위원회 학술위원회 회원이라, '서구' 서적이 있는 비밀 서고를 이용할 수 있었다. 당의 서고와 학술 기관의 도서관 덕분에, 해외 지식계의 최신 소식을 알 수 있었다. 이런 서적과 논문 가운데는 좀체 보기 어려운 것도 있었고 금지 대상인 것도 있었다. 당연하게도 그래서 더 관심을 불러일으켰다. 샤프는 폴란드에서 금서로 지정된 모든 책을 볼 권한이 있었다고 한다. 샤프는 어떤 책이 나왔는지 알고자 주문한 책들을 오소프스키에게 보냈다가 이어서 코와코프스키에게 보냈고, 그다음에는 검열관이 책을 회수했다. 이 책들은 독립된 사고와 '수정주의' 사상을 기르는 원천이었다.

---

* 1957년에 폴란드노동자당 중앙당 학교가 문을 닫고, 샤프의 주도로 당 중앙위원회 사회과학 고등교육원이 문을 연다.

'수정주의' 논문 발표

신규 출판물 발간에 제약이 줄어들자 몇몇 학술지가 창간되었다. 예컨대 《폴란드 학문》은 프랑스, 미국, 영국에서 수행된 사회학 연구를 전문으로 다룬 논문을 실었다. (Nauka Polska, 1, 1956, 130~137 & 138~143) 폴란드의 '부르주아' 학문에도 해빙이 찾아왔다. 1956년 봄, 전쟁 전 유명한 사회학자였던 스테판 차르노프스키의 전집이 발간되었다. 샤프는 이것을 변화의 신호로 봤다. 그리고 8월에 암스테르담에서 열린 제3차 국제사회학협회 학회에 2차 세계대전 이후 처음으로 폴란드 대표단이 대규모로 참석했다. 아담 샤프는 학회 연설에서 폴란드 사회학이 주로 마르크스주의를 다루지만, 부르주아 사회학을 폐기하지는 않았다고 말했다.[109]

그런데 잇달아 일어난 긍정적 사건에 제동이 걸렸다. 10월 15일 발간한 소책자에서, 샤프가 암스테르담에서 보인 수정주의 태도를 철회하고, 정통 마르크스주의에 충실해야 한다고 요구했다. 샤프는 물었다. "사회학 분과 신설이 1·2차 세계대전 사이의 사회학을 수정하고 앞으로 사회학이 마르크스주의와 '공존'하는 시기가 온다는 뜻일까?"[110] 그리고 실증적 사회주의 연구의 목적이 무엇인지, 국제 사회학계에 폴란드 학자가 활발히 참석하는 것이 무슨 의미가 있는지 의문을 제기했다. (오소프스키와 얀 슈체판스키Jan Szczepański가 국제 사회학협회 위원회에 참여했다.) 이틀 뒤, 정부가 샤프를 폴란드학술원에 신설된 철학·사회학연구소 소장으로 임명했다. 연구소의 분과 일곱 개 중에는 '부르주아' 사회학자들이 이끄는 곳도 있었다. 그래도 샤프는 사회과학을 포함한 학문에서 과학적 접근법은 마르크스주의뿐이라는 견해를 고수하는 보수적 글을 내놓았다.

곧장 샤프를 비난하는 목소리가 나왔다. 주인공은 바우만과 동료들이었다. 이것은 용기 있는 행동이었다. 샤프가 폴란드 사회과학의 거물일

뿐더러, 바우만의 경력을 어느 정도 좌우할 수 있는 첫 스승이었기 때문이었다. 바우만을 포함해 호흐펠트파에 속하는 마리아 히르쇼비치, 브워지미에시 베소워프스키, 예지 비아트르가 11월 11일에 비학술 잡지《신문화*Nowa Kultura*》에「폴란드 사회학의 어제와 내일」이라는 글로 첫 비판을 내놓았다.[111] 이들은 마르크스주의가 실증적 사회 연구에 없어서는 안 될 다른 사회학 방법론 및 이론과 공존해야 한다는 주장을 굽히지 않았다. 비난의 어조는 날카로웠다. "[샤프의] 책자는 깊은 유감과 실망, 낙담을 안겼다. … 스탈린주의 시절에 우리가 학문이 아니라 사회과학을 억누르는 것이 주요 기능인 이념을 수행했다는 사실을 똑바로 말하지 못한다면, 땜질이 아닌 견고한 복구를 시작할 지점에 이르지 못할 것이다."[112] 비아트르는 2017년 인터뷰에서 내게 이 글이 "형식적으로는 샤프의 책자를 강하게 비판했지만, 실제로는 사회학을 이런 속박에서 벗어나게 하려는 계획"이었다고 설명했다.

2주 뒤, 바우만이 단독으로 「학문 독점에 반대한다」라는 거센 글로 또 다른 비판을 제기했다. 글은 바우만이 샤프와 정통 마르크스주의자의 견해에 반대한다는 것을 뚜렷이 드러냈다.

> 모든 꽃이 피어나게 하라. 과학적 철학과 사회학이 발달할 최적의 조건은 철학자와 사회학자를 길러내는 시설과 대학교에 다양한 학파를 대표하는 다양한 철학과 다양한 사회학이 있을 때만 생겨날 수 있다. … 학계에서 벌어지는 논쟁이 과학적 방법론으로 해결되게 하라. 학문에서 행정이 특권을 누리지 않게 하라. 우리는 공산주의 운동의 철학이 과학적 철학이 되기를 바란다. 그러니 학문의 범위를 넘어선 특권, 학문의 발목을 붙잡는 돌덩이에서 학문을 해방하라. (Bauman, 1956, 6)

이 견해를 발표함으로써, 바우만은 수정주의자로서 진지를 굳게 구축했고, 그 뒤로 한 번도 이 태도를 굽히지 않는다. 문제를 관찰하고 분석할 때, 소련 학계에서 만들지 않은 사회학 도구도 이용했다. 이때부터 바우만은 서구의 연구물을 동유럽 사회학에 소개하는 폴란드 지식인 중 한 명이 된다. 이것은 바우만의 '특기'였다. 그리고 바우만의 연구를 끊임없이 평가하고 비판한 첩보 기관이 보기에는 '큰 과실'이었다. (이 부분은 다음 장에서 자세히 다루겠다.)

20세기 중반에 폴란드에서 수정주의 저술가로 가장 유명한 사람은 코와코프스키였지만, 바우만도 알려진 것보다 크게 수정주의 문헌에 이바지했다.[113] 1957년 1월, 비아트르와 바우만이 1956년 10월 정신을 다룬 「마르크스주의와 현대 사회학」이라는 글을 《철학 사상》에 싣는다. 두 사람은 토론과 논쟁이 학문 활동에 필수이니 정치 투쟁으로만 접근해서는 안 된다고 주장하며, 독자들에게 비마르크스주의 접근법을 살펴보라고 요청한다. (Łabędź, 1959) 이 글은 동유럽 사회학계에 큰 영향을 미쳤다. 소련 학술지 《철학 문제Voprosy Filosofi》는 두 사람의 수정주의자 견해를 거칠게 비난했다. 불가리아 공산당 기관지 《새시대》도 바우만과 비아트르를 비난했다. 2013년에 말한 대로, 비아트르는 자신들의 주장이 "사회학을 마르크스주의가 아니라 교조주의에서 자유롭게 하려는 선언"이었다고 항변했다. 2017년에 나눈 인터뷰에서 비아트르는 두 사람의 주장이 "호흐펠트가 말한 열린 마르크스주의"였다고 말했다. "어느 불가리아 사회학자가 《새시대》에 쓴 논평에서 '비아트르주의자와 바우만주의자'라는 용어를 사용했습니다. 우리가 비아트르/바우만이라고 서명했거든요. 지그문트가 알파벳 순서만 따르면 내가 늘 자기 뒤일 테니 순서를 바꾸자고 고집을 부려서요." 그 불가리아 사회학자는 수정주의 진영에서 더 유명한 위치에 있는 코와코프스키를 비아트르주의자/바우만주의자 진영에 포함했다고 한다. 바우만과 함께 그 글을 발표한 지 얼마 지나지 않아, 비아트르는 마음을 바꿔 반수정주의 진영에 합류했다. 하지만 1957년에 발표한 이 글은 코와코프스키, 헝가리의 루카치 죄르지Lukács György, 유고슬라비아의 밀로반 질라스Milovan Đilas, 프랑스의 앙리 르페브르Henri Lefebvre의 글에 맞먹는 수정주의자 선언문으로 남았다. (Łabędź, 1959)

바우만은 이 짧은 '자유' 시기에만 발표할 수 있었던 다른 글도 썼다. "《철학 연구Studia Filozoficzne》에 「당 사회학의 필요에 대해」를, 《창조 Twórczość》에 「관료주의 조약」과 「시대를 넘어서는 사고」를, 《포 프로스투》에 「당내 민주주의」를 실었다. 이 모든 글은 많든 적든 검열로 가위질당한 뒤 발표되었지만, 발표하고 몇 달이 지나자 전혀 검열을 받지 않은 것으로 여겨졌다." (바우만의 비공개 원고, 1986~1987, 21)

바우만이 이 글들을 발표한 시기는 지식인 대다수가 잘 길든 경각심에 스스로 알아서 자기 글을 검열하던 때였다. 하지만 바우만은 친구였던 바르샤바대학교 경제학 교수 에드바르트 리핀스키의 조언을 무시하기로 했다. 《가제타 비보르차》와 나눈 인터뷰에서 바우만은 리핀스키의 말을 이렇게 인용했다. "무엇보다, 생각을 하지 말게. 생각을 멈추지 못하겠거든, 말을 하지 말게! 말을 멈추지 못하겠거든, 쓰지를 말게. 쓰기를 멈추지 못하겠거든, 절대로 출간하지 말게! 어떤 상황에서도 말이네." 위대한 학자이자 입 다물기 선수였던 리핀스키는 스탈린주의 시절에 글이라고는 단 한 줄도 출간하지 않았다.[114]

그래도 1956년 10월 뒤로 실증적 연구를 수행할 자유가 꽤 늘었다. 그전까지는 현실을 확인할 이유가 없었다. 사회주의 정책에서는 당이 모든 것을 알고 모든 것을 계획하므로 사회는 그저 5개년 또는 6개년 계획을 따르기만 하면 된다는 논리를 따랐기 때문이다. 그러다 해빙이 닥치자, 비판적 접근법을 수행할 수 있었다. 게다가 학자들이 서구의 사회학

문헌을 읽고 관련 내용을 쓰는 데 더는 제약을 받지 않았다. 이제 종전 뒤 처음으로 원천에 접근할 수 있었다. 학회에 참석할 수 있고, 더 나아가 포드 재단이나 영국문화원 같은 재단의 지원을 받아 미국, 프랑스, 영국, 캐나다에서 학위를 받을 수 있었다. 바우만은 영국 노동당을 주제로 따끈따끈한 박사 학위 논문을 쓴 데다 이력이 뛰어났으므로, 1년 동안 연구 장학금을 받고 명망 높은 런던정치경제대학교에서 공부할 수 있었다. 바우만에게 인생의 새로운 장으로 나아갈 문이 열렸다.

9

희망찬 시절

1957~1967

서구로 가는 문

운 좋게도, 바우만이 박사 과정을 마친 1956년은 폴란드 학자들이 해외로 여행할 기회가 놀랍도록 늘어난 해였다. 폴란드학술원 기록에 따르면, 학술원 소속 학자들의 해외 방문 횟수가 1955년에는 39회였는데, 1956년에는 349회, 1959년에는 549회로 늘었다. (Pleskot, 2010, 293) 1956년부터 1967년까지, 바우만은 길고 짧은 학술 출장을 여러 번 떠났다. 1956년에는 소련의 고등교육 체계를 살펴보고자 모스크바를 며칠 동안 방문했고, 1957년에는 1년 가까이 박사 후 연구[1]를 떠났다. 그 뒤로도 10년 동안 강연, 학회, 회의에 초청받아 해외를 자주 여행했고, 방문 교수로 길게 머물기도 했다. 이제 바우만은 국제적으로 활동하는 학자가 되었다.

1957년 '민주화' 과정은 외국 재단이 폴란드 학자들의 학술 활동과 예술 활동에 기금을 지원할 길을 열었다. 포드 재단의 1957년 연례 보고서[2]가 보여주듯, 해외 재단들이 폴란드의 민주화에 열렬히 반응했다.

재단 프로그램의 여러 목적 가운데 동유럽과 서구의 민주적 관계를 증진하는 것과 관련한 또 다른 사건은 폴란드에서 일어난 변화로, 자유로운 접촉을 늘릴 새로운 기회를 열었다. 재단은 미국과 서유럽이 폴란드와 교수, 학생, 전문가를 교류하는 사업에 50만 달러를 책정했다.

바우만이 1957년에 영국에서 맺은 '박사 후 연구' 계약은 종전 뒤 포드 재단이 폴란드에서 처음으로 제공한 연구 기금이자, 그해에 폴란드 사회학 분야에서 딱 세 사람에게 지원한 연구 기금 중 하나였다.[3]

하지만 제약이 느슨해진 이 시기에도 폴란드 학자가 해외로 여행하기란 쉽지 않았다. 당국은 예비 여행자들을 통제하고자 시간을 잡아먹는 복잡한 장애물을 마련했다. (Pleskot, 2010) 학술 여행을 준비하려면 소속 대학교나 연구소를 시작으로 고등교육부, 외교부, 그리고 내무부의 여권 사무국까지 다양한 기관에서 여러 단계를 밟아야 했다. 관료주의가 낳은 장애물 경주에는 학문 관련 서류(증명서, 초대장, 언어 능력 확인서, 추천서), 대학교와 기금 지원 기관의 고용 계약서, 자리를 비우는 동안 강의 업무가 해결되었다는 휴가 승인서 같은 서류 더미가 포함되었다. 남성 학자들은 군 복무를 마쳤다는 증명서도 제출해야 했다. (당시 폴란드 남성들은 2년 동안 군에 복무해야 했다. 다만 대학원생은 예외로 2~6개월만 복무했다.) 마지막으로, 출국에 앞서 당의 승인을 받아야 했다. 정치적으로 믿을 만하다고 상급자가 보증하는 서류도 있어야 했다. 이 기나긴 서류 더미 절차의 첫 단계는 초대 기관의 초대장과 지원 약속이었다. 소속 대학에서 모든 서류를 인정받으면 서류철 전체를 고등교육부에 보내 승인을 요청했다. 그다음에는 바르샤바대학교 당 위원회와 중앙당 위원회에서 승인을 받아야 했다. 당 학술 위원회는 직무와 관련해 해외여행 권한이 있는 사람들의 명단을 관리했다. 이 두툼한 서류철이 정리되면, 내무부 1과(정보과)에 보내 승인을 요청했다. 그 시절에 폴란드에서는 여권이 귀중한 문서였고, 집에 보관할 수도 없었다. 학자들은 학술 기관용인 직업 여권, 그리고 절차가 훨씬 간단하고 여행이나 단기 학술 출장에 사용하는 개인 여권 중 하나를 사용했다. 평소에는 여권을 특별 사무소에 맡겼다가, 해외로 여행하거나 일하러 간다는 초대장이 있을 때만 받았고, 귀국 뒤에는 다시 관계 당국에 돌려줬다.[4] 내무부 관료들은 출국했다가 귀국하는 학자들과 접촉하는 이점을 활용해, 첩보 기관에 협력하겠다는 서약을 요구했다. (Pleskot, 2010) 해외에 머물 동안 기록을 남겼다가, 귀국한 뒤 최종 보고서를 작성해 제출하라는 요구였다. 이 관료주의를 헤쳐가는 각 단계에서 지원자는 거듭거듭 신원을 확인받았다. 전체 과정을 마치기까지 여러 달이 걸리기 일쑤라, 늘어지는 심사 절차 탓에 학회나 초대 기한을 놓치는 사람이 수두룩했다. 국가기억원 역사가 파트리크 플레스코트에 따르면, 대학과 당국의 모든 요구 조건을 맞추기가 거의 불가능해 절차를 무시하는 학자가 흔했다.

1957년에 포드 재단의 연구 기금을 받은 사회학자 세 명 가운데, 바우만은 영국으로, 비톨트 작셰프스키와 스테판 노바코프스키는 미국으로 갔다. (Kilias, 2017, 82~83) 작셰프스키와 노바코프스키는 둘 다 바우만보다 나이가 많고, 교수 임용 자격이 있었다. 흥미롭게도, 세 사람 모두 호흐펠트와 인연이 있었다. 작셰프스키는 호흐펠트가 지도한 히르쇼비치의 박사 학위 논문을 검토했고, 노바코프스키는 호흐펠트의 학과 소속이었다. 이런 관계는 당시 사회학계에서 호흐펠트의 위상이 강력했다는 것을 가리킨다. 폴 F. 라자스펠드Paul F. Lazarsfeld의 책 『사회 연구의 언어The

Language of Social Research』에 제시된 대로, 호흐펠트는 미국의 연구 방법론을 긍정적으로 검토해 미국의 '부르주아' 사회학을 폴란드 학계에 받아들이는 데 앞장섰다. Sułek(2011, 124) 행정 당국은 아마 호흐펠트를 진보적이나 믿을 만한 마르크스주의자로, 사회학에서 1956년 10월의 변화를 고스란히 보여주는 학자로 봤을 것이다. 그러니 스승의 국제적 위상으로 보면, 바우만이 초기 학술 연수 후보 중 한 명이었던 것도 놀랍지 않다. 호흐펠트는 해외, 특히 2차 세계대전 때 활동했던 런던과 1930년대 후반에 공부했던 파리의 많은 학자와 교류했다. 호흐펠트가 국제적으로 활동한 경력이 있었으므로, 제자들도 비슷한 방향으로 움직였다. 바우만은 연구 분야가 노동당이었고 영어[5]를 할 줄 알았으므로, 영국을 선택하기가 어렵지 않았다.

폴란드는 자국 학자들에게 서구에 영향받을 문을 열어준 한편, 서구의 객원 연구원들도 초대했다. 1957년에 폴란드 국제문제연구소 소장으로 지명된 호흐펠트가 몇몇 해외 학자들을 초대했다. 그중 한 명이 컬럼비아대학교의 찰스 라이트 밀스Charles Wright Mills다. 호흐펠트는 밀스의 책 『파워 엘리트*The Power Elite*』 가운데 90쪽 분량인 한 장을 국제문제연구소에서 출간하도록 주선했다. (Wincławski, 2006, 228) 이 출간으로 폴란드 독자들이 밀스의 연구에 접근할 수 있어, 지식 협력의 시발점이 되었다. 밀스의 책들이 폴란드어로 번역될 때 호흐펠트가 서문도 썼지만, 1957년 뒤로 호흐펠트의 글이 검열을 받은 탓에 세상에 나오지는 못했다.

밀스와 호흐펠트는 비판적으로 정치에 참여하는 사회주의자였을뿐더러 자신의 학술 환경에서 '주변인'인 처지라는 연결 고리를 바탕으로 끈끈한 우애를 쌓았다. (Hochfeld, 1982, 391) 밀스가 1957년 7월에 바르샤바에서 강연했을 때 바우만도 참석했을 것이다. 서로 얼굴을 맞댈 일은 드물었지만, 두 사람은 깊은 지식을 교환한 것으로 보이는 서신을 주고받으며 우정을 유지했다.[6] 런던정치경제대학교의 랄프 밀리반드Ralph Miliband도 밀스와 함께 바르샤바에 왔고, 나중에 바우만과 가까운 친구가 되었다. (Kilias, 2017, 56)

사회주의자이자 사회학자이자 현실 참여 학자인 이 서구 방문객들은 폴란드가 사회주의 사상을 어떻게 구현하는지 궁금하게 여겼다. 폴란드를 방문해 폴란드 지식인들과 교류한 것이 이들의 정치 활동에 자극을 불어넣었다고 해도 과언이 아니다. 밀스와 밀리반드는 미국과 영국의 초기 '신좌파'를 구성한 핵심 인물이었다. 신좌파운동은 흐루쇼프의 비밀 연설과 헝가리 혁명[7]의 좌초로 소련 공산주의에 실망한 데서 비롯했다. 서구의 좌파는 여전히 소련을 지지하는 무리, 그리고 관료주의와 권위주의의 덫에서 벗어난 새로운 좌파를 만들려는 무리로 나뉘었다. 밀리반드와 밀스의 끈끈한 우정은 이 무렵에 시작되었다. 그리고 1962년에 밀리반드가 밀스의 부고 기사에 쓴 대로, 폴란드 방문은 두 사람에게 매우 중요한 기회였다. "아담 샤프가 폴란드의 공인 철학자로, 레셰크 코와코프스키가 가장 예리한 신진 '수정주의자'로 서 있는 모습은 완전한 답을 찾지 못했고 찾을 수도 없는 방정식의 양변을 보여줬다."[8] 밀리반드가 폴란드에서 만난 마르크스주의 지식인들의 성향은 한쪽 끝에 카리스마 넘치는 수정주의자 코와코프스키가, 다른 쪽 끝에 서구가 소련 기관원과 비슷하다고 생각한 동유럽 공산주의자의 모습에 일치하는 샤프가 있었다. 호흐펠트의 위치는 그 사이 어딘가였다.

신좌파운동을 구축하는 데 깊이 참여한 밀스와 밀리반드는 사회주의 국가를 건설하고 있는 폴란드의 실수를 반면교사로 삼고자 했다. 양쪽 학자들은 틀림없이 호흐펠트파와 함께 '열린 마르크스주의'를 의논했을 것이다. 8장에서 다뤘듯이 열린 마르크스주의는 폴란드의 사회학자이자 철학자 카지미에시 켈레스-크라우스가 만든 용어로, 2차 세계대전 뒤 호흐펠트가 널리 알려졌다. 호흐펠트파는 정통에 얽매이지 않고 스탈린주의에서 벗어난 마르크스주의를 제안했다. 열린 마르크스주의의 개방성은 반실증주의(변증법) 방법론을 실행하고 원래의 마르크스주의 개념 안에 응용과 역사를 포함했다. 폴란드에서는 결정론에서 벗어난 이 사조를 '인간의 얼굴을 한 마르크스주의', '인본주의적 마르크스주의'라고 불렀다. 폴란드를 방문한 신좌파의 아버지들은 마르크스주의가 새로 제시하는 이 비전에 큰 흥미를 느꼈다. 이들은 1956년 10월 해빙과 그에 따른 변화, 앞으로 기대하거나 예상하는 일들도 이야기를 나눴을 것이다. 밀스와 밀리반드가 그랬듯, 호흐펠트파 회원들도 폴란드의 사회주의를 비판했고 자신이 사는 세계를 개선하고 싶은 바람이 컸다. 서로 다른 두 세계에 속했지만, 이 지식 교류에 참여한 사람들은 행동하는 지식인으로서 공통점이 많았다.

찰스 라이트 밀스는 다채로운 인물이었다.[9] 어떤 마르크스주의 계파에도 속하지 않은 채 관습에 얽매이지 않고 자본주의를 비판하고 분석했다. 사회주의 사상을 지지한 급진파로서 공공사회학을 실천해 대중 매체에 출연했고, 학술 연구와 사회 참여로 기존 체제를 개선하고자 했다. 밀스는 더 나은 사회를 만들기를 꿈꿨다. 폴란드를 방문하기 한 해 전 정교수로 승진했고, 이듬해에 풀브라이트 기금으로 덴마크에서 안식년을 보낸 덕분에 유럽 곳곳을 돌아볼 수 있었다. 그리고 1957년 4월에 열린 한 강연에서 런던정치경제대학교 학생회 회원이던 밀리반드를 소개받았다.

바우만보다 한 해 앞서 1924년에 태어난 밀리반드는 삶의 궤적에 바우만과 비슷한 구석이 있었다. 언론인 타리크 알리는 2015년에 《가디언》에서 밀리반드를 가리켜, "러시아 혁명과 2차 세계대전이 빚어낸 사회주의자 세대, 거의 백 년 동안 좌파 정치를 쥐락펴락한 세대에 속했다."[10]라고 적었다. 밀리반드도 생애 초기에는 바우만과 같은 폴란드 시민이었다.[11] 브뤼셀에서 태어났지만, 부모가 벨기에에 이민한 유대계 폴란드인이었기 때문이다. 아버지가 BUND[12] 회원이라, 가정환경에 사회주의 사상이 깔려 있었다. 집에서는 이디시어를 썼고, 바우만과 마찬가지로 2차 세계대전이 터지기 1년 전에 하쇼메르 하짜이르에 가입했다. 밀리반드는 나치 점령을 피해 부모와 함께 영국에 이민했다. 영국에서 공부하는 동안에도 반유대주의에 시달렸지만, 런던정경대에 입학해 스승인 역사가이자 사회학자 해럴드 조지프 래스키Harold Joseph Laski 가까이에서 연구했다. 2차 세계대전 때는 바우만과 마찬가지로 군에 복무했다. 영국 해군의 벨기에 분대 소속 중사로 나치에 맞서 싸웠고, 정보부대에서 일하며 연합군의 노르망디 상륙과 툴롱 상륙을 지원했다. 1946년에 다시 학교로 돌아갔고, 이듬해에 박사 과정에 등록해 프랑스 혁명을 주제로 논문을 썼다. 연구와 더불어 미국 시카고에 있는 루스벨트대학교에서 강의했고, 그다음에는 런던정경대에서 바우만과 같은 해인 1956년에 박사 학위를 마쳤다. 이 모든 공통점을 바탕으로, 10여 년 뒤 바우만이 리즈대학교 교수진에 합류했을 때 두 사람은 오랫동안 우정을 쌓는다.

바우만이 객원 연구원으로 연구한 주제가 영국 노동당이었으니, 런던정경대는 더할 나위 없이 탁월한 연구 장소였다. 바우만을 지도하기로 동의한 로버트 매켄지Robert McKenzie도 그 분야의 전문가였다. 1917년에 캐나다에서 태어난 매켄지는 1955년에 『영국의 정당들 — 보수당과 노동당의 권력 배분British Political Parties: The Distribution of Power Within the Conservative and Labour Parties』을 펴냈다.

그런데 바우만의 집안 상황이 해외에서 1년을 보낼 전망을 어둡게 했다. 쌍둥이가 이제 겨우 한 살 반이었다. 하지만 바우만도 야니나도 객원 연구원 자리가 천금 같은 기회라는 것을 알았다. 야니나는 이렇게 회고했다.

안 된다고 말하면 완전히 미친 짓이었을 것이다. 하지만 받아들이는 것도 완전히 미친 짓으로 보였다. 객원 연구원 자리를 받아들인다는 것은 1년 동안 집을 떠나 있어야 한다는 뜻이었다. 바우만도 나도 그렇게 오랫동안 떨어져 지내는 삶을 견딜 수 있을지, 또 우리 둘이 감당하기에도 이미 버거운 짐을 나 혼자 어떻게 감당할지 상상이 되지 않았다. 하지만 의논할 시간이 거의 없었다. 한 주를 넘기지 않고 결단을 내렸다. 콘라트가 런던에 가기로. (J. Bauman, 1988, 131~132)

그리하여 관료주의가 쌓아놓은 여러 장애물을 통과하는 과정을 시작했는데, 용케도 크게 지연되지 않고 무사히 통과했다. 당국이 보기에는 바우만이 여전히 현역 예비군이고 폴란드 첩보 기관에서 복무한 경력이 있으니, 오랫동안 해외에 파견하면 서구 기관에 노출될지 모른다는 우려가 생겼을 것이다. 그러니 바우만은 보나 마나 해외에서 어떻게 행동해야 하는지를 교육받았을 테고, 더 나아가 어떻게 정보를 수집해야 하는지도 교육받았을지 모른다. 사회학자 이고르 체르네츠키가 포드 재단 장학금을 받은 폴란드인을 연구한 논문에 따르면, 폴란드 정권이 가장 많이 관심을 쏟은 염탐 대상은 해외에 사는 자국민이었다. (Czernecki, 2013, 298) 2차 세계대전 뒤로 런던은 폴란드의 공산 정권에 반대하는 정치 세력의 중심지였고, 폴란드 망명정부에 계속 보금자리를 제공했다. 바우만이 영국에 있던 폴란드 망명자들과 접촉하기에 더할 나위 없이 좋은 상황이었다. 그러나 나는 바우만이 런던에 머무는 동안 폴란드 첩보 기관에 이들의 동향을 보고했다는 증거를 하나도 찾지 못했다. 야니나의 책에 따르면, 바우만에게는 런던에서 보내는 시간이 홀로 치열하게 학문 활동에 매진하는 시기였다.

런던정치경제대학교의 객원 연구원

1957년 10월, 바우만은 런던으로 떠났다. 당시 야니나의 어머니 알리나가 둘째 딸 조피아가 사는 이스라엘로 이주하려던 참이었는데, 바우만이 집을 비우는 동안 야니나를 돕고자 출발을 미루고 부부의 작은 아파트로 들어왔다. 지그문트와 야니나는 이때 1년 동안 떨어져 살았다고 회고했지만,[13] 포드 재단의 문서에 따르면 아홉 달이었다. (Kilias, 2016, 83) 바우만이 기억하기로, 영국문화원이 관리한[14] 바우만의 급여는 한 달에 약 30파운드(2021년 한화 가치 약 96만 원)로 얄팍했다.[15] 2010년에 토마시 크바시니에프스키와 나눈 인터뷰에서 바우만은 "허리띠를 바싹 졸라매야 했습니다. 물론 파운드가 오늘날보다 더 값이 나가기는 했지만, 그 돈으로 살기가 쉽지 않았거든요."라고 말했다.[16] 연구 기금 계약을 맺은 박사 후 연구원의 생활은 좀체 안락하기 어려웠다. 돈도 모자라고 외로웠다. 게다가 지도교수와 동료의 기대, 그리고 지식을 익히고 키우고 풍요롭게 완성할 풍부한 기회 속에 스스로 세운 기대가 바우만을 짓눌렀다. 바우만에게 박사 후 연구원 과정은 잊지 못할 독특한 경험이었을 것이다.[17]

런던에 도착해 바우만이 처음 느낀 것은 자신의 영어 실력이 형편없다는 낙담이었다. 야니나에 따르면 "폴란드에서는 괜찮다고 여겼던 콘라트의 영어 실력이 런던에서는 끝없는 골칫거리였다." (J. Bauman, 1988, 132) 언어 문제는 아주 흔한 푸념으로, 누구나 적응 기간이 필요한 문제다. 바우만에게는 가족과 떨어져 지내는 외로움과 힘겨운 생활 조건이 더 견디기 어려웠다. "첫 편지 몇 통에서 … 콘라트는 침울했다. 끔찍하게 외로워했다. 숙소로 마련한 지하 방은 춥고 어둡고 축축했다. 한 달 수당 38.5파운드 가운데 11파운드를 방세로 냈다. 돈을 아끼려고 치즈와 손수

만든 엉성한 클루스키[*]로 끼니를 때웠다." (J. Bauman, 1988, 132)

2010년에 《가제타 비보르차》의 크바시니에프스키와 나눈 인터뷰에서 바우만은 "찢어지게 가난했습니다."라고 말했다. 베이컨을 살 돈이 없었는데, 마침 정육점에서 베이컨 부스러기를 개 사료로 쓰는 것을 보고 베이컨의 4분의 1 값에 사들였다. "다른 베이컨과 다를 바가 없었습니다. 영양가도 높고 맛도 똑같았어요. 그래서 열 달 동안 베이컨 부스러기로 살았지요. 그걸 클루스키와 함께 먹었어요."[18] 그런 상황에서도 젊은 학자들은 연구에서 활기를 얻었다. 저명한 대학에서 연구하는 것을 행운으로 여겼다. 바우만도 그해 대부분을 도서관에 틀어박혀 보냈다.

런던정경대 도서관은 바르샤바의 도서관들과 사뭇 달랐다. 바르샤바의 도서관들은 2차 세계대전으로 어마어마한 피해를 본 데다, 1945년 뒤로 열악한 경제 상황 탓에 전쟁 때 소실한 책들을 복구하지 못했다. 게다가 정치 상황 탓에 '부르주아' 출판물이나 반혁명 출판물로 판정받은 저작물이 엄청나게 많이 빠져 있었다. 런던정경대 도서관은 어마어마하게 컸고, 기록물 보관소에 노동운동의 역사와 관련한 책을 많이 소장했다. 그런데 책만큼이나 중요하고 무엇으로도 대체할 수 없는 요소는 '학술 토론'으로 연구의 길잡이가 되어준 교수와 동료들이었다. 바우만은 랄프 밀리반드와 우정을 쌓기 시작했고, 마이클 오크숏Michael Oakeshott, 데이비드 글라스David Glass, 리처드 M. 티트머스Richard M. Titmuss, 모리스 긴즈버그 Morris Ginsberg의 강연을 들었고(Tester, 2001), 믿기지 않는 진전을 이뤘다. 바우만은 정말로 "알맞은 때에 알맞은 곳에" 있었다.

바우만의 생활은 오늘날 박사 후 연구원들이 흔히 하는 말대로 "먹고, 자고, 박사 후 연구"[19]였다. 육아, 식사 준비, 청소, 강의, 시험지 채점, 당

---

[*] 소를 넣지 않는 폴란드식 만두. 국수를 가리킬 때도 있다.

모임, 행정 업무에서 모두 벗어난 덕분에, 시간을 온통 연구에 쏟아부었다. 언제나 잠깐 눈만 붙이고 일어나 하루에 열여덟 시간을 연구에 몰두했다. 수강 일정은 느슨했다. 1958년 7월 14일에 작성된 런던정경대 대학원 문서에 따르면 바우만은 사회의 계층, 운동, 엘리트를 연구했고, "영국 노동운동의 역사를 사회학적으로 분석하려 했다."[20] 연구 환경이 성공을 가르는 중요 요소인 대형 연구에 참여한 학자라면 누구나 그런 수강 일정을 꿈꿀 것이다. 그러니 바우만이 야니나에게 자신의 연구가 "무척 순조롭고 빠르게 진행되고 있다."[21]라고 알린 것도 놀랍지 않다. (J. Bauman, 1988, 132)

런던에 도착한 지 한 달 뒤, 바우만은 어느 노동자 가정에서 더 싸고 좋은 다락방을 빌렸다. "환한 꽃무늬 벽지, 오래된 침대 위로 낮게 내려오는 경사진 천장. 작은 후원이 내려다보이는 자그마한 창문, 나무로 테두리를 친 가스난로, 그 앞에 놓인 낡은 안락의자. … 생각지 못한 유일한 어려움은 난로를 켜지 않으면 뼈가 시려오는 추위였다." (J. Bauman, 1988, 135~136) 11월 말, 바우만은 편지에서 야니나가 런던을 방문해도 될 만큼 돈을 모았다고 알렸다. 3월에 성사된 야니나의 런던 여행은 11년 전 군의 소집령 탓에 어그러진 신혼여행을 대신하는 달콤한 기회가 되었다. 런던에 도착한 야니나는 무척 행복했지만, 지그문트의 모습에 조금 충격을 받았다. "합성섬유 재킷을 걸친 콘라트가 튤립 다발을 들고 서 있었다. 핼쑥하고 깡마른 모습에 나도 모르게 눈물이 났다. 콘라트는 그동안 내 여행비를 마련하려고 거의 굶다시피 했었다." (J. Bauman, 1988, 135) 50년이 더 지난 뒤 어느 인터뷰에서 바우만은 이렇게 회고했다.

잿빛이던 바르샤바에서 온 야시아[야니나의 애칭]는 리버풀 [스트리트] 역에 내려 마주한 다채로운 세상에 당황했습니다. 스타킹을 사야 했는데, 막상 사려고 보니 어찌할 바를 몰랐어요. 바르샤바에서 스타킹을 살 때는 "이 크기 있어요?"라고만 물어보면 됐습니다. 맞는 크기가 있으면 두 켤레를 샀지요. 색이나 무늬는 생각지도 않았습니다. 하지만 여기 런던에서는 커다란 판매대 위에 수십, 수백 가지 스타킹이 놓여 있었어요. 그러니 무슨 수로 고르겠습니까?[22]

"철의 장막 뒤에 살다가" 서구에 처음 발을 디딘 방문자들의 눈에는 "주변의 모든 것이 떠들썩하고 화려하고 풍요로웠다." (J. Bauman, 1988, 135)

두 사람은 시간을 허비하지 않고 부지런히 돌아다녔다. 박물관과 음악회에 가고, 영화를 보고, 펍과 클럽에 가고, 런던 주변을 버스나 지하철로 또는 걸어서 여행했다. 야니나는 런던 지하철을 "지옥의 오르페우스"(J. Bauman, 2011, 111)에 빗댔다. 런던정경대 동료의 집에서 열린 밤샘 파티에도 참석했다. 이 모든 경험은 두 사람이 바르샤바에서 알던 삶과 사뭇 달랐다. 말할 것도 없이, 한 달이 눈 깜짝할 새 지나갔다. 4월 중순에 폴란드로 귀국할 때, 야니나는 지그문트뿐 아니라 "다른 몇 가지"도 가져갔으면 좋겠다고 적었다. "세탁기, 소비자 마음대로 상품을 고를 수 있는 상점, 영국국립미술관, 표현의 자유, 그리고 신뢰. … 그렇다, 신뢰. 이 나라에서는 도둑질하거나 사기를 치지 않는 한, 사람을 도둑이나 사기꾼으로 보지 않는다. 폴란드에 돌아가면 그렇지 않아 힘들 것이다." (J. Bauman, 1988, 140~141)

이 말은 폴란드인의 삶에 어떤 요소가 모자랐는지를 아주 간단명료하게 보여준다. 표현의 자유와 신뢰. 그 뒤로 지그문트와 야니나가 폴란드에서 보낸 10년은 불신과 검열이라는 두 축을 따라 펼쳐졌다. 말하거나 발표해도 끔찍한 결과가 생기지 않는 것들이 끊임없이 변했다. 그리고 끝없이 이어지는 물음이 있었다. 누가 믿어도 괜찮은 사람인가?

교수 임용 자격 취득과 부교수

1958년 여름, 연구를 마친 바우만은 런던을 떠났다. 지도교수였던 매켄지는 영국문화원에 보낸 편지에서 "엄격한 마르크스주의자이기는 해도" 바우만과 함께 연구한 것이 "학계에서 손꼽히게 보람찬 경험"이었다고 적었다.[23] 런던의 학자들은 바우만을 엄격한 마르크스주의자로 봤지만, 폴란드에서는 이미 바우만을 '수정주의파'로 보았다. 1956년 11월에 마르크스주의 지식인을 보는 샤프의 견해를 공개 비판한 뒤로, 바우만이 다른 사회주의 흐름이나 접근법에 여느 사회학자보다 훨씬 더 유연하게 열려 있다는 것을 아무도 의심하지 않았다. 바우만이 영국에서 수행한 연구는 박사 학위를 받은 지 겨우 3년 만에 교수 임용 자격을 얻는 근거가 되었다. 바우만이 학자, 강사, 언론 편집자로도 활동한 사실을 고려하면, 학계에서 보기 드물게 빠른 성장이었다.

폴란드 법률에서는 교수 임용 자격을 얻으려면 독립된 학자의 역량, 즉 박사 과정 학생들을 지도하고 독창적 연구를 수행할 줄 아는 교수가 될지를 여러 단계에 걸쳐 검증받아야 했다. 인문학과 사회과학 분야에서는 출간 저서가 후보자의 성과를 검토하는 근거였다.[24] 이 절차는 서유럽 대다수 국가와 영국, 미국에서 시행하는 박사 학위 심사와 비슷한 점이 많아, 예컨대 심사위원과 여러 행정 절차를 소속 학과 평의회가 결정한다. 1960년대에 교수 임용 자격 심사는 책 내용 심사, 공개 강의, 강의 후 질의로 구성되었다. 특히 폴란드에서는 학부 평의회가 투표로 심사 결과를 정한 뒤 고등교육부 산하 위원회가 최종 결정을 내렸다. 절차가 이렇게 오래 걸리다 보니 학계에서 불만이 많았고, 그래서 툭하면 규정이 바뀌었다.[25] 바우만이 교수 임용 자격 심사를 치르기 얼마 전에도 새로운 규정이 도입되는 바람에 심사 절차를 잠시 멈춰야 했다. 1959년 3월 15

일, 호흐펠트가 바우만의 교수 임용 자격 심사를 시작하겠다는 서한을 보냈다.[26] 바우만의 지도교수이자 학과장이었던 호흐펠트는 자신의 제자가 런던에서 돌아온 지 채 1년이 되지 않아 영국 노동당을 다룬 책을 마무리했다고 언급했다. 또 다른 문서에서는 1959~1960학년에 바우만을 부교수직*에 임명해 '부교수 직무'를 맡겨야 한다고 강력히 요청했다. 부교수 직함을 다는 것과 부교수 직무를 맡는 것은 달랐지만, 둘 다 교수 임용 자격이 있어야 했다.

바우만의 책 『계급, 운동, 엘리트─영국 노동운동사의 사회학적 연구 *Klasa. Ruch. Elita. Studium socjologiczne dziejów angielskiego Ruchu Robotniczego*』는 1960년에 국립 폴란드학술출판사(PWN)에서 출간되었다. 철학부 평의회는 이 책의 학문적 가치를 평가할 위원 세 명으로 호흐펠트, 경제학과의 에드바르트 리핀스키, 그리고 야기엘론대학교의 콘스탄티 그지보프스키를 선정했다. 1960년 5월 31일, 철학부 평의회 위원 서른세 명이 평가 위원들의 의견을 들었다. 몇 가지 비판도 있었지만, 세 사람 모두 바우만의 연구가 독창적이고, 방법론이 탄탄하고, 학문적으로 의미 있고, 많은 문헌에 근거한다고 평가했다. 투표에 참여한 평의회 위원 열아홉 명이 모두 바우만의 책이 교수 임용 자격의 근거가 된다고 인정해, 심사가 다음 단계로 넘어갈 수 있었다. 게다가 열아홉 명 중 열여덟 명이 강의를 심사할 필요가 없다고 평가했다. 고등교육부 장관에게 보낸 보고서에서, 철학부 평의회는 바우만이 출판물 47편을 펴냈다고 언급했다. 학술 논문이 10편, 평론이 21편, 중요한 시론과 소책자가 16편이었다. 숫자도 많았을뿐더러, 짧은 기간에 이런 성과를 올렸다는 점이 특히 놀라웠다. 위원회는

---

* Docent. 폴란드 인민공화국 시절 docent는 조교수와 부교수 사이에 해당하는 직함으로, 교수 임용 자격이 있어야 했다. 여기서는 부교수로 옮긴다.

"후보자가 부교수에 오를 모든 자격을 갖췄다."[27]라고 결론지었다.

다음 단계인 장관 결재는 8월에 나왔고, 고등교육부 산하 고위 평의회도 철학부 평의회의 결정을 확정했다. 해외에서 휴가 중이던 심사위원 얀 슈체판스키 교수는 9월 28일에 고등교육부에 보낸 편지에 바우만이 독자적이고 원숙한 "학문 연구자"가 틀림없다고 확인했다.

서른다섯 살 생일을 나흘 앞둔 1960년 11월 15일, 바우만은 부교수 직함을 확정받았다. 그리고 9일 뒤 고등교육부가 최종 승인 문서를 결재함으로써 이 오랜 절차가 마무리되었다. 하지만 완전한 끝은 아니었다. 실제로 부교수가 되려면 몇 단계를 더 거쳐야 했다. 출판물 목록[28]을 제출하는 것도 그 가운데 하나였다. 이 목록은 바우만이 놀랍도록 활발하게 지식 활동을 벌였다는 것을 증명했다. 1960년 한 해에만도 『계급, 운동, 엘리트』 출간과 더불어 학술지 《철학 연구》에 「노동자 — 고정관념의 역사」, 「사회과학의 가치」, 그리고 밀스의 『사회학적 상상력』(돌베개, 2004)을 긍정적으로 논평한 「사회학적 상상력과 사회학적 현실」까지 논문 세 편을 발표했다.[29] 학계와 상관없는 출판물로는 짧은 책인 『경력 — 사회학 개요 네 가지』[30]와 논문 「학문과 이념」, 「일상 사회학의 개요 열 가지」, 《인민 사전》에 실은 용어 12개, 책 논평 33편을 포함했다. 이 밖에도 강의 목록에 변증법적·역사적 유물론(1953~1955), 마르크스주의 철학(1956~1957), 사회학과 정당(1959~1960), 그리고 사회학의 방법론, 정치 관계 사회학, 노동운동의 사회학과 관련한 강의가 있었다.[31] 1961년 2월 25일, 바우만은 마침내 호흐펠트의 학과에서 '사회학과 정치 관계' 담당 교수가 되었다.

세 사람 몫을 하는 학자

1960년대에 폴란드 학계에서 부교수 다음으로 경력을 쌓는 단계는 '정교수profesor uczelni'와 '정부 공인 교수profesor'였다. 이 수준까지 오르려면 엄청난 학술 성과를 올려야 했는데, 여기서도 바우만은 화려한 이력을 자랑한다. 학자 세 사람 몫을 한꺼번에 해냈기 때문이다. 물론 세 학술 기관에서 일하는 동안 나온 성과였다. 바르샤바대학교는 든든한 기반이 되는 학술 기관이었다. 많은 영역에서 폴란드의 명문 대학인 데다, 쟁쟁한 철학부가 르부프-바르샤바 학파로 이름을 떨쳤으므로 강의와 연구 활동을 펼칠 환경이 더할 나위 없이 좋았다. 바우만은 사회학 학술지《사회학 연구Studia Socjologiczne》의 편집자이자, 폴란드학술원 산하 연구소의 연구원이기도 했다. 바우만이 몸담은 또 다른 학술 기관은 폴란드연합노동자당 중앙위원회 산하 사회과학고등교육원이었다. 정치색을 띠기는 했어도, 사회과학고등교육원은 당내에서 진행하는 연구 과제를 들여다볼 기회와 박사 과정 학생들을 지도할 편리한 틀을 제공했다. 바우만은 시간 관리와 업무 기강에서 놀라운 능력을 보여, 세 일자리에 잘 대처했다.

런던에서 돌아온 뒤인 1958년, 당 산하 사회과학고등교육원이 바우만을 사회연구 분과장으로 지명했다. 1965년 6월 30일 작성한 이력서[32]에 바우만은 사회과학고등교육원에서 당 생활의 다양한 문제점을 연구했다고 적었다. 바우만은 그 자리에서 폴란드노동자당 엘리트와 청년 당원들을 살펴보는 연구를 수행하고 싶었지만, 호흐펠트가 강조하는 실증 연구를 당 지도부가 그리 오랫동안 두고 보지 않았다. 사회주의에서는 사회 과정을 미리 계획하고 준비했다. 달리 말해 사회를 움직이는 장치를 마르크스주의의 청사진에 따라 설계하니, 굳이 따로 연구할 이유가 없었다. 1956년 해빙으로 학문에 접근하는 방식이 바뀌리라는 희망이 커졌지만, 끝내는 덧없는 희망으로 드러났다. 1959년 3월 개최된 제3차 당 대회에서, 3년 전 변화의 상징으로 이름을 높였던 브와디스와프 고무우카가 문화 정책의 목적은 마르크스-레닌주의의 승리이니 모든 철학, 사회학, 경제학 강의를 마르크스주의에 따라 진행해야 한다고 선언했다. 메시지는 분명했다. '부르주아 사회학도, 실증 연구도, 비판적 분석도 수행하지 말라.' 그래도 고무우카의 연설과 달리, 당 고위층에서 사회과학의 발전 방향에 동의하지 않는 사람들이 있었다. 바우만도 1956년의 개혁 방향이 꺾이지 않도록 저술 활동과 당 활동에 나섰다.

안제이 베르블란은 인터뷰에서 내게 "바우만은 우리의 저명한 사회학자 중 한 명이었습니다."라고 말했다. 여기서 '우리'란 당을 가리켰다. 베르블란은 중앙위원회 학술분과를 이끌었으므로, 1960년부터 중앙위원회의 사회학자 자문단을 이끈 바우만을 꾸준히 만났다. 당에서 강력한 전문가 지위에 오른 바우만은 자신이 체제를 바로잡는 데 도움이 되리라는 희망 또는 환상을 품었다. 호호펠트와 마찬가지로, 바우만도 폴란드의 사회주의가 더 '인간'의 얼굴을 보이도록, 다른 사상에 열려 있도록 하고자 애썼다. 또 당 소속인 신뢰받는 지식인이었으므로, '부르주아 금서'에 접근하고 해외를 여행하는 특권도 누렸다.

하지만 1958년 후반 들어, 바우만이 당원들을 대상으로 진행한 사회학 연구를 당이 출간하지 못하게 할 것이 분명해졌다. 당원들이 주로 잇속을 차리고자 당에 가입했다는 결과가 나왔기 때문이다. 바우만의 연구에 따르면 마르크스주의 이념은 허울 좋은 핑계일 뿐, 당에 가입하는 실제 목적은 지도부 자리, 임금 향상, 여러 물질적 혜택에 접근할 기회를 높이는 것이었다. 예지 샤츠키에 따르면, 이 연구를 놓고 다툼이, 적어도 낯을 붉히는 토론이 오갔다고 한다. 호호펠트의 연구 정신을 이어받은 연구는 따가운 눈초리를 받았다. "연구에서 설문 조사를 진행할 계획이었지만, 어느 지점에서 윗선이 연구를 멈춰 세웠습니다. 어떤 단계였는지는 모릅니다. 설문지를 검토하는 단계였거나 그 뒤였을 거예요. 하지만 내가 보기에 그 연구는 좋은 생각이 아니었어요. [위험한 주제였다는 뜻이다.]" 갖은 애를 썼지만 끝내 연구 결과를 발표하지 못하자, 바우만은 자유롭게 연구하기 어렵다는 이유로 1964년에 폴란드연합노동자당 사회과학고등교육원을 떠났다.

학생들을 가르치고 지도하다

바르샤바대학교에서 바우만이 교육자와 지도교수로서 어떻게 활동했는지는 파악하기가 무척 어렵다. 50년도 더 지난 일인 데다, 1969년에 축출된 뒤로 사회주의 국가의 방식에 따라 기록에서 이름이 지워졌고 사람들이 바우만을 입에 올리지 않았기 때문이다. 바르샤바대학교에는 바우만과 관련한 집단 기억이 그리 많지 않지만,[33] 바우만에게 배운 몇몇 사람에게서 정보를 얻을 수 있었다. 유명한 반체제 인사이자 문학사학자이자 문예지《문학 노트_Zeszyty Literackie_》를 만든 바르바라 토룬치크_Barbara Toruńczyk_[34]는 이렇게 회고했다. "바우만은 대단히 뛰어난 강연자였어요. 날렵하고 품위 있는 검은색 옷차림으로 오소프스키홀 연단에 앉아 있는 모습이 늘 연단 뒤쪽에 드리워진 새빨간 벨벳 커튼과 대조를 이뤄 조금은 악마처럼 보였죠. 몸짓도 멋져서, 생기가 넘치면서도 우아했고요."

또 다른 학생은 바우만이 속사포처럼 빠르게 말하고 몹시 어려운 표현을 사용해, 학생들이 강의를 따라잡지 못했다고 주장했다. 빠른 말로 2~3분만 강의해도 학생들이 당황해 쩔쩔맨 탓에, 바우만이 말을 멈추고 이해했는지 묻곤 했다. 몇몇 용기 있는 학생들이 조심스럽게 "별로요."라고 말하면, 바우만이 웃음을 터트리고 다시 이해하기 쉽도록 명확하게 설명했다. 바우만이 사용한 사회학 언어는 이해하기가 어려웠다. 1964년 5월 13일에 헨리크라는 학생이 첩보 기관의 후견인에게 보고한 내용에도 그런 상황이 드러난다. "바우만은 아는 것이 많고 해외 문헌에도 밝다. 아마 그래서 복잡한 용어를 쓰고 사사건건 이론을 제시하는 성향을 보여, 몹시 이해하기 어려운 강의를 하는 것 같다. 그 바람에 학생들이 불만을 토로한다."[35]

프린스턴대학교의 저명한 사회학자이자 역사학자 얀 토마시 그로스는 2016년 4월에 나눈 인터뷰에서 내게 바우만을 그리 호의적이지 않게 평가했다. "바우만한테서 시험을 하나 치러 '3+'[36]을 받았습니다. … 당시에 바우만은 마르크스주의 사회학자였습니다. 워낙 마르크스주의 사회이론에 치우쳐 수업이 까무러치게 지루했지만, 그 시험을 통과해야 했지요." 아마 과목의 특성상 강의가 지루했겠지만, 더 긍정적인 의견도 있었다. 공안이 작성한 몇몇 보고서에 따르면 1960년대 중반에 바우만이 교육자로 "인기가 높아" 사회학, 철학 전공 학생뿐 아니라 다른 학부 학생들까지 강의를 들었다. 사회학 전공이 아닌 수강생 중 한 명이 프린스턴대학교에서 슬라브어 문학을 가르치는 이레나 그루진스카-그로스다. 1968년 유대인 숙청 때 폴란드에서 쫓겨나기 전까지 프랑스 철학을 공부한 그루진스카는 프랑스 철학에 관심이 시들해지자 이따금 코와코프스키나 바우만의 강의에 참석했다. 두 사람 가운데 더 카리스마가 넘치는 쪽은 코와코프스키였다. "엄청나게 많은 사람이 코와코프스키의 강의에 참석했어요. 바우만도 인기가 있었지만, 그 정도는 아니었죠."

동료였던 바르바라 샤츠카와 예지 샤츠키에 따르면, 바우만은 강의 말고도 석·박사 과정 학생을 많이 지도했다. 이들에 따르면 바우만에게 지도받고 싶은 석사, 박사 과정 학생들이 자주 바우만을 에워쌌다. 1965년 6월 30일 기준으로 바르샤바대학교와 폴란드연합노동자당 사회과학

고등교육원[37]에서 바우만에게 박사 과정을 지도받은 학생이 열두 명으로, 이 가운데 여덟 명이 논문 심사를 마쳤고, 세 명이 심사를 받는 중이었고, 한 명이 검토를 마친 상태였다. 바우만이 박사 과정 지도를 허락받은 때는 1960년에 교수 임용 자격을 받은 뒤니, 대단한 수치다. 이들이 작성한 논문의 주제도 범위와 다양성이 대단하기는 마찬가지라 농민 활동, 이익 집단, 통치, 여론부터 여가 이론, 산업화의 사회 양상, 독일 파시즘, 마르크스주의 소외론, 미국의 현대 사회학처럼 더 폭넓은 현상까지 다뤘다.[38] 미국의 현대 사회학을 다룬 학생은 함께 호흐펠트파에 속했던 동료이자 친구 알렉산드라 야신스카-카니아였다. 바우만에게 박사 과정을 지도받은 학생의 명단[39]에는 이들이 졸업 뒤 오른 지위가 연필로 적혀 있다. 박사 학위를 마친 여덟 명 대다수가 대학교에 자리를 잡았다.

실증 연구와 출판

폴란드를 제외한 동유럽의 사회과학 분야에서는 실증 연구를 대부분 수행하지 않아, 호흐펠트파가 제약 없이 실증 연구를 수행할 수 있는 몇 안되는 공간 중 하나였다. 바우만은 폴란드 젊은이가 꿈꾸는 성공한 삶과 '진로 분야의 진화'를 집중적으로 연구했다. 1965년 6월 30일, 바우만은 정교수 승진에 대비한 학술 이력서를 작성했다.

저는 1959년부터 1963년까지 사회 지식의 사회학적 결정 요인과 사회학 이론의 구조를 연구했고, 그 결과 『사회학 개요』라는 입문서를 썼습니다. 나중에 이 입문서를 확장해 『마르크스주의 사회론 개요』라는 제목으로 출간했습니다. 연구의 또 다른 결과물은 메타 사회학 분야에서 나온 학술 논문 모음집으로, 『인간 세계의 광경』이라는 제목으로 출간했습니다.

1963년부터는 문화 이론과 문화 사회학에 집중했습니다. 이 새로운 연구 방향의 첫 결과물은 출판을 준비 중인 책『문화와 사회』가 될 것입니다. 여기에는 이론 소개, 사회 구조의 분화가 출현한 과정을 연구한 결과, 그리고 산업 문명으로 진입할 때 나타나는 사회학적 문제를 연구한 결과를 담았습니다.[40]

이 문서에서는 완료한 주요 연구만 언급했지만, 동료였던 예지 샤츠키에 따르면 바우만이 이 밖에도 여러 연구 과제에 관심을 쏟았다고 한다. "지그문트는 새로운 것에 끌렸습니다. 새로운 것이라면 모조리 뛰어들었다고 해도 과언이 아니지요. … 유행하는 것은 모두요. … 오스카르 란게Oskar Lange가 사이버네틱스와 관련한 전문 서적[41]을 쓰자, 바우만도 사이버네틱스를 주제로 글을 썼어요. 그다음에는 프랑스에서 구조주의가 유행해 클로드 레비스트로스Claude Lévi-Strauss가 구조주의를 주제로 책을 쓰자, 2년 뒤에 바우만도 구조주의를 주제로 책을 썼고요. 그다음은 당연히 포스트모더니즘이었지요. 포스트모더니즘이야말로 바우만이 찾던 주제였습니다."[42]

포스트모더니즘을 파고들기 전까지 바우만의 주요 관심사는 (1) 정치 관계 사회학, (2) 방법론 문제와 사회학의 사회학, (3) 문화 사회학이었다.[43] 이 목록은 1966년 2월에 바르샤바대학교가 바우만이 요청한 정교수 승진을 상부에 보고한 문서에 들어 있다. 스타니스와프 투르스키 총장이 서명한 문서는 바우만이 1961년부터 책 논평 16편, 긴 시론과 책 16편 총 32편을 출간했다고 언급한다. 여기에는 논문 단행본『현대 미국 사회학의 문제Z zagadnień współczesnej socjologii amerykańskiej』(1961),『현대 자본주의의 정당 제도Systemy partyjne współczesnego kapitalizmu』(1962, 시몬 호다크, 율리우시 스트로이노프스키, 야쿠프 바나슈키에비치와 공저),『인간 세계의 광경 —

사회의 발생과 사회학의 기능 연구*Wizje ludzkiego świata. Studia nad społeczną genezą i funkcją socjologii*』(1964)가 포함되었다. 『인간 세계의 광경』은 빠르게 이탈리아어, 헝가리어, 체코어, 러시아어로 번역되었다. 또 다른 공저로는 편집과 서문 작성을 맡은 『노동자―노동 소외의 문제』, 출간을 준비 중이던 『문화와 사회』가 있었다. 이 밖에도 시론 20편, 입문서 2편(체코어, 이탈리아어, 세르비아어, 헝가리어로 번역되었다), 사회학을 널리 알린 광범위한 글 5편, 언론 기고문 16편을 썼다. 투르스키 총장은 "바우만의 다양하고 광범위한 업적은 탁월한 연구 능력, 폭넓은 관심사, 높은 학문 소양, 현대의 문제를 깊이 인식하는 자질을 증명한다. 지그문트 바우만은 현재 폴란드의 사회학을 이끄는 학자 중 한 명이다."라고 적었다.

바우만은 폴란드사회학협회에서도 중요한 자리를 차지했다. 바우만이 런던에 머물던 1957년 12월에 창립된 이 단체는 한 해 전 바우만이 참여해 폴란드철학협회에 신설한 사회학 분과가 모습을 바꾼 것으로, 폴란드에서 사회학을 독립된 학문 분야로 우뚝 세우는 계기가 되었다. 바우만은 1959년부터 이 단체의 이사진이었고, 1965년에는 제3차 폴란드사회학자 대회를 마련했다.

사회학 학술지 분야에서는 1953년부터 1957년 폐간될 때까지 《철학 사상》의 편집자를 맡았고, 그 뒤로는 《사회정치 연구》 발간에 참여했다. 1957년에 호흐펠트가 창간한 이 학술지는 1968년까지 출간을 이어갔다. 하지만 바우만이 가장 중요한 역할을 맡은 학술지는 1961년에 창간된 《사회학 연구》로, 1962년 3월부터 편집장을 맡았다.[44] 《사회학 연구》는 바우만이 소속된 폴란드학술원에서 발간했으므로, 편집장은 유급직이었다.

국외 학술 출장

학술 기관, 여권사무국, 그리고 바우만의 학술 여행을 어느 정도 미심쩍게 여긴 첩보 기관들이 남긴 기록들을 조합하면 바우만의 연도별 국외여행을 재구성할 수 있다.[45] 이때는 국외 여행이 쉽지 않았고, 모든 여행을 국가가 빈틈없이 감시했다. 이름난 학자일지라도 서구 국가를 방문하기란 '우방국' 방문보다 훨씬 어려웠다. 이런 맥락에서 보면 바우만이 다른 나라를 여러 차례 여행했다는 것이 더욱 대단하다.

바우만은 1956년에 짧게 소련을 방문한 것을 시작으로, 1957년에는 영국을 두 번 방문해 한 번은 런던에서 열린 유네스코 세미나에 참여했고, 또 한 번은 포드 재단의 연구 기금으로 런던정경대에서 연구했다. 1959년 9월에는 이탈리아 스트레사에서 열린 세계사회학대회에 참석했고, 1961년에는 네 번에 걸쳐 국외 출장을 떠났다. 5월에는 소련권 철학학술지 편집자 모임 차 동독을, 8월에는 사회학 학회 참석 차 체코슬로바키아를, 10월에는 "사회 과정 연구와 관련한 협력을 구축"하고자 소련을, 그리고 같은 달에 청소년과 기술을 주제로 열린 유네스코 학회 참석차 서독을 찾았다.[46] 이곳에서 강연한 '분석 도구—성향, 가치관, 꿈'은 바우만이 관행을 따르지 않는 창의적인 사람이라는 것을 내비친다. 학자 대다수가 전문 용어를 고집했지만, 바우만은 흔한 단어를 이용해 사회학의 개념들을 설명했다. '꿈'은 개인과 집단의 많은 행동과 작용을 일으키는 원동력이지만, 연구하기가 어려운 주제였다.

공안 기록물 보관소의 기록에 따르면, 바우만은 1962년에 독일에서 열린 또 다른 철학 학술지 편집자 모임에 폴란드학술원 대표로 참석했고, 이탈리아에서 현대 폴란드 문화를 주제로 열린 세미나에 야니나와 함께 참석했다.[47] 그해 바우만과 동료들은 정부가 미국에서 열리는 국제 사회학협회 세계대회에 참석하려던 사회학자 안제이 말레프스키와 스테판 노바코프스키에게 내준 출장 승인을 철회한 조처에 항의했다.[48] 바우만은 항의의 뜻으로 그 대회에 참석하기를 거부했다. 공식적으로는 베트남 전쟁에 항의하는 뜻에서라고 둘러댔지만, 실제로는 정부의 결정에 동의하지 않은 폴란드 대표단의 다른 단원들과 연대한 행동이었다. 첩보 기관이 이 핑계를 모를 리가 없던 터라, 내부 기록에 바우만의 진짜 동기를 명확히 언급한다. 하지만 바우만이 적절한 구실을 댔으므로 꼬투리를 잡히지는 않아, 국외 학술 여행을 금지당하지는 않았다. 적어도 당분간은.

1963년에 바우만은 유네스코가 산업화의 사회적 전제 조건을 주제로 중동 키프로스에서 전문가를 모아 연 학회에 참석했다. 이듬해에는 체코슬로바키아에서 열린 학회에 고등교육부의 기금을 지원받아 바르샤바대학교 대표로 야니나와 함께 참석했다. 1964년 7월에는 계획 수립의 사회학적 측면을 다룬 국제 세미나에 참석하고자 미국을 방문했고, 이어 스위스에서 열린 제6차 국제정치학회 세계대회에 참석했다. 1965년에는 불가리아에서 다시 열린 철학 학술지 편집자 모임에 참석했고, 이어서 프라하대학교 초청으로 체코슬로바키아를 방문했다.

하지만 제약 없이 여행하는 날도 끝이 다가오고 있었다. 첫 조짐은 1965년에 맨체스터대학교에 객원교수로 초대받았을 때 승인이 지연되면서 나타났다. 여기에는 영국 노동부에서 취업 비자 발급이 지연된 것도 한몫했다.[49] 야니나가 이 무렵에 바우만이 해외여행을 중지당했다고 적었지만(J. Bauman 1988, 164), 공식적인 금지는 없었다. 실제로는 여행 권한 중지가 주로 절차가 지연되는 방식으로 서서히 나타났다. "출국 승인과 여권이 걸핏하면 출발 전날에야 나왔다." (J. Bauman 1988, 164) 국가기억원 서류철에 따르면 당국이 공식으로 학술 출장을 승인하지 않은 적은 한 번뿐으로,[50] 1965년에 유럽 정치의 문제점을 주제로 서독에서 열린 원탁회의에 참석할 예정이었을 때다. 공식 문서에 따르면, 고등교육부는 출장을 승인했으나 국외 여행을 다루던 외무부 위원회가 요청을 거절해 관용 여권을 발급하지 않았다.

이 승인 거절은 바우만이 더는 '신뢰받는 사람'에 속하지 않는다는 신호였다. 이와 때를 맞춰 정교수 승인 절차도 지연되었다. 공식 문서는 국외 학술 출장을 한 번만 거절했다고 언급하지만, 야니나에 따르면 다른 여행 계획도 영향을 받았고, 바우만은 1년이 지난 뒤에야 출국을 승인받아 맨체스터대학교로 떠날 수 있었다. (J. Bauman 1988, 164)

1966년 초에 맨체스터로 떠나 넉 달을 보낸 바우만은 옥스퍼드대학교 인류학과와 런던정치경제대학교를 방문하고 파리로 건너가 야니나를 만났다. 두 사람은 얼마간 유럽을 돌아다니며 관광도 하고 유고슬라비아와 체코슬로바키아에서 학술 활동에도 참여했다. 1966년 여름 중순에 폴란드로 돌아온 바우만은 미국 뉴욕주 시러큐스대학교에서 한 달 동안 하계 강좌를 맡았고, 9월 초에는 프랑스 에비앙레뱅에서 열린 제6차 세계 사회학대회에 참석했다.[51] 또 11월에는 체코슬로바키아 사회학자들이 연 학회에 참가했다. 그러므로 그해에는 통틀어 절반 넘는 기간을 국외에서 보냈다.

야니나도 국외 출장을 다녔지만, 지그문트만큼 잦지는 않았다. 야니나에게 가장 중요한 출장은 문화부가 야니나의 업무 능력과 언어 실력을 인정해 스위스 로카르노 영화제에 폴란드 대표로 지명했을 때였다. 야니나의 유창한 프랑스어와 독일어에 지그문트의 영어 구사력이 더해진 덕분에, 두 사람은 꽤 깊이 있는 관광을 즐겼다.

바우만의 국외 출장은 1966년 정점을 찍은 뒤 이듬해에 가장 '조용'했다. 1967년에 바우만은 유고슬라비아에서 열린 학술지 편집자 모임에 '마지막'으로 참석했고, 체코슬로바키아에서 열린 사회학 학회에도 참석했다.

국외 동료들과 나눈 서신 교류

바우만은 국외에서 빠르게 인정받았다. 언변이 워낙 뛰어났으므로, 바우만에게 영어가 모국어가 아닌 제3외국어인 것을 거의 누구도 신경 쓰지 않았다. 바우만은 원탁회의, 실무단, 전문가 위원회에 전공 분야의 전문가로 초청받았다. 해외에서 자주 초청하는 동유럽 학자 중 한 명이었고, 이 사실은 해외 인사들과 주고받은 서신[52]에서도 드러난다. 개인이 서구세계와 접촉하는 것을 엄격히 감시받던 냉전 시기였던 것을 고려하면 서신의 양이 대단히 많다. 1968년에 바우만이 폴란드에서 추방될 때도 이 서신들을 검열관들에게 검사받은 뒤에야 이스라엘로 보낼 수 있었다.

편지 대다수는 거의 습자지 같은 종이에 깨알 같은 글씨로 쓰여서, 은밀히 검사한 흔적을 남기지 않으려 애쓴 검열관들이 읽기 어려웠다. 내가 남아 있는 편지들의 상태를 살펴봤더니, 편지를 받자마자 서둘러 연티가 났다. 받은 사람이 내용을 읽기까지 1분 1초도 기다리지 못했다는 듯, 봉투의 한쪽 모서리가 하나같이 거칠게 찢겨 있었다. 여기에서 호기심 많고, 참을성 없고, 언제나 서두르는 바우만의 성격이 드러난다. 더러 우표가 없는 봉투는 우표를 모았던 큰딸 안나가 떼 냈기 때문일 것이다. 다른 나라의 우표가 더 넓은 세상을 볼 자그마한 창이었던 나라에서는 우표 수집이 인기 있는 취미였다. 바우만은 영어, 폴란드어, 프랑스어, 독일어로 (그리고 아마 러시아어로도) 서신을 주고받았다. 내용은 대부분 학회와 모임, 출판물, 서적, 번역과 관련했다. 학문과 개인사가 섞인 편지도 더러 있다. 발신자 대다수가 야니나에게 그저 인사치레가 아닌 존경과 따뜻함을 담은 말로 안부를 전했다. 야니나를 만난 사람들은 야니나가 바우만에게 얼마나 중요한 사람인지 잘 알았다.

이름이 널리 알려진 쟁쟁한 학자들의 서신도 있다. 컬럼비아대학교의 찰스 라이트 밀스와 로버트 K. 머튼Robert K. Merton, 아미타이 에치오니Amitai Etzioni, 런던정경대의 로버트 매켄지, 워싱턴대학교의 앨빈 W. 굴드너Alvin W. Gouldner, 칠레에서 활동한 영국 사회학자 앤드류 퍼스Andrew Pearse, 인디애나대학교의 피터 A. 새비지Peter A. Savage, 스트라스부르대학교와 조지타운대학교의 노먼 번바움Norman Birnbaum, 글래스고대학교의 루돌프 슐레징거Rudolf Schlesinger, 버클리대학교의 라인하르트 벤딕스Reinhard Bendix, 하버드대학교의 시모어 마틴 립셋Seymour Martin Lipset, 이탈리아의 편집자 로베르토 본키오Roberto Bonchio, 히브리대학교의 슐로모 아비네리Shlomo Avineri, 맨체스터대학교의 피터 워슬리Peter Worsley와 맥스 글럭먼Max Gluckman, 프랑스 사회과학고등연구원의 모리스 고들리에Maurice Godelier, 파리정치대학교의 조르주 라보George Lavau, 버클리대학교의 닐 스멜저Neil Smelser 등 많은 이가 있었다.[53]

1960년대에 학계, 특히 사회학 분야 고위층은 남성의 전유물이었지만, 여성이 보낸 편지도 한 통 있다. 1968년에 프랑스 학술지《기호학 연구Recherches sémiotiques》의 편집 보조원 줄리아 크리스테바가 바우만에게 논문「기호학과 문화의 기능」이 게재가 확정되었다는 열띤 서신을 보낸다. 1941년에 태어난 줄리아 크리스테바는 유명한 언어학자이자 정신분석학자이자 작가로, 파리제7대학교(디드로대학교) 교수를 지냈다.

바우만이 추방되기 전 받은 서신들은 바우만이 사회학 분야에서 국제적으로 활동한 카리스마 넘치는 동료이자, 흥미롭고 재미있는 토론을 진행하는 재능이 있는 멋진 친구였다고 말한다. 1964년 7월에 뉴욕주 미노브룩 회의장[54]에서 열린 회의의 식사 메뉴에 그린 그림은 바우만의 짓궂은 유머와 말장난 실력을 드러낸다. (삽화를 참고하라.)

서신은 바우만이 대규모 학회의 가치를 미심쩍게 여겼다는 것도 드러낸다. 한 친구는 서신에서 "자네가 학회를 '허영덩어리 시장'으로 여기는 걸 잘 아네."라고 언급한다. 하지만 학술 여행은 폴란드 학자인 바우만이 동료들을 만나 이야기를 나누고 국제적 명성을 쌓을 진귀하고 멋진 기회였다. 폴란드를 떠나기 전 마지막 10년 동안 바우만이 워낙 자주 해외 출장을 떠났으므로, 마침내 1968년 초에는 폴란드학술원이 바우만에게 유럽뿐 아니라 다른 나라에서도 쓸 수 있는 전문직 여권을 발급해야 한다고 당국에 요청했다. 전문직 여권은 집에 보관하는 것이라 관료주의에 찌든 여러 절차를 밟지 않아도 되어 편리했을뿐더러, 뒤숭숭한 그 시절에 바우만을 무척 지지한다는 신호이기도 했다. 하지만 이 여권을 사용하기에는 요청이 너무 늦었다. 전문직 여권을 승인할지 결정을 내리기도 전에, 바우만은 당국에 '요주의자'로 낙인찍혔다.

해외 가족 여행—1959~1967

폴란드를 떠나기 전 10년 동안, 바우만은 학술 출장 말고도 가족과 함께 떠나는 해외여행을 여러 번 허락받았다. 1959년에는 아버지 마우리치가 위독해 긴급 비자로 아내 야니나, 그리고 맏딸 안나와 함께 이스라엘을 방문했다. 당 중앙위원회 담당자들은 바우만을 신뢰한다는 편지를 보내이 여행을 지원했다. 그래도 세 살이던 쌍둥이 리디아와 이레나는 폴란드에 머물렀다. 온 가족이 여행하겠다고 요청하면 망명할 속셈이라는 이유로 십중팔구 승인이 거절될 것을 고려한 전략이었다.

　이 첫 이스라엘 방문은 바우만에게 여러모로 쉽지 않은 일이었을 것이다. 많은 유대계 폴란드인이 신성한 땅에 처음으로 발을 디뎠을 때, 특히 가까운 가족이 그곳에 정착했을 때는 소속감과 이질감을 함께 느꼈을 것이다. 1957년에 폴란드를 떠난 마우리치는 키부츠에서 딸 토바네 가족 가까이 살았다. 야니나의 어머니 알리나와 여동생네 가족도 새로운 조국에 정착했다. 정치 견해가 달랐고 날로 쇠약해지는 마우리치의 건강을 걱정하는 마음이 불쑥불쑥 끼어들었지만, 재회의 기쁨은 강렬했다. 마우리치도 바우만도 이 만남이 마지막일 것을 알았다. 마우리치는 이듬해 세상을 떠난다. 30년쯤 뒤 바우만은 이렇게 회고했다.

> 아버지는 어린 나를 통해 다시 희망을 느끼셨던 듯하다. 나는 아버지가 꿈꿨지만 이루지 못한 모든 것을 이룰 운명이었다. 30년 뒤, 아버지는 머나먼 키부츠에서 마침내 당신의 삶과 화해한 채 평온하게 세상을 떠나셨다. 머리맡에는 내 첫 책이 있었다. 이틀 전 받았을 선물이었다. (바우만의 비공개 원고, 1986~1987, 16)

바우만의 첫 책『영국의 사회주의. 근원, 철학, 정치 강령*Socjalizm brytyjski. Źródła. Filozofia. Doktryna polityczna*』은 폴란드 최고의 학술출판사인 국립 폴란드 학술출판사에서 출간되었다. 이 책은 독서광이던 아버지의 유산이자, 전쟁과 망명 중에도 아버지에서 아들에게로 이어진, 지식을 존중하고 배움을 사랑하는 마음이 맺은 결실이었다. 비록 지그문트가 시온주의에 참여하지 않았을뿐더러 마우리치가 실천한 '현대식' 유대교[55]에도 등을 돌렸지만, 그래도 지그문트는 아버지의 꿈을 이뤘다. 그런데 바우만의 지식활동이 유대 신앙의 본질과 그리 다르지 않았다. 유대교에서는 신도들에게 티쿤 올람Tikkun Olam, 즉 세상을 바로잡으라는 임무를 부여한다.

야니나와 지그문트는 몇 년 뒤 다시 이스라엘을 방문해 가족을 만났고(야니나는 1963년에도 어머니를 방문했다), 이스라엘에서는 지그문트의 책들이 히브리어로 번역되어 출간되었다. 부부는 둘이서 또는 아이들을 데리고 유럽도 여행했다. 하지만 당국이 가족 전원의 해외여행을 허락하는 일이 드물었으므로, 온 가족이 함께 나라 바깥을 여행한 적은 한 번도

없었다. 아이들 없이 둘이서 가장 오래, 가장 달콤하게 즐긴 여행은 1966
년에 바우만이 맨체스터대학교 객원교수를 마칠 무렵, 마침 호흐펠트의
아내 안나 호흐펠트에게 공식으로 초대받은 야니나와 파리에서 재회했
을 때다. 호흐펠트 부부는 호흐펠트가 유네스코 사회과학부 부국장을 맡
은 1962년부터 파리에서 살았다. 바우만과 호흐펠트의 만남은 이때가 마
지막이었다. 6주 뒤 호흐펠트가 심장 마비로 갑작스레 세상을 떠났기 때
문이다. 호흐펠트에게 크나큰 애정과 고마움을 느꼈던 바우만은 1970년
에 한 책의 헌정사에서 호흐펠트가 마르크스주의 사회학의 이론을 단련
시키고 "넓은 식견과 뜨거운 창의력"을 보여줬다고 고마움을 전했다.[56]

바우만이 맨체스터에 머물 때 호흐펠트와 주고받은 편지들은 거의
가족 같은 관계를 보여준다. 편지에서 호흐펠트는 박사 과정 제자였던
바우만에게 건강이 매우 나빠 일을 하지 못한다고 털어놓았다. 마지막
편지에서는 건강이 나쁜 탓에 "감정이 이성과 충돌"해 일으킨 "실수"를
언급했다. 보아하니 의견 차이가 아니라 인간관계로 생긴 업무 갈등을
해결할 생각이었던 듯하다. 호흐펠트와 바우만은 스승과 제자를 넘어서
는 우정을 쌓았다. 이 편지에는 액수는 밝히지 않았으나 돈을 빌려주는
이야기도 나온다. 당시에는 외국에 사는 폴란드인이 고국에 거주하는 친
구에게 기꺼이 돈을 빌려주곤 했다. (폴란드 정부는 국내에서 외국 화폐를 소
유하고 거래하는 행위를 엄격하게 통제하고 일부는 금지했다.)

호흐펠트는 지그문트와 야니나의 방문을 크게 반겨, 유네스코에서 가
까운 파리 7구의 조용한 부르도네 거리 117번지에 있는 마르스 호텔에
방을 예약해 두었다고 알린다. "1박에 36~40프랑인 값싸고 깨끗한 작은
호텔로, 프랑스풍의 2인용 침대"에 욕실이 딸린 자그마한 방이라고 자세
히 설명도 덧붙인다.[57] 호흐펠트는 "하인"[58]이 가져가게 팁으로 적어도
10%는 놓아둬야 한다고도 조언했다. 5월 25일에는 르부르제 공항에서

지그문트를 마중했고, 지그문트도 바르샤바에서 출발한 야니나를 그곳에서 마중했다. 파리에서 머문 한 주 동안 두 사람은 호흐펠트 부부와 함께 시간을 보내며 우정과 파리와 자유를 찬양했다. 야니나는 이때를 이렇게 회고했다.

> 파리에서 보낸 그 봄날은 이전에, 또 이후에 겪은 고통을 모두 덮을 만큼 내 기억 속에서 눈부시게 반짝인다. 우리는 다시 젊음을 맛봤다. 자유로웠고, 함께였다. 파리는 굶주린 자를 위해 산해진미를 펼쳐놓은 커다란 식탁처럼 우리에게 자신의 아름다움을 내줬다. 짜릿한 낮이 우리도 모르는 새 마음이 달뜨는 밤이 되었다가 다시 낮으로 바뀌었다. (J. Bauman, 1988, 165)

파리에서 한 주를 보낸 뒤, 야니나와 지그문트는 지그문트가 아낀 돈과 객원교수 월급으로 새로 산 포드 코티나를 몰고 유럽을 돌았다. 먼저 루아르 계곡을 거쳐 프랑스 쪽 리비에라*로 갔다. 이탈리아에서는 베네치아, 로미오와 줄리엣의 도시인 베로나 같은 낭만이 넘치는 곳과 아름다운 르네상스 도시들을 방문했다. 여행은 유고슬라비아, 오스트리아, 체코슬로바키아로 이어졌다. 이듬해인 1967년에도 다시 오스트리아를 찾아, 이스라엘에서 빈을 방문한 양가 가족을 가까스로 만났다. 이들은 이 만남을 은밀하게 계획했고, 여권 기관의 거절을 피하고자 암호로 연락을 주고받았다. 그리고 오스트리아 수도에서 재회의 기쁨을 만끽했다. 하지만 늘 그렇듯 딸 한 명은 부모가 돌아온다는 담보를 원한 강성 국가의 인질이 되어 폴란드에 머물러야 했다.[59] 온 가족이 함께 여행하고 싶을 때

---

* 프랑스 동남부 툴롱에서부터 이탈리아 서북부 라스페치아까지 이어지는 지중해 해안 지역을 가리킨다.

는 폴란드 안에서 휴가를 보냈다. 쉬는 날이 더 많았던 아이들은 유대문화협회(TSKŻ)가 바르샤바 근처의 작은 고장 시루드보루프에서 유대인 사회를 위한 다양한 활동을 마련한 여름 캠프에도 갔다. 이 여름 캠프는 여느 가톨릭계 폴란드 아이들과 달리 시골에 사는 조부모가 없는 아이들에게 시골을 맛보게 하는 방법이었다. 또 맏딸 안나가 비유대계 아이들과 함께 여름 캠프에 갔다가 겪은 안타까운 반유대주의 박해를 쌍둥이가 겪지 않게 할 방법이기도 했다.

폭풍 앞의 햇살

1960년대 초반 들어 바우만의 가계 형편이 크게 좋아졌다. 교수 임용 자격이 있고 전담 강좌가 있는 부교수였으므로, 바르샤바대학교에서 받는 월급이 늘었다. 게다가 당 산하 사회과학고등교육원과 폴란드학술원에서 받는 소득도 있었다. 1962년에 바르샤바대학교 상사였던 호흐펠트가 파리로 떠났을 때, 바우만이 호흐펠트의 행정 업무를 공식적으로 이어받았다. 일반사회학 강좌를 임시로 맡다가, 1964년 4월에 정식 담당 교수가 되었으므로 추가 소득원이 늘었다. 게다가 이 시기에는 사회학 서적과 논문 출간도 좋은 돈벌이였다. 야니나에 따르면 "콘라트가 작가로 널리 알려져, 출판사들이 콘라트에게 새 저서를 맡기려고 안달이 났었다. 작가들은 쓴 만큼 돈을 받은 데다 원고료도 꽤 높아, 머잖아 소득에서 월급의 비중이 크게 줄었다." (J. Bauman, 1988, 148) 여기에 야니나의 월급도 더해졌다. 야니나는 이제 영화공사의 고위층에 올라 대본 승인권자로서 권한이 커졌다. 최종 결정권자는 아니었지만, 야니나의 결정에 따라 대본이 폐기되기도 했고, 야니나가 동의하지 않으면 영화를 만들지 못했다.[60]

지그문트와 야니나는 바르샤바 중심부 시루드미에시치에 지구의 노보트키 거리 21b번지 3층에 있는 더 큰 아파트로 이사했다. 이 쾌적한 지역은 바르샤바대학교와 야니나의 직장에서 가깝고, 훌륭한 학교들이 있고, '지식인 지역'으로 이름난 곳이었다. 해가 잘 드는 집에는 작은 침실 세 개와 조금 더 큰 방 하나, 그리고 커다란 발코니 두 개가 있었다. 그런데 멀리 떨어진 비엘라니 지구에서 이사하다 보니 아이들을 돌봐줄 사람이 없었다. 가정부를 새로 찾았으나 별 소득이 없자, 부부는 다른 사람의 도움 없이 식구끼리 살림을 꾸려보기로 했다. 지그문트가 "짬이 날 때마다 살림을 직접 맡아 장을 보고 요리했지만, 우리 모두 손을 보탰다." (J. Bauman, 1988, 148) 야니나는 근무 시간이 엄격했지만, 지그문트는 근무 시간이 유연했던 덕분에 강의 틈틈이 장을 볼 수 있었다. (J. Bauman, 2011, 121) 가사 분담은 젊은 폴란드 지식인 가정에서 흔한 일로, 정치 변화 및 열악한 경제 상황과 맞물려 사회가 진보한 요인이었다. (먹고살려면 두 사람이 벌어야 했다. 적어도 바우만의 경력 초반에는 그랬다.) 사회주의 체제인 덕에, 아이가 셋인 지그문트와 야니나도 정규직을 유지할 수 있었다. 유치원이 쉽게 이용할 수 있는 인기 시설이었고, 바우만의 딸들도 여느 폴란드 아이들처럼 유치원에서 자랐다. 하지만 바우만은 여느 남성보다 집안일을 더 많이 했다. 바느질로 아이들 옷에 깃을 달고, 교복에 땀받이를 꿰맸다. 바쁘기 그지없는 전문직 종사자였지만, 바우만은 가정이 원활하게 돌아가는 데 필요한 일을 할 준비가 된 아빠이기도 했다.

1960년대 초반의 여느 폴란드 가정과 달리, 바우만네는 부유함을 상징하는 텔레비전을 샀다. 1966년에 포드 코티나를 사기 전에는 폴란드산 중고차 FSO 시레나를 몰았다. 시레나는 특권을 누리는 당원 서열에서 바우만이 어디쯤 있었는지를 보여준다. 진짜 권력자는 FSO 바르샤바나 러시아산 볼가 같은 커다란 신형 차를 탔다. 바우만이 탄 시레나는 고장이 잦기로 악명이 높은 폴란드산 자동차였다. 일요일에 시레나를 타고

시외로 나가면 얼마나 멀리 갈지 장담하기 어려웠다. 차가 제멋대로 가다 서기를 반복했고, 툭하면 고장 났다.

지그문트와 야니나는 시간을 내 바르샤바의 지식인 친구들을 자주 집으로 불러 파티를 열었다. 양가 가족이 이스라엘에 있었으므로, 두 사람에게는 친구가 매우 중요한 존재였다. 정치권에 팽팽한 긴장이 감돌았고, 바우만의 정치 참여 발언도 긴장을 불러일으켰다. 그 바람에 건강에 약간 문제가 생겼다. 영어판 저서에서는 이를 언급하지 않지만, 야니나는 폴란드어판 『소속을 꿈꾸다』에 이렇게 적었다.

정확히 언제부터 지그문트의 건강에 문제가 생겼는지는 기억나지 않는다. 지그문트는 폴란드를 떠날 때까지 갈수록 건강이 나빠져 힘들어했다. 어떨 때는 심장이, 어떨 때는 위가, 또 어떨 때는 이나 등이 아팠다. 이 가운데 무엇도 진짜 질환은 아니었다. 시기로 보건대 틀림없이 끝없는 긴장이 원인이었다. 책임질 일이 너무 많았고, 당 지도부와도 문제가 많았다.

폴란드연합노동자당은 마르크스주의 사회학자들이 당의 모든 활동을 옹호하기를 바랐다. 하지만 바우만과 동료들은 이 바람을 한 귀로 흘렸고, 어쩌다 보니 바우만이 당 지도부의 비난에 맞서 사회학자들을 변호하는 중재자 노릇을 하고 있었다. "이 역할로 날이 갈수록 당과 더 자주 씨름하고 갈등한 탓에 지그문트가 신경증을 일으켰고, 나는 공포에 휩싸였다."(J. Bauman, 2011, 127)

그래도 가족은 행복했다. "그렇게 배신과 결별로 끝이 날 줄은 생각지도 못했다. 우리는 풍족하고 행복한 삶을 살았고, 강한 소속감을 느꼈다."(J. Bauman, 1988, 150) 흥미롭게도 폴란드어판에서는 첫 문장을 더 자세히 적었다. "1960년대 초반만 해도, 머잖아 우리 집, 우리나라, 우리말, 우리 친구였던 모든 것과 이별해야 할 줄은 생각지도 못했다."(J. Bauman, 2011, 123) 이 짧은 문장은 한 사람의 삶에서 무엇이 가장 중요한지를 뚜렷하게 드러낸다. 지그문트와 야니나는 자신들이 누리는 풍요와 행복이 얼마나 허물어지기 쉬운지 알아채지 못했다. 이미 정부 조직이 두 사람의 뒤를 밟아, 이들이 폴란드 정부가 시민에게 기대하는 바에서 얼마나 '동떨어진 사람'인지를 기록하고 그에 따라 조처했다. 정부는 지그문트와 야니나를 못 믿을 사람, 폴란드의 정치 체제에 문제를 불러일으키지 않도록 통제하고 제거해야 할 적으로 여겨 감시했다. 시간이 갈수록 두 사람은 '공공의 적'으로 분류되었다. 이유는 두 가지였다. 바우만의 정치 활동과 학문 활동, 그리고 유대인이라는 출신 성분.

10

공안과의 살벌한 로맨스

바르샤바대학교 철학부는 … 수정주의와 전반적인 저항의 진정한 은신처였다. 사회 상황을 파악할 지식의 원천(정부는 그런 자료를 강제로 독점하려했다)으로 사회학을 수행하는 것조차 반국가 행위가 될 소지가 있었으므로, 사회학을 연구하는 죄를 저지른 사람은 자연히 용의자가 되었다. …우리는 모두 권력 기구와 산하 단체가 공식으로든 '비공식'으로든 끊임없이 감시하는 대상이었다. 공안청 기록물 보관소에 날이 갈수록 많은 기록이 쌓여, 마침내 오늘날에는 … 국가의 기억을 담은 보고가 되었다.

- 바우만의 비공개 원고, 199?, 22

'Anty-romans z Bezpieką.' 바우만이 전후에 학술지의 어느 꼭지에 제목으로 붙인 이 표현은 '공안과의 살벌한 로맨스'로 번역하면 좋을 것 같다. 전후 폴란드에서 공안은 인민을 통제하고자 공포를 불러일으키는 수단이었다. 공안은 다른 여러 국가 기관의 지원을 받아, 모든 사회 집단에서 사람들이 서로 감시하고 고발하도록 부추겼다. 공안이 협력을 얻는 방법은 보상금부터 협박, 흠집 내기, 노골적 위협까지 한둘이 아니었다. '정보원'을 활용해 자료를 수집하는 독특한 기술과 곳곳에 설치한 공안 사무소 덕분에 공안은 국가 안의 국가가 되었다. 1945년에 바우만은 방첩 기관이라는 막강한 기관의 손에 들린 도구였다. (6장에서 다뤘듯이, 국내보안대 장교는 누구나 자동으로 공안부와 협력해야 했다.) 하지만 학자 바우만은 그 반대편에 있었다. 바우만이 원고에서 묘사한 대로, 감시받고 '쫓기는 사냥감'이었다. 물론 혼자는 아니었다.

철학부는 사회를 마르크스주의로 깊이 물들이는 임무를 띤 곳이면서도 수정주의의 은신처였다. 구성원들이 비판적 사고를 키우는 교육을 했기 때문이다. 바우만 일파는 기존 권력 구조가 폴란드의 사회주의 체제를 일그러뜨렸다고 보고 이를 개선하려 한 마르크스주의 이상론자들이었다. 다른 지식인들 특히 사회학자, 철학자들과 마찬가지로, 바우만도 공안 기관의 촘촘한 감시망 아래 놓였다. 학계는 첩보 활동을 펼칠 자양분이 넘치는 곳이었으므로, 첩보 기관들은 어마어마하게 많은 문서를 수집했다. 학자들을 억압할 수단으로 수집한 풍부한 기록물, 진짜 정보와 반만 맞는 정보와 완전히 조작된 정보가 뒤섞여 오염된 수많은 정보가 1989년 뒤로는 뜻하지 않게 '국가의 기억national memory'[1]이 저장된 원천이 되었다. 하지만 이 원천이 언제나 바람직한 효과, 정확한 효과를 낳지는 않았다.

일그러진 거울

1960년대에 폴란드 첩보 기관들이 만든 문서를 해석하는 일은 일그러진 거울을 보는 것과 같다. 이들은 비밀 기록, 기관이 붙인 주석, 자발 또는 명령에 따른 맹비난, 사회학 전문 저술, 여기저기서 수집한 소문, 강의 노트, 문서에서 오려낸 달랑 두 문장짜리 글부터 긴 보고서에 이르는 갖가지 글과 증거까지 다양한 자료를 생성했다. 자료는 전체 개요를 설명할 때도 있고 세부 사항을 설명할 때도 있고, 원본일 때도 있고 다시 쓴 것일 때도 있다. 자료에 적힌 서명은 대체로 자료를 작성했거나 정보원과 이야기를 나눈 첩보 장교의 암호명이지만, 때로는 실명과 직위를 적기도 했다. 드물지만, 염탐 임무를 지시한 공안 사무소나 개인, 또는 'X에 대한 경계 임무'처럼 염탐 목적을 언급하는 주석이 달려 있기도 하다. 이런 문서들을 분석하는 것은 만만찮은 도전이다.[2] 문서의 질이 들쭉날쭉하지만, 첩보 기관의 기록물은 놀랍도록 풍부할뿐더러 어떻게 학자와 강단 교육자들이 국가의 적이 되었는지 이해할 중요한 실마리가 된다. 공안이 어떻게 바우만을 수정주의자로, "친미, 친서구 사회학자"로, 그리고 마침내 어린 추종자들에게 반혁명을 불어넣는 "시온주의자"로 바꿔놓았는지 이해하려면 이 문서들을 꼭 읽어봐야 한다.

이 장은 주로 내무부*의 다양한 부와 과에서 일한 사람들이 만든 문서를 바탕으로 삼았다.[3] 그래도 '공안과의 살벌한 로맨스'는 바우만 자신의 이야기로 시작하는 것이 좋겠다.

레셰크 코와코프스키의 엄청난 권위와 크시슈토프 포미안Krzysztof Pomian의 끝없는 활력을 고려하면, 철학부에 저항 정신을 조성하는 데 내가 이바지한 정도는 조심스럽게 말해 부수적이었다. 내 역할은 강의와 수업에서 이단의 견해를 설교하고, 동료들이 여권 발급을 거부당했을 때 국제 대표

---

* 1954년 12월에 공안부(MBP) 및 공안청(UBP)이 해체된 뒤 공안위원회와 내무부가 신설되었다가, 1956년에 11월에 내무부가 공안위원회를 흡수해 공안실(SB)을 신설하고 행정 및 공안 업무를 맡았다.

단에 참여하는 것을 거부하고, '반국가 활동'으로 고발된 학생을 총장 앞에서 변호하는 것뿐이었다. (바우만의 비공개 원고, 199?, 22)

공안실Służba Bezpieczeństwa은 바우만의 제자들이 가담한 반국가 활동에도 관심을 보였지만, 특히 바우만의 활동에 관심이 커 바우만이 반국가 활동을 저질렀다는 확신을 어떻게든 증명하려고 했다. 1968년 12월 17일에 작성한 문서에 따르면, 공안실은 1959년부터 바우만을 감시했다. '사건 종류' 란에는 대문자로 "SYJONIZM"(시온주의)이라고 적혀 있다. 감시 대상자는 "수정주의자 태도로 반사회주의 활동을 이끈, 유대 민족인 전 폴란드 시민이자 바르샤바대학교 철학부의 (전직)교수"다.[4] 반유대주의 선전 활동이 시작된 1967년보다 한참 전부터, 바우만은 이미 감시 대상이었다. 이 문서는 정보 부서인 내무3부 4과와 관련한 내용도 담고 있다. 국가기억원 기록물 목록에 따르면, 내무부 내무3부는 '반국가', '반사회주의' 활동에 맞서 싸우는 역할을 맡았다. 1956년 11월 29일에 내무부 지시 번호 00238/56에 따라 만들어졌고, 1989년까지 쭉 같은 이름으로 존속했다. 바우만의 생활을 조사한 또 다른 부서는 학계 염탐 업무를 맡은 내무4부로, "수정주의자 및 자유주의자에 맞서 싸우고, 학술·문화·예술계와 젊은이들이 수정주의나 자유주의에 눈길을 돌려 물들지 않도록 보호하는 임무를 맡았다."[5]

확보할 수 있는 문서들에 따르면, 당국은 1962년 말에 바우만을 철저하게 감시했다. 그해 10월 5일에 작성한 소개문은 바우만의 기본 인적 사항을 제시하고, '기밀' 도장이 찍힌 10월 23일 문서에는 부모와 아내의 이름, 직업, 직장뿐 아니라, 마우리치가 1957년에 이스라엘로 이주한 정보, 누나 토바의 이스라엘 주소, "바우만이 매우 자주 국외 여행을 떠난다."라는 언급에 덧붙여 방문 국가, 체류 기간, 파견 기관이 나온다. 이 기록은 바우만과 공안의 살벌한 로맨스를 알리는 서막일 뿐이다. 뒤이어 나온 항목은 바우만의 "반국가 활동"을 제시해, 눈여겨봐야 할 감시 대상이라는 주장을 뒷받침했다.

바우만의 죄로 처음 지적된 구체적 사건은 9장에서도 다룬 바 있듯이, 1962년에 미국 워싱턴 D.C.에서 열린 국제사회학협회 세계대회에 참석을 거부한 일이다. 11월 19일 작성된 염탐 기록은 공산주의 정권을 비판하는 폴란드 이민자와 지식인을 겨냥해 파리에서 발행된 월간지 《문화 Kultura》[6]에 실린 시론을 요약한다. 이 염탐 기록과 공안 장교가 덧붙인 해설은 사회학자 안제이 말레프스키와 스테판 노바코프스키가 이 대회에 참석하지 못하도록 당국이 여권 발급을 거부한 조처의 영향을 다룬다. 이 일로 국제사회학협회 부회장이던 스타니스와프 오소프스키도 참석을 거부했다. 공안 장교에 따르면, 오소프스키의 참석 거부에 동참한 사람은 "마르크스주의를 지향하는 주요 신진 사회학자 지그문트 바우만으로, 당의 검열에 반발하는 자이기도 했다."[7]

첩보 기관은 반체제 인사와 지식인만큼이나 꼼꼼하게 《문화》를 읽었다. 당국이 《문화》를 금서로 지정했지만, 자유유럽방송과 미국의소리가 《문화》에 실린 글을 숱하게 내보냈다. 이런 글을 조금이라도 좋게 언급하는 것만으로도 정권에 충성하지 않는다는 증거였던 때라, 학회 참가 거부는 바우만이 수정주의에 동조한다는 의심을 확신으로 바꾸었다. 어찌 보면 바우만이 수정주의에 동조한다는 것은 누구나 아는 사실이었다. 바우만은 바르샤바대학교 밖에서 진행한 매우 인기 있는 대중 강연에서 체제를 뚜렷이 비판했다. 게다가 강연을 연 곳이 작가들이 자주 책과 의견을 발표하는 바르샤바 도심의 서점이었다.[8] 국가기억원 기록물 보관소의 한 염탐 보고서에는 11월 23일에 바우만이 이곳에서 '사회학과 사회'라는 제목으로 강연했고 약 100명이 참석했다고 주장한다. "참석자는 매우 다양했다. 필시 대학생일 젊은이들, 나이 많은 여성 열 명, 대령급 장교 2~3명, [작성자가 줄을 그어 판독할 수 없는 단어 6~7개.]" 그리고 작성자의 논평이나 해석 없이 깔끔하게 정리한 4쪽에 걸쳐, 강연 내용을 개요부터 구조, 주요 주제, 개념과 전개까지 보고한다. 강연 뒤 토론이 "반정부, 반폴란드연합노동자당"의 특징을 보였다고도 적었다. 폴란드 사회학의 발전을 묻는 말에 답할 때, 바우만은 1956년 전까지는 "알다시피 사회학에 비정상인 측면이 많았다고 말했다. 그 시절 '인민의 힘'*과 대중의 갈등이 사회학 연구를 중단시켰다고 거리낌 없이 밝혔다."[9] 마지막 문장은 첩보 요원의 주관이 실린 비난으로, 바우만에게 이미 '수정주의자' 딱지가 붙었다는 것을 보여준다. 1956~1957년에 발표한 글들과 율리안 호흐펠트파에 충실한 모습에서 당국은 바우만을 명백한 수정주의자로 보았을 것이다.

바우만은 당국이 수정주의자 딱지를 붙이기에 모자람이 없었다. 열린 마르크스주의를 널리 알리고자 꾸준히 애쓴 스승 호흐펠트와 같은 이념을 품고 같은 기관에 종사했다. 호흐펠트는 자유롭게 생각을 주고받는 지식의 장이던 '굽은모퉁이 클럽'(9장을 참고하라)의 회원이기도 했다. 1962년에 정부가 이곳을 반국가 단체이자 수정주의 단체라고 선언하고 폐지했지만, 젊은 마르크스주의자들이 체제를 개선할 방안을 논의할 수 있는 새로운 클럽들이 쑥쑥 생겨났다.[10]

토론 클럽―폴란드 반체제 운동의 요람

이 가운데 바우만도 매우 중요한 강연자로 초대받은 모순추구회Klub

---

* 폴란드 공산주의 정권이 활용한 선전 문구다.

Poszukiwaczy Sprzeczności와 정치토론회Polityczny Klub Dyskusyjny 두 곳이 정부에 비판을 키우는 구심점 역할을 했다.[11] 모순추구회는 1962년 3월에 아담 미흐니크Adam Michnik, 얀 토마시 그로스, 브워지미에시 코프만Włodzimierz Kofman, 알렉산데르 페르스키Aleksander Perski[12]가 만든 단체로(Friszke, 2010, 359), 이 가운데 세 명은 당시 고등학생이었다. (Eisler, 2006, 62) 흥미롭게도, 모순추구회라는 이름은 해체된 '굽은모퉁이 클럽'의 회원으로 바르샤바 청소년을 연구한 사회학자 스타니스와프 만투제프스키가 붙인 것이다.[13] 당국의 지원(모임 승인, 장소 배정, 겨울 캠프 지원금)을 얻고자, 모순추구회는 당 산하 청년 단체인 사회주의청년연맹(ZMS)에서 후원을 받고 바르샤바대학교 철학부와 협력했다. 당시 열여섯 살이던 미흐니크가 정통 마르크스주의자로 악명 높던 아담 샤프에게 지원과 보호를 요청했다. 미흐니크는 인터뷰[14]에서 내게 이렇게 말했다. "샤프 교수는 자신이 무슨 일을 하는지 전혀 몰랐습니다. '아주 투철한 공산주의자와 마르크스주의자들을 지원하지 못할 게 뭐 있나?'라고 생각했어요. 어떤 의미에서는 맞는 말이었지요. 샤프는 우리가 어떤 결말에 이를지 몰랐으니까요." 사실은 모순추구회 회원들도 전혀 몰랐다. 어쩌면 샤프가 혈기왕성한 이 단체를 통제함 셈이었는지도 모른다. 적잖은 회원이 샤프와 친구나 이웃인 사람들의 자녀 즉 공산주의자의 아들딸이었고, 고위층과 당 수뇌부의 자녀도 꽤 있었다.[15] 얼마 안 되지만, 부모가 전쟁 전 BUND와 폴란드사회당 활동가, 지식인과 전문직 종사자였던 학생들도 있었다. 달리 말해 회원들이 좌파 지식인의 자녀들이었다. 이들의 신념과 문화는 사회 정의와 자유를 향한 굳은 믿음을 자녀와 흔히들 공유한 부모와 대체로 조화를 이뤘다.[16]

2차 세계대전 뒤 태어난 이 세대의 학생들에게 1956년 10월 해빙은 창문이 열리는 경험이었으므로, 그 전설을 소중히 간직했다. 역사가 안제이 프리슈케에 따르면, 이들은 굽은모퉁이 클럽이 그랬듯 언제나 사회주의의 틀 안에서 더 나은 사회를 만들기 바랐다. 레셰크 코와코프스키, 브로니스와프 바치코, 브워지미에시 브루스Włodzimierz Brus, 힐라리 민츠, 안제이 발리츠키Andrzej Walicki 같은 폴란드의 주요 지식인들이 고등학생들의 초대로 모순추구회에서 강연했다. 맨 처음 초대받은 강연자 바우만이 '사회란 무엇인가?'라는 강연으로 클럽의 시작을 알렸다. 바우만을 초대한 미흐니크는 원래 바우만이 누구인지 몰랐지만, 얀 유제프 립스키가 바우만을 추천하자 바르샤바대학교로 바우만을 찾아가 강연을 요청했다. 미흐니크는 이렇게 회고했다. "바우만은 대단한 강사였습니다. 애송이들 모임이었는데도 아주 대단한 강연을 했어요. 군더더기 없이 설득력이 있었습니다. 질문에 답변한 내용도 고개가 절로 끄덕여졌고요. 여느 교수들보다도 더 솔직했어요. 우리를 동료처럼 대했고요. 그때 우리는 청소년이었으니 특별한 일이었지요." 모순추구회가 바우만을 초청한 까닭은 정통에 얽매이지 않는 사고를 한다는 평판 때문이었다. "대놓고 '공산주의가 나쁘다'라고 말하지는 않았지만, 질문에 사회학자답게 답했습니다. 바우만에게는 젊은이들과의 관계가 평생 중요했지 않나 싶습니다. 바우만은 탁월한 교육자였고, 뛰어난 대화 상대였고, 말도 안 되게 멋진 사람이었어요."

1960년대 초반 특유의 무기력이 널리 퍼진 분위기 속에서,[17] 변화를 일으킬 수 있다는 희망과 흥분을 모순추구회가 어느 정도 불러일으켰다. 토론에 가장 활발하게 참여한 회원들은 나중에 코만도시Komandosi, 특공대라 불린다.[18] 이 이름을 붙인 사람은 십중팔구, 어느 날부터 불쑥 대중 강연에 나타난 작은 집단이 때로 당국을 자극하는 질문을 서슴없이 던지는 모습을 눈여겨본 공안실 장교일 것이다. '전문' 말썽꾼이자 정치 논쟁의 달인인 코만도시는 민감한 사안과 거침없는 질문을 던지고 난감한 논쟁을 일으켰다. 그런데 코만도시라는 명칭이 무장 활동을 암시하기는 해도, 무장 활동과는 거리가 멀었다. 지적 도전에 불타는 코만도시의 자세는 집안 배경, 탁월한 교육, 진지한 학습, 광범위한 관련 문헌 탐독이라는 문화 자본에서 비롯했다. 이들은 대중 앞에서 두려움이 없고 정치 논쟁에 익숙해, 자유롭게 비판하고 질문을 던졌다. 바르샤바의 이 엘리트 청소년들은 많은 면에서 서유럽의 젊은 세대, 더 정확히 말하면 파리의 '청소년jeunes'과 비슷했다.[19] 이들은 실존주의자 장 폴 사르트르Jean-Paul Sartre, 시몬 드 보부아르Simone de Beauvoir, 알베르 카뮈Albert Camus, 인류학자 클로드 레비스트로스 같은 인기 작가의 글을 읽었다. 프랑스어가 워낙 인기 언어라, 몇몇 코만도시는 프랑스어 원서를 읽었다. 정치와 문학을 토론하지 않을 때는 서유럽에서 흔히 그랬듯 재즈를 듣고 친한 친구끼리 어울렸다. 특권층 부모를 둔 아이들이 그랬듯 몇몇 코만도시 회원도 서구 국가를 방문했다. 모순추구회 회원들은 폴란드를 방문하는 서유럽의 사회주의나 공산주의 청소년들과도 유대를 맺었다. 반체제 인사와 트로츠키주의에 익숙했고, 유고슬라비아의 반체제 작가 밀로반 질라스가 쓴 『위선자들』(리원, 2020)을 읽었다. 그러므로 당연하게도 "늦어도 1963년 3월"부터 첩보 기관들이 이들의 활동을 눈여겨보았다. (Friszke, 2010, 367)

그해 7월, 중앙위원회 연단에 오른 고무우카가 모순추구회에 비난을 퍼붓고, 모순추구회 회원들을 '풋내기 수정주의자'라고 불렀다.[20] (Friszke, 2010, 361, 370), (Gross & Pawlicka, 2018, 47) 모순추구회는 폐쇄되었고,[21] 회원들은 더 작은 집단으로 나뉘어 집에서 활동을 이어나갔다. 모임을 폐쇄한 공식 명분은 "부적절"한 기조연설자 선택과 몇몇 회원의 "나쁜 출신 성분"이었다. 여기서 나쁜 출신 성분이란 야체크 쿠론Jacek Kuroń(1934년 르부프 출생)이 폴란드스카우트협회의 한 분파로 설립한 발테로프치에 소속된 적이 있다는 것이었다. 발테로프치[22]는 발테르를 호출 부호로 썼고 1947년에 우크라이나 저항군과 싸우다 전사한 폴란드인민군 장군 카롤 시비에르체프스키Karol Świerczewsk[23]를 기리는 이름이었다. 쿠론은 '더 나은 세상 만들기', '약자 보살피기', '사회의 미래를 위해 일하기', '기존 체제 개선'이라는 목표를 내걸었고, 스카우트 활동에 독특한 교육 방식을 도입하고 협동을 장려했다.[24]

발테로프치 회원이었던 한 역사가에 따르면 "야체크[쿠론]에게도 우리에게도 공산주의 사상은 가난하고 차별받는 사람을 돕는 투쟁을 위한 사상이었다."(Bikont & Łuczywo, 2018, 285) 쿠론은 소련의 교육자이자 작가로 1930년대 초반에 비행 소년들을 교육한 안톤 마카렌코Anton Makarenko에게서 영감을 받았다. 마카렌코는 획기적이게도 표현의 자유, 인본주의 가치관, 나이와 상관없는 개인 존중을 교육 원칙으로 내걸었다. 쿠론이 영감을 받은 또 다른 사람은 유대계 폴란드인 소아과 의사이자 아동 인권에 헌신한 현대 교육학의 선구자였고, 바르샤바 게토 고아원에서 자신이 돌보던 아이들과 함께 트레블린카 수용소로 끌려가 1942년에 죽음을 맞은 야누시 코르차크Janusz Korczak[25]였다.

쿠론은 코르차크가 고아원에서 꾸린 '어린이 자치 공화국'을 발테로프치에서 시행했다. 십 대인 어린 회원들을 모든 결정에 참여하게 했고, 어른으로 대접했다. 코르차크의 이런 원칙은 하쇼메르 하짜이르의 접근법과 일치했다. (코르차크는 1899년에 빈에 이 유대인 사회주의 조직의 지부를 만든 적이 있다.) 쿠론은 코르차크의 사상을 받아들여 유대 사회 너머로 확장했다.

오랜 토론과 합의, 의사 결정 참여는 학생들을 비판적이고 정치에 밝은 젊은 시민으로 바꿔놓았다. 쿠론이 스카우트 활동을 금지당했을 때, 마침 친구인 카롤 모젤레프스키Karol Modzelewski가 베네치아에서 학술 연수를 마치고 돌아왔다. 1937년에 모스크바에서 태어난 모젤레프스키는 굽은모퉁이 클럽의 회원이던 인물로, 베네치아에 있을 때 이탈리아에 활기를 불어넣은 교육 개혁과 여러 정치 사안을 다룬 열띤 학생 토론에 참여했었다.[26] 이 경험으로 처음 자유를 맛본 모젤레프스키가 1962년 10월에 쿠론과 함께 바르샤바대학교 사회주의청년연맹 안에서 '정치토론회'를 선보였다. 모젤레프스키는 박식하고 주장에 빈틈이 없는 전형적인 지식인이었고, 쿠론은 감성과 활기가 넘치는 활동가였다. 모젤레프스키는 사상가이고 쿠론은 실행가였지만(Bikont & Łuczywo, 2018), 두 사람 모두 카리스마가 넘쳤다.[27] 그 뒤로 모젤레프스키는 바르샤바대학교에서 역사학 박사 과정을 밟았고, 쿠론도 마찬가지로 역사학 석사 과정을 밟았다. 두 사람 모두 폴란드연합노동자당 당원이자 당 산하 단체인 사회주의청년연맹 소속이었으므로, 모젤레프스키는 대학교 당 지도부와 사회주의청년연맹을 방패삼아 자신들의 정치 활동을 보호하려 했다.[28]

정치토론회는 모임에 전문가들을 초청해, 특정 주제를 비판적으로 토론하는 데 필요한 이론적, 학문적 배경을 들었다. 목적은 학자들에게 자극받아 토론 수단과 논거를 개발하는 것이었다. "정치토론회에서 폴란드인민공화국의 정치 현실과 경제 현실을 철저하게 비판하는 의견이 생성되었다." (Friszke, 2010, 89) 정치토론회는 고무우카가 1956년에 내걸었다가 빠르게 흔적을 지운 공약인 더 많은 자유와 민주주의, 노동자 생활 조건 개선, 국가 관료주의의 제한 논쟁에 다시금 불을 지피고자 했다. 모임은 굽은모퉁이 클럽이 그랬듯, 한 달에 한 번 목요일에 열렸다. 첫 모임은 1962년 10월 25일, 보그단 얀코프스키Bogdan Jankowski[29]가 당시 폴란드의 도덕과 정치 충돌을 주제로 강연하며 시작했다. 11월 22일 두 번째 모임에서는 브워지미에시 브루스[30] 교수가 '우리 경제의 문제점'을 주제로 강연했다. 그리고 12월 13일에 열린 세 번째 모임에 사회민주주의와 관료주의를 주제로 지그문트 바우만이 강연했다. (Friszke, 2010, 83) 2015년 7

374

월 27일에 바르샤바에서 나눈 인터뷰에서 모젤레프스키는 내게 이렇게 말했다.

바우만은 유명한 사회학자였고 젊은이들에게 지지받았습니다. 폴란드의 정치 관료주의를 다루는 모임을 열자는 것은 내 생각이었어요. 아직 내가 고전 마르크스주의 개념을 그렇게 열렬히 지지하지는 않을 때였지만, 정면으로 맞서 논의해야 할 필요가 있어 보였거든요. 쿠론과 나는 정치토론회가 바르샤바대학교에서 지적, 정치적 사고를 자극하는 곳이어야 한다고 생각했습니다. 그래서 바우만한테 요청해야겠다고 생각했어요. 바우만이 젊은이들을 사로잡을 것을 알았으니까요. 정치토론회는 열린 모임이라, 따로 회원이 없었어요. [내 생각에는] 바우만의 강연이 토론에 입문하기에 아주 좋은 기회였습니다.

강연 뒤 이어진 활기 넘치는 토론에서 권력 구조를 크게 비판하는 목소리가 나왔다. 쿠론과 미흐니크가 요주의자였으므로, 정치토론회 모임에는 언제나 첩보 요원이 자리를 지켰다. 모젤레프스키는 "확실히는 모르겠지만, [공안이] 바우만과 정치토론회를 나쁘게 적었으리라고 확신합니다. 당연하게도 공안은 바우만이 수정주의자이고 정치토론회가 [국가와 당을 향한] 적대 활동을 일으킬 위험한 진원지라고 믿었어요."라고 말했다. 모젤레프스키의 말이 맞았다. 바우만의 강연 기록이 국가기억원 기록물 보관소에 남아 있는 덕분에, 이 사건을 다시 그려볼 수 있다.

1962년 12월 14일 바르샤바, 스티시[장교 이름]의 보고 내용. 기밀.
1962년 12월 14일, 바르샤바대학교 학생회관 강당에서 열린 정치토론회에 참석했다. 어제 토론 주제는 사회주의 체제의 관료주의였다.

강의는 바르샤바대학교의 사회학부 부교수 바우만이 맡았다. [한 달 전 정치토론회에서 강의했던] 브루스 교수와 [폴란드연합노동자당 중앙위원회 위원이자 전직 장관이고 경제학자이자 정치가인] 스테판 옝드리호프스키도 참석했다. 두 사람은 토론회에서 아무 말도 하지 않았다.

강연에서 바우만 부교수는 민주주의의 정의를 몇 가지 제시한 뒤 토론을 시작했다. 자신이 보기에 민주주의를 가장 잘 정의한 사람은 마르크스고, 그다음은 엥겔스와 레닌이라고 말했다. 이어서 행정 기구를 언급한 뒤 사회주의 체제의 근간이 되는 이론과 행정 기구가 어떻게 연결되는지를 이야기했다. 레닌의 말을 빌려, 체제가 갓 시행된 초기뿐 아니라 나중에 체제에서 모든 모순이 사라진 때에도 그런 기구가 존재해야 한다고 말했다. 바우만은 문제의 원인이 행정 기구가 아니라 다른 데 있으므로, 전체 사회의 관심사를 대표하는 집권당이 절대로 인민과 동떨어져서는 안 되며, [만약 그랬다가는] 계급이 없는 체제에서 집권당이 사회 계층, 더 나아가 계급이 될 것이라고 주장했다. 그리고서 모든 사회 구성원이 동등한 기회 즉 같은 출발선에 설 권리를 얻어야 한다는 평등주의를 논했다. 바우만은 모든 사람이 저마다 욕구를 충족해야만 진정으로 바람직한 체제가 될 수 있다고 강조했다. 이에 따라 언급한 것이 이른바 호모 에코노미쿠스다. 바우만 부교수는 힘있는 자의 모든 행위가 자신의 물질적 욕구를 채우려는 욕구에서 비롯한 결과라는 호모 에코노미쿠스의 개념에 강한 이의를 제기하고, 명성이나 다른 여러 이유도 똑같이 중요하다고 주장했다. 당과 사회를 통제할 필요를 고려하면, 관료 기구 자체도 당연히 필요하다고 힘주어 강조했다. 그리고 그 까닭을 소련과 폴란드의 사례를 들어 설명했다.

이어서 참석자들이 토론에 참여했다.

1. 한 학생이 행정 기구의 인력 구성 문제를 제기해, 규칙을 따르지 않는 사람이 있으면 조건을 만족하는 다른 사람이 틀림없이 그 자리를 차지할 것이라고 주장했다.

2. 다른 학생은 행정 기구의 중앙 집중과 분권 문제를 [지적했다.] 이 학생은 분권이 관료주의가 인민을 소외하지 않게 하므로 더 낫다고 봤다.

3. 쿠론 군은 행정 기구가 결국은 관료 계급을 만든다는 이유로 강하게 반대했다.

4. 카롤 모젤레프스키는 행정 기구가 존재해야 하지만, 또다시 1956년 같은 왜곡이 일어나지 않도록 통제해야 한다고 강조했다.

5. 한 학생이 행정 기구가 전문가를 고용할 때 일어나는 문제를 제기하더니, 전문가를 통제할 권리가 있는 이념 신봉자와 협력할 때 일어나는 문제도 제기했다.

6. 어느 나이 든 신사가 개인숭배 문제를 [제기했다.] 이 신사는 바우만에게 동의하지 않았지만, 공식 사안에서만 동의하지 않았을 뿐이다. 자신을 그 방에서 가장 좌파에 속한다고 소개했다.

7. 경제학과 3학년생인 쿠친스키가 두 가지를 질문했다. 첫째, 사회주의의 명백한 모순을 바라보는 행정 기구의 태도, 관점 등. 둘째, 중앙 집중과 관련한 관료주의의 인민 소외(이 학생은 분권을 선호했다)나 체제를 특히 위협하는 존재.

8. 몇몇 사람이 폴란드에 관료 계급(또는 계층)이 이미 존재하느냐, (폴란드에) 다시 스탈린주의가 생겨나 폴란드가 원격 조정되지 않을 것이 확실하냐고 물었다.

… 바우만 부교수는 … 참석자들에게 올바른 결론에 이르도록 더 구체

적으로 이야기해 보라고 요청했다.

나 말고도 키츠키[프라가 지구에 있던 유명한 기숙사]에서 온 학생들이 있었다. 정치경제학부의 쿠친스키, 루치나 홀레바, 예지 크비에치엔, 사회주의청년연맹 소속인 폴란드어학부 3학년생 보흐단 크니호비에츠키, 사회주의청년연맹을 대표한 폴란드학부 3학년생 레세크, 폴란드학부(철학) 율카 브룬, 폴란드학부 3학년생 할리나 플리스. 키츠키에서 온 참석자들은 강연이 매우 흥미롭다고 말했다. 나를 놀렸고, 바우만, 두 번째 강연자, 쿠론, 모젤레프스키에게 박수를 보냈다. 하지만 첫 발언자는 빌어먹을 멍청이였다.

[서명] 아마토르카

[첩보 기관 장교가 덧붙인] 의견: 정보 보고서에서 아마토르카는 사회주의청년연맹 클럽의 토론 과정을 보고한다. 아마토르카가 덧붙인 의견에 따르면 토론 자체는 그다지 흥미롭지 않았다. 참석자들이 주제에서 벗어난 이야기를 하기 일쑤고, 폭넓은 논쟁이라고는 없이 사안을 꽤 얄팍하게 다뤘다. 어떤 참석자는 카롤 모젤레프스키와 쿠론의 발언 사이에 강당을 웃음바다로 몰아넣은 발언을 했다. 이 사람(학생)은 한 집단의 재정 상황이 나쁘면 정치 체제에 불만이 생길 수 있다고 단언하고, 자기가 보기에 현재 폴란드에서 가장 박봉에 시달리는 작가 직군을 예로 들었다. 또 폴란드가 모스크바에 원격 조정되고 있지 않으냐고도 물었다. … T. W.[비밀 정보원 아마토르카]는 [브루스 교수에게 지도받는] 정치경제학과 학생 쿠친스키가 이전 모임과 마찬가지로 강연을 자기 테이프에 녹음했다고 강조했다. T. W.는 다른 의견은 덧붙이지 않았다. T.

W.를 첩보망에서 제외하는 결정과 관련하여 만난 것이 마지막이고, 다른 약속은 잡지 않았다.

[서명] 바르샤바 시경 3사단 선임 작전 장교 C. 스티시 중위[31]

이 문서는 첩보 기관이 여론을 통제하고자 정보를 얼마나 자세히 모았는지를 드러낸다. 이 무렵 폴란드에서는 정부 정책에 조금이라도 의문을 드러내는 것이 용기가 필요한 행동이었다. 정권 반대자로 낙인 찍혔다가는 조금만 미심쩍은 발언을 해도 배척되거나 감옥에 갇힐 위험이 있었기 때문이다. 바우만과 학생들은 경제학자이자 고위 정치인인 스테판 엥드리호프스키를 당국의 감시자로 인식했을 것이다. 그러므로 열띤 토론은 정치토론회가 젊은이들이 두려움 없이 반대 의견을 드러내는 환경이었다는 것을 보여준다. 젊은이들은 정권이 완벽하게 통제하지 못하는 집단이 있다는 것을 보여주는 리트머스 시험지였다. 공안실이 모순추구회나 정치토론회를 미심쩍게 여긴 것은 옳았다. 이런 모임들은 폴란드의 반체제 운동을 키우는 요람이었다.[32]

정치토론회는 해산되기 전까지 공식적으로 1년 동안 존재했다. 해산 뒤 회원들은 더 작은 모임을 조직해 은밀하게 활동했지만, 언제나 공안의 감시가 따라붙었다. (Modzelewski, 2013, 101~102) 한 번 첩보 기관의 관심 대상에 오르면 활동을 끊임없이 감시받았기 때문이다. 쿠론과 모젤레프스키, 그리고 바우만이 바로 그런 사례다. 이들은 대외 활동은 물론이고 출간, 학회, 강의 같은 모든 학문 활동과 공사의 인간관계까지 감시받았다.

공안의 전문가 비평

학계에 발을 들인 뒤로, 지그문트 바우만은 무척 많은 글을 썼다. 이 가운데 1960년부터 1962년까지 시론 몇 편과 논문 단행본 여섯 편, 그리고 입문서 한 권(Bauman, 1962b)을 펴냈다. 바로 이 입문서가 첩보 기관의 눈길을 끌었다. 국가기억원의 바우만 서류철에는 경력이 오래된 사회학자 세 명(두 명은 가명을 썼다)이 이 책을 살펴보고 작성한 것으로 보이는 비평 세 편이 들어 있다. 이 비평들은 바우만을 수정주의자로 본 당 계열 사회학자들이 바우만을 어떻게 받아들였는지를 보여준다. 이들의 글에는 스탈린주의 시절의 유산인 특정 언어와 교화가 모습을 드러낸다.[33] 1963년 9월 6일에 아담 피오트로프스키라는 가명으로 작성된 첫 비평은 다른 전문가의 견해까지 포함한 메타 비평이다.

> 학문 측면에서 이 책은 1945년 이후 처음으로 역사 순이 아니라 문제 순으로 정리한 폴란드어 사회학 교재로 알려져 있다. … 또 마르크스주의 견해로 쓴 책이라고도 알려져 있다. 당연하게도, 그런 정의를 강조하는 사람들은 모두 이 책과 저자가 마르크스주의에 충실하다고 소개한다. 중요하게 덧붙이자면, 마르크스주의는 획일적이지 않아 다양한 방향과 학파가 존재한다. … 저자를 지지하는 사람들과 이 책을 토론할 때 가장 자주 듣는 말이 저자가 주제 선택이나 문제 해결에서 어떤 독단론에도 얽매이지 않는 이른바 '열린 마르크스주의'를 대표하고, 그래서 외국, 그중에서도 미국의 유용한 학술 문헌을 주저 없이 이용한다는 것이다. 바로 여기에 이 책의 본질이 있다. 저자는 마르크스주의의 특정 원칙을 고수하면서도 여기에 미국의 이념을 접목한다. 이는 모든 비평가가 인정한 부분이다.
> … 호흐펠트 교수의 조수 출신인 저자는 사회주의 이념에 헌신하지

않는 모습을 [드러낸다.] 이 책을 마르크스주의 관점에서 썼다고들 말하지만, 허울만 마르크스주의일 뿐 내용은 마르크스주의 성향을 거의 하나도 보이지 않는다. … 저자는 엄청나게 많은 영향을 받은 서구 문헌 특히 미국 문헌을 분석의 바탕으로 삼았다.[34]

두 번째 비평은 더 꼼꼼하고 탄탄한 근거를 제시한다. 마르크스주의 사상가를 거의 언급하지 않는다는 것을 정량적 접근법을 이용해 증명하고, 저자가 '부르주아' 작가를 최고의 찬사를 이용해 설명한다는 것을 자세히 파헤친다. 반어적 어조의 이 비평은 '열린 마르크스주의'에 초점을 맞춘다.

사회학에서는 흔히 '미국화'를 볼 수 있다. [이 현상을] 대표하는 곳이 호호펠트 학파(율리안 호호펠트, 지그문트 바우만, 예지 비아트르, 마리아 히르쇼비치, 브워지미에시 베소워프스키, 시몬 호다크)다. 최근 몇 년 동안 [이 학파는] 마르크스주의 사회학의 이름으로 발언할 권리를 독점했다. 지그문트 바우만의 교재 『사회학 개요―쟁점과 개념』을 예로 들어 이 문제를 살펴보자. … 이 교재는 저자가 1961~1962년에 대학에서 강의한 내용을 다듬은 입문서로, 이미 여러 대학에서(심지어 당의 훈련 조직에서까지) 널리 교재로 쓰인다. … 바우만이 언급한 저자들의 관점에서 책을 훑어보면 … 심각한 의문이 떠오른다. 저자 목록을 살펴보면, 블라디미르 레닌을 6회, 스타니스와프 오소프스키를 10회 언급한다. (비판은 한 번도 없다.) 프랑스의 부르주아 평론가이자 사회학자 모리스 뒤베르제Maurice Duverger는 7회, 미국의 부르주아 사회학자 탤컷 파슨스Talcott Parsons는 13회 언급한다. 장마다 제시한 추천 서적에는 호호펠트 학파 말고는 레닌이나 현대 마르크스주의자가 쓴 책이 한 권도 없다. 추가로 읽으면 좋다고 추천한 책들도 미국 부르주아 문헌과 유제프 하와신스키, 스타니스와프 오소프스키, 얀 슈체판스키 같은 폴란드의 자유사회주의 학자와 비마르크스주의 부르주아 저자가 두드러진다. 수백 건의 인용 문헌에서도 비슷한 양상이 나타난다. 그런데 소련의 철학 문헌과 사회학 문헌, 폴란드 바깥의 현대 마르크스주의자에는 다른 태도를 보인다. 정확히 말해 소비에트 대백과사전은 딱 한 번 인용했다. 소련 역사가 니콜라이 마시킨과 블라디미르 세르게예프도 인용하지만, 고대 문제와 관련해서만 언급할 뿐이다. ⋯ 그런데 부르주아 사회학자들은 "뛰어난 스웨덴 사회학자", "유명한 미국 사회학자", "유명한 서독 사회학자"로 언급한다. (이들은 군나르 뮈르달Gunnar Myrdal, 루이스 A. 코저Lewis A. Coser, 랄프 다렌도르프Ralf Dahrendorf, W. 로이드 워너W. Lloyd Warner, 레오폴트 폰 비제Leopold von Wiese, 바니 글레이저Barney Glaser, 폴 라자스펠드, 탤컷 파슨스를 가리킨다.) ⋯ 오소프스키는 사회학자일 뿐 아니라 학문 이론의 권위자로 그렸다. 철학 분야에서 '탁월'이라는 꽤 진부한 용어를 설명할 때는 브워지미에시 타타르키에비치의 권위에 의존한다. ⋯ 마르크스, 엥겔스, 레닌은 한 번도 언급하지 않는다. 이와 달리 폴란드 출신 부르주아 방법론 학자와 사회학자는 카지미에시 아이두키에비치부터 코타르빈스키, 오소프스키, 즈나니에츠키, 고슈코프스키까지 거의 빠짐없이 인용하고, 미국 부르주아 학문의 대리자들도 마찬가지로 인용한다. 역사 비교 방법론을 적용하는 방식에서는 계급 구조를 다룬 오소프스키 교수의 책을 언급한다. ⋯ 남은 장들도 마르크스주의와는 거의 관련이 없다. ⋯ 바우만은 사회 집단을 "심리적 유대로 연결된 사람들의 모임"으로 설명한다. 이 장은 가족, 국가, 파시즘 투쟁자 같은 혁명 집단의 사회학을 다루므로 영적 유대가 사회 집단의 기초가 된다. 이런 식으로 우리는 주관주의 사회학 대잔치를 마주한다. ⋯ 저자는 노동 계급의 도덕성이 부르주아를 과도하게 비난하는 특징을 보인다고 묘사한다. 이것이 저자가 이른바 마르크스주의 관점에서 "반동 이론들에 완전히 굴종"하는 방식이다.

바우만의 책은 최근 몇 년 사이 폴란드 사회학의 이론적 고찰에서 흔히 나타나는 특성을 보인다.[35]

1963년 10월 17일에 작성된 세 번째 검토서는 '열린 마르크스주의'의 일탈에만 초점을 맞춘다. "모든 양심을 걸고 말하건대, 바우만의 책은 학문 분야뿐 아니라 다른 모든 분야에서 서구에 동조를 구하고 공통어를 찾으려 하는, 달리 말해 마르크스주의 방법론의 기본 원칙을 바탕으로 공산주의와 자본주의 사이에 다리를 놓으려 하는 '열린' 마르크스주의를 특이하게 표현한 것이다."[36]

그렇다. 바우만은 다리를 놓고 있었다. 얄궂게도, 21세기를 사는 폴란드 사회학자 안토니 수웨크가 완전히 반대되는 견해를 제시해, 바우만이 "폴란드에 마르크스주의 사회학을 구축하는 데 방해"된다는 이유로 "미국식 사회학에 굴복"하는 데 반대했다고 주장한다. (Sułek, 2011, 139) 여기서 수웨크가 언급하는 근거는 바우만이 1961년에 쓴 시론 「현재 미국 사회학의 쟁점」이다. 하지만 이는 바우만이 가리키는 대상이 미국 사회학 전체가 아니라 정량적 방법론과 조사 기법이라는 것을 제대로 파악하지 못한, 수박 겉핥기 같은 평가다. 이 사실은 바우만이 같은 해인 1961년에 쓴 탁월한 소논문 「사회학의 주제 변주*Wariacje na tematy socjologiczne*」[37]에도 뚜렷이 드러난다. 이 글에서 바우만은 폴란드 사회학자들이 폴 라자스펠드의 설문 조사 같은 미국식 연구 방법론 특유의 맥락과 한계를 고려하지 않은 채 덮어놓고 베끼기만 한다고 비난했다.[38] 게다가 바우만이 미국 사회학에 모순된 태도를 보인다는 주장은 현대 학자들이 자주 놓치는 중요한 특성을 고려해야 한다. 바로 검열 말이다.

바우만이 1968년 전에 폴란드에서 발표한 모든 글은 검열관의 규제를 거친 탓에, 바우만이 오롯이 자기 뜻대로 단어를 선택하지 못했다. 「사회학의 변천」에서 매우 뚜렷하게 나타나듯이, 어떤 문장들은 그저 논문을 출간하려는 목적으로만 넣었을 것이다. 이 시기에는 협상, 원고 수정 전략, 중의적 표현 사용, 독자에게 '정치적으로 올바르지 않은' 정보 끼워 넣기 등 저자와 검열관의 기이한 관계를 둘러싼 이야기가 넘쳐난다. 1968년 이전 폴란드 같은 국가에서 출판물을 검사할 때는 이런 과정이 중요했다. (그 뒤로도 1989년에 검열이 폐지되기 전까지 같은 상황이 펼쳐졌다.) 공론의 장에서 활동하는 사람들은 끊임없이 줄타기하듯 단어를 다뤄 검열을 빠져나갈 만한 단어를 골랐다. 단어 선택은 승인이나 금지냐가 걸린 진땀 나는 승부였다.

공안의 침투

철학부를 수정주의자 소굴이라고들 여겼지만, 정기적으로든 비정기적으로든 공안에 보고하는 사람 말고도 공안의 '끄나풀'이 철학부에 우글거린다는 것을 모르는 사람이 없었다. 교수와 학생들은 자신의 견해가 정보원들을 거쳐 개인 서류철에 보존될 수 있다는 것을 잘 알았다. 그러므로 정보 보고서에 이들의 발언으로 인용된 내용에는 두 가지 의미가 있을 수 있다. 이를테면 바우만을 염탐한 한 정보원은 이렇게 보고했다. "바우만을 포함한 몇몇 사람에게 젊은 학문 노동자들을 구류한 일을 꺼내봤다. 안타깝게도 이 대화는 별 소득이 없었다. 바우만이 이 문제를 심드렁하게 넘기고 다른 이야기를 꺼냈기 때문이다."[39] 이 글로 보건대, 바우만은 상대가 자기 뒤를 캐 보고한다는 사실을 알고서 불리하게 쓰일 말은 한마디도 하지 않고자 주제를 바꿨다. 사람들은 누군가가 자신을 지켜본다는 것을 알았다.

비밀 증언들에 나타난 바우만의 모습은 때에 따라 서로 어긋난다. 견해가 다양해야 나중에 첩보 기관이 혐의를 만들 때 갖다 붙일 재료가 많아지므로, 일부러 여러 모습을 제시했을지도 모른다. 1963년 10월 25일에 'K'가 작성한 기록에서 발췌한 글은 바우만을 영리하고 교활한 사람으로 그린다. "'K'는 바우만을 유능하고 영리한 선수로 본다. … 사회 집단의 전문가로서, 바우만은 자신만의 게임을 펼치기를 좋아하고 상황을 자신에게 유리하게 바꿀 줄 안다. 'K'에 따르면 바우만은 순응주의자라, 자신의 관점을 '군중에게' 맞춘다."[40]

이와 달리 다른 보고서들은 바우만을 유연성, 순응, 전략과 거리가 먼 사람으로 그렸다. 1964년 5월 13일에 바르샤바의 '라파워'가 받은 '기밀' 보고서가 그런 예다.

나는 바우만을 아주 조금밖에 모른다. 바르샤바대학교에서는 만난 적이 없다. 하지만 열 개 남짓한 사교 모임에서 매우 긍정적인 인상을 받았다. 절대로 '젠체하지 않는' 겸손함이 있고 재미있으면서도, 대단히 용감해 낯설거나 인기 없는 견해를 말하는 데 머뭇거림이 없다. 성격은 단언컨대 대단하다. 중견 세대에서는 아마 안토니나 크워스코프스카 다음으로 유능한 사회학자일 것이다. 게다가 한결같이 성실하다. … 바우만은 꽤 인기가 높지만, 어떤 사람들 특히 샤프 동지는 바우만을 미심쩍게 바라본다. (한번은 샤프가 농담 삼아 "바우만 동지, 자네는 언제나 무언가를 비난하고 좋지 않게 생각해야만 직성이 풀리는군."이라고 말했다.) 그래도 바우만이 정직하다는 것은 아무도 부인하지 않는다. … 친구가 다양하고, 학생들에게도 인기가 높다. 내 친구들한테 들은 바로는 야누시 쿠친스키, 리샤르트 투르스키, 크시슈토프 포미안(모두 《포 프로스투》 회원

1964년 10월 26일, 헨리크는 바우만이 다른 사회학자들과 함께 체코슬로바키아를 오랫동안 방문한 일을 보고했다.[41]

정보원 헨리크는 자신이 수집한 자료의 한계를 솔직하게 강조했다. 인터뷰를 받아들인 사람들은 속내를 드러내지 않고 정치적으로 옳은 말만 했다. 1964년 후반은 체코슬로바키아 정권이 막강한 힘을 휘두를 때라, 사람들이 발언 수위를 조절했다.

가장 흥미로운 보고서는 소규모 토론에 참관한 정보원들이 작성한 것이다. 열띤 토론이 오가는 이런 자리에서는 참석자들이 자제력을 잃고 진짜 속내를 말하기 마련이다. 폴란드 정치에서 매우 중요한 토론 주제 하나가 물가 인상이었다. 국가가 통제하는 시장에서 물가 인상은 매우 정치적인 결정이자 정권이 두려워하는 일이었다. 물가가 올라 저소득 가정이 피해를 보면 노동자 폭동을 자극할 위험이 있었기 때문이다. 국가 기억원의 바우만 서류철에는 바우만이 물가 인상에 보인 반응을 비난하는 내용이 들어 있다. 1967년 11월 25일에 레스와프라는 대위가 이런 기록을 작성한다. "채소 가격을 올리는 문제로 바르샤바대학교에서 열린 당 모임 뒤 셋이 모여 이야기를 나누는데, 바우만이 '그렇게 물가를 올리면 기존의 사회 분열이 더 깊어져 햄을 먹는 사람과 카샨카[42]를 먹는 사람으로 나뉠 것이다.'라고 말했다."

친구들이 자주 언급한 바우만의 짓궂은 유머 감각은 계급 없는 사회라는 환상, 이념과 실천의 깊은 틈을 간결하게 설명했다. 학계에는 이른바 학문의 자유와 정치 비판 사이에 빈틈이 있었다. 이 틈이 바르샤바대학교에서 열띤 토론과 논쟁, 더 나아가 충돌을 일으켰다.

탄압

1963년 7월, 당국이 바르샤바대학교의 모든 토론회를 해산하라는 명령을 내렸다. '풋내기 수정주의자'들은 지하로 숨어들었다. 공개 토론이 금

지되었지만, 표현의 자유를 잃자 바르샤바대학교 안팎으로 격렬한 감정
이 들끓었다. 처음 나온 반응 중 하나가 안토니 스워님스키가 앞장선 '34
인 서한'이었다. 1964년 3월 14일에 작성해 유제프 치란키에비치Józef
Cyrankiewicz 수상에게 보낸 이 문서에 지식인 34명(대부분 작가였지만, 철학
교수들도 있었다)이 서명했다. 서명자들은 두 문장짜리 편지로 표현의 자
유 제한과 검열에 항의했다. 모젤레프스키가 학교에서 당장 지지 집회를
조직했고, 이에 맞서 대학 내 당 조직과 청년 분과가 날 선 반응을 보였
다. 모젤레프스키는 당에서 쫓겨났고, 그 순간부터 모젤레프스키와 친구
들의 활동은 불법이 되었다. (Modzelewski, 2013, 102~103) 영국과 이탈리
아의 작가뿐 아니라 하버드대학교의 몇몇 교수가 항의서에 서명한 '34'
명에게 뜻깊은 지지를 보냈다. 이에 맞서 당국은 서명에 참여한 한 작가[43]
를 본보기로 체포해 기소했다. 하지만 바르샤바의 지식인에게는 이 경고
가 먹히지 않았다.

　　1964년 3월부터 모젤레프스키와 쿠론이 이끄는 젊은 학생 집단이 나
중에 「당에 보내는 공개서한」[44]으로 알려지는 무려 124쪽짜리 항의서를
작성했다. (Friszke, 2010, 179) 이 서한은 독립된 정치 강령을 제시했고
(Modzelewski, 2013, 105), 당과 국가의 상류층을 정치 관료로 정의했다.
(Friszke, 2010, 212) 원래 이 서한은 열 명으로 구성된 지하 단체가 토론용
으로 쓴다는 명분으로 작성한 것이었는데, '작성 중'이던 일부 내용이 공
안의 손에 들어갔다.[45] 유출에 조심하라는 경고를 받은 쿠론은 단체에 공
안이 침투했다고 의심했다. 그래서 모젤레프스키와 상의해, 두 사람이
작성한 부분만을[46] 자신들의 이름으로 발표했다. 하지만 미처 복사본을
준비하기도 전인 11월 14일에 두 사람이 체포되었고, 준비한 원고 두 부
는 모두 압수되었다. 한 부는 모젤레프스키가 갖고 있었고(Bikont &
Łuczywo, 2018, 433), 다른 한 부는 쿠론의 집에서 발견되었다. (Friszke,

2010, 179) 쿠론과 모젤레프스키는 모든 책임을 자신들에게 돌렸다. 당국이 두 사람을 '반국가' 활동으로 기소했지만, 며칠 동안 이어진 수사와 심문 끝에 내무부가 소송을 취하했다. 아마 여론의 비판을 피하고 싶어서였겠지만, 공식 사유로는 선언문이 한 부도 배포되지 않았다는 사실을 들었다. 그 대신, 당과 바르샤바대학교에서 수정주의(와 트로츠키주의) '요소들'을 '정화'하고자, 쿠론과 모젤레프스키의 당적을 박탈하고 대학에서 내쫓았다.[47]

바르샤바대학교는 누구도 읽어본 적 없는 이 '공개서한'이 왜 위험하고 왜 작성자들이 처벌받아야 하는지를 설명하는 공개 '교육 조처'를 취했다. 하지만 공식 선전 활동은 그리 효과가 없었다. 수학과와 물리학과에서는 작성자들을 긍정적으로 봤다. 이와 달리 브루스가 속한 정치경제학과에서는 모든 사건이 축소되었다. 마리아 오소프스카는 작성자들을 칭송해, 서한을 심의하는 것이 "학계를 위협하려는 시도"에 지나지 않는다고 비난했다. (Friszke, 2010, 194) 바우만은 위험에 처한 조교 베르나르트 테이코프스키를 방어하는 데 초점을 맞춰, 테이코프스키가 선언문에 손을 보탰다는 직접 증거가 없다고 주장했다. 게다가 바우만과 동료들은 공안이 쿠론과 모젤레프스키의 선언에 지나치게 날카롭게 대응했다고 생각했다.

2013년 인터뷰에서 바우만은 내게 "서한 작성은 영리하지 못한 생각이었습니다. 그런 식으로 자신을 드러내는 것은 좋은 생각이 아니었어요. 하지만 나는 제재에는 완전히 반대했습니다. 내가 보기에는 당의 반응이 약점을 증명했거든요."라고 말했다. 내가 인터뷰에서 이 말을 언급하자, 모젤레프스키가 웃음을 터트렸다. "완전히 맞는 말입니다. 멍청한 짓이었어요. 하지만 우리는 어리고, 순진했고, 세상을 바꾸고 싶었어요."

이상주의자인 모젤레프스키와 쿠론은 포기하지 않았다. 사진기처럼 기억력이 정확한 모젤레프스키가 선언문을 한 줄 한 줄 다시 적었고, 당의 선전 활동에 맞선 짧은 대응을 쿠론과 함께 덧붙였다. 1965년 3월 17일, 두 사람은 타자기로 친 선언문 열네 부를 당과 바르샤바대학교 사회주의청년연맹 지도부에 전달했다. 또 '서구'(자유유럽방송과 여러 국제 소식통)에도 한 부를 보냈다. (Friszke, 2010, 203) 서한은 곧장 폴란드연합노동자당 제1서기 고무우카와 다른 지도부의 손에 들어갔고, 3월 19일에 모젤레프스키와 쿠론이 체포되어 '국익을 해치는 허위 정보 배포'로 기소되었다. (Friszke, 2010, 204) 이들이 체포되자, 바르샤바대학교에서 학생과 교수들이 참여하는 항의가 일어났다. 바우만도 여기에 동참했다. 이 서한에 어느 정도 영감을 줬다는 의심을 받던 터라, 바우만은 꽤 미묘한 처지에 있었다. 국가기억원에서 찾은 4월 21일 자 기밀 보고서는 바우만을 이렇게 언급한다.

모젤레프스키 무리의 사건과 관련해, 바우만은 자신의 조교 베르나르트 테이코프스키를 옹호했다. 테이코프스키는 바우만의 지도로 관료주의를 다룬 석사 논문을 썼다. 이 논문에 담긴 사고를 모젤레프스키 무리의 글에서도 찾아볼 수 있다. 사실과 다르게도, 바우만은 모젤레프스키 무리가 준비한 문서에 테이코프스키가 아무 관련이 없고, 문서가 드러나기 전까지는 그런 문서가 존재하는 줄도 몰랐다고 증명하려 애썼다. 테이코프스키를 다른 학과로 옮겨 학생들에게 영향을 미치지 못하게 막자는 제안에도 강하게 반대했다. 바우만은 테이코프스키가 사건에 가담했다는 본질을 완전히 무시했다. 폴란드학술원 직무에서 테이코프스키를 해고하는 문제와 관련해, 바우만은 모젤레프스키 무리를 은밀히 지지하고 이 사건에 첩보 당국이 취한 조처를 부정적으로 평가했다.[48]

6월 5일, 징계 위원회가 테이코프스키를 해고했다.[49] 바우만은 테이코프스키를 보호하지 못했다.[50] 공안 기록에 따르면 테이코프스키는 바우만이 선언서에 영향을 미치지 않았다고 주장했다. 마르친이라는 정보원이 6월 15일에 작성한 보고의 발췌본에 따르면, 테이코프스키가 어느 동료에게 자신이 바우만에게 해를 끼쳤다는 소문은 사실이 아니라고 말했다.

테이코프스키는 바르샤바대학교에서 쫓겨난 이유가 자신의 관점 때문이지 바우만 교수와 엮여서가 아니라고 말했다. 그뿐 아니라 바우만이 바르샤바대학교에서 자리가 위태로워진 까닭은 당국을 바라보는 견해 때문이라고도 말했다. 여기에 … 바우만이 폴란드학술원 고위직을 포함한 비공식 연락처에서 은밀한 정보를 받는 … 기만적이고 부정직한 사람이라고도 덧붙였다.[51]

심각한 비난이지만, 테이코프스키의 발언은 그의 복잡한 성격을 반영하는 듯 서로 충돌한다. 나중에 볼레스와프로 개명하는 베르나르트 테이코프스키는 모젤레프스키에 따르면 1956년 10월에 크라쿠프에서 지도부 역할을 맡았던 이력 때문에 '공개서한' 집단에 합류를 권유받았다. 또 민족주의 반공 단체인 독립폴란드연맹의 노선을 따랐으므로, 쿠론과 충돌했다. "테이코프스키가 반유대주의에 집착해 내무부 장관 미에치스와프 모차르*가 이끄는 공안에 가까워졌고(첩보 기관에 협력했다기보다 정치적으로), 마침내 1989년 이후 자유 폴란드에서 볼레스와프라는 이름

_____

* Mieczysław Moczar. 폴란드공산당 출신인 모차르는 2차 세계대전 때 루블린과 키엘체에서 무장 투쟁에 뛰어들었고, 해방 뒤에는 공안부에서 근무했다. 해체된 공안부가 내무부로 탈바꿈한 1956년에 내무부 차관이 되고, 1964년에 내무부 장관이 된다.

으로 극우 국수주의 단체의 수장이 되었다."(Modzelewski, 2013, 104)

바우만도 테이코프스키가 공안에 협력하고, 사실은 자신을 조사하려는 공안의 계획에 따라 트로이의 목마처럼 자기 조수가 되었다고 생각했다.

어느 날 베네크 테이코프스키가 1956년 10월 크라쿠프 학생 봉기를 이끈 정신적 지도자이자 공안실 죄수였다는 후광을 달고 내 구역에 나타났다. 첩보 기관에 박해받은 지방의 반정부 인사가 바르샤바 한복판인 호자 거리의 아파트를 배정받았으니, 그때 우리가 주의를 기울였어야 했다. 처벌을 면한 테이코프스키는 자신의 집에 누구보다 독자적으로 사고하는 바르샤바대학교 인문학 전공 학생들을 끌어모았다. … 우리는 이 영웅을 두 팔 벌려 받아들였다. 나는 테이코프스키에게 조수 자리를 마련해 줬고, 관료주의의 이론과 실제를 주제로 석사 논문을 쓰는 데 동의했다. 알고 보니 테이코프스키는 소름 끼치게(나는 이 말을 함부로 쓰지 않는다!) 영리하고 똑똑한 데다 근면 성실의 표본 같았다. 학위 논문을 믿기지 않게 빨리 썼을뿐더러, 단어 하나하나가 모두 뛰어났다. 하지만 내가 검토할 사본을 받기 직전에 '당 통제 위원회'에 원본이 들어가, [고무우카의 아내] 고무우코바가 여러 차례 형사 재판을 진행했다. 재판은 모두 경고와 질책으로 끝났다. (바우만의 비공개 원고, 199?, 22~23)

바우만이 공개서한 때문에 공안에 시달린 까닭은 테이코프스키 때문만이 아니었다. 국가기억원 자료에 따르면, 다른 정보원들이 바우만이 '공개서한'을 자세히 다뤘다고 보고했다. 쿠론과 모젤레프스키가 따로따로 갇혀있던 6월 5일, 첩보 기관이 보낸 비밀 협력자가 이렇게 보고했다. "J. 쿠론이 '공개서한'과 관련해 한 말 중에 무엇보다 중요한 내용은 공개서한을 작성하는 동안 바르샤바대학교 사회학과 부교수이자 잘 아는 지인인 지그문트 바우만에게 몇 차례 조언을 받았다는 것이다. 바우만이 5개년 계획으로 예상되는 어려움 및 노동 시장과 관련한 자료를 다듬는 일을 도왔다고 한다."[52]

바우만이 젊은 사회학도들에게 강연한 내용도 보고되었다.

바우만은 사회학 학생동아리의 지도교수로 … 젊은 사회학도들의 논문 작성을 관리한다. 올해 2월에 열린 전국 청년사회학자학회에서, 바우만은 경제 모델이 의식을 어떻게 비틀어 왜곡하느냐를 기본 문제로 고려해야 한다고 말했다. 토론이 폴란드의 경제 모델을 다뤘고 바우만이 부정적 논지를 드러냈으므로, 거기에 담긴 뜻을 여러 가지로 해석할 수 있다.[53]

서서히 드러나는 바우만의 얼굴은 명확했다. 바우만은 당국에 반대했고, 젊은 말썽꾼들을 지지했고, 그들에게 영향을 미쳤다. 1968년 4월 11일에 정보원 '빈테르'가 작성한 기록에 따르면, 바우만은 모젤레프스키와 쿠론이 감옥에 있을 때 또 다른 방법으로 이들을 도왔다. 이 정보원은 야니나 바우만의 스승이자 석사 과정 지도교수로(학위 논문의 주제는 아동 영화였다) 연구 계획을 이끈 사람이었다. 이 기록은 야니나가 정보원 빈테르를 신뢰했다고도 적는다.

3월 23일 토요일, 지그문트 바우만의 아내 야니나 바우만을 집으로 초대했다. … 그리고 쿠론과 모젤레프스키 사건을 물었다. 어쩌다 남편이 정부 고위직의 노여움을 샀느냐고 물었더니, 야니나는 아마 당적을 반납해서인 것 같다고 답했다.[*] 또 쿠론과 모젤레프스키가 체포되었을 때 둘 중 한 사람의 아내가 돈에 쪼들리자, 어떤 학생이 체포된 두 사람의 가족을 돕고자 돈을 모금했고, 이 사실을 안 대학 당국이 그 학생을 퇴학시키려 했다. 바우만이 나서, 죄수와 가족을 지원하려는 진실함이 있다는 말로 학생을 옹호했다.[54]

정교수가 아닌 바우만이 이렇게 주장하려면 어느 정도 용기가 있어야 했다. 반체제 학생들을 옹호한 교육자 대다수는 정교수였다. 바르샤바대학교라는 계층 조직에서는 취약한 자리에 있는 개인이 제대로 공권력에 맞서기 어려웠다. 바우만은 힘있는 자리에 있지 않았다. 그러기는 커녕 이미 취약한 상황에 있었다. 자신이 염탐당하고 있고, 국외 학술 여행에 문제를 겪고 있다(여권 발급이 지연되는 바람에 이탈리아, 프랑스, 심지어 체코슬로바키아 출장까지 취소해야 했다)는 것을 알았다.[55] 1960년대 중반 무렵에는 당을 내부에서 개혁하겠다는 꿈이 저물어갔다. 그리고 9장에서도 다뤘듯이, 1964년에는 청년 당원, 신규 당원 모집, 당 엘리트와 관련한 연구를 지도부에서 받아들이지 않자 폴란드연합노동자당 사회과학 고등교육원을 그만뒀다.

바르샤바대학교 기록물 보관소에 보관된 1964년 10월 22일 문서는 실제로 당시 바우만이 바르샤바대학교에서만 일했다고 뒷받침한다.[56] 그래도 폴란드학술원이 발간하는《사회학 연구》의 편집장은 계속 맡았다. 이 무렵 바우만은 어려움을 꽤 많이 겪었고, 승진도 느려졌다. 의심할 것도 없이, 고분고분하지 않은 성격과 '반동분자'라는 꼬리표 때문이었다.

---

* 바우만이 1968년 1월에 당적을 반납했다.

암울한 상황, 그리고 승진 심사

1965년 6월 29일, 바우만은 정교수 심사 절차를 활기차게 시작했다. 그 동안 쌓은 성과는 놀라웠고, 출판물 목록도 길디길었다. 1961년에 부교수로 승진한 뒤로 책을 다섯 권이나 펴냈다. 1962년에『사회학 개요─쟁점과 개념Zarys socjologii. Zagadnienia i pojęcia』과『일상의 사회학Socjologia na co dzień』을, 1963년에『생각, 이상, 이념Idee, ideały, ideologie』을, 1964년에『마르크스주의 사회론 개요Zarys marksistowskiej teorii społeczeństwa』, 그리고 많은 독자에게 강한 충격을 안긴『인간 세계의 광경─사회의 발생과 사회학의 기능 연구』[57]를 출간했다. 매우 유능한 논문 지도자이기도 해, 박사 과정 학생도 많이 지도했다.[58]

바우만의 승진을 검토한 사람들은 거의 모두 환호했다. 얀 슈체판스키는 바우만의 성과가 믿기지 않게 놀랍다며, 그 세대에서 가장 돋보이는 사회학자라고 적었다. 율리안 호흐펠트는 양과 질에서 볼 때 바우만의 학문적 성과가 한 세대 앞선 사회학자 파베우 리비츠키에 맞먹게 대단하다고 기술했다. 니나 아소로도브라이, 스테판 노바코프스키, 아담 샤프도 조금 차분하기는 하나 매우 긍정적인 심사 의견을 보냈다. 딱 한 사람 마리아 오소프스카는 다른 말 없이 간결하게, 바우만의 정교수 임명이 "꽤 당연하다. … 바우만은 보기 드물게 성실하고 [사회]과학에 헌신하는 인물이다."라고 적었다.[59] 오소프스카가 묘사한 부지런한 태도가 '재능'이나 '학자의 상상력'이 부족하다는 뜻을 내비친 것일지도 모르지만, 여러 심사 의견 가운데 오소프스카의 조금은 쌀쌀맞은[60] 평가가 그리 큰 의미를 띠지는 않았다.

다음 단계는 바우만의 교수직 자격과 관련한 학과 위원회의 투표였다. 10월 5일, 위원회는 만장일치(17/17)로 바우만의 정교수 승진을 승인했다. 한 달 뒤, 1964년에 이미 당 산하 사회과학고등교육원을 그만둔 바우만이 자신의 근무처를 바르샤바대학교로 한정하겠다고 선언했다. 9장에서 다뤘듯이, 전략적 선택은 아니었다.

큰 성공을 기대받았지만, 바우만의 정치적 운명이 이미 기울고 있었다. 이제 더는 엄청난 잠재력과 놀라운 생산성, 교수 능력과 정치 참여를 보이는 신진 마르크스주의 학자가 아니라, 고분고분하지 않고 통제되지 않는 독자적 학자였다. 쿠론과 모젤레프스키를 옹호한 일과 '공개서한' 사건으로, 바우만은 이제 믿지 못할 인물이 되었다. 자신의 취약한 처지를 지탱할 버팀목을 찾고자, 바우만은 당 중앙위원회 사회부 부장이던 안제이 베르블란에게 편지를 썼다. 베르블란에 따르면 두 사람은 당 전문가 모임에서 만난 적이 있었다.[61] 크리스마스 전날인 1965년 12월 24일에 쓴 편지[62]에서 바우만은 당 사회학자로 구성된 '준거 집단'을 꾸리고, 사례와 이론 모형을 미국 학술지에 기대지 않도록 폴란드가 길러낸 전문가의 수준 높은 사례와 이론을 실을 새로운 사회학 학술지를 만들자고 제안했다. 그에 따른 학회와 여러 행사도 제시했다. 베르블란의 관심을 마르크스주의 사회학자들(이름은 밝히지는 않았다)에게 돌리고자, 놀랍게도 당국이 마르크스주의 사회학자들보다 비마르크스주의 사회학자들에게 더 너그럽다고 적었다. 여기서 에둘러 가리킨 사람은 당의 지원을 잃은 바우만 자신과 호흐펠트파였다. 바우만은 실력자의 비판적 견해가 필요하다고 강조했다. 또 자신이 당에 충성하고 사회학계에서 기꺼이 당의 주요 목소리가 되겠다고 베르블란을 설득하려 애썼다. 바우만은 자신의 자리를 되찾고자 몸부림치면서도, 폴란드 사회를 개혁해야 하고 사회학 연구를 반드시 진행해야 한다고, 내부 비판을 곱씹어봐야 한다고 주장했다. 희망을 품고서, 당이 '열린 마르크스주의'의 흐름을 받아들여야 한다고 제안했다.

학계에서 벌어지는 경쟁에 참여하려면, 승진이 절실했다. 1966년 1월 12일, 바르샤바대학교 평의회는 교수 아소로도브라이, 레시노도르스키, 코와코프스키의 재청을 받아 바우만의 승진을 요청하는 제안서(스테판 모라프스키Stefan Morawski 교수가 서명했다)를 제출했다. 평의회 위원 스물한 명 가운데 열아홉 명이 찬성, 한 명이 반대, 한 명이 기권했다. 한 달 뒤에는 제안서를 고등교육부로 보냈는데, 거기서부터 전▒▒▒ 험난해졌다. 3월 1일에 고등교육부 장관이 역사가 예지 토마셰프스키에게 보▒▒▒'친구 토마셰프스키'라는 편지는 바우만이 승진해야 할 근거로 제출한 책 중 하나인『마르크스주의 사회론 개요』가 '호흐펠트의 연구와 매우 비슷하다'라는 뜻을 내비치며, 책을 어떻게 생각하는지 의견을 요청했다.[63] 토마셰프스키는 건조하게 답했다. "바우만은 승진할 자격이 차고 넘치네. 내가 아는 바우만의 책『인간 세계의 광경』한 권만으로도 정교수로 승진하기에 충분하지."[64]

바우만의 승진을 놓고 분명히 바르샤바대학교와 당과 정부 당국 사이에 매우 팽팽한 갈등이 있었다. 고등교육부는 바르샤바대학교를 더 강하게 통제하려 했고, 이 목적을 이루고자 잇달아 개편을 시행했다가 교수진의 강한 반대를 맞닥뜨렸다. 교수직 승인에 두 기관이 관여했으므로, 양쪽이 조금만 충돌해도 승인 과정이 모두 늦어졌다. 게다가 바우만의 교수 자격은 '열린 마르크스주의'와 연관성, 열린 마르크스주의가 수정주의자를 양성한다는 의심을 넘어서는 문제가 있었다. 그래서 정교수 승진이 1966년에 고등교육부 승인 단계에서 발목을 묶였다. 고등교육부는 가타부타 답도 없이, "신규 강좌 신설"로 시간이 오래 걸린다고 어▒ 없는 핑계를 둘러댔다. 바우만은 호흐펠트가 유네스코에서 근무하고자 파리로 떠난 1964년부터 일반사회학[65] 강좌를 담당했는데, 이 자리가 1966년 9월로 끝날 예정이었다. 바르샤바대학교는 바우만이 정교수로 승진하면, 신설되는 문화사회학 강좌를 맡기려 했다. 이 기간에 바우만은『문화와 사회─서론』을 출간했다.

이 계획은 지그문트와 야니나가 파리에서 호흐펠트를 만난 지 겨우 몇 주 뒤인 1966년 7월, 호흐펠트가 갑작스러운 죽음을 맞아 제동이 걸린다. 호흐펠트의 죽음은 사회학계를 충격에 빠트렸고, 더러는 첩보 기관이 호흐펠트를 독살했다고 의심하는 사람도 있었다. 호흐펠트의 제자인 시몬 호다크도 바우만에게 보낸 편지에서 그런 의심을 제기했다.[66] 하지만 맨체스터에 머물던 바우만에게 보낸 편지에서, 이미 호흐펠트는 건강에 문제가 생겨 몹시 아프다고 토로했었다.

호흐펠트의 죽음으로 바우만은 스승이자 친구를 잃었을뿐더러, 보호자도 잃었다. 당국이 열린 마르크스주의를 '수정주의'로 낙인찍어 비난한 탓에 입지가 줄어들기는 했어도, 호흐펠트는 지도부에 가까운 사람들과 관계를 유지했다. 만약 호흐펠트가 살아있었다면 바우만의 승진을 밀어붙일 수 있었을 것이다. 하지만 이제 바우만에게는 아무런 보호막이 없었다. 당연하게도, 불행한 결과가 뒤따랐다.

10월 3일, 고등교육부 장관이 바르샤바대학교 총장에게 문화사회학 강좌를 바우만이 아닌 유제프 하와신스키 교수에게 맡기고, 바우만은 계속 일반사회학 강좌를 담당하라고 발표하는 서신을 보냈다. 고등교육부가 이렇게 결정한 까닭은 정치 상황 때문이었다. 1966년에 철학부가 정치적 분노의 원천이 된 뒤로, 바르샤바대학교가 반체제 활동의 중심이 되었다. 이렇게 정치적 반항이 갈수록 커지는 시기라, 당국은 이제 바우만을 믿을 만한 사람으로 받아들이지 않았다.

자율권과 학문의 자유를 위한 투쟁

쿠론과 모젤레프스키가 '공개서한'을 돌린 뒤로, 바르샤바대학교의 상황은 폭발 직전이었다. 두 사람의 재판으로 반체제 목소리와 학내 지지 세력이 결집하자, 당국이 대응에 나섰다. 안제이 베르블란은 당 중앙위원회 학술·교육부 수장으로서 바르샤바대학교의 질서를 유지할 임무를 맡고 있었다. 쉽지 않은 자리였다. 당은 정치적 골칫거리와 그 지지자들을 처벌하고 싶어 했다. 이와 달리 당원이기도 한 교수진과 적잖은 학생은 학교의 내부 이견을 드러내고 열린 토론을 진행할 자유와 자율권을 소중히 여겼다. 내무부와 첩보 기관들은 중앙 조직과 지방 조직을 동원해, 아담 미흐니크뿐 아니라 쿠론과 미흐니크의 재판 기간에 두 사람을 옹호한 학생들까지 정학시키라고 학내 당원과 대학 고위층을 압박했다. 미흐니크는 당국이 '반국가 문서'로 본 '공개서한'을 배포한 죄로 처벌받았다. (Rutkowski, 2016, 474~475) 그런데도 토론, 서한, 청원, 항의 같은 골칫거리가 끊이지 않자, 당국은 일시 정학으로는 충분하지 않다고 판단했다. 1965년에 정부는 바르샤바대학교와 소속 교수진의 자율권을 제한하는 새로운 변화를 명령했고, 학교의 핵심 요직을 당의 노선을 따르는 사람들로 채웠다. (Rutkowski, 2016, 477) 그런데 당의 조처로 학교 분위기가 더 경직되기는 했지만, 정학, 퇴학, 당적 제명 같은 개별 징계 조처는 그리 효과가 없었다. 긴장은 커졌고, 많은 학생과 교수진이 계속 모여 민감한 사안을 논의했다.

'10월 해빙' 10주년 기념일이 현 정권을 부정적으로 평가할 기회가 되었다. 1956년에 더 많은 자유를 약속하고 정권을 잡은 고무우카가 그동안 약속을 지키지 않은 바람에, 지식인들이 또다시 검열, 토막 난 자유, 줄어든 자율권과 씨름하고 있었다. 10월 21일, 역사학과에서 중요한 사건이 벌어졌다. 사회주의청년연맹의 도움을 받은 미흐니크가 레셰크 코와코프스키를 초청해 '지난 10년 동안 폴란드 문화의 발전'이라는 제목으로 강연을 열었다. 또 다른 핵심 참가자가 브워지미에시 브루스의 조교였던 역사가이자 철학자 크시슈토프 포미안이었다. 먼저 코와코프스키가 정권을 매우 강력하고 명확하게 공개 비난했다. 포미안은 청년 단체의 자율권과 청년의 의사 결정 참여를 강하게 옹호했다. 100명 넘게 강의실을 채운 참석자들이 강연자들의 발언에 뜨겁게 호응했다. 미흐니크와 얀 유제프 립스키는 쿠론과 모젤레프스키의 석방을 요구하는 결의안을 준비했다. 당연히 당 지지자들도 참석했으므로 격렬한 토론이 오갔다. 그리고 이 '혁명의 분위기'가 곧장 당국의 대응으로 이어졌다. 한 주 뒤, 코와코프스키가 당에서 제명되었다. 한 달 뒤에는 포미안에게도 같은 처벌이 내려졌다. 미흐니크는 이미 학교에서 제적된 뒤였다. 당국은 반정부, 반폴란드연합노동자당, 반체제 활동을 더는 받아들이지 않겠다는 본때를 보이려 했다. 그러나 징계 조처가 오히려 더 큰 반발을 불러일으켰다.[67] 미흐니크의 제적은 처벌 취소를 지지하는 세 갈래의 서명운동으로 번졌다. 젊은 수학과 강사인 브워지미에시 홀슈틴스키 박사가 수학과 교수진에 청원서를 돌렸다.[68] 나중에 홀슈틴스키는 행동에 나선 사람이 자신뿐이었다고 말한다. 동료 수학자이자 코만도시 회원이던 얀 리틴스키Jan Lityński[69]는 한술 더 떠 청원운동을 알지도 못했다고 말한다.[70] 당시 청원에 서명한 수학자와 물리학자들은 대학의 자율권과 부당한 처벌을 받은 학생들을 지지한다는 신념으로 행동에 나섰다. 이와 달리 인문학 교수진과 학생들은 정권에 반대해 정치에 참여한다는 정신으로 행동에 나섰다.

홀슈틴스키는 "바르샤바대학교 인문학부의 상황은 다른 학자들과 근본적으로 달랐습니다. 인문학부는 매일 공산 체제와 충돌하며 살았지만,

다른 학부들은 날마다 정치 문제와 도덕 문제를 다루지는 않았으니까요."라고 말했다.[71] 그런 까닭에 과학자들은 청원서에 서명하는 데 두려움을 덜 느꼈다. 대대수가 그런 지지 서명으로 나타날 결과를 잘 몰랐기 때문이다. 홀슈틴스키와 친구들은 주로 자연과학자인 교수진 128명의 서명을 받았다. 청원서에 서명한 사람들은 모두 해고되거나, (누군가에게는 연구 경력을 쌓는 데 없어서는 안 될) 국외 출장을 금지당하거나, 승진이 지연될 위험을 알았다. 홀슈틴스키처럼 가정을 꾸린 가장들에게는 가족을 심각한 위험에 드러내는 일이기도 했다.

학생들도 청년 단체에서 쫓겨나거나 바르샤바대학교에서 정학 또는 퇴학당할 위험을 무릅썼다. 남학생들은 학적이 없어지면 곧장 입대해 2년 동안 의무 복무해야 해, 결과가 잔인했다. 그런 위험이 있는데도, 또 다른 청원서에 무려 학생 1,037명이 서명했다. 코와코프스키의 강의에서 미흐니크의 행동을 옹호하고자 돌린 다른 청원서에도 137명이 서명했다. 그런 행동이 불러올 결과를 생각하면, 적극적으로 지지를 드러낸 학생이 당시 바르샤바대학교 재학생 12,000명 중 약 11%로 꽤 높았다. 놀랄 것도 없이 당국의 대응은 당의 명령을 따른 학내 고위층과 당이 마련한 염탐, 위협, 징계 조처로 바르샤바대학교를 한층 더 강하게 통제하는 것이었다. 이제 바르샤바대학교는 누구든 '수정주의자' 꼬리표가 달린 사람에게는 힘겨운 직장이 되었다. 항의의 선두에 서지 않았는데도 바우만은 이 범주에 속했다. 바우만은 자신에게 더 많은 독립성과 안전을 가져다주리라고 기대한 승진을 기다리며 신중히 행동했다. 자주 해외에 나가면서도 여전히 학내 토론과 행동, 논쟁에 참여했다. 철학부에서 항의의 뜻으로 당적 카드를 반납하는 사람도 더러 있었지만, 바우만은 그렇게 하지 않았다. 아직은.

하지만 논의해야 할 주제가 많았다. 고무우카가 미에치스와프 모차르에 맞서 계속 당을 장악하고자 몸부림치고 있었다. 1956년에 주도권을 잃었던 모차르 계파가 점차 세를 회복해 1967년에는 고무우카 진영을 위협하고 있었다. 모차르와 지지자들은 그동안 내무부에서 차근차근 요직을 차지했고, 반유대주의를 내건 전략으로 성공을 거뒀다. (Eisler, 2006, ch.3) 내무부가 막강하기 그지없는 기관 즉 국가 안의 국가였으므로, 전략적 요직이 모차르 계파의 차지가 되었다. 베르블란이 내게 말했듯이, 폴란드에서 가장 중요한 역할을 맡은 곳은 정부가 아니라 첩보 기관들이었다. 정권과 이념은 바뀌었지만, 이 조직은 계속 살아남았다. 1960년대 후반에 벌어진 사건들은 이 이론이 맞다고 확인하는 듯하다. 1967년 봄, 정부 지시로 기초 물가가 크게 오르자 전국에서 불만이 커졌다. 전체 상황이 불안정해, 작은 사건조차 돌발 사태로 번질 위험이 있었다. 변화를 일으킨 불꽃은 또다시 세계전쟁이 터질지 모른다는 두려움을 일깨운 군사 충돌이었다. 전쟁이 터진 곳은 유럽이 아닌 중동이었다.

또다시 … 유대인

1967년, 6일 전쟁 또는 6월 전쟁이라고도 부르는 제3차 중동 전쟁이 폴란드 사회에 논란의 불씨를 던졌다. 전국이 이스라엘과 아랍[72]의 군사 충돌 소식을 듣고자 라디오(자유유럽방송과 미국의소리 같은 금지 방송도 포함했다)에 귀를 기울였다. 폴란드인들은 대부분 이스라엘을 지지했지만, 당국은 소련의 노선을 따라 사회주의 국가인 이집트를 지지했다. 지그문트와 야니나처럼 이스라엘에 가족과 친구가 사는 폴란드인에게 이 군사 충돌이 얼마나 충격이었을지 어렵지 않게 상상이 된다. 공교롭게도 전쟁이 터지기 며칠 전, 야니나의 어머니 알리나가 이민한 뒤 처음으로 딸과 손녀들을 보고자 바르샤바를 방문했다.

우리 모두에게 행복한 시간이었다. 하지만 중동에 심각한 위기가 닥쳤다는 날벼락이 평온을 깨뜨렸다. 어머니의 얼굴에서 기쁨이 사라졌다. 사람들을 만나지 않고, 라디오에 귀를 바싹 갖다 댄 채 뉴스만 들으셨다. 폴란드 정부가 이스라엘과 단교한 다음 날, 어머니가 이스라엘 대사관에 데려다 달라고 애원했다. 어찌할 바를 몰랐으므로, 당장 폴란드를 떠나야 하는지 아니면 비자가 만료될 때까지는 더 머물 수 있는지 알고 싶어 하셨다. 그래서 일요일 아침, 콘라트와 나는 몹시 당혹스럽고 불안한 마음을 안고 어머니와 함께 대사관으로 차를 몰았다. 대사관은 일요일에도 근무하는데, 건물이 쥐 죽은 듯 고요했다. 텅 빈 방들을 여기저기 돌아다니다 마침내 어느 어질러진 사무실에서 직원 몇 명이 분주하게 짐을 싸는 모습을 발견했다. (J. Bauman, 1988, 167~168)

야니나가 회고한 이 사건은 바우만에게 닥칠 시온주의자 사건을 구성하는 데 큰 역할을 한다. 당국은 당시 이스라엘 대사관을 방문한 모든 폴란드인과 마찬가지로, 바르샤바 주재 이스라엘 대사관과 접촉한 바우만도 폴란드를 배신했다고 해석했다. 공안이 그해 6월 14일 작성한 문서는 이렇게 보고한다. "내무2부가 보낸 정보에 따르면, 바르샤바대학교 철학부에서 일반사회학 강좌를 담당하는 지그문트 바우만 박사가 ⋯ 6월 11일에 이스라엘 대사관을 방문했다."[73]

한 달 뒤인 7월 17일, 이 사건은 한 '정보 보고'에 다음과 같이 기록된다.

기밀—바우만 지그문트 박사는 바르샤바대학교에서 당과 정부에 부정적인 사람으로 알려져 있다. 쿠론과 모젤레프스키를 옹호한 일뿐 아니라 수정주의자 견해를 보이는 것으로도 유명하다. 중동에서 충돌이 일어났을 때는 학생들과 토론하는 과정에서 친이스라엘 태도를 보였다. 이스라엘 대사관이 승리를 자축하고자 벌인 파티에도 참석했다. 1967년 6월 12일에는 부인과 함께 이스라엘 대사관에서 나오는 모습이 목격되었다. 바우만이 친이스라엘 태도를 보인다는 정보는 증언자가 없는 비공식 출처에서 나왔다. 바우만 지그문트는 이스라엘 여행 허가를 요청하지 않았다.[74]

바우만이 이스라엘 대사관을 방문한 날짜가 6월 11일에서 12일로 틀리게 바뀐 까닭이 우연인지 아니면 바우만이 12일에 대사관에서 열린 '승리 축하연'에 참석했다는 뜻을 내비치려는 의도인지는 명확하지 않다. 하지만 문서는 이스라엘 시민이고 특히 군사 충돌이 벌어진 터라 자국 대사관을 찾아야 했던 것이 뻔한 야니나의 어머니를 언급하지 않는다. 이 문서는 바우만이 학내의 비판 모임과 관련 있다는 언급을 되풀이할 뿐 아니라, 중요한 정보를 새로 보탠다. 문서의 오른쪽 귀퉁이에 이런 글귀가 적혀 있다. "바우만 지그문트, 마우리치와 조피아 콘의 아들, 1925년 11월 19일 포즈난 출생, 폴란드연합노동자당 당원, 유대 민족." 글귀의 메시지는 분명하다. 1967년 6월, 바우만은 1939년 이전 폴란드 제2공화국 시절처럼 또다시 유대인이 되었다.[75] 폴란드가 민족주의와 반유대주의 정책으로 되돌아간 것은 엄청난 퇴보였다. 민족 차별주의 정책의 종식과 평등을 내건 체제였으니, 더더욱 놀라운 뒷걸음질이었다. 다시 시작된 꼬리표 붙이기는 바우만에게 국가의 적이라는 이미지를 덧씌우는 중요한 요소였다.

하나 짚고 넘어가자면, 모차르 진영은 제3차 중동 전쟁이 터지기도 전에 이미 반유대주의를 이용했다. 안제이 프리슈케에 따르면, 내무부에서 준비한 문서들에서는 아리아인 혈통은 "폴란드 국적이자 시민권자"로 식별했지만, 유대인은 "폴란드 국적을 받은"으로 식별하거나 심지어 "폴란드 국적을 받았으나 사실은 유대인"이라고까지 식별했다. "1968년 3월에 흔히 쓰일 용어를 벌써" 1967년 5월부터 "효과적으로 쓰고 있었다."(Friszke, 2010, 444)

1960년대 말에 모차르 일파는 대중의 감정을 건드릴 만한 이념을 뒤섞어 사람들을 꼬드겼다. 이들은 전체주의 국가 구조에 반유대 민족주의 이념을 결합해, 요직에서 유대인을 몰아내고 그 자리에 더 젊은 '진짜 폴란드인' 세대를 앉히겠다고 약속했다. 이 약속은 대놓고 승진을 바라던 사람들의 구미를 당겼을 뿐만 아니라, 사회 모든 계층의 마음을 움직였다. 야니나 바우만에 따르면 제3차 중동 전쟁 뒤 "우리를 둘러싸고 불신과 편견의 기운이 빠르게 짙어졌다. 6월 19일 노동조합 회의 연설에서 고무우카가 태도를 명확히 밝혔다. 유대계 폴란드인을 '조국이 둘인 시민'으로 부르고 2차 세계대전 전 폴란드의 나치 요원에 빗댔다. 불현듯 자유롭게 숨쉬기 어렵다는 생각이 들었다. 하지만 겉으로 드러난 일상은 큰 변화가 없었다."(J. Bauman, 1988, 169)

이제 '우리와 그들'이라는 수사를 모차르뿐 아니라 다른 사람도 썼다. 고무우카가 연설에서 유대인을 '제5열'에도 빗댔지만, 신문에 실린 연설문에서는 이 용어를 삭제했으므로 큰 반향을 일으키지 않았다. (Friszke, 2010, 478) 그러나 라디오에서 생방송으로 연설을 듣고 충격을 받은 사람들이 주변에 소식을 알렸다. 서구 라디오 방송국에서도 이 연설을 내보내고 분석했다. 마침내 폴란드 전역이 연설 내용을 알게 되었다.

고무우카는 반유대주의의 확성기 노릇을 해 새로운 차별을 불러일으켰다. 지그문트와 야니나는 이집트를 공격한 이스라엘을 비난하는 성명서에 서명할 의무가 없었다. 1967년 여름에 오스트리아를 여행한 뒤에도 여느 때처럼 일터로 돌아갔다. 하지만 염탐은 더 심해졌다. 당국은 바우만을 '시온주의자'로 낙인찍고 국가의 적으로 분류했다.[76] 하루는 두 사람이 일터에 있을 때, 염탐꾼들이 배관공인 척 어린 딸들을 속이고 집에 들어와 전화기에 도청 장치를 설치했다. 딸들에게서 배관공이 희한하게도 싱크대 밑이 아니라 주로 발코니에서 작업했고 또 다른 전문가가 와서 멀쩡한 전화기를 수리했다는 말을 들은 지그문트와 야니나는 무슨 일이 벌어지고 있는지 뚜렷이 깨달았다. (J. Bauman, 1988, 171)

긴장이 고조된 가운데 1967~1968학년이 시작되었다. 바르샤바대학교가 행정부에 맞설 만큼 강력하지는 않았지만(Friszke, 2010, 451~452), 당과 행정부가 학교를 완전히 통제하지는 못했다. 1967년 5월에 쿠론이, 8월에 모젤레프스키가 석방되었고, 두 사람 모두 젊은이들의 강력한 지지를 받아 정치 활동을 이어갔다. 젊은이들에게는 신념을 위해 기꺼이 몇 달을 감옥에서 보낸 두 사람이 영웅이자 전설이었다. 당국은 주요 모임 두 곳을 끊임없이 감시했다. 미흐니크가 이끄는 모임에는 상류층 출신인 바르샤바 코만도시 회원들이 참석했고, 유제프 다이치게반트가 이끄는 모임에는 중산층 출신으로 기숙사에서 사는 지방 젊은이들이 참석했다. 격렬한 논쟁이 오가는 모임들이 어느 때보다 활발하게 열렸다. 모임은 살롱이라 부른 가정집에서 열렸다.[77] 또 예전처럼 바르샤바대학교가 주관한 대형 행사도 있었다. 100개가 넘는 비공식 학습 동아리에서 젊은이들이 그날의 현안을 토론하고 분석했다. 공안이 모든 반국가 활동을 파악하려면 부지런히 움직여야 했다. 이런 모임은 때와 장소를 가리지 않아, 이를테면 생일 파티에서도 비판 토론이 열렸다.

바르샤바대학교 물리학부 신입생이던 바우만의 맏딸 안나가 11월 18일 토요일에 집에서 친구들과 함께 열여덟 살 생일을 축하했을 때 일이다. 밤 열한 시 무렵 축하 파티가 끝났을 때, 바깥 출구에서 기다리던 경찰관들이 난동을 부렸다는 구실로 안나의 친구 열 명 남짓을 체포했다. 발코니에서 경찰관의 행동을 지켜보던 안나가 지그문트를 불렀고, 지그 문트가 포드 코티나에 올라타 경찰차를 뒤따라갔다. 경찰은 학생들을 심 문하고자 바르샤바 시경 본청으로 데려갔다. 지그문트의 연락을 받은 부 모들이 즉시 경찰국에 도착했고, 이들이 당 고위직인 덕분에 아이들이 무사히 풀려났다. (J. Bauman, 1988, 171) 하지만 몇 달 뒤에는 그런 배경도 쓸모가 없었다.

며칠 뒤인 11월 22일, 도발적인 대규모 공개 모임이 열린 바르샤바대 학교에서 전환점이 일어났다. 모임에 초대받은 고무우카의 개인 비서가 지루하고 정치적으로 올바른 연설에서 폴란드와 소련의 우호 관계를 설 명했다. 연설이 끝나자마자 폭발한 토론은 여러 소송의 근거가 되었고, 따라서 토론에 활발하게 참여한 모든 사람이 심각한 곤경에 빠졌다. 발 언자들, 그러니까 일부 발언자들이 요령껏 머리를 굴려 지난 사건들을 얼버무리기는커녕, 대놓고 소련을 공격했다. 염탐 교본에 따르면 이런 일탈 발언은 확실한 반국가 행위였다. 12월 13일에 마리안 도브로시엘스 키 부교수가 '자유주의와 마르크스주의'라는 제목으로 강연한 뒤, 200명 이 격렬한 토론에 참여했다. 이 모임에서 코만도시는 질문을 던지지 않 았다. 자리에서 일어나 정권의 원칙과 통치 방식에 반대하고, 정부의 선 전 활동과 이념을 비웃었다. (Friszke, 2010, 499) 이런 과격함은 당과 충돌 이 멀지 않았다는, 전쟁이 시작되었다는 뜻이었다.

그해 연말 축제는 즐겁지 않았다. 야니나는 오랫동안 친구 중 누가 유 대인인지 한 번도 신경 쓰지 않고 살았다. 그런데 갑자기 그런 출신이 중 요해졌다는 현실을 깨달았다. 가까운 친구들과 불쾌한 토론이 벌어진 탓 에, 폴란드 사회를 가르는 경계선이 또다시 수면으로 떠오르고 있다는 것을 깨달았다. 2차 세계대전 전에 공산주의자와 시온주의자로 갈렸던 유대인 사회가 이제는 개개인의 신념을 전혀 고려하지 않은 채 갑자기 시온주의자로만 불렸다. 바우만의 집에서 모임을 열 때, 나이 든 친구들이 조금만 더 젊다면 폴란드를 떠나 다른 곳에서 새로운 삶을 시작하겠다고 말하기 시작했다. 한 부부는 다행히 아이가 없으니 상황이 나빠도 폴란드에 머물겠다고 말했다. 지그문트와 야니나는 사정이 달랐다. 젊고, 여러 언어를 할 줄 알았고, 국제적 전문직에 종사했고, 어린 딸들이 있었다. 말은 하지 않아도, 이들은 서로 사정을 이해했다. (J. Bauman, 1988, 177~178) 아직 아무런 결정도 하지 않았지만, 야니나는 이 중대한 문제를 간결하게 설명했다. 이제는 조국이 자신들을 반기지 않는다는 느낌 … 그런 느낌뿐이었다.

공안이 작성한 서류철에서 야니나가 쓴 시가 한 편 나왔다.

나는 안다.

나는 안다. 당신들이 나를 원치 않는다는 것을. 그러니 떠나겠다.

당신들 앞에서 더는 모르는 체하지 않겠다.

나는 이미 당신들의 뜻을 이해했고, 내가 무엇을 할지 안다.

나는 당신들을 밀치고 나갈 생각이 없다.

…

나는 내 삶을 살겠지만, 그들은 독사처럼 내 뒤를 쫓고

당신들의 야비한 행동에 굽실대겠지.

짓지도 않은 크나큰 죄,

내 이마에 찍힌 그 낙인을 절대 씻어내지 않겠다.[78]

11

1968년

1967년 12월 31일 밤, 지그문트와 야니나는 친구들과 함께 송년 만찬 모임에 참석했다. 함께 모인 열 명 가운데 네 명이 유대인이었다. 분위기는 가라앉아 있었다. 그날 밤을 야니나는 이렇게 기록했다.

자정이 가까워지자, 모임 주최자가 풍자쇼를 보려고 텔레비전을 켰다. 새해맞이 때 우리 모두 고대하곤 했던 프로그램이었다. 최고의 풍자가와 최고의 코미디언들이 대본을 쓰고 연기해, 언제나 새해맞이로 보기에 딱 좋았다. 프로그램은 한 해의 마지막인 특별한 밤이니 검열관의 웃음기 없는 딱딱한 얼굴은 내 알 바가 아니라는 듯, 가끔은 위험할 정도로 당국을 비웃었다. 하지만 이번에는 달랐다. 작은 화면이 온통 혐오를 내뿜었다. 매부리코를 한 꼭두각시가 두 팔을 벌려 커다란 지구본에 올라탄 뒤 탐욕스럽게 표면을 움켜잡고 위로 기어오르고 있었다. 지구본 곳곳에 흩어진 작은 매부리코 인형들이 이 꼭두각시를 밀어 올리거나 끌어 올리고 있었다.

그사이 생소한 남성의 목소리가 목청을 높여 노래했다. [이스라엘 국방부 장관 모셰] 다얀Moshe Dayan이 이스라엘을 돕고 지원한 '모든 나라의 의형제'들에게 고마움을 전한다는 노래였다. 주최자가 앞으로 나가 서둘러 텔레비전을 껐다. 우리 넷은, 다얀의 매부리코 조력자들은 엄청난 충격으로 넋이 나간 채 얼어붙었다. (J. Bauman, 1988, 179)

그날 밤은 많은 사람의 삶에 큰 흔적을 남겼다. 1968년 이후 폴란드를 떠난 사람들의 인터뷰부터 전기, 회고록, 토론까지 곳곳에서 이 풍자쇼를 되돌아보는 설명이 눈에 띈다. 반유대주의가 얼마나 강력한지, 당국이 반유대주의를 얼마나 굳건히 지지하는지가 쇼에 고스란히 드러났다. 이제 폴란드에서는 시온주의자로 지목된 사람들이 달갑지 않은 존재였다. 유대인은 곧 시온주의자였다. 폴란드 민족주의자들은 유대인이 원죄를 지었다고 낙인찍었다.

1968년 초, 야니나와 지그문트는 당적을 반납했다. 공안이 보기에는 매우 흥미로운 행동이었다. 1968년 1월 5일, 공안은 이런 보고서를 작성했다.

1) 1968년 1월 4일, 철학부에서 당원의 태도를 주제로 당 토론회가 열렸다. 이 모임에서 새 당원증을 나눠줬다. 헨리크 얀코프스키 부교수가 그 자리에서 밝힌 바로는, 수요일인 1월 3일에 지그문트 바우만 부교수가 철학부 운영위 위원 자격으로 찾아와 탈당 사실을 알렸다. 바우만은 증거로 당원증을 반납했다. 얀코프스키의 보고에 따르면, 바우만 부교수에게 탈당 이유를 물었더니 자유유럽방송 같은 적대적 소식통이 이용할 만한 말은 하고 싶지 않다며 답변을 거부했다고 한다. 2) 철학부

운영위가 바우만을 만나 무슨 생각으로 탈당했는지 이야기를 나눠보려 했지만, 바우만은 이미 끝난 일이라며 더는 설명하려 들지 않았다. 3) 모임에 참석한 사람들은 이 소식에 크게 만족했다. 참석자 대다수의 입꼬리가 올라갔다. 중간에 삼삼오오 모여서 이야기를 나눈 뒤에는 동지들이 숨김없이 만족을 드러냈다.

[알아보기 힘든 서명][1]

정보원이 보고한 대로, 바우만이 소속된 철학부 구성원 가운데 이 소식에 행복했을 사람이 보나 마나 있었을 것이다. 바우만은 정교수가 되는 과정에 있었다. 빠른 출세, 학생들 사이의 인기, 해외에서 누리는 명성, 빼어난 지성, 활발한 수정주의자, 강한 개성, 그리고 무엇보다도 외부에 휘둘리지 않는 독립성. 이런 성공과 승진이 많은 질투를 불러, 동료 가운데 적이 여럿 있었다. 1967년 마지막 밤에 그 텔레비전 풍자쇼를 안 본 사람이 없었으므로(그 시절에는 텔레비전 채널이 하나뿐이었다), 동료들은 바우만이 왜 당에서 나갔는지 정확히 알았다. 체제가 어떻게 돌아가는지 알았으므로, 바우만의 경력이 끝장나지는 않더라도 큰 타격을 입었다는 정확한 결론에 다다랐다. 이들은 바우만이 정교수가 되지 못할 것을 알았다. 그리고 누군가는 바우만의 곤경이 곧 자신의 성공이 되리라는 생각에 행복했을 것이다.

공안은 바우만의 설명에 만족하지 않았다. 그래서 아마 교수진이었을 '카지크'에게 더 자세한 정보를 요청했다.[2] 3월 15일에 "'M-5'의 고발 보고서를 발췌"한 또 다른 문서는 당국이 이 사건을 어떻게 다뤘는지를 드러낸다. 문서는 유대인이라는 꼬리표를 서슴없이 사용했다. "현재 진행 중인 당원증 갱신 기간에 유대인인 학술 노동자 브루스 교수와 바우만

부교수가 어떤 명확한 설명도 없이 당원증을 반납했다. 바우만은 심지어 '반동분자들이 이용할 수도 있으니 어떤 사유도 말하지 않겠습니다.'라고 말했다."[3]

공안의 서류철에는 야니나가 정보원 '빈테르'였던 스승의 정체를 까맣게 모른 채 당원증을 반납한 까닭을 설명한 대화도 들어 있다.

[야니나와 지그문트는] 서로 조금은 다른 이유로 당에서 나갔다. 야니나는 폴란드 영화예술 최고위원회가 5년 동안 한 번도 회의를 열지 않고, 무분별한 검열이 판치고, 사람들이 상처받는 모습을 봤기 때문에 당원증을 반납했다. 당에 가입하지 않은 사람들이 언젠가는 무슨 일이 벌어지고 있느냐고 물을 텐데, 지금 돌아가는 상황을 옹호할 방법을 알지 못해 두려워했다. 야니나는 당원 신분을 유지할지 아니면 정직한 사람이 될지, 둘 중 하나를 선택해야 했다. 그리고 정직한 사람이 되는 쪽을 택해 당원증을 반납했다. 야니나의 남편은 당에서 제명된 코와코프스키와 연대해 당원증을 반납했다. 이유는 그뿐만이 아니었다. 그때는 자신이 정직하다고 생각한 교수라면 누구나 당원증을 반납했다. 모라프스키와 바치코,[4] 그리고 여러 사람이 여기에 동참했다.[5]

사람들은 당원증 반납을 용기 있는 행동이자 당에, 따라서 국가에 강하게 이의를 제기한다는 뜻으로 인식했다. 이 절박한 행동이 워낙 이례적이라 다들 비밀을 지켰다. 당원들은 탈당에 입을 다물었다. 두 달 뒤에야 경제학과 교수 즈비그니에프 흐루페크가 바르샤바대학교 당 지도부 회의에서 브워지미에시 브루스[6]와 지그문트 바우만의 탈당을 보고했다.

2015년 인터뷰에서 바우만은 내게 당에서 탈퇴할 마음을 굳힌 때가 1967년 말이었다고 말했다. "1968년 1월 6일[7]에 지데크 얀코프스키[헨리크]에게 당원증을 줬습니다. … [바우만이 잠시 머뭇거렸다.] … 아직은 폴란드를 떠나겠다고 결정하기 전이었습니다. … 그때만 해도 폴란드를 떠날 줄은 몰랐습니다. … 솔직히 내가 어리석었지요. … 당을 떠나는 것은 내게 중요한 결정이었습니다. 하지만 그 뒤로 무슨 일이 벌어질지는 예상하지 못했어요." 안나의 생일 파티 뒤 경찰 본청에서 상황을 중재한 뒤였으니, 바우만이 여전히 특권층에 속한다고 느낄 만도 했다. 강제든 자의든 이민이란 본디 간단치 않은 결정이라, 개인이 왜, 언제 그런 결정을 내리는지 파악하기란 쉽지 않다. 그런데 맏딸 안나는 바르샤바 밖에서 1968년 새해 파티를 마치고 돌아왔더니 엄마, 아빠가 자신을 한쪽으로 데려가 폴란드를 떠나기로 했다고 진지하게 밝혔노라 회고했다. 안나는 충격을 받았다. 이 결정은 가족 안에서도 비밀에 부쳤다.

철학부 동료인 바르바라와 예지 샤츠키는 바우만이 폴란드를 떠날 것을 1968년 3월에야 알았다. 바우만은 폭풍이 지나갈 때까지 객원교수 같은 방법으로 폴란드를 떠나 있는 임시 해결책을 찾으려 했을 것이다. 어쨌든 1968년 초에 바우만네 가족은 하루하루 한 치 앞을 내다볼 수 없는 날을 살았다. 사방에서 폭풍이 일고 있었다.

혁명을 부른 상징

『선조들*Dziady*』은 19세기 낭만주의 시인이자 작가 아담 미츠키에비치가 쓴 극시다. 미츠키에비치가 애국심을 담아 쓴 많은 시는 폴란드인들에게 외세의 점령에서 벗어나리라는 희망을 불어넣었다. 바르샤바 국립극장은 소련 혁명 기념일(11월 7일)을 축하하는 뜻에서 1967년 11월에 이 연극을 무대에 올리기로 했다. 내용은 러시아 차르에 맞서 싸우는 것이었지만, 이 공연을 소련의 식민지화에 저항하는 행동으로 이해하는 사람이 많아 젊은이들 사이에 인기가 매우 높았다.[8] 배우이자 연극·영화감독인 카지미에시 데이메크가 무대감독을 맡고, 유명한 배우 구스타프 홀로우베크가 극 중 배역인 구스타프와 콘라트[9] 1인 2역을 멋지게 연기했다. 공연은 전후 폴란드가 목격한 가장 멋진 광경이라는 환호를 받았다. 그런데 1월 18일, 학생들 사이에 이 연극을 관람하는 것이 정치적 저항을 뜻한다는 사실을 알아챈 당국이 두 번만 더 공연한 뒤 연극을 중단하기로 했다. 마지막 공연이 열린 1월 30일, 많은 예술가와 지식인을 포함한 수많은 관객이 공연을 관람했다. 보통 900명을 수용하는 바르샤바 국립극장이 표 없이 몰래 들어온 사람들(공안에 따르면 적어도 115명이었다; Eisler, 2006, 178)을 포함해 젊은이들로 꽉 들어찼다. 지그문트와 야니나도 전설로 남은 이 공연에 참석했다. (J. Bauman, 1988, 180~181) 야니나가 영화산업의 고위직에 있고[10] 두 사람 모두 극예술과 클래식 음악을 사랑해, 부부는 자주 극장과 연주회장을 찾았다. 하지만 〈선조들〉을 관람한 가장 큰 목적은 정치 시위였다. "극장이 떠나가라 어마어마하게 큰 박수갈채와 항의가 울려 퍼졌다. … 극장 앞의 커다란 광장에 학생 한 무리가 공연 금지에 항의하는 현수막을 들고 공연이 끝나기를 조용히 기다렸다. 학생들 뒤의 어두컴컴한 거리에는 경찰 트럭이 기다리고 있었다." (J. Bauman, 1988, 181)

이 대치는 엄청난 탄압을 알리는 신호탄이었다. 공연 금지에 맞서 항의한 학생 시위대 가운데 서른다섯 명이 체포되었고, 또 여러 학생이 반국가 활동으로 벌금형을 받았다. 정부는 이 소동이 코만도시 집단, 그리고 이 단체의 조언자인 코와코프스키와 바우만 같은 수정주의 교수진과 박사 과정 학생들이 준비한 반사회주의 음모 탓에 일어났다고 선전했다. 당국은 시온주의자가 시위를 주도했다는 음모론을 뒷받침하고자, 체포한 용의자 대다수를 유대인으로 몰았다. 다음 날, 시위 주동자 중 두 명인 아담 미흐니크와 헨리크 슐라이페르가《르 몽드》특파원 베르나르 마르그리트와 접촉했고, 마르그리트가 바르샤바에서 일어난 학생운동을 기사로 썼다. (Friszke, 2010, 524~526) 미흐니크와 슐라이페르는 바우만과 브루스가 당원증을 반납했다는 소식도 알렸다. (Eisler, 2006, 181) 2월 2일, 《르 몽드》는 폴란드의 학생 시위를 알리는 기사에서 바우만과 브루스가 당에서 제명되었다고 언급했다.[11] (Friszke, 2010, 526, n.160) 브루스와 바우만 모두 해외에 이름이 널리 알려진 학자였다. 미흐니크와 슐라이페르는 지하 언론이 이 소식을 미국의소리, 자유유럽방송에 전해 폴란드 사람들에게 전달할 것을 알았다. 당국의 검열과 선전을 피해 자신들의 견해를 왜곡과 조작 없이 퍼뜨릴 방법을 찾아낸 것이다.《르 몽드》기사는 코만도시가 〈선조들〉을 다시 무대에 올려달라고 의회에 보낸 청원서도 보도했다. 코만도시의 청원서는 "우리 바르샤바 젊은이는 아담 미츠키에비치의 〈선조들〉을 바르샤바 국립극장에서 공연하지 못하게 금지한 결정에 항의한다. 우리는 폴란드 국민의 진보적 전통을 단절하는 정책에 항의한다."라고 주장했다. 보름이 채 지나지 않아 모든 학과의 교수진과 학생들을 포함해 바르샤바 시민 3,145명이 청원에 서명했고, 브로츠와프에서도 1,098명이 서명했다. (Eisler, 2006, 181~182) 바르샤바대학교는 여기에 정학과 퇴학으로 맞섰다.

쿠론과 모젤레프스키는 「〈선조들〉관련 청원의 정치적 의미」라는 글을 써 사람들에게 은밀히 나눠줬다. "시온주의자와 제국주의자들"이 조종한 도발 탓에 항의가 일어났다고 상황을 끌고 가려는 당국과 친정부 단체에 맞서, 진짜 이유가 무엇인지 설명할 목적에서였다. (Friszke, 2010, 541; Eisler, 2006, 224) 그사이 대학가에 배포된 신문과 선전 책자가 2차 세계대전 이전 민족민주당이 사용한 최악의 사례를 본뜬 반유대주의 표현을 사용했다.[12] 엉성한 반유대주의 시 한 편은 이렇게 읊었다.

민족 시인이 방랑자가 되었네

이유를 아는가?

미흐니크와 슐라이페르가

세상에 그 이름을 외쳤기 때문이지

얼마 전 누군가가 현명하게 말했네

제5열[13]을

하지만 폴란드인들은 유대인을 보지 못하네

늘 그랬듯 어리석게도

형제여, 칼을 꺼내게

모든 사람이 칼을 들었네

유대인에게 오줌을 갈기고 해외로 쫓아내세

멋진 충고로다!

유대인이 그대에게 침을 뱉는데도, 폴란드여,

그대는 여전히 호의를 베푸네

그리고 너희, 맥주를 마시는 학생들

너희는 박수갈채를 기다리네

– 작자 미상[14]

비슷한 시들이 학교 담장에 나붙었다. 코만도시에서도 야쿠프 카르핀스키가 「이상한 시인들」(Friszke, 2010, 550)을, 모젤레프스키가 「파시즘에 맞서」(Eisler, 2006, 225) 같은 글을 써 맞섰다. 이른바 '팸플릿 전쟁'이 2월 내내 바르샤바대학교를 뜨겁게 달궜다. (Friszke, 2010, 537~550) 주동자들은 불법 유인물을 제작해 다양한 행동 계획과 정보를 학생과 교수진에 전달했다. 항의의 물결은 다른 '창작자 지식인' 모임을 낳았다. 2월 29일,[15] 거의 400명에 이르는 작가들이 폴란드 작가조합 바르샤바 지부에서 열린 모임에 참석해, 〈선조들〉 공연 금지를 해제하라고 요구하고 정부의 문화 정책을 비판했다.[16] 다음날, 교수 23명이 발언의 자유가 날로 줄어드는 현실을 우려하며 헌법을 존중하라고 요구하는 성명서를 치란키에비치 수상에게 보냈다. 코와코프스키, 브루스, 바치코를 포함한 여러 교수가 서명했지만, 바우만은 여기에 서명하지 않았다. 왜 그랬을까? 성명서에 대해 듣지 못해서였을 수도 있다. 아니면 이미 폴란드를 떠나기로 마음먹은 터라 몸을 사려야 해서일 수도 있다. 조금이라도 당국에 맞서는 행동을 했다가는 이민 서류를 받는 데 걸림돌이 될 위험이 있었다. 그런데 이 성명서를 살펴보면 반정부 진영의 학생과 작가들에 동조한 교수진은 일부에 지나지 않았다.

당국은 항의 서한에 답변하지 않았다. 그러기는커녕 고등교육부 장관 헨리크 야브원스키Henryk Jabłoński가 바르샤바대학교 총장에게 미흐니크와 슐라이페르를 퇴학시키라는 명령서를 보냈다. 대학의 자율권을 침해했으니 틀림없는 불법이었지만, 끝내 내무부의 압박에 무릎 꿇은 야브원스키가 3월 4일 두 사람을 퇴학시켰다.[17] 마침 코만도시는 코와코프스키와 모젤레프스키를 포함한 여러 사람이 그릇된 판단이라고 말리는데도 2월 중순부터 대규모 시위를 계획하고 있었다. 미흐니크와 슐라이페르의 퇴학은 대규모 행동에 나설 아주 좋은 구실이었다. 시위 하루 전인 3월 7일, 철학부 부학장 예지 샤츠키가 다른 학부 학장들과 함께 총장을 만나 시위 허가를 요청했다. 이날 지그문트와 야니나가 집에서 비공식 모임을 열었다.

바르바라 샤츠카는 "그 모임은 극적이었어요."라고 회고했다. 그날 밤 바르바라와 지그문트, 야니나, 코와코프스키를 포함한 여러 사람이 예지 샤츠키를 기다렸다. "마침내 도착한 남편이 시위를 허가받지 못했다고 알렸죠. … 레셰크가 분에 못 이겨 '거리가 피로 얼룩지겠군.'이라고 말하더군요." 그날 코와코프스키는 은행 광장의 자택에서 노보트키에 있는 바우만네 아파트로 오는 길에 중앙경찰국 건물을 지나다, 거리를 겨냥한 기관총을 봤다.[18] 바르샤바대학교와 바르샤바공과대학 곳곳에서, 행동에 나서기를 촉구하는 전단 수백 장과 함께 시위 계획이 은밀하게 전달되었다. 전단에는 이런 구호가 적혀 있었다. "탄압! 대학의 자율성이 위험하다!"(Friszke, 2010, 561)

3월 8일 시위[19]

모든 동유럽 국가에서는 3월 8일을 '국제 여성의 날'로 기념했다. 이날은 사무실과 학교를 포함한 여러 일터에서 여성들에게 꽃과 사탕을 줬다. 대개는 한가한 휴일이었지만, 1968년 그날은 그렇지 않았다. 예지 에이슬레르는 책 『1968년, 폴란드*Polski Rok 1968*』에서 시위 주동자들이 여성들은 경찰에 체포되거나 공격당할 확률이 낮다고 보고 전략적으로 앞쪽에 내세웠다고 적었다. 코만도시에는 여성 회원이 많았고, 초반부터 중요한 역할을 맡았다. 하지만 성별이 시위를 보호하리라는 발상은 예상을 빗나갔다. 실제로 벌어진 일은 교수 몇 명과 동행한 비무장 학생들이 무장 경찰과 불균형하게 충돌한 시가전이었다.

살을 에듯 춥고 눈이 땅을 뒤덮은 날이었다. 그날 아침, 아니나는 바르샤바대학교 정문에서 멀지 않은 대통령궁 맞은편의 문화부 건물 사무실에서 창밖을 내다보다, 트럭 여러 대와 목적지에 '나들이'라고 쓴 버스 수십 대가 멈춰서는 모습을 보았다. "방수포를 씌운 커다란 트럭들이 도심 북쪽에서 남쪽으로 이동했다. 바람이 통하도록 트럭 뒤쪽에서 살짝 들려있는 방수포 사이로, 민간인 복장을 한 채 빼곡히 앉아 있는 남성들이 보였다. 불현듯, 무장한 나치군을 가득 태운 트럭들이 희생자들을 사냥하느라 바르샤바 거리를 우르릉대며 돌아다니던 전쟁 시절이 떠올랐다." (J. Bauman, 1988, 184)

정오에 학생들과 교수진이 중앙 도서관 앞뜰을 메웠다. 공안 요원과 감시자를 포함해 그곳에 모인 수백 명이 이레나 라소타, 미로스와프 사비츠키가 낭독한 선언서에 귀를 기울였다. (Friszke, 2010, 559) 계획대로 모임을 짧게 끝낸 뒤 참석자들이 자리를 뜰 준비를 할 때, 모자와 코트를 걸치고 검은 막대기[20]를 든 중년 남성 수십 명이 버스에서 우르르 내려 학교로 행군했다. 이들을 '노동자'나 '사회-정치 활동가'로 묘사하는 출처[21]도 있지만, 십중팔구 자율예비경찰Ochotnicza Rezerwa Milicji Obywatelskiej(ORMO)이었을 것이다. (Eisler, 2006, 237) 더러는 술에 취한 사람도 있었다. 학생들 사이에 불안이 커졌다.

버스에 실려 온 '나들이꾼'들이 광장에 모인 누구도 자리를 뜨지 못하게 저지선을 형성했다. 이들의 움직임이 놀랍도록 군인과 비슷해, 보자마자 2차 세계대전을 떠올리게 했다. 누군가가 "게슈타포 물러가라!"를 외치자, 다른 사람들도 구호를 외쳤다. "게슈타포 물러가라! 자유 만세! 민주주의 만세! 자유 없이 빵도 없다! 〈선조들〉 상영 금지를 해제하라! 검열을 철폐하라! 공안은 물러가라!" 나들이꾼들이 학생 일부를 버스로 데려가 신분증을 확인했고, 당국이 이를 바탕으로 긴 참석자 명단을 작성했다. 몇몇 나들이꾼이 학생들을 공격하자 싸움이 벌어졌다. 그런데 그때 갑자기 모두 자리에 앉으라는 명령이 떨어졌다. 학생들이 자리에 앉자, 부총장 리비츠키가 집무실 발코니에 나타나 연설했다. 리비츠키는 '나들이꾼'에게 개입에 감사하다는 인사를 전한 뒤, 학생들에게 15분 안에 해산하라고 선포했다. 학생 대표부는 끄떡도 하지 않았다. 오히려 리비츠키에게 당국에 요청해 치안 병력을 학교 밖으로 내보내고 옆문 바깥에서 대기 중인 공안을 해산하라고 촉구했다. 또 이미 체포한 학생들을 풀어주고, 미흐니크와 슐라이페르의 퇴학을 철회하라고도 요구했다.

몸싸움과 주먹다짐이 이어졌다. 모자를 쓴 남성들이 교수 두 명을 두들겨 팼지만, 잠시 상황이 진정되자 일부 학생들이 집으로 돌아갔고 남성들도 학교를 떠났다. 오후 2시 무렵, 정문 가까이에서 아직 많은 사람이 기다리고 있을 때, 리비츠키가 학생 대표부에 경찰이 떠나고 있다고 말했다. 그런데 느닷없이 약 400명에 이르는 자율예비경찰이 학교로 몰려들었다. 학생들이 폴란드 국가와 공산주의 찬가인 인터내셔널가를 부를 때, 경찰이 학생들 사이로 뛰어들어 누구든 도망가려는 사람을 두들겨 패고 체포했다. 많은 학교 건물이 닫혀 있고 광장에 나무 울타리가 둘려, 숨을 곳이 별로 없었다. 특수 제작한 묵직한 경찰봉으로 무장한 자율예비경찰 대원들에게는 더할 나위 없이 좋은 사냥터였다. 이들은 무리지어 몰려다니며, 오도 가도 못하게 고립된 학생과 교수진을 낚아채 땅바닥에 패대기치고 무자비하게 두들겨 팼다. 이어서 폭동 진압복으로 중무장하고 곤봉을 든 새로운 경찰들이 학교로 밀려 들어와 자율예비경찰에 힘을 보탰고, 버스에서도 다시 남성들이 몰려나왔다. 경찰이 경찰봉과 최루탄을 쓰는 바람에, 시위대 대다수가 달아날 틈을 놓쳤다. 대다수가 여학생인 부상자 일부가 본관 건물 안쪽에서 폭력 사태가 끝나기를 기다렸다. (Eisler, 2006, 243~244) 하지만 본관 건물도 안전하지 않았다. 경찰이 건물 안으로 들어와 눈에 띄는 사람은 누구든 붙잡으려 했다.

바우만은 제자들, 그리고 몇몇 동료들과 함께 학교 정문 반대쪽, 크라코프스키에 프셰드미에시치에 대로 쪽에 있는 철학부 건물로 피신해 경찰의 공격에서 벗어났다. 바우만이 제자 및 동료들과 건물 안에 있을 때, 바르샤바공과대학 학생들이 경찰을 피해 건물 안으로 들어오려 했다. 바르바라 샤츠카가 그때 일어난 일을 들려줬다.

오싹한 상황이었어요. 경찰이 지하실로 최루탄을 던졌거든요. 우리는 학생들이 밖으로 나가지 못하게 막았어요. 바깥이 위험했으니까요. 그리고 조금 뒤, 바르샤바공과대학교에서 출발한 시위대가 교정에 들어왔어요. 시위로 학교가 폐쇄되었는데도 레시노도르스키 교수가 이끄는 큰 무리가 [철학부] 문을 열어 [바르샤바공과대학 학생들을] 들여보낸 뒤 [경찰이 들어오지 못하게] 문을 잠갔어요.

라코프스키에 프셰드미에시치에 대로에 최루탄 연기가 자욱했다.[22]

학생들이 자기네가 안전하냐고 물더군요. 우리가 먼저 나서서 경찰을 마주하겠다는 말밖에 할 수 없었어요. 바로 그 순간, 경찰인가 공안인가가 문을 부수고 들어왔어요. 그 사람들 앞에 선 바우만의 모습을 기억합니다. 그들이 "당신 뭐야?"라고 소리치는데, 바우만이 … "바르샤바대학교 부교수야!"라고 맞받아쳤어요. … 그랬더니 그 사람들이 물러서더라고요! 잊지 못할 장면이었죠. 그때 바우만의 모습을 기억해요. 무척 잘생기고 … 호리호리했어요. … 그 끔찍한 날은 절대 잊지 못할 거예요.

바우만이 군대 생활로 배운 것이 하나 있다면, 권위를 세우는 방법이었다. 바우만은 목소리와 몸짓으로 경찰을 압도했다. 마치 주문에 걸린 듯 건물 밖으로 나간 그들은 운이 따르지 않았던 다른 학생들을 괴롭혔다.

싸움은 학교와 주변 지역을 두 시간 동안 뒤덮었다. 비명을 지르는 시위자들이 가게와 교회에서 피할 곳을 찾았지만, 거기까지 들이닥친 자율예비경찰과 경찰관들이 학생들을 붙잡아 체포했다. 일방적 싸움은 주변거리로 번져, 혐오에 사로잡힌 젊은 남성과 정규 경찰들이 젊은 여성들을 공격했다. 한 학생은 그 모습을 이렇게 회고했다. "그들은 누구보다도 여자들을, 짙은 눈에 짙은 머리칼인 여자들을 때렸어요. 그런 생각이 들더군요. 어쨌든 결국은 '여성의 날'이군. 그런데 … 왜 눈동자와 머리칼이 짙은 색인 여자들을 때리지? 나중에야 이유를 알았죠. 경찰이 한 여자아이를 땅바닥에 밀치는 모습을 봤어요. 주변 사람들까지 덩달아 그 아이를 때리더군요." (Eisler, 2006, 244) 폴란드 사람들의 머릿속에서 짙은 머리칼은 곧 유대인이었다. 그런 고정관념에 따르면 폴란드 여성은 푸른 눈에 금발이었다. 이 증언은 학생 시위에 맞선 국가의 대응 아래 실제로는 민족을 앞세운 인기 영합주의가 깔려 있었다는 것을 가리킨다.

경찰이 학교에서 달아난 학생들을 바르샤바공과대학 쪽으로 몰자, 싸움이 바르샤바의 다른 지역으로 번졌다. 학교 기숙사 여기저기서 학생들이 두들겨 맞았다. 폭력은 저녁 8시까지 이어졌다. 1945년 1월에 해방을 맞이한 뒤로 보지 못했던, 나치 점령기가 떠오르는 광경이었다. 차이가 있다면, 지금은 대학생들을 공격하는 세력이 외국인이 아니었다.

보고에 따르면 폭력 사태 동안 사망자는 나오지 않았지만, 적어도 서른 명이 다쳤다. (Eisler, 2006, 251) 경찰은 피해자들을 심문했다. 하지만 저항은 여기서 끝나지 않았다.

둘로 쪼개진 대학

당시 경제학부 학장이자 폭력이 벌어지는 동안 두들겨 맞았던 체스와프 보브로프스키 교수에 따르면, 3월 8일 사건은 바르샤바대학교를 크게 둘로 갈랐다. 한쪽은 '자유 보호구역'을 침해받은 데 분개한 학생들과 교수진이었고, 다른 한쪽은 애초에 시위의 불씨였던 사안에 관여하기를 철저히 외면한 총장과 고위 행정 관리자들이었다. (Eisler, 2006, 272) 모두 당원인 교수 열일곱 명이 사건을 조사할 특별 위원회를 요구하는 서한을 고등교육부 장관에게 보냈다. (바우만은 이때 이미 당을 떠난 뒤라 여기에 서명하지 않았다.) 헨리크 야브원스키 장관은 서한을 수신하지 않았을뿐더러 어떤 협상도 거부했다. 그사이 학생들은 계속 자신들의 요구 사항을 주장하며 행동에 나섰다. 이런 움직임이 마침내 다른 도시로 번져 크라쿠프, 루블린, 카토비체, 우치, 브로츠와프, 그단스크, 포즈난에서도 항의가 일었다. 갈수록 커지는 학생운동에 정부는 '분할 통치' 전략으로 맞섰다. 한쪽에서는 치안 병력과 친정부 난동꾼들을 보내 학생들을 두들겨 패고, 한쪽에서는 노동자들에게 학생들 탓에 문제가 생겼다고 주장하는 선전 활동을 펼쳤다. 갈수록 대담해지는 학생 운동이 노동자들과 연합하는 일만은 어떤 대가를 치르더라도 막아야 했기 때문이다.

3월 11일, 바르샤바대학교 학생들이 1930년대에 신고전주의 양식으로 지은 대강당에 모였다. 이들은 언론의 학생운동 보도 방향을 바꾸라는 새로운 요구 사항을 내놓았고, 치안 병력이 대학의 자율권을 난폭하게 침해한 행위를 비난했다. 그날 오후, 바우만이 참석했을지도 모를 철학부 교수진 모임도 비슷한 성명서를 공들여 작성했다. 교수들은 바르샤바대학교를 덮친 폭력 행위를 비난하는 한편, 언론이 "사건을 일부러 왜곡해 사회에 틀린 정보를 알린다. 일부 언론 기관이 반유대주의 감정을 퍼뜨리고 노동 계층을 학계와 떼어놓으려 한다."라고 분노를 드러냈다. (Eisler, 2006, 285)

대학 건물 안에서 학생들과 교수진이 만나는 동안, 바깥에서는 정부가 조직한 친정부 폭도들과 치안 병력의 폭력이 맹렬해져, 그날 오후부터 밤까지 교내 여기저기, 심지어 중앙위원회 본부 근처에서까지 싸움이 벌어졌다. 바르샤바의 여러 대학에서 모인 학생들과 다른 사람들까지 합쳐 1,500명에 이르는 시위대를 해산시키고자, 경찰이 최루탄과 물대포를 쏘아댔다. (Eisler, 2006, 292) 시위대는 반유대주의 표현과 학생들을 헐뜯는 허위 선전에 항의해 신문을 불태웠다. 언론은 시위 주동자의 이름과 부모의 직업을 밝히고, 이들이 특권층 자녀일뿐더러 유대인이라고 언급했다. 시위대 중에 바르샤바 젊은이들을 대상으로 토론과 무도회를 주관하는 곳이자 유대인 사회-문화협회와 관련된 바벨 클럽의 회원이 있다고 언급했다. 신문의 논조에는 비웃음과 혐오가 가득했다. "그런 유대인들" 탓에 3월 8일 폭동이 일어났다고 선언했다.[23] (Eisler, 2006, 282~283) 현대사 역사가들은 정부가 왜 바르샤바대학교에서 폭력 수위를 높였는지 의아해한다. 치안 병력의 행동을 부추긴 힘은 십중팔구 모차르한테서 나왔을 것이다. 모차르는 당 서기장 고무우카에게 자신과 내무부가 사회를 통제하니 고무우카가 국가 수장으로서 설 자리가 없다는 것을 보여주려 했다. (Eisler, 2006, 287)

3월 12일, 철학부 교수 스테판 모라프스키와 예지 샤츠키가 지역당의 지원을 받아 결의문을 마련했다. "오늘 가장 중요한 임무는 대학가에 평화를 되찾는 것이다. 하지만 평화를 되찾으려면, 학생들의 타당한 요구 사항을 고려해야 한다." 교수진이 강력히 지지한 학생들의 요구 사항은 바우만이 속한 폴란드사회학협회가 작성해 3월 15일에 발표한 성명서까지 아울렀다.

사회학자인 우리는 교수진과 학생들의 그런 대규모 사회운동이 그저 말썽꾼의 활동이나 그 뒤에 있는 정치적 파산자들의 계략만으로 일어날 수 없고, 우리 사회에서 벌어지는 구조 변화에 사회적 근거와 근본 원인이 있다는 것을 안다. 행정부의 강압 조처로는 최근 대학생들의 행동과 관련한 사회 문제와 정치 문제를 영원히 해결하지 못한다. 이 사안의 핵심은 헌법의 원칙을 실현하고 사회민주주의를 구현하는 것이다.

달리 말해 1968년 3월의 위기는 민주주의가 성숙하지 못해 나타난 결과였다. (Eisler, 2006, 355)

성명서의 모든 내용은 정부의 여러 선전 수단이 특정 집단을 겨냥해 내놓은 공식 설명과 완전히 달랐다. 야니나는 이렇게 적었다. "언론은 같은 이름을 입이 닳도록 되풀이했고, 머잖아 더 많은 이름을 요주의자 목록에 올렸다. 저명한 작가와 교수들이 젊은 난동꾼들을 교육했다는 이유로 이름을 올렸다. 나흘째 되던 날 … 콘라트의 이름이 여러 친구의 이름과 함께 모든 일간지에 등장했고, 라디오와 텔레비전에서 콘라트에게 거친 비난을 퍼부었다." (J. Bauman, 1988, 187) '바우만'은 폴란드식 이름인 코와코프스키나 모라프스키와 달리 빼도 박도 못하는 유대인 이름이었다. 국제적 음모꾼 역할을 맡기기에 더할 나위 없이 좋은, 확신을 뒷받침할 후보였다. 그래서 정치적 주장을 인정받을 증거 따위는 필요 없었다.

혐오 연설

3월 18일 월요일, 바르샤바대학교의 짧은 경고성 휴업이 끝난 뒤, 투르스키 총장이 사람들이 아예 모이지 못하게 철학부 건물을 폐쇄했다. 다음 날 열릴 바르샤바 지역당 모임에 고무우카가 연설자로 나서기로 했다. 폴란드 전역의 눈과 귀가 연설로 쏠렸다. 학생들은 연설을 듣고자 강의를 빼먹고 일찍 집으로 갔다. 지그문트와 야니나도 친구 바시아와 함께 텔레비전 앞에 앉았다.[24] 연설은 오후에 있었다. 연설을 들을 준비를 마쳤을 때, 이들은 12년 전 더 나은 미래에 부푼 희망을 품게 했던 고무우카의 연설을 떠올렸다. 이번에는 희망을 품을 엄두가 그리 나지 않았다.

1956년 10월 연설 때와 달리, 1968년 3월에는 고무우카가 등장하기까지 한참이 걸렸다. 연설회는 바르샤바 최대 건물로, 스탈린이 폴란드인민에게 선물했으나 호불호가 갈렸던 문화과학궁전의 어마어마하게 큰 회의장에서 열렸다. 3,000명에 이르는 청중 가운데는 중요한 순간에 박수를 보내거나 크게 환호하라고 교육받은 대규모 박수부대도 있었다. 내무부의 선전 전문가 즉 모차르의 사람들이 신중하게 고른 박수부대가 언제 어떤 반응을 보일지를 기획했다. 그래도 고무우카의 발언에 청중이 대본대로만 반응했다고 보기는 어렵다. 당국이 통제한 청중은 일부뿐이었다. 거듭된 박수갈채와 분노에 찬 뜨거운 외침은 진심에서 우러나온 것이었다. 어찌 보면 그것은 '인민의 목소리'였다. 그동안 반유대주의 감정을 억눌러왔지만, 이제 폴란드에서 '시온주의자'를 쫓아낼 길을 마련한 인민의 진심이었다. 폭동의 원인이 시온주의자들이니, 이들을 처벌해야 한다. 바로 이것이 연설이 전한 메시지였다.

"친애하고 존경하는 동지 여러분! 지난 열흘 동안, 조국에 중요한 사건들이 발생했습니다. 바르샤바뿐 아니라 전국의 여러 학문 중심지에서 많은 학생이 사회주의에 적의를 품은 세력에 속아 잘못된 길로 들어섰습니다. 이 세력이 학생들 사이에 무정부주의라는 갈등의 씨앗을 뿌렸습니다."[25]

"비에스와프! 비에스와프!" 뜨겁게 반응한 청중은 고무우카가 2차 세계대전 전 반체제 활동 시절에 사용한 암호명을 외쳤다. 고무우카는 지식인의 반국가 활동을 자세히 이야기한 뒤 사례를 들고, 서구 곧 제국주의 세력이 주도한 음모에 가담한 작가들[26]과 학자들의 이름을 읊었다. 강연을 시작한 지 45분 무렵, 고무우카는 주제를 학생들로 옮겨 3월 3일 "주로 유대인 출신으로 수정주의 발언과 견해로 유명한 학생 열 명 남짓"이 야체크 쿠론의 집에 모여 3월 8일 시위를 "모의"했다고 설명했다. 여기에서 고무우카는 누구나 확실히 알아채도록 '유대인 출신'이라는 말을 썼다. 고무우카가 정권 관점에서 사건을 이야기할 때, 청중은 조용히 귀를 기울였다.

이레나 라소타가 낭독한 결의안을 설명할 때, 고무우카가 한 대목에서 잠시 머뭇거렸다. 이 결의안을 나중에 **"다른 학생"** 두 명이 읽었다고 언급한 뒤, 걱정스럽다는 듯 작은 목소리로 "다른 학생이란 … 폴란드인이라는 뜻입니다. … 폴란드인이요."[27]라고 덧붙였다. 당 기관지《트리부나 루두》가 실은 두 시간 넘는 강연문에는 이 말이 빠져 있다. 왜일까? '다른 학생'을 비난해서는 안 되기 때문이다. 폴란드인인 두 학생을 음모에 포함해서는 안 되었다. 학생 '폭동'을 설명할 길은 아주 간단했다. 반국가 활동에 참여한 모든 '폴란드인'은 길을 잃고 순진하게 조종당했다. 이와 달리 '유대인'은 음모에 가담하는 죄를 지었으니 처벌받아 마땅하다. 이것이 연설의 핵심이었다. 문장 하나하나마다 등장한 이 '진실'은 명확한 그림을 맞추는 퍼즐 조각들이었다. 고무우카는 당의 역사적 역할을 강조하고자 폴란드의 역사, 전쟁, 독립 투쟁, 사회 정의, 소련과 우호 관계를 모두 언급했다. 그 반대편에는 반소련 세력, 적국의 대중 매체, 국외의 교포 사회, 그리고 당연하게도 '시온주의자'가 있었다. 연설은 음모 이론의 모든 요소를 불러냈다.

지그문트와 야니나처럼 정부 기관지를 꼼꼼히 읽는 사람들에게는 연설에 새로운 내용이 하나도 없었다. 고무우카는 몇 주 동안 기관지가 제시한 이야기를 옹호하고 힘을 실었을 뿐이었다. 하지만 이제 고무우카가 자신들을 버렸으므로, 지그문트와 야니나 같은 사람들은 희망을 걸 곳이 없었다. 연설이 이들의 소박한 희망조차 날려버렸지만, 이야말로 폴란드인 대다수가 기대하던 바였다. 연설 현장에서 청중이 보인 태도는 의미심장했다. 고무우카의 연설이 이어지고 말투가 점점 거세질수록, 군중이 흥분해 더 길고 크게 박수를 보냈다. 때로는 고무우카가 청중에게 진정하라고 요청해야 할 정도였다. 의무에 충실한 박수부대의 반응만이 아니었다. 정말로 마음에서 우러나온 반응, 인민의 소리였다. 고무우카가 폭동을 일으킨 죄인들을 처벌하겠다고 약속하자, 한참 동안 기립 박수가 이어졌다.

연설이 4분의 3쯤 지났을 무렵, 고무우카가 "우리는 주로 바르샤바대학교의 여러 인문학부에 고용된, 얼마 되지 않는 연구자들이 최근 사건에 특히 책임이 크다는 것을 압니다."라고 말했다. 분노한 청중의 고함이 하늘을 찔러 다시 연설이 중단되었을 때, 고무우카가 이렇게 덧붙였다.

브루스, 바치코, 모라프스키, 코와코프스키, 바우만 그리고 아직 이름을 언급하지 않은 여러 학자가 오랫동안 수정주의 관점에서 우리 당의 정책에 맞서 싸웠습니다. 이들은 젊은이들의 머릿속에 일부러 적대적인 정치견해를 교묘하게 쏟아부었습니다. 이번에 일어난 골치 아픈 시위를 정신적으로 선동했습니다. 이들의 압력으로, 바르샤바대학교 철학부 교수회는 3월 12일 자 결의안에서 주저 없이 이렇게 말했습니다. "공식 조직의 틀 바깥에서 발달한 바르샤바대학교 학생운동은 나흘 동안 바르샤바대학교 학생의 압도적 다수를 하나로 묶은 진정한 대중운동이었다." 이제 분명해졌습니다. 이제 명확해졌습니다. … 동지들, 진정하십시오. … 동지들 … [분노에 찬 고성] 이제 명확해졌습니다. … 학자 직함을 단 이 정치인 무리는 우리나라에서 합법적으로 반사회주의 활동을 펼칠 권리를 얻으려했고, 폴란드 학계와 젊은 학생들에게 도움이 되는 일보다 자신들의 이익을 중시했습니다. 사실 이들은 고등교육기관의 한 줌 연구원, 교수진에 지나지 않습니다.[28]

바우만의 가족은 이 지점에서 시청을 멈췄다. 어린 쌍둥이가 "두려움에 찬 표정으로 지그문트를 바라봤다. 바시아가 눈물이 그렁그렁한 채

두 아이를 껴안고 말했다. '얘들아, 그만 듣자. 다 거짓말이야!'"(J. Bauman, 2011, 155)

2013년에《가제타 비보르차》와 나눈 인터뷰에서 바우만은 이렇게 말했다. "당의 수치스러운 문제를 그렇게 대중의 눈앞에 내놓으리라고는 상상도 못했습니다. 신문을 펼치거나 텔레비전을 틀었을 때 기사 주제가 '돼지, 바우만'이 되리라고도 상상하지 못했습니다. 그런 선전 활동은 처음이었습니다."[29] 게다가 바우만은 자신이 3월 8일 시위를 선동했다는 말을 들으리라고도 예상하지 못했다. 교수진 대다수와 마찬가지로 시위에 반대했기 때문이다. 고무우카가 공격한 철학부의 결의안도 연설에서 언급한 다섯 명[30]뿐 아니라 철학부 교수회 전원이 서명했고, 다른 여러 학과에서도 비슷한 성명을 발표했다. 앞뒤가 들어맞지 않는 와중에도, 연설의 메시지는 분명했다. 여기 우리 적이, 수정주의 사상을 퍼뜨리는 한 줌의 선동가들이, 제거해야 마땅한 자들이 있다. 당국이 1967년에 적용하기 시작한 기준에 따르면, 연설에서 언급한 다섯 명 중 '폴란드인'은 코와코프스키뿐이었다. 다른 사람들은 폴란드인이 아니었다. 이들은 '유대인'이었다. 그리고 당국이 제시한 유대인의 틀에 가장 잘 들어맞는 사람이 바로 바우만이었다. 이름부터 가장 유대인처럼 들리는 데다, 젊고 인기 있고 국제적 인맥이 있고, 친족이 폴란드보다 이스라엘에 더 많이 살았다. 바우만은 '세계시민주의자', '시온주의자', '유대인'을 완벽하게 보여주는 예였다. 세계시민주의자와 시온주의자가 서로 충돌하는 용어라는 것은 누구도 신경 쓰지 않았다. 아무도 논리적 설명을 찾지 않았다. 그들에게 필요한 것은 고무우카의 연설에 귀 기울인 사람들이 좌절과 분노를 쏟아내기에 알맞은 희생양이었다.

연설이 끝을 향할수록 반유대주의 열기가 후끈 달아올랐다. 오죽하면 고무우카가 이따금 거북한 표정을 지었다. 그렇다고 유대인 학생과 교수진을 중상 모략하는 연설을 멈추지는 않았다.[31] 고무우카가 "유대인 출신이거나 유대 민족의 정체성을 품고 … 학자 직함을 단 이 정치인 무리"를 공격할 때, 군중 사이에서 고함이 흘러나왔다. "이스라엘로 가라!" "꺼져라!"[32] 고무우카가 물었다. "폴란드에 시온주의 이념을 고집하는 유대 민족주의자가 있습니까?" 군중이 외쳤다. "네!" 고무우카가 연설을 이어갔다.

시온주의 하나만으로는 폴란드의 사회주의에 위협이 되지 않습니다. 하지만 폴란드에 전혀 문제가 되지 않는다는 뜻은 아닙니다. 저는 그 문제를 우리나라 시민인 일부 유대인의 자결권이라 부르겠습니다. … 지난 6월, 이스라엘이 아랍 국가들을 공격했을 때, 이스라엘로 건너가 전쟁에 참여하겠다는 의지를 여러 형태로 내보인 유대인이 꽤 있었습니다. 의심할 것도 없이, 이런 유대계 폴란드 시민들의 감정과 지식은 폴란드가 아니라 이스라엘에 연결되어 있습니다. 이들은 누가 뭐래도 유대 민족주의자입니다. 이들을 탓해야 할까요? … 이런 부류의 유대인들은 머잖아 우리나라를 떠날 것입니다.

군중 사이에서 열띤 고함이 터져 나왔다. "나가라! 이스라엘로 가라! 꺼져라!" 이때 고무우카가 전체 연설의 핵심 발언을 꺼냈다. "한때 우리는 우리나라 시민이기를 바라지 않고 이스라엘로 가고 싶어 한 모든 사람에게 국경을 열어줬습니다. 마찬가지로 오늘도, 우리는 이스라엘을 조국으로 여기는 사람들에게 이민 여권을 발부할 준비가 되었습니다."[33] 누군가가 소리쳤다. "당장! 오늘부터!"[34]

영어판 『소속을 꿈꾸다』에서 야니나는 "집회 참석자들이 분노에 찬 폭도로 바뀌었다."라고 적었다. (J. Bauman, 1988, 189) 폴란드어판에서는 연설회장에서 "포그롬 냄새가 났다."라고 적었다. (J. Bauman, 2011, 156) "아늑한 우리 방에서, 평화로운 우리 집에서, 우리는 별안간 목숨을 위협하는 위험을 느꼈다. 격분한 청중이 곧 연설회장을 떠나 거리로 쏟아져 나올 터였다."[35] (J. Bauman, 1988, 189)

포그롬이 벌어질지 모른다는 두려움이 또다시 현실이 되었다. 야니나의 머릿속에 전쟁 때 겪었던, 기막힌 경험이 바로 떠올랐다. 아마 지그문트도 포즈난에서 어머니 조피아가 날마다 터지는 반유대주의 범죄를 막고자 문단속을 더 철저히 했던 일을 떠올렸을 것이다. 양가 친척 일부가 1946년에 일어난 키엘체 포그롬 뒤로 폴란드를 떠났고, 다른 친척들도 1956년에 벌어진 반유대주의 바람에 폴란드를 등졌다. 지그문트와 야니나에게는 타민족을 향한 혐오와 군중의 무자비한 힘이 처음이 아니었다. 30년 전에 조피아가 포즈난의 프루사 거리에서 그랬듯, 지그문트와 야니나, 그리고 세 딸도 집에서 한 발짝도 나가지 않은 채 무거운 서랍장으로 현관문을 막았다. 또 "혹시 몰라 날카로운 연장을 찾았다." (J. Bauman, 1988, 190)

두려움을 느낀 사람은 고무우카가 이름을 언급한 이들에 그치지 않았다. 바우만의 친구인 바르바라 샤츠카도 지그문트의 동료이자 '시온주의자' 소리를 들을 위험이 있는 남편 예지 샤츠키가 몹시 걱정되어 당장 집으로 향했다. "2차 세계대전 때 그이를 숨겼는데, 또다시 그래야 한다니. 전쟁이 끝난 지 25년이나 지났는데!" (J. Bauman, 2011, 159) 3월 19일 연설 뒤로, 홀로코스트 생존자 가운데 많은 사람이 폴란드를 떠나야 하지 않을까 걱정했다. 2차 세계대전이 트라우마로 남은 어떤 유대인들은 게슈타포와 폴란드인 종범들의 급습에서 벗어나려 할 때 그랬듯 장롱에 몸을 숨겼다.[36] 하지만 포그롬은 없었다. 정확히 말하면 이전과 같은 포그롬은 없었다.

국가 포그롬

주도권을 장악한 고무우카는 모든 포그롬과 같은 목적 즉 유대인 추방을 달성하겠다고 약속했다. 유대인이 아닌 '시온주의자'라는 용어를 썼지만, 효과는 마찬가지였다. 히틀러가 누가 유대인이고 아닌지를 정의했듯이 고무우카도 '시온주의자'라는 꼬리표를 정의했다. (Eisler, 2006, 117) 과거와 비슷한 점은 또 있었다. 국가 기관인 공안실이 나치의 인류 설명서를 모방해 민족별 정보를 수집한 뒤 유대인을 정의했다.[37] 1968년 시위 참여자인 심리학자 알렉산데르 페르스키의 말대로, 정부가 1968년에 유대인을 추방할 길을 닦고자 사용한 조직적 행동은 1938년에 아돌프 아이히만 Adolf Eichmann이 오스트리아에서 구사한 전략과 비슷했다.[38] (Perski, 2013) 2차 세계대전 전에 민족민주당이 그랬듯, 고무우카 정권이 '시온주의자'와 '유대인'에게 낙인을 찍었다. 시온주의자와 유대인이라는 말은 폴란드 애국자('세계시민주의자'가 아닌 가톨릭 신자)의 반대말이 되었다.[39] 공산주의자와 더불어, 이념에 개의치 않는 협력자 특히 가톨릭 신자들이 이런 낙인찍기에 동참했다.[40] 2013년에 《가제타 비보르차》와 나눈 인터뷰에서 바우만은 주장했다. "의심할 것도 없이 당은 1968년 3월 시위를 기회로 국민과 유대를 굳혔습니다. 잠시이긴 했어도, 효과가 있었지요. 사람들을 당 쪽으로 결집하게 이끈 요인은 무엇보다도 반유대주의 구호가 민중 속에 잠들어 있던 반유대주의를 일깨웠기 때문이었습니다."[41]

사람들이 결집한 데는 '시온주의자들'이 서둘러 떠나면 이들이 남긴 집, 일자리, 가구를 포함해 온갖 물건과 혜택이 자기 차지가 되리라는 꿈에 부푼 것도 원인일 수 있다. "시온주의자들이 떠날 것이다."라는 고무우카의 약속은 아래에서부터 불붙었던 이전 포그롬과 달리 국가의 최상부에서 시작하는 새로운 포그롬을 선언한 것이나 다름없었다.[42] 나중에 고무우카의 측근들은 혐오 연설이 크나큰 파장을 낳을 줄을 고무우카가 미처 몰랐다고 꿋꿋이 주장했다. 고무우카는 모차르 측이 장악한 권력을 되찾아 강화하고 싶었다. '유대인의 음모'에 가담한 자들을 찾아내 '유죄'를 선고했으니, 다음 단계는 당연히 추방이었다. 이것이 포그롬의 작동 방식이다. 포그롬은 사회의 좌절과 혐오를 쏟아내는 사회 과정에서 몸집을 불린다.

기존 포그롬에서는 이민족 혐오에 사로잡힌 집단들이 유대인을 때리거나 강탈하거나 박해하거나 죽이거나, 집과 일터, 학교와 교회에서 쫓아냈다. 이와 달리 고무우카는 국가 기관이 나서, 합법의 탈을 쓴 대규모 몰수 및 축출에 필요한 정교한 법률, 조치, 규정을 만드는 방법을 썼다. 흥분한 군중이 행하는 '기존' 포그롬은 무턱대고 파괴를 일삼아 통제하기 어려웠지만,[43] 국가 포그롬은 훨씬 질서 정연하게 작동했다. 국가 포그롬에서는 고도로 정교한 조직이 누구를 쫓아내고 누구를 쫓아내지 않을지뿐 아니라, 언제 어떻게 쫓아낼지까지 통제했다. 국가 포그롬은 대단히 정교하게 축출을 진행했다.

정부는 떠나는 유대인이 남긴 일자리와 아파트, 소지품을 누가 차지할지도 정했다. 느닷없이 하늘에서 뚝 떨어진 희귀한 자원은 그런 '깜짝 선물'을 받을 만한 공을 가장 많이 세운 사람들에게 체계적으로 배분되었다. 그러므로 국가 포그롬을 수행한 사람들이 포그롬의 혜택도 누렸다. 게다가 포그롬에 따른 행정 비용을 추방된 사람들의 재산으로 메웠으니, 국가는 포그롬 과정에서 아무런 비용도 치르지 않았다.

이 마지막 요소는 국가 포그롬의 상징일뿐더러, 피해자를 조롱하는 특성으로 볼 때 근대를 벗어났다고 말할 수 있다. 국가 포그롬에서는 전체 과정의 시작점이 피해자 자신이었다. 달리 말해 피해자가 이주를 요청하고 시민권을 포기하는 것이 이주 과정, 여행 관련 서류 확보, 필요한 다른 활동들을 시작할 수 있는 첫 조건이었다. 당국은 에버렛 휴스가 정의한 '더러운 일'[44]과 맞아떨어지는 영리하기 짝이 없는 결정을 내렸다. 3월 19일 연설로, 고무우카는 특정 집단의 바람에 부응해 폴란드 사회를 정화할 절차에 들어갔다. 그렇게 함으로써, 개인이 포그롬을 시도할 필요를 없앴다. 당국은 제도를 이용해 더러운 일을 수행했다. 국가와 관리들이 시민 대다수의 환호 속에, 또는 허락을 뜻하는 조용한 복종과 함께 시행한 용의주도한 포그롬을. 연설회장의 청중들이 외친 "당장! 오늘!"에는 유대인이 당장 떠나는 모습을 보고 싶은 바람이 담겨 있었다. 바우만과 야니나도 그 뜻을 이해했다. 하지만 이들이 마침내 폴란드를 떠나기까지는 무려 석 달이 걸렸다.

90일 안에 '당장!'

3월 11일부터 기관마다 유대인 직원의 명단을 받았고, 3월 말에는 '시온주의자에 점령된' 일터를 '해방'하는 활동을 시작했다.[45] 유대인 명단이 어찌나 꼼꼼하게 유대인을 콕 집어냈던지, 자신이 사실은 '유대인'이라는 것을 명단에서 처음 안 사람들도 있었다. 당과 정부의 지원을 등에 업었으므로, 해고는 빠르고 쉬웠다. 반유대주의가 폴란드의 공식 정책이 되어(Eisler, 2006, 116), 수많은 유대인을 일자리에서 몰아냈다.

야니나처럼 해고 과정이 부서 변경으로 시작되는 사례도 있었다.[46] 야니나는 폴란드 영화예술 최고위원회의 수석 자문 자리에서 해고되어 다른 근무처로 배치되었다. 그곳에서 능력에 못 미치는 일을 받았는데, 사실은 할 일이 전혀 없다는 것이 머잖아 명확해졌다. 당장 휴가를 가라고 요구받았지만, 야니나는 8월에 휴가를 갈 계획이라며 거절했다. 자신을 쉽게 해고하지 못하게 막으려는 전술이었다. 그러나 4월 1일, 야니나는

18년 동안 일한 일터에서 해고되었다.

잊지 못할 3월 19일 밤이 지난 다음 날, 지그문트는 아무 일도 없었다는 듯 바르샤바대학교에 출근했다. 하지만 밤낮을 가리지 않고 지그문트를 미행한 공안에 따르면, 다음날인 3월 21일 목요일에 교직원들이 파업을 벌였을 때 지그문트는 집에 머물렀다.[47] 많은 지식인이 그 주에 집에 머물렀다. 이들은 공포에 질려 있었다. 혼자 걷기에는 거리가 안전하지 않았다. 야니나는 퇴근하는 지그문트와 만나 집까지 함께 걸었고, 더 안전하도록 바우만의 제자 몇몇이 동행했다.

어쨌든 토요일에 파업이 끝났다. 일요일에 열린 학생회 모임에서는 앞으로 협상을 더 진행해 일상으로 돌아갈 수 있다는 희망을 드러내는 학생도 더러 있었다. (이 모임에는 나중에 안나의 남편이 될 레온 스파르드도 참석했다.) 부질없는 희망이었다. 3월 25일 월요일, 모든 신문과 방송이 고등교육부 장관 야브원스키의 명령을 알렸다. 바르샤바대학교 경제학부 브루스 교수, 그리고 철학부 교수 가운데 바치코, 코와코프스키, 모라프스키, 바우만, 히르쇼비치-비엘린스카 다섯 명을 해고한다는 소식이었다. 기사가 나왔을 때 바우만은 집에 있었다. 2013년에 나눈 인터뷰에서 바우만은 내게 이렇게 말했다. "라디오 방송에서 내가 해임되었고 바르샤바대학교에서 제명되었다는, 그리고 반정부 학생 시위를 조직한 사람이 바로 나였다는 기사를 들었습니다."[48]

소식은 바르샤바 전역에 빠르게 퍼졌다.[49] 거의 누구도 이런 가혹한 조처가 나오리라고 예상하지 못했다. 스탈린주의가 짓누르던 시절에도 당국이 바르샤바대학교 교수들의 강의는 금지했을망정 다른 자리에서 연구를 계속하는 것은 허용했기 때문이다. 장관이 교수를 해고한 적도 없었다. 이런 권력 남용과 학문의 자유 탄압에 모두 충격을 받았다. 하지만 권위주의 정권은 이제 막 칼을 빼 들었을 뿐이었다.

학생들은 3월 28일에 다음 시위를 열어, 학교에서 쫓겨난 교수와 동료들의 복귀를 요구하기로 했다. 주동자 열다섯 명이 체포된 뒤였는데도, 학생들은 모임을 열고 성명을 발표했다. "바우만과 히르쇼비치-비엘린스카 없이는 폴란드 사회학도 없다. 바치코, 코와코프스키, 모라프스키 없이는 폴란드 철학도 없다. 브루스 없이는 마르크스주의 정치경제학도 없다." (Eisler, 2006, 445) 투르스키 총장은 여기에 맞서 학생 34명을 추가로 퇴학시켰고, 그나마 11명은 정학 처분에 그쳤다. 3월 말에는 몇몇 학부가 폐지된다는 정보가 돌았다. 경제학부, 철학부, 심리학부, 교육학부 전체, 그리고 수학·물리학부 일부가 대상이었다. 교정이 들끓었다. 이제 당국은 학생 및 교수진을 상대로 정말로 전쟁을 벌였다. 공안 요원 '야누시'는 이런 기록을 남겼다.

> 바르샤바대학교에서 제명된 교수 가운데 Z. 바우만과 S. 모라프스키가 여전히 활동 중이다. 4월 1일, Z. 바우만이 같은 학과 교직원 서너 명과 '크로코딜' 식당에서 만나 해결책을 논의했다. S. 모라프스키는 아직도 교직원인 양 학과에 나온다. 바우만과 모라프스키가 바라 마지않는 것은 철학부를 향한 탄압을 늦춰 학부 폐지를 막는 것이다. 많은 논의 과정에서, 모라프스키와 바우만은 대화 상대들에게 연대하라고 설득했다. 철학자 안제이 자브우도프스키, 에드문트 목시츠키, 스카르빈스키는 이미 사임했다.

4월 2일, 바우만과 모라프스키가 철학부 교직원 전체 회의를 소집했다. 이 회의에서 교수진에 내려진 조처에 항의하는 결의안에 학자 여러 명이 공개 서명할 계획이었다. 하지만 총장이 이 회의를 승인하지 않았다.[50]

여러 학부가 폐쇄되자, 바르샤바대학교 학생 1,166명이 갈 곳을 잃었다. (Eisler, 2006, 446) 남학생들은 군에 입대해야 할 위기에 놓였고, 더러는 당장 입대해야 하는 학생도 있었다. 이른바 '학생 행진'은 그렇게 막을 내렸다. 시위에 학생이 아닌 젊은이들도 참여했으므로, 어떤 역사가들은 이 시위를 '청년 행진'이라 부른다.[51] 사회주의 폴란드는 심각한 경제난을 겪었다. 물가 인상, 텅 빈 가게, 생필품 부족과 주거난이 폴란드를 괴롭혔다. 표현의 자유와 자율권을 달라는 학생들의 요구는 관료주의에 물든 권위주의 세력이 감춰야 할 수많은 문제 가운데 하나였다. 학생들 특히 유대계 학생들을 비난한 것은 이토록 광범위한 사회 경제 사안을 덮을 연막의 일부였다.

바우만이 해석한 1968년 3월 사태는 어떤 면에서는 2차 세계대전 뒤 수십 년 동안 걸핏하면 쿠데타로 군 지휘부를 교체했던 중남미 몇몇 국가의 정치 양상과 겹친다.[52] 바우만은 자신의 분석을 여러 차례에 걸쳐 제시했고, 그 가운데 하나가 1968년에 폴란드를 떠난 뒤 월간지 《문화》에 실은 유명한 글 「좌절과 곡예사 *O frustracji i o kuglarzach*」다. 2013년에 나와 인터뷰할 때도 바우만은 45년 전과 똑같이 평가했다.

1968년이 다른 무엇보다도 중요한 사건이었던 까닭은 새로운 사람들이 승진할 수 있었기 때문입니다. … 당시는 전후 재건 과정에서 만들어진 새로운 체계가 걸림돌이 된 상황이었으니까요. 대장과 중위가 겨우 10~15살 차이였어요. 이런 세상에, 60~80년을 기다려야 저 사람이 죽거나 은퇴한다고? 승진 적체가 문제였던 겁니다. 한 명을 제거하면 스무 명이 곧장 줄줄이 승진할 수 있습니다. 딱 한 자리만 비어도 아랫사람이 위로 올라올 자리가 생기고, 그 아랫사람들도 차례로 위로 올라올 자리가 생기니까요. 그러니 1968년 일은 다른 무엇보다도 큰 사회 이동 작전이었습니다. 많은 사람이 떠났으니, 그만큼 많은 사람이 바르샤바대학교에서 자리를 얻었지요. 사회에는 어떤 여파를 미쳤을까요? … 문화에는 어떤 영향을 미쳤을까요? 나는 잘 모르겠습니다. 바르샤바대학교라는 배에 새 승무원을 끼워 넣는 과정이, 그러니까 인물 변화가 어느 정도 영향을 미칠 수밖에 없었습니다. 틀림없이 분위기가 바뀌었을 겁니다. 전체 승무원을 한꺼번에 바꾸는 일은 좀체 없으니까요. 그런 교체는 대개 서서히 진행되어서, 사람들이 변화를 알아채고 적응할 시간이 있지요. 하지만 1968년은 충격이었습니다.

역사가들은 1968년 사건으로 폴란드를 떠난 사람이 13,000명을 넘긴다고 추정한다.[53] 이 가운데 많은 사람이 고위직 출신이었다. 이런 사회 공학이 흔히 그렇듯, 1968년 숙청도 특정 집단 한 곳을 겨냥했다. 유럽 동부에서 대중의 혐오를 끌어모으기 가장 쉬운 표적은 유대인이었다. 기존 고정관념과 새로운 고정관념을 결합한 선전 활동이 제대로 효과를 냈다.[54] 하루가 멀다고 언론에 반유대주의 글이 넘쳐나고, 길거리와 각종 기관, 일터에서 적대 분위기가 날로 커졌다. 낙인찍힌 사람들이 일상을 살아가기가 몹시 힘겨워졌다. 조국에 등 떠밀린 더 많은 사람이 폴란드를 떠나기로 마음먹었다. 바우만의 가족은 가장 먼저 떠난 집단에 속했다.

"[4월에] 야시아가 일자리를 잃었고, 나도 마찬가지였습니다. 안카[안나의 애칭]도 [바르샤바대학교 물리학부에서] 정학당했고요." 쌍둥이도 학교에서 어려움을 겪기 시작했다. "쌍둥이가 울면서 집에 돌아왔습니다. 알다시피 아이들이 잔인하잖아요." 집 근처에 있던 학교는 아주 좋은 곳이었다. "교사들은 나무랄 데가 없었습니다. 하지만 아이들은 몹시 잔인했지요. 쌍둥이가 눈물을 글썽이며 집에 오곤 했습니다. … 모든 일이 한꺼번에 벌어졌습니다. 해고될 때 석 달 치 월급을 받았습니다. 석 달 동안은 그 돈으로 버텼지만, 그다음에는 실직 상태였지요. … 모아놓은 돈도 없고요. ⋯ 그리 희망이 없었습니다."

그리 희망이 없는 매우 곤란한 상황에서는 부모가 아이들을 보호하기 어렵다. 학교는 대체로 사회를 반영한다. 일부 아이들이 집에서 보고 들은 반유대주의 분위기가 학교에, 적어도 일부 학교에 스며들었다. 실제로 학교는 국가의 민족 차별 활동에 결이 다른 두 반응을 보였다. 어떤 학교에서는 그전에도 존재하던 난폭한 환경이 혐오 발언과 심술궂은 행동을 등에 업고 더 심해졌고, 어떤 학교에서는 피해자를 보호했다. 야니나도『소속을 꿈꾸다』에서 학교가 고무우카의 연설에 보인 서로 다른 반응을 언급했다. 이레나와 리디아가 다닌 국립 스타프키학교에도 걸핏하면 반유대주의 구호를 외치고 겨우 열세 살인 쌍둥이를 두들겨 패려고까지 한 난폭한 아이들이 있었고, 이와 달리 쌍둥이를 보호하려 한 아이들도 있었다. 바우만이 말했듯, 전쟁 전에 바우만이 포즈난에서 겪은 교사들과 달리 스타프키학교의 교사들은 흠잡을 데 없었다. 하지만 1968년에도 모든 교사가 그렇지는 않았다.[55] 유대인으로 낙인찍힌 아이들은 여러 고통스러운 상황을 견뎠다. 인터뷰에서 바우만은 매우 차분하게 이 주제를 이야기했다. 하지만 바우만의 친구들은 하나같이 바우만의 딸들이 유대인 차별로 고통을 겪었고 바우만이 그 일로 괴로워했다고 회고했다.

1968년에 폴란드를 떠난 사람들에게는 아이들이 당한 학대가 더는 견디지 못하게 등을 떠민 결정타일 때가 많았다. 이때 이주한 성인 가운데 많은 사람이 홀로코스트 생존자였다. 1968년에는 트라우마가 유전[56]한다는 사실을 지금처럼 잘 알지 못했지만, 그래도 부모의 경험이 아이들의 심리에 큰 영향을 미쳤다. 부모가 아이를 보호할 방법이 없을 때 선택할 길은 이민뿐이었다. 이민은 강제 이주에서 빠지지 않는 생존 전략이었다.

앞에서 이야기했듯이 안나는 카지미에시에서 친구들과 새해 파티를 연 뒤 돌아온 1월 1일에, 부모가 이주하기로 마음먹은 것을 알았다. 안나는 감정을 주체하지 못했다.

안나가 왈칵 눈물을 쏟았다. 겨우 열여덟 살, 대학교 1학년일 때였다. 안나는 우리 말을 들으려고도 하지 않고 방으로 들어가 몇 시간이나 틀어박혀 있었다. 자정이 가까워서야 조금 진정된 안나가 입을 열었다. 자기는 폴란드를 사랑해 다른 곳에서 산다는 상상은 할 수도 없다고, 엄마 아빠도 마찬가지라고, 엄마 아빠도 다른 곳에서는 절대 행복하지 못할 것이라고 단언했다. 안나의 말이 맞다는 것은 우리도 잘 알았다. 하지만 다른 길이 없었다. 안나에게도 그렇게 말했다. (J. Bauman, 1988, 33)

4월 23일, 바우만 가족은 이주 절차를 밟기 시작했다. 이민에 필요한 증명서들은 피라미드 구조라, 한 기관에서 문서 한 장을 받으려면 다른 여러 기관에서 따로따로 여러 문서를 받아야 했다. 거의 3주 내내 줄을 서 문서 다섯 부를 받아낸 끝에, 5월 13일, 출국을 승인해달라는 요청서를 냈다. 이민자 대다수가 바르샤바의 유명한 그단스크역에서 기차를 탔지만,[57] 바우만 가족은 지그문트의 포드 코티나를 타고 떠나기로 했다. 무국적자가 소지할 수 있는 외화는 1인당 5달러뿐이라, 외화를 더 많이 가져갈 특별 허가증을 요청해야 했다. 폴란드자동차협회에서 국제 운전면허증을 받아야 했고, 오스트리아 돈 1,100실링이 있고 자동차 보험에 들었다는 것도 증명해야 했다. 폴란드중앙은행에서 프랑스 프랑과 미국 달러를 폴란드 정부에 팔아 1,100실링을 마련했다는 증명서를 받았다. 환율을 국가가 정했으므로, 환전율이 국제 환율과 사뭇 달랐다. 이는 국가의 권력 기제를 고스란히 보여주는 사례로, 바우만은 나중에 이 문제를 연구 주제로도 다뤘다.

다음 단계는 비자 발급이었다. 폴란드 정부는 이스라엘 이주만 허용했다. 그런데 한 해 전 이스라엘과 단교했으므로 네덜란드 대사관이 이스라엘을 대신해 영사 업무를 맡았다. 4월 29일, 승인 번호 3645/ne68이 찍힌 비자가 나왔다. 뜻밖에도 수수료가 없었다. 전직 직업 군인이라 이민 허가를 받는 데 어려움이 있을 수 있었는데, 5월 8일에 군에서 바우만을 필요로 하지 않는다는 증명서를 발급받았다. 이민 절차가 빠르게 진행되자, 곧 무국적 가족이 될 다른 집안의 가장들과 마찬가지로, 바우만도 목공장을 불러 가족의 소지품을 담을 특수 상자를 만들었다. 1968년 봄 폴란드에서는 추방되는 유대인 가족의 물건을 포장해 배송하는 사업이 호황을 누렸다. 국외로 가져갈 수 없는 가구, 가져갈 수 있는 물건의 무게와 크기가 규정되어 있었다. 바우만이 고용한 목공장은 세관 검사에 완벽하게 대비하는 법에 훤했다. 상자마다 딸린 문서를 다섯 부씩 복사해야 했고, 문서에는 상자에 담은 모든 책의 제목까지 포함해 자세한 목록을 꼼꼼히 적어야 했다. 바우만 가족은 책이 많았다. 하지만 짐의 양에 제한이 있어 모두 가져갈 수는 없었다. 폴란드를 떠나는 다른 많은 지식인과 마찬가지로, 가져갈 책을 꼼꼼히 골라내야 했다. 국외로 가져갈 수 없는 귀중품들은 친구, 제자, 친척에게 나눠줬다. '유대인 물건'이 갑자기 시장에 몰려나와 구매자 시장이 형성되어, 상인들에게는 호시절이었다. '유대인 물건'이란 원래 전쟁 기간에 살해되거나 떠난 유대인이 남긴 재산을 가리켰으므로, 은어로든 법률 용어로든 울림이 있는 말이었다. 하지만 1968년에는 전쟁 때 생긴 '유대인 물건'이라는 용어의 가혹함을 아무도 솔직하게 말하지 않았다. 이 재산들을 밀거래하는 상황으로 이득을 누린 사람들은 '유대인 물건'이라는 말을 전혀 꺼림칙하게 여기지 않았다.

머잖아 무국적자가 될 바우만 가족은 전쟁 뒤 23년 동안 차곡차곡 마련한 물건들을 챙겼다. 살림살이를 모두 부칠 수는 없었다. 야니나는 나치 점령기 때 야니나네 식구들을 숨겨 목숨을 구해준 비유대인 친구 한 명을 불러, 어려운 사람들 몫으로 남긴 물건들을 나눠주게 했다. 그 친구는 바우만 가족의 살림살이와 남은 책을 하나하나 처분하고, 또 이스라엘로 가져갈 몇 가지 물품을 새로 샀다. 1968년 3월 이주자가 많이들 이렇게 이민을 진행했다.

지그문트가 고용한 목공장은 직업이 두 가지였다. 하나는 사업주, 하나는 암호명이 '스톨라르스키'인 공안 정보원(스톨라르stolar가 목수란 뜻이라 이 정보원의 신원을 파악하기가 어렵지 않았다). 이 장인은 바르샤바를 떠나는 많은 이주 가정의 은밀한 정보를 알 수 있었다. 스톨라르스키가 바르샤바 생활을 완전히 끝내는 여러 가정의 정보를 보고한 내용 중에 이런 것이 있었다.

1968년 5월 10일, 바우만 교수에게 전화를 받고 노보트키 21b 28동, 전화번호가 31-65-07인 집에 도착했다. 바우만 교수는 이스라엘로 이주할 서류를 준비했고, 모든 서류철을 [여권사무국에] 맡기기 전에 자기 물건을 담을 상자들을 만들려 한다고 말했다. 바우만은 가구 몇 가지와 많은 책을 가져가고 싶어 했다. 차가 있으므로 이민 승인이 나면 가족을 차에 태우고 떠날 계획이다. 자신은 어떤 국가 기밀과도 상관이 없으니 승인을 받을 것이라고 기대한다. 혹시라도 출발 날짜가 빨라질까 염려해, 나와 미리 계약을 맺었다. 바우만은 자신을 놓고 가짜 이야기가 나돈다고 말했다. 예컨대 자신이 바르샤바대학교에서 "고이들Goys,[58] 손 들어 보게!"라고 말했다느니, 비유대인이 달랑 세 명 참석한 강의에서 "강의를 유대어로 진행하겠네."라고 말했다느니 하는 이야기가 떠돌지만, 자신은 유대어를 알지도 못한다고 덧붙였다.[59]

이 이야기는 하나하나 뜯어볼 만한 가치가 있다. 만약 정보원 스톨라르스키가 진실을 말했다면, 목공장을 공안의 정보원으로 의심한 바우만이 첩보 기관에 보고될 것을 알고 이렇게 이야기했을 것이다. 바우만은 사방에 깔린 공안에 이런 계략을 썼을 것이다. 아니면 학생들에게 한 번도 소문처럼 행동한 적이 없었으므로, 실제로 나돈 소문을 듣고 화가 치밀어 이렇게 반응했을 수도 있다. 하지만 이 이야기에서 하나는 틀림없는 사실이었다. 바우만은 이디시어로 강의를 진행할 만한 '유대어' 실력이 없었다. 이디시어는 일부 가정에서, 그것도 부모들이 아이 귀에 들어가기를 바라지 않는 말을 할 때만 드문드문 쓰는 언어였다.[60] 이 시절 유대계 폴란드인의 상황이 그랬다. 홀로코스트에서 살아남은 부모와 전쟁 뒤 태어난 아이 대다수가 기초 '유대어'조차 말할 줄 몰랐다. 이들에게는 유대어가 기껏해야 '은어', 그러니까 과거가 남긴 특수어였다.[61]

그런 언어 환경 때문에 얄궂은 상황이 빚어지기도 했다. 1968년에 이주한 폴란드계 미국인 수학자이자 시인 브워지미에시 홀슈틴스키는 이런 대화를 회고했다. "[저명한 수학자 카롤] 보르수크Karol Borsuk에게 이민하겠다고 이야기했더니 … 듣자마자 이렇게 대꾸하더군요. '그게 가능해? 자네는 폴란드 사람이잖아!' 확신은 없지만 반박하고 싶은 마음에 답했어요. '저는 유대인입니다.' 보르수크가 묻더군요. '하지만 폴란드어를 쓰잖아.' '맞습니다.' 보르수크가 다시 물었어요. '유대어나 히브리어는 아나?' 그래서 답했지요. '아니요.'"

바우만 가족처럼 이디시어나 히브리어를 말할 줄 모르기는 곧 무국적자가 될 폴란드인 대다수가 마찬가지였다. 바로 이것이 낙인찍힌 한 집단 전체가 마주한 기막힌 상황의 핵심이었다. 이들의 몸에 밴 언어와 문화의 뿌리인 조국 폴란드가 이들의 정체성을 확인하는 공간이 되기를, 문화적 준거 집단이 되기를, 안전지대가 되기를 거부했다. 그런 탓에 이들은 조국에 등 떠밀려 제 손으로 시민권을 포기해야 했다. 폴란드 시민으로 살 권리를 빼앗긴 채 어떤 시민권을 얻을 권리도 없이 무국적자가, 넓고 깊은 의미에서는 정체성의 '부랑자'가 될 참이었다.

무국적자가 되는 절차는 빠르고 쉬웠다. 그리고 비쌌다.[62] 경제난에 허덕이는 폴란드 정부에는 이민 처리가 톡톡한 돈벌이였다. 폴란드 시민이 시민권을 변경하려면 전국국민평의회(KRN)에 승인 요청서를 제출해야 했다. 국제법에 따르면 이 조건은 불법이었다. 대체로 시민권은 주로 국제결혼이나 이민으로 다른 나라에 시민권을 신청할 때, 그리고 해당 국가 두 곳 중 하나에서라도 이중 국적을 금지할 때만 포기하기 때문이다. 그런데 1968년에 벌어진 국가 포그롬에서는 폴란드가 자국민에게 무국적자가 되라고 강요했다. 추방된 사람들이 자동으로 이스라엘 국민이 되리라는 보장도 없었다. 추방된 사람이 모두 이스라엘로 가지도 않았다. 폴란드 정부의 협박은 이랬다. 떠나고 싶은 자들의 시민권을 박탈한다. 그러니 이제 떠나라!

5월 13일, 바우만은 두 문장으로 구성된 이민 요청서를 제출했다. "저와 제 아이들의 시민권 변경을 요청합니다. 이 요청의 목적은 이스라엘로 영구 출국하는 것입니다."[63] 바우만은 자신의 이름, 바르샤바 집 주소, '이스라엘', 서명을 추가했다. 그런데 이 '정규 절차'가 심각한 영향을 미쳤다. 요청서를 제출함으로써, 바우만은 폴란드의 '요주의자' 명단에 이름을 새겼다. 폴란드인이라는 정체성에 깊은 애착을 느끼고 폴란드인으로 받아들여지고자 한없이 씨름한 바우만에게는 이 문서가 그 모든 노력이 실패했다는 증거였다. 전쟁 전에 포즈난의 중산층 거주지인 예지체 구역에 살았어도 게토 의자를 벗어날 수 없었듯, 바우만은 1968년에 폴란드 사회학자이자 대학교 부교수였어도 유대계 폴란드인의 운명을 벗어나지 못했다.

다른 유대계 폴란드인 대다수가 그랬듯, 1968년에 바우만이 달리 선택할 길은 없었다.[64] 여느 폴란드인과 다름없는 폴란드인이 되려는 투쟁은 이 문서와 함께 패배로 끝이 났다. 바우만은 어린 쌍둥이의 앞날에 이로운 선택을 해야 했다. 딸아이들이 새로 밀려오는 차별을 피하려면, 자신이 걸었던 길을 아이들이 다시 걷지 않게 하려면, 무국적자가 되는 쪽이 더 나았다.

출국의 최종 단계는 국가의 손에 달린 더 가혹하고 모욕적인 처리 절차에 좌우되었다. 바우만 가족은 갖가지 요구에 따라 도장을 받고 비용을 치르고 행정 절차를 밟느라 정신없이 바빴다. 가족이 활동한 흔적은 하나도 빠짐없이 영원히 봉인되어야 했다. 정부는 직장, 책을 빌렸던 도서관, 돈을 빌렸을지도 모를 모든 기관에서 증명서를 받아오라고 요구했다. 지그문트와 야니나는 세무서에 빚이 없다는 증명서를 제출해야 했다.

설상가상으로, 대개 여섯 달 치를 미리 내는 각종 공공요금과 집세까지 내야 했다. 여섯 달이면 거의 모든 유대인 가정이 폴란드를 떠나고도 한참이 남는 기간이었다. 게다가 이런 공공 서비스를 종료할 때도 돈을 내고 주택 사무소에 서류를 제출해야 했다. 폴란드인 대다수가 그렇듯, 바우만 가족도 아파트를 소유하지 않았다. 소속 협동조합이 아파트 임대료와 여러 행정 계약을 관리했다. 그런데 아파트 사용을 포기한다는 증명서를 받으려면, 협동조합에 여러 달 치 집세와 공공요금을 미리 내야 했다. 그사이 협동조합 관리자들은 앞으로 입주할 임차인과 계약을 맺었다. 아직 바우만 가족이 사는 아파트에 새 임차인이 자주 방문해 집을 둘러보고 치수를 재고 집을 꾸밀 계획을 세웠다. 이해할 만한 일이었지만, 바우만 가족의 사생활을 무시하는 또 다른 상징적 폭력이었다. 수도 바르샤바의 지독한 주거난을 고려하면, 바르샤바 한복판에 자리잡은 방 네 칸짜리 아늑한 집은 성공을 상징하는 멋진 기념물이었다. 무엇이든 국가가 '준' 것은 국가가 다시 빼앗아갈 수 있었다.

지그문트와 야니나가 국가에 강탈당하지 않은 유일한 예외는 아이들 학비였다. 이 시기에 많은 유대인 가정이 자녀의 대학 학비를 상환하느라 어마어마한 액수를 치러야 했다. 이 금액을 낼 형편이 되는 집이 거의 없었으니,[65] 지그문트와 야니나도 같은 상황이었다면 이 돈을 감당하지 못했을 것이다. 다행히 안나가 대학교를 졸업하기에는 많이 어렸다.

앞서 말했듯, 폴란드를 떠나는 사람이 가져갈 수 있는 돈은 1인당 5달러뿐이었다. 당국은 은행 계좌의 잔액을 입증할 서류를 원했다. 상황이 상황인지라, 1968년에 바르샤바의 상점에서 괜찮은 물건을 찾기가 쉽지 않았는데도, 돈이 있는 유대인은 되는대로 물건을 사들였다. 그런데 출국 서류에 기재된 물건은 모두 사용한 증거가 있어야 했다. 새 물건은 반출 금지였다! 출국에 필요한 방대한 행정 서류 비용을 치르고자 해외에서 들여온 자금을 쓰는 것도 불법이었다. 이런 조처의 목적은 유대인이 빈털터리 맨몸으로 폴란드를 떠나게 하는 것이었다.[66] 폴란드산 모직 카펫을 산 다음 일부러 더럽힌 사람들도 있었고, 해외에서 폴란드와 다른 콘센트를 쓴다는 사실을 모른 채 가전제품을 산 사람들도 있었다. 떠나는 유대인들의 관심을 사로잡은 물건 하나가 러시아권에서 쓰는 찻주전자 사모바르였다. 되팔기 쉬워 보이는 제품이라, 폴란드를 떠나는 거의 모든 유대인 가정이 사모바르를 샀다.

가장 큰 장애물은 여권사무국이었다. 지그문트와 야니나는 이전에도 여행할 때마다 서류를 작성했다. 하지만 이번에는 국제법 기준에 맞지 않는 '편도 여행 서류'를 작성해야 했다. 5월 17일, 바우만 가족은 여권사무국이 요구한 대로 도장, 소인, 승인을 받을 문서를 서류철에 한가득 넣어 가져갔다. 여권사무국의 최종 보고서는 행정 언어로 묘사한 바우만 가족의 상황을 잘 보여준다.

신청서

1968년 5월 17일. 시민 바우만 지그문트 43세, 리디아 13세, 이레나 13세, 안나 19세, 야니나 42세. 이스라엘 여행 서류 신청. 목적: 영구 거주.

승인 사유

유대 민족, 박사, 부교수. 현재 무직. 최근까지 바르샤바대학교에서 일반사회학 강좌를 맡았다. 철학 석사인 아내는 무직이고, 최근까지 문화예술부에서 자문관으로 일했다. 딸은 바르샤바대학교 물리학부 1학년이었고, 5월 7일에 자퇴했다. 폴란드에는 가족이 없다. 이스라엘에는 1957년부터 지그문트의 어머니와 여동생이 살고 있다. 비자 수수료와 여행 수수료 보증은 함께 제출한 서류철에 있다. 자가용을 몰고 오스트리아로 갈 예정이다. 바우만은 지금껏 출장과 관광차 해외를 여러 번 여행했다.

6월 1일에 작성된 한 보고서는 내무부 차관 카지미에시 시비타와 Kazimierz Świtała가 바우만 가족의 이민을 승인했다고 알린다. 이 보고서에는 빨간색 손글씨로 이렇게 적혀 있다. "매우 긴급." 여권 수수료는 5,000즈 워티였다.[67]

당시 이 양식에서 '유대 민족'이라는 표기를 본 사람들은 틀림없이 깜짝 놀랐을 것이다. 이미 20년 전에 폴란드의 공식 문서에서 시민권과 별개인 민족이라는 범주가 사라졌기 때문이다. 이런 표기는 공식 문서에 소수 민족(벨라루스인, 우크라이나인, 유대인)을 언급하던 1·2차 세계대전 사이의 행정 문화로 되돌아간다는 뜻이었다. 바우만의 식구 다섯 명 누구도 '유대' 시민권이 없었다. 그렇다고 이스라엘 시민권이 있는 것도 아니었다. 이들은 폴란드인이었다.[68] 다만 이제는 무국적 폴란드인이었다. 최종 문서들은 반유대주의 선전이 그린 지그문트와 야니나의 모습을 뒷받침하는 듯 보인다. 두 사람의 뜻은 아니었지만 둘 다 '무직'이었다. 야나는 마치 게을러빠진 사람처럼 바르샤바대학교를 '자퇴'했다. "폴란드에는 가족이 없고 이스라엘에는 어머니와 여동생이 산다"라는 대목은 바우만이 쫓겨나서가 아니라 가족과 함께 살고자 폴란드를 떠난다는 당국의 핑계를 뒷받침했다. 정부의 선전 활동은 이 짧은 행정 문서에까지 영향을 미쳤다. 첩보 기관이 여러 해에 걸쳐 수집한 문서의 양을 고려하면, 놀랍게도 가족 상황에 한 가지 큰 오류가 있다. 1957년부터 이스라엘에 거주한다는 어머니와 여동생은 지그문트가 아니라 야니나의 어머니와 여동생이었다. 시비타와의 승인[69]과 관련해 문서 아래쪽에 적힌 손글씨는 바우만의 이주를 최고위층에서 다뤘다는 증거다. 시비타와가 공식적으로 폴란드의 반유대주의를 이끈 내무부 장관 미에치스와프 모차르의 차관이었기 때문이다. 어쩌면 바우만 가족의 출국을 모차르가 직접 승인했을지도 모른다.[70]

관료들은 이 마지막 서명을 가볍게 다루지 않았다. 당국이 선동한 혐오 발언이 지그문트를 악명 높은 공공의 적으로 묘사했으므로, 식구들은 폴란드에 발이 묶이거나, 아니면 야니나와 아이들만 이주를 허가받고 지그문트는 폴란드에 머물러야 하거나, 더 나아가 지그문트가 체포되지 않을까 두려웠다. 이민을 바란다고 누구나 출국을 허가받지는 못했다. 당시 언론 상황을 연구한 아가타 피유트흐-두데크에 따르면, 당국은 누구든 폴란드 정부의 기능에 해박한 사람에게는 이민을 허가하지 않으려 했다.[71] 보아하니 공안이 바우만을 그런 인물로 분류하지 않은 듯하다.

6월 7일, 바우만은 이민을 승인하는 허가증을 받았다. 소지품은 23일 안에 모두 부쳐야 했다. '스톨라르스키' 덕분에 짐은 이미 꾸려 놓았지만

(할당된 공간 대부분을 2,000권의 책이 채웠다), 그단스크역에 있는 세관을 통과해야 했다. 바우만은 2주 동안 세관원들이 상자에 든 물품을 책 한 권부터 서류철, 사진 하나하나까지 뒤지는 모습을 지켜봤다. 이들은 아마 반국가 원고나 기록을 찾으려 했을 것이다. 6월 21일 금요일, 바우만은 모든 화물을 이스라엘에 있는 가족의 주소로 부쳤다. 전체 절차에 걸린 시간으로 보건대, 당국은 바우만이 되도록 빨리 떠나기를 바랐던 듯하다. 2013년 인터뷰에서도 바우만이 비슷한 정황을 내게 말했다. "이민 절차가 무척 빨리 끝났습니다. 서류가 재깍 처리되는 속도가 인상 깊더군요."

폴란드를 떠날 준비를 하는 마지막 몇 주 동안에도, 공안은 바우만네 식구 한 명 한 명에게서 눈을 떼지 않았다. 가족은 감시를 게임으로 바꾸려 했다. 목적은 잠시 감시 요원을 따돌려 미행에서 벗어나는 것이었다. 그리 유쾌한 게임은 아니었다. 개인사를 이야기할 때는 늘 그랬듯, 인터뷰에서 바우만이 거리를 유지하며 담담히 말했다. "언제나 감시당했습니다. 무척 슬픈 일이었지요. … 아무 쓸모도 없는 감시에 폴란드 납세자들의 세금이 얼마나 많이 허비되었는지 모릅니다. 내게 지하 조직이 없다는 것을 사람들이 알았으니 정말 쓸모없는 감시였거든요. 공안도 그 사실을 알았고요. 그러니 미행은 그저 나를 떠나게 하려고 괴롭히는 학대였습니다."

이런 시달림은 바우만네 식구만 겪은 일이 아니었다. 폐지된 학부의 교수진 대다수에게 '수호천사'가 붙었다. 가끔은 이런 감시 때문에 어처구니없는 상황이 벌어지기도 했다. "가까운 친구 수십 명과 작별 모임을 하던 날이었습니다. 노보트키 거리에 있는 우리 집 창문에서 내려다보면 출입구 옆에 있는 광장이 보였어요. 거기 벤치를 모조리 공안 요원들이 차지하고 있더군요. 친구마다 요원이 따라온 겁니다." 어찌 보면 두 집단이 작별 파티를 연 셈이다. 한쪽은 바우만의 아파트에서, 조용한 다른 한쪽은 집 바깥의 광장에서. 화물을 부친 6월 21일 금요일 밤에 벌어진 일이었다.

야니나는 『소속을 꿈꾸다』에서 이렇게 회고했다. "그날 밤, 어느 때보다 많은 사람이 우리를 보러 왔다. 집이 텅 비었는데도 손님이 너무 많아 다 들어가기 어려울 지경이었다. 황홀한 열기가 넘쳤다. 꽃병 사이사이로 마룻바닥에 앉은 친구들은 아무 장식도 없이 한때 그림이 걸렸던 희미한 자국만 남은 벽에 등을 기댔다. 듣는 귀가 있다는 것을 알았지만, 한마디 한마디가 녹음된다는 것을 알았지만, 친구들은 몇 시간 동안 우리와 그들의 불안한 미래를 이야기했다." 이들은 체리를 먹고 보드카를 마셨다. 무척 가까운 친구 가운데는 머잖아 바우만 가족을 뒤따르겠다는 사람도 있고, 절대 이민하지 않겠다는 사람도 있었다. 바우만 가족을 두 팔 벌려 안아주고자 찾아온 사람들도 있었다. 피해자를 지지하고, 국가 정책과 그런 정책을 덮어놓고 따르는 사람들에 동의하지 않는다는 표현이었다. 정부는 이들 가운데 유대인이 아닌 사람들을 '유대화 구역'에 있는 사람들이라고 선전했다.[72]

그런 사람이 많이들 바우만을 찾아왔다. 이를테면 같은 학부에서 일했지만 가깝지는 않았던 오소프스카 교수는 바우만을 지지하고 반유대주의 차별에 강하게 반대한다는 뜻을 내보이고자 바우만을 찾았다. 또 전화로 안부를 전한 옛 전우들처럼 기대하지 않은 지지를 보낸 사람들도 있었다. 그러나 유대인 비하 욕설 같은 모욕적인 말로 오랜 우정을 단칼에 끝낸 사람들도 있었다. 모르는 사람이나 이름을 밝히지 않은 사람에게 받는 모욕도 마음은 아프다. 하지만 오랜 친구에게 받는 모욕은 마음을 후벼 판다. 동료는 물론이고 심지어 친구 가운데도 지그문트와 야니나를 피하는 사람들이 있었다. 마지막 한 달은 감정이 극과 극을 오갔다. 출국 준비로 진이 빠지는 와중에도 폴란드에서 보낸 삶과 작별해야 할 시간이 다가왔다. 새로운 삶의 향기가 감돌았다.

마지막으로 한 번 더, 바우만 가족은 공안과 숨바꼭질을 벌였다. 모든 사람에게 월요일 아침에 떠날 것 같다고 말하고서는, 일요일 아침에 마지막 방문객이 떠나자마자 줄행랑을 쳤다. 짐은 하루 전에 모두 차에 실어 놓았었다. 이 묘책이 '수호천사'들을 속였는지, 공안들은 예상을 벗어나 출발한 바우만 가족을 놓쳤다. 바우만 가족은 첫날 서남쪽으로 400km를 달렸다. 피곤한 하루였지만, 알 수 없는 새로운 미래에 집중했다. 쌍둥이는 여행에 신바람이 났지만, 폴란드에 남아 친구 레온을 기다리고 싶었던 안나는 울음을 터트렸다. '중단된 삶'[73]이 억울했고, 나중에 남자친구가 될 레온을 영영 보지 못할까 걱정했다. 바우만은 가족과 함께 가야 한다고 안나를 설득했다. 2013년 인터뷰에서 바우만은 이렇게 설명했다. "레온이 머잖아 풀려날 줄을 알았으니까요. 레온을 기소할 빌미가 하나도 없었습니다. 그리고 풀려나면 우리를 뒤따를 수밖에 없다는 것도 알았고요."[74] 지그문트와 야니나에게는 가족이 함께 있는 것이 무엇보다 중요했다. 두 사람이 2차 세계대전 때 깨달은 교훈이었다.

6월 23일 일요일 오전 11시쯤, 바우만 가족은 첩보 기관이 지정한 국경 검문소에 도착했다.

기밀

국경교통통제소 소장 귀하

1968년 6월 30일까지 유효한 이스라엘행 영구 출국 허가증을 받은 시민 바우만 지그문트[인적 사항]의 몸수색과 짐, 차 검사를 꼼꼼히 진행하기를 바랍니다. 바우만은 가족[가족 명단]과 함께 이스라엘로 영구 출국합니다. 이들은 자동차로 치에신을 거쳐 출국합니다.

공안실 수도 시민경찰국 부국장[75]

바우만 가족은 국경교통통제소가 자동차와 짐을 샅샅이 다 뒤질 때까지 몇 시간을 국경에서 기다렸다. 그리고 아이들까지 알몸 수색을 받은 뒤에야 마침내 가도 좋다는 허락을 받았다. 공안실은 아마 서구 화폐나 금이 없는지 수색했을 것이다. 아니면 그저 조국을 떠나는 기념으로 마지막 충격을 안겼는지도 모른다. 그런데 안나와 리디아는 이 통제소를 충격으로 기억하지 않았다. 그러기는커녕 출국 심사 과정을 하나도 기억하지 못했다. 알몸 수색을 맡았던 장교가 명령을 무시했을까? 바르샤바의 정보 당국은 치에신에 있는 국경통제소에서 전보로 마지막 보고를 받았다. "1968년 6월 6일 전보 번호 2069번 실행과 관련해, [손글씨 추가: 1968년 6월 23일 11시], 전보에 기재된 인물들과 짐, 차량을 꼼꼼히 통제했다고 보고합니다. … 대상자들이 아무것도 숨기지 않았으므로, 검토 결과는 이상 없음입니다. [검문소 지휘관의 서명]"

이때 지그문트 바우만은 과연 어떤 기분이었을까? 1939년 11월에 부모와 함께 정신없이 피난하던 때를 떠올렸을까? 소련 국경수비대와 협상하던 때를? 난민의 트라우마를 전문으로 다루는 정신과 의사 토비 나탕Tobie Nathan에 따르면 어릴 때 겪는 트라우마가 가장 나쁘다. 하지만 어린 시절에 난민이 되는 고통을 겪었을지라도, 바람직한 환경에서 살아가면 시간과 함께 고통이 치유되기도 한다. 그러나 바우만은 같은 일을 두 번이나 겪었으니 상황이 더 나빴다. 처음 겪었던 트라우마가 되살아나 새로운 트라우마와 결합해 바우만을 고문했다. 처음 난민이 되었을 때 바우만은 어린아이였다. 이제는 추방당하는 한 가정의 가장이었다. 물론 쏟아지는 폭탄도, 널브러진 시신도 없었다. 하지만 탈출의 근원은 똑같았다. 바우만 가족은 유대인이라는 이유로 처벌받고 있었다. 폴란드를 영원히 떠나고 있었다.[76]

이들은 이제 어디에도 소속되지 못했다.[77]

12

거룩한 땅

1968~1971

꿈에서 당신을 한 번도 못 만났네. 하지만 이제는 이해하네.

이 지구에서 언제나 내 것인 유일한 곳.

이제 답할 수 있네, 내 조국이 어디인지.

이 순간까지 내게는 조국이 없었지만, 이제 팔레스타인이 있네.

– 야니나 바우만[1]

가족 대장정

열세 살이던 리디아 바우만은 바르샤바에서부터 이스라엘 하이파까지 3주에 걸친 가족 여행을 「가족 대장정」[2]이라는 제목을 붙인 열여덟 쪽짜리 노트에 기록했다. 폴란드어로 쓴 이 글은 '타고난 관찰자'의 통찰력을 보여준다. 리디아는 따로 배운 적도 없는 사회학의 시선으로 그날그날 일어난 주요 사안을 기록해, 클리퍼드 기어츠Clifford Geertz 같은 문화기술지학자(민족지학자)들이 무척 소중히 여기는 '두터운 묘사thick description'[3](Geertz, 1973)를 제공한다. 리디아의 일기 쓰기 습관은 어릴 때부터 거의 날마다 일기를 쓴 어머니 야니나에게 영향받은 것이다. 야니나는 특히 어려운 시기에 글쓰기가 얼마나 중요한 역할을 하는지 잘 알았다. 글쓰기 덕분에 감정을 되돌아보고, 마음을 어느 정도 가라앉히고, 특별한 순간에 무엇이 중요한지 기록할 수 있었다.

이 특별한 순간은 한 나라에서 살아온 삶이 다시 돌아갈 기약도 없이 끝났다는 것을, 가족의 뿌리가 뽑혔다는 것을 가리켰다. 리디아는 여행 과정을 하루도 빠짐없이 기록했다. 시작은 6월 23일 일요일 새벽 2시 15분, 한시도 자리를 비키지 않는 감시자들을 피해 바르샤바의 아파트에서 몰래 빠져나왔을 때였다. 폴란드 지역을 지날 때 기록은 서글픔과 적잖은 불안이 스며 있지만(체코슬로바키아 국경선 가까이에서 폴란드로 향하는 소련군 부대를 만났다), 마른하늘에 날벼락처럼 자신들을 거부한 폴란드 땅을 떠난 뒤에는 흥분이 엿보인다.[4] 리디아는 일기에 "그다음은 무척 좋았다. 우리는 텅 빈 아름다운 고속도로를 달렸다. 체코슬로바키아에 감탄해 이따금 작은 고장에 차를 세웠다."라고 적었다. 지그문트는 한술 더 떠 "무국적자가 되니 좋구나. 드디어 함께 여행할 수 있잖니!"라고 말했다. 이런 농담은 바우만의 주특기였다. 이런 인생 전략 덕분에, 심각하거나 슬픈 상황이 두 눈 크게 뜨고 관찰할 대상으로 바뀌었다. '불쾌한'[5] 국경 통과 뒤에는 '가족 대장정'의 신나는 부분이 시작되었다.

가족 중 운전할 줄 아는 사람은 지그문트뿐이었다. 첫날 거의 하루 내내 달린 끝에, 가족은 체코슬로바키아 브르노의 그랜드 호텔에 차를 세웠다. 체코슬로바키아에 도착하니 바우만의 마음이 느긋해졌다. 체코는 바우만이 강연도 여러 번 하고 번역서도 여러 권 출판한 곳이었다. 또 폴란드 사회학자들과 달리 서구와 교류한 적이 없는 체코 학자들에게 바우만이 서구의 사회학을 소개했으므로, 꽤 높이 존경받았다. 3월에 바우만이 바르샤바대학교에서 쫓겨났을 때는 프라하의 카렐대학교가 곧바로 교수직을 제안했다.[6] 식구들은 모두 체코슬로바키아에서 한결 기운을 차렸다. 아직 '자유 서구'에 도착하지는 않았지만, 프라하의 봄을 맞아 평온했던 시기라 체코 곳곳에 자유로운 분위기가 감돌았다. 다음날인 월요일, 가족은 남은 코로나(체코슬로바키아의 화폐 단위)로 아이들의 바지를 샀다. 쇼핑은 자신들의 처지를 잊는 유쾌한 방법이었다. 오스트리아 국경선이 철의 장막을 나타냈지만, 국경 통과는 짧고 유쾌하게 끝났다. 리디아의 일기에 따르면 세관을 통과하는 데 5분밖에 걸리지 않았다. 그리고 한 시간을 달려 오스트리아 빈에 도착한 이들은 곧장 유대인 이민사무국Sochnut[7]으로 갔다. 유대인 이민사무국은 바우만 가족의 이민 과정에서 매우 중요한 단계였다. 어디로 갈지 결정해야 했기 때문이다.

1968년에 폴란드를 떠난 유대인의 여행 서류에 목적지가 이스라엘로 적혀 있었지만, 대다수가 이스라엘에 정착하지 않았다.[8] 바우만 가족은 처음에 이스라엘에 정착한 소수에 속했다. 폴란드어판 『소속을 꿈꾸다』에서 야니나는 이스라엘을 택한 이유를 이렇게 설명했다.

선택지가 아주 많았다. … 영국, 오스트레일리아, 캐나다를 택하거나, 아니면 빈에 머물 수도 있었다. 곳곳에서 우리를 초대하고 일자리를 제안했다. 그래도 우리는 이스라엘을 선택했다. 이스라엘을 사랑해서가 아니었다. 지그문트는 시온주의 사상을 한 번도 좋아한 적이 없었고, 내 어릴 적 동경도 사라진 지 오래였다. 우리가 이스라엘을 택한 까닭은 아무래도 의무감 때문이었을 것이다. 우리는 이스라엘이 지원한 돈으로 폴란드를 떠나 여행했다. 그러니 적어도 한동안은 그곳에 있어야 했다. 일해서 그 빚을 갚아야 했다. 그리고 무엇보다도, 오직 그곳에만 작으나

마 내 조국이 있었다. 어머니와 동생, 지그문트의 누나가 같은 키부츠에 있었고, 폴란드말을 할 줄 아는 수많은 사람이 그곳에 있었다. (J. Bauman, 2011, 27)

당시 바우만 가족에게 폴란드 말고 조국이 될 수 있는 곳은 이스라엘 뿐이었다. 자신들의 여행 경비를 댄 이스라엘에 빚을 갚아야 한다는 의무감은 1939년에 포즈난을 떠날 때 기어이 기찻삯을 치르려 했던 마우리치 바우만의 행동을 떠올리게 한다.

바우만 가족은 빈의 유대인 이민사무국에서 35km를 달려 쇠나우 성으로 갔다. 쇠나우 성의 오래된 아름다운 공원 한가운데 임시 수용소[9]가 있었다. 관광호텔 같은 그곳에서 알리야를 앞둔 유대인들이 이민 서류와 이스라엘행 전세기를 기다렸다. 바우만 가족도 그곳에서 2주를 기다렸다. 리디아의 일기에 따르면 이들은 바쁜 일정을 보냈다.

폴란드에서 일어난 소요와 바우만이 바르샤바대학교에서 쫓겨난 일은 해외에도 널리 보도되었다.[10] 따라서 바우만 가족이 여행 중 만난 동료 가운데 이민에 놀란 사람은 없었다. 빈에 도착한 첫날, 바우만은 오스트리아계 미국인 정치학자이자 외교관인 에른스트 플로리안 빈터Ernst Florian Winter 교수를 만났다. 빈터 교수는 바우만을 초대해, 학생들과 교수진 앞에서 강의하고 토론하게 했다. 말하자면 바우만이 단기 객원교수였던 셈이다. 바우만은 6월 25일 화요일에 학생들과 만난 뒤, 그 주 금요일에 강연했다. 리디아는 첫 강의가 순조로웠다며 아버지가 기뻐했다고 적었다. 무국적 상태와 경제적 파산[11]에 시달리는 어려운 시기에 외국 대학교의 초대는 바우만을 포함해 추방된 여러 학자에게 학계의 연대를 느낄 기회였다. 게다가 바우만은 이전에 해외에서 학회에 참석하고 저서를 출간하고 객원교수를 지낸 덕분에, 서구 학계에서 매우 유명한 폴란드 사회학자라는 이점이 있었다. 빈에서 이어진 강연 요청은 저명한 학자가 도시에 들를 때 대학이 보이는 관행과 다르지 않았다.

물론 폴란드 첩보 기관이 계속 바우만 가족을 주시했다. 바우만의 첩보 서류철에서 한 보고서는 이렇게 적는다. "바우만은 빈에서 몇 차례 강연에 나서 이런 논지를 밝혔다. 나는 나를 폴란드인으로 여겼고, 지금도 폴란드인으로 여깁니다. 앞으로도 언제나 폴란드인으로 여길 것입니다. 폴란드의 정치 상황이 바뀌면 돌아갈 겁니다."[12] 지금이야 이 선언이 예고로 들리지만, 1968년에는 순전히 환상에 지나지 않았다.

상황이 복잡했지만, 바우만 가족은 이따금 도시를 둘러보고 유럽에서 가장 오래된 놀이 공원인 프라터 공원을 즐겼다. 리디아가 꼼꼼히 기록한 바에 따르면, 이들은 정기 휴가를 온 여느 중산층 가정처럼 소시지와 아이스크림을 먹고 유령의 집, 동화 나라, 비행접시 같은 놀이 기구를 즐겼다. 지그문트와 야니나는 영화를 보러 갔고, 세 아이는 남은 오스트리아 동전을 탈탈 털어 프라터 팬케이크를 사 먹었다. 태어나 처음으로 온 가족이 '자유세계'에서 함께 휴일을 즐겼다.

리디아의 일기를 넘기노라면 대부분 더할 나위 없이 한가로운 시기였다는 느낌을 받겠지만, 사실 지그문트는 관광객도, 이름 없는 이민자도 아니었다. 빈에 도착하자마자 서구 언론이 바우만에게 연락했다. 6월 26일 수요일 일기에 리디아는 이렇게 적었다. "엄마 아빠는 '자유유럽[방송]' 편집자와 함께 빈에 가셨다. 왜 가셨는지는 모른다. 두 분은 정확히 무슨 일을 하시는지 털어놓으려 하지 않는다."[13] 하지만 아이들이 이 사실을 알았다는 자체가 흔치 않은 일이었다. 소련권 국가에서는 이런 정보를 쉬쉬하며 감췄다. 폴란드에서 자유유럽방송은 CIA와 같은 말이었다. 공산 체제를 전복하려는 '서구의 선전 활동'이었다. 그런 자유유럽방송의 인터뷰 제안을 받아들였으니, 지그문트와 야니나는 공식적으로 확실하게 폴란드 정권의 반대 진영에 섰다. 바우만은 폴란드에 더 많은 자유를 불어넣으려는 투쟁의 연장선에서 방송에 참여했다. 폴란드를 떠난 많은 사람이 이렇게 행동했다. 이민하기로 마음먹은 사람은 신분을 드러냈고 돌아갈 생각이라면 감췄다. 철의 장막 맞은편에 있는 라디오 마이크 앞에서 바우만은 3월 '봉기'와 여러 정치 사건을 분석했다.

빈에서 바우만의 삶은 둘로 나뉘었다. 폴란드, 그리고 '새로운 삶'. 달리 말해 '이중 존재'[14]하는 삶이었다. 만약 자유유럽방송의 인터뷰 제안을 거절했더라면, 바우만은 폴란드라는 과거와 단절했을 것이다. 1968년 3월 망명자 중 몇몇은 그렇게 했다.[15] 하지만 바우만은 1968년 뒤에도 두 갈래로 나뉘는 삶을 살았다. 새로 정착한 곳에서 매우 활발히 활동하면서도, 폴란드와 끈끈한 유대를 유지했다.

빈에 머무는 동안 바우만 가족은 장차 이스라엘에서 살아갈 준비를 했다. 쇠나우 임시 수용소에서 히브리어를 배우고 이스라엘과 관련한 영화를 봤다. 바우만은 바르샤바에 살던 1968년 초부터 히브리어를 맹렬히 공부했다. 맏딸 안나는 이렇게 회고했다. "아버지는 히브리어 단어를 적은 작은 공책을 한시도 손에서 놓지 않으셨어요. 새로운 단어를 계속 익히셨죠. 차를 몰다가 빨간불에 서 있을 때마저 시간을 허투루 보내지 않았어요."[16] 가족은 유대인 이민사무국이 제공한 문화 활동에도 참여했다. 안나는 수용소 건물에서 들었던 유대 음악을 기억했다. 그 가운데 한 곡이 나오미 셰메르Naomi Shemer가 작사·작곡하고 슐리 나단Shuli Natan이 부른 유명한 노래 〈황금의 예루살렘Yerushalayim shel Zahav〉[17]이었다. 이 곡의 감미롭고도 애잔한 선율이 새로 이스라엘 국민이 될 사람들이 새로운 조국의 정서를 경험하게 도왔다. 사바스에 들어가는 금요일 밤의 저녁 식사 시간은 한 주 중 가장 중요한 때였다. 폴란드 출신 이민자들은 이 의식을 통해, 전통 의식이 삶의 중요한 부분인 곳에서 살아갈 준비를 했다. 리디아는 이 식사를 익살맞게도 "생선, 찰라,* 버터를 넣지 않은 빵, 썩어 빠진 닭을 삶고 클루스키를 넣은 맑은 수프, 토마토소스에 끓인 고기와 밥, 달콤한 와인과 설탕에 절인 과일"로 묘사했다. 바우만 가족이 사바스 저녁 식사를 종교의식으로 여기지 않았다는 것은 리디아가 수프를 "썩어 빠진 닭"이라고 묘사한 대목뿐 아니라 사바스 저녁의 '예술' 행사를 묘사한 대목에서도 알 수 있다. "청소년들이 여름 캠프 노래를 불렀는데, 랍비가 매우 기뻐했다. 그 노래들을 찬송가라고 여겼기 때문이다." 바우만의 딸들은 폴란드에 있을 때 유대문화협회(TSKŻ)가 시루드보루프에서 운영한 청소년 캠프에 간 적이 있었다. 게다가 안나는 1950년대 후반에 이스라엘의 친척을 방문한 적도 있었다. 하지만 열세 살이던 리디아의 일기에서도 드러날 만큼, 이들은 종교와 전혀 상관없는 자세로 유대 전통을 마주했다. 바우만 가족은 폴란드의 전형적 좌파 지식인이라, 이들이 유대 문화에 보인 관심은 신앙과 아무런 상관이 없었다.

쇠나우에서 맞은 첫 일요일에 이스라엘 대사가 찾아와 가족과 이야기를 나눴다. 대사가 전한 말은 하나같이 희망을 불어넣었다. 게다가 빈 가까이 머무는 동안, 기쁘게도 레온 스파르드가 감옥에서 풀려났다는 소식이 들렸다. 그래도 레온네 가족이 폴란드를 떠날 수 있을지는 아직 확실하지 않았다.

이스라엘 입국 서류를 기다리는 동안, 바우만 가족은 일과를 만들었다. 이들은 근처에서 나이 지긋한 여성이 운영하는 카페 겸 술집의 단골이 되었다. 아이들이 할머니라고 부른 가게 주인이 마실 거리와 가벼운 식사를 준비해줬다. 하지만 가족이 날마다 '할머니'네 가게를 방문한 가장 흥미로운 이유는 음식이 아니라 주크박스였다. 리디아의 자세한 묘사

---

* 유대인이 사바스 때 먹는 전통 빵.

덕분에, 지그문트와 야니나가 1965년에 나온 데이비드 린David Lean 감독의 인기 영화 〈닥터 지바고Doctor Zhivago〉의 주제곡을 들었다는 것도 알 수 있다.[18] 바우만 가족은 쇠나우에 머무는 시간을 즐겼다. 정말이지 휴가나 다름없는 시기였다. 폴란드에 머물던 1950년대 후반과 1960년대에 지그문트와 야니나는 열심히 일하고 여러 사람과 교류하느라 바빴다. 늦게야 집에 들어갔고, 집에 친구들을 초대하는 일도 잦았다. 특히 지그문트는 자주 국외 출장을 떠났다. (1966년에는 폴란드에 반년도 채 머물지 않았다.) 그 바람에 여느 폴란드 부모와 달리 아이들에게 시간을 쏟지 못했다. 그러므로 1968년 여름은 특별했다. 저마다 바삐 살아가던 생활이 갑자기 끝나, 이제는 서로 식구에게 시간을 쏟을 수 있었다. 전에는 한 번도 없던 일이었다.

오스트리아에서 2주를 보낸 뒤 서류가 준비되자, 바우만 가족은 짐을 꾸려 이탈리아로 차를 몰았다. 도중에 아드리아해의 어느 작은 해변 마을에서 나흘 동안 머물며 경치를 즐기고 느긋하게 쉬었다. 2년 전 야니나와 지그문트가 낭만을 즐겼던 베네치아에서 짧게 머문 뒤, 마침내 그리스 피레아스항을 거쳐 이스라엘로 데려다줄 배에 올랐다.

항해하는 이틀 동안, 지그문트와 야니나, 안나는 맹렬히 히브리어를 공부했고, 리디아와 알리나는 수영장에서 물장구를 치거나 게임을 했다. 그리고 마침내 7월 15일 아침, 이스라엘 하이파에 도착했다. 안나는 이때가 가슴 뭉클한 순간이었다고 회고했다. 약속의 땅 하이파의 아름다운 장관, 그리고 승객이 내릴 때 선장이 틀어줬던 슐리 나단의 노래 덕분이었다. "황금의 예루살렘이여, 구리의 예루살렘이여, 빛의 예루살렘이여, 나는 바이올린이 되어 그대의 노래를 연주하리."

많은 이민자가 자기도 모르게 눈물을 흘렸다.

이방인 중에서도 이방인

알리야는 원래 히브리어로 '위로 오르다'라는 뜻이다. 그리고 유대인 디아스포라가 더는 소수에 속하지 않는 나라에서 살기로 마음먹고 그동안 살던 곳을 떠나는 이동을 가리킨다. 1968년 3월 사태로 마음을 굳히고 폴란드를 떠난 유대인들을 '3월 알리야'라 불렀다. 바우만 가족은 이 3월 알리야 중에서도 첫 대열에 있었고, 또 가장 유명했다. 종전 뒤로 1968년 3월 사태 전까지 폴란드를 떠난 유대인들은 대규모였든 혼자였든 자기 뜻에 따라 이스라엘로 이주했다.[19] 알리야는 원래 탈출이 아니라 '귀향'이었다. 하지만 1968년 이주는 탈출이었다.[20] 그리고 이스라엘에 도착한 뒤 이 탈출자들은 어느 순간 이스라엘에서마저 자신들이 겉도는 존재라는 현실을 깨달았다. 정치학자 엘주비에타 코세프스카가 묘사한 대로 "이방인 중에서도 이방인"[21]이었다. "폴란드인이 아니라 폴란드에서 태어난 유대인으로 정체성이 바뀌기도 전에 확실한 일체감도 없이 혼란스러운 정체성을 안고 이스라엘에 온 사람들은 완전히 붕 뜬 공허함을 계속 느꼈다. 폴란드인의 정체성을 없애고 나니, 정체성 즉 국적 결정이 3월 이주자의 근본적인 문제로 떠올랐다. 이 사안이 알리야를 준비하는 모든 과정과 이스라엘에 남느냐 떠나느냐를 고민하고 결단하는 과정을 좌우했다."(Kossewska, 2015, 234~235)

1968년 이주자들에게는 적응 과정, 정확히 말하면 '흡수'(이스라엘에서 사용한 용어) 과정이 더 힘겨웠다. 이들의 출신 지역을 둘러싼 편견 때문이었다. 개척자인 첫 알리야 이주민과 이들의 자녀들은 아슈케나짐*을 더는 좋게 보지 않았다. 1947년에 이스라엘이 세워지기 전에는 아슈

---

* 유럽 중부와 동부의 유대인을 가리키는 용어. 지중해 지역 유대인인 세파라딤과 구분된다.

케나짐이 새 국가를 건설하는 영웅이었다. 하지만 2차 세계대전이 일어 난 뒤로는 "쇼아 지역에서 온 사람들"이 되었다. 언론인 브워데크(브워지 미에시) 골트코른Włodek(Włodzimierz) Goldkorn[22]은 아직 십 대이던 1968년에 이 스라엘에 도착했을 때 받은 충격을 이렇게 적었다. "'도살장에 끌려가는 양.' 이스라엘 사람들이 우리 할머니들과 일가친척을 걸핏하면 이렇게 불렀다. 훨씬 더 서슴없이 말하는 사람들도 있었다. '비누'는 이스라엘에 서 태어난 사브라Sabra[23]들이 절멸 수용소가 운영되던 지역에서 온 사람 들을 가리키는 말이었다. 텔아비브에 도착한 뒤로 내가 처음 배운 표현 이 이것이었다." (Goldkorn, 2018, 133~134) 1968년 3월 이주자들은 많은 이스라엘인이 공유하는 고정관념을 머잖아 깨닫는다. 이스라엘 사람들 눈에 비친 3월 이주자들은 이디시어를 쓰는 수동적인 유대인 망명객, 국 외자, 근대성의 희생자에 지나지 않아,[24] 히브리어를 말하고, 용감하고, 사막을 기름진 옥토로 바꾸고자 키부츠에서 열심히 일하는 새로운 이스 라엘의 국민과 완전히 대비되었다. 사브라가 이룬 성과는 이스라엘의 번 영에, 또 1967년 3차 중동 전쟁 때 아랍 주변국들에 거둔 엄청난 승리에 이바지했다. 그러므로 망명한 유대인, 특히 '모든 것이 끝난 뒤에야 온' 유대인들을 걸핏하면 이등 국민으로 취급했다. 이들은 물었다. "왜 하필 이제야?"

바우만 가족 같은 1968년 이주자들은 드디어 다수에 속하겠다는 기 대를 안고 이스라엘로 왔다. 하지만 이스라엘에서 이들은 그리 달가운 존재가 아니었다. 심지어 폴란드에서 먼저 망명한 사람들조차 이들을 반 기지 않았다. 어느 1968년 이주자는 이런 질문을 받았다고 한다. "도대체 어디 출신이죠? 우리가 떠난 뒤로 폴란드에는 유대인이 남아 있지 않았 거든요!" (Wiszniewicz, 2008, 589) 이질감을 느낄 이유는 또 있었다. 골트 코른은 도착 뒤 처음 몇 달 동안 통합 프로그램의 일부로 방문한 이스라엘 점령지의 가난에 충격을 받았다고 한다. 골트코른이 이스라엘에 도착하자마자 친척 아주머니가 말한 대로였다. "유럽은 잊어버려. 여기는 아시아야."[25] (Goldkorn, 2018, 135)

새 이주자의 삶

"유럽은 잊어버려."는 좋은 충고였다. 그런데 새로운 땅에 도착한 이민자가 좀체 받기 어려운 융숭한 대접을 받고서도, 이 충고를 실천하기가 쉽지 않았다. 이스라엘에서는 이주자들을 올림olim이라 불렀다. 히브리어로 '오르다'를 뜻한다. 이스라엘은 모든 새 이주자에게 시민권뿐 아니라 집부터 의료, 대학을 포함한 무상 교육, 융자, 조건 좋은 담보 대출까지 새 삶을 시작하는 데 필요한 모든 자원을 제공했다. 게다가 지그문트와 야니나는 이스라엘이 가장 높이 평가하는 전문직 지식인과 학자에 속해 더 많은 특권을 누렸다. 3월 알리야 이주자 대다수가 그랬듯, 지그문트와 야니나도 이스라엘 사회에 완전히 적응하고 싶은 이민자가 꿈꿀 만한 기반을 모두 얻었다.

지그문트와 야니나는 이스라엘에 도착하자마자 텔아비브 공항 근처에 있는 아파트를 한 곳 제안받았지만, 텔아비브대학교 교정과 너무 멀어 거절했다. 이들은 먼저 지그문트의 누나 토바가 사는 기밧 브레네르 키부츠로 출발했다. 밤에는 토바와 이야기를 나눴고, 낮에는 텔아비브에서 야니나의 어머니, 여동생, 여동생의 식구들과 함께 보냈다. 키부츠에서 하루를 보낸 뒤, 지그문트와 야니나는 쌍둥이 리디아와 이레나를 토바와 함께 키부츠에 머물게 하기로 했다. 딸들이 이스라엘 사회에 빨리 스며들기에 좋은 방법으로 보였기 때문이다. 실제로 효과가 있었다. 기밧 브레네르 키부츠라는 안전하고 따뜻한 환경에서 지낸 지 채 2주가 지나지 않아, 토바가 아이들에게 히브리어로만 말했다. 게다가 폴란드어를 전혀 모르는 러시아 교사가 집중적으로 가르친 덕분에, 석 달 뒤 쌍둥이는 히브리어를 제법 말할 줄 알았다. 어찌 보면 토바가 리디아와 이레나에게 이중 언어 훈련을 시킨 셈이었다. 리디아와 이레나는 모든 말을 폴란드에서 러시아어로, 그리고 다시 히브리어로 번역했다. 폴란드에 있을 때 2년 동안 러시아어를 배웠으므로, 생각보다 그리 어렵지 않은 과정이었다. 리디아와 이레나는 십 대 사회에도 빠르게 녹아들어, 새로운 환경을 더할 나위 없이 즐겼다.

하지만 안타깝게도 지그문트와 야니나는 아이들처럼 빠르게 동화하지 못했다. 쌍둥이를 키부츠에 남겨둔 두 사람은 거룩한 도시 예루살렘으로 가 예루살렘흡수센터로 안내받았다. 새 이주자용으로 세운 소박한 건물에서, 가족마다 자그마한 방들이 딸린 작은 아파트를 배정받아 몇 달을 보냈다. 골트코른의 말로는 "예루살렘의 이 흡수센터에 폴란드 최고의 지식인들"이 모였다. 꾸준히 새로운 이주민이 도착했으므로, 흡수센터의 지적 생활은 그야말로 활기가 넘쳤다. 누구나 똑같은 상황을 겪는 중이라, 서로 돕고 거의 가족처럼 지냈다.[26]

새로 이주한 사람들에게 가장 큰 걸림돌은 히브리어 구사 능력이었다. 지그문트와 야니나는 곧장 예루살렘에 있는 히브리어 학교 울판ulpan에서 집중 수업을 들었다.[27] "먼저 … 낯선 히브리어 문자를 오른쪽에서 왼쪽으로 쓰는 연습을 시작했다." (J. Bauman, 1988, 34) 집중 수업을 듣지 않는 사람들은 하루 대부분 동안 흡수센터의 공통어인 폴란드어로 말했으므로, 히브리어를 빨리 익히려면 특별한 방법을 써야 했다. 무엇이든 되도록 가장 빨리 처리하기를 좋아한 지그문트는 자신의 히브리어가 잘 늘지 않는다 싶자, 단체 강좌를 중단하고 히브리어 독학에 거의 모든 시간을 쏟았다.

이스라엘에 도착한 지 채 한 달이 되지 않았을 때 지그문트가 텔아비브대학교에서 교수직을 얻었고, 이스라엘 정부가 대학교에서 멀지 않은 지역에 있는 아파트 두 곳을 추천했다. 지그문트는 더 싼 곳을 골랐다. 그래도 야니나와 안나는 10월까지 흡수센터에 머물렀다.

바우만은 9월 한 달 동안 텔아비브에서 홀로 지내며 10월에 시작하는 강의를 준비했다. 히브리어로 강의할 계획이라, 엄청난 도전이었다. 주변 환경도 예루살렘의 흡수센터와 사뭇 달랐다. 흡수센터에서는 폴란드와 국제 정치를 주제로 주로 폴란드어로 열띤 토론이 오갔다. 사람들은 국제 정세에 불안을 느꼈다. 1968년에는 베트남 전쟁이 터지고, 유럽 전역과 미국을 포함한 여러 대륙에서 학생 봉기가 일어나 국제 현안이 특히 많았다. 게다가 8월에는 소련군이 체코슬로바키아를 침공해 프라하의 봄을 끝장냈다. 혁명의 기운이 감돌았고, 3차 세계대전이 터질지 모른다는 두려움도 감돌았다. 지그문트와 야니나는 이런 상황에서 사교 활동을 시작해, 망명한 폴란드 문학 교수 사무엘 산들레르 부부와 친구가 되었다. 이들은 산들레르가 미국으로 떠난 뒤에도 자주 서신을 주고받았다.[28]

바우만은 새로운 연구 환경에 엄청난 시간과 노력을 쏟으면서도, 개인적 관심에서든 직업적 관심에서든 폴란드에서 눈을 떼지 않았다. 1968년이 저물 무렵, 파리에서 출간되는 망명 잡지 《문화》에 3월 사건을 사회학적으로 분석한 유명한 글 「좌절과 곡예사」를 실었다.[29] 이 밖에도 폴란드와 관련한 여러 글을 폴란드어로 썼다.[30] 조국 폴란드는 바우만을 거부했지만, 바우만은 폴란드에서 벌어지는 일에 관심을 거두지 않았다. 1968년 이주자 사이에서는 이런 일이 드물지 않았다. 많은 이주자가 자신이 자란 조국에 유대와 관심을 끊지 않으려 해, 극과 극을 오가는 이중 생활을 했다. 미국으로 이주한 로만 카르스트Roman Karst[31]의 딸 브론카 카르스트도 이를 증언했다. "아버지 인생에서 역설은 폴란드에서 내쳐지는 아픔을 겪었는데도, 폴란드 없이는 제대로 살아가기 어려웠다는 거예요. 날마다 얀 코트Jan Kott[32]를 만나 산책하고 커피를 마셨어요. 날마다 함께 이야기를 나누셨지요. 하루도 빠짐없이요! 주제는 문학 이론과 폴란드 문제였어요."(Wiszniewicz, 2008, 521) 1968년 시위에 참여한 학생과 활동가 같은 젊은이들마저 오랫동안 "폴란드에서 벌어지는 일을 파악하느라 늘 바빴고 … 늘 폴란드의 상황을 논의했다."(Wiszniewicz, 2008, 582)

물론 바우만의 관심사는 폴란드를 넘어 더 인도적인 마르크스주의를 만들 방법 같은 일반 영역으로 나아갔다. 1968년 3월 알리야로 이스라엘에 온 다른 이주자와 마찬가지로, 바우만도 "더 바람직하고 정의로운 미래"라고 생각한 꿈을 이루고자 계속 애썼다.[33] 1968년 이주자 가운데는 정치에 활발하게 참여하는 사람들도 있었다. 나이가 있는 이주자들은 폴란드에서 대체로 지식인, 예술가, 전문직, 행정가, 심지어 군대 간부를 지낸 화이트칼라였다.[34] 전후에 새로운 사회 체제를 구축하는 데 참여했고, 폴란드 사회에 소속된 사람들이었다. 자신의 유대인 뿌리를 어떻게 보든, 자신을 폴란드인으로 여겼다.[35] 그리고 민족과 자신을 그리 동일시하지 않아, 자신을 유럽 문화권에 속하는 세계시민으로 여겼다.

1968년에 건국 20주년을 맞은 이스라엘은 국가 정체성과 국력을 정치적으로 강화하고 나라의 기틀을 다지고 있었다. 달리 말해 1968년 폴란드 이주자의 복잡한 정체성을 받아들일 여력이 없었다. 3차 중동 전쟁에서 엄청난 승리를 거둔 뒤로, 이스라엘의 주요 정치인들은 아랍인과 다른 점을 기반으로 국가 정체성을 다지려 했다. 국민이 의심 없이 군국주의 정부를 지지하고 민족의 우월성을 확신해야, 똘똘 뭉쳐 안전을 느끼고 정부 정책에 합법성을 부여하리라고 봤다. 이스라엘 사회학자 유리 램Uri Ram[36]은 2017년 5월 20일에 텔아비브에서 인터뷰할 때 내게 이렇게 말했다. "내 생각에 그 무렵에는 이스라엘인과 유대 민족이 따로따로일 수 없고, 한 사람의 정체성이 두 민족으로, 두 나라로, 두 실체로, 두 종교로 나뉠 수 없다는 인식이 널리 퍼져 있었습니다. 유대인다움이라는 개념은 경계가 명확합니다. 여론은 그 경계를 매우 좁게 유지하기를 바랐고요. 그러니 누구든 이중 정체성을 보이는 사람은 민족에 충실하지 않다는 의심을 샀습니다."

이주하기 전 폴란드에서 고위직을 지낸 사람들은 모두 당장 의심을 샀다. "누구든 [폴란드] 정권에서 일한 사람에게 적의를 보였습니다. '이 사람은 유대인인데, 소련권은 반유대주의잖아.'라고 봤으니까요. 누구든 폴란드 정권과 조금이라도 관련이 있으면 유대 정신이나 유대인의 이익에 충실하지 않다고 의심했어요." 국내보안대 정치 장교였고 당원이었고 당 중앙위원회 전문가였으니, 어쩌면 바우만도 그런 대상에 포함되었을지 모른다. 하지만 이스라엘인이 그런 시각으로 바우만을 볼 여지는 신문 《마리브》에 실린 인터뷰로 어느 정도 해소되었다. 이 인터뷰는 이스라엘과 폴란드에 큰 영향을 미쳤고(다음 장을 참고하라), 바우만의 이미지에 완전히 그릇된 모습을 덧씌웠다. 인터뷰는 폴란드어로 진행되었고 히브리어로 실렸다. 그런데 안나에 따르면, 차라리 마야어로 인터뷰하는 쪽이 나았다. "그 언론인은 아버지가 한 말을 옮기지 않았어요. 기사를 날조했다고요!" 안나에 따르면 바우만은 이스라엘에서 발간된 폴란드어 신문 《쿠리에르 이 노비니》에 실린 폴란드어 번역본을 읽은 뒤에야 《마리브》가 어떤 기사를 실었는지 알아차리고 항의 서한을 보냈다.[37]

하지만 '소문'[38]을 바로잡기에는 너무 뒤늦었다. 내용이 이미 곳곳으로 타전된 뒤였다. 《마리브》 구독자에게는 기사 내용이 기쁜 소식이었겠지만, 실제로 바우만이 한 말은 일부뿐이었다. 기사는 조작한 정보와 진짜 정보를 뒤섞었다. 이를테면 바우만을 1968년 3월 "봉기를 이끈 유대인 교수"로 소개했다. 그래도 바우만의 견해에 더 가까운, 유대 정신이 세

계에 전한 주요 선물은 문화라는 내용도 실었다.《마리브》는 바우만이
이렇게 말했다고 적었다.

> 나는 유대인의 역사적 임무가 유대인만의 국가를 건설하는 것이 아니라
> 고 믿었습니다. 그런 임무를 맡을 능력은 어느 민족에게나 있습니다. 유대
> 민족의 임무는 이 세계의 문화를 풍성하게 하는 것입니다. 모든 나라에서
> 소수 민족의 위치에 있는 집단이 맡기 알맞은 역할이지요. 심리적, 사회학
> 적 관점에서 볼 때 이런 역할은 바람직한 현상입니다. 이런 까닭에 나는 이
> 스라엘을 처음 방문했을 때 아무런 영향을 받지 않았습니다. … 그러다 이
> 스라엘이 전쟁에 승리했지요. 불현듯 나도 모르게 행복을 느꼈습니다.[39]

이 인용문의 첫 대목은 20년 뒤 바우만이 딸들에게 쓴 글에서 유대인
이 국제 문화에서 완수할 임무가 있다고 적은 것과 일치한다. 바우만이
1967년 이스라엘의 승리에 열광한 것은 공안실의 기밀 보고서와 안나의
말로 확인되었다. 하지만 이런 열광은 전혀 특별하지 않았다. 유대인이
아닌데도 자그마한 나라 이스라엘의 승리에 기뻐한 바르샤바 주민이 많
았다.《마리브》의 언론인은 바우만이 1967년 전쟁 뒤로 이스라엘이 주변
국과 평화를 유지하는 데 관심을 보이지 않는 모습을 못마땅하게 여겼다
는 사실은 언급하지 않았다. 또 바우만의 세계시민주의자 정체성은 언급
하면서도 폴란드인 정체성은 쏙 빼놓았다.《마리브》가 이 부분을 언급했
다면, 유리 램의 말대로 바우만이 독자들과 마찰을 일으켰을 것이다. "당
신이 이곳에 온 이상, 이스라엘에서는 당신을 폴란드 유대인이 아니라
이스라엘 유대인으로 봅니다. 인정하지 않으면 문제가 되고요."《마리
브》가 바우만의 발언이라고 주장한 내용은 바우만이 세계주의에서 시온
주의로 탈바꿈하는 중간 지점에 있다는 뜻을 내비친다. 기사는 바우만을

새로이 시온주의로 전향하는 사람으로 그렸다.《마리브》는 독자들이 바우만에게 강한 이스라엘인 정체성이 있다고 확신하도록 모든 내용을 바꿨다. 간단히 말해, 바우만에게 새로운 '주된 지위'를 강요했다.

1968년 이주자 레온 로젠바움의 말대로, 이스라엘이 망명자들에게 바라는 기대치가 있었다.

> 결국은 이곳이 당신의 조국이다. 그러니 당신은 이스라엘 사람이 되어 모든 것을 있는 그대로 받아들여야 한다. … 그러다 보니 우리의 폴란드식 습관이 흡수센터에서 물의를 일으키는 원인이 되었다. 그들은 새해 전야 파티를 싫어했고, 우리 머릿속에 다양한 유대식 가치관을 집어넣었다. 우리 대다수에게는 완전히 새로운 내용이었다. 두 팔 벌려 우리를 반긴 이 나라가 그 팔로 우리를 목조르기 시작했다. 흡수는 세례와 비슷했다. 우리를 폴란드와 단절시켜 새로운 세상에 푹 젖게 하면서, 되도록 빨리 이스라엘인으로 탈바꿈하라고 압박했다. (Wiszniewicz, 2008, 588)

《마리브》의 인터뷰 기자는 바우만을 폴란드의 자유화 투쟁을 상징하는 유대인 교수로, 엄청난 인기를 자랑하는 초인에 가까운 사람으로 그려 폴란드와 단절시켰다.

> 폴란드 학생들은 폴란드 공산 정권에 맞선 싸움에서 바우만이 자신들의 민주 투쟁을 상징한다고 보았다. … 학생과 지식인 사이에서 바우만의 명성이 높아졌다. 바우만 교수는 길거리에서 말할 수도, 신문 기사로 쓸 수도 없는 이야기들을 강의에서 말했다. 진정으로 진보적이고 현명한 바우만에게 서구와 동유럽에서 초대가 쏟아졌다. … 학생들은 바우만의 강의 때마다 몇 시간 전부터 강의실에 자리를 맡았다. 바우만의 강의는 학생들

에게 대단한 경험이었다. 강의실이 꽉 차 들어가지 못하는 학생도 있었다. … 이 유대인 교수는 학생들이 솔직하게 드러낼 수 없는 욕구를 뜻하는 뚜렷한 상징이 되었다.[40]

기사는 바우만을 폴란드에서 혁명을 일으킨 영웅으로 그렸다. 바우만이 폴란드 노동자를 순진하고 이상적인 모습으로 설명한 듯이 표현했다. 이 기자는 바우만의 말을 인용하지 않고 자기 관점에서 사건을 묘사했다.[41]

기사는 이스라엘 학계에 달갑지 않은 소개서가 되었다. 바우만이 이미 정치사회학과 문화사회학 전문가로 국제적 명성을 얻었으니, 1960년대 후반에 작은 신생 국가이던 이스라엘의 사회학자들에게 시샘을 부를 만했다. 게다가 외부에 휘둘리지 않고 반정부 활동에 나섰던 과거로 볼 때, 위계를 존중하고 출세를 지향하는 고분고분한 학자가 아니었다. 바우만은 비판적 사고를 바탕으로 연구하는 독자적 지식인이었다. 그런 기질은 다루기가 쉽지 않은 법이다. 게다가 이스라엘 학계는 아직 바우만을 반길 만큼 열린 곳이 아니었다.

하늘 아래 태양은 하나[42]

이스라엘 사회학은 1950년대 초반에 학문 분야로 떠올랐다. 이 시기는 이스라엘이 정식 국가로 인정받고 노동당의 오랜 통치가 정점에 이르렀던 때로, 사회학이 아무 거리낌 없이 노동당의 정치 선전 활동을 따랐다. 국가 건설을 지향하는 사회학의 기능주의는 신생 국가를 지배하는 세력의 관심사, 즉 하나로 똘똘 뭉친 강력한 민족 국가 통합이라는 목표에 맞아떨어졌다. 이 지향성이 20년 넘게 사회학의 '패러다임'을 지배했다. (Ram, 1995, 9)

이스라엘 사회학의 초기 모습을 짧게 소개한 이 글은 바우만이 새로 마주한 이스라엘 학계의 기본 틀을 간략히 보여준다. 이스라엘에서는 거의 모든 것이 바르샤바와 달랐다. 이스라엘 사회학은 신생 국가의 신생 대학교에서 가르치는 어린 학문이었다. 다양한 방법론과 이론이 특징인 바르샤바 사회학과 사뭇 다르게, 이스라엘의 사회학 연구는 기능주의 접근법에 좁게 한정되었다. 폴란드 사회학은 프랑스, 독일, 오스트리아, 영국에서 공부한 교수들의 강좌를 통해 유럽 사회학의 다양한 흐름을 반영했고, 미국에는 그리 큰 영향을 받지 않았다. 이스라엘의 사회학계에도 유럽에서 교육받은 학자가 더러 있었지만, 미국의 기능주의[43] 사회학에 크게 의존했다.

폴란드 사회학과 이스라엘 사회학의 또 다른 차이는 학계, 정당, 정부의 관계였다. 폴란드에서는 당국의 공표와 달리 이 관계가 균일하고 평화로운 것과는 거리가 멀었다. 학자들이 당의 노선을 일부만 따랐다. 실제로 정부 정책에 맞선 중요한 반대가 대학교에서 나왔다. 이와 달리 이스라엘에서는 사회학자들이 노동당의 정치 활동을 강력하게 뒷받침했다.

마르크스주의와 사회학의 관계도 크게 달랐다. 폴란드에서 마르크스주의는 2차 세계대전이 일어나기 전부터도 학계의 흐름 중 하나였고, 종전 뒤에는 다양한 방법론을 도입해 성과를 보였다. 램에 따르면, 이스라엘 학계에서는 1970년대 후반에야 마르크스주의가 자리를 잡았다. 그전까지는 보수적 자유주의 사상이 사회학계의 사고를 지배했다. "근대화 이론, 그러니까 미국의 근대화 이론, 구조 기능주의 같은 것들이 사회학을 지배했습니다. 선두에 슈무엘 아이젠슈타트Shmuel Eisenstadt가 있었고요."

아이젠슈타트가 예루살렘 히브리대학교의 사회학을 혼자 쥐락펴락하는 상황은 바우만의 경력에 큰 영향을 끼친다. 폴란드에서는 학파, 전통, 일파, 인맥, 학자 겸 기관원이 있어, 독보적 권위자 없이 그야말로 다양한 견해가 존재했다. 바우만은 학문에서든 행정 체계에서든 오랫동안 자신의 직속 감독자였던 호흐펠트와 동료이자 친구로 지냈다. 바르샤바 대학교가 조직 체계와 위계를 크게 따졌지만, 호흐펠트는 국가의 전반적인 정치 검열과 절충하면서도, 독자적이고 비판적인 사상가로서 무엇을 발표하고 가르칠지를 자신이 정했다. 그러니 경력이나 위계, 생존 전략 때문에 다른 사회학자를 고분고분 따른다는 생각이 바우만의 머릿속에 아예 없었다. 10장에서 다뤘다시피 승진하지 못하고 끝내 부교수에서 멈췄으니 그 대가를 치른 셈이다. 하지만 폴란드에서 바우만의 학계 경력이 실패로 끝난 까닭은 호흐펠트의 죽음으로 당국에 맞설 강력한 보호막이 사라진 데다, 바우만의 정치 활동과 정부를 비판하는 여론이 당국의 심기를 건드렸기 때문이다. (1968년 12월, 폴란드 고등교육부는 바르샤바대학교에 바우만의 정교수 승진이 이스라엘 이민으로 종료되었다고 공지했다.)[44]

이와 달리 이스라엘의 작은 사회학계는 '고관대작'[45] 아이젠슈타트가 지배하는 봉건제로 운영되었다. 슈무엘 아이젠슈타트에게는 바우만과 비슷한 특성이 몇 가지 있었다. 바우만보다 두 살 많은 아이젠슈타트는 바르샤바에서 태어났고 열두 살 때 어머니와 함께 이스라엘로 이주했다. 폴란드어가 모국어인 바우만은 폴란드어로 가르치는 학교에 다녔고, 그 다음에는 벨라루스어와 러시아어, 키릴 문자를 익혔지만, 아이젠슈타트는 모어가 이디시어였고, 이스라엘로 이주한 뒤에는 히브리어에 능숙해졌다. 한 사람은 소련으로, 한 사람은 이스라엘로 이주하는 어려운 상황에서도, 바우만은 열일곱 살에, 아이젠슈타트는 열여덟 살에 때맞춰 고등학교를 마쳤다. 아이젠슈타트는 고등학교를 마친 1940년에 텔아비브를 떠나 예루살렘으로 옮겨 히브리대학교에 다녔다. 히브리대학교에 들어간 뒤로는 마르틴 부버Martin Buber의 지도를 받았다. 1878년에 빈에서 태어나 1881년부터 1897년까지 르부프에서 자란 부버는 프랑크푸르트대학교에서 명예교수를 지냈고, 1938년에 히틀러 정권이 유대인의 강의를 금지하자 독일을 떠나 이스라엘로 이주했다. 어릴 때부터 열렬한 시온주의자였고, 이스라엘로 이주한 뒤에는 히브리대학교에서 인류학과 사회학을 가르쳤다. 아이젠슈타트는 부버가 이스라엘 정착 초기에 가르친 박사 과정 제자 중 한 명이자 학과 조교였다. 아이젠슈타트에 따르면 부버는 "비교 작업을 무척 강조한 매우 관대한 보편주의자로, 그런 면에서만큼은 막스 베버Max Weber와 무척 비슷했다." 아이젠슈타트는 베버가 자신의 사상에 두 번째로 큰 영향을 미쳤다고 밝혔다.[46]

부버도 호흐펠트와 마찬가지로 사회주의자였고, 정치에 참여하는 지식인으로서 사회주의 정당 BUND의 창당에 이바지했다. 어릴 때부터 이스라엘이 다민족 국가로 아랍계 구성원과 공존해야 한다고 주장했고, 평화주의 유대인 단체 브릿 샬롬Brit Shalom의 주요 구성원이었다. 하지만 부버의 가장 총명한 제자 아이젠슈타트는 다민족 국가라는 스승의 비전에 동의하지 않았다. 유리 램에 따르면 "아이젠슈타트는 이를테면 1948년과 1952년 초기 연구에서 아랍 문제를 거의 언급하지 않은 채 이스라엘의 국가 건설 과정을 분석했고, 1967년 저서에서도 '소수 집단'의 문제로만 다뤘다."(Ram, 1995, 32) 이와 달리 바우만은 이스라엘인과 아랍인이 똑같은 권리를 바탕으로 평화롭게 공존해야 한다고 굳게 믿었다.[47]

두 사람의 인생 경험은 둘의 관계에도 영향을 미쳤다. 1920년대에 유럽에서 태어난 젊은이 대다수와 달리, 아이젠슈타트는 2차 세계대전 때 군인이 아닌 학생으로 지냈고, 스물다섯 살이던 1947년에 박사 학위를 받았다. 한편으로는 이스라엘의 군사 조직에도 참여해 활동했다.[48] 바우만은 2차 세계대전에 참전하고 국내보안대에 근무하느라 서른한 살에 박사 학위를 마쳤다.[49] 두 사람 모두 런던정치경제대학교에서 박사 후 연구를 진행했다. 아이젠슈타트는 1947~1948년에 런던정경대에 머무는 동안 사회학과에서 에드워드 실스Edward Shils, 모리스 긴즈버그, 토머스 험프리 마셜Thomas Humphrey Marshall을, 인류학자 브로니스와프 말리노프스키Bronisław Malinowski의 세미나에서 레이먼드 퍼스Raymond Firth, 에드워드 에번스-프리처드Edward Evans-Pritchard, 마이어 포티스Meyer Fortes, 에드먼드 리치Edmund Leach 같은 쟁쟁한 학자들을 만났다. (Sztompka, 2004) 1948년에 이스라엘로 돌아간 뒤에는 모교인 히브리대학교에서 일자리를 얻었다. 1959년에는 학계에서 매우 어린 나이인 서른여섯 살에 정교수가 되었다. 아이젠슈타트는 성과가 뛰어난 연구자이자 관리자였다. (18년 동안 학과장을 맡은 뒤 학장이 되었다.) 게다가 이스라엘에는 교수 임용 자격시험이 없어 승진이 더 간단하고 빨랐다.

아이젠슈타트의 연구는 해외에서 두드러졌다.[50] 당대에 가장 중요한 이스라엘 사회학자였고, 1970년대 후반까지 이스라엘의 사회학 연구를 대부분 저술했다. 국제 학회에 활발히 참가했고, 영어로 글을 썼고, 미국에서 강연을 요청받았다. 그리고 그곳에서 탤컷 파슨스와 가까운 공동 연구자가 되었다. 아이젠슈타트는 이스라엘 이민과 관련한 첫 책을 시카고학파의 전통에 맞춰 썼다. 이를테면 '생태 환경' 같은 로버트 E. 파크Robert E. Park의 용어를 썼고, '태도' 연구에 윌리엄 아이작 토머스William Isaac Thomas의 접근법을 이용했다. 나중에는 연구 대부분에서 파슨스의 접근법을 썼다.

이런 접근법은 바우만의 연구 방식과 사뭇 달랐다. 바우만은 1962년에 폴란드어로 발표한 소논문 「사회학의 주제 변주」에서 "미국 주류 사회학의 인기 학자" 특히 라자스펠드를 강하게 비판했다. 냉전 시대라 반미를 지향해야 했고 기관원 사회학자들의 비판에 대응한 글이기는 했지만, 그렇다고 정치인의 비위를 맞추려고 쓴 글은 아니었다. (9장과 10장을 참고하라.) 이미 1960년대 초부터, 바우만이 주장한 '인본주의 사회학'은

474

엄격한 구조 기능주의 접근법과 양립하기 어려웠다. 사회학자 피터 베일하츠_{Peter Beilharz}가 최근 저서에서 언급한 대로, 바우만은 파슨스에 조금도 열광하지 않았다. "바우만은 이 접근법을 뒤르크슨주의라고 부르며 두드러기 반응을 보였다. 바우만이 에밀 뒤르켐_{Émile Durkheim}과 탤컷 파슨스를 뒤섞은 것이 바우만의 경력에 걸림돌이 되었을 수도 있다. 나중에 바우만이 내게 말한 대로, 파슨스는 진정한 사상가이자 단단한 근대를 옹호한 사람이다. 바우만에게는 마르크스와 베버, 프로이트와 지멜이 모두 중요했다. 하지만 뒤르켐은 아니었다." (Beilharz, 2020, 98~99)

2010년 2월에 사회학자 샬바 와일과 나눈 인터뷰에서, 바우만은 아이젠슈타트와 화합하기 어려웠던 이유를 이렇게 설명했다. "사회학이 왜 존재하는지, 사회학의 목적이 무엇인지, 우리가 왜 사회학을 연구하는지를 서로 다르게 생각하지 않았나 싶습니다. 사회학은 150~200년 전 행정 사회를 관리하는 데 도움을 얻고자 만든 학문입니다. 탤컷 파슨스라는 이름을 들어본 적 있습니까? 요즘 사회학자들은 대체로 파슨스를 잊고 살더군요."

두 사람은 사회학을 사뭇 다르게 이해했고, 사회학을 연구하는 목적도 달랐다. 한 사람은 비판 연구를 수행할 독립된 학문을 세우고자 했고, 한 사람은 행정 기관이 지배하는 사회를 관리할 도구를 만드는 데 몰두했다. 바우만은 이미 폴란드에서 자유로운 비판 연구를 수행하지 못하게 가로막던 당 기관원을 겪으며 쓰디쓴 교훈을 얻었다. 이와 달리 아이젠슈타트는 이스라엘 노동당을 지지했고, 자신의 연구로 노동당에 정당성을 부여했다.

아이젠슈타트가 성공한 원인은 학계 상황보다는 학계와 정부 기관 사이에 연결 고리를 만들고, 지배층이 내세운 정치 강령과 관점이 비슷한 사회학을 장려했기 때문이다. 아이젠슈타트와 동료들은 자신들을 독립된 지식인이라기보다 공무원으로 여겼다. 이들의 소명은 사회를 비판적으로 이해하기는커녕 지식 자체를 추구하는 것도 아니었다. 다양한 국가 기관과 민족 단체가 내세우는 목적과 정책에 완전히 녹아들어, 사회학을 바탕으로 이 단체들을 지원하고 조언하는 것이었다. (Ram, 1995, 25)

바우만은 이미 폴란드에서 공무원이 되어 당에 조언하고 사회를 설계할 견해를 공유하는 일을 실컷 경험했다.

하지만 크게 달랐던 철학과 방법론이 큰 영향을 미쳤을지라도, 두 사람이 '화합하기 어려웠던' 주요 요인은 성격이었던 듯하다. 두 사람을 모두 알았던 어떤 이는 이렇게 말했다.

이렇게 말하기는 뭣하지만, 바우만은 아이젠슈타트와 완전히 반대였습니다. 아이젠슈타트는 무엇이든 감추려 했지만, 바우만은 무엇이든 터놓기를 바랐고 새로운 발상을 키우고 발전시켰어요. 자, 보세요. 아이젠슈타트는 세계적으로 유명한 사회학자였습니다.[51] 그건 부인하기 어렵죠. 어찌 보면 천재였다고도 말할 수 있어요. 믿기지 않을 만큼 아는 것이 많았으니까요. 하지만 … 게을렀지요. … 자기 일을 남에게 시키기를 좋아했어요. 그러니 아이디어를 내고서, 남들에게 현장 연구가 아니라 자신을 위해 자료를 읽고 논문을 쓰게 한 다음, 그런 논문들을 모아 책으로 냈습니다. … 착취를 일삼는 관계라, 아이젠슈타트 밑에서 박사 학위를 마치려면 적어도 7년이 걸렸어요.[52]

'고관대작' 밑에서 연구하는 학생들은 고관대작의 '게으름'에 자주 불만을 털어놓는다. 하지만 게으름의 맥락을 어느 정도 이해해야 한다. 많은 공동 연구자와 함께 여러 연구를 진행하는 학자들은 수행할 과제에 따라 일을 나눈다. 여기에는 자료 수집, 분석, 보고서와 논문 작성, 책 저술, 행정 업무, 학계 안팎의 연구 교류가 포함된다. 연구를 지원할 기금을 마련하고 관리하는 것은 또 다른 영역이다. 아이젠슈타트는 연구를 지원할 재정과 제도를 마련하고, 연구 계획을 설계하고, 이론의 틀을 정했다. 그러니 당연하게도, 과제 하나하나를 모두 아이젠슈타트가 수행하기는 어려웠다.

아이젠슈타트는 특이한 연구 사업가 즉 수완가였다. 제자이거나 제자였던 사람, 휘하 교수들(아이젠슈타트가 학과장이었다), 여러 공동 연구자들을 거느리고 많은 연구를 지휘하는 바쁜 상사였다. 이와 달리 바우만은 혼자 연구했고, 마지막 결과물은 대개 처음부터 끝까지 자신이 쓴 책한 권이었다. 대규모 정량 연구와는 다른 사회학이었다. 바우만에게도 언제나 제자가 있었지만, 착취가 아니라 협력하는 지도 방식을 썼다. 자기가 다스리는 '조정'이 있던 '고관대작' 지식인과는 사뭇 다른 유형이다. 바우만은 독자적이고 창의적인 학자였다. '일 중독자'(새벽 4시~4시 반에 일어났다)라 불러도 될 만큼 열심히 연구하고 쉴 새 없이 글을 썼지만, 학계에서 드문 일은 아니다. 남의 노동을 착취한다는 생각은 바우만의 머릿속에 아예 없었을뿐더러, 자신의 연구를 다른 사람 손에 맡기는 데도 서툴렀다.

그러니 두 사람 사이에 공동 연구를 어렵게 하는 긴장이 흐를 수밖에 없었다. 바우만의 지위는 이스라엘 최고 명문인 히브리대학교의 사회학과 학과장인 아이젠슈타트보다 약했다. 바우만은 이제 막 명성을 얻기 시작한 신생 텔아비브대학교와 하이파대학교 두 곳에서 교수직을 맡았다. 램이 적은 대로, 히브리대학교의 교수직을 받아들인다는 것은 20년 넘게 "학과를 쥐락펴락하며 이스라엘 사회학에서 자주적 비판이나 대안이 발전하지 못하게 억누르고 사회학을 지배한 거물"에게 무릎을 꿇는다는 뜻이었을 것이다. "이스라엘에서 이 폐쇄적 소집단이 강단 사회학을 지배하는 동안은 어떤 이견도 내놓기 어려웠다. 이스라엘에서 사회학자와 사회학 연구를 인정하는 기준을 아이젠슈타트와 히브리대학교 사회학과가 꽉 움켜쥐고 있는 한, 이스라엘의 사회학 담론에서 대안이 될 관점이 무르익기는커녕 생겨날 수도 없었다." (Ram, 1995, 26)

1968년 무렵 이스라엘 사회학은 미국에 초점을 맞췄다. 인터뷰에서 유리 램은 이렇게 설명했다. "이스라엘의 학문은 유럽과 동유럽에 뿌리를 뒀지만, 2차 세계대전 뒤 공산주의자들이 이스라엘에 등을 돌리자 서구로 방향을 틀었습니다. 노동자 정당인 마팜Mapam 사람들이 있었고 공산주의 계파와 과격한 반시온주의자들도 있었지만, 이들 누구도 대학교에는 개입하지 않았습니다. 그러니 사회학자들이 완전히 서구에 기울었지요." 바우만은 동유럽 출신이었다. "그래서 사람들이 바우만의 방법론, 이론, 접근법, 관점을 진지하게 받아들이지 않았습니다. 바우만의 생각을 시대에 뒤떨어진 전체주의와 마르크스주의에 결부시켰지 않나 싶어요." 1960년대 후반 이스라엘의 주류 사회학 관점에서 보면, 바우만은 주변인이었다. 그러니 주류 기관인 히브리대학교 바깥의 변방에서 자리를 찾아야 했다.

변방의 주변인

1968년 10월, 바우만은 텔아비브대학교 사회학·사회인류학과 정교수와 하이파대학교 객원교수로 임명받았다. 하이파는 텔아비브에서 북쪽으로 차를 달려 한 시간 거리였지만, 바우만의 아파트가 텔아비브 북쪽 끄트머리에 있는 텔아비브대학교에서 가까워 출퇴근하기가 편리했다. 바우만은 한 주에 두세 번 강의한 하이파대학교를 무척 좋아했다. 1963년에 세워진 신생 학교였고, 이스라엘계와 아랍계가 섞인 학생 구성이 여러 공동체가 평등한 권리를 바탕으로 평화롭게 공존해야 한다는 바우만의 신념에 일치했다. 2010년 2월에 리즈에서 이스라엘 사회학자 샬바 와일과 인터뷰할 때 바우만은 이렇게 말했다.

이스라엘에 사회학 커뮤니티가 있었다고 생각하지 않습니다. 나는 예루살렘에 있는 히브리대학교가 아니라 텔아비브대학교와 하이파대학교 두 곳에서 일했습니다. … 서로 어떤 연결도 없었어요. 하이파의 신생 사회학과가 키부츠 출신과 아랍 학생이 많아 매우 국제적이고 선구적이기는 했어요. 하지만 다른 대학교의 사회학자들과 교류하는 일은 설사 있더라도 드물었습니다.

처음부터 이스라엘 사회학계의 교류가 두텁지 못했던 덕분에, 바우만이 더 많은 자유를 누릴 수 있었을 것이다. 이스라엘 시절 바우만의 가까운 친구이자 텔아비브대학교의 같은 학과 동료였던 인류학자 이마누엘 마르크스Emanuel Marx는 인터뷰에서 내게 바우만이 겨우 2년 차 때부터 히브리어로 강의하기 시작했다고 밝혔다. "정말 믿기 어려웠습니다. 첫해에는 바우만이 영어로 가르쳐서, 학생들이 무슨 뜻인지 이해하지 못했어요. 하지만 1년 뒤 히브리어로 가르치기 시작하니, 학생들이 바우만의 말을 이해하더군요. 바우만은 히브리어로 단어를 만들기까지 했습니다. 그것도 곧잘이요."[53]

안나 스파르드에 따르면 바우만은 첫해에도 히브리어로 강연했다. (마르크스의 이야기와 다르지만, 아마 처음에는 바우만이 영어와 히브리어를 섞어 썼을 것이다.) 수업 중에 히브리어 단어를 더듬거리지 않으려고 히브리어를 라틴 알파벳으로 옮겨 적어 강의를 준비했다.[54] 엄청난 노력을 쏟아야 하는 일이었다. 게다가 교수가 낯선 언어에 그렇게 대담하게 도전하는 일은 드물었다. 히브리어는 바우만처럼 어렸을 때 조금이나마 노출된 적이 있는 사람에게도 배우기 어려운 언어다. 바우만이 포즈난에서 하쇼메르 하짜이르 소속으로 활동할 때와 바르 미츠바를 준비할 때 기초 단어를 몇 가지 익히기는 했지만, 대학교에서 현대 히브리어로 사회학을 가르치기에는 턱없이 모자랐다. 그런데도 1970년대 초반에 텔아비브대학교에서 바우만에게 사회학 이론 수업을 들었던 인류학자 하임 하잔Haim Hazan에 따르면, 바우만은 학생들이 깜짝 놀랄 만큼 히브리어에 능숙했다.

> 정확하고 나무랄 데 없이 강의할 만큼 히브리어에 능숙해지자, 바우만은 일류 학자로서 학생들을 사로잡았습니다. 하지만 더 크게는 독특한 발상의 달인으로서, 바우만의 말을 빌리자면 "생각 놀이의 지휘자"로서 귀 밝고 총명한 학생들을 사로잡았습니다. 그런 의미에서 바우만은 기존 교재의 내용을 다시 뜯어고치고 사회 질서를 보는 전통적 관점을 새로 바꿨지요. … 눈부시게 아름다운 바우만의 저술도 그 사고의 폭과 깊이를 넘어서지는 못했습니다. 바우만은 정말로 인생의 길잡이가 될 스승이었습니다.[55]

폴란드에서 익힌 교수 능력을 고려하면, 바우만이 이스라엘 제자들과 끈끈한 관계를 형성했어도 그리 놀랄 일이 아니다. 하지만 동료들과는, 특히 호흐펠트파 동료들에 견주면 사이가 썩 좋지는 않았다. 하잔의 말대로 "안타깝게도 학과 동료들과는 학식, 독창성, 국제적 관점의 접근법에서 누가 봐도 화합하기 어려운 탓에 교류가 실패할 수밖에"[56] 없었다. 바우만은 따로 동떨어져 몇몇 동료와만 교류했다. 그중 한 명이 이마누엘 마르크스였다. 바우만이 텔아비브대학교 교수로 임명되었다는 소식을 듣고, 마르크스는 동료 조너선 샤피로와 함께 히브리어로 번역된 바우만의 책『일상의 사회학』을 읽었다. 2017년 5월에 나눈 인터뷰에서 마르크스는 "우리는『일상의 사회학』이 멋진 책이고 큰 영감을 불어넣는 연구라고 생각했습니다."라고 말했다.

마르크스는 바우만을 가리켜 "현대의 지멜"이라 불렀다. 두 사람은 함께 있기를 즐겨, "[마르크스의 연구 분야인] 베두인족부터, 정치, 홀로코스트까지" 갖가지 주제로 몇 시간이고 이야기를 나눴다. 1970년대 초반에도 홀로코스트는 이야기할 내용이 많은 주제였다. 마르크스는 가까스로 나치 독일이라는 참상을 벗어났고, 바우만은 소련으로 피난한 덕분에 최악을 피했다. (나치 독일을 몸소 겪은 목격자는 야니나뿐이었다. 지그문트와 야니나가 바로 이때부터 이야기를 나누기 시작한 것으로 보이는 이 비극은 시간이 흘러 두 사람이 전문 용어로 토론하는 영역이 된다.) 이마누엘 마르크스는 바우만과 평생 친구로 남았다. 두 사람의 깊은 신뢰는 지그문트와 야니나가 바르샤바 노보트키 거리에서 살던 마지막 몇 년 동안 친구들과 나눴던 유대와 비슷했다.

이스라엘에 머무는 동안 바우만은 공동 연구자와 친구를 많이 만들지 못했다. 바우만은 사회학 커뮤니티를 그리워했다. 아이디어를 떠올리고 교환하고, 논거를 다듬고, 최신 서적을 토론하고, 만만찮은 학회를 준비하는 공간을. 이스라엘에 있는 동안 그런 활동에 참여하려면 해외 동료들과 논의해야 했다. 바우만은 해외 사회학자들과 어마어마하게 많은 서신을 주고받았다. 바우만 기록물 보관소에 보관된 편지 수백 통 중에는 여러 장이 넘어가는 것들도 있다. 바우만은 이런 서신에서 사회학과 철학의 쟁점을 토론하고 분석했다. 그리고 해외에서 열리는 학문 행사에 참석함으로써 '학문 이동성academic mobility'을 유지했다.

이제 학회에 참석할 때 수많은 요식 절차를 거치지 않아도 되니, 바우만이 소련권의 장애물에서 벗어났다고 생각할 수도 있다. 하지만 이스라엘 여권으로는 갈 수 없는 곳들이 있었다. 1970년에 불가리아 바르나에서 열린 국제사회학협회 세계대회가 바우만을 정치사회학 부문 토론자로 초대했다. 사회학계에서 바우만의 연구와 입지를 인정하는 중요한 초대였다. 하지만 불가리아 당국이 바우만에게 비자를 내주지 않았다. 폴란드 당국이 불가리아에 바우만이 '반사회주의' 행동을 했고 '시온주의 태도'를 보인다고 경고한 탓이었다. 경고는 그대로 효과를 발휘했다. 동유럽 국가라고 모두 이 정도로 협력하지는 않았다. 강제 이민으로 헤어진 많은 가족이 불가리아, 헝가리, 심지어 동독에서 아무 문제없이 만났다. 하지만 공안의 서류철에 따르면, 공안실은 바우만이 폴란드를 떠난 뒤에도 여전히 공공의 적으로 여겨 바우만과 가족의 활동을 계속 주시했다. 폴란드 당국은 이스라엘에 있는 첩자를 이용해 계속 바우만을 지켜봤다. 바우만이 폴란드 정권을 위협하는 요주의자라는 믿음을 뒷받침하려는 조치였다. 이 서류철에는(이제 바우만은 폴란드 시민이 아니라 '외국인'으로 분류되었다) 바우만이 다른 폴란드 망명자를 만났다, 파리로 여행했다, "적대 세력을 규합하려 했다", "교란 특공대"로 활동할 이민자 단체를 만들려 했다, 같은 보고가 들어 있다. 이 문서들을 읽노라면 바우만이 온통 '폴란드 문제'에만 시간을 쏟았다는 생각이 절로 들 것이다.

1970년 8월 27일에 '기밀 – 매우 중요'로 분류된 「내무1부가 보낸 … 정보 보고서 발췌」라는 문서는 이렇게 언급한다. "자유유럽방송이 아담 치오우코시*를 수장으로 삼아 예전 폴란드공산당 당원과 폴란드연합노동자당 당원, 그리고 지그문트 바우만, 예지 예들리츠키, 마리온 무슈카

---

* Adam Ciołkosz. 런던 망명정부에서 활동한 폴란드사회당 소속 정치인.

트, 야누시 코발레프스키로 구성된 정치 교란 단체를 조직하려 한다. 이 단체의 목적은 국가[폴란드] 공격을 조장하고 폴란드연합노동자당과 노동자운동의 내부 상황을 분석하는 것으로 보인다."[57]

바우만이 실제로 1968년 사건과 관련한 시론을 몇 편 쓰기는 했지만, 폴란드 문제에만 매달리지는 않았다. 바우만은 새로운 환경에 활발히 참여해 새로운 삶을 꾸리려 했다.

'떠났다고 끝이 아니다. 도착해야 한다.'

위 문장은 이스라엘의 주요 폴란드어 신문 《소생*Od Nowa*》[58]이 새로운 나라에 적응하지 못해 애먹는 좌파 이주자들에게 제시한 문구다.[59] 이스라엘이 언제나 망명자를 따뜻이 받아들이지는 않았다. 브워데크 골트코른은 내게 "이스라엘은 진정한 소비에트 연방국이라고 해도 틀리지 않을 법규를 적용했습니다. 정부를 비난하는 신문이 한 군데도 없었어요."라고 말했다. 공산 국가인 폴란드에서 탈출한 사람 대다수에게는 받아들이기 어려운 상황이었다. 지그문트와 야니나도 거기에 속했다. 폴란드 민족주의에 등 떠밀려 폴란드에서 쫓겨났고, 폴란드 색채를 버리라고 강요하는 이스라엘 민족주의를 거부한 사람들. "아직 이스라엘에 도착하지 못한" 사람들이 숱하게 이스라엘을 떠나 북아메리카나 서유럽으로 이주했다. 1938년 3월 알리야로 이스라엘에 온 사람 중에 다시 이스라엘을 떠나는 예리딤*Yeridim*[60]이 무척 많았다. 이스라엘 당국은 이 '잃어버린' 무리가 이스라엘에 끼치는 손실을 걱정했다.[61] 바우만 가족도 이스라엘에서 3년을 보낸 뒤 영국으로 떠났다. 이들이 왜 이스라엘을 떠났는지는 서로 다른 이야기가 있다. 야니나는 『소속을 꿈꾸다』에서 이스라엘이 영원한 조국이 되지 못할 것이 처음부터 뚜렷했다고 적었다. 하지만 안나는 인터뷰에서 내게 부모님이 다른 가족과 함께 이스라엘에 머물기를 바랐다고 말했다. 그리고 바우만이 이스라엘에서 처음 몇 달 동안 가족의 삶을 준비할 때 내린 결정으로 보건대, 영구 정착하려는 의지가 틀림없이 있었다. 폴란드에서는 가족이 언제나 함께 지냈다는 사실을 고려하면, 겨우 열세 살이던 쌍둥이를 1년 동안 키부츠에 머물게 한 결정은 아이들이 이스라엘 사회에 쉽게 스며들게 하려던 전략으로 보인다. 바우만 가족은 이때 처음으로 텔아비브, 예루살렘, 기밧 브레네르 세 곳에 흩어져 지냈다. 물론 세 곳 모두 차로 한 시간을 넘지 않는 거리였다.

쌍둥이 리디아와 이레나는 텔아비브에서 가까운 기밧 브레네르의 키부츠에 남았지만, 안나는 예루살렘의 히브리대학교 수학과에서 1968학년 가을 학기를 시작했다. 야니나의 말대로 "제 아버지처럼 야심차고 언제나 배움에 목마르고 무엇이든 완벽히 해내려 했던"(J. Bauman, 1988, 34) 안나는 물리학과와 수학과에 등록해 1학년 과정을 다시 밟다가 수학에 집중했다. 수업이 히브리어로 진행되었지만, 안나는 무척 빠르게 히브리어를 익혔다. 작은 셋방에서 살며 열심히 공부했다. 1969년 1월, 레온 스파르드가 가족과 함께 이스라엘에 도착했다. 레온네 가족은 길고 까다로운 과정을 거친 끝에야 폴란드를 떠날 수 있었다. 모든 폴란드 남성과 마찬가지로 레온이 군 복무 의무를 마치지 않은 채 폴란드를 떠나려면 특별 허가를 받아야 했기 때문이다. 그리고 1970년 여름, 안나와 레온이 결혼했다.[62]

이스라엘에 도착한 뒤 야니나와 지그문트는 결혼 19년 만에 처음으로 아이들 없이 두 사람끼리만 지냈다. 1968년 10월, 흡수센터를 마친 야니나가 지그문트 홀로 지내던 텔아비브대학교 근처 아파트로 옮겼다. 해가 잘 드는 이 아파트는 라맛 아비브 지구 네베 샤레트 56/23번지에 세워진 공공 임대 주택, 쉬쿤shikun이었다. 라맛 아비브 지구는 1956년에 많은 유대계 폴란드인을 폴란드 밖으로 몰아낸 고무우카의 이름을 따 '고무우코보'로도 불렸다. 주거 환경은 그런대로 괜찮은 편이었다. 이마누엘 마르크스는 "괜찮은 아파트"였다고 회고했지만, 바르샤바 노보트키 거리의 분위기에는 델 바가 아니었다. 폴란드에서 바우만 가족의 집은 늘 열려 있었다. 오가는 사람들로 북적이고, 전화도 없이 지나다 들른 친구들이 몇 시간 동안 정치 토론과 치열한 카드 게임을 벌이고, 쌍둥이와 안나의 친구들이 들락였다. 폴란드에서 쓰던 살림살이를 어느 정도 이스라엘로 가져왔지만, 두 아파트는 그것 말고는 닮은 점이 없었다.

폴란드에서 도착한 많은 짐을 받아보니, 매우 중요한 서류함 몇 개가 사라졌고 여행 가방 하나가 유달리 가벼웠다. 정확히 말하면 텅 비어 있었다. 사라진 물품 중 하나가 지그문트가 폴란드에서 마지막으로 쓴 책 『문화론 개요 Szkice z teorii kultury』의 원고였다. 책이 나오기 직전에 출판을 취소했던 폴란드 당국이 이제는 아예 원고를 압수했다. 또 손으로 쓴 기록, 강의 준비물, 여러 저자가 사랑과 우정과 감사를 담아 지그문트에게 보낸 증정본도 없어졌다. 이런 자료가 사라진 것도 마음이 아팠지만,『문화론 개요』의 원고는 그야말로 큰 손실이었다.[63] 그러나 이 모든 손실을 합쳐도, 야니나의 일기가 압수된 것에 비하면 아무것도 아니었다.

야니나는 어릴 때부터, 심지어 전쟁과 게토라는 극한 상황에서도 일기를 썼다. 전쟁의 잔혹함, 자신의 꿈과 생각을 꼼꼼히 적었다. 탈출과 은신처 생활, 폭격, 화재, 갑작스러운 이동 속에서도 비밀 일기를 용케도 기적처럼 지켜냈고, 전쟁이 끝난 뒤에도 간직했다. 언론학도일 때도, 결혼 생활 중에 일을 하고 아이를 키울 때도, 계속 자기 삶을 일기에 적었다. 전쟁 뒤 어머니 알리나가 일기 중 일부를 옮겨 적은 줄은 몰랐다. 이런 일상을 담은 귀중하기 그지없는 일기를 폴란드의 첩보 기관이 '위험한' 폭로로 판단해 앗아갔다. 일기가 사라진 사실을 알았을 때 야니나와 지그문트가 어떤 심정이었을지는 그저 상상만 할 수 있을 뿐이다. 1972년에 지그문트가 한때 동지였던 야브원스키 국가평의회* 의장에게 사라진 문서들을 돌려달라고 요청했지만,[64] 아무런 답을 받지 못했다. 세월이 흘러 1990년대에 정치 제도가 바뀌자, 빼앗겼던 물품을 되찾을 수 있지 않을까 하는 희망으로 다시 요청했다. 헛된 일이었다. 그리고 2015년에 내가 국가기억원 기록물 보관소를 조사하다가 야니나 바우만의 일기를 발견했다. 당장 지그문트 바우만에게 그 소식을 알렸다. 하지만 야니나의 일기 복사본과 다른 개인 문서는 2018년이 되어서야 안나 스파르드에게 전달되었다.[65] (나중에 야니나는 자신이 겪은 전쟁 이야기를 알리나가 옮겨 적은 사본과 자신의 기억에 기대 재구성하여 자서전 두 권을 펴낸다. 그래도 일기를 재구성하기까지 1년이 넘게 걸렸다.)

폴란드 당국은 자기네가 내쫓은 사람들한테서 가장 귀중한 소지품을 압수해 사생활을 침해했다. 국가가 지원한 포그롬은 쫓겨난 사람들의 기억까지 통제하려 했다. 이런 부당한 행위를 국가 안보라는 이름으로 저질렀다. 하지만 공산주의 정권이 무너진 뒤에도, 박해받은 가족의 삶에 이런 폭력을 행사한 혐의로 기소된 사람은 아무도 없었다. 폴란드가 피해자들에게 저지른 폭력은 무려 50년이 지난 지금도 이어지고 있다.[66]

1968년 10월에 강의를 시작한 뒤로, 바우만은 텔아비브대학교를 세계에서 손꼽히는 문화기호학 중심지로 만들고자 '문화의 초점과 기호의 밀도'라는 연구에 들어갔다.[67] 또 이전에 썼던 책들을 여러 나라에서 번역본으로 출간했다. 예컨대 『마르크스주의 사회론 개요』가 세르보크로아티아어와 프랑스어로, 『문화와 사회』, 『인간 세계의 광경』이 프랑스어로 번역되었다.[68]

---

* Rada Państwa. 1947~1989년에 운영된 집단 지도 체제로, 행정·입법·사법부를 아울렀다.

안나에 따르면 바우만은 이스라엘 시절에 글을 많이 쓰지 않았다. 아무래도 느리고 문화적 영감이 적은 이스라엘 생활이 저술 활동에 영향을 미쳤을 것이다. 바우만의 친구이자 공동 저자였던 스타니스와프 오비레크Stanisław Obirek는 인터뷰에서 내게 정치적 자유는 없으나 지적으로 매우 활발한 도시였던 바르샤바에 견주면 1970년대 초반의 텔아비브는 "무척 시골스러웠다."라고 말했다.[69] 새로운 사상을 떠올릴 영감을 얻고 세계적 경력을 쌓기에는 텔아비브의 '문화 환경'과 대학 사회가 너무 좁았다. 이스라엘에서 바우만은 학자로서 행복하지 않았고, 사회학자로서 그다지 성과를 내지 못했다.

하지만 야니나에게는 사뭇 다른 상황이 펼쳐졌다. 야니나는 이스라엘을 만끽했다. 무엇보다도 가족과 다시 만났다. 끔찍한 게토 생활을 함께 겪은 야니나, 여동생 조피아, 어머니 알리나는 아주 각별한 사이였다. 야니나는 이스라엘의 주요 신문 《마리브》에서 문헌·정보 관리자 자리를 얻었다. 이듬해 가을, 레온과 함께 예루살렘에 남은 안나만 빼고 온 가족이 텔아비브에 함께 모였다. 리디아와 이레나가 집으로 돌아와 텔아비브에 있는 중학교에 등록했다. 지그문트와 야니나는 학교의 교육 수준이 강력한 유럽식 교육을 수행했던 바르샤바보다 떨어진다고 생각했다. 하지만 리디아와 이레나는 또래 아이들과 어울려 행복하게 텔아비브 생활을 즐겼다. 그래도 이듬해에는 프랑스 교육 재단 알리앙스 프랑세즈가 운영하는, 교육 수준이 더 높은 학교로 옮겼다. 이 학교가 이스라엘에서 아이들을 기르는 것이 과연 바람직하냐는 의구심을 어느 정도 해소했지만, 다른 사건들이 이스라엘에 영구 정착하겠다는 목표를 가로막았다.

히브리어로 소통할 수 있게 되자, 바우만은 정치 활동에 눈을 돌렸다. 2013년에 《가제타 비보르차》의 토마시 크바시니에프스키와 나눈 인터뷰[70]에서 폴란드에서 정당 활동을 하는 동안 정치에 환멸을 느꼈다는 뜻을 내비쳤지만, 상황은 인터뷰가 암시하는 것보다 조금 더 복잡했다. 바우만은 공산주의자까지는 아닐지라도 여전히 사회주의자였고, 이스라엘에 다양한 정치 견해가 공존해 토론에서 선택할 폭이 넓었다. 바우만은 폴란드가 해빙을 맞은 1956년부터 신좌파라는 개념에 흥미를 느꼈다. 1956년은 바르샤바를 찾은 찰스 라이트 밀스와 랄프 밀리반드, 그리고 호흐펠트의 '열린 마르크스주의'가 정통 마르크스주의에서 멀어진 좌파 사상의 씨앗을 뿌렸을 때였다. 바우만이 런던정경대에 머물던 1957년에는 《신 이성인New Reasoner》이라는 잡지가 창간되었다. (나중에 《신좌파 평론 New Left Review》으로 바뀐다.) 잡지를 창간한 사회주의 활동가 에드워드 파머 톰슨Edward Palmer Thompson과 역사가 존 사빌John Saville은 소련과 다른 길을 간다고 밝히고, 제국주의와 독재 정치의 관습을 싸잡아 비난했다. 당시 박사 후 연구 과정에 있던 바우만은 소련의 헝가리 침공을 비난하는 신좌파 이념가들을 대놓고 지지할 수 없었다. 하지만 해외에서 사회학 학회에 참가할 때 신좌파들을 자주 만났고, 밀스와 밀리반드는 물론이고 테오도어 아도르노Theodor Adorno, 허버트 마르쿠제Herbert Marcuse, 시모어 마틴 립셋, 에드워드 파머 톰슨, 피터 워슬리와도 매우 친했다.

3차 중동 전쟁은 미국과 여러 나라의 신좌파 내부에 긴장을 불러일으켰다. 일부 신좌파가 이스라엘의 시온주의 야심을 맹렬히 비난했기 때문이다.[71] 무력 합병 지역 반환협상을 거부한 이스라엘 정부의 결정은 바우만에게 민감한 주제라, 이 주제가 등장할 때마다 당황했다. 이름을 밝히지 않기를 바란 한 정보통[72]에 따르면, 1969년 의회 선거에서 바우만은 마키Maki당을 지지했다. 마키당은 다민족 국가를 지향하는 공산주의 정당을 자처했고, 아랍인과 유대인이 동등한 권리를 바탕으로 군사 충돌 없이 평화롭게 공존할 수 있다고 믿었다.[73] 하지만 주변 아랍 국가와 벌어진 잇따른 군사 충돌을 견뎌야 했던 이스라엘 시민 사이에서 이런 비전은 갈수록 인기를 잃었다. 이스라엘에 구축된 민족주의는 매우 강력한 이념이라, 다양한 문화권에서 온 이주민들을 결속시켜 통합된 사회에 녹아들게 했다. 그러니 누가 봐도 너무 다를뿐더러 서로 적대하기까지 하는 두 집단이 평화롭게 공존한다는 비전이 들어설 만큼 정치 공간이 넓지 않았다. 주변 아랍 국가들에 놀라운 승리를 거둔 지 2년이 지난 1969년 10월, 이스라엘 국민은 새로운 크네세트(입법부)를 구성할 투표를 시행했다. 투표율이 81%였던 선거에서 좌파당 연합이 절반에 가까운 의석수를 확보해, 이스라엘 역사에서 좌파 연합이 거둔 가장 큰 성과를 올렸다. 하지만 틈새 정당인 마키당의 득표율은 겨우 1%에 그쳤다. 바우만에게는 몹시 실망스러운 결과였을 것이다.

바우만은 정치 선전가이자 정치 분석 전문가의 능력을 발휘해, 정치 현안을 설명하는 강연으로 이스라엘 신좌파에 영감을 불어넣었다. 이스라엘에서 신좌파운동이 인기가 없었다는 사실을 고려하면, 바우만은 마키당의 목표를 정말로 굳게 믿었고, 자기 신념을 그야말로 솔직하게 드러냈다. 만약 바우만이 기회주의자였다면 이스라엘에서 가장 강력한 조직인 노동당[74]이 마팜당과 합당해 만든 연합당에 입당했을 것이다. 연합당을 이끈 사람은 당시 세계에서 보기 드물게 여성으로 국가 수장이 된 이스라엘의 첫 여성 수상 골다 메이어Golda Meir였다.

바우만은 저술뿐 아니라 정치 활동에서도 유토피아를 꿈꿨다. 선거운동에서 러시아와 폴란드 출신 이주민을 만날 때도 마키당을 지지했으니, 사람들에게는 아마 유토피아에 눈먼 패배자로 보였을 것이다. 그래도 바우만은 한결같이 공산주의에 충실했고, 특히 아랍과 이스라엘의 공존을 끌어내고자 애썼다. 폴란드 출신 이주민 사이에서는 흔치 않은 태도였다. 한 동료는 이렇게 전했다. "바우만이 우리에게 마키당에 투표하라고 말했습니다. 나한테는 충격이었어요. … 나는 바우만이 마지막에 생각을 바꿔 다른 당에 투표했다고 봐요." 어쩌면 실용주의 사회학자가 이상주의 활동가를 이겼을지도, 그러니까 정치 분석 전문가인 바우만이 마키당에 투표하면 사표가 되겠다는 생각에 마음을 바꿨을지도 모른다.

바우만 가족을 포함해 이스라엘에 사는 많은 사람에게 1969년 선거의 주요 쟁점은 이 불안정한 지역에서 어떻게 평화를 유지하느냐였다. 세계유대인의회World Jewish Congress의 설립 의장 나훔 골드만Nahum Goldmann 은 중동 평화를 위해 애쓰는 중요한 지도자였다. 이스라엘이 살아남으려면 유대인과 아랍인의 평화로운 공존이 필수라고 생각했고, 3차 중동 전쟁으로 단절된 이스라엘과 주변 국가가 다시 소통하기를 바랐다. 1970년 초, 이집트 대통령 가말 압델 나세르Gamal Abdel Nasser가 향후 관계를 논의하자며 골드만을 초대했다. 하지만 4월 6일, 골다 메이어 수상이 협상에 반대하는 바람에 평화를 찾을 희망이 날아갔다.[75] 이름을 밝히지 않기를 바란 한 친구에 따르면, 어느 저녁 자리에서 바우만이 이런 말을 했다. "이스라엘이 평화를 바라지 않는다고 봐야겠지." 몇 달 뒤인 1970년 8월 8일에 《하아레츠》에 실린 인터뷰에서도 이 의견을 거침없이 밝혔다. 기사 제목은 '이스라엘은 평화를 준비해야 한다'였다.

2011년에 폴란드의 시사 주간지 《폴리티카》와 나눈 인터뷰에서 바우만은 이렇게 말했다.

나는 점령이 끼치는 악영향 즉 정신을 좀먹는 중독성, 점령자가 양심의 가책과 윤리 의식에 느끼는 분열을 염려했습니다. 새로운 세대가 전쟁과 군사 비상 상태를 … 자연스러운 일상으로, 어쩌면 유일한 해결책으로 믿고 자라는 현실을 걱정했습니다. 커질 수밖에 없는 수많은 국내 문제를 덮고자 외부의 위협을 더 크게 부풀려 국내 문제에서 손을 털고, 그래서 문제를 해결할 능력을 잃는 상황을 우려했습니다. 겹겹이 에워싸인 요새에 앉아 다름을 고집하는 것은 범죄이자 배신입니다. … 요약하자면 나는 이스라엘이 평화로운 상태로 살아갈 능력을 갈수록 잃어버리고, 국민이 전쟁 없이 살아갈 가능성을 갈수록 불신하고, 정치 엘리트들이 통치권을 놓칠까 봐 평화를 두려워하는 상황을 우려했습니다.[76]

화산 위의 소풍[77]

1970년대 중반, 지그문트와 야니나는 되도록 빨리 이스라엘을 떠나기로 마음먹었다. 이주를 결정지은 핵심은 이레나와 리디아가 곧 고등학교를 졸업한다는, 따라서 이스라엘군에 입대해야 한다는 현실이었다. 새로 이주한 많은 이스라엘 국민에게 군대는 걱정거리였다. 게다가 이마누엘 마르크스에 따르면 다른 요인도 작용했다. "바우만은 정착에 관심이 있었으나 시간이 지날수록 마음이 바뀌었습니다. 이스라엘을 떠나 큰 문명사회에 속하기를 바랐거든요. 아내인 야니나는 예전에 했던 일과 관련한 일자리를 얻었으므로 정착할 곳을 찾았다고 좋아했지만, 바우만은 떠나야 한다고 판단했어요."[78] 마르크스는 이스라엘이 학자 바우만의 포부를 담기에는 너무 작았다는 말로, 이스라엘을 떠나겠다는 결정에 연구가 영향을 미쳤다고 강조했다. "내 생각에 바우만은 리즈에 정착하기를 바라지 않았습니다. 정말로 큰 곳으로 가고 싶어 했어요." "옥스퍼드요? 아니면 케임브리지?"

아니요, 미국이요! 확실하지는 않지만, 그렇게 들었습니다. 운 좋게 미국으로 갔더라면 바우만은 유명한 사회학자가 되었을 겁니다. 하지만 아주 다른 사회학자가 되었겠지요. 깊이가 없는 사회학자요. 글도 훨씬 덜 썼을 거고요. 홀로코스트는 아예 다루지도 않았겠지요. 내가 보기에, 꼼짝없이 리즈에 머문 것이 바우만의 인생에서 가장 큰 행운이었습니다.

폴란드를 떠난 지 3년이 지난 1971년 6월 23일, 바우만 가족은 예리 딤이 되었다. 온 가족이 리즈로 옮기기까지는 1년이 넘게 걸렸다. 학계에 서는 채용 절차가 오래 걸린다. 1970년 여름, 지그문트는 야니나와 함께 오스트레일리아 캔버라대학교를 찾아 석 달 동안 객원교수로 지냈고, 정 규교수 자리도 제안받았다. 구미가 당기는 제안이었다. 하지만 지그문트 가 몇몇 인터뷰에서 밝힌 대로 "야니나가 이스라엘에서 너무 멀다는 이 유로 거절"했다. 안나가 적어도 한동안은 이스라엘에 머물 것이 틀림없 었기 때문이다. 오스트레일리아보다는 미국이 더 가까워 보였다. 하지만 그때는 바우만이 미국에 영구 정착하기 어려웠을 것이다. 바우만이 폴란 드에서 알고 지냈던 동료 학자들은 시카고대학교를 포함한 선택지가 있 었다고 전한다. 많은 폴란드 학자가 고무우카 정권을 피해 미국이나 캐 나다로 건너갔고, 먼저 이스라엘에 머물다 옮긴 사람들도 있었다. 바우 만의 친구로 폴란드 문학 교수인 사무엘 산들레르는 1969년에 텔아비브 대학교를 떠나 시카고대학교로 옮겼다. 5년 전인 1964년에 바우만도 스 탠퍼드대학교 행동과학고등연구원에 장기 연구원으로 지원했지만, 성사 되지 못했다. 아마 국내보안대에서 근무했고 공산당에 가입한 이력을 미 국 당국이 바람직하지 않게 평가해 장기 비자 발급을 막았을 것이다. 브 와데크 포즈난스키라는 사람은 국내보안대에서 바우만보다 더 낮은 계 급으로 복무했는데도 미국 비자를 받기가 무척 어려웠다고 한다.

미국 비자를 받을 때 어려운 과정은 면접이었다. 담당자들이 나를 세 번이 나 면접에 불렀다! 다른 사람들은 한 번뿐이었다. … 미국인들은 내가 국 내보안대에서 무슨 일을 했는지, 군에서는 무엇을 했는지, 내가 강제로 입대했는지, 군에서 무엇을 가르쳤는지를 꼬치꼬치 캐물었다. 그들에게 국내보안대는 체제 전복과 염탐을 상징했다. 실제로 전복 부대가 있기는 했지만, 내가 알기로 우리 연대에는 없었다. 그래서 있는 그대로 말할 수 있었다. 다만 군에서 당에 가입하라는 권유를 받았다는 사실만은 말하지 않았다. (Wiszniewicz, 2008, 666)

포즈난스키는 바우만보다 어렸고 한낱 병사에 지나지 않았다. 미국은 바우만이 국내보안대 소령이었고 전문가로서 폴란드연합노동자당 중앙위원회 활동에 참여했다는 것을 알았다. 그러니 짐작건대, 바우만이 미국으로 가려면 선택할 길은 미국 첩보 기관의 요청에 협력하기로 동의하거나, 정치적 견해와 전문 분야를 완전히 바꾸는 길뿐이었다. 하지만 바우만은 정치학 분야에서 반공 전문가로 활동하는 길을 거부했다.

폴란드를 떠난 뒤, 온갖 '소련학' 기관에서 함께 일하자는 제안과 자기네 잡지에 글을 써달라는 요청이 쏟아졌다. … 나는 거절했다. 인생 후반기를 전반기와 단절한 채 살 생각이 없었다. (그때 상황으로는 '반체제 과거' 속에서 영원히 조용하고 행복하게 살 수 있을 것 같았다.) 나는 그대로 사회학자로 남고 싶었다. 새로운 환경에서 새로 역할을 정립하는 것이 내게는 정직과 자존심의 문제였다. 무엇보다도, 매혹적인 제안에 무릎 꿇어 '소련학 학자'로 거듭났다면, 나는 틀림없이 나도 모르는 사이에 '현실 사회주의'에서 자리를 잃었을 테고 그 사실이 드러났을 것이다. 게다가 주최 측과 어울리지 않는다는 느낌이 들었을 테고 주최 측도 그 사실을 눈치챘을 것이다. '반공산주의자'가 되는 것만으로는 서로 편안함을 느낄 수 없었다. (Tester & Jacobsen & Bauman, 2006, 273)

그런 제안을 거절했으니, 바우만은 물 밖에 나온 물고기 신세였다. 폴란드의 '현실 사회주의'나 민족주의에 속하지도 않았지만, "유대인으로 존재한다는 사실만을 국민의 최고 가치로 떠받들던"(J. Bauman, 2011, 28) 이스라엘에도 어울리지 않았다. 야니나가 어머니와 여동생에게 깊은 애착을 느꼈지만, 지그문트와 야니나 모두 이스라엘에 어울리지 않았다. 이들은 또다시 다른 조국을 찾아 나섰다.

우리는 사정이 달랐다. 우리는 그곳에 영원히 머물 수 없었다. 이제 한창 때를 지나 젊지도 않고 쓰디쓴 경험을 한 뒤였다. 또다시 갖은 애를 쓰기에는 너무 늦은 시기였고, 이스라엘에 맞춰 살아갈 의지도 없었다. 그래서 3년 동안 이어진 편한 삶을 뒤로하고, 영국에서 처음부터 새로 정착하기로 했다. (J. Bauman, 1988, 36)

안나는 이스라엘에 남았고, 리디아와 이레나는 함께 영국으로 건너갔다. 거의 50년이 지난 뒤, 리즈에서 내가 이들과 유럽의 난민 위기를 이야기할 때였다. '공공장소에서 종교를 상징하는 옷차림'을 금지한 프랑스와 달리 영국이 무슬림 여대생에게 히잡을 허용한 조처를 이야기할 때, 이레나 바우만이 이렇게 결론지었다. "그러니 아빠가 옳았던 거죠! 이주자가 살기에 가장 좋은 곳은 영국이야! 아빠가 항상 그렇게 말씀하셨거든요."

13

영국 대학교

처음부터 새로

마흔여섯이던 해, 바우만은 새로운 보금자리를 처음부터 새로 만들었다. 그때만 해도 지그문트와 야니나는 리즈가 마지막 정착지가 될 줄 몰랐다. 이스라엘에서 리즈까지는 일주일이 걸렸다. 처음에는 배를 탔고, 그 다음에는 낡은 포드 코티나를 몰았는데, 중간에 차가 고장나 수리해야 했다. 그리고 마침내 1971년 7월 1일, 바우만 가족은 영국에서 처음이자 마지막 거처가 될 리즈시 론스우드가든스 1번지에 도착했다.

지그문트와 야니나는 이스라엘에 있을 때 벌써 이 집을 샀다. 이 집을 고른 이유는 리디아와 이레나가 다닐 학교에서 가까워서였다. 론스우드가든스는 리즈 북부의 어느 공원에 자리잡은 쾌적한 교외 주택가였다. 가까이 있는 또 다른 아름다운 공원은 묘지가 있어 산책하기에 안성맞춤이었다. 바우만 가족의 자그마한 집은 요크셔 지역의 건축 양식으로 지은 주택 수십 채 중 하나라, 다른 집과 크기와 양식이 비슷했다. 하지만 집마다 색다른 요소가 있어 여느 교외 지역보다 풍경이 더 멋졌다.

지그문트와 야니나는 가까운 친구 레셰크 코와코프스키의 조언을 받아 이 집을 구했다. 1969년에 미국에서 객원교수를 지낸 코와코프스키는 1970년에 옥스퍼드대학교 철학 교수로 영국에 정착해 옥스퍼드에 집을 한 채 마련했다. 같은 해 12월에 편지에서 바우만이 "영국에서 집을 사려면 어떻게 해야 하는가?"라고 묻자 코와코프스키가 긴 답장을 보냈다.

자네한테 필요해 보이는 방 세 칸짜리 집이 쓸 만한 난방 시스템(중요해 보이지는 않네만)까지 갖춘다면 최소 6,000파운드가 드네. … 주택 은행이 자네한테 얼마를 빌려줄지는 자네 소득(최대 대출액은 대출자의 2년 치 연봉이야)과 집이 얼마나 오래되었느냐에 달렸어. 오래된 집일수록 가격이 낮다네. (아, 웨스트민스터 사원을 사고 싶다면 아쉽네만 대출이 안 되니 현금으로 사야 할 거야. 코번트리 성당 같은 곳도 마찬가지고.) 새로 지은 집을 산다면 대출은 95%까지 받을 수 있네. (신규 주택에 불만이 없는 사람이 없네. 여기도 신규 주택이 폴란드만큼이나 하자가 많은 것 같아. 제대로 닫히지 않는 창문과 제대로 작동하지 않는 장치들을 고치려고 몇 달이나 실랑이를 해야 해.) … 여기에 반기마다 내는 지방세, 주택 취득에 따른 각종 비용이 있고. (변호사부터 시청, 정부, 인류까지. 우리는 200파운드가 들었다네. 예전에 좀 잘살았어야지.) 모두 합치면 적어도 1,000파운드는 있어야 하네. 사는 게 다 그렇지 뭐.[1]

건조하지만 유머가 넘치는 편지는 지그문트와 야니나가 바르샤바에서 쫓겨나 영국에 둥지를 튼 학자들에 합류하리라는 기대에 기쁨을 드러낸다. 코와코프스키는 친구들이 주로 런던에 산다며, 마리아 히르쇼비치와 남편인 역사가 우카시 히르쇼비치를 언급했다. 호흐펠트파에 속했던 마리아는 바우만과 함께 연구했고 야니나와 가까운 친구 사이였다. 코와코프스키는 자기 가족이 옥스퍼드에 마련한 집을 마지막 거처로 정했다고 알렸다. 같은 시기에 보낸 또 다른 편지에서는 바우만에게 비밀로 하라며, 자기가 집을 사느라 쓴 정확한 비용을 알렸다. 그 시기에 두 사람이 얼마나 끈끈한 사이였는지를 보여주는 신호다. 바우만은 코와코프스키의 조언에 따라 '오래된' 집을 사기로 했다. 웨스트민스터 사원은 아니었다.

1950년대에 지어진 론스우드가든스는 바우만 가족이 두 번째 거주자였다. 집은 전형적인 잉글랜드식 주택으로, 구조와 내부 장식이 영국의 중산층 가정에서 흔히 보는 것이었다. 소박하고 기능적이면서도 아늑하고 따뜻한 집, 사생활을 존중하면서도 가족생활을 즐기기에 더할 나위 없이 좋은 그런 집 말이다. 건축 방식은 주변의 다른 집과 비슷한 빨간 벽돌집이었다. 거리 쪽으로 난 현관문은 곧장 거실로 이어졌고, 거실 뒤쪽으로 작은 부엌과 커다란 식당이 있었다. 1층에는 방 네 개와 지그문트가 집무실로 쓸 작은 공간이 있었다. 2013년에 방문했을 때 지그문트의 집무실을 둘러보니 그야말로 딱 필요한 것만 있어 마치 수도자의 방 같았다. 야니나의 집무실은 정반대였다. 집에서 가장 크고 등이 많이 달린 방에 멋진 책상을 뒀다. 예쁜 스테인드글라스 창[2]으로 온 집안에 햇살이 쏟아졌다. 이 '무척 영국다운 환경'이 바우만 가족이 머물 새 보금자리가 되었다.

야니나는 리즈에서 보낸 처음 몇 년을 두고 "처음에 나는 어디에도 뿌리내리지 못하고 어디에도 닻을 내리지 못한 채 외부와 단절되어 살았다. 우리 네 식구 모두에게 힘든 시기였다."라고 적었다. (J. Bauman, 1988, 142) 리즈에 도착한 뒤로 야니나는 인생에서 한 번도 기쁨이나 만족을 느껴본 적이 없는 일, 살림을 맡았다. 1968년까지 야니나는 영화 제작과 관련한 업무를 책임지는 인생을 살았다. 업무 능력이 탁월해 소속 기관에서 탄탄한 지지와 인정을 받았다. 그러니 주부 역할을 받아들이기 어려웠지만, 열심히 일하고 공부하는 남편과 아이들에게 새로 마련한 집이 따뜻한 안식처가 되도록 최선을 다해 헌신했다. 요리에 공을 들인 덕분에, 시간이 지나자 솜씨가 늘었다. 그래도 타고났을뿐더러 잘 갈고닦은 지그문트의 요리 솜씨는 절대 넘어서지 못했다. 마음에 드는 생활 방식은 아니었지만, 야니나는 그래도 쌍둥이에게 집중하기로 했다. 나중에 되돌아보니 영국에서 보낸 초창기가 딸들과 부쩍 가까워진 시기였다.

아직 열여섯 살이던 쌍둥이는 야니나의 보살핌이 필요했다. 리디아와 이레나에게는 아버지를 따라 영국으로 옮긴 삶이 그리 행복하지 않았다. "아이들은 이제 막 자리를 잡은 이스라엘 학교를 떠나 배를 타고 이 낯선 곳으로, 처음부터 다시 시작해야 하는 곳으로 와야 했다."(J. Bauman, 1988, 142) 아이들, 특히 또래와 강한 유대감을 형성하기 시작하는 십 대에게는 이런 이동이 쉽게 받아들이기 어려운 일일뿐더러 이동이 여러 번 일어날 때는 더욱더 적응하기 어렵다.[3] 이레나와 리디아는 또다시 새로운 언어를 흡수해야 했고(바르샤바에서 영어 과외를 받았지만, 초보 수준이었다), 낯선 과목, 낯선 교육 체계, 낯선 규칙, 낯선 교수법, 낯선 글쓰기 방식, 낯선 평가 방식에 적응해야 했다. 사방에 낯설지 않은 것이 없었다.

가장 큰 어려움은 영국에서 열여섯 살이 되면 치러야 하는 중등교육 수료 시험(GCSE)으로 느낀 어마어마한 압박이었을 것이다. 갑자기 새로운 언어와 문화에 던져진 학생을 받을 때, 대체로 교장들은 전학 온 학생이 학습 속도를 따라잡도록 한 학년을 낮춰 시작하라고 권한다. 하지만 어린 시절 내내 서로 다른 교육 체계를 아무 문제 없이 휙휙 옮겨 다닌 바우만은 교장과 협상해 아이들이 다시 한 학년을 반복하지 않고 학기를 시작하게 해달라고 설득했다. 아이들이 잘 해낼 것이라고 장담했고, 리디아와 이레나는 실제로 잘 해냈다. 근면 성실한 아버지처럼 리디아와 이레나도 악착같이 시험을 준비했고, 반에서 상위권으로 학년을 마쳤다. 노력에는 대가도 따랐다. 이레나와 리디아 모두 건강에 조금 문제가 생겼다. 그래도 두 사람이 압박 속에 학업에 몰두한 덕분에, 제때 영국에 동화되어 대학 생활을 즐길 수 있었다. 리디아와 이레나는 영국 환경에 완전히 녹아들었다.[4] 하지만 지그문트는 영국으로 이주하기 전부터 리즈대학교와 인연이 있었는데도 적응에 시간이 더 걸렸다.

리즈대학교의 환대

2017년에 대학원생 시몽 타베와 나눈 인터뷰에서 바우만은 리즈대학교의 초청이 '기적'이었다고 설명했다.

> 누가 나를 추천했는지는 이날까지도 모릅니다. 내게 한 번도 정체를 밝히지 않았거든요. 영국에서는 교수를 구할 때 국내 대표 학자들에게 서신을 보내 추천을 받는 관습이 있습니다. 우리가 접촉할 만하거나 접촉해야 할 인물로 누구를 추천하시겠습니까? 전담 교수직이었는데, 나는 그 자리에 지원한 적이 없어요. 어느 날 전보를 한 통 받았을 뿐이지요. "리즈대학교에서 가르치는 데 관심이 있으십니까?" 그래서 전보로 답장을 보냈습니다. "네, 그렇습니다." 그게 다였어요. (Tabet, 2017, 134)

바우만은 1971년 1월 첫 주에 리즈에 와 교수진과 만났다. 이미 몇 달 전에 바우만에게 사회학 교수 자리를 맡기기로 결정이 난 뒤였다. 1970년 9월 21일, 리즈대학교는 지역 신문에 이렇게 공고했다. "리즈대학교는 저명한 폴란드 출신 이스라엘 사회학자 지그문트 바우만을 새 사회학교수로 모십니다. 바우만 교수는 1954년부터 사회학 교수를 맡아온 유진 그레베니크 교수의 뒤를 이어 1971년 4월부터 직무를 맡을 예정입니다."
이 공고는 바우만이 바르샤바대학교에서 근무했고 "폴란드에서 반유대
주의가 급증"한 탓에 해고되었다고 언급했다. 바우만의 이전 직책을 자
세히 적은 뒤, "사회-문화 분석에 체계론·정보이론·기호학 적용, 정치사
회학"을 주요 연구 분야로 설명하고, 박사 논문에서 영국의 사회주의를
연구 주제로 삼을 때부터 오랫동안 영국에 관심을 보였다고 언급했다.[5]

이 공식 발표로 보건대, 리즈대학교는 바우만을 교수로 임명한 사실
을 자랑스럽게 여겼다. 바우만의 국제적 명성을 장점으로 제시하는 동시
에, 바우만이 영국에 관심을 보였다고 언급해 리즈에 탄탄히 닻을 내리
게 도왔다. 연구 주제와 제목에서 바우만의 '영국적 특성'을 드러냈다. 영
국 대학이 남긴 이 각인은 바우만의 교수직에 정당성을 부여해, '외국인'
을 교수로 선택한 결정에 의구심을 드러내는 사람들을 안심시켰다. 물론
영국 대학이 외국인을 고용한 것이 하루 이틀 일은 아니었다. 1930년대
부터 나치 독일을 피해 많은 학자가 영국 학계에 발을 붙였고, 리즈대학
교 사회과학과에도 매우 다양한 학자가 머물렀다.

리즈대학교는 명문대라기보다 지역 산업계와 행정 기관에서 일할 전
문직 종사자를 길러내는 곳이었다. 그래도 1960년대에 "사회학 연구와
사상의 중대한 중심지"가 되었다. (Bagguley, Campbell & Palmer, 2018, 37)
리즈대학교 사회과학과 연구원 잭 파머Jack Palmer[6]의 말대로, 리즈대학교
사회학과는 "역사적으로 비교적 세계를 지향하는 이론의 토대가 탄탄
한" 곳이었다. "달리 말해 영국에 집중하는 민족주의적 방법론을 지향하
지 않는, 그러니까 '국가의 종' 노릇을 하지 않는" 곳이었다. 이렇게 세계
시민주의를 지향하는 방향성은 사회인류학자 페르난도 엔리케스Fernando
Henriques(1916년에 자메이카에서 태어났고, 영국 최초의 흑인 학장으로 본다)가
수입하고, 존 렉스John Rex(1925년에 남아프리카에서 태어났고, 인종 격리 정책

에 반대한 활동가이자 비공업국 전문가였다)가 이어갔다. 하지만 1970년대 들어 그런 방향성이 무뎌지자, 사회과학과에 더 많은 다양성을 불어넣으려는 바람이 일었다. 여기서 다양성이란 비유럽 문화를 가리키기도 했지만, 정치적 다양성을 가리키기도 했다. 따라서 동유럽 출신에 마르크스주의 학자인 바우만이 더할 나위 없이 제격이었다.

바우만의 제자인 사회학자 맥스 패러Max Farrar는 이렇게 기억한다.

학과에 반감이 컸던 우리는 1970년에 지그문트의 선임자인 통계학자가 그만둔다는 소식에 꽤 기뻐했다. 우리는 우리 손으로 선택한 교수가 임명되게 하려고 위원회를 꾸리고, 에리히 프롬Erich Fromm, 콜린 맥케이브Colin MacCabe, 로리 테일러Laurie Taylor에게 편지를 보내 자리가 빈 교수직에 지원해달라고 요청했다. 우리는 몰랐지만, 리즈대학교에 새로 부임한 부총장 보일 경Lord Boyle이 사회학과에 마르크스주의자가 한 명도 없다는 현실에 실망을 드러냈었다고 한다. (보수당이 폭넓은 교육을 존중하던 시절이었다.) 그래서 랄프 밀리반드를 정치학 교수로, 지그문트 바우만을 사회학 교수로 영입했다.[7]

사실, 바우만이 리즈로 '수입'되는 데는 사회학계에 영향력이 막강한 밀리만드의 지원이 중요한 역할을 했다.[8] (1972년에 런던정경대를 떠나 리즈대학교로 옮긴 밀리반드는 리즈에 탄탄한 좌파 환경을 구축하기를 바랐다.) 바우만이 리즈대학교에 임용되도록 도운 또 다른 사람은 맨체스터대학교의 사회학자 겸 사회인류학자 피터 워슬리[9]였다. 워슬리는 1959년에 이탈리아 스트레사에서 열린 국제사회학협회 세계대회에서 바우만을 만났고, 1966년에 바우만을 맨체스터대학교에 객원교수로 초빙했었다. 워슬리는 회고록에 이렇게 적었다.

우리는 처음으로 러시아 사람과 동독 사람을 만났다. 하지만 가장 큰 충격을 안긴 대표단은 사회과학에서 오랫동안 명성을 자랑했고 또다시 새로운 독립적 사고의 싹이 솟아나던 나라 폴란드의 사회학자들이었다. 나는 특히 지그문트 바우만에게 깊은 인상을 받았다. 그래서 나중에 폴란드가 반유대주의 돌풍 속에 바우만을 내팽개쳐 이스라엘로 추방했을 때, 바우만을 영국으로 데려오는 중개인 역할을 맡았다. (Worsley, 2008, 136)

맥스 패러에 따르면 바우만은 "대륙의 신선한 피"를 수혈해, 곤경에 처한 사회학과에 활기를 불어넣었다.

1971년에 내가 거의 고사 상태인 사회학과의 3학년생이었을 때, 바우만이 성큼성큼 강의실로 들어와 폴란드 억양이 묻어나는 영어로 빠르게 말했다. '드디어 진짜 사회학자인 교수가 왔구나.'라는 생각이 들었다. 바우만이 왜 영국으로 왔는지 강한 호기심이 생겼다. 바우만은 1964년에[패러의 오류다. 1968년이 맞다.] 반유대주의 탓에 폴란드에서 쫓겨나 이스라엘로 망명했지만, 이스라엘을 거부했다. 그러니 바우만을 이주자라고, 따라서 주변인이라고 봐도 무방했다.[10]

리즈에 도착한 바우만에게 영국 사회학은 낯선 분야가 아니었다. 사회학자 A. H. 홀지A. H. Halsey가 쓴 영국 사회학 역사서에서, 바우만은 자기 눈에 비쳤던 영국 학계를 이렇게 회고했다.

1970년대 초에 영국에 왔을 때, 영국 사회학계의 인력 구성에 깜짝 놀랐다. 몇 안 되는 사회학 교수는 대부분 나이 든 남성이고, 나이 든 여성은 보기 드물었다. 대다수가 분야와 명칭이 다른 학과에 있다가 새로 우후죽

순 생겨난 사회학과로 흘러든 사람들이었다. 교수들과 나이 차가 엄청나게 많이 나는 강사들은 대부분 로빈슨 보고서* 이후 새로 생겨난 사회학 강좌를 들은 졸업생 중에서 채용되었고, 거의 모두 같은 시기에 태어난 사람들이었다. …

영국 대중이 사회학을 우려하고 미심쩍게 여긴 까닭은 아무래도 비교적 새로운 학문이었기 때문일 것이다. 대륙에서 훈련받은 내게는 그런 의심과 우려가 또 다른 특이함으로 비쳤다. … 텔레비전 드라마에서 어떤 집안의 골칫덩어리를 가리킬 때 입버릇처럼 "그 아이는 사회학을 공부해요."라는 말을 썼다. 그러니 맬컴 브래드버리Malcolm Bradbury 같은 작가가 보기에는 냉소적이고 골칫거리인 '역사적 인간'[11]이 반드시 사회학자여야 마땅했을 것이다. 또 다른 충격은 프랑스, 독일, 그리고 내가 태어난 폴란드에서는 낙관주의와 자신감이 커지던 19세기 후반의 물결 속에 사회학이 대중의 세계관에 자리를 잡은 데 견줘 영국에서는 사회학의 지위가 놀랍기 짝이 없게 낮다는 현실이었다.

영국 대중은 새롭고 낯선 학문에 그리 기대하는 바가 없는 듯했다. … 이 또한 사회학의 지식과 경험을 높이 존중하는 유럽 대륙과 극명하게 대비되었다. 유럽 대륙에서는 너나 할 것 없이 사회학을 중요한 지혜의 보고로 여겼다. 비정부 자문단처럼, 갈림길마다 어느 쪽으로 가야 할지 조언을 구하고 여정을 확정할 수 있는 믿을 만한 전문가가 있는 분야였다. 영국에서는 사회학자의 견해에 크게 관심을 기울이는 것을 보지 못했다. 표준을 정하는 언론에서 사회학을 거의 찾지 않았고(주류가 아닌 정간지 몇 곳이 있고《신사회New Society》가 눈에 띄기는 했지만, 그런 잡지에서도 사회학은 본래 목

---

* 라이어널 로빈스(Lionel Robins)이 이끈 고등교육위원회가 1963년에 발표한 보고서로, 대학 교육의 확장 및 전문대의 일반대 승격을 권고했다.

적인 행정 및 사회 정책 연구로만 존재했다), 위기나 '도덕적 공황'이 닥쳤을 때 조언을 구해야 할 '전문가'에서 누구보다 거리가 먼 사람이 사회학자들이었다. … 공공 영역에서는 사회학을 거의 찾아보기 어려웠다. 더 정확히 말해, 의미 있고 주목할 만한 분야이냐 아니냐가 사회학을 경계로 갈렸다.

… 내가 깊은 인상을 받은 것은 여러 사회학 모임(레스터대학교, 더럼대학교, 워릭대학교, 골드스미스대학교 같은 휘황찬란한 명문대가 아니라, 여기저기 흩어진 무명 대학교에서 열린 모임이었다)에서 눈에 띈 지식인의 동요, 빠르게 바뀌는 사회 상황을 명확히 설명하고 삶에 닥친 낯선 경험을 파악하는 과제에 집중하라고 교수들을 압박하는 학생들, 매우 좁은 영역의 전문가 토론에서도 윤리적 민감성과 때로 거의 선교사 같은 열정을 보이는 참가자들, 종종 지나치게 높기까지 한 개방성과 새로운 생각을 가끔은 덮어놓고 곧이곧대로 받아들이기까지 하는 호기심, 바뀌는 사회 현실에 맞는 사회적 지식을 개발할 때 나타나는 엄청난 자아 성찰과 엄격함이었다. 유럽 대륙에서는 어긋난 전망과 좌절이 오랫동안 사회학자들의 포부와 열정에 찬물을 끼얹어 사회학이 이제 막다른 골목에 다다랐지만, 영국 사회학에는 잃어버린 시간을 따라잡고 새로 시작한다는 흥분이 널리 퍼져 있었다. (Halsey, 2004, 206~208)

놀랍게도 바우만은 '외국인' 학자, 특히 나치 독일을 탈출해 '대륙'의 전통을 영국에 가져온 사람들을 언급하지 않았다.[12] 다만 영국의 사회학 환경을 자신이 알던 폴란드와 서유럽의 사회학 환경과 비교했다. 바우만이 일했던 바르샤바대학교에서는 사회학이 인기 학문이었고, 중요한 정치적 반대가 사회학과에서 싹텄고, 비록 권위주의 정권의 희생양이 되어 일자리를 잃었을망정 사회학자들이 중요한 대중지식인이었다. 그런 폴란드를 떠나 도착한 영국에서는 사회학이 비교적 신규 학문이었고, 중요한 학문으로 대접받지 못했고, 사회학자의 위상도 낮았다. 그러므로 바우만은 혁신적이고 생각이 열려 있고 신선한 활력이 샘솟는 중상위권 대학에 흥미를 느꼈다. 동료들은 더 유명한 대학에 합류했지만(코와코프스키와 브루스는 옥스퍼드대학교에, 산들레르는 시카고대학교에, 바치코는 클레르몽페랑대학교를 거쳐 제네바대학교에 자리를 잡았다), 바우만은 리즈대학교에 자리를 잡았다. 바우만의 제자였다가 동료가 되는 키스 테스터는 "지그문트가 여기에[리즈대학교] 왔을 때 계속 머무르리라고 생각한 사람은 아무도 없었습니다. 당시 리즈는 … 지식과는 무척 거리가 먼 산업도시였으니까요. … 그때는 누구도 리즈를 종착역으로 택하지 않았습니다."라고 말했다.[13] 바우만은 또다시 틀을 깨는 선택을 했다.

1971년 1월에 리즈를 처음 방문하자마자, 바우만은 사회학과를 발전시킬 제안서를 제출했다. 사회사상의 한 학파를 만들어 사회학의 지위를 강화하자는 제안이었다. 이 제안서는 장차 동료가 될 교수진 사이에 적잖은 우려를 불러일으켰다. 이들이 어떤 반응을 보였는지는 사회학 강사였던 앨런 도가 1971년 1월 7일에 텔아비브에 있는 바우만에게 보낸 편지에서 찾아볼 수 있다.

저는 사회학과가 어떤 모습이어야 하는지를 제시한 교수님의 구상을 들었을 때 조용히 환호한 사람 중 하나입니다. 리즈대학교 특유의 사회학 학파를 만드는 데 어떻게든 능력껏 이바지하고 싶은 마음이 큽니다. 여기서 말씀드리는 두 번째 요점은 한 모임에서 데니스 워릭이 말한 내용과 맥을 같이합니다. 워릭은 최근에 희미해지기는 했을지라도 리즈의 전통이란 것이 있다는 뜻을 내비쳤습니다.[14]

잭 파머에 따르면 리즈의 전통이란 '세계시민주의'를, 정확히는 세계

시민주의의 범위 안에서 세계주의와 비교 역사 연구를 지향하는 것이었다. 예컨대 존 렉스가 "세계화라는 개념에 대비한다는 뜻으로 '하나인 세계'를 다루는 사회학에 초점을 맞춘 과목을 가르쳤고, 오늘날 알려지기로 세계화라는 용어를 처음 정의한 롤랜드 로버트슨Roland Robertson이 이 시기에 리즈대학교에서 연구"했다.[15] 바우만에게 보낸 편지에서 앨런 도가 언급했듯이, 렉스는 베버의 연장선에서 마르크스주의의 결정론을 비판하며 더 복잡한 갈등 이론을 제시했다. 앨런 도 같은 렉스의 제자들이 스승을 여러 방식으로 뒤따랐지만, 영국에서 이들은 "리즈에서 훈련받은 학생"으로 인식되었다. 도는 바우만에게 "여러 이유로 … 지난해에 이곳이 어느 정도 고사 상태에 이르렀으나" 몇몇 동료가 "다시 리즈의 전통을 만드는 일로 돌아가기를 손꼽아 기다리고" 있다는 뜻을 내비치며 도움의 손길을 내밀었다.

그런 이유로, 동유럽에서 온 한 교수가 리즈대학교에 사회학 전통을 재건하는 임무를 맡았다. 이는 엄청난 도전이었다. "바우만 교수가 도착하자, 사회학 교육 과정이 크게 개편되었다. 그래도 국제 비교(그리고 역사 비교)의 중요성은 당시 학생들이 조성한 사회학적 상상력에서 여전히 중심을 차지했다."(Bagguley, Campbell & Palmer, 2018, 38)

맥스 패러는 이 시기를 이렇게 회고한다.

지그문트는 사회학과에서 현상학적 사회학을 아무도 가르치지 않는다는 사실에 깜짝 놀랐다. 그래서 어느 젊은 강사에게 알프레드 슈츠Alfred Schütz를 읽고, 3학년 학생들에게 새로 떠오르는 사회학의 내용을 모조리 알려주라고 요청했다. 나는 이미 베버와 사르트르를 좋아했으므로, 슈츠를 읽고서 거의 이해하지도 못한 내용에 즐거움을 느꼈다. 여기서 알 수 있듯이, 지그문트는 특정 사회학에 젖지 않았다. 달리 말해 사회학의 다양한 분야를 존중했다. 그러므로 1972년에 바우만의 사회학과 박사 과정 학생이 된 우리는 사회학의 갖가지 이론 분야 출신이었다. 누구는 국제사회주의자였고, 누구는 루이 알튀세르Louis Althusser의 마르크스주의 깃발을 흔들었고, 또 누구는 "마르크스주의자가 세상을 바꿨다. 문제는 세상을 이해하는 법이다."라는 말을 달고 살았는데, 이 재치 넘치는 사람은 평생을 도서관에서 보냈다. 이와 달리 지그문트는 수백 송이 꽃이 피어나기를 바라는 듯 했다.[16]

활력과 아이디어가 넘치는 바우만에게는 학과 수장이 지녀야 하는 중요한 특성이 꽤 있었다.

리즈대학교 학과장

아직 텔아비브에 있던 1971년 5월 3일, 리즈대학교 교무과장인 존 본 로우치가 바우만에게 항공 우편을 한 통 보낸다.

친애하는 바우만 교수님. 안타까운 말씀을 전합니다. 앨버트 핸슨 교수님이 지난주 국영산업 특별위원회에 참석하시던 중 하원 의사당에서 쓰러져 돌아가셨습니다. 그동안 여러 차례 건강 문제로 고생하셨지만, 이번 일로 저희 모두 크나큰 충격을 받았습니다. 부총장님이 전하시길, 바우만 교수님이 사회학과 학과장을 맡아준다면 고맙겠답니다. 그리고 바우만 교수님이 리즈로 돌아오기 전까지는 커크 씨에게 학과장 임무를 맡아달라고 요청하셨습니다.[17]

바우만은 우연이 인생에 미치는 영향을 자주 언급했다. 강력한 힘을 발휘해 삶의 궤적을 갑자기 크게 바꿔 놓는, 통제할 수 없는 요인을. 바우만의 삶에서 그런 전환점 중 하나가 바로 전임 학과장의 사망이었다. 이 일로 바우만이 학과장으로 지명되었다. 바우만이 훌륭한 학자이자 연구자, 교육자이기는 했어도, 한 학과의 많은 교직원을 관리하는 행정 업무는 한 번도 맡아본 적이 없었다. 게다가 리즈대학교 사회학과의 배경과 문화에 완전히 깜깜했다. 바우만에게 리즈대학교 사회학과는 그야말로 낯설기 짝이 없는 정치 환경이자 학문 환경이자 경제 환경이었다. 처음 몇 해는 만만치 않았다.

야니나 바우만의 『소속을 꿈꾸다』 영어판과 폴란드어판은 지그문트가 리즈에서 처음 몇 년 동안 어떻게 지냈는지를 꽤 다르게 이야기한다. 영어판은 이렇게 설명한다. "콘라트가 생계를 책임지는 가장으로서 모든 짐을 떠맡아 일하느라 매우 힘들어했다. 콘라트는 새로운 역할과 환경을 서서히, 아주 서서히 받아들였다. 하지만 적어도 처음부터 한 곳에 소속되어, 학과에 단단히 자리를 잡고 학과장으로 인정받았다." (J. Bauman, 1988, 142)

하지만 폴란드어판은 훨씬 어두운 모습을 그린다.

우리 모두에게 힘든 시기였다. 지그문트에게는 특히 더. 오랫동안 자리를 지킨 교수들은 새로 상사가 된 외국인, 그것도 동유럽에서, 이념과 문화가 다른 세상에서 온 이방인을 마뜩잖게 바라봤다. 지그문트는 그들 안에 있던 의심을, 더 나아가 불안을 깨웠다. 외국인 억양으로 말했고, 그들이 알지 못하는 것을 알았고, 영국의 일상사에 완전히 무지했다. 사방에 지켜보는 눈이 있어 조심해야 했다. 바우만은 자신을 이방인으로 여겼다. 실제로도 이방인이었다. 그리고 이방인이기를 절대 멈추지 않았다. 그래도 해가 바뀔수록 더 많은 존경과 신뢰와 지지를 받았다. (J. Bauman, 2011, 115)

지그문트가 마침내 리즈를 고향처럼 여긴다는 인상을 받았던 영국 동료들이 이 글을 본다면 바우만이 "자신을 이방인으로 여겼다. … 그리고 이방인이기를 절대 멈추지 않았다."라는 말에 놀랄 것이다. 하지만 양가감정은 이민자들이 흔히 느끼는 정서다. 지그문트와 야니나는 다른 문화권에서 40년 넘게 살았고, 여건만 됐다면 계속 바르샤바에 머물렀을 것이다. '주변인이 된다는 것'은 내부자 지위와 외부자 지위를 끊임없이 오가는 끝없는 역동성 게임을 벌인다는 뜻이다. 안식처에 있는 듯 보일 때마저도, 바우만은 이방인임을 한 번도 감추지 않았다. 브워데크 골트코른과 나눈 대담에서도 이렇게 밝혔다.

공산주의에서 벗어난 뒤로 솔깃한 제안을 수도 없이 넘치게 받았지만, 나는 반공산주의에 합류하지 않았습니다. 폴란드의 민족주의에 내쫓긴 보상을 이스라엘의 민족주의가 보인 환대에서 찾지도 않았습니다. 영국에서는 상호 동의와 상호 만족 아래, 나도 영국인인 체하지 않았고, 영국 사람들도 나를 영국인으로 여기지 않았습니다. 아마 그래서 내 이방인성을 나도 그들도 신경을 안 쓰지 않았을까 싶군요.[18]

달리 말해 차이와 장애물은 있었어도, 이민자가 맡은 역할과 사회적 위치를 서로 동의했다. 이주국의 국민과 비슷한 생활 조건만 제공받는다면, 이민자가 굳이 영국인이 되지 않아도 괜찮았다. 유럽 대륙 어디에서도 다른 나라 출신인 대학교 학과장은 보기 드물다. 그러니 언어에 능통하든 못하든, 갓 이주한 사람에게 학과장 같은 명망 있는 직위를 맡아달라고 요청하는 일은 말할 것도 없다. 이런 면에서 영국은 매우 특이한 곳이다. 특히 리즈대학교는 서유럽 바깥의 문화권 학자를 받아들이는 개방성, 다양성, 세계시민주의를 실천한 아주 보기 드문 곳이었다. 그렇다고는 해도, 학과장 자리를 받아들인 바우만 앞에 엄청난 난관이 놓여 있었다.

2013년 인터뷰에서 바우만은 내게 이렇게 말했다.

리즈는 전혀 나쁘지 않은 학교였습니다. 내가 첫 사회학 교수이기는 했지만요. 내가 오기 전까지는 사정이 달랐습니다. 사회학 담당 교수가 사회학자가 아니라 인구 통계학자였거든요. 하지만 대체로 사회과학이 섞여 있었습니다. 기막히게도, 내가 바르샤바에서 익혔던 지식과 사회학 관련 내용 중 4분의 3이 학과 교직원에게 완전히 미지의 영역, 생전 처음 들어본 내용이더군요. 지식의 폭이 매우 좁았던 거지요. [이들은 현장 연구와 조사, 문헌 파악을] 주로 영국에서 영어로 진행했습니다. 알다시피 영국 사람들은 외국어 문헌을 많이 읽지 않아요. 그런 면에서 바르샤바는 그야말로 독특했습니다. … 무엇보다도 분위기가 좋았습니다. 누구든 재능이 있으면 그 재능이 다듬어져 빛을 냈지요. 지식을 풍성하게 할 요소가 워낙 많아 누구든 무언가를 발견했으니까요. 우리 팀은, 우리 연구 조직은 독특했습니다. 평생 다시없는 경험이었지요. … 바르샤바에서 우리는 서로 연구를 소개하고 토론했습니다. 모든 연구 과제가 다른 모든 팀원의 관심을 받았습니다. 거기서는 누구도 혼자이지 않았고, 누구도 동떨어져 연구하지 않았어요. 그런 곳은 다른 어디에서도 못 봤습니다. … 리즈에서도요. 내가 학과장을 맡은 20년 동안 그런 일은 없었습니다. 옆방에 있는 교수가 무슨 주제로 연구하는지조차 몰랐으니까요. 다들 혼자 연구했지요. 물론 세미나가 있었고, 세미나에서 이따금 누군가가 의견을 제시해서 좋기도 했어요. … 하지만 이런 세미나에서는 발표자가 주로 외부에서 초청한 사람들이었습니다. 학내 사람끼리 만나면 커피를 마시며 여자 이야기를 했고요. 다른 이야기도 했는지 모르겠지만, 연구 이야기는 거의 하지 않더군요. 한 팀으로 사고하는 일은 없었고요. 내가 어디에 있든, 사정이 그랬습니다.

팀 사고(연구실 학자들의 말을 빌리자면 '학문 이야기') 부재와 고독한 작업은 외떨어져 연구하는 사람들이 가장 자주 털어놓는 불만이다.[19] 새로운 생각과 의견을 주고받는 활동은 인지 작업을 크게 높이는 데 도움이 된다. 일부 기관의 연구 관리자들이 틈틈이 연구자들에게 커피를 마시자고 초대하거나 요구하기까지 하는 까닭도 연구 이야기를 꺼낼 시간을 내려는 목적이다. 바우만에 따르면 다른 연구소의 초청에 "그곳에 머물며 생각하고 보고 무엇이든 하고 싶은 일을 하라"는 지시를 받고 여러 달씩 머물곤 했지만, 세계 곳곳에서 온 흥미로운 사람들이 웬만해서는 서로 접촉하지 않았다. 예외는 1970년과 1982년에 객원교수로 머물렀던 캔버라의 오스트레일리아국립대학교였다. "그곳에서는 학자들이 오전 10시에 함께 모여 커피를 마시는 것이 의무였거든요. 30분 동안 이야기를 나눴지요. 아주 좋았습니다."

리즈대학교에서의 생활은 이런 분위기와 사뭇 달랐다. 인터뷰에서 바우만은 이렇게 전했다.

영국에서 처음 10년은 무척 고달팠습니다. 영국 대학은 교수직에 빈자리가 나면 내부에서 사람을 승진시키지 않고, 온 나라에 공석이 있다고 알립니다. … 내가 도착했을 때 학과에 전담 교수가 딱 한 명 있었는데, 그 사람이 평생 그 자리를 맡아야 했습니다. 마치 [행정 업무를 떠맡아야 한다고 선고받은] 죄수 같더군요. 이건 멍청한 짓입니다. 아주 뛰어난 교수나 사상가, 교육자일지도 모르는 사람이 관리자가 되어야 하잖습니까. 도대체 왜 두 가지 일을 뒤섞을까요? 도무지 모를 일이었습니다. 나는 행정 업무라면 몸서리를 치는 사람이라 몹시 힘들었습니다. 외부에서 사람이 오는 것은 언제나 충격입니다. 끔찍한 충격이요. 그 사람이 어떤 사람인지 전혀 모르니까요. 알려진 바가 하나도 없는 이방인이요. 어떤 사람일까? 소고기를 좋아할까? 양고기를 좋아할까? 위원회 자리를 좋아할까, 아니면 학생들과 이야기 나누기를 좋아할까? 고약스러울까, 시샘이 많을까, 아니면 도움이 되는 사람일까? 그걸 누가 알겠습니까? 게다가 나는 몇 배로 이방인이었습니다. 다른 대학 출신일뿐더러 다른 나라, 다른 문화, 다른 언어를 쓰는 곳에서 왔으니까요.

내가 덧붙였다. "고등교육 체계가 다른 곳에서 오기도 했고요."

"맞습니다! … 처음 10년 동안은 내가 포크라고 말하면 진짜 포크를 뜻한다고 끊임없이 사람들을 확신시켜야 했습니다. … 사람들이 끊임없이 의심했으니까요. '저 말의 진짜 뜻은 뭐지? 저 뒤에 무슨 뜻이 숨어 있지?' 그런데 10년이 지나니 사람들이 내가 여느 인간과 다를 바 없다는 데 합의하더군요."

이주한 연구자들에 따르면 현지 환경에서 '우리 중 하나'로 받아들여지기까지 걸리는 시간은 대체로 10년이다. (Wagner, 2011) 하지만 바우만은 리즈에 도착하자마자 학과장이 되었으니, 흔히 보는 이주 학자가 아니었다. 학과장 자리는 엄청난 관리 업무를 수반하는 탓에, 학계 사람 대다수가 싫어하다 못해 흔히 '더러운 일'로 취급한다.[20] 바우만도 행정 업무를 좋아하지 않아, 위원회와 회의에 참석하느라 시간을 뺏기는 것을 영 마뜩잖게 여겼다. 하지만 어떤 동료들은 바우만이 어쩔 수 없이 맡아야만 하는 임무를 조금은 더 흥미롭게 만들 줄 알았다고 회고했다. 또 누구도 자세한 사례를 떠올리지는 못했지만, 바우만과 행정 직원들 사이에 늘 긴장이 흘렀다고 한다. 아마 바우만이 포즈난 사람 특유의 엄격함 때문에 규칙에 까다롭게 굴어서였을 것이다. 아니면 영국에서 교육받은 적이 없는 탓에 긴장감을 조성했을 수도 있다. 바르샤바대학교에서는 사회학이 인기 학과였고, 바우만의 제자들은 수도 바르샤바의 상류층 출신이었다. 옥스퍼드나 케임브리지가 아닌 영국의 여느 공립대학에서는 연구 풍습이 달랐다. 바우만이 만만한 상사가 아니라는 소문을 들었다는 공동 연구자도 더러 있었다. 하지만 이와 달리 바우만이 회의를 아주 짧게 주관했다고 기억하는 사람들도 있었다. (늘 그랬듯, 바우만은 모든 것을 빨리 진행하려 했다.) 무엇보다도, 바우만에게는 유머라는 관리 수단이 있었다. 바우만은 재치 있는 맞받아치기의 달인이라, 골치 아프기 그지없는 상황과 날 선 긴장이 흐르는 갈등을 웃기는 이야기로 누그러뜨렸다. 교수진은 점차 바우만의 폴란드식 농담을 예측했고, 교정에서 자주 써먹었다.[21] 폴란드식 농담은 교육자 바우만의 독특한 기운과 카리스마를 보여줬다. 사람들은 바우만이 1990년에 학과장으로서 마지막 회의를 주관한 뒤로도 오랫동안 바우만의 농담을 이야기했다.

그런데 이 '폴란드식 농담'이란 사실 유대식 농담으로, 전후 폴란드에서 인기를 끌었던 아슈케나짐 문화의 보배였다. 바우만에게는 유대식 농담을 모아놓은 작은 책이 몇 권 있었다. 그리고 좌중의 웃음과 생각을 불러일으킬 셈으로 자주 그중 하나를 골라 말했다. 그런 이야기에는 뜻깊은 지식이 숨어 있었다. 이를테면 과중한 업무에 지친 사람들을 위한 특별 조언은 이랬다. "염소 한 마리를 데려와 날마다 보살펴라. 그리고 두 달 뒤 돌려줘라. 그러면 한가로운 시간이 많아져, 일이 많다고 투덜거리지 않을 것이다." 이 이야기는 유대 고전에서 랍비가 아이들로 북적이는 집에 스트레스를 받은 아이 아빠에게 들려준 조언을 '가볍게' 바꾼 것이다.

긴긴 하루 동안 쌓인 스트레스를 풀려면 그렇게 잠깐 긴장을 풀어야 했다. 일사불란하고 책임감 있고 진지하기로 이름난 포즈난 사람답게,

바우만은 평생에 걸쳐 아주 열심히 일했다.[22] 바우만은 포즈난 사람의 그런 정형화된 모습을 베버의 이념형idealtypus으로 승화한 인물이었다.[23]

바우만의 집무실은 교정 중앙에 있었다. 리즈대학교에서 근무하는 동안 바우만은 언제나 같은 일정을 유지했다. "늘 아침 여섯 시에 차를 몰고 집을 나섰습니다. … 이유는 두 가지였습니다. 첫째, 아침 여섯 시에 출근하면 학교까지 10분밖에 걸리지 않습니다. 일곱 시나 일곱 시 반에 나서면 한 시간이 걸리고요. 둘째, 그때가 학교에서 손님과 학생, 동료들이 이런저런 여러 문제로 찾아오기 전에 무언가를 쓰고 생각할 수 있는 유일한 시간이었습니다."[24]

군에서 터득했듯이, 일찌감치 일어나면 개인 시간이, 달리 말해 자유와 주체성을 유지할 수단이 생겼다. 대학교에서 학과장의 시간은 학교 것이다. 하지만 바우만은 일찌감치 도착해 자신만의 연구를 수행할 시간을 벌었다. 바우만의 박사 과정 학생 중 한 명이던 테리 워설은 추도문에서 "과에서 파티를 벌인 뒤 리처드, 이언, 에이든, 스티브 멀로이, 내가 아침 5시 반에 자리를 치우기 전에 마지막으로 한 잔 마시는데, ZB가 도착해 일과를 시작했다."[25]라고 회고했다. 이 습관은 학생들에게 훌륭한 모범이 되었다. 워설은 바우만의 9시 강의를 이렇게 기억했다.

아침 일찍 학과에 출근하는 습관이 있었으니, 9시는 ZB가 좋아하는 강의 시간대였을 것이다. … ZB는 9시에 딱 맞춰 강의실로 들어와 지각생을 조금도 봐주지 않고 곧장 강의를 시작했다. 하지만 강의실은 언제나 꽉 찼다. 누구도 ZB의 강의를 놓치고 싶어 하지 않았다. 1970년대 후반과 1980년대 초반에 학생들이 그런 태도를 보이는 일은 흔치 않았다!

바우만의 강의는 조금 어지러워 보일 때도 있었다. 바우만이 그날 나온 큰 기삿거리를 강의에 연결하기를 좋아했기 때문이다. (아주 일찍 출근했으므로 출근길에 라디오 방송을 듣거나 집무실에서 주요 기사를 읽을 시간이 있었다.) 바우만은 강의 요점을 적은 작은 종이를 손에 들고서 책상에 앉았다가 일어서기를 반복했다. 강의는 흡입력이 있었다.[26] 바우만은 자신의 말에 관심이 없어 보이는 대규모 청중 앞에서 강연하는 데 어릴 적부터 단련된 사람이었다. 가르칠 때 자기 방식을 강요하지 않고, 사람들이 남이 아닌 자신을 믿도록 북돋웠다. 바우만의 교육 방식이나 강의 내용을 좋아하지 않은 학생도 있었지만, 바우만이 카리스마 넘치는 교육자였다는 데는 동의했다.

하지만 안타깝게도, 바우만은 자신이 리즈에서 진행한 학술 연구를 떨떠름하게 평가했다. 과중한 행정 업무 때문이었다.

여기 리즈에서 학과장을 맡은 ⋯ 20년 동안, 나는 시간을 허비했습니다. 생각하고 글을 쓸 시간이 없었어요. ⋯ 아무것도 남지 않은 온갖 행정 업무와 위원회 같은 데 참여하느라고요. 그런 일은 정말이지 시간 낭비라 진이 다 빠집니다. 저녁 일곱 시나 여덟 시쯤 집에 돌아오면 아무것도 할 수 없었어요. 아무것도요.[27]

어떤 학자들은 학과장이라는 자리가 주는 명성과 힘에서 행복을 느낀다. 하지만 바우만에게는 학과장이 시간만 버리는 자리였다. 은퇴 뒤에는 그런 체계를 대놓고 비판했다. "지원금 같은 것 때문에 끔찍하게 많은 시간을 낭비합니다. 하나같이 아무짝에도 쓸모없는 일들에요. [바우만이 가리키는 것은 지원금 신청과 여러 행정 업무처럼 시간을 잡아먹는 일이다.] 이런 일들의 성과란 권세를 누리는 일부가 받는, 아무짝에도 쓸모없는 굽실거림뿐입니다. 이런 세력의 유일한 목적은 자신들이 없어서는 안 될 존재라고 보여주는 것뿐이에요." 바우만은 과중한 행정 업무를 떠맡는 와중에도 사회학 연구를 진행할 시간을 어떻게든 찾아냈다. 폴란드 시절에 견주면 출간 활동은 줄었지만, 강의 덕분에 특히 박사 과정 학생들과 사회학을 토론하고 생각을 주고받을 수 있었다.

박사 과정 제자들—키스 테스터[28]

2013년에 나와 나눈 인터뷰에서 바우만은 대학교의 교육 체계를 거칠게 비판했다.

대학 제도는 내부 모순으로 가득합니다. 그런 모순은 창의성에 전혀 도움이 안 돼요. 도움은 고사하고 해를 끼칩니다! 현 제도는 복제를 촉진하고 변이 가능성을 모조리 차단해요. 현재 대학교는 중세 시대의 장인 조합이 남긴 마지막 흔적입니다. 이 체계에서는 학생들이 스승의 가르침 말고는 아무것도 하지 않겠다는 의지를 보이는 시험을 통과해야 합니다. 스승들도 이런 제도의 한 패거리지요. 그래서 박사 과정 학생들을 지도할 때 늘 곤혹스러웠습니다. 어리석게도 나는 무릇 학문이란 규범을 고스란히 보존하는 것이 아니라 깨뜨리는 데 있다고 생각하니까요. 박사 과정 학생들에게 창의적 정신을 어느 정도 불어넣고 싶었지만, 그랬다가는 학생들을 궁지로 내몰 수 있다는 것을 아주 잘 알았습니다. 박사 학위 시험을 마친 뒤 심사위원단 앞에 섰을 때, 그러니까 이른바 동료 평가를 받을 때 심사위원마다 기대치는 완전히 달라도[29] 공통점이 하나 있습니다. 되도록 낮은 점수를 준다는 거요. 그러니 박사 과정 학생들에게 창의성을 요구하면 학생에게 불리한 행동을 하는 겁니다. 그래서 이런 방식을 제안했어요. 남의 말에 귀 기울이고, 다르게 생각하지 말고, 너무 많은 방안을 고안하지 마라. 읽어야 할 내용을 모두 읽었다는 것을 보여주고, 출처를 아주 많이 언급하고, 유행하는 방법론에 바짝 붙어 있어라. 박사 학위 논문을 쓰고, 심사를 통과하고, 그다음에는 … 던져버려라! 그리고 박사 과정 중에 실제로 배운 내용을 책으로 써라. 박사 학위 논문을 쓰는 것과 책을 쓰는 것은 다른 일입니다. 좋은 박사 학위 논문은 창의적 생각을 많이 담지 않아요. … 좋은 책은 다르지요. 독자가 놀라 '유레카!'를 외쳐야 해요. 이것이 대학의 내부 모순입니다. 이런 동료 평가 체계는 편집자가 책임과 판단을 미루고 평가자 뒤에 숨게 합니다. 합의된[30] 의견? 도대체 그게 뭐랍니까? … 흔히들 말하는 '합의된 의견'이 실제로는 모든 것을 똑같이 그저 그런 수준으로 만듭니다.

바우만이 리즈대학교에서 쓴 전략은 호흐펠트가 바르샤바대학교에서 쓴 전략과 비슷하다. 두 전략 모두 평가자의 입맛에 맞추고자 절충했다. 다만 절충한 분야는 다르다. 폴란드에서는 문제가 정치였지만, 영국 학계에서는 문제가 하워드 S. 베커Howard S. Becker가 말한 관습과 관련했다. 1982년에 펴낸 『예술 세계Art Worlds』에서 베커는 정교한 관습이 역동적으로 바뀌는 과정을 분석했다. 이런 관습은 한 번도 완전히 깨진 적 없이, 예술 작품을 거부하는 비효율적 의사소통이 일어나지 않도록 바뀌기만 했다. 예술가가 '혁신'을 일으키고 싶다면, 몇 가지는 바꾸되 규칙 대다수는 존중해야 한다.[31] 명확한 기대치라는 제약이 있는 환경에서 학술 연구를 수행하는 젊은 학자들은 융통성을 발휘하기 어려운 법이다. 봉건제에 버금가는 보수적 제도, 그리고 창의성이 무엇인지 정의하지도 않은 채 창의성을 바라는 기대 사이에서 꼼짝도 못 할 덫에 걸리지 않으려면 복잡한 전략이 필요하다. 오랜 시간이 걸리는 이 난관을 해결하는 핵심은 스승이다.

바우만은 박사 과정 학생들을 수도 없이 지도했다. 사회학자 로이 보인, 리처드 킬민스터, 앨런 워드, 정치학 교수 더그 맥이천, 바우만연구소를 설립한 마크 데이비스, 학계를 떠나 사회사업과 정치에 몸담은 맥스 패러. 1970년대에는 박사 과정 학생이 모두 한 교수에게 지도받았다. 바우만은 모든 박사 과정 학생에게 세미나를 열었다. 자신의 연구와 직접 관련하지 않은 과제도 지도했다. 학생들은 바우만의 깊고도 넓은 지식에 깊은 인상을 받았고, 바우만의 절충주의뿐 아니라 학생들에게 자유를 허용하는 교육 방식도 높이 평가했다. 누구나 자신만의 방식으로 연구 과제를 수행할 길을 찾아도 괜찮았다. 누구는 탈근대성을 전공했고, 누구는 그렇지 않았다. 누구에게는 박사 과정이 3년을 공부해 학위를 받는 길이었고, 누구에게는 급진적 사회과학으로 들어서는 길이었다.

박사 과정에서는 가르치는 사람이나 배우는 사람이나 기대가 높으니, 지도교수와 제자의 관계가 까다롭기 마련이다. 이런 관계 대다수는 교육 기관의 틀에 따라 결정되고 지도교수와 제자라는 맥락에서 진화한다. 하지만 때로는 공동 연구의 틀을 벗어나 박사 과정이 끝난 뒤까지 이어져 우정으로 바뀌기도 한다. 물론 이런 변화가 일어나는 일은 드물다. 하지만 박사 과정 뒤 함께 전문 연구를 수행한다면, 이런 관계가 두 사람의 경력에 모두 영향을 끼칠 것이다. 나는 이 과정을 경력 동조career coupling[32]라고 정의한다. 바우만과 테스터의 관계가 바로 그런 사례다.

키스 테스터는 바우만이 가르친 박사 과정 학생 중 눈에 띄게 총명한 학생이었다. 영국의 노동자 가정 출신인 테스터는 동물의 권리를 주제로 박사 논문을 썼고, 이 내용을 1992년에 『동물과 사회Animals and Society』라는 책으로 펴냈다. 테스터는 박사 과정을 끝낸 뒤에도 지도교수인 바우만과 가까이 지냈고, 친구이자 공동 연구자가 되었다. 그렇다고 테스터가 바우만의 창조물은 아니었다. 동물권이라는 자기만의 확실한 연구 분야가 있었고, 바우만을 만나기 전에도 만만치 않은 학문 배경을 쌓았다. 그래도 두 사람의 관계는 경력 동조가 일어나는 3단계 모형인 일치-융합-상징적 공동 연구에 꼭 들어맞았다.

세상을 뜨기 몇 달 전인 2018년 11월에 나눈 인터뷰에서 테스터는 내게 이렇게 말했다.

내가 지그문트를 처음 만난 시기는 1985년 9월에 박사 과정을 밟고자 리즈대학교에 갔을 때입니다. 사람들이 자주 묻더군요. 바우만 때문에 리즈대학교에 갔느냐고요. 답은 아니다, 예요. … 바우만 때문에 리즈에 갈 이유가 없었거든요. 그때는 바우만이 누구인지도 몰랐으니까. 그럼 왜 리즈에 갔느냐고요? 한 번도 가본 적이 없어서요. 그게 유일한 이유였습니다. … 나는 거기서 1985년 9월부터 1989년 6월까지 박사 과정 학생으로 지냈고, 제프 마셜도 내 지도교수였어요.

테스터가 바우만을 선택하지는 않았다. 두 사람의 인연은 우연이었다. 바우만은 박사 과정 학생들과 느슨한 관계를 유지하며 학생들의 잠재력을 평가했다.

지그문트에게 지도받는 것은 아주 색다른 경험이었습니다. … 내가 박사 과정을 밟을 때 박사 과정이란, 박사 학위 논문을 작성하는 일이 대부분이었습니다. 지그문트 때문에 그 의미가 완전히 달라졌지요. … 처음 만났을 때 묻더군요. "도서관 출입증은 받았나?" "거기서 종종 연구하나?" 바우만이 흔히 던지는 사소한 질문이었습니다. 그러다 복도에서 마주쳤을 때 불쑥 말하더군요. "스스로 성과를 자랑하지 않으면 자네 성과를 알아줄 사람이 아무도 없을 걸세." 그러고는 그냥 가버리더군요. … 그리고 마지막으로, 박사 과정 학생한테 할 수 있는 최악의 조언을 하셨지요. "누구하고 든 인맥을 만들려고 하지 말게. 자네가 뛰어나면 남들이 알아서 자네하고 인맥을 만들려고 할 테니까!" 대학교수가 되고 싶은 사람에게는 재앙을 부르는 조언이었습니다.

이 마지막 문장은 나와 나눈 2013년 인터뷰에서 바우만이 대학 세계 (베커가 의미한 사회적 세계[33]로서)의 내부 모순이라고 정의한 내용을 떠올리게 한다. 바우만의 조언은 테스터의 행동을 뭉뚱그린 충고였다. 인맥을 쌓는 대신 실제 연구에 집중해 도서관에서 맹렬히 연구하는 박사 과정 학생을 위한 조언. 바우만은 격식에 거의 얽매이지 않고 에둘러 학생들을 지도했다.

그러니 지그문트에게 지도받을 때는 … 아주 드문드문 지그문트를 만났습니다. 게다가 대화가 늘 이런 식이었어요. "요즘 어떤 영화를 봤나? 요사이 읽은 책은 뭔가? 조지프 콘래드Joseph Conrad는 읽어 봤나? 안 읽었다고??? 꼭 읽어야지! 당장 가서 콘래드를 읽게!" 지그문트는 내가 무슨 연구를 하는지 거의 묻지 않았습니다. 사회학과 관련한 요구라고는 지멜의 소논문 몇 개와 노르베르트 엘리아스Norbert Elias가 쓴 『문명화 과정』(한길사, 1996)을 읽으라고 한 것뿐이었어요. … 지그문트가 엘리아스에 열광했는지는 모르겠습니다. … 되돌아보면 나를 시험한 것 같아요. … 어디로 가고 있느냐고 묻는 시험이요. … 그 무렵 내가 진행하던 연구가 노니즘* 감수성과 관련이 있어서 그랬지 않았을까 싶어요. 엘리아스가 노니즘 연구에서 시도할 만한 길이었으니, 시험 삼아 물음을 던진 거겠지요. '자네,

---

* Nonism. 건강이나 행복에 해로운 활동이나 물질을 멀리하는 금욕주의.

어디로 가고 있나?'[34]

테스터가 제대로 짚었다. 제자의 잠재력을 평가하는 것은 경력 동조의 첫 단계에서 가장 중요한 일이다. 테스터는 학생을 쥐락펴락할 줄 아는 바우만의 지도 방식에도 깊은 인상을 받았다. 그런 모습을 대표하는 말이 반박은 용납하지 않겠다는 말투로 내뱉은 "꼭 읽어야지!"다. 이 말은 바우만의 지도 방식을 보여주는 정수다. 바우만의 조언은 연구 영역을 넘어 독서와 영화 같은 문화 전반에까지 미치면서도, 사회학 문헌에서는 엄청난 자유를 줬다. 달리 말해 조언을 거의 하지 않았다. 바우만은 사회학 분야 자체가 아니라 구체적이고 창의적이고 비판적인 사고방식 즉 찰스 라이트 밀스가 말한 '사회학적 상상력'을 형성하는 데 초점을 맞췄다. 이런 지도 방식은 그저 사회학에 뛰어난 전문 직업인을 양성하는 일보다 훨씬 더 어려운 도전이었다. 바우만은 도전을 사랑해 마지않았다.

지도교수와 제자는 독특하고(같은 교수라도 학생에 따라 다른 유대를 맺는다), 역동적인 관계다. 양쪽 모두 세심한 상호 작용 속에서 상대의 기대에 부응해야 한다. 바우만과 테스터는 그 과정을 무사히 통과했다. 바우만은 귀 기울일 줄 아는 사람을 좋아했다. "고전적 대화"를 기대하는 사람이라면 누구든 참을성 있게 기다려야 했고, 그렇지 않았다가는 바우만과 좋은 관계가 되지 못했다.[35] 테스터는 언제 말하고 언제 입을 다물어야 할지 아는 탁월한 청자였다. 테스터가 보기에, 여느 영국 교수와 사뭇 다른 바우만의 지도 방식은 바우만의 성격에서 비롯했다. 그런데 사실, 이런 스승-제자 관계는 폴란드에서 비롯했다. 바우만 자신이 박사 과정 교육을 받을 때 이런 관계를 경험했다. (8장을 참고하라.) 이 방식에서 스승은 엄청난 권위를 누렸고, 학생은 스스로 박사 학위 주제를 선택하는 중요한 자유를 누렸다.[36] 지도교수의 장악력은 학생의 안녕을 책임지는 것으로 표현되었고, 때로는 전문 영역을 넘어서기도 했다.[37] 학생에게는 대학 바깥의 삶이 있었고, 그 생활 여건에 따라 전공 연구의 진척 상황이 좌우되었다. 다른 동유럽 국가와 마찬가지로 전후 폴란드에서는 생활 여건과 열악한 영양 상태가 문제였다. (학생들이 학업 장려금을 받았지만, 식료품을 구하기 어려울 때가 숱했다.) 몇몇 지도교수는 그런 기본 욕구에 신경 써, 어려운 시기를 보내는 학생들을 도우려 했다. 8장에서 다뤘듯이, 바로 이런 사람 중 한 명이던 호흐펠트가 조교 얀 스트셸레츠키에게 사비로 장학금을 줬다. 영국은 달랐다. 사생활 존중이 지도교수와 제자의 관계를 거의 좌우해, 관계가 엄격하게 연구에만 머물 뿐 유대는 소원했다. 그러므로 테스터의 아버지에게 큰 문제가 생겼을 때 바우만이 관심을 쏟자, 테스터는 깜짝 놀랐다.

1985년 9월 말에 박사 과정에 들어갔을 때 우리는 꽤 서먹서먹한 사이였습니다. … 나는 그렇게 느꼈어요. 1986년 말에 아버지가 뇌졸중으로 쓰러지는 일이 있었습니다. 돌아가시지는 않았지만, 2주 간 집중 치료실에 계셔서 돌아가시는 줄 알았어요. 그래도 그 뒤로 상태가 나아지셨고요. 그리고 리즈로 돌아갔을 때 지그문트가 내게 찾아와서 곧장 묻더군요. "아버지는 어떠신가? 자네 괜찮나?"

테스터는 이 관심에 감동했다. 바우만이 자기 아버지의 건강 상태까지 알았다는 것도 인상 깊었다. 이 사건으로 테스터는 바우만이 자신에게 마음 쓰는 것을 알았고, 그 뒤로 두 사람의 관계가 바뀌었다. 큰 전환점은 테스터가 박사 학위를 땄을 때였다. "첫마디가 '축하하네.'가 아니라, '이제 진짜 연구를 시작하는 거야.'였어요."

이때부터 경력 동조의 다음 단계인 융합이 일어났다. 스승과 제자가 서로 믿고 이해하면 최고 수준인 '융합' 단계에서 연구할 수 있다. 융합은 호흡이 척척 맞을 때 즉 더 설명하지 않아도 그냥 이해받을 때 느끼는 만족과 열정에서 활기를 얻어 서로 돕는 협력을 나타낸다. 바우만과 테스터는 날마다 보는 사이도 아니고 몇 달 동안 못 만나기도 했는데, 이런 관계를 맺었다. 테스터의 지적 호기심 이를테면 동물, 도덕적 공황, 연민은 바우만의 연구와 그다지 관련이 없었다. 테스터는 자기 연구의 일부로 바우만의 학문을 다룬 독립된 지식인이었다.

> 내가 박사 학위를 받은 뒤로 우리 관계가 바뀌었습니다. … "우리 집으로 오게! 자네에게 소개해 주고 싶은 사람이 있어." 그리고 그런 일이 꽤 잦아졌지요. "저녁 먹으러 오게나." 별다른 이유 없이요. … 그런 일이 1년에 네댓 번씩 있었습니다. … 우리는 교수와 학생 사이가 끝난 뒤로 더 가까워졌습니다. 그럴 만도 했지요. 그 시절에 우리는 정말 자주 연락했습니다. 지그문트와 나눈 대화가 내게 정말 큰 힘이 되었고요.

"1999년에 바우만이 아이디어를 내" 함께 책을 쓰기로 했을 때는 "채 2년이 안 되어" 책을 끝냈다. 두 사람은 빠르게 능률적으로 작업할 만큼 서로 잘 알았다.

직업 생활과 개인 생활이 얽히는 것도 융합 단계의 특징이다. 바우만과 테스터는 나이도 차이 나고 교수와 학생이던 사이였는데도, 친구이자 가까운 공동 연구자가 되었다. 주로 한쪽에서 지식을 전달하던 사이가 서로 지식을 주고받는 사이로 바뀌었다. 바우만에게 테스터는 흠잡을 데 없는 청자이자, 대중이 바우만의 연구와 관련해 궁금해할 만한 물음을 던지는 사람이었다. 테스터에게는 생각을 있는 그대로 드러낼 수 있었다. 이와 달리 바우만에게 인터뷰를 청했던 많은 언론인은 시간과 여유가 없었고, 특정 용어와 사회학 지식, 인문학으로 기른 상상력이 부족했다. 테스터에게는 그런 요소가 풍부했다. 테스터와 이야기를 나눌 때 바우만은 즐거움과 편안함, 영감을 얻었다. 테스터는 바우만의 제자였고, 정신적 아들이었다.

시간이 흘러 이 관계는 상징적 협력 단계로 나아갔다. 테스터가 혼자서 바우만의 연구와 관련한 글을 쓰기로 했을 때였다.

그때 지그문트의 연구를 다룬 책을 쓰기 시작했습니다. 내게는 그 책이 중요한 일이 되었어요. 그 무렵에 우리는 아주 친밀했습니다. 그런데도 지그문트는 나와 그 책을 한 번도, 단 한 번도 논의하지 않았어요. [『지그문트 바우만의 사회 사상Social Thought of Zygmunt Bauman』은 2004년에 출간되었다.] 바우만이 유일하게 던진 물음은 책이 어떤 내용을 다루느냐 뿐이었습니다. … 어떻게 알았는지는 모르겠지만, 어쨌든 나는 지그문트가 내 책을 좋아한다는 것을 알았습니다. 지그문트는 그 책에 꽤 만족했어요.

이 단계에서 두 사람의 관계가 바뀌었다. 테스터는 전통적인 학계의 궤도를 벗어났다. 바우만이 전달하고 테스터가 받아들인 가치관(테스터의 성격과 가정교육에도 일치했다)으로는 먼저 교육 업무와 행정 업무를 마친 뒤에야 글쓰기와 지식 활동을 추구할 수 있는 환경에서 성공하기 어려웠다. 테스터가 스승 바우만에 대해 내린 결론은 지그문트가 일부 제자에게 관습에 얽매이지 않는 기준을 전달했다는 것을 확실히 뒷받침한다. "지그문트가 강조한 것은 박사 학위 논문이 그 자체로는 중요하지 않은 수단일 뿐이라는 관점과 인격 형성이었습니다. … 지그문트는 사실 박사 학위 논문에 관심이 없었고, … 그래서 좋았습니다. 지그문트의 관심은 소명 의식을 배양하는 것이었어요. 경력은 중요하지 않았죠."

순응주의자가 아닌 바우만은 중요하게 여긴 지식 활동과 보편적 학문을 구축하는 데 집중했다. 빠르고 집중력 있고 열정적이라, 자신의 시험에 부응하지 못한 사람을 딱딱하게 거절했다. 테스터는 이렇게 설명했다.

'죽이 되든 밥이 되든 알아서 하라'는 방식이지요. … 어떤 사람이 지식인으로서 발전하지 못하면 지그문트는 그 사람에게 흥미를 잃을 겁니다. 내 생각에는 그래요. … 내가 박사 학위를 딴 뒤로 사이가 한층 깊이 발전했으니, 내게는 박사 학위가 입증이었던 거지요. "그래, 이제 나는 지식인이야." 지그문트도 그렇게 봤고요. "그래, 자네는 이제 지식인이야. … 그러니 연구를 시작하게. … 이제 흥미로운 이야기를 해봄세."

두 사람은 좋아하는 영화와 감독을 주제로 많은 이야기를 나눴다. 깊은 열정과 높은 식견이 진지한 여가serious leisure[38]와 사회학 연구를 하나로 섞으면, 두 사람이 다정하게 나눈 '꼭 봐야 할 영화' 이야기가 문화 분석과 비평으로 바뀌었다. 테스터가 건강 문제로 어려움을 겪을 때, 바우만이 스웨덴 영화감독 잉마르 베리만Ingmar Bergman의 작품 모음집을 보냈다. '이 영화를 꼭 보게'라는 뜻도 있었지만, 더 깊은 뜻이 있었다. 큰딸 안나에 따르면 바우만은 두 갈래로 감정을 드러냈다. 사람들에게 밥을 먹이거나, 선물을 보내거나. 영화 상자는 바우만이 보내는 신호였다. '자네가 걱정되네.' 스페인 영화감독 루이스 부뉴엘Luis Buñuel의 작품 꾸러미도 보냈다. 테스터는 프랑스 영화감독 에리크 로메르Éric Rohmer를 주제로 책을 썼고, 바우만은 오스트리아 영화감독 미하엘 하네케Michael Haneke를 열렬히 좋아했다. 두 사람은 영화, 책, 정치, 가족을 주제로 옛것과 새것을 토론했다. 바우만은 자신이 신뢰하는 다른 손님들과 더불어 테스터의 아내 린다와 딸 매디도 자주 초대했다.

바우만은 테스터를 자신의 전기 작가로 지목했다. 두 사람은 거의 마지막까지 이야기를 나누고, 바우만의 삶과 관련한 질문과 대답을 편지로 주고받았다. 테스터는 아주 훌륭한 물음을 던졌고, 예민한 사안을 다루는 법까지 알았다. 서로 깊이 이해하며 일할 수 있게 하는 친밀함 덕분에, 두 사람은 따로 말하지 않아도 어떤 주제를 다루고 어떤 주제를 생략할지 알았다.

그런데 바우만에게 밝히지는 않았지만, 테스터는 바우만의 전기를 쓰지 않기로 했다. 집필을 포기한 이유는, 내게 밝히기로는 폴란드어에 능숙하지 못해서였다. 폴란드 역사가 복잡하기 짝이 없는 데다, 배워서 이해하기에는 여러 분야에 걸친 부분이 너무 많았다. 문화에서 비롯한 의미가 너무 많아 이해하기 어려웠고, 전체 그림이 명확히 잡히지 않았다. 테스터에게 지그문트 바우만은 친구이자, 스승이자, 정신적 아버지였다. 이렇게 남다르게 친밀했는데도, 인터뷰 막바지에 테스터는 이렇게 털어놓았다. "내가 지그문트를 알았다고 생각하지 않습니다. 내가 '알 수 있는 지그문트'가 있었다고 생각하지 않아요."

테스터는 바우만을 안다고 주장하는 사람 대다수보다 바우만을 분명히 더 잘 알았다. 그런데도 바우만에게서 알 수 없는 비밀과 헤아릴 수 없는 신비를 마주했다. 그리고 전기를 쓰지 않기로 마음먹음으로써, 바우만의 이런 면을 존중했다.

지그문트 바우만은 2017년 1월에 세상을 떠났다. 그리고 2년 뒤, 테스터도 뜻하지 않게 세상을 떠났다.

14

지식인의 일

알다시피 지식을 창출하는 데는 오점 하나 없는 개념이 중요하지 않다. 저 잣거리의 소문은 낭만적 천재라는 생각에 사족을 못 쓰지만.

– 피터 베일하츠(2020, 208)

글쓰기 기술[1]

기술 배우기

바우만은 열한 살이던 1936년부터 글을 쓰기 시작했다. 80년 뒤 테스터에게 보낸 편지에 이때를 이렇게 적었다.

남들과 나누고 싶은 것들이 있었다네. 단어는 그저 머슴이었을 뿐이야. 내 앞에 놓여있을 때만 눈에 띌 뿐, 종이에 적고 나면 신경 쓰지 않을 머슴. 열한 살 때 일간지《나시 프셰글롱트》의 청소년 증보판에 처음 보낸 편지가 지면에 실렸지. 편지를 보낸 이유는 딱 하나, 수천 년 동안 아무도 해독한 사람이 없는 이집트 상형문자의 신비를 깨고자 인류가 백 년 넘게 애쓴 끝에 드디어 프랑스 동양학자 장-프랑수아 샹폴리옹Jean-François Champollion이 성공했다는 이야기를 읽자마자 느낀 엄청난 감동과 흥분을 세상과 나누고 싶었기 때문이었다네.

그 뒤로 전쟁 기간에 군에서 정치 장교로 지내는 동안, 바우만은 더 바람직하고 평등한 미래를 이루겠다는 약속과 혁명 사상을 장병들에게 알리는 연설과 '강의'를 맡았다. 전쟁이 끝난 뒤 국내보안대에서 장교 훈련을 이끌었을 때도 정치 선전물과 담론을 쓰는 비슷한 임무를 맡았다. 장교들에게 정치 '의식'을 형성하는 것이 바우만의 임무였다. 8장에서 봤듯이, 군 경력과 바르샤바대학교 입학이 교차하는 시기에는 율리안 주로비치라는 이름으로 소설 두 편을 발표했다. 바우만이 사회학을 배우기 전에 발표한 글들은 열한 살 때 쓴 신문 기고문과 더불어 이런 글들이 전부일 것이다.

2013년에 처음 만났을 때,[2] 바우만은 내게 자신의 연구를 간단히 두 가지로 소개했다. (1) "나는 당신이 연구하는 사람들과 다릅니다. 그들은 팀으로 일하지요. 나는 늙은 늑대라 혼자 일합니다."[3] (2) "나는 그저 재활용을 할 뿐입니다. 그러니까 다른 사람의 생각을 2차 가공한다는 겁니다."

두 발언 모두 '자기표현'이자 두 가지 메시지를 담는다. 첫 발언은 암호였다. '나는 당신이 흥미를 느낄 만한 사례가 아니다.' 내 연구 주제가 협력이었으므로, 만약 그렇다면 바우만을 내 '표본'에서 제외해야 한다는 뜻이었다. 따라서 첫 발언의 메시지는 내가 바우만의 집 앞에서 발길을 돌려야 한다는 것이었다.

그런데도 나는 그 집에 발을 들였다. 미리 바우만의 경력을 분석했더니, 바우만이 혼자 일하지만은 않는다는 중대한 증거가 있었기 때문이다. 나중에 보니 바우만은 알게 모르게 여러 공동 연구에 참여했다.

두 번째 발언은 바우만이 방문자에게 거리를 줄여 공감을 형성하는 멋진 방법이었다. 바우만은 아마 자신을 '그저' 남의 생각을 재활용할 뿐인 사람으로, 그리고 나를 '진짜' 연구 즉 직접 연구[4]에 나선 현장 연구자 겸 문화기술지학자로 설정했을 것이다. 바우만의 지적 매력, 대화를 이끄는 언변 덕분에 분위기가 느긋하고 유쾌해져 곧장 친근하게 토론할 바탕이 마련되었다. 바우만은 누가 뭐래도 매력 있는 주인장이었다. 그런데 바우만이 한 번도 직접 연구를 수행하지 않았다는 것은 사실이 아니다. 이를테면 폴란드에서 청년 당원들에게 설문조사를 진행했을뿐더러 뛰어난 관찰자였다. 1980년대에 사진에 푹 빠졌던 시절에 찍은 사진과 글에서도 바우만의 관찰 실력을 확인할 수 있다. 바우만과 함께 거리를 걸어본 사람은 바우만의 지각 능력이 얼마나 뛰어난지 잘 알았다. 딸 이레나도 같은 말을 했다. "리즈에서 아버지와 함께 걷는 건 멋진 경험이었어요. 사물을 다른 방식으로 보셨거든요. 무엇보다 먼저 가난을 보셨어요." 바우만한테는 주변 환경을 관찰해 행인들이 웬만해서는 보지 못할 무엇을 잡아낼 줄 아는 재능이 있었다. 실험 연구자들이 바라는 능력이 바로 이것이다. 1935년에 루드비크 플레크Ludwik Fleck[5]가 획기적이고 혁명적인 연구 『과학적 사실의 기원과 발전 Genesis and Development of a Scientific Fact』을 발표한 뒤로, 사회학자들은 학문에서 '재능'의 핵심이 바로 이렇게 남들이 보지 못하는 것을 알아챌 줄 아는 능력, 그리고 어떤 현상이 존재한다는 것뿐 아니라 왜 중요한지를 효율적으로 설명할 줄 아는 능력이라고 인정했다.

바우만이 글에서 다룬 것이 바로 이런 이야기였다. 바우만이 "세상과

나누고 싶은 이야기"였다. 테스터에게 보낸 편지에서, 바우만은 조지 오
웰George Orwell의 글쓰기 방식을 언급했다.

오웰은 자신이 글을 쓰는 주요 동기 네 가지 중 하나로 "낱말, 그리고 낱말
의 알맞은 배열에서 아름다움을 인식하는 것"을 이야기하네. 나도 그런
이유로 글을 쓴다고 하면 거짓말일 걸세. 사실 나는 이미 폴란드에서 학술
출판물을 여러 편 펴냈다네. 분에 넘치는 행운을 얻은 덕분에, 당시 내 책
을 펴낸 폴란드학술출판사가 마리아 오피에르스카를 내 편집자로 지정했
지. 오피에르스카는 내가 "단어의 아름다움"과 "알맞은 배치"에 말 그대로
눈을 뜨게 해줬네. 하지만 내 눈을 틔우기가 오피에르스카에게 쉬운 일은
아니었지. 처음에는 화를 내다가 다음에는 열정을 보이더군. 하지만 아이
고, 내가 어찌나 둔하기 짝이 없는 제자였던지. 표현하고 싶은 생각은 가
득하나 적절히 표현할 지식이 부족하고 특히 감각이 현저히 떨어지는 내
머릿속에 단어의 강렬한 매력과 멋진 힘을 존중하고 조금이나마 알아보
는 능력을 집어넣고자 헤라클레스와 시시포스의 위대함을 동시에 발휘해
나를 가르치고 또 가르친 오피에르스카의 노력을 떠올리면, 깊은 뉘우침
과 크나큰 고마움이 뒤섞인 마음이 든다네. 내가 아는 글쓰기의 숭고함,
그러니까 글쟁이가 생각의 정확함에 더해 단어의 아름다움까지 짊어져야
하는 의무의 숭고함은 모두 오피에르스카에게 빚진 것이라네. 오피에르
스카가 내게 제시한 하늘 높은 기준에 미치지 못한 채 나를 거기까지 끌
어올리려 애쓰던 그녀의 노력을 끝내 무위에 그치게 한 일이 지금도 부끄
럽네. 단언컨대 나는 오웰과 달리 프랑스 사람들이 말하는 '문필가'도 독
일 사람들이 말하는 '시인'도 아니라네. 내 재주는 '순수 문학'이, '그 자체
가 목적'인 문학이 아니네. 그런 기술을 익혔을 때 행복하지 않으리라고는
말하지 못하겠네만 말일세.

흥미로운 점은 바우만이 오피에르스카를 만난 지 반세기가 지난 뒤에야 이 이야기를 꺼냈다는 것이다. 자신의 글쓰기 훈련에 편집자가 미친 역할을 인정하는 저자가 얼마나 많을까? 바우만의 문체는 특이했다. 21세기 들어 바우만이 글을 실은 계간지 《정치 비평Krytyka Polityczna》에서, 편집자들은 '바우만식 글쓰기'라는 표현을 썼다. 바우만식 글쓰기란 정교한 은유와 긴 중첩문이 많은, 복잡하고 정교한 글을 가리켰다. 절대로 버스에서 읽을 만한 글은 아니다. 집중해서 꼼꼼히 읽고 또 읽어야 하는 글이다.

연구 용어

바우만은 러시아어(중·고등학교 때 주요 언어였다), 히브리어, 프랑스어(야니나에게 어느 정도 도움을 받아야 했다)로 글을 쓸 줄 알았다. 하지만 사회학과 관련한 발상은 두 언어, 폴란드어와 영어로 표현했다. 한 언어를 다른 언어로 바꾸는 일은 문법과 어휘를 터득하는 문제에 그치지 않는다. 2013년에 나눈 인터뷰에서 바우만은 영국에 건너간 초창기의 글쓰기를 내게 이렇게 설명했다.

영어를 알기는 했지만, '학회 영어'였을 뿐입니다. [폴란드에서] 해외 학회에 나가 영어로 말하고 논문을 발표하면, 사람들이 내 영어에 환호했어요. '원숭이처럼 보이는데 거의 사람처럼 고민한다.'라는 듯이요. 하지만 [리즈에 온 뒤로] 나는 이곳 교수였습니다. 게다가 학생들이 … 내가 외국인이냐 아니냐를 신경 쓰지 않았어요. 학생들에게 나는 그저 교수였습니다. 매력이 될 수도 있던 요소가 끔찍한 실패이자 엄청난 불이익으로 드러났지요. 그래서 오랫동안 영어로 글을 쓸 엄두를 내지 못했습니다.

모국어로 터득한 복잡하고 새로운 생각을 모국어만큼이나 똑같이 정확하고 정밀하고 세밀한 외국어로 표현하는 기술에 도달하기란 많은 사람에게 어려운 일이다.

둘은 서로 다른 일입니다. 나는 이해할 줄 아는 언어가 필요보다 많은 편입니다. 중요한 언어 몇 가지를 그럭저럭 읽고 사용할 줄 아니까요. [바우만은 폴란드어, 러시아어, 영어, 히브리어, 프랑스어, 독일어, 체코어를 읽을 줄 알았고, 짧은 문장일 때는 이탈리아어와 스페인어도 읽을 줄 알았다.] 하지만 생각을 표현하는 능력에서 보면, 나는 여러 언어를 구사하는 사람이 아닙니다. 그건 의심할 여지가 없어요. 언어를 제대로 알지 못하면, 제대로 생각하기가 어렵습니다. 그러니 머릿속에 떠오르는 생각이 있어도, 말로 표현할 줄 아는 것만 말하지요. 생각하기와 말하기는 아주 달라요. 나는 그런 상황이 싫습니다. … 그런 상황에 빠지면 우리는 지름길을, 쉬운 길을 찾으니까요. 완전히 터득하지 못한 언어로는 진짜로 창의적일 수 없습니다. 절대로요. 그건 문제가 되지요.

언어를 바꾸는 데 크게 성공한 작가가 없지는 않다. 그런 사람들에게는 불리한 조건으로 보였던 것이 독특한 특징이 되고 자산이 되기까지 한다. 바우만이 좋아한 두 작가가 바로 이런 예였다. 유명한 영어 소설가 조지프 콘래드는 모국어가 폴란드어였고,[6] 체코 출신인 밀란 쿤데라Milan Kundera는 프랑스어로 글을 썼다. 바우만에게는 두 사람을 포함한 여러 저자가 용기를 불어넣는 사례였다. 10년 동안 매우 열심히 영어에 공을 들인 끝에, 마침내 바우만은 영어로 마음에 차는 글을 쓸 수 있었다.

바우만은 자신이 영어로 편하게 글을 쓰기까지 그토록 시간이 오래 걸린 까닭을 언어 몰입의 사회학적 측면이 설명한다고 말했다. "10년 중에는 행정 업무에 들어간 시간도 있고 이 환경에 적응하는 전체 과정에 들어간 시간도 있었습니다. … 나는 결백이 증명되기도 전에 기소되었어요. [사람들이 바우만의 부족한 영어와 바우만이 일부러 만들어낸 표현(바우만은 신조어를 무척 좋아했다)을 모두 영어가 부족해 생긴 실수로 평가했다는 뜻이다.] 영국의 사법 제도가 작동하는 방식과 반대였지요. 그러다가 [10년 뒤인 1980년 무렵] … 나도 풍경의 일부, 그 속의 한 요소가 되었습니다. 길가에 자라는 잡초 한 포기가요."

"길가에 자라는 잡초 한 포기"는 이 무렵부터 은퇴하기까지 몇 년 동안 한결 마음 편하게 지낸 듯하다. "동료들이 서로 지지하고 좋아했다는 점에 무척 고마움을 느낍니다. 우리는 서로 이해했어요. 그리고 10년이 더 흐른 뒤 해방이 찾아왔습니다. 은퇴한 다음, 진짜 인생을 시작했지요."

바우만은 1990년에 은퇴하자마자 믿기지 않는 속도로 영어 저술을 발표했다. 그래서 자신의 "진짜 인생"이 1990년에 리즈대학교에서 은퇴해 글쓰기에만 전념할 수 있을 때 시작했다고 말하곤 했다. 바우만이 저서 대다수를 출간한 시기가 바로 이때다. 이 무렵에는 영어 실력이 탁월한 수준에 올랐다. 그렇지만 모국어로 글을 쓰는 사람을 포함한 작가 대다수와 마찬가지로, 바우만의 글도 솜씨 좋은 편집자의 손길을 거쳐야 했다. 대중을 겨냥한 글은 특히 더 그랬다. 21세기 들어 바우만의 저서를 주로 펴낸 폴리티Polity 출판사에서 매우 뛰어난 교열 담당자 여럿이 바우만의 원고를 멋진 영어로 다듬었다. 이 출판사의 편집장인 사회학자 존 톰슨John Thompson은 그중 한 교열 담당자를 가리켜 이렇게 말했다. "그 담당자는 문체 감각이 정말 탁월해 지그문트의 원고를 매끄럽기 그지없는 글로 바꿨습니다. 지그문트는 영어로 글을 아주 잘 써요. 하지만 분명히 모국어가 아니라 … 문체가 조금 어색해서 매끄럽게 다듬어야 했습니다. 지그문트는 우리 작업에 한결같이 깊이 고마워했어요. 우리가 한 모든 일에 확실하게 고마워했으니, 멋진 작가였지요."[7]

그렇다고 바우만이 모든 수정을 반기지는 않았다.

지그문트는 본문을 뜯어고치는 건 좋아하지 않았습니다. 만약 "이 주장을 더 밀고 나가는 게 어떨까요? 이 부분을 빼도 될까요?"라고 물으면 좋아하지 않았어요. '싫으면 말든가'하는 식이었죠. 그게 지그문트였어요. 자신이 하고 싶은 대로 했죠. … 하지만 문체와 매끄러운 영어 표현에는 언제나 무조건 고마워했고, 어떤 부분에도 반대하지 않았습니다. 이를테면 지그문트한테 요청해 책 뒤표지에 들어갈 소개문 초안을 받은 다음, 그 초안을 내가 완전히 다시 뜯어고쳐 다른 뜻으로 바꿨어요. … 그런데도 지그문트는 "정말 고마워요. 고친 내용이 멋지군요."라고 말하곤 했습니다. … 이런 수정에는 반대하지 않았어요. … 생각의 전개에 집중하고 싶었던 거지요.

이런 태도 덕분에 바우만은 편집자들이 함께 일하기 좋아하는 '편한' 저자가 되었다. 바우만은 편집자들에게 의지했다. 『현대성과 홀로코스트』에는 이렇게 적었다. "정성과 끈기를 다해 편집을 맡아준 데이비드 로버츠에게 고마움을 전한다." (Bauman, 1989) 바우만은 자신이 영어와 영어권 문화에 완전히 속한다기보다, 새로운 동료 시민이 모르는 또 다른 우주에 속한다는 현실을 알았다. 이방인 같은 처지였으므로, 편집자를 신뢰해야 했다. 바우만의 원고를 되도록 멋진 책으로 만드는 것은 편집자들이 맡을 일이었고, 바우만의 일은 글을 쓰는 것이었다.

작업 공간

1974년에 리디아와 이레나가 대학교에 들어가 집을 떠났을 때, 바우만은 가장 작은 방을 썼던 집무실을 조금 더 큰 방으로 옮겼다. 그래도 야니나처럼 작업 공간을 제대로 관리하지는 못했다. 야니나는 '모든 것이 제자리'에 있는 방에서 크고 아름다운 책상에 앉아 글을 썼다. 지그문트의 집무실에는 작은 책상이 있었다. 그런데 앞뒤를 바꿔 쓴 탓에 흔히 뒤쪽에 있는 가로대가 앞으로 와, 책상 밑으로 다리를 집어넣기가 어려웠다. 키가 큰 바우만이 그 책상에 앉으려면, 긴 다리를 억지로 가로대 아래로 밀어 넣어야 했다. 상상도 못하게 인체 공학에 어긋난 자세였다. 그뿐 아니라 내가 갔을 때는 책상이 망가져 있었다. 바우만이 잠깐 손을 봤지만, 책상은 그 뒤로도 오랫동안 기우뚱거렸다. 의자는 아주 단순해, 나무로 만든 다리에 플라스틱을 얹은 것이었다. 그전에는 양가죽을 덧댄 스툴을 썼다고 했다. 바우만은 자기 일에서 가장 중요한 것이 독일어에서 유래한 두툼한 궁둥이Sitzfleisch, 달리 말해 질긴 끈기라는 농담을 입에 달고 살았다. 하지만 두툼한 궁둥이라는 말이 다른 의미도 담고 있을지 모른다. 바우만은 동료 사회학자, 고위층, 정부 당국에 자주 벌 받고 비난받았다. 폴란드에서는 아이들을 벌 줄 때 흔히 손바닥으로 궁둥이를 때렸다. 그러므로 틀림없이 공격받을 내용을 글로 쓸 때는 두꺼운 궁둥짝이, 비난에 쉽게 흔들리지 않는 마음이 중요했다.

바우만은 누가 봐도 궁둥이가 두툼했다. 하지만 허리가 쑤셨다. 인터뷰에서 이레나가 말했다. "아빠는 언제나 불편한 자세로 앉아 계셨어요. 고통이 있어야 글을 쓸 수 있다는 듯이요. 언제나 인생에서 모자라지 않을 만큼만 얻으려 하셨죠." 리디아도 "허리에 좋은 자세는 아니었어요. 하지만 아빠한테는 조금도 편하지 않은 자세가 의무 같았어요."라고 덧붙였다. 리디아의 기억에 지그문트의 책상은 담배, 담뱃재, 원고, 수정본, 학술지, 책이 그야말로 정신없이 뒤섞인 곳이었다. "아빠는 완전히 엉망진창 속에서 글을 썼어요. 처음에는 여기저기 담뱃가루가 떨어진 타자기로, 그다음에는 컴퓨터로 썼는데, 컴퓨터 주변도 엉망진창이기는 마찬가지였죠."

바우만의 첫 컴퓨터는 영국의 전자회사 암스트래드Amstrad 제품이었다. 바우만이 이 컴퓨터에 어찌나 깊은 애착을 느꼈던지, 나중에 더 값싸면서도 성능이 뛰어나고 화면도 큰 델 PC로 교체해야 했을 때 깊은 죄책감에 시달렸다고 한다. 바우만은 전자 제품에 열광하는 사람이 아니었다. 궁금한 점이나 문제가 있을 때는 친구이자 전자기술에 능통한 교수 앤터니 브라이언트Antony Bryant를 만났다. 바우만이 기계에 무관심한 것은 한눈에 봐도 뻔했다. 키보드 구석구석에 담뱃가루가 박혀 있었다. 바우만에게 담뱃가루와 파이프는 리즈에서 연구 작업을 함께한 충실한 동반자였다. 파이프 담배는 그전에 바우만이 많이 피웠던 궐련을 대체했다. 바우만은 글을 쓸 때 줄담배를 피웠다. 담배를 빨아들이지 않을 때라고는 말을 하느라 잠깐 멈출 때뿐이었다. 바우만이 세상을 떠난 뒤 이레나가 찾아보니 담배 파이프가 열세 개, 라이터가 스무 개 이상, 담배회사 클랜Clan의 파이프용 담배 가루 '아로마틱'이 여러 통 나왔다. 집무실뿐 아니라 집안 전체에 클랜 아로마틱의 냄새가 배어 있었다.

책상 뒤에 있는 튼튼하고 큰 책장에는 바우만이 집필하는 책에 활용한 관련 책자 수백 권이 꽂혀 있었다. 집무실에 놓인 둥근 커피 테이블에도 수많은 책이 무질서하게(또는 그 공간의 주인만 아는 질서에 맞춰) 놓여 있었고, 신문(폴란드의《가제타 비보르차》, 프랑스의《르 몽드》, 미국의《뉴욕타임스》, 영국의《가디언》)과 몇몇 원고, 편지까지 있었다. 기능에 충실한 소박한 안락의자 두 개는 책을 읽거나 공동 연구자를 만날 때 쓰는 용도였다. 방에는 서쪽으로 두 개, 동쪽으로 하나씩 창이 나 있었다. 동쪽 창은 이른 아침에 일할 때 동이 텄다고 알리는 역할을 했다.

일과

바우만은 늘 바깥이 어둑어둑한 네 시에서 네 시 반에 하루를 시작해, 이른 아침부터 글을 썼다. 은퇴하기 전에는 출근하기 전에 이미 두 시간 정도 글을 쓸 때가 많았고, 은퇴한 뒤에는 오전 나절 동안 쭉 글을 썼다. 그리스 사람들은 새벽과 저물녘에 가장 밝게 빛나는 금성이 같은 별인 줄 모르고, 따로 샛별과 저녁별이라 불렀다. 2013년 인터뷰에서 바우만이 짐짓 진지하게 내게 말했다. "내 생각에는 이래요. 어찌 보면 사람은 이두 별로 나뉩니다. 누가 봐도 올라는 저녁별이라 한밤에 가장 멋진 글을 쓰지요. 나는 샛별이라, 오전 중에 쓰지 못하면 그날은 끝입니다." 폴란드어로 알렉산드라의 애칭인 '올라'는 바우만의 생애 마지막 몇 년을 함께한 동반자이자 사회학자 알렉산드라 야신스카-카니아를 가리켰다. 알렉산드라는 자신의 '샛별'이 꾸리는 완벽한 하루를 이렇게 설명했다.

지그문트는 대개 새벽 네 시쯤 일어나 일간지를 빠르게 훑어본 뒤 여덟 시까지 글을 쓰다가, 아침을 먹으라고 나를 깨웠다. 아침 식사 때는 내가 식사를 마칠 때까지 채 기다리지 못하고, "오늘 끝마칠 일이 많아."라며 2층에 있는 집무실로 올라가 계속 글쓰기에 몰두했다. 나는 야니나에게 물려받은 1층 집무실에 머물렀다. 메일함에는 흔히 지그문트가 그날 아침에 쓴 글이니 읽어 보라고 문서를 첨부해 보낸 이메일이 와 있었다. 그런 글을 읽노라면 아직 읽고 답해야 할 편지가 남았는데도 벌써 정오가 되는 날이 숱했다. 정오가 되면 지그문트가 점심을 준비해 오븐에 넣어 놓고서 차를 마시자고 불렀다. (지그문트는 요리를 사랑했다.) 지그문트는 차를 마시며 오전에 한 일을 이야기하는 이때를 하루 중 가장 좋아했다. 나는 아직 일을 시작도 못 했으므로, 주로 바우만이 쓴 글을 주제로 이야기를 나눴다. 나는 점심을 먹고 잠깐 낮잠을 잔 뒤에야 진지하게 일을 시작할 수 있었다. 드디어 무언가 쓸 거리가 생각났을 때는 지그문트가 잠깐 쉬면서 음악을 듣지 않겠냐거나, 저녁에 영화를 보자고 물었다. 우리는 낮에 활동하는 주기가 달랐다. 나는 지그문트를 종달새로, 지그문트는 나를 올빼미로 불렀다. … 지그문트는 샛별이었고, 나는 저녁별이었다. 지그문트와 보조를 맞추기가 쉽지는 않았다. 지그문트는 1년에 책을 네댓 권씩 썼지만, 나는 같은 기간에 논문 네댓 편밖에 쓰지 못했다. (Jasińska-Kania, 2018)

바우만이 이룬 많은 업적에 이바지한 요소 중 하나가 세상을 떠나기 전 마지막 몇 달만 빼고 평생 이어진 이 놀라운 활력이다. 마찬가지로 중요한 역할을 한 요소는 책을 쓰고자 단련한 자제력과 작업 과정이었다.

책 쓰기

바우만은 책을 쓸 때 한 가지 방법에만 매달리지 않았다. 많은 학자가 그렇듯, 바우만도 자신의 강의를 제목의 토대로 삼았다. '강의 먼저 – 그다음에 책' 전략은 여러 학문 분야에서 널리 사용된다. 바우만은 이 전략으로 폴란드에서 엄청난 성공을 거뒀고, 리즈에서도 이를 이어갔다. 2013년 인터뷰 때도 "그건 자연스러운 일입니다. 가르치기를 글쓰기와 분리할 수는 없어요."라고 말했다. "같은 뇌가 하는 일이니 둘은 서로 연결되어야 합니다. 실제로 나는 기본적으로 강의 먼저, 그다음에 책이었어요."

가르치기나 대화가 어떻게 책으로 바뀌는지는 상상이 된다. 하지만 뒤죽박죽인 어렴풋한 생각을 독창적인 책으로 탈바꿈시키는 개념화 과정은 이해하기가 더 어려워 보인다. 2013년에 만났을 때 바우만은 내게 이렇게 설명했다.

진행 중인 일과 아무 관련이 없지만 내가 생각하고 있던 다른 내용을 드러널 수단을 만들어낸 주제들이 있었습니다. 그 덕분에 멋진 경험을 여러 번 했어요. 이를테면 어떤 책이 그랬습니다. … 생각지도 않던 책이었지요. 그 책을 쓸 계획이 전혀 없었거든요. 해러깃에서 열린 요요마Yo-Yo Ma 콘서트에서 베토벤 첼로 소나타를 들을 때였습니다. 요요마는 대단한 명연주자이지만, 머릿속에 요요마가 연주하는 소나타와는 아무 상관이 없는 생각이 떠올랐어요. 그리고 콘서트장을 나올 때는 내가 한 번도 생각한 적이 없는 그 내용을 책으로 써야겠다는 계획이 뚜렷해졌지요. 물론 책의 소재는 이미 내 머릿속에 있었지만, 소재들이 서로 연결된 곳은 그 콘서트였습니다.

이와 비슷한 '유레카' 순간을 과학자들이 자주 이야기한다. 클래식 음악을 특히 공연장에서 들을 때 이런 순간을 경험한다고 여겨, 창의적인 사람이라면 누구나 이 방법을 추구한다.[8]

글쓰기가 바우만에게 언제나 기쁨만 넘치는 창작 과정이지는 않았다. 세계적 사상가로 꽤 많은 존경을 누렸지만, 연구와 관련한 의심으로 마음을 다쳤고 어려운 순간을 겪었다. 이런 고통은 가장 가까운 주변 사람들만 알았다. 가까운 친구이자 사회학자인 피터 베일하츠가 이를 뒷받침한다. "우리가 친해진 초기에는 지그문트가 우편으로 교정쇄를 보내곤 했다. 하지만 말년에 들어 더 많은 책을 쓸수록 자신의 저서를 하찮게 여긴 탓에 이런 식으로 내용을 공유하는 일이 줄었다."(Beilharz, 2020, 136)

나이가 들고 기력이 달려 이런 경향을 보이지 않았을까 생각할 수도 있겠지만, 바우만을 만나 본 사람들이라면 이런 설명에 그리 고개를 끄덕이지 않을 것이다. 바우만은 활력 자체인 사람이었으니, 그런 머뭇거림은 지적 창작 활동의 부산물이었을 확률이 높다. 이따금 자신의 글에 허무함과 망설임을 드러내며 쏟아낸 냉소적 대꾸와 신랄한 농담에 바우만의 자아비판이 뚜렷이 나타난다. "스페인 아수투리아스에서 사회학자 알랭 투렌Alain Touraine과 이야기할 때 말한 대로, 지그문트는 자신을 개척자나 선도자가 아니라 추종자로 봤다." (Beilharz, 2020, 199) 이런 회의는 2013년에 나와 나눈 첫 인터뷰에서 자신을 '남의 생각'을 재활용하는 사람으로 묘사했을 때도 뚜렷이 드러났다.

그런 회의와 불안은 바우만이 가까운 친구들에게 이제 글쓰기 경력이 끝났다고 말한 데서도 드러난다. 바우만은 해마다 평균 한 권씩 책을 펴내면서도, 새 책을 낼 때마다 이렇게 말했다. (Beilharz, 2020) 1995년 9월 13일에 친구이자 사회학자 앤서니 기든스Anthony Giddens에게 보낸 편지에도 그런 고백을 적었다. "충격을 받은 뒤로 여전히 마음이 쓰리지만 익숙해지려 하네. 공교롭게도 이제는 절대 책을 쓰지 못할 것 같은 생각이 드는군." 바우만은 조언을 구하고 친구를 믿을 줄 알았다. "지금쯤 자네도 틀림없이 알아챘겠지만, 자네한테 보낸 소론들은 내용이 중구난방으로 퍼져 있네. … 자네가 서로 연결되는 생각을 하나 찾아줄 수 있겠나? 나이 든 사람의 고약한 투덜거림은 빼고 말일세. 그 소론들을 정리할 '자연율'이 어디 없을까?"[9] 폴리티 출판사의 편집자 존 톰슨은 이렇게 회고했다. "책 한 권을 끝마치고 '다 마쳤네. 이제 좀 쉬어야겠어.'라고 말하는 지그문트의 모습은 카리스마가 넘쳤습니다." 톰슨은 이런 모습에 익숙했다. 바우만에게 "한동안 그냥 편하게 지내세요."라고 말하곤 했다. "당연하게도 지그문트는 그렇게 하지 않았습니다. … 다음 날 아침이면 새 글을 쓰기 시작했어요."[10]

바우만은 처음으로 저술 활동을 그만두겠다고 선언한 뒤로 책을 수십 권 더 펴냈다. 베일하츠는 이렇게 설명했다. "바우만은 나도 속였지만, 자신도 속였다. 내가 정기적으로 바우만을 방문했을 때 바우만은 해마다 최신 저서의 원고를 주며 '여기, 내 마지막 책일세.'라고 말하곤 했다. 그

낭 하는 소리가 아니었다. 1999년 3월 6일 편지에 바우만은『액체근대』를 끝마칠 만큼 오래 활동할 수 있을지 모르겠다고 적었다.”(Beilharz, 2020, 84) 알다시피 이 책은 바우만이 세계적 명성을 얻는 시작점이 된다.

『액체근대』는 다양한 분야에서 나타나는 ‘유동’ 현상을 다룬 긴 연작의 시작이었다.[11] 유동성은 탈근대 이론의 세계를 구축하는 밑바탕이었다. ‘유동’이라는 용어가 새로운 이론적 접근법을 부르는 열쇳말이 된 데서 알 수 있듯이, 유동성은 여러 사람의 관점을 바꿨다. 탈근대성을 유동성 관점에서 다룬 주요 저서를 쓴 사람은 바우만뿐이었지만, 바우만의 이론은 여러 사회과학 분야를 다루는 저자와 전문가들의 이목을 사로잡았고, 이들 중 지그문트와 야니나를 방문하는 사람도 더러 있었다. 손님을 반긴 두 사람의 집에는 끊임없이 새로운 사람들이 들러 저녁을 먹고 토론을 즐겼다. 대체로 격식을 차리지 않는 이런 모임의 토론이 가끔은 ‘대담집’으로 바뀌었다.[12]

대담집 공저

바우만식 환대와 유쾌함은 한 주제에 초점을 맞춘 대화를 정리해 책을 만들기에 완벽한 작업 조건이었다. 모임 참석자들은 다양한 주제를 논의하고 분석했다. 어떤 대화는 바우만의 접근 영역을 언론, 건축, 경영으로까지 한층 크게 넓혔고, 어떤 대화는 바우만이 소비, 불평등, 이주, 전쟁 같은 국제 현안으로 발을 넓히는 데 도움이 되었다. 이런 대화의 상대는 사회과학자뿐 아니라 언론인, 작가, 문학 전문가, 철학자, 예술가, 문화 비평가, 경영 전문가, 건축가까지 아울렀다.

바우만이 대담집이라는 ’장르’를 처음 시도한 상대는 폴란드 학자들이었다. 1980년대 후반부터 철학자 겸 문화 연구자 안나 제이들레르-야니셰프스카,[13] 철학자 로만 쿠비츠키, 사회학자 안제이 흐샤노프스키가 야니나와 지그문트를 포즈난으로 초청해 강의, 학회, 사진 전시, 저자 초청회를 포함한 여러 행사를 주관했다.* 바우만이 제이들레르-야니셰프스카, 쿠비츠키와 함께 1997년에 펴낸 『탈근대 세계의 인본주의자—삶의 기술, 과학, 예술의 생애, 그리고 여러 문제Humanista w ponowoczesnym świecie – rozmowy o sztuce życia, nauce, życiu sztuki i innych sprawach』는 바우만의 일대기 중 몇몇 부분을 담았으나 영어로는 번역되지 않았다. 2018년 11월 27일에 나와 나눈 인터뷰에서 쿠비츠키는 제이들레르-야니셰프스카가 대담 내용을 책으로 낼 생각을 품고 있었다고 밝혔다. 대담은 폴란드에서 시작했고, 모든 내용을 녹음했다. 그다음에는 제이들레르-야니셰프스카와 쿠비츠키가 리즈로 와 바우만의 집에서 한 주 동안 머물며 토론을 이어갔다.

그다음에는 녹취록을 만들었는데, 바우만이 글을 수정해 마무리하면서 여러 버전이 생겼습니다. 그래서 2010년에 2판을 확장판으로 만들어 출간했어요. 확장판은 녹음 내용이 아니라 이메일로만 주고받은 내용을 담은 탓에 결과가 그리 좋지 않았습니다. 기록 방식이 다르니 아무래도 전과 같지를 않았거든요. 처음에는 흥미로웠지만, 이메일이 문제였습니다. 지그문트는 새로운 내용을 덧붙이기를 좋아했습니다. 우리도 이따금 내용을 덧붙였고요. 마지막에는 지그문트가 긴 의견을 보냈습니다. 그러면 우리가 '대담'처럼 역동적으로 보이도록 중간중간 질문을 집어넣었고요. 그러다 보니 대답에 맞춰 질문을 만들기 바빴습니다.

바우만은 마지막 교정쇄를 확인하지 않았다. 공저자들을 신뢰했기 때

---

* 1980년대에 폴란드에 민주화 바람이 분 뒤 이야기다. 15장에서 다룬다.

문이다. 2010년 판에 쓸 용도로 바우만이 어릴 적 사진을 여러 장 보냈다. 바우만이 결정을 공저자에게 맡겼으므로, 어떤 사진을 쓸지는 제이들레르-야니츠카, 쿠비츠키, 호샤노프스키가 결정했다. 쿠비츠키는 이렇게 봤다. "때로 바우만은 자신을 전혀 신경 쓰지 않는 더할 나위 없이 겸손한 '역할'을 했습니다. 내 생각에는 거리를 줄이려는 전략이지 않았나 싶어요. 바우만은 사람들을 편하게 해주는 것을 중요하게 여겼습니다. 그리고 멋진 이야기꾼이었지요."

이런 일화는 폴란드에서 높은 경력에 오른 사람들이 '사회적으로 거리가 먼' 관계에서 흔히 놓치는 뚜렷이 다른 태도였다. 바우만은 유명인이나 '중요한 지식인' 노릇을 하지 않았다. 그런데도 사람들은 자신을 낮추는 바우만의 태도를 전략으로 느꼈다. 바우만에게는 그만큼 '타고난 권위'가 있었다. 사람들은 바우만을 존경하고, 자신도 모르게 움츠리고, 때로 두려워하기까지 했다. 학과장으로 지내는 동안 바우만은 일화와 농담을 이용해, 학과 회의를 소화하기 쉬운 모임으로 만들었다. 대담집을 낳을 토론에서도 같은 기법을 활용했다. 바우만은 재미있고 유쾌한 분위기를 좋아했고, 사람들이 자신을 좋아할 때 기뻐했다. 상사를 좋아하는 부하는 다루기가 쉬운 법이다. 바우만이 열여덟 살짜리 장교로 자기보다 나이가 두 배나 많은 병사들을 이끌 때 얻은 깨달음이었다.

폴란드어 대담집을 낸 지 3년 뒤, 바우만은 사회학자 피터 베일하츠와 『바우만 읽기_The Bauman Reader_』(2000)를 작업하기로 했다. 이 책은 바우만이 탈근대 연구를 받아들이는 이정표가 되었다. 또 바우만의 이론을 인정한다는, 바우만이 '일류' 작가라는 사실을 인정하는 중요한 신호였다.[14]

2001년에 키스 테스터와 함께 펴낸 첫 영어 대담집은 더 많은 공동 작업을 진행할 길을 닦았다. 2001년부터 2017년까지 16년 동안 바우만은 공저자 스무 명과 책 열다섯 권을 펴냈다. 공저자 스무 명 중 철학자 안나 제이들레르-야니셰프스카, 경영학 교수 모니카 코스테라, 건축가인 딸 이레나 바우만, 이렇게 세 명은 여성이었다. 2019년에 바우만의 유산을 표제로 연 심포지엄에서 이레나는 작가 특유의 외로움이라는 문제를 지적하며, 공저자로서 바우만을 흥미롭게 묘사했다.

대화를 통해 글을 쓰는 방법은 지그문트라는 사람이 특히 팀 활동에 뛰어나지 않다는 맥락에서 살펴볼 가치가 있습니다. 제 생각에 우리는 책을 쓰는 데 들어가는 지적 노력과 순수한 육체적 노력을, 그리고 제아무리 똑똑한 사람일지라도 나이가 들수록 외로움이 는다는 사실을 과소평가합니다. 주변 누구보다도 나이가 많을 때 느끼는 외로움, 그리고 우리가 직접 겪어보지 않는 한 누구도 상상하지 못할 고립감을요. 그러므로 아버지에게는 이렇게 대담집을 쓰는 방식으로 전환한 것이 … 날마다 글을 쓰는 습관을 유지할 촉진제였고, 날로 커지는 고립감을 관리할 길이었을 겁니다.[15]

이 섬세한 분석을 바탕으로, 공저자들이 바우만에게 불어넣은 활기를 이해할 수 있다. 하지만 공동 저술 과정을 설명한 내용은 바우만이 어린 동료들의 열정에 깊은 인상을 받지 않았다는 사실을 드러낸다. 이레나는 아버지 지그문트, 경영학자 예지 코치아트키에비치, 모니카 코스테라와 함께 책을 썼던 일을 이렇게 회고했다.

우리가 사용한 저술 방법은 경영 전문가인 예지나 모니카가 경영의 어떤 측면에 견해를 제시하면, 여기에 다른 저자 세 명이 무작위로 돌아가며 의견을 덧붙이는 것이었습니다. 한 바퀴를 돌면 다음 견해가 다음 장을 구성하고요. 저마다 회신하는 속도가(그리고 참여하는 수준이) 다르지 않았다면 이 방식이 효과가 있었을 겁니다. 내 경우에는 다른 세 저자의 말을 흡수한 뒤 생각을 불러일으키고 발전시키도록 회신을 정리해 적기까지 꽤 많은 시간이 필요했습니다. 한 장을 정리하기에 가장 알맞은 기간이 나한테는 4~6주였고, 모니카와 예지에게는 2~3주였어요. 그러니 기본적으로 우리는 작업 내내, 아버지가 받아들이기 어려울 만큼 진행을 지연시키고 있다는 죄책감을 느꼈습니다. 아버지는 한 장에 2~3일이면 넉넉했거든요. 한 번은 내가 사회 최취약층의 행복으로 한 사회의 행복을 측정하고자 한다면 우리도 글을 가장 늦게 쓰는 사람을 기준으로 적정 속도를 측정해야 한다고 주장했습니다. 아무도 맞장구치지 않더군요.

바우만이 삶의 마지막까지 유지한 특징 하나가 시간 조절이었다. 바우만이 모든 일을 빨리 처리하니, 다른 사람들이 속도를 맞추기 어려웠다. 이런 독특함이 공동 저술에 문제가 되었지만, 더 중대한 어려움은 바우만이 공동 저술 과정을 계속 통제하려 했다는 것이다. 이레나는 "이런 통제 문제, 협력 부족, 엄청난 너그러움이 우리가 책을 쓰는 과정에서도 나타났습니다."라고 말했다. 공동 저술 작업에서 바우만의 '엄청난 너그러움'은 아이디어, 시간, 이용할 수 있는 자원을 공저자들과 공유할 때 뚜렷이 나타났다. 바우만은 매우 효율적으로 너그러웠다. 칭찬하고 격려하는 기술에 도가 텄다. 함께 일하는 사람들에게 믿는다는 신호를 보냈으므로, 바우만이 작업에 참여하면 사람들이 평소보다 더 뛰어난 성과를 냈다. '바우만의 유산' 심포지엄에서 이레나 바우만은 팀원 바우만이 메러디스 벨빈Meredith Belbin[16]이 만든 팀 역할 모델의 아홉 가지 범주* 중 어디에 해당하는지를 설명했다.

---

* 실행자, 조정자, 추진자, 창조자, 자원 탐색가, 분위기 조성자, 완결자, 전문가, 판단자로 나뉜다.

아버지는 누가 뭐래도 추진자였습니다. 추진자는 기본적으로 팀이 계속 앞으로 나아가고 추진력을 잃지 않는 데 필요한 동력을 공급합니다. 추진자의 강점은 도전 정신이 넘치고 역동적이라는 것입니다. 압박을 잘 견디고, 어려움과 난관을 극복할 투지와 용기가 있지요. 그리고 고개가 끄덕여지는 약점도 있습니다. 도발에 약하고 때로 남의 감정을 다치게 합니다. … 놀랄 것도 없이, 목표를 달성하려다 남을 공격하거나 언짢은 기색을 보일 위험이 있습니다. 저는 [아버지와 함께 일할 때] 그런 순간을 경험했습니다. 다른 기질은 분위기 조성자입니다. 저는 아버지에게 어떤 분위기 조성자 기질이 있을지 매우 궁금했습니다. 분위기 조성자는 팀을 위해 해야 할 일을 확인하고, 일을 완수하는 재능을 이용해 팀이 똘똘 뭉치게 돕습니다. 분위기 조성자의 강점은 협력, 통찰력, 외교 수완, 귀 기울이기, 갈등 완화입니다. … 약점은 위급한 상황에서 갈팡질팡하고 대립을 피하려는 경향을 보이기도 한다는 것이고요. 하지만 아버지는 한 번도 그런 경향을 보이지 않았습니다. 단체 활동을 잘하는 사람들은 남들이 좋아하지 않는 결정을 내리려 하지 않는다더군요. 아버지는 결코 그런 사람이 아니었습니다.

이는 바우만을 깊이 안 사람만 할 수 있는 분석이다. 정확하기 때문만은 아니다. 부정적 기질이라 여겨 지적하기 어려운 지점을 대담하게 언급했기 때문이다. 친구들과 공동 연구자에게 바우만은 때로 두려운 존재였다. 권위주의적이고, 냉담하고, 냉소적이고, 빈정대고, 짓궂을 때도 있었다. 가까운 사람은 거의들 바우만이 상황을 통제하려는 행동을 보였다고 말했다. 바우만은 자신에게 중요한 것들을 통제하고 싶어 했다. 거기에는 사람도 포함되었다.

알렉산드라 야신스카-카니아는 이런 공저 활동이 정점에 이르렀을 때 론스우드가든스로 이사했다. 2013년에 그 집에서 바우만과 인터뷰할 때, 알렉산드라가 내게 공저 활동을 설명했다. "지그문트의 저술이 알려져 세상에 큰 충격을 안기자, 젊은 사람들이 바우만에게 궁금한 점을 물었어요. 지난 몇 년 사이에 지그문트가 내놓은 저서는 대부분…"

"4년." 바우만이 불쑥 끼어들었다.

"자기 생각을 설명하고 이어갈 의도로 쓴 것들이에요. 이런 저술은 합작품이라 토론에 의존하죠."[17]

바우만은 대담 과정을 "이의 제기와 대응"으로 묘사했다. "대응은 다시 다른 사람을 향한 이의 제기가 됩니다. … 질문을 정확히 설명하는 것으로 시작해 이어서 답변이 나오는 식이지요. … 이런 대담은 한 번도 미리 계획되지 않았습니다. 달리 말해 … 대담을 시작할 때 이야기가 어느 방향으로 흐를지 알지 못했어요. 방향은 대담이 결정했습니다." 알렉산드라가 대학교수다운 엄숙한 목소리로 결론을 내렸다. "대개는 젊은 사람들이 먼저 바우만에게 다가와요." 바우만이 말을 툭 자르고 천연덕스럽게 말했다. "대개는? 요즘 나보다 나이 든 사람이 어디 있다고!"

나이와 관련한 이런 짓궂은 농담, 명확히 이의를 제기하는 말참견은 이 시기에 바우만이 흔히 보인 대화 방식이었다. 대담집을 만드는 과정에서 바우만이 어떤 분위기를 만들었을지를 이런 입씨름에서 엿볼 수 있다. 이레나 바우만이 강조했듯이, 지그문트에게는 함께 연구할 사람이, 지식 활동을 추구할 의견 교환이 필요했다. 야신스카-카니아가 언급했듯이, 바우만은 아침에 글을 쓴 뒤 곧장 내용을 공유하려 했다. 갓 저술한 초고에 즉시 반응을 구하려 했다. 생각을 밀고 나가고, 근거를 강화하고, 분석을 마무리할, 아니면 그저 피드백을 보내줄 대화 상대가 필요했다. 지식인에게는 새로운 생각을 단련할 상대가 필요하다. 오늘날 많은 사람이 그런 '환경'이 부족하고 '학문적 대화'가 없다고 하소연한다. (Wagner, 2011) 바우만의 생애 마지막에서 이런 청자와 토론자 역할을 주로 맡은 사람이 야신스카-카니아였다. 바우만은 2017년에 펴낸 마지막 저서『레트로토피아』(아르테, 2018)를 야신스카-카니아에게 바쳤다. 그리고 야신스카-카니아 이전에 60년 넘게 가장 오랫동안 중요한 토론 상대이자 공동 연구자였던 사람이 있었다. 지그문트의 그림자에 조금 가려져 있는 야니나 바우만이다.

주요 공동 연구자—야니나 바우만

사회학 관점에서 지그문트와 야니나는 매우 흥미로운 협력 관계를 보여 준다. 두 사람의 협력 관계가 중요한 창의적 연구를 끌어냈기 때문이다.[18] 지그문트와 야니나가 함께 책을 쓴 적은 없다. 두 사람은 따로따로 글을 썼다. 하지만 모든 내용을 함께 의논했고, 지그문트의 글은 두 사람의 대화에서 영감을 받았다. 이런 의견 교환은 두 사람이 인생을 함께할 때부터 시작했다. 두 사람 모두 글을 쓰는 학생이었다. 야니나는 언론학을 공부했고 비밀 일기장에 날마다 글을 적었다. 학생 시절에 두 사람은 서로 과제물을 검토했을 것이다. 지그문트가 총명한 학생이었다지만, 꼼꼼하게 글을 읽어 줄 사람은 언제나 귀중한 법이다. 지그문트가 바르샤바대학교에 입학해 집중적으로 글을 쓰기 시작했을 때, 야니나는 이미 대본 감독자로서 영화 대본의 질과 정치적 올바름을 확인하는 일을 했다. 따라서 글을 많이 읽고 끝없이 고쳤다. 또 몇 달 동안 프랑스어 대사를 폴란드어로 번역하는 일도 했다.

집에서 야니나는 지그문트의 초고를 읽었다. 그것은 배우자로서 야니나가 맡은 필수 역할이었다. 두 사람은 하나로 어우러진 부부였다. 책을 사랑하고 영화를 사랑하고 연극을 사랑하고, 그리고 글쓰기를 사랑했다. 야니나가 영화공사 사무실에서 오랜 시간 일한 뒤 집에 오면, 지그문트가 자신에게 중요한 사안과 쓰고 있는 글을 하나부터 열까지 모두 이야기했다. 지그문트에게는 나누고 싶은 중요한 이야기, 보여주고 싶은 원고, 고쳐야 할 글이 언제나 넘쳤다. 그리고 그 많은 작업을 빨리도 해냈다. 자기 일도 이미 버거웠지만, 야니나는 남는 시간을 지그문트에게 썼다. 딸들은 어머니 야니나가 사무실에서 돌아오면, 아버지가 미처 외투도 벗지 않은 엄마한테 방금 쓴 글을 들고 달려가던 모습을 기억했다. 바우만네 집에서는 '일과 생활의 균형'이 공허한 구호였다. 전통적으로 여성은 요리와 청소를 맡았지만, 야니나의 임무는 듣고 토론하고 편집하는 것이었다. 야니나가 비록 사회학자는 아니었지만, 문체와 내용에 의견을 제시할 능력은 있었다. 살림을 맡는 여느 주부들이 그랬듯, 야니나가 한 일도 암묵적 동의 아래 겉으로 드러나지 않았다. 지그문트의 글은 대부분 가장 먼저 야니나의 손을 거쳐 편집되었다.

이 상황은 두 사람이 영국으로 이주한 뒤 바뀌었다. 폴란드에서 지그문트는 폴란드어로 글을 썼다. 이스라엘에서도 마찬가지라, 야니나가 먼저 편집한 글을 번역자에게 보냈다. 하지만 리즈에서는 영어로 글을 썼다. 프랑스어에 유창했는데도, 야니나는 영어에 숙달하기까지 엄청난 노력을 쏟아야 했다. 대학교 문학 강좌를 듣고, 영국 문학을 광범위하게 읽고, 새로운 단어나 표현은 모두 적어 두었다. 실력이 쑥쑥 늘어, 친구들이 야니나의 영어 글이 탁월했다고 기억할 정도였다. 하지만 안타깝게도, 야니나는 처음 몇 년 동안 영어를 자유롭게 말할 자신이 없었다. 낯선 언어를 배운 사람들이 흔히 이런 모습을 보인다. 외국어 어휘에 아무리 능숙해져도 외국어로 말하기를 머뭇거린다. 야니나는 자신이 바라는 수준만큼 영어를 말하지 못해 고통스러워했다. 리즈에 살기 시작했을 때 처음으로 가정주부가 된 것도 영어를 배우는 데 걸림돌이 되었다. 1974년에 쌍둥이가 대학 때문에 집을 떠나자, 야니나는 다시 직업을 갖기로 마음먹고 문헌정보학과에 등록했고, 마침내 중학교 도서관 사서가 되었다.

야니나가 그전까지 지그문트의 저술에 이바지한 역할은 겉으로 드러나지 않았지만, 지그문트의 여러 책을 영어에서 폴란드어로 번역한 역할은 크게 인정받았다. 야니나는 지그문트의 비공개 원고도 번역했다. 1986~1987년 원고를 야니나가 옮긴 폴란드어 번역본과 비교해보면, 야니나의 번역 실력이 눈부시다. 1990년대에 작성한 비공개 원고를 2009년 무렵 딸 리디아가 번역한 글을 보면 문체가 달라진 것이 확연히 눈에 띈다. 야니나는 뛰어난 번역가였고, 작가로서도 기량이 최고였다. 단어 하나하나의 가치를 알았고, 복잡한 이야기를 단어 몇 개만으로 깔끔하게 표현할 줄 알았다. 바우만과 친구들이 서신에서 자주 언급한 대로, 야니나의 저서들은 놀라웠다.[19]

야니나는 남편의 저술을 듣고 토론하고 편집하고 번역하는 일뿐 아니라 문헌 정리에서도 인정받는 전문가였다. 이스라엘 최대 신문사《마리브》에서도 문헌 정리에 뛰어난 능력을 보였고, 리즈대학교의 바우만 기록물 보관소에 있는 야니나의 연구 서류철에서도 그 실력이 드러난다. 야니나는 신문 기사를 모은 다음, 이런 자료를 학술 문헌으로 바꾸는 데 필요한 수기 기록과 다른 정보를 덧붙여 기사 모음집을 마련했다. 이 무렵에 작성한 글 중 하나가 '유대학' 평론지에 실은, 홀로코스트 출간물 비평이다. 나중에 야니나는 다양한 연구에 참여했다. 그중 한 연구는 독일에 거주하던 집시들이 겪은 홀로코스트와 전후 낙인, 그리고 이들을 학살한 포라이모스*를 설명하는 역사 기록이 거의 없다는 사실을 중점으로 다뤘다. (J. Bauman, 1998) 또 다른 연구는 리즈에 거주하는 쇼아 생존자들의 증언과 구술 역사를 다뤘다. 야니나는 '보통 사람들'의 인생 이야기에

---

* Porajmos. 2차 세계대전 동안 나치가 벌인 집시 말살 정책.

매료되었다. 관련 주제에 연관된 연구를 차곡차곡 준비한 것으로 보아 야니나가 학술 서적이나 논문을 준비하지 않았나 싶다. 하지만 야니나는 이 기록으로 책을 쓰지도, 학위를 받지도 않았다. 그렇다면 혹시 가내 지식 수공업의 일부로 지그문트가 쓸 자료를 준비한 것은 아닐까?

그래도 야니나는 어릴 적 꿈을 이뤄 출판 작가가 되었다. 어머니와 여동생이 세상을 떠난 뒤, 야니나는 딸들과 손주들에게 가족의 생존기를 전달할 사람이 자기밖에 남지 않았다는 현실을 깨달았다. 그런 역사를 전달하는 것이 자신의 의무라는 생각이 들었다. 야니나의 첫 책 『일찍 찾아온 겨울―한 소녀가 바르샤바 게토와 그 너머에서 보낸 삶, 1939~1945 Winter in the Morning』은 1986년에 출간되었다. 책은 홀로코스트를 충실하게 다룬 수작이자, 십 대 소녀의 관점으로 쓴 보기 드문 증언으로 호평받았다. 이 책을 쓰는 동안 야니나는 고통스러운 과거를 깊이 뒤돌아보느라 이따금 현실에 충실하지 못했다. 지그문트에게는 낯선 상황이었다. 이 시기에 지그문트는 지적 대화를 주고받을 동반자를 잃었다. 책의 서문에서 야니나는 "내가 '남편이 속하지 않는' 그 세상에 또다시 칩거하며 책을 쓴 2년 동안 내 부재를 견뎌준 남편"에게 고마움을 전했다. (J. Bauman, 1988)

야니나가 홀로코스트 생존자라는 사실은 언제나 두 사람을 구분 짓는 중대한 차이였다. 홀로코스트는 공유할 수 없는 문턱 경험이었다. 바우만이 겪은 민족 차별법은 소련으로 탈출하기 전인 1939년 9월 말에 브워츠와베크에서 강제로 노란 별을 달아야 했던 데서 그쳤다. 붉은군대가 마이다네크를 해방한 뒤 폴란드군 수비대 장교로 마이다네크 절멸 수용소를 점령했을 때 나치의 잔혹 행위를 목격했고, 그때 본 참상을 공식 석상에서 한 번도 입에 올리지 않을 만큼 큰 충격을 받았지만, 바우만은 홀로코스트 생존자가 아니라 목격자였다.

폴란드를 떠나기 전까지, 야니나는 전쟁 때 겪은 일을 입에 올리지 않았다. 1960년대 말에 이스라엘에서 쇼아가 중요한 연구 영역이 되었을 무렵, 이따금 이 주제를 이야기했다. 리즈로 이주했을 때는 야니나와 지그문트가 고통스러운 어린 시절을 곱씹을 시간이 없었다. 이들의 삶은 쌍둥이가 학업을 마치고, 가족이 리즈 생활에 적응하고, 야니나의 어머니를 보살펴야 하는 현재에 있었다. 야니나는 쌍둥이가 대학에 가고 리즈에서 딸 부부와 함께 말년을 보내던 어머니 알리나가 1980년에 세상을 뜬 뒤에야 회고록에 몰두했다.[20] 야니나는 책을 마친 다음에야 지그문트와 나치 점령기를 이야기하기 시작했다. 지그문트는 아내 야니나의 책에 크게 충격받았다. 야니나의 경험을 함께 나눌 수는 없었지만, 야니나한테서 전이된 감정과 야니나가 이해한 홀로코스트에 큰 영향을 받아 자신이 이해한 이 비극을 글로 썼다.

그 책이 1989년에 펴낸 『현대성과 홀로코스트』다. 바우만은 서문에 이렇게 적었다.

나는 야니나의 책을 읽은 뒤에야 내가 홀로코스트를 얼마나 몰랐는지, 정확히 말하면 얼마나 제대로 생각해보지 않았는지를 되돌아보았다. '내가 속하지 않았던 세상'에서 무슨 일이 일어났었는지를 제대로 이해하지 못했다는 생각이 머릿속에서 뚜렷해졌다. 그때껏 나는 순진하게도, 기존에 알던 지식으로 홀로코스트를 충분히 설명할 수 있겠거니 지레짐작했다. 하지만 그 세상에서 실제로 일어난 일은 너무나 복잡해, 그렇게 단순한 방식으로는 명확히 설명할 길이 없었다. 나는 홀로코스트가 잔혹하고 끔찍한 사건일뿐더러, 버릇처럼 쓰는 '흔한' 용어로는 전혀 이해하지 못할 사건이라는 것을 깨달았다. 홀로코스트는 자체 암호로 기록된지라, 이 사건을 이해하려면 먼저 암호부터 풀어야 했다. (Bauman, 1989)

야니나의 『일찍 찾아온 겨울』과 지그문트의 『현대성과 홀로코스트』
를 함께 읽으면 이론과 실제가 합쳐진 완벽한 걸작이 된다. 야니나의 문
화기술지학적 서술이 지그문트의 이론적 분석으로 완벽해진다. 두 책은
두 저자의 경험과 지식을 드러낸다. 지그문트는 『현대성과 홀로코스트』
를 야니나에게 바쳤다. 야니나는 『일찍 찾아온 겨울』을 어머니와 여동생
에게 바쳤다. (이어서 발표한, 전후 폴란드 생활을 다룬 『소속을 꿈꾸다』는 지그
문트에게 바쳤다.) 바우만이 책에서 주장한 핵심은 근대성이 홀로코스트
를 낳은 까닭이 우연이나 어리석은 지도자 때문이 아니라 합리화의 영향
이라는 것이다. 바우만은 근대성이 어떤 민족을 '말살'할 때 바로 그 민족
의 구성원을 이용하는 정교한 계획에 따라 냉정하고 체계적으로 한 민족
을 파괴할 수 있다는 증거를 보였다. 이런 학살 산업을 만드는 첫 조건은
피해자의 인간성을 없애는 것이었다. 혐오 발언, 포그롬, 민족 차별법, '타
자성' 구축이 피해자의 인간성을 말살하는 발판이었다. 바우만은 이런
일이 당시 독일에서만 일어날 수 있었던 현상이 아니라 앞으로 다른 사
회에서도 일어날 수 있다는 말로 에버렛 휴스의 「선한 사람과 더러운 일
Good People and Dirty Work」(1962)에 동의했다. 국가가 주도하고 계획한 대규모
학살에서 자본주의의 역할을 명확히 밝힌 것도 획기적 발견이었다. 이
새로운 해석은 토머스 쿤이 의미한 패러다임의 변화를 이끌었다. 모두
야니나의 책 덕분에 일어난 일이었다.

살해된 유대인들이 살았던 빈 게토 아파트에서 소녀 야니나가 집안
을 청소하고 독일군이 본국으로 보낼 보석, 은제품, 가구 같은 물건을 정
리하는 기막힌 모습. 최대 효율로 계획된 '하이에나' 경제, 유일한 폐기물
이라 제거 대상이 된 수백만 명. 이런 실상이 바우만에게 엄청난 영향을
미쳤다. 이런 상황에서 겪는 상상도 못할 고통은 가장 가까운 사람이 겪
은 일일때 피부에 와닿는다. 지그문트도 나치에 점령된 폴란드에서 무슨

일이 벌어졌는지는 알았다. 폴란드에 살던 친척 대다수를 잃기도 했다. 하지만 야니나의 '두터운 묘사'는 미처 알지 못했던 새로운 사실이었고, 그 덕분에 홀로코스트를 독창적으로 분석할 수 있었다.[21] 바우만이 『현대성과 홀로코스트』를 내놓기 전까지, 에버렛 휴스 말고는 다들 쇼아를 두 번 다시 일어나지 않을 불가사의하고 유일무이한 비극적 현상으로 여겼다. 『현대성과 홀로코스트』에서 바우만은 사뭇 다른 주장을 내놓았다. 홀로코스트는 악랄하게 완벽한 학살 산업이었다.

야니나의 책이 없었다면, 지그문트는 이런 분석에 다다르지 못했을 것이다. 두 책은 현장 자료와 이론의 연결을 나타냈다. 실험이 중요한 생명 과학 분야에서 그런 연결이 일어나면, 연구에 주는 상은 모두 두 저자에게 돌아갈 것이다. 하지만 사회과학과 인문학에서는 그런 일이 드물다. 지그문트와 야니나의 가까운 친구였던 예술 역사가이자 비평가 그리젤다 폴록Griselda Pollock은 인터뷰에서 내게 두 책이 출간된 시기가 이들의 메시지를 널리 알리기에 유리했다고 말했다. "이 무렵 유대계 미국인이 정체성을 재형성하는 흐름과 함께, 영국에서 유대학과 홀로코스트의 문화 기억이 빠르게 퍼졌습니다. 유대인들이 흉조인 검은 여우에서 벗어나 길조인 흰 여우가 되었죠."[22] 야니나와 지그문트의 책은 환호를 받기에 알맞은 곳에서 알맞은 때에 나왔다. 이 무렵 리즈대학교가 첫 유대학 학회를 주관했다. (이전의 '셈어학'은 아랍어와 히브리어 연구를 아울렀다.) 폴록의 말로는 20~40명이 참석하리라 예상한 행사에 200명이 등록했다고 한다. 이런 관심이 두 사람의 저술 활동을 자극했다. 물론 야니나와 지그문트는 홀로코스트 연구라는 분야를 넘어서까지 협력했다.

두 사람의 융합 관계는 지그문트가 21세기에 내놓은 핵심 이론인 '유동성liquidity'에 필수 요소였다. 유동성이라는 용어는 학술 용어뿐 아니라 직업 용어로도 기능한다. 바우만은 이 용어를 활용해 현대를 대표하는 사회과학 현상을 설명했다.

유동한다는 뜻인 폴란드어 형용사 płynny는 공교롭게도 바르샤바 게토의 독특한 사회적 맥락을 묘사하는 용어이기도 하다. 폴란드 문학자 야체크 레오치아크는 폴란드 가톨릭교회가 홀로코스트에서 맡은 역할을 다룬 책에서 홀로코스트 희생자인 경제학자 루드비크 란다우가 1940년 8월 23일부터 쓴 전쟁 일기 『전쟁과 점령 연대기*Kronika lat wojny i okupacji*』를 언급한다. "**모든 것이 유동한다. 모든 것이 불확실하다.** 기독교도와 유대인 사이에 조심스럽게 억눌러왔던 갈등이 나날이 커진다. 지엘나 거리와 시엔나 거리의 기독교 주민들이 자신들의 '영구불변한 폴란드' 거리가 최근에서야 '유대화'[23]에 오염되었을 뿐이라며, [게토] 장벽이 이곳에 들어서지 않게 해달라고 청원하고 있다." (Leociak, 2018, 71) 1962년에 바르샤바에서 출간된 『전쟁과 점령 연대기』는 홀로코스트를 연구하는 학자들에게 희귀하고도 비길 데 없이 중요한 자료였다. 그러니 지그문트와 야니나 중 적어도 한 명은 이 책을 읽었을 테고 아마 이야기를 나눴을 것이다. '유동하다'라는 말은 게토의 현실을 완벽하게 묘사했다. 이 신세계는 구세계 안쪽에 세워진 벽으로 테두리가 그어졌다. 새로 생긴 이 '액체' 공간에서는 옛 규칙이 사라졌고 새 규칙은 이해하기 어려웠다. 사방이 혼돈이었다.

1980년대 후반까지도 '유동성'은 아직 영향력이 큰 개념이 아니었다. '유동'이라는 용어를 바우만의 근본 이론으로 바꾼 사람은 폴리티 출판사의 편집자들이었다.

폴리티 출판사의 품 안에서

바우만이 작가로서 거둔 성공, 또 국제적 지식 교류와 사상 전달의 장에서 누린 높은 지위는 누가 뭐래도 30년 넘게 애쓴 편집자들의 공이 크다. 폴리티 출판사는 1984년에 사회학자 앤서니 기든스, 정치학자 데이비드 헬드David Held, 사회학자 존 톰슨이 세운 곳으로, 새로운 근대성의 '아버지들' 즉 바우만, 바우만과 가까운 친구 기든스, 독일 사회학자 울리히 벡Ulrich Beck의 책을 펴냈다. 바우만은 기든스의 설득으로 폴리티 출판사에서 책을 냈다. "폴리티는 바우만과 유동성이 브랜드가 되게 도왔다. 폴리티가 없었다면 오늘날 우리가 아는 바우만도, 유동성도 없었을 것이다." (Beilharz, 2020, 206)

존 톰슨은 케임브리지대학교 대학원생이던 1979년에 리즈대학교에서 비판 이론을 주제로 열린 학회에 참석했다가 바우만을 처음 만났다고 한다.[24] 이때 바우만은 위르겐 하버마스Jürgen Habermas에 초점을 맞춘 연구에 참여했다. 두 사람은 폴리티가 바우만의 주요 저서인 『입법자와 해석자―근대성, 탈근대성, 지식인에 관해Legislators and Interpreters: On Modernity, Post-Modernity, Intellectuals』(폴리티, 1989),[*] 『현대성과 홀로코스트』(1989), 『근대성과 양가감정Modernity and Ambivalence』(1993)을 출간했을 때 긴밀히 협력했다. 바우만의 책이 언제나 상업적으로 큰 성공을 거두지는 않았다. 피터 베일하츠의 말을 빌리자면 바우만이 '애지중지한 자식'인 『죽음, 불멸, 그리고 여러 인생 전략Mortality, Immortality and Other Life Strategies』(1992)은 전문가들에게 높이 평가받았지만, 일반 대중에게는 그리 관심을 받지 못했다. (Beilharz, 2020, 84) 가장 큰 성공은 2000년에 출간한 『액체근대』로 찾아왔다. 이 책은 바우만이 처음으로 문체를 바꿔 많은 대중에게 말을 건 시론이었다. 학술적 글쓰기에서 벗어나 더 일반적인 독자를 위한 글을 쓰기란 쉽지 않은 일이었다. 이미 40년 넘는 글쓰기 훈련 끝에, 분석을 전개

---

[*]   첫 출간은 1987년에 코넬대학교 출판사에서였다.

하고 논거를 쌓는 특별한 문체를 만든 뒤였다. 일흔 살을 한참 넘긴 나이에 문체를 크게 바꾸기란 불가능해 보일 것이다. 따라서 이런 전환은 편집자의 역할에 크게 영향을 받았고, 편집자와 바우만이 어떤 관계이냐에 크게 좌우되었다.

톰슨은 이렇게 회고했다. "우리는 많은 대화를 나눴습니다. 지그문트에게 어떤 글을 쓰는지, 무엇에 흥미를 느끼는지 묻곤 했습니다. 지그문트는 언제나 내 견해를 묻고, 나는 지그문트의 주장을 가다듬을 방법을 제시하곤 했지요. 내 제안에 기쁜 반응을 보일 때도, 그렇지 않을 때도 있었습니다. … 지그문트는 엄청나게 창의적이었어요. 못 말리게요. 그야말로 비범했지요." 폴리티는 바우만이 세상을 이해하는 법과 문체에 공감했고, 바우만의 지적 연구를 구체화했고, 복잡한 내용을 해치지 않으면서도 바우만의 글이 영어권 독자들에게 널리 다가갈 수 있게 수준 높은 편집으로 글을 가다듬었다. 톰슨은 폴리티가 바우만에게 특별히 신경썼다고 설명한다. "우리는 지그문트의 책을 위해 특별한 디자인, 특별한 스타일을 만들었고, 보기 좋은 모양으로 멋지게 내놓았습니다 … 책 제목에도 주의를 기울였습니다. 지그문트가 좋은 제목을 붙일 때도 있었지만, 그렇지 않을 때는 우리가 머리를 싸매고 제목을 만들어야 했어요. 그리고 끝내는 차별되는 제목을 떠올렸고요." 가장 멋진 사례는 바우만의 원고에서 '유동성'이라는 개념을 골라 책 제목으로 삼은 결정이었다. 그 뒤로 유동성은 제목에 '액체'나 '유동하는'이 들어간 여러 책의 핵심 개념이 되었다. 폴리티는 바우만의 책 『액체근대』와 『리퀴드 러브』(새물결, 2009)를 베스트셀러에 올려놓았다.

폴리티 출판사의 국제부도 역량이 탁월했다. 바우만의 책들이 36개 국어로 번역되었고, 그 덕분에 바우만은 폴리티 출판사에서 가장 잘 팔리는 작가가 되었다. 무엇보다도, 강단 사회과학에 뿌리를 둔 대중서 시장에서 바우만이 한 브랜드가 되었다. 사회과학에서는 이런 현상이 매우 드물다. 이런 성공에는 바우만의 저서 출간에 참여한 사람들이 오랫동안 생산적으로 협업한 것이 큰 도움이 되었다. 상호 이해와 함께 일하는 즐거움 덕분에 30년 넘게 이어진 관계, 즉 안정성이 무엇보다도 중요한 역할을 했다. 톰슨은 말했다. "정말로 즐겁고 창의적인 과정이었습니다. 아주 특이한 경우죠. 솔직히, 정말 창의적이고 흥미로운 일을 하는 사람과 이렇게 좋은 관계를 유지하는 일은 드뭅니다. … 그래서 우리는 바우만과 작업하는 것이 즐거웠습니다."

　이런 우호 관계에는 편집자들의 수정을 받아들이려 한 바우만의 태도도 한몫했다. 바우만은 함께 일하는 사람들을 언제나 공손하게 호의로 대했다. 편집자의 적절한 판단을 방해하지 않았다는 맥락에서는, 영어가 모국어가 아니라는 결점이 이점으로 바뀌었다. 많은 저자와 편집자의 다툼에서 보듯이, 이런 태도는 흔치 않다. 바우만은 여느 저자와 달랐다. 폴리티를 주요 출판사로 고른 것도 틀을 깬 행보였다. 폴리티로 옮기기 전까지, 바우만은 코넬대학교 출판사, 컬럼비아대학교 출판사, 뉴욕대학교 출판사, 배질블랙웰, 라우틀레지 같은 손꼽히게 유명하고 거대한 학술출판사에서 책을 냈다. 폴리티로 옮기라는 앤서니 기든스의 제안을 받아들이는 것은 위험한 선택이었다. 그때 폴리티는 생긴 지 얼마 안 된 신생 출판사였다. 하지만 모든 신생 기업은, 특히 이름난 기존 출판사와 경쟁하는 신생 출판사는 등장하자마자 성공할 만큼 큰 활기를 보여야 한다. 폴리티도 그랬다. 폴리티는 다양한 영역에서 온 힘을 다해 헌신하는 열정적인 사람들을 많이 끌어모았다. 바우만에게는 이 점도 보탬이 되었다. 바우만이 좋아하는 박자이자 환경이었기 때문이다. 빠르게, 열정적으로, 그리고 기존 집단과 다르게. 폴리티와 진행한 협업은 거의 곧바로 성공을 거뒀고, 바우만은 폴리티 출판사에서 매우 중요한 저자가 되었다.[25]

다른 출판사들과 작업한 경험이 많았으므로, 바우만은 폴리티와 궁합이 잘 맞는다는 것을, 알맞은 때에 알맞은 곳에 있다는 것을 잘 알았다.[26]

리즈대학교에서 은퇴한 뒤, 바우만은 자신의 글과 메시지를 세상에 더 널리 알리고 싶었다. 그리젤다 폴록은 바우만이 '이방인'이었다고 말했다. 바우만의 사회학적 사고는 영어나 영국 문화에서 성장하지 않았다. 그러니 '번역자'가 있어야 했다. 언어뿐 아니라 문화까지 옮길 줄 아는 번역자가, 바우만의 메시지를 대중이 명확히 이해할 수 있는 메시지로 섬세하게 바꿀 줄 아는 팀이. 폴리티는 바우만이 겨냥한 독자에게 맞춤형인 단어를 찾아낼 줄 알았다. 바우만은 젊은 독자층까지 겨냥했다. 존 톰슨은 지그문트가 자기보다 무려 일흔 살이나 어린 독자들의 "동향까지 파악"할 줄 아는 모습에 깊은 인상을 받았다. 지그문트는 젊은이들과 계속 접촉했다.

1989년에 『입법자와 해석자』, 『현대성과 홀로코스트』를 출간하며 시작된 성공은 쉼 없이 이어졌다. 베일하츠에 따르면 "바우만은 같은 말을 되풀이하는 버릇이 있었다."

> 물론 이 버릇은 약점이라기보다 강점이자 전략이다. 짧은 책이나 긴 시론은 바우만의 특기가 되었다. 유동하는 근대를 비판하는 이런 시론이나 연재물을 읽노라면 바우만의 목소리가 귓가에 들리는 듯하다. 영국의 학계 문화에서 보면 그런 목소리는 목적과 주제를 추구하느라 대화가 길어지고 어조가 바뀌는 흠결이었다. (베일하츠의 초기 원고)[27]

1989년 이후로 바우만은 거의 모든 책을 폴리티 출판사에서 펴냈다. 양쪽은 제휴 관계가 되었고, 그런 강력한 협업이 모두 그렇듯 양쪽이 서로 어느 정도 압박을 받은 듯하다.

바우만은 이따금 마감 압박을 받는다는 글을 보냈다.[28] 그래도 2013년, 2015년, 2017년에 책을 네 권씩이나 펴낸 믿기지 않는 성과를 외부 효과로만 보기는 어렵다. 그렇다면 바우만이 책을 너무 많이 썼을까? 그럴 수도 있다. 하지만 다작은 학계 독자라는 안정된 정기 독자를 더는 당연하게 여기지 않은 전략에서 나왔다. 바우만은 글을 써야 할 진지한 이유를 만들었다. (Beilharz, 2020, 208)

바우만은 왜 그렇게 책을 많이 썼을까? 바우만은 모든 일에 '적당히'라는 것이 없었다. 그것이 바우만의 모두스 비벤디*modus vivendi*, 살아가는 방식이었다.

모두스 비벤디

바우만은 많은 일을 했다. 책을 많이 읽고 많이 소장했다. 친구가 많았다. 열정과 취미도 많았다. 프랑스 사람들이 말하는 봉 비방* 자체라 요리, 술, 텔레비전, 음악, 음식, 담배(골초였다), 요리 대접(엄청나게 먹였다), 말하기(쉴 새가 없었다), 오락(되도록 자주)을 즐겼다. 바우만은 따뜻하고 아늑한 집에서 손님을 반기는 완벽한 주인장이었다. 피터 베일하츠가 론스우드가든스를 찾았을 때, 거실 바닥에 책이 수백 권이나 놓인 모습을 봤다. "제목 대다수가 영어가 아니라 동유럽어였다. 바우만이 소장 도서를 곳곳으로 보낸 기억이 떠올라 물었다. 도대체 이 많은 책은 어디서 난 겁니까? … 내 물음에 자못 진지하게 고개를 든 바우만이 가까스로 웃음을 참는 얼굴로 말했다. '내가 자러 가면 자기들끼리 교미한다네!'" (Beilharz,

---

* Bon vivant. 음식, 술, 친구를 즐기며 사는 사람.

마치 수도원처럼 장식이라고는 없는 지그문트의 집무실은 작은 작업 공간에 어마어마하게 쌓인 책들과 강한 대비를 이뤘다. 커다란 책장에는 작업 중인 책의 참고 자료로 쓸, 7개 국어로 쓰인 온갖 책이 가득 들어차 있었다. 지그문트가 아끼는 시집들도 있었다. 주로 폴란드 시였고, 폴란드어로 번역된 외국 시 선집도 있었다. 지그문트는 아침 작업 시간에 이런 보물들이 가까이 있기를 바랐다. 거실에는 여러 언어로 쓰인 소설들이 있었다. 또 다른 방에 있는 폴란드어 서적들은 이 집의 영혼이었다. 야니나는 1994년에 언론인 요안나 야니아크와 나눈 인터뷰에서 이렇게 말했다. "남편과 나는 우리가 누구인가를 언제나 강조합니다. 폴란드식 생활 방식을 유지하고, 영국 손님들에게 폴란드 요리를 대접하지요. 집에 영어 책도 있지만, 폴란드어 서적도 있어요. 폴란드어 서적을 두는 방이 따로 있죠." (Janiak, 2011 [1994])[29]

지그문트와 야니나는 손님을 집에 초대하기를 무척 좋아했지만, 리즈에서 그런 삶을 다시 꾸리는 과정은 시간이 꽤 걸렸다. 영국에 아는 사람이 거의 없었다. 두 사람은 다른 세상에 속했다. 손님들은 야니나에게 가벼운 이야기 이상을 기대하지 않았다.

아무도 내 직업이 무엇인지, 폴란드에서 무슨 일을 했는지 묻지 않았다. 나는 아내였다. 교수의 아내. 손님들은 거기에 만족한 듯했다. 나한테 묻는 말이라고는 "여기 생활은 어떠세요?" 아니면 "따님들은 몇 살인가요?"가 다였다. 내 계획이 무엇인지, 이 나라에서 무엇을 할 생각인지는 아무도 묻지 않았다. (J. Bauman, 1988, 146)

놀랍도록 재치가 넘치고 톡톡 튀는 아내가, 모임의 영혼이던 아내가 말없이 뒤로 물러나 있는 모습은 지그문트에게도 고통이었을 것이다.

지그문트와 야니나가 새로운 환경에 느낀 거리는 1970년대에 영국이 겪은 사회 변화의 결과이기도 했다. 40년 뒤 《가제타 비보르차》의 토마시 크바시니에프스키와 나눈 인터뷰에서 바우만은 이렇게 말한다.

보일 경이 리즈대학교 부총장이었습니다. 자기 나라를 거칠게 비판하는 좌파 귀족 부총장이라니, 그야말로 영국다운 현상이지요. 보일 경은 내게 조심스러우면서도 친절하게, 영국을 어떻게 생각하는지, 무엇을 봤는지, 무슨 생각을 하는지 묻곤 했습니다. 그래서 곧장 영국의 민주주의가 마음에 든다고 대답했어요. 보일 경이 어쩌나 놀랐던지 이렇게 반박하더군요. "이게 민주주의라고요?" 내게는 새로운 발견이 보일 경에게는 날마다 식탁에 오르지만 못 보고 지나치는 빵조각이었습니다. 하지만 가까이 들여다보니, 보일 경이 무슨 뜻으로 그렇게 말했는지가 보이더군요.

크바시니에프스키가 물었다. "무엇이 보이던가요?"

무엇보다도, 사람들을 움직이게 하는 주요 원동력이 탐욕이었습니다. 영국인들이 탐욕스러워서가 아니었어요. 영국인이 다른 나라 사람보다 더 탐욕스럽다고 생각하지는 않습니다. 하지만 탐욕을 부추기도록 삶이 설계되어 있어요. 둘째로, 허울뿐인 교류가 보였습니다. 자본주의에서는 삶의 욕구를 채우는 것이 사람 사이의 유대를 강화하는 것과 별개가 되었다니, 충격이었지요. 쇼핑몰에 모인 사람들은 한 무리이지만, 다 함께 무엇을 하지는 않잖습니까. 모든 사람이 저마다 자기에게 필요한 것을 찾아 움직이지요.[30]

바우만은 이런 허울뿐인 관계가 리즈에서 새로 친구들을 사귀지 못하게 가로막는 걸림돌이라는 사실을 깨달았다.

바우만 부부의 집에서 손님은 왕이었다. 주로 지그문트가 음식을 마련했고, 손님들에게 위스키, 진토닉, 블러디 메리, 보드카 같은 술을 권했다. 과학기술 사회학자인 앤터니 브라이언트는 처음 론스우드가든스로 점심을 먹으러 가기 전에 동료들에게 이런 경고를 들었다고 한다. "조심하게. 하루를 몽땅 빼야 할 거야. 낮 열두 시에 한 잔 마시며 시작했다가 오후 다섯 시에 거나하게 취해 끝날 테니까." 실제로는 만남이 저녁 일곱 시에 끝났고, 앤터니는 정말로 거나하게 취했다. 아주 많이 먹기도 했다. 지그문트는 요리를 사랑했다. 자그마한 부엌에서 음식을 만들며 많은 시간을 보냈고, 장기는 푸짐한 고기 요리였다. 두툼한 스테이크, 고기를 얇게 썰어 튀긴 에스칼로프, 코틀레트 스하보비*, 소고기와 채소를 넣고 끓인 굴라쉬. 채소 요리는 바우만의 장기가 아니라서, 채식주의자에게는 제대로 음식을 대접하지 못했다. 지그문트의 손녀는 식구들이 모이기 전 바우만이 몇 시간 동안 고기 요리를 준비했다고 회고했다. 채식주의자인 손자가 오랜 여행을 마치고 허기에 지쳐 집에 왔더니 먹을 만한 것이 하나도 없었던 적도 있었다고 한다. 하지만 지그문트는 그런 일에 그다지 개의치 않았다. 마찬가지로 채식주의자인 테스터가 저녁을 먹으러 왔을 때 지그문트는 바다의 과일frutti di mare, 해산물을 내놓고서는 채식주의자도 과일은 먹지 않느냐는 농담을 던졌다. 지그문트는 채식주의자에게 그다지 공감하지 않았다. 전쟁 때 식료품 제한을 겪고 몇 달을 내리 굶주린 끝에 살아남았기 때문이다. 그 세대 대다수에게 그렇듯, 식탁에서 고기 요리를 뺀다는 것은 지그문트에게 이해할 수도 없고 의미도 없는 변덕스

---

* 폴란드식 돈가스.

러운 유행일 뿐이었다. 손님이 동물의 권리를 옹호하는 신념 때문에 채식주의를 따를지라도(알다시피 테스터는 동물권을 주제로 박사 학위 논문을 썼다), 바우만에게는 그다지 중요한 문제가 아니었다.

'훌륭한 손님'이란 대접받은 음식을 모두 먹는 사람이었다. (바우만이 내놓는 음식을 모두 먹기란 불가능했다.) 지그문트 자신은 대식가가 아니면서도, 자기가 요리한 음식을 먹는 손님들을 즐겁게 지켜봤다. 대화는 유쾌했다. 담배 연기가 자욱해 손님들은 원하든 원치 않든 담배 연기를 들이마셨다. 붉은 포도주는 빠지지 않았다. 주로 이탈리아산이었지만, 붉기만 하다면 프랑스산이든 오스트레일리아산이든 불가리아산이든 칠레산이든 괜찮았다.[31] 그날 식사나 분위기에 맞춰 고른 다른 술도 나왔다. 부엌은 지그문트의 영역이라, 어떤 손님도 거들겠다고 나설 수 없었다. 부엌문에는 이런 글이 적혀 있었다. "Uwaga zły pies!(사나운 개 조심!)"[32] 지그문트와 야니나는 개나 고양이를 기른 적이 없다.

요리를 나르는 역할도 지그문트가 맡았다. 지그문트는 대형 식당의 종업원마냥 새 음식을 내오고 접시와 잔을 바꿨다. 설거지도 혼자 했고 도움은 단호히 거절했다. 점심이나 저녁 식사가 끝난 뒤에는, 손님이 숨도 못 쉬게 배가 부를지라도 디저트가 이어졌다. 지그문트는 디저트를 사랑했다. 맛있는 쿠키나 케이크를 한 번도 마다한 적이 없었다. 손녀 조시카(소피아의 애칭)는 직접 구운 케이크로 지그문트의 마음을 샀다고 한다. 디저트 다음에는 이탈리아 커피 기계로 내린 에스프레소가 나왔다. 지그문트와 야니나는 이탈리아를, 이탈리아의 생활 예술을 사랑했다.

바우만은 맥주, 와인, 그리고 '바우마냐크'라고 부른 아르마냐크*도 손수 만들었다. 앤터니 브라이언트는 바우마냐크가 특별한 손님에게만 대

---

* 프랑스식 브랜디.

접하는 용도였는데, 앤터니의 아버지 파벨 블루멘즈베이크가 찾아올 때마다 바우만이 함께 바우마냐크를 즐겼다고 말했다. 유대계 체코인이던 블루멘즈베이크는 홀로코스트를 피해 영국으로 건너와 이름을 폴 브라이언트로 바꾼 사람이라 바우만과 공통점이 많았다. 바우만이 체코어를 할 줄 알았고 체코 문화를 무척 좋아했으므로, 두 사람은 함께 나눌 이야깃거리가 많았다. 바우만은 아마 전쟁이 끝난 직후 동유럽에서 술이 귀해 화폐 노릇을 하던 시기에 자가 양조 기술과 증류법을 배웠을 것이다. 모든 취미에서 그랬듯, 바우만은 무언가를 시작하면 빨리 배웠고 깊이 몰두했다. 그야말로 '진지한 여가' 활동이었다. 바우만은 어떤 활동을 최대한 익히고 나면 완전히 손을 뗀 뒤 다른 활동을 시작했다. 가내 양조 기술과 사진이 그랬다.

바우만은 여러 해 동안 노력한 끝에 도시의 거리와 사람들, 요크셔 풍경과 자연을 사진에 담는 법을 배웠다. 사진 동호회에서 사진에 푹 빠진 다른 사람들을 만나 초상화 찍는 법을 배웠다. 마침내 모델을 고용해 누드 사진도 여럿 찍었다. 손님과 친구들의 모습, 초상을 수도 없이 많이 찍었고, 한동안은 카메라와 한 몸이나 다름없었다. 2층에 암실을 마련하고, 현상액과 인화액도 기성품을 사기보다 손수 만들었다. 앤터니 브라이언트는 "그 시절에 지그문트네 집에 가면, 지그문트가 마실 것을 한 잔 준 뒤 곧장 2층으로 데려가 사진을 찍었습니다."라고 회고했다. "지그문트는 나, 우리 부모님, 모든 사람의 사진을 찍었습니다. 몇 년 동안은 열정을 내뿜는 전문 사진가였어요. 그러다 갑자기 뚝 그만뒀지요. '그래, 할 만큼 했어.'라는 듯이요."[33]

바우만에게 사진은 10년 넘게 이어진 진지한 취미였다. 그러던 어느 날 식구들에게 한계에 이르러 더는 사진에 흥미가 당기지 않는다고 말했다. 다시 사진에 흥미를 붙여보려 했을 때는 기술이 한층 발전한 뒤였는데, 새로운 기술에는 흥미를 느끼지 못했다.

바우만의 딸들은 이런 열정의 시기를 "아빠의 변화 단계"로 정의했다. 바우만은 사진, 증류주 같은 2차 활동 영역에 시간과 노력을 한동안 집중적으로 쏟곤 했다. 그런 주기가 희한해 보일지라도, 학문 세계에서는 흔히 있는 일이다. 나는 연구소에서 실험 연구를 수행하는 생명과학 연구자 가운데 자신의 연구 계획과는 다른 분야나 활동에 매료되는, 즉 '푹 빠지는' 사람들을 자주 봤다. (Wagner, 2011) 뛰어난 연구 대학의 교정에는 바우만처럼 넘치는 열정으로 제빵, 정원 가꾸기, 익스트림 스포츠, 그림 그리기, 만화 그리기, 낯선 언어 배우기 단계에 있는 '괴짜'가 수두룩하다.

많은 학자가 도전을 사랑해 마지않고, 또 모든 것에서 최고이자 최초가 되고 싶은 욕구에 끌릴 것이다. 바우만은 2013년에 한 달 동안 바르셀로나에서 가까운 지로나대학교에 초청받아 강의했다. 테스터가 바우만의 조수로 함께했다. "그때 지그문트는 예순여덟 살이었고, 지로나는 언덕이 아주 가팔랐습니다. … 같은 호텔에 머물렀는데, 아침마다 지그문트가 산 정상까지 걸어 올라가 자기가 맨 처음 왔는지 확인하곤 했어요. 만약 내가 뽐내고 싶은 마음에 지그문트보다 먼저 정상에 올라가려 하면 지그문트가 나를 넘어뜨리거나 하지 않을까, 하는 생각이 들더군요. '나는 젊은 사람과 다르지 않아. 뭐든 할 수 있어!'"[34]

많은 학자와 마찬가지로, 바우만도 통제할 수 있는 거의 모든 것을 통제하려 했다. 바우만이 생의 끝자락에야 마지막으로 놓은 열정 중 하나가 걷기였다. 지그문트는 지도, 캠퍼스, 길 안내서를 이용한 걷기가 인기를 얻기 전부터도 전문가에 버금가는 이런 방식으로 요크셔를 하이킹했다. 또 야니나와 함께 몇 시간 동안 리즈 지역을 걷곤 했다. 세월이 지날수록 걷는 속도와 거리는 줄어들었지만, 걷기는 두 사람에게 언제나 중요한 일과였다. 지그문트와 야니나가 전혀 흥미를 느끼지 못한 한 가지는 잡담과 허울뿐인 관계였다. 야니나에 따르면 두 사람은 그런 관습에 "순응할 생각이 없었다." 그래서 비슷한 생활 방식을 공유하는 사람들, 특히 바르샤바에서부터 알고 지낸 오랜 친구들과 사교 활동을 유지했다.

바르샤바의 반복

운 좋게도 지그문트와 야니나는 아주 가까운 친구들이 리즈에서 기차로 몇 시간 거리에 살던 시기에 영국에 이민했다. 마리아 히르쇼비치와 남편 우카시가 1968년 국가 포그롬 때 영국으로 이주한 뒤 런던에 살았다. 우카시는 여러 언어에 능통한 역사학자로 현대 이란과 아랍 세계 전문가였고, 박식함과 유머 감각으로 유명했다. 이들의 런던 집은 학자들과 폴란드 반체제 활동가들에게 열려 있었다. 히르쇼비치 부부는 지그문트, 야니나와 가족처럼 지내, 크리스마스와 새해 전야를 여러 번 함께 보냈다. 마리아는 우카시가 세상을 떠난 뒤 야니나와 무척 가까워져, 야니나의 회고록에 크나큰 도움을 줬다. 히르쇼비치 부부와 바우만 부부는 폴란드의 정치 상황을 토론하고 잃어버린 조국을 함께 되돌아봤다. 하지만 무엇보다 깊이 공유한 것은 브리지를 향한 열정이었다. 폴란드에서는 2:2로 대결하는 이 카드 게임이 인기가 매우 높아, 세계 정상급 팀을 여럿 배출했다. 브리지는 똑똑한 친구들이 함께 술을 마시고 끝도 없이 줄담배를 피우기에 좋은 놀이였다.

레셰크 코와코프스키와 아내 타마라가 방문했을 때는 브리지가 아니라 정치 문제, 신좌파[35] 같은 여러 정치 현안을 끝없이 이야기했다. 책, 영화, 철학, 소설을 이야기하고, 예전에 함께 일했던 사람들, 당 기관원, 폴란드에 남거나 떠난 모든 교수진의 소식을 주고받았다. 코와코프스키는 폴란드 지하 조직들과 가까웠다. 코와코프스키가 농담 삼아 자신과 바우만을 아우를 만큼 넓게 "보수적 자유 사회주의 노동자 연맹"이라고 부른 이 조직들의 활동이 오랜 토론 주제였다. 코와코프스키와 바우만은 이미 1960년대 후반부터 마르크스주의, 좌파 정당, 폴란드의 미래에서 견해가 갈렸다. 두 사람은 짙은 담배 연기 속에 몇 시간씩 이런 정치 논쟁을 이어 갔다.

두 사람 모두 골초였다. 테스터는 두 사람이 같은 몸짓으로 마치 연극 무대에 오른 배우처럼 담배를 피웠다고 전했다. 코와코프스키와 미셸 푸코Michel Foucault가 벌인 텔레비전 토론을 테스터는 이렇게 묘사했다.

코와코프스키가 담배 파이프로 지그문트와 똑같은 행동을 했습니다. 자기가 명백히 부정하는 주장을 푸코가 내놓자, 담배 파이프를 톡톡 두드린 뒤 탁자에 시끄럽게 재를 털더군요. 말은 한마디도 하지 않고요. … 몸짓만으로 할 말을 다 한 거죠. "정말 멍청한 말씀을 하시는구려."라고요. … 두 '수정주의자'는 파이프 담배로 비언어 소통을 주고받는 기술의 달인이었어요.

두 사람은 1968년에 똑같이 폴란드에서 추방당했다. 엄밀히 말하면 두 사람 모두 폴란드를 떠났다. 그래도 처지는 달랐다. 코와코프스키는 캐나다 맥길대학교에 방문 교수로 초대받았다. 하지만 바우만과 가족은 반유대주의 숙청으로 축출되어, 바우만은 바르샤바대학교에서 쫓겨나고 야니나는 영화공사에서 해고되었다. 게다가 정부가 바우만의 시민권을 취소했으므로, 바우만은 꼼짝없이 나라를 등지고 무국적자가 되어야 했다. 코와코프스키는 영국에서 손에 꼽게 저명한 기관인 옥스퍼드대학교 교수로 영국에 정착했고(틈틈이 시카고대학교에서도 강의했다) 마르크스주의 전문가였다. 바우만도 영국에 정착하기는 마찬가지였지만, 마르크스주의나 동유럽 전문 연구를 마다하고 리즈대학교에 자리잡았다.

폴란드를 떠난 뒤 수십 년에 걸쳐 서로 다른 길을 걸어 다른 정치 견해를 키웠으므로, 두 지식인의 관계는 단순하지 않았다. 한때 스탈린주의자였던 사람을 포함해 폴란드 지식인 대다수가 그랬듯, 코와코프스키도 갈수록 마르크스주의에서 멀어져 가톨릭 신앙과 종교 철학에 푹 빠졌고, 공산주의자로 산 과거를 후회하고 반공 자유주의자가 되어 마르크스주의 전문가로 일했다. 또 폴란드를 소련의 지배에서 벗어나게 해줄 전망이 가장 밝아 보이는 보수적 가치관 즉 정체성, 전통주의, 민족 보수주의에 깊은 관심을 기울였다. 바우만은 이런 변화를 매우 흥미롭게 관찰했고, 잠시지만 가톨릭주의로 전향하는 데 호기심을 느껴 관련 문헌을 두루 읽기도 했다. 하지만 흥미는 몇 주 만에 사라졌다. 그리하여 바우만은 남다르게도 마르크스주의나 동유럽을 전문으로 다루라는 제안을 거절하고 언제나 세상과 정치를 세속적으로 바라보는 사회주의자로 남아 보편주의 관점에서 사회를 반추했다. 자신만의 이론을 사색했고, 마침내 그 생각이 학계 너머로 퍼졌다. 학계 바깥의 명성에서 보면 코와코프스키는 주로 전후 소련권 국가에서 명성을 얻었다. 대부분 언론 기사체인 그의 글은 폴란드가 정치 변화를 일으키는, 특히 사회주의 체제에서 탈피하는 이론적 토대로 쓰였다. 1989년 이후 폴란드의 지도자와 정치인들은 코와코프스키가 공산주의에서 가톨릭교로 180도 전향한 것을 높이 샀다. 바우만은 이런 변신을 전혀 시도하지 않았다. 하지만 바우만이 특히 학계 바깥에서 오랫동안 발휘한 영향력은 코와코프스키를 크게 넘어선다. '유동하는 근대'를 낳은 아버지는 사회의 역동성을 반영한 사색으로 전 세계의 이목을 끌었고, 지구촌 곳곳에서 벌어진 '점령하라Occupy' 같은 운동에 이념적 영감을 불어넣었다.

두 사람의 우정은 여러 해에 걸쳐 시들어가다 마침내 사라졌다. 바우만과 코와코프스키는 이제 다른 진영에 속했고, 서슴없이 이견을 드러냈다. 첫 충돌은 1981년 12월 13일에 당 서기장 보이치에흐 야루젤스키 Wojciech Jaruzelski 장군이 계엄령을 선포한 뒤 일어났다. 반체제 인사들이 감옥에 갇혔고, 군이 폴란드 주요 도시의 거리를 점령했고, 노동조합 '연대 Solidarność'를 국가의 적으로 적시해 금지했다. 폴란드 반체제 운동의 정신적 지도자인 코와코프스키는 야루젤스키의 결정을 비난했지만, 바우만은 더 미묘한 견해를 보였다. 전직 군인인 바우만은 야루젤스키가 최악을 피한 선택을 했다고 이해했다. 만약 야루젤스키가 계엄령을 선포하지 않았다면 소련군이 움직여 1968년 체코슬로바키아의 재앙을 되풀이했을 것이다. 망명한 친구들 가운데 계엄령에 맞선 저항을 지지하지 않은 사람은 바우만뿐이었다. 나중에 군사 개입이 잘못이었다고 인정했지만, 이 일로 바우만은 사람들에게 야루젤스키의 쿠데타를 지지한 사람으로 기억된다.

바우만과 코와코프스키의 최종 결별은 2001년 9·11 테러 뒤 일어났다. 바우만이 2001년 9월 23일에 가톨릭계 주간지《티고드니크 포프셰흐니》에 기고한 대로, 9·11 테러는 세계에 크나큰 충격을 안긴 비극이었다. 그래도 바우만은 정치인과 언론이 '우리' 문명 세계와 '저들'의 야만 세계 사이에 새로운 전쟁이 벌어졌다고 선포한 데는 반대했다. 일부 다른 좌파 지식인과 마찬가지로, 바우만도 자본주의의 착취와 식민 관계가 테러리즘을 키웠다고 말했다. 이를 놓고 코와코프스키의 딸인 언론인 아그니에슈카 코와코프스카가 폴란드 일간지《제치포스폴리타》2001년 10월 4일 자에서 바우만에게 거친 비난을 퍼부었다.[36] "아부와 속임수, 조작"이 가득한 글에서 "생각 없이 자신의 견해를 반복한다."라고 공격하고, 바우만이 행동에 대한 책임을 거론한 문장을 "교묘하고 공허한 문장의 탈근대주의 서커스"라고 조롱했다. 코와코프스카는 아일랜드 언론인 로버트 피스크Robert Fisk와 미국의 사회비평가 놈 촘스키Noam Chomsky 같은 급진주의자들이 바우만과 비슷하게 테러리즘을 정당화했지만, 바우만만큼 반미는 아니었다고 주장했다. 그리고 "이제 우리가 져야 할 신성한 의무는 미국과 우리 문명에 충성하는 것이다."라고 결론지었다. 바우만은 이 비난을 근거가 부족한, 지나친 생트집으로 봤다.[37] 코와코프스키가 개입하기를, 적어도 코와코프스키와 토론하기를 기다렸다. 하지만 아무 일도 일어나지 않았고, 두 사람의 관계는 끝이 났다.

마리아 히르쇼비치도 정치 견해 차이로 지그문트, 야니나와 사이가 틀어졌다. 『일찍 찾아온 겨울』에서 야니나는 마리아와 우카시에게 따뜻한 고마움을 전했다. 하지만 마리아는 2001년에 『참여의 함정 ―공산주의에 헌신한 지식인』을 펴낼 때, 지그문트가 1960년대에 젊은 공산주의자와 이들의 당 참여를 연구했다는 사실을 분명히 알았으면서도 지그문트와 야니나를 전혀 언급하지 않았다. 책에서 마리아는 공산주의에 참여한 지식인을 날카롭게 비판했다. 그리고 실증주의자로서, 21세기 사회학이 철 지난 견해로 여기는 진실과 도덕법에 강한 확신을 드러냈다. 책은 히르쇼비치와 다른 폴란드 지식인들이 코와코프스키를 절대 기준으로 떠받들어 코와코프스키의 언급에 목을 맸다는 것을 보여준다. 사회주의 가치관은 시대에 뒤떨어진 신념이 되었고, 지그문트와 야니나는 가까웠던 친구를 여럿 잃었다. 고통스러운 경험이었을 텐데도, 지그문트는 이 일을 한 번도 입 밖에 내지 않았다. 사실, 유쾌하지 못한 개인사는 어떤 것도 거의 입에 올리지 않았다.

1970년대에 폴란드가 여행 규제를 느슨하게 푼 덕분에, 예전 동료와 친구 몇몇이 리즈를 찾아 바우만을 만날 수 있었다. 바우만의 초기 공저자인 예지 비아트르도 그중 한 명이었다. 또 다른 방문자인 예지 샤츠키는 바우만이 직접 만든 와인을 대접했다고 기억했다. 바우만은 폴란드에서 여전히 요주의자였고 저서가 금서로 묶여 있었지만, 몇몇 폴란드 친구가 귀국 뒤에 겪을지 모를 곤경을 무릅쓰고 론스우드가든스를 찾았다. 다행히 비아트르와 샤츠키에게 아무 문제도 일어나지 않았다. 이 무렵 폴란드 정권은 소련이나 동독처럼 엄격하지 않았다.

가족과 이웃사촌

리디아와 이레나가 리즈를 떠나 대학교에 갔을 때, 야니나는 세 사람이 살기에는 집이 너무 크다고 불만을 토로했다. 알리나가 세상을 떠난 1980년 뒤로, 지그문트와 야니나는 방 네 칸짜리 집에서 단둘이 살았다. 그리고 오랜 시간이 지나서야 집에 다시 식구가 늘었다. 공부를 마친 이레나가 남편 모리스와 함께 리즈에 정착하기로 한 뒤 건축 사무실을 열었고, 여러 달 동안 부모님 집에서 살았다. 이레나는 그 시기를 특히 좋았던 때로 기억한다. "우리는 많이 웃고, 많이 먹고, 많이 마시고, 담배를 엄청나게 피웠어요." 그 무렵 이레나가 담배를 끊으려 노력 중이었는데, 이번에는 남편 모리스가 담배에 맛을 들였다. 모든 공익 캠페인이 흡연의 해로움을 알렸지만, 론스우드가든스 1번지에서는 지나치지만 않으면 음식이든, 술이든, 담배든 해롭지 않다고 보았다. 그곳에서는 인생을 즐기는 것이 무엇보다 중요했다. 이미 1940년대에 바우만의 군대 상관은 바우만이 술을 즐기거나 과음은 하지 않는다는 것을 알았다. 그리고 그 뒤로도 이런 습관이 그리 바뀌지 않았다. 지그문트는 한 번도 몸을 가누지 못할 만큼 술을 마시지 않았다. 유일하게 중독된 것은 담배였다. 농담 삼아, 자신이 이렇게 오래 살았으니 담배가 그리 위험하지 않다는 살아있는 증거라고 말하곤 했다.

시간이 지나자 바우만의 집에 모이는 친구들이 폴란드 이주민 사회 바깥으로 넓어졌다. 이레나와 모리스가 떠난 뒤, 리즈대학교에서 영국

문학에 나타난 반유대주의를 연구하는 젊은 영국 문학자 브라이언 체예트가 바우만의 집 근처로 이사했다. 체예트의 연구 주제가 지그문트와 야니나의 흥미를 끌었다. 체예트는 1986년부터 1996년까지 리즈에서 살았다. 1980년대 중반인 이 시기는 현대 유대학이 일어나던 때라, 바우만의 집에서 홀로코스트와 반유대주의가 가장 중요한 주제였다. 『현대성과 홀로코스트』의 서문에서 바우만은 체예트의 "비판과 조언"에 고마움을 전했다. 이 젊은 학자는 10년 동안 폴란드식으로 전화나 약속 없이도 오다가다 잠깐 커피나 술을 한잔하러 들러 수많은 관심사로 이야기를 나눴다.[38]

바우만 부부와 가까운 친구로 지내는 혜택을 누린 또 다른 사람은 문화예술 사회학자 재닛 울프Janet Wolff다. 울프는 1973년에 박사 과정을 밟는 동안 바우만을 만났다. 바우만의 추천으로 리즈대학교에서 경력을 쌓기 시작한 울프는 바우만의 집에 자주 들러 홀로코스트를 포함한 다양한 주제로 이야기를 나눴다. 야니나는 『일찍 찾아온 겨울』에서 울프에게 고마움을 전했다. 울프는 자신이 여러 장의 초안을 가장 먼저 읽었다고 회고했다. (Wolff, 2011) 야니나는 책에서 그리젤다 폴록에게도 고마움을 전했다. 폴록은 리즈대학교 강사로 부임한 첫해인 1978년에 지그문트와 야니나를 만났고, 남편 앤터니 브라이언트와 더불어 지그문트와 야니나에게 무척 가까운 친구가 되었다. 일터가 같았으므로(브라이언트가 잠시 사회학과에서 일했다), 이들의 주요 관심사는 유대인 가족의 역사 유산이었다. 지그문트와 야니나에게는 이런 이웃(주로 예술·인문학과에서 일하거나 공부하는 사람들이었다)과 나눈 따뜻한 관계가 잃어버린 가족을 재구성하는 것과 마찬가지였던 듯하다. 모두 아슈케나짐 문화, 홀로코스트 유산과 강한 관련이 있는 사람들이었다. 그렇다고 지그문트와 야니나가 종교로서 유대주의로 복귀한다는 뜻은 아니었다. 두 사람은 익숙한 세속 문화에서 평안을 찾았다.

모든 가정이 그렇듯, 이야기를 주고받지 않는 영역도 있었다. 바우만은 최신 학문의 흐름인 페미니즘 연구에 완전히 깜깜했다. 폴록은 이렇게 설명했다. "지그문트는 이론을 설명하고 질문하는 지식으로서 페미니즘은 이해하지 못했습니다. 하지만 학과에서 여성을 고용하고 지원하는 데는 크게 힘을 보탰어요. … 전형적인 가부장주의자와는 거리가 멀었지요. 내게 무척 친절했고, 내가 쓰거나 말한 내용에 관여하지 않고 무척 존중하고 인정했어요." 페미니즘 비평론을 연구한 폴록이 페미니즘 비평 세미나에 바우만을 초대했지만, 바우만이 전혀 관심을 보이지 않았다고 한다. 폴록은 바우만이 페미니즘에 연결 고리가 없어서겠거니 추측하면서도, 바우만 같은 독서광이 왜 페미니즘에 그토록 흥미를 느끼지 않는지 궁금하게 여겼다. 폴록은 "지그문트에게는 자신의 경험이 가장 중요"했다고 지적했다.

폴록의 비판은 지식인의 경험과 연구 사이에 관련성이 없다는 바우만의 단언을 무너뜨린다. 난민과 무국적자, 낙인찍히고 소외된 사람들에게 언제나 세심하기 그지없던 바우만이 왜 페미니즘에는 한 번도 관심을 보이지 않았을까? 폴록은 성적 학대나 남성 우위처럼 "자신의 경험과 직접 관련하지 않는 현상에 접근하는 일이 바우만에게 왜 그토록 어려웠을까요?"라고 물었다.[39]

적절한 질문이다.

바우만 세대의 지식인은 흔히들 페미니즘에 거의 관심을 보이지 않았다. 바우만이 강인한 어머니와 말수 적은 아버지 밑에서 자랐다는 사실도 고려해볼 만하다. 게다가 어린 시절을 보낸 소련에서는 전쟁 탓에 주변에 건강한 남성이 없고 여성이 그 자리를 대신했다. 그 무렵 소련은 젊은이가 남성과 여성의 평등이라는 환상을 품을 수 있는 나라였다. 여성 해방과 평등은 전후 폴란드가 내건 공식 이념 중 하나였고, 몇몇 측면에서는 현실이었다. 야니나 바우만은 활발히 활동해 성공을 거둔 전문직 여성이었다. 그러니 바우만에게 여성 차별은 과거의 문제였다.

둘째, 바우만이 쓴 연구 방법론도 페미니즘을 이해하기에 불리했다. 바우만은 '타고난 관찰자'였다. 하지만 사회학자들이 다른 사람의 경험을 공유해 관찰 영역을 넓히는 문화기술지 방법론은 쓰지 않았다. 이론을 파고드는 연구 방식은 저자가 인간 활동의 넓은 영역에 접근하게 돕지만, 여전히 접근하지 못하는 영역이 남는다. 친밀한 환경이나 숨겨진 환경에서 개인이 느끼는 감정과 경험, 이를테면 성적 학대처럼 접근하기 어려운 사안에는 특별한 추가 접근이 필요하다. 사회과학자의 생각이 지닌 한계를 인식하는 것은 문화기술지 작업, 그리고 비판적 페미니즘 접근법에 속한다.

셋째로 고려해야 할 요소는 연구에서 성별 분업이다. 바우만의 공저자 대다수는 남성이었다. 폴란드에서 바우만 세대에도 마리아 오소프스카, 문화사회학자 안토니나 크워스코프스카처럼 "학문 이론을 다루는 강인한 여성들"이 있었지만, 예외에 속했다. 야니나 말고는 바우만이 토론을 주고받은 상대가 대부분 남성이었다. 바우만 부부와 친구로 지낸 철학자 헬레나 에일스테인은 개인 서신에서 지그문트에게 동물의 소통과 사회 조직을 이해하지 못한다고 질책했다.[40] 에일스테인이 이런 서신을 보낸 시기는 1980년대 후반부터 1990년대 초반이었다. 한 편지에서는 동물과 관련한 몇몇 책과 논문을 언급하고서, "꼭 개를 키워봐야 한다." 라고 적었다. 에일스테인은 1960년대에 바우만의 논문 한 편을 논평할 때도 이 문장을 집어넣었다. 에일스테인은 반려동물을 키우는 경험이 강좌에 참석하는 것보다 바우만의 마음을 더 활짝 열어주리라고 확신했다. 물론 적절한 독서도 권했다.[41] 하지만 바르샤바의 지식인 사회에서 에일스테인은 '희한하고' '유별나고' '흔치 않은' 사람이었다. 반유대주의 압력에 못 이겨 나이 든 어머니와 함께 폴란드를 떠나 미국으로 갔지만, 미국 생활이 자신에게 맞지 않는다는 것을 깨닫고 1990년대에 다시 폴란드로 돌아왔다. 지그문트에게 왜 새로운 접근법을 거부하느냐고 다그치면서도, 지그문트와 야니나에게 가까운 친구로 남았다.

이 가족사진을 완성하려면 바우만의 두 '정신적 아들'을 포함해야 한다. 한 명은 키스 테스터고, 다른 한 명은 오스트레일리아에 살면서 꾸준히 론스우드가든스를 찾은 피터 베일하츠다. 베일하츠는 거의 30년 동안 적어도 1년에 한 번은 지그문트와 야니나를 방문했고, 이메일로 꾸준히 연락을 주고받았다. 베일하츠와 테스터가 처음 만난 광경은 바우만이 가까운 친구들을 어떻게 이어줬는지를 보여준다. 테스터는 2000년에 바우만의 집에서 베일하츠를 처음 만난 일을 이렇게 이야기했다.

내가 도착했을 때 이미 피터가 와 있었습니다. … 지그문트와 함께 거실로 갔지요. 거기 피터가 앉아 있더군요. 지그문트가 피터를 일으켜 세우더니 한 손은 내 어깨에, 다른 손은 피터의 어깨에 올리고 말했어요. "나는 이제 방에서 나가겠네. 10분 뒤 내가 돌아오면 자네 둘이 형제가 되어 있는 거야." … 그러더니 우리를 소파로 밀쳐 주저앉히고서는 방을 나가더니 10분 뒤 돌아와 묻더군요. "이제 형제가 되었나?" 서로 잘 지냈으니 우리가 운이 좋았지요. … 어찌 보면 그게 지그문트가 자기 세계를 형성하는 방식이었습니다. … 지그문트가 우리를 통제해서 우리는 아무런 선택권이 없었어요.

테스터에게는 특히 이 상황이 주변 환경을 통제하려는 바우만의 모습을 보여주는 신호였지만, 베일하츠에게는 그저 친구들을 하나로 묶는 가족적 방식, 즉 주변 환경을 우호적으로 관리하려는 지식인이나 강인한 인물이 흔히 보이는 의사 표시였다. 베일하츠는 테스터보다 나이가 많고 바우만의 제자도 아니라서, 바우만이 자신을 어떤 식으로 통제하려 들든 신경 쓰지 않았다. 함께 협업하는 동안에도 바우만의 연구를 자신이 해석한 대로 자유롭게 글을 썼다.

두 사람을 통제하려 했든 아니든, 바우만이 옳았다. 피터와 키스가 '형제'가 되기를 바랐던 꿈이 이뤄져, 그 뒤로 두 사람은 오랫동안 깊은 우정을 나눴다. 베일하츠는 자신의 책 마지막에 이렇게 적었다. "그러므로 어떤 의미에서 우리는 아들이었다. 지그문트는 우리를 자주 식탁으로 부르곤 했다. '얘들아! 내 귀염둥이들! 점심을 다 차렸단다! 이제 먹어야지!' 우리는 식탁 너머로 수도 없이 잔을 부딪쳤다. Na Zdrowie!(건배!)" (Beilharz, 2020, 106)

15
세계적 사상가

유동하지 않는 사랑—janzygbau@

야니나 바우만과 지그문트 바우만은 같은 이메일 주소를 썼다. janzygbau@은 단단히 이어진 두 사람의 관계에 어울리게, 두 사람의 이름에서 첫음절을 따 만든 것이다. 인터뷰에서 테스터가 말했다. "두 사람이 거의 모든 작업을 한 쌍으로 일했습니다. 사실 … 따로 떼어 보기 어려운 사이였지요. … 두 사람 사이에는 격식이 없었어요. … 자기만의 정체성이 있으면서도 본질은 하나였지요."[1] 바우만은 1925년 11월에 태어나자마자 아내를 '주문'했더니 아홉 달 뒤인 1926년 8월에 야니나가 태어났다고 말하곤 했다. 이 이야기는 오늘날 성 정치학 측면에서 두 가지로 해석할 수 있다. 먼저, 부부의 낭만적 운명을 표현하는 사랑의 메시지로 볼 수 있다. 야니나는 바우만에게 천생연분이었다. 하지만 바우만이 아내의 잉태를 주문했으니, 지배하는 남성의 위치를 표현했다고 볼 수도 있다. 이는 가부장적 상상과 짓궂은 유머 감각이 함께 녹아든 두 사람의 관계를 무척 잘 묘사한다.

테스터는 바우만이 "야니나를 사랑하는 마음을 쑥스러움 없이 드러 낸" 당당하고 매력 있는 남자였다고 말했다. 폴란드 언론에 실린 여러 인 터뷰에서 바우만은 자신이 아내를 깊이 사랑하고 강력하게 이어져 있으 며, 자세히 보면 자신이 아내에게 통제받는 것을 단박에 알아차릴 것이 라고 단언했다. 신문 인터뷰에서 폴란드에서 정치에 참여했던 경험을 이 야기할 때는 이렇게도 말했다. "야시아도 말했습니다. '포기해요. 그만둬 요. 환상을 버려요.' 우리는 인생을 함께 의논했으니까요. 맞습니다. 야시 아가 바로 이성의 목소리였지요. 그런데 왜 야시아에게 귀 기울이지 않 았느냐고요? **결국은 야시아에게 귀 기울이는 데 익숙해졌습니다.**"[2]

폴란드어에서 '~에게 귀 기울이는 데 익숙하다'라는 뜻인 słuchałem się는 아이들이 '나는 부모 말을 잘 듣는다'라고 말할 때 쓰는 조금 옛날식 표현이다. 그런데 이 구절에는 사소한 문법 오류가 하나 있다. 흔히들 남 에게 귀 기울인다는 뜻으로 쓰지만, słuchałem się는 원래 자신에게 귀 기 울인다는 뜻이다. 우리는 다른 사람에게 귀 기울이거나 자신에게 귀 기 울일 수는 있어도, 남에게 귀 기울이면서 자신에게도 귀 기울이지는 못 한다. 바우만이 먼저 자신에게 귀 기울인 다음에 야니나에게 귀 기울였 다는 뜻에서 보면, 바우만이 쓴 예스러운 표현[3]이 두 사람의 관계를 어느 정도 드러낸다.

바우만의 폴란드 친구들은 이런 자기표현이 사실이라고 증언했다. 이 들에 따르면 결정을 내리는 사람은 야니나였다. 야니나는 성품이 매우 강인했다. 이를테면 오스트레일리아로 이주하기를 거절한 사람도 야니 나였고, 1968년에 이스라엘을 이주지로 선택한 까닭도 지그문트가 아니 라 야니나가 선호한 곳이었기 때문이다. 단언컨대 두 사람의 관계는 한 사람이 우위를 차지하는 관계보다 더 복잡했다. 무려 62년을 함께한 인생은 단순히 한 방식으로 압축하기 어렵다. 테스터는 두 사람의 관계를 이렇게 묘사했다.

> 이런 그림을 떠올려 봐요. 야니나가 응접실 한쪽 구석에서 담배를 피우며 앉아 있어요. 지그문트는 돌아다니며 음식과 음료가 떨어진 손님이 없는지 확인하고요. 실권을 쥔 사람은 확실히 야니나였습니다. … 야니나가 상황을 정의하면 지그문트가 야니나를 도와 야니나의 뜻을 실현했어요. 그런데 실권을 쥐었다고 하면 야니나가 상황을 통제했다는 말로 들리겠지만, 그렇지는 않았습니다. 두 사람이 맡은 역할이 달랐거든요. 야니나가 일을 구상하면, 지그문트가 실현했지요.

야니나가 1988년에 펴낸 책 『소속을 꿈꾸다』에서 아름답고 달콤한 사랑으로 묘사한 두 사람의 관계를 정의하기에 가장 적절한 용어는 '융합'일 것이다. 두 사람은 야니나의 생일인 8월 18일에 결혼해, 결혼과 야니나의 생일을 영원히 하나로 묶었다. 하지만 야니나는 지그문트가 규정한 배우자가 될 준비가 되어 있지 않았다. 야니나의 부모는 야니나를 의사로 키우려 했다. 하지만 야니나는 전쟁이 터진 뒤 게토와 은신처에서 사는 동안 작가가 되기를 꿈꿨다. 대학교를 졸업한 뒤에도 계속 일기를 썼다. 아이 셋을 키우며 직장 생활을 하는 여성에게 쉽지는 않은 일이었다. 야니나는 불안정한 정치 상황 속에서 검열관과 영화인 사이에 없어서는 안 될 협상자로 흥미로운 경력을 쌓았다. 국제 영화제에서 폴란드 영화를 대표했고, 폴란드의 영화 예술이 정점에 오른 시기에 고위직에 올랐다.

1950년대 말에 집안 형편이 나아졌을 때부터, 지그문트와 야니나는 결혼기념일마다 함께 저녁을 먹으며 지난 한 해를 되돌아보고 다가올 한

해를 기원했다. 야니나는 『소속을 꿈꾸다』에서 "우리는 단 한 번도 놓치지 않고 해마다 결혼기념일을 챙겼다. 1960년대에 결혼 생활을 무너뜨릴 위협이 닥친 슬픈 위기 때마저도. 함께 이야기하고 귀 기울이는 것이 언제나 도움이 되었다."라고 적었다. (J. Bauman, 1988, 58) 한때 두 사람의 결혼 생활이 위기를 맞았다. 하지만 함께 이겨냈다. 흥미롭게도 이 조심스러우면서도 중요한 정보는 영어판에만 실렸다. 폴란드 독자들에게 야니나와 지그문트는 아무런 위기를 겪지 않은 완벽하기 그지없는 부부였다. 여러 토론과 글에서, 바우만은 처음에 느꼈던 열정을 유지하고자 끝없이 노력하고 끊임없이 배려하는 것이 중요하다고 강조했다. "사랑은 … 행복과 의미로 가는 쉬운 길이 있다는 약속을 사절한다. … 사랑은 시시각각 새로 **만들고** 또 만들어야 하는 것이다. 끊임없이 되살리고 다시 확인하고 돌보고 보살펴야 하는 것이다." (Bauman, 2008, 132)

바우만은 누군가를 사랑하려면 날마다 훈련하고 실행해야 한다고, 의논하고 설명하고 잘못된 부분을 고치고 사과하고 용서해야 한다고, 그래야 신뢰와 이해가 쌓인다고 봤다. 바우만은 소비하듯 상대를 빠르게 바꾸는 탓에 관계를 개선하기 어렵고 그래서 사랑이 불안정하게 흔들리는 요즘과 달리, '유동하는 근대' 이전에는 사랑이 이런 식이었다고 주장했다. 바우만이 경험한 사랑이 바로 이런 방식이었다.

바우만은 사랑하는 사이에 행복이 중요하다고 봤으므로, 행복이라는 주제에 매료되었다. '장기 지속' 관계에서 행복을 유지하기란 몹시 어려운 일이다. 액체처럼 유동하는 세상에서 유동하지 않는 사랑을 만들려면 어떻게 해야 할까? 바우만은 2011년에 심리학자 유스티나 동브로프스카와 나눈 인터뷰에서 사랑에 얼마나 복잡한 요소가 얽히고설켜 있는지를 이렇게 설명했다.

"당신을 사랑합니다." 이 말은 무슨 뜻일까요? 실제로 이 말은 당신의 모든 것이 잘되기를 바랍니다, 당신이 행복하기를 바랍니다, 라는 뜻입니다. … 그 바람을 행동으로 뒷받침하려면 이상적 상대를 만들어야 합니다. 당신의 행복인 그 사람은 사실, 당신에게 이로운 이미지입니다. 상대를 사랑하는 마음에 언젠가부터, 상대를 행복하게 하는 방법을 상대보다 내가 더 잘 안다고 확신합니다. 그래서 상대의 자유를 짓밟습니다. 상대의 행복을 빌미로, 상대가 하고 싶어 하지 않는 일을 강요하려 합니다. 이와 달리 내가 상대의 자유를 다른 무엇보다 중요하게 여긴다면 무슨 일이 일어날까요? 거기에는 또 다른 함정이 도사리고 있습니다. 폰티우스 필라투스(본디오 빌라도)의 몸짓이, … 간단히 말해 무관심과 무감각이요. 어느 쪽이든, 바로 그때가 사랑 앞에 묘비를 세우고 부고를 써야 하는 순간입니다. (Dąbrowska, 2019, 158~159)

이것이 지나친 통제와 지나친 자유 사이에, 소유욕과 무관심 사이에 갇힌 사랑의 슬픈 그림이다. 난감하게도 사랑을 이상적 상대의 모습에 근거한 감정으로 인식하는 그림. 이 그림에서 어디까지가 바우만 자신의 경험이었을까? 바우만이 야니나의 자서전에 보인 반응에서 이 물음의 답을 어느 정도 들여다볼 수 있다. 2016년에 테스터에게 보낸 이메일에서 바우만은 『소속을 꿈꾸다』에 나오는 '콘라트'라는 인물이 "야니나가 꿈꾸는 내 모습을 상징하지만, 대놓고든 에둘러서든 야니나의 인물 묘사에 간섭하고 싶은 마음을 조심스럽게 억눌렀다네."라고 적었다. 흥미롭게도 콘라트는 영어판에서만 '지그문트'를 상징하는 인물로 등장할 뿐, 폴란드어 번역본에서는 그대로 지그문트라는 이름을 쓴다. 왜 이렇게 바뀌었을까? 영어판에서는 사생활이 중요한 가치인 영국 문화를 반영해서였을까? 아니면 결혼기념일 저녁 식사 때 일어났을 타협과 의논의 결과였을까?

두 사람이 함께 나눈 삶을 다룬 이 자서전에서 야니나는 해마다 한 번씩 맞이한 특별한 밤에서 얻은 신중한 통찰을, 두 사람이 함께한 오랜 세월 사이사이의 한 자락을 보여줬다. "우리는 여전히 술집에서 이야기를 나눈다. 앞으로 함께 할 또 다른 1년을 이야기하고 우리 딸들을 이야기한다. 좋았던 일, 나빴던 일, 더 좋아져야 할 일을 정리한다. 앞으로 한 해 동안 해야 할 일들을 생각한다. 그리고 미사일, 실업률 증가, 이스라엘의 군사 행동처럼 우리가 막을 수 없는 일들도." (J. Bauman, 1988, 59)

1986년이나 1987년쯤이었을 이때, 야니나와 지그문트는 리즈의 어느 식당에 앉아 한 해가 더 쌓인 결혼 생활을 축하하고 40년을 함께 한 지금도 "여전히 평화롭게 함께 앉아 새로 다가올 1년을 예측하고 이야기하는" 생활에 감사했다. 다가오는 은퇴에 즐거워했다. 특히 지그문트는 은퇴할 날이 한시바삐 오기를 애타게 기다렸다. 이때 두 사람은 앞으로 야니나가 성공을 거둘 줄을, 지그문트가 화려한 명성을 얻고 독창적인 저서를 내놓을 줄을 상상하지 못했을 것이다. 머잖아 일어날 놀라운 정세 변화는 아예 상상 밖이었다. 이스라엘의 군사 상황과 거기 사는 가족의 안전을 걱정했지만, 2년 뒤쯤 동유럽 전체가 몰락하리라고는 상상도 못했다. 그리고 그때 두 사람이 20년 만에 처음으로 폴란드 땅을 다시 밟을 것도.

폴란드 짝사랑

독일 철학자 프란츠 로젠츠바이크Franz Rosenzweig에 따르면 "유대인이 국가 생활에 얼마나 참여하느냐는 개인이 아니라 국가에 달렸다." (Levinas, 1976) 바우만이 당국과 기관으로 대표되는 사회인 폴란드와 어떤 관계였느냐는 간단치 않은 이야기다. 크게 보면 이 관계는 짝사랑이다. 한 개인이 여느 폴란드인과 마찬가지로 자신을 폴란드 국민으로 여긴다고 평생에 걸쳐 증명한 이야기다. 이런 곤경에 빠진 사람은 바우만만이 아니었다. 폴란드인 가운데 유대 문화를 간직한 사람은 누구나 근본적으로 이런 문제를 겪는다.

이 문제를 놓고 많은 지식인이 공개적으로 견해를 밝혔다. (Prokop-Janiec, 2013) 하지만 바우만은 카지미에시 브란디스, 스테판 모라프스키, 율리안 투빔, 아르투르 산다우에르를 포함한 많은 폴란드 지식인과 달리, 한 번도 이 문제에 견해를 밝히지 않았다. 바우만이 남긴 비공개 원고의 제목은 「폴란드인, 유대인, 그리고 나—지금의 나를 만든 모든 것들에 관한 연구」다. 바우만은 이 문제를 대부분 이 독특한 원고에서 다뤘다.

지그문트 바우만은 폴란드를 흠뻑 사랑했다. 폴란드어를 누구보다 완벽하게 구사했고, 폴란드 문학과 시를 사랑했다. 학교에서 탁월한 성적을 보였고, 열여덟 살에는 자랑스러운 마음으로 폴란드군에 입대했다. 전쟁이 끝난 뒤에는 폴란드식 사회 정의를 추종해 더 나은 사회를 건설하는 데 활발히 참여했고, 자신을 **폴란드인** 사회학자로 정의하는 유능한 학자가 되었다. 하지만 자신이 폴란드인이 될 권리가 충분하다는 바우만의 주장은 오랜 삶의 단계마다, 심지어 삶이 끝난 뒤에도 도전받았다. 어떤 정치인이 정권을 잡느냐, 자본주의가 득세하느냐 사회주의가 득세하느냐에 상관없이, '나는 폴란드인이다'라는 바우만의 선언을 여전히 정당하지 않게 보는 눈초리가 있다.

바우만이 2013년 인터뷰에서 내게 들려준 이야기는 이 변치 않는 애증 관계를 보여준다.

1968년에 폴란드 국경을 넘었을 때, 지그문트와 야니나는 두 번 다시 폴란드 땅을 밟지 못하리라고 생각했다. 그래도 지그문트는 영국 시민권을 받자마자, 세관에 압수당했던 원고를 되찾고자 폴란드 정부 기관에

서신을 보냈다. 바우만은 그때 받은 회신을 계속 갖고 있었다.[4] 세관은 바우만의 원고를 모두 폴란드학술원(PAN)으로 보냈다고 답했다. 바우만이 다시 폴란드학술원 원장에게 서한을 보냈지만, 어떤 원고도 받지 못했다는 회신이 돌아왔다. 그래서 이번에는 세관과 학술원에서 받은 회신을 당시 국가평의회 의장이자 예전에 당 모임에서 만난 적이 있던 헨리크 야브윈스키에게 보냈다.[5] "야브윈스키는 한 번도 답신하지 않았습니다. 아무런 답도 없었어요." 2006년 무렵, 바우만의 제자였던 어느 박사 과정 학생이 국가기억원에서 연구하는 동안, 바우만이 압수당한 저술이 있기를 바라는 마음으로 바우만의 서류철이 보관된 위치를 알아냈다. "어리석게도 … 굳은 믿음으로 국가기억원에 서한을 보냈습니다." 바우만은 자신과 야니나의 원고를 돌려달라고 부탁했다. 그리고 얼마 지나지 않은 2006년 6월, 국가기억원 소속 역사학자 피오트르 곤타르치크가 바우만의 전시 및 전후 활동과 관련해 논란을 불러일으킬 글 「세묜 동지, 지그문트 바우만의 알려지지 않은 이력 *Towarzysz "Semjon", nieznany życiorys Zygmunta Baumana*」을 발표했다.[6] 바우만은 이 문제를 이렇게 설명했다.

> 국가기억원은 내 물음에 한 번도 답하지 않았습니다. 세관과 국가평의회 의장 야브윈스키의 모의가 지금까지 이어집니다. 바뀐 것은 하나도 없어요. … 정권이 오가고, 국가평의회 의장과 대통령이 교체되고, 체제가 바뀌지만, 첩보 기관에는 연속성 같은 것이 있습니다. 그들은 정말로 바뀌지 않습니다. 변화가 미미해요. 사람은 바뀌지만, 체계는 기본적으로 언제나 그곳에 그대로 있습니다.

바우만뿐 아니라 폴란드의 역사학자들도 언급했듯이,[7] 이 연속성은 놀랍게도 1968년 고무우카 정권, 1972년 에드바르트 기에레크 Edward Gierek

정권, 그리고 공산 정권이 붕괴한 뒤까지 완전히 다른 세 시대를 아우른다. 주목해야 할 점은 2010년에 바우만이 폴란드 문화유산부에서 폴란드 최고 훈장인 문화 공훈훈장 글로리아 아르티스Gloria Artis를 받은 뒤로 이 규칙에 예외가 생겼다는 것이다. 그래도 훈장 수여는 특히 우파 정당 지지자들에게 많은 비판을 받았다. 놀랍게도 예전 공산주의 정권과 오늘날 우파 지지자 사이에 연속성이 있어, 바우만에게 똑같은 반응을 보인다. 이들은 언제나 적대적으로, 언제나 한결같이 반유대주의를 외친다.

이들에게 바우만은 언제나 '폴란드의 적'이었다. 그런데 바우만과 달리, 1968년 수정주의자들의 가장 중요한 지도자 레셰크 코와코프스키는 1989년에 정권이 바뀐 뒤로 환영받았다. 왜 이렇게 다른 반응이 나왔을까? 코와코프스키는 처음부터 완벽한 폴란드 사람으로 받아들여졌다. 코와코프스키는 유대계 폴란드인이 아니었다. 가톨릭 집안 출신이었고, 조상들의 종교로 돌아갔다. 노선을 바꿔 자본주의를 지지한 뒤로는 공산주의 정부에 참여한 일을 용서받았다. 바우만이 유대인 출신이라는 것은 바꿀 수 없는 사실이다. 대중과 지식인 대다수는 바우만이 그래도 좌파 사상만큼은 단념하기를 바랐다. 헛수고였다. 바우만은 계속 사회주의를 믿었다. 냉전 시대에 소련 연구자가 되기를 거부하고, 예일대학교 같은 세계 유수 대학의 제안을 거절한 까닭도 그래서였다.[8]

도의적 죄인

폴란드를 떠난 뒤로도 오랫동안, 바우만은 첩보 기관에 감시받았다. 첩보 기관은 바우만의 이름을 대문자 없이 복수 형태로 써 미묘한 낙인을 찍었고, 바우만을 표리부동한 사람으로 묘사했다. (Kraśko, 2017, 66) 1968년 3월 사태를 격렬하게 공격한 반유대주의 언론인 중에서도 특히 리샤르트 곤타시가 바우만에 날을 세웠다. 곤타시는 「지그문트 바우만의 새로운 길」이라는 글에서 이스라엘 신문《마리브》에 실린 바우만의 왜곡된 인터뷰(12장을 참고하라)를 심술궂게 비꼬는 방식으로 분석했다.《마리브》에 실린 인터뷰 기사는 폴란드어로 번역되어 자유유럽방송에서 전문이 방송되었다. 공안실 직원이던 곤타시는 비밀경찰이 갖고 있던 기사 사본에 접근할 수 있었다. (Dąbrowski, 2008) 그리고 이 기사를 이용해 바우만을 시온주의의 첩자로, 혁명적 마르크스주의자인 체했던 '얼치기 수정주의자들'의 우두머리로 묘사했다.

> 수도 바르샤바의 지식인층에서 … 바우만은 1등성이었다. 3월 사건에 참여한 많은 사람이 최근까지도 그를 우상으로 여겼다. 많은 젊은이와 순진한 사람이 지그문트 바우만을 마르크스주의의 탁월한 해석자 중 한 명으로 믿었다. … 권력에 굶주린 정치 협잡꾼들의 지시를 받은 이 '호전적 시온주의자'가 학생들에게는 영적 지도자이자 스승이었다.[9]

글은 바우만에게 젊은 시위 참가자들의 도발을 지원한 책임이 있다고 언급하며 이렇게 결론지었다. "바우만은 3월 사태를 일으킨 도의적 죄인 중 한 명이다. 주범 중 하나다." 알다시피 이 주장은 진실과 완전히 동떨어져 있다.

바우만 서류철에 따르면, 당은 1968년 9월 18일에 폴란드학술원 철학·사회학연구소에서 모임을 주관해, 자유유럽방송이 내보낸 바우만의《마리브》인터뷰 기사를 읽고 논의했다. 바우만의 이미지를 조작해 1968년 3월 봉기의 평판을 떨어뜨리기 좋은 시점이었다. 한 공안실 요원은 이렇게 적었다.

모임 참석자들이 Z. 바우만이라는 인물과 그의 태도에 불만을 드러내며, 바우만이 자기가 사는 국가와 정치 체제에 상관없이 어떤 상황에서라도 출세하고 싶은 욕망에 사로잡힌, 겉과 속이 다른 인물이라고 목소리를 높였다. 참석자들은 Z. 바우만이 바르샤바 철학계와 사회학계의 완전한 연대를 언급한 부분에 특히 분노를 드러냈다. 노동자들의 선언에 바우만이 보인 반응에는 코웃음을 쳤다. … 모임이 끝날 무렵, 당원이 아닌 가톨릭계 젊은 학자 한 명이 모임에 초대해준 덕분에 Z. 바우만의 본모습을 알게 되었다며, 내게 무척 고마워했다.[10]

바르샤바대학교에서 열린 다양한 당 모임에서도 '바우만 사례'를 놓고 비슷한 비난이 일었다.

유령 인간

1968년 봄, 바우만은 물론이고 다른 '수정주의 저자들'의 출판물이 서점, 도서관을 포함해 대중이 접근할 수 있는 모든 곳에서 회수되었다. 바우만의 이름은 가장 엄격하게 규제해야 할 검열 명단에 올라, 부정적 언급마저 허용되지 않았다.[11] 감옥에 가거나 이민한 다른 사람들의 일자리가 그랬듯, 바우만이 맡았던 편집자와 교수 자리도 비유대계 폴란드인들이 차지했다. 망명하거나 바르샤바대학교에서 쫓겨난 학생들의 자리를 예전 같으면 박사 과정에 절대 받아들이지 않았을 사람들이 채웠다. 많은 학자가 빠른 출세를 경험했다. 누군가는 예전이라면 불가능했던 일을 이뤘다. 바우만이 자주 말했듯, 유대인 추방으로 수많은 사람이 예전에는 접근하지 못했던 자리로 이동하는 행복을 누렸다.

1968년 사태 뒤로 바르샤바대학교 사회학자들은 정통 마르크스주의 노선을 따르고 수정주의를 배척했다. 더러는 미국 사회학(특히 폴 라자스펠드, 탤컷 파슨스, 로버트 K. 머튼)에서 갈수록 많이 들여온 방법론으로 정량적 설문 기반 연구를 발전시켰다. 이런 금서 조처와 배척으로, 바우만은 바르샤바 학계에서 멀어졌다. 비아트르와 샤츠키처럼 검열관이 편지를 꼼꼼히 확인하는 줄 알면서도 계속 연락을 주고받은 동료도 있었지만, 많은 사람이 관계를 무 자르듯 끊었다. 집단 기억 속에 살아남은 일화는 바우만이 아직 국내보안대에 근무하던 시절에 군화 차림에 총을 찬 채 학교에 왔다는, 바우만을 무서운 인물로 편협하게 묘사한 이야기였다.

시간이 지나자 폴란드의 지하 세력이 바르샤바대학교에서 힘을 얻었다. 코와코프스키와 달리 바우만은 이 새로운 사회운동의 중심에 있지 않았다. 바우만은 멀리 떨어져 이 운동을 이해했고, 이따금 폴란드 상황을 다룬 논문을 썼다. (바우만의 동료들은 반체제 평론지인 《어넥스Annex》에 꾸준히 글을 실었다.) 폴란드 출신 망명 학자 대다수와 마찬가지로(Wagner, 2011), 바우만은 대체로 가톨릭교회와 연결되었던 폴란드 교민 사회에 참여하지 않았다. 폴란드 교민 사회에서 친구를 찾는 대신, 리즈대학교의 기대에 부응하려 애썼다. 학과장 임무를 수행하느라 바빠, 폴란드의 '투쟁'에 참여할 시간이 정말로 없었다. 코와코프스키와 달리, 바우만의 연구 주제는 마르크스주의를 향한 날 선 비판이나 폴란드와 관련이 없었다. 일반사회학자로서 보편적 문제를 분석하고, 영국에서 일했다. 그리고 동유럽 전문 사회학자가 되기를 거부했다.

바우만은 1981년에 계엄령을 도입한 폴란드 정부를 대놓고 비난하지 않았다. 이 행동이 보이치에흐 야루젤스키 정권을 조용히 지지하는 것으로 비치자, 옛 동료와 친구들이 바우만과 거리를 뒀다. 바우만은 사적으로만 폴란드와 접촉했다. 리즈를 방문한 몇몇 옛 동료만을 만났고, 대부분 해외에 사는 폴란드 친구들과 서신을 주고받았다. 폴란드 당국은 바우만과 접촉하는 것을 금지했다. 많은 동료가 바우만과 관계를 유지했다가 불이익을 당할까 두려워하거나, 아예 바우만에게 관심이 없었다. 바우만은 폴란드 지식 사회에서 쫓겨났다.

그래도 1980년 들어 상황에 변화가 일었다. 자유노조의 '연대' 운동이 일어나, 정부가 예전에 내린 결정에 비판과 의심이 제기되었고, 이 비판이 대학가에도 영향을 미쳤다. 1981년 7월, 바르샤바대학교 평의회가 1968년 3월 25일에 내려진 교수진 추방 결정을 철회하고 해당 교수들을 복직시켜 달라고 고등교육부에 요청했다.[12] 8월 10일에 교육부 차관이 서명한 답신은 교수에 따라 복귀 여부를 달리하기를 요구해, 적어도 몇 명에게는 복귀 가능성을 열어뒀다. 이에 따라 바르샤바대학교 총장 헨리크 삼소노비치Henryk Samsonowicz가 추방된 교수들에게 복귀를 요청하는 편지를 보냈다. 단, 해고된 교수 여섯 명 가운데 네 명에게만. 지그문트 바우만과 마리아 히르쇼비치는 제외였다. 두 사람은 왜 제외되었을까? 겉으로는 법적 다툼의 여지가 있다는 것이 이유였다. 두 사람 모두 폴란드를 떠나기 전에 '자발적'으로 폴란드 국적을 포기했다. 다른 네 사람은 이런 식으로 국적을 정리하지 않았다.[13]

이 이야기는 브워지미에시 브루스가 삼소노비치의 요청을 받자마자 11월 1일에 보낸 답신에 드러나 있다. 브루스는 이 제안이 불쾌하다며, "폴란드 시민권을 포기한 사람들"이 스스로 원해서 고국을 등진 것도 아닌데 이들을 한 명이라도 배제한다면 부당하고 이중적인 처사라고 항의했다. 또 폴란드 대학의 교수진이 되려면 폴란드 국민이어야 한다는 공식 요건이 없다고도 지적했다. 브루스는 "마리아 히르쇼비치도 지그문트 바우만도 바르샤바대학교에서 쫓겨나 겪었을 고통과 부당함에 용서를 구하는 편지를 받지 못했습니다."라며, 이 부당한 차별이 "고통스러운 지난날을 떠올리게 해 앞날이 우려됩니다."[14]라고 덧붙였다.

브루스의 항의 서신을 받은 헨리크 삼소노비치 총장이 1981년 11월 10일에 바우만에게 편지를 보내, 바르샤바대학교 평의회가 1968년 결정을 뒤집기를 바란다고 알렸다. 편지의 마지막 문장은 조국에서 쫓겨난 바우만이 듣기를 고대한 말이었다. "위의 내용을 전하며, 1968년에 일어난 일에 유감을 표합니다."

하지만 1981년에도 상황은 여전히 불투명했다. 기관들이 지난 피해를 복구할 단계를 논의했지만, 누구도 과거에 일어난 일을 책임지거나 공식으로 사과할 마음이 없었다. 삼소노비치는 1968년 교수 해고 사태에 책임이 없었다. 그래도 해고로 고통당한 사람들은 해고를 등 떠민 기관에 더 많은 것을 기대했다.

1990년 3월 13일, 반공 체제 종식 후 첫 고등교육부 장관이 된 삼소노비치가 바우만에게 폴란드의 부당한 처사에 용서를 구하는 긴 편지를 보냈다. 진심과 존경을 가득 담은 편지에서 삼소노비치는 바우만에게 바르샤바대학교 교수진으로 복귀하기를 요청했다. 1989년 민주화 바람으로 많은 장애물이 제거된 뒤였다.

사실, 1980년대 중반부터 바우만은 폴란드의 동료들과 더 자주 서신을 주고받았다. 1986년에 리디아 바우만이 대학교 예술가 단체와 함께 폴란드에 가고자 비자를 신청했을 때만 해도 승인이 거부되었다.[15] 그리고 2년 뒤인 1988년, 바르샤바대학교가 지그문트를 강연자로 초대했다. 지그문트와 야니나는 비자를 승인받고, 마침내 20년 만에 단기 방문으로 바르샤바를 찾았다.

귀향?

"나는 영어로 홈커밍이라 부르는 주제로 아름다운 논문을 쓴 알프레드 슈츠에 '교환'되어 바르샤바에 돌아왔습니다. 홈커밍은 폴란드어로 정확히 번역하기 어려운 용어지요." 1988년에 언론인 안나 미에슈차네크와 나눈 인터뷰에서 바우만이 한 말이다.

> 홈커밍은 집에 간다는, 그러니까 다시 집에 간다는 뜻입니다. 논문의 내용은 광범위하지만, 이런 사소한 생각이 떠오릅니다. 그 홈커밍이란 이제 존재하지 않는 장소에 이제 더는 존재하지 않는 사람이 도착하는 것이라는 생각이요. 하지만 기대가 있지요. 그곳 사람들은 오래전 기억으로 남은 사람을 보리라고 기대합니다. 도착한 사람도 비슷하게 생각하고요. 그러니 이 상황에서 서로 기대를 충족하기란 무척 어렵습니다. 나는 이런 도착을 염려했습니다. (Mieszczanek, 1989, 160)[16]

지그문트와 야니나는 그런 상호 기대를 경계했을뿐더러, 폴란드 당국의 태도도 두려워했다. 1988년은 여전히 공산주의 체제라, 미래가 불확실했다. 무엇보다도, 1988년 기준으로 야니나가 여전히 폴란드에서 요주의자, 정확하게는 입국 금지자 명단에 올라 있었다. 지그문트는 강연을 주최한 동료들이 나선 덕분에 귀국 며칠 전에 명단에서 삭제되었다.[17]

> 오켕치에 공항에서 첫 충격을 받은 뒤 입국 심사대를 지날 때 공항 직원들이 우리를 세우더니 그다지 정중하지 않은 태도로 기다리라고 말했습니다. 우리가 비자를 받았다는 사실과 우리 이름이 요주의자 명단에 올라 있다는 사실이 충돌한다더군요. [당국이 우리를 들여보냈을 때] 머릿속이 혼란스럽더군요. 그리고 오랫동안 못 본 얼굴들을 본 뒤 … 둘째 날에는 마치 지난 20년 동안 내게도 여기 있는 사람들에게도 아무 일이 일어나지 않은 듯, 20년 전 중단된 대화를 듣는 기분이었습니다. (Mieszczanek, 1989, 160)

지난날 살았던 도시를 20년 동안 볼 수 없었던 친구들과 둘러보자니, 지그문트와 야니나는 감정이 북받쳤다. 폴란드를 떠나기 마지막 며칠 동안 감정이 치밀어 올랐듯, 귀국에 따른 즐거움에 서글픔이 함께 차올랐다. 너무나 빨리 흐르는 시간을, 바르샤바에서 살 때 가까이 지냈던 그 많은 사람을 그리워한 모든 세월을 되돌아보았다. 1968년에 못 본 체 침묵을 지킨 예전 친구 몇몇이 이제 용서를 구하고 자신들의 행동에, 탄압을 두려워했던 나약함에 부끄러움을 표했다.[18] 짐작할 수 있듯이, 지그문트와 야니나가 폴란드에 처음 귀국했을 때, 또 그 뒤로 꾸준히 폴란드를 찾았을 때도 잠을 잘 시간이 많지 않았다. 지그문트와 야니나는 예전에 갔던 식당, 극장, 박물관, 바르샤바 국립교향악단을 행복한 마음으로 다시 찾았다. 책과 음반을 샀고, 포즈난과 크라쿠프, 루블린 같은 도시를 찾았다. 또 철학자, 문화 연구 전문가, 예술가들과 새로 친구가 되었다. 게다가 옛 친구들이 지그문트와 야니나를 다시 만난 기쁨에 겨워 언제나 특별한 만남을 마련했다. 새로운 친구, 지인, 학술계 동료들이 새로운 강연, 저술, 토론 활동을 준비했다. 바우만이 사진에 몰두하던 시기라, 갈수록 늘어나는 젊은 지지자들의 따뜻한 환영 속에 전시회도 열었다. 이런 제안을 지그문트가 거의 모두 받아들이는 바람에, 일정표가 갈수록 빡빡해졌다.

지그문트는 외래 교수가 되어달라는 폴란드학술원의 제안도 받아들였다. 1991년 5월에는 손꼽히게 저명한 학술 기관인 폴란드학술원의 사회과학위원회 위원에 지명되었다.[19] 이 과정에서 지그문트는 만약 폴란드에 계속 머물렀다면 얻었을 자리를 어느 정도 회복했다. 하지만 지그문트가 1968년까지 주로 일한 바르샤바대학교는 지그문트를 복직시키는 절차를 그리 서두르지 않아, 이 과정이 6년 반이나 걸렸다. 1989년 6월 20일에 철학·사회철학부 평의회가 해고된 교수 히르쇼비치와 바우만의 복직을 투표로 의결한 뒤, 총장에게 필요한 절차를 밟으라고 요구했다. 하지만 아무 조처가 없자 5년이 지난 1994년 11월에 다시 요청했고, 1995년 6월에 총장이 바우만에게 교수로 복직하기를 요청했다. 1996년 1월 4일, 바우만은 명예교수직을 받아들이겠다는 답장을 보냈다.[20]

이 시기에 바우만은 폴란드 학술지에도 다시 글을 실었다. 1989년 이후 처음으로《철학 연구》에「입법자의 몰락」이라는 논문을 실었다. 1992년에는 유대계 문화재단인 마사다Masada가『현대성과 홀로코스트』를 폴란드어로 번역해 출간했다. 지그문트와 야니나는 마사다의 설립자이자 뛰어난 작가인 보그단 보이도프스키와 친했다. 어릴 때 홀로코스트에서 살아남은 보이도프스키는 반유대주의, 홀로코스트, 유대인의 운명을 다룬 중요한 글들을 발표했다.『현대성과 홀로코스트』는 마사다가 처음이자 마지막으로 출간한 책이었다. 안타깝게도, 보이도프스키는 1991년에 스스로 목숨을 끊었다. 폴란드의 노벨상 수상 작가 체스와프 미워시가 보이도프스키의 아내 안나 보이도프스카-이바슈키에비초바에게 왜 남편이 스스로 목숨을 끊었느냐고 물었다. 안나는 답했다. "홀로코스트가 생존자마저 죽인다는 사실을 모르시겠어요? 홀로코스트를 껴안고 살기란 불가능해요."[21] 그래도 어떻게든 홀로코스트를 껴안고 살아가는 사람도 있었다. 홀로코스트를 '껴안고 사는' 한 방법은 홀로코스트를 주제로 글을 쓰고 말하는 것이었다. 야니나가 선택한 바로 그 방법이다.

이 무렵 지그문트와 야니나의 삶에서 홀로코스트는 중요한 주제였다. 1989년에 야니나는『일찍 찾아온 겨울』을 폴란드어로 번역해 출간해 좋은 평가를 받았다. 지그문트는 언제나 이 책이 더 많은 관심을 받아 마땅하다고 여겼다. 자신의 방문 행사를 주최하는 쪽과 동료들에게 야니나의 책을 알리는 행사도 마련해 달라고 늘 빼먹지 않고 요청했다. 철학 교수 로만 쿠비츠키, 철학자 안나 제이들레르-야니셰프스카와 함께 여러 모임을 마련한 예술가이자 예술학 교수이고 포즈난에 거주하는 피오트르 C. 코발스키가 야니나의 발표에 친구, 학생, 가족을 모두 초대하곤 했다. 지그문트에 견주면 적은 청중이었지만, 야니나는 대중의 반응에 응답하기를 즐겼다.

폴란드에서 일어난 이런 열광에는 지그문트의 연구가 날로 큰 관심을 받는 상황도 한몫했다. 지그문트는 『현대성과 홀로코스트』로 대학 세계의 정상에 올랐고, 여러 상을 받았고, 강연과 유명 행사에 초대받았고, 명예박사 학위를 받았다. 세계 곳곳에서 날아오는 초대를 모두 받아들이기 어려울 만큼 시간이 부족했으므로, 지그문트와 야니나에게는 은퇴가 휴식을 뜻하지 않았다. 명성은 때마침 알맞게 찾아왔다.

세계의 인정

바우만은 이미 '유동성'으로 연구 주제를 전환하기 전부터 명성을 인정받았다. 1989년에는 『현대성과 홀로코스트』로 이탈리아 사회학협회가 주는 저명한 상, 유럽 아말피 상을 받았다.[22] 이때부터 이탈리아에서 바우만의 명성은 한 번도 시들지 않았다. 바우만은 이탈리아에서 스타가 되었다. 친구이자 편집자 존 톰슨마저 이 현상에 놀랐다. 톰슨에 따르면 영국의 작가와 대학교수들이 이탈리아, 스페인, 포르투갈, 남아메리카에서 바우만처럼 명성을 누리는 일은 좀체 없다. 이들 나라에서는 바우만을 정신적 스승으로 여겼다. 바우만은 이 역할을 언제나 싫어하고 마다했다. 많은 청중 앞에서 강연하는 것은 즐겼지만, 파티와 환영회에는 그다지 끌리지 않았다. 피오트르 C. 코발스키에 따르면, 강연이 끝나면 야니나와 지그문트는 대개 환영회, 만찬, 칵테일파티에 초대받았지만, 둘은 자주 친구를 핑계로 빠져나왔다. 베일하츠도 같은 의견이었다. "바우만은 유명 인사가 될 운명조차 반기지 않을 사람이었다. 이제 자기 홍보가 기본이 된 학계에서 보기 드문 반응이다." (Beilharz, 2020, 80)

바우만의 말년에 『액체근대에서 경영Management in Liquid Modernity』을 함께 쓴 모니카 코스테라가 한 사례를 상세히 들려줬다.

> 1995년에 지그문트가 바르샤바에 왔어요. 문화원에서 열린 강연에 많은 사람이 초대받았죠. 언론, 카메라, 유명 인사에 우리까지, 발 디딜 틈이 없더군요. 강의는 마음을 파고들었어요. 지그문트는 복잡한 사회 과정을 아주 단순하고도 멋지게 설명할 줄 아는 놀라운 사람이거든요. 강연이 끝난 뒤 아니아[안나 제이들레르-야니셰프스카]가 나를 지그문트에게 소개해 함께 이야기를 나눴어요. 그런데 어느 순간 지그문트가 "갑시다."라고 말하자 아니아가 재빨리 움직이더라고요. 우리 둘을 붙잡더니 언론인, 카메라, 중요한 교수들이[바우만을 기다리며] 모여 있는 그곳을 빠르게 벗어났죠. … 우리는 복도를 따라 빠져나왔어요. 아니아가 그곳을 잘 알아서 뒷문으로 나오는 법을 알았거든요. 그리고서 우리 셋이 '리테라츠카' 카페에 앉아 더할 나위 없이 멋진 시간을 보냈어요.

바우만이 많은 사람에 둘러싸이기를 꺼렸다지만, 공식 행사에서는 맡은 역할을 무척 잘 수행했다. 놀랍도록 뛰어난 기조연설자였고, 기품 있고 매우 간결하게 이야기했으며, 상냥하면서도 짓궂은 유머로 질문에 답했다. 이 모든 특성 덕분에 바우만은 호감을 얻었고, 자신의 선언과 반대로 '현자' 역할을 완벽하게 소화했다. 나이를 먹을수록, 위대한 사회 참여 지식인의 위엄이 늘었다. 바우만은 이 시대의 문제와 변화하는 세상을 특히 젊은 청중과 이야기하기를 좋아했다. 인상 깊은 일이었다. 바우만과 비슷한 또래 대다수는 기술 변화, 사회 발전, 국제적 현상을 따라잡는 일을 벌써 오래전에 그만뒀다.

부적처럼 입에서 떼지 않는 파이프 담배, 큰 키, 하얀 머리칼, 그리고 그 나이에서 보기 어려운 기민함에서 카리스마가 뿜어 나왔다. 그런 카리스마로, 바우만은 정교한 분석에 근거한 국제 전망을 열정적으로 전달했다. 바우만은 젊은이들이 만능으로 여기는 소비주의 문화의 마법을 깨는 인물이었다. 젊은이들은 바우만을 스타워즈의 요다로, 주름이 자글자글한 얼굴로 인간의 행동과 관계를 이해할 비법을 아는 노인으로 봤다. 간단히 말해, 바우만은 약점이 될 수 있는 나이를 장점으로 바꾼 뒤, 사회학적 상상력을 활용해 매력 있는 견해를 만들어 수많은 사람에게 전달했다.

지그문트는 나이가 들수록 야니나와 잠시도 떨어지지 않으려 했다. 여행에 늘 야니나가 함께해야 했다. 그 바람에 여러 문제가 생겼지만, 지그문트가 도무지 꿈쩍도 하지 않았다. 이제 야니나는 해마다 찾던 이스라엘을 더는 방문하지 못했다. 맏딸 안나와 손주들을, 예루살렘의 아름다운 저녁을 그리워한 야니나에게는 쉽지 않은 양보였다. 리즈에서 두 사람은 언제나 다음 강연, 연구, 책을 준비했고, 끊임없이 다음 여행을 준비했다. 하지만 야니나가 언제나 '바우만 교수의 아내'이지만은 않았다. 가끔은 지그문트가 '야니나 바우만의 남편'이었다. 야니나는 유대학과 쇼아 역사를 연구하는 네덜란드, 독일, 스칸디나비아 국가들을 포함한 여러 나라의 대학교나 대중 행사에서 『일찍 찾아온 겨울』과 관련한 강연을 요청받았다. 1995년부터는 안네 프랑크의 집이 추진하는 교육 활동과 역사 연구에 작가이자 생존자로 자주 초청받았다. 또 홀로코스트의 기억을 구축하는 활동과 관용 교육에도 참여했다. 마음을 헤집는 도전이었지만, 자주 폴란드와 독일의 학생들을 만나 자신의 전쟁 경험을 나눴다. 지그문트는 그런 여행에 동행해, 가까운 대학교에서 자주 강연했다. 두 사람은 언제나 함께였다. 1998년에는 지그문트가 프랑크푸르트시에서 주는 테오도르 W. 아도르노 상*을 받았다. 믿기 어려운 영광이었다. 그리고 2년 뒤 출간한 『액체근대』가 새로운 출발점을 만들었다. 바우만이 일흔다섯일 때였다.

세계 속의 바우만

2000년부터 2010년 사이에 바우만은 해마다 책을 적어도 한 권은 출간했다. 내용은 소비주의, 세계화, 근대성, 탈근대성, 두려움, 사랑, 혐오, 반유대주의처럼 사람들의 관심을 끈 사안이다. 바우만이 이렇게 폭넓은 분야를 다룰 수 있었던 원천은 광범위한 훈련과 경험, 깊은 학식, 영화를 포함한 대중문화에 기울인 관심, 영어부터 폴란드어, 히브리어, 러시아어, 때로 프랑스어와 이탈리아어까지 구사하는 언어 능력 덕분이었다. 바우만은 이런 자원을 하나로 엮어, 읽기 쉽고 흥미롭기 그지없는 책과 사고를 내놓았다. 2011년에 바우만은 "나는 어떤 학파나 체계, 지적 동지나 파벌에도 '속하지' 않았다."라고 말했다.

> 그런 곳에 초대받고자 애쓰기는커녕 어떤 곳에도 입회를 지원하지 않았다. 그런 단체들도 나를 명단에 올리려 하지 않았고, 올려봤자 '우리 일원'으로 부적격하다는 명단이었다. 내 폐소공포증은 치료할 수 없을 듯하다. 꽉 막힌 방에 있으면 나는 한결같이 불안을 느껴, 문 바깥에 무엇이 있는지 알아보고 싶은 유혹을 느낀다. 짐작하건대 나는 끝까지 주변인으로 남을 것 같다. 학계 내부자에게 없어서는 안 될 자질, 그러니까 학파에 충성하고, 절차에 순응하고, 학교가 규정한 단결력과 일관성을 따를 마음이 부

---

* 3년에 한 번씩 철학, 음악, 연극 영화에서 뛰어난 업적을 세운 사람에게 주는 상.

족하기 때문이다. 솔직히 말해, 그러거나 말거나 신경 쓰지도 않는다.
(Dawes, 2011, 131)

바우만은 학문적 글쓰기의 관습[23]을 깼다. 어떤 학문 환경에서는 이렇게 관습을 위반했을 때 문제가 불거진다. 바우만이 대중적 글쓰기로 전환했을 때 일부 사회학자, 특히 영국의 사회학자들이 거친 비난을 날렸다. (Kilminster, 2016나 Rattansi, 2017를 참고하라.) 강단 사회학자들은 대체로 바우만의 글쓰기에 상반된 감정을 느꼈다. 테스터는 바우만의 '관습 위반'이 '통제자 지그문트'의 한 특징이라고 봤다. "'이 영화를 보게! 이 소설을 읽게!'라고 말하는 사람, 소명 의식이 무척 강한 사람, 유머 감각이 엄청난 사람, 주변인이라는 사실을 언제나 아주 능숙하게 속이는 사람. 지그문트에게는 이런 일이 식은 죽 먹기였습니다."[24] 바우만에게는 주변인으로 사는 것이 특권이었다. 그 덕분에 학계에 퍼진 관습에서 벗어날 수 있었다. 바우만은 학계라는 족쇄에서 벗어나 자유로운 작가가 되었다. (Bauman, 2012) 나중에 여러 인터뷰에서, 바우만은 따지고 말고 할 것이 없었다고 말했다. 활동가들을 포함한 독자들과 특별한 관계를 유지해야 했기 때문이다. 바우만이 참여한 연구는 현재 방식에 대안을 찾으려 하거나 반세계화를 부르짖는 중요한 사회운동에 영감을 불어넣었다. 하지만 바우만이 거둔 놀랍도록 거대한 대중적 성공에 그림자가 드리웠다. 폴란드를 향한 짝사랑이라는 오랜 그림자가.

국제적 명성, 그리고 또다시 도의적 죄인

폴란드를 방문할 때 야니나는 주로 홀로코스트와 거기에서 배울 교훈을 토론하는 데 참여했다. 지그문트는 학술 행사에 참여했고, 좌파의 영적 지도자가 되었다. (《정치 비평》에서 바우만의 글을 자주 실었고 강연을 주최했다.) 또 자신이 찍은 사진을 전시했다. 2004년에 폴란드가 유럽 연합에 가입하자, 민주주의가 안정되리라는 낙관과 희망이 일었다. 바우만은 벨라루스에서 가까운 폴란드 동부 테레미스키의 얀 유제프 립스키 개방대학교 총장이 되었다. '연대' 운동의 지도자 야체크 쿠론이 만든 이 교육기관은 대학이 가장 외진 지역의 주민을 포함해 누구에게나 문을 열어야 한다는 이상을, 그리고 지식 전달과 구축이 국립대학이나 사립대학에, 사회 자본이 많은 학생에 한정되지 말아야 한다는 생각을 대변했다. 폴란드에서는 이런 대중 대학교가 100년 가까이 이어져 왔고, 그런 학교에서 강연을 요청받는 것은 영광이다. 만인을 위한 교육이라는 발상이 사회주의의 이상으로 이어져, 안토니오 그람시Antonio Gramsci가 생각한 대중 교육을 시행하고 바우만의 말을 행동으로 바꿨다. 바르샤바 동쪽으로 200km 떨어진 자그마한 산골 마을의 목조 창고에서 열린 강좌는 테레미스키 지역민부터 바르샤바의 지식인, 벨라루스 주민까지 많은 사람을 끌어모았다. 바우만의 강의를 듣고자, 젊은 사람과 나이 든 사람이 다닥다닥 함께 모였다.

2004년 4월, 바우만이 리즈대학교에서 명예 문학 박사 학위를 받았다. 야니나는 베일하츠에게 "이 나라에서 보기 드문 명예라 무척 흐뭇"하다고 알렸다. (Beilharz, 2020, 159) 바우만은 여러 나라에서 통틀어 20개에 이르는 명예박사 학위를 받았다. 이런 학위 수여식은 언제나 기분 좋은 행사였지만, 폴란드에서는 예외였다. 바르샤바대학교가 바우만에게 최고 영예상을 주는 절차를 시작한 2006년 6월, 앞서 다뤘듯이 국가기억원 소속 역사가 곤타르치크가 바우만의 공산주의 이력을 비난하는 논문을 발표했다.

국가기억원은 공산주의 종식 후 폴란드에서 강한 영향력을 행사하는 기관이다. 공산주의 시절 공안을 포함한 여러 기관에서 나온 기록물을 보관하고, 피해자에게 보상하고, 공산주의 정권에서 범죄를 저지른 혐의가 있는 사람을 기소한다. 2005년에 우익 민족주의 정당 '법과 정의'가 제1당으로 올라선 뒤로, 날이 갈수록 국가기억원이 공산주의 정권을 무너뜨리는 데 이바지한 자유노조 '연대'의 지도부 대다수를 포함한 반정부 인사들을 몰아내고 공격하는 정치 도구로 이용되었다. 정권이 폴란드 사회를 '정화' 즉 청소하고자 국가기억원 서류를 선택적으로 사용하자, 2008년에는 '연대'를 이끌었던 언론인 아담 미흐니크가 국가기억원이 국가의 기억을 보존하기는커녕 말살한다고 지적했다.[25] 정권은 국가기억원의 설립 목적을 나치가 아니라 공산주의 범죄에만 집중하도록 바꿨고, 최근에는 홀로코스트에 연루했다는 비난에 맞서 폴란드의 '평판'을 보호하도록 바꿨다. 더 중요한 사실은 국가기억원 관료들이 현 정부의 정적들에게 오명을 씌우고자 언론에 선택적으로 문서를 흘린다는 것이다. 이런 활동의 피해자가 레흐 바웬사Lech Wałęsa, 야체크 쿠론 같은 인물들이다. 지그문트 바우만도 그런 사냥감 중 하나였다.

2000년대 중반에 바르샤바대학교 교수진에 지시가 하나 내려왔다. 과거에 첩보 기관에 협력한 적이 있는지 밝히라는 지시였다. 하지만 답하기 곤란한 교수가 많았다. 설사 실제로는 첩보 기관을 위해 활동하지 않을지라도, 국외 출장을 떠나려면 공안실에 '협력 선언서'를 제출해야 했기 때문이다. 이 주제를 둘러싼 논의는 많은 사회적 논란을 낳았다. 정화 활동 뒤에 숨은 논리는 1968년과 다를 바 없었다. '사회를 정화하고 잇따른 선거로 집권당의 통제를 굳건히 다진다.' 갈수록 국가기억원의 근본 목적이 친정부 민족주의 선전 활동을 전파하는 쪽으로 바뀌었다.

피오트르 곤타르치크가 2006년에 국가기억원 웹사이트에 발표한 논문은 바우만이 범죄를 저질렀다는 증거는 내놓지 못한 채 공안실 서류

두 개만을 제시했다. 하나는 바우만의 상사였던 비브로프스키 대령이 1950년에 바우만을 승진시킬 근거로 바우만의 활동을 긍정적으로 평가한 서류였고, 다른 하나는 바우만이 군사 첩보 기관과 협력했다는 증명서였다. 곤타르치크는 비브로프스키의 평가로 보건대 바우만이 1946년 겨울에 지하 무장 대원에 맞선 국내보안대 활동을 이끌었다고 주장했다. 새로 권력을 얻은 신민족주의자들이 이런 반공산주의 지하 무장 대원들을 민족의 영웅으로 치켜세운 뒤로, 이 무장 세력에 맞선 전력은 기소 대상이 아닐 때마저 범죄 취급을 받았다. 바우만이 범죄를 저질렀다는 구체적 증거는 없었다.

바우만이 어떤 상황에서 군에 입대했는지는 지금까지 여러 장에 걸쳐 자세히 살펴봤다. 물론 바우만이 전후 시기에 공산주의 체제를 적극적으로 지지했고, 3년 동안 국내보안대 장교로 군사 첩보 기관에서 복무했다는 것은 부인할 수 없는 사실이다. 하지만 곤타르치크의 국가기억원 논문으로 일어난, 바우만을 향한 혐오에 찬 공격은 아마 다른 이유에서 비롯했을 것이다. 첫째, 바우만은 전후 폴란드에서 공산주의 체제 구축에 참여한 일을 한 번도 사과하지 않았다. 그때 상황에서는 공산주의 체제가 최선이라고 봤다고 거듭 밝혔다. 2007년에《가디언》과 나눈 인터뷰에서 바우만은 자기 행동에 책임은 지지만, 그릇된 일을 했다고 여기지는 않으므로 사과하지 않는다고 밝혔다.

둘째, 코와코프스키처럼 공산주의에 등을 돌린 예전 동료들과 달리, 바우만은 정치색을 크게 바꾸지 않고 계속 좌파로 남았다. 셋째, 엄청난 명성이 시기와 분노를 불러일으켰다. 마지막으로 다른 세 가지만큼이나 중요한 이유는 바우만이 유대인이라는 사실이었다. 곤타르치크의 논문으로 바우만에게 잇달아 거친 공격을 퍼부을 때, 국가기억원은 반유대주의 언론을 이용했다. 바우만은 폴란드가 새로 형성된 유럽권에서 강력한 국가 정체성을 구축하고 유지하는 것을 '세계시민주의'를 빌미로 가로막고 위협하는 가공의 적이 되었다. 그러니 혐오를 부추긴 것은 두려움이었다. 새로 생긴 '유동하는' 권역에서 폴란드가 고유문화와 언어, 생활 방식, 자립을 잃고 있다는 두려움.

바우만의 죄를 입증하는 듯 보이는 증거를 선택적으로 공개한 의도는 바우만의 평판을 무너뜨리고 명예 학위 수여를 무산시키는 것이었다고 볼 수 있다. 바우만은 국가기억원에 더할 나위 없이 군침 도는 사냥감, 민족주의 우파 정부에게 유용한 희생양이었다. 유명한 데다 사회주의의 이상을 계속 포용했고, 폴란드에서 자본주의가 새로운 경제 체제뿐 아니라 새로운 '종교'가 된 시기에 자본주의의 사악함을 줄기차게 비판했다.

국가가억원이 곤타르치크의 논문을 공개한 달인 2006년 7월 5일, 바르샤바대학교 응용사회과학부 소장이 바르샤바대학교 총장에게 바우만의 박사 학위 50주년 기념식을 언급하며 '갱신식'을 요청하는 공식 서한을 보냈다.[26] 바르샤바대학교 사회학연구소도 이 제안을 지지했다.[27] '박사 학위 갱신식'이란 명예 학위와 동급인 영예다. 바우만이 바르샤바대학교에서 박사 학위를 받았고, 해당 대학의 졸업생에게는 명예 학위를 줄 수 없으므로, 바우만에게는 학위 갱신이 유일한 선택이었다. 응용사회과학부와 사회학연구소의 결정은 바르샤바대학교 평의회, 그리고 전·현직 총장을 포함하는 명예직 위원회의 동의를 받아야 했다. 이들은 여름 방학이 끝난 뒤 만나 최고 영예상을 논의할 예정이었다. 그런데 9월 초, 총장에게 항의 서한이 들어왔다.

9월 7일, 예지 크바시니에프스키 교수가 갱신식을 재고해야 한다고 촉구하는 이메일을 보냈다.

지그문트 바우만 교수가 공산당 첩보 기관의 장교이자 요원이었다는 정보가 최근 공개된 상황에서, 저는 철학·사회학연구소와 응용사회과학·복구학과 교수진이 요구한 박사 학위 갱신식에 반대합니다. … 또 두 학과의 평의회 위원들이 지그문트 바우만이 공산주의 정권의 특수 기관에서 활동한 내용이 적힌 국가기억원 자료를 읽은 뒤 이 문제를 다시 투표하기를 요구합니다.[28]

두 번째 서한은 캐나다에서 날아왔다. 1970년대 초에 바르샤바대학교를 졸업했고 오타와대학교에서 동유럽과 공산주의를 가르치는 사회학자 마리아 워시 교수가 9월 24일에 보낸 편지였다. 워시도 "바우만이 탄압 기관에서 맡았던 역할을 설명할 때까지" 갱신식을 보류하라고 요청했다. "바우만 교수가 학문에서 중요한 업적을 쌓았고, 지난 20년 동안 사회사상과 윤리사상의 형성에 큰 영향을 미친 것은 의심할 바 없지만," 국가기억원이 "지그문트 바우만이 1945~1953년에 공산주의 정권의 첩보 당국 소속 장교였을 뿐 아니라 비밀 군사 정보 요원이었고, 게릴라 조직의 저항군을 제거하는 데 활발히 참여했다는, **지금껏 알려지지 않았던 정보**"를 공개했으므로, "냉정한 조사와 설명"이 필요하다는 요구였다.[29]

바르샤바대학교가 바우만을 멀리한 맥락을 이해하려면 두 서한이 나온 배경을 알아야 한다. 먼저, 크바시니에프스키가 바르샤바대학교에서 이끄는 사회학 관련 연구소가 바우만에게 상을 주자고 요청한 응용사회과학부, 사회학연구소와 경쟁 관계였다. 바르샤바대학교의 다른 어떤 학문 분야에도 이런 구조가 없으므로, 이런 상황은 몇 세대에 걸쳐 형성된 복잡한 관계를 반영한다. 워시는 오래전에 이민한 터라 '외국인 전문가'였으므로, 해외에서 날아온 워시의 서신이 폴란드에서 연구하는 학자가 서명한 서신보다 더 무게 있었다. 소련이 해체된 뒤 주변국이 된 폴란드와 폴란드 국민은 '서구'를 그야말로 숭배하는 눈길로 바라봤다.

크바시니에프스키와 워시 모두 1977년에 폴란드를 떠나 캐나다 오타와로 옮긴 아담 포드구레츠키Adam Podgórecki(1925~1998)와 가까이 지낸 공동 연구자였다. 게다가 워시는 1979년에 포드구레츠키를 따라 캐나다로 옮겼다가 포드구레츠키와 결혼했다. 워시는 바르샤바대학교 사회학연구소에서 1966년에 석사 학위를, 1971년에 박사 학위를 받았고, 바우만과 아는 사이였다. 1942년에 시골에서 태어난 크바시니에프스키는 우치대학교 사회학과를 졸업했고, 바우만에게 강의를 들었다. 포드구레츠키와 바우만은 나이가 같고 똑같이 바르샤바대학교 교수진이었지만, 다른 사회학 관점을 대표했다. 포드구레츠키는 일탈, 사회 기술, 도덕 사회학 전문가였는데, 이는 바우만이 폴란드를 떠난 뒤 진행한 연구에서 비판한 영역들이다. 두 사람 모두 정치적 이유로 폴란드를 떠났지만, 살아온 길은 사뭇 달랐다. 포드구레츠키는 폴란드 상류층 출신에, 존경받는 가톨릭계 반공산주의자였다. 크바시니에프스키는 반유대주의 숙청으로 새로 자리가 생겼던 1969년에 바르샤바대학교에 임용되었고, 포드구레츠키가 폴란드를 떠나고 여러 해 뒤 포드구레츠키의 자리를 맡았다.

두 서신의 또 다른 공통점은 무지다. 특히 워시의 전문 분야가 공산주의 정권의 첩보 기관이었으니 놀라운 일이다. 두 사회학자 모두 국가기억원이 공개한 문서에 새로운 사실이 하나도 없다는 것을 마땅히 알았어야 했다. 바우만이 바르샤바대학교에서 석사 학위를 시작할 때 국내보안대 장교라는 사실은 조금도 비밀이 아니었다. 같은 상황에 있던 많은 사람이 그랬듯 옷을 갈아입을 시간이 없어 군복 차림으로 학교에 왔고, 국내보안대를 그만둔 뒤에도 다른 옷을 살 돈이 없어 군복을 수선해 입었다. 워시와 크바시니에프스키가 이런 자세한 기억하지 못했을지라도, 나이 많은 동료와 친구, 특히 포드구레츠키한테서 들어 알았을 것이다. 바르샤바대학교의 교수와 학생치고 국내보안대가 비밀 군사 기관의 일부였다는 사실을 모르지 않았을 것이다. 게다가 전쟁이 끝난 뒤 2년 동안 국내보안대의 모든 부대가 "폴란드 내 게릴라와 싸운" 것은 누구나 아는 일이었다. 실제로 이 시기에 폴란드군 장교였던 사람은 누구나 적어도 잠깐은 숲에 숨은 게릴라들을 뒤쫓았다. 그때 바르샤바대학교에서 군에 복무한 사람이 바우만 뿐이지도 않았다. 더구나 누구도 바우만이 죄수를 학대하거나 고문했다는 증거는커녕 무기를 발포했다는 증거도 찾지 못했다. 학대나 고문에 참여했던 사람들은 공산주의가 몰락한 뒤에도 폴란드에 돌아가는 데 어려움을 겪었지만,[30] 바우만은 그렇지 않았다. 전후에 더러운 일은 전문가들이 맡았고, 당국은 그런 일을 조직 내부에조차 비밀에 부쳤다. 바우만은 그런 전문가가 아니라 선전 장교이자, 교육자이자, 당 지식인이었다.

이런 흥미로운 사실 말고도, 1976년에 포드구레츠키가 폴란드 사회학의 인식 체계, 접근법, 방법론을 주제로 발표한 논문을 놓고 격렬한 논쟁이 벌어져, 1970년대 후반에 바우만의 친구들과 포드구레츠키가 학문적으로 다투고 대립했다. (Szacki, 2011[1976]) '실증주의 사회학'을 지지한 포드구레츠키는 특히 얀 슈체판스키와 알렉산드라 야신스카-카니아를 거칠게 비판했고, 예지 샤츠키가 여기에 대응해 짧은 글로 동료들을 옹호했다. '학파' 또는 '일파'의 충돌에 빗댈 만한 일이었다. 그래도 포드구레츠키가 애초에 발표한 글의 논조가 훨씬 거칠고 험했다.

마지막으로 워시와 크바시니에프스키의 서신은 두 사람이 정화 작업을 지지한다는 뜻을 내비친다. 포드구레츠키와 마찬가지로 두 사람도 바우만과 반대인 패러다임을 따랐다. 워시는 후기 근대성이라는 개념을 이용했고, 크바시니에프스키는 '일탈과 사회 규범'을 이용했다. 두 사람 모두 전문 분야가 처벌 제도와 재사회화였는데, 바우만이 비판하는 연구 영역이었다. 게다가 이들은 바르샤바대학교가 바우만에게 제안한 탐나는 '박사 학위 갱신'을 다른 사람이 받기를 바랐을 것이다. 실제로 사회학부 외부에서 다른 이름들을 입에 올렸다.

여름 방학이 끝난 뒤 공식 결의 절차가 재개되었다. 10월 9일, 총장은 사회학 관련 연구소들에 명예직 위원회가 부적격 판단을 내렸다고 알리며, "후보가 이룬 학문적 업적과 교육적 업적의 특성"을 근거로 결정을 정당화했다.[31] 바우만을 수상 후보로 제안한 두 연구소는 이 짧은 결정문에 격렬하게 반발했다. 두 연구소 소장들은 총장에게 더 자세한 설명을 요구하는, 분노에 찬 편지를 보냈다.[32] 10월 31일에 보낸 서신에서 응용사회과학부 평의회 위원장은 이렇게 결론지었다. "명예직 위원회의 평결과 이 평결을 통보하는 방식은 우리 대학교에서 사회학과 사회과학을 대표하는 두 연구소의 평의회뿐 아니라 서유럽의 많은 저명하고 존경받는 학술 연구소가 지닌 역량에 의문을 제기하고 무시하는 처사로 해석됩니다."[33] 그리고 바우만에게 명예 학위를 준 유럽 대학 아홉 곳을 언급했다. 11월 27일, 총장은 명예직 위원회 위원들에게 3일 안에 더 자세한 답신을 달라고 요청했다.

총장은 두 연구소에 마지막으로 이런 서신을 보냈다.

지그문트 바우만 교수는 사회학에서 이룬 업적에 이견이 없는 세계 정상급 학자로, 유럽과 전 세계에서 널리 인정받고 높이 평가받습니다. 하지만 국내보안대 정치 장교로 참여한 전후 활동과 바르샤바대학교 및 폴란드 연합노동자당 중앙위원회 사회과학고등교육원에서 보인 이념 활동은 심각한 의구심을 일으키고 격렬한 논쟁거리가 될 것입니다. 박사 학위 갱신은 학문에서 이룬 업적뿐 아니라 시민으로서 모범이 되는 행동도 널리 알립니다. 따라서 교훈과 교육 측면에서 중요한 의미가 있습니다. 다행히 바르샤바대학교는 공산주의 정권에 가담한 학내 일원을 공개적으로 비난하거나 지난 일을 이야기할 마음이 없습니다. … 그러나 당연하게도 공산주의 정권에 가담한 일은 최고 영예상 수여를 가로막는 걸림돌입니다. 이런 조건이 두 교수진 평의회의 투표 결과에 반영되었습니다. 그러므로 명예직 위원회는 이전 태도를 만장일치로 확고히 유지합니다.[34]

당시 바르샤바대학교 총장은 2005년에 선출된 물리학자 카타지나 하와신스카-마추코프 교수였다. 하와신스카-마추코프의 아버지인 사회학자 유제프 하와신스키가 호흐펠트와 사이가 좋지 않았고(Chałubiński, 2017, 33~34 & ch.8), 바우만과도 마찬가지였다. 1960년대에 하와신스키는 자신이 스탈린주의 시절에 "확고한 의식 즉 스탈린 경배를 돕는 복사"였다고 적었다. (Piskała & Zysiak, 2013, 294) 정통 마르크스주의에 등을 돌리기 전까지만 해도, 하와신스키는 스승인 플로리안 즈나니에츠키에 맞설 만큼 적극적인 공산주의자였다. 이 모든 정황으로 보건대, 바우만이 박사 학위 갱신을 받지 못한 데는 1950년대 이전까지 되돌아가는 우여곡절이, 바우만과 함께 일했던 사람 일부와 그들의 제자들이 바우만에게 느낀 적의가 포함된 긴 내막이 있었다. 1989년 뒤로 진정한 마르크스주의자는 소수파가 되었고, 호흐펠트파는 힘을 잃었다. 사람들은 무엇이든 공산주의 낌새만 나도 눈살을 찌푸렸고, 널리 퍼진 반유대주의 여론이 이런 분위기를 부채질했다. 바우만을 겨냥한 모략이 있었다는 직접 증거는 없지만, 이 사건의 기본 틀은 마녀 사냥과 원한에 휩싸인 분위기였다.

많은 사람이 바르샤바대학교의 결정에 반대했지만, 바르샤바 사회학계는 놀라지 않았다. 이름을 밝히지 않기를 바란 한 목격자는 사회학 관련 연구소들이 바우만에게 학위 갱신을 수여할 절차에 들어가기 전에 먼저 기틀을 제대로 다져야 했다고 비난했다. "우리는 바우만의 업적과 명성이 있으니 학위 갱신이 당연하다고 확신했습니다. 하지만 반대가 더 강했고, 우리 계획은 실패했습니다. 남은 것은 치욕이었고요."

겉보기에는 반유대주의가 크게 작용하지 않았던 것 같다. 이를테면 유대인으로 이스라엘 히브리대학교 교수를 지낸 슈무엘 아이젠슈타트가 바르샤바대학교에서 명예박사 학위를 받았다. 하지만 아이젠슈타트는 기관의 강력한 지원을 받았고, 바르샤바대학교의 주요 사회학 접근법인 기능주의를 다뤘다. 또 바르샤바에서 태어나기는 했으나 2차 세계대전 전에 팔레스타인으로 떠나 이스라엘에서 교육받았고, 한 번도 폴란드인 이라고 주장하지 않았다. 이와 달리 바우만은 한결같이 자신을 폴란드인 으로 소개했는데, 그 점이 많은 폴란드인의 신경을 거슬렀다. 오늘날 폴 란드의 반유대주의는 대체로 이스라엘 국민이 아니라 폴란드에 살았거 나 살고 있는 유대인을 겨냥한다.

바우만은 '슬픈 일'을 이야기하기 꺼렸지만, 크게 실망했다. 무엇보다 슬픈 것은 1960년대에 그야말로 뛰어난 지식 추구의 장이었던 모교가 자 신을 배척했다는 사실이었다. 탕자는 또다시 배척당했다. 거의 30년 전 에 처음 배척당했을 때를 다시 겪듯이. 여러 신문이 1면 기사로 바우만을 조리돌렸고, 다른 나라들에도 영향을 미쳐《가디언》이 2007년 4월에「교 수의 과거」라는 기사를 실었다.[35]

최악은 이 믿기지 않는 일관성이 유동하는 세상에서도 이어진다는 것이었다. 1989년 뒤로 폴란드에 급격한 변화가 일어났지만, 배제 과정 은 놀라운 연속성을 유지했다. 어떤 정권이 들어서든, 바우만은 '죄인'과 '적' 역할을 맡길 적임자였다. 빌미가 유대인이어서든, 시온주의자여서 든, 예전 공산주의자여서든, 바우만의 주된 지위는 바뀌지 않았다. 바르 샤바대학교의 문서는 지적하지 않았지만, 민족주의 언론은 바우만이 21 세기에 반자본주의 운동에 적극적으로 참여한 이력도 처벌할 수 있다고 봤다. 바우만은 더할 나위 없이 완벽한 적이었다.

저술가 야쿠프 마이무레크는 「폴란드의 교착 상태―자유주의와 우익 반공산주의 사이」라는 논문(Majmurek, 2019)에서 이렇게 언급했다.

우익 반공산주의에게는 이를테면 '호모 소비에티쿠스'가 되어 반공산주의 담론을 담아낼 인물이 한 명도 없다. 여기에 가장 가까운 인물이 아마 '바우만 소령'일 것이다. 우익 언론은 뛰어난 사회학자 지그문트 바우만을 그렇게 부른다. '바우만 소령'은 '민족 전쟁'과 소련의 점령을 담은 이야기, 민주화 뒤 폴란드 제3공화국의 엘리트와 현대 서구 좌파를 하나로 묶는 인물이라, 우익 반공산주의의 공격 대상으로 제격이다.[36]

지그문트와 야니나는 이 사건이 일어난 2006년 이후로도 계속 폴란드를 방문했지만, 예전만큼 기쁜 여행은 아니었다. 친구, 공동 연구자, 바우만의 연구를 열렬히 지지하는 사람들이 새로운 행사를 마련했고, 바우만은 협업 대학인 콜레지움 시비타스(폴란드학술원 교수들이 세운 곳으로, 폴란드의 첫 사립대학교다), 그리고 《정치 비평》이 만든 응용학문연구소에서 강연했다. 하지만 이런 교육기관은 폴란드 고등교육의 주류가 아니었다. 폴란드학술원의 반대로, 주류 고등교육기관은 이제 바우만을 더는 반기지 않았다. 포즈난의 미츠키에비치대학교가 그랬듯 여러 폴란드 대학이 명예 학위 수여 계획을 폐기했다. 바우만도 브로츠와프의 사립학교인 로어실레지아대학교에서 주겠다는 훈장을 거절했다. '들어가며'에서 다뤘듯이 2013년 6월에 브로츠와프에서 파시스트 단체들이 혐오 행동을 조직해 바우만의 강연을 방해한 뒤로는 비슷한 문제가 일어나는 것을 피하고 싶었기 때문이다. 달리 말해 남들에게 폐를 끼치고 싶지 않았다. 벌써 1988년에 바우만은 이렇게 빗댔다.

폴란드를 위한다는 진심 어린 확신으로 한 일마다 시온주의 세상을 만들려는 음모 중 하나로 크라쿠프를 이스라엘에 넘기려 한다는 의심을 받다 보니, 마치 내가 미다스 왕이 된 것 같았습니다. 미다스 왕의 손길이 닿으면 모든 것이 금으로 바뀌었듯이, 내 손길이 닿으면 모든 것이 똥으로 바뀌었어요. 이런 단어를 써서 미안하지만, 그렇게 느꼈습니다. … 동료들을 돕기는커녕 방해만 한다는 생각이 들더군요. 내가 떠난다면 다른 모든 짐에 더해 나까지 떠안고 가지 않아도 되니, 동료들에게 더 낫겠다는 생각이 들었습니다. (Mieszczanek, 1989, 164)

배척은 학계에서뿐 아니라 더 넓은 영역에서도 이어졌다. 대통령 알렉산데르 크바시니에프스키Aleksander Kwaśniewski가 한 행사에서 왜 시민권을 회복하지 않았느냐고 물었지만, 바우만은 평생 시민권을 되찾지 않았다. 크바시니에프스키는 시민권 회복이 그저 형식적 절차일 뿐이라고 말했다.[37] 그래도 바우만은 시민권 회복을 전혀 추진하지 않았다. 그러기는커녕 시민권을 회복할 마음이 있었는지조차 불확실하다. 어쨌든 바우만은 스스로 폴란드 시민권을 포기한 것이 아니라 포기하라고 강요받았고, 가족과 함께 폴란드에서 쫓겨났다. 다른 선택지는 없었다. 시민권을 돌려달라고 요구해봤자 틀림없이 시간 낭비였을 것이다. 게다가 바우만의 삶이 폴란드 사회의 여러 방면에서 배척받았으니, 위험한 일이기도 했을 것이다. 바우만의 『현대성과 홀로코스트』를 폴란드어로 출간한 보그단 보이도프스키는 자신을 폴란드인이 아닌 유대인이라고 생각했다. "내가 폴란드인이 되지 않고 또 내가 폴란드인이 되는 것을 아무도 허용하지 않는다면, 그것은 내 잘못이 아니라 폴란드의 잘못이다." (Molisak, 2004, 318) 그런데도 보이도프스키는 홀로코스트를 끝까지 증언하고자 폴란드에 남았다. 바우만은 적어도 영혼만큼은 폴란드인으로 남았다.

군화와 총 전설—해체 이론

8장 첫머리에서 바르샤바대학교 철학·사회과학부에 떠도는 일화를 이야기했었다. 철학부 학생이던 바우만이 군복 차림에 권총을 차고 학교에 올 때가 많았고, 세미나 시간에 이따금 권총이 바닥에 떨어지곤 했다는 이야기. 이 이야기의 주인공은 바우만이다. 교수의 이름은 이야기마다 바뀐다. 흥미롭게도, 바우만의 동료이자 철학자인 브로니스와프 바치코를 인터뷰했을 때, 바치코가 조금 다른 이야기를 들려줬다. "바르샤바대학교에 다니던 처음 몇 해 동안, 나는 여전히 군에 복무하고 있었습니다. [바치코는 바우만보다 계급이 높은 정치 장교였다. 그 덕분에 교정에서 엎어지면 코 닿을 데 있는 멋진 건물의 군인 아파트에서 사는 혜택을 누렸다.] 사무실에서 곧장 강의실로 달려갈 때는 평복으로 갈아입을 시간이 없을 때도 있었습니다. 그리고 강의실 바닥에 총을 떨어뜨린 사람은 나였어요!" 또 카롤 모젤레프스키는 인터뷰에서 이 일화의 주인공이 바우만이 아니라 레셰크 코와코프스키라고 주장했다. 예지 샤츠키와 바르바라 샤츠카가 이 주장을 뒷받침했다. 두 사람은 잠깐 망설이다가 코와코프스키가 권총 주인이고("코와코프스키는 언제나 딴생각을 했어요. 권총을 떨어뜨리는 건 코와코프스키한테만 일어날 수 있는 일이죠."), 그 일이 벌어진 장소가 바르샤바가 아니라 우치라고 말했다.

이 모든 이야기가 사실일 수 있다. 이야기의 모든 주인공 즉 바치코, 코와코프스키, 바우만이 바르샤바대학교에 다닌 처음 몇 년 동안 총을 소지했다. 바치코와 바우만은 현역 군인이었고, 코와코프스키는 폴란드군 소속은 아니었으나 과격 공산주의 단체 회원이라 모든 동료와 마찬가지로 호신용 권총을 찼다. 그렇다면 이 일화가 우리에게 말하는 것은 무엇일까?

첫째, 시대 배경이다. 해방을 맞은 직후에는 민간 생활로 돌아가지 못한 사람들이 꽤 있었다. 바르샤바대학교는 아직 현역 군인인 사람들을 반겼다. 유념할 것이 이 시기의 폴란드는 여전히 전쟁 상태라, 총이 오늘날의 휴대전화처럼 일상이었다. 모든 활동가, 특히 새로운 체제를 지지하는 사람들은 권총을 한 자루씩 갖고 다녔다. 이 이야기의 세 주인공 모두 총이 있었고 총을 소지하고 학교에 다녔다. 이 이야기는 그런 격랑의 시기에 나타나는 흔치 않은 특징을 보여줄 뿐이다. 그런데 왜 주로 바우만을 주인공으로 언급할까? 코와코프스키는 공산주의 과거에서 손을 씻었고, 바치코는 학문 연구에 푹 빠져 폴란드의 대학 사회에서 완전히 발을 뺐다. 이와 달리 바우만은, 한결같이 좌파로 머물렀다. 그것도 유명인사로! 21세기 들어 바우만은 국제적 명사, 세계적 사상가가 되었다.

코와코프스키와 바치코 모두 공산주의에 참여한 전력이 있었지만, 폴란드에서 일어난 인신공격은 바우만만을 겨냥했다. 그러므로 이 일화에는 이런 메시지가 숨어 있다. '바우만은 위험하다. 모두 바우만을 두려워해야 한다.' 이 메시지는 언론이 바우만에게 비난을 퍼붓는 것이 정당하다는, 또 대학 당국들이 바우만에게 최고 영예상을 줄 열의를 보이지 않는 것이 정당하다는 근거로 삼기에 좋았다. 바우만은 공산주의에 참여한 전력을 한 번도 부인하지 않았다. 전후에는 공산주의 체제가 가장 매력 있고 평등했다고, 그 시기 폴란드에는 공산주의 체제가 가장 적합한 계획이라고 봤다고 여러 차례 설명했다. 공산주의/사회주의 폴란드 건설에 발 담갔다가 1989년 이후 좌파의 접근법을 비판한 대다수와 달리, 바우만은 전후에 공산주의를 지지하게 이끈 가치관에 변함없이 충실했다.

야시아 …

배척과 환멸이 힘겨운 경험이기는 하지만, 바우만은 그런 일에 익숙했다. 하지만 거의 62년에 이르는 결혼 생활 끝에 야니나를 잃는 일에는 대비가 되어 있지 않았다. 바우만은 야니나에게 자신의 사랑을 보였다. 하지만 바우만이 묘사한 대로 사랑이 자유와 통제의 끊임없는 긴장 관계라면, 바우만은 통제 쪽에 훨씬 가까웠다. 바우만에게는 야니나가 필요했다. 야니나는 언제나 바우만 가까이 있었다. 컴퓨터 화면에, 여행할 때, 손을 맞잡고 걸을 때, 날마다 글쓰기를 마친 뒤 의논할 때, '꼭 봐야 할' 최신 영화를 볼 때. 야니나는 언제나 조금은 바우만의 그림자에 가려 살았다.

물론 야니나도 자신만의 글을 썼고, 자신만의 열정이 있었다. 가까운 친구와 가족들은 야니나가 멋진 도기 냄비를 만들어 선물한 일을 기억한다. 야니나는 진기하고 아름다운 작품을 만드는 도예가였다. 이레나는 "어머니가 리즈에서 갑자기 도자기를 빚기 시작하셨어요."라고 회고했다. 야니나는 손수 빚은 도자기를 언제나 선물로 나눠줬다. 이레나의 딸로 도예를 전공한 전문 예술가인 손녀는 할머니 야니나가 새로운 접착법을 개발했다고 말했다. "도기 냄비는 무척 만들기 어려운 작품이었어요. 멋진 냄비들이었는데, 우리는 할머니가 무엇을 하는지, 할머니가 얼마나 흥미로운 예술가인지 이해하지 못했답니다. 우리는 그 오랜 시간 동안 할머니를 이해하지 못했어요."

야니나는 왜 이렇게 인정받지 못했을까? 왜 자신의 의지와 욕구를 내세우려 싸우지 않았을까? 왜 해마다 가던 이스라엘 여행을 멈췄을까? 왜 힘을 내 더 많은 책을 쓰지 않았을까? 왜 한 번도 도자기 작품을 전시하거나 팔지 않았을까? 어떤 친구들에 따르면 야니나는 그리움과 서글픔에 잠겨 살았다고 한다. 아마 지그문트의 그림자에 가려 살았기 때문일 것이다. 또 어린 시절에 헤아릴 수 없는 상실을 겪어서일 것이다. 이 밖에도 많은 이유가 있을 것이다. 이민은 야니나에게 많은 어려움을 안겼다. 야니나의 친구 그리젤다 폴록은 "쓰는 언어를 바꾸면 웃길 줄 아는 능력을 잃어요. 그래서 몹시 진지해지죠."라고 지적했다. 야니나가 영어로 책을 쓰기는 했지만, 하고 싶은 말을 영어로 할 능력은 되지 않았다고 한다. 남들은 야니나가 영어로 대화하는 능력이 무척 뛰어나다고 생각했지만, 야니나가 완벽히 편하게 느낄 정도는 아니었다. 자서전에서 야니나는 리즈에서 쇼핑하는 법을 배울 때 영어가 서툴렀던 일을 이야기했다. 피터 베일하츠는 "일상생활에 필요한 새로운 언어를 배우려면 바보가 되어야 하고, 창피함을 무릅쓰기도 해야 합니다. 이를 피할 대안은 침묵이고요."라고 지적했다. 야니나는 다섯 번째 언어인 영어를 마흔 후반에야 배우기 시작했다. 폴란드에서 야니나는 속마음을 그리 감추지 않았다. 친구들에 따르면 야니나의 유머 감각과 다정함 덕분에, 지그문트가 더 '가까이 다가갈 수 있는' 사람이 되었다. 이런 언어의 한계 말고도, 야니나의 첫 정체성이 홀로코스트 생존자였던 탓에 고통스러운 지난날이 늘 야니나의 곁을 맴돌았다. 야니나는 공유할 수 없는 이 경험을 책으로 공유하는 데 집중했다. 그래서 더 고통스러웠다. 얀 토마시 그로스가 자서전에서 언급했듯이(Gross & Pawlicka, 2018), 홀로코스트 연구는 특수한 분야다. 저자에게 강한 영향을 미쳐 한순간도 마음이 편할 새가 없게 한다. 그래도 자신의 경험을 전달해야 한다는 의무감이 끔찍한 공포를 회상하는 고통보다 더 강하다.

삶이 막바지에 이르렀을 때, 야니나는 십 대 시절에 겪은 열악한 환경에서 비롯한 심장 질환에 시달렸다. 마지막 몇 년 동안은 지그문트가 "말 그대로 숟가락으로 음식을 떠먹였다."[38] 그래도 결혼 60주년은 바르샤바의 브리스톨 호텔에서 보낼 수 있었다. 두 사람이 함께 폴란드를 찾은 마지막 여행이었다. 리즈에 돌아온 지그문트와 야니나는 국민보건서비스 (NHS) 산하 진료소와 병원에서 치료를 기다리며 많은 날을 보냈다. 바우만은 신념에 따라, 사비를 들여 개인 간병인을 쓰는 것을 거부했다. 왜 자신과 야니나가 개인 간병인을 감당하지 못하는 사람들보다 더 나은 간호를 받아야 하는가? 기다리기라면 질색인 바우만이었지만, 그래도 끈기 있게 기다렸다. 마거릿 대처Margaret Thatcher의 파괴적 개혁으로 일어난 간호 인력 부족에 대처하느라, 세계적 사상가가 공공 병원 복도에 앉아 기다렸다. 국민보건서비스는 여전히 공공의 자산이었다. 바우만은 아내 야니나가 치료받을 때, 그리고 나중에는 자신이 치료받을 때도 자신의 이상을 고수했다.

야니나는 2009년 12월 29일, 여든세 살로 세상을 떠났다. 야니나의 죽음과 함께, 야니나가 영국에서 사는 동안 야니나에게 그림자를 드리운 남성도 사라지기 시작했다. 살아 있는 사람이라면 누구나 그림자가 있다. 그림자가 사라진다는 것은 그림자를 드리운 사람이 이제 거기 없다는 뜻이다.

나의 신이여
당신은 성급한 분
당신을 만든 창조자를
법정에 세우네
정의에 반쯤 눈 감은 법정에
혼돈에 빠진 세상의 우울한 빛
당신 안에서 또 당신 밖에서 번쩍이네
자욱하기 짝이 없는 안갯속 그대
당신이 가는 길을 우리는 모르네

현자의 눈이 시기할 때

당신은 그 눈을 돌로 바꾸고

우리 인간보다 위에 서네

죄책감을 넘어서네,

언젠가는 죽는 존재의 고통을

       − 브워지미에시 홀슈틴스키, 「교차로 *rozdroże*」

야니나가 세상을 떠난 뒤, 지그문트는 계속 집에 머물렀다. 가까운 친구들에게도 찾아오지 말라고 부탁했다. 가족과 친구들은 혹시나 지그문트가 야니나의 뒤를 따를까 봐 걱정이 이만저만이 아니었다. 지그문트는 1년 동안 활기를 잃고 야니나의 죽음을 슬퍼했다. … 평생 처음으로, 지그문트는 서두르지 않았다.

야니나가 떠난 지 몇 달 뒤 키스 테스터가 지그문트를 찾았다. 만남은 매우 고통스러웠다. 지그문트는 테스터에게 야니나의 사진을 보여주는 것 말고는 아무 일도 할 생각이 없었다. 지그문트의 공저자인 모니카 코스테라에 따르면 "바우만의 주변 사람 누구나 머잖아 지그문트를 잃으리라고" 생각했다. 지그문트는 자신의 인생이 끝났다고 말했다. 다시는 여행도 못 다니고, 야니나와 함께 갔던 장소에도 가지 못하리라고, 이제 야니나가 떠났으니 아무것도 하지 못하리라고. 지그문트가 야니나 없이 처음으로 폴란드를 찾았을 때, 영화감독 크시슈토프 종친스키가 카메라를 들고 바우만을 따라다닌 뒤 〈사랑, 유럽, 세계 Miłość, Europa, świat〉라는 뭉클한 다큐멘터리를 만들었다. 이때는 딸들이 지그문트와 동행했다. 한 장면에서 지그문트가 걸어가며 말한다. "이제 나는 혼자야." 그런 지그문트를 리디아가 다독였다. "아냐, 아빠. 우리가 있잖아."

딸들은 시간을 조정해 타타(아빠)와 함께했다. 강인한 바우만 일가는 서로 부지런히 협력해, 지그문트가 일과 관련해 참석하는 모든 행사에 동행했다. 처음 걱정한 것과 달리, 지그문트는 계속 여러 행사에 참석했다. 2010년에는 사회학자 알랭 투렌과 함께 아스투리아스 상* 커뮤니케이션·인문학 부문을 공동 수상했다. 같은 해 영국에서 열린 리즈대학교 사회학·사회정책대학 산하 바우만연구소의 개소식에도 참석했다. 이곳은 바우만에게 비길 데 없이 값진 성취였다. 생을 마치기 몇 달 전까지도 바우만은 이 연구소의 설립자이자 소장인 마크 데이비스가 마련한 행사에 참석했다.

바우만을 암울한 무기력에서 끌어낸 것은 저술이었다. 바우만은 예수회 사제였다가 교단과 갈등 끝에 사제직을 그만둔 친구 스타니스와프 오비레크와 함께 새 대담집을 쓰기 시작했다. 둘은 신과 인간을 주제로 토론했다. 두 사람 모두 커다란 조직에 몸담고 유토피아를 건설하고자 활발히 노력했으나 끝내 결실을 얻지 못한 주변인이었으니, 무척 흥미로운 기획이었다. 책에서 두 사람은 신자와 무신론자, 두 관점에서 신의 존재를 토론했다. 오비레크는 이 작업이 바우만에게 치유 역할을 해, 애도 기간을 지나는 동안 절망을 덜어내는 데 도움이 되리라고 믿었다.

야니나가 떠난 지 몇 달 뒤, 바우만이 딸들에게 말했다. "이제 이건 선택의 문제로구나. 죽음을 택하거나, 삶을 택하거나."

바우만은 삶을 택했다.

---

* 아스투리아스 공(여공)으로 불리는 스페인 왕세자/왕세녀가 주는 상. 예술, 커뮤니케이션·인문학, 국제 협력, 문학, 사회과학, 체육, 기술·과학 연구, 화합, 아스투리아스 모범상으로 나눠 시상한다.

다시 삶으로[39]

2010년 여든다섯 번째 생일에, 바우만은 폴란드에서 문화 부문 공헌자에게 주는 최고 훈장인 문화 공훈훈장 글로리아 아르티스를 받았다. 훈장 수여식은 폴란드 문화유산부 장관이 주관했다. 고통스럽고 울적했지만, 바우만은 그런 영예를 누려 행복했다. 이때 열린 수상 파티에 1954년에 바르샤바대학교에서 처음 만났던 동료를 한 명 초대했다. 바로 알렉산드라 야신스카-카니아였다. 두 사람은 1956년부터 호흐펠트가 이끈 정치사회학 분과에서 연구했다. 학위 수료와 승진 속도는 달랐다. 바우만은 박사 학위와 교수 임용 자격 취득을 빠르게 마쳤다. 알렉산드라 야신스카는 조금은 정치적 이유로 연구 주제와 지도교수를 바꿔, 1967년에 바우만의 지도로 학위 논문을 마쳤다. 같은 학과 동료인 알빈 카니아와 결혼했고, 1968년까지는 부부끼리 서로 친구로 지내며 이따금 함께 어울렸다. 알렉산드라는 옥스퍼드대학교에서 객원 연구원으로 지내던 1988년에 리즈에 사는 지그문트와 야니나를 방문했다. 지그문트는 연구 주제에서도 알렉산드라와 연관이 있었다. 가치관과 도덕성을 다룬 지그문트의 영어 저술[40]에서처럼 알렉산드라는 여러 차례 지그문트의 저술에 조언을 줬다.

훈장 수상 파티에서 다시 만난 두 사람은 사별한 배우자(알렉산드라는 16년 전인 1994년에 남편을 잃었다), 홀로 남겨지는 과정, 슬픔과 애도, 고통의 단계, 아픔과 회복을 놓고 처음으로 깊은 이야기를 나눴다. 그 뒤로도 이런 이야기가 잇달아 오랫동안 이어졌다. 바우만은 이런 이야기를 나누는 과정이 자신의 감정을 끄집어내 확인하고 공유하는 데 도움이 된다는 것을 깨달았다. 벗과 함께 사회학과 심리학이 결합한 이야기를 나누는 것은 바우만이 받을 수 있는 최고의 치료였다. 알렉산드라, 오비레크와 나눈 깊은 우정이 매우 바람직한 영향을 미쳐, 바우만은 점차 활기를 되찾았다. 특히 알렉산드라의 역할이 컸다. 알렉산드라는 슬픔에서 시작한 토론을 희망이 보이고 마침내 기쁨이 넘치는 환담으로 바꾸는 법을 알았다. 이듬해 콜레지움 시비타스가 바우만에게 강좌를 요청하자, 바우만은 총장에게 알렉산드라를 공동 연구자로 초빙해달라고 요청해 함께 세미나를 진행했다. 바우만은 한 달에 한 번씩 바르샤바에 들렀고, 바우만이 없을 때는 알렉산드라가 세미나를 진행했다.

"어느 날 강의가 끝난 뒤 지그문트가 내게 청혼했다. 여든 살이 넘은 사람에게도 사랑에 빠지는 기적이 일어날 수 있다는 게 믿기지 않았지만, 우리 둘 다 다시 열여섯 살이 된 기분이었다."(Jasińska-Kania, 2018) 사랑은 불꽃이 튀듯 타올랐다. "정말 아빠다웠어요. 사랑에 빠졌다는 말이 다였어요." 바우만의 한 딸이 한 말이다. 이때 리디아와 이레나는 지그문트가 바르샤바로 영구 이주하거나, 지그문트와 알렉산드라가 리즈와 바르샤바를 오가며 살리라고 생각했다. 실제로는 알렉산드라가 리즈로 옮겼다. 지그문트는 다시 삶을 감사히 여기고 새로운 연구에 착수해, 2013년에만 대담집 네 권을 새로 펴냈다. 빡빡한 여행 일정을 재개하고 손님을 초대해, 야니나와 함께했던 시절과 매우 비슷한 생활을 되찾았다. 아침에 글을 쓰고, 알렉산드라를 위해 요리하고, 저녁에는 이야기를 나누고 노래하고 책을 읽고 텔레비전을 보고, 그리고 언제나 토론을 주고받았다. 두 사람은 사회학에 쏟는 관심, 호흐펠트파 시절의 추억, 두 사람이 성장한 러시아의 문화와 언어에 느끼는 친밀감을 함께 나눴다. 공산주의 활동가의 딸이었던 알렉산드라는 2차 세계대전 동안 소련에서 보육원 비슷한 곳에 머물며 세계 곳곳에서 온 공산주의자의 자녀와 함께 자랐다. 바우만보다 어렸으므로 러시아 문화의 여러 측면을 쏙쏙 흡수했다. 두 사람이 팔십 대에 다시 만났을 때 이런 과거가 공통점이 되었다. 둘은 러시아 동요를 부르고, 러시아 문학을 읽고, 러시아 영화를 토론했다. 어린 시절을 보낸 광활하고 아름다운 러시아의 풍경, 살을 에는 러시아의 겨울, 그 암울한 시절을 함께한 러시아 사람들의 넉넉한 마음씨를 함께 돌아볼 동반자가 있다는 것이 바우만에게는 새로운 경험이었다.

두 사람은 다른 사람들에게 자신들의 사랑을 알려 많은 사람을 놀라게 했다. 바우만은 또다시 관습의 틀을 깼다. 우리 사회에서 이렇게 늦은 나이에 시작하는 사랑은 의심과 냉소를 불러일으키곤 한다. 두 사람의 결합을 놓고 험담도 돌았지만, 바우만은 신경 쓰지 않았다. 늘 그랬듯 자신이 하고 싶은 일을 했다. '올라'(알렉산드라의 친구와 박사 과정 제자들이 부르는 애칭이다)도 바우만과 같은 태도를 보였다. 8장과 9장에서 다뤘듯이 스탈린 시절 전후 폴란드의 대통령이었고 스탈린주의가 몰락한 1956년에 사망한 볼레스와프 비에루트의 딸이었으므로, 알렉산드라는 언론의 공격에 시달리는 사람의 심정을 잘 알았다. 알렉산드라의 어머니로 공산주의자였던 마우고자타 포르날스카는 나치에 저항해 싸우다 1944년에 나치의 손에 목숨을 잃었다. 공산 정권 시절 학생들은 포르날스카의 이름을 배우고 찬양했다. 그러나 정권이 바뀐 뒤로 포르날스카는 잊힌 이름이 되었다.

알렉산드라는 부모님이 폴란드의 자유를 위한 투쟁으로 생각한 내용을 책으로 쓰고 있었다. 그러니 누군들 알렉산드라보다 바우만을 깊이 이해할 수 있었겠는가? 가족과 친구들은 알렉산드라에게 고마워했다. 어떤 이는 "알렉산드라가 지그문트를 살렸다."라고까지 말했다. 알렉산드라의 끈끈한 우정, 연구 협업, 지그문트와 마찬가지로 열정과 성깔이 넘치는 슬라브 기질에 힘입어, 지그문트는 5년 더 활동했다. 친구들은 야니나와 함께한 마지막 몇 년에 견줘 지그문트가 한결 시름을 더는 모습을 지켜봤다. 두 사람에게 필요한 관계가 그런 것이었다. 두 사람은 2012년

12월 31일에 이탈리아 벨라조에서 약혼하고, 2015년에 리즈 시청에서 결혼했다. 바우만의 딸들, 그리고 미국에서 수학 교수로 일하는 알렉산드라의 외동딸도 자리를 같이했다.

그 뒤로 지그문트와 알렉산드라는 틈틈이 폴란드를 포함한 여러 곳을 함께 여행했다. 2013년에는 함께 이스라엘을 찾았다. 바우만에게는 네 번째 방문이었다. 바우만은 이스라엘의 군사 정책과 팔레스타인 박해 조처를 줄기차게 비판했다. 그래도 바우만에게 이스라엘은 손자 마이클 스파르드를 포함해 가까운 피붙이가 사는 곳이었다. 마이클은 장차 이스라엘에서 손꼽히는 인권 변호사로 성장해, 할아버지의 사상을 이어받은 살아 있는 유산이 된다.[41]

이 나이 든 신혼부부의 삶에 언론인들이 호기심을 보였다. 만약 오프라 윈프리가 두 사람을 쇼에 초대할 수 있다면 얼마나 좋을까, 하는 마음이 굴뚝같았을 것이다. 폴란드 신문과 나눈 인터뷰에서 지그문트와 알렉산드라는 우리 사회에서 결혼식을 올리지 않은 연인으로 지낼 때 겪는 어려움을 언급하며, 나이 든 연인도 상황이 다르지 않다고 밝혔다. 행사 주최 측은 호텔 방을 하나 예약할지 두 개 예약할지, 알렉산드라를 어떻게 소개해야 할지 몰라 난처해 했다. '평생 동반자'라는 말이 쉽게 입에서 떨어지지 않았기 때문이다. 하지만 바우만이 걱정한 것은 노년의 삶에서 절실한 문제인 의료 접근성이었다. 언제나 준비가 철저한 바우만은 은퇴, 연금, 보험을 꼼꼼히 준비했고, 알렉산드라를 위해서도 그런 문제를 최선을 다해 처리했다. (알렉산드라는 은퇴한 바르샤바대학교에서 교수 연금을 받았다.) 바우만에게는 누군가를 돌보는 것이 즐거움이었다.

알렉산드라에 따르면 두 사람의 삶은 두 가지 속도로 흘렀다. 일로 여행할 때는 매우 활발하게 움직였지만, 집에서 글을 쓸 때는 천천히 움직였다. (Jasińska-Kania, 2018) 어찌나 활발하게 여행했는지, 두 사람 모두

KLM 항공사의 플라잉 블루 플래티넘 카드가 있었다. 이들은 바우만을 사랑하는 청중이 있는 브라질을 포함해, 한 해에 60회 이상 여행했다. 2013년 말에는 보스턴과 워싱턴 D.C.를 방문했고, 바우만이 강연도 했다. 알렉산드라는 크리스마스를 꼬박꼬박 딸과 손녀딸, 그리고 다른 친척들이 사는 미국에서 보냈다.

두 사람의 팔팔한 열정과 참을성은 놀라웠다. 2012년에 바우만이 루블린의 브라마 그로츠카 극장에서 강연한 뒤 계단에서 미끄러지는 바람에 왼쪽 팔이 부러졌다. 그래도 다행히, 운명의 여신이 바우만 편이었다. 강연 주최자 중 한 명의 아버지가 정형외과 의사였고, 응급실 의사들이 즉시 바우만을 진료해 골절을 진단하고 치료한 뒤(수술은 필요 없었다) 다음 날 아침에 호텔까지 데려다줬다. 그다음 날, 알렉산드라가 지그문트 대신 강연을 마친 뒤, 두 사람은 머뭇거림이라고는 없이 다음 강연이 예정된 도시로 이동했다. 의사들은 바우만의 멋진 유머, 고통을 참는 인내심, 튼튼한 건강에 깊은 인상을 받았다. 얄궂게도, 야니나가 선택한 다음 도시가 1945년 전투에서 바우만이 같은 팔을 다쳤던 코워브제크였다. 바우만은 "코워브제크에 들를 때마다 왼쪽 팔에 문제가 생겼습니다. 도대체 이 팔은 코워브제크와 무슨 관계일까요?"라고 웃어넘겼다.

하지만 혐오 발언과 신나치 단체를 마주하는 일이 갈수록 더 늘어났다. 바우만은 특히 2013년 6월 브로츠와프 소동 뒤로 파시스트의 부활에 당혹감과 두려움을 느꼈다. 브로츠와프에서 바우만에게 욕설을 퍼붓고자 일어선 민족급진진영(ONR), 폴란드인만의 청년단 Młodzież Wszechpolska 같은 단체[42]는 80년 전 바우만을 게토 의자에 앉혔던 규칙을 시행한 반유대주의 정치인들과 마찬가지로 국수주의 이념을 신봉했다. (Cała, 2012) 친구들과 목격자들은 브로츠와프 소동이 브로츠와프 시장에게 난동질을 부리려다 일어난 단발성 사건으로 봤다. 하지만 너무나 오싹한 기시감을 느낀 바우만은 폴란드 여행을 멈추기로 했다.

2015년에 아담 미흐니크가 바우만의 아흔 살 생일을 기념해 토론회를 주최하려 했지만, 바우만은 단호했다. "다시는 폴란드로 돌아가지 않겠네." 친구에게 보낸 한 편지에서 바우만은 브로츠와프 사건이 세 번째로 폴란드에서 쫓겨나는 느낌이었다고 적었다.[43]

바우만을 공격한 사람은 젊은 과격파만이 아니었다. 2014년에 포즈난대학교 철학부 교수인 안제이 프시웽프스키라는 사람이 독일의 철학 학술지 《정보 철학Information Philosophie》에 브로츠와프에서 일어난 공격의 성격을 논하는 편지를 보냈다.[44] 프시웽프스키는 학생들이 반유대주의를 부추길 의도는 아니었다고 주장했다. 바우만이 속했던 국내보안대 부대가 나치친위대에 해당하는 조직이니, 정당한 행동이었다는 뜻이었다. 다른 학자들이 프시웽프스키의 서신을 비난하는 글을 썼지만, 바우만이 공산주의와 첩보 기관에 몸담았던 일을 사과하지 않는다고 공격한 교수진들 사이에 프시웽프스키의 견해가 퍼졌다. 이런 비난을 날리는 사람들은 바우만의 공산주의 전력만 이야기할 뿐 유대인 출신을 언급하지 않지만, 폴란드에는 지금도 유대공산주의라는 고정 관념이 남아 있고 대학가에서마저 혐오를 담은 생각이 표출된다.[45]

프시웽프스키가 일으킨 논란이 끝나자, 바우만을 겨냥한 새로운 시위가 일어났다. 2016년 5월 1일, '폴렉시트POLexit'를 부르짖는 우익 시위대가 바우만의 사진을 불태웠다.[46] 이들은 폴란드가 이슬람화를 피하려면 영국을 뒤따라 EU와 결별해야 한다고 주장했다. 극우 단체 지지자들은 "바우만의 견해와 활동 이력 때문에" 바우만의 사진을 불태웠다고 주장했다.[47] 하지만 실상은 폴란드에서 외국인 혐오가 날로 커져, 사람들이 반유대주의와 반이민 정서를 갈수록 많이 받아들였다. 이듬해에는 브로츠와프 중앙 광장에서 시위대가 유대인을 상징하는 마네킹을 불태웠다.

브로츠와프에서 강연한 지 몇 달 뒤인 2014년, 바우만이 중간 기착지인 바르샤바 공항에서 강연이 예정된 에스토니아 수도 탈린행 비행기로 환승을 기다리며 담배를 피우고 있을 때였다. 국제공항 한복판인 그곳에서 한 남자가 유대인을 비하하는 말을 퍼붓고 바우만을 범죄자이자 더러운 공산주의자라고 공격했다. 지난 일이 불쑥 떠올라 바우만을 괴롭혔다. 바우만이 마지막 책『레트로토피아』를 쓰기로 마음먹은 때가 이 순간이지 않았을까 싶다.

그림자를 뒤따라 …

바우만에게 마지막 해가 된 2016년은 이탈리아의 해였다. 그해 6월, 알렉산드라와 지그문트는 이탈리아 사르데냐의 주도 칼리아리에서 열리는 축제에 초대받았다. 실업률은 높고 소득은 낮지만, 칼리아리는 세상에서 손꼽히게 '행복한' 곳이었다. 바우만은 기조연설자로 초대받았다. 행복은 바우만이 좋아하는 주제 중 하나였다. 바우만은 친구들에게 행복한지, 무엇에서 행복을 얻는지 묻곤 했다. 행복하기가 가능할까? 신이 우리에게 영원한 고통을 선고하지는 않았을까? 강연 참석자들은 강연이 무척 마음을 파고들었다고 기억했다. 사르데냐는 특별한 곳이었다. 그곳에는 바우만이 사랑하는 모든 것이 있었다. 훌륭한 와인, 군침 도는 음식, 화가들이 극찬한 독특한 빛 덕분에 감탄이 절로 나오는 풍경. 바우만이 좋아한 사상가 안토니오 그람시도 사르데냐 출신이었다. 바우만은 사회학에 발 들이던 시기에 그람시의『감옥에서 보낸 편지』(민음사, 2000)를 읽고 큰 도움을 얻었다. 그 덕분에 마르크스주의를 저버리지 않았다. 그러므로 난생처음 찾은 곳이었지만, 사르데냐가 거의 고향 같이 느껴졌다. 게다가 사르데냐는 바우만이 사랑해 마지않는 이탈리아 땅이었다.

알렉산드라에 따르면 "지그문트가 유럽에서 가장 좋아한 곳이 이탈리아"였다.

지그문트는 이탈리아의 사람, 음식, 풍경, 도시, 기념물, 박물관을 사랑했어요. 우리는 철학 축제에 참석한 인파와 강연장을 찾은 많은 청중에 특히 감탄했답니다. 강연장을 찾는 많은 청중, 그건 이탈리아 문화 특유의 매혹적인 특성이죠. 우리에게는 그런 행사로 이탈리아를 찾는 것이 축제나 다름없는 일이었어요. 지그문트는 이탈리아에서 친구들을 만날 때 늘 행복해했어요. 게다가 저서를 출간할 때 가장 소중한 공동 저자나 공동 작업자를 만난 곳도 바로 이탈리아였고요.

이탈리아 학계와 나눈 교류로 어느 정도 새로운 힘을 얻었지만, 바우만의 건강이 쇠약해지기 시작했다. 심장이 약해지고, 청력과 시력도 갈수록 떨어졌다. 바우만은 하루가 다르게 세상에서 동떨어진다고 하소연했다. 이 무렵, 알렉산드라에게 바치는 『레트로토피아』를 쓰고 있었다. 바우만이 오랫동안 관찰하고 분석한 세상이 과거로 초점을 옮기고 있었다. 과거를 되돌아본 사람들이 위험한 극단으로 뛰어들었다. 우리 사회의 기억이 한 사람의 일생보다 짧았다. 기어이 또 다른 전쟁을 치러야 전쟁이 얼마나 치명적인지 기억할 것 같은 상황이었다. 우리는 그토록 많은 사람을 죽인 비극을 똑같이 되풀이하고야 말 저주받은 운명일까?
『레트로토피아』를 마무리할 즈음, 바우만은 오랜 친구 재닛 울프에게 다음 책을 함께 쓰자는 편지를 보냈다.

현명하고 아름답고 모든 면에서 탁월한 재닛. 혹시 어느 늙은이의 뇌가 관절염에 침범당하기 전에 문화를 주제로 대담집을 작업하자는 또는 시도

하자는 제안을 받는다면 어떻게 답하겠나? 동료 학자가 아니라 문화를 실천하는 사람이자 문화 관행의 대상인 사람과 나누는 대화, 그러니까 모리스 블랑쇼Maurice Blanchot가 말한 질문의 저주처럼 아마 답보다 질문이 많을 대화라면? 편하게 생각하고 솔직하게 답해주게. 인생에는 그보다 더 끌리는 즐거움이 있다는 답장을 보내도 충분히 이해하겠네. 나도 비슷한 제안이 오면 그렇게 답할 테니까….[48]

바우만의 뇌는 한 번도 기운을 잃은 적이 없었다. 하지만 나머지 신체는 기운을 잃었다. 마지막 몇 달 동안 바우만은 많은 여행과 강연을 취소했다. 정중한 편지로 양해를 구하며, 취소된 강연문을 언제나 함께 보냈다. 하지만 이루고 싶은 마지막 꿈이 있었고, 어떤 대가를 치르더라도 그 꿈을 실현하고 싶었다. 바우만은 호르헤 마리오 베르고글리오Jorge Mario Bergoglio 곧 프란치스코 교황의 권한에 특별히 관심이 컸다. 프란치스코 교황은 화려하고 호화로운 바티칸의 관습을 깨뜨리고 자신의 소박한 생활 방식과 평범한 사람들에 가까운 모습을 본보기로 보였다. 이런 모습은 기독교가 내세우는 자비와 연민에 가깝기도 하지만, 사회의 약자와 소외계층을 보살피는 데 초점을 맞추는 사회주의 방식과도 맞아떨어지는 부분이 있었다. 바우만은 다른 영적 체계에 속해 생기는 차이는 있어도, 자신과 교황 사이에 공통점이 많다고 생각했다. 바우만과 프란치스코 교황 모두 독재 정권 및 내전과 연결되는 과거가 있는 유명 인사였다. 또 과거와 관련해 조금은 오점이 될 문제가 있었다. (바우만은 국내보안대 시절이, 베르고글리오는 아르헨티나 군사 정권 시절 활동이 그랬다.) 둘 다 파렴치한 정권을 활발히 지지했다고 언론에 비난받았다. 하지만 가장 중요한 공통점은 베르고글리오와 바우만 모두 사회의 가장 취약한 부분과 세계의 미래에 관심을 기울였다는 것이다. 바우만에게 파파 프란치스코는 희

망을 상징했다. 그리고 프란치스코 교황도 바우만에게 어느 정도 관심이
있었다고 한다.

스타니스와프 오비레크는 이렇게 회고했다. "이탈리아 피렌체에 프
란치스코 교황과 매우 가까운 팔리아 몬시뇨르*가 계셨습니다. 팔리아
몬시뇨르가 두 사람[바우만과 프란치스코 교황]을 가까이 이어주고 싶어
했어요. 팔리아가 보기에, 프란치스코 교황에게 통찰력은 있으나 그 통
찰력을 이해하기 쉬운 솔직한 언어로 바꾸는 데 필요한 표현력이 부족해
교황을 도와줄 지식인이 필요했거든요. 지그문트는 이미 프란치스코 교
황에게 감명받은 뒤였고요. 그래서 바우만을 아시시로 초대했습니다."[49]

자선 사업과 관용을 강조하는 대화로 유명한 산테지디오 공동체
Comunità di Sant'Egidio가 2016년 9월에 아시시에서 회의를 주최했고, 회의 기
간에 바우만과 프란치스코 교황의 만남이 마련되었다. 가족과 알렉산드
라가 여행을 취소하라고 설득했지만, 바우만은 그럴 생각이 눈곱만큼도
없었다. 알렉산드라에게 "기어서라도 교황을 만날 거야."라고 말했을 정
도다. 아시시에서 만난 바우만과 프란치스코 교황은 존경과 희망을 담은
말을 주고받았다. "바우만은 프란치스코 교황을 인류의 생존과 통합을
찾아 터널을 비추는 빛에 빗댔다. 교황은 웃으면서 자신을 터널에 빗대
는 말은 평생 처음 들어본다고 농담을 던졌다."(Jasińska-Kania, 2018)

두 달 뒤, 지그문트와 알렉산드라는 마지막으로 함께 이탈리아를 찾
았다. 이번에는 짧게 피렌체에서 이틀 밤을 머물렀다. 강연 제목은 '세상
의 끝'이었고, 이것이 바우만의 마지막 강연이었다. '세상의 마지막'과
'시간의 마지막' 같은 용어를 분석한 강연은 언제나 바우만의 연구에 관
심을 보인 이탈리아 대중에게 바우만이 보내는 작별 인사였다. 리즈로

---

* 로마 가톨릭교에서 성직자에게 사용하는 호칭.

돌아온 바우만은 어느 때보다도 몸이 좋지 않았다. 가족들은 바우만의 일정을 최소로 줄였다. 바우만은 방문객이나 공동 연구자 없이 가족에만 집중했다. 딸들과 알렉산드라가 지그문트를 사랑으로 감쌌다. 지그문트의 건강을 회복시키는 것을 가장 중요하게 여겼지만, 날이 갈수록 가망이 없어 보였다. 지그문트는 집에서 치료받았다. 야니나가 아픈 뒤로는 병원이라면 질색이었다. 그래도 치료는 아무리 부족한 점이 있을지언정 언제나 국민보건서비스를 이용했다. 삶의 다른 상황에서 그랬듯, 지그문트는 마지막까지 자신의 인생철학을 지켰다. 최소한보다 더 많은 것을 인생에서 취할 필요는 없었다. 어떤 특별 대우도 거부했다.

크리스마스를 축하하고 2017년 새해를 환영하는 행사가 있었다. 바우만은 "짧은 해가 되겠군."이라고 말했다. 아니나 다를까, 지그문트 바우만은 2017년 1월 9일에 세상을 떠났다.[50]

그림자를 뒤따라….

결론

유산

계속 이어질…

- 지그문트 바우만(1992, 18)

2018년 11월 19일, 바우만의 친구인 피오트르 C. 코발스키가 지그문트 바우만이 살아있었다면 아흔세 살 생일이었을 날을 기념해 포즈난에 특이한 기념물을 만들었다. 사방 93cm짜리 얼음덩어리에 지그문트 바우만의 머리글자인 ZB를 조각한 다음, 1925년에 바우만이 태어난 집 근처인 프루사 거리에 설치했다. 고체에서 액체가 되었다가 시간과 함께 사라진 이 덧없는 예술 작품만큼 바우만에게 어울리는 기념물이 또 있을까? 공식 기념행사와 기념물을 좋아하지 않는다고 선언했던 바우만이지만, 예술가 친구가 바친 이 '유동하는' 존경의 표시는 틀림없이 받아들였을 것이다.

두말할 것도 없이, 지그문트 바우만의 연구는 20세기와 21세기 초반에 일어난 가장 중요한 변화와 매우 관련 깊다. 바우만은 사회학, 철학, 문화 연구에서 중요한 학자라, 앞으로 오랫동안 학회, 토론회, 연구소에서 바우만의 연구를 토론하고 발전시킬 것이다. 바우만이 거의 평생에 걸쳐 쓴 글들은 풍부한 내용과 문체, 형식을 담았고, 다양한 독자를 위해 여러 언어로 출간되었다. 바우만의 유산을 설명하기에 가장 좋은 방법은 세 시기에 걸친 주요 지식 활동기를 살펴보는 것이다. 폴란드 시기, 영국 시기, 그리고 국제 시기.[1]

폴란드 시기에 바우만은 폴란드 학계의 독자들을 위해 폴란드어로 글을 썼다. 물론 이 글들은 다른 언어로도(주로 영어였으나 프랑스어, 체코어, 히브리어로도) 번역되었다. 사회학자로서 초반에 바우만은 학문 전통의 다양성을 공개적으로 지지하고, 교조적 마르크스주의 접근법에 반대했다. "모든 꽃이 피어나게 하자. 과학적 철학과 사회학이 발전하기에 가장 알맞은 환경은 철학자와 사회학자를 길러내는 곳, 대학교에서 여러 학파를 대변하는 다양한 철학과 사회학이 존재할 때야 생겨날 수 있다." (Bauman, 1956, 6) 1968년에 느닷없이 끝이 난 폴란드 시기에, 바우만은 다양한 독자에게 보내는 저서를 몇 권 발표했다.

영국 시기(1968~2000)에 바우만의 글쓰기는 주로 영어권 학자들을 겨냥했다. 영어로 출간한 첫 책『계급과 엘리트 사이 — 영국 노동운동의 진화. 사회학적 연구』는 1960년에 폴란드어로 발표한 책을 번역한 것이니 폴란드 시기에 속한다고 볼 수 있다. 1968년부터 1972년까지는 과도기라, 이전 연구를 이어가 폴란드 및 동유럽과 관련한 글을 썼다. 영어로 출간한 두 번째 책『관습으로서 문화Culture as Praxis』(1973)도 폴란드어 서적을 번역한 것이다. 그러다 1980년대 초반부터 영어로 글을 쓰기 시작했고, 1987년에『입법자와 해석자』로 전 세계 학계에서 인정받았다. 1989년에 발표한 걸작『현대성과 홀로코스트』에 힘입어, 바우만은 드디어 '일류' 사회학 저자로 우뚝 섰고 저술 분야에서 자리를 굳혔다. 이후로 근대성과 탈근대성에 주력한 책들 덕분에, 바우만이 해석한 사회의 역동성을 더 많은 독자가 이해할 수 있었다. 1990년에 출간한 『사회학적으로 생각하기』(서울경제경영, 2011)는 서구 사회의 이야기를 서구 독자들에게 들려주고 싶은 바람을 강조했다. 1992년에 출간한 『죽음, 불멸, 그리고 여러 인생 전략』은 베스트셀러는 아니었으나 전문가들에게 널리 인정받았다. 우리 사회를 탈근대로 바라본 통찰력은 바우만이 1990년대에 내놓은 저술을 하나로 잇는 고리였고, 10년에 걸쳐 다듬어진 끝에 세계화 과정과 소비주의 연구에도 자취를 남겼다. 이렇게 현실의 역동성을 지식으로 가다듬는 과정을 명확히 보여주는 책이 피터 베일하츠가 엮은 『바우만 읽기』다. 이 책은 20세기 일류 지식인으로서 바우만의 명성을 한층 높였다. 이 책과 마찬가지로 2000년에 나온 『액체근대』는 바우만이 그때껏 사회 변화를 분석한 주요 내용을 통합한 걸작으로, 뒤이어 나온 여러 저술이 바우만이 꿰뚫어 본 '유동하는 세상'을 보강하고 널리 알릴 시발점이 되었다. 이 책의 출간으로 바우만은 마지막 활동기에 발을 디뎠다.

마지막 국제 시기에 바우만의 연구는 학계의 틀과 관습을 깨고 더 폭넓은 독자에게 다다랐다. 바우만이 익힌 다양한 표현 형식은 흔히 아는 철학과 사회학의 참고 문헌, 비슷하게 유명한 지식인(철학자, 사회학자, 인류학자, 정치학자, 언론인)과 예술인, 그리고 소설과 시, 영화를 바탕으로 삼았다. 이 시기에는 텔레비전 프로그램 같은 대중문화까지도 현대 사회의 변화를 비추는 자료가 되었다. 바우만은 더 일반적인 관심사를 표현하는 쪽으로 초점을 바꿨다. 달리 말해 개인화, 세계화, 불평등과 가난, 차별과 이주가 진행되는 과정뿐 아니라 개인 관계, 사랑, 행복, 소비, 외로움도 주제로 삼았다.

다작 활동으로 비난도 받았다. 가장 흔한 비난은 반복성이었다. 물론 맞는 말이다. 하지만 바우만이 특정 주제를 반복해 강조한 덕분에 더 많은 독자에게 책을 알렸고, 또 사회가 거울을 들여다보고 거기에 비친 현실을 이해하게 이끈 스승으로 자리매김할 수 있었다. 많은 대중에게 '유동하는', '액체'라는 은유를 알리고 받아들이도록 이끈 능력 덕분에, 세계적 지식인으로 자리잡았다. 마지막 활동기에 바우만은 더는 학계 독자들을 겨냥한 글을 쓰는 체하지 않았다. 자신은 자신의 견해와 다른 사람의 견해를 재활용한다고 스스럼없이 말했다. 2차 자료를 사용한 까닭도 실증 조사를 할 줄 몰라서가 아니라 더 많은 대중에게 다가가고 싶은 마음에서였다.

바우만의 '국제적' 저서를 대중지식인의 참여적 글쓰기로 봐야겠지만, 어떤 영역에서는 학계도 바우만을 추종했다. 학계는 점차 바우만의 소통 방식을 받아들였고, 몇몇 나라 이를테면 스칸디나비아 국가의 대학과 경영대학원[2]에서 바우만의 유산이 제자리를 찾았다. 폴란드에도 바우만주의 철학자, 사회학자, 인류학자, 문화연구자가 있고, 남아메리카와 남유럽, 그중에서도 특히 이탈리아, 스페인, 포르투갈, 브라질이 바우만의 연구를 기꺼이 받아들인다.

바우만이 후반기에 사용한 접근법은 교수법에도 영향을 미쳤다. 새로운 토론 주제를 꺼낼 때 어린 학생들의 관심을 계속 잡아두고 싶은 대학교수들이 바우만의 접근법이 매우 효율적이라는 것을 깨달았다. 강단 교육자들은 사회과학과 인문학에서 이제 막 대학 교육을 받기 시작한 학생들과 소통할 연결고리로 바우만을 이용한다. 이 세대의 독자 대다수에게는 우리 사회의 작동 방식을 배우고자 읽은 유일한 책이 바우만이기 때문이다.[3] 이런 현실을 아는 강단 교육자들이 사회의 역동(유동) 과정을 이해할 분석의 틀을 잡는 데 도움을 줄 보이지 않는 추천인으로 바우만을 활용했다. 이 마지막 시기에 나온 책들은 학문 연구와 비학문 연구를, 서로 다른 두 독자층을 연결하는 통로를 열었다.

은퇴 뒤 과감하게 독자층을 바꾼 결정은 그만한 가치가 있었다. 여러 설문조사가 책의 종말을 알리는 시기에, 바우만의 책 여러 권이 베스트셀러가 되어 34개 언어로 번역되었을뿐더러, 뉴스 기사 한 꼭지에도 집중하지 못한다는 소리를 듣는 독자층에서 기록을 깨는 판매량을 올렸다. 게임, 아바타, 가상 연애, 트위터, 채팅, 최신 스마트폰의 바다에 빠진 듯 보이던 많은 젊은이가 바우만의 책을 그토록 많이 사고 즐기리라고 누가 상상이나 했겠는가? 바우만은 도대체 어떻게 이런 일을 해냈을까?

바우만은 서구 문명을 빚은 사회 역동을 묘사하고 해석할 줄 알았다. 소비주의, 상품화, 세계화, 신식민주의, 이주, 사회관계와 사회과정, 사회 구조의 유동화를 이해할 한 줄기 빛을 던졌다. 게다가 '까다로운 독자'에게 말을 거는 법도 알았다. 젊을 때부터 그런 청중들을 상대한 덕분이었다. 2차 세계대전 중에 반은 까막눈인 병사들에게 사회 평등, 정의, 마르크스주의, 사회주의 같은 복잡한 문제를 소개할 때, 바우만은 사회과학의 용어를 쓰지 않았다. 그런 병사들이 앞으로 살아야 할 세상을 설명했을 뿐이다. 바우만은 아주 젊을 때부터 엄청난 압박을 느끼는 환경에서 이런 소통 기술을 몸에 익혔다. 물론 이 방면에 '타고난' 재능이 있었다고도 볼 수 있다. 2차 세계대전 중에는 군에서, 전쟁이 끝난 뒤에는 군사 학교에서, 그리고 여러 나라의 대학교에서 바우만의 말에 끌린 사람들이 바우만을 따랐다. 삶의 마지막 시기에 바우만은 '현대 사회를 번역하는 사람'으로서 이런 관계를 유지했다. 다만 이번에는 상대가 바우만의 해석이 옳다는 것을 열렬한 환호로 증명한 독자들이었다. 대중은 난생처음 마주했을뿐더러 앞선 세대들도 전혀 경험하지 못한 현실을 바우만의 연구를 통해 제대로 파악했다. 비록 우울한 현실일지라도, 바우만 덕분에 이 현상들을 이해할 수 있었다. 유동하는 세상이라는 바우만의 견해에 많은 사람이 고개를 끄덕였다.

지혜가 현명한 노인을 거쳐 전달된다는 개념을 서구 사회가 내다 버린 듯 보이는 시대에, 많은 젊은이에게 증조할아버지가 되고도 남을 바우만이 '유동하는 시대에 태어난' 아이들의 마음을 움직였다. 그렇게 많은 베스트셀러를 냈으니, 성공에 취한 나머지 온갖 주제로 글을 쓰라는 요청에 장단을 맞추다 스스로 무너질 위험도 있었다. 출간한 책이 늘수록 대중의 기대도 커졌다. 바우만은 손사래를 쳤지만, 뜻하지 않게 정신적 스승 같은 존재가 되었다. 특정 사회 현상에 '우리 눈을 틔워' 그동안 보지 못했던 것을 보게 한 사람으로, 달리 말해 소비주의에 맞설 해독제를, 가난과 불평등과 차별을 보고 이해할 렌즈를 준 사람으로 찬양받았다. 바우만의 독자들은 '점령하라' 같은 반세계화 운동에 중요한 역할을 했다. 또 꽤 많은 젊은이가 바우만에게 영감을 받아 학문의 길을 걸었다. 바우만의 눈으로 세상을 보고 나니, 사회과학 분야를 더 배우고 싶어졌기 때문이다.

바우만은 어떻게 살아야 한다는 해법을 내놓지 않았다. 어떻게 살지는 저마다 자신만의 해법을 찾아야 하는 문제다. 그래야 자신의 유동하는 삶을 지속하거나 거기에 개입해 바꿀 수 있다. 바우만은 미래를 예측하려 하지 않았다. 대신 현재를 자신이 잘 아는 과거와 관련지어 이야기했다. 바우만이 현대를 설득력 있게 번역하고 해석하는 사람으로 성공한 비결은 단언컨대 자신의 파란만장한 인생 여정, 20세기 유럽의 경험과 자신이 되풀이해 겪은 망명 및 소외를 '장기 지속' 관점에서 톺아본 성찰이었다. 지식인의 사고와 인생 경험을 연결 짓는 이 가정을 바우만이 듣는다면 자신의 경험만 글로 쓸 수 있다는 뜻이냐며 동의하지 않았을 것이다.

삶의 막바지에 키스 테스터와 전기를 준비하기는 했어도, 바우만은 회고록 집필을 마다했다. 2015년 인터뷰에서 바우만이 내게 말했다. "내 인생에 흥미진진한 일은 없었습니다. 딱히 특별할 것 없는 인생이었어요. 많은 사람이 그런 격랑을 거쳤으니까요. 나는 우리 시대가 낳은 흔한 사람일 뿐입니다." 맞는 말이다. 1920년대에 폴란드에서 태어난 유대인 세대가 모두 진땀 나게 '흥미진진한' 시대를 경험했고, 바우만의 인생 여정도 놀라움의 연속이었다. 하지만 완전히 맞는 말은 아니다. 바우만의 삶은 동질성이라고는 눈 씻고 봐도 없는 여러 체제 안에서 투쟁하는 삶이었다. 폴란드에서 모든 시민을 엄청나게 압박하는 체제 아래 살 때는 절충과 독립 사이에서 줄타기하는 길을 택했다. 1968년 뒤로는 망명한 동유럽 전문가, 자본주의와 자유주의와 신자유주의 진영 안에 자리를 굳힌 반좌파 소련 연구가가 되기를 거부했다.

바우만의 독특함은 인생의 마지막 단계에서 가장 또렷하게 드러난다. 대학이라는 배경을 벗어나, 자신이 겪은 '평범한 경험'을 모두 종합해 보편적 가치관을 표현하는 말로, 다음 세대에 전하는 경고문으로 바꿔 새로운 대중과 소통했다. 바우만 말고도 유대교에서 말하는 자호르Zahor(기억할 의무)와 티쿤 올람(세상을 개선할 의무)을 따르는 사람은 여럿 있었다. 하지만 바우만처럼 대중의 관심을 끄는 방식으로 그 의무를 다하는 사람은 거의 없었다.

내가 보기에 바우만은 자신의 경험과 관련한 영역에서, 자신의 정체성과 소속 사회가 부여한 정체성 곧 '주된 지위' 사이에서 끝없이 투쟁한 영역에서 가장 크게 성공했다. 바우만의 삶은 지위의 충돌(Hughes, 1945)을 보여주는 완벽한 사례다. 이런 충돌이 포즈난의 학교에서, 폴란드군에서, 폴란드 지식인 사회에서, 팔레스타인 정책에 바우만이 동의하지 못한 이스라엘에서, 그리고 다시 폴란드에서 거듭 일어났다. 20세기 폴란드에서는 유대인 아니면 폴란드인, 둘 중 하나를 선택해야 했다. 바우만은 단지 선택을 원하지 않았을 뿐인데도, 폴란드 사회는 끝없이 바우만을 밀어냈다.

폴란드인은 자기네 부족으로 받아들이지 않은 사람들에게는 사랑받으려는 노력을 거의 기울이지 않았다. 내가 폴란드의 세계관, 문화, 역사, '폴란드인 정체성'을 기꺼이 받아들였다면, 그것은 다른 사람이 권해서가 아니었다. 내가 아는 폴란드인 대다수가 어떻게든 내 마음을 바꾸려고 별의별 일을 다 했다. 나 스스로 불청객, 이방인, 부적격자라고 생각하도록 정말로 갖은 애를 썼다. 하지만 내가 그들이 바라는 대로 한다면 바로 그 부족주의가, 다른 부족을 거부하고 박해할 권리가, 혐오와 고통을 부르는 원인이 맞다고 스스로 보여주는 꼴이었다. 혐오를 일으키는 원인은 맞대응으로 똑같은 혐오가 일어나는 것을 크게 반긴다. 부족주의와 혐오에 맞서야 할 의무를 나보다 더 많이 진 사람이 누가 있을까? 유대인이자 폴란드인인 나 말고. (바우만의 비공개 원고, 1986~1987, 42)

매우 안타깝게도, 바우만은 이스라엘에서조차 부족주의를 없애지 못하는 사회에 있다고 느꼈다. 많은 유대인 지식인과 마찬가지로, 바우만도 유대인의 정체성은 세계시민이라고 생각했다. 유대인이 꼭 유대인의 국가에서 살 필요는 없었다. 유대 문화에는 유대인이 시민으로 살아가는 곳이라면 어느 땅이든 기름지게 만들 힘이 있었다. 바우만은 세계 곳곳에 흩어진 유대인 디아스포라에게 문화적 사명이 있다고 믿었다. 약자를 지나치지 못하는 천성을 타고났으며, 더 나은 세상을 믿는 주변인의 힘을 믿었다.

우리 유대인의 역사는 인류가 부족으로 갈릴 때 무슨 일이 벌어지는지를 끊임없이 알려주는 가르침이다. 우리 유대 역사의 의미는 모두 그 가르침 안에 있다. 우리를 한 부족으로, 많은 부족 중 하나로 설정한다면, 그 의미를 잃을 뿐이다. 진정한 유대인이 된다는 것은 부족이 사라진 세상을 이루고자 애쓴다는 뜻이다. 우리와 남으로 나뉘지 않는 세상을. (바우만의 비공개 원고, 1986~1987, 44)

바우만이 2013년에 이스라엘 신문《하아레츠》에서 말한 대로다.

유대인의 비극 어린 역사가 우리에게 부여한 집단 사명과 의무를 우리 스스로 잊고 내던지는 모습을 지켜보자니, 정말 마음이 찢어집니다. 민족주의의 온갖 혐오에서 생겨나는 사악한 고질병을 잊지 말라고 세상에 경고할 의무, 날로 늘어나는 혐오에 줄기차게 맞서는 싸움에 앞장설 의무, 이스라엘을 세운 선조들이 꿈꾼 '여러 나라를 비추는 빛'이 되는 포부를 기억할 의무를요.[4]

바우만은 글쓰기를 통해 두 해법, 기억할 의무와 세상을 개선할 의무를 지켰다.

리즈에서 바우만은 폴란드인이자 환영받는 이민자였다. 바우만에게 유대인다움은 낙인도 특별한 이점도 아니었다. 사람들은 바우만을 사람을 반기고 술, 음식, 이야기, 담배를 사랑해 마지않는 폴란드 특유의 문화를 간직한 폴란드인으로 여겼다. 리즈에서 바우만의 정체성은 주된 지위와 크게 다르지 않았다. 바우만은 자신이 선택한 역할로, 대학교수와 폴란드 출신 망명자로 살았다.

폴란드에서만 빼면, 길거리에서 마주한 바우만은 백발이 성성하고 파이프 담배를 즐겨 피우는 유명한 노인, 34개 언어로 책이 팔린 명사, 보기 드물게 명성과 인기를 얻은 강단 학자, 항공사 단골손님이었다. 거의 세계 곳곳에서 사람들이 바우만의 연구를 인정했다. 바우만이 만든 용어로 말하고, 바우만의 눈으로 세상을 봤다. 이들 대다수는 바우만의 지위 즉 폴란드인이냐 유대인이냐, 공산주의자냐 사회주의자냐, 철학자냐 사회학자냐는 문제를 대수롭지 않게 여기거나 아예 의식하지 못했다.

바우만은 손에 넣기가 거의 불가능한, 하나뿐인 특별한 주된 지위를 얻었다. 지그문트 바우만이라는 지위를.

덧붙이는 말

바우만 연구

이 책은 2013년에 '거울 들여다보기—사회학자의 경력'이라는 가제를
붙인 책의 한 장을 쓰는 작업으로 출발했다. 프랑스 사회학자인 동료 크
리스토프 브로시에와 머리를 맞대고 궁리한 생각은 지식인의 경력에서
특정 측면에 집중해, 몇몇 사회학자를 사례 연구로 제시하는 축소된 사
회학 연구를 만들자는 것이었다. 바우만은 정치와 역사에 경력이 극심하
게 좌우된 사례였다. 바우만의 경력에는 상황의 한계, 이를테면 글을 쓰
는 언어를 바꿔야 하는 제약을 극복하는 학자의 역량을 살펴볼 지점이
있었다. 바우만은 많은 사람에게 불이익이거나 심지어 재앙일 수도 있는
잇단 강제 이주를 자산으로 바꿨다. 게다가 바우만이 느지막이 얻은 세
계적 명성이, 학자로 성공하려면 반드시 일찌감치 경력을 쌓아야 한다는
흔한 생각에 물음표를 던졌다.

　고백하건대, 이 작업에 착수했을 때 나는 이른바 바우만주의자가 아
니었다. 우리가 처음에 계획한 책에서 바우만을 선택한 까닭은 바우만의

일대기 때문이었지, 바우만의 연구와는 아무 상관이 없었다. 나는 프랑스에서 교육받은 사회학자라, 바우만을 그리 많이 읽지 않았다. (프랑스 학계에서는 바우만을 주로 문화 연구 분야에서 다룬다.) 현장 연구에 집중하는 우리 연구실에서는 바우만을 평론가 겸 대중지식인으로 여겼다. 나는 『현대성과 홀로코스트』의 발췌본만 읽었을 뿐, 폴란드어로 쓰인 일대기 성격의 대담집은 건너뛰었다. 대다수가 지그문트 바우만은 알면서도 바우만의 아내도 작가라는 사실은 몰랐지만, 나는 야니나 바우만의 책 두 권이 폴란드어로 출간되자마자 읽은 독자였다. 책을 읽자마자 푹 빠진 나는 동료와 학생들에게도 야니나의 책을 추천했다. 간단히 말해, 2011년까지만 해도 내가 아는 지그문트 바우만은 주로 '야니나 바우만의 남편'이었다.

2011년, 바우만이 바르샤바의 콜레지움 시비타스에서 새 학년을 축하하는 개회사를 할 때 처음으로 바우만의 강연을 들었다. 강연은 정말로 감명 깊었다. 아무한테서도 들을 수 없는, 간결하면서도 조금은 예스러운 언어의 아름다움이 나를 깊이 사로잡았다. 그리고 2013년에 바우만을 인터뷰하기 몇 달 전에야 바우만의 글을 읽기 시작했다. 운 좋게도, 바우만의 두 번째 반려자인 사회학 교수 알렉산드라 야신스카-카니아의 지원으로 인터뷰가 성사되었다. 알렉산드라는 바우만의 경력을 다룬 글이 다른 학자들에게 도움이 되리라고 바우만을 설득했다. 바우만은 리즈의 자택에서 인터뷰하고 싶다는 내 제안을 받아들였다. 인터뷰 시기는 브로츠와프에서 소란이 있은 지 몇 달 뒤인 11월 1일이었다. 두 시간 넘게 이어진 인터뷰의 주제는 사회학자로서 바우만의 성장 경로였다. 인터뷰가 끝날 즈음, 폴란드 국가기억원 기록물 보관소에 있는 바우만의 서류철을 참조해도 될지 물었다. 바우만은 자기에게 허락받을 필요가 없다고 답했다. 맞는 말이었지만, 국가기억원 소장품에는 예전에 공안이 작성한, 대부분 출처도 불분명하고 근거도 불확실한 사적이고 민감한 자료를 담은 기록물이 있어 바우만의 동의를 받고 싶었다. 바우만은 흔쾌히 승낙했다. 그리고 딱 한 가지를 부탁했다. 1968년에 세관이 압수한 문서들을 국가기억원에서 찾아봐 달라고. "내 원고를 빼앗겼거든요. 그리고 가장 중요하게는 아내의 일기를요."

바르샤바로 돌아온 나는 국가기억원 기록물 보관소를 찾았다. 그리고 이곳에서, 바우만의 경력을 한 장으로 다루려던 계획이 새로운 형태로 바뀌었다. 수많은 서류함, 서류철, 전자 문서에 뛰어든 나는 폴란드 우익 언론이 바우만을 쫓아다니며 괴롭힐 때 허울 좋은 구실로 삼은 '추문'의 원천인 바우만의 과거를 어느 때보다 깊이 파고들었다.

하지만 문서를 깊이 파고들수록, 더 미묘한 정황이 드러났다. 신중하게 자료를 읽어나갈수록, 나는 한 인간으로서 마음 아팠다. 그러면서도 폴란드 언론 대다수와 학계 일부가 보여주고 유지하는 바우만의 모습과 내가 접근할 수 있는 출처에서 얻은 정보에 학자로서 매료되었다. 바우만이 한 번도 자신을 변호하거나 개인사를 공유하려 하지 않았다는 사실도 놀라웠지만, 어쨌든 그것은 바우만의 권리였고, 또 그 세대에서 그런 삶이 흔한 이야기이기도 했다. 바우만의 삶은 복잡한 이야기라, 폴란드 역사를 훤히 알아야 한다. 그리고 6년이 걸린 끝에, 나는 이 글을 썼다.

나는 글을 쓰는 동안 '학문적 압박'을 느꼈다. 폴란드와 프랑스에서 돈 한 푼 내지 않고 교육받았고 납세자의 세금으로 연구원 생활을 했으니, 내가 사회와 계약을 맺었다는 생각이 들었다. 그 대가로 바우만의 과거를 명확히 밝혀 오해와 그릇된 비난에서 바우만을 변호하고, 지난날 외국인 혐오, 민족주의, 반유대주의가 미친 충격을 드러내 우리를 그런 과거의 유령에서 해방할 의무를 졌다는 생각이.

2013년 말, 나는 바우만의 '폴란드 생활'을 설명한 출판물을 찾아 나섰다. 확보할 수 있는 글이 모두 조각조각인 데다 잘못된 정보를 담고 있었다. 정치 선전물과 반유대주의 혐오 발언의 산물을 따로 찾아보지 않았는데도. 학술 문헌이나 저명한 언론 매체에서조차 잘못된 정보가 나왔다. 이를테면 흔히 나오는 문장이 "바우만은 가난한 유대인 집안에서 태어났다."였다. 이 문장이 암시하는 바는 1930년대에 폴란드에서 자란 가난한 유대인이었으니, 바우만이 틀림없이 이디시어를 쓰고 종교 학교인 예시바에 다니고 소규모 자영업을 운영하는 아버지를 돕는 엄격한 유대교 신자였으리라는 것이다. 이 그림에서 사실은 하나도 없다. 바우만은 '동화'한 유대인 가정에서 태어났고, 폴란드어가 모국어였다. 유대교 회당에 갔지만, 이따금 갔을뿐더러 그것도 다른 동화한 유대인들이 다니는 곳이었다. 학교는 폴란드 공립학교에 다녔고, 장부 담당자였던 아버지를 돕지도 않았다. 집안 살림이 실제로 쪼들리기는 했다. 1930년대에 유럽 중산층을 덮친 위기가 지그문트네 가족에게도 영향을 미쳤다. 바우만이 많은 이력서(폴란드 인민공화국 시절에는 이력서가 아주 흔한 문서였다)에 자신을 가난한 집안 출신이라고 적었지만, 아버지가 '부르주아' 출신이라는 사실을 숨기려는 전략이었다. 전후 폴란드에서는 자본과 관련된 배경이 어마어마한 흠이었다. 이 책 『지그문트 바우만―유동하는 삶을 헤쳐나간 영혼』은 비슷한 이야기와 전설, 그릇된 이해를 제시하고 해체한다.

책을 쓰는 동안, 문서에서 발견한 바우만의 모습과 대중이 바우만이라는 이름에서 떠올리는 모습이 폴란드에서뿐 아니라 해외에서도 어마어마하게 달라 실망스러웠다. 바우만의 인생을 잘 정리한 글이 없어, 내가 하나를 쓰기로 했다. 그래서 바우만과 함께 연구하고 글을 쓴 사람들, 친구, 가족, 제자들을 인터뷰했다. 그중에는 바우만처럼 폴란드식 공산주의의 실현에 참여한 사람들을 포함해, 바우만을 폴란드 시절부터 기억하는 사람들이 있었다. 나는 '새로운 폴란드'가 정말로 구체적 실천 계획이던 시절을 이해하려 애썼다. 공산주의 건설에 참여하는 것이 전쟁 전 폴란드에서 자신의 인생을 좌지우지했던 반유대주의를 끝내는 길을 뜻했다고 말하는 사람들을 만났다. 바우만의 동료였던 철학자 스테판 모라프스키는 "율리안 스트리이코프스키Julian Stryjkowski[1]가 설득력 있게 설명하기를, 자신이 공산주의자가 되고서야 유대인이기를 멈췄다고 한다."라고 적었다. (Morawski, 1996, 111) 2차 세계대전 전 폴란드에서 유대인으로만, 달리 말해 2등 시민으로만 받아들여지던 모든 유대계 폴란드인 세대에게 그랬듯, 바우만에게 공산주의는 민족 차별이 없는 세상을 실제로 약속했다. 유대인이라는 낙인을 지우는 길로서 공산주의에 참여하는 현상을 살펴보고자, 나는 역사 연구를 사회학의 분석법과 결합했다.

나는 당, 대학, 첩보 기관의 다양한 기록물 보관소에서 찾아낸 문서들을 '객관적 증거'라기보다 특정 환경에서 활동한 사람들이 만든 산물로 다뤘다. 따라서 독자들이 문서의 의미를 이해하고 작성 시기의 언어로 문서를 읽어 바우만의 삶을 둘러싼 맥락을 제대로 인식할 수 있도록, 내가 사용한 모든 문서를 광범위하게 인용하고 자세히 분석했다. 이 관점에서 보면, 문서 몇 개를 골라 오늘날의 언어로 읽는 것은 의미가 없었다. 바우만의 삶을 둘러싼 이야기는 보기보다 훨씬 더 복잡하다. 바우만이 비난받아 마땅한 불분명한 활동에 연루되었다는 뜻이 아니다. 기록물 보관소의 문서들 뒤에는 오늘날 독자의 눈에는 보이지 않을 복잡한 과정이 도사리고 있다는 뜻이다. 그러므로 사건을 이해하려면 폭넓은 역사적 틀을 제시해야 한다. 전쟁, 내전, 전후 시기, 스탈린주의, 사회주의 독재가 그 시기를 산 모든 사람의 인생 궤적에 영향을 미쳤다. 이런 환경에 놓였던 사람을 당시 그 사람에게 어떤 사정이 있었는지, 그 상황을 어떻게 인식했는지도 모른 채 판단하는 것은 그야말로 불합리하다.

사회학자로서 나는 상호작용 패러다임과 에버렛 휴스가 말한 '대상의 관점 이해하기'를 따르므로, 사건과 과정을 맥락 안에서 깊이 이해하는 방법을 추구할 수밖에 없었다. 그러므로 이 책에서는 상황 제시가 많은 공간을 차지한다. 우리는 바우만의 삶에서 그 시기 유럽과 폴란드의 역사와 정치에 일어난 굵직굵직한 변화를 이해할 수 있다. 바우만은 이 지역에서 일어난 주요 비극을 온몸으로 겪었다. 전쟁 전 차별, 2차 세계대전과 나치 점령, 피난, 소련에서 난민이 맞은 운명, 폴란드군 입대, 군사첩보 기관 합류, 스탈린주의 시절과 해빙기의 대학 교육자, 냉전, 국제적 학문 활동, 1968년 반유대주의 숙청, 학생 소요, 추방, 이스라엘 강제 이주, 영국 리즈로 옮긴 뒤에야 비로소 안정된 연구 환경, 그리고 마침내 찾아온 세계적 명사의 반열. 어느 할리우드 감독이 바우만의 인생을 영화로 찍는다면 '과장이 심하다'라고 비난받을 것이다.

바우만은 자신의 인생사를 남과 공유하는 데 정말로 관심이 없었다. 처음 만났을 때도 말을 삼갔고, 2015년 두 번째 인터뷰에서 내가 그의 전기를 쓸 계획이라고 말했을 때도 마찬가지였다. 바우만은 전기 집필에 반대했다. "흥미로운 주제가 얼마나 많은데요. 게다가 내 인생은 그다지 특이하지 않았습니다. 다른 사람이 이미 전기 작업을 하고 있고요." 그래도 인터뷰는 거부하지 않았다. 이것이 바우만이 흔히 보인 모습이었다. 사람들을 만나거나 사람들의 바람을 들어주는 일은 웬만하면 거절하지 않았다. 두 번째 인터뷰 동안 바우만의 전쟁 경험을 녹음했다. 피난, 고립, 입대, 전투로 이어진 고통스러운 기억을. 이미 널리 알려진 정보도 있었고 새로운 정보도 있었다. 바우만에게는 그때를 되돌아보는 것이 감정을 자극하는 일이었다. 그래도 설명하고 싶지 않은 마음 한편에서 고단했던 지난날을 떠올렸다. 바우만은 자신에게 초점을 맞춘 이야기에 그다지 흥미를 느끼지 못했다. 알렉산드라 야신스카-카니아가 인터뷰 전 며칠 동안 바우만과 어린 시절 이야기를 나눠 기억을 되살리지 않았다면,

인터뷰가 제대로 마무리되지 못했을 것이다.

바우만의 지난날을 바우만의 입으로 듣기는 어려웠지만, 나보다 앞서 이런 일을 어느 정도 해둔 사람이 두 명 있었다. 한 명은 바우만의 글과 인터뷰를 꾸준히 실은 폴란드 주요 일간지 《가제타 비보르차》의 언론인 토마시 크바시니에프스키였다. 바우만을 기사로 다룬 폴란드 언론인은 많았지만, 바우만과 신뢰를 쌓을 만큼 가까운 관계에 들어선 사람은 크바시니에프스키뿐이었다. 다른 한 명은 바우만이 영어로 자신의 지난날을 들려준 키스 테스터였다. 바우만은 박사 과정 학생이자 제자였다가 가까운 친구가 된 테스터를 자신의 전기 작가로 지목했다. 두 사람이 전기 집필에 착수해 이메일을 주고받았지만, 몇 달 동안 이어진 작업 끝에 테스터가 두 손을 들었다. 테스터가 마주한 가장 큰 문제는 폴란드의 복잡한 역사, 문화, 언어의 특수성 탓에 바우만의 일대기에서 폴란드 시절을 제대로 다루기 어렵다는 것이었다. 나를 만났을 때 키스 테스터는 한없이 엄청난 지원과 깊은 우정을 보였다. 내 작업을 하나하나 파악하고 자신이 정리한 자료를 모두 나와 공유했다. 경쟁하기 바쁜 학자 세계에서 보기 드문 학문 교류와 너그러움이었다. 이 관계는 2019년 1월에 테스터가 생각지 못한 죽음을 맞아 갑자기 끝이 났다.

테스터가 전기를 쓰고자 바우만과 주고받은 개인 서신이 이 책에 크나큰 도움이 되었지만, 핵심 줄기는 큰 영향을 받지 않았다. 2017년 1월에 닥친 바우만의 사망은 집필 작업이 바뀌는 전환점이었다. 바우만을 만났을 때 워낙 건강해 보여, 나는 바우만이 언젠가는 내 책을 읽으리라고 기대했다. 바우만이 내게 정신적 스승도, 친구도 아니었지만, 바우만의 가족이 빼앗겼던 문서를 국가기억원 기록물 보관소에서 발견했을 때는 뛸 듯이 기뻤다. 특히 야니나 바우만이 바르샤바 게토에서부터 썼다가 1968년에 폴란드 당국에 압수당한 귀중한 일기를 찾은 것은 크나큰 기쁨이었다.

나는 바우만의 삶에서 최고까지는 아닐지라도 무척 중요했던 사안이 폴란드인 정체성과 유대인 정체성 사이의 긴장이라고 직감했다. 이 직감은 2017년 말에 바우만의 가족이 자서전에 가까운 바우만의 비공개 원고를 건네줬을 때 사실로 확인되었다. 바우만이 딸들과 손주들에게 편지 형식으로 쓴 70쪽짜리 원고의 제목은 「폴란드인, 유대인, 그리고 나―지금의 나를 만든 모든 것들에 관한 연구」였다. 앞부분은 1986~1987년에, 뒷부분은 1990년대에 쓴 글은 가족사와 그 시기에 느낀 감정을 재구성하는 내용을 담았다. 바우만은 그런 재구성의 한계와 위험을 완벽하게 잘 알았다. 바우만이 영어로 쓴 이 원고가 내가 이 전기를 구상하고자 모은 문서, 책, 여러 자료를 평가하는 데 큰 도움이 되었다.

리즈대학교 특별 소장품 보관소에 보관된 바우만의 개인 기록물은 또 다른 자료의 보고다. 이 개인 문서들 덕분에, 내가 생각한 이 책의 밑그림이 완벽한 그림으로 마무리되었다. 역사의 덫에 걸린 사람, 시대의 폭풍에 휘말렸으나 자신의 행동으로 폭풍의 흐름을 바꿀 수 있다는 종교 같은 신념을 꼭 붙잡고 산 사람의 이야기로 말이다. 지독한 영향을 바꾸기에는 폭풍은 너무 강하고 사람은 너무 나약하다는 현실을 깨달았을 때, 바우만은 나이 든 현자들과 같은 방식으로 곰곰이 폭풍을 되돌아보았다.

바우만은 예언자가 아니었다. 학자이자 철학자이자 대중지식인이었다. 이 책 『지그문트 바우만』은 바우만이 걸어온 길을, 활동가에서 세계적 사상가로 탈바꿈한 과정을 다룬다. 어떻게 이런 일이 일어났을까?

『지그문트 바우만』은 내가 이 물음에 답하려는 시도이자, 자신의 시대를 목격하고 거기에 활발히 참여한 지그문트 바우만의 삶을 연대순으로 좇아가는 전기다. 그렇게 하고자, 나는 시카고대학교의 사회학 전통에 깊은 뿌리를 둔 접근법을 사용했다. 100년 전 이민자들이 빠르게 밀려드는 가운데, 시카고대학교의 한 학자 집단이 사람들이 살아온 궤적을 분석할 도구를 개발했다. 이들은 한 사람이 살아온 길을 타인과 주고받은 상호작용에서(그리고 오늘날보다는 덜하지만 개인의 결정에서) 비롯한 역동적 경로로 연구했다. 인간의 대면 관계를 더 큰 맥락에서 평가했다. 이런 점에서 이 책은 정치, 역사, 경제가 바우만의 삶을, 그리고 다른 사람들의 삶을 어떻게 좌우했는지를 보인다. 이런 거시 과정의 역동성을 미시 관점에서 이야기한다. 바우만의 삶은 인간의 운명과 주체성의 한계를, 바우만 자신이 자주 분석했으나 자신의 경험은 언급하지 않았던 주제를 이야기한다. 정체성 자각(나는 누구인가?)과 '주된 지위'(남이 나를 어떻게 인지하는가?)는 이 책을 가로지르는 두 축이다.

'주된 지위'는 시카고대학교의 저명한 사회학자 에버렛 휴스가 1945년에 만든 개념이다. 휴스는 남이 부여한 사회적 정체성을 이 용어로 정의했다. 주된 지위를 덜 정밀하게, 이를테면 학생, 친구, 아들, 스코틀랜드 남성 같은 지배적 역할로 정의하기도 한다. 나는 휴스의 분석 방식을 고수하겠다. 휴스는 주된 지위의 개념을 설명하고자, 선을 긋듯 확실하게 인종을 분리했던 1940년대의 미국 의료계를 예로 들었다.[2] (Hughes, 1945) 휴스의 박사 과정 학생 오즈월드 홀이 경력에서 인종의 역할에 초점을 맞춰 시카고 의료진을 연구했다.[3] 홀은 의사가 충족해야 할 기대 항목을 꼼꼼히 목록으로 작성했다. 주된 지위는 어떤 직업, 직위, 지위에 따라붙는 전형적 이미지로 정확히 수렴한다. 그리고 사회가 어떤 역할에 필요하다고 부여한 특성이 없는 사람이 그 역할을 맡으려 할 때 지위 충돌이 일어난다. 이런 상황은 차별받는 집단 출신이 명망 높은 직위를 차지하거나 차지하려 할 때 자주 벌어진다.

폴란드에서는 바우만 같은 사례가 흔했다. 바우만에게는 많은 역할이 있었다. 학생, 군인, 장교, 학자, 교수, 아버지, 이민자. 하지만 바우만을 지배한 지위는 유대인이라는 출신이었다. 이 주된 지위가 바우만에게 지각을 강요하고, 타인과 상호작용하는 데 강한 영향을 끼쳤다.

자신의 정체성과 주된 지위가 영원히 팽팽하게 맞선 채 살아가는 사람은 주체성에 큰 제약을 받는다. 책에서 나는 바우만이 그런 긴장 관계에 어떻게 대처했는지, 어떻게 긴장을 해소했는지를 탐구했다.『지그문트 바우만』은 바우만이 맡고 싶었던 역할과 바우만에게 강요된 역할 사이에 벌어진 절충에 초점을 맞춘다. 바우만은 정밀한 전략을 구사해, 제한된 가능성 안에서 자기 삶의 궤적을 관리했다.

이 책은 바우만의 삶에서 의미 있는 인물들을, 더 나은 세상을 만들고자 애쓴 학자이자 사회 관찰자로서 바우만의 행동과 선택을 설명한다. 책에서 제시하는 바우만의 인생은 한 천재가 걸어간 비범한 직선로가 아니라, 생애 대부분 동안 그 세대의 상징에 가까웠던 한 개인이 그린 삶의 궤적이다. 나는 한 세대에 속하고 비슷한 인생행로를 공유하는 학자들을 연구할 때 이 관점을 토대로 삼는다. 이런 학자들의 활력, 사회 참여, 직업윤리, 전문적 활동이 열정과 결합했을 때 두드러진 업적이 탄생했다. 이들 대다수의 인생행로에는 가족에서 받은 문화 자본, 그리고 차별받는 집단에 속한 탓에 강요받은 한계라는 중요한 요소가 공통으로 존재했다.

내 관점은 직업, 특히 경력 연구를 사회학을 이용해 훈련한 결과물이기도 하다. 경력이라는 개념은 다양한 역학 관계에 영향받은 바우만의 인생 궤적을 묘사하고자 사용한 것이다. 여기에서 나는 하워드 S. 베커가 창작 직업군을 연구할 때 개발한 상호작용 접근법(1963, 1982)을 따랐다. 사회적 상호작용을 앞에 내세우면 개인의 경력이 홀로 성공을 향해 질주한 결과라기보다, 특정 개인의 활동을 형성하고 밀어붙인 협업과 인간관계가 결합한 결과라는 것이 드러난다. 나는 베커의 '사회적 세계social worlds' 접근법을 따른다. 상호작용주의자들이 공들여 가다듬은 이 개념은 자체 담론(문화)이 있는 특정 환경의 사회적 우주, 사회 환경과 관련한다.[4] 글쓰기는 독자 활동이지만, 지식인의 경력은 여러 곳에서 받는 영감, 의견 교환, 토론에서 비롯한다. 이 책에서 나는 어떤 사람이 유명해질 때 흔히 드러나지 않는 요소를 그림자 바깥으로 끌어내고자 했다. 우리는 이 접근법을 이용해서 지그문트 바우만이 어떻게 세계적 사상가가 되었는지, 폴란드 서부에서 민족 차별에 시달리던 한 소년이 소련 땅 외진 곳에 사는 십 대 전쟁 난민으로, 21세기 초반에 손꼽히게 많이 읽히는 유명한 지식인으로 탈바꿈했는지 이해할 수 있다.[5]

주

아래 약어는 다음 출처를 가리킨다.

AAN 폴란드 중앙 현대기록물 보관소 Archiwum Akt Nowych
AIPN 폴란드 국가기억원 기록물 보관소 Archiwum Instytut Pamięci Narodowej
APAN 폴란드학술원 기록물 보관소 Archiwum Polskiej Akademii Nauk
APW 바르샤바 국가기록물 보관소 Archiwum Państwowe w Warszawie
AUW 바르샤바대학교 기록물 보관소 Archiwum Uniwersytetu Wrocławskiego

들어가며

1 강연을 주최한 곳은 독일 사회민주당의 지식 계파인 프리드리히 에베르트 재단, 페르
디난트 라살레 사회사상센터, 브로츠와프대학교 사회·정치철학부였다. (Chmielewski,
2015) 이 강연은 유대인 색채, 독일인 색채, 좌파 색채의 '융합'이라는 말을 들었다. 바
우만과 페르디나트 라살레가 유대인이고(페르디난트는 나중에 브로츠와프 유대인 묘
지에 묻혔다), 에베르트 재단이 독일 기관이고, 강연자와 주최 측이 좌파로 분류할 만
한 인물들이었기 때문이다. 주최자 중 한 명인 아담 흐미엘레프스키 교수가 상세하게
설명하고 분석한 강연 내용을 https://adamjchmielewski.blogspot.com/2015/07/
academies-of-hatred.html에서 확인할 수 있다.

2 같은 글.

3 민족방위군 부대는 나치에서 해방된 뒤에도 반공산주의 투쟁을 이어가, 새로 들어선
소련식 정치 체제와 관련한 집단을 공격했다.

4 폴란드민족부흥당(NOP)은 폴란드의 과격한 민족주의 정당으로, 1·2차 세계대전 사
이에 존재했던 파시스트 단체의 상징을 사용한다. 1981년에 창당했고, 1992년에 공식
등록한 합법 정당이 되었다. (Cała, 2012; Rudnicki, 2018)

5 민족급진진영(ONR)은 폴란드의 우익 민족주의 단체로, 폴란드 제2공화국 시절(1918~
1939)인 시절인 1930년대 중·후반에 짧게 활동했던 정당의 이름을 사용한다. 2012년
에 협회로 등록했다.

6 게오르크 지멜(1858~1918)은 여러 학문 분야를 아우른 사상가로, 당대의 여러 현안을 글로 다뤘다. 상호작용론의 아버지로, 20세기의 여러 사상가에게 영향을 미쳤다. 지그문트 바우만도 그중 한 명이다.

7 이 책에서 사용한 방법론과 휴스의 '주된 지위'와 관련한 더 자세한 내용은 '덧붙이는 말'을 참고하라.

8 이 책은 바우만의 주장을 자세하게 검토하는 것을 다른 사람의 몫으로 남긴 채 바우만의 삶과 이력을 자세하게 서술하고, 연구 내용은 일부만 간략하게 다루려 한다. 바우만이 영국 리즈대학교에 자리잡은 뒤 나온 저술은 대부분 영어로 쓰여 널리 알려졌으므로, 나는 바우만의 삶에서 덜 알려진 측면에 집중하기로 했다.

1장

1 로만 드모프스키(1864~1939)는 분할 통치 시절부터 독립 후 1920년대까지 활동한 유력한 정치인으로, "민족주의 정책을 공동 입안했다. 1919년 베르사유 조약에서 폴란드를 대표해 서명했지만, 폴란드에서는 한 번도 권력을 잡지 못했다. 폴란드인이 타민족 특히 유대인, 독일인과 끝없이 생존 투쟁을 벌여야 하는 운명이라고 믿었다." (Brykczyński, 2017, 31) 1897년에 민족주의 사상과 강렬한 애국심을 바탕으로 삼는 민족민주당을 공동 창당했다. 다문화 국가인 폴란드에서 이들이 외친 핵심 구호 중 하나가 "유대인에게서 폴란드 사회를 '해방'하자"였다. 이들은 강한 반유대주의, 비기독교 폴란드인(1931년 기준으로 폴란드 인구의 75.2%가 로마가톨릭교 신자였다)을 향한 노골적 적의를 원동력 삼아 1930년대 내내 세력을 키웠다. 머리글자를 따 엔데차(Endecja)라고도 불렸던 민족민주당은 비엘코폴스카주에서 특히 인기가 많았다. 이곳의 주도가 바로 포즈난이다. 민족민주당은 폴란드에서도 비엘코폴스카 지방 정부에서 가장 강력한 영향력을 과시해, 이들의 관점을 지지한 극우 신문들(그중에서도《쿠레르 포즈난스키》가 가장 유명했다)이 불티나듯 팔렸다. 그런 신문들은 반유대주의 기사를 하루가 멀다고 실었다. 1922년에 만들어진 민족민주당의 청년 계파 '폴란드인만의 청년단'은 대학에서 유대계 학생과 교수들을 몰아내고자, 의회에 압력을 넣어 유대인 금지를 강제하는 법안을 통과시키려 했다.

2 이 기고문은《가제타 바르샤프스카》지에도 실렸다.

3 지난 수십 년 동안 여러 폴란드어 문헌(Cała 2012, Tokarska-Bakir 2012·2017, Keff 2013, Michnik 2010)과 영어 문헌(Blobaum, 2005)이 반유대주의를 다뤘다. 이 복잡한 주제는 마지막 장에서 주로 다루겠다.

4 장기 지속이란 프랑스의 역사학자이자 아날 학파에 속하는 페르낭 브로델(Fernand Braudel)이 1940년대에 만든 개념으로, 특정 현상을 여러 시대에 걸쳐 광범위한 역사 관점에서 분석할 때 쓰는 용어다.

5 "독립 전 사회주의 혁명가이자 자유 투사였던 유제프 피우수트스키 원수는 재건된 폴란드의 초대 지도자였다. 자신을 리투아니아 출신이라고 밝혀, 기꺼이 폴란드 국민이 되겠다는 사람은 민족이나 종교에 상관없이 누구나 받아들이는 폴란드의 국가사상을 상징하는 인물이 되었다." (Brykczyński, 2017, 28)

6 베네딕트 앤더슨은 『상상된 공동체 ─ 민족주의의 기원과 보급에 대한 고찰(Imagined Communities, Reflections on the Origin and Spread of Nationalism)』(1983)을 펴냈다. (한국어판 길, 2018)

7 https://sztetl.org.pl/pl/miejscowosci/p/586-poznan/100-demografia/21585-demografia.

8 포즈난이 민족민주당을 얼마나 지지했는지를 보여주는 생생한 예는 드모프스키의 민족민주당을 광적으로 지지했던 화가 엘리기우시 니에비아돔스키(Eligiusz Niewiadomski)가 폴란드 초대 대통령 가브리엘 나루토비치(Gabriel Narutowicz)를 암살했을 때 포즈난이 보인 어마어마한 호응이다. 시민들이 창문에 환영의 제단을 차렸고, 거리를 니에비아돔스키의 초상으로 채웠다. 사람들은 니에비아돔스키가 소수 민족의 지지로 뽑힌 '프리메이슨'을 죽였다고 생각해 민족의 영웅으로 치켜세웠다. (이 정보를 알려준 보이치에흐 그룬디스에게 고마움을 전한다.) 1920년에 폴란드는 두 정치 기류로 나뉘었다. 한쪽은 소수계에 열려 있는 사회주의자, 다른 한쪽은 반유대주의 극우파. 초대 대통령 선거 뒤 두 진영의 지지자들이 시위와 싸움을 벌인 탓에, 사회 환경이 불안하게 흔들렸다. 유대인으로 보이는 사람은 거리에서 괴롭힘을 당했다. 브리크친스키가 제시했듯이, 비록 정신질환자가 저지른 것으로 발표되었지만, 나루토비치 암살의 근본 원인은 유대인 사회를 겨냥한 적의였다. (Brykczyński, 2017)

9 Zażydzenie라는 용어를 알려주고 '유대인이 창궐하는'으로 번역할 것을 제안한 포즈난 대학교 히브리어 전문가 레셰크 크비아트코프스키에게 고마움을 전한다. 바르샤바대학교의 인류학자이자 역사가로 또 다른 용어를 알려준 유대 연구 전문가 요안나 토카르스카-바키르에게도 고마움을 전한다. "나는 zażydzenie라는 단어의 거리감과 반유대주의 계보를 나타내고자 이 단어를 독일어 verjudung으로 번역하겠습니다. 이 용어가 독일어에서 처음 나타났으니까요. 물론 마르틴 하이데거(Martin Heidegger)의 『검은 노트(Schwarze Hefte)』 영역본이 옮긴 대로 jewification으로 번역할 수도 있겠지만, 그러면 그 시절을 기억하지 못하는 많은 대중에게 이 단어가 또다시 '당연한' 반유대주의를 뜻하는 말이 되어 버립니다." (2017년 6월에 요안나 토카르스카-바키르와 주고받은 개인 서신에서 인용.)

10 https://sztetl.org.pl/en/towns/p/586-poznan/99-history/137881-history-of-community.

11 이스라엘 사진작가 피라 메와메존-살란스카의 가족이 그런 변화를 생생히 보여준다. 지그문트 바우만보다 열 살 많은 메와메존-살란스카는 러시아에서 태어났지만, 가족

이 포즈난으로 탈출한 까닭에 1927년부터 1939년까지 포즈난에서 살았다. "이전에 포즈난에서 살던 유대인들은 자신을 독일인으로 여겼기에, 폴란드가 국가로 독립하자 대다수가 폴란드를 떠났다." (Niziołek, 2016, 66)

12 포즈난 국가기록물 보관소-Karta meldunkowa Baumann (869). 이 기록물에서는 바우만의 철자가 독일식을 따라 n이 두 개다.

13 이 장에서 출처를 따로 밝히지 않은 인구 자료는 모두 https://sztetl.org.pl/에서 가져왔다.

14 그런 정보를 바꾸는 관행은 2차 세계대전 전에도 흔했다. 행정이 통합되지 않은 곳, 통치권이나 공용어 변화로 행정력이 무너진 곳에서는 기록물 보관소가 사실을 기록하는 곳이라기보다 '역사를 건설'하는 곳이었다.

15 이 시기 유럽에서는 지역마다 사용하는 언어와 문자가 바뀌는 가운데 여러 언어가 공존하는 일이 드물지 않았다. 수백 년에 걸쳐 전쟁과 점령이 거듭되어, 한 지역에 다양한 민족이 섞여 살았기 때문이다. 이런 정치 불안 말고도, 성이 19세기에야 널리 사용되면서 제멋대로 지어진 사실도 고려해야 한다. 그 전까지는 귀족과 상류층 집안만 가문의 상징인 문장과 성을 썼고, 그것도 토지와 재산, 작위와 지위에 관련지어 질서정연하게 사용했다.

16 AIPN BU 0193/8207 238.

17 여기서 바우만이 말하는 '교육'이란 종교와 관련 없는 일반 교육을 가리킨다.

18 이 아들의 이름은 찾지 못했다.

19 AIPN BU 0193/8207 238.

20 멜라메드는 유대교 종교학교의 교사다.

21 토마시 크바시니에프스키는 지그문트 바우만을 여러 번 인터뷰한 언론인이다. 《가제타 비보르차》는 폴란드에서 영향력이 가장 큰 신문으로, 바우만의 언론 인터뷰 대다수가 이 신문에 실렸다.

22 《쿠레르 포즈난스키》, 1925. 11. 19., R.20, nr 313~331/349.

23 드모프스키가 1912년에 두마(의회) 선거에서 낙선한 뒤로, 민족민주당 당원들이 바르샤바의 유대인 상점을 겨냥한 대규모 불매운동을 조직했다. 이 활동으로 폴란드 최대 도시 바르샤바에서 폴란드인과 유대인의 관계가 크게 훼손되었다. (Brykczyński, 2017, 33) 드모프스키는 《쿠레르 포즈난스키》에 이렇게 적었다. "위대한 민족의 아들들은 빵을 얻고자, 직업을 구하고자, 민족을 위해 봉사하고자 거친 아프리카 깊숙한 곳까지 들어갈 줄 안다. … 여러분은 이곳에서 동포와 함께 갈 것이다. 경쟁을 두려워하는 몇몇을 제외하면, 그 동포들이 여러분에게 조언을 건넬 것이다. 우리가 이 경쟁에서 겨루려는 상대는 폴란드인이 아니라 유대인이다. 여러분의 아버지는 이 사실을 잘 알았고, 이겨 냈다." (《쿠레르 포즈난스키》, 1925. 11. 18., 2)

24 바우만에 따르면 그랜드피아노를 살 형편이 되지 않아 업라이트피아노를 마련했다.

25 "시온주의는 팔레스타인에 자신들만의 국가를 세우고 히브리어를 부활시켜 유대인의
    민족의식을 고취한다는 운동이자 이념으로, 당시 유대인의 역사에서 매우 중요한 현상
    이었다. … 이 용어는 1890년에 나탄 비른바움(Nathan Birnbaum)이라는 언론인이
    《자립(Selbstemanzipation)》이라는 신문에 실은 글에서 처음 사용했다. 비른바움은 팔
    레스타인을 식민지로 만들 활동을 조직할 정당을 세워야 한다고 목소리를 높였다."
    (Aleksiun, 2002, 19)

26 마우리치 바우만은 1957년에 이스라엘에 정착했다.

27 야니나 바우만은 영어로 펴낸 자서전에서 지그문트를 '콘라트'라 부른다. 폴란드어판
    에서는 그대로 '지그문트'라 쓴다. 자세한 설명은 15장을 참고하라.

2장

1 프레더릭 스래셔(Frederic Thrasher)가 1927년에 발표한 시카고 갱단 연구부터 일라이
   자 앤더슨(Elijah Anderson)이 2000년에 펴낸 『거리의 규칙(Codes of the Streets)』까지,
   어린 불량배들의 행동은 예나 지금이나 사회학의 연구 주제다. 하지만 포즈난의 십 대
   불량배들이 보인 폭력 양상은 다른 도시에 견줘 반유대주의가 더 큰 역할을 했다.

2 '민주 국가'라는 개념은 논의가 필요한 문제다. 1·2차 세계대전 사이의 폴란드는 척박
   한 민주주의에서 비롯한 여러 요소로 골치를 앓았다. 경제도 비교적 번영했을 뿐이다.
   그래도 다른 유럽 국가들이 시달렸던 대규모 기아 위기는 겪지 않았다.

3 개 이야기는 지그문트가 세상을 떠나기 전 마지막 5년 동안 생을 함께한 동반자 알렉산
   드라 야신스카-카니아에게 박사 학위를 지도받은 마치에이 그둘라가 야신스카-카니
   아에게 들은 것이다.

4 1920년대에 결성된 BUND는 인기 있는 유대계 사회주의 정당이었다. 공식 명칭은 폴
   란드유대인노동자총연맹이다. 지도자 중 한 명으로 의사이자 바르샤바 게토 봉기의 영
   웅인 마레크 에델만(Marek Edelman)에 따르면 "BUND 당원들은 메시아를 기다리지
   도 않았고, 팔레스타인으로 떠날 계획도 없었다. 그들은 폴란드를 조국으로 여겨, 정의
   로운 사회주의 폴란드를 이루고자 싸웠다. 모든 민족이 저마다 문화 자율성을 유지하
   는 나라를, 소수 민족의 권리가 보장되는 나라를 꿈꿨다." 《텔레그래프》의 2009년 10
   월 4일 부고 기사 인용, https://www.telegraph.co.uk/news/obituaries/politics-
   obituaries/6259900/Marek-Edelman.html.)

5 분할 통치 시절 오스트리아-헝가리 제국에 지배받은 지역에도 TSYSHO 학교가 없
   었다.

6 브워지미에시 셰르(1924~2013)는 과학자로, 말년에 뉴욕대학교 의학전문대학원 교
   수를 지냈다. 셰르도 2013년에 회고록을 펴냈다. 나는 2011년에 샌디에이고에서 셰르
   를 인터뷰했다.

7   1926년 6월 26일에 드루스키에니키에서 태어난 마리안 투르스키는 우치의 나치 게토, 아우슈비츠-비르케나우 강제 수용소, 죽음의 행군에서 살아남았고, 전쟁이 끝난 뒤 바르샤바에 정착했다. 그 뒤로 폴란드노동자당의 청년 조직에 참여했고, 폴란드연합노동자당 언론부에서 일했다. 1958년부터는 주간지《폴리티카》의 역사란을 맡았다. 지금은 폴란드유대역사교육협회 부회장, 폴란드유대역사박물관 위원장을 맡고 있고, 국제아우슈비츠협의회 위원이다.

8   역사가 카밀 키예크는 Frost(1998)를 인용해, 당시 폴란드에서 7~14세 사이인 유대인 아이 중 80%가 유대인 전용 공립초등학교에 다녔다고 말한다. 키예크는 그 이유로 금전적 이득(공립학교는 무상이었지만, 유대인 사회에서 인기가 높았던 사립 종교학교는 등록금이 있었다)과 폴란드 정부의 정책을 강조한다. 종교학교든 세속 학교든 사립 유대인 교육기관은 폴란드 정부에 강력한 경쟁 상대였다. (Kijek, 2010, 171)

9   역사학자 나탈리아 알렉시운(Natalia Aleksiun)에 따르면, ORT는 1880년에 러시아 차르에게 지배받던 시절에 세워졌다. 이 기구는 유대계 주민에게 수공예와 기능공 교육 같은 직업 훈련을 제공했고, 1921년부터 국제 훈련 기관이 되었다. 더 자세한 내용은 http://www.jhi.pl/psj/ORT를 참고하라.

10   헤할루츠는 특정 정당과 관련 없는 청년 단체로, 젊은이들을 시온주의 사회주의자로 키우고 알리야에 대비해 교육하는 것이 목표였다.

11   고르도니아는 시온주의-사회주의 노동자당과 밀접한 시온주의 청년 개척자들로, 공장과 키부츠를 마련하고 유대계 젊은이들이 팔레스타인 이주를 준비하게 도왔다.

12   흔히 말하는 뉘른베르크법이란 1935년 9월에 히틀러가 발의하고 나치 제국의회가 뉘른베르크에서 채택한 두 가지 법조문이다. 두 법안은 유대인을 독일 사회에서 배제하는 법적 근거가 되었다.

13   이른바 '아리아인 조항'은 나치 독일이 전체 지배지에서 다양한 직업, 기업, 협회에 적용한 민족 차별 규제다. 이런 조항을 도입한 단체들은 지침서에 '아리아인이 아닌 부족'을 제외한다고 명시했지만, 대개는 유대인을 겨냥했다. 1·2차 세계대전 사이 폴란드에서는 많은 단체가 '아리아인 조항'을 마련해 회원 자격을 가톨릭계 폴란드인으로 제한했다. 더 자세한 내용은 Natkowska(1999)를 참고하라.

14   라틴어로 '숫자 0'을 뜻하는 누메루스 눌루스는 어떤 집단을 입학 지원자에서 완전히 배제하는 방침을 가리킨다. (Kopaliński, 1980, 679)『라루스(Larousse)』사전은 더 자세한 정의를 제시한다. "권력 당국이 내린 결정에 맞춰 어떤 경쟁에 참여하거나, 직능을 수행하거나, 지위에 오르는 사람의 수를 차별해 제한하는 조치." 학계에 적용된 누메루스 눌루스는 실제로 특정 집단을 배제했다. 1·2차 세계대전 사이, 특히 1935년 이후 폴란드에서는 유대인이 대상이었지만, 우크라이나인과 벨라루스인도 이 차별을 비껴가지 못했다.

15   유대인 대학생들은 반유대주의 물결에 다양한 반응을 보였다. 나탈리아 알렉시운에 따

르면 "유대 학당(Jewish Academic House)이 시온주의자부터 BUND 당원, 유대인당(Folkspartei) 당원, 공산주의자까지 온갖 유대계 대학생이 모여 강의를 받고 정치 토론을 벌이는 장소 노릇을 했다."(Aleksiun, 2014, 126)

16 "1937년까지 폴란드에 세워진 공립대학은 츠라초프, 바르샤바, 르부프, 빌나, 포즈난 총 다섯 곳이었다. 이 밖에도 주요 교육기관이 열다섯 곳 있었다. 1923~1924학년에는 대학 재학생 중 비유대인이 23,810명, 유대인이 8,325명으로 유대인이 26%를 차지했다. 하지만 1937~1938학년에는 전체 재학생 48,168명 가운데 유대인이 4,791명으로, 10%에 그쳤다. 유대인 학생 대다수는 정치학부와 철학부에 재학했다. 1932~1933학년에 의학부에서는 8%, 약학과에서는 2%가 유대인 학생이었다. … 교수는 2,000명 가운데 20명이 유대인이었다. 1919년에 폴란드 주재 영국 대사관의 피터 라이트 대령은 '유대인이라면 아무리 뛰어난 교수일지라도 대학에서 쫓겨나고, 아무리 이름난 의사일지라도 병원에서 쫓겨난다.'라고 보고했다."(Rabinowicz, 1964, 151) "정부가 유대인 입학 정원 제한을 겉으로는 비난하고 물밑으로는 지지하는 가운데, 여러 폴란드 학자가 이 정책에 크게 항의했다. … 1925년 가을에 츠라초프대학교 의학과에 유대인 400명이 지원했는데, 입학생은 겨우 13명뿐이었다."(Rabinowicz, 1964, 154) 폴란드 제2공화국 시절이던 1918~1939년에 폴란드의 유대인 대학생들이 어떤 상황에 놓였었는지는 Aleksiun(2014), Rudnicki(1987), Natkowska(1999)에서 더 자세히 살펴볼 수 있다.

17 초록리본연맹이 뿌린 전단에 따르면, 게토 의자의 목적은 "유대인이 폴란드 사회에 미치는 영향"에 맞서 교수든 학생이든 대학 내 폴란드인이 조직되고 계획된 행동으로 투쟁하도록 돕는 것이었다. 초록리본연맹은 전단에 세 가지 요구 사항을 담았다. (1) 유대인이 제공하는 상품과 서비스 불매, (2) 유대인 동업자와 맺은 모든 계약 파기, (3) 모든 대학의 유대인 입학 정원 제한 지지. (Rabinowicz, 1964)

18 미국과 유럽의 학자들도 항의서에 서명했으나, 성과를 내지 못한 채 차별 관행이 계속 이어졌다.

19 타데우시 코타르빈스키, 루돌프 베이글(Rudolf Weigl), 루드비크 크시비츠키, 미에치스와프 미하워비치(Mieczysław Michałowicz), 프란치세크 베눌레트(Franciszek Venulet), 지그문트 라들린스키(Zygmunt Radliński)가 동참했다. 르부프대학교 미생물학 교수였던 베이글은 Allen(2014)을, 바르샤바대학교 의학과 교수였던 미하워비치, 베눌레트, 라들린스키는 Aleksiun(2014, 123)을, 바르샤바대학교 철학부 교수였던 코타르빈스키와 크시비츠키는 Markiewicz(2004, 110)를 참고하라.

20 "게토 의자에 항의한 소수 학생으로는 폴란드민주청년연합과 독립사회주의청년연합이 있었다."(Aleksiun, 2014, 129, n.96)

21 유대 전통 사회에서는 중매쟁이가 신랑감, 신붓감을 고른 뒤 가족과 함께하는 맞선 자리를 마련한다.

22 미즈라히는 북아프리카와 아시아에 사는 유대인 집단을 가리키는 말로, 아랍 유대인이라고도 부른다.

23 APW-KW PZPR-개인 파일-Bauman 16 421 (3183).

24 AIPN BU 0193/8207.

25 포즈난시 기록물 보관소, 베르거 김나지움 기록물, IVb-4-736, Katalog glowny klasy I a. 이 자료를 이용할 수 있게 도와준 안나 쿠치에게 고마움을 전한다.

26 이 상황을 잘 담은 영화가 에토레 스콜라(Ettore Scola) 감독이 찍은 멋진 프랑스-이탈리아 합작 영화 〈불공정한 경쟁(Unfair Competition)〉(2001)이다. 영화는 이탈리아에 파시즘이 퍼지는 와중에 차별이 하루가 다르게 퍼지는 과정을 이웃하던 두 집안의 관점으로 묘사한다.

27 수정의 밤은 1938년 11월 9~10일에 독일에서 당국의 승인 아래 벌어진 대규모 포그롬이다.

28 더 자세한 내용은 Skórzyńska & Olejniczak(2012)와 Tomaszewski(1998)를 참고하라.

29 "포즈난의 하쇼메르 하짜이르는 셰프스카 거리 5번지에 있는, 19세기 중반부터 사용하지 않은 형제공동체 회당의 1층에 있었다. 회당은 폴란드가 독립한 뒤 대부분 독일로 건너간 개혁파 유대교도가 쓰던 곳이었다." (Niziołek & Kosakowksa, 2016, ch.1, n.18)

30 바르 미츠바는 유대 가정에서 성인기(약 열세 살)에 들어선 사내아이가 치르는 의식으로, 종교적으로 성숙했다는 신호로 회당에서 토라를 읽는다. 여자아이들은 열두 살에 바트 미츠바(bat mitzvah)라는 성인식을 치른다. 둘 다 유대인이 중요하게 여기는 행사이다.

31 전환점은 Hughes(1971), Abbott(1997)을 참고하라.

3장

1 이전에 폴란드와 다른 나라 사이에 벌어진 군사 충돌, 이를테면 러시아와 프로이센에 맞선 1794년 코시치우슈코 봉기나 1914~1918년 1차 세계대전에서는 유대계 폴란드인도 폴란드군에 참여했다. 폴란드군이 유대인을 거부하기 시작한 것은 1919~1921년 폴란드-소련 전쟁 때부터다.

2 지그문트네 가족은 9월 2일에서 3일로 넘어가던 밤에 탈출했을 것이다.

3 두 곳 모두 폴란드에 지어진 강제 수용소였다.

4 폴란드어에서 자주 쓰는 atmosferka nieprzyjemna라는 관용구다.

5 독일 폭격기는 기차역, 철로, 군사 시설 같은 군사 공격 대상이나 전략 공격 대상뿐 아니라 대도시와 중소도시 같은 민간 지역과 피난민까지 공격했다. 민간인으로 북새통을 이룬 도로도 '전략 공격 목표'에 해당했다. 민간인을 공포로 몰아넣는 이런 전술이 '전격전'의 밑바탕이었다. 1939년 9월 25일에는 독일군이 첫 융단폭격을 벌여 바르샤바

에서 만 명을 죽였다. 이 시점에는 잠시 소련에 양보한 동부 지역을 제외하고는, 독일의 군사력이 폴란드 전역을 장악했다는 것이 명확해졌다. 제3제국은 군이 병원을 포함한 민간인까지 공격하지 않았어도 승리할 수 있었다.

6 독일군은 1939년 9월 14일에 브워츠와베크에 들이닥쳤다. "독일군은 브워츠와베크에 들어선지 얼마 지나지 않아 첫 박해를 일으켰다. … 9월 22일에 기도하던 유대인 스물세 명을 체포했다. 체포하자마자 7~10명을 총살하거나 총검으로 찔러 죽인 뒤 시체를 어느 집 뒤뜰에 묻었다. … 병사 개인의 살인 행위, 독일군 제복 차림으로 길거리에서 유대인을 두드려 패는 일 같은 이른바 '놀이'가 흔한 일상이었다. 기부는 유대인에게서 재산을 착취하는 한 방법이었다." (폴란드유대역사박물관 웹사이트에서 인용, https://sztetl.org.pl/en/towns/w/307-wloclawek/99-history/138251-history-of-community.)

7 나치가 브워츠와베크에서 유대인 사회에 저지른 테러 행위는 폴란드유대역사박물관 웹사이트에서 자세히 살펴볼 수 있다. https://sztetl.org.pl/en/towns/w/307-wloclawek/99-history/138251-history-of-community.

8 분할 통치 시절 비스마르크 정권이 독일어를 공식 언어로 강제했으므로, 프로이센 점령지의 폴란드인들은 대체로 독일어를 말할 줄 알았다. 독일어는 사업에도 유용했을뿐더러 사회적 지위를 드러내는 중요한 표지였다.

9 "그 대위가 아버지에게 피난민의 대변인으로 활동해주겠느냐고 정중하게 요청하며 진심으로 우리에게 협조하겠다고 약속한 사실로 보아, 아버지의 품위 있는 문어체 독일어에 깊은 감명을 받은 것이 틀림없다." (바우만의 비공개 원고, 1986~1987, 29~30)

10 바우만이 언급한 다리는 나레프강에 있었다. 바우만은 소련 병사들이 돌격소총을 끈에 매달아 걸쳤다고 말했다. 가난한 붉은군대 병사의 모습이 제대로 무장한 '품위 있는' 독일 국방군 장교와 뚜렷하게 대비되는 장면이다.

11 1939년 11월, 임시로 국경을 통제하던 독일 국방군의 임무가 끝난 뒤, 이전에 폴란드와 독일의 국경을 지키던 독일 국경 수비대가 이 신규 국경선에 파견되었다. 독일 국경 수비대는 무자비하고 난폭하기로 악명이 높았다. 1939년 11월 전까지, 많은 피난민이 소련이 통제하는 지역으로 탈출했다.

12 러시아어와 폴란드어는 모두 슬라브어다. 따라서 상대 언어를 전혀 들어본 적이 없어도 기본 단어는 서로 이해할 수 있다.

13 폴란드어와 러시아어가 모두 슬라브어인 덕분에, 바우만이 폴란드어인 'Moja mama jest tutaj'를 쉽게 'Maja mat' tut'로 바꿀 수 있었다. 정확한 러시아어는 아니지만, 이해하는 데는 아무런 문제가 없다.

14 독일의 지배 아래 놓인 폴란드 지역은 저마다 상황이 달랐다. 중부 지역은 폴란드 총독부가 맡았지만, 포즈난을 포함한 서부 지역은 간단히 제3제국에 편입되었다. 동부 지역은 1941년까지 소련에 지배받았다.

15 1939년부터 난민이 몰려든 뒤로, 인구가 만 명이던 모워데치노의 거주자가 1941년까
   지 약 30%나 늘었다.

16 난민들은 가족, 친구, 정당으로 얽힌 인맥에서 도움을 얻었다. 이를테면 브워지미에시
   셰르와 그의 아버지는 유대계 사회주의 정당인 BUND의 유용한 대규모 연락망에서
   도움을 얻었다. 이들이 피난하는 동안 'BUND 친구들'이 일자리, 식량, 여러 생필품을
   제공했다.

17 AIPN BU 0193/8207 12. 1949년 10월에 입당 지원용으로 제출한 또 다른 이력서에는
   어머니의 직장이 장교 식당 2호 Wojengorodka였다고 적었다. APW-KW PZPR-개인
   파일-Bauman 16 421 (3183).

18 여기서 말하는 추가된 구절은 외국인의 거주 지역을 제한한 규정인 11절에 속한다.
   (주석 19번을 참고하라.)

19 소련은 11절이란 법을 이용해, 도시 거주를 허가할 폴란드인의 수를 제한했다. 그뿐 아
   니라 폴란드의 전직 공무원, 교사, 직업 군인, 귀족 가문의 후예를 모두 시베리아로 추
   방했다. 공산주의에 반대한다고 판정된 사람들은 노동 수용소로 보냈다. 역사가들은
   추방이 네 차례에 걸쳐 일어났고, 마지막 추방이 1941년 6월에 준비되었다고 본다. 이
   모든 추방을 계획한 주체는 당시 소련의 비밀경찰 NKVD(엔카베데)였다. 이렇게 추방
   된 사람들은 엔카베데가 통제한 죄수나 강제 노역자와 지위가 달랐다. 그래도 나치 침
   공을 피해 소련 점령지인 동부 지역으로 달아나 살아남은 폴란드 시민 중 드물게도 엔
   카베데의 통제를 받지 않은 사람들이 있었다. 지그문트네 가족이 바로 그런 예였다.

20 브워지미에시 셰르에 따르면 이런 다문화 환경 때문에, "러시아가 [침공 뒤] 처음으로
   학교를 열었을 때 수업이 폴란드어, 러시아어, 이디시어, 벨라루스어 이렇게 네 가지 언
   어로 진행되었다." (Szer, 2013, 93)

21 AIPN BU 0193/8207 12. 여기서 바우만이 언급한 학년이 다른 까닭은 전후에 폴란드
   의 학제가 바뀌었기 때문이다. 전쟁이 터졌을 때 바우만은 김나지움 1학년을 마친 뒤 2
   학년을 준비하고 있었는데, 벨라루스에서 곧장 3학년으로 건너뛰었다. 소련의 교육 제
   도에서는 김나지움 1학년이 5학년에 해당했다. 그러므로 김나지움 2학년을 건너뛴 바
   우만은 소련 학제로 따지면 6학년을 건너뛴 셈이라, 모워데치노에서 7학년과 8학년을
   마쳤다.

22 바우만이 여기서 사용한 단어 'teenager'는 1930년대에 폴란드에서 쓰지 않던 말이지
   만, 영어로는 이 말이 쉽게 나왔을 것이다.

23 여권 신장은 소련 체제에서 눈에 띄게 바람직한 측면이었다. 그 덕분에 참정권, 고등교
   육을 포함한 교육, 여러 '남자다운' 직업이 여성에게 문을 열었다.

24 AIPN BU 0193/8207 12.

25 APW-KW PZPR-개인 파일-Bauman 16 421 (3183).

26 바츠와프 시발스키와 나눈 인터뷰, 2010. 5. 시발스키와 관련한 더 자세한 내용은

Wójcik(2015)를 참고하라.

27 1949년 10월 23일에 작성된 개인 조서에 따르면, 바우만은 모워데치노의 학교에서 도서관 사서 역할도 맡았다. 성인인 전문 사서를 보조하는 이 역할은 십중팔구 우수 학생 중 자원자에게 맡겼을 것이다. APW-KW PZPR-개인 파일-Bauman 16 421 (3183).

28 학술 문서(Tokarska-Bakir 2012, Gross 2001; 2006, Gross & Grudzinska-Gross 2012), 그리고 생존자와 후손들의 회고록(Grynberg 1994, 2002)을 참고하라.

29 이와 관련해 가장 널리 알려진 중요한 영어 서적이 사회학자 얀 토마시 그로스의『이웃들, 유대 사회의 파괴(Neighbors: The Destruction of the Jewish Community)』(2001)다. 그전까지 역사학계가 나치 점령기에 폴란드인이 유대인 사회에 보인 태도를 파악하는 연구를 외면하고 대부분 유보했던 터라, 책이 엄청난 반응을 불러일으켰다.

30 독일이 소련의 점령지를 침공할 때 쓴 작전명이다.

4장

1 NKVD는 Naródnyy Komissariát Vnútrennikh Del의 약자로, 내무인민위원회라는 뜻이다.

2 앞서 말했듯 소련은 수백 가지 이유로 시베리아 유형을 선고했다. (더 자세한 내용은 Hnatiuk(2016), Allen(2014)을 참고하라.) '시베리아 유형'은 외지고 동떨어진 곳에서 열악한 생활 조건 속에 고된 노동형을 받는 굴라크로 보낸다는 뜻이었다. 엄밀히 말해 굴라크는 어떤 지역을 뜻하지 않았다. 대개는 시베리아 지역을 뜻했지만, 더러는 카자흐스탄, 캅카스 지역의 여러 공화국, 캄차카 반도에도 굴라크가 있었다.

3 우다르니크는 바우만이 1947년 3월 27일 작성한 이력서에서도 언급된다. APW-KW PZPR-개인 파일-Bauman 16 421 (3183).

4 모든 정보는 바우만이 1949년에 작성한 이력서에서 가져왔다. APW-KW PZPR-개인 파일-Bauman 16 421 (3183).

5 굴라크는 노동 수용소라는 특이한 감금 시설을 관리하던 정부 기관으로, 차르 시절에 생겨나 소련 시절까지 운영되었다. 위 2번 주석을 참고하라.

6 AUW-바우만의 교직원 파일-개인 파일.

7 "금테를 두른 졸업장은 모든 과목에서 최우수 성적을 받은 학생에게만 주는 것으로, 대학교 합격증이나 마찬가지였다. 은테는 최우수 성적과 우수 성적이 섞여 있다는 뜻이었다. … 그 밑으로는 졸업장에 아무런 테두리가 없었다." (Szer, 2013, 122)

8 이 지역은 평가에서 높은 점수를 주도록 장려했고, 다른 어떤 지역보다 그런 문화가 더 강했던 것으로 보인다. 이를테면 프랑스에서는 흔히들 "20점 만점에 20점은 신만 받을 수 있다. 교사는 18점, 학생은 기껏해야 16점이 최선이다."라고 말한다.

9 원본은 키릴 문자로 적혀 있다. APW-KW PZPR-개인 파일-Bauman 16 421 (3183).

'J. D.'는 철도 전문학교의 줄임말이다. 이 문서가 어쩌다 폴란드연합노동자당 기록물 보관소에 들어갔는지는 확인할 길이 없다. 아마 바우만의 군대 서류가 처음에는 폴란드노동자당으로, 이어서 폴란드연합노동자당으로 이관되지 않았나 싶다. 그렇다면 서류가 APW-KW PZPR-개인 파일-Bauman 16 421 (3183)으로 분류된 것이 말이 된다.

10 AIPN BU 0193/8207 12-życiorys (CV).

11 같은 문서.

12 AIPN BU 0 1224/1505.

13 바우만이 고리키에 머문 시기는 10~11월이었지만, 이 지역은 이맘때도 '겨울'에 속한다.

14 AAN-고등교육부 2860-61/72, 50~51.

15 AIPN BU 0 1224/1505.

16 APW-KW PZPR-개인 파일-Bauman 16 421 (3183).

17 APW-KW PZPR-개인 파일-Bauman 16 421 (3183), 1949년에 지그문트 바우만이 서명한 이력서 2쪽.

18 그런 일자리와 관련한 묘사는 안드레이 콘찰롭스키(Andrei Konchalovsky)가 찍은 〈시베리에이드(Siberiade)〉 같은 유명한 러시아 영화와 마레크 흐와스코(Marek Hłasko)의 단편 소설 같은 폴란드 문학을 살펴보라. 이런 직업은 고립, 야생, 극한의 작업 환경(험악한 날씨), 가까운 자연, 힘든 작업 때문에 소련의 상징이 되었다. 또 어느 정도는, 소련 체제의 억압을 묘사하는 우화 역할도 했다.

19 이름을 밝히지 않겠다고 한 바우만의 제자와 대화한 내용이다.

20 폴란드애국자연맹의 기관지로 쿠이비셰프(현재 사마라)에서 처음 발행된《새지평》은 초기에는 널리 배포되지 못했다. 폴란드노동자연맹이 간행물을 펴낸다는 소식은 붉은 군대와 동맹을 맺은 폴란드인민군이 창설된 뒤에 소련 언론을 타고 퍼진다. 1943년 3월 20일 발행된 6호부터는 모스크바에서 발간되었다.《새지평》은 장차 소련과 동맹을 맺고 폴란드를 사회주의 정치 체제로 변모시킬 계획을 제시해, 2차 세계대전 때 소련에 머물던 폴란드 지식인들의 이념과 정치 견해에 큰 영향을 미쳤다. Marian Stępień, *Polish Literature, Encyclopedia Guide*, vol. II (N-Ż) (Warsaw, 1985), 45: http://1917.net. pl/node/21385?page=1.

21 "1905년에 태어난 반다 바실레프스카는 폴란드사회당 혁명파의 주요 활동가이자 역사가 겸 외교관이던 레온 바실레프스키(Leon Wasilewski)의 딸이다. 반다는 아주 어릴 때부터 정치 활동에 깊이 참여했다. 처음에는 독립사회주의청년연맹, 뒤이어 노동자대학협회, 그다음이 폴란드사회당이었다." (Kersten, 1991, 8~9)

22 옘드리호프스키는《새지평》에 글을 쓴 언론인 가운데 한 명으로, 이 기관지의 역사를 《계간 폴란드 언론의 역사》에 적었다. http://bazhum.muzhp.pl/media//files/

Kwartalnik_Historii_Prasy_Polskiej/Kwartalnik_Historii_Prasy_Polskiej-r1980-t19-n4/Kwartalnik_Historii_Prasy_Polskiej-r1980-t19-n4-s45-61/Kwartalnik_Historii_Prasy_Polskiej-r1980-t19-n4-s45-61.pdf.

23 폴란드애국자연맹이 설립된 맥락은 Kersten(1991, 8)을 참고하라. "[1943년] 1월에 모스크바로 호출된 반다 바실레프스카는 나중에 '폴란드 문제에 잘 활용'되었다. 스탈린이 반다의 남편 알렉산드르 코르네이추크(Aleksandr Korniejczuk)에게 말한 대로, '상황으로 보건대 소련 정부와 폴란드 망명정부가 크게 충돌할 것이 뻔하니, 그런 상황에서는 반다가 할 수 있는 일이 많았다.'"

24 'Związku Patriotów Polskich w ZSRR'(소련에서 폴란드애국자연맹을 설립하고 조직을 구축하는 데 따른 몇 가지 문제), *Najnowsze Dzieje Polski* [Warsaw] 9, 1962, 165, Nussbaum(1991, 184)에서 인용.

25 같은 글.

26 바우만이 폴란드애국자연맹의 결성을 안 시기가 창설이 추진되던 1943년 2월인지, 아니면 6월에 공식으로 창설된 뒤인지는 확인할 길이 없다.

27 이 연설은 1943년 4월 28일에 라디오로 방송되었고, 1943년 5월 5일에 《새지평》 9호 7쪽에 실렸다.

28 카틴 학살은 2차 세계대전 중인 1940년에 소련군이 폴란드를 침공하는 과정에서 폴란드군 장교를 대규모로 처형한 사건이다. 뒤늦게 이 학살이 드러난 것을 계기로 런던의 폴란드 망명정부와 소련의 외교 관계가 단절되었다. 더 자세한 내용은 https://www.britannica.com/event/Katyn-Massacre를 참고하라.

29 "커즌선은 1919~1921년 폴란드-소련 전쟁 때 휴전선으로 제안된 경계선으로, 몇 차례 변경 끝에 2차 세계대전 뒤 소련과 폴란드의 국경선이 되었다." https://www.britannica.com/event/Curzon-Line.

30 반다 바실레프스카의 연설, '우리는 전선으로 가려합니다', 《새지평》, 18, 1943. 9. 20., 8~9쪽.

31 널리 알려진 노래 '성전(СВЯЩЕННАЯ ВОЙНА)'은 유명한 알렉산드로프 합창단을 만든 알렉산드르 알렉산드로프(Alexander Alexandrov)가 독일이 소련을 침공한 직후인 1943년에 작곡한 곡이다. 노랫말은 시인이자 작사가 바실리 이바노피치 레데베프-쿠마치(Wasilij Lebiediew-Kumacz)가 썼다. https://www.youtube.com/watch?v=JQPmwzMopJw를 참고하라.

5장

1 율리안 주로비치는 바우만이 1953년에 소설 두 편을 발표할 때 쓴 필명이다. 첫 소설은 코워브제크 전투를 다뤘고, 두 번째 소설은 전후 몇 년 동안 KBW 즉 국내보안대에서

활동한 경험을 다뤘다. 두 소설 모두 폴란드 국방부가 전쟁 이야기 연작물로 펴냈다.

2 실제로는 드네프라강 왼쪽 강둑에 레치차가 있다.

3 AIPN BU 0 1224/1505 이력서 사본, 서명: 파슈키에비치 중위, 바르샤바, 1949. 12. 27.

4 APW-KW PZPR-개인 파일-Bauman 16 421 (3183), 1949년 이력서; 1949년 폴란드 연합노동자당 입당 조서.

5 AIPN BU 0 1224/1505 이력서 사본, 서명: 파슈키에비치 중위, 바르샤바, 1949. 12. 27.

6 바우만이 1947년 3월 27일에 작성한 수기 이력서가 이 이야기를 뒷받침한다. "1944년 1월, 저는 군사 위원회에서 군수 산업에 복무하라는 명령을 받았습니다. 하지만 고리키의 자대 배치 사무소에서 모스크바 경찰로 가라고 명령받았습니다. 그곳에서 제7교통 관리부의 교통통제분과에 배정받아 러시아교통통제 경위 자리를 맡았습니다. 마침 모스크바에서 근무했으므로, 폴란드애국자연맹의 군사 담당자를 만날 기회가 있었습니다. 그 덕분에 나슈코프스키의 도움으로 경찰에서 전역한 뒤 곧장 붉은군대의 폴란드 제1군에 입대했습니다. 수미로 이동하라는 명령을 받은 저는 1944년 4월에 그곳에 도착했습니다." APW-KW PZPR-개인 파일-Bauman 16 421 (3183)

7 안데르스 군단과 관련한 내용은 Redlich(1971)를 참고하라. 레들리히는 소련을 떠난 폴란드인 숫자를 다르게 언급한다. Davis(2015)도 참고하라.

8 그 시절에는 나이를 속이는 일이 흔했다. Redlich(1971)를 참고하라.

9 다비트 비에치네르라는 남성이 안데르스 군단 군사 위원회에서 그런 설명과 함께 입대를 거부당했다고 한다. 이 정보를 알려준 브워지미에시 홀슈틴스키에게 고마움을 전한다.

10 구트만은 저명한 쇼아 역사 전문가로 국제홀로코스트연구학회를 설립했다.

11 구트만의 'Jews in General Anders' Army in the Soviet Union'은 세계 홀로코스트기억 원에서 살펴볼 수 있다. https://www.yadvashem.org/odot_pdf/Microsoft%20Word%20-%206217.pdf.

12 같은 글. 예외도 있었다. 역사가 스테판 파스투슈카는 안데르스 군단에서 복무한 유대인 병사가 4,000명이라고 주장한다. (Pastuszka, 2010) 하지만 이 정보에 동의하는 사람은 없다.

13 그런데 신설된 폴란드군의 신병 선발 과정에서마저 민족 차별이 있었다. Nussbaum(1991)을 참고하라.

14 1978년 출간된 *Pod sztandarem 4 Pomorskiej Dywizji Piechoty im. Jana Kilińskieo*(제4 얀 킬린스키 포모제보병사단의 깃발 아래). 이런 자료에는 한계가 있다는 것을 유념해야 한다. 1947~1989년에 폴란드에서 출판된 책들은 검열을 받았다. 작가들은 검열 탓에 당국의 방침에 맞춰 이야기를 조정해야 했다. 나팔스키의 책은 전쟁 당시 공산 정권이

나 소련 정치에 적대적 의견은커녕 비난의 기미도 비치지 않는다. 책에서 언급한 병사 중에 바우만의 이름은 없다. 1968년에 1945년 뒤로 폴란드를 떠났거나 추방된 유대인을 언급하지 말라는 명령이 내려졌기 때문이다. 모든 책과 역사 기록에서 이들의 이름이 지워졌다. 그런 한계를 고려하면 이 책은 제4보병사단의 역사를 완벽히 들여다보기에 모자란 구석이 있다.

15 AIPN BU 0 1224/1505.

16 훈련이 5월 중순에 시작해 6월 16일에 끝났다면 약 한 달 동안 이어졌다는 뜻이다.

17 2차 세계대전 전에는 학사 학위가 있어야 장교가 될 수 있었다.

18 'pop'는 정교회 성직자를 가리키는 말이기도 했다. 붉은군대는 성직자를 받아들이지 않았으니, 냉소가 섞인 표현이다.

19 이 장 뒷부분에서 분석하듯이, 문제가 된 사고방식의 가장 큰 두 가지는 반소련주의와 반유대주의였다. 누스바움이 폴란드 시민이기는 마찬가지인 사람들을 폴란드인과 유대인으로 따로 분류한 데 주목하라. 누스바움이 말한 폴란드인이란 대부분 가톨릭계인 폴란드인을 뜻했고, 유대인이란 유대계 폴란드인을 뜻했다. 20세기에 폴란드에서는 연구자들이 흔히 이런 분류를 사용했고, 지금도 더러 사용하는 사람이 있다.

20 미에치스와프 봉그로프스키(Mieczysław Wągrowski, 1902~1967)가 작성한 연설 개요는 많은 부분을 전쟁 전 노동자 계층의 경제 상황에 할애했다. 봉그로프스키는 제1 타데우시 코시치우슈코 보병사단의 창설자 중 한 명으로, 폴란드군의 정치 장교들이 진행할 정치 강연의 표준을 정했다. 정치 장교들이 강연 주제를 설명하고 분석할 때 이 표준을 이용해 일관성을 유지했다.

21 피우수트스키는 1·2차 세계대전 사이 폴란드에서 국가를 상징하는 영웅이자 장군, 정치가였고, 폴란드인 대다수에게 전설이었다. 따라서 정규병들에게는 피우수트스키를 부정적으로 표현하는 것이 폴란드에 등을 돌리는 태도로 비쳤다.

22 푸트라멘트는 새 정권의 핵심이 될 농지 개혁을 자주 이야기했다. 농지 개혁은 지역에 따라 50~100헥타르를 소유한 대지주한테서 땅을 몰수해 소작농에게 나눠주고, 일부는 국가가 소유했다. 소지주는 2~3헥타르, 나중에는 5헥타르를 받았다. 서부 지역에서는 한도가 더 높아 7~15헥타르였다. (*Mała encyklopedia* rolnicza, 1964, s.660) 더 자세한 내용은 Słabek(1972)를 참고하라.

23 나치 독일은 실롱스크와 포모제 지역의 폴란드 시민이 게르만 민족에 속한다고 여겨 이들을 국방군 병사로 뽑았다.

24 1·2차 세계대전 사이 공산 정권에서 활약한 유대계 폴란드인과 관련한 내용은 8장을 참고하라.

25 'Z'는 폴란드어로 유대인을 뜻하는 'Żyd'의 첫 글자였다.

26 AIPN BU 0 1069/788 7157. 또 다른 서류가 자세한 정보를 제공한다. "1944년 4월 16일 중사 임명, 1944년 8월 26일 준위 임명." (AIPN BU 0193/8207 개인 파일-진급 내

역-https://katalog.bip.ipn.gov.pl/informacje/54260.)

27 제6경포병연대가 아닌 제5경포병연대를 실제로 제6경포병연대라 불렀다. 인터뷰 동안 바우만은 자신이 자세한 내용을 모두 기억하지는 못하니, 정보가 맞는지 확인하라고 주의시켰다.

28 2차 세계대전 동안 미국이 소련에 트럭 약 10만 대를 보냈다. (위키피디아, https://en.wikipedia.org/wiki/Studebaker_US6_2%C2%BD-ton_6%C3%976_truck)

29 '들어가며'를 참고하라.

30 셰르에 따르면 소대나 중대마다 행군할 때 노래를 부르는 병사를 한 명 지정했다. 때로는 이 병사가 명령이 없어도 알아서 노래하기도 했다. (Szer, 2013, 135)

31 '바르샤바 봉기는 필요했는가',《가제타 비보르차》, 178, 1997. 8. 1., OPINIE, 16쪽.

32 4장 주석 29번을 참고하라.

33 폴란드는 오랫동안 7월 22일을 국경일로 지정해 새 정권을 기렸다.

34 얀 카르스키는 폴란드 망명정부를 이렇게 평가했다. "망명정부는 [국내] 지하 무장 세력의 반응을 두려워했습니다. 폴란드의 미래를 놓고 스탈린과 동의한 연합국에 자기네가 지나치게 굽신거려 지하 무장 세력에 신임을 잃을까 봐요. 그러면서도 국내의 대리자들과 연락을 주고받을 때는 자신들이 국제무대에서 발휘하는 정치력을 한결같이 과대평가했습니다. 이것이야말로 이 전쟁의 비극이었어요. … 현실과 완전히 어긋난 평가였으니까요." ('바르샤바 봉기는 필요했는가',《가제타 비보르차》, 178, 1997. 8. 1., OPINIE, 16)

35 Davis(2004)를 참고하라.

36 행정 구역으로 따지면 원래는 비스와강 서쪽만 바르샤바였다. 프라가를 비롯한 동쪽 강둑 구역은 해방 뒤에야 바르샤바로 편입되었다.

37 Czapigo & Białas(2015)를 참고하라.

38 바우만은 이때 일을 농담 삼아 'czyn pierwszomajowy', 노동절 활동이라고 불렀다. 2차 세계대전이 끝난 뒤 폴란드연합노동자당은 5월 1일을 자발적 집단 작업의 날로 선포했다. 전정 전까지 5월 1일은 노동조합과 좌파 정당이 대규모 행진을 벌이는 날이었다.

39 "승리를 거둔 제4사단 병력은 클리츠에서 멈추지 않고 엘베강 강둑에 이르러 강을 따라 자리를 잡았다. 연합군은 강 서쪽에 주둔했다. 강을 사이에 두고 … 기쁨에 차 서로 환영하고 축하하는 목소리가 오갔다. 이곳에서 제4사단은 1,500km에 이르는 전투 경로를 끝마쳤다." (Nafalski, 1978, 391)

6장

1 1909년에 바르샤바에서 태어난 페이긴은 2차 세계대전 전에 폴란드공산당(KPP) 당원이었다. 폴란드인민군 정치·교육 위원회를 대표했고, 국내보안대 창설을 담당했다.

2 AIPN BU 0 1224/1505 67. 수기 이력서, 1950. 8. 15.

3 바우만이 전쟁 기간에 제4보병사단이 아닌 곳에서 싸웠더라도 첩보 기관에 채용되었을 것이다. 1945년 5월에 국내보안대가 폴란드인민군 출신 군인, 특히 정치 장교를 많이 채용했기 때문이다.

4 "독일 점령기에 폴란드에서는 가장 왕성할 때 30만 명 넘는 정규 병력을 뽑냈던 지하무장 단체 폴란드국내군뿐 아니라, 정교하게 연결된 여러 지하 단체가 설립되었다. 이단체들이 모두 합쳐 폴란드지하국가로 알려지는 조직이 된다. 적법한 폴란드 망명정부의 대리인이 이끄는 그림자 행정부와 전쟁 전 정당들이 은밀하게 이 '국가'에 합류했다. … 지하국가는 런던의 망명정부가 수립했다." (Gross, 2006, 6~7)

5 국가통합임시정부(TRJN)은 서구 세계가 스탈린을 압박해 만든 임시 정부로, 처음에는 다양한 정치 집단을 포함했다. 하지만 스탈린에 기운 공산주의 지도자가 가장 많고힘도 셌다. 런던 망명정부가 파견한 미코와이치크가 이 '통합' 정부에서 부수상을 맡았지만, 연립 정부를 만든다는 발상은 처음부터 실현이 어려웠다. 국가통합임시정부가미코와이치크가 이끄는 폴란드인민당에 맞서는 선전 활동을 펼쳤기 때문이다. 이미 결과가 정해진 1946년 국민 투표와 1947년 선거를 '이긴' 새 체제는 미코와이치크와 지지자들을 혁명에 맞서는 반동분자이자 적으로 몰아붙였다. 미코와이치크는 감옥행을피하고자 끝내 폴란드를 떠났다.

6 "공안부의 산하 조직으로 베스피에카 또는 UBP라고도 불렸던 공안청은 전국에 인력을 배치해 정치에 가장 깊숙이 개입하고 가장 많은 두려움을 산 첩보 기관이었다. 공안청보다 인력이 두 배나 많아 어디에서나 볼 수 있던 경찰 조직인 시민경찰국(MO)도공안부에 속했다. 이 밖에 준군사 조직으로 군복을 입던 국내보안대, 준경찰 조직인 자율예비경찰(ORMO)도 공안부가 이용할 수 있는 조직이었다." (Gross, 2006, 14, n.*)

7 아파트 임차인으로 등록되어 있던 마우리치 바우만을 가리킨다.

8 AIPN BU 0 1224/1505. 포즈난 지방공안청이 1951년 12월 30일에 바르샤바의 공안부 인사3부장에게 보낸 문서. "1939년까지 포즈난 프루사 거리 17/5번지에 살았던 바우만 모셰와 관련한 인터뷰. 인터뷰 과정에서 밝혀진 사항. 유대 민족(정확한 자료는확인되지 않았음), 폴란드 시민권자, 사회 계층-상업, 혼인 상태-기혼. [1939년] 9월침공이 벌어지기 전까지 이 주소에서 거주. 앞서 언급한 주소에서 현재 거주하는 시민프시보르스키에 따르면, 앞서 언급한 바우만은 1939년까지 동업자와 함께 직물 시장인 리네크 거리[현재 리네크 재래시장]에서 '바우만과 리흐발스키'라는 상회를 운영했음. 바우만과 가족은 9월 침공이 벌어지자 브워츠와베크로 달아난 뒤 다시는 이곳으로돌아오지 않았음. 딸아이가 하나 있는 딸 부부는 1939년에 아르헨티나로 피난해 아르헨티나 시민권을 얻었음." 판독 불가한 서명-포즈난 지방공안청 정보부장 'A'.

9 이를테면 마우리치의 사위는 아르헨티나 여권이 아니라 영국 여권을 소지했다. 지그문트의 아버지 이름은 이디시어인 모셰가 아니라 마우리치다.

10 보고서에서 언급한 대로 바우만이 대위였다면, 포즈난 방문은 1946년 12월 20일이 지난 뒤였어야 한다. 그런데 이때는 모자에 군청색 띠를 두른 국내보안대 복장이 널리 알려져 있었다. 그랬다면 보고서에서 바우만을 "폴란드군 대위"가 아니라 "국내보안대 대위"라고 일컬었을 것이다.

11 역사가 우카시 크시자노프스키가 책『유령 시민 — 전쟁 뒤 도시로 돌아온 유대인 (Ghost Citizens: Jewish Return to a Postwar City)』(2020)에서 바르샤바 남쪽으로 100 km 떨어진 도시 라돔의 유대인 역사를 깊게 다뤘다. 1939년에 라돔에 등록된 유대계 주민은 2만 명으로, 전체 인구 중 3분의 1을 차지했다. 하지만 그 뒤로 라돔에 거주하는 유대인은 1945년 여름에 959명밖에 남지 않았고, 1946년 10월 말에 111명, 1950년에는 달랑 30명으로 줄었다. (Krzyżanowski, 2020, 95) 집이나 사업체를 되찾은 사람은 손에 꼽을 정도였다. 라돔을 포함해 폴란드 도시 대다수에서 유대인의 삶이 되살아나지 못했다. 이들은 유령 시민이 되었다. 사회학자 도미니카 미할라크(Dominika Michalak)에 따르면, "이 용어는 누군가가 남의 성과를 바탕으로 자신의 경제·사회적 위치를 구축하는 모습을 보여준다. '유령 작가'는 저자라는 지위를 인정받지 못하고, '유령 시민'은 공동체의 구성원이라는 규범적 지위를 얻지 못한다. '유령 작가'가 어쨌든 글을 쓰니 이야기에 실제로 자취를 남기듯, '유령 시민'도 실제로 공동체 생활에 이바지한다. 그런데도 유령 작가든 유령 시민이든 모두 신분을 인정받지 못한다. 사회 활동과 경제 활동의 행위자인데도, 자신의 소유물을 빼앗길뿐더러 공동체에서 존재하지 않는 사람으로 취급된다. 하지만 이 비유에는 큰 허점이 있다. 유령 작가는 대체로 일한 대가를 받지만, 유령 시민에게 무언가를 빚졌다고 생각하는 사람은 아무도 없다. 이를테면 누군가가 유령 시민의 소유물을 훔쳐도 도둑질로 여기지 않는다. … 유령 시민은 실재하지만, 합법적으로 존재하지는 못한다." (2018년 5월 7일에 도미니카 미할라크와 주고받은 개인 서신.) 크시자노프스키가 책을 내고 그 뒤로 언론에서 토론이 벌어진 최근에야, 홀로코스트와 관련한 장소에 새겨진 글귀가 수정되었다. 이런 사례는 폴란드만의 일이 아니다.

12 역사가 알리나 차와는 1944~1947년에 해방된 폴란드 땅에서 살해된 유대인이 1,000명도 넘는다고 추산한다. (Cała, 2014, 17) 이와 관련한 추정치는 다양하다. (Cała, 2014, 17, n.3)

13 폴란드 인민공화국은 폴란드가 1952~1989년에 사용한 국명이다. 1944~1952년에는 폴란드공화국이 국명이었고, 1989년 뒤로 다시 폴란드공화국이라 부른다.

14 역사가 마르친 자렘바가 전후 시기를 다룬 책에『대공포(Wielka Trwoga)』(2012)라는 제목을 붙였다. 프랑스 역사가 조르주 르페브르(George Lefebvre)가 프랑스 혁명 때 일어난 사건들을 분석한『1789년 대공포(La Grande Peur de 1789)』(1932)에서 빌린 것이다.

15 역사학자 타데우시 웹코프스키가 민주주의와 독립을 추구하는 혁명, 그리고 공산주의

를 추구하는 혁명이 함께 일어났다고 주장했다. (Łebkowski, 1983)

16 토카르스카-바키르가 2012년에 펴낸 *Okrzyki pogromowe*의 영역본 『포그롬의 울부짖음(Pogrom Cries: Essays on Historical Anthropology of Poland 1939-1946)』(Peter Lang Gmbh, 2019)도 참고하라.

17 지하 무장 세력이 저지른 폭력에 희생된 사람은 주로 신정부 지지자와 공무원이었다. 1989년에 폴란드에서 공산 정권이 몰락한 뒤로, 역사학계에서 지하 무장 세력의 행동을 달리 해석하고 있다. 공산 정권에서는 이들을 무법자로 묘사했지만, 1989년 뒤로는 '저주받은 군인'으로 신화화했다. 폴란드 국가기억원의 지원을 받은 우파 역사가들은 저항 가담자들을 미화할 뿐, 이들이 시골의 민간인에게 저지른 테러 행위와 유대인 생존자를 겨냥해 저지른 범죄 행위(대부분 살인이었다)에는 입을 다문다. 이런 문헌은 대체로 열띤 어조를 띠고 비판적 접근이 부족해 사용하기가 매우 어렵다.

18 정확히 얼마나 많은 유대인이 폴란드인 손에 목숨을 잃었는지는 앞으로도 절대 모르겠지만, 폴란드계 캐나다인 역사학자 얀 그라보프스키(Jan Grabowski)가 2017년 2월 11일에 이스라엘 신문 《하아레츠》와 나눈 인터뷰에서 2차 세계대전 기간에 폴란드인에게 살해된 유대인을 얼추 20만 명으로 제시했다. "정확한 숫자를 얻기는 매우 어렵습니다. 하지만 소련으로 달아났다가 전쟁 뒤 돌아온 사람들을 제외하면, 폴란드에서 전쟁 기간에 살아남은 유대계 폴란드인은 3만 5,000명입니다. 알다시피 나치가 1942~1943년에 게토를 청산하기 전에 달아난 유대인이 약 10%입니다. 달리 말해 약 25만 명이 살아남고자 몸을 숨긴 거지요. 25만 명에서 3만 5,000명을 빼면, 누가 살고 누가 죽을지를 주로 폴란드인이 결정했던 '암흑' 지대가 나옵니다." 그라보프스키는 이런 말도 보탰다. "제 계산은 아주 아주 적게 잡은 수치입니다. 폴란드 '청색' 경찰이 게토를 청산한 뒤뿐 아니라 이른바 게토 청산 작전에서도 폭력을 행사하며 저지른 살상은 포함하지 않았으니까요." 자신의 주장을 뒷받침하고자, 그라보프스키는 바르샤바 게토를 연구한 역사학자 에마누엘 린겔블룸(Emanuel Ringelblum)을 인용했다. 린겔블룸은 '청색' 경찰 때문에 "목숨을 잃은 유대인이 부지기수"라고 말했다. https://www.haaretz.com/world-news/.premium.MAGAZINE-orgy-of-murder-the-poles-who-hunted-jews-and-turned-them-in-1.5430977. Engelking & Grabowski(2018)도 참고하라.

19 "오로지 좋은 뜻에서 유대인이 악몽 같은 전쟁에서 살아남도록 도운 착한 사람들이 전쟁 뒤 대체로 유대인과 같은 운명을 맞았다. 그 바람에, 괴롭힘과 공격을 피하고자 자신들의 고귀한 행동을 감추곤 했다. 가톨릭 민족주의의 문화 규범에 따르면 유대인을 돕는 것은 비난받아 마땅한 괘씸한 범죄 행위고, '유대인을 제거하는 것'은 애국심에서 비롯한 행동이었다." (Skibińska, 2014, 61)

20 귀환자란 홀로코스트를 피해 소련으로 달아났다가 돌아온 사람들을 가리킨다. 생존자란 독일에 점령된 폴란드에서 살아남은 5만 명으로, 이 가운데 절반은 집단 수용소와 죽음의 수용소에 있다가 붉은군대 덕분에 자유를 얻었다. (Cała, 2014, 17)

21 문학비평가 카지미에시 비카(Kazimierz Wyka)가 나치 점령 기간에 나타난 중요한 심리 현상을 가리키는 배제 경제(gospodarka wyłączona)라는 개념을 만들었다. "배제 경제란 상업과는 그리 관련이 없고, 틈틈이 만족에 겨워 흥얼거리며 약탈에 뛰어드는 행동과 관련한다."(Wyka, 1984, 295) 요안나 토카르스카-바키르도 이 개념에 동의했다. "폴란드의 제3계급인 부르주아는 유대인의 빈자리를 관성에 끌려 차지한 결과로 나타났다. 비카가 말한 대로다. '세례받지 않은 자의 자리를 세례받은 사람들에게.' '독일인에게는 허물과 범죄를, 우리[폴란드인]에게는 열쇠와 금고를.' [Wyka 1984, 292~293]"(Tokarska-Bakir, 2018, 286)

22 너울은 태풍이 지나간 바다에서 나타나는 자연 현상이다. 지진이나 핵폭발 뒤에도 땅이나 대기에서 비슷한 현상이 일어난다. 겉보기에는 잔잔하지만 커다란 배 특히 범선을 위협할 수 있다. 폴란드 지식인들은 1945년 폴란드의 상황을 설명할 때 유대인의 비극을 Martwa Fala, 너울에 빗댔다.(Skibińska, 2018, 856~857, n.591)

23 헹친스키가 1982년에 추산한 수치에 견줘 보자. "2차 세계대전이 막바지에 이르렀을 무렵, 폴란드에서 천 년 동안 이어졌던 유대인 공동체가 사라졌다. 전쟁 전 폴란드 인구에서 거의 10%를 차지했던 350만 명 가운데 약 90%가 홀로코스트로 목숨을 잃었다. … 나치 점령기에 살아남은 유대인 생존자는 2.5~5만 명으로 본다. 소련에서 살아남은 폴란드 출신 유대인은 25~30만 명으로 본다.(n.1: Paul Lendvai, *Anti-Semitism in Eastern Europe* (London, 1971), 25. Georg W. Strobel, *Das polnisch-jüdische Verhältnis: Der Bestand der jüdischen Minderheit in Polen* (Cologne, 1968), 2~3쪽을 참고하라.) 전후 시기를 다룬 어느 최근 연구에 따르면, "여러 시기에 걸쳐 모두 25만 명에 이르는 유대인이 폴란드에 남아 있었다."(n.2: Lucjan Dobroszycki, 'Restoring Jewish Life in Post-War Poland', *Soviet Jewish Affairs* 2, 1973, 59. Władysław Gora, *Polska Rzeczpospolita Ludowa, 1944-1974*(Warsaw, 1974), 147) "다른 문헌에서는 이 수치를 40만 명까지도 본다."(Chęciński, 1982, 7) 우카시 크시자노프스키에 따르면 1945년 5월 초에는 폴란드에 머문 유대인 생존자가 약 4만 3,000명이었지만, 소련에서 유대인이 돌아온 뒤인 1946년 초에는 24만 4,000명으로 치솟는다.(Krzyżanowski, 2020)

24 APW-KW PZPR-개인 파일-Bauman 16 421 (3183)-개인 조서, 1945. 8. 31.

25 같은 문서.

26 폴란드노동자당은 1948년에 폴란드사회당과 합당해 폴란드연합노동자당을 만든다. 그런데 이 무렵 폴란드에서 진정한 정당은 폴란드연합노동자당 한 곳뿐이었다. 규모가 줄고 세력이 약해진 폴란드인민당은 정당이라기보다 파벌에 가까웠다.

27 APW-KW PZPR-개인 파일-Bauman 16 421-'승인'.

28 APW-KW PZPR-개인 파일-Bauman 16 421 (3183). 폴란드노동자당 기록물 보관소에 보관된 문서, 특히 당 신분증이 이 날짜를 뒷받침한다.

29 폴란드어로는 świadomy라고 적혀 있다. 사회의 권력관계를 이해해, 상황을 잘 분석하

고 파악한다는 뜻이다.

30 APW-KW PZPR-개인 파일-Bauman 16 421 (3183)-카지미에시 파리나의 추천서.

31 AIPN BU 0 1224/1505-1969년 4월 24일에 작성된 'Z. 바우만과 관련한 보고'에서 인용. 얀 샤호치코가 1945년 12월 3일에 작성한 추천서다.

32 안제이 베르블란은 1924년에 태어난 역사가다. 공산주의 정부에서 일했고, 폴란드의 스탈린주의를 다룬 책 여러 권과 친구 고무우카의 전기를 썼다.

33 안제이 베르블란이 나와 나눈 인터뷰에서 이 흥미로운 사안을 더 자세히 설명해줬다. "이 갈등은 [스탈린이 폴란드공산당을 해산하고 지도부 몇 명을 가두고 처형한] 1938년까지 이어졌습니다. 폴란드공산당에게는 이 갈등이 대단한 사건이었습니다. 문제는 이 공산당 파벌이 자기네가 사람들에게 지지받지 못하는 까닭이 유대계 지도부가 아니라 독립과 관련한 당의 견해라는 사실을 전혀 고려하지 않았다는 거지요. 폴란드사회당에도 유대계 지도자가 많았지만, 누구도 그 당을 유대공산주의라고 부르지 않았습니다. 그러니 문제는 민족 구성이 아니라 폴란드의 독립과 관련해 소련과 어떤 관계를 유지하느냐였던 겁니다."

34 Aida Edemariam, 'Professor with a Past', *The Guardian*, 2007. 4. 28. www.theguardian.com/books/2007/apr/28/academicexperts.highereducation.

35 이 이름, 그리고 유대계 러시아인의 문화 및 언어와 관련한 질문에 빠르게 답해준 레기나 헤르니슈코-엡스테인에게 고마움을 전한다.

36 1930년대 후반에 이런 관행이 있었다고 확인해준 벨라 슈바르츠만과 피오트르 파지니크에게 고마움을 전한다. 나탈리아 알렉시운과 이야기한 바로는, 공식 문서에는 이런 관행이 전혀 기록되어 있지 않다.

37 표지에 언급되기 마련인 정보가 더러 빠져 있다. 표지 아래쪽에 국가기억원 기록물 번호 00681/157이 손글씨로 적혀 있고, 왼쪽 아래에는 인쇄한 것으로 보이는 '1970'이 작게 적혀 있다. 아마 서류철 표지를 만든 연도일 것이다. 이로 보건대 표지는 원래 있던 것이 아니고, 서류철도 아마 1970년에 다시 만들었을 것이다.

38 https://inwentarz.ipn.gov.pl/slownik?znak=I.

39 폴란드의 첩보 체계는 "엔카베데를 본뜬 것으로, 엔카베데의 풍부한 경험을 활용했다. … 첩보원의 임무는 폴란드 사회의 모든 계층에 빠짐없이 침투하는 것이었다. 주요 행정, 경제, 문화, 학술 기관에 정보원과 중간 요원을 거느린 공안청 직원이 적어도 한 명은 상근했다."(Chęciński, 1982, 62)

40 공안청(UB)이 1954년에 해체되었다가 1956년에 조직을 정비한 뒤 내무부 산하 공안실(SB)이 되었다.

41 https://inwentarz.ipn.gov.pl/slownik?znak=R#172.

42 이 문구를 해독하게 도와준 리샤르트 부이치크와 이름 모를 번역자들에게 고마움을 전한다.

43 AIPN BU 0 1069/788.

44 같은 서류철. 강조 표시는 내가 덧붙였다.

45 같은 서류철. 이 서류철에는 더 중립적인 문서들도 있다. 이를테면 친구와 동료, 팔레스타인에 있는 누나를 포함한 가족 구성원의 이름, 주소, 군대 계급(바우만의 친구와 동료는 대부분 군인이었다)이 적혀 있다.

46 같은 서류철.

47 미하우 코마르와 나눈 인터뷰, 2017. 11. 18., 바르샤바.

48 Aida Edemariam, 'Professor with a Past', *The Guardian*, 2007. 4. 28.

49 시민경찰국은 오늘날로 치면 '경찰특공대'라 부를 수 있다.

50 《Na Straży》 no.34, 1946, 1. Gmyr, 2012, 167에서 재인용.

51 흥미롭게도, 폴란드노동자당 지도부가 런던 망명정부를 지지한 로마가톨릭교 소속 군종 신부의 존재를 받아들일 만큼 관대했다. (Depo, 2012, 132)

52 토마시 크바시니에프스키, 「바우만 — 나는 매혹되었다(Bauman: Dałem się uwieść)」, 《가제타 비보르차》, 2013. 6. 28. https://wyborcza.pl/magazyn/7,124059,14189361,bauman-dalem-sie-uwiesc.html

53 여기서 '독립 지지'란 반소련주의, 반공산주의, 반사회주의를 뜻한다. 병력 중 3분의 2는 폴란드국내군, 나머지는 민족방위군과 전국군사연합의 잔병들이었다.

54 Kazimierz Krajewski & Tomasz Łabuszewski (IPN), Ziemia Ostrołęcka w walce z komunizmem 1944-1954; Fundacja Pamiętamy OSTROŁEKA, October 2008, http://www.solidarni.waw.pl/pobierz/FundacjaPamietamy/ostroleka.pdf, 25.

55 AIPN BU 0 1069/788 7157.

56 토마시 크바시니에프스키, 「바우만 — 나는 매혹되었다」, 《가제타 비보르차》, 2013. 6. 28.

57 APW-KW PZPR-개인 파일-Bauman 16 421 (3183), 개인 조서, 1948. 10. 25., (nr doc. 50).

58 '망치'와 관련한 내용은 2017~2018년에 국가기억원 기록물 보관소에서 나를 도와 연구를 수행한 베아타 코발치크가 준비한 자료에 크게 의존한다.

59 '저주받은 군인'이란 우파 정치인들이 20세기 폴란드 역사를 다시 쓰면서 정치 전략으로 자주 사용한 용어다. 1993년에 처음 등장했고, 언론인과 반공산주의 역사가들이 자주 사용했다. 2011년에 폴란드 정부는 3월 1일을 '저주받은 군인 국가 추모일'로 지정했다.

60 '망치'의 역할과 활동을 보여주는 재판 기록이 여럿 있다. (AIPN BU 1023/515-22권 분량) 여기에는 범죄 보고서, 강도 및 폭행, 불법 행위와 관련한 기록이 포함된다. 그 가운데 쿨레샤의 보좌관 카니아가 증언한 내용을 담은 한 문서를 앞으로 몇 쪽에 걸쳐 광범위하게 인용하겠다. 카니아를 심문한 보고서를 사용하는 까닭은 진술 내용에 자세한

수치를 언급했을뿐더러, 정보를 전달하는 방식이 흥미롭기 때문이다. 첩보 기관들이 쿨레샤의 지하 무장 활동을 증명하는 문서를 여럿 작성했으므로, 카니아가 쿨레샤의 행위를 진술한 내용은 다른 여러 문서에도 기록되어 있다. 쉽게 말해, 앞으로 할 이야기는 달랑 문서 하나만으로 제기하는 혐의가 아니다.

61 2015년 이후 권위주의 국가 폴란드에서는 전후 지하 활동에 참여한 사람들을 국가의 영웅으로 대접한다.

62 AIPN BU 1023/515 vol.2.

63 앞으로 나올 사례들은 1948년 8월 13일에 작성된 「용의자 심문서」라는 서류철에서 가져왔다. 여기서 용의자는 체스와프 카니아다. AIPN BU 1023/515 vol.2.

64 16지구는 쿨레샤가 통제하던 지역이다.

65 AIPN BU 1023/515 vol.2.

66 같은 문서.

67 AIPN BU 1023/515 vol.2. 이 문서의 제목은 「'숲'이 지휘한 무리가 저지른 범죄 행위 기록」이다.

68 이 가명은 잔혹하기로 악명 높았던 폴란드와 러시아의 혁명가 펠릭스 제르진스키(Felix Dzerzhinsky)의 이름을 본뜬 것이다.

69 AIPN BU 1023/515 vol.2.

70 AIPN BU 0189/62 vol.1 digi arch, 11~13.

71 AIPN BU 1023/515 vol.2.

72 1939년에 2차 세계대전이 터지기 전까지 오스트로웽카에서 유대인이 정말 큰 비중을 차지했다. 1916년에는 거주민 중 무려 83.7%가 유대인이었다. https://sztetl.org.pl/en/towns/o/1087-ostroleka/100-demography/21483-demography.

73 1945년 이후 지하 무장 단체들이 유대인을 살해하고 박해한 행적을 더 자세히 알고 싶다면 Skibinska(2014), Cała(1988, 2014), Tokarska-Bakir(2018), Engelking & Grabowski(2018)를 참고하라.

74 Yisrael Gutman & Shmuel Krakowski, *Unequal Victims: Poles and Jews during World War II* (New York: Holocaust Library, 1986), 120-134; Aleksandra Bieńkowska, 'Partyzantka polska lat 1942-1944 w relacjach żydowskich', *Zagłada Żydów. Studia i Materiały*, vol.1 (2005), 148-164; Alina Skibińska & Dariusz Libionka, 'Przysięgam walczyćo wolnąi potąPolskę wykonywać rozkazy przełożonych, tak mi dopomóż Bóg.' Żdzi w AK. Epizod z Ostrowca Świętokrzyskiego', *Zagłada Żydów. Studia i Materiały*, vol.4(2008), 287-323. (Skibińska n.108, 53) "게다가 농부들이 유대인에게는 음식을 주려 하지 않은 탓에, 대개 수십 명에 이르던 유대인 독립 부대가 심각한 식량 부족에 시달렸다는 사실도 기억해야 한다. … 폴란드 농민대대(Bataliony Chłopskie, BCh)와 폴란드인민군도 반유대주의와 유대인 박해를 일삼았다. 매우 드물게도, 인민경비대

(GL)와 폴란드인민군 소속 부대 몇 곳이 유대인을 받아들였다." (Skibińska, 2014, 53)

75 주비코프스키가 붙인 주석 41번: "Kazimierz Krajewski & Tomasz Łabuszewski,『비아
위스토크의 국내군과 시민국내군 — 1944년 7월~1945년 9월』(Warsaw: Volumen,
1997), 795~797쪽에서 인용. 런던 망명정부의 비아위스토크 지역 대표였던 일명 '목',
헨리크 야스트솁스키는 1944년 8월 11일에 작성한 보고서에서 비아위스토크의 상
황을 더 온건하게 표현했다. '기독교계 폴란드인 사회의 자비로운 보살핌 덕분에, 이곳
에는 약 3,000명에 이르는 유대인이 남아 있다. 이들은 모두 자신의 현재 조국인 폴란
드와 순순히 인연을 끊고 미국에 이민하기로 했다. 이들을 폴란드의 지하 활동에 끌어
들이는 일은 없을 것이다. 폴란드국가해방위원회에도 유대인이 몇 명 있다.' 하지만 몇
달 뒤인 1945년 1월 5일에 비아위스토크 지역 국내군 사령부가 작성한 상황 보고서 11
번에는 이렇게 쓰여 있다. '비엘스크 지역 사령관의 긴급 보고: 유대인들은 엔카베데와
한통속이고 거의 모두 권총을 갖고 있다. 이들은 지역민과 새 이주민을 염탐한다. 드로
히친에서 소련군이 사고로 어떤 유대인을 죽였다. 그런데 그 사건이 폴란드인 탓이라
고 여긴 유대인들이 폴란드인 아홉 명을 살해했다. … 비소키에마조비에츠키에 지역
사령관의 긴급 보고: 유대인이 어느 편도 아니라고들 하지만, 사실은 엔카베데와 짝패
다. 이들은 유대인의 예전 소유물을 조금이라도 가진 사람을 비난하고, 때로는 누가 봐
도 닳아빠진 물건에 호밀 1~1.5킬로그램을 달라고 협박한다. 자기네를 보호했던 사람
들마저 봐주기는커녕 도리어 돈을 요구한다.' ('Białstocczyzna 1944-945 w
dokumentach podziemia i oficjalnych władz', in Jerzy Kułak, ed., *Dokumenty do dziejów
PRL*, vol.X (Warsaw: Instytut Studiów Politycznych Polskiej Akademii Nauk, 1998), 45,
98.)" (Żbikowski, 2014, 83~84)

76 1947년 1월에 개봉한 폴란드 영화로, 2차 세계대전 때 바르샤바에서 지하 무장 활동에
참여한 어느 음악인의 이야기를 다룬다.

77 사회주의적 사실주의는 10월 혁명에서 승리한 볼셰비키들이 장려한 정치 예술 사조로,
스탈린주의에 영향받은 동유럽 국가 여러 곳이 이 사조를 도입했다. 일당 독재 국가가
쓸 수 있는 중요한 선전 도구였으므로, 다른 예술 사조는 한동안 금지였다. 예술가들은
노동 활동, 노동자, 농민을 여러 맥락에서 표현하라는 지시를 받았다.

78 이는 사회주의적 사실주의 문학의 주요 특성이다. Wojciech Tomasik, 'Aparat
bezpieczeństwa w literaturze polskiej okresu socrealizmu', *Pamiętnik Literacki: czasopismo
kwartalne poświęcone historii i krytyce literatury polskiej*, 85, 3, 1994, 73~85를 참고하라.

79 농지 개혁은 1945년 종전 이후 일어난 정치 변화의 한 축이었다.

80 브로나라는 이름에는 두 가지 부정적 뜻이 들어 있다. 폴란드어에서 브로나는 까마귀
를 뜻하는데, 민속 신앙에서 까마귀는 비열함, 사악한 힘을 가리킨다. 게다가 독일군의
문장인 검은 독수리를 떠올리게 한다. 이와 달리 폴란드군의 문장은 흰 독수리다. 나치
점령 기간에 폴란드인들은 독일군이 '까만 까마귀' 문장을 달았다고 비꼬아, 크나큰 경

멸을 드러냈다.

81 드보로프스키는 저택을 뜻하는 dwór에서 따온 이름이다. 의역하자면 '저택에서 봉사하는 사람'이다.

82 독립 뒤 인플레이션으로 경제 상황이 어려웠으므로, 폴란드에서는 미국 달러로 거래하는 일이 흔했다. 1945년 뒤로는 이 관행이 적어도 일부는 불법이었지만, 여전히 아주 흔했다.

83 이를테면 작가 아그니에슈카 가예프스카가 훌륭한 책 『홀로코스트와 별 ― 스타니스와프 렘의 산문으로 본 과거(Zagłada i gwiazdy. Przeszło)』(Poznań, 2016)에서 과학 소설가 스타니스와프 렘(Stanisław Lem)의 작품을 분석해보니, 렘이 드러내놓고 말하지 않았던 홀로코스트의 깊은 상처가 작품에 드러나 있었다.

84 군사 법원이나 헌병대는 이런 전략 정보를 받고 물을 권리가 있다.

85 이전 문서들에 따르면 1945년 코워브제크 전투 뒤 무공 십자 훈장을 받았지만, 이 문서는 언급하지 않는다.

86 AIPN BU 0193/8207.

87 AIPN BU 635/9 60; 1581/75/9, 3. 이 문서는 850명에 이르는 장병들을 염려한다.

88 AIPN BU 635/9 60; 1581/75/9, 4.

89 Joanna Tokarska-Bakir(2018, 736): note 2319/20 ― 국내보안대 조사관 보고서, APIN BU 635/9, 11~15.

90 AIPN BU 0 1069/788 7157.

7장

1 AIPN BU 0 1224 1505. 우치의 농촌청소년연맹 지역 학생회가 1967년 12월 9~10일에 주최한 학술 모임에서 바우만이 '러시아 10월 혁명의 도덕적·윤리적 가치. 사회주의 사회를 사는 사람'이라는 제목으로 강연한 내용의 녹취록이다.

2 Aida Edemariam, 'Professor with a Past', The Guardian, 2007. 4. 28.

3 해방 전 바르샤바는 세 차례에 걸쳐 파괴되었다. 1차는 1939년 9월 포위 기간으로, 이때 전체 건물의 15%가 파괴되었다. 2차는 바르샤바 게토 봉기가 일어난 1943년 4월로, 건물 12%가 더 파괴되었다. 3차는 1944년 바르샤바 봉기 때로, "봉기가 실패한 뒤 독일 점령군이 건물의 58%를 일부러 파괴했다. 따라서 모두 합쳐, 상상하기 어려울 만큼 놀라운 규모인 바르샤바의 건물 85%가 파괴되었다." (Morawski, 2003, 360) 구시가지 구역은 피해가 가장 심해, 1945년 1월에 건물이 채 10%도 남지 않았다.

4 토마시 크바시니에프스키, 「바우만 ― 나는 매혹되었다」, 《가제타 비보르차》, 2013. 6. 28.

5 같은 글.

6 소련에 합병된 지역에 살던 폴란드 제2공화국 시민이 국제 사회의 합의에 따라 폴란드

로 돌아왔다. 가장 큰 이동은 1946년 상반기에 있었다. 돌아온 시민 가운데 거의 20만 명이 유대인이었는데, 머잖아 대다수가 폴란드를 떠났다. 1947년에 폴란드 유대인협회에 등록된 유대인은 9만 명에 그쳤다. (Cała, 2014, 17)

7 공동 당사 건립은 1948년 4월 3일에 결정되었다. 폴란드노동자당과 폴란드사회당 당원들이 건축 비용으로 모두 15억 즈워티를 기부했다. 더 자세한 내용은 Witold Pronobis, 'Kongres Zjednoczeniowy — Powstanie PZPR', *Acta Universitatis Nicolai Copernici*, Historia XV-Nauki Humanistyczno-społeczne-zeszyt 102, 1978, 21~37을 참고하라.

8 그 지역에서 실제로 가장 큰 정부 건물은 정치 사범을 감금하기로 악명 높은 감옥이 었다.

9 야니나 바우만이 남편 지그문트 바우만에게 바친 이 책은 이 무렵 바우만 가족의 생활을 가까이에서 자세히 들여다본 좋은 자료다.

10 Modzelewski & Werblan (2017, 35~49). 전후 폴란드의 정치 상황을 뛰어나게 그린 이 책은 반대 진영에서 핵심 역할을 한 두 역사가 모젤레프스키와 베르블란이 여러 차례 토론한 결과물이다. 베르블란에 따르면 스탈린은 선거를 진행해 조작하는 쪽을 선호했다. 스탈린은 1946년 국민 투표에 반대했지만, 폴란드노동자당 지도부는 국민의 속내를 알고자 스탈린의 뜻과 달리 국민 투표를 결정했다.

11 Edemariam, 'Professor with a Past', *The Guardian*, 2007. 4. 28.

12 사회주의자/공산주의자는 사실상 공산주의 활동에 더 많이 헌신하게 하고자 흔히 쓰는 정치 표현이다. 전후 폴란드에서는 정권, 환경, 연도에 따라 '사회주의자'와 '공산주의자'라는 용어를 이용해 나라의 변화 방향을 가리켰다. 공식 담론에 따르면 폴란드는 공산주의로 가는 사회주의 국가였다. 폴란드가 어느 정도 '상대적 자유'를 누리므로 다른 소련권 국가와는 다르다는 인식이 흔했다. 폴란드 지도부가 소규모 민간 기업, 신중한 교회 활동, 작은 땅과 집의 소유권을 인정했다는 점에서는 이 인식이 맞다. 상황이 휙휙 바뀌었고 숨 막히는 경직성이 '상대적 자유'를 자주 밀어냈지만, 이런 차이 덕분에 폴란드인은 일부나마 자유를 느꼈다.

13 국내보안대 기록물 보관소, 1950. 이 문서와 관련해 요안나 토카르스카-바키르에게 고마움을 전한다.

14 사나차는 2차 세계대전 전 피우수트스키가 이끈 당파로, '건전한' 정계를 만들겠다는 목적으로 군사 행동에 나서 권력을 쥐었다. 사나차는 치유를 뜻하는 라틴어 santos에서 비롯했다.

15 1장 주석 1번을 참고하라.

16 2차 세계대전 전 유대인이 중등교육과 고등교육에 접근하기 어려웠던 현실은 1장과 2장을 참고하라.

17 토마시 크바시니에프스키, 「바우만 — 나는 매혹되었다」, 《가제타 비보르차》, 2013.

6. 28.

18 같은 인터뷰.

19 APW-KW PZPR-개인 서류철-Bauman 16 421 (3183), 입당 조서-폴란드연합노동자당 중앙 위원회-1949. 10. 23.

20 국가기억원 웹사이트에서 바우만의 진급 이력을 확인할 수 있다. https://katalog.bip.ipn.gov.pl/informacje/54260.

21 AAN-2935-고등교육부-정치과학원, 1947. 6. 3.

22 1947년 7월 7일부터 개설된 과목은 중앙 현대기록물 보관소에서 확인할 수 있다. AAN-2935-고등교육부.

23 https://www.britannica.com/biography/Manfred-Lachs.

24 AAN-2935-정치과학원.

25 만프레드 라흐스를 깊이 있게 다룬 전자책『삶이라는 여정 — 만프레드 라흐스에 대해 (W podróży, którą nazywamy życiem: Manfred Lachs o sobie)』, 2015, 185. https://issuu.com/ikmpsa/docs/manfred_lachs_w_podrozy__ktora_nazy.

26 같은 책, 320.

27 야니나가 영어판과 폴란드어판의 표현을 달리한 까닭은 전후 폴란드 상황을 잘 아는 폴란드 독자들이 국내보안대에서 바우만이 맡은 책무가 얼마나 중요했는지 잘 이해하리라고 봤기 때문일 것이다.

28 나치 점령기에 폴란드 시민은 중등교육을 받을 권리가 아예 없었고, 직업 훈련만 받을 수 있었다. 지하 무장 단체가 고등학교와 대학교 과정을 운영했지만, 그런 조직은 은밀하게 움직여야 했던 탓에 교육 내용에 한계가 있었다. 더 자세한 내용은 Dławichowski(1983)를 참고하라.

29 야니나의 외할아버지인 알렉산데르 프리슈만은 아들인 예지 프리슈만(Jerzy Fryszman)과 함께 바르샤바 트워마츠키에 거리에서 개인 병원을 운영한 비뇨기과 의사였다. 알렉산데르와 마찬가지로 유명한 비뇨기과 의사였던 예지 프리슈만은 폴란드 비뇨기과협회를 창립했다. 야니나의 아버지 시몬 레빈손도 비뇨기과 의사였고, 홀로코스트 때 죽은 삼촌 율리안 레빈손은 내과 의사였다. 또 친척인 레온 프워츠키에르는 유명한 위장병 전문의이자 열렬한 공산주의자였다. 프리슈만 집안과 레빈손 집안은 전형적인 '바르샤바 의사 가문'으로, 일류 의대(주로 러시아, 오스트리아, 독일, 스위스, 프랑스)를 나온 '동화한' 유대인들이었다. 달리 말해 집에서 폴란드어로 말했고, 차별법이 시행되기 전까지는 아이들을 폴란드 명문 학교에 보냈고, 남자들은 폴란드군에 복무했다. 설사 종교 생활을 하더라도, 독실한 믿음 때문이라기보다 유대 문화를 표현하는 쪽에 가까웠다.

30 에바의 결혼 전 성은 룬트스테인(Rundstein)으로, 폴란드 유대인 사회에서 랍비와 중요 인사를 많이 배출한 성이다.

31 야니나는 1986년에 영국에서 첫 자서전 『일찍 찾아온 겨울 — 한 소녀가 바르샤바 게토와 그 너머에서 보낸 삶, 1939~1945』을 펴냈다. 책은 야니나가 십 대 때 겪은 2차 세계대전을 그때 쓴 일기를 바탕으로 이야기한다. 야니나는 십 대 때 일기를 쓰기 시작한 뒤로 이 습관을 평생 유지했다. 전쟁 통에도 대부분 보존된 이 소중하기 그지없는 독특한 기록이 야니나가 1980년대 후반에 펴낸 자서전 두 권의 토대가 되었다. 『일찍 찾아온 겨울』은 바르샤바 게토와 '아리아인' 구역의 증언을 다룬 전후 출판물 가운데 어린 십 대가 증언한 매우 중요하고 희귀한 글이다. 또 다른 자서전 『소속을 꿈꾸다』는 전후 폴란드 생활을 다뤘다. 이 장에서 간략히 소개하는 이야기는 두 책을 바탕으로 삼았다.

32 https://sztetl.org.pl/pl/miejscowosci/w/18-warszawa/100-demografia/22081-demografia.

33 2장에서 설명했듯이, 당시 폴란드에서 민족 차별 제도가 시행되었고 반유대주의 분위기가 일상에 퍼져 있었다.

34 4장 주석 28번을 참고하라.

35 독일 바깥에 거주하고 독일 시민권자가 아니지만, 나치가 민족 및 문화 측면에서 독일인으로 분류한 사람을 가리킨다.

36 독일 점령기에 바르샤바의 유대인은 게토에서 살아야 했다. 폴란드인도 '아리아인' 구역에서는 독일인과 다른 건물, 공공장소, 대중교통을 이용해야 했다.

37 AIPN BU 0 1224/1505, 131. 1957년 6월 26일, 알리나 레빈손과 야니나, 조피아가 전쟁 때 어떻게 살아남았는지를 부워트가 당국에 진술했다. 진술 날짜로 보건대, 알리나 레빈손이 이스라엘로 이주할 즈음이다.

38 아리아인 구역에 몸을 숨긴 유대인은 목숨을 건질 가망이 컸다. 은신 생활을 다룬 문헌은 매우 많다. Bikont(2017), Nalewajko-Kulikov(2004)을 Paulsson(2003)과 비교해보라.

39 유대인 아이를 아리아인 가정에 맡겨 살린 구조망으로 가장 유명한 것은 간호사 이레나 셴들레로바(Irena Sendlerowa)의 활동이다. Bikont(2017)를 참고하라. 아리아인 구역에 몸을 숨긴 유대인 아이들과 관련한 내용은 www.yadvashem.org/odot_pdf/Microsoft%20Word%20-%204874.pdf를 참고하라.

40 폴란드어로 '고귀한'이라는 단어처럼 들린다.

41 이 문제는 폴란드에서 아주 큰 논쟁거리라, 다양한 문헌에서 주제로 다뤘다. 영어 문헌은 Grabowski(2013)를, 폴란드어 문헌은 언론인 안나 비콘트(Anna Bikont)가 쓴 이레나 셴들레로바의 전기(Bikont, 2017)를 참고하라.

42 2차 세계대전 초기인 1939년 10월에 바르샤바에 거주한 유대인은 35만 9,827명이었다. 1940년에는 독일이 합병한 지역에서 9만 명이 추가로 옮겨와, 1941년 4월에는 게토 인구가 45만 명에 이르렀다. 그리고 나치가 1942년 7월 22일부터 9월 21까지 진행한 소개 '작전'으로, 유대인 27만 5,000명이 추방되거나 죽음을 맞았다. 게토 봉기와 청

산 과정에서 살아남은 유대인은 한 줌에 지나지 않았다. 1946년에 바르샤바에 거주한 유대인은 만 8,000명뿐이었다. 폴란드유대역사박물관의 웹사이트를 참고하라. https://sztetl.org.pl/pl/miejscowosci/w/18-warszawa/99-historia-spolecznosci/138212-historia-spolecznosci.

43　나탈리아 알렉시운이 『이보 백과사전(YIVO Encyclopedia)』에 적은 바에 따르면, 베리하는 "홀로코스트 뒤 시온주의자들이 유럽 중부와 동부 출신 유대인 약 25만 명을 대규모로 은밀하게 이주시킨 운동이다. 히브리어로 도주나 피난을 뜻하는 베리하의 목적은 유대인을 팔레스타인으로 데려가는 것이었다. 이 용어는 이주 자체뿐 아니라 이주를 도운 단체도 가리킨다. 이주자는 슬로바키아, 루마니아 등 여러 나라 출신이었지만, 폴란드 출신이 주를 이뤘다. 유대인들은 팔레스타인으로 가기 전에 오스트리아와 체코슬로바키아를 거쳐 먼저 독일이나 이탈리아로 옮겼다. https://yivoencyclopedia.org/printarticle.aspx?id=219.

44　요안나 토카르스카-바키르는 『저주받은 사람들 ― 키엘체 포그롬의 사회적 초상』에서 키엘체에서 일어난 살육과 가담자들을 차근차근 설명한다. 그리고 당시 상황의 역학 관계와 학살에 가담한 다양한 사람의 배경을 밝혀, 공산주의자들이 포그롬을 유발했다는 가설을 보기 좋게 무너뜨린다.

45　나탈리아 알렉시운, 'Berihah', YIVO Encyclopedia, https://yivoencyclopedia.org/printarticle.aspx?id=219.

46　야니나 바우만이 『소속을 꿈꾸다』에서 언급하는 바우만의 모습은 누가 봐도 사랑에 빠진 여성의 관점에서 쓴 것이다. 그래도 야니나의 찬사 중에는 내가 지그문트의 동료와 친구들에게서 들은 성품을 떠올리게 하는 부분이 있다. 야니나가 빠르게 알아챈 한 특성은 자신이 보기에 옳은 일이라면 주변 누구에게도 허락을 구하지 않고 행동에 옮길 줄 아는 능력이었다. 이를테면 공산주의 국가의 장교인데도, 지그문트는 첫 만남 뒤 야니나의 손등에 입을 맞췄다. 1940년대 초반에는 흔히들 부르주아의 행태로 받아들이던 행동이라, 사회주의 국가를 지배하는 기표에서 벗어나 제멋대로 구는 신호로 해석될 위험이 있었다.

47　당시에는 적절한 치료법이 없고 위생이 열악했으므로, 사실 결핵은 생명을 잃기 쉬운 감염병이었다.

48　AIPN BU 0 1224/1505. 1950년에 작성되었고, 1969년 4월 24일 기록에 복사된 바우만의 조서.

49　레온 프워츠키에르(1888~1968)는 베를린, 파리, 바젤의 대학병원에서 교육받았고 군의관으로 복무했다. 바젤에서 박사 학위를 받은 뒤 폴란드로 돌아와 1920년에 폴란드-소련 전쟁에 군인 겸 의사로 참전했다. 바르샤바 게토와 바르샤바 봉기 기간에는 의료 봉사자로 일했고, 해방 뒤에는 공안부 중앙의료원을 이끌었다. 전후 폴란드에서 가장 막강한 기관이던 공안부 지도부의 주치의였다.

50 1909년생인 헨리크 토룬치크 대령은 사회주의 BUND 활동가의 아들로, 2차 세계대전 이전부터 공산주의자였고 벨기에에서 교육받은 방직 기술자였다. 1937~1939년에는 국제여단으로 스페인 내전에 참전해, 유대인 부대인 보트빈 중대의 마지막 지휘관과 폴란드 동브로프스키 여단(제13국제여단)의 참모장을 지냈다.

51 레온 루빈슈테인(루빈슈타인이라고도 부른다)(1912~1961) 대령은 스페인 국제여단의 중대장이었고, 2차 세계대전 뒤 공안부에서 부서장을 맡았다.

52 AIPN BU 0 1224/1505. 바우만의 국내보안대 개인 파일 2~3쪽을 바탕으로 1969년 4월 24일 작성한 기록에 나온 정보. 문서에는 야니나의 성이 Lewinson이 아니라 Lewinzon으로 틀리게 적혀 있다.

53 1·2차 세계대전 사이에 폴란드 장교들의 결혼과 관련한 정보를 알려준 카타지나 시에라코프스카 교수에게 고마움을 전한다.

54 이 시절 바우만의 삶과 관련한 주요 자료는 2011년에 출간된 폴란드어판 『소속을 꿈꾸다』에서 가져왔다. 폴란드어판에 영어판보다 더 자세한 내용이 담겨 있다.

55 몇몇 인터뷰에 따르면 전후 시기에 의심하는 분위기가 워낙 가득해 이런 상황이 벌어졌다고 한다.

56 바우만은 축구팀 레기아 바르샤바의 팬이었다.

57 하임의 아들 레이프 포겔만(Lejb Fogelman)은 폴란드계 미국인 변호사로, 1989년에 공산주의가 몰락한 뒤 일어난 사영화의 핵심 주역이다. 이 이야기는 레이프가 코마르에게 전한 것이다.

58 "스탈린주의 시절 폴란드인의 의식을 설명할 때 가장 어려운 점이 독재 정부와 그 행태를 진심으로, 심지어 때로는 광적으로 지지하면서도 두려움과 거짓, 가식적인 열광이 뒤섞여 충돌하는 특징을 보인다는 것이다. 이 난제를 풀기가 어려운 까닭은 거의 모든 사람이 같은 단어와 같은 문장을 말하고 같은 구호를 외친 데다, 그런 말과 구호를 완전히 믿지 않으면서도 자기 아이들에게조차 믿음이 부족하다는 사실을 들키지 않았기 때문이다."(Modzelewski, 2013, 60)

59 마리안 투르스키와 나눈 인터뷰, 2017. 11., 바르샤바. 투르스키의 어린 시절은 2장을 참고하라. 이 세대의 정치 참여는 Hirszowicz(2001)를 참고하라.

60 제5열이라는 용어는 1936년에 스페인 내전에서 생겨난 것으로, 프란시스코 프랑코를 따르는 민족주의자들을 은밀히 지지한 공화당원들을 가리켰다. 2차 세계대전 동안 폴란드에서는 전쟁 전부터 폴란드 영토에 살았고 독일의 침공을 지지한 게르만족을 가리키는 말이었다. 전후에는 겉으로는 새 정권을 지지하면서도 남몰래 맞서 적, 특히 외부의 적을 지지한 모든 사람을 가리켰다.

61 전체 이야기는 J. Bauman(1988, 92~97)을, 폴란드어 번역문은 J. Bauman(2011, 75)을 참고하라.

62 AIPN BU 0 1224/1505 129 ('기밀')

63 안제이 바이다(1926~2016)는 탁월한 영화감독이자 연극감독으로, 아카데미영화제 공로상, 칸영화제 황금종려상, 그디니아영화제 황금사자상, 베를린영화제 명예황금곰상, 영국아카데미 외국어영화상, 세자르영화제 감독상을 받았다. 바이다의 대본을 검열한 이야기는 J. Bauman(1988, 114)을 참고하라.

64 유제프 헨과 나눈 인터뷰, 2015. 12.

65 APW-KW PZPR-개인 파일-Bauman 16 421 (3183).

66 이 평가서가 스탈린이 이른바 '의사들의 음모'라는 반유대주의 음모론을 꾸민 1952년 12월 전에 나왔다는 데 주목하라.

67 APW-KW PZPR-개인 파일-Bauman 16 421 (3183).

68 AIPN, 개인 파일 Zygmunt Bauman, part Ⅲ, file 7-7v.

69 APW-KW PZPR-개인 파일-Bauman 16 421 (3183).

70 https://katalog.bip.ipn.gov.pl/informacje/69545.

71 AUW-지그문트 바우만의 학적부 WFS-23.496.

72 같은 문서.

73 같은 문서.

74 APW-KW PZPR-개인 파일-Bauman 16 421 (3183).

8장

1 이 일화와 관련한 간단한 분석은 15장을 참고하라.

2 석사 학위자 명단 및 통계 분석을 포함해, 바르샤바대학교 철학·사회과학부의 역사는 바르샤바대학교 철학·사회학부 사회학연구소 안토니 수웨크 교수의 발표 자료를 주요 근거로 삼았다. Antoni Sułek, *Socjologia na Uniwersytecie Warszawskim*, 2007.

3 1945년 종전 뒤 변화는 Kraśko(1996)를 참고하라.

4 레온 페트라지츠키(1867~1931)는 법학자이자 법사회학자이자 철학자로 키예프, 베를린, 하이델베르크, 파리, 런던에서 수학했다. 제정 러시아에서 법을 가르쳤고, 여성 참정권을 지지했다. 1919년부터 폴란드에서 사회학 교수로 강연했고 유대인 차별에 반대했다.

5 루드비크 크시비츠키(1859~1941)는 마르크스주의 지식인이자 사회학자, 경제학자, 정치인으로, 바르샤바에서 수학을, 취리히와 파리에서 민족학, 고고학, 인류학을 공부했다. 폴란드의 마르크스주의 1세대로, 마르크스의 『자본론(Das Kapital)』첫 부분을 처음으로 폴란드어로 번역했고, 엥겔스의 저술도 몇 가지 번역했다. 실증주의 운동에도 참여했다.

6 스테판 차르노프스키(1879~1937)는 사회학자이자 민속학자이자 문화사학자였다. 라이프치히에서 철학과 심리학과 경제학을, 베를린에서 사회학 원론과 예술사를, 파리에

서 회화와 사회학과 종교학을 공부했다. 사회주의자로, 나중에 혁명 노동자운동을 지지했다.

7 얀 스타니스와프 비스트론(1892~1964)은 문화기술지학자이자 사회학자로, 크라쿠프와 파리에서 문화기술지학을 공부했고, 포즈난대학교와 바르샤바대학교, 크라쿠프의 야기엘론대학교에서 문화기술지학, 민족학, 사회학을 가르쳤다.

8 플로리안 즈나니에츠키(1882~1958)는 폴란드계 미국인 사회학자로, 이론과 방법론을 연구해 사회학이 독립된 학문으로 자리잡는 데 이바지했다. 바르샤바, 파리, 스위스에서 교육받았고, 철학 박사 학위를 받았다. 공저인 『유럽과 미국의 폴란드 농민(The Polish Peasant in Europe and America)』(1918~1920)은 사회학에서 20년 동안 질적 연구 방법론의 필독서였다. 사회학에 인본주의를 도입한 장본인이다.

9 사회학은 1892~1893년에 사회과학·인류학과를 개설한 시카고대학교 덕분에 정립되었다는 것이 중론이다. 이 학과는 나중에 사회·인류학과로 이름을 바꿨다. Chapoulie(2001, 36)를 참고하라.

10 Kłoskowska(1989)가 스트니스와프 오소프스키와 유제프 하와신스키의 지식 활동을 집중적으로 다뤘다. 지하 대학의 활동을 분석한 Bartoszewski(2007)는 1944년에 비밀 학생이 3,500명에 이르렀다고 추산하고, 사회학 강의에 얽힌 이야기, 게슈타포에 체포되어 살해된 제자들도 회고한다. Antoni Sułek, *Socjologia na Uniwersytecie Warszawskim*, 2007, 119~124.

11 스타니스와프 오소프스키(1897~1963)는 사회학자로, 바르샤바대학교에서 타데우시 코타르빈스키, 브와디스와프 타타르키에비치에게 철학을 배웠고, 파리와 로마, 런던에서도 공부했다. 사회 유대와 사회관계의 근간이 되는 인본주의 사회학을 지지했고, 아내 마리아 오소프스카와 함께 '과학의 과학'이라는 용어를 만들었다. 실증주의에 반대했다.

12 마리아 오소프스카(1896~1974)는 바르샤바대학교에서 철학을 공부한 사회윤리 전문가였다.

13 니나 아소로도브라이-쿨라(1908~1999)는 역사사회학 전문가로, 기억과 역사의식 연구를 도입했다. 바르샤바와 파리에서 공부했고, 그 뒤로 르부프의 문헌 연구소에서 일했다. 2차 세계대전 뒤 우치대학교에서 교수를 지내다 바르샤바대학교로 옮겼다. 마르크스주의자였고, 폴란드노동자당과 폴란드연합노동자당의 활동가였다.

14 https://www.is.uw.edu.pl/pl/instytut/o-instytucie#historia.

15 르부프-바르샤바 철학파는 철학자이자 심리학자인 카지미에시 트바르도프스키(Kazimierz Twardowski, 1866~1938)가 1895년에 만들었다. 트바르도프스키는 빈에서 교육받았고, 르부프대학교에서 명강의로 이름을 날렸다. 르부프-바르샤바 철학파에는 수학, 심리학, 논리학, 기호론 전문가들이 참여했다.

16 타데우시 코타르빈스키(1886~1981)는 철학자이자 논리와 윤리학 전문가였고, 르부

프-바르샤바 학파의 회원이었다. 르부프에서 철학을, 다름슈타트에서 건축을 공부했다. 1919년부터 바르샤바대학교에서 교수직을 맡았고, 1930년대에 바르샤바대학교에 강요된 반유대주의법에 강하게 반대했다. 전쟁이 끝난 1945년부터 폴란드의 고등교육 체계를 마련했고, 우치대학교의 첫 총장이 되었다.

17 브와디스와프 타타르키에비치(1886~1980)는 철학자이자 철학사학자, 예술사학자, 미학 전문가였고 르부프-바르샤바 학파 회원이었다.

18 폴란드에서는 일자리를 두 개, 심지어 세 개까지 병행하는 일이 드물지 않았다.

19 이런 변화는 석사 과정 학생과 지도교수의 숫자 차이로 뚜렷하게 드러난다. 1952년에는 사회과학을 주제로 졸업한 학생이 63명이었고, 이 가운데 오소프스키가 26명, 아소로도브라이-쿨라가 22명을 지도했다. 1953년에는 석사 과정 학생이 달랑 5명뿐이었고, 오소프스키가 2명, 아소로도브라이-쿨라가 3명을 지도했다. 바우만이 석사 학위 논문 시험을 본 1954년에는 석사 학위 후보자 22명 대다수를 마르크스주의 교수진이 지도해 호흐펠트가 7명, 아소로도브라이-쿨라가 4명, 샤프가 3명, 이레나 보이나르가 3명을 맡았다. 오소프스키는 강의를 금지당했다.

20 이 정보는 바르샤바대학교 학생 기록물 보관소에 성적증명서와 함께 보관된 바우만의 학적부에서 얻은 것이다.

21 스승과 제자의 관계는 Wagner(2011, 2015)를 참고하라.

22 바르바라 샤츠카는 오소프스키의 세미나에 참석하지 않은 이유를 이렇게 밝혔다. "아주 간단해요. 오소프스키가 학문을 수행하는 방식이 유별나게 독특했거든요. 오소프스키는 누구보다도 해박했어요. 유럽 문화사에 통달했고, 주제를 자유자재로 오가면서도 논리가 정확했죠. 내키는 대로 이 주제에서 저 주제로 건너뛰었고요. … 그런데 그전까지 받은 교육 방식 때문에, 나는 오소프스키의 토론을 따라잡을 수가 없었어요."

23 인터뷰에서 예지 샤츠키는 "오소프스키의 세미나를 끝마친 학생들은 있었지만, 그의 생각을 이어받았느냐는 의미에서 보면 그 학생들을 오소프스키의 제자라고 말하기는 어려웠습니다. … 스테판 노바코프스키가 그런 예입니다. 이 관점에서 보면 바우만과 내가 노바코프스키보다 오소프스키의 제자에 더 가까웠어요."라고 말했다. 오소프스키가 말년에 바우만에게 보낸 편지로 보건대, 두 사람은 아주 친밀한 사이였다.

24 예지 비아트르(1931년생)는 사회학자이자 정치학자이자 공산주의 활동가다. 1991~1997년에 하원의원을, 1996~1997년에 고등교육부 장관을 지냈다. 바우만과는 1952년에 바르샤바대학교에서 친구가 되었고, 여러 글을 공동 집필했다. 호흐펠트의 '열린 마르크스주의' 학파에 속한다.

25 격주로 발행되다 주간지로 바뀐 사회문학지 《포 프로스투》(1947~1957)는 처음에는 청년투쟁대학연맹, 그다음에는 폴란드청년대학연맹, 이어서 폴란드청년연맹이 발간을 맡았다. 바우만도 《포 프로스투》에 글을 실었다. 이 잡지를 수정주의자 매체로 본 당국은 1957년에 반체제 내용을 이유로 폐간시켰다. Modzelewski(2013, 86)를 참고하라.

26 비아트르는 "나중에 두 집안 아이들이 우리를 서로 '삼촌'이라고 불렀어요. 우리는 친구라기보다 가족에 가까웠습니다. 마지막까지도요."라고 말했다.

27 실제로 샤프는 1982년에 역사학자 안제이 발리츠키에게 보낸 편지에서 바우만을 '이 스탈린주의자'라고 일컫는다. 이로 보건대 샤프는 바우만이 진심으로 스탈린을 지지한다고 생각했던 듯하다.

28 Nalewajko-Kulikov(2004)를 참고하라.

29 카데시 작전 또는 시나이 전쟁이라고도 부르는 수에즈 위기는 1956년 10월 29일에 이스라엘, 영국, 프랑스 연합군 대 이집트 사이에 벌어진 군사 충돌이다.

30 코와코프스키는 열다섯 살에 고아가 되었다. 어머니는 코와코프스키가 어릴 때 세상을 떠났고, 사회주의자이자 언론인이던 아버지는 1943년에 나치 손에 목숨을 잃었다. 그래서 친척들, 그리고 사회주의 단체 회원이던 아버지의 친구들에게 보살핌을 받으며 바르샤바 지식인들의 집에서 자랐고, 전쟁 중인 와중에도 지하 학교와 외국어 학습으로 우수한 교육을 받았다.

31 Tomasz Potkaj, 'Rozmawiaj ze mną na poważniejsze tematy'[프셰웽츠키 교수와 나눈 중요한 이야기], *Tygodnik Powszechny*. http://www.tygodnik.com.pl/apokryf/18/potkaj.html.

32 같은 글.

33 1945~1950년에 우치에서 발간된 마르크스주의 주간 문예 비평지다.

34 Tomasz Potkaj, *Tygodnik Powszechny*.

35 같은 글.

36 겉보기에는 코타르빈스키를 따라 바르샤바대학교로 옮긴 듯했지만, 코와코프스키의 대학, 정치, 철학 생활에서 핵심 인물은 샤프였다.

37 '예니체리 학교'라는 표현은 터키에서 비롯한 것으로, 대개 엘리트 군사 학교를 가리킨다. 원래 예니체리는 오스만 제국에서 황제 경호원이 되도록 엄격하게 훈련받은 냉혹한 군인들이었다.

38 타데우시 크론스키(1907~1958)는 철학자이자 철학사학자다. 바르샤바대학교에서 타타르키에비치와 코타르빈스키에게 배웠고, 프라하에서도 공부했다. 폴란드에서 손꼽히는 스탈린주의자였고, 코와코프스키와 브로니스와프 바치코, 크시슈토프 포미안이 이끈 바르샤바 학파의 사상을 낳은 정신적 아버지로 본다.

39 AUW-바우만의 교직원 파일-현역 복무 종료 증명서, 1953. 3. 27.-신입 교직원 소개용.

40 AUW-바우만의 교직원 파일-채용 요청서, 1953. 1. 21.

41 마레크 프리트스한트는 바우만보다 열두 살 많은 마르크스주의 철학자이자 윤리학 전문가로, 2차 세계대전 때는 코시치우슈코 사단에서 정치 장교로 복무했다.

42 "많은 대학의 법학부와 경제학부에서 강사가 부족한 탓에 사회학 강좌를 열지 못했다."

(Kraśko, 1996, 126)

43 AUW-바우만의 교직원 파일-바르샤바대학교 인사처가 폴란드학술원에 보낸 서한-L.Dz.I29/K/54 (1954. 4. 15.).

44 AUW-바우만의 교직원 파일-이력서, 1953. 1. 23.

45 샤프는 저서 『요약을 시도하다(Próba podsumowania)』(1999) 7장에서 폴란드의 반유대주의를 다뤘다.

46 AUW-바우만의 교직원 파일-학문 연구 이력서, 1965.

47 시험 과정에서 약간 어려움을 겪었지만, 코와코프스키는 스피노자를 주제로 박사 학위를 받았다. 타데우시 크론스키와 마리아 오소프스카가 학위 승인을 보고했다.

48 이 제목은 바우만이 1965년에 작성한 학문 연구 이력서에 적혀 있는 것이다. 이와 달리 사회학연구소의 웹사이트에는 「리케르트와 빈델반트의 자연과학과 사회과학」이라는 제목이 올라 있다. 하지만 제목 뒤에 물음표가 달려, 확인되지 않은 정보라는 뜻을 내비친다. 어떤 제목이 맞든 연구 영역은 같다.

49 얀 레고비치(1909~1992)는 철학자이자 철학사학자로, 중세 및 고대 철학 전문가였다. 르부프와 프라이부르크에서 공부했다.

50 AUW-바우만의 교직원 파일-학위 심사위원회 보고서, 1954. 6. 25.

51 AUW-바우만의 교직원 파일-바르샤바대학교 인사처가 폴란드학술원에 보낸 편지-L.Dz.I29/K/54 (1954. 4. 15.).

52 당 서류철에 포함된 문서에는 이렇게 적혀 있다. "바우만은 1953~1954년에 당 소조직 집행부에 속했다. 올해[1955년]에는 변증법적·역사적 유물론 학과에서 당 조직을 꾸리는 임무를 맡았다." (APW-KW PZPR-개인 파일-Bauman 16 421 (3183)).

53 바르바라 샤츠카, 예지 샤츠키와 나눈 인터뷰, 2016년, 바르샤바.

54 특정 집단들이 이런 생각을 품었다. 2차 세계대전 전까지 독립 국가였던 폴란드는 1944년 뒤로 소련에 통제받았다. 전쟁으로 경제가 파탄 났지만, 미국의 서유럽 부흥 정책인 마셜 플랜은 그림의 떡이었다. 서독의 경제 건전성과 산업이 날로 향상하자, 폴란드인들 사이에 역사가 부당하게 흐른다는 분노가 들끓었다. 하지만 당국이 승리를 주장하고 소련에 우호적이라, 이런 견해를 사람들 앞에서 말하는 것은 그야말로 간이 배 밖에 나온 행동이었다.

55 자세한 이야기는 Gdula(2017)를 참고하라.

56 "호흐펠트는 자신이 좋아하는 사회학자 카지미에시 켈레스-크라우스를 언급하며 '열린 마르크스주의'를 사용했다. 내가 보기에 열린 마르크스주의의 기본 구성 요소는 세 가지다. 첫째, 마르크스주의가 내세우는 모든 주장을 제도권의 권위를 토대로 채택한 종교 교리 같은 이념이 아니라 입증할 수 있는 학문적 논제로 다뤘다. 당시 마르크스-레닌주의는 물론이고 훨씬 앞서 제2인터내셔널이 내세운 마르크스주의도 종교 교리에 가까운 모습을 보였다. 오늘날 에두아르트 베른슈타인(Eduard Bernstein)의 수정주의

에 비판이 이는 것을 참고하라. 둘째, '마르크스주의' 사회학과 '부르주아' 사회학을 엄격히 구분하기를 거부했듯이, 학문적 검증을 견딜 마르크스주의 사상의 범주를 벗어난 발견과 주장도 기꺼이 수용했다. 셋째, 새로운 사실을 바탕으로 마르크스주의 이론을 기꺼이 개선하고 수정했다. 따라서 무엇보다도 실증적 사회주의 연구를 수행할 필요를 뒷받침했다. 그런 연구는 마르크스주의도 비마르크스주의도 아니었다. … 호흐펠트가 열린 마르크스주의를 주장한 까닭은 새로운 사회 현상에서 얻은 지식으로 이론을 탄탄하게 다질 필요를 인식해서였다." (Wiatr, 2017a, 18~19)

57 켈레스-크라우스와 열린 마르크스주의는 Snyder(1997)를 참고하라.

58 J. Hochfeld, 'Rewizje i tradycje', *Przegląd Kulturalny* 15, 1957; Hochfeld, 'Kelles-Krauza marksizm otwarty', *Nowa Kultura* 48, 1957.

59 매버릭은 관습에 얽매이지 않는 사람을 가리킨다. 가축에 낙인을 찍지 않았던 텍사스 목장주 사무엘 A. 매버릭(Samuel A. Maverick, 1803~1870)의 이름에서 따온 말이다. (https://www.collinsdictionary.com/dictionary/english/maverick) 사회학에서 매버릭의 범주는 Becker(1982, 233~246)를 참고하라.

60 1926년 5월생으로 바우만보다 6개월 어린 얀 유제프 립스키는 작가이자 비평가, 문학사가, 반체제 인사였다.

61 구출 임무에서 스트셸레츠키는 거리 청소부로 행세해 게토에 드나들었다. 정부 웹사이트에 올라 있는 폴란드 학자들의 이력서를 참고하라. https://www.ipsb.nina.gov.pl/a/biografia/jan-strzelecki-socjolog.

62 Grochowska(2014) 4장을 참고하라. 입이 무겁고 겸손한 스트셸레츠키의 인생사는 폴란드 지식인이 자유가 제한된 상황에서 어떻게 활동했는지를 폭넓게 보여준다. 사상사 연구가이자 우치에서 스트셸레츠키의 동료였던 안제이 발리츠키는 스트셸레츠키와 코와코프스키가 속했던 단체 '생명'에서 코와코프스키는 두려움을 일으켰지만, 스트셸레츠키는 "조직원 이상의 사람"으로 신뢰받았다고 회고했다. 그런데 코와코프스키와 가까운 사람들은 코와코프스키가 당을 향한 무한한 헌신 때문에 "정당한 이유에서" 사람들을 비난한다고 믿었다. (Grochowska, 2014, 170) 폴란드어 자료는 http://lewicowo.pl/o-socjalistycznym-humanizmie/를 참고하라.

63 사회학연구소 공식 웹사이트에 따르면 1954년에 심사를 통과한 석사 논문은 샤프가 지도한 알렉산드라 야신스카의 「자연과 사회의 객관성」, 알빈 카니아의 「시골에서 벌어지는 계급 투쟁과 정당 정치의 현 단계」, 호흐펠트가 지도한 브워지미에시 베소워프스키의 「'노동자의 기억'에 비춰본 폴란드 노동자의 의식 생성에서 당과 마르크스-레닌주의 이념의 역할」, 예지 비아트르의 「'노동자의 기억'에 비춰본 1·2차 세계대전 사이 폴란드 자본주의의 도덕적 권위 실추」였다.

64 프란츠 보르케나우(1900~1957)는 오스트리아의 학자이자 작가로, 마르크스주의와 정신 분석을 연결해 연구했다. 프랑크푸르트 사회연구소에서 일하다 1933년부터 나치

의 반유대주의 탄압을 피해 파리, 파나마, 런던에서 살았다. 2차 세계대전이 끝나자 다시 독일 마르부르크로 돌아간 뒤 반공산주의를 거침없이 드러냈다. 그러므로 전후 폴란드에서 보르케나우의 저술을 독서 목록에 포함하는 것은 그야말로 간 큰 행동이었다.

65 얀 스트셸레츠키의 전기에서 한 장의 제목이 '재갈이 물린'이다. (Grochowska, 2014, 325)

66 예컨대 바우만과 비아트르가 논문 두 편을 함께 집필했다.

67 스탈린주의 시절 바르샤바의 실상을 보여주는 자료는 보리스 란코시(Borys Lankosz) 감독의 영화 〈반전(Rewers)〉(2009)을 참고하라.

68 다른 소련권 국가에 견줘 폴란드 대학에서는 스탈린주의가 심하지 않았다. 1950년대에 마르크스주의 학문을 도입했지만, 예컨대 후천적 형질이 유전한다는 트로핌 리센코(Trofim Lysénko)의 학설은 바르샤바대학교에서 딱 1년만 가르쳤을 뿐이고, 그해에도 학생들이 지하 수업에서 '부르주아' 유전학을 배울 수 있었다. (William Dejong-Lambert 2012)를 참고하라.

69 1954년에 《철학 사상》에 실은 것으로, 마르크스의 『정치경제학 비판』 폴란드어판을 다뤘다. Marksa "Przyczynek do krytyki ekonomii politycznej". W związku z nowym polskim wydaniem, *Myśl Filozoficzna*, 2, 1954, 157~187.

70 다른 학과와 교육기관의 운영자들은 두려움에서든 기회주의에서든 진정한 믿음에서든 스탈린주의를 실현하는 데 깊이 참여했다.

71 1989년 뒤로도 학자들은 고용을 보장받지 못한 채 국가에서 변변찮은 월급을 받았다.

72 AUW-바우만의 교직원 파일-1953. 2. 15. No. A/Ⅱ/463/52.

73 AUW-바우만의 교직원 파일-1953. 2. 24. No. N/Ⅱ/593/513. 이것은 모든 강사진이 서명한 표준 문서였다. 교수들은 대체로 강의 시간이 더 적었다.

74 AUW-바우만의 교직원 파일-1953. 4. 20. No. N/Ⅱ/1177/19/52.

75 이 문서에는 바르샤바대학교 행정처장 이레나 쿠로바가 서명했다. AUW-교직원 파일.

76 1954년 10월 26일, 바르샤바대학교 부총장이 고등교육부에 서신을 보내, 상근직을 하나 더 만드는 방안을 허가해달라고 요청한다. AUW - 교직원 파일.

77 폴란드연합노동자당 중앙당 학교 문서. APW-KW PZPR-개인 파일-Bauman 16 421 (3183). Puławski(2009, 2018)도 참고하라.

78 야니나는 자신이 그해 지그문트의 생일을 깜빡한 바람에 지그문트가 슬퍼했다고 적었다. 두 사람은 11월 19일을 아무런 행사 없이 보냈다. (J. Bauman, 1988, 121)

79 전후 폴란드에서는 스탈린식 사회주의와 폴란드식 사회주의가 끝없이 힘을 겨뤘다. 폴란드노동자당이 폴란드사회당과 합당해 폴란드연합노동자당을 만든 뒤로는 스탈린주의자들이 득세해, 볼레스와프 비에루트가 정부를 이끌었다. 이와 달리 폴란드식 사회주의를 대표한 브와디스와프 고무우카는 권력을 잃고, 1951년에는 투옥되어 악명 높

은 군사정보공안10부에서 고문당했다.

80 이 절에서 제시하는 정보는 대부분 모젤레프스키와 베르블란의 훌륭한 대담집에 나온 분석에 힘입어 완성되었다. (Modzelewski & Werblan, 2017)

81 2016년 인터뷰에서 바르바라 샤츠카는 "지그문트가 갓난쟁이 쌍둥이를 키우는 상황이 고단하노라 하소연"했다고 회고했다.

82 소련 공산당의 새 정책은 국가와 당의 통제를 풀고, 스탈린 지지자들을 주류에서 몰아내 처벌하는 쪽으로 바뀌었다. 스탈린의 범죄를 인정하지 않은 알바니아 같은 곳은 예외였지만, 공산권 국가 곳곳이 새 방향을 둘러싼 분열로 동요했다. 그러므로 연설회 당일에는 외빈 참석이 금지되었다. 20차 전당대회는 '국내' 모임이었다.

83 흐루쇼프는 곧장 피해자 구제에 들어가, 정치범을 사면하고 굴라크 강제 노동형 수감자들을 석방했다. '스탈린주의에 희생된 피해자의 명예를 되살리는' 사후 조처를 포함해, 여러 피해자가 '복권'되었다. 여기에는 1938년에 스탈린의 명령에 따라 해산된 폴란드공산당처럼 난폭하게 청산된 단체들이 포함되었다.

84 비에루트의 쇠약한 건강 상태를 비밀에 부쳤던 탓에 급사라는 인식이 더 깊어졌을 것이다.

85 인터뷰에서 사람들은 하나같이 알렉산드라가 겸손하고 도움을 베푸는 사람이라고 입을 모았다. 아버지의 성을 따르지 않았으므로, 많은 학생은 물론이고 당원들조차 알렉산드라가 대통령의 딸인 줄 몰랐다.

86 켐프-벨흐는 농담조로, 서구 첩보 기관들이 연설문에 100만 달러나 썼다며, 바르샤바에서 샀다면 훨씬 싸게 먹혔을 것이라고 적었다. (Kemp-Welch, 1996, 189)

87 2007년 11월 17일에 《인디펜던트》에 실린 크라쿠프 출신 언론인이자 첩자 빅터 스필먼(비츠토르 아브라모비흐 그라이에브스키)의 부고에 따르면, 이 사람이 이스라엘 첩보 기관을 거쳐 CIA에 연설문을 보냈다. 스필먼은 1956년 4월 폴란드연합노동자당 바르샤바 중앙위원회 사무실에서 일하는 여자친구를 방문했다가 인쇄된 번역본을 봤고, 여자친구를 설득해 연설문을 빌렸다. 그리고 이 문서를 이스라엘 첩보 기관 신베트에서 일하는 야코프 바모르에게 건넸고, 신베트가 다시 CIA에 건넸다. (www.independent.co.uk/news/obituaries/viktor-grayevsky-400700.html#r3z-addoor) 하지만 베르블란은 이 이야기에 의구심을 드러낸다. 폴란드어 번역본을 CIA가 번역한 '공식 사본'과 비교해보니, CIA가 러시아어 원본으로 번역했다고 봐야 할 차이점이 있었다. 베르블란은 흐루쇼프가 연설문이 서구의 손에 들어가기를 바랐을뿐더러, 방대한 정보망을 거느린 CIA가 어떻게든 연설문을 손에 넣을 것을 예견했다고 설명했다. (Modzelewski & Werblan, 2017, 102~103)

88 1930년대에 스탈린이 혁명 기금을 마련하고자 곡창지대인 우크라이나 거주자 약 500만 명을 일부러 죽음으로 내몬 소련 대기근을 가리킨다. 더 자세한 내용은 Applebaum(2018)을 참고하라.

89 미국이 내보내는 반공 라디오 방송이다. 하지만 폴란드에서 가장 많이 들은 반공 라디오 방송은 자유유럽방송이었다. 물론 둘 다 청취 금지 대상이었다.

90 토마시 크바시니에프스키, 「바우만 — 나는 매혹되었다」, 《가제타 비보르차》, 2013. 6. 28.

91 더 자세한 내용은 Jedlicki(1963)를 참고하라.

92 이 마지막 단계는 21세기에 다양한 고등교육 개편 방안 중 하나로 없어졌다. 따라서 이 장에서 설명하는 박사 학위 취득 과정은 1950년대 말에 박사 과정을 밟은 사람들의 이야기다.

93 AAN-고등교육부-2860. 지그문트 바우만 개인 서류철. 박사 학위 심사 개시와 관련한 호흐펠트의 의견. 바우만의 박사 학위 논문과 관련한 모든 정보와 관련 서류가 이 서류철에 들어 있다.

94 카를 마르크스의 장례식에서 엥겔스가 읽은 추도사. https://www.marxists.org/archive/marx/works/1886/ludwig-feuerbach/ch04.htm.

95 AAN-고등교육부-2860.

96 바르샤바대학교 사회연구원 공식 웹사이트에 올라 있는 박사 논문 제목은 조금 다른 「영국 노동당의 정치 프로그램(Program polityczny Brytyjskiej Partii Pracy)」이다. https://www.is.uw.edu.pl/pl/instytut/o-instytucie#dorobek.

97 AAN-고등교육부-2860-의견서-'마레크 프리트스한트'가 서명한 수기 문서.

98 AAN-고등교육부-2860. 1956년 6월 20일 표결 보고서. 전체 공개 심사 의식(심사 소개, 바우만의 논문 발표, 검토자들의 검토 의견 발표, 공개 토론, 비공개 논의와 표결, 승격)과 관련한 보고서는 이틀 뒤인 1956년 6월 22일에 서명되었다.

99 AAN-고등교육부-2860, CK-I-3a/135/56/7.

100 AAN-고등교육부-2860, CK-I-3a/135/56.

101 AAN-고등교육부-2860-의견서-'마레크 프리트스한트'가 서명한 수기 문서.

102 "변화를 촉구하는 투쟁에 활발히 나선 사람들은 체포되지 않도록 밤에 집에 머물지 말라는 경고를 받았다." (J. Bauman, 1988, 127)

103 베르블란에 따르면, 중국이 반대 의사를 드러내 무력 개입을 취소하라고 소련을 설득했다. (Modzelewski & Werblan, 2017)

104 이스라엘 비자를 받은 5만 1,000명 가운데 8,000명이 다른 나라에 정착했다. 이 숫자는 소련에서 귀환한 1만 4,000명을 포함한다. Stola(2017, 117)를 참고하라.

105 같은 해 바우만의 친구인 마리아 히르쇼비치도 호흐펠트의 지도로 준비한 박사 학위 심사를 통과했다. 히르쇼비치의 학위 논문 제목은 「현대 자본주의에서 초강대국들의 모순 연구」였다. 호흐펠트파는 지식뿐 아니라 교육기관에서도 정말로 영향력이 세졌다.

106 "이 밖에도 공영화에 맞선 토지 균등 분배 정책, 식료품 산업 집중, 교회와 관계 개선 조

처가 있었다. 이 모든 결정으로, 폴란드는 다른 공산 국가와 많이 다른 상황을 맞았다." (Łabędź, 1959)

107 1956년 10월 이후 폴란드 사회학의 부흥은 Łabędź(1959)를 참고하라.

108 Antoni Sułek, *Socjologia na Uniwersytecie Warszawskim*, 2007, 210~217.

109 A. Schaff, 'Polska na Ⅲ Międzynarodowym Kongresie Socjologicznym', *Nauka Polska*, 4, 1956, 217~223.

110 A. Schaff, *Aktualne zagadnienia polityki kulturalnej w dziedzinie filozofii i socjologii* (Państwowe Wydawnictwo Naukowe (PWN) Warszawa), 1956, 41, 44~45.

111 야니나 바우만이 『소속을 꿈꾸다』(J. Bauman, 1988, 115)에서 지그문트 바우만의 수정주의 활동을 언급했을 때 틀림없이 이 잡지를 염두에 뒀을 것이다.

112 Z. Bauman, M. Hirszowicz, W. Wesołowski & J. Wiatr, 'Wczoraj i jutro naszej socjologii', *Nowa Kultura*, 46, 1956.

113 "바우만은 굳이 원인을 조사하지 않아도 스탈린주의가 마르크스주의의 정수를 파괴했다는 것을 알 수 있다고 적었다. '스탈린주의는 사회적 인간을 철학의 시작점에서 배제하고, 사회적 인간이 사회-자연 환경과 맺는 관계를 철학의 주제에서 배제했다. 또 같은 이유로, 마르크스주의 철학에 깊이 뿌리박힌 혁명적 인본주의를 질식시켰다.'[n.20, 134-from Bauman, 'O przezwyciężenie dezintegracji filozofii marksistowskiej,' *Myśl filozodiczna* 6, 26, 1956] ⋯ 바우만은 또 다른 사회학자 예지 비아트르와 함께 쓴 글에서도 마르크스주의 철학의 내용을 논했다. 글에서 두 사람은 특히 현대 사회학과 마르크스주의의 관계를 논했다. [n.21-Jerzy K. Wiatr & Zygmunt Bauman, 'Marksizm i socjologia współczesna', *Myśl filozoficzna* 1, 1957]. 먼저 '계층에 근거한, 사회 현실의 왜곡된 반영'으로서 '이념'의 범주를 논했다. [n.22, 3, n.1] ⋯ 그런데 여기에서 이들은 전통 마르크스주의의 접근법으로 도출한 것과 반대인 결론을 끌어냈다. 프롤레타리아가 무엇을 주장하기 때문에 그것이 진실이라고 말하기보다, 프롤레타리아의 견해를 검증과 반박의 기준에 맞춰 철저하게 조사해야 한다고 주장했다. 위에서 정의한 의미로 볼 때, 프롤레타리아가 현실을 파악하기에 완벽한 사회적 위치에 있다고 해서 이들이 이념에 굴복하지 않는다는 뜻은 아니다. [n.23, 6] ⋯ 프롤레타리아의 '이념'이 '학문'이 되는 이상을 말할 때, 비아트르와 바우만은 현실의 '왜곡된 반영'으로 정의한 이념에서 벗어난다. 이들은 용어를 새 맥락에 한정하지만, 정의를 바꾸는 듯하다. 여기에서 프롤레타리아의 '이념'은 서로 충돌하는 두 의미를 지닌다." (Satterwhite, 1992, 20~22)

114 토마시 크바시니에프스키, 「무지와 무능(Ignoranci i impotenci)」, 《가제타 비보르차》, 2010. 11. 21. https://wyborcza.pl/duzyformat/7,127290,8683542,ignoranci-i-impotenci.html

9장

1 1957년에는 '박사 후 연구원'이라는 용어를 쓰지 않고, '박사 후에'라고만 표현했다.

2 https://www.fordfoundation.org/media/2418/1957-annual-report.pdf, 42.

3 더 자세한 내용은 Czernecki(2013)를 참고하라.

4 1980년대 후반까지도 이런 관행이 이어졌다. 절차가 덜 엄격하기는 했지만, 내가 1985년과 1986년에 프랑스, 서베를린, 이탈리아에서 여름 학기를 들을 때도 여전히 정보국에 들러야 했다. 1989년 민주화 뒤로는 법규가 바뀌어, 이제는 여권을 집에 보관한다.

5 20세기 말과 달리, 종전 직후 폴란드에서는 영어가 그다지 인기가 없었다. 폴란드 사람들은 대체로 러시아어(1990년대까지 필수 과목이었다), 독일어, 프랑스어를 배웠다.

6 밀스가 바우만에게 보낸 편지들은 바우만의 가족이 리즈의 바우만 기록물 보관소에 이관했다.

7 "헝가리 혁명은 1956년에 헝가리에서 일어난 민중 봉기다. … 새로 얻은 토론과 비판의 자유에 힘입어, 헝가리에서 커지던 사회 불안과 불만이 1956년 10월에 활발한 투쟁으로 터져 나왔다. 혁명의 첫 단계에서는 저항 세력이 승리해, 수상 자리에 오른 너지 임레(Nagy Imre)가 다당제를 도입하기로 동의했다. 1956년 11월 1일, 너지는 헝가리의 중립을 선언했다. … 하지만 이 봉기는 소련군의 침공으로 피비린내 속에 중단되었다." https://www.britannica.com/event/Hungarian-Revolution-1956.

8 Ralph Miliband, 'C. Wright Mills', *New Left Review*, 1, 15, May-June 1962: https://newleftreview.org/I/15/ralph-miliband-c-wright-mills. 밀리반드는 샤프와 코와코프스키는 언급하면서도, 호흐펠트나 바우만은 전혀 입에 올리지 않았다.

9 1916년에 텍사스에서 태어난 밀스는 텍사스대학교 오스틴 캠퍼스에서 사회학으로 학사 학위를, 철학으로 석사 학위를 받은 뒤 다시 사회학으로 돌아가, 1942년에 위스콘신대학교 매디슨 캠퍼스에서 박사 학위를 마쳤다. 메릴랜드대학교에서 강연하며 《뉴리퍼블릭》,《뉴리더》 같은 좌파 잡지에 맹렬하게 글을 쓰다, 1945년에 뉴욕시로 옮겨 컬럼비아대학교에서 마침내 정교수가 되었다. 안식년에 소련과 유럽의 여러 나라를 방문했고, 1962년에 심장 마비로 숨졌다.

10 Tariq Ali, Tariq Ali on fierce socialist Ralph Miliband: 'There was music in his delivery', *The Guardian*, 2015. 2. 22., https://www.theguardian.com/politics/2015/feb/22/tariq-ali-fierce-socialist-ralph-miliband-music-delivery.

11 랄프 밀리반드의 일대기는 리프먼-밀리반드 신탁의 글을 바탕으로 삼았다. http://www.lipman-miliband.org.uk/pdfs/RalphMilibandfullbiog.pdf.

12 2장 주석 4번을 참고하라.

13 바우만은 2010년에 크바시니에프스키와 나눈 인터뷰에서는 런던에 열 달 동안 머물렀다고 말했다. 귀국 시기는 서류에 따라 7월과 8월로 다르게 적혀 있다.

14 1957년 포드 재단 보고서에 따르면, 영국문화원은 영국과 폴란드의 학술 교류 비용으로 2만 5,000달러를 운용했다. https://www.fordfoundation.org/media/2418/1957-annual-report.pdf 42쪽을 참고하라.

15 야니나의 자서전에는 38.5파운드로 적혀 있다. 야니나의 책은 1988년에 나왔고 지그문트가 이 말을 한 때는 22년 뒤인 2010년 어느 인터뷰라 시차가 있는 데다, 폴란드 사람들이 숫자를 어림잡아 말하는 버릇이 있어서 차이가 난 것으로 보인다.

16 토마시 크바시니에프스키, 「무지와 무능」, 《가제타 비보르차》, 2010. 11. 21.

17 20세기 후반에서 21세기까지 폴란드 출신 박사 후 연구원들의 경험을 연구한 결론, Wagner(2011).

18 토마시 크바시니에프스키, 「무지와 무능」, 《가제타 비보르차》, 2010. 11. 21.

19 2010년에 하버드대학교에서 박사 후 연구원들 사이에 유행한 말로, 연구에 집중하는 이들의 모습을 잘 묘사했다. (보스턴 지역의 연구 기관 주변에 몰려 있는 작고 비싼 방들이 이들의 생활 방식을 보여준다.)

20 AAN-고등교육부-바르샤바대학교 81/5-개인 서류철-지그문트 바우만.

21 말만 그런 것이 아니었다. 런던에서 바우만의 연구 생산성이 얼마나 높았는지는 『계급, 운동, 엘리트 ― 영국 노동운동사의 사회학적 연구』의 질로 확인된다. 책은 나중에 영어로도 번역되어 출판되었다. *Between Class and Elite: The Evolution of the British Labour Movement. A Sociological Study* (Bauman, 1972)

22 토마시 크바시니에프스키, 「무지와 무능」, 《가제타 비보르차》, 2010. 11. 21.

23 Czernecki(2013, 299)에서 인용한 'Report on Ford Foundation Scholars.' FFA, R530, G57-321.

24 교수 임용 자격을 얻는 절차는 나라마다 다르다. 이를테면 프랑스에서는 교수 임용 자격을 얻은 다음에 책을 출간한다. 따라서 원고를 심사 자료로 제출하고, 검토와 시험 뒤에 수정된 원고를 출간한다.

25 폴란드에서 학업 과정이 세계화되고 교수 임용 자격 심사가 없는 영국식 고등교육이 발전하자, 봉건적이고 복잡한 서열 체계를 없애 학계를 '더 민주화'하자는 요구가 더러 나왔다. 1950년대 후반에는 소련 학계를 모방했던 개혁을 폐지하라는 요구도 있었다. 이런 논의에 따라 규정이 자주 바뀌었으므로, 1960년대 초반에 폴란드 학자 대다수가 바뀐 규정이 자신의 경력에 어떤 영향을 미칠지를 전혀 짐작하지 못했다.

26 바우만의 교수 임용 자격 심사와 관련해 언급하는 모든 문서는 AAN-고등교육부-바르샤바대학교 46-개인 서류철-지그문트 바우만에서 가져왔다.

27 고등교육부 장관에게 보낸 공식 서한의 2쪽짜리 초안.

28 1960년 12월 5일 작성된 2쪽짜리 「출판물 목록」.

29 이 정보를 알려준 사회학자 다리우시 브제진스키에게 고마움을 전한다.

30 오늘날 학계 기준으로 보면 이 책은 사회학자, 인간관계 연구자, 경영대학원 학생 등을

위한 교훈서다. 글에서 언급한 범주는 고등교육부가 제시했지만, 범주별 연구의 속성
은 바우만이 직접 분류했다.

31 바우만은 동료들보다 강의를 조금 더 많이 맡았다. 호흐펠트가 서명한 공식 문서에 따
르면 호흐펠트는 연간 150시간을 강의했고, 바우만은 120시간을 강의했다. 동료인 마
리아 히르쇼비치는 90시간, 시몬 호다크는 60시간을 강의했다. 박사 과정 학생이던 얀
코프스카, 야신스카-카니아, 베소워프스키도 한 학년에 120시간을 강의했다.

32 AAN-고등교육부-바르샤바대학교 46-2쪽짜리 「학술 이력서」, 1965. 6. 30., 2.

33 이는 나중에 바르샤바대학교에서 박사 학위 갱신 형태로 명예 학위를 수여하려 했을
때 일어난 복잡한 이야기에도 영향을 미쳤을 것이다. 바우만은 명예 학위를 거부당했
다. 바르샤바대학교에는 지금도 바우만에게 반감을 느끼는 사람이 많다. 13장을 참고
하라.

34 1964~1968년에 사회학연구소에서 공부한 바르바라 토룬치크는 1963년부터 눈에 띄
는 반체제 인사였고, 1968년에 '반국가 활동'으로 2년 형을 선고받았다. 1980년에 프랑
스에 이민해 계간 문예지 《문학 노트》를 창간했다. 아버지 헨리크 토룬치크 대령은 야
니나의 친척인 레온 프워츠키에르의 친구로, 1947년에 결혼을 앞둔 야니나가 "선량한
시민"이라고 보증하는 서류에 서명한 사람이다. (5장을 참고하라.) 이 이야기를 들려주
고 책에 싣도록 허락해준 바르바라 토룬치크에게 고마움을 전한다.

35 AIPN BU 0 1224/1505 '지그문트 바우만 부교수 관련 보고'-'헨리크'.

36 3+은 중간 성적이었다. 2는 부족, 3은 충분, 4는 우수, 5는 매우 우수를 뜻했다. 원래 물
리학을 전공하던 그로스는 물리학이 "너무 어려워 사회학으로 전과"했다. 처음에는 입
학시험을 치렀지만 떨어졌고, 집안의 연줄을 이용해 전과했다. 당시에는 사회학이 매
우 인기 있는 학과라, 비공식적 도움을 받아야만 전과할 수 있었다.

37 바우만이 1964년에 당 산하 사회과학고등교육원을 떠났지만, 박사 과정 지도자가 근
무하던 기관을 그만두더라도 논문은 대개 계속 지도했으므로 사회과학고등교육원 박
사 과정 학생들을 계속 지도했다.

38 AAN-고등교육부-바르샤바대학교 46-「박사 논문 지도 목록」, 1965. 6. 30.

39 같은 문서.

40 AAN-고등교육부-바르샤바대학교 46-2쪽짜리 「학술 이력서」, 1965. 6. 30., 2.

41 오스카르 란게는 폴란드의 유명한 경제학자로, 여기서 샤츠키가 언급한 책은 란게가
1963년에 펴낸 『사이버네틱스 관점에서 본 전체와 발전(Calosc i rozwoj w swietle
cybernetyki)』이다. 바우만은 아마 노버트 위너(Norbert Wiener)가 쓴 『사이버네틱
스 ─ 동물과 기계의 통제와 소통(Cybernetics: Or Control and Communication in the
Animal and the Machine)』(1948)이나 『인간의 인간적 활용』(1950)(텍스트, 2011)도
읽었을 것이다. 1963년에는 러시아계 미국인 바실리 레온티예프(Wassily Leontief)가
경제 사이버네틱스를 다룬 책 『미국 경제의 구조 연구(Studies in the Structure of the

American Economy)』가 폴란드에서 출간되었다. 사이버네틱스는 1950년대 후반과 1960년대 초반에 일부 사회과학자의 관심을 사로잡아 국제회의를 달군 '뜨거운 감자' 였다.

42 바르바라 샤츠카, 예지 샤츠키와 나눈 인터뷰, 2015. 8., 바르샤바 자택.

43 AAN-고등교육부-바르샤바대학교 46-1965년 6월 30일 작성된 12쪽짜리 문서 4~7. 정치 관계 사회학 연구에서 바우만의 가장 중요한 저술은 『마르크스주의 사회론 개요』 라는 577쪽짜리 입문서로, 처음으로 마르크스주의 사회론의 체계를 잡은 책이다. 방법론 문제와 사회학의 사회학 연구, 그중에서도 사회학의 사회학 연구에서 가장 중요한 저술은 『인간 세계의 광경』으로, 거듭 증보판을 찍었고 여러 나라에서 번역되었다.

44 바우만이 1965년 6월 30일에 작성한 학술 이력서에 따르면 다른 여러 사회학 학술지 에서도 편집자를 맡았다. 같은 문서.

45 가장 자세한 여행 목록은 첩보 기관들이 1968년 4월 1일에 공들여 작성한 것이다. AIPN BU 0 1224/1505-'업무 보고', 1968. 4. 1.

46 같은 문서. 이 문서에는 날짜가 몇 군데 틀리게 적혀 있다. 1959년 세계사회학대회 출 장을 4월 베니스로 기록하지만, 실제로는 9월 스트레사였다. 어쩌면 출장 기간이 아니 라 여권 요청일을 가리킨 것일지도 모르겠다.

47 AIPN BU 0 1224/1505. 다르게 설명하는 출처도 있다. 공식 문서의 날짜를 모두 확인 하지는 못했다.

48 AIPN BU 0 1224/1505-'보고, 기밀', 1968. 3. 15. 이 문서에는 오류가 많다. 1957년에 바우만이 런던에 머문 기간을 아홉 달이 아닌 열다섯 달로 기록하고, 1964년과 1966년 두 번에 걸쳐 바우만이 미국 시러큐스대학교의 하계 강좌에서 강의했다고 보고하지만, 1964년 방문 때는 세미나에 참석했고 실제로 하계 강좌에서 강의한 것은 1966년 한 번 뿐이었다. 맨체스터대학교에서 객원교수로 지낸 기간도 틀리게 적혀 있다.

49 리즈의 바우만 기록물 보관소-맨체스터대학교 피터 워슬리 교수가 1966년 1월 25일 작성한 서신. 워슬리는 이전에 객원교수였던 오소프스키와 다른 소련 학자가 아무 문 제 없이 취업 비자를 받았는데 바우만의 비자가 늦어지자 깜짝 놀랐다.

50 AIPN BU 0 1224/1505-'업무 보고', 1968. 4. 1.

51 AIPN BU 0 1224/1505-"문서 사무국 — 내무3부 4과 과장 'C'-1966년 8월 3일 ~ 9월 10일 고등교육부 대표로 미국 출장, 1966년 9월 4일부터 고등교육부 공식 대표로 8일 동안 프랑스로 출국." 프랑스 출국 날짜는 공안 문서에서 흔히 나타나는 오류로 보인다.

52 이 서신들은 리즈대학교 기록물 보관소에 보관되어 있다. 리즈대학교 사회학자 잭 파 머와 객원 연구원 다리우시 브제진스키가 처음으로 바우만의 서신을 분석하고 있다. 앞으로 사회학 역사가들은 바우만의 국제 활동을 신중하게 읽고 분석한 연구를 많이 마주할 것이다.

53 여기서 언급한 기관명은 편지를 보낸 시기에 학자들이 속했던 곳이다. 바우만이 폴란

드를 떠난 뒤 검열 없이 해외의 폴란드 학자들과 주고받은 서신은 나중에 다루겠다.

54 뉴욕주 시러큐스대학교가 운영하는 미노브룩 회의장은 도시에서 멀리 떨어진 숲 한가운데, 호수 가까이 있다. 바우만이 이곳을 따분하게 그린 까닭도 그래서일 것이다.

55 "아버지는 종교 관행을 따르기는커녕 평생 관행에서 벗어난 정신세계에서 사셨다네. 종교 의식에서 얻지 못한 것을 교양에서 얻으셨다는 뜻이지. 회당에는 일 년에 딱 하루, 속죄일에만 가셨어. 그날은 금식을 지키셨지. (그런데 거의 평생, 금식하지 않더라도 굶기를 밥 먹듯이 하셨다네.) … 일찌감치 세속적 시온주의자가 되어 평생을 그렇게 사셨네. 정확히 말하면 시온주의가 아버지의 종교였어." 2016년에 바우만이 키스 테스터에게 보낸 편지.

56 「마르크스주의 사회론 개요」, http://classiques.uqac.ca/contemporains/Bauman_zygmunt/essai_theorie_marxiste_de_la_societe/essai_theorie_marxiste_de_la_societe_texte.html. 이 글은 지그문트 바우만이 같은 제목으로 펴낸 책의 첫 장이다.

57 율리안 호흐펠트가 1966년 3월에 맨체스터에 있는 지그문트 바우만에게 보낸 편지. 리즈의 바우만 기록물 보관소.

58 '하인'이라는 용어는 전쟁 전에 쓰던 단어로, 특히 사회주의 사회학자가 쓰기에는 '정치적으로 바람직하지 않게' 들린다. 하지만 1966년에는 흔히 쓰는 더 정중한 용어가 없었다.

59 바우만의 딸들과 나눈 인터뷰, 2019년.

60 야니나는 책 『소속을 꿈꾸다』에서 자신의 경력을 단계별로 자세히 다뤄, 전후 폴란드에서 국가가 주도한 영화 산업의 뒷이야기를 흥미진진하게 들려준다.

10장

1 '국가의 기억'이라는 용어는 여러 글과 학술 토론의 주제다. 2019년에 폴란드학술원의 콘라트 마티야셰크가 펴낸 책(Matyjaszek, 2019)이 이 주제를 유용하게 소개한다.

2 1968년 3월 시위로 막을 내린 염탐 과정을 주로 공안부 문서에 의존해 해박하게 다룬 책으로는 Friszke(2010)와 Eisler(2006)가 있다.

3 예컨대 국외여행은 내무부 내무3부 4과가 담당했다. 각 부서가 작성한 염탐 기록은 여러 부씩 복사해 여러 첩보 기관에 배포했다.

4 리즈의 바우만 기록물 보관소.

5 https://inwentarz.ipn.gov.pl/archivalCollection?id_a=2033&id_pz=9808&id_s=10366&id_ps=17872.

6 《문화》는 작가 예지 기에드로이츠(Jerzy Giedroyc)가 1946년에 로마에 세운 문예연구소의 월간지다. 기에드로이츠가 프랑스로 옮긴 뒤에는 파리 서북부 교외의 메종라피트에서 발행되었다.《문화》와 또 다른 계간지《문학 노트》는 국외에서 생활하는 독자적인

폴란드 지식인들의 기반이었을뿐더러, 폴란드 안에서는 글을 불법으로 전달하고 은밀하게 돌려보며 지식의 자유를 지키는 중요한 자원이었다.

7   AIPN BU 0 1224/1505, '첩보 보고', 1962. 11. 19.

8   노비시비아트 거리와 예로졸림스키에 거리가 만나는 모퉁이에 있던 국제 언론·도서클럽. 바우만은 아마 당시 갓 출간한 『우리가 사는 사회(Społeczeństwo w którym żyjemy)』(1962) 토론에 초대받았을 것이다.

9   AIPN BU 0 1224/1505, '업무 보고'.

10 이런 클럽들의 활동을 자세히 분석한 내용은 안제이 프리슈케가 쓴 『저항의 해부 ― 쿠론, 모젤레프스키, 그리고 코만도시(Anatomia Buntu: Kuroń, Modzelewski i Komandosi)』(2010)를 참고하라.

11 정부와 집권당에 맞선 집단이 여럿 있었지만, 대학가의 정치 활동에서는 이 장에서 다루는 두 집단이 가장 중요한 역할을 했다.

12 아담 미흐니크(1946년생)는 정치부 기자이자 작가였고, 폴란드의 주요 일간지 《가제타 비보르차》의 편집장을 지냈다. 얀 토마시 그로스(1947년생)는 프린스턴대학교 역사 교수로, 폴란드의 반유대주의와 20세기 동유럽 역사 전문가다. 브워지미에시 코프만은 프랑스 국립과학연구센터(CNRS)에서 일하는 세계적 행성학 연구자다. 알렉산데르 페르스키는 스웨덴에서 심리학 교수로 일하며, 웁살라대학교에 스트레스연구소를 만들었다. 미흐니크를 제외한 세 사람은 1968년 반유대주의 숙청 때 폴란드에서 추방되었다. 미흐니크도 이민을 요구받았지만 끝내 거부했다.

13 만투제프스키는 특히 모순추구회를 눈여겨 연구했다. (Gross & Pawlicka, 2018, 231~232쪽을 참고하라.) 또 아마추어 제작자로 청소년의 열망을 다룬 텔레비전 프로그램을 만들었다. 처음에는 언론이 모순추구회를 무척 흥미로운 청소년 단체로 추켜세웠다. (Friszke, 2010, 365) 구성원이 유명한 신동들이었기 때문이다. 잡지 《폴리티카》는 그로스를 떠오르는 유명 인사로 다뤘다. 더 자세한 내용은 Gross & Pawlicka(2018, 255)에 실린 니나 스몰라르의 증언을 참고하라.

14 미흐니크와 나눈 인터뷰, 2017. 4. 24., 바르샤바. 미흐니크에게서 인용한 말은 모두 이 인터뷰에서 따왔다.

15 당국이 1967년 1~2월에 미흐니크를 지지하는 탄원서에 서명한 학생들의 명단을 살펴보니 부수상 딸인 요안나 시르, 삼림부 차관 딸인 이레나 그루진스카, 바르샤바 시의회 의장 딸인 에바 자지츠카, 보건사회복지부 장관 아들인 예지 파벨 슈타헬스키, 고용연금위원회 부의장 아들인 야체크 코하노비치, 재무부 차관 아들인 리샤르트 콜레, 국가비축본부 본부장 딸인 야니나 라트키에비치가 있었다. (Rutkowski, 2016, 493)

16 이 부모 세대의 문화가 상징으로 전달되었다. 자녀 세대인 젊은 활동가들이 때로 BUND 전통에 속하는 인터내셔널가를 이디시어로 불렀고, 러시아의 저항 가요도 불렀다.

17 이 시기는 흔히 제시되는 것보다 상황이 더 복잡했다. "언론, 정치학, 역사 기록학에서 1956년 이후 폴란드 인민공화국이 전체주의 국가였느냐 권위주의 국가였느냐를 놓고 이따금 의견이 갈린다. 이런 논쟁에도 중요한 대목이 있으니, 논쟁 자체를 거부하고 싶지는 않다. 하지만 우리는 서로 다른 두 체제를 혼동하는 문제를 다루고 있고, 이런 혼동은 이론이나 실증주의 어느 쪽에도 보탬이 되지 않는다. 전체주의와 권위주의는 정치학자들이 이론을 바탕으로 만든 개념이다. 이론에 근거해 두 체제를 구분하는 것은 정확한 정의의 문제라 어렵지 않다. 하지만 이론은 뻣뻣한 회색이고, 지식은 살아 있는 나무처럼 푸르러 바람에 살랑살랑 나뭇가지를 흔든다. 그러니 지식을 엄격하게 정의한 범주에 따라 정리하기 어렵다. 역사가들은 꼬리표 붙이기보다 이 일렁이는 나무에 더 관심을 쏟는다." (Modzelewski, 2013, 90)

18 코만도시와 관련한 내용은 Friszke(2010), Eisler(2006, ch.2)를 참고하라.

19 이 시기의 분위기를 잘 보여주는 영화로는 프랑스 감독 마르셀 카르네(Marcel Carne)의 〈사기꾼들(Les tricheurs)〉(1958), 폴란드 감독 보이체크 하스(Wojciech Has)의 〈공동 세입자(Wspólny pokój)〉(1959)와 〈사랑받는 법(Jak być kochaną)〉(1961)이 있다. 사회과학에서 프랑스어 '청소년(jeunes)'의 의미는 Sohn(2005, 123~134)을 참고하라.

20 이때 고무우카가 미흐니크의 이름을 열일곱 번이나 언급한다.

21 프리슈케에 따르면 이 결정 뒤에는 당 내부의 다양한 파벌이 벌인 복잡한 권력 투쟁이 있었다. (Friszke, 2010, 370~371)

22 발테로프치는 폴란드청년연맹이 1954~1956년에 진행한 여름 캠프 중 1956년에 만들어진 발터 친목회에서 비롯했고, 1958년에 마침내 스카우트부대가 되었다. (Bikont & Łuczywo, 2018, ch.8, n.3) 폴란드스카우트연맹에서 쿠론에게 '교육'받은 사람은 800명이 넘는다. 흥미롭게도 바우만의 맏딸 안나도 십 대 때 쿠론의 여름 캠프에 참여했다. 그래서 바우만도 1950년대 후반부터 1960년대 초반까지 쿠론의 활동을 잘 알았다.

23 시비에르체프스키의 죽음에 소련이 개입했다는 논란이 있다. 시비에르체프스키는 1950년대에 폴란드에서 인기가 많은 인물이었다.

24 사실 쿠론은 스탈린주의가 기승을 부리던 1950년대 초반부터 청소년 교육에 참여했다.

25 야누시 코르차크는 바르샤바가 차르에게 통치 받던 1878년에 진보적 유대인 집안에서 태어나 러시아식 보통 교육을 받았고, 아동 권리 투쟁에 평생을 바쳤다. 변호사인 아버지는 계몽운동의 영향으로 독일에서 생겨나 18~19세기에 중부유럽과 서유럽의 유대인 사이에 널리 퍼진 지식운동 하스칼라(Haskalah)의 회원이었다. (더 자세한 내용은 Feiner, 2004를 참고하라.) 코르차크가 관리한 고아원에서는 아이들이 스스로 의회, 사법 제도, 언론을 갖춘 공화국을 만들었다. 코르차크는 독일 점령기에 탈출을 돕겠다는 제의도 거절하고 아이들과 함께 바르샤바 게토에 남았다가, 트레블린카 수용소로 이송되었다. (Berger, 1989를 참고하라.) 1990년에 폴란드 영화감독 안제이 바이다가 코르

차크를 기리는 전기 영화 〈코르차크〉를 만들었다.

26 모젤레프스키의 이탈리아 경험은 Modzelewski(2013, 98~101)를 참고하라.

27 이 특성은 사회학자 오린 클랩(Orinn Klapp)이 정의한 상징적 지도자(symbolic leader) 와 일치한다. (Klapp, 1964) 쿠론과 모젤레프스키는 폴란드가 민주주의를 이루고자 투쟁할 길을 닦았다. 두 사람 모두 여러 해에 걸쳐 지하 활동을 벌였고 오랫동안 감옥에 갇혔다. (모젤레프스키는 철창에 갇힌 동안 박사 논문을 썼다.) 쿠론은 1976년에 노동자보호위원회(KOR)를 만들었다. 1980년에 '연대' 운동을 처음 생각한 사람도 모젤레프스키와 쿠론으로, 모젤레프스키가 '연대'라는 이름을 떠올리고 첫 대변인을 맡았다. 두 사람 모두 폴란드 사회에서 일당 독재와 국가 주도 경제가 막을 내리게 한 반체제 활동의 핵심 인사였고, 1989년 민주화 뒤로 공직을 맡았다. 쿠론은 노동·사회 정책 장관을 지냈고, 2004년에 사망할 때까지 정치에 활발히 참여했다. 상원 의원을 지낸 모젤레프스키는 모교인 바르샤바대학교 역사학부로 돌아가 중세 역사를 가르쳤다.

28 모젤레프스키가 사회주의청년연맹 회장 알렉산데르 스몰라르와 이야기를 나눴고, 당 쪽에서 브워지미에시 브루스가 모임을 조직해도 좋다고 승인했다. 경제학자이자 사회학자, 정치학자, 언론인인 스몰라르와 경제학자인 브루스는 1968년에 반유대주의 숙청으로 폴란드에서 추방당했다. 정치토론회와 관련한 자세한 설명은 쿠론의 전기 (Bikont & Łuczywo, 2018)에서 볼 수 있다.

29 보그단 얀코프스키는 쿠론과 미흐니크의 친구였고, 전자공학 전문가이자 유명한 등반가였다.

30 1921년에 프워츠크에서 태어난 브루스는 1972년에 영국에 이민한 뒤 2007년에 옥스퍼드에서 세상을 떠났다. 미국 조지메이슨대학교의 타일러 코웬(Tyler Cowen) 교수는 브루스를 20세기가 낳은 가장 중요한 경제학자 두 명 중 한 명으로 꼽는다. Gewirtz(2017)를 참고하라.

31 AIPN BU 0 1224/1505. 1962년 12월 14일에 작성되었지만, 실제로는 하루 전인 12월 13일에 열린 모임을 다룬다. 타자기로 작성한 세 쪽짜리 문서에는 "정보원: '아마토르카'"라고 적혀 있다. Amatorka는 여성 비전문가를 뜻한다. 프리슈케에 따르면 국가기억원 역사가들이 아마토르카가 바르바라 지비셰크-코발리크인 것을 확인했다. (Friszke, 2010, 83, n.7)

32 반체제 운동을 키운 또 다른 환경은 가톨릭교회와 가톨릭지식인회(KIK)였다.

33 검토자들이 스탈린을 언급하지는 않지만, 스탈린주의는 1956년 뒤에도 오랫동안 영향을 미쳤다.

34 AIPN BU 0 1224/1505, Report No. 330/63, 1963. 9. 6.

35 AIPN BU 0 1224/1505, 지그문트 바우만과 관련한 폴란드 철학·사회학의 현 상태 보고에서 발췌, 8~13.

36 AIPN BU 0 1224/1505, 『사회학 개요 — 쟁점과 개념』을 검토한 보고서, 7.

37 『문화와 사회』에 실린 이 글은 이탈리아어 음악 용어를 이용한 부제로 내용을 멋지게 설명했다. 당시에는 이런 차용이 드물었으므로, 관습에 얽매이지 않는 바우만의 문체와 독창성을 보여준다. 정확히 밝히자면, 글에는 당시에 의무로 써야만 했던 흔한 수사가 많이 들어 있다. 하지만 모든 출판물이 검열관의 규제를 통과해야 했다는 점을 유념해야 한다.

38 여기에는 1950년대 후반과 1960년대에 주로 포드 재단이 지원한 국제 교류도 영향을 미쳤다. 컬럼비아대학교를 방문한 폴란드 학자들이 이때 새로 배운 정량적 방법론을 유행시켰다. 이를테면 이들이 '객관적'으로 여긴 여론 조사가 사회과학에서 바람직한 접근법으로 굳어졌다. 하지만 바우만이 수행한 해석적 접근법과는 거리가 멀었다. Pleskot(2010)를 참고하라.

39 AIPN BU 0 1224/1505, 바우만의 동조자들을 겨냥한 맹비난, 1964. 12. 8., 서명 '헨리크'. 모젤레프스키를 포함한 이들을 구류한 일과 관련한 바르샤바대학 사람들의 반응 보고.

40 AIPN BU 0 1224/1505, 보고서 발췌본, 35.

41 폴란드 학자들이 서구의 연구를 체코슬로바키아에 소개했으므로, 폴란드 사회학자들 특히 바우만은 체코슬로바키아의 사회학 발전에 매우 중요한 영향을 미쳤다. 더 자세한 내용은 Kilias(2016)를 참고하라.

42 돼지 선지와 부속물, 곡물로 만드는 소시지로, 가난한 사람들이 먹는 음식이다.

43 유명한 작가이자 언론인, 기자이던 멜히오르 반코비치(1892~1974)가 1964년 10월에 체포되었다. 당국이 내건 체포 사유는 반코비치가 자유유럽방송에서 방송되도록 연설문을 보냈다는 것이었다. 당국은 반코비치를 5주 동안 잡아 가둔 뒤 재판에서 3년 형을 선고했지만, 형은 전혀 집행하지 않았다. 반코비치가 폴란드 밖에서 유명 인사였던 데다 미국 시민권자였기 때문이다.

44 작성자들은 스타니스와프 오소프스키와 유고슬라비아의 반체제 인사 밀로반 질라스의 저술에 영감을 받았다. 이 공개서한은 국외에 매우 큰 영향을 미쳤다. 급진 좌파 단체가 서한을 여러 언어로 번역한 덕분에, 서유럽의 트로츠키주의, 모택동주의, 무정부주의 운동에서 질라스의 책과 더불어 고전이 되었다. 1968년 파리에서 68혁명을 이끈 다니엘 콘-벤디트(Daniel Cohn-Bendit)는 자신을 '쿠론-미흐니크'라 불렀다. 스페인의 프랑코 반대파와 쿠바도 이 서한에 찬사를 보냈다. (Bikont & Łuczywo, 2018, 447~448)

45 서로 다른 정치 견해(마오쩌둥주의자와 민족공산주의자가 있었다) 때문에 편집이 지연되었다. 그사이 회원인 안제이 마주르가 공안에 협력했다. (Modzelewski, 2013, 103~104) 바우만의 조교인 베르나르트 테이코프스키가 이 무리에 속했으므로, 당국이 보기에는 바우만도 공개서한에 관련된 인물이었다.

46 모젤레프스키는 두 사람이 서로 무척 신뢰했을뿐더러 두 사람이 작성한 부분의 내용이

서로 맞아떨어졌기 때문이라고 적었다. (Modzelewski, 2013, 104)

47 더 자세한 조사 내용은 Friszke(2010), Modzelewski(2013), Bikont & Łuczywo(2018)를 참고하라.

48 AIPN BU 0 1224/1505, 1965. 4. 21. 업무 보고, 3. 문서 작성일 1965. 6. 21.

49 AAN 14/136, file 121~2, Friszke, 2010, 195에서 재인용.

50 바우만이 1965년 1월에 열린 당 모임 뒤에 테이코프스키를 변호했을 때 샤프가 철학부의 당 조직 대표였다. (Rutkowski, 2016, 468) 바르샤바대학교 교수 체계에서 샤프가 바우만보다 두 단계 위였고, 결정권을 쥔 사람이었다는 사실을 유념하라.

51 AIPN BU 0 1224/1505, 정보 보고 발췌, 1965. 4. 21.

52 AIPN BU 0 1224/1505, 염탐 보고서 발췌, 1965. 6. 5. (가명 '카지크'인 TWC의 수기 염탐 보고서에서 발췌)

53 AIPN BU 0 1224/1505, 부교수 지그문트 박사와 관련한 보고, 1965. 4. 21., 2. 폴란드 대학생들은 특정 분야의 지식을 높이고자 '동아리'를 조직한다. 대체로 학생들이 선택하는 지도교수가 동아리를 이끌어 모임과 다른 활동을 조직하도록 돕는다.
'의식'은 마르크스주의 접근법에서 사용하는 용어다. 계급 의식은 "집단 투쟁에서 비롯한 역사 현상이다. … 인간의 의식적 관행은 … 역사에서 주관성과 객관성이 결합한 결과다." https://www.britannica.com/topic/class-consciousness.

54 AIPN BU 0 1224/1505, 정보원 빈테르의 녹음테이프에서 추출한 보고서, 1968. 4. 11., 2. 폴란드 국가기억원 기록에 따르면 정보원 빈테르는 우치의 국립영화학교 강사이자 아동 영화 전문가였던 야나나 코블레프스카(1918~1997)였다.
모금 활동은 1965년 3월에 조직되었다. 더 자세한 내용은 Rutkowski(2016)를 참고하라. 당시에는 한 번 대학교에서 쫓겨나면 다른 대학교에서 자리를 찾기가 거의 불가능했다. 사회주의 폴란드에서는 고등교육기관에서 자리를 얻는 시험을 통과하기가 매우 어려웠으므로, 대학교에서 쫓겨난다는 것은 곧 일자리를 잃는다는 뜻이었고, 남성에게는 2년 동안 군에 복무해야 한다는 뜻이기도 했다.

55 AIPN BU 0 1224/1505, 정보원 빈테르의 녹음테이프에서 추출한 보고서, 1968. 4. 11., 3.

56 AAN-고등교육부-바르샤바대학교 46-지그문트 바우만 개인 폴더, 부학장 아담 포드구레츠키가 바르샤바대학교 총장에게 바우만이 폴란드연합노동자당 사회과학고등교육원을 그만뒀으니 보충 수당을 달라고 요청하는 서한. 1964. 10. 22.

57 인터뷰에서 모젤레프스키는 내게 감옥에서 읽은 이 책이 매우 깊은 영향을 준 강의였다고 말했다.

58 지도 학생 가운데 알렉산드라 야신스카-카니아는 원래 호흐펠트에게 지도받던 학생이었다. 같이 석사 과정 세미나를 듣던 동기가 한 명은 박사 과정 학생이, 한 명은 박사 과정 지도자가 되는 모습이 희한해 보이겠지만, 알렉산드라는 지그문트보다 어렸고 박사학위 논문을 마치기까지 시간이 훨씬 오래 걸렸다. 알렉산드라는 정치적 이유로 주제

를 바꾼 뒤 바우만의 지도로 학위 논문을 새로 썼고, 1967년에 학위를 받았다.

59 AAN-고등교육부-바르샤바대학교 46-지그문트 바우만 개인 폴더. 정교수 승진과 관련한 마리아 오소프스카 교수의 의견, 1965. 9. 7.

60 그렇다고 오소프스카가 부정적 의견을 밝힌 것은 아니다. 다만 다른 심사자처럼 환호하거나 긴 의견을 제시하지 않았을 뿐이다.

61 베르블란과 나눈 인터뷰, 2015. 10. 9., 바르샤바.

62 오늘날 폴란드에서는 크리스마스가 축제지만, 당시에는 가톨릭 축일이었고 당원들은 무신론자여야 했다.

63 AAN-고등교육부-바르샤바대학교 46-지그문트 바우만 개인 폴더, 수기 기록, 147.

64 이 서신을 쓴 사람이 자신의 박사 과정 지도교수 예지 토마셰프스키라고 알려준 나탈리아 알렉시운에게 고마움을 전한다. 토마셰프스키는 폴란드에서 흔한 이름이라 1960년대에 바르샤바대학교에서 이 이름을 쓰는 교수가 여럿이었다.

65 정치 관계 사회학 강좌가 1961년에 사회학 II 강좌로 바뀌었고, 1964년에는 일반사회학 강좌로 바뀌었다.

66 시몬 호다크가 바우만에게 보낸 편지, 3월 29일, 연도 미상. 리즈의 바우만 기록물 보관소.

67 대학 당국이 즉시 대응에 나섰지만, 처음에는 코와코프스키와 미흐니크를 겨냥했다.

68 폴란드에서는 탁월함과 오랜 전통을 자랑하는 수학·물리학·천문학 학부가 명성과 존경을 누렸고, 몇몇 교수는 국제적으로 이름을 알렸다. 중요한 점은 수학과가 당의 영향을 거의 받지 않는 '별세계'였다는 것이다. 당이 수학과가 정치에 참여하지 않는다고 우려하기까지 했었다. (Rutkowski, 2016, 492)

69 리틴스키는 반체제 집단의 회원이었다. 이와 달리 홀슈틴스키는 반체제 운동과 아무 관련이 없는데도, 1968년에 벌어진 반유대주의 숙청 때 이민했다. 다른 설명은 Friszke(2010), Rutkowski(2016)를 참고하라.

70 안타깝게도 리틴스키의 틀린 발언이 공식 설명의 근거가 되어, 오늘날에는 당시 수학자들의 행동을 거의 언급하지 않는다.

71 2018년 1월에 홀슈틴스키에게 받은 개인 서신에서 발췌.

72 전쟁에 휘말린 중동 지역은 주로 이집트, 시리아, 요르단이었다.

73 AIPN BU 0 1224/1505, 부교수 바우만 지그문트 박사와 관련한 보고, 1967. 6. 14.

74 AIPN BU 0 1224/1505, 정보 보고, 1967. 7. 17.

75 바우만이 1953년에 국내보안대에서 쫓겨난 공식 사유는 유대인이어서가 아니라 시온주의자의 아들이었기 때문이다.

76 AIPN BU 0 1224/1505, 1967. 7. 28., 바르샤바 공안 지휘부가 내무3부 'C' 사무처 담당자에게 보낸 서한. 이 서한은 내무부가 7월 말부터 바우만을 엄중 감시 대상자에 올렸으니 바우만과 관련한 모든 문서를 보내달라고 공안실에 요청했다. 엄중 감시 대상

자란 첩보 기관이 사회주의 체제를 지지하지 않거나 당과 정부를 비난한다고 판단한 사람들, 국가의 적으로 활동한다고 의심한 사람들이었다. 더 자세한 내용은 국가기억원 웹사이트 https://inwentarz.ipn.gov.pl/slownik?znak=K#84를 참고하라.

77 프리슈케는 첫 살롱이 1967년 10월 12일 아니면 13일에 나중에 사회학자가 되는 야드비가 스타니키스의 아파트에서 열렸고, '민족'이라는 문제를 다뤘다고 적었다. 기조 연설자는 모젤레프스키였다.

78 AIPN BU 0 1069/788 7157, 정보 보고, 1969. 4. 22, 3.

11장

1 AIPN BU 0 204/7/5 44680/Ⅱ, 바우만 관련 보고, 1968. 1. 5. 하단에는 사본을 내무1부 3과로 보냈다는 정보가 적혀 있다.

2 AIPN BU 0 11224/1505, 대학 현황 보고, 1968. 2. 21., 2.

3 AIPN BU 0 11224/1505, 'M-5'가 작성한 보고서에서 발췌, 1968. 3. 15. 내무3부의 조사관 J. 치오체크 대위는 1968년 2월 21일에 작성한 보고서에 비밀 정보원 '카지크'가 바우만의 탈당을 몰랐노라 보고했다고 적었다. "카지크는 바우만이 왜 그런 과격한 결정을 했는지 다음 주에 알아보겠다고 약속했다. 카지크는 틀림없이 이유를 알 포미안과 이야기할 예정이고, 기회가 된다면 바우만과도 이야기를 나눌 참이다. 그런 뒤 조사 내용을 보고하기로 했다."

4 역사가들은 모라프스키와 바치코가 당원증을 반납했다는 증거를 확인하지 못했다. 역사학자 예지 에이슬레르에 따르면, 모라프스키와 바치코는 탈당에 반대해 당에서 제명되기를 바랐고, 실제로 1968년 3월 25일 바르샤바대학교에서 쫓겨나기 전날 당에서 제명되었다. 모라프스키는 이 제명을 "중세 시대에 사형 선고를 받은 여성의 처녀성을 빼앗겠다고 자행한 강간 의식"에 빗댔다. (Eisler, 2006, 441) 달리 말해 두 사람은 대학교에서 쫓겨나기 전에 먼저 당에서 쫓겨났다.

5 AIPN BU 0 1224/1550, 정보원 '빈테르'의 보고, 1968. 4. 11.

6 사실 브루스는 당원증을 더 일찍 아무 설명도 없이 반납했다. 아내인 헬레나 볼린스카-브루스(Helena Wolińska-Brus)가 고무우카의 1967년 6월 19일 연설에 반대하다 당에서 쫓겨나자, 이에 항의하는 뜻으로 당에서 탈퇴했다. (Rutkowski, 2016, 498)

7 이 부분은 바우만이 날짜를 잘못 기억했다. 당원증을 반납한 날은 공안 문서에 따르면 1월 3일, 야니나 바우만의 폴란드어판 자서전에 따르면 1월 4일이다. 바우만은 바르샤바대학교 당 회의가 열린 1월 4일 이전에 탈당했다.

8 이 공연을 분석한 내용은 Friszke(2010, 515~522)를 참고하라.

9 구스타프는 〈선조들〉에 등장하는 영웅으로, 콘라트라는 민족 영웅으로 변모한다. 야니나 바우만은 주요 인물을 가명으로 쓴 자전 소설 『소속을 꿈꾸다』 영어판에서 남편 지

그문트에게 콘라트라는 이름을 붙였다.

10 야니나에게는 폴란드의 모든 문화 행사를 관람할 특권이 있었다.

11 공안 서류철에서 찾은 기사 번역본에 따르면, 브루스와 바우만이 제명되었다는 내용이 있다. 하지만 실제로는 두 사람 모두 당원증을 반납하고 당을 떠났으므로 틀린 정보다. AIPN 0330/327, vol.19, files 218~219. 문서 원본, AIPN 443/16.

12 1·2차 세계대전 사이 폴란드의 민족민주당 및 반유대주의와 관련한 내용은 1장과 2장을 참고하라.

13 이 시구는 1967년 6월 19일 연설에서 고무우카가 폴란드에서 은밀히 활동하는 '시온주의 집단'을 설명할 때 언급한 제5열을 암시한다.

14 이 시는 여러 판본으로 나와 있다. Friszke(2010, 544~545)를 참조하라.

15 이날 검열관들이 일하는 건물의 화장실에서 폭탄이 터졌다. 이 폭발이 작가조합 모임을 막으려는 도발이었는지, 아니면 반체제 인사들이 저지른 일이었는지는 명확하지 않다. (Eisler, 2006, 196)

16 투표에 참여한 365명 중 221명이 청원을 지지했다. 더 자세한 내용은 Eisler(2006, 199~203)를 참고하라.

17 미흐니크와 슐라이페르는 곧이어 3월 6일에 체포되었으나 이틀 뒤 풀려났다.

18 바르바라 샤츠카, 예지 샤츠키와 나눈 인터뷰, 2015. 8. 14, 바르샤바. 이 장에 나온 샤츠키 부부의 발언은 따로 언급하지 않는 한 모두 이 인터뷰에서 가져왔다.

19 이 절에서 설명하는 연대표, 자료, 사건 설명은 주로 Friszke(2010, 556~581)와 Eisler(2006, ch.5)를 바탕으로 삼았다. 그날 바르샤바대학교의 지형도는 Eisler(2006, 236, 246, 249)에 나와 있다.

20 "1968년 3월, 바르샤바기계공업이 … 50~60cm 길이의 쇠막대기를 여러 개 준비한 다음 고무로 감쌌다." (Eisler, 2006, 248)

21 당국은 정직한 노동자들이 못된 학생들한테서 "인민의 힘"을 보호하고자 행동에 나섰다고 설명했다.

22 바르바라 샤츠카와 예지 샤츠키에 따르면 첩보 기관은 모든 것을 미리 계획했다. 교수 평의회가 3월 8일에 시위와 관련한 회의를 열려다가 취소했지만, 폴란드연합노동자당 기관지《트리부나 루두(Trybuna Ludu)》는 교수 평의회가 부적절한 투표를 했다고 비난했다. 예지 샤츠키의 말대로였다. "우리가 무엇을 하느냐와 상관없이 각본이 짜여 있었습니다."

23 흥미롭게도 가톨릭계 신문인《스워보 포프셰흐네》가 같은 의견을 실었다. (Eisler, 2006, 282~283)

24 야니나가 2011년에 펴낸 폴란드어판 『소속을 꿈꾸다』가 그날 오후를 더 자세히 설명하므로, 1988년 영어판에 빠진 요소를 내가 본문에 추가했다.

25 https://www.youtube.com/watch?v=UuRWvmHRlKk는 교육/연구 기관인 카르타

KARTA가 보관하고 있는 공식 녹음본으로, 1968년 3월 19일 고무우카의 연설을 모두 들려준다. 해당 부분은 1초부터 나온다. 전체 연설문은 다음 링크를 참고하라. https://www.mpolska24.pl/post/4240/przemowienie-na-spotkaniu-z-warszawskim-aktywem-partyjnym-wygloszone-19-marca-1968.

26 고무우카는 3월 사건이 알고 보면 왜 음모인지를 제시한 뒤, 작가 파베우 야시에니차를 가리켜 2차 세계대전 전 체제를 지지하는 반공산주의자이자 반동분자라고 공격했다.

27 https://www.youtube.com/watch?v=UuRWvmHRlKk. 해당 부분은 49분 28초부터 나온다.

28 같은 연설. 해당 부분은 1시간 25분 55초에 나온다.

29 토마시 크바시니에프스키, 「바우만 — 나는 매혹되었다」, 《가제타 비보르차》, 2013. 6. 28.

30 고무우카가 언급한 다섯 명 가운데 브루스는 경제학자였고, 나머지 네 명은 철학부 소속이었다.

31 https://www.youtube.com/watch?v=UuRWvmHRlKk. 해당 부분은 1시간 35분 3초부터 나온다. 흥미롭게도, 고무우카의 아내가 유대계 폴란드인이다.

32 같은 연설. 해당 부분은 1시간 38분부터 나온다.

33 같은 연설. 해당 부분은 1시간 38분 28초부터 나온다.

34 같은 연설. 해당 부분은 1시간 44분부터 나온다.

35 폴란드어판 『소속을 꿈꾸다』에서 야니나는 이제 폴란드에 유대인 가게는 없지만, 고무우카가 언급한 사람들의 주소를 알아내기가 꽤 쉬웠다고 적었다. 공중전화마다 전화번호와 주소가 적힌 전화번호부가 있었다. (J. Bauman, 2011, 156)

36 에이슬레르는 이 무시무시한 시절을 다룬 책에 "[1968년] 봄에 에다 페르스카가 옷장에 숨은" 이야기를 들었다고 적었다. 하지만 "홀로코스트와 관련 없는 연상을 일으키지 않도록 이 강렬한 이야기를 생략했다." (Eisler, 2006, 222)

37 공안 요원들은 시위 중 체포한 한 학생에게 나치가 만든 인종 앨범과 브로니스와프 바치코 교수의 사진 몇 장을 함께 보여준 뒤, 전형적인 유대인(이 경우에는 떠돌이)의 사진들 속에서 바치코를 알아보겠느냐고 물었다. (Eisler, 2006, 88) 2019년에도 한 극우 신문이 비슷한 연상을 일으켰다. 이 신문은 1면에 얀 그로스의 사진과 함께 커다란 글씨로 '유대인을 식별하는 법'이라는 제목을 달았다. 다음 링크를 참고하라. http://publicseminar.org/2019/04/how-media-political-and-religious-elites-shape-plebian-resistance/?fbclid=IwAR1.

38 "유대인은 이동 자금을 모아야 했을뿐더러 … 출국 허가를 받을 때도 돈을 [내야 했다.] 잔인하고도 간교하게도, 아이히만은 희생자들 스스로 강제 출국을 준비하게 할 계략을 세웠다. 추방된 유대인이 가져갈 수 있는 것이라고는 개인 소지품뿐이었다. 이들이 자신이 태어난 집을 눈물을 머금고 떠날 때, 아이히만과 나치 패거리가 고소하다는 얼굴

로 지켜봤다. 집도 나라도 없는 이 떠돌이들을 누가 받아주겠는가? 하지만 아이히만은 개의치 않았다. 이민을 통제하는 국가들이 있었는데도, 아이히만은 수백 명에게 출국 허가증과 가짜 여권을 쥐여주고 쫓아버렸다."(Clarke, 1960, 41) 자신의 글 및 클라크의 책과 관련한 설명과 기사, 편지를 보내준 알렉산데르 페르스키에게 고마움을 전한다.

39 1968년에 사용된 용어들을 분석한 내용은 Głowiński(1991)를 참고하라.

40 역사학자 마이클 멩은 1968년 3월에 가톨릭교회와 가까웠던 단체들이 어떤 태도를 보였는지를 말한다. (A) "첫 폭동이 일어난 지 겨우 사흘 뒤인 1968년 3월 11일, 친공산주의 가톨릭 단체 팍스(PAX) 산하 신문사《스워보 포프셰흐네》가「바르샤바 학생들에게」라는 기사에서 학생들의 불만이 폭발한 이유를 '시온주의'의 음모가 폴란드 젊은이와 지식인들을 물들여 '인민공화국에 애국할 책임'을 저버리게 한 탓으로 돌렸다." (Meng, 2008, 248) (B) 가톨릭계 지식인 단체 즈나크(ZNAK)가 보기에 "거리에서 시위하는 학생들 가운데 가톨릭교회의 평신도 지식인은 거의 없었다. 시위 학생 대다수가 자신들을 교회와 거의 관련이 없는 세속적 좌파로 여겼다. 심각한 순간에 즈나크가 용감하게 시위 학생들을 옹호하기는 했지만, 1968년 봄 전체에 걸쳐 즈나크가 개입한 적은 중대한 한 지점에 그쳤다. 의회는 반유대주의 운동에 아예 입을 다물었다. … 이제는 반유대주의 운동이 정점에 올라 즈나크마저 '시온주의'에 기울었다고 공격받았다. … 즈나크는 이 터무니없는 비난과 수많은 유대인이 폴란드에서 달아나는 상황에 철저히 침묵을 지켰다."(Meng, 2008, 256~257) 팍스는 정부와 협력한 가톨릭 조직으로, 어찌 보면 반유대주의 지식인 클럽이었다.

41 토마시 크바시니에프스키,「바우만 ― 나는 매혹되었다」,《가제타 비보르차》, 2013. 6. 28.

42 이전 포그롬도 국가가 뒤에서 조작한 일이라는 이론을 제시하는 사람들이 더러 있다. 하지만 토카르스카-바키르가 키엘체 포그롬을 조사한 탁월한 연구에 따르면, 키엘체 포그롬은 지역 사회에서부터 퍼졌고 모든 사회 계층이 가담했다. (Tokarska-Bakir, 2018) 아이히만 시절에는 국가가 주도하는 포그롬과 군중이 주도하는 포그롬이 함께 벌어졌다.

43 불완전하지만 통제가 있기도 했다. 게다가 길거리 싸움에서는 치안 병력이나 군 같은 제삼자가 상황에 따라 한쪽 집단을 보호했다. Tokarska-Bakir(2018)를 참고하라.

44 에버렛 휴스는 1930년대에 맥길대학교에서 나치 독일의 '유대인 문제'를 다룬「선한 사람과 더러운 일」이라는 논문으로 특별 강좌를 열었다. 이 논문은 1962년에야 출간되었다.

45 그런 명단이 존재했고 그 명단을 바탕으로 사람들을 해고했다는 사실은 나치 점령기의 몹시 추악한 모습, 이를테면 프랑스 비시 정권이 프랑스 공무원들을 해고한 일을 떠올리게 한다. Baruch(1997)를 참고하라.

46 고무우카의 연설에 이런 내용도 있었다. "이들은 자신을 세계시민주의자로 여기므로,

국가의 지지를 받아야 하는 업무를 맡아서는 안 됩니다."

47 "누가 몇 시에 출근했는지, 누가 언제 누구한테 연락해 얼마나 오래 이야기를 나눴는지를 여러 쪽에 걸쳐 꼼꼼히 정리한 공안의 보고서를 보면 암울한 인상이 남는다. 보고서에 어쩌나 빈틈이 없는지, 감시 대상자가 접촉한 사람의 주소까지 적혀 있다. 이 문서를 보면 지그문트 바우만이 '테아크라나'라는 곳에서 야니나와 저녁을 먹은 것까지 알 수 있다. … 가장 암울한 인상을 남긴 것은 이름 옆에 '집에 머뭄'이라는 주석이 달린 문화계 유명 인사들의 명단이다. … 3월 22일에 코와코프스키, 바우만, 스타셰프스키가 집 밖에 나가지 않은 것은 상황을 고려할 때 이해할 만한 일이다. 그런데 이들뿐 아니라 시인 예지 피츠프스키, 문학 교수 로만 카르스트, 역사가 예지 키요프스키, 작가 반다 레오폴트, 시인 세베린 폴라크, 시인 안토니 스워님스키, 역사가 시몬 셰흐테르, 문학가 빅토르 보로실스키도 집 밖으로 나가지 않았다." AIPN 0296/99, vol. Ⅲ. Eisler, 2006, 212쪽에서 재인용.

48 이 내용은 1968년 8월에 이스라엘 신문《마리브》가 인터뷰를 실은 뒤로 여러 책에 인용되었다. (Eisler, 2006) 이 기사의 번역본과 자유유럽방송이 내보낸 기사 발췌문은 AIPN BU 0 1069/788 바우만 서류철에서 볼 수 있다.

49 라디오, 텔레비전, 신문이 이 기사를 끊임없이 내보냈으니, 사실은 폴란드 전역에 퍼졌다.

50 AIPN BU 0 204/7/4460/Ⅱ. 1968년 4월 2일에 '야누시' 대위와 의논한 보고서 발췌본. 바르샤바, 1968. 4. 24, 기밀.

51 에이슬레르는 이 시위에서 학생들이 중요한 범주였다고 강조하는 안제이 프리슈케와 마르친 자렘바의 주장을 지지하지만, 1968년 3월 시위에 활발히 참여한 모든 사람을 하나로 묶는 특성은 나이였다. (Eisler, 2006, 396)

52 이 소중한 정보를 알려준 아서 앨런에게 고마움을 전한다.

53 '1968년 3월 이주'를 어떻게 정의하느냐에 따라 추정치는 1만 3,000명에서 2만 2,000 명에 이른다. 1968년에 폴란드를 떠난 사람이 모두 하나같이 학생 소요와 정부의 탄압에 떠밀려 마지못해 이주한 것은 아니었다. 외국인과 결혼하거나, 외국 여행을 떠났다가 눌러앉거나, 직업 때문에 이주한 사람도 있었다.

54 "이 문제는 폴란드 공산주의 정부의 40년 역사 전체에 걸쳐 두드러지게 나타나는 특징이다. 1945~1946년, 1956년, 1968년, 1981년에도 '유대공산주의자', '시온주의자', '비폴란드인', '세계시민주의자'라는 여러 고정관념이 다양한 강도로 얽히고설켜 나타났다. 폴란드의 지리와 역사 때문에 유대공산주의라는 반유대주의 고정관념이 특히 극심한 것도 이유였지만, 폴란드에서 일어난 홀로코스트의 역사도 하나의 이유였다. 1968년에 나타난 혐오 발언은 홀로코스트라는 개념을 거칠게 공격했고, 그 뒤로 홀로코스트를 논의하는 방식에 영향을 미쳤다. 이런 혐오 표현을 만들어내는 데 공산주의 관료들이 특히 제격이었다는 말은 아마 사실일 것이다. … 1968년에 폴란드에서 혐오가 들

끓고 홀로코스트를 공격한 일이 벌어진 까닭은 동독 정부와 달리 폴란드 공산주의 정권이 반유대주의 혐오를 거의 무제한으로 포용했기 때문이다. 폴란드에서는 나치의 민족 말살 같은 '최종 해결책'이나 노르웨이의 비드쿤 크비슬링(Vidkun Quisling)처럼 나치에 부역한 정치인이 없었다. 문학비평가 카지미에시 비카가 1945년에 말한 대로 '만약 나치 부역자들이 폴란드의 반유대주의를 이끌었다면, 나중에 반유대주의가 사라졌거나 적어도 실체가 밝혀졌을 것이다. 하지만 폴란드에는 크비슬링 같은 인물이 전혀 없었으므로, 반유대주의가 계속 자리를 지켰고 지금도 애국심의 상징으로들 여긴다.' [Huener(2003, 41)에 인용된 Wyka(1945)] 전후 분단 독일에서 반유대주의가 완전히 사라지지 않은 것은 확실하지만, 비카는 전후 폴란드가 특히 1968년에 홀로코스트를 반박하는 매우 껄끄러운 관계가 된 까닭을 적어도 일부는 설명한다." (Meng, 2008, 339~340)

55 반유대주의 선전 때문에 폴란드를 떠난 학자들과 인터뷰해보니, 교사가 학생을 학대한 일도 있었다. 어떤 가정의 두 딸은 학교에서 담임 교사와 동급생들에게 험한 말을 들었고 폴란드를 떠난 뒤에도 혐오로 가득 찬 편지를 받았다.

56 사회심리학자 사이먼 가초크가 홀로코스트 생존자의 2세대, 3세대에서 나타나는 트라우마를 다룬 연구(Gottschalk, 2003)와 정신과 의사 토비 나탕이 난민 아이들의 트라우마를 다룬 연구(Nathan, 1994)를 참고하라. 이 밖에도 트라우마의 후성 유전이 미치는 영향을 다룬 연구가 여럿 있다.

57 오스트리아 빈으로 가는 기차가 이 역에서 출발했다. 1968~1969년에 그단스크역은 많은 사람이 끝도 없이 폴란드를 떠나는 광경으로 악명이 높았다. 가슴 아픈 이별도 많았다. 폴란드를 떠나지 못하는 늙은 부모가 두 번 다시 보지 못할 자녀, 손주들과 이곳에서 이별했다. 더 끔찍한 사실은 2차 세계대전 때 트레블린카 수용소로 가는 기차가 이곳에서 출발했다는 것이다. 영화감독 마리아 즈마시-코차노비치가 영화 〈그단스크 기차역(Dworzec Gdański)〉에 이 이주를 담았다.

58 Goy는 이디시어로 비유대인, 이방인이라는 뜻이다.

59 AIPN BU 0 204/7/4460/Ⅱ Donos, 정보원 'Stolarski', 1968. 5. 24., '기밀'.

60 아이가 어디 말로 이야기하고 있느냐고 물으면 '프랑스어'라고 대답하는 부모도 있었다. 2차 세계대전 때 이디시어가 모국어라 폴란드어를 이디시어 억양으로 말한 사람들은 살아남을 확률이 매우 낮았다. 달리 말해 이디시어 사용이 곧 사형 선고였다. 게다가 전쟁 전에도 많은 유대인 가정이 이디시어를 조심히 사용했다.

61 이런 가정 대다수는 이디시어를 집에서만 드문드문 썼다. 이디시어 작가, 시인, 교사, 그리고 이디시어가 소멸할까 염려해 계속 사용한 사람들은 예외였을 것이다.

62 바우만의 이민 서류철(AIPN BU 0 204/7/4460/Ⅱ)에 절차 수수료로 5,000즈워티를 요구하는 청구서가 들어 있다. 바우만의 한 달 월급보다 많은 액수였다.

63 AIPN BU 1268/13779, 폴란드 인민공화국 전국국민평의회에 보내는 요청서, 1968. 5.

13., 서명 'Z. 바우만'.

64 폴란드를 떠나지 않겠다고 거부하고 버틴 사람이 더러 있었다. 가장 유명한 사람은 아담 미흐니크로, 이민을 거듭 거부했다. 미흐니크는 이민을 요구하는 어느 공안 장교에게 그 장교가 모스크바에 이민하겠다면 자신도 폴란드를 떠나겠다고 대꾸했다. 이민자들과 나눈 인터뷰를 바탕으로 이 시절을 무척 세밀하게 묘사한 책 중 하나가 인류학자 요안나 비슈니에비치가 쓴 『중단된 삶 — 3월 세대 이야기(Życie przecięte. Opowieści pokolenia marca)』(Wiszniewicz, 2008)다. 이민하느냐 마느냐는 어려운 결정을 다룬 책으로는 작가이자 심리학자인 미하우 그린베르크가 쓴 흥미로운 책 『출애굽기(Księga Wyjścia)』(Grynberg, 2018)가 있다.

65 덴마크 대사관과 네덜란드 대사관이 그런 유대인에게 돈을 빌려줬지만, 실제로는 대부분 유대 단체가 마련한 돈이었다.

66 바우만도 작가조합에서 저작권과 관련한 금전 상황을 보여주는 증명서를 받아 제출했다.

67 AIPN BU 1268/13779 신청서, 1968. 5. 17.

68 폴란드법에서는 엄마가 폴란드 시민이면 아이도 저절로 폴란드인이 된다.

69 1968년 5월 30일에 같은 손글씨가 적힌 또 다른 문서에도 마찬가지로 시비타와 차관이 바우만 가족의 출국을 승인했다는 정보가 들어 있다. AIPN BU 1268/13779 지그문트 바우만과 관련한 보고-이스라엘 영구 이주로 출국, 1968. 5. 28.

70 시비타와는 공안 장교가 아니라서 내무부에서 결정을 내릴 실권이 없었다. (위키피디아 의견)

71 http://ohistorie.eu/2018/07/17/marzec-68-leopolda-ungera/.

72 에이슬레르가 언급한 예지 샤피로의 증언. (Eisler, 2006, 125)

73 이 장 주석 63번을 참고하라.

74 레온은 학생 시위 준비 위원이었다. 바우만은 공안 체제일지라도 폴란드의 사법 제도가 합리적이고 정부가 사법 제도를 존중하리라고 믿었다. 바우만의 판단이 맞았다. 1심 재판부가 법을 완벽하게 존중해, 일류 변호사의 변론을 받은 많은 시위자가 유죄 선고를 받지 않았다. 하지만 1968년 봄부터 상황이 바뀌었다. 반체제 인사들을 변론한 변호사들이 해임되었고, 법정은 정치권의 통제 속에 판결을 내렸다. 그래도 레온 스파르드는 1968년 3월 시위 참가자 대다수와 마찬가지로 몇 달 뒤 풀려났고, 안나와 마찬가지로 무국적자가 되어 이스라엘로 떠났다. 레온 스파르드와 관련한 더 자세한 내용은 https://marzec68.sztetl.org.pl/en/osoba/leon-sfard/를 참고하라.

75 AIPN BU 1638/5/4 108/55/4. 공안실이 1968년 6월 4일에 내무부 국경교통통제소 소장에게 보낸 서한.

76 바우만 가족은 나중에 모두 잠깐 폴란드를 방문한다. 하지만 1968년에는 또다시 폴란드 땅을 밟을 날이 오리라고는 상상도 못했다. 폴란드에서 자유선거로 '공산주의가 종

식'되기 20년 전인 이때는 그런 일이 벌어지리라고 누구도 상상하지 못했다.

77 이 문장은 야니나가『소속을 꿈꾸다』의 마지막 쪽에 쓴 문장이다. "나는 이제 어디에도 소속되지 못했다." (J. Bauman, 1988, 202)

12장

1 야니나가 일기에 쓴 시. AIPN BU 0 1069/788 7157-보고-1969. 4. 22., 3.

2 이 장에서 다루는 가족사는 대부분 리디아, 이레나, 안나가 나를 믿고 보여준 이 특별한 문서와 인터뷰, 토론을 바탕으로 삼았다.

3 안나 스파르드도 개인 서신에서 이 용어를 썼다.

4 리디아가 적은 여행 일지와 야니나의 책『소속을 꿈꾸다』를 비교해보면 흥미롭다.

5 바우만이 그랬듯, 리디아도 이 용어를 썼다.

6 폴란드 당국에 반대해 연대하고 항의한 놀라운 행동으로, 체코슬로바키아가 프라하의 봄을 맞아 자유화된 덕분에 가능했다. 하지만 프라하의 봄은 1968년 8월 소련의 피비린내 나는 침공으로 덧없이 막을 내렸다.

7 이 단체는 1922년 국제연맹 이사회가 승인한 영국의 팔레스타인 위임통치 4항에 따라, 유대인의 팔레스타인 이민과 정착을 준비할 목적으로 만들어졌다. https://sztetl.org.pl/en/glossary/jewish-agency-sochnut를 참고하라.

8 역사학자 다리우시 스톨라에 따르면, 1968~1971년에 국가 포그롬으로 폴란드를 떠난 12,927명 중 이스라엘로 간 사람은 28%뿐으로, 1968년 1,349명, 1969년 1,735명에 그쳤다. 다른 이민자들은 서유럽, 북아메리카, 북유럽으로 갔다. (Stola, 2010, 222) 무국적자들은 빈의 유대인 이민사무국에서 자기가 갈 수 있는 나라가 어디 어디인지를 파악했다. 이스라엘을 택한 사람들은 상황이 간단해 절차가 빨리 끝났다. 다른 곳으로 이민하기를 바란 사람들은 비자를 기다려야 했다. 미국에 이민하려면 보증인이 있어야 해, 보증인을 구하고 절차를 밟기까지 여러 달이 걸리기도 했다. 대기자들은 이탈리아, 그중에서도 주로 로마에 머물렀다.

9 1968년에 문을 연 쇠나우 임시 수용소는 1973년에 테러범의 요구로 문을 닫았다. 주로 러시아 출신인 유대인 20만 명이 이곳을 거쳐 이스라엘로 갔다.

10 프랑스, 체코슬로바키아, 유고슬라비아의 대학 사회가 바우만의 해고에 항의했다.

11 이민자들이 HIAS, JOINT, 유대인 이민사무국 같은 유대 단체들에서 집세, 식료품비, 의료비, 때로는 교육비를 지원받았지만, 새로 이주한 국가에 자리잡은 뒤에는 지원비를 갚아야 했다.

12 AIPN BU 1093/8207, 내무4부 3과 감독관이 서명한 보고서 — 바츠와프 M. 크롤 중위, 1968. 7. 18.

13 리디아 바우만의 원고 8쪽.

14 '이중 존재'는 사회학자 압델말렉 사야드(Abdelmalek Sayad)의 알제리 이민자 연구 (Sayad, 2004)와 '이중 부재(double absence)' 개념에서 가져온 용어다. 이중 부재와 달리 이중 존재는 국경을 가로지르는 개념이다.

15 Wiszniewicz(2008)를 참고하라.

16 안나 스파르드와 나눈 인터뷰, 2019. 4. 20.

17 www.youtube.com/watch?v=kJytV7s-aUU&list=RDkJytV7s-aUU&start_radio=1&t=21&pbjreload=10.

18 이 영화의 원작은 1958년에 노벨 문학상을 받은 러시아 작가 보리스 파스테르나크 (Boris Pasternak)의 유명한 소설이다. 책이 소련의 입맛에 맞지 않았던 탓에 소련에서는 아예 출판도 되지 못했고, 파스테르나크도 노벨상을 직접 받지는 못했다. 이탈리아어로 번역되어 출간되었을 때는 CIA가 반공 투쟁의 도구로 사용했다. 최근에 밝혀진 바에 따르면, 이 책은 놀라운 스파이 소설이다. (Finn & Couvee, 2014)

19 1956년 사태 뒤 이른바 '고무우카 알리야'가 대규모로 일어났다. 1967년 3차 중동 전쟁으로 이스라엘과 폴란드가 단교했을 때도 몇 차례에 걸쳐 유대인이 폴란드를 떠났다.

20 1968년 이주자가 목적지를 선택할 수는 있었지만, 이스라엘인들이 보기에 이들은 확고한 시온주의자라기보다 추방된 망명자였다.

21 '이방인 중에서도 이방인'은 코세프스카가 1948년부터 1970년까지 이스라엘에서 운영된 폴란드어 언론을 다룬 책(Kossewska, 2015)에서 1967년 3월 알리야를 묘사하고자 사용한 은유다.

22 1952년에 태어난 골트코른은 1968년에 폴란드를 떠나 이스라엘에 갔다가 몇 년 뒤 이탈리아에 정착했다. 이탈리아에서 언론인 겸 작가가 된 뒤로 주요 시사 잡지《에스프레소》에서 여러 해 동안 문화부장으로 일했다. 바우만의 친구로, 바우만의 인터뷰 기사를 몇 차례 실었다.

23 사브라는 원래 선인장 열매를 가리키는 말이다. 골트코른은 사브라를 이렇게 묘사했다. "사브라, 조금 거칠고 도도한 겉모습에 다정하고 섬세한 속살. 디아스포라라는 불행을 겪지 않은 채 자유 속에서 태어나, 날 때부터 히브리어를 말하고 낯부끄러운 이디시어 속어에 물들지 않은 유대인의 전형. 선량한 농부이자 멋진 남성이기까지 한 용감한 유대인. 금발에 푸른 눈이면 더 좋고." (Goldkorn, 2018)

24 이 무렵에는 홀로코스트를 오늘날만큼 널리, 깊이 알지 못했을뿐더러, 집단 수용소와 게토에서 죽음을 선고받은 사람들이 여러 차례 봉기와 반란을 일으켰다는 사실은 더더욱 몰랐다.

25 "여기는 아시아야."는 폴란드인이 흔히 보인 반응이었다. 특히 2차 세계대전 때 소련에 머물던 시절 소련 내 아시아 공화국들에 익숙해진 사람들이 이 말을 자주 썼다. (Wiszniewicz, 2008)

26 이를테면 안나의 친구 마우고자타 탈은 어머니와 함께 벤구리온 공항에 도착했을 때

안나가 자신들을 마중 나왔다고 말했다. 안나는 정착 초기에 갈피를 잡지 못하는 두 사람이 새로운 삶을 꾸리도록 도왔다. (Wiszniewicz, 2008, 579)

27 1960년대에 폴란드어로 발행된 이스라엘 신문은 이스라엘이 1956년과 1968년에 폴란드에서 물밀듯 이주한 유대인들에게 세파라딤 이주자에 견줘 히브리어 교육에 특별한 호의를 베풀었다고 강조했다. (Kossewska, 2015, ch.4) 폴란드 이민자들이 특별대우를 받은 까닭은 교육 수준 때문이었다. 폴란드 여권사무국에 이민 요청서를 제출한 사람들은 주로 지식인이었다. 학자와 연구자가 적어도 500명, 언론인과 편집자가 약 200명, 라디오와 텔레비전 방송국 직원이 약 60명, 음악인과 시각 예술가, 배우가 약 100명이었다. (Stola, 2010, 222)

28 바우만의 친구이자 여러 글을 함께 쓴 스타니스와프 오비레크에 따르면, 1968년 뒤로도 바우만이 이스라엘에서 정치에 활발히 참여했다는 말을 산들레르에게서 들었다고 한다.

29 엘주비에타 코세프스카가 내게 말한 바로는,《문화》의 편집장 예지 기에드로이치가 바우만에게 글을 실어달라고 여러 번 간청했다.

30 바우만은 계속 폴란드를 주시했고, 리즈로 옮긴 뒤에도 여러 해 동안 폴란드어로 폴란드와 관련한 글을 썼다.

31 로만 카르스트(1911~1988)는 문학 비평가이자, 번역가, 작가, 그리고 뉴욕 스토니브룩대학교 문학 교수였다.

32 얀 코트(1914~2001)는 1966년에 미국으로 이주한 마르크스주의자로, 연극론 전문가이자 문학 비평가이자 뉴욕 스토니브룩대학교 교수였다.

33 떠나온 고국과 '1956년 10월 가치관'에 보인 강한 애착이 1968년 알리야로 이주한 사람들을 이전 폴란드 출신 망명자와 구분했다.

34 진정한 시온주의자도 틀림없이 더러 있었지만, 1968년 이주자 대다수는 1967년까지 폴란드에서 탄탄한 지위에 있었고, 폴란드를 떠날 계획이 없었던 것으로 보인다. Stola(2010)를 참고하라.

35 1968년 강제 이주에 따른 정체성 문제는 Wiszniewicz(2008), Grynberg(2018)를 참고하라.

36 유리 램은 텔아비브대학교 사회학과 교수로, 이스라엘 사회학의 발달과 이스라엘의 관계를 다룬 역사서(Ram, 1995)를 썼다.

37 2019년 6월 4일에 안나 스파르드에게 받은 개인 서신.

38 이 기사와 관련한 정보는 AIPN BU 0 1069/788 7157-기밀 보고, 1969. 4. 22.에 들어 있다. 1967년 8월《마리브》기사를 공안실 번역가가 히브리어에서 폴란드어로 번역한 보고서다.

39 같은 문서 3쪽.

40 같은 문서.

41 《마리브》기사와 관련한 이야기를 들려준 안나 스파르드에게 고마움을 전한다. 안나에 따르면 나중에 레온의 아버지이자 이디시 문학 전문가인 다비드 스파르드에게도 비슷한 일이 벌어졌다. 다비드 스파르드도 같은 기자와 인터뷰했고, 비슷하게 날조된 기사가 나왔다. 안나 스파르드와 나눈 인터뷰, 2019. 4. 20.

42 프랑스어 위키피디아에 따르면 투아레그족의 속담이라지만, 프랑스에서는 주로 '태양왕' 루이 14세에서 비롯한 말로 본다.

43 기능주의는 사회를 복잡계로 보는 이론을 구축하는 틀이다. 유리 램의 설명대로, 이스라엘이라는 맥락에서 가장 중요한 것은 탤컷 파슨스가 확립한 구조 기능주의다. "슈무엘 아이젠슈타트가 이스라엘 사회학의 본질과 기능에 미친 영향은 동료이자 스승인 탤컷 파슨스가 미국 사회학에 미친 영향과 같다. 아이젠슈타트는 이스라엘 사회학에서 진정한 지배 '패러다임'을 처음으로 규정했고, 파슨스와 같은 이론 틀 즉 기능주의를 사용했다. 목적도 비슷해 지배층, 그리고 지배층이 구축한 사회 질서에 학문적 합법성을 부여하는 것이었다. … 파슨스의 기능주의가 미국의 기업 자본주의에 특히 잘 들어맞았듯이, 아이젠슈타트의 기능주의도 이스라엘의 변형된 관료 자본주의에 잘 맞아떨어졌다." (Ram, 1995, 44) 기능주의의 사고 틀에서 보면 이스라엘은 진화 중인 "조화로운 단일 민족 사회"였다. 하지만 이스라엘의 국가 건설 과정을 이렇게 파악하면 역사적 특수성과 실증적 접근법을 반영하지 못해 적절하지 않다. (Ram, 1995, 48) 기능주의는 세 단계로 나뉜다. Ram(1995)을 참고하라.

44 AAN, 고등교육부 2860. 고등교육부가 바르샤바대학교 총장에게 보낸 서신, 1968. 12. 11, (DU-4-198-2/68).

45 프랑스 학계에서는 저명한 지식인이 학생, 공동 연구자와 맺는 관계의 본질을 비꼬아 이들을 흔히 '고관대작(mandarin)'이라 부른다. '고관대작' 지식인은 학생, 공동 연구자, 신봉자의 '알현'을 받고, 경력 향상 지원 같은 보상을 대가로 이들을 착취한다.

46 사회학자 살바 와일이 아이젠슈타트와 나눈 인터뷰, 2010. 2., 리즈. 유럽사회학협회가 웹사이트에 게재하는 공식 학술지 《유럽 사회학자》에 발췌본이 실렸다. https://www.europeansociologist.org/sites/default/files/public/ES_issue29.pdf.

47 1970년 8월 8일, 바우만은 신문 《하아레츠》에 이스라엘과 팔레스타인의 관계를 다룬 매우 중요한 글 「이스라엘은 평화를 준비해야 한다」를 실었다.

48 사회학자 스태빗 시나이에 따르면, 아이젠슈타트가 열네 살 때 시온주의 군사조직 하가나(Haganah)에 몸담았고, 1948년 1차 중동 전쟁에도 참여했다. (Sinai, 2019, ch.1) 이 정보를 알려준 잭 파머에게 고마움을 전한다.

49 게다가 이스라엘과 유럽의 교육 체계가 달랐다. 유럽 대륙에서 박사 학위를 받으려면 학사 3년, 석사 2년, 박사 3년 총 8년이 걸리지만, 영국의 교육 제도에 바탕을 둔 이스라엘에서는 석사 과정이 의무가 아니라서 학사 과정 3년 뒤 박사 과정 3~4년으로 학위를 마칠 수 있다.

50 "아이젠슈타트가 이스라엘 사회학에서 차지한 높은 위상은 국제적 평판 덕분이었다. 아이젠슈타트는 국제 사회학 행사에서 자주 기조연설을 했고, 사회학 분야의 이름 높은 상을 여럿 받았고, 외국 대학교에서 자주 찾는 객원교수였다. 이를테면 1956년에 유네스코가 쿠바 아바나에서 연 '이민자의 문화 통합' 학회에서 고문을 맡았고, 1955~1956년에는 미국 스탠퍼드대학교 행동과학고등연구소에서 선임 연구원을 지냈다. 또 오슬로대학교와 시카고대학교, MIT, 하버드대학교에서 가르쳤다."(Ram, 1995, 25)

51 "에드워드 실스는 아이젠슈타트를 베버, 뒤르켐, 파슨스에 맞먹는 지식인의 반열에 올려놓는다. 당시 주류 사회학에서는 이 분야의 조상인 마르크스를 입에 올리지 않는 것이 관행이었다. (E. Shils, 1985, 4~6)"(Ram, 1995, 25)

52 2017년에 진행한 인터뷰로, 인터뷰 대상자가 신원을 밝히지 않기를 바랐다.

53 이마누엘 마르크스와 나눈 인터뷰, 2017. 5. 23., 텔아비브.

54 안나 스파르드와 나눈 인터뷰, 2019. 4. 20.

55 2017년 5월에 하임 하잔에게 받은 서신에서 발췌. 하잔은 바우만이 이스라엘을 떠난 뒤로도 서로 연락을 주고받았고 자신의 연구에 영향을 미쳤다고 말했다. "바우만과 이따금 연락을 주고받았고, 내가 펴낸 두 책『인류학 연구의 우연성(Serendipity in Anthropological Research)』(이마누엘 마르크스에게 경의를 표하는 뜻으로 나와 에스더 허트조그가 편집했습니다)과『혼종성 비판』(엘피, 2020)에 추천사를 받는 특권을 누렸습니다. 바우만의 연구와 비전은 내게 끝없이 영감을 불어넣는 원천이었습니다. 특히 노화와 죽음을 연구할 때는 바우만의 멋진 책『죽음, 불멸, 그리고 여러 인생 전략』이 근대와 탈근대 환경에서 죽음의 지위와 관련한 이론을 제공했지요."

56 같은 서신에서 발췌.

57 AIPN BU 0 204/7/1.

58 Kossewska(2015)를 참고하라.

59 비올라 비만이라는 작가 겸 음악가는 "50년 전 폴란드를 떠났으나 아직도 이스라엘에 도착하지 못했다."라고 말했다. (Grynberg, 2018, 128) '올림' 사이에 나타나는 이 현상을 가리켜 '롯의 아내 증후군'이라 부른다. Kossewska(2015)를 참고하라.

60 Yeridim은 히브리어로 '예루살렘이나 산에서 내려간 사람', 쉽게 말해 '실패한 사람'을 뜻한다. 이스라엘에 영원히 정착한다는 뜻인 알리야와 대조를 이룬다.

61 1968년 3월 알리야 이주자의 이탈이 미친 충격을 언론이 어떻게 다뤘는지는 Kossewska(2015, chs. 4, 6, 7)를 참고하라.

62 세속적 결혼식을 바란 두 사람은 휴가차 방문한 스웨덴 스톡홀름에서 결혼식을 올렸다. 당시 이스라엘에서는 그런 결혼식이 불가능했다. 이들은 그곳에서 1968년에 바르샤바에서 함께 추방된 친구들도 만났다. (Grynberg, 2018)

63 폴란드학술원의 다리우시 브제진스키가 이 원고를 찾아낸 덕분에, 2017년에 폴란드어

로, 2018년에 영어로 책이 출간되었다. 원고를 발견한 이야기는 Bauman(2018)에 실려
있다.

64 AIPN BU 0 204/7/1 44680/1.

65 야니나의 일기 원본은 지금도 바르샤바의 국가기억원에 있다. 안타깝게도, 문서를 발
견했을 때는 야니나 바우만이 이미 『일찍 찾아온 겨울』과 『소속을 꿈꾸다』를 발간하고
2009년에 세상을 떠난 뒤였다.

66 내가 여기서 가리키는 것은 폴란드에서 늘어나는 반유대주의(2018년 EU 설문조사를
참고하라. https://fra.europa.eu/en/publication/2018/2nd-survey-discrimination-
hate-crime-against-jews)와 2019년 2월 말에 파리 사회과학고등연구원에서 쇼아를
주제로 연 역사 학회 뒤 벌어진 수치스러운 사건이다. 다음 링크를 참고하라. http://
publicseminar.org/2019/04/the-subtext-of-a-recent-international-scandal-part-
one-2/.

67 바우만은 이 연구의 초고를 폴란드로로 쓴 다음 영어로 번역했고, 강의에 쓰고자 다시
히브리어로 번역했다. 자료들은 리즈의 바우만 기록물 보관소에서 볼 수 있다. 이곳에
는 사회 계층과 관련한 강좌에 쓰고자 영어로 적은 강의 개요도 있다.

68 1969년 1월 16일에 작성된 프랑스어판 번역 관련 서신에는 합의문과 계약서 세 통이
들어 있다. 리즈대학교 특별 소장품 보관소에서 문서들을 찾도록 도와준 잭 파머에게
고마움을 전한다.

69 스타니스와프 오비레크와 나눈 인터뷰, 2018. 9. 24., 바르샤바. 오비레크에 따르면 "미
국이나 서유럽에서 크든 작든 제안을 받은 사람은 당장 이스라엘을 떠났다."

70 토마시 크바시니에프스키, 「바우만 ― 나는 매혹되었다」, 《가제타 비보르차》, 2013.
6. 28.

71 "1967년 3차 중동 전쟁에서 이스라엘이 놀라운 승리를 거둔 뒤, 유대인 진보주의자들
은 어렵기 짝이 없는 과제를 마주했다. 민족과 이념 노선을 따라 쪼개진 신좌파는 유대
국가에 갈수록 날을 세워, 이스라엘의 요르단강 서안 지구와 가자 지구 점령이 냉전 시
대 미국의 제국주의 야욕과 다르지 않다고 비난했다. 많은 신좌파가 시온주의에 거부
반응을 보여, 시온주의를 맹목적 애국주의, 더 나아가 민족주의의 징후인 민족 차별주
의로 분류했다." https://www.jewishvirtuallibrary.org/new-left.

72 폴란드에서도 이스라엘에서도, 인터뷰에 응한 몇몇이 이름을 밝히지 않기를 바랐다.

73 "이스라엘에서는 공산주의자는커녕 마르크스주의자도 되기 어려웠다. 시온주의에는
종교 같은 요소가 있었다. … [시온주의는] 부자들의 왕성한 자선 활동과 협력했다. (달
리 말해 자본주의와 공생 관계였다.) 아랍인과도 충돌을 일으켜, 1950년대 이전까지는
아랍인이 이스라엘의 시온주의 정당에 입당할 수 없었다. 그러므로 마팜당은 공산주의
를 표방할 수 없었고, 마키당은 반시온주의나 아랍인-유대인의 공존을 내세울 수 있었
다. 공산주의자들의 시위는 유대 국가 거부로 이어질 때가 많았다. 시온주의 단체들과

달리, 공산주의자들이 통치 기구와 국가 기관에 쏟아낸 거친 비난은 유대인 이민운동을 정반대 방향으로 움직였다. 이스라엘을 떠나는 예리다(Yerida)로.” (Kossewska, 2015, 433)

74 노동당은 바우만의 누나 토바가 지지한 마파이에 뿌리를 뒀다.

75 “많은 이스라엘인이 아무리 상황이 열악하다지만 좋은 기회를 놓쳤다고 비판했다. … 골드만 박사는 내각의 협상 거부에 실망했다고 밝혔다. '또 다른 중동 전쟁이나 갈등 고조를 막을 첫걸음이 될 수도 있었습니다.'” 제임스 페론, 「내각의 골드만-나세르 회동 거부, 이스라엘에서 비난을 사다」, 《뉴욕타임스》, 1970. 4. 7. www.nytimes.com/1970/04/07/archives/cabinet-veto-of-a-goldmannnasser-meeting-decried-in-israel.html.

76 바우만이 2011년 8월 16일에 폴란드 시사 주간지 《폴리티카》의 언론인 아르투르 도모스와프스키와 나눈 인터뷰. https://www.polityka.pl/tygodnikpolityka/swiat/1518590,1,rozmowa-artura-domoslawskiego-z-prof-zygmuntem-baumanem.read

77 이 표현은 1968년에 이스라엘로 이주한 조피아 브라운이라는 사람의 가족이 쓴 것이다. (Grynberg, 2018, 183)

78 이마누엘 마르크스와 나눈 인터뷰, 2017. 5. 23., 텔아비브.

13장

1 리즈의 바우만 기록물 보관소.

2 이사 전 바우만은 창문으로 바람이 새지 않도록 틈을 꽁꽁 막는 공사를 주문했다. 폴란드에서 추운 날씨를 익히 겪었던지라, 지그문트와 야니나는 그런 세밀한 부분에도 신경을 썼다.

3 외교관과 고숙련 전문가 같은 국외 거주자가 정기적으로 거주 국가를 옮기는 것이 가족과 아이들의 정서 안정에 미치는 영향은 사회학자 앤-카트린 바그네르의 연구(Wagner, 1998)를 참고하라.

4 야니나는 『소속을 꿈꾸다』에서 이 내용을 더 자세히 다뤘다. (J. Bauman, 1988)

5 리즈의 바우만 기록물 보관소 문서.

6 잭 파머는 사회학자이자 바우만연구소 부소장으로, 리즈대학교 사회과학과의 역사를 연구한 공동 저자 중 한 명이다. 바우만의 리즈대학교 생활, 리즈라는 배경과 관련해 광범위한 서신을 보내준 파머에게 고마움을 전한다.

7 바우만이 사망한 지 1년 뒤, 맥스 패러가 개인 웹사이트에 실은 애도사다. https://www.maxfarrar.org.uk/blog/zygmunt-bauman-my-appreciation-and-thanks/.

8 키스 테스터와 나눈 인터뷰, 2018. 11. 2, 런던. “바우만이 리즈대학교에서 교수직을 얻게 도왔거나 직접 성사시킨 사람은 밀리반드였습니다.” 밀리반드의 전기(Newman, 2002)도 참고하라.

9 피터 워슬리는 식민지 문제를 연구하다 영국 사회의 문제로 눈을 돌려 사회학을 가르쳤다. 신좌파 잡지《신 이성인》에 글을 여러 편 실었다.

10 맥스 패러의 개인 웹사이트. https://www.maxfarrar.org.uk/blog/zygmunt-bauman-my-appreciation-and-thanks/.

11 바우만이 말한 '역사적 인간'은 작가 맬컴 브래드버리가 대학가를 그린 소설『역사적 인간(The History Man)』(1975)을 가리키는 것으로 보인다. 이 연관성을 알려준 존 곤트에게 고마움을 전한다.

12 이 점을 지적한 장-미셸 샤풀리에게 고마움을 전한다. 샤풀리는 바우만이 설명한 프랑스 사회학의 특성과 사회적 위상도 비판한다. 2019년 7월에 주고받은 개인 서신.

13 키스 테스터와 나눈 인터뷰, 2018. 11. 2., 런던.

14 리즈의 바우만 기록물 보관소.

15 잭 파머에게 받은 서신, 2019. 8. 16.

16 맥스 패러의 개인 웹사이트. https://www.maxfarrar.org.uk/blog/zygmunt-bauman-my-appreciation-and-thanks/.

17 리즈의 바우만 기록물 보관소.

18 브워데크 골트코른이 문화예술잡지《오드라(Odra)》2013년 10월 판에서「암울한 시대의 사람들」이라는 제목으로 지그문트 바우만과 나눈 대담.

19 주로 생명 과학 분야에서 실험 연구를 하는 사람들이 그렇다. Wagner(2011)를 참고하라.

20 내가 2003년에 EU에서, 2015년에 미국에서 학계 경력에 초점을 맞춰 수행한 연구에서도 이런 결과가 뚜렷이 나타났다. Wagner(2011, 2014, 2016)를 참고하라.

21 바우만의 박사 과정 제자였고 나중에 동료가 된 앨런 워드(2019. 8. 23., 맨체스터), 학과 동료이자 친구였던 앤터니 브라이언트(2018. 10. 31., 리즈)와 나눈 인터뷰.

22 포즈난 사람들의 또 다른 특징은 도시를 사랑하고, 사투리를 쓰고, 억양이 독특하고, 절제력이 있고, 믿을 만하고, 검소하다 못해 인색하다는 것이다. 세상 물정에 밝고 침착해, 폴란드 동부 특유의 낭만적 성격과 대조를 이룬다. 당연하게도, 한쪽은 프로이센, 한쪽은 러시아에 분할 통치된 역사도 영향을 미쳤다.

23 독일 사회학자 막스 베버가 선험을 만드는 이상형을 이용해 학문적 접근법을 만들어 냈다.

24 바우만과 나눈 인터뷰, 2013. 11. 1., 리즈.

25 https://baumaninstitute.leeds.ac.uk/this-is-not-an-obituary/.

26 더 자세한 내용은 다음 링크를 참고하라. https://baumaninstitute.leeds.ac.uk/this-is-not-an-obituary/.

27 바우만과 나눈 인터뷰, 2013. 11. 1., 리즈.

28 이 절에서는 내가 음악계 거장들의 세계와 과학 실험실을 대상으로 인류학 연구를 진행하며 개발한 이론적 도구를 이용해, 바우만과 테스터의 스승-제자 관계를 평가한다.

29 이 의견은 사회학자 미셸 러몬트(Michèle Lamont)가 2010년에 학계의 평가 방식을 다룬 탁월한 책『교수는 무엇으로 판단하는가』(지식의날개, 2011)의 내용과 일치한다.

30 바우만이 인터뷰에서 쓴 말은 '공통된'을 뜻하는 폴란드어 wspólna였다. 하지만 이 말에는 '사람들이 함께 공유하는'이라는 뜻도 있다. 여기에서는 '합의된'으로 옮겼다.

31 Becker(1982, ch.2)를 참고하라.

32 경력 동조 현상이 학자들한테서 일어나는 과정은 Wagner(2006, 2011)를 음악 거장들한테서 일어나는 과정은 Wagner(2015)를 참고하라.

33 책 마지막의 덧붙이는 말을 참고하라.

34 추가 발췌문: "1980년대 중반에 리즈대학교 사회과학과는 바우만파와 엘리아스파로 갈렸습니다. 서로 적대하지는 않았지만, 두 집단 사이에 크게 지지하는 대화는 사실 없었죠. 그 무렵 무척 친한 친구가 엘리아스의 주요 추총자인 리처드 킬민스터 밑에서 박사 과정을 밟고 있었어요. … 친구와 내가 그 문제로 이야기를 나눈 적은 없지만, 함께 지켜봤어요. … 왜 지그문트와 엘리아스의 관계가 깨졌을까? 뭔가가 있어. … 누군가가 저녁 파티에서 사달이 났다더군요. 엘리아스의 말에 지그문트가 반박했는데, 그 뒤로 모든 것이 틀어졌다고요. 그런데 그게 사실일까요? 나는 잘 모르겠습니다." 엘리아스와 바우만의 갈등은 사회학자 스티븐 메넬(Stephen Mennell)이 2018년 4월 5~6일에 리처드 킬민스터에게 바친 헌사를 참고하라. https://www.academia.edu/attachments/60557222/download_file?s=portfolio.

35 2019년 1월에 리즈대학교에서 열린 바우만 서거 2주기 심포지엄에서 맥스 패러가 한 말이다.

36 이 방식에서는 조사할 문헌이나 도구를 학생 스스로 선택할 수 있다. 다른 대학 환경에서는 지도교수와 학생의 관계가 봉건제와 비슷해, 학생이 아무런 결정권이 없는 한낱 저임금 노동자에 그친다.

37 나는 클래식 음악가들(Wagner, 2015)과 생명 과학 분야 박사 과정 학생들(Wagner, 2011)의 지도 과정에서 이 현상을 분석했다.

38 캐나다 사회학자 로버트 스테빈스(Robert Stebbins)가 말하는 '진지한 여가'란 전문가급 취미를 가리킨다. (Stebbins, 2007)

14장

1 이 절은 사회학 연구 관점으로 쓴 글이라 문체나 내용을 고려하지 않는다.

2 2013년에 처음 바우만을 만났을 때는 전기를 쓸 생각은 없이 바우만의 연구에만 관심이 있었다. 그것도 연구 내용이 아니라 연구 기술에. 학계나 창작 직군에 있는 전문가를 만나는 것은 사회학자가 흔히 쓰는 접근법이다.

3 녹음기를 켜기 전이라 기억으로 떠올린 구절이다.

4 직접 연구란 학자가 기존 문헌만 이용하지 않고 손수 원본 자료를 수집하는 연구를 가리킨다.

5 플레크는 의사이자 미생물학자였지만, 1961년에 사망한 뒤로는 『과학적 사실의 기원과 발전』으로 사회학과 과학사에서 더 이름을 떨쳤다. 26년이 흐른 뒤 토마스 쿤(Thomas Kuhn)이 『과학 혁명의 구조』(까치글방, 2013)에서 플레크의 접근법을 발전시켜 널리 알린다.

6 모국어가 아닌 글쓰기 관점에서 콘래드의 문체를 다룬 글은 2007년에 폴란드 비평가 지스와프 나이데르(Zdzisław Najder)가 펴낸 전기 『조지프 콘래드의 일생(Joseph Conrad: A Life)』을 참고하라.

7 존 톰슨과 나눈 인터뷰, 2019. 11. 2., 케임브리지.

8 내가 2003년부터 2015년까지 수집한 데이터다.

9 리즈의 바우만 기록물 보관소.

10 존 톰슨과 나눈 인터뷰, 2018. 11. 2., 케임브리지.

11 "21세기 들어 처음 10년 동안 바우만은 정체성, 공동체. 개별화, 유동하는 삶, 유동하는 공포, 유동하는 시대, 소비와 소비 윤리를 주제로 소책자를 포함해 해마다 한 권씩 책을 썼다." (Beilharz, 2020, 83) 바우만의 출판물 전체 목록은 바우만연구소 웹사이트((https://baumaninstitute.leeds.ac.uk/)와 사회학 학술지 《Thesis Eleven》이 바우만에게 헌정한 2020년 2월호 특별판(https://thesiseleven.com/2020/02/16/issue-156-feb-2020-thinking-in-dark-times-with-zygmunt-bauman/)에서 볼 수 있다.

12 "바우만이 2013년에 펴낸 책 네 권 가운데 세 권이 대담집이었다. 대담집은 논리적 결론에 이르는 대화 방식을 대표하는, 바우만이 새로 선호한 담론 방식이 되었다." (Beilharz, 2020, 82)

13 안나 제이들레르-야니셰프스카는 폴란드에서 바우만과 무척 가까운 친구 중 한 명이었지만, 2017년에 세상을 떠나 인터뷰하지 못했다.

14 더 자세한 내용은 Beilharz(2020)를 참고하라.

15 이레나 바우만이 2019년 1월 17일 리즈대학교에서 열린 '바우만의 유산 — 암흑시대의 사고'에서 강연한 내용이다. 원고를 보여주고 강연 녹음을 사용하도록 허락해준 이레나 바우만에게 고마움을 전한다.

16 메러디스 벨빈(1926년생)은 직장에서 사람들의 강점과 약점을 확인하는 아홉 가지 팀 역할 모델을 만들었다. 다음 링크를 참고하라. www.belbin.com

17 지그문트 바우만이 2009년부터 2013년까지 발표한 책 열한 권 가운데 대담집이 아닌 책은 여섯 권이다.

18 이 주제만으로도 책 한 권 분량이라, 이 문제는 다른 글에서 더 자세히 다루겠다.

19 리즈의 바우만 기록물 보관소에 소장된 철학자 헬레나 에일스테인의 편지를 참고하라.

20 야니나 바우만의 저술 활동과 관련한 더 자세한 정보는 Wolff(2011)를 참고하라.

21 흥미롭게도, 『현대성과 홀로코스트』를 쓸 때 바우만이 슈무엘 아이젠슈타트와 편지를 주고받았다. 주요 주제는 홀로코스트와 근대성이었다. 서신은 갑자기 뚝 끊겼다. (잭 파머가 리즈의 바우만 기록물 보관소에 소장된 편지를 분석해 두 지식인의 관계를 연구하고 있다.)

22 그리젤다 폴록과 나눈 인터뷰, 2018. 10. 31., 리즈대학교.

23 강조는 내가 추가했다. 말 그대로 '유대인이 우글거린다'라는 뜻이다. 유대화와 관련한 더 자세한 설명은 1장을 참고하라.

24 이 절에 나온 존 톰슨의 언급은 모두 2018년 11월 2일에 케임브리지에서 나눈 인터뷰 내용이다.

25 바우만 이전에 폴리티가 내놓은 성공작으로는 피에르 부르디외와 위르겐 하버마스의 번역서가 있다. 더 자세한 내용은 Robbins(2012, 158~159)를 참고하라.

26 내가 학자들의 경력을 연구했을 때 거의 모든 응답자가 이 표현을 썼다. 운이 좋았다거나 "알맞은 때에 알맞은 곳에 있었다."라는 말은 대개 협업 상대를 가리킨다. 더 자세한 내용은 Wagner(2011)를 참고하라.

27 Beilharz(2020)의 초기 원고에서 인용했다. 바우만은 작가, 특히 다작 작가한테서 흔히 나타나는 자기 표절로 비난받았다. 책을 일흔 권 넘게 썼으니, 같은 말을 되풀이하지 않기란 불가능했을 것이다.

28 바우만은 위키피디아를 지나치게 많이 사용한다는 비난도 받았다. 위키피디아 참조는 오늘날 학계에서 시간을 아끼고자 흔히 쓰는 관행으로, 촉박한 마감 일정 속에서도 빈틈없는 정확한 인용을 요구하는 압박 때문에 생겨났다. 바우만은 혼자 연구했다. 이따금 야니나가 돕기는 했지만, 연구 조수도 없었다. 따라서 시론을 쓸 때는 마지막 단계에서 위키피디아에만 의지했다. 하지만 학술 간행물에서는 위키피디아를 쓰지 않았다.

29 요안나 야니아크는 야니나 바우만의 다큐멘터리를 찍어 1994년에 폴란드 방송국에서 내보냈고, 인터뷰 내용을 2011년에 잡지 《포즈난 타운》에 실었다.

30 토마시 크바시니에프스키, 「무지와 무능」, 《가제타 비보르차》, 2010. 11. 21. https://wyborcza.pl/duzyformat/7,127290,8683542,ignoranci-i-impotenci.html

31 적포도주 이야기를 들려준 피터 베일하츠에게 고마움을 전한다.

32 이 글을 지그문트가 쓴 경고문으로 해석한 손님도 있었지만, 사실은 야니나가 적은 글귀였다. 부엌은 누가 뭐래도 지그문트의 공간이었다.

33 앤터니 브라이언트와 나눈 인터뷰, 2018. 10. 31., 리즈.

34 키스 테스터와 나눈 인터뷰, 2018. 11. 2., 런던.

35 1973년에 영국의 신좌파 지지자 에드워드 파머 톰슨이 코와코프스키에게 무려 100쪽짜리 서한을 보냈다. 《사회주의연감(Socialist Register)》 1973년판과 Tester(2006)를 참고하라.

36 http://niniwa22.cba.pl/wina.htm.

37 키스 테스터는 바우만이 이 상황에 무척 괴로워했다고 말했다.

38 "1986년에 내가 리즈로 이사했을 때 야니나 바우만이 『일찍 찾아온 겨울』을 출간했다. 나는 예루살렘 히브리대학교를 거쳐 셰필드대학교에서 막 박사 학위 논문을 마친 상태였다. 논문 주제는 영국 문화에서 '유대' 민족을 묘사하는 방식이었고, 내 머릿속은 유럽의 반유대주의와 관련한 역사 문헌에 새롭게 접근할 방법으로 꽉 차 있었다. 두 사람이 나와 잘 맞을지 한 번 시험 삼아 찾아간 뒤, 나는 빠르게 지그문트와 야니나의 이웃이 되었다. 그때부터 시작된 대화(대다수가 눈여겨보지 않던, 지그문트 바우만의 유대인 연구(1986~1996)가 중심이었다)가 거의 10년 동안 이어졌다." (Cheyette, 2020)

39 바우만의 연구에 헌정한《Thesis Eleven》2020년 2월호 특별판에 실린 그리젤다 폴록의 글을 참고하라. https://thesiseleven.com/2020/02/16/issue-156-feb-2020-thinking-in-dark-times-with-zygmunt-bauman/.

40 리즈의 바우만 기록물 보관소에는 에일스테인이 보낸 아주 많은 서신이 보관되어 있다.

41 헬레나 에일스테인이 1990년에 야니나와 지그문트에게 보낸 편지. 리즈의 바우만 기록물 보관소.

15장

1 키스 테스터와 나눈 인터뷰, 2018. 11. 2, 런던.

2 토마시 크바시니에프스키, 「바우만 — 나는 매혹되었다」,《가제타 비보르차》, 2013. 6. 28. 강조 표시는 내가 추가했다.

3 더 일반적인 표현은 '야니나의 의견을 고려했다'일 것이다.

4 모든 문서는 현재 리즈의 바우만 기록물 보관소에 있다.

5 바우만이 야브원스키, 세관, 폴란드학술원에 보낸 문서는 모두 공안 기록물 보관소에 보관되었다가 현재는 국가기억원 기록물 보관소에 보관되어 있다.

6 곤타르치크는 이 글을 국가기억원의 정기 간행물《IPN 회보(Biuletyn IPN)》2006년 6월호에 실었다. 그런데 바우만 서류철에 있는 다른 문서들은 모른다는 듯 덮어놓고 딱 두 문서만을 근거로 삼아, 맥락을 무시한 채 바우만의 활동을 제시했다. 글의 목적은 폴란드의 모든 좌파 집단과 젊은 지식인 대다수에게 명성이 높은 바우만의 평판을 떨어뜨리는 것이었다.

7 1968년에 수정주의에 반대했고 1989년에 역사학자가 된 안제이 베르블란도 같은 결론을 내렸다.

8 바우만이 2017년에 시몽 타베와 나눈 인터뷰(Tabet, 2017)를 참고하라.

9 Ryszard Gontarz, 'Nowa Droga Zygmunta Baumana', *Kurier Polski*, AIPN BU 0 1224 1505 사본.

10 AIPN BU 0 204/7/1/4468/Ⅱ. 'K. O.' 대위와 나눈 대화 보고서, 바르샤바, 1968. 9.

20., '기밀'.

11 한 사회학자는 1989년에 바우만에게 보낸 편지에서 바우만과 관련한 첫 기억이 석사 논문에서 참고 문헌으로 언급한 바우만의 저술을 모두 삭제하라고 지시받은 일이었다고 털어놓았다.

12 1981년 7월 8일에 '연대' 회원이자 바르샤바대학교 총장이던 헨리크 삼소노비치가 고등교육부 장관에게 보낸 편지. 이 문서를 포함해 지그문트와 폴란드 고등교육기관의 관계를 보여주는 여러 관련 문서를 알려준 안나 스파르드에게 고마움을 전한다. 현재 리즈의 바우만 기록물 보관소가 소장한 이 문서들은 2018년에 폴란드유대역사박물관이 주최한 1968년 3월 사건 50주년 기념 전시회에 전시되었다.

13 캐나다 맥길대학교 방문 교수로 망명을 시작해 미국으로 옮겼던 레셰크 코와코프스키는 계속 폴란드 여권을 소지했다. 프랑스 클레르몽페랑대학교 방문 교수였던 브로니스와프 바치코와 영국으로 이주한 브워지미에시 브루스도 폴란드 시민권을 유지했다. 스테판 모라프스키는 계속 폴란드에 머물렀다.

14 리즈의 바우만 기록물 보관소.

15 바우만이 1988년에 언론인 안나 미에슈차네크와 나눈 인터뷰. 이 인터뷰는 미에슈타네크의 책 『충격 후 풍경(Krajobraz po szoku)』(1989)에 실렸다.

16 미에슈차네크의 책은 처음에 지하 언론에서 출간되었다가, 나중에 바우만 관련 서적이 금서에서 풀리자 공식 출간되었다. 이 인터뷰와 출간 내력을 알려준 다리우시 브조조프스키에게 고마움을 전한다.

17 공안실 문서에 따르면, 바우만은 1988년 6월 14일에 명단에서 삭제되었지만, 야니나는 1989년 1월에야 삭제되었다.

18 글로 사과를 전한 사람들도 있었다. 이를테면 호흐펠트파에서 가까웠던 동료 브워지미에시 베소워프스키가 짧은 편지를 보냈다. 리즈의 바우만 기록물 보관소를 참고하라.

19 당시 폴란드학술원 사회과학위원회 위원장이던 마레크 지우코프스키가 서명한 편지. 리즈의 바우만 기록물 보관소.

20 이 문서에서 바우만은 해고와 관련한 피해 배상금을 요청하지 않겠다는 뜻도 밝힌다. 바르샤바대학교 기록물 보관소에 보관된 지그문트 바우만 개인 서류철(no.4982) 문서.

21 2013년 4월 4일 폴란드 2라디오 방송에서 안나 보이도프스카-이바슈키에비초바가 답한 내용이다. https://www.polskieradio.pl/8/380/Artykul/822897, 「홀로코스트는 생존자마저 죽인다(Holokaust zabija, nawet ocalonych)」.

22 https://web.uniroma1.it/disp/en/events/european-amalfi-prize.

23 하워드 S. 베커가 말한 관습. (Becker, 1982)

24 키스 테스터와 나눈 인터뷰, 2018. 11. 2., 런던.

25 Adam Michnik, 'On the Side of Geremek', *New York Review of Books*, 2008. 9. 25.

26 이 서한에 따르면, 응용사회과학부 평의회가 6월 21일에 진행한 투표에서 위원 43명

중 34명이 찬성, 6명이 반대, 3명이 기권했다.

27 사회학연구소가 7월 18일에 진행한 투표에서는 28명이 찬성, 8명이 반대, 3명이 기권
했다.

28 AUW-바우만 개인 서류철, 예지 크바시니에프스키 교수가 보낸 '이메일 서한' 복사본,
2006. 9. 7., 21:26.

29 AUW-바우만 개인 서류철, 마리아 워시 교수가 보낸 서한. 2006. 9. 24. 강조는 내가 추
가했다.

30 이를테면 바우만의 동료였고 브워지미에시 브루스의 첫 아내이자 세 번째 아내였던 헬
레나 볼린스카는 스탈린주의 시절에 검사로서 사형 집행 영장에 서명했다. 공산주의가
몰락한 뒤 폴란드는 볼린스카가 머물던 영국에 볼린스카를 인도하라고 요청했다. 볼린
스카는 죽을 때까지 영국에 머물렀다.

31 AUW-바우만 개인 서류철, 응용사회과학부와 사회학연구소의 평의회 위원장이 보낸
서신에서 복사한 결정문.

32 AUW-바우만 개인 서류철, 사회학연구소 평의회 위원장이 보낸 서신, 2006. 10. 27.

33 AUW-바우만 개인 서류철, 응용사회과학부 평의회 위원장이 보낸 서신, 2006. 10. 31.

34 AUW-바우만 개인 서류철, 인쇄된 이메일(수정본), 바르샤바대학교 총장이 응용사회
과학부와 사회학연구소의 평의회 위원장에게 보낸 서신.

35 Aida Edemariam, 'Professor with a Past', *The Guardian*, 2007. 4. 28.

36 https://pressto.amu.edu.pl/index.php/prt/article/view/18936/18619, ISSN 2081-
8130, DOI: 10.14746/prt.2019.1.10

37 알렉산드라 야신스카-카니아와 나눈 인터뷰, 2017년, 바르샤바.

38 이 정보를 알려준 피터 베일하츠에게 고마움을 전한다.

39 이 절은 2017년과 2018년에 바르샤바에서 알렉산드라 야신스카-카니아와 나눈 두 차
례 인터뷰를 바탕으로 삼는다. 야신스카-카니아는 두 사람의 관계를 자세히 다룬 이야
기를 학술지《Thesis Eleven》에 논문으로 발표했다.

40 *Morality in the Age of Contingency*, ed. Heelas, S. Lash and Morris (Oxford: Blackwell,
1996)

41 지그문트와 마이클 스파르드는 서로 살뜰하게 아꼈다. 그래서 십중팔구 이스라엘 소속
이었을 첩보 기관이 이스라엘과 팔레스타인 사이에 평화를 가져오려 애쓰는 마이클 스
파르드의 활동을 담은 민감한 문서를 찾고자, 식구들이 집을 비운 때를 틈타 지그문트
의 집에 침입했다. 집을 뒤진 첩보 요원들은 스파르드를 압박할 셈으로, 자신들이 다녀
갔다는 흔적을 남겼다.

42 폴란드민족부흥당과 솔리다르니 2010 같은 단체의 회원들도 있었다.

43 이 정보는 포즈난 출신 친구들과 공동 연구자들이 쓴 부고 기사에 언급되었다. 이 정보
를 알려준 로만 쿠비츠키 교수에게 고마움을 전한다.

44 *Information Philosophie*, 2, 2014, 82.

45 파리에서 개최된 홀로코스트 역사 학회 동안 일어난 반유대주의 공격을 다룬 Wagner(2019)를 참고하라.

46 http://wroclaw.wyborcza.pl/wroclaw/1,35771,20006221,marsz-przeciwue-dutkiewicz-to-konfident-krzycza.html

47 https://tvn24.pl/wroclaw/marsz-narodowcow-spalili-zdjecie-prezydenta-wroclawia-w-jarmulce-ra640456.

48 이 서신을 인용하게 허락해준 재닛 울프에게 고마움을 전한다.

49 스타니스와프 오비레크와 나눈 인터뷰, 2018. 9. 25., 바르샤바.

50 알렉산드라는 2020년 1월 27일에 내게 보낸 편지에 이렇게 적었다. "[지그문트가] 죽기 전에 마지막으로 쓰다가 내게 마무리를 맡긴 글은 학술지《포르메테오(Pormeteo)》의 카를로 보르도니가 주문한 것이었어요. 우리가 함께 쓴 「쇠퇴할 작정인 서구」는 2017년에《포르메테오》에 이탈리아어로, 2018년에《오드라》에 폴란드어로, 2019년에 《Thesis Eleven》에 영어로 실렸습니다."

결론

1 이 분류는 Wiatr(2017b)에서 빌렸다.

2 오슬로대학교의 아르네 요한 베틀레센(Arne Johan Vetlesen), 스톡홀름대학교의 톰뮈 옌센(Tommy Jensen)과 닉 버틀러(Nick Butler), 룬드대학교의 맛스 알베손(Mats Alvesson)과 카린 욘네르고르드(Karin Jonnergård), 옌셰핑대학교의 레나 올라이손(Lena Olaison)과 미하우 자바츠키(Michał Zawadzki), 쾨벤하운대학교의 다닐 요르트(Daniel Hjorth)가 있다.

3 이 가정은 내가 학술 모임에서 EU 국가, 브라질, 미국의 여러 대학 교육자들과 5년 넘게 비공식적으로 나눈 토론을 근거로 삼았다.

4 https://www.haaretz.com/.premium-israel-derelict-in-duty-to-warn-the-world-1.5229873

덧붙이는 말

1 스트리이코프스키는 작가이자 언론인으로, 폴란드인과 유대인의 관계를 전문으로 다뤘다.

2 휴스가 1945년에 제시한 사례: 흑인 미국인은 주된 지위 탓에 의사가 될 수 없었다. 휴스는 두 상황을 예로 들었다. (1) 밤에 교통사고가 난다면 흑인 의사는 목숨이 오가는 응급 상황이고 현장에 의사가 자신뿐일 때만 의사로 행동할 수 있을 것이다. (2) 나이

든 여성이 감기에 걸려 의사를 불렀다가 흑인 의사가 도착하면, 몸이 한결 나은 체한다. 휴스는 몸이 많이 아프지만 않다면 환자가 왕진을 취소하고 유색인이 아닌 다른 의사를 기다릴 것이라고 결론지었다. 나이 든 여성이 생각하기에 의사는 당연히 백인이라, 흑인 의사는 기대에 어긋났다. 이때 의사의 주된 지위는 절대 유색인을 포함하지 않는다. 1940년대 상황에서는 그랬다.

3 오즈월드 홀은 1944년에 '의료 관행의 비공식 조직'이라는 논문으로 박사 학위를 받았다.

4 사회적 세계라는 개념은 타모츠 시부타니(Tamotsu Shibutani)가 1955년에 처음 사용했고, 안셀름 스트라우스(Anselm Strauss)가 본격적으로 거론했다. 널리 알려진 것은 1980년대에 하워드 S. 베커가 『예술 세계(Art Worlds)』(1982)에서 사용하면서부터다. 아델 E. 클라크(Adele E. Clarke)와 수전 리 스타(Susan Leigh Star)는 「사회적 세계의 틀 — 이론과 방법론(The Social Worlds Framework: A Theory/Methods Package)」에서 스트라우스와 베커가 "사회적 세계를 특정 활동에 함께 헌신하고, 자신들의 목적을 이루고자 많은 자원을 공유하고, 사업을 계속 이어갈 방법을 공통된 이념으로 구축하는 집단으로 정의했다."라고 결론지었다. https://www.researchgate.net/publication/261948477_The_Social_Worlds_Framework_A_TheoryMethods_Package.

5 내가 이 책에서 사용한 정확한 방법론은 학술지에서 사회학 논문으로 따로 발표하겠다.

참고문헌

Zygmunt Bauman—cited works

1956. 'Przeciw monopolowi w nauce' [Against Monopoly in Science], Po Prostu.

1959. Socjalizm brytyjski: Źródła, filozofia, doktryna polityczna [British Socialism: Origins, Philosophy, Political Doctrine]. Warsaw: Państwowe.

1962a. Socjologia na co dzień [Everyday Sociology]. Warsaw: Iskry.

1962b. Zarys socjologii. Zagadnienia i pojęcia [Outline of Sociology: Issues and Concepts]. Warsaw: Państwowe Wydawnictwo Naukowe.

1963. Idee, ideały, ideologie [Ideas, Ideals, Ideologies]. Warsaw: Iskry.

1964a. Zarys marksistowskiej teorii społeczeństwa [An Outline of the Marxist Theory of Society]. Warsaw: Państwowe Wydawnictwo Naukowe.

1964b. Wizje ludzkiego świata. Studia nad społeczną genezą i funkcją socjologii [Visions of a Human World: Studies on the Genesis of Society and the Function

of Sociology]. Warsaw: Książka i Wiedza.

1966. Kultura i społeczeństwo. Preliminaria [Culture and Society: Preliminaries]. Warsaw: Państwowe Wydawnictwo Naukowe.

1967. 'Moral and Ethical Values of the October Revolution: A Man in a Socialist Society'. Transcript of Bauman's lecture at a scientific session organized by the Regional Student Council of the Rural Youth Association in Łódź, 9-10 December.

1968. 'O frustracji i kuglarzach' [On Frustration and the Conjurers], Kultura, 12, 5-21.

1972. Between Class and Élite: The Evolution of the British Labour Movement. A Sociological Study. Manchester University Press [Polish original 1960].

1973. Culture as Praxis. London: Routledge & Kegan Paul [republished in 1999 with new foreword].

1989. Modernity and the Holocaust. Ithaca, NY: Cornell University Press.

1992. Mortality, Immortality and Other Life Strategies. Cambridge: Polity.

1997. Humanista w ponowoczesnym świecie – rozmowy o sztuce życia, nauce, życiu sztuki i innych sprawach [A Humanist in the Post–modern World: Conversations on the Art of Life, Science, the Life of Art and Other Matters], with R. Kubicki and A. Zeidler–Janiszewska. Poznań: Zyski i S–ka.

2001. Thinking Sociologically, 2nd edn, with Tim May. Oxford: Blackwell Publishers.

2008. The Art of Life. Cambridge: Polity.

2012. This Is Not a Diary. Cambridge: Polity.

2013a. *Moral Blindness*, with L. Donskis. Cambridge: Polity.

2013b. *What Use Is Sociology?* with K. Tester and M. H. Jacobsen. Cambridge: Polity.

2014. *State of Crisis*, with C. Bordoni. Cambridge: Polity.

2015a. *Management in a Liquid Modern World*, with I. Bauman, J. Kociatkiewicz and M. Kostera. Cambridge: Polity.

2015b. *Of God and Man*, with S. Obirek. Cambridge: Polity.

2015c. *On the World and Ourselve*s, with S. Obirek. Cambridge: Polity.

2016a. *Liquid Evil*, with L. Donskis. Cambridge: Polity.

2016b. *In Praise of Literature*, with R. Mazzeo. Cambridge: Polity.

2017. *Retrotopia*. Cambridge: Polity.

2018. *Sketches in the Theory of Culture*. Cambridge: Polity [originally intended for publication in 1968, and first published in Polish in 2017].

General bibliography

Abbott, A. 1997. 'On the Concept of Turning Point'. *Comparative Social Research* 16: 85–105.

Aleksiun, N. 2002. *Dokąd dalej? Ruch syjonistyczny w Polsce (1944-1950)*. Warsaw: Trio.

Aleksiun, N. 2014. 'Together but Apart: University Experience of Jewish Students in the Second Polish Republic'. *Acta Poloniae Historica* 109: 109-37.

Aleksiun, N. 2017. 'Intimate Violence: Jewish Testimonies on Victims and Perpetrators in Eastern Galicia'. *Holocaust Studies* 23, 1–2 (special issue: 'Jews and Gentiles in Central and Eastern Europe during the Holocaust in History and Memory').

Allen, A. 2014. *The Fantastic Laboratory of Dr. Weigl: How Two Brave Scientists Battled Typhus and Sabotaged the Nazis*. New York: W. W. Norton & Co.

Anderson, E. 2000. *Code of the Street*. New York: W. W. Norton & Co.

Applebaum, A. 2004. *Gulag: A History*. New York: Anchor Books.

Applebaum, A. 2018. *Red Famine: Stalin's War on Ukraine*. New York: Anchor Books.

Bagguley, Campbell and Palmer, J. 2018. 'Public Service and Jippi-Jappa-100 Years of Leeds History'. *Network Magazine of the British Sociological Association*, Spring.

Bartniczak, M. 1972. 'Ze starych i nowych dziejow Ostrowi Mazowieckiej.

Nazwa, Herb i geneza miasta'. *Ziemia*: 52-74: http://ziemia.pttk.pl/Ziemia/Artykul_1972_006.pdf.

Bartoszewski, W. 2007. 'Tajny komplet na Żoliborzu. Tragiczna karta z dziejow nauki podziemnej'. In *Socjologia na Uniwersytecie Warszawskim*, ed. Sułek A. Warsaw: IFiS PAN.

Baruch, M. 1997. *Servir l'État français*. Paris: Fayard.

Bauman, J. 1986. *Winter in the Morning: A Young Girl's Life in the Warsaw Ghetto and Beyond, 1939-1945*. Bath: Chivers Press.

Bauman, J. 1988. *A Dream of Belonging: My Years in Postwar Poland*. London: Virago.

Bauman, J. 1998. 'People's Fear: The Plight of the Gypsies'. *Thesis Eleven* 54, August: 51-62.

Bauman, J. 2000. Nigdzie na ziemi. Warsaw: Wydawnictwo Żydowskiego Instytutu Historycznego.

Bauman, J. 2011. Nigdzie na ziemi. Powroty. Opowiadania. Łodź: Wydawnictwo Oficyna.

Becker, H. 1963. *Outsiders: Studies in the Sociology of Deviance*. New York: The Free Press of Glencoe

Becker, H. 1982. *Art Worlds*. Berkeley: University of California Press.

Beilharz, P. 2020. *Intimacy in Postmodern Times: A Friendship with Zygmunt Bauman*. Manchester University Press [pages indicated from the MS].

Berger, L. 1989. *Korczak, un homme, un symbole*. Paris: Magnard.

Bikont, A. 2004. *My z Jedwabnego*. Warsaw: Wydawn. Proszyński i S-ka.

Bikont, A. 2017. *Sendlerowa*. Wołowiec: W ukryciu. Wyd. Czarne.

Bikont, A. and Łuczywo, H. 2018. *Jacek*. Warsaw: Agora, and Wołowiec: Czarne

Blobaum, R., ed. 2005. *Antisemitism and Its Opponents in Modern Poland*. Ithaca, NY: Cornell University Press.

Brykczyński, P. 2017. *Gotowi na przemoc. Mord, antysemityzm i demokracja w międzywojennej Polsce* [original title: *Primed for Violence: Murder, Antisemitism, and Democratic Politics in Interwar Poland*]. Warsaw: Wyd. Krytyki Politycznej.

Cała, A. 2012. *Żyd - wróg odwieczny?* Warsaw: Wydawnictwo Nisza.

Cała, A. 2014. *Ochrona bezpieczeństwa fizycznego Żydów w Polsce powojennej: Komisje Specjalne przy Centralnym Komitecie Żydów w Polsce*. Warsaw: Żydowski Instytut Historyczny.

Chałubiński, M. 2017. 'Powroty do Juliana Hochfelda'. *Studia Socjologiczno-Polityczne* 1, 6: 27–41.

Chapoulie, J.-M. 2001. *La Tradition sociologique de Chicago*. Paris: Seuil. [English version: Columbia University Press, 2020].

Chęciński, S. 1982. *Poland, Communism, Nationalism, Anti-Semitism*. New York: Karz-Cohl Publishers.

Cheyette, B. 2020. 'Zygmunt Bauman's Window: From Jews to Strangers and Back Again'. *Thesis Eleven* 1–19, February, 67–85.

Chmielewski, A. 2015. 'Academies of Hatred' (blog): https://adamjchmielewski.blogspot.com/2015/07/academies-of-hatred.html.

Chmielewski, A. 2020. *Politics and Recognition: Toward a New Political Aesthetics*. London: Routledge.

Clarke, C. 1960. *Eichmann: The Man and His Crimes*. New York: Ballantine Books.

Czapigo, D. and Białas, M. 2015. *Berlingowcy. Żołnierze tragiczni*. Warsaw: RM.

Czapliński, P. 2015. Katastrofa wsteczna. *Poznańskie Studia Polonistyczne-Seria Literacka* 25, 45.

Czarny, B. 2015. 'Wpływ aspirantow Katedry Ekonomii Politycznej w Instytucie Kształcenia Kadr Naukowych w Warszawie na polską ekonomię po II wojnie światowej'. *Ekonomia* 41: http://ekonomia.wne.uw.edu.pl/ekonomia/getFile/760.

Czernecki, I. 2013. 'An Intellectual Offensive: The Ford Foundation and the Destalinization of the Polish Social Sciences'. *Cold War History* 13, 3: 289–319: http://dx.doi.org/10.1080/14682745.2012.756473.

Dąbrowska J. 2019. *Miłość jest warta starania. Rozmowy z Mistrzami* [*Love is Worth Trying: Conversations with Masters*]. Warsaw: Agora.

Dąbrowski, F. 2008. 'Ryszard Gontarz. Funkcjonariusz UB i SB, Dziennikarz PRL'. 'Komentarze Historyczne', *Biuletyn IPN*.

Davis, N. 2004. *Rising '44: The Battle for Warsaw*. New York: Macmillan Publishers.

Davis, N. 2015. *Trail of Hope: The Anders Army, an Odyssey across Three Continents*. Oxford: Osprey Publishing.

Dawes, S. 2011. 'The Role of the Intellectual in Liquid Modernity: An Interview with Zygmunt Bauman'. *Theory, Culture & Society* 28, 3, 130–48.

DeJong-Lambert, W. 2012. 'Lysenkoism in Poland'. *Journal of the History of Biology* 45, 3, August: 499–524.

Depo, J. 2012. 'Korpus Bezpieczeństwa'. *Bezpieczeństwo. Teoria i Praktyka* 1, 6: 125–39.

Dławichowski, K. A. 1983. 'Szkoły jakich nie było' [The Schools Which Did Not Exist].

Koszalińskie Towarzystwo Społeczno-Kulturalne, Koszalin 1983, tom 1-4.

Eisler, J. 2006. *Polski Rok 1968*. Warsaw: Instytut Pamięci Narodowej.

Engelking, B. and Grabowski, J., eds. 2018. *Dalej jest noc. Losy Żysów w wybranych powiatach okupowanej Polski*. Warsaw: Centrum Badań nad Zagładą Żydow.

Feduszka, J. 2001. *Gdzie słońce wschodzi i kędy zapada. ......Granice przez czasy, religie, krainy, miasta, wioski, podwórka, rodziny. Katalog wystawy w Muzeum Zamojskim*: www.roztocze.horyniec.net/Roztocze_Poludniowe/Granice.html.

Feiner, S. 2004. *Hadkalah and History: The Emergence of a Modern Jewish Historical Consciousness*, trans. Naor Ch. Silberston. Littman Library of Jewish Civilization. Liverpool University Press.

Fijuth-Dudek, A. 2018. 'Marzec 68 Leopolda Ungera': http://ohistorie.eu/tag/marzec-68/?print= pdf-search&fbclid= IwAR026eV_0PeYtw49r9tBX33DdM9nnOrqkQw3y SNr8tLZIgPWodM1_vFVYWI.

Finn, P. and Couvee, P. 2014. *The Zhivago Affair: The Kremlin, the CIA, and the Battle Over a Forbidden Book*. New York: Pantheon Books.

Fleck, Ludwik. 1935. *Style myślowe i fakty*. Warsaw: IFiS PAN.

Friedman, S. 1966. 'Julian Hochfeld (1911-1966)', *Revue française de sociologie*, 7, 4.

Friszke, A. 2010. *Anatomia Buntu*. Kuroń: Modzelewski i Komandosi. Wyd Znak.

Friszke, A. and Karski, J. 1997. 'Czy Powstanie Warszawskie było potrzebne'. *Gazeta Wyborcza* 178: 16.

Frost, S. 1998. *Schooling as a Socio-political Expression: Jewish Education in Interwar Poland*. Jerusalem: Magnes Press.

Gambetta, Diego. 1993. *The Sicilian Mafia: The Business of Private Protection*. Cambridge, MA: Harvard University Press.

Gdula, M. 2017. 'The Warsaw School of Marxism', *State of Affairs* [Warsaw: Instytut Socjologii Uniwersytet Warszawski] 13, 197-226.

Geertz, C. 1973. 'Thick Description: Toward an Interpretive Theory of Culture'. In *The Interpretation of Cultures: Selected Essays*. New York: Basic Books.

Gewirtz, J. 2017. *Unlikely Partners: Chinese Reformers, Western Economists, and the Making of Global China*. Cambridge, MA: Harvard University Press.

Głowiński, M. 1991. *Marcowe gadanie: Komentarze do słów, 1966-1971*. Warsaw: Wydawn. Pomost.

Gmyr, M. 2012 'Represyjne działania Wojsk Bezpieczeństwa Wewnętrznego wojewodztwa łodzkiego w pierwszym połroczu 1946r'. *Aparat Represji w Polsce Ludowej 1944-1989* 1, 10: 167-83: http://bazhum.muzhp.pl.

Goffman, A. 1959. *The Presentation of Self in Everyday Life*. New York: Anchor Books.

Goldkorn, W. 2013. '"Ludzie w ciemnych czasach" – rozmowa z Zygmuntem Baumanem'. *Odra* 10, 14–19.

Goldkorn, W. 2018. *Dziecko w śniegu*. Wołowiec: Czarne.

Gottschalk, S. 2003. "Reli(e)ving the Past: Emotion Work in the Holocaust's Second Generation" in Symbolic Interaction 26(3): 355–380.

Grabowski, J. 2013. *Hunt for the Jews: Betrayal and Murder in German-Occupied Poland*. Bloomington: Indiana University Press.

Gray LeMaster, C. 1994. *A Corner of the Tapestry: A History of the Jewish Experience in Arkansas 1820s-1990s*. Fayetteville: University of Arkansas Press.

Greeted, C. 1973. *The Interpretation of Cultures*. New York: Basic Books.

Grochowska, M. 2014. *Strzelecki. Śladem nadziei*. Warsaw: Świat Książki.

Gross, J. T. 1998. *Upiorna dekada. Trzy eseje o stereotypach na temat Żydów, Polaków, Niemców i komunistów 1939-1948*. Krakow: Towarzystwo autorow i Wydawcow Prac Naukowych Universitas.

Gross, J. T. 2001. *Neighbors: The Destruction of the Jewish Community in Jedwabne, Poland*. Princeton University Press.

Gross, J. T. 2006. *Strach. Antysemityzm w Polce tuż po wojnie. Historia moralnej zapaści*. Znak: Krak.w.

Gross, J. T. 2010. 'Niepamięć zbiorowa'. In *Przeciw Antysemityzmowi 1936-2009*, ed. A. Michnik. Krakow: Universitas.

Gross, J. and Grudzinska-Gross, I. 2012. *Golden Harvest: Events at the Periphery of the Holocaust*. New York: Oxford University Press.

Gross, J. T. and Pawlicka, A. 2018. *Bardzo dawno temu, mniej więcej w zeszły piątek......* Warsaw: WydAB.

Grynberg, H. 1994. 'Ludzie Żydom zgotowali ten los'. *Prawda nieartystyczna* [Warsaw: PIW].

Grynberg, H. 2002. *Drohobycz, Drohobycz and Other Stories: True Tales from the Holocaust and Life After*. London: Penguin.

Grynberg, M. 2018. *Księga wyjścia* [*The Book of the Exit*]. Wołowiec: Wyd. Czarne.

Halsey, A. H. 2004. *A History of Sociology in Britain*. Science, Literature, and Society. Oxford University Press.

Hardy, J. 2009. *Poland's New Capitalism*. London: Pluto Press.

Hirszowicz, M. 2001. *Pułapki Zaangażowania. Intelektualiści w służbie komunizmu* [*Traps of Engagement: The Intellectuals in the Service of Communism*]. Warsaw: Scholar.

Hnatiuk, Aleksandra. 2016. *Odwaga i strach*. Wrocław: KEW.

Hochfeld, J. 1982. 'Marksizm-socjologia-socjalizm. Wybor pism'. *Studia Socjologiczne* [4, 7, 1962], ed. Jerzy J. Wiatr. Warsaw: PWN.

Huener, J. 2003. *Auschwitz, Poland, and the Politics of Commemoration, 1945-1979*. Polish and Polish American Studies. Athens: Ohio University Press.

Hughes, E. 1962. 'Good People and Dirty Work', *Social Problems*, 10, 1, 3-11.

Hughes, E. Ch. 1945. 'Dilemmas and Contradictions of Status'. *The American Journal of Sociology* 50, 5, 353-9.

Hughes, E. Ch. 1971. *Sociological Eye*. Chicago: Aldine-Atherton.

Janiak, J. 2011 [1994]. The interview with Janina Bauman 'Polski styl'. *Miasteczko Poznań - Żydowskie Pismo o Małych Ojczyznach* 1, 8.

Jasińska-Kania, A. 2018. 'Living with Zygmunt Bauman, Before and After'. *Thesis Eleven*, 86-90.

Jastrząb, Ł. 2015. 'Raporty o antysemickich wystąpieniach w Polsce po I wojnie światowej'. *Pamiętnik Biblioteki Kórnickiej*. 0551-3790. Z. 32.

Jaworski, M. 1984. *Powstanie i działalność Korpusu Bezpieczeństwa Wewnętrznego*. Warsaw: Akademia Spraw Wewnętrznych, Katedra Historii i Archiwistyki.

Jedlicki, J. 1993. *Źle urodzeni czyli o doświadczeniu historycznym. Scripta i poscripta*. London: Annex.

Jedlicki, W. 1963. *Klub Krzywego Koła*, Paris: Wyd. Instytut Literacki.

Jędrychowski, S. 1980. 'Nowe Widnokręgi: ze wspomnień (część III)'. *Kwartalnik Historii Prasy Polskiej* 19, 4: 45-61.

Keff, B. 2013. *Antysemityzm. Niezamknięta historia*. Warsaw: Wydawnictwo Czarna Owca.

Kemp-Welch, T. 1996. 'Khrushchev's "Secret Speech" and Polish Politics: The Spring of 1956'. *Europe-Asia Studies* 48, 2, 181-206.

Kersten, K. 1991. *The Establishment of Communist Rule in Poland, 1943-1948*, trans. J. Micgiel and M. H. Bernhard. Berkeley and Los Angeles: University of California Press.

Kijek, K. 2010. 'Między integracją w wykluczeniem. Doświadczenia szkolne jako czynnik politycznej socjalizacji młodzieży żydowskiej w Polsce okresu międzywojennego'. In *Jednostka zakorzeniona? Wykorzeniona?* ed. Aleksandra Lompart, University of Warsaw Press.

Kijowski, J. 2010. 'Powiat Ostrołęka w pierwszej dekadzie rządów komunistycznych, Mazowsze i Podlasie w ogniu 1944-1956'. In *Powiat Ostrołęka w pierwszej dekadzie rządów komunistycznych*: http://mazowsze.hist.pl/17/Rocznik_Mazowiec ki/395/2010/13021.

Kijowski, J. 2014. 'Okruchy wspomnień o żydowskiej Ostrołęce', *Żydzi w Ostrołęce*: http://rozmaitosci.com/okruchy-wspomnien-o-zydowskiej-ostrolece.

Kilias, J. 2016. 'Socjologia polska i czeska: wzajemne stosunki, ich charakter i konteksty' [Polish and Czech Sociologies: Mutual Relations and Contexts]. *Stan Rzeczy* [Warsaw: WUW] 10: 283-315.

Kilias, J. 2017. *Goście ze Wschodu. Socjologia polska lat sześćdziesiątych XX wieku a nauka światowa*. Krakow: Nomos.

Kilminster, R. 2016. 'Overcritique and Ambiguity in Zygmunt Bauman's Sociology: A Long-term Perspective'. In *Beyond Bauman: Critical Engagements and Creative Excursions*. ed. M. H. Jacobsen. London: Taylor Francis.

Klapp, O. 1964. *Symbolic Leaders: Public Dramas and Public Men*. London: Taylor and Francis Group.

Kłodź, A. 2015. *Tajemnica Pana Cukra*. Warsaw: Wielka Litera.

Kłoskowska, A. 1989. 'Wojna i socjologia', *Kultura i Społeczeństwo*, 33, 2.

Komar, M. 2015. *Zaraz wybuchnie*. Warsaw: Czuły Barbarzyńca Press.

Kopaliński, W. 1980. *Słownik wyrazów obcych i zwrotów obcojęzycznych*. Warsaw: Wiedza Powszechna.

Kossewska E. 2015. *Ona jeszcze mówi po polsku, ale śmieje się po hebrajsku Partyjna prasa polskojęzyczna i integracja kulturowa polskich Żydów w Izraelu (1948-1970)*. University of Warsaw Press.

Kozińska-Witt, H. 2014. 'Reakcja samorządu krakowskiego na akty gwałtu dokonywane na ludności żydowskiej w okresie Drugiej Rzeczypospolitej (według sprawozdań prasowych)'. *Kwartalnik Historii Żydów* 251, 559-82.

Koźmińska-Frejlak, E. 2014. 'The Adaptation of Survivors to the Post-war Reality from 1944 to 1949'. In *Jewish Presence in Absence: The Aftermath of the Holocaust in Poland, 1944-2010*, ed. Feliks Tych and Monika Adamczyk-Grabowska. Yad Vashem Jerusalem: The International Institute for Holocaust Research.

Krajewski, K. and Łabuszewski T. 2008. 'Ziemia ostrołęcka w walce z komunizmem 1944-1954'. *Fundacja Pamiętamy*: www.solidarni.waw.pl/pobierz/FundacjaPamietamy/ostroleka.pdf.

Kraśko, N. 1996. Instytucjonalizacja socjologii w Polsce 1920-1970. Warsaw: WN PWN.

Kraśko, N. 2017. 'Zygmunt Bauman: Człowiek - Uczony - Profeta'. Zdanie 1-2, 172-3.

Kuhn, T. S. 1960. The Structure of Scientific Revolutions. Cambridge, MA: Harvard University Press.

Krzyżanowski, Ł. 2020. Ghost Citizens: Jewish Return to a Postwar City. Cambridge, MA:

Harvard University Press.

Łabędź, L. 1959. 'The Destinies of Sociology in Poland'. Soviet Survey 29.

Łabędź, L. 2012. 'Odmiany losu socjologii w Polsce'. In Socjologia na Uniwersytecie Warszawskim. Fragmenty historii, ed. Antonii Sułek. Warsaw: Wydawnictwo IDiS PAN, 2007, 208-17, trans. from English (M. Bucholc, 'Vicissitudes of Sociology in Poland').

Lamont, M. 2010. How Professors Think: Inside the Curious World of Academic Judgment. Cambridge, MA: Harvard University Press.

Landau, L. 1962. Kronika lat wojny i okupacji, vol. I: Wrzesień 1939 - listopad 1940. Warsaw: PWN.

Landau-Czajka, A. 2006. Syn będzie Lech. Asymilacja Żydów w Polsce międzywojennej. Warsaw: Neriton.

Łepkowski, T. 1983. Myśli o historii Polski i Polaków. Warsaw: CDN.

Leociak, J. 2018. Młyny Boże. Zapiski o Kościele i Zagładzie. Wołowiec: Wyd. Czarne.

Levinas, E. 1976. 'Entre deux mondes (la voie de Franz Rosenweig)'. In Difficile Liberté. Paris: Albin Michel.

Likiernik, S. 2001. By Devil's Luck: A Tale of Resistance in Wartime Warsaw. Edinburgh: Mainstream Publishing Company Ltd.

Lipiński, P. 2016. Bicia nie trzeba było ich uczyć. Proces Humera i oficerów śledczych Urzędu Bezpieczeństwa. Wołowiec: Wyd. Czarne.

Majmurek, J. 2019. 'Polish Deadlock: Between Liberal and Right-Wing Anti-Communism'. Praktyka Teoretyczna 1, 31, 174-7.

Mała encyklopedia rolnicza. 1964. Warsaw: Państwowe Wydawnictwo Rolnicze i Leśne.

Maramorosch, K. 2015. The Thorny Road to Success: A Memoir. Bloomington: iUniverse.

Markiewicz, H. 2004. Przeciw nienawiści i pogardzie. Teksty Drugie [Instytut Badań Literackich Warszawa] 6: http://rcin.org.pl/Content/53490/WA248_69054_P-I-2524_markiew-przeciw.pdf.

Matyjaszek, K. 2019. 'Produkcja Przestrzeni Żydowskiej w dawnej i współczesnej Polsce'. Kraków University. https://universitas.com.pl/produkt/3878/Produkcja-przestrzeni-zydowskiej-w-dawnej-i-wspolczesnej-Polsce.

Meng, M. 2008. 'Shattered Spaces: Jewish Sites in Germany and Poland after 1945'. Ph.D. dissertation, University of North Carolina at Chapel Hill.

Merda, R. 2017. 'Adam Schaff wobec ewolucji poglądów filozoficznych Leszka Kołakowskiego. O sporach programowych w polskim marksizmie'. Folia Philosophica (Katowice) 38, 137-46.

Michnik, A. and Marczyk, A. 2017. Against Anti-Semitism: An Anthology of Twentieth-Century Polish Writings. Oxford University Press [Polish original 2010].

Mieszczanek, A. 1989. 'Homecoming' [interview with Bauman]. In Krajobraz po Szoku [Landscape After the Shock]. Warsaw: Przedświt.

Miłosz, Cz. 1953. The Captive Mind, trans. J. Zielonko. London: Secker & Warburg.

Miłosz, Cz. 1999. Wyprawa w dwudziestolecie [An Excursion through the Twenties and Thirties]. Krakow: Wydawnictwo Literackie.

Modzelewski, K. 2013. Zajeździmy kobyłę historii. Wyznania poobijanego jeźdźca. Warsaw: Iskry.

Modzelewski, K. and Werblan, A. 2017. Modzelewski-Werblan. Polska Ludowa, ed. R. Walenciak. Warsaw: Iskry.

Molisak, A. 2004. Judaizm jako los. Rzecz o Bogdanie Wojdowskim. Warsaw: Wydawnictwo Warszawa.

Morawski, S. 1996. 'Kto-m zacz?' In Losy żydowskie, Świadectwo żywych, ed. M. Turski. Warsaw: Stowarzyszenie Żydów Kombatantów i Poszkodowanych w II Wojnie Światowe, 80-118.

Morawski, K. 2003. Dzieje miasta, Warsaw: Książka i Wiedza.

Nafalski, J. 1978. Pod sztandarem 4 Pomorskiej Dywizji Piechoty im. Jana Kilińskiego [Under the Flag of the 4th Pomeranian Infantry Division Jan Kilinski]. Warsaw: Wydawnictwo Ministerstwa Obrony Narodowej.

Najder, Z. 2007. Joseph Conrad: A Life. Rochester, NY: Camden House.

Nalewajko-Kulikov, J. 2004. Strategie przetrwania. Żydzi po aryjskiej stronie Warszawy Warsaw: IH PAN.

Nathan, T. 1994. L'Influence qui guérit. Paris: Odile Jacob.

Natkowska, M. 1999. Numerus Clausus, Getto Ławkowe, Numerus Nullus, Paragraf Aryjski, Antysemityzm na Uniwersytecie Warszawskim 1931-1939. Warsaw: ŻIH.

Nesterowicz, P. 2017. Każdy został człowiekiem [Everyone Became a Human]. Wołowiec: Czarne.

Newman, M. 2002. Ralph Miliband and the Politics of the New Left. London: The Merlin Press.

Niziołek A. and Kosakowska, K. 2016. Fira. Poznańscy Żydzi. Opowieść o życiu. Albumy i wspomnienia Firy Małamedzon-Salańskiej. Poznań: Wyd. Exemplum.

Nussbaum, K. 1991. 'Jews in the Kościuszko Division and First Polish Army'. In Jews in Eastern Poland and the USSR, 1939-46, ed. N. Davies and A. Polonsky. Studies in Russia and East Europe. London: Palgrave Macmillan.

Pastuszka, S. J. 2010. *Życie kulturalne w Polskich Siłach Zbrojnych na Zachodzie w czasie II wojny światowej*. Warsaw: Kielce.

Paulsson, G. S. 2003. *Secret City: The Hidden Jews of Warsaw*. New Haven, CT: Yale University Press.

Perski, A. 2013. 'Polenrevoltens antisemitiska vandning'. *Dagens Nyheter*, 29 April, 16–17.

Piskała, K. and Zysiak, A. 2013. 'Świątynia nauki, fundament demokracji czy fabryka specjalistów?' *Praktyka Teoretyczna* 3, 9: www.praktykateoretyczna.pl/PT_nr9_2013_Po_kapitalizmie/11.Piskala,Zysiak.pdf.

Pleskot, P. 2010. 'Jak wyjechać na Zachod? Procedury wyjazdow polskich uczonych do państw kapitalistycznych z ramienia uczelni wyższych i PAN w latach 1955–1989'. In *Naukowcy Władzy, władza naukowcom. Studia*, ed.

P. Franaszek, Warsaw: Instytut Pamięci Narodowe.

Prokop-Janiec, E. 2013. 'Jew, Pole, Artist: Constructing Identity after the Holocaust'. In *Holocaust in Literary and Cultural Studies*. Warsaw: Teksty Drugie / IBL PAN: http://tekstydrugie.pl/wp-content/uploads/2016/06/Teksty_Drugie_2013_s.e.vol_2_Holocaust_in_Literary_and_Cultural_Studies.pdf.

Przyłębski, A. 2014. 'Rectification'. Information Philosophie, nr.2.

Puławski, A. 2009. *W obliczu Zagłady. Rząd RP na Uchodźstwie, Delegatura Rządu RP na Kraj, ZWZ-AK wobec deportacji Żydów do obozów zagłady (1941-1942)*. Lublin: IPN.

Puławski, A. 2018. *Wobec 'niespotykanego w dziejach mordu'. Rząd RP na uchodźstwie, Delegatura Rządu RP na kraj, AK a eksterminacja ludności żydowskiej od 'wielkiej akcji' do powstania w getcie warszawskim*. Chełm: Stowarzyszenie Rocznik Chełmski.

Rabinowicz, H. 1964. 'The Battle of the Ghetto Benches'. *The Jewish Quarterly Review* 55, 2, 151–9.

Ram, U. 1995. *The Changing Agenda of Israeli Sociology: Theory, Ideology, and Identity*. Albany: State University of New York Press.

Rapoport, Y. 1991. *The Doctor's Plot of 1953*. Cambridge, MA: Harvard University Press.

Rattansi, A, 2017. *Bauman and Contemporary Sociology: A Critical Analysis*. Manchester University Press.

Redlich, S. 1971. 'Jews in General Anders' Army in the Soviet Union, 1941–1942'. *Soviet Jewish Affairs* 2, 90–8.

Robbins, D. 2012. *French Post-War Social Theory: International Knowledge Transfer*. Thousands Oaks, CA: Sage.

Rocznik Statystyczny miasta Poznania - Rok gospodarczy. 1921. (1. kwietnia [April] do 31. grudnia [December]).

Roland, P. 2017. *The Jewish Resistance: Uprisings against the Nazis in World War II*. London: Arcturus.

Roth, W. and Jal, M. 2002. 'The Rashomon Effect': www.researchgate.net/publication/242 742606_The_Rashomon_Effect.

Rudnicki, S. 1987. 'From "Numerus Clausus" to "Numerus Nullus"'. *Polin. A Journal of Polish-Jewish Studies* 2, 246-68.

Rutkowski, T. P. 2016. 'Na styku nauki i polityki. Uniwersytet Warszawski w PRL 1944-1989'. In *Dzieje Uniwersytetu Warszawskiego po 1945*. Warsaw: Wydawnictwo Uniwersytetu Warszawskiego.

Satterwhite, J. H. 1992. *Varieties of Marxist Humanism: Philosophical Revision in Postwar Eastern Europe*. University of Pittsburg Press.

Sayad, A. 2004. *The Suffering of the Immigrant*. Cambridge: Polity.

Schaff, A. 1999. *Próba podsumowania*. Warsaw: wyd. Scholar.

Shibutani, T. 1955. 'Reference Groups as Perspectives'. *The American Journal of Sociology* 60, 6, 562-9.

Sinai, S. 2019. *Sociological Knowledge and Collective Identity: S. N. Eisenstadt and Israeli Society*. London: Routledge.

Skibińska, R. 2014. 'The Return of Jewish Holocaust Survivors and the Reaction of the Polish Population'. In *Jewish Presence in Absence: The Aftermath of the Holocaust in Poland, 1944-2010*, ed. F. Tych and M. Adamczyk-Grabowska. Yad Vashem and Jerusalem: The International Institute for Holocaust Research.

Skibińska, A. 2018. *'Martwa Fala'. Zbiór artykułów o antysemityzmie* [*The Swell: A Collection of Articles on Anti-Semitism*], preface by S. R. Dobrowolski. Warsaw: Spółdzielnia Wydawnicza Wiedza.

Skorzynska, J., and W. Olejniczak. 2012. *Do zobaczenia za rok w Jerozolimie-deportacje Polskich Zydow w 1938 roku z Niemiec do Zbąszynia*. Posnań: Fundacja TRES.

Słabek, H. 1972. *Dzieje polskiej reformy rolnej 1944-48*. Warsaw: Wiedza Powszechna.

Słonimski, A. 1938. 'Dwie ojczyzny'. *Wiadomości Literackie* 3.

Smolar, A. 1983. 'The Rich and the Powerful'. In *Poland: Genesis of a Revolution*, ed. A. Brumberg. New York: Vintage Books: 42-53.

Snyder, Timothy. 1997. *Nationalism, Marxism and Modern Central Europe: A Biography of Kazimierz Kelles-Krauz (1872-1905)*. Cambridge, MA: Harvard University Press, 1997.

Sobiecka, M. and Ślężak, M. e-book devoted to Manfred Lachs: https://issuu.com/ikmpsa/docs/manfred_lachs_w_podrozy__ktora_nazy.

Sohn, A.-M. 2005. 'Les "jeunes", la "jeunesse" et les sciences sociales (1950-1970)'. In

Sociologues et sociologies. La France des années 60, ed. J.-M. Chapoulie, O. Kourchid, J.-L. Robert and A.-M. Sohn. Logiques sociales. Paris: l'Harmattan.

Stebbins, R. 2007. *Serious Leisure: A Perspective for Our Time*. Piscataway, NJ: Transaction Publishers.

Stola, D. 2010. *Kraj bez wyjścia? Migracje z Polski 1949-1989*. Warsaw: IPN.

Stola, D. 2017. 'Jewish Emigration from Communist Poland: The Decline of Polish Jewry in the Aftermath of the Holocaust'. *East European Jewish Affairs*, 47, 2-3.

Strauss, A. 1959. *Mirrors and Masks: The Search for Identity*. Glencoe, IL: Free Press.

Strauss, A. 1978. 'A Social World Perspective'. In *Studies in Symbolic* Interaction, vol. I, ed. N. Denzin. Greenwich, CT: JAI Press.

Sułek, A. 2002. *Ogród metodologii socjologicznej*. Warsaw: Scholar.

Sułek, A. 2011. *Obrazy z życia sociologii w Polsce*. Warsaw: Oficyna Naukowa.

Szacki, J. 2011 [1976]. 'Kilka uwag o artykule prof. A. Podgoreckiego'. *Studia Socjologiczne* 1, 60, 226-9.

Szer, W. 2013. *Do naszych dzieci. Wspomnienia*. Warsaw: Żydowski Instytut Historyczny im. Emanuela Ringenbluma.

Sznajderman, M. 2016. *Fałszerze pieprzu. Historie rodzinne*. Wołowiec: Wyd. Czarne.

Sztompka, P. 2004. *Recenzja dot. dorobku prof. Shmuela Noaha Eisenstadta in Uchwała nr 262 Senatu Uniwersytetu Warszawskiego z dnia 17 listopada 2004*: www.uw.edu.pl/wp-content/uploads/2014/05/Eisenstadt.pdf.

Tabet, S. 2017, 'Interview with Zygmunt Bauman: From the Modern Project to the Liquid World'. *Theory, Culture & Society* 34, 7-8: 131-46.

Tester, K. 2001. *Conversations with Zygmunt Bauman*. Cambridge, Oxford, Boston and New York: Polity.

Tester, K. 2006. 'Intellectual Immigration and the English Idiom (Or, a Tale of Bustards and Eagles)'. *Polish Sociological Review* 155, 275-91.

Tester, K., Jacobsen, M. and Bauman, Z. 2006. 'Bauman Before Exile – A Conversation with Zygmunt Bauman'. *Polish Sociological Review* 155.

Thompson, E. P. 1973. 'An Open Letter to Leszek Kołakowski'. *Socialist Register* 10.

Thrasher, F. M. 1927. *The Gang: A Study of 1,313 Gangs in Chicago*. University of Chicago Press.

Tokarska-Bakir, J. 2008. *Legendy o krwi. Antropologia przesądu*. Wołowiec: Wyd. Czarne.

Tokarska-Bakir, J. 2012. *Okrzyki Pogromowe. Szkice z antropologii historycznej Polski lat 1939-1946*. Wołowiec: Wyd Czarne.

Tokarska-Bakir, J. 2018. *Pod Klątwą. Społeczny Portret Pogromu Kieleckiego*. Wołowiec:

Wyd. Czarna Owca.

Tomaszewski, J. 1998. *Preludium zagłady. Wygnanie Żydów Polskich z Niemiec w 1938r.* Warsaw: PWN zawa.

Tuwim, J. 1968. 'Polish Flowers'. In *The Dancing Socrates and Other Poems*, trans. Adam Gillon. New York: Twayne.

Wagner, A. 1998. *Les nouvelles élites de la mondialisation. Une immigration dorée en France.* Presses Universitaires de France.

Wagner, I. 2006. 'Career Coupling: Career Making in the Elite Worlds of Musicians and Scientists', *Qualitiative Sociology Review*, 2, 3: www.qualitativesociologyreview.org/ ENG/archive.eng.php.

Wagner, I. 2011. *Becoming a Transnational Professional. Kariery i mobilność polskich elit naukowych.* Warsaw: Wyd. Naukowe Scholar.

Wagner, I. 2014. 'Works and Career Aspects of Ghetto Laboratories'. In *Re-searching Scientific Careers*, ed. Katarina Pripic, Inge van der Weijden and Nadia Ashuelova, special issue of *Social Studies of Science* (Russian Academy of Science and ESA RN STS).

Wagner, I. 2015. *Producing Excellence: Making of a Virtuoso.* New Brunswick, NY: Rutgers University Press.

Wagner, I. 2016. 'Discovering the Secret of Excellence: Everett Hughes as a Source of Inspiration in Researching Creative Careers'. In *The Anthem Companion to Everett Hughes*, ed. M. Santoro and R. Helmes-Hayes. London: Anthem Editions, pp. 193–210.

Wagner, I. 2019. 'Confronting Polish Responsibility for the Shoah in Paris', The New School for Social Research, *Public Seminar* website: www.publicseminar.org/2019/04/ the-subtext-of-a-recent-international-scandal-part-one-2.

Weil, S. 2010. 'On Multiple Modernities, Civilizations and Ancient Judaism'. An interview with Shmuel Eisenstadt. *European Societies*, 12, 4.

Wiatr, Jerzy. 2010. 'Julian Hochfeld – ideolog PPS wybitny polski socjolog. Działanie polityczne a refleksja naukowa.' In *Polscy socjaliści w XX wieku: ich rodowody oraz uwarunkowania ich działalności*, ed. Skrabalak Maria Witold. Warsaw: Philip Wilson.

Wiatr, Jerzy. 2017a. 'Otwarty Marksizm i odrodzenie socjologii: rola Juliana Hochfelda i Zygmunta Baumana'. *Studia Socjologiczno-Polityczne*, n.s. 1, 6 (wyd. Instytut Socjologii Uniwersytet Warszawski): 13–25.

Wiatr, Jerzy. 2017b. 'Zygmunt Bauman – wielki uczony polskiej i światowej lewicy'. *Myśl Socjaldemokratyczna* 1-2: http://fae.pl/tozsamosc-lewicymysl2017.pdf.

738

Wincławski, Włodzimierz, 2006. 'Wyimki z kalendarza socjologii polskiej', ISSN 0033-2356: http://cejsh.icm.edu.pl/cejsh/element/bwmeta1.element.desklight-56c53d29-c20e-4acc-bdff-2524c2f004fd/c/KRONIKA.pdf.

Wiszniewicz, J. 2008. *Życie przecięte. Opowieści pokolenia Marca*. Wołowiec: Wyd. Czarne, Sękowa.

Witkowski, R. 2012. *The Jews of Poznań: A Brief Guide to Jewish History and Cultural Sights*. Poznań: Wydawnictwo Miejskie Posnania.

Wojcik, Ryszard, 2015. *Kapryśna gwiazda Rudolfa Weigla*. Gdańsk University Press.

Wolff J. 2011. 'A 'Small, Limited World': Janina Bauman's Personal and Historical Stories'. *Thesis Eleven* 107, 1, 29 November.

Worsley, P. 2008. *An Academic Skating on Thin Ice*. New York and Oxford: Bergahn Books.

Wyka, K. 1945. 'Potęga ciemnoty potwierdzona'. *Odrodzenie* 23 September.

Wyka, K. 1984. *Gospodarka wyłączona, w tegoż, Życie na niby. Pamiętnik po klęsce*. Krakow: Wyd. Literackie.

Zaremba, M. 2012. *Wielka Trwoga. Polska 1944-1947 Ludowa Reakcja na Kryzys*. Krakow: Znak.

Żbikowski, A. 2014. 'The Post-War Wave of Pogroms and Killings'. In *Jewish Presence in Absence: The Aftermath of the Holocaust in Poland, 1944-2010*, ed. F. Tych and M. Adamczyk-Grabowska. Yad Vashem and Jerusalem: The International Institute for Holocaust Research.

Żurowicz, J. [Bauman, Z.] 1953a. *Na Kołobrzeg!* Warsaw: Wydawnictwo Ministerstwa Obrony Narodowej.

Żurowicz, J. [Bauman, Z.] 1953b. *W Krzeczuchach znów spokój. Opowieść o żołnierzach KBW.* Warsaw: Wydawnictwo Ministerstwa Obrony Narodowej.

찾아보기

ㄱ

가족 대장정 453
게오르크 지멜(Georg Simmel) 12, 475
경력 동조(career coupling) 518
고르도니아 249
골다 메이어(Golda Meir) 489
공안부(Ministerstwo Bezpieczeństwa
    Publicznego, MBP) 176, 270, 314, 366
공안청(Urzędy Bezpieczeństwa Publicznego,
    UBP) 26, 176, 207, 264
관례주의(conventionalism) 285
국가통합임시정부(Tymczasowy Rząd
    Jedności Narodowej(TRJN)) 175
국내보안군(Wojska Bezpieczeństwa
    Wewnętrznego(WBW)) 200
국내보안대(Korpus Bezpieczeństwa
    Wewnętrznego(KBW)) 173
그랍스키 알리야(Grabski's Aliyah) 31
근대성과 양가감정(*Modernity and
    Ambivalence*) 556
기호학 연구(*Recherches sémiotiques*) 355

ㄴ

노먼 번바움(Norman Birnbaum) 355
놈 촘스키(Noam Chomsky) 571
누메루스 눌루스(numerus nullus) 규정 54
니나 아소로도브라이-쿨라(Nina
    Assorodobraj-Kula) 276, 318
니키타 흐루쇼프(Nikita Khrushchev) 308
닐 스멜저(Neil Smelser) 355

ㄷ

대중신문(*Dziennik popularny*) 290
데이비드 글라스(David Glass) 338
데이비드 헬드(David Held) 556
동물과 사회(*Animals and Society*) 518
두터운 묘사(thick description) 454, 554

ㄹ

라인하르트 벤딕스(Reinhard Bendix) 355
랄프 밀리반드(Ralph Miliband) 333, 489,
    501

랍비 30, 189, 459

레셰크 코와코프스키(Leszek Kołakowski)
277, 283, 366, 496, 567, 612

레온 루빈슈테인(Leon Rubinsztejn) 249

레온 페트라지츠키(Leon Petrażycki) 275

레온 프워츠키에르(Leon Płockier) 249

레트로토피아 548, 626

로만 드모프스키(Roman Dmowski) 19, 36

로버트 K. 머튼(Robert K. Merton) 355, 589

로버트 매켄지(Robert Mckenzie) 335, 355

로버트 피스크(Robert Fisk) 571

로베르토 본키오(Roberto Bonchio) 355

롤랜드 로버트슨(Roland Robertson) 506

루돌프 슐레징거(Rudolf Schlesinger) 355

루드비크 크시비츠키(Ludwik Krzywicki)
275

루드비크 플레크(Ludwik Fleck) 529

루이 알튀세르(Louis Althusser) 507

루카치 죄르지(Lukács György) 327

르부프-바르샤바 철학파 276, 344

리처드 M. 티트머스(Richard M. Titmuss)
338

마레크 프리트스한트(Marek Fritzhand)
286, 316

마르크스주의 사회론 개요(Zarys
marksistowskiej teorii społeczeństwa) 395,
486

마르틴 부버(Martin Buber) 472

마리아 오소프스카(Maria Ossowska) 276,
322, 389, 450, 575

마리아 히르쇼비치(Maria Hirszowicz) 295,
325, 496, 590

마리안 투르스키(Marian Turski) 51, 259,
295

마우리치 바우만(Maurycy Bauman) 26, 31,
76, 175, 272, 356

마이클 오크숏(Michael Oakeshott) 338

만프레트 라흐스(Manfred Lachs) 232

맥스 글럭먼(Max Gluckman) 355

맥스 패러(Max Farrar) 501

맬컴 브래드버리(Malcolm Bradbury) 503

모두스 비벤디(modus vivendi) 560

모리스 고들리에(Maurice Godelier) 355

모리스 긴즈버그(Morris Ginsberg) 338,
474

모순추구회(Klub Poszukiwaczy Sprzeczności)
369

몰로토프-리벤트로프(Molotov-Ribbentrop)
조약 80, 144, 242

문턱 경험(liminal experience) 107, 551

문학 노트(Zeszyty Literackie) 346

문화론 개요(Szkice z teorii kultury) 485

문화와 사회(Kultura i Społeczeństwo) 322,
349, 398, 486

미국화 381

미하우 코마르(Michał Komar) 194, 256

민족독일인 242

밀로반 질라스(Milovan Đilas) 327

ㅂ

바르바라 샤츠카(Barbara Szacka) 279, 347, 417, 612

바르바라 토룬치크(Barbara Toruńczyk) 346

바르바로사 작전 101

바우만식 글쓰기 531

바우만 읽기(*The Bauman Reader*) 543, 632

바츠와프 시발스키(Wacław Szybalski) 98

반다 바실레프스카(Wanda Wasilewska) 123, 160

베네딕트 앤더슨(Benedict Anderson) 23

변증법적 유물론 278, 232, 269, 386

보그단 수호돌스키(Bogdan Suchodolski) 297

보그단 얀코프스키(Bogdan Jankowski) 374

볼레스와프 비에루트(Bolesław Bierut) 220, 253, 621

불꽃(*Płomienie*) 290

브로니스와프 바치코(Bronisław Baczko) 277, 316, 371, 412

브릿 샬롬(Brit Shalom) 473

브와디스와프 고무우카(Władysław Gomułka) 187, 222, 309, 372

브와디스와프 그랍스키(Władysław Grabski) 31

브와디스와프 레이몬트(Władysław Reymont) 23

브와디스와프 타타르키에비치(Władysław Tatarkiewicz) 276, 382

브워지미에시 브루스(Włodzimierz Brus) 371

브워지미에시 코프만(Włodzimierz Kofman) 370

비스마르크(Otto von Bismarck) 24

비아위스토크 87, 205

ㅅ

사로잡힌 마음(*Zniewolony umysł*) 295

사바스(Sabbath) 38, 51, 458

사브라(Sabra) 462

사회정치 연구(*Studia Socjologiczno-Polityczne*) 322, 350

사회학 개요 — 쟁점과 개념(*Zarys socjologii. Zagadnienia i pojęcia*) 348, 381, 395

사회학의 주제 변주(*Wariacje na tematy socjologiczne*) 383, 474

새지평(*Nowe Widnokręgi*) 121

선조들(*Dziady*) 413

세미온(Semion) 189

소속을 꿈꾸다 — 전후 폴란드에서 보낸 세월(*A Dream of Belonging: My Years in Postwar Poland*) 224, 251, 304, 430, 580

수정의 밤(Kristallnacht) 63

수정주의자 277, 292, 316, 366

슈무엘 아이젠슈타트(Shmuel Eisenstadt) 471, 618

슈테틀(Shtetl) 32, 36

슐로모 아비네리(Shlomo Avineri) 355

스타니스와프 오비레크(Stanisław Obirek)

487

스타니스와프 오소프스키(Stanisław
  Ossowski) 276, 297, 368, 382

스타니스와프 쿨친스키(Stanisław
  Kulczyński) 55

스탈린그라드 전투 126

스테판 노바코프스키(Stefan Nowakowski)
  276, 322, 352, 395

스테판 제롬스키(Stefan Żeromski) 49, 122

스테판 차르노프스키(Stefan Czarnowski)
  275, 324

시모어 마틴 립셋(Seymour Martin Lipset)
  355, 488

시몬 드 보부아르(Simone de Beauvoir) 372

시민경찰국(Milicja Obywatelska, MO) 196

시베리아 유형 104, 153

시온주의 40, 272, 367

시온주의자 40, 57, 175, 229, 429

시코르스키-마이스키 협정 133

실증주의 사회학 606, 317

아담 미흐니크(Adam Michnik) 370, 399,
  415, 601

아담 샤프(Adam Schaff) 232, 268, 311, 385

아미타이 에치오니(Amitai Etzioni) 355

아스투리아스 상 618

아우슈비츠 수용소 74

안제이 바이다(Andrzej Wajda) 265

안제이 베르블란(Andrzej Werblan) 187,

308, 345, 402

안제이 비토스(Andrzej Witos) 160

안제이 프리슈케(Andrzej Friszke) 157, 370,
  404

안토니 스워님스키(Antoni Słonimski) 42,
  388

안토니오 그람시(Antonio Gramsci) 600,
  625

안톤 마카렌코(Anton Makarenko) 373

알랭 투렌(Alain Touraine) 540, 618

알렉산데르 페르스키(Aleksander Perski)
  370, 432

알렉산드라 야신스카-카니아(Aleksandra
  Jasińska-Kania) 311, 537, 619, 645

알베르 카뮈(Albert Camus) 372

앙리 르페브르(Henri Lefebvre) 327

액체근대 12, 541, 556, 598, 632

앤드류 퍼스(Andrew Pearse) 355

앤서니 기든스(Anthony Giddens) 540, 556

앤서니 이든(Anthony Eden) 164

앨빈 W. 굴드너(Alvin W. Gouldner) 355

야누시 코르차크(Janusz Korczak) 373

야니나 레빈손(Janina Lewinson) 237, 248

야니나 바우만(Janina Bauman) 40, 224,
  235, 405, 453, 575, 597

얀 스타니스와프 비스트론(Jan Stanisław
  Bystroń) 275, 276

얀 스트셸레츠키(Jan Strzelecki) 292, 522

얀 유제프 립스키(Jan Józef Lipski) 295,
  371, 400, 600

얀 토마시 그로스(Jan Tomasz Gross) 134,

370, 615

얄타 협정 176

에드바르트 슈투름 데 슈트렘(Edward
Szturm de Sztrem) 231

에드바르트 오숍카-모라프스키(Edward
Osóbka-Morawski) 160

에드워드 파머 톰슨(Edward Palmer
Thompson) 488

에른스트 플로리안 빈터(Ernst Florian
Winter) 456

에버렛 휴스(Everett Hughes) 14, 198, 434,
553, 644

역사적 유물론 278, 286, 232, 269

열린 마르크스주의(Open Marxism) 292,
326, 381

영국의 사회주의. 근원, 철학, 정치 강령
(Socjalizm brytyjski. Źródła. Filozofia.
Doktryna polityczna) 357

예리딤(Yeridim) 483, 492

예술 세계(Art Worlds) 517

예지 나팔스키(Jerzy Nafalski) 137, 158,
168

예지 비아트르(Jerzy Wiatr) 280, 571

예지 샤츠키(Jerzy Szacki) 279, 345, 413,
571, 606

예지 키요프스키(Jerzy Kijowski) 203

예지 푸트라멘트(Jerzy Putrament) 144

오순절 39

올림(olim) 463

요안나 토카르스카-바키르(Joanna
Tokarska-Bakir) 181, 207, 229

요제프 괴벨스(Joseph Goebbels) 54

웜자 86, 81

유동성(liquidity) 16, 541, 554, 595

유동하는 세상(Liquid World) 16, 581, 609,
632

유동하는 시대(Liquid Times) 16

유월절 38

유제프 피우수트스키(Józef Piłsudski) 22,
54

유제프 헨(Józef Hen) 162, 266

율리안 호흐펠트(Julian Hochfeld) 278,
287, 316, 344

이른 봄(Przedwiośnie) 122

이마누엘 마르크스(Emanuel Marx) 479,
480, 491

이스라엘 구트만(Israel Gutman) 134

이오시프 스탈린(Iosif Stalin) 91, 123, 175,
257

인간 세계의 광경―사회의 발생과 사회학
의 기능 연구(Wizje ludzkiego świata.
Studia nad społeczną genezą i funkcją
socjologii) 395, 349, 486

일상의 사회학(Socjologia na co dzień) 395,
481

일찍 찾아온 겨울(Winter in the Morning)
551, 553, 571, 594

입법자와 해석자―근대성, 탈근대성, 지식
인에 관해(Legislators and Interpreters: On
Modernity, Post-Modernity, Intellectuals)
556, 631

201, 214

ㅈ ─────────────────────

자유 폴란드(*Wolna Polska*) 121, 126, 148
자율예비경찰(Ochotnicza Rezerwa Milicji
    Obywatelskiej, ORMO) 419
장기 지속(longue durée) 22, 581, 635
장 폴 사르트르(Jean-Paul Sartre) 372, 506
재닛 울프(Janet Wolff) 573, 626
잭 파머(Jack Palmer) 500
저주받은 군인(Żołnierze Wyklęci) 201
전국국민평의회(Krajowa Rada Narodowa,
    KRN) 160, 175, 220, 444
전쟁과 점령 연대기(*Kronika lat wojny i
    okupacji*)』 555
정보 철학(*Information Philosophie*) 624
정치 비평(*Krytyka Polityczna*) 531, 600
정치토론회(Polityczny Klub Dyskusyjny)
    370, 378
조르주 라보(George Lavau) 355
조지 오웰(George Orwell) 530
조피아 바우만(Zofia) 26, 47, 223
존 렉스(John Rex) 500
존 사빌(John Saville) 488
좌절과 곡예사(*O frustracji i o kuglarzach*)
    437, 465
주된 지위(master status) 14, 154, 198, 268,
    469
죽음, 불멸, 그리고 여러 인생 전략
    (*Mortality, Immortality and Other Life
    Strategies*) 556, 632
즈비그니에프 쿨레샤(Zbigniew Kulesza)

ㅊ ─────────────────────

차디크 30
찰스 라이트 밀스(Charles Wright Mills)
    332, 355, 488, 521
창조(*Twórczość*) 327
철학 문제(*Voprosy Filosofii*) 326
철학 사상(*Myśl Filozoficzna*) 294
철학 연구(*Studia Filozoficzne*) 327
체스와프 미워시(Czesław Miłosz) 95, 295
초록리본연맹(Liga Zielonej Wstążki) 54

ㅋ ─────────────────────

카롤 모젤레프스키(Karol Modzelewski)
    373, 612
카를 만하임(Karl Mannheim) 297
카지미에시 브란디스(Kazimierz Brandys)
    236, 584
카지미에시 켈레스-크라우스(Kazimierz
    Kelles-Krauz) 292, 333
코델 헐(Cordell Hull) 164
코셔(Kosher) 38
코헨(Cohen) 27
콜호스 104, 163
콤소몰(Komsomol) 97, 113, 131, 195
쿠지니차(*Kuźnica*) 284
크리스티나 케르스텐 197
크시슈토프 포미안(Krzysztof Pomian) 366,

386, 400

클레멘스 누스바움(Klemens Nussbaum) 126, 140

클로드 레비스트로스(Claude Lévi-Strauss) 372, 349

키스 테스터(Keith Tester) 49, 505, 518, 543, 578, 646

ㅌ ────────────

타데우시 코타르빈스키(Tadeusz Kotarbiński) 276

타데우시 크론스키(Tadeusz Kroński) 285, 317

테오도르 W. 아도르노 상 598

토마시 크바시니에프스키(Tomasz Kwaśniewski) 35, 50, 185, 312, 487

트레블린카 수용소 74, 373

트로츠키주의 372, 389

ㅍ ────────────

파워 엘리트(*The Power Elite*) 332

페르난도 엔리케스(Fernando Henriques) 500

포그롬 28, 45, 56, 100, 181, 247, 431, 553

포스트모더니즘 12, 349

포 프로스투(*Po Prostu*) 280, 316, 386

폴란드 국가기억원(Instytut Pamięci Narodowej, IPN) 118, 641

폴란드국가해방위원회(Polski Komitet Wyzwolenia Narodowego, PKWN) 160, 175

폴란드국내군(Armia Krajowa, AK) 161, 175, 207, 244

폴란드노동자당(Polska Partia Robotnicza, PPR) 98, 160, 175, 186, 214

폴란드애국자연맹(Związek Patriotów Polskich, ZPP) 121, 146, 175

폴란드연합노동자당(Polska Zjednoczona Partia Robotnicza, PZPR) 56, 118, 222, 253

폴란드연합노동자당 중앙당 학교 263, 305

폴란드 영화예술 최고위원회 434, 412

폴란드학술원(Polska Akademia Nauk, PAN) 277, 304, 329

퓨림절(Purim) 39

프라우다(*pravda*) 94, 121, 130

프란츠 로젠츠바이크(Franz Rosenzweig) 583

피터 A. 새비지(Peter A. Savage) 355

피터 워슬리(Peter Worsley) 355, 488, 501

ㅎ ────────────

하쇼메르 하짜이르(Hashomer Hatzair) 64, 78, 97, 115, 335

하워드 S. 베커(Howard S. Becker) 517, 649

하인리히 힘러(Heinrich Himmler) 168

학문 이동성(academic mobility) 481

학술간부교육원(Instytut Kształcenia Kadr Naukowych, IKKN) 267, 285

한스 프랑크(Hans Frank) 54

해빙 308, 300, 324, 399, 488, 645

헤데르 30, 51

헨리크 토룬치크(Henryk Toruńczyk) 249

헨리크 파벨레츠(Henryk Pawelec) 181

헨리크 홀란트(Henryk Holland) 277

현대 사상(Myśl Wspóczesna) 292

현대성과 홀로코스트 12, 160, 242, 552, 631, 594

호흐펠트파 296, 325, 334, 348, 608

 기 타

A. H. 홀지(A. H. Halsey) 502

BUND 51, 98, 251, 297, 335, 473

SYJONIZM 367

WLKZM 97

ZWM-Życie 284

지그문트 바우만
유동하는 삶을 헤쳐나간 영혼

초판 1쇄 인쇄 | 2022년 7월 15일
초판 1쇄 발행 | 2022년 7월 20일

지은이 | 이자벨라 바그너
옮긴이 | 김정아
펴낸이 | 조승식
펴낸곳 | 도서출판 북스힐
등록 | 1998년 7월 28일 제22-457호
주소 | 서울시 강북구 한천로 153길 17
전화 | 02-994-0071
팩스 | 02-994-0073
홈페이지 | www.bookshill.com
이메일 | bookshill@bookshill.com

ISBN 979-11-5971-432-0
정가 36,000원